国家出版基金项目
NATIONAL PUBLICATION FOUNDATION

1945—1949年

东北解放区文学大系

长篇小说卷①

本卷主编 ◎ 蓝　天

总主编 ◎ 丛　坤

黑龙江大学出版社

图书在版编目（CIP）数据

1945—1949 年东北解放区文学大系．长篇小说卷 /
丛坤主编 ；蓝天分册主编 ． -- 哈尔滨 ：黑龙江大学出
版社 ，2021.3
　 ISBN 978-7-5686-0455-0

Ⅰ ．① 1… Ⅱ ．①丛… ②蓝… Ⅲ ．①解放区文学－作
品综合集－东北地区－ 1945-1949 ②长篇小说－小说集－
中国－ 1945-1949 Ⅳ ．① I218.3

中国版本图书馆 CIP 数据核字（2020）第 012159 号

1945—1949 年东北解放区文学大系　 长篇小说卷
1945—1949 NIAN DONGBEI JIEFANGQU WENXUE DAXI CHANGPIAN XIAOSHUO JUAN
蓝　天　主编

责任编辑　肖嘉慧　高　媛　李　卉
出版发行　黑龙江大学出版社
地　　址　哈尔滨市南岗区学府三道街 36 号
印　　刷　哈尔滨市石桥印务有限公司
开　　本　720 毫米 ×1000 毫米　 1/16
印　　张　59.75
字　　数　669 千
版　　次　2021 年 3 月第 1 版
印　　次　2021 年 3 月第 1 次印刷
书　　号　ISBN 978-7-5686-0455-0
定　　价　218.00 元（全 2 册）

本书如有印装错误请与本社联系更换。

《1945—1949 年东北解放区文学大系》

学术顾问（按姓名笔画排序）

冯毓云　刘中树　张中良　张毓茂

编委会（按姓名笔画排序）

主任：于文秀

成员：叶　红　丛　坤　刘冬梅　那晓波

孙建伟　李　雪　杨春风　宋喜坤

张　磊　陈才训　金　钢　赵儒军

侯　敏　郭　力　戚增媚　彭小川

蓝　天

出 版 说 明

　　1945年到1949年的东北解放区，社会风云变幻，文学繁荣发展。当时的文学创作者们以激昂向上的笔触，再现了波澜壮阔的解放战争和轰轰烈烈的土地改革，讴歌了人民军队可歌可泣的英雄事迹，描绘了劳动人民翻身后的喜悦心情，书写了时代的大主题。为了再现这段文学风貌，我们编辑出版了《1945—1949年东北解放区文学大系》。

　　这套丛书以体裁分编，计小说卷（长篇、中篇、短篇）、散文卷、戏剧卷、诗歌卷、翻译文学卷、评论卷及史料卷七种。丛书编辑过程中，多数篇目由原始版本辑录，首次收入文集，也有些篇目参照了此前出版的多种文集。原始文献字迹不清确不可考的，丛书中以"□"代替。另受条件所限，个别代表性作品未收集到权威版本，以存目形式呈现。

　　丛书收录作品以1945年8月至1949年10月为创作时间节点，主要为东北作家创作的各类主题作品，也有非东北籍作家创作的有关东北解放区的作品。除此之外，还有此时期公开发表的反映抗日战争题材的作品，以及在东北出版的反映其他解放区情况的、革命主题特色鲜明的作品。

　　需要说明的是，此时期的个别作家受时代限制，思想表现出了一定的历史局限性，体现在文学创作方面可能表现为有不同程度的瑕疵，但是这一群体的作品，只要总体导向是正面的、积极的，从保证史料全面性、完整性的角度考虑，我们也将其收录，以真实呈现当时人们的思想状况。

　　丛书旨在突出东北解放区文学原貌，侧重文献整理，故此在编辑过程中,重点对作品中会影响读者理解的明显讹误进行了订正,对于字词、标点符号以及句法等问题则尊重原文的使用习惯,不予调改,以突出其史料价值。本书选文除作者原注外,亦保留原文在初次出版时的编者注,供读者参考。

《1945—1949 年东北解放区文学大系》

长篇小说卷①

总　序

张福贵

从古至今,东北在中国历史与文化进程中,特别是近代以来都是决定中国社会政治发展走向的重要因素。当然,这种作用不单纯是东北自生的,更是多种因素叠加和交汇的结果。东北文化既是文化空间概念,同时更是历史时间概念,是不同空间、区域的多种历史文化的积累,是一种时空统一的文化复合体。值得注意的是,除了抗战时期的特殊因缘使"东北作家群"名噪一时外,作为东北历史文化和现实社会表征的东北文学特别是东北解放区文学,在相当长的时间里却未得到应有的关注。黑龙江大学出版社在对过去为数不多的东北文学史料进行整理的基础上出版的东北文艺史料集成——《1945—1949年东北解放区文学大系》,因而可以说是特别值得关注的。

《1945—1949年东北解放区文学大系》内容丰富,除了包括小说卷、诗歌卷、散文卷、戏剧卷之外,还包括评论卷、史料卷和翻译文学卷。这是一个前所未有的大工程,也是一件大善事。正如"总导言"中所说的那样,丛书注重发掘新资料,通过回归文学现场,复现了东北解放区文学的整体面貌。东北解放区文学处于东北现代文学快速繁荣发展的历史时期,在土改文学、工业文学、战争文学等方面代表了20世纪40年代解放区文学的成就,是对《在延安文艺座谈会上的讲话》所确立的文艺观念的全面实践。对东北解放区文学的系统研究有利于更全面地总结解放区文学的成就,有利于把握延安文艺传统与东北解放区文学的内在联系,以及解放区文学对新中国文学制度、观念、创作等方面的影响。以"历史视角""时代视角"对东北解放区文学,尤其是反映解放战争时期的土改题材、工业题材的小说和戏剧进行分析,可以勾勒出政治意识形态对东北解放区文学运动、文学社团、文学形态、文学制度、文学风格、文学论争等产生的影响,有利于把握东北解放区文学的历史价值、认识价值、审美价值与当代意义,同时对于挖掘东北地区的文化历史和建设东北文化亦具有现实意义。东北解放区文学是基于延安文艺传统而创作的,对东北解放区文艺运动、文艺理论的全面审视具有重要的历史价值和理论意义。此外,对东北解放区文学进行深入研究,探寻人民文艺理论的历史源头,对于当代文艺创作、审美观念的引导亦具有一定的启示作用。但是,受地域因素、资料整理程度、研究者文化背景等条件的制约,东北解放区文学在中国当代文学史上的特殊地位与价值一直以来并未引起研究者的足够重视。

东北解放区文学无论是在中国大文学史中还是在东北文学和文化发展的历史中,都是具有特殊意义的存在。

虽然现代东北文学在新文学运动初期晚于也弱于关内文学的发展,但是1931年九一八事变发生,新起的东北文学及东北作家被国难推到了文坛中心,萧红、萧军等青年作家更是直接受到鲁迅的关注和扶持,迅速成为前沿作家。这一批流落到上海等都市的青年作家由此被称为"东北作家群",他们奠定了东北文学在中国大文学史上的特殊地位。然而,正像全面抗战进入相持阶段之后,中国文坛也变得相对平静、舒缓一样,除了萧红、萧军等人外,东北文学和东北作家也逐渐失去了文坛的关注。应当承认,一些东北作家的文学成就和文坛名声之间并不完全相符,是时代造就了他们,提高了他们的文学史地位。然而,另一方面,我们对其中有些作家及作品的价值却又是认识不足的。对此,我自己也有一个认识转化的过程:过去单纯依据多数东北作家的创作进行判断,感觉某些艺术价值之外的因素在评价中发生了作用,其地位可能有些"虚高";但是,对于20世纪的中国文学史来说,艺术之外的价值判断就是艺术判断本身,或者说,社会判断、政治判断就是中国文学史评价的根本性尺度。因为在中国作家或者说在知识分子的群体意识之中,政治的责任感和社会的使命感几乎是与生俱来的,而中国20世纪风云激荡的社会现实又为这种责任感和使命感提供了最好的生长环境。"悲愤出诗人","文章憎命达",文学创作是与政治、思想、伦理等融为一体的,脱离了这一切,文艺也就失去了时代与大众。所以说,无论是具体的作品分析,还是文学史研究,没有了这些"外在因素",也就偏离了其本质。"东北作家群"是时代的产物,也是时代文艺的产物,20世纪中国文学史中应该有他们浓墨重彩的一笔。作为后人,对历史做出评价往往是轻而易举的,但是这"轻而易举"往往会导致曲解甚至歪曲了历史,委屈了历史人物。"东北作家群"的价值和意义不是单一的,因为对中国现代文学史的评价从来就不是一种艺术史、学术史的评价,而是一种思想史和政治史的评价。正如鲁迅当年为萧军的成名作《八月的乡村》所作的序中所写的那样,"这《八月的乡村》,即是很好的一部,虽然有些近乎短篇的连续,结构和描写人物的手段,也不能比法捷耶夫的《毁灭》,然而严肃,紧张,作者的心血和失去的天空,土地,受难的人民,以至失去的茂草,高粱,蝈蝈,蚊子,搅成一团,鲜红的在读者眼前展开,显示着中国的一份和全部,现在和未来,死路与活路。凡有人心的读者,是看得完的,而且有所得的"。《八月的乡村》不仅是中国现代第一部抗日题材的长篇小说,也是世界反法西斯战争题材的第一部长篇小说,其意义和价值是特殊的、特有的,不可单单以艺术审美的标准来看待这部作品。"东北作家群"的存在及其创作的意义,不只是为20世纪30年代的中国文坛增添了特有的地域文化内容和东北文学特有的审美风格,更在于最早向全国和世界传达出中华民族抗敌御辱的英勇壮举,最早发出反法西斯的声音。此外,在抗战大历史观视域下，"东北作家群"的创作为十四年抗战史提供了真实的证据。特别是东北解放区的早期文学直书十四年历史的特殊性，这是十分可贵的和独特的。于毅夫的散文《青年们补上十四年这一课》，深刻而沉重地描写了十四年殖民统治下东北人的精神状态和文化演变：

> 这许多现象，说明了东北在十四年殖民地化的过程中，文化生活上是起了很大的变化。翻开伪满的"满语国民读本"一看，真是"协和语"连篇，如亚细亚竟写成了アジヤ，俄罗斯竟写成ロシヤ，有的人一直到现在还把多少元写成多少円，这都是伪满"协和语"的残余，说明殖民地残余的文化还在活着，还没有死去，这在今天不能不说是一件遗憾的事！仔细想来，这也难怪，因为日本的魔手，掌握了东北十四年，今天一旦解放，希望不着一点痕迹，这是完全做不到的，要从历史上来看，它切断了东北历史十四年，这十四年的历史是很黯淡地被抹掉了，十四年来也的确是一个大变化，在这期间多少国家兴起了，多少国家衰落了，多少血泪的斗争、多少波浪的起伏，都被日本鬼子的魔手所遮断！我回到家乡接触到成千成百的青年，几乎都不大明了这十四年来的历史真相，有的连中国内部有多少省都不知道，连云南、贵州在哪里都不晓得。

难能可贵的是，作者较早地认识到在经历了十四年的奴化教育之后，对东北人民进行民族和民主意识的启蒙是至关重要的。"不过历史是不能停滞的，殖民地残余的文化必须要肃清，法西斯毒化思想也必须要肃清，既然是日本鬼子切断了东北历史十四年，既然法西斯分子要篡改这一段历史，那我们就应该设法补足这十四年的历史！""要做到这点，我想青年们今天的迫切要求，不是如何加紧去学习英文、代数、几何、物理、化学、读死书本事，争分数之短长,准备到社会上去找一个饭碗,而是如何加紧去学习新文化,如何加紧学习社会科学,如何去改造自己的思想,如何进一步地去改造这遭受法西斯思想威胁的半封建的半殖民地的社会!""因此我向青年们提议要加强你们对于新文化的学习,加强对于社会科学的学习,特别是政治的学习,不要把自己圈在课堂里,圈在死书本子上。""新青年要掌握着新文化,新思想,才能创造起新中国新东北!"(《东北日报》1946年10月13日)

在一批最前沿的左翼作家流亡关内之后,东北文学经过了一段艰难而相对平静的发展阶段。在表面繁华而内在凶险的沦陷区文艺界,中国作家用各种文艺手段或明或暗地与侵略者进行抗争,并为此付出了血的代价。这种状况直到1945年"光复"之后才发生根本性转变,东北文艺创作者们一方面回顾过去的苦难,另一方面表现出对新生活的憧憬,这正是后来东北解放区文艺的心理基础,而日渐激烈的解放战争又为东北文艺的走向和解放区文艺的诞生提供了具体的现实基础。这与以萧军、罗烽、舒群、白朗、塞克、金人等人为代表的东北籍作家的返乡,以及在东北沦陷区留守的左翼作家关沫南、陈隄、山丁、李季风、王光逖等人的坚持,是分不开的。当然,随我党十几万军政人员一同出关的延安等地的众多文艺家,在东北文艺的创设中更是起到了引领和带头作用。这其中已经成名的有刘白羽、周立波、丁玲、草明、严文井、张庚、吴伯箫、华山、陆地、公木、方青、任钧、雷加、马加、陈学昭、西虹、颜一烟、林蓝、柳青、华山、师田手、李克异、蔡天心等。

东北解放区文艺的创作直接继承了延安文艺特别是毛泽东《在延安文艺座谈会上的讲话》精神。在党的直接领导下,东北解放区先后创办了《东北日报》《中苏日报》《东北民报》《关东日报》《辽南日报》《西满日报》《大连日报》《松江日报》《合江日报》《吉林日报》《胜利报》等,这些报纸多为党的机关报,其文艺副刊发表了大量的文艺作品、理论文章及文艺动态。这些报纸副刊对于东北解放区文学的引导与建构起到了重要的作用。与此同时,《东北文学》《东北文化》《东北文艺》《文学战线》《人民戏剧》《白山》《戏剧与音乐》等文学杂志，以及东北书店、大众书店、光华书店等出版机构相继创办，这些文艺刊物和书店对解放区文艺的发展也起到了很大的推动作用。

革命的逻辑和阶级的理论是东北解放区文艺创作的普遍主题。这是一种革命的启蒙，与左翼文艺一脉相承，只不过东北的社会现实为这种主题提供了更为广泛而坚实的生活基础。抗战胜利后，为了开辟和巩固东北解放区，使之成为解放全中国的军事和经济基地，我党进军东北，抢占了战略制高点。可是，在东北，人民军队所处的环境与山东等老解放区完全不同，殖民统治因素加之国民党的宣传，使得我们的政治优势在最初未能完全发挥出来。正如李衍白在散文《黎明升起——巨大变化的东北一年间》中所写的那样："群众在犹豫中，岁月在艰苦里，这就是我们在东北土地上刚刚开始播种，还没有发芽开花时的现实遭遇。"随着革命形势的发展，革命军队传统的政治思想工作优势又体现了出来。我党在部队中开展了以"谁养活了谁"为主题的"诉苦运动"，这颠覆了中国东北乡村社会的封建伦理，提高了官兵的阶级觉悟，极大地增强了部队的战斗力。

这种革命的逻辑在土改题材的作品中表现得最为突出。方青的短篇小说《翻身屯》讲述了这个朴素的道理：

　　像赵三爷那号人，把咱穷人的血喝干了，咱们才不得不去找口水喝饮饮嗓；他们喝干了咱们的血没有一点过，咱们找口水喝饮饮嗓子就犯了罪？旧社会就是这么不公平！他们还满口的仁义道德，呸！雇一个扛活的，一年就剥削好几十石粮食，还总是有理！穷人的孩子偷他个瓜吃，就叫犯罪，绑起来揍半天，这叫什么他妈的道德？咱们要讲新道德，咱们贫雇农的道德；就是用新道德来看咱们贫雇农；像上边说的那些犯了点毛病的，都不要紧，脸上有点黑，一擦就干净了，只要坦白出来，都是穷哥儿们好兄弟。一句话：只要是姓穷的就有理，穷就是理！金牌子上的灰一擦净，还是金牌子。家务事怎么都好办！"李政委讲的话刚一落音，大伙高兴地乱吵吵起来："都亲哥儿兄弟么！"

除此之外，还有在"你给地主害了爹，我给地主害死了娘……"的事实教育下，认识到了彼此都是阶级弟兄，大家都是穷苦人的"无敌三勇士"，他们从此"火线上生死抱团结"。（刘白羽《无敌三勇士》）

土地改革是东北解放区文艺最引人关注的问题。东北解放区文学作品中有许多极具写实性的"穷人翻身"故事，如周立波的《暴风骤雨》、马加的《江山村十日》、白朗的《孙宾和群力屯》、井岩盾的《瞎月工伸冤记》、李尔重的《第七班》、西虹的《英雄的父亲》等文艺经典作品。

方青的《土地还家》描述的就是这一历史巨变给贫苦农民带来的心理和生活的变化：

二十年了，郭长发又重新用自己的手来排作自己的土地了。这是老人留下的命根，叫它长出粮食来养活后代的儿孙：可是二十年的光景，它被野狼吞了去，自己没有吃过它一颗粮食——他想到是旧社会把他的地抢走了。

现在呢？他又踏在这块地上铲草了，他感到自己已经离开家二十年，如今又回到母亲的怀里，亲切地叫着："娘！我回来了。"——于是他又感到满足：这是新社会把我的地要回来的。他这样想着，不由得拉长了声音跟儿子说：

"柱儿！想不到啊，盼了二十年，那时候你才三岁，多

亏共产党……记住！可别忘了本啊！"

　　他真起腰来，两手拉着锄把，又沉重地重复着这句话：

　　"柱儿！记住，可别忘了本啊！"

　　佚名的《永北前线担架队速写》则写了在一天的时间里就组织起来八百余人的担架大队，作者经过和担架队员们的交谈，感受到了新解放区人民的觉悟。大队长问担架队员们："你们这次出来抬担架，怕不怕？"大伙回答："不怕！"大队长又问："为什么不怕？"大伙答："不怕，这是为了自己。"担架队员们相信唯有民主联军存在，他们才能活着。他们说："胜利是我们的，土地才是我们的。""赶走国民党反动派，保卫我们的土地和民主。"这与《白毛女》"旧社会使人变成鬼，新社会使鬼变成人"和《王贵与李香香》"要是不革命，穷人翻不了身，要是不革命，咱俩结不了婚"的主题是一样的。淮海战役的胜利是山东人民用手推车推出来的，而东北解放区的建立和辽沈战役的胜利又何尝不是如此！

　　战争书写是东北解放区文艺中最主要的内容，革命理想主义、革命集体主义和革命英雄主义精神，是东北文艺的思想主题，也是东北文艺的审美风尚。这种简单明了的思想、昂扬向上的精神本身就具有一种审美特质，它奠定了新中国文艺的审美基调。就东北解放区文艺而言，无论是描写抗日战争还是描写解放战争的作品，都普遍具有鲜明而朴素的阶级意识、粗犷而豪迈的革命情怀。

　　蔡天心的诗歌《仇恨的火焰》，描写了在觉醒的阶级意识支配下东北民主联军官兵的战斗情怀：

　　　　仇恨燃烧着，
　　　　像火一样烧灼着广阔的土地。
　　　　听啊——
　　　　大凌河在狂呼，

辽河在咆哮，

松花江在怒吼，

在许多城市和乡村里，

哪儿出现反动派的鬼影，

哪儿就堆成愤怒的山，

哪儿有敌人的迹蹄，

哪儿就燃起仇恨的火焰……

……

我们要

用剪刀剪断敌人的咽喉，

用斧头砍下他们的头颅，

用长矛刺穿他们的胸脯，

用棍棒打折他们的脚胫，

用地雷炸弹毁灭他们，

用从他们手里夺过来的武器，

打垮他们，

然后用铁镐把他们埋掉！

我们要用生命，用鲜血，

保卫这自由解放的土地，

不让反动派停留！

"赶走敌人啊，

赶快消灭它！"

让这充满着力量和胜利的声音，

随同捷报传播开去，

让千百万颗愤怒的心，

燃起

仇恨的火焰！

这种激情在东北解放区的散文、报告文学和战地通讯中表现得最为明显，如丁洪的《九勇士追缴榴弹炮》、马寒冰的《战斗中江南》、王向立的《插进敌人的心腹》、王焰的《钢铁英雄王德新》等。这些作品内容真实、情感深沉厚重，延续了抗战时期散文书写浪漫主义与现实主义相结合的审美特征。这些既有写实性又有抒情性的东北解放区散文作品在战争中凝聚人心、彰显力量，具有极大的宣传、鼓舞作用。

最为难得的是，面对东北发达的近代工业景观，作家们更多地描写了工人们的斗争和生活，这些作品成为东北文艺中最为独特而珍贵的展示，而且直接影响了新中国工业题材文学的创作。战争期间，沈阳、长春、大连等地的工业设施惨遭破坏。光复之后，为了保护工厂和恢复生产，工人们表现出了忘我的精神和高超的技术。这使得从未见过现代工业景象的文艺家们感动和激动，他们纷纷用笔来描写现代工业生产和城市新生活，从而给中国现代文学带来了前所未有的新气象。大连大众书店于 1948 年 8 月出版的《"工农园地"选集》，就收录了城市工人拥护并融入新生活的历史片段，如袁玉湖《锉股的火车头》，郓景明、孙聚先《熔化炉的话》等。此外还有李衍白《工人的旗帜赵占魁》，草明《翻身工人的创作》《工人艺术里的爱和恨》，张望《老工友许万明》等。李衍白在散文《黎明升起——巨大变化的东北一年间》中，描写了东北现代工业的风貌和工人们的热情：

今日的城市也正在改变着一年以前的面貌，先看一看今天的哈尔滨，代表它新气象的是全部工业齿轮的旋转，是市中心区黑夜中的灯光如画，是穿插在四条线路的二十五台电车和六条线路上三十台公共汽车，是一万五千吨自来水不停地输送给工厂、商店和住宅。这些数目字不仅超过了去年今日（蒋记大员们劫掠后所造成的混乱情况），而且有些超过了伪满。在紧张的战争中加速地恢复这些企业，同样不是依靠别的，而仅仅是由于工人的觉悟。你想一想，一个工人为了修理一个发电的锅炉，但又不能停止送电，于是就奋不顾身钻进可以熔化生铁数百度的锅炉高热中，他穿着棉衣，外面的人用水龙朝他身上喷冷水，就这样工作一会熬不住了跑出来，再钻进去，来回好多次，最后，完成了任务。我们有好多这种感人的事例。

我们在这些描写工友的散文里，看到了解放区新生活带给城市工人的希望。他们积极上工，传授技术，加班加点，争着当劳动英雄。这在中国同时期其他地域的文学作品中是极少见的。

质朴单一的写实手法是东北文艺的普遍表现方式，这种质朴不单是一种审美风格，更是一种直面大众的话语策略。这一传统与近代"政治小说"、五四新文学、左翼文学和抗战文艺等都是一脉相承的。文艺作为一种宣传和斗争的工具，自然要承担起团结和争取最广大人民群众的历史任务。因此，质朴单一的写实手法、通俗易懂甚至有些粗俗的语言风格，成为东北解放区文艺的普遍表现形式。

鲁柏的诗歌《夸地照》用简朴的形式表达了翻身农民淳朴的感情：

一张地照领回家，
全家老少笑哈哈，
团团围住抢着看，
你一言我一语来把地照夸：
长方形，四个角，
宽有八寸长两拃；
雪白的纸上写黑字，
红穗绿叶把边插。
上边印着毛主席像，
四季农忙下边画；

地照本是政委会发，
鲜红的官印左边"卡"。
里面写着名和姓，
地亩多少填分明，
拿到地照心托底，
努力生产多收成。

这首诗歌不仅使用了农民的口语，而且用东北农村方言来直观地描摹地照的具体形状和细节，表达了翻身农民朴素的情感。这种描写与表现方式与中国古代民歌传统有直接的联系。

井岩盾的散文《瞎月工伸冤记》以一个雇农自述的方式讲述自己的悲苦经历和内心感受。当工作队员问他是否受地主老赵家的气，他说："大伙吃了他的肉也不解渴啊，都叫他给熊苦啦。"于是在工作队的启发和支持下，他"找大伙宣传去了"："张大哥，李大兄弟啊，咱们都是祖祖辈辈受人欺负的人呀！这回来了八路军啦，八路军给咱们穷人做主呀！有话只管说呀！有仇只管报啊！有八路军，咱们啥都不用怕呀！"这是东北解放区贫苦农民普遍具有的经历和感受，而这种质朴无华的语言也是地道的东北农民的日常语言，具有天然的亲和力。

邓家华的小说《打死我也不写信》从情节到语言都相当质朴，甚至有些幼稚，但是那种情感是真挚的。"我"被敌人抓去，遭到严酷的鞭打，"当时我痛得忍不住，皮肤里渗透出一条一条青的红的紫的血痕，可是打死我也不写信的，他们看到我昏过去了，也就走了。等我清醒过来时，浑身疼痛，我拼死命地弄坏了门逃了出来，可是不巧得很，又碰到了伪军，又把我抓起来了，他们还是逼迫我写信，我坚决地说：'死了心吧！就是死了，我父亲会帮我报仇的。'救星来了，在繁星的晚上，忽然西面枪声不停地响着，新四军老部队来攻击了，伪军们都吓得屁滚尿流地逃走了，啊！新四军救出我了，我很快地到了家里，见了爸爸妈妈，心里真是高兴得流泪了"。

　　李纳的散文《深得民心》记叙了长春一个米面商人对民主联军和共产党的淳朴情感:"他已经将红旗展开,举到我的眼前,我看到七个大字:'中国共产党万岁!''中国共产党万岁!'他重复着这七个字,从眼镜里透露出兴奋的眼睛。这脸,比先前更可爱更慈祥了。'我喜欢这七个字,所以我选择了它。'大会开始了,人们都向着会场移动,老先生也站起来要走,临走时他问我在什么地方工作,我告诉了他,他高兴地说:'好,都是民主联军,深得民心,深得民心。'"抛开其内容不论,作品文字风格的朴素也显露出解放区文艺在艺术层面幼稚和不甚精致的弱点,而这弱点又可能是许多新生艺术的共有问题。也许,正因为幼稚,它才有更广阔的发展空间。

　　形式的多样性特别是短小化是东北解放区文艺创作的普遍特点,短篇小说、墙头诗、快板诗、散文、战地通讯、说唱文学等成为最常见的艺术形式。战争的环境、急剧变化的生活和读者的接受水平与习惯等,需要并且适应这种短平快的表达方式,而这也是延安文艺和抗战文艺形式的延续。天意的《县长也要路条》描写了两个一丝不苟的儿童团员在放哨时不放过民主政权的县长,硬是把他和警卫员带到乡长那里查证的故事。其篇幅短小,不到 400 字,但是内容蕴意深刻,语言风趣自然,简直就是一篇微型小说。

　　小区区的短诗《一心一意要当兵》,将人物的关系、思想、表情和语言都生动形象地表现出来,极具说服力和感染力:

　　　　葫芦屯有个小莲青,

　　　　一心一意要当兵——

　　　　他爹说:

　　　　"你去吧。"

　　　　他娘说:

　　　　"你等一等……"

　　　　他老婆说:

"哪能行?!"

忸忸怩怩来扯腿,

哭哭啼啼不放松:

"你去当兵啥时还?

为老为小撇家中!"

小莲青,

脸一红:

"小青他娘,

你醒醒:

八路同志千千万,

哪个不是老百姓?!

我去当兵打蒋贼,

咱们才能享太平。"

当然,东北解放区文艺中也有许多保留了浓郁的文人气息的作品,这些作品与五四新文学的"纯文艺"审美风格有明显的承续性。例如大宇的诗歌《琴音》:

一个琴师

把琴音遗失在幽谷里

滑落在幽谷的谷缝里了

琴音栽培了心原上的一棵草儿

琴音赞咏了艺术的生命

一支灿烂的强烈的光焰

我就永住在这琴音里了

就仿佛身陷于一片梦的缘边

仿佛浴着一片无际的云海

无垠的生旅无限的生涯

何处呀

我摸索到何处呀

琴音丢在幽谷里

滑落在幽谷的谷缝里了

十分明显,这不是东北解放区文艺创作的主流。

《1945—1949 年东北解放区文学大系》的编者耗费了大量精力来做这样一项浩大的地域性文学工程,这不只是对东北文艺的巨大贡献,更是对新中国文艺的巨大贡献。在此之后,东北文艺研究将迈上一个新台阶。

总导言

丛 坤

从 1945 年抗战胜利到 1949 年新中国成立这个时期,对于东北而言是极为特殊的。抗战胜利后,中共中央发布了《建立巩固的东北根据地》的指示,迅速成立了以彭真为书记的东北局,抽调了四分之一的中央委员、两万名党政干部、十三万主力部队赶赴东北,与国民党反动派展开激烈的斗争。在广大人民群众的支持下,中国共产党及其领导的军队从最初的战略防御转为战略反攻。1948 年 11 月,辽沈战役胜利,全东北获得解放。在解放战争时期,在中国共产党的领导下,东北人民反奸除霸,建立民主政府,消灭土匪,进行土地改革,在政治上、经济上翻身做了主人。东北的政治、经济、文化、教育等各个领域都发生了翻天覆地的变化,尤其是在文学创作方面,东北地区取得了不可低估的成就,文学创作出现了前所未有的发展和繁荣的局面。

"东北作家群"的回归、党中央选派的文化宣传干部的到来、文学新人的成长使得解放战争时期东北地区的创作队伍不断壮大。在东北沦陷后从东北去往关内的进步作家中,除萧红病逝于香港、姜椿芳在上海从事党的地下工作外,塞克(即陈凝秋)、舒群、萧军、罗烽、白朗、金人等都积极响应党的号召,陆续返回东北。1945 年 9 月至 11 月,党中央从陕甘宁边区和各个解放区抽调一大批优秀的文化工作者到东北解放区。据不完全统计,这一时期来到东北解放区的文化工作者有刘白羽、陈沂、周立波、草明、严文井、张庚、吴伯箫、华山、西虹、陆地、李之华、胡零、颜一烟、公木、林蓝、江帆、李纳、魏东明、夏葵、常工、方青、任钧、李则兰、煌颖、侯唯动、李熏风、雷加、马加、袁犀、蔡天心、鲁琪、李北开等。① 中共中央东北局宣传部与东北文艺协会在"土地还家"口号的基础上，提出了"文艺还家"的口号，号召广大文艺工作者在与农民同吃、同住、同劳动的同时，领导农民群众参加土地改革运动，帮助农民成立夜校、学习文化、办黑板报、成立文艺宣传队，提高他们的写作能力与文艺欣赏能力，在农民、工人等基层劳动者中培养了一大批"文学新人"。创作队伍的空前壮大为东北解放区文学的繁荣奠定了坚实的基础。

东北解放区文学的繁荣也与当时出版事业的空前繁荣密不可分。东北局宣传部将建立思想宣传阵地（即报刊、出版机构）、改造思想、建构意识形态话语权确定为首要任务。进入东北不久，东北局于1945年11月在沈阳创办了机关报《东北日报》（1946年5月28日由沈阳迁至哈尔滨，1948年12月12日搬回沈阳）。该报面向东北全境的党政军发行，是东北解放区发行量最大的报纸。之后，东北解放区创办、发行的报纸近百种。据《黑龙江省志·报业志》的统计，当时黑龙江地区（5省1市）的每个省市不仅有党政机关报，而且有人民团体和大行业的专业报纸，有些县也出版油印小报。仅哈尔滨出版的大报就有《哈尔滨日报》《哈尔滨公报》《哈尔滨工商日报》《大众白话报》《午报》《自卫报》《北光日报》《新民日报》《民主新报》《学生导报》《文化报》等。这一时期的报纸，无论设没设副刊，都或多或少地发表过文学作品。

东北局还出资创办了东北书店、光华书店、大连大众书店、辽东建国书店、兆麟书店、吉东书店、辽西书店等众多的图书出版机构。其中，东北书店是东北解放区规模最大、贡献最大的书店，在东北全境建有201个分店，发行网点遍布东北全境。除图书出版、发行外，东北书店还创办了《知识》《东北文学》《东北画报》《东北教育》等期刊。这

---

① 彭放：《黑龙江文学通史（第二卷）》，北方文艺出版社2002年版，第354页。

些出版机构大量出版政治读物、教材和文学书籍,促进了东北解放区出版业的发展。仅以东北书店为例,从1946年到1948年,东北书店总共出版图书杂志760种、各类图书1 520余万册。① 东北解放区纸张和印刷质量上乘的大量出版物不仅发行于东北各地,还随着东北野战军入关和南下,成为陆续解放的北平、天津、武汉等地人民群众急需的读物。历史上一向"文风不盛"的东北第一次有大量的出版物输送到关内文化发达之地,这成为一时之盛事。

此外,东北解放区先后创办的文学类期刊的数量是惊人的。如1945年至1947年创办的文学期刊有《热风》(半月刊)、《文学》(月刊)、《文艺》(周刊)、《文艺工作》(旬刊)、《文艺导报》(月刊)、《东北文艺》(月刊)。1947年以后创刊的大型专业期刊有《部队文艺》、《文学战线》(周立波主编)、《人民戏剧》(张庚、塞克主编),综合性期刊有《东北文化》(吴伯箫主编)、《知识》(舒群主编)等。其中,《东北文化》与《东北文艺》的影响最为突出。《东北文化》的主要任务是协同东北文化界,从政治上、思想上启发广大的东北青年和文化工作者,提高他们的自觉性、激发他们的革命热情、积极性和创造性,使他们在东北人民解放的伟大事业中发挥应有的作用。《东北文艺》是纯文艺性的刊物,刊载小说、戏剧、散文、诗歌、漫画、速写、报告文学、杂文、书刊评价,以及文学理论、有关文艺运动史的论著等。《东北文艺》聚集了一大批优秀的作者,如周立波、赵树理、罗烽、公木、萧军、塞克、舒群、白朗、严文井、刘白羽、西虹、范政、宋之的、金人、马加、雷加等。在他们的影响下,《东北文艺》还不断提携文学新人,这成为该刊的传统。从创刊到终结,《东北文艺》在新中国成立前后产生了很大的影响,20世纪50年代成长起来的许多作家、诗人是从这里起步的。可以说,《东北文艺》在解放战争和革命胜利后对新中国文学新人的培养起到了重要的作用。报纸、文学期刊、综合性期刊和出版机构的大量涌现,

---

① 逄增玉:《东北解放区文学制度生成及其对当代文学制度的预制》,载《文学评论》2017年第4期。

为东北解放区文学的发展创造了良好的条件。

与此同时，为了更好地团结广大文艺工作者，东北局于1946年在黑龙江佳木斯成立了东北文化工作委员会，成员有张闻天、吕骥、张庚、塞克等。此后，若干文艺与文化团体陆续成立，其中最有影响的是1946年10月19日由全国文协的老会员萧军、舒群、罗烽、金人、白朗、草明6人在哈尔滨发起筹备的"中华全国文艺协会东北总分会"。这个文艺团体表面上是由文人自由结社，实际上主体是来自延安、具有干部身份的文化人，其中不少人是党员或东北文艺界的领导干部。"中华全国文艺协会东北总分会"对东北解放区文学的发展起到了不可忽视的作用。此外，中苏文化协会、鲁迅文艺研究会等文艺社团相继成立。1948年3月，中共东北局宣传部首次召开了由文学、戏剧、音乐、美术、电影等部门的150余名文艺工作者参加的文艺工作者会议。会议对抗战胜利以来的东北解放区文艺工作进行了总结，并制订了随后一段时间的文艺工作计划。此外，中共中央东北局宣传部内部成立了文艺工作委员会，吕骥、舒群、刘白羽、张庚、罗烽、何世德、严文井、袁牧之、朱丹、王曼硕、华君武、白华、向隅、田方、沙蒙、吴印咸任委员，负责指导东北解放区的文艺工作。

1946年秋，已迁至哈尔滨的原延安鲁迅艺术学院，按照东北局的指示北撤至佳木斯，并入东北大学，更名为鲁艺文学院。同年12月，东北局又决定让鲁艺脱离东北大学，组建东北鲁艺文工团。1948年秋冬之际，随着沈阳的解放，东北鲁艺文工团在经历了三年多艰苦卓绝的转战与工作后进入沈阳，随后正式复名为鲁迅艺术学院，恢复了延安鲁迅艺术学院的学校建制。文艺团体的纷纷建立为东北解放区文学创作队伍的培养提供了组织保证。

为了纪念解放东北这段革命岁月，为了展现东北解放区文学的勃兴与繁荣，我们编辑出版了《1945—1949年东北解放区文学大系》，分别从小说、散文、戏剧、诗歌、翻译文学、评论、史料等体裁角度进行整理、收录。

一

抗战胜利后的东北解放区文学是延安文艺的延伸与发展,东北解放区四年所发生的巨大变化,都生动、形象地展现在东北解放区的小说创作中。东北解放区小说充分展示了当时的社会生活,塑造了形形色色的人物形象,给人们留下了时代的缩影与历史的印迹。

东北解放区小说创作大体可以分为两个阶段。第一个阶段是从1945年日本投降到1946年中共东北局通过"七七"决议,第二个阶段是从1946年通过"七七"决议到1949年新中国成立。在当时的局势下,中国共产党要最广泛地发动群众,进入东北的文艺工作者便肩负了与武装部队同样重要的"文化部队"的任务。他们用文学作品教育、引导群众,积极参与了粉碎旧的国家机器和意识形态的过程。在党的文艺方针政策的指引下,东北解放区的作家们广泛深入到农村土地改革、前方战斗生活和工厂建设之中,亲身体验群众生活。这使得东北解放区的小说能够迅速地反映生产、生活、军事等各个领域的变化与东北人民精神世界的变化。

从1931年日本发动九一八事变到1945年日本投降,十四年的沦陷历史构成了东北文学不可磨灭的创痛记忆。对沦陷时期东北社会生活的回忆,是这一时期小说的一个重要题材。而抗战题材小说则是对异族侵略者铁蹄下民生困难的真实记录,也是对战争年代民族精神的热情颂扬。但娣的《血族》、陆地的《生死斗争》、范政的《夏红秋》、骆宾基的《混沌——姜步畏家史》等都是这方面的代表作品。

土改斗争是东北解放区小说三大题材的重中之重。在那场深刻改变了中国农村政治、经济关系的运动中,东北解放区作家将强烈的政治使命感与巨大的创作热情相融合,创作出了大量的优秀作品,周立波的《暴风骤雨》、马加的《江山村十日》、安危的《土地底儿女们》等至今仍被读者反复阅读。

小说创作需要一个孕育的过程,相对来说,中长篇小说需要更长的时间来构思和写作,而短篇小说则完成得较快。在复杂、激烈的土改运动中,东北解放区作家们努力笔耕,迅速创作出大量的短篇小说。在这些小说中,我们可以看到东北农民在土改运动中的精神变化,农民经历了几千年的封建压迫,他们身上的枷锁不仅是物质上的,更是精神上的,从奴隶到主人的蜕变需要一个心灵的搏击历程。

反映前线战争是东北解放区小说的另一个重要题材,这些小说真实地体现了军民的鱼水情谊。西虹的《英雄的父亲》、纪云龙的《伤兵的母亲》等都是当时影响较大的作品。1947 年至 1948 年是解放战争中我党从防御转为反攻的时期,随着战事的推进,中国人民解放军(1948 年 1 月 1 日,东北民主联军改称为东北人民解放军,同年 11 月 13 日改称为中国人民解放军)的队伍急剧壮大,部队官兵的成分因而趋于复杂化。为此,部队采用诉苦的办法对广大指战员进行阶级教育,提高他们的政治觉悟和思想觉悟。诉苦教育消除了战士之间的隔阂,为解放战争的胜利打下了坚实的思想基础。刘白羽的短篇小说集《战火纷飞》、李尔重的中篇小说《第七班》等反映了这一主题。

除上述三大题材外,解放战争时期东北涌现出来的工业题材小说,亦可视为中国现代工业题材小说的发端,这也从一个方面证明了东北解放区小说的文学史价值和文化价值。

东北解放区的工业在新中国发展史上占有非常重要的地位。在这一方面,影响最大的是女作家草明的中篇小说《原动力》。这篇小说虽然存在粗糙和简单等不足之处,但作为新中国成立前描写工业生产和工人思想的作品,是值得关注和肯定的。此外,李纳的《出路》、鲁琪的《炉》、韶华的《荣誉》、张德裕的《红花还得绿叶扶》等作品也广受好评。这些小说充分展现了东北解放区工业蓬勃发展的景象,展现了工业生产对人的改造,也开创了新中国工业文学的先河。

东北解放区的相当一批小说,强调小说的政治价值,强调创作为工农兵服务,大多通俗易懂,而缺乏对心理深度和史诗境界的发掘。然而,东北解放区小说明朗新鲜,创造性地继承了延安文艺精神,反映了东北解放区的历史巨变和社会变革中诸多的社会问题,为新中国成立后的十七年文学开辟了道路。

二

散文卷在本丛书中占有重要的分量,真实地记录了解放战争中东北解放区人民的巨大贡献,独特的作品体例亦标示出其在新中国散文创作史中的独特地位。

解放战争时期东北战区的胜利,不仅是军事史上的奇迹,更是人民意志创造历史的丰碑。许多作者都以醒目而直接的题目记录了解放军普通战士勇敢战斗、不畏牺牲的英雄事迹,以真挚的情感,突出了普通战士大无畏的战斗精神和取得战斗胜利的信心。这些作品表现了同一个主题:解放军是人民的军队,中国共产党是全心全意为人民服务的。这也是新中国强大的根基体现。

散文卷中还有一部分作品,叙述了悲壮的抗联斗争的事迹,如纪元龙的《伟大民族英雄杨靖宇事略》、菽沅的《老杨——人民口中的杨靖宇将军》、陈堤的《悼念李兆麟将军》等。英勇不屈的民族气节是抗联英雄的崇高品质,也是抗联精神最真实的写照。而东北书店于1948年6月出版的《集中营》,以革命者的亲身经历叙述了大义凛然、为真理献身的革命志士的事迹,让后人真正理解了"头可断血可流,革命意志不能丢"的气节,"永不叛党"是英烈们用鲜血和生命刻写在党章之中的。

从1946年到1948年,尽管国民党军队在东北重要城市盘踞,并负隅顽抗,但是东北农村却发生了翻天覆地的变化。中国共产党在根据地开展土改运动,领导农民推翻了地方统治势力,领导农民斗地主、分田地,农民欢欣鼓舞,迎来了新生活。强大的后方农村根据地为部队供给提供了保障,同时,许多年轻的子弟为了保护胜利果实自愿参加了解放军,这改变了国共双方在东北的兵力布局。《永北前线担架队速写》等作品反映了这一主题。

此外,解放区散文作家的笔下还洋溢着新生活的喜悦,如严文井的《乡间两月见闻》。除了乡村,对于那些在战后重新回到人民手中的城市,我党也开始接管,并进行初步的恢复性建设。在作家们的笔下,新生活带来了新气象。大连大众书店于1948年8月出版的《工农园地选集》，就收录了描写城市工人拥护和融入新生活的散文。在这些描写工厂、工友的散文里，我们可以看到解放区的新生活给城市工人带来了希望。

这些散文作品大多短小精悍，具有迅速性、敏捷性和战斗性等特点，具有独特的艺术特征。这与当时许多作家的出身密切相关。如刘白羽、草明、白朗、华山、西虹等作家对战争环境和百姓生活有着敏锐的观察力和真实的体验，他们的作品使得东北解放区1945年至1949年的散文创作呈现出独特的风格，表现出纪实性和文学性相结合的特点。此外，由众多从延安来到东北的文艺干部组成的随军记者，以大量的新闻报道反击了国民党的舆论污蔑，记录了解放军战士不畏艰险、顽强抗敌的英雄事迹，同时表现了后方人民在解放区土改过程中翻身解放、分得土地的喜悦心情。

散文作家记录这些真人真事的报道在东北解放战争中起到了巨大的宣传作用，成为鼓舞人心的强大的精神力量。东北解放区散文也因为内容真实、情感真实而呈现出历久弥新的生命力，往往给读者带来身临其境的感受，也让人忽略了作品本身的艺术特质。实际上，这些散文正是在真实的基础上，以生动与丰富的细节给读者留下了深刻的印象，在真实性的基础上呈现出文学性。华山的《松花江畔的南国情书》就是代表作品之一。

细节的生动亦使东北解放区散文具有鲜明的文学性。东北解放区散文将我军战士的大无畏精神写得非常真实、感人。在展示解放区新生活、新风尚方面，许多拥军爱民的片段写得细腻、真实。

东北解放区散文在主题内容上具有很高的价值，大量的散文颂扬了东北人民解放军的集体主义精神和英雄主义精神，表现了我军指战员的英勇气概，体现了战士们浩气长存的革命豪情。因此，东北解放区散文具有较高的文学价值，其明朗的表现方式恰恰是后来共和国文学明确表达和高度肯定的。题材广泛、内容真实和情感深厚的纪实性文学，使得东北解放区散文在战争时期凝聚了强大的精神力量。反映中国人民解放军不畏艰险、英勇战斗的长篇报告文学,在风格上激情澎湃,体现出解放军崇高的革命乐观主义精神。这一时期的散文把东北解放历史进程的全貌和战士们的英勇壮举再现了出来,东北解放区散文也因此具有了军事史和共和国历史的资料留存价值。东北解放区散文在创作上因为具有纪实性与文学性相结合的特点,为军旅散文创作提供了新的美学范式。

三

在东北解放区文学中,戏剧具有内容丰富、种类繁多、通俗明了、利于传播等特点,兼之创作群体庞大,故而获得了巨大的丰收,这成为东北解放区文学繁荣的重要标志之一。戏剧具有鲜明的启蒙性、宣传性和战斗性等特征,对东北解放区的生产建设、围剿土匪、土改运动和解放战争发挥着不可替代的宣传作用。

东北解放区戏剧的繁荣首先得益于东北解放区报刊对戏剧的支持。例如,《东北日报》刊发的剧作涉及歌唱新生活、感恩共产党、批判美蒋、拥军劳军、参军保家、歌颂劳模等多方面的内容。1947 年 5 月 4 日创刊的《文化报》则是东北解放区第一份纯文艺性质的报纸,主要刊载一些文学常识、短文、小诗、书评、剧报等。此外,《前进报》《北光日报》《合江日报》等都刊发了大量的戏剧作品。而从刊载量来看,期刊对戏剧的支持力度更大。在众多的文艺期刊中,对戏剧传播影响较大的是《东北文学》《东北文化》《东北文艺》《文学战线》《知识》和《人民戏剧》等。

从 1945 年年底开始,东北解放区以各家出版社为依托陆续出版了许多戏剧作品,这是解放区戏剧传播的重要途径。较有影响的是东北书店和人民戏剧社等。在解放战争期间,东北书店出版的各类戏剧作品和理论书籍近百种,形式包括话剧(独幕话剧、多幕话剧)、京剧、评剧、二人转、歌舞剧(广场歌舞剧、儿童歌舞剧)、歌剧、新歌剧、小歌剧、道情剧、活报剧、秧歌剧、小喜剧、小调剧、皮影戏等。其中,秧歌剧超过一半。

文艺团体的迅猛发展是解放区戏剧广泛传播的最终体现。1945年11月以后，东北文工团等数十个文艺团体在东北局宣传部的领导下先后成立。这些文艺团体以《在延安文艺座谈会上的讲话》为指导，坚持走文艺大众化的道路，活跃在东北城市和乡村，战斗在前线和后方。他们创作、表演了一系列以支援前线、土地改革、翻身当家为主题的作品，这些作品受到人民群众的好评。

从内容方面来看，歌颂工人阶级是东北解放区戏剧的一个重要内容。东北光复后，作为解放全中国的大本营，哈尔滨、沈阳等工业城市的作用得以凸显，工人阶级成为时代的主角。从剧作内容来看，第一种是反映工人生活的剧作，如王大化、颜一烟创作的《东北人民大翻身》；第二种是歌颂先进个人无私支援解放区建设、帮助工厂恢复生产的剧作，较有影响的有《献器材》《十个滚珠》《一条皮带》《刘桂兰捉奸》；第三种是歌颂党的政策的剧作，代表作品有《比有儿子还强》和《唱"劳保"》。工业题材戏剧的大量创作，极大地拓宽了解放区戏剧的创作领域，为新中国工业题材戏剧的发展奠定了坚实的基础。

东北解放区戏剧中描写农民翻身解放、分得土地的农村题材的戏剧的比重最大。第一类是反映东北农民翻身解放，通过新旧对比来歌颂新农村、新生活的剧作。第二类是反映粉碎各类阴谋、同复辟分子做斗争的剧作，代表剧作有《反"翻把"斗争》等。第三类是反映改造后进、互助合作，表现农民积极开展大生产运动的剧作，如《二流子转变》。第四类是描写劳动妇女反抗封建婚姻、争取民主权利、积极参加劳动生产的剧作，如《邹大姐翻身》。

东北解放后，群众的思想还比较保守，革命启蒙的任务十分重要，尤其是要帮助东北人民认同和接受中国共产党及其领导的人民军队。在描写军队的戏剧中，既有表现人民军队英勇战争、不怕牺牲、勇于献身的剧作，也有以军民互助、拥军支前为主要内容的剧作，这类剧作完整地再现了东北人民从最初的误解民主联军到后来积极送子参军、送夫参军、拥军支前的全过程。前者的代表作有《老耿赶队》《鞋》《两个战士》等，后者的代表作有《透亮了》《收割》《支援前线》等。

在艺术特点上,虽然东北解放区戏剧的整体水平不是最高的,但是其庞大的作者群体、巨大的创作数量、伟大的历史功绩,使得解放区戏剧创作达到了巅峰状态。东北解放区戏剧因对传统戏剧和西方舶来戏剧的融合而具有现代性,在这种融合的过程中实现了本土化,并形成了民族化、大众化、乡土化的特征。东北解放区戏剧的民族化特征源于延安时期戏剧的"中国化"。而其大众化特征是指具有广泛的群众基础,且创作群体亦十分大众化。东北解放区戏剧的乡土化则主要表现在地域特色上。

在创作方法上,东北解放区戏剧继承了延安戏剧的传统,剧作家们用现实主义的方法把自己身边刚发生或正在发生的事情通过戏剧的形式真实地反映出来,集中表现工、农、兵的日常生活。东北解放区戏剧起到了鼓舞斗志、颂扬先进、宣传政策、支援前线的作用。

在戏剧结构上,东北解放区戏剧的戏剧冲突尖锐而集中,叙事模式多元,表现方式多样。在人物塑造上,剧作塑造了一个个爱憎分明、个性突出、敢作敢为的人物形象。这些人物形象生动丰满、有血有肉,为观众熟悉和喜爱。

东北解放区戏剧在取得较高的艺术成就和发挥重要的宣传作用的同时,也存在一定的不足。然而瑕不掩瑜,民族化、大众化、乡土化的特征,使得戏剧的宣传性、教育性、战斗性的作用得以充分发挥出来。东北解放区戏剧对光复后进行的民众文化启蒙、文化宣传具有不可替代的作用,对解放区的土地改革和解放战争做出了不可磨灭的贡献。

四

东北解放区诗歌秉承了我国诗歌的优秀传统,具有红色革命基因。它一方面与伪满时期的诗歌做了彻底的割裂,另一方面又延续了东北抗联诗歌的革命精神和爱国主义情怀,集中书写了山河易色、异族入侵带给东北人民的苦难和屈辱,书写了受难的人民在共产党领导下的觉醒与反抗,书写了东北人民在艰苦的自然环境与战争环境中形成的坚韧、乐观、幽默的性格。

东北解放区诗歌是中国解放区诗歌的重要组成部分，与其他解放区诗歌保持着一致性和连续性。它之所以能复制延安解放区的文学模式，主要是因为其创作队伍中的很大一部分是来自延安解放区的革命文艺工作者，故在文学制度和文学政策上与全国其他解放区能保持一致。东北解放区诗歌的作者主要有四种身份：一是来自陕甘宁边区和延安解放区的文艺工作者；二是抗战时期流亡到关内的"东北作家群"（在抗战结束后返回东北）；三是虽然本人不在东北解放区，但是其作品在东北解放区的重要报刊上发表过并产生了一定影响的诗人；四是来自各行各业的业余诗人。《东北日报》文艺副刊曾陆续发表过很多业余诗人的作品，这些业余诗人中既有宣传干部，又有工人、农民、战士、学生（其中有许多人使用笔名，甚至使用多个笔名，今天有些作者的真实姓名已很难核实）。有一些诗人并不在东北解放区工作，但是其作品在东北解放区的重要报刊上发表过，并对全国解放区的文学发展产生过重要影响，如艾青、田间等。东北解放区的代表诗人有公木、方冰、马加、严文井、鲁琪、冈夫、天蓝、韦长明、刘和民、李北开、彤剑、侯唯动、胡昭、李沆、夏蔡、林耘、顾世学、萧群、蔡天心、杜易白、西虹、师田手、白刃、白拓方、叶乃芬、丁耶、孙滨、阮铿等。

从内容上看，东北解放区诗歌主要是反映当时东北解放区的经济建设、军事斗争、农村工作和城市建设等，具有现实性、时代性。从艺术形式上看，诗歌谣曲化、大众化、民间化的特点突出。抒情诗、叙事诗、街头诗、朗诵诗、歌谣、童谣等成为当时最常见的诗歌体裁。东北解放区诗歌具有以下几个显著特点：

第一，诗歌内容具革命性且高度政治化。东北解放区文学是为中国共产党解放东北和建设东北的政治任务服务的，其主要功能和目的是紧密贴近和配合解放区的主流政治运动。很多诗歌是为满足当时的政治需要而作的，充分体现了《在延安文艺座谈会上的讲话》在诗歌创作方面的实践成绩。东北解放区诗歌与中国解放区诗歌在题材选择、审美价值上保持着一致性，并具有东北解放区特有的地域性特点。

揭露、批判、颂扬是东北解放区诗歌的三大主旋律,诗人们以工人、农民、士兵、英雄人物、劳动模范等为书写对象,歌颂英雄人物,记录战争风云,赞美新农民,抒发家国情怀。

第二,具有鲜明的战争文学特点。东北经历了十四年艰苦卓绝的抗日战争,接着又经历了五年的解放战争,近二十年间,始终处于战争状态。诗歌也呈现出战时文学特质,记录了艰苦卓绝的战争场景与生活现实。对于重大战役的抒写与记录,英雄主义、乐观精神、必胜信念的情感基调,加之大东北茫茫雪原、天寒地冻的地域特点,使得东北解放区诗歌具有鲜明的东北地域特色。

第三,农村题材也是东北解放区诗歌的重头戏。东北经过十四年的抗日战争,土地荒废,农民思想落后。抗日战争结束后,解放军入驻东北,一方面做农民的思想工作,进行思想启蒙,另一方面在农村贯彻党的土改政策,进行土地革命,让农民成为土地真正的主人。因此,在东北解放区,启蒙农民思想、反映土改运动、揭露地主阶级剥削农民的本质、塑造新农民形象成为农村题材诗歌的主要内容。

第四,工业题材诗歌在东北解放区诗歌中独领风骚。《文学战线》等报刊还专门设立了工人专栏,如《文学战线》专辟"工人创作特辑",作者均来自生产第一线。工业题材诗歌丰富了东北解放区诗歌的样态,也成为东北解放区诗歌的重要组成部分。

第五,叙事诗是东北解放区诗歌的主要体裁。长篇叙事诗体量大,便于完整地呈现人物或事件的变化过程,便于刻画生动、饱满的艺术形象,因此很受东北解放区诗人的青睐。在《东北文艺》《文学战线》等杂志和个人诗集中,带有浓郁的东北民间话语特色,反映土改运动、翻身农民踊跃参军等内容的长篇叙事诗一时间大量出现。

第六,诗歌审美倡导大众化、通俗化。在解放战争时期,文学要担负着团结人民、教育人民、打击敌人的任务,因此,战时诗歌不能一味地追求高雅的诗意,它既要通俗易懂,便于启蒙民众,又要迎合普通大众的审美需求,适应战争时期的宣传需要。东北解放区诗歌的谣曲化倾向突出,诗作大多出自部队宣传干部、战士、工人、农民之笔,以社会现象为题材,具有相当强的时效性,普遍具有语言通俗易懂、直抒胸臆、为群众所熟悉和易于接受等特点,真正达到了为工农兵服务的目的。

东北解放区诗歌也存在一些不足。由于过于强调宣传性、鼓动性和战斗性,重内容而轻艺术,艺术水准较低,东北解放区诗歌未能达到思想性和艺术性相结合的高度。

五

东北翻译文学兴起于 20 世纪 20 年代末,当时的《北国》《关外》等文学期刊上都登载过翻译作品,对俄苏、英、美、日等国家的民族文学作品,以及批判现实主义、"普罗文学"等文艺理论均有译介。但这种生动、活跃的局面随着 1931 年九一八事变的发生而不复存在。1931年至 1945 年,在长达十四年的沦陷时期,东北翻译文学出现了两块文学阵地:一个是以沈阳、大连为中心的"南满文学"阵地,另一个是以哈尔滨为中心的"北满文学"阵地。辽南文坛在九一八事变以后出现了一股译介欧美和日本文学及其理论的潮流,主要刊发、翻译消极的浪漫主义、自然主义的文艺作品和理论,只刊发少量的俄苏文学。相对而言,北满文坛对俄苏现实主义文学作品及其理论的翻译有着更重要的意义。

解放战争时期的东北解放区文学的传播模式主要是"延安模式"。在翻译文学方面,东北解放区文艺工作者侧重译介的目的性和计划性。从目前了解到的情况来看,当时很多期刊都设有翻译栏目,其中《东北日报》《东北文艺》《前进报》《群众文艺》《知识》等都设立了介绍苏联文学的专栏,经常发表苏联社会主义建设时期和卫国战争时期的作品。此外,侧重刊发翻译文学的报纸、期刊还有《文学战线》《文化报》《知识》《东北文化》等。文学观念是文学创作的潜在基础,规范和支配着这个时代的文学创作。解放区的作家们译介了大量的苏俄作品,其中大部分是社会主义现实主义作品。除报刊外,东北解放区翻译文学的出版途径还有书店。由书店、期刊、报纸构成的媒介场,有效地促进了东北作家与世界文艺思潮的交流,尤其是苏联所倡导的革命现实主义文学创作思想对东北的文艺运动发挥了指导作用。

《东北日报》的译介主要集中在俄苏文艺思想、作家作品方面,其中刊发艾伦堡、法捷耶夫等文艺理论家的作品的数量最多,产生的影响也最为深刻。这些作品极大地开阔了东北知识分子的视野。《东北文艺》每期都对俄苏文学作品、作家进行介绍,较有代表性的是1947年曾连载过的金人翻译的苏联作家华西莱芙斯卡亚的中篇小说《只不过是爱情》。《文化报》介绍了大批的俄苏作家,刊载了一些文艺评论、文学作品等。《文学战线》在刊发原创作品的同时,则侧重于介绍俄苏文学作品和翻译俄苏文艺理论。

东北书店出版了大量的翻译过来的苏联文艺论著和苏俄文学作品,目前搜集到的翻译文艺论著的种类达110余种。其翻译出版的俄苏文学作品具有丰富的题材,包括电影文学剧本、报告文学、游记、书信集、诗歌、小说等。辽东建国书店、大连大众书店、光华书店等也是翻译作品重要的出版机构。

翻译文学的发展有助于文学创作的繁荣与文艺理念的更新,但东北解放区译介作品的内容较为单一,翻译的作品几乎全都来自苏联,俄苏文艺思想、文艺理论和文艺作品得到高度关注,成为文坛的主流。其原因有如下几个方面:

首先,从地缘因素来看,东北与苏联有着天然的地缘关系。东北地区与苏联的东西伯利亚地区有着相似的自然环境,都处于高纬度寒带地区,气候寒冷,地广人稀。自然环境和原始文化的相似为思想的交流提供了基本契合点。

其次,从政治因素来看,俄苏文学在中国的兴衰与中俄之间的政治文化交流有着密切的关系。当时的文人也希望通过译介苏联文学作品来改造和影响人们的思想意识,以及树立新民主主义革命的奋斗目标和未来社会主义的奋斗目标。

最后,从社会现实来看,东北解放区的沈阳、大连等地在中国人民解放军进驻之前已经驻有苏联红军,而且在经济、文化等方面与苏联交往密切,苏联文学作品的翻译、出版自然丰富。

1942 年之后,延安文艺工作者主要是对苏联等少数社会主义国家的文学作品进行译介。对于与苏联接壤的东北解放区来说,由于与外界接触困难,能获得的外国文学作品更少,在建设新文学方面,除了以五四新文学和老解放区文学为资源外,苏联文学便是重要的资源。苏联文学对建设中的东北解放区文学具有不同寻常的意义。

六

东北解放区建立后,文学创作繁荣一时。然而,文学创作在繁荣的背后也存在着一些问题,其中一个突出的问题就是创作者的背景复杂,其中有来自抗日根据地的,也有来自关内国统区的,还有本土的。不同的思想意识、价值取向、艺术趣味掺杂在各类作品中,部分作品的创作倾向出现了偏差。这些问题引起了文艺界的关注。东北解放区的主要报刊和杂志纷纷开辟评论专栏,采用编者按、读者来信、短评、述评、观后感等形式开展文艺批评,为确立正确的文艺路线提供思想保障。

初到东北的文艺工作者首先感受到的是新老解放区之间政治环境和文化环境的差异。自清朝灭亡到抗战胜利的三十多年间,东北民众饱受战乱的痛苦。抗战胜利后,虽然旧的社会结构和文化体制已经解体,但旧的意识形态还残留在一些人的头脑中,东北民众与新政权之间存在着一定的隔膜。刚刚到达东北的大多数文艺工作者对东北特殊的历史环境认识不足,尚未做好相应的思想准备,仍然延续过去的创作方法和思维方式,脱离群众和实际。以什么样的形式和内容来服务刚刚从殖民者的铁蹄下解放出来的人民,是当时文艺工作迫切需要解决的问题。

文艺争鸣与文艺批评既是抗日根据地文艺工作的优良传统,也是党指导文艺工作的重要手段。毛泽东同志在《在延安文艺座谈会上的讲话》中指出,文艺界主要的斗争方法之一,是文艺批评。此时,东北文艺工作者的首要任务就是对旧的意识形态进行批判和改造,从而构建与延安解放区主体同构的新的意识形态场域。因此,在本地区文艺界开展一场广泛的文艺批评运动就显得十分迫切和必要。1945 年 11 月,陈云同志在《对满洲工作的几点意见》中提出了党在东北的几项重要任务:"以扫荡反动武装和土匪,肃清汉奸力量,放手发动群众,扩大部队,改造政权,以建立三大城市外围及长春铁路干线两旁的广大的巩固根据地。"①这既是党在东北的中心工作,也是东北文艺界所面临的主要任务。东北解放区的文艺队伍自觉地将创作与政治任务结合起来,坚持为人民服务的创作方向,以《在延安文艺座谈会上的讲话》为指导来进行创作。东北这块古老而又年轻的土地上结出了丰硕的艺术成果。这些作品在内容上贴近当时东北的现实生活,在形式上生动活泼,富有浓郁的地方乡土气息,在教育人民、鼓舞人民、组织人民、团结人民、打击敌人方面发挥了重要作用。东北解放区文艺作为革命文艺版图中的一个独立板块开始形成,它既是"延安文艺"的派生,又具备地域文化品格。它不是由内而外自发产生的,而是在改造和清除原有旧文化的基础上通过外部输入逐步确立的。

与"延安文艺"相比,东北解放区文艺自身也出现了一些新的特质,特别是在文艺批评方面,文艺工作者表现出了强烈的自觉性。他们坚持无产阶级和人民大众立场,从不同层面和角度开展文艺界的批评与自我批评,引导东北解放区文艺朝着正确的方向发展。

东北解放区文艺的根本任务与延安文艺的根本任务保持着高度一致,但又具有特殊性。如果简单地照搬、照抄延安文艺的经验,那么东北解放区文艺很难适应革命发展的需要。东北解放区文艺首先具有启蒙的意义,它不仅具有文化启蒙的意义,也具有政治启蒙的意义。为此,东北解放区的文艺工作者以《在延安文艺座谈会上的讲话》精神为指导,树立起无产阶级的文艺大旗,以新文化来改造旧社会,重塑民众的国家意识、民族意识和政治意识,把东北建设成为中国革命的战

---

① 中国人民解放军历史资料丛书编审委员会:《剿匪斗争·东北地区》,解放军出版社 2001 年版,第 70 页。

略大后方。

在延安文艺旗帜的指引下,东北文艺界通过理论探讨和思想整风,统一了广大文艺工作者对革命文学根本属性的认识,东北的文艺工作焕然一新。广大文艺工作者在理论和实践两个方面取得了很大的成就,既继承和发扬了延安文艺思想,也将《在延安文艺座谈会上的讲话》精神与具体实践结合起来。夏征农、蔡天心、铁汉、甦旅、萧军、胥树人等知名的文艺界人士都对这个问题做了深入研究,产生了较大的影响。

与延安文艺相比,这个时期的东北文艺作品主题更丰富,创作者以切身的生命体验为基础,再现了解放战争时期东北所发生的波澜壮阔的革命斗争,以及在这个过程中东北人民的生活与精神面貌。

东北解放区的文艺发展也不是一帆风顺的,它也走了一些弯路。但是,在毛泽东《在延安文艺座谈会上的讲话》的指引下,文艺工作者不仅投身到创作之中,也开展了广泛的文艺批评,营造了一个宽松的舆论环境,作家们畅所欲言,在批评他人的同时也开展自我批评。这为创作的繁荣奠定了理论基础,也为新中国的文艺创作和文艺批评积累了资源和经验。

七

史料卷是大系的综合卷,其编撰初衷是反映东北解放区文学创作的初始背景,呈现当时的政策和文学创作的大环境,通过对资料的梳理,为弘扬东北解放区文学创作的优良传统提供第一手的基础资料。史料卷共分为六大部分。

一是文艺工作的政策方针。文艺工作的政策方针是党根据一定历史时期的总路线和总任务确立的文艺指导原则,反映了一定时期文艺创作的总体规划、部署和要求。史料卷旨在呈现东北解放区创作繁荣的大背景下中国共产党对文艺工作的总体规划和实施情况。史料卷主要收录了与东北解放区相关的宣传文件,以及部分会议发言和讲话等内容,其中有出版、通讯、写作的相关规定,也有重要领导对文艺工作的指示要求,同时还收录了部分重要会议成果。

二是重要的报纸、期刊。报纸、期刊大量创办是文艺繁荣的重要标志之一。报纸、期刊直接促进了文学事业整体的发展和繁荣,使优秀作品产生了广泛的社会影响。1945 年 11 月《东北日报》创办后,东北解放区先后创办、发行的报纸近百种。此外,在东北局宣传部的统一领导下,地方与军队也创办了数十种文学与文化类刊物。从成人刊物到儿童刊物,从高雅刊物到面向大众的通俗刊物,从文学到艺术,靡不具备。诸多的文艺报刊为文学作品的生产提供了园地,成为东北解放区文学创作的先锋阵地。

三是文艺团体、机构。在东北解放区,多个文艺团体和机构活跃在文艺创作和宣传的第一线,对东北解放区文艺事业的发展发挥了重要作用。东北局先后出资创办了东北书店等众多的图书出版机构,使得东北解放区报刊出版和传媒得到快速发展。1946 年,东北局在佳木斯成立了东北文化工作委员会,此后,中苏文化协会、鲁迅文艺研究会等文艺社团也相继成立。东北文艺工作团等文艺团体也迅速发展。在组建大量的文艺团体和文工团之际,军队与地方政府和宣传部门还非常重视文艺人才的培养和文学教育体系的建立,在演出之余,也招收和培养文艺人才。在短短的四年间,东北解放区建立了众多的文艺工作团体与人才培养学校。这体现了我党对教育人民、教育部队和动员人民参与革命的重视。

四是作家和创作书目。从延安来到东北的革命文艺工作者数以百计,此外,20 世纪 30 年代从哈尔滨流亡到关内各地的东北作家群成员也陆续返回东北。这些文化工作者云集黑龙江,办报纸,办杂志,从事广泛的文化艺术活动,使得东北解放区文学艺术以全新的姿态向共和国迈进。史料卷收录了活跃在东北解放区的多位作家的生平和创作情况,当然,由于这一历史时期具有特殊性,作家区域性流动较为频繁,对作家的遴选和掌握主要以创作活动的轨迹和作品发表的区域为依据。

五是文学回忆与纪念。为了弥补现有资料不足的缺憾,史料卷特别收录了部分文学界前辈及其家人的回忆与纪念文章,其中既有参加文艺团体的亲历感受,也有对文艺创作细节的点滴回忆。由于年代久远,这些资料的某些细节无法准确、翔实地体现出来,但这些资料记录了东北解放区文艺工作者的亲历感受,对补充和完善史料卷的内容大有裨益。

六是大事记。为了对解放区文学创作资料进行细致整理,进而为读者提供一个简明的、提纲挈领式的线索,史料卷呈现了大事记。大事记旨在将反映文学活动和文艺创作的各种资料予以浓缩,按照时间线索对史料进行编排。大事记简明扼要地记述了 1945 年 9 月至 1949 年 9 月东北解放区文学方面的大事、要事,涵盖了部分文艺作品创作、文艺团体成立的时间节点,有助于读者了解东北解放区文学的发展脉络。

随着军事上的胜利和东北解放区的形成,东北的政治面貌、经济面貌发生了根本性的变化,特别是文化呈现出前所未有的发展和繁荣的局面。东北解放区在政策制定、政策实施、新闻出版、文艺社团、文艺教育体制、作家培养等涉及文艺发展与繁荣的各个方面,继承、发展和完善了延安文艺体制,对当代文学和文艺制度产生了重要和深远的影响。

尽管东北解放区文学得到前所未有的发展和繁荣,但这份珍贵的文化资料始终没有得到系统整理,有关资料分散在哈尔滨、齐齐哈尔、牡丹江、佳木斯、长春、沈阳、大连等地,加上年代久远,这给编选工作带来了很大的困难。一方面,区域性的文学史料不易引起一般研究者的重视,文学史料的保留和整理工作在通常情况下很不理想,尽管编选者在前期已有一定的资料积累,但是很多工作还需要从头开始。另一方面,由于年代久远,加之当时的出版印刷技术有限,许多资料的保存和整理已经成为一大难题。许多珍贵的文学资料甚至已经出现严重的、不可恢复的缺损,因此,整理和出版东北解放区的文学史料,对东北解放区文学和中国现代文学的研究具有重要意义,同时,对人们了解和认识东北解放区这段历史也具有重要意义。

东北解放区文学创作距今已有七十年的历史,从 20 世纪 80 年代开始,东北解放区文学作为中国现代文学的一部分开始进入研究者的视野,搜集、整理与研究工作逐渐深入,一大批有分量的成果随之产生。其中,具有代表性的成果有两项,一项是林默涵主编的《中国解放区文学书系》(重庆出版社,1992 年出版),另一项是张毓茂主编的《东北现代文学大系》(沈阳出版社,1996 年出版)。这两部著作以文学价值作为侧重点,对东北解放区文学进行了很好的梳理。此外,黑龙江、辽宁与吉林三省的社会科学院文学研究所通力编辑出版的《东北现代文学史料》(共九辑),其价值亦不可低估,当时资料的提供者或为亲历者,或为亲历者之亲友,这从文献抢救的角度来看可谓及时。尽管《中国解放区文学书系》和《东北现代文学大系》对东北解放区文学进行了较大规模的搜集与整理,但由于编辑侧重点不同,这两部著作对东北解放区文学作品只是有选择性地收录,东北解放区文学作品分散在各地图书馆与散落在民间的态势并未改变。进入 21 世纪后,随着时间的流逝,承载东北解放区文学作品的旧报、旧刊、旧图书流失和损毁的情况日益严重,对东北解放区文学进行进一步搜集与整理的必要性在中国现代文学界达成共识。2008 年,东北现代文学研究者、黑龙江省社会科学院文学研究所研究员彭放在主编完成《黑龙江文学通史》(北方文艺出版社,2002 年出版)之后,提出了编辑出版《东北解放区文学大系》的建议,这一建议得到了认可。事隔十年,2018 年,由黑龙江省社会科学院文学研究所与黑龙江大学出版社联合策划的《1945—1949 年东北解放区文学大系》荣获国家出版基金资助出版,这完成了老一代东北现代文学研究者的夙愿。

《1945—1949 年东北解放区文学大系》的编者,力求完整地体现东北解放区文学的整体风貌,在文学价值之外,亦注重作品的文献价值,以文学性与文献性并重作为搜集、整理工作的出发点。

《1945—1949 年东北解放区文学大系》的篇目编选工作,由黑龙江省社会科学院发起,联合黑龙江大学、哈尔滨师范大学、哈尔滨学院等黑龙江省多所高校共同开展。为了保证学术性,本丛书特聘请多位东北现代文学领域的专家组成编委会,各卷主编均为中国现代文学方面学养深厚的研究者。本丛书的篇目编选工作得到了北京、吉林、辽宁等地多家相关单位的支持。东北现代文学界德高望重的老一代学者亦给予大力支持,刘中树、张毓茂与冯毓云三位先生欣然允诺担任本丛书的学术顾问,本丛书的姊妹著作《1931—1945年东北抗日文学大系》的总主编张中良先生亦为学术顾问。特别应提及的是,张毓茂先生在允诺担任本丛书学术顾问不久后就溘然离世,完成这部著作就是对先生最好的悼念。

本丛书的资料搜集工作,除得到东北三省各家图书馆的支持外,还得到了中国现代文学馆、黑龙江省浩源地方文献博物馆的大力支持。东北红色文献收藏人胡继东、华东师范大学历史系博士崔龙浩,以及华东师范大学历史系高铭阳、雷宇飞等人为本丛书的集成提供了大量珍贵而稀缺的第一手资料。对于他们的无私奉献,在此表示诚挚的感谢! 此外,黑龙江大学文学院、哈尔滨师范大学文学院许多在读的博士生、硕士生和本科生也参与了资料搜集工作,在此,请恕不一一列名。

《1945—1949年东北解放区文学大系》除入选2019年度国家出版基金资助项目之外,还被列入黑龙江历史文化研究工程项目,在此谨致谢忱。

小说卷导言

东北解放区小说面面观

金 钢

一

从 1945 年日本投降到 1949 年中华人民共和国成立,是东北区域发生巨大变革的时期,在这短短的四年中,东北的政治、经济、军事、文化等领域都发生了翻天覆地的变化。这些变化生动形象地展现于东北解放区的小说创作之中。东北解放区小说充分表现了当时各个方面的社会生活,塑造了形形色色的人物形象,给后人留下了时代的缩影和历史的印迹。

1945 年日本投降以后,东北解放区汇集了东北本土作家和从延安来的大批作家,这一时期东北解放区的作家可谓群星灿烂,作品也非常丰硕,在全国处于很突出的位置。这四年的东北解放区的小说创作大体上可以分为两个阶段。第一阶段是从 1945 年日本投降到 1946 年中共东北局通过“七七”决议。在这一阶段,国共双方正在角力,故而小说创作的主题大多是控诉日伪的黑暗统治,呼唤独立自主的新中国的到来。这一阶段的小说展现了东北区域历经十四年劫难后重现新生的精神力量。像但娣(田琳)的《血族》《早晨七点的时候》、朱媞的《小银子和她的家族》、鲁琪的《月亮圆又圆》、袁犀（李克异）的《狱中记》等，都是表现这一主题的佳作。

第二阶段是从 1946 年通过"七七"决议到 1949 年新中国成立。我党我军在东北的战局中并不是一帆风顺的，1946 年四五月间，东北民主联军为了保卫四平进行了为期一个月的艰苦防御作战，终因敌强我弱而以失利告终。我们积极总结经验和教训，在"七七"决议中确立了发动群众、争取群众的正确方针。"我们的方法，就是从战争，从群众工作，从解决土地问题改善人民生活，从其他一切努力，去增加革命力量，减少反动力量，使双方力量对比发生有利于我的变化。"①

抗战胜利后，相当一部分东北群众对国民党政府存有"正统"观念，视其为中国政府的合法代表。长期较为封闭的殖民统治也使东北群众对共产党、八路军了解得不多，对共产党的政策和力量有所怀疑。上述这些因素形成了当时所谓的"伪满洲国脑瓜"。在当时的局势下，中国共产党要最广泛地发动群众、改造那些"伪满洲国脑瓜"，并不容易。大批文艺工作者进入东北，便和武装部队一样肩负了重要的"文化部队"的任务，他们用文学作品教育、引导群众，积极参与粉碎旧的国家机器和意识形态的过程。他们在创作中所进行的努力恰如刘白羽所说："谁都不否认，我们正在进行的斗争，是中国人民反对旧中国统治者空前激烈的斗争。今天（以至将来）我们的任务，首要的是如何推动这一斗争，使这一斗争取得胜利。因此，文学的任务首要就是当前的积极的战斗的任务。不是作家个人考虑爱做什么做什么，而是如何斗争有力，就做什么。"②

在党的文艺方针政策的指引下，东北解放区的作家们广泛地深入生活，深入到农村土地改革、前方战斗生活和工厂建设之中，亲身体验群众生活。这使得东北解放区的小说能够迅速地反映生产、

---

① 祝志伟：《七七决议扭转东北战局》，载《湘潮（上半月）》2014 年第 7 期。
② 刘白羽：《加强文学的时间性与战斗性》，《东北日报》1948 年 6 月 2 日。

生活、军事等各个领域的变化，反映人民群众精神世界的变化，洋溢着浓郁的生活气息。作品的主题主要集中在土改斗争和前方战争这两个方面。这一时期产生了如周立波的《暴风骤雨》、马加的《江山村十日》、白朗的《棺材里的秘密》《孙宾和群力屯》、井岩盾的《瞎月工伸冤记》、刘白羽的《战火纷飞》《政治委员》《无敌三勇士》、李尔重的《第七班》、西虹的《英雄的父亲》等脍炙人口的作品。

二

从 1931 年日本发动九一八事变到 1945 年日本投降，这十四年的沦陷历史构成了东北文学不可磨灭的创痛记忆。这段记忆在之后的创作中被不断触及、反复讲述。这段记忆关系到作家们对过往先烈的怀念、对殖民侵略者的批判、对民族国家的思索和对现代中国命运走向的探寻。这段记忆所包含的坚韧与痛楚是那样深刻，我们相信，它是无法被遗忘的。东北作家们经历了十四年日伪统治的黑暗时期，在日本投降后终于获得了宣泄的机会。对沦陷时期东北社会生活的回忆，成为这一时期小说的一个重要题材。但娣的中篇小说《血族》展示了那段黑暗日子里百姓的艰难生活，人们的灵魂都因困苦、压抑的生活而扭曲了。袁犀的中篇小说《狱中记》是对日伪惨无人道的法西斯暴行的控诉。不同于他沦陷时期创作的作品的隐晦，《狱中记》的表述是直率的、慷慨激昂的。身在狱中的"我"看到革命志士们为了理想而含笑就义，因而坚定了对胜利终将到来的信心。

抗战题材小说是对在异族侵略者的铁蹄下民众生活困难的真实记录，也是对战争年代民族精神的热情颂扬。仓夷的短篇小说《"无住地带"》所设置的地点是伪满洲国热河省的边境，日本侵略者用残酷手段制造了"无住地带"，但敌人的残暴并不能击毁中国人民反抗的意志，我们的部队在人民的支持下与敌人展开顽强的战斗，不因一时的挫折而气馁，在"无住地带"里越来越壮大。戴夫的中篇小说《不可征服的人们》展示了抗日战争的复杂性,长治军民面对的不仅是日寇的奸淫烧杀,还有国民党"中央军"的压榨。而当抗战形势日趋明朗、日寇败势已定的时候,地方豪绅势力却有意阻碍抗战的胜利,他们害怕穷苦人民在抗战中站起来"共产",认为"亡给鬼子是一时,亡给八路是一世"。这种不顾民族大义、只顾个人私利的行为是抗战拖延了十四年的原因之一。

陆地的中篇小说《生死斗争》讲述了一场惨烈、悲壮的阻击战。小说主要包含两个部分。第一部分是阻击。敌人有汽车、骑兵,我们的部队只有两腿,为了掩护主力撤退,一部分人就需要完成阻击的任务。十八团三连的将士们承担了这一艰巨的任务,顽强地阻击了敌人。第二部分是被囚和逃脱。第二部分的叙述揭示了战争中人的生存潜力。第二部分对抗战中我军战士、日本侵略者,以及屈从于日军的伪军、翻译官等进行了一定程度的心理剖析。这种心理剖析虽然还不够深入,但也是一种有益的尝试。这篇小说让我们看到,战争不仅意味着死亡、囚禁、酷刑,还意味着跳脱囚笼。战争与人的诸多命题都还有待发掘。

十四年在漫长的历史长河中不过是短暂的一瞬,但对于一个人来说却足够使他从幼儿长成青年。如果一个人在沦陷区的奴化教育中成长起来,那么当沦陷区变为解放区时,他/她会不会茫然无措?范政的中篇小说《夏红秋》以辽南某文工团的青年团员夏红秋为主人公,描写了这个受奴化教育和盲目正统观念荼毒的"满洲姑娘"的成长历程。她在时代的影响下,认清了国统区官僚的腐败,最终加入了人民军队,选择了为人民服务的道路。关于《夏红秋》,舒群的评论是较为中肯的:"东北日报的《尽量办好中学》社论,曾根据第一届教育会议作有以下的结语:'在东北青年学生中还有很大一部分没有摆脱敌伪的奴化教育和蒋党的愚民教育的影响,依然还是盲目正统观念,反人民思想在他们头脑中占统治地位。'我认为这正符合客观现实,也正符合《夏红秋》的内容。社论还说:'经过两年的实际教育,东北知识青年的思想是逐渐在发生变化,而且，事实证明现在已有千万东北知识青年参加革命，在与工农结合和为工农服务。'我认为这正是客观现实，也正是《夏红秋》的内容。因此，我认为《夏红秋》的内容，基本上忠实的反映了东北知识青年的主要问题，概括的反映了东北青年的主要现实问题。因此，夏红秋有典型性。"①也有评论者认为，《夏红秋》的前两节不具有典型性，对奴化教育的作用有所夸大，但总的来看，《夏红秋》叙述质朴、情节生动，较为客观地反映了东北青年的思想状况，具有很强的教育意义和现实意义。

骆宾基被称为东北流亡作家群的后卫，他的创作把这个作家群的文学风气延续到了抗战胜利之后。他的长篇小说《混沌——姜步畏家史》②以童年视角对故乡的风物人情进行了深情的回望，与萧红的《呼兰河传》在主题上是相近的。对于萧红、骆宾基这样的流亡作家来说，故乡具有特殊的意义，不同的是萧红的离乡是家庭决裂、故土沦陷的双重别离，而骆宾基的家庭始终给予他支持，帮他渡过难关，因而《混沌——姜步畏家史》始终包含着对故乡的浓浓情意，可以说是以混沌初开、天真未凿的少年心思演绎的一曲乡土恋歌。骆宾基自己说："尤其是因为它是自传体的小说，虽非历史实录的自传可比，但它却记载了作者的幼年与少年两个时期的天真而纯洁的心灵。这个心灵反映着通过家庭而显现出来的一个东北三等小县城的社会风貌。记载了'九一八'事变之前的这座满、汉、回、朝四个民族杂居共处的边域城镇的习俗、人情。自然，它们都是盖有半封建半殖民地的时代烙印的。"③骆宾基以清淡如

---

① 转引自张毓茂主编《东北现代文学史论》，沈阳出版社 1996 年版，第 122—123 页。

② 长篇自传体小说《混沌——姜步畏家史》第一部《幼年》于 1944 年在桂林三户图书社出版，《混沌——姜步畏家史》是第一、二部的合称，于 1947 年在上海新群出版社出版。考虑到作品的完整性，这次把《混沌——姜步畏家史》整部收入本丛书中。

③ 骆宾基：《幼年·自序》，文化艺术出版社 1982 年版，第 2 页。

水的笔触,把一座带有异域情调的边疆小城呈现在读者面前,而小说对闯关东的父亲姜仰山、朝鲜族佃户古班、山东乡亲兼女仆崔婆等人身世的叙述,成功地增加了作品的思想容量与历史厚重感。

三

如前所述,回忆过往、土改斗争和前方战争是东北解放区小说的三个重要题材,而土改斗争无疑是重中之重。在那场深刻改变了中国农村政治、经济关系的土改运动中,东北解放区作家将强烈的政治使命感与巨大的创作热情相融合,创作出了大量的优秀作品,《暴风骤雨》《江山村十日》等至今仍被读者反复阅读。

长篇小说《暴风骤雨》通过对松江省元茂屯进行的一场暴风骤雨般的土改斗争的描写,真实地展现了东北农民在共产党的领导下摧毁封建土地制度、翻身闹革命的历史画卷。《暴风骤雨》是周立波在长期下乡体验生活、搜集素材之后完成的。杨义曾指出:"周立波和丁玲、欧阳山等早已驰名的作家一道,在解放区文学中开拓了一条不同于赵树理、孙犁、马烽等本土作家的创作途径,即以异乡干部的身份深入农村社会运动,以普通劳动者的姿态,从农民中汲取经验、智慧、情感、语言、直至灵感,以改造自己早年也许是带点欧化意味的艺术个性,把带有浓郁的主观抒情色彩的艺术风格换成平易质朴、在开阔刚健中难免带点粗糙的时代群体风格。"①正是因为周立波能够长期深入生活,其《暴风骤雨》才为中国现代文学贡献出了萧祥队长、赵玉林(外号"赵光腚")、郭全海、老孙头等鲜活的人物形象。萧祥队长对农民的心理较为熟悉,是一位具有实干精神的共产党员。他认为:"中国社会复杂得很。中国老百姓,特别是住在分散的农村,过去长期遭受封建压迫的农民,常常要在你跟他们混熟以后,跟你有了感情,随便唠嗑时,才会相信你,才会透露他们的心事,说出掏心肺腑的话来。"这番话应是周立

---

① 杨义:《中国现代小说史(下)》,人民出版社 1998 年版,第 626 页。

波在长期体验生活后得出的深刻认识。

《暴风骤雨》在塑造了一系列正面形象的同时，还勾画出韩老六、张富英、白胡子等反面形象，正反两方面的对比与较量真切地反映出农村土改斗争的复杂性。地主阶级不甘心灭亡，不愿意重新分配财富，企图与广大贫苦民众对抗。小说在尖锐的斗争中推进，从而具有了迷人的艺术魅力。在当时的环境中，国民党军队仍占领着辽宁、吉林两省的大部分地区，元茂屯附近还有土匪活动，以韩老六为首的地主势力并不甘心失败，他们勾结土匪，拉拢农会中的坏分子。而广大贫苦民众，尤其是一些不愁衣食的中农，害怕"变天"，不敢与韩老六等进行正面斗争。赵玉林起初也对打垮韩老六持怀疑态度。"他翻来覆去，左思右想，老是睡不着。他又爬起来，摸着烟袋，走到外屋灶坑边，拨开热灰，把烟袋点上，蹲在灶坑边，一面抽烟，一面寻思。烟锅嗞嗞地响着，他想起韩家的威势，韩老五还逃亡在外省，韩老七蹽到大青顶子里，他的儿子韩世元跑到了长春。屯子里又有他好多亲戚朋友，磕头拜把的，和三老四少的徒弟。""'就是怕不能行啊。'他脑瓜子里又钻出这么个念头。"这表现了普通民众在面对社会巨变时的犹豫，周立波的描写是合理且深刻的。而变革往往伴随着流血牺牲。成长为农会主任的赵玉林在反击土匪时英勇捐躯了，但他的倒下换来的是万千贫苦百姓的站起，小说由此升华出"一籽下地，万籽归仓"的人生哲学。

不同于周立波来自南方省份，马加是一位土生土长的东北作家，他在 1934 年便因中篇小说《寒夜火种》（原名《登基前后》）为读者所熟知。此后，他创作并发表了长篇小说《滹沱河流域》第一部、中篇小说《江山村十日》、短篇小说《饿》《成物不可损坏》等作品。《滹沱河流域》第一部描写了 20 世纪 30 年代末太行山麓滹沱河畔抗日根据地的社会风貌和阶级动态。这部长篇小说试图构建一个宏大的写作框架，将城与乡、军与民融为一体。马加也拟好了第二部的写作提纲。他曾说："我已经摆脱了陀思妥耶夫斯基那种忧郁情绪的影响,我多么赞赏托尔斯泰的雄伟艺术结构。"①可是,由于叙事线索繁多,作家还没有练成操纵自如的艺术手腕,小说便显得杂乱无章,但是其中一些描写片段清丽可人,显示出了作家的创作潜力。

《滹沱河流域》第一部完稿后,马加深感自己语言不过关,而且缺乏生活体验,需要按照毛泽东《在延安文艺座谈会上的讲话》指出的方向,重新深入生活。1946 年,马加从张家口抵达通辽,因为国民党军队占领了四平,他随一支军事干部队伍绕路内蒙古东科尔沁中旗大草原,到达当时的合江省省会佳木斯。后来他根据这段经历写成了中篇小说《开不败的花朵》②。1947 年 12 月,马加到佳木斯东五里地的高家村参与土改运动,他广泛地听取了群众的讨论意见,四易其稿,写成中篇小说《江山村十日》。在"前记"中,马加写道:"我从佳木斯到这村子里,突击了十天工作……却没有像这一次给我的印象是强烈的,体会到的情感是饱满的,接触的生活是新鲜的……新的人物流露出新的喜悦情感,我被他们喜悦的情感所鼓舞,我和他们相处的日子是快活的,是健康的,给予我创作上最大的勇气。""这个故事是写江山村平分土地斗争开头十天的生活,那翻天覆地的十天呵……他们以主人的身份走进了这个世界。他们来了,给这个世界添置新的财富,他们带来了自己的气派,智慧和天才。"

这两段话很能反映《江山村十日》的基调、气氛和思想内容。这部作品具有饱满的政治热情,通过对江山村十天中发生的划成分、斗地主、追浮财、分土地、建立党支部、支援前线等一系列活动的描写,充分展示了土改运动给东北农村带来的翻天覆地的变化。这部作品在人物塑造、情节展开等方面,都远远优于《滹沱河流

---

① 马加:《马加文集(一)·写在前头》,春风文艺出版社 1986 年版,第 5 页。

② 该作初版于 1950 年,不在本丛书的时限之内,故本丛书没有收录。该作在当时广受好评,曾先后再版 14 次,被译成英、德、日等国文字出版。

域》。这部作品主要刻画了贫农金永生、地主高福彬、中农陈二踹子、雇农孙老蔫四个类型的人物,通过展示他们在土改斗争中的不同表现,反映出了土改的艰巨性和复杂性。整部作品生活气息很浓,语言是大众化的,地域特色浓郁。

安危的中篇小说《土地底儿女们》在题材与风格上与《江山村十日》都较为相似,这部作品是安危利用在双城参加土改运动时积累的素材写成的。安危在"写在前面"中写道:"一九四七年初,我来到东北,在伟大的土地改革中,在东北一万二千干部下乡工作的时候,适逢其会,我也赶上了这个时机。使我有机会能够受到锻炼。而且,能够和农民们——中国伟大的土地的主人朝夕与共。这对我还是头一回。作为一个知识分子,实际的与群众相结合,这还只是一个开始。但我将永远纪念这个开始,永远纪念在那些日子里教育我,启示我,帮助我的人们。"[①]这部小说描写了哈尔滨附近的红旗村农民发动土改的过程。在党的领导下,翻身群众清理农村干部队伍,将暗中勾结地主姜大白虎的村长姜二啰啰抓了起来,重新改选村委会。村委会在工作队的指导下,按照土地法大纲的规定,依靠贫雇农,团结中农,揭露地主的阴谋破坏活动,斗地主,起浮产,终于打倒了地主姜大白虎及其残余势力,土地改革获得了彻底胜利。这部小说具有很强的思想性,在行文中大量运用方言土语,是一部具有时代精神和地域特色的作品。

此外,那沙的《打虎记》、草沙的《东霸天的故事》、方青的《活捉笑面虎》也是类似的土改题材的小说。值得一提的是,《活捉笑面虎》是章回体小说,工农兵读者更易于接受。这使得章回体这种古老的小说形式容纳了时代的新内容,章回体在中长篇小说领域重新崛起。当时最享有盛名的章回体小说是马烽、西戎的《吕梁英雄传》和袁静、孔厥的《新儿女英雄传》,而东北解放区则有《活捉笑面虎》。《活捉笑面虎》开篇是传统的开台鼓,从第一首"盘古三皇

---

① 安危:《土地底儿女们》,上海文化工作社1951年版,第1页。

治世,流传五千余年,星移斗倒山河改,人情世事不变"到第四首"扫清当道豪绅,打倒恶霸封建,皆因来了共产党,穷人才把身翻",四首西江月将古今较好地勾连在一起。整部作品沿用章回体的回目对子,每回结尾也采用有诗为证和"要知后事如何!且看本书慢慢交代"的陈旧套路。不过我们应该看到,土改题材的作品不像战争题材的作品那样容易编织出传奇性,这部作品远不如《吕梁英雄传》等作品那么吸引人。章回体可以吸引工农兵读者,但章回体的陈旧套路也会限制作家的创造力。对于有着深厚的文化底蕴的中国作家来说,如何从传统的文学样式中生成新的文学精神和文学形式,是一个值得思考的课题,只照搬旧的小说模式是远远不够的。

小说创作需要一个孕育的过程,相对来说,中长篇小说需要更长的时间来构思和写作,而短篇小说则完成得较快。在复杂、激烈的土改运动中,东北解放区的作家们努力笔耕,迅速创作出大量的短篇小说。如董速的《孙大娘的新日月》、方青的《老赵头》《"火车头"又冒烟了》、鲁琪的《崔"傻子"》、谭亿的《一个乡长》等作品,都产生了较大的影响。作为东北流亡作家群的重要作家,白朗回到东北解放区工作之后,对当地的农村土改运动进行了深入观察,完成了一系列短篇小说,这些短篇小说包括《棺材里的秘密》《孙宾和群力屯》《顾虑》《棺》等。从这些小说中,我们可以看到东北农民在疾风暴雨般的土改运动中的精神变化,农民经历了几千年的封建压迫,他们身上的枷锁不仅是物质上的,更是精神上的,从奴隶到主人的蜕变需要一个心灵的搏击历程。《孙宾和群力屯》中的孙宾从一个佃户成长为农村土改运动的带头人,领导全村农民斗倒地主姜恩父子。其过程是异常艰难的,他要克服村民依附地主的奴性心理,还要和自身的自卑、彷徨进行抗争。小说中农民斗争地主的一次次失败、"煮夹生饭"让我们认识到农民在摆脱封建束缚走向新生的路途上任重道远。

我们应该看到,在土改运动中,翻身农民在打倒地主阶级的同时,也暴露出自身的一系列问题。东北解放区文学虽然具有强烈的政治使命感和明朗激昂的总体色调,但也在一些侧面表现出了土改运动中的民间暴力、坏干部和中农政策等问题。比如《暴风骤雨》第二部就塑造了农会主任张富英这个坏干部形象。在社会变革时期,一些具有流氓习气的无产者有时就会借机抢占话语权,狠斗地主甚至中农,从而获得物质资本和政治资本。关于这个问题,对农村了解很深的赵树理曾说:"据我的经验,土改中最不易防范的是流氓钻空子:因为流氓是穷人,其身份很容易和贫农相混……可惜那地方在初期土改中没有认清这一点,致使流氓混入干部和积极分子群中,仍在群众头上抖威风。其次是群众未充分发动起来的时候少数当权的干部容易变坏……我以为这两件事是土改中最应该注意的两个重点,稍一放松,工作上便要吃亏。"①此外,像袁犀的《网和地和鱼》中贫苦渔民被地主女儿诱惑、马加的《成物不可损坏》中翻身农民破坏物资、董速的《顾虑上当》中农民害怕"谁生产得多,就斗谁"而懒于劳作等问题,都是值得反思的。

四

东北解放区土改题材小说的结尾,往往会出现这样的场面:翻身农民参军支援前线。可以说,农村土改运动与前方战争是中国共产党夺取政权的车之双轮、鸟之双翼。反映前线战争是东北解放区小说的另一个重要题材,这些小说真实地体现了军民的鱼水情谊。

西虹的短篇小说《英雄的父亲》是当时影响较大的一篇作品,小说表现了军属如何对待战士牺牲的庄严问题。在解放战争中,成千上万的青年(其中大部分是翻身农民)参军、参战,他们之中的相当一部分人在残酷的战争中牺牲了。如何对待他们的牺牲,不仅是我党、我军及烈士家属普遍关注和思考的切身问题,也是最广大的人民群众普遍关注和思考的现实问题。当那一封家属通知书被送

---

① 黄修己:《赵树理研究资料》,北岳文艺出版社1985年版,第100—101页。

到烈士家属手中时，"他们能告诉家属们的，不过是他的儿子、她的丈夫，英勇顽强，在战斗中为人民事业光荣牺牲了，全体指战员悲痛万分，并为家属们致哀一类话语。在革命战争中，这是最普通最光荣的事，革命的美丽花朵，正是鲜血培植起来的"。《英雄的父亲》通过德志的父亲张老汉这个形象，解答了战争中这个最普通、最光荣的问题。这篇小说侧重表现了张老汉盼望儿子立功的心情，揭示出翻身农民对党、对新社会的热爱。当得知儿子德志牺牲的消息时，张老汉感到更多的是骄傲和荣耀。在小说的背景下，张老汉的妻子是在旧社会饿死的，大儿子是在煤窑出劳工时被压死的，这样我们就可以理解张老汉所想的德志"死得值当，死得有名"从何而来了。这篇小说在艺术上也比较成功，对张老汉和指导员的心理描写深入细致，这加强了小说的悲壮气氛和抒情色彩。

纪云龙的短篇小说《伤兵的母亲》可以与《英雄的父亲》对照来读。战争中有死亡，但更多的是受伤，伤员能否得到有效的救治和护理，对部队作战的影响很大。《伤兵的母亲》中的老大娘是一位普通的农民，她悉心照料受伤的解放军战士，为伤员擦拭身体、端屎端尿，就像照顾自己的儿子一样。备受感动的伤员说出了"你老就像是我的亲娘"这句话。

1947年至1948年是解放战争中我党从防御转为反攻的时期，随着战事的推进，中国人民解放军的队伍急剧壮大，部队官兵的成分因而趋于复杂化。除了解放军原有的老兵，新加入解放军的大多数是东北的青年农民，还有一部分是被解放的国民党军队的士兵。为了使他们团结合作、提升战斗力，部队用诉苦的办法对广大指战员进行阶级教育，提高他们的政治思想觉悟。诉苦教育消除了战士之间的隔阂，为解放战争的胜利打下了坚实的思想基础。

刘白羽是这一时期有成就、有影响的作家，他的短篇小说集《战火纷飞》（收有《勇敢的人》《血缘》《战火纷飞》《政治委员》《无敌三勇士》《回家》），基本上都是围绕解放战争中的战事和战士的思想变化而写成的。《无敌三勇士》是当时影响很大的一篇小说。

这篇小说开篇便写道:"有些人把我们当战士的想得太简单了。以为我们就是打打仗,睡睡觉。实际上不是那么一回事。"这篇小说着力分析战士的思想变化,塑造了三个典型人物:东北翻身农民出身的阎成福,从关内来到关外的老兵李发和,夏季攻势中被俘的解放兵赵小义。这三个人之间开始存在很深的矛盾,班长费了很大的力气也没解决他们的团结问题,但是在诉苦教育中,这三个人认识到,他们都是被压迫、被剥削的穷人,是受苦受难的阶级兄弟。在阶级情谊的感召下,他们团结作战,互相配合,完成了艰巨的爆破任务。这篇小说说明了党的政治工作对提高部队素质和战斗力具有巨大的作用,也揭示了"团结起来就能天下无敌"的朴素道理。

李尔重的中篇小说《第七班》是一部少见的以富农子弟为主人公的作品。小说以解放军基层官兵的军旅生活为背景,展示了投身到人民军队中的青年人的思想冲突。他们有着不同的出身和目的,张悦等富农子弟与朱顺和等贫苦农民出身的战士之间产生了矛盾。部队通过诉苦教育、组织批评与自我批评等手段,化解了贫农、富农战士之间的矛盾,加强了部队的凝聚力。

在解放战争中,有这样的说法:解放军的胜利是老百姓用手推车推出来的。人民解放军装备落后,部队人数也不占优势,人民解放军最终以少胜多,战胜武器精良的国民党军队。其中的一个重要原因就是数以千万计的支前民工和解放区普通群众坚定地站在人民解放军的身后,解放战争的胜利是一次人民战争的伟大胜利。正如毛主席所言:"军民团结如一人,试看天下谁能敌!"洪林的中篇小说《一支运粮队》讲述的就是推车送粮的支前民工们的故事。后方的运粮过程本不如前方战争激烈,但在作者的讲述下,我们发现运粮之路并不平坦。一路上,民工们要躲避敌人飞机的轰炸,要克服自身的散漫性,要筹措给养。桥断了,运粮车翻进大河……他们克服了重重困难,终于把粮食运到了前线,而前方也传来了歼灭敌人精锐部队的好消息。从刘元彬、于家才、高波、贾得干、郭继琳等民工的身上,我们可以看到中国民众的优良品质。他们忍饥受寒,翻山越岭，推着二百多斤重的车子——刘元彬的车子甚至达到了四百多斤重。如果没有坚定的信仰，没有对共产党、对人民解放军的深情厚谊，他们是不会完成运粮任务的。这些平凡、朴实的中国民众"参加了战争，支援了战争，同时也赢得了战争"。

五

有学者认为，"中国现代真正的工业题材小说，产生于解放战争时期的东北"①。然而，茅盾的《子夜》描写了纱厂女工的生活，蒋光慈的《田野的风》塑造了烧炭工人的形象，因此这样的论断似需商榷。不过，题材问题不仅仅是写作对象的选择问题，也包含了历史的张力。所谓的真正的工业题材，意味着工业、工厂、工人如何进入历史，以及工人如何登上新的历史舞台被正确地表现出来。如此看来，将解放战争时期东北涌现出来的工业题材小说视为中国现代工业题材小说的发端，便是较为客观的，这也从一个方面证明了东北解放区小说的文学史价值和文化价值。

无农不稳，无工不富，东北解放区的工业在新中国发展史上占有非常重要的地位。对于东北解放区的工业题材小说来说，影响最大的是女作家草明的中篇小说《原动力》。草明早年曾参加左翼文学创作，于 1941 年来到延安，参加了延安文艺座谈会和延安文艺界的整风运动。她的创作是在毛泽东《在延安文艺座谈会上的讲话》精神的指引下进行的。抗战胜利后，她来到黑龙江，本来打算像周立波、马加等作家一样深入农村，但因病未能如愿。在她病愈后，当时的东北局组织部部长林枫跟她谈话，强调了城市斗争的重要性。解放战争需要东北的重工业发挥作用，而当时东北各地的工厂和矿场在日伪统治垮台后遭到了不同程度的破坏，亟须恢复、扩大生产。林枫建议并安排草明到牡丹江镜泊湖水力发电厂工作，草明

---

① 逄增玉：《东北现当代文学与文化论稿》，中国社会科学出版社 2012 年版，第173 页。

以在那里的工作经历为素材写成了《原动力》。《原动力》描写了工人们贡献出自己保留的零件、积极抢修被国民党势力破坏的水电站，以及迅速恢复工厂生产和支援前线的动人事迹。其中，老孙头等工人跳入冰水中抢修机器的情节，表现了工人阶级的优良品质和大无畏精神。这篇小说虽然存在粗糙和简单等不足之处，但作为新中国成立前描写工业生产和工人思想的作品，是值得关注和肯定的。

在东北解放区的工业题材小说中，李纳的作品也是值得关注的。《出路》描写了煤矿工人还抱有"有钱就狠花，无钱就欠着"的思想，这是因为在旧社会工人看不到希望，不管怎样努力，还是一穷到底。在工会的教育和帮助下，工人们转变了思想，认识到"工人是真翻身了"，于是都开始勤俭节约、努力生产。《姜师傅》里的老钳工姜富成不抽烟、不喝酒、不赌钱，技术过硬，但他持有单纯的观念，对工友和工厂都漠不关心，后来在工会的教育和开导下，他认识到如今"国家是咱自个儿的国家，工厂是咱自个儿的工厂"，增强了主人翁意识。《煤》中的黄殿文本是哈尔滨的惯偷，法院判他半年徒刑，把他送到鸡西煤矿改造。他在煤矿干活不出力，还偷工友的东西。工会陈主任深知改造一个惯偷的难度，他一面对其进行阶级教育，一面把黄殿文丢弃在哈尔滨的妻儿叫来煤矿安家落户。在工会和工友的帮助下，黄殿文洗心革面，变成了一个自食其力的工人。小说的题记为"煤能使废铁化成钢"，描绘了旧社会把好人折磨成废铁，而新社会把废铁熔炼成钢的动人景象。

此外，鲁琪的《炉》、韶华的《荣誉》、张德裕的《红花还得绿叶扶》等一批作品也广受好评。这些小说充分展现了东北解放区工业蓬勃发展的景象，展现了工业生产对人的改造，也开创了新中国工业文学的先河。

无须讳言，东北解放区的相当一批小说，强调小说的政治价值，强调创作为工农兵服务，大多通俗易懂，而缺乏对心理深度和史诗境界的发掘。然而，东北解放区小说明朗新鲜，创造性地继承了延安文艺精神,反映了东北解放区的历史巨变和社会变革中诸多的社会问题,为新中国成立后的十七年文学开辟了道路,具有很强的文学史价值。

（金钢,黑龙江省社会科学院文学研究所,副研究员）

◇ **周立波**

暴风骤雨

第一部

一

七月里的一个清早，太阳刚出来。地里，苞米和高粱的确青的叶子上，抹上了金子的颜色。豆叶和西蔓谷上的露水，好像无数银珠似的晃眼睛。道旁屯落里，做早饭的淡青色的柴烟，正从土黄屋顶上高高地飘起。一群群牛马，从屯子里出来，往草甸子走去。一个戴尖顶草帽的牛倌，骑在一匹儿马的光背上，用鞭子吆喝牲口，不让它们走近庄稼地。这时候，从县城那面，来了一挂四轱辘大车。轱辘滚动的声音，杂着赶车人的吆喝，惊动了牛倌。他望着车上的人们，忘了自己的牲口。前边一头大牤子趁着这个空，在地边上吃起苞米棵来了。

"牛吃庄稼啦。"车上的人叫嚷。牛倌慌忙从马背上跳下，气呼呼地把那钻空子的贪吃的牤子，狠狠地抽了一鞭。

一九四六年七月下旬的这个清早，在东北松江省境内，在哈尔滨东南的一条公路上，牛倌看见的这挂四马拉的四轱辘大车，是从珠河县动身，到元茂屯去的。过了西门桥，赶车的挥动大鞭，鞭梢蜷起又甩直，甩直又蜷起，发出枪响似的啸声来。马跑得快了，蹄子踏起的泥浆，溅在道边的蒿子上、苞米叶子上和电线杆子上。跑了一程，辕马遍身冒汗，喷着鼻子，走得慢一些，赶车的就咕噜起来：

"才跑上几步，就累着你了？要吃，你尽拣好的，谷草、稗草还不乐意吃，要吃豆饼、高粱。干活你就不行了？瞅着吧，不给你一顿好捧，我也不算赶好车的老孙啦。"他光讲着，鞭子却不落下来。辕马也明白：他只动嘴，不动手，其实是准许它慢慢地走。车子在平道上晃晃悠悠、慢慢吞吞地走着。牲口喘着气，响着鼻子，迈着小步。老孙头扭转脸去，瞅瞅车上的人们。他们通共十五个，坐得挺挤。有的穿灰布军装，有的穿青布小衫。有的挎着匣枪，有的抱着大枪。他们是八路军的哪一部分？来干啥的？赶车的都不明白。他想，不明白就不明白吧，反正他们会给他车钱，这就得了呗。他是昨儿给人装样子进城来卖的。下晚落在王家店，遇到县上的人来雇元茂屯的车，他答应下来，今儿就搭上这十五个客人。不管好赖，不是空车往回走，能挣一棒子酒，总是运气。

车子慢慢地走着，在一个泥洼子里窝住了。老孙头一面骂牲口，一面跳下地来看。轱辘陷在泥泞里，连车轴也陷了进去。他叹一口气，又爬上车来，下死劲甩鞭子抽马。车上的人都跳下地来，绕到车后，帮忙推车。这时候，后面来了一挂四马拉的胶皮轱辘车，那赶车的，看到前头有车窝住了，就从旁边泥水浅处急急赶过去。因为跑得快，又是胶皮轮，并没有窝住。胶皮轱辘碾起的泥浆，飞溅在老孙头的脸上、手上和小衫子上，那赶车的扭转脖子，见是老孙头，笑了一笑，却并不赔礼，回头赶着车跑了。老孙头用衣袖擦擦脸上的泥浆，悄声地骂道：

"你他妈的没长眼呀！"

"那是谁的车？"十五个人中一个三十来岁的中等个子问。老孙头瞅他一眼，认出他是昨儿下晚跟县政府的秘书来交涉车子的萧队长，就回答说：

"谁还能有那样的好车呀？瞅那红骟马，膘多厚，毛色多光，跑起来，蹄子好像不沾地似的。"

"到底是谁的车呢?"萧队长又追问一句。

见问得紧,老孙头倒不敢说了,他支支吾吾地唠起别的闲嗑来避开追问。

萧队长也不再问,催他快把车子赶出来。老孙头用鞭子净抽那辕马,大伙也用死劲来推,车子终于拉出了泥洼。大伙歇了歇气,又上车赶道。

"老孙头,你光打辕马,不是心眼太偏了吗?"萧队长问。

"这可不能怨我,怨它劲大。"老孙头笑着说,有着几条深深的皱纹的他的前额上,还有一点黑泥没擦净。

"劲大就该打了吗?"萧队长觉得他的话有一点奇怪。

"队长同志,你不明白,车窝在泥里,不打有劲的,拉不出来呀。你打有劲的,它能往死里拉,一头顶三头。你打那差劲的家伙,打死也不顶事。干啥有啥道,不瞒同志,要说赶车,咱们元茂屯四百户人家,老孙头我不数第一,也数第二呀。"

"你赶多少年车了?"萧队长又问。

"二十八年。可尽是给别人赶车。"老孙头眯起左眼,朝前边张望,看见前面没有泥洼子,他放了心,让车马慢慢地走着,自己跟萧队长闲唠。他说,"康德"八年,他撂下鞭子去开荒,开了五垧地。到老秋,收五十多石苞米,两个苞米楼子盛不下。他想,这下财神爷真到家了。谁知道刚打完场,他害起伤寒病来。五十来石苞米,扎古病,交出荷,摊花销,一个冬天,花得溜干二净,一颗也不剩。开的荒地,给日本团圈去,他只得又拿起鞭子,干旧业了。他对萧队长说:

"队长同志,发财得靠命的呀,五十多石苞米,黄灿灿的,一个冬天哗啦啦地像水似的花个光。你说能不认命吗?往后,我泄劲了。今年元茂闹胡子,家里吃的、穿的、铺的、盖的,都抢个溜光,正下不来炕,揭不开锅盖,就来了八路军三五九旅第三营,稀里哗啦把胡子打垮,打开元茂屯的积谷仓,叫把谷子苞米,通通分给老百姓,咱家也分到一石苞米。队长同志,真是常言说得好:车到山前

3

必有路,老天爷饿不死没眼的家雀。咱如今是吃不大饱,也饿不大着,这不就得了呗? 吁吁,看你走到哪去呀?"他吆喝着牲口。

萧队长问他:

"你有几个孩子?"

老孙头笑了一笑,才慢慢说:

"穷赶车的,还能有儿子?"

萧队长问:

"为啥?"

老孙头摇摇鞭子说:

"光打好牲口,歪了心眼,还能有儿子?"

十五个人中间的一个年纪挺小的小王,这时插嘴说:

"你老伴多大岁数?"

老孙头说:

"四十九。"

小王笑笑说:

"那不用着忙,还会生的。八十八,还能结瓜呀。"

车上的人都哗哗地笑了起来,老孙头自己也跟着笑了。为了要显显他的本领,在平道上,他把牲口赶得飞也似的跑,牲口听着他的调度,叫左就左,叫右就右,他操纵车子,就像松花江上的船夫,操纵小船一样的轻巧。跑了一阵,他又叫牲口慢下来,迈小步走。他用手指着一个有红砖房子的屯落说:

"瞅那屯子,那是日本开拓团。'八·一五'炮响,日本子跑走,咱们屯里的人都来捡洋捞。我老伴说:'你咋不去?'我说:'命里没财,捡回也得丢。钱没有好来,就没有好花。'左邻右舍,都捡了东西。有的捡了大洋马,有的捡了九九式枪,也有人拿回一板一板的士林布。我那老伴骂开了:'你这穷鬼,活该穷断你的骨头筋,跟着你倒一辈子霉。人家都捡了洋捞,你不去,还说命里无财哩。'我说:'等着瞅吧。'不到半拉月,韩老六拉起大排来,收洋马,收大枪,收枪子子,收布匹衣裳,锅碗瓢盆,啥啥都收走,连笊篱都不叫人留。说是日本子扔下的东西，官家叫他韩凤岐管业。抗违不交的，给捆上韩家大院，屁股都给打飞了。我对老伴说："这会你该看见了吧？"她不吱声。老娘们尽是这样，光看到鼻尖底下的小便宜，不往远处想。"

萧队长问：

"你说的那韩老六是个什么人？"

"是咱屯子里的粮户。"

"这人咋样？"

老孙头看看四周，却不吱声。萧队长猜到他的心事，跟他说道：

"别怕，车上都是工作队同志。"

"不怕，不怕，我老孙头怕啥？我是有啥说啥的。要说韩老六这人吧，也不大离。你瞅那旁拉的苞米。"老孙头用别的话岔开关于韩老六的问话，"这叫老母猪不跷脚，都是胡子闹瞎的，今年会缺吃的呀，同志。"

萧队长也不再问韩老六的事，他掉转话头，打听胡子的情况：

"胡子打过你们屯子吗？"

"咋没打过？五月间，胡子两趟打进屯子来。白日放哨，下晚扎古丁，还糟蹋娘们，真不是人。"

"胡子头叫啥？"

"刘作非。"

"还有谁？"

"那可说不上。"

看见老孙头又不敢往下说，萧队长也不再问了。他明白，上了年纪的人都是前怕狼，后怕虎，事事有顾虑。他望望田野，苞米叶子都焦黄，蒿子却青得漆黑。小麦也都淹没在野草里，到处都是攀地龙和野苇子。在这密密层层的杂草里，一只灰色的跳猫子，慌里慌张往外窜，小王掏出匣枪来，冲着跳猫子，"当当"给了它两下。他抡起匣枪还要打，萧队长说：

"别再浪费子弹啰，用枪时候还多呢。"

小王听从萧队长的话，把匣枪别好。车子平平稳稳地前进。到了杨家店，车子停下，老孙头喂好牲口，抽了一袋烟，又赶车上道。这会大伙都没说啥话，但也没有休息或打盹。老孙头接二连三地跟那些从元茂屯出来的赶车的招呼，问长问短，应接不停。工作队的年轻的人们唱着《白毛女》里的歌曲。萧队长没有唱歌，也没有跟别人唠嗑。他想起了党中央的《五四指示》，想起了松江省委的传达报告。他也想起了昨儿下晚县委的争论，他是完全同意张政委的说法的：群众还没有发动起来，或没有真正发动起来时，太早地说到照顾，是不妥当的。废除几千年来的封建制度，要一场暴风骤雨。这不是一件平平常常的事情。害怕群众起来整乱套，群众还没动，就给他们先画上个圈子，叫他们只能在这圈子里走，那是不行的。可是，事情到底该怎么起头？萧队长正想到这里，老孙头大声嚷道：

"快到了，瞅那黑乎乎的一片，可不就是咱们屯子！"

萧队长连忙抬起头，看见一片烟云似的远山的附近，有一长列土黄色的房子，夹杂着绿得发黑的树木，这就是他们要去工作的元茂屯。

大车从屯子的西门赶进去。道旁还有三营修筑的工事。一个头小脖长的男子，手提一篮子香油馃子，在道上叫卖。看见车子赶进屯子来，他连忙跑上，问老孙头道：

"县里来的吗？"

老孙头装作没有听见的样子，扬起鞭子，吆喝牲口往前走。卖馃子的长脖男人站在路边，往车上看了一阵，随即走开。他走到道北一个小草房跟前，拐一个弯，只当没有人看见，撒腿就跑，跑到一个高大的黑门楼跟前，推开大门上的一扇小门，钻了进去。

这人的举动，萧队长都瞅在眼里。这黑大门楼是个四脚落地屋脊起龙的门楼，大门用铁皮包着，上面还密密层层地钉着铁钉子。房子周围是庄稼地和园子地。灰砖高墙的下边，是柳树障子和水濠。房子四角是四座高耸的炮楼，黑洞洞的枪眼，像妖怪的眼睛似

6

的瞅着全屯的草屋和车道，和四围的车马与行人。长脖子男人推开的小门没有关住，从那门洞里能望到院里。院里的正面，是一排青瓦屋顶的上屋。玻璃窗户擦得亮堂堂。院子的当间，一群白鹅一跛一跛地迈着方步。卖馃子的人跑进去，鹅都嘎嘎地高声大叫，随着鸡也叫，狗也咬，马也在棚下嘶鸣起来，光景十分热闹。萧队长问老孙头道：

"这是什么人家？"

老孙头往四外瞅了一眼，看到近旁没有别的人，才说：

"别家还能有这样宽绰的院套？瞅那炮楼子，多威势呀！"

"是不是韩老六的院套？"

"嗯哪。"老孙头答应这么一句，就不再说了。

这挂车子的到来，给韩家大院带来了老大的不安，同时也打破了全屯居民生活的平静。草屋里和瓦房里的所有的人们都给惊动了。穿着露肉的裤子，披着麻布片的男人和女人，从各个草屋里出来，跑到路旁，惊奇地瞅着车上的向他们微笑的人们。一群光腚的孩子跟在车后跑，车子停下，他们也停下。有一个孩子，把左手塞在嘴里头，望着车上的人和枪，歪着脖子笑。不大一会，他往一个破旧的小草屋跑去，一面奔跑，一面嚷道：

"妈呀，三营回来了。"

车道上，一个穿白绸衫子的衔长烟袋的中年胖女人，三步做两步，转进岔道，好像是怕被车上人瞅见似的。

车子停在小学校的榆树障子的外边。萧队长从榆树丛子的空处，透过玻璃窗，瞅着空空荡荡的课堂，他说：

"就住在这行不行？"

大伙都同意，一个个跳下车来，七手八脚地把车上的行李卷往学校里搬。萧队长走到老孙头跟前，把车钱给他，亲亲热热地拍拍他的肩膀，并且说道：

"咱们是一回生，二回熟了，回头一定来串门吧。"

老孙头把钱接过来，揣在衣兜里，笑得咧开嘴，说道：

"还能不来吗？这以后咱们都是朋友了。"他说完，就赶着车，上街里买酒去了。

二

工作队的到来，确实是元茂屯翻天覆地的事情的开始。靠山的人家都知道，风是雨的头，风来了，雨也要来的。但到底是瓢泼大雨呢，还是牛毛细雨？还不能知道。就是屯子里消息灵通、心眼挺多的韩家大院的韩老六，也不太清楚。

这两天来，韩家大院的大烟灯，整天彻夜地亮着。韩老六躺在东屋南炕上，一面烧烟泡，一面跟来往的人说话，吩咐一些事，探问一些事，合计一些事。他忙得很，有些像他拉大排的时候。所不同的是他十分犯愁。他的蜡黄的脸上，看不出一点点轻快的笑容。八路军三五九旅三营打走元茂屯的胡子以后，他的脾气就坏了。他常常窝火：摔碗、骂人、打人、跟大老婆子干仗。就是他挺喜欢的小老婆子，也常挨他的骂。

远近闻名的韩凤岐，兄弟七人，他是老六。他今年四十七岁，因为抽大烟，人很瘦，鬓角又秃，外貌看去有五十开外了。人们当面称呼他六爷，背地叫他韩老六，又叫韩大棒子。伪满时代，他当过村长，秋后给自己催租粮，给日本子催亚麻，催山葡萄叶子。他常常提根大棒子，遇到他不顺眼不顺耳的，抬手就打。下晚逛道儿，他也把大棒子搁在卖大炕的娘们的门外，别人不敢再进去。韩大棒子的名声，就此传开了。

卖馃子的长脖子男人，瞅见工作队的车子赶进屯子来，急急忙忙跑来告诉韩老六。

"六叔，工作队来了。"长脖子一面说，一面把篮子放在地板上，挨近炕沿站立着。韩老六把烟枪一摔，翻身起来，连忙问道：

"来了吗？"

韩老六手忙脚乱，从炕上爬起来的时候，白绸衫子的袖子把烟灯打翻，灯灭了，清油淌出来，漫在黑漆描花的烟盘里。他的秃鬓角和高额头上冒出无数小小的汗珠。几天以前,宾县他儿媳的娘家捎封信来说:他们那儿来了工作队,就是共产党,带领一帮穷百姓,清算粮户,劈地分房,不知还要干些啥?得到这封信,韩老六早有些准备。房子地他都不怕分。地是风吹不动,浪打不翻的,谁要拿去就拿去;到时候,一声叫归还,还怕谁少他一垄?房子呢,看谁敢搬进这黑大门楼里来?唯有浮物,得挪动一下。他的两挂胶皮轱辘车,一挂跑县城里,一挂跑一面坡,忙了六天了。浮物挪动了一半,还剩下一半。没有想到工作队来得这么快。他紧跟着问:

"有多少人?都住在哪?"

长脖子说:

"十五六个,往小学校那边去了。"

长脖子直着腰杆,坐上炕沿了。平日他在他六叔跟前,本来是不敢落座的,现在知道正是用得着他的时候,他安然坐下,又添上一句:

"都挎了枪哩,有撸子,也有大枪。"

韩老六等心里平静一点以后,才慢慢说:

"这几天,你加点小心吧。"

长脖子答应:

"那我知道。"

这长脖子男人,名叫韩世才,外号韩长脖,今年二十七岁,生得头小脖长,为人奸猾,是韩老六的远房本家。论辈数,他是韩老六的侄子。韩长脖原先也还阔,往后才穷下来的。他好逛道儿,常耍大钱,又有嗜好。后来,抽不起大烟,就扎烟针,两个胳膊都给烟针扎得尽疙瘩,脖子更长了。伪满"康德"九年间,他缺钱买烟针,把自己的媳妇卖给双城窑子里。为这件事,他老丈人跟他干起仗来了。他用刀子把左手拉破,倒在地上大声地叫唤,逼着他老丈人赔了两千老绵羊票子,才算作罢。

韩长脖卖掉媳妇以后,平日倒腾点破烂,贩卖点馃子,这不够吃喝,更不够买烟。韩老六有时接济他一点,就这样他成了韩家大院

的腿子。屯子里的人都说："韩老六做的哪一件坏事也少不了韩
长脖。"

这时候,韩老六瞅瞅韩长脖,说道:

"别看这会子威风,站不长的。"

韩长脖附和道:

"那还用说。"

"这几天,你加点小心。我跟你六婶子都是土埋半截的人了,
还能带家当进棺材去吗?保住家业,还不是你们哥几个的?可要小
心,共产党不是好对付的,'满洲国'时候,一个赵尚志就闹得关东
军头痛。"韩老六说到这儿,停了一停,又问道:

"你近来有些啥困难?"

韩长脖吞吞吐吐说:

"还能对付,就是……"

韩老六没等他说完,就朝里屋叫唤道:

"你来一下。"

韩老六的大老婆子应声走出来。这是一个中间粗、两头尖的枣
核样的胖女人,穿一件青绸子大褂,衔一根青玉烟嘴的长烟袋。韩
长脖连忙站起来,哈着腰道:

"六婶子。"

韩老六一面擦根火柴点着灭了的烟灯,一面问道:

"前儿李振江送来那笔款,还剩多少?"

"剩不多了,只有几个零头了。"大枣核存心把剩下的钱,往少
处说。

韩老六吩咐:

"拿来给世才。"

韩长脖忙说:

"不用,不用,六婶子你甭去拿。"嘴上这样说,却站着不动,等
大枣核进去又出来,把一小卷票子塞进他的发黄的白布小衫兜兜
里,他才哈腰道谢,退着往外走。韩老六说:

"走了？捎个信给李振江、田万顺，叫他们来这一下。"说罢，他又躺在烟灯的旁边，大老婆子坐在炕沿，咕咕噜噜埋怨起来。她怨世道，怨人心，又怨这个穷本家一月两头来，成了个填不满的耗子窟窿眼。她说：

"来一回又一回，夜猫子拉小鸡，有去无回。亏他这瘦长脖子还能顶起那副脸。"

韩老六听到院子里狗咬，鹅叫，接着屋外有脚步声音，骂他大老婆子道：

"你懂啥？你就看见眼皮底下几个钱。快到里屋去。看有人来了。"大枣核顺从地走了进去。一个戴尖顶草帽、穿破蓝布衫的人走了进来。这个人看来岁数不小，辛苦生活的深深的皱纹刻在他的眼角上和额头上，嘴巴上的几根山羊胡须上满沾着尘土。一进屋里，他把草帽取下来，拿在手里，走到炕边，尊一声："六爷。"大烟冒着香气，烧得嗞嗞响，韩老六没有回答。当院又叫闹起来。有人骂那狂咬猛扑的大牙狗：

"没长眼的家伙，才几天不来，就不认识了？六爷在吗？"那人一面问，一面进了外屋。

"进来吧，老李。"韩老六热心招呼，连忙坐起来。

李振江笑着走进来，把那帽檐搭拉下来的发黑的毡帽摘下来，挨近炕沿说：

"六爷，今儿晌午来一帮子人，说是工作队，不知道是来干啥的。哦，你也来了吗，老田头？"他扭过头去，跟田万顺招呼，好像才看见他似的。

韩老六从炕桌上拿起一把小小的有蓝花的日本瓷茶壶，把着壶嘴，喝一口，又轻轻地咳嗽一声，再用他那一双小绿豆眼睛向李振江和田万顺瞅了一眼，才慢慢吞吞地说道：

"你俩都去租别人家的地吧，我地不够种了。"

田万顺像是触了一个闷雷，直直溜溜地站在那里，用手紧紧捏着草帽边发呆。韩老六要他退佃，他租不到好地种，还不清拉下的饥荒,他跟他的瞎老婆子,又得要饭啦。李振江可不大着忙,他皱着两撇宽宽的黑眉,寻思一会。他想:韩大棒子又玩什么花招呢?备不住烟土涨价,想加租罢?但到后来,他想到了正题:一定是看工作队来,要找他帮忙,先来这招下马威。李振江笑着,眼睛闪出明亮的光来,他说:

"地是六爷的,六爷要收,咱没话说。"

韩老六突然笑着爬起来,把他拉到外屋去,跟他悄声悄气说了一会话。田万顺还呆呆地站在里屋,只听见李振江的压不低的粗嗓门说道:

"六爷的事,就是姓李的我个人的事,大小我都尽力办。"

往后,除了院里的人们的脚步声和狗咬鹅叫以外,听不见别的声音。李振江走后,韩老六嘴角留着笑容走进来。一见田万顺,就收起笑容,露出一副厉害的脸相。二十多年来,韩老六对待佃户、劳金和旁的手下人,他有一套一套的办法。他的留着一撇日本式的短胡子的黄脸上,有时假笑,有时生气,一双小绿豆眼睛骨碌碌地直逼着你。他吃过饭在屯里溜达,对于穷人的毕恭毕敬的招呼从不理睬,而对于有钱的人,有说有笑,但也绝不吐露一句心里话。"话到舌尖留半句","对啥人,说啥话",这是祖上传下的教训,他牢记在心。只有一回,他喝多了酒,稀里糊涂跟他朋友唐田闲唠嗑,他说:

"有钱要有七个字:奸、滑、刻薄、结实、狠。"

这时他躺在炕上,光顾抽大烟,把一个老实巴交的老田头晾在一边。大枣核进来,韩老六使一个眼色,她会意,就对田万顺说道:

"老田头,不是咱要退你佃,还是为你呀。咱这地薄,不打粮,你租别人好地,到秋后也能多落几颗。"

"六爷,太太,"老田头把手搁在胸前请求说,"你们不租地给我,我下一辈子也还不了你们的饥荒,我只一匹老瞎马,咋能种人家远地?六爷,我老田没犯过你啥章程呀,也没少交过你一颗租粮……"

12

韩老六冷丁坐起来,切断老田头的话,劈头问道:

"共产党工作队来了,你说好不好?"

"不懂六爷的意思。人家工作队好赖,咱庄稼人哪能知道呢?"

老田头这样说着,可他心里想,工作队是八路军,八路军三营驻在屯子里的时候,有五个同志住在他家里,天天替他扫当院,劈柴火,要说他们不好,那是昧良心的话。但在韩老六跟前说工作队好,他不敢,说他们坏,又不情愿。他就含含糊糊说了上面这一句。韩老六说:

"工作队来,该你抖起来啦。"

"六爷真爱说玩话,工作队跟我一不沾亲,二不带故……"

不待老田头说完这话,韩老六瞪他一眼说:

"告诉你吧,工作队是待不长的。'中央军'眼看就要过江来。你别看他们挂着短枪长枪的那个熊样,到时候,管保穿兔子鞋跑也不赶趟。老田头,咱们是老屯邻,我不能不照应你,你要想长种我地……"

说到这儿,他停顿一下,斜眼瞅瞅老田头。心眼老实的田万顺听到"工作队是待不长的"这句话,正触动心事,他正担心他们待不长。他那额上,被岁数和苦楚趟出一条条垄沟,现在,星星点点的,冒出好些汗珠子。韩老六跟着又说:"你要想久后无事,就别跟他们胡混,他们问啥,你也来个一问三不知。"

韩老六说到这儿,叫老田头坐下,自己凑过去说道:

"咱们哥俩在一起的日子也长了,哪有铁勺子不碰锅沿的呢?"

说到这里,韩老六想要提提老田头他姑娘的事,并且跟他说几句好话。但一转念,他想,还是不提好一些。老田头却早在想着他的姑娘,伤心起来。她死得苦呀!老田头两只眼睛里,停着两颗泪珠子,他的嘴唇微微地抖动,他在使劲忍住心上的难过。韩老六赶紧抓住田万顺的胆小心情,把假笑收住,冷冷地说:

"你要有本事,就甭听我的话,去跟工作队串鼻子,咱们骑在毛驴上看唱本,走着瞧吧!"

说到这儿，韩老六抬起右手，往空中一挥，又添说一句：

"到时候，哼！"

这一声哼，在老田头的脑瓜子里，好久还嗡嗡地响。这时候，院子里又有人问道：

"六爷在屋吗？"

韩老六一边答应，一边起身往外屋迎接。不大一会进来两个人，一胖一瘦。韩老六使眼色叫老田头快走。进来的胖子名叫杜善发，外号杜善人，是韩老六的侄儿的老丈人。瘦子叫唐田，外号唐抓子，是韩老六的磕头的。两人都是大粮户，和韩老六并称元茂屯的三大户，要把本屯的地和他们在江北的地都算计在内，他们三家都有一千垧以上的好地，条通和黄土包子还不算在内。街里的"福来德"烧锅，就是他们三家合股开设的。

杜善人和唐抓子外貌十分不同，性情也是两样。杜善人好念佛，家里供一尊铜佛。唐抓子信神鬼，家里供狐黄二仙。杜善人老娘们病了，叫人拔火罐，到北庙许愿。唐抓子老婆子闹病，请跳大神的，给黄皮子磕头。杜善人太胖，走道就喘气。唐抓子天天装穷，一声接一声地叹气。杜善人好对穷人说：

"正经都得修修来世呀！"

唐抓子爱对小户说：

"这逼死人的花销呀，有地人家别想活啦。"

杜唐二人听说工作队到来，不约而同地来找韩老六。他们来到后，屋子里随即热闹起来。韩老六的小老婆子、小小子、侄儿侄女，和大枣核，呼啦呼啦一大群，都从里屋跑出来。他们好像一家人似的，男人闲唠嗑，女人也时而插上一句嘴。韩老六的小小子爬到唐抓子背上，用手拍着他脊梁，嘻嘻地笑着。

"快下来，崽子。"唐抓子说，叹起气来。

大枣核从嘴上移开长烟袋，也说：

"还不快下来，看你老叔又唉声叹气了。"

这时候，里屋的门帘微微掀动，两个打扮得溜光水滑的年轻女人正偷偷地往外瞅看。两个人的擦着胭脂的嘴唇,露在雪白布帘子外面。这两个女人,一个是韩老六的姑娘韩爱贞,一个是他的儿媳。在伪满时,两个女人都跟日本宪兵队长森田大郎逛过哈尔滨,都好打扮,都好瞅男人。所不同的是韩爱贞有着没出阁的大姑娘脾气,在家里更刁横一些。

大伙唠到落黑,妇女小孩都上西屋睡去了。韩老六叫大枣核吩咐管院子的李青山:不准家里人跟工作队说话。特别不许猪倌吴家富到小学校串门。韩老六说:

"他要是不听话,把他拴在马圈里。"

韩老六吩咐完了,就陪杜、唐二人坐在红漆炕桌的旁边,挂在天棚上的大吊灯点起来了。吊灯的晃眼的光亮照着墙壁上翠蓝的花纸,照着炕梢的红漆炕琴,照着"三代宗亲"的紫檀神龛,也照着坐在炕桌旁边悄声唠嗑的三家大粮户。韩老六常常掀开透花窗帘,从玻璃窗里,瞅瞅当院。星光底下,院子里是空空荡荡的,看不见人影,也没有声音。三个人唠到深夜,两人才打算回去。韩老六喊人拿出一对擦得雪亮的玻璃小提灯,点着后,三个人合计一下,又吹熄放回。两人辞了出门,在漆黑的夜里,走上车道,一个奔西,一个往东。东西两头都起了狗咬,一声声地起来,又落下去。这时候,韩家大院的当院里、马圈中、柴火堆底下,洋镐和铁锹挖掘石头和沙土的响声,直闹到鸡叫。天刚露明时,有人瞅到一辆胶皮轱辘车,车上装满了藤箱和麻袋,四匹马拉着,往西门一溜烟跑去,这就是昨天在半道把泥浆溅到老孙头脸上、手上和衣上的那一辆空车,今天又拉着满车财物出去了。

<h2 style="text-align:center">三</h2>

放下行李卷,架好电话线,工作队就开了一个小会。小学校的课堂里,没有凳子,十五个人有的坐在尽是尘土的长方书桌上,有的坐在自己的还没解开的行李上。小王坐在窗台上,背靠窗框。他隔着窗玻璃瞅着外面。近边是一条横贯屯子的大道跟柳树障子。

绿得漆黑的柳树丛子里，好多家雀在蹦跳、翻飞，啾啾叫个不停。燕子从天空飞下，落在电话线上，用嘴壳刷着在水面上打湿的胸脯上的绒毛。大道的北头，一帮孩子正在藏猫猫。瞅着窗口坐了一个人，他们一个一个钻过障子来，一窝蜂似的跑到窗户的跟前。为首一个把脸蛋贴在窗户玻璃上，鼻子抵成一片扁平，一只眼睛眯着，冲着小王做鬼脸。小王冷丁把窗子打开，孩子们回身穿过障子去，四散逃跑。最小的一个光腚的孩子，被一块石头绊住，摔倒在道上，哇哇地哭了。小王从窗口跳出，跑去把他扶起来，替他擦眼泪。别的孩子跑了一段路，站住回头看，并且信口唱着《摔西瓜》：

　　　　蹦了一对螃蟹跑了一对虾，摔坏大西瓜，哎呀，哎呀。

　　小王回来，又跳进窗子来，会议正在进行着。商议的事情是先开大会呢，还是先交朋友？刘胜主张先召集大会。萧祥说：怕的是到会的人不会多，还是先把情况了解一下，再开会好些。刘胜说：

　　"不先开个会，老百姓不知道咱们是来干啥的，能了解出什么来呢？"他一面说着，一面取下眼镜，用青布小衫的衣角，擦着眼镜片上的尘土。

　　萧祥说：

　　"老百姓就会知道咱们是来干啥的。咱们乍一来，就开大会，了解不到什么真实情形，你说着，他们听着，你向大伙提出你的意见，他们会齐声地说：'赞成。'可是，你说他们马上真的赞成了吗？那可不一定。中国社会复杂得很。中国老百姓，特别是住在分散的农村，过去长期遭受封建压迫的农民，常常要在你跟他们混熟以后，跟你有了感情，随便唠嗑时，才会相信你，才会透露他们的心事，说出掏心肺腑的话来。"

　　刘胜红着脸反问：

　　"照你这样说，咱们找农民开会，说要斗争大肚子，叫大伙翻身，他们嘴上喊'赞成'，心底却不赞成吗？"

　　萧队长觉得刘胜是在挑字眼，误会自己的意思，心里冒了火，他说：

16

"我是这样说的吗?"

他还想说一两句刺刘胜的言语,但一转念,觉得自己是工作队的党的负责人,而且,自己的话也的确还有说得不太清楚的地方,他就平平静静地说道:

"我的意思是说,我们乍一来,老百姓还没有跟我们混熟,心里分明痛恨大肚子,不一定一见面就跟我们说,而且也不一定相信斗得垮。他们不会一下认识自己的力量,一下相信咱们站得长。况且定规还有坏根在背地里造谣捣乱呢。"

大伙议论了一会,有赞成刘胜的话,说是应该马上开会的,有赞成萧队长的话,主张先交朋友,了解情况的,也有说要开小会,不开大会的。表决的时候,刘胜的意见多一人赞成。

刘胜欢天喜地地去找老孙头,叫他吆喝人开会。老孙头提一面铜锣,从屯子的南头敲到北头,东头敲到西头,还一面喊道:

"到小学校开会去呀,家家都得去,一户一个。"

落黑时,正是李振江走后不久,元茂屯的三家大粮户在大吊灯下悄声唠嗑的时候,从屯子的各个角落,哩哩啦啦的,有一些人来到小学校的操场上,在星星的微光里,三三五五站着的,尽是老头和小孩。刘胜站在一张书桌上,大声说道:

"老乡们,咱们今天找大家来,开个翻身大会。咱们要翻身,就要大伙起来,打垮大肚子,咱们穷人自己掌上印把子,拿上枪杆子才行。"他还说了许多,最后发问道:

"你们赞不赞成斗争你们这里的大肚子?"

"赞成!"十来个声音答应。

"我最赞成。"有一个白胡子的老头子说道,说完,回头冲着站在他的背后的李振江笑笑。

"你们屯子里谁是大肚子?"刘胜又问。

好大一会,没有人吱声。

"咋不说话呀?"刘胜问,他的眼睛落在刚才说了"最赞成"的白胡子身上,"你说吧,老大爷。"

"这个屯子咱可不摸底,'八·一五'日本子败退了,咱才搬来的。"李振江喊喊喳喳在他背后说些啥,白胡子就继续说道,"听别人说,这屯子里没有大粮户,确实没有。"

"那你为啥说:你最赞成斗争大肚子呢?"刘胜问。

"这屯没有,去斗外屯呗,外屯大肚子有的是。"白胡子说。

"同志,我有一句话,不知道受听不受听?"另一个戴黑毡帽的老头子说道,"从古以来,都是人随王法草随风,官家说了算。如今的官家,就是咱们的工作队。咱们工作队同志说要斗争大肚子,帮咱穷伙计翻身,大伙谁还不乐意? 大伙说,乐意不乐意?"

"乐意!"从四方八面,从各个角落,老头和小孩同声地回答,跟着猛地爆发一大阵掌声。戴黑毡帽的老头又说:

"同志你听听,大伙都乐意欢迎,也快到半夜了,这会该散了吧? 请同志原谅,我可得先走一步,明儿还着忙脱坏,秋后好扒炕。头年炕没扒,老冒烟,烧不热,十冬腊月睡着乍凉乍凉的,我那老伴一夜哆嗦到天明,老睡不着……"

"你说那干啥? 扒炕还早呢。"旁边一个人说。

"你那老伴下晚睡不着,跟这同志说干啥呀?"另一个人打趣说。在笑声里,白胡子从人群里挤了出来,用胳膊碰一碰戴黑毡帽的脊梁说道:

"你要走就走得了呗。"

看着黑毡帽走了,白胡子也说:"同志,我也告个罪,先走一步。明儿一早得去瞧我姑娘,她正闹眼睛,真对不起同志。"说罢也走了。往后,有的说明儿要去拔土豆子的,有的说要去钉马掌的,也有的说要赶着拿大草的。有一个人说,家里媳妇坐月子,明儿不亮天,自己得起来做饭。一个一个的,三三两两的,都说着,往回走了。赶车的老孙头看见这情形,生气地说:

"都是些个'满洲国'的脑瓜子。"但瞅着没有人看见,他也溜走了。

刘胜走回课堂里,坐在一个墙角的行李卷上,两手抱着低垂的

头,肘子支在波棱盖上,好半天,他才说道:

"意外的失败。"

"不是意外,"萧队长看着刘胜泄气的样子,用温和的声调安慰和鼓励他说,"是难免的事。再说,开了这个会也有好处,我们至少见识了这个屯子里的事情不简单,不能性急。"

紧接着,工作队又开了一个小会,意见达到了一致:明儿一亮天,工作队全体动员去找穷而又苦的人们交朋友,去发现积极分子,收集地主坏蛋的材料,确定斗争的对象。

四

天刚露明,屯子里远远近近的雄鸡的啼叫还没有停息,工作队的人就一个一个地出门去了。

工作队的十五个人中,十个警卫班战士和张班长,都背着长枪。其余四个人:萧队长、刘胜跟小王,加上萧队长的通信员万健,都挎着匣子。一早起来,烧了开水喝,吃了点干粮,他们分头出去串门子,找小户,约好下晚回学校汇报,还是集中住在一起。都带了些钱,到哪家,吃哪家,算钱给他。

小王到北头串了几家,往后又走到南头,瞧见一个光腚的孩子,从一扇柳条编制的大门里出来。他迎上去,认识这是昨儿摔倒的那个孩子。小王把他抱起来问道:

"你叫啥?"

"我叫锁住!"小孩回答,用小手去抓小王的匣枪把上浅红的丝带子。

小王又问:

"几岁啦?"

"我妈说我五岁,我爹说,再过两年得放猪啦。爹嫌乎我,老熊我,他说:'我养不起你啦,你给我滚。'我说:'我不滚,我要跟我妈,你给我滚。'他就打我一撇子。"

"你爹在家吗?"

"这不是他出来啦?"锁住说。

这时候,一个光着上身的男子,从草屋推开窗纸破碎的格子门,走到院子里来,手里拿一根短烟袋,站在当院。这人三十二三岁模样,不高也不矮,不胖也不瘦,长一脸漆黑的连鬓胡子。他叫赵玉林,外号赵光腚。他一年到头,顾上了吃,顾不上穿,一家三口都光着腚,冬天除了抱柴、挑水、做饭外,一家三口,都不下炕。夏天,地里庄稼埋住人头的时候,赵玉林媳妇每天不亮天,光着身子跑到地里去干活,直到漆黑才回来。屯子里谁也不知道她光着腚下地。有一天,她在苞米地里铲草,地头有人叫嚷着,她探出头来看是什么事,被人看见了光着的肩膀,从此,赵玉林媳妇光腚下地的事,传遍了屯子。从此,赵光腚的名字被叫开来。八路军三五九旅三营,来这屯子打胡子,听说这情形,送了两套灰布军装给赵玉林。赵玉林一家这才穿上了衣裳,才敢让人到屋里坐坐。

"同志,到屋里坐。"赵玉林招呼小王说。

小王抱着锁住,跟赵玉林走进他屋里。一个穿黄布小衫的妇女盘坐在炕头,在用闪亮的苇子编草帽。看见有客人进来,慌忙撂下手里的苇子,要下地来。小王忙说:

"你忙着,快别下来。"小王把小孩放在炕头上,自己就坐在炕沿,拿起赵玉林敬他的烟袋,抽着烟,黄烟的香气喷满一屋子。小王一走进穷苦人家里,就无拘无束的,像回到了自己的家里似的。他们唠起闲嗑来。由眼前的烟笸箩唠到黄烟,由小日月庄稼谈到今年的苞米。起始,赵玉林光听小王一人说,自己只是"嗯哪,嗯哪"地点头,往后,看到小王懂得好多地里的事情,赵玉林寻思:

"他也是庄稼底子。"

这样一想,赵玉林就不拘束了,女人也跟着随便了。

"你们这儿一垧地,能种多少棵苞米?"小王问。

"一垧一万二千棵,好地能打八九石,岗地也打三四石。"赵玉林说,"这儿地不薄!出粮,可是得侍弄好。'人勤地不懒',这话真不假。你要赶这晴天铲了草,再赶上一场雨,就真是啪啦啪啦地长，一夜一个样。到老秋，籽粒实实在在，一颗顶一颗。"

"你要下地吗?"小王慌忙问，怕误他的活。

"不，二遍铲完了。今儿想去碾稗子。"赵玉林说。

"走，咱们一起去。"小王说，他顺手端起放在炕上的一簸箕稗子。

到南头刘德山家里借了碾子，两人就推起来。一边堆，一边谈唠着。赵玉林无心地天南地北地闲扯，小王却有意地要在对方不知不觉中来进行自己的了解工作。他要了解这个人、他的心、他的身世、家庭和历史，他也要了解这个屯子里的情形。小王很快取得了赵玉林的信任。他是常常能够很快和庄稼人交上朋友的，因为他自己也吃过劳金，当过半拉子，庄稼地的事，他都明白。

小王名叫王春生，春天生的，他妈就叫他春生。他是松花江北呼兰县生人。父亲是东北抗日联军赵尚志部队的一个营教导员，也有人说他还曾是中央北满地方党的一位区委书记。"民国"二十二年冬，他父亲被伪满县警察署捉住，打得快死时也问不出什么口供。日本鬼子把他和别的三百多个抗联同志一起，一个一个装在麻布袋子里，一个一个在石头上高高举起，又啪嗒摔下，血和脑浆从麻袋里流出来，在麻袋上凝成一片一片的黑疙脂。一个落雪的下晚，日本鬼子用两辆卡车，把这三百多个凝着血泥的麻袋送到冰雪封住的松花江上，挖个冰窟窿，把麻袋一个个丢进江里去了。这时候，王春生还只有五岁。赶到七岁，伪满当局捕捉得更紧，他们跟抗联的大部队又失了联络，一家人不得不四散逃亡。他的叔叔奔关里，他们母子逃西满。母子二人半饥半饿，在凄风苦雨里，流浪好些年。赶十一岁，他给白城子一家地主老张家放猪，十三岁，用他自己的话来说，"官升了一级"，给老张家放马了。十六岁扛大活，因为个子长得小，拿劳金钱时只算半拉子。

王春生七岁那年，就是跟他妈逃难到西满的那年，八月的一天，太阳正毒，母子俩在望不见屯落的大道上走着，西南天上起了乌云，密雨下黑了天地，老远望去，雨脚织成的帘子从天到地，悬在西南,真有些像传说里的龙须。带着湿气的大风猛刮着,把那夹着雷轰电闪的雨云飞快地刮了过来。王春生的妈一双半小脚,跑不快,近旁又没有一个躲雨的地方,他们挨浇了。赶他们母子连走带爬走到一座小破庙里的时候,两人露肉的衣裳早都湿得往下滴水了。小王直哆嗦,他妈把他紧抱在怀里,眼泪一滴跟着一滴落下来,落在孩子仰着的脸上。

"妈呀!"七岁的王春生懂事地大哭起来。

"崽子,"母亲一边擦眼睛,一边说:"你要能长大成人,可别忘了你爹是怎么死的呀。"

王春生十六岁那年,当上半拉子。他的劳金钱一个也不花,全都交给妈。这一年,他妈害肺病死了。自从逃难以来,这位在千灾百难中,宁死也要把小王抚养成人的母亲,这位继承中国妇女高尚品德的半小脚的不识字的旧女子,九年之久,没穿过一件好衣裳,没吃过一顿饱饭。临终时,她神志清明,眼角停着泪珠子,还是重复这句话:

"崽子,你长大成人,可别忘了你爹是怎么死的呀。"

王春生从来没有忘了他爹的惨死跟妈的眼泪。"八·一五"以后,他参加了民主联军。不久又得到了跑到关里的他老叔的信息,他早在关里参加八路军了。七月,党动员一万二千个干部下乡去做群众工作时,小王响应了,编到了萧祥同志的一队。小王没有念过书,在部队里学习了八个来月,现在呢,他说:"能识半拉字了。"

小王跟赵玉林推完了碾子,已晌午大歪。他们回来吃完晌午饭,小王抽了一袋烟,又跟赵玉林去侍弄园子地。赵玉林租种老韩家一垧岗地,交了租粮,三口不够吃,又租杜善人二亩园子地。他种上豆角、茄子、倭瓜、大葱、黄瓜,还有土豆子和向日葵。这些瓜菜,都长得肥肥大大。每年收了菜,除了出租子,赵玉林把菜卖掉一些,剩下的自己吃。每年春夏,他家用瓜菜来填补粮食的不够。他的园子地,拾掇得溜净,一根杂草也不生。今儿他是来整那大风刮歪了的黄瓜豆角架子的。他们从地边割了一些靰鞡草,到了园子里,小王一面帮他用靰鞡草绑架子,一面闲唠嗑。

起始,赵玉林尽说一些别人的事,往后才慢慢谈到他自己,他说:

"'民国'二十一年,山东家遭了荒旱,颗粒不收,我撇下家人奔逃关外来碰运气。到了这边,没有证明书,落不下户,只好给老韩家吃劳金。扛活的人指望'一膀掀',就是把劳金钱一起领下来,这么的,就算是微微了了的几个小钱吧,也能顶些用。老韩家呢,却分做七八起来给。到老秋,钱早花光,啥事没办。到年一算账,倒欠老韩家一百元老绵羊票子,只好把一件山东带来的青布小衫子交给东家,作为抵押。第二年,我屋里的跟老娘也从山东家赶来,带的盘费还没有花完,我就不再扛活,租种人家的地了。谁料正赶铲草时候又摊上了劳工号,地全扔了。我一连出了四回劳工,头趟还没回来,二趟就又派上了。四回劳工,数牡丹江那一回邪乎,二十天,二十宿,没有睡觉,一天吃两顿橡子面,吃了肚子胀,连饿带冻,死的人老鼻子啦。王同志,"赵玉林抬头瞅一瞅小王,"我还能回来,真算是命大。回来那时光,妈早死了,媳妇领着小嘎在外屯要饭,我各屯去找,一见了我,娘儿俩哭得抬不起头来。我没有掉泪。王同志,穷人要是遇到不痛快的事就哭鼻子,那真要淹死在泪水里了。"

小王的眼睛湿了,停了一阵,他用别的话岔开:

"你说的那老韩家,就是韩老六家吗?"

赵玉林点头。

小王又问道:

"他家有多少地?"

"说不上。"赵玉林回头看看后面,他一面用确青的靰鞡草把黄瓜蔓子往架子上绑,一面接着说,"在这屯,南门外那一大片平川地,全是他的,有二百来垧吧。外屯外省的,就不详细啦。"

"韩老六这人怎么样?"小王透过爬满了须叶的黄瓜架子瞅着赵玉林,等他的回答。

"他吗？人家说：'好事找不到他，坏事少不了他。'"赵玉林说。他的脸蛋衬着确青的黄瓜的叶蔓，更显得焦黄，两束皱纹，像两个蜘蛛网似的结在两边眼角上。

整整的一个下晌，在园子里，两个新朋友悄声悄气地唠着。赵玉林常常抬起眼睛来，瞅瞅开满了嫩黄的倭瓜花的障子的外边，看外边有没有人。其实，就是有人来听声，也听不出啥来，因为他们的声音，比在黄瓜花上嗡嗡飞着的蜜蜂的声音，大不了多少。赵玉林把他所知道的韩老六的罪恶，都说给小王听了。

韩大棒子韩凤岐，伪满乍一成立时，是中等人家。往后，他猛然发家了，年年置地。在本屯、在宾县、在佳木斯，都有他的地。街里的"福来德"烧锅，有他一大股。伪满"康德"五年，就是"民国"二十七年，他当上村长，为了效忠日本子，常常亲自提着一根大棒子到各民户去催出荷，催缴猪皮、猪血和葡萄叶子。当上二年村长，家更发了。往后他交卸村长，在家吃安逸饭了。就在这一年，日本宪兵队长森田大郎住在他家里。有人说，森田跟他姑娘好，又有人说，森田爱上他的小婆子，也有人说，这个身板儿挺棒的日本宪兵队长是一箭双雕。小户摸不清底细，他家院墙高，腿子们出出进进，谁敢管这些闲事？但是有眼睛的人，谁都看得见，从打森田住在他家里，他的威势就更大了。他家里挑水、打柴、盖房、扒炕、南园夹障子，都派官工。他雇的劳金，全用在烧锅油坊。他的黑漆门楼的近旁，有一口井，是大伙修下的。修井时，讲好他出地皮，小户出工，井归大伙使。可井修好以后，他家管院子的李青山便站在井台上，不许别人来挑水，井就这样叫他霸占了。往后，听他支使的，还能来这井挑水，不顺他眼的，要来挑水可不行。挖井的小户约好一起进大门楼去说理，管院子的李青山把他们堵在当院，不许进屋。这时候，正屋里，从窗口探出一个秃鬓角的头，这是韩老六。他厉声地问：

"这帮人来干啥的？"

"咱们是为井的事来找六爷，当初井是大伙修下的。"走在头里的老张说,脸上赔着笑。

"拿井照来我看。"韩老六瞪着两只小绿豆眼睛,打断老张的话。大伙可都没有准备这着,哪有井照呢?

"六爷,可不明明是大伙摊工挖的吗?"老张还跟他理论。

"井挖在谁家地里?"韩老六问。

老张还要说下去,森田跑出来,挥动鞭子,朝大伙的头顶上一阵乱抽,没有法子,都退出来了。第二天,老张摊上劳工,上了老黑山去,至今没回。就这么的,大伙挖好一口井,却捞不着水喝。但要喝这井里的水,也不犯难,你一个月替他六爷干两三天活,不吃他的饭,不要他的钱,就自然叫你挑这井的水。韩老六靠这口井,年年省下好些工夫钱。

韩老六的马房里,喂着二十来匹马,全都肥肥壮壮的。庄稼熟时,他叫人把马放到跟他的地相连的地里,吃人家的庄稼,年年如此。吃人家眼瞅要收到家来的谷子和高粱,叫人好伤心,但是,谁也不敢吱声。为此,宁可把地扔了的人家,年年都有。

"大哥,咋把地扔了?"韩老六问那扔了地的人,对方不吱声,韩老六装作好心的又说,"怕是出不起花销吧? 我来替你担待一两年。"他就雇人把地种上了。他种上一年,顶多二年,便成他的地。你说这地是你开的荒,你能拿出地照来? 他早起来了地照。他的哥哥韩老五是大特务,衙门里的手续早就办妥了。就这么的,小户撺着汗珠子,开一两垧荒,到头都由他霸占。如今韩老六的地,东头直到山,西头直到日本开拓团。说起开拓团,也是韩家发财的地方。

西头老宋家,租了开拓团的两垧地,种了线麻。麻快割了,韩老六的大儿子韩世元,仗着他会日本话,领来一个日本人,走到老宋的地头,两人指指点点的,不知说些啥。

"大爷,你要干啥?"老宋走到他们跟前问,胆战心惊地赔着笑。

"我要包大段。"韩世元仰脸回答他。

"我麻都快割了,咋办呀?"

"算你白种了。"韩世元说完,跟日本人转身往回走。到秋,老宋家的线麻给老韩家割走,老宋只得卖了马,现买线麻缴"官"麻。

赵玉林说到这儿,抬眼瞅瞅西边,太阳快落了。黄瓜蔓子都已经绑好。他顺手摘了些黄瓜、豆角,薅了一把葱,搁在草帽里。他跟小王迈过一条条垄沟,往他家里走,一边还在低声地谈唠。

"韩老六的事,一半天说不完呀,"赵玉林说,声音更低些,"光他动动嘴,向森田告状,搁枪崩掉的人,本屯就有好几个。那时候,黑大门楼是个阎王殿,谁敢进去?走在半道,远远看见韩老六他来了,都要趁早拐往岔道去,躲不及的,就恭恭敬敬站在道沿,等他过去,才敢动弹。你要招呼他:'六爷,上哪去呀?'他仰起脸来,瞪着一双小绿豆眼睛说:'你问这干啥?拦着你的道啦?'多威势啊!啊,到家了。"

"头里走,头里走。"进门时,赵玉林让着小王。

吃晚饭时,炕桌上摆着煮得黏黏巴巴的豆角,还有新鲜的黄瓜和大葱。

"吃吧,吃完再去添。"赵玉林看见小王爱吃豆角,一碗又一碗地往上添,"王同志,别看这饭菜寒碜,头年还吃不上哩。"赵玉林咬一根蘸着酱的大葱,这样说,"你们再来晚一点,咱们都得死光了。"

吃完了饭,小王脸上泛出年轻的红润。他交了饭钱,起身要走。赵玉林也站起身来说:

"送送你。"

赵玉林跟小王走在半道,小王一边走,一边说起好多翻身的道理和办法,最后,谈到本屯也得斗争地主恶霸这宗事。小王问赵玉林道:

"你说该斗谁?"

"你说呢?"赵玉林会意地笑着,反问一句,却不明说。

"要是斗他,你敢来么?"小王又问。

"咋不敢来?咱死也不怕。"赵玉林说完这话,小王双手紧握他右手,欢喜地说道:

"那好，那真好，咱们是好汉一言，快马一鞭。我就往回走，明儿咱们再合计。再去联络人。"小王说罢，走了。

赵玉林回到家里来，天已落黑。他媳妇在外屋刷碗。锁住在炕上趴着，看见爹回来，他跳下炕，扑到爹身上。今儿来了客，爹心里高兴，没有打他。他用小手摸摸他脸颊上的漆黑的连鬓胡子，一边告诉他：今儿捉到一只蝈蝈，明儿再去捉。又说：大河套里有好多好多的鱼，老初家的鱼帘子给人起去了。老刘家用丝挂子挂一筐子鱼：有黄骨子、鲫瓜子，还有狗鱼呢。

"爹，咱俩明儿也去挂。"

"你不是要捉蝈蝈吗？"

没有回答，锁住眼皮垂下来，前额靠在爹爹胸脯上，发出了小小的鼾声。赵玉林抱起他来，轻轻放在炕头上，从炕琴上取下自己的一件破布衫子，盖了孩子的光身子。女人走进来，坐在炕沿上。

"柴火烧没了。"女人说，瞅老赵一眼。这是一个跟他吃尽千辛万苦，也不抱怨的好心眼的小个子女人。

"你先去割捆蒿子烧着吧，明儿我有事。"赵玉林说完，走到外屋，点着烟袋。女人靠着锁住躺下来，不大一会，也发出了细小的鼾声。赵玉林回来，坐在炕梢，背靠墙壁，抽着烟，他在寻思好多的事情。他想他跟韩老六是有大仇的。大前年，他躲劳工，藏在松木林子里，韩老六告诉了森田，他被抓去蹲了三个月的笆篱子，完了送到延寿当劳工。头年他去缴租粮，过了三天期，韩老六罚他跪在铺着碗碴子的地上，碗碴子扎进他波棱盖的皮骨里，鲜血淌出来，染红了碗碴子和地面，那痛啊，直像刀子扎在心窝里。如今，要革掉这个王八犊子的狗命，他是称心快意的。他躺下来，称心快意地抽着他的短烟袋。

"能行吗？韩老六能像王同志说的那样容易打垮吗？"这个思想冷丁钻进他的脑瓜子，他翻来覆去，左思右想，老是睡不着。他又爬起来，摸着烟袋，走到外屋灶坑边，拨开热灰，把烟袋点上，蹲在灶坑边，一面抽烟，一面寻思。烟锅嗞嗞地响着，他想起韩家的威势，韩老五还逃亡在外省，韩老七蹽到大青顶子里，他的儿子韩世元跑到了长春。屯子里又有他好多亲戚朋友，磕头拜把的，和三老四少的徒弟。

"就是怕不能行啊。"他脑瓜子里又钻出这么个念头。

"你害怕了吗，老赵哥？"脑瓜子里又显出小王的圆脸，满脸堆着笑问他。

"我怕啥？"赵玉林抵赖，怪不好意思。小王的影子一出现，他就感到有力量，"人家年纪轻轻的，还不怕，我怕啥呢？"他想着，"小王说：关里关外，八路军有好几百万，尽好枪好炮。又说天下穷人都姓穷，天下穷人是一家。天下就是穷人多，这话真不假。明日咱去多联络些穷人，韩老六看你有本事，能拧过咱们！"他想到这，好像韩老六就在他眼前。一看到他那一双小绿豆眼睛，他就冒了火，"非革他的命，不能解这恨。"他使劲在锅台上敲着烟锅里的烟灰。

"锁住他爹，干啥还不来睡呀？快亮天了。"赵大嫂子睡醒一觉了，在屋里叫他。他进来睡时，院子里的雄鸡已经拍打着翅膀，叫头遍了。鸡叫第三遍，他就爬起来，戴上草帽，光着上身，迈出大门，一直往工作队走去。小王躺在桌子上，正在揉眼睛，看见赵玉林进来，他赶紧起身，两个人到操场里去溜达去了。赵玉林把他昨下晚拐弯抹角、晃晃荡荡的心思，一五一十的，都告诉小王。结尾他说：

"这会想透了，叫我把命搭上，也要跟他干到底。"

"革命到底。"小王快活地改正他的话。

"嗯哪，好汉一言，快马一鞭。"赵玉林记起小王这句话来说，完了，两个朋友一起再去联络屯子里别的穷哥们去了。

五

萧队长打算去串门，走出小学校，瞅见一个中年汉子在道旁井台上打水。

"队长同志，吃晌了吗？"这人笑着打招呼，萧队长一面点头答

应,一面瞅着这人的粗大的手指,宽阔的肩膀,穿着一件破蓝布衫子。他想:"是个庄稼人,"就走到他跟前,问他:

"你贵姓?"

"我免贵姓刘,叫刘德山。"中年人回答,接着就笑嘻嘻地邀萧队长往他家里去串门。他担了满满的两筲水,往道北走,萧队长跟他并排地走着。

"队长同志,听到是叫同志的人,我就不怕。"刘德山担着滴滴溜溜的水筲,边走边说,"三五九旅三营来这屯子打胡子,有一个班住在我们家,一早起来,又是担水,又是劈柈子,又是扫当院,真是处处为咱老百姓。昨儿你们来,西屋老熊家娘们慌慌忙忙的,把一只下蛋的大黑老抱子藏在躺箱里,碰巧这母鸡下了个蛋,给大伙报喜,咯嗒咯嗒,叫得没有头,把她急坏了。我说:不用着忙,我去打听打听。我出去一会,慌忙跑回跟她说:快把你那大黑老抱子宰了,人家军队正在找小鸡子哩,她当是真的,拿把菜刀去宰那母鸡。我说:骗你的,这不是蒋介石的胡子军,是正装的人民军队,你把黑老抱子拿去送队长,他也不要呀。"

听他说话,萧队长心想:"嘴上是好的,可不知道他家底和心眼怎样。"

到了刘德山家里,看到院套挺宽敞,铺着地板的马圈里,拴着三匹马,正在嚼草料。牲口都是养得肥肥壮壮的。朝南的三间草屋,样子还有七成新。东屋的窗子镶一块玻璃。萧队长想:"这个人至少是富裕中农。"他现在光想找贫雇农唠嗑,待要不进屋,又已经来了,他又寻思:"也可以谈谈,对农民的各个阶层都应该熟悉熟悉。"

他跟刘德山走进东屋里,坐在南炕上,抽着黄烟卷,喝着糊米茶。刘德山从南园子里摘来一些小李子,放在炕桌上。自己坐在炕沿上,尽挑萧队长听来顺耳的话唠着,说上几句话,就要看看萧队长的脸色,一看到萧队长脸上露出不爱听的颜色,马上改说别的话。萧队长说话的时候,刘德山总是连忙点头,总是说:"嗯哪,那还用说?""嗯哪,那不用提了。"

刘德山是个能干的人,扶犁、点籽、夹障子、码麦子,凡是庄稼地里事,都是利落手。他原先也穷,往后,家有了起色。"八·一五"炮响,有马户都捡了洋捞,刘德山也套起他的一辆小平车,老远从日本开拓团的屯子里运回一车子东西。衣服、被子、洋面、粳米、锅碗瓢盆,都捡回一些。他看见几十棵大枪,但是不敢捡。

韩老六拉大排的时候,硬说他捡回一棵"康八"枪,派人来抄他的家,把他捡的洋捞都搬走,光留了一件他改短了、又用泥浆涂黑了的军大氅。因为这宗事,刘德山对韩老六是怨恨,可是他不说,他怕整出乱子来没有人顶。

工作队来了,他是快活的,他想:这回韩老六遇到敌手了。可是才高兴,他又往回想:工作队是共产党,共产党能准许刘德山他有三匹牲口,五垧近地吗?他想:这是不能的,工作队是韩老六的敌人,可也不能算是他自己的亲戚。他翻来覆去,寻思一宿,决计两面不得罪,两面都应付,向谁都不说出掏心肺腑的话来。他想:"就这么的,看看风头再说吧。"

看看谈不出什么,不到晌午,萧队长就辞了出来。回到小学校,别人都没有回来,他拿出本子,记了下边一段话:

"刘德山,中年的富裕中农,态度摇摆,但能争取。"

他写完,刚把本子放进衣兜里,一个穿白布小衫,留分头的浓眉大汉走进来,哈腰问道:

"请问哪位是萧队长?"

"我就是萧祥。"萧队长说,用眼睛上下打量着来人。

大汉从衣兜里掏出一个深红色的硬纸帖子来,双手送给萧队长,又哈一哈腰说:

"我叫李青山,我们掌柜的再三致意,一定要启动萧队长光临。"

萧队长瞅着红帖子,封皮上写的是:

"萧工作队长殿"

把红帖子翻开,里面写的是:

"本月十六日午后六时,敬备菲酌,候光,韩凤岐谨订。"

旁边注一行小字:

"席设本宅。"

萧祥看了这帖子,特别是瞅了封皮上的"殿"字,微微一笑,说道:

"连请帖也是协和体,你们东家还请了谁?"

"没有再请谁,专请萧队长赴席。"李青山右手摸摸对襟褂子上的化学扣子,又哈一哈腰说。

"我问你,你们东家做了些什么好吃的?"萧队长又问。

"咱们这荒草野甸的穷棒子屯子,还能有啥好吃的? 也不过是一点意思。"

"什么意思?"萧队长紧追一句道。

"队长不是为咱老百姓,请也请不来的呀,六爷准备了点自己家里出的高粱酒,为队长接风。"

"你是他的什么人?"

"我在他家吃劳金,给他翻土拉块的。"

"去你的吧,你这是骗谁? 翻土拉块的,是你这个样子吗?"萧队长的眼睛落在他的分头上,他火了,哗啦一声把大红帖子撕成了两截,接着连连撕几下,把这红硬纸的碎片往李青山的脸上掷去,有一片正打着他的眼睛。李青山的额上冒出了青筋,眼睛横着,往后退一步,两腿分开,左手叉腰,右手攥起了拳头,摆开一个动武的架子。

"干啥,要动手吗?"萧队长的通信员万健,一手捏着匣枪的把子,一手去推李青山的胸脯,"快给我滚。"

看到了老万的匣枪,和他的结实的身板,李青山有些胆怯,他退到门边,嘴头咕噜着:"滚就滚吧!"扭转身子,窝火憋气地迈出门去了。老万赶到门口,轻蔑地骂道;

"臭狗腿子,看你敢再来。"

老万还没有转身,老孙头来了,他牵着两匹马,打学校的门口

31

经过。

"跟谁顶嘴呀,老乡?"老孙头问。万健指一指李青山渐渐走远的背影,并且告诉他,李青山是来替韩老六下请帖的,碰一鼻子灰走了。老孙头细眯左眼笑笑说:

"请客还能不去吗?要我早去了。"

"吃人家嘴软。"老万说。

"这可不见得,嘴头子生在你个人的鼻子底下,是软是硬,还能由人吗?要是谁请我,我一定去,吃喝完了,把嘴头子一抹,捎带把脸也抹下来了,事情该咋办,还是咋办。"

"对,还是你行,回头告诉萧队长,往后谁家大肚子请客,都叫你代表。"

"得了吧,老乡,"老孙头笑眯左眼,凑拢一点,放低声音说,"正经告诉咱们萧队长,昨儿下晚,西门里狗咬,有人往外倒腾东西哩。"

"谁家?"老万问。

"你看还有谁家呢?"说着,他用手指一指全屯都能望见的黑大门楼的高高的青瓦屋脊,就牵着马,往道北的井台边饮马去了。

六

萧队长黑价白日地工作。带来的一包洋蜡点完了,在微弱的豆油灯光下,他反复地研究种种的材料。他深深地理解:熟悉情况,掌握材料,是人民解放事业,是我们共产党的一切事业的成功的基础之一。"闭塞眼睛捉麻雀",结果往往麻雀捉不到,还要碰破头。

关于韩老六,他掌握了好些材料。他和工作队全体人员又都联络了不少的小户,这里头,也有个别的有马户。不几天以后的一个下晚,他们分头约了这些人到学校里来,不说开会,光说唠唠嗑。

人们接二连三地来了。刘德山是来得顶早的一个。他站在一扇窗户的跟前,又在说起三营的事。

接着,赶车的老孙头也来了,他一来,人们就快活起来。昏黄的豆油灯光里，人们都围在他周围，听他闲唠嗑。他在说起黑瞎子。他说：

"那玩意儿，黑咕隆咚的，力气可不小，饭碗粗细的松木，用两个前掌抱住，一摇再一薅，连根薅出了。老虎哪能是他的敌手，这家伙就是一宗：缺心眼儿，他跟老虎一交手，两边打得气呼呼，老虎看看要败了，连忙说：'停一停。'"

"你亲眼看见它们打过吗？"近边有一个人问。

老孙头眯一眯左眼，并不理会这人的问话。在他看来，这是不必回答的。

"黑瞎子说：'好吧。'老虎走了，黑瞎子也不歇歇，也不吃啥，光顾收拾干仗的场子，噼里啪啦把场子里头的大树小树薅得一棵也不留。老虎跑到山沟里，吃饱了，喝足了，又歇一阵气，完了跑回来，又跟黑瞎子干了。这个黑咕隆咚的傻相公，又饿又累，力气再大也不行，两下里不分胜败。老虎累了，又说：'好老熊头，咱俩再停一停吧。'他不说歇一歇，光说停一停，是怕黑瞎子的脑瓜子开了，学它的样，也歇歇气。黑瞎子说：'说停咱们就停吧。'老虎又去吃喝歇气，黑瞎子还是火星直冒，手脚不停地薅松木，拔椴木，老虎再来，一鼓气把黑瞎子打败，把它吃了。"

这时候，接二连三地又来一些人。赵玉林走来，坐在课堂中间的一张桌子上，点起他的短烟袋，抽得嗞呀嗞呀地发响。

"你的黑瞎子讲完没有？"萧队长笑问老孙头。

"完了完了，队长，"老孙头眯着左眼说，"你说你的吧。"

"好吧，咱们来说说咱们的事情，"萧队长开口，"大伙凑拢来一点，今儿也不算开会，大伙唠唠嗑，伪满压迫咱们十四年，粮户苦害我们几千年，大伙肚里装满了苦水，吐一吐吧，如今是咱穷伙计们的天下了。"

"对，对，大伙都说说，八路军是咱们自己的队伍，三营在这儿，都瞅到了的。"刘德山抢着说，"萧队长在这，咱们今儿是灶王爷上西天，有啥说啥。"

"对,有啥说啥,一人说一样。"窗台附近有一个人附和,这人就是李振江,他把他的灰色毡帽掀到后脑勺子上,豆油灯下,露出他的光溜溜的秃头来。

"说呀,谁先说都行,"刘德山接着又说,"说错了另说,没关系。"

"嗯哪,如今人民军队讲民主,不兴骂人,打人,说得对不对不挑,说吧,谁先开口?"李振江也催着大伙。

尽是他们两个人的声音,别人都不说。赵玉林坐在桌子上,噙着他的短烟袋。老孙头远远坐在一个角落里,也不吱声。老田头坐在李振江近边,胆小地望望李振江,眼窝显出阴凄的神色。他不害怕萧队长,光怕李振江。他明白李振江是韩老六心腹。萧队长看到这情形,说道:

"你们不用怕谁,有话只管说。"

"对,谁也不用怕谁,各人说各人的话。"李振江马上应和萧队长,"如今不是'满洲国',谁也不兴压力派。"

还是没有人说话,光听见赵玉林的烟袋嗞呀嗞呀地发响。萧队长在课堂里踱来踱去。他想,得找出一个办法,打开这闷人的局面,得提出一个人人知道而且人人敢说的事情,让大家开口。他低下头来,皱起眉头,用右手取掉他的军帽,用这拿着帽子的同一只手搔着他的剃得溜光的脑瓜。不大一会,他抬起头来,对大伙说道:

"你们谁当过劳工?"

"谁都当过。"除了李振江,都答应着。除了李振江,到会的人都当过劳工,谁都想起这段挨冻挨饿又挨揍的差点送命的生活,会场里面哗哗地吵闹起来了,不止一个人说话,而是二十多个人,分做好几堆,同时抢着说。李振江光笑,没有话说。别的人都七嘴八舌倒苦水。

"我劳工号还没有摊到,就叫去了,六个月回来,庄稼也扔了。"赵玉林说,在桌沿上磕烟袋。

"你还说庄稼哩，人家把人都扔了。伪'康德'九年，我屋里的闹病，我到村公所请求宫股长想法，等我屋里的病好些，再去。他瞪起黑窟窿似的两只眼睛说：'你不去，叫我替你去？你屋里的闹病，你迷糊了，我还迷糊哩，你跟我说，我跟谁说去？不是看你媳妇那一面，你妈那巴子，兔崽子，看我搂你。'他越骂越上火，抢起黑手杖来了。我蹽出来，寻思着：'去就去呗。'赶到我六个月回来，我屋里的早入土了，我到如今还是跑腿子。"赵玉林的邻居，跑腿子的花永喜说完，叹了一口气。

"你还想你媳妇哩，人家差点命都搭上。上东宁煤窑的那年，一天三碗小米粥，两个小饽饽，饿得肚皮贴着脊梁骨。"

老孙头看见大伙唠开了，也凑拢来插嘴说。

"你那算啥？"老田头不顾李振江瞪眼歪脖的阻止，也开口说："我上三棵树当劳工，在山边干活，饿得邪乎，大伙都到山上去找蒿子芽吃。日本子知道，不让去找，怕耽误工。见天下晌收工时，叫大伙把嘴巴张开，谁嘴里有点青颜色，就用棒子搂，连饿带打，一天死十来多个。"

"你没见过死人多的呀。"刘德山看见老实巴交的老田头说话，也说起自己的经历："我头一回当劳工，也是在煤窑挖煤，见天三碗稀米汤，又是数九天，冰有三尺厚，连饿带冻，干活干不动。一天下晚，正睡得迷迷糊糊，有人推醒我：'快快地起来，快快地，去推煤去。'我醒过来，擦擦眼睛说：'没亮天呀！''还不快起来，要挨搂了！'我赶快起来，赶到煤窑去推车，伸手到车里，摸摸装满了没有。这一摸，可把心都吓凉了。我叫唤一声，脊梁上马上挨了一鞭子：'再叫，搂死你这老杂种操的。'我不叫了，推着车走，你猜车上装的啥？是死人！一车一车的死尸，叫我扔到大河套的冰窟窿里去。你看到一天死七八个人，还当奇事，咱们那儿，一车一车地扔哩。在'满洲国'，死个劳工真不算啥，扔到冰窟窿里就算完事。"

说到当劳工的沾满血泪的往事，每个庄稼人就都唠不完。萧队长不打断他们，一直到深夜，他才另外提出一个新问题：

"你们个个都摊了劳工,能回来的算是命大……"

"嗯哪。"不等萧队长说完,十来多个声音应和着。

"不是三营来,咱们都进冰窟窿了。"赵玉林补充说。

"对!"萧队长接嘴,"大伙寻思寻思吧,地主当不当劳工?"

大伙都回答:

"地主都不当劳工。"

"为啥?"萧队长追问。

回答是各式各样的。有人说:地主有钱,出钱就不出劳工。有人说:地主有亲戚朋友在衙门里干事,摊了劳工,也能活动不叫去。也有人说:地主的儿子当"国兵",当警察特务,家庭受优待,都不出劳工。又有人说:地主摊了佃户劳金当劳工,顶自己的名字。

"你们这屯子里,谁家没有出劳工?"

"那老鼻子啦。"直到现在没吱声的李振江抢着说。

"韩家大院摊过劳工没有呢?"为了缩小斗争面,萧队长单刀直入,提到韩老六家。

"咱们屯子摊一千劳工,也摊不到韩老六他头上!"赵玉林说,又点起烟袋。

背阴处,有三个人,在赵玉林说话的时候,趁着大伙不留心,悄悄溜走了。刘胜瞅见了,起身要去追,萧队长说:"不要理他们。"他转向大家又问道:"咱们大伙过的日子能不能和韩老六家比? 咱们吃的、住的、穿的、戴的、铺的、盖的,能和他比吗?"

"那哪能比呢?"刘德山说。

"货比货得扔,人比人得死呀!"老孙头说。

"咱们穷人家,咋能跟他大粮户比呢?"看见大伙都说话,老实胆小的田万顺,又开口了,"人家命好,肩不担担,手不提篮,还能吃香的,喝辣的,穿的是绫罗绸缎,住的是高大瓦房,宽大院套。咱们命苦的人,起早贪黑,翻土拉块,吃柳树叶,披破麻袋片,住呢,连自己盖的草屋,也捞不到住……"说到这里,他的饱经风霜的发红的老眼里掉下泪水了。他记起了韩老六霸占去做马圈的他新盖的三间小草房,他的声音抖动,说不下去了。而他又看到了李振江向他瞪眼睛,越发不敢说了。

"怎么的,你老人家?"萧队长问。

小王向赵玉林问了老田头的姓名,走到他跟前,手搁在他的肩膀上,温和地说:

"老田头,今儿你把苦水都倒出来吧。"

"你说下去。"萧队长催他,"把你的冤屈,都说出来吧。"

老田头又瞅李振江一眼,他说:

"我心屈命不屈,队长,你们说你们的吧,我的完了。"

这时候,李振江站立起来,首先向萧队长行了一个鞠躬礼,又向大伙哈哈腰,这才慢慢说道:

"没人说,我来唠唠。我不会说话,大伙包涵点。我叫李振江,是韩凤岐家的佃户,老田头也是。咱俩到韩家走动,年头不少了。韩六爷的那个脾气,咱俩也明白,他光是嘴头子硬,心眼倒是软和的。"

刘胜跟小王同时暴跳起来,同时走到李振江跟前。

"谁派你来的?"刘胜问。

"谁也没有派我来。"李振江回答,有些心怯。

"你来干啥的?"小王跟踪问一句。

"啥也不干。"李振江说,使劲叫自己镇静。

"让他说完,让他说完。"萧队长也站起来了,劝住刘胜和小王,他怕性急的刘胜和暴躁的小王要揍李振江,闹成个包办代替的局面,失掉教育大伙的机会,又把斗争韩老六的火力分散了。他从容问道:"你叫李振江,韩老六的佃户,是吗?正好,我问你,韩老六到底有多少地呢?"

"本屯有百十来垧。"

"外屯呢?外省呢?"

"说不上。"

"他有几挂车,几匹牲口?"

"牲口有十来多头吧,咱可说不上。"

"你说差啦,谁不知道韩老六有二十多头牲口。"后面灯光照射不到的地方,有一个人叫唤,李振江扭转头去,想要看看那是谁。

"你不用看了,"萧队长冷笑说,"现在你知道是谁说的,也不中用。'满洲国'垮了。刘作非蹽了。蒋介石本人是泥菩萨过江,自身难保。没有人来救你们韩六爷的驾了。"萧队长言语从容,但内容尖锐;他本来要说:"韩老六的命也抓在穷人的掌心了。"可是他一想:在大伙还没完全清楚自己的力量时,说出来反而不太好。他连忙忍住,不说这一句,改变一个方向说:"我倒要问你,韩老六给了你一些什么好处,你替他尽忠? 你种他地不缴租粮吗?"

"那哪能呢?"李振江说,不敢抬眼去看萧队长,装得老实得多了。可是他的这句话并不是真话,工作队到来的那一天下晚,韩老六叫了他去,在外屋里,他俩悄声密语唠半天,韩老六要李振江"维持"他一下,答应三年不要他租粮。就这样,为了自己的底产、马匹、院套,和那搁在地窖里年年有余的粮食,为了韩老六约许他的三年不缴的租粮,也为了韩老六是他的"在家理"的师父,他顽固地替地主说话,跟穷人对立。今儿下晚,萧队长担心转移了目标,分散了力量,有意放松李振江,走到课堂的中心,又向大伙发问道:

"我再问你们,韩老六压迫过你们没有?"

"压迫过。"十来多个声音齐声地回答。

"压迫些什么?"

又是各式各样的回答,有的说:向韩老六借钱贷粮,要给七分利、八分利,还有驴打滚的,小户拉他的饥荒,一年就连家带人都拉进去了。有的说:韩家门外的那口井,是大伙挖的,可是往后跟他不对心眼的,不能去担水。也有的说:得罪了韩老六,不死也得伤。韩老六爷俩,看见人家好媳妇、好姑娘,要千方百计弄到手里来糟蹋。

听到这儿,老田头的眼睛又在豆油灯下,闪动泪光了。

"老田头,你心里有啥,还是跟大伙说说。"萧队长早就留心他,带着抚慰的口气说。

"没啥说的,队长。"老田头说,眼睛瞅瞅李振江。

这时候,赵玉林从桌子上跳下地来,把他那枝短烟袋别在裤腰上,往前迈一步,一手解开三营战士送给他的那件灰布军服的扣子,露出他的结实的、太阳晒黑的胸膛。这是他的老脾气,说话跟打仗一样,他要发热冒汗,要敞开胸膛。他说:

"屯邻们,姓赵的我是这屯里的有名的穷棒子,大伙送我的外号:赵光腚,当面不叫,怕我不乐意,背地里净叫,我也知道,我不责怪大伙,当面叫我赵光腚,也没关系。"

有人发出了笑声。

"不准笑,"有人冒火了,"笑穷棒子,你安的是啥肠子呀?"

赵玉林继续说道:

"笑也没关系,反正队长也明白,穷不算丢脸。我屋里的没裤子穿,光着腚,五年没吃过一顿白面,可也没有干啥丢人的事。"

"那是不假,"老孙头插嘴,"你那媳妇是一块金子。"

"没铺没盖,没穿没戴的小人家,"赵玉林又说,"平常还好,光腚就光腚吧。可一到刮西北风下暴烟雪的十冬腊月天,就是过关啦。一到下晚,一家四口,挤成一堆,睡在炕上,天气是一年四季都算圆全了。光身子躺在热炕上,下头是夏天,上头是冬天,翻一个身儿,是二八月天。要说这二八月的天气正合你的适,你就得一宿到明,翻个不停,不能合眼了。"

"那是不假,"老孙头说,"穷棒子都遭过这罪。"

"可是穷人要有穷人的骨气。我那媳妇也和我一样,不乐意向谁去低头。咱们一不偷人家,二不劫人家,守着庄稼人本分。可是你越老实,日子越加紧。伪满'康德'十一年腊月,野鸡没药到,三天揭不开锅盖,锁住跟他姐姐躺在炕头上,连饿带冻,哭着直叫唤。女人待在一边尽掉泪。"

老田头听到这儿,低下头来,泪珠噼里啪啦往下掉,是穷人特有的软心肠,和他自己的心事,使他忍不住流泪。小王也不停地用衣袖来揩擦眼睛。刘胜走到窗户跟前,仰起脸来,望着这七月下晚的满天星斗的天空,来摆脱他听到赵玉林的故事以后,压在心上的石头。坚强冷静的萧队长,气得嘴唇直哆嗦。他催着赵玉林:

"说下去,你说下去吧,老赵哥。"

老赵又说下去:

"我一想,得想个办法,要不就得死。我往韩家大院奔,分明知道那是鬼门关,也得去呀。我不能眼瞅孩子们饿死。进得大门,四只狼种深毛狗,一齐奔过来,跳起来咬人,我招架着。韩家管院子的老李,就是李青山,他跑出来,挡住我在当院里,他说:'看你那股埋汰劲,不许你进屋。''老李,谁呀?'东屋有人问,听那粗哑的嗓门,我知道就是韩老六本人。李青山说:'南头赵玉林。'里面说:'问他来干啥。'外面答应:'他说是来拉点饥荒的。'一听到这话,玻璃窗户上,伸出一个秃鬓角的大头来,这是韩老六本人。他一脸奸笑,说道:'赵家好汉你也求到我这寒碜门第里来了? 我要说不借,对不起你屋里的那面。'李青山在一边,听到这儿,哈哈大笑,我的心口烈火似的烧,嘴里冒青烟。韩老六说:'你要贷钱? 钱有的是,要多少,有多少,可是有一宗条件,就怕你不能答应。'韩老六没有往下说,他等我答应。我一想两个孩子正在饿得哇哇哭,就说:'你说那条件看看吧。'韩老六开口:'今天下晚止灯睡觉的时候,叫你媳妇来取吧。'我肺气炸了。可是一个人孤孤单单的,两手攥空拳,有啥办法呢? 我转身就走。李青山唆使四只狗追上,把我的破裤腿扯拉成几片,脚脖子给咬了一口,血淌出来。第二天,算是天老爷不昧苦心人,药到一只野鸡,一家正吃着,来摊劳工了。一家子那哭啊,就别提了。当劳工回来,屋里的为了躲开韩老六,脸上涂得埋埋汰汰的,在外屯要饭,锁住的姐姐,我那七岁小丫头,活活饿死了。我呢,一天,韩老六罚我跪在碗碴子上边,尖碗碴子扎进皮骨里,那痛啊! 就像上了阴司地狱的尖刀山,血淌一地,你们瞅瞅。"赵玉林把脚跷在桌子上,把裤腿卷起,说道,"这里,波棱盖上还有一个个指头大的伤疤。"

人们都围拢来看。不大一会,赵玉林把脚放下来,他为他自己的长长的诉说,和过去的伤疤,大大上火了,提起粗嗓门唤道:

"屯邻们,有工作队做主,我要报仇,我要出气啦。韩老六当伪满的村长那年,你们谁没挨过他的大棒子?"

"挨过的人可老鼻子了。"老孙头说。

"那是不假,挨揍的人不老少。"刘德山也说。

"再问问大伙,南头的老顾家,老陈家,西门外的老黄家的少的,都给谁害死了?"

赵玉林说到这儿,大伙又都不吱声,有的向门边移动,想走。萧队长看到这情形,怕大伙冷了下来,坏分子趁机泄大伙的劲,慌忙走到赵玉林跟前,悄声地要他提一个大伙能回答的有鼓动性的问题。赵玉林问道:

"你们说:韩老六坏不坏呀?"

"坏!"大伙齐声答应了。

"他压迫咱们穷人,咱们应不应该和他算算账?"

"咋不应该呀?"一部分人这样回答。

"和他算账!"一部分人又这样回答。

"咱们敢不敢去和他算账呀?"赵玉林又问。

"敢!"大伙齐声回答。

"咋不敢?"站在萧队长附近的刘德山还加了一句。

"大伙说敢!就跟我来,革命的人不兴光卖嘴。去,今下晚去抓起那王八犊子,老百姓就敢说话了。"赵玉林往门边挤去,用那敞开的旧军衣的衣襟,擦着头上的由于兴奋和激动而冒出的汗珠儿。

课堂里起了骚扰和争吵,有的人走来走去,有些人围成几堆,用着各种不同的声音和态度,合计和争吵。

"咱们都跟赵大叔去抓大汉奸!"热烈的年轻人说。

"去就去呗。"稳健些的中年人说。

"三星都那么高了,明儿去吧,明儿一早去也赶趟。"困倦的上了年纪的人说。

"人心隔肚皮，备不住有那吃里扒外的家伙走风漏水，叫韩老六跑了。"年轻的人反驳，还是赞成去。听到讲这话，萧队长看见李振江的身子震动了一下。

"看他能跑！跑到哪儿都是共产党的天下。"不赞成立刻去抓的人说。

"他一家子在这儿，他的房子地在这儿，他跑？跑了和尚跑不了庙。"另外一些不赞成立即去抓的人也说。

"去！有胆量的跟我来！"赵玉林好像没有听见别人的说话，又唤叫道，"谁怕事的，趁早回家，赶快搂着媳妇娃娃蒙在被窝里。老刘，我看你也回去吧。"赵玉林挑战似的对那挨到门边，想要溜走，又怕人家笑话的脸色灰白的刘德山说道。

"我回去干啥？你能去，我不能去吗？"刘德山勉强笑着。

工作队的人都支持老赵的意见：立即去抓韩老六。但是对今儿这事态的急速的发展，他们有着各种各样的不同的热情的表现。刘胜瞅着赵玉林的痛快的说话和举动，高兴得蹦跳起来。他热烈地对张班长说，你看看农民的伟大，他满口赞美，忘记了张班长自己也是一个庄稼人。

小王看见赵玉林挤到了门口，忙挤上去，把自己的匣枪解下，给老赵说道：

"你拿我的枪去，王八犊子作兴有枪的，你使过枪吗？"

"匣枪不会使，摆弄过洋炮。"赵玉林用粗大的右手接过匣枪来。

"容易使唤，你来，你来，我教你。"小王推开众人，忙把赵玉林拖到屋子的当间。在豆油灯下，他把匣枪从皮套里取出，咔啷一声上好一梭子子弹，把枪膛一拨，他说："上好顶门子了，你这么一扣，火就出来了。再打再扣。"赵玉林一面答应"知道了"，一面挎好枪，转身要走。小王又叫他回来说："要带捕绳去。"他说着，忙去把他的捆背包的麻绳拿过来，交给赵玉林，并且说："抓到了，把他捆结实一点，对反革命就得这样子。"

在人们吵吵闹闹的当中,萧队长用全力控制了自己的狂热的情感。他和刘胜、小王一样,高兴老赵这种勇敢的行为。但是对于解放事业,党的任务的重大的责任感,使他感觉到,常常需要平静地好好地思索事情的一切方面。他在人少的角落里,走过来走过去,脱下军帽,习惯地用手搔搔他那剃得溜光的头顶。他想:在群众的酝酿准备还不够成熟、动员还不够彻底和广泛的情形之下,也许赵玉林跑得太快,脱离了广大的觉悟慢些的群众。但他又想:泼冷水是不好的,人是要抓的。赵玉林说,抓起韩老六,老百姓就敢说话了。"好吧,抓来再看,"他对自己说。忽然灵机一动,他想韩老六拉过大排,一定有大枪,赵玉林单枪匹马地冲去,不定要吃亏,他叫唤道:

"春生,叫赵玉林别忙着走。张班长!"

"有。"张班长忙跑过来,立一个正。萧队长说:

"你带八个人,跟赵玉林去,到了那边,四个留在大门外警戒,你带四个人进去,上好刺刀,一切作战斗准备。"

大伙走了以后,萧队长还沉思着。他在细细地想起这个初次的积极分子会议的一切经过的情景:"还不太坏。"他满意地笑了,"可是老田头,看样子是有大的伤心事,明儿咱们去找老田头。有水吗?"他问老万。"凉水也好,打一盆来,三天没有洗脸了。完了,你也去看他们抓人去。"

赵玉林挎着枪,领着头,大踏步地走出学校门,在道沿走着。天气凉凉的,天上银河闪亮着。远远近近,蟋蟀和蝈蝈,一唱一和地鸣叫。道旁柳树丛子里,惊起的家雀飞跃着,震动树枝,把枝叶上的露水滴滴溜溜地震落下来,滴在人们的头上、肩上和枪上。

刚出学校门,李振江连忙隐在后尾人堆里,一会不见了。他钻进道北一家人家的菜园子,抄近道,朝韩家大院的方向跑去了。

刘德山走到半道,慢慢落下来,趁着没有人瞅见,躲进道边一个茅楼里,一直到人们的脚步声越走越远,他才伸出头,两边望一眼,然后走出来,低头掩住脸,往家里猛跑,并不是怕有人追他,而是想着越快越好地跑回家里去,免得人瞅见,识破他是临阵逃跑的。

人们在前进,带枪的人们和不带枪的人们在一起,呼啦呼啦地往前走。腿脚不好的老孙头和老田头,也跟在人们的后面,窄棱窄棱地拐着慢慢走。插在枪尖的刺刀,在星光底下,闪着光亮。从稍远的后面一望,这一小列枪尖上的长刺刀,好像是在划开灰蒙蒙的天色似的。

一路狗咬着,酣睡了的人们好多惊醒了,整个屯落骚动起来了。

七

这一宿,就是赵玉林领头去抓韩老六的这一宿,元茂屯里好多的人整夜没有睡。韩家大院和小学校里的灯火,都点到天亮。两个地方空气是同样的紧张。两个地方的人们都用全部的力量在进行战斗,都睁大眼睛留心发生的事情,但一面是没有希望的没落的挣扎,一面是满怀希望的革命的行动。

赵玉林带领着众人,向韩家大院走去。刚到半道,迎面来了两个人,星光底下,看得挺清楚。一个是韩家大院管院子的李青山,一个就是韩老六本人。这意外的碰见,使得赵玉林一时愣住了,不知说啥好。他不知不觉地把拿着捕绳的右手搁到背后去。紧逼在他的跟前的秃鬓角,就是老百姓不敢拿正眼瞅瞅的威风十足的韩凤岐。"我能捕他吗?"赵玉林心想。韩老六看见赵玉林发愣,就放出平日的气焰开口道:

"老赵,听说你是来抓我来的,那好,你瞅我自己来了。"

看见韩老六怒气冲冲的样子,人们又走散了一些,老田头不敢再上前,赶车的老孙头也慢慢走开,慢慢走回家去了。

赵玉林旁边,光剩几个年轻人。韩老六往前迈一步,对赵玉林说道:

"你咋不说话呢?你背后的绳子是干啥的?来捕我的?你是谁封的官?我犯了啥事?要抓人,也得说个理呀,我姓韩的,守着祖先传下的几垄地，几间房，一没劫人家，二没偷人家，我犯了你姓赵的哪一条律条，要启动你拿捕绳来捕我？走，走，咱们一起去，去找工作队同志说说。"

"早说过了，"张班长看见赵玉林被韩老六吓唬住了，帮他说道，"你犯的律条可多哩。"

"你叫我在当院里跪碗碴子，你忘了吗？"赵玉林看到有了帮手，恢复了勇气。

"你记错了吧，老赵哥？哪能有这事？"看见赵玉林敢于开口，韩老六起始有点儿吃惊，但立即把声音放得和软些，在"老赵"下边添一个"哥"字，而又狡猾地抵赖他做过的事情。

韩老六这一耍赖，使赵玉林上了火了。他怒气冲冲地说：

"你说没有，就能没有吗？我不跟你说，你到工作队去见萧队长。"赵玉林说着，原先不知不觉藏在背后的捕绳，如今又不知不觉露到前面来了。

"去就去呗。"韩老六意外地碰见赵玉林的强硬的态度，心里有些恐慌了，但嘴上还装硬地说道，"就是萧队长也得说个理。我姓韩的桥是桥，路是路，一清二白的，怕谁来歪我不成，倒要问问老赵哥？"

"谁是你的老赵哥？"赵玉林说。

"咱们一个屯子的人，抬头不见低头见，平日都是你兄我弟的，日子长远了，彼此有些言语不周，照应不到的地方，也是有的，那也是咱哥俩自己家里的事，你这么吵吵，看外人笑话。常言道：'远亲不如近邻'哩……"

"走吧，走吧，"张班长切断他的话，"别噜苏了。"

"走吧，"赵玉林说："这会来说这些话也晚了。在'满洲国'，叫我跪碗碴子，血淌一地，我说：'六爷，痛得支不住了，看我们屯邻情面，饶我这一回吧。'当时你怎么说的，你忘了吗？你说：'谁是你屯邻，你妈那巴子，'如今你倒说：'远亲不如近邻哩。'我有你这个'近邻'，劳工号没到，就摊到劳工，回来小丫也死了。"说到这里，赵玉

林想起连裤子也穿不上的日子和他的死去的小丫,痛心而且上火了,他说:

"走吧,走吧,跟你说啥都是白搭唾沫,快走。"

"走就走,谁还怕啥呀?你告我,架不住我没有过呀,脚正不怕鞋歪,走就走呗。"韩老六说。

"你没有过?头次刘作非胡子队来了,你摆三天三宿的迎风香堂。二次邹宪民胡子队来攻打元茂屯,你叫他们从西门进,往街里打。胡子撤走,你家一根谷草也没丢,你这不是跟胡子勾连?再说,韩老七蹽到哪儿去了?"赵玉林顶着韩老六问。

"胡子来打街,我不是也打过枪吗?"韩老六勉强地说。对后一问题:"韩老七上哪儿去了?"他避开不答。赵玉林揭穿了他家的秘密,使他心里十分恐慌,可还是故作镇定。

"你打的是朋友枪,朝天打的,谁还不知道。"赵玉林说。

"你的枪在哪儿?"张班长听说他打过枪,立即追问他的枪。

"缴一面坡了。"韩老六说。

"他真缴了吗?"张班长转身问赵玉林。

"谁知道他。"赵玉林说。

"走,咱们要走就快点走吧。"韩老六用别的话岔开大枪的问答。他又回头对李青山说道,"你回去,说我到工作队去了,没啥。我不在屋,叫她们多加小心。"李青山走了以后,韩老六反催着大家,"快走吧,我倒正要见见萧队长,问问赵玉林你深更半夜,无故捕人,是依的哪儿的法律?你凭空诬告,你,哼!"

"你去告我吧。"赵玉林说,带着他走。

到了工作队,跟赵玉林去抓人的一些人,各自散了。小王随即把赵玉林拖到一个窗台下,问长问短。赵玉林说在半道碰见韩老六,和他干了一仗,谈到韩老六说他自己"脚正不怕鞋歪"时,小王哈哈大笑道:"真是人越丑越爱戴花。"

萧队长也凑过来了,握着赵玉林的手,听他说完一切经过的情形以后,悄声要他就回去,多找对心眼的人,多联络些起小成年扛活的，穷而又苦的人，越多越好，等着开大会，跟韩老六讲理。最后萧队长说："好，你先回吧。"赵玉林起身，把匣枪还给小王，迈步要走，萧队长又说：

"你别忙走，张班长，拿一棵大枪给赵玉林使唤。"

张班长取来一棵三八大盖，三排子弹，交给赵玉林，萧队长说：

"你得多加小心呀，老赵。"

韩老六一到工作队，就跟萧队长深深一鞠躬。萧祥撇开他跟赵玉林说话的时候，通信员老万对他说：

"往那边靠。"把他撵到远远的一个窗台下，但他还是侧着耳朵，极力想要听清萧队长和赵玉林说一些什么。

"队长辛苦了。"赵玉林走后，韩老六走向萧队长，又深深地鞠了一躬，奸笑着说。

萧队长从头到脚，瞅着这个人：秃鬓角，脸上焦黄，笑起来露出一嘴黑牙齿，穿着白绸子小衫，青花绸裤子，脚上穿的是皮鞋。这人就是国民党胡子北来队的后台，他供给胡子枪支、马匹和粮食，他的弟弟韩老七还在大青山上当胡子。所有这些，萧队长来到元茂屯以前，早就听说过。到了元茂屯以后，他又听到了关于他的许多事。

"啊，你就是韩六爷吗？"萧队长讥讽地说着。

"不敢，民户就是韩凤岐。"韩老六哈着腰说，"前儿队长没赏光，本来早就要来拜望的。"

"今儿来了也不晚。"萧队长笑着说。韩老六从衣兜里掏出一盒烟卷来，抽出一支送给萧队长，遭了拒绝以后，他自己点着抽了说：

"队长要不是为咱们百姓，哪能来这荒草野甸的穷棒子屯子，这疙疸吃喝都不便，凳子也缺，赶明儿搬到我们院子里去。我把上屋腾出来，给队长办公。再说，咱们乡下人对这如今民主世界，好多事情还不懂，队长搬去，早晚好请教。"

"好吧，明儿的事，明儿再说吧，今儿下晚你先在这儿待一下晚。"

"那是干啥呢？叫我蹲笆篱子吗？"韩老六发问，他有些着忙，却故作镇定。今儿下晚的事，好多都是他没预先想到的，赵玉林的强硬，萧队长的扣押。他的五亲六眷，家里师徒，磕头拜把的，布满全屯。在哈尔滨，在佳木斯，在一面坡，都有他的休戚相关的亲友，大青顶子还有韩老七，他想他在这儿原是稳如泰山的，谁敢动他？可是现在呢？真的是蹲笆篱子了吗？他再试探一句：

"萧队长，我能回去一下再来吗？"

"不必要。"萧队长这样干脆回答他。

"队长，你说不必要，我想有必要，你说不行，也得讲个道理呀。"韩老六说，焦黄的脸上挂着假笑。

"就是不行！"小王右手在桌上一拍，愤怒地说，"跟地主汉奸还讲啥道理？"

"小同志，你也不能张口伤人呀。"韩老六说。

"打还要打呢。"小王说。

"八路军共产党不兴骂人打人的呀，小同志，"韩老六心里得意了，他想，"这下可整下他来了。"

"八路军共产党不兴骂好人，打好人，"萧队长从容地却是强硬地回答，"对刁横的坏蛋，可不一定。"

这时候，韩老六的大老婆子韩李氏和小老婆子江秀英哭着闹着闯进来了。韩李氏捶着胸口哭，江秀英小声地干号。

"我们当家的犯了啥事呀，你把他扣住？"韩李氏撒泼地叫道，"你杀死咱，杀死咱们一家吧。"

"队长，"江秀英从衣兜里掏出一条粉红手绢来，擦擦鼻尖上的汗，对萧队长说，"你们扣起咱们当家的，这不是抗违了你们的伟大的政策吗？"

正闹着，韩老六的儿媳、侄媳、侄儿侄女等等一帮人，都蜂拥进来。他的姑娘韩爱贞走在最后，她打扮得溜光水滑的，白绸子大衫里面，衬着粉红洋纱汗衫子。她走到韩老六跟前，伏在他肩上，哭着唤道：

"爹呀，可把你屈死哪。"

正吵闹间，元茂屯的另外两个大粮户，杜善人和唐抓子，带领三十多个人，拥进来了。他们团团围住工作队的人。杜善人站在头里，向萧队长鞠躬，这鞠躬的态度和韩老六一模一样的，不过是他的身体肥胖些，肚子大一些，腰不能弯得那么深。往后，唐抓子上来，呈上一张纸条，上面写着：

> 民户韩凤岐，由贵工作队长拘押的有。想必韩家仇
>
> 人官报私仇，糊弄长官。查该韩凤岐确是大大的良民，请
>
> 长官开恩释放，民等保他听审不误。
>
> 此呈
>
> 萧工作队长　殿

下面是三十二个人的名字，手印或图章。

韩长脖也在这一群人里，趁着大伙乱哄哄地吵吵闹闹的时候，他凑近韩老六的身边，两人嘀咕了一阵。两人才说完，听到杜善人喘着气说道：

"请队长放他。"

"管保他听审不误。"唐抓子添了一句，叹了一口气。

在老娘们的哭闹中和男人们的包围里，萧队长镇静如常。他既不慌张，也不生气。他坐在桌子上，冷静地看着这些装扮成为各种各样的角色的男女，有时也微微地一笑。呈子递上来，他慢慢念着，看到"韩凤岐确是大大的良民"一句，他哈哈地大笑起来，问那站在头里的唐抓子：

"韩凤岐当过两年伪满的村长，他五哥是个大特务，他七弟是国民党胡子，他外号是韩大棒子，附近几个屯子，挨过他的揍的人没有数。好娘们他都想尽千方百计去糟蹋，好地土他要想方设法去霸占，你们说他是'大大的良民'，他是哪一国的'大大的良民'呀？倒要问问你们。"

一席话，说得这一群人都不能吱声。

韩老六看见萧队长这样熟悉他的历史和行径,连忙对杜善人招呼:"亲家,"又对唐抓子笑道:"好兄弟,谢谢你们来保,萧队长是找我来唠唠,也没难为我,你们先回吧。"完了他又跟他家里人说道:"你们也回去,没关系,萧队长会放我回来的。"他又吩咐江秀英:"给我送一盒烟卷,一些酒菜来。"

韩家的人和保人都走了。不大一会,李青山送来一个描绘着青枝绿叶的搪瓷提盒和一棒子烧酒。酒菜摆在书桌上,韩老六邀萧队长同喝一杯,遭了拒绝后,又请刘胜同小王:

"来尝尝咱们关外的口味,同志,"韩老六说,"尝尝狍子肉,喝盅高粱酒。"

没有人答应他的邀请,韩老六慢慢地独酌。一直喝到他的颧骨发红,才放下酒盅,拼命抽烟卷,手支着头想。他的心思挺复杂:在旧中国,他开始发家,在"满洲国",仗着日本子帮助,家业一天天兴旺,江北置一千垧地,宾县有二百来垧,本屯有百十来垧。为不引起别人的注目,他的家安在他地土顶少的屯子。山林组合有他的股份,街里烧锅的股份,他有三股的一股。"不杀穷人不富",是他的主意。他的手沾满了佃户劳金的鲜血。他知道他的仇家不老少。但他以为"满洲国"是万古千秋,铁桶似的,他依附在这铁桶的边沿,决不会摔下。意想不到"八·一五"炮响,十天光景,这铁桶似的"满洲国"哗哗地垮了。日本子死的死,逃的逃,把他撂下来,像个没有爹妈的孽障。他心惊肉跳,自以为完了。蒋介石的"中央先遣军"刘作非收编了他的哥哥韩老五、弟弟韩老七,并且叫他当上元茂屯的维持会长。他拉起大排,又得意了。刘作非乍一来到这屯子,吃喝全屯的"在家理"的粮户,摆了三天三宿的迎风香堂,捐来的小户的银钱,水一样地花着,不到半拉月,八路军三五九旅三营来,枪炮加喀加喀地响着,"中央先遣军"又哗哗地完了。韩老六把枪插起来。如今,小小一个工作队,来到这屯子,好像是要把这屯子翻个过儿来,连那平常他全不看在眼里的赵光腚,竟敢带人来抓他来了,这真是祖祖辈辈没有见过的奇事。说是吃得太多做的噩梦吧？又实在不是。他明明白白地给软禁起来了。还不知道明儿该咋样，他感到一种奇怪的、自己也不能相信的害怕。

"不能长远的，"这个思想忽然闪进他脑瓜子里，使他快乐点。"穷棒子还能长远吗？"他这样告人，也这样自信。因此他的心机全部用在下边这个目的上，咋样对付这个短时期的"变乱"，等待他的好日子再来。

"那日子还会来吗？"他又犯疑了，他的大儿子韩世元蹽到"中央军"去了，一去无消息。看样子这工作队不会马上走，还得干一场！好吧，干就干吧，看谁硬实？他偷眼瞅瞅萧队长，心里冒火了。他想起了韩长脖和自己吩咐他的话："这一回要等着瞅你的手脚了。"

正当韩老六一手支着头，左思右想时，萧队长把小王叫到一边，要他带两个战士，到屯里的公路上巡查。警卫班战士，除留两个人在家看差以外，其余都出去找他们自己发现的积极分子，布置明儿的斗争会，鼓励他们准备会上的发言。人们一个一个迈步走出去。三星挺高了。屯子的南头和北头，到处起了狗咬声，好多洋草盖的低矮小屋的院子的跟前，有好多模糊的憧憧的人影。

萧队长自己也出去了。他把他的快慢机别在前面裤腰上，一直往韩家大院的所在的北头走去。他要看看韩老六被扣以后那边的情况。他没有叫老万跟他，在关里的长久的游击生活使他胆量大。他在一个没有门窗的破小屋的背阴处，好像看见一个黑影子一闪，"谁呀？"他的喝问还没有落音，"当"的一声，一枪正朝他打来，弹着点扬起的泥土飞到了他的腿脚上。萧队长一下跳到旁边一棵大柳树后面，掏出匣枪来冲着枪响的方向，喀吧喀吧地一连打了一梭子子弹。

"谁打枪呀？没有打着吧？"小王手提匣枪，带领两个人奔跑过来问。

"没有。"萧队长回答，把匣枪又别在腰上。

"哪里打枪？"刘胜也气喘吁吁地奔跑过来了。

51

"去追去。"老万也来了，并且提议说。这时候，张班长也带一群人来了。大家都要到那小屋旁边去搜索，萧队长说：

"算了，不必去，这屯子的地形咱们还不太熟悉，群众没起来，不要吃这眼前亏。这是一个警号，往后都该处处加小心防备。"他又转向张班长："下晚岗哨要多加小心。"

打黑枪的家伙，放一枪以后，转到小屋的后面，傍着柳树丛子，顺着"之"字路，一会歪西，一会偏东，飞也似的往北头跑去。奔跑半里路以后，细听背后没有脚步声，他才停下来。星光底下，他用衣袖擦擦长脖子上的汗珠子，把他那支"南洋快"别在裤腰里。待到他慢慢走到家里时，东方冒红了。

八

这几天，元茂屯的男男女女，老老少少，都有一种奇怪的感觉。他们从玻璃窗户里，从破纸窗户里，从苞米高粱的密林里，从柳树丛子的背阴处，从瓜架下，从大车上，睁开惊奇的眼睛，瞅着工作队，等待他们到来以后屯子里新的事件的发生和发展，而且人人都根据自己的财产、身份和脾气，用各种不同的态度，接受新发生的事情，有人乐意，有人发愁，有人犯疑，也有的人心里发愁，却装着快乐。没有一个人的心里是平平静静的。

东方刚冒红，元茂屯的四百户人家做早饭的柴烟，刚才升起，谣言像是展开翅膀的黑老鸹，从屯子的北头到南头，到处飞鸣着。

"工作队长跟韩六爷一起喝酒了。"

"谁说的？"

"李振江亲眼看见的，工作队长说：'咱们乍来，屯里事情不熟悉，六爷多帮忙。'韩六爷说：'好说，好说，能做到的，哪有不帮忙的呢。'"

"昨儿下晚，哪里打枪呀？"

"当当地打十一响，我当又是胡子打街哩。"

"可不是？说是韩老七从大青顶子回来搭救他哥哥的。"

"我也听说：韩老七朝工作队打了一枪，说：'快把六哥放出来。'里面不答理，韩老七又是一梭子，完了韩老六出来，向他摆手说：'萧队长跟我说好了，彼此帮忙，家里没事了，你回去吧。'韩老七对萧队长道歉：'误会，误会。'连夜骑马回山里去了。"

谣言越来越多，越出越奇。甚至于说："萧队长跟韩老六磕头拜把，你兄我弟了。""韩六爷欢迎工作队，又摆迎风香堂了。"

吃过早饭，老孙头又敲着铜锣，从屯子的北头到南头，一边敲一边叫道：

"到小学堂里去开会，斗争韩老六。"

赵玉林的肩上倒挂着大枪，早来到会场。他把大枪搁在课堂里。

刘胜要赵玉林跟几个警卫班战士布置开会的场子。在小学校的操场里，他们用六张桌子和十来多块木板子搭起一个临时的台子。台子靠后摆四五把椅子。台子旁边两棵白杨树干上，粘着两张白纸条，一张写着："元茂屯农民翻身大会"，另一张写着："斗争地主恶霸韩凤岐。"这是刘胜的手笔。

人们渐渐地来了。都戴着尖顶草帽，有的光着膀子。有一些人站在台子的跟前，瞅着刘胜在上面摆布桌椅。还有一堆人，在听一个人讲黑瞎子的故事。这人在说黑瞎子掰苞米的笑话："他掰两个棒子，夹在腋下，完了伸手又去掰两个，胳膊一松，头里夹的两个掉下来，又夹两个新掰的。这么掰一宿，完了还是不多不少，夹着两个棒子走。"人们都笑着，这讲话的人是老孙头。

老田头也来了。他戴一顶破草帽，一个人蹲在墙根下，不跟谁说话。一群光腚的孩子，扒在课堂外边的窗台上，从玻璃窗户里瞅着里面的韩老六。

人们都不说起有关斗争韩老六的事情，但心里都焦急而又好奇地等待，希望快开会。

韩老六的家里人，他的五亲六眷、三老四少、磕头拜把的，全都到来了，散布在各个人中间，他们都不说话。人们都认识他们，害怕他们,在他们面前尽装着对这大会不感兴趣的样子。

李振江走到老田头跟前,傍着他坐下,跟他唠起庄稼上的事。

"豆子咋样?"李振江问。

"完蛋了,草比苗还高,垄沟里的坐堂水老远不撤。"老田头丧气地说。

"苞米呢?"

"苞米也完了。"老田头一边说,一边还用手比量着,"苗有这么高,这叫老母猪不跷脚。"老田头说完,本来还要说,"都是胡子闹瞎的。"他瞅李振江一眼,想起他是韩老六的心腹人,又是韩家管院子的李青山本家,这李青山是胡子的插签儿的,这样,话到舌尖,他又缩回了,只是丧气地叹了一口气。

"没关系,老田头,"李振江四外望一眼,低低地说,"不要犯愁。六爷说,今年不要你租粮,现下你要是缺吃粮,往他家扛他三斗五斗的,也不算啥。"说完这话,他立起身来,挤到人堆里找别人唠嗑去了。

韩长脖到处在走动,有时跟人悄声唠一会,拍拍人的肩膀头,轻巧地笑笑。

刘胜跳上台,人们渐渐集拢在台下,眼睛都望着课堂的门口,赵玉林把韩老六带出来了。没有绑他,叫他上台去。萧队长跟着出来了。他看到了人们不关切、不热心的脸色。他在场子里到处走动,看见李振江神神鬼鬼地到处在乱窜,叫老万过去警告他:"他再乱跑,把他撵出去。"

韩长脖瞅见萧队长,慌忙挤进人堆里,不跟任何人说话。萧队长不认识他。人们明明知道他是韩老六的腿子,不敢告发。

韩老六一到台子上,睁眼看一看下面,他家里的人,亲戚和朋友,都在人群的中间,韩长脖和李振江也在。他的灰溜溜的脸上又现出了轻巧的笑容,从怀里掏出烟卷和火柴。他抽出一支烟卷给刘胜,刘胜不接,他就自己点着抽。他一边吸烟,一边故意无话找话地跟刘胜谈着,刘胜为了歇歇脚,坐在椅子上,韩老六也坐到椅子上，嘴里吐出蓝色的烟圈，现出一点也不着忙的模样。

台下的人们低声议论着：

"看人家还不是跟工作队平起平坐？"

"昨儿萧队长请他喝酒，怕是真的。"

原来来了七八百人，现在又走散了一些。萧队长叫老万上台悄声告诉刘胜不要跟韩老六坐在一起，赶快开会，不要等人了。刘胜起身走到台前，对大伙说："韩老六是大伙的仇人，工作队听到了屯子里人诉苦，都说韩老六压迫了大伙，剥削了大伙，昨儿下晚把他叫到工作队，今儿咱们要跟他说道理，算细账，"说得很短，结尾他说："你们有仇的报仇，有冤的伸冤，大伙别怕。"

下面，李振江在人群里说道：

"对，大伙别怕。"

但没有人吱声。站在一边的小王，瞅瞅老赵，意思是说："还是你来打头一炮吧。"

赵玉林用手分开人群，挤到台前。一见韩老六那满不在乎的样子，他早上火了。他解开草绿色军衣的扣子，一到要说话，他就冒汗了。他手指着台子上的韩老六说道：

"你这大汉奸，你压迫人比日本子还邪乎，伪满'康德'七年，仗着日本子森田的势力，我劳工号没到，你摊我劳工，回来的时候，地扔了，丫头也死了，家里的带着小嘎，上外屯要饭。庄稼瞎了，你还要我缴租子，我说没有，你叫我跪碗碴子，跪得我血流一地，你还记得吗？"讲到这儿，他的脸转向大家，"这老汉奸，我要跟他算细账，大伙说，可以的不？"

"可以！"几十个人应和，里面有十来个年轻人的声音，他们站在台子的前面，看到了赵玉林的波棱盖上的伤疤，他们感动而且愤怒了。应和声里，也有老田头的嘶哑的嗓门。赵玉林又说：

"我的话就这些，谁有苦处，谁快说！"

人群里稍稍波动起来了。韩老六的家里人，亲戚朋友磕头的，净跟人们瞪眼睛，但谁也不理睬。刘胜在台上问道：

"还有谁说?"

两三个人诉苦以后,台子右边一个年轻人,头上戴一顶破烂的草帽,上身穿一件补丁摞补丁的坎肩,那上面,补着各种颜色各种式样的补丁,有红布、灰布、青布和格子布。因为连补太多了,不容易看出他的坎肩原来是用什么布做的。穿这花花绿绿的坎肩的年轻人,向前迈一步说道:

"韩老六,你仗着日本子的势力,把穷人凶打恶骂的,你真是比日本子还邪乎呀。伪满'康德'八年,我为你扛一年大活,到年我要劳金钱,你不给,问你为啥? 你说:'就是不给。'第二天,你叫宫股长摊我劳工了。今儿你自己说,有这事没有?"

"打倒大地主,打倒大汉奸!"小王叫口号,好多人应和。人群里起了骚动了。有人叫"揍他"。但是韩老六站在台子上,台子又高,没有人上去。韩老六起始抽着烟,大腿压二腿地坐在台子上,他不动弹,脸色也不变,只是由于好久不抽大烟了,常打呵欠。待到赵玉林说话,小王叫口号,他的脸色渐渐起变化,变得灰白了。他不敢再坐,站起来,更是不安。

这时候,站在韩长脖身边那个白胡子,捋捋胳膊,挽挽袖子,用手分开众人,向前边走来,边走边说:

"我也要来诉诉苦。"

众人都让他,这白胡子就是前回扰乱会场的那家伙。他走到台子跟前,指着韩老六说道:

"在'满洲国',你净欺侮人。'康德'八年,我给你拉套子,我一匹青骒马拴在你的马圈里,跟你一匹贼卵子儿马干起仗来。你跑出来,也不问为啥,抢起鞭子光打我的马,我说:'是你那贼卵子马来找它来的,你打错了。'你说:'你的马咋搁到我马圈里来了? 我操你妈的。'我妈该你操的吗? 为人谁不是父母生的? 你操我妈,你也有妈呀,我要是骂你'我操你妈的'行吗?"

"行。"韩老六答应,他妈死了十年了。大伙都笑。这么一来,两个对立的阵营的紧张的空气,起了大变化,好多人的斗争情绪缓和下来了。自从白胡子上前来说话，韩老六的脸色变好了一些，他又抽烟了。白胡子又说：

"我说，韩老六你得罪了众人，你该怎么的？"

"众人说该怎么的，就怎么的吧。"韩老六说，喷了一口烟。

"你自己说。"白胡子说，像生气似的。

"要我自己说：今儿屯邻们说的一些事，都不怨我，都是我兄弟老七他整的。我要是有过，我知过必改。"

"你们老七呢？"白胡子又问，打算把人们的注意力引到韩老七的身上去。

"蹽到大青顶子去了，诸位屯邻要是能把他整回来，给我家也除了大害，该打该崩，该蹲风眼，该送县大狱，都随众人，韩老六我还感谢不尽呢。"

"你别光说你家老七的事，说你自己的。"赵玉林嚷道。

"我自己有啥？众人给我提提嘛，我要有过，我领罚。我就是多几垧黄土包子地，工作队还没有来，我早存心想献出来，给大伙匀匀。"

"能献多少？"白胡子问。

"我家祖祖辈辈起五更、爬半夜，置下一点地，通共七十垧，如今我自动献出五十垧。余下那二十来垧，屯邻们给我留下，我就留下。我家里有十来多口人，都是一个屯子里的人，我寻思：大伙也不能眼瞅我一家子饿死。"

看到这原是威威势势的韩老六，自动地献地，大伙心软了。天气挺好，大伙又着忙铲地，韩家的人和偏袒韩家的人乘机大活动。人群中三三五五，发出各种各样的议论：

"人家就是地多嘛，别的也没啥。"跟韩老六磕头的人说。

"说是他当过伪村长吧，也是时候赶的，不能怨他。"另一个人说。

"人家说知过必改，就得了呗。"又有人说。

"拿出五十垧，给大伙均分，那行。他家牲口多，叫他再摊出几匹马来。"

站在台上的韩老六听到这话,连忙接着说:

"好吧,我再拿出五匹牲口。"

一个韩家的亲戚说:

"这不,牲口也自己拿出了?"

"大伙缺穿的,把你余富的衣裳拿出一些来,这就圆全了。"白胡子说。

"行,说啥都行,我还有一件青绸棉袄,一条青布夹裤,我家里的还有件蓝布大褂子,都献出来得了。"

"工作队长,"白胡子走到萧队长跟前,拱一拱手,"他献了地,又答应拿出牲口衣裳来,也算是难为他了。放他回去,交给咱们老百姓,要再有不是,再来整他,也不犯难,队长你说行不行?"

萧队长没有答应他,不问他也知道他是什么人。这时候,有一些穷人愤愤地走了。有一些穷人明明知道韩老六耍花招,不敢吱声。还有些心眼儿老实的人看着韩老六拿出些地、马和衣裳,原谅他了。老孙头走了,老田头还是坐在墙根下,低头不吱声。刘德山走到韩长脖跟前,满脸赔笑说:

"谁说不是时候赶的呢? 谁不知道韩六爷在'满洲国'也是挺干啥的呀。"

赵玉林走到小王跟前,张口就说:

"我真想揍他!"

"揍谁?"小王问他。

"那白胡子老家伙,他是韩老六的磕头的。"

赵玉林没有再说啥,他走得远远的,也坐在墙根地下,把枪抱在怀里。

眼瞅快到晌午了,萧队长叫老万告诉刘胜说:

"快散会,再慢慢合计。并且叫把韩老六放了。"

刘胜宣布散会。

韩老六从台子上下来,跟他大老婆子走出学校大门去,后边跟

着他的小老婆子和他家里人。小王气得脖子涨粗了,走到萧队长跟前,怒气冲天地问道:

"你干啥把韩老六放走?"

"不放不好办。"萧队长说,本想多说几句话,看到小王气得那样子,他想再细细跟他谈一谈。这会儿,他正有事,看见老田头也正走出来,他连忙赶上去,跟老田头唠一会。最后他说:

"回头我找你唠唠。"

人都走散了。小学校的操场里空空荡荡的,光剩一个空台子。傍晚,韩家打发李青山把五匹马和三件衣裳送来了,并且说:

"地在南门外跟西门外,多咱去分劈都行。"

第二天一早,萧队长去找老田头,光看见炕上一个瞎眼的老太太,老田头铲地去了。萧队长回来,看见刘胜跟赵玉林着忙在分劈韩家的马跟衣裳。他们花费好多的心机,按照赤贫人家的需要,把东西和牲口都分出去了。不大一会,各家都把东西又送回来。分给老孙头和他邻近三家的一匹青骒马,也送回来了。

"你咋不要?"萧队长问老孙头说,"不敢要吗?"

"咋不敢?"老孙头说假话了,"得去割青草,三更半夜还得起来喂,我上岁数了,腿脚老痛,怕侍候不上。"

衣裳马匹都存放在小学校里,有人主张留着,萧队长说:

"留他干啥?都送还韩老六家去。"

赵玉林走了,刘胜走到自己的床铺的跟前,把铺盖卷起,用一条黄呢子日本军毯包卷着,找了一根麻绳子。

"干啥?"萧队长问他。

"回去。"刘胜说,一面打背包,一面用手指伸到眼镜里擦擦眼窝,不知道是擦汗水呢,还是擦眼泪。

"回到哪儿去?"萧队长又问。

"回哈尔滨。一次又一次地发动不起来,把人急死了。我为什么要到这儿来憋气?我来做群众工作的呢,还是来憋气的?"

萧队长笑了:

"你回哈尔滨干啥？要是咱们乡下的工作没做好，哈尔滨还能保得住？要是哈尔滨保不住，你往哪儿走？"

"到关里，反正是总有后方的。"

"你倒想得挺轻巧。"萧队长说，本来还想说两句刺激他的话："你倒会替自己打算。"怕刺激他太深，没说出口。他碰到过好些他这样的小资产阶级出身的革命的知识分子，他们常常有一颗好心，但容易冲动，也容易悲观，他们只能打胜仗，不能受挫折，受一丁点儿挫折，就要闹情绪，发生种种不好的倾向。他温和而又严正地对刘胜说道：

"不行，同志，你那样打算是不对的。你一个人到了安全的地方，把这里的人民和土地都交给美国帝国主义跟蒋介石匪帮，让他们来个'二满洲'不成？做群众工作，跟做旁的革命工作一样，要能坚持，要善于等待。群众并不是黄蒿，划一根火柴，就能点起漫天的大火，没有这种容易的事情，至少在现在。我们来了几天呢？通起才四天四宿，而农民却被地主阶级剥削和欺骗了好几千年，好几千年呀，同志！"说到这儿，他没往下说，他有一个小毛病：容易为自己的动感情的言辞所煽动。这一回，他的声音又有一些哽咽了。他赶紧拐弯，变换了话题：

"好吧，你好好想想，实在要回哈尔滨，也不能留你。回到哈尔滨，不做工作便罢了，要做工作，也会碰到困难的。到处有工作，到处有困难，革命就是克服困难的连续不断的过程。"

刘胜没有再吱声，也没有固执自己的意见再去打背包。

这时候，萧祥发现小王也不在，他慌忙走出去找他。在他跟刘胜谈话以前，小王一个人信步迈出学校门，往东边一家人家的麦垛子边坐下来，背靠在麦垛子上。他还在生气，生众人的气，生那白胡子老汉的气，也生萧队长的气。

"他干啥要把韩老六放了？他不坚决执行党中央的《五四指示》，要跟地主阶级妥协吗？"他正在想着，瞅着萧队长从西边来了，装作没有看见似的，把头扭过去。

"你在这儿呀，叫我好找。"萧队长说着，在他旁边坐下来。

"队长，"小王称他做队长，不像平常一样，亲亲热热地叫他老萧或萧祥同志，"我想不通，我们干啥要把韩老六放了？"

"怕他嘛。"萧队长笑一笑说道。

"我们这样做，我看不光是怕他，简直是向他投降。"小王动火了，"你要这样干下去，我明儿就走。"

"你明儿走迟了，刘胜今儿就走，你们俩顶好一起走。"萧队长笑着说，但立即严肃地站起来说道，"不放他是容易的，赏他一颗匣枪子弹，也不犯难。问题是群众没起来，由我们包办，是不是合适？如果我们不耐心地好好把群众发动起来，由群众来把封建堡垒干净全部彻底地摧毁，封建势力决不会垮的，杀掉这个韩老六，还有别的韩老六。"

"你把他放了，不怕他跑吗？"小王仰起脸来问。

"我估计不会，他正得意，还盼我们跑呢。万一他跑了，早晚也能抓回来，只要我们真正发动了群众，撒开了群众的天罗地网，他就是《封神榜》上脚踏风火二轮的哪吒，也逃不了。"

小王高兴萧队长的那种明确的、对一切都有胜利信心的口气，他对他的满肚子的意见一下完全消除了。他站起来，同萧队长一起走上公路，在柳树丛子的旁边溜达着。萧队长问他：

"今儿有个说话的年轻人，穿一件补丁摞补丁的花坎肩的，你留心了吗？"

"赵玉林说他姓郭，名叫郭全海，原先也在韩老六家吃劳金，今年在韩老六的佃户李振江家里扛大活。"

"我看这人是个正装庄稼人，明儿你去找他唠一唠闲嗑。"

他们回到小学校里时，警卫班的人已经把晚饭做好了。

吃罢晚饭，工作队党的支部开了一个支部大会，小王和刘胜的思想情绪，受到了党内的严正的批评。

九

第二天,小王邀赵玉林一起去找郭全海,在李家的井边,碰到了他,他正在饮马。这个年轻的人咧着白牙齿含笑跟老赵招呼。他穿着那件补丁摞补丁的花坎肩,光着脚丫子,在井台上打水。小王上去帮他转动辘轳把,赵玉林介绍他俩见面以后说:

"你们唠唠吧,我还有点事。"说罢,走了。

郭全海把水筲里的水倒进石槽里以后,傍着马站着,一边摸着那匹兔灰儿马的剪得整整齐齐的鬃毛,一边跟小王唠嗑。

这时候,有一个人牵一匹青骒马在井边经过,兔灰儿马嘶叫着,挣脱了笼头,跑去追骒马。郭全海追赶上去,轻巧地跳上儿马的光背,两手紧抓着鬃毛,两腿夹紧马肚子,不老实的儿马蹦跳,叫唤,后腿尽踢着,郭全海稳稳地伏在马背上,待儿马把气力用完,只得顺从他的调度,服服帖帖回到井台上的石槽边喝水。郭全海从马上跳下地来,上好笼头,牵着往回走,他一边走一边说道:

"别看这家伙不老实,可口小,活好。你看那四条腿子,直直溜溜的,像板凳一样,干活有劲呐,就是该骟了。"

他们品评着马匹,慢慢地走,不大一会,到了李家。这是一个木头障子围着的宽绰干净的院套。正面五间房,碾坊和仓房在右边,马圈和伙房在左边。把马拴在马圈里以后,郭全海引着小王走进左边的下屋,他的小土炕,没有铺炕席,乱杂杂地铺着一些靰鞡草,上面有两条破破烂烂的麻布袋,这就是郭全海的全部的家当。

"我搬过来,跟你一起住,好不好?"小王问他。

"那还不好? 就怕你嫌乎这寒碜。"郭全海说。

小王回去随即把行李背来。从这天起,他住在郭全海的下屋里。见天除开他回小学堂里去吃饭的时间,两个人总是在一起。两人都年轻,脾气又相投,很快成了好朋友。白天,郭全海下地,小王也跟他下地,郭全海去侍弄园子,小王也跟他去侍弄园子。他也帮忙铡秫草,切豆饼,喂猪食,整糙子。他们黑天白日在一起唠嗑,他了解了郭全海好多的事情。

郭全海今年才二十四岁，但是眼角已有皱纹了。他起小就是一个苦孩子，长到十二岁，没穿过裤子，八岁上，他娘就死了。十三岁，他爹郭振堂给韩老六扛活，带了他去当马倌。年底的一天下晚，韩老六家放宝局，推牌九。韩老六在上屋里的南炕上招呼郭振堂，笑嘻嘻地对他说：

"老郭头，来凑一把手，看个小牌。"

"咱不会。"老实巴交的郭振堂笑着摆摆手，要走。韩老六跳下地来，拖住他的手，把脸抹下来说：

"我不嫌乎你，你倒腻应我来了？"

"不是那样说，真是不会。"老郭头畏怯地笑着。

"不用怕，管保输不了，越不会，手气越旺，来吧，老哥。"

郭振堂只得去陪赌。上半宿，还赢了一点。扛活的人，干了一天活，十分疲倦，到了下半夜，头沉沉的，眼皮垂下去。他说："不行了。"想走。

"要走？"韩老六把眼一横说，"赢了就走吗？你真是会占便宜。告诉你，不行，非得亮天。"

郭全海的爹只得赌下去。人太困，眼睛实在睁不开来了。他昏昏迷迷，把他赢的钱，捎带也把爷俩辛苦一年挣的一百九十五块五毛劳金钱，都输得溜干二净。他回到下屋，又气又恼，又羞又愧，第二天就得了病。气喘，胸痛，吐痰，成天躺着哼哼的。韩老六在上屋里吩咐李青山：

"新年大月，别叫他在屋里哼呀哈的。"

不到半拉月，老郭头的病越来越加重。一天，暴烟雪把天都下黑。北风呼呼地刮着，把穷人的马架刮得哗啦啦要倒。不是欢蹦乱跳的精壮小伙子，都不敢出门。人们都偎在炕头，或是靠在火墙边，窗户门都关得严严的，窗户的油纸上跟玻璃上结一层白霜。这是冻落鼻子的天气，是冻掉脚趾的四九的天气。

就在这一天，韩老六头戴着小水獭皮帽子，背靠火墙，脚踏铜炭

炉,正在跟南头的粮户,他的亲家杜善人闲唠。李青山跑进来说道:

"郭振堂快咽气了。"

韩老六忙说:

"快往外抬,快往外抬,别叫他在屋里咽气。"

杜善人也插嘴说:

"在屋里咽气不好,把秽气都留在屋里,家口好闹病。"

"快去抬,抬到门外去,你们都是些死人。"韩老六叫唤。李青山慌忙赶出去,吆喝打头的老张去抬老郭头。韩老六蹲在炕头上的窗户跟前,嘴里呵口热气,呵去窗户玻璃上的冻结的白霜,从那白霜化了的小块玻璃上,瞅着当院,雪下得正紧,北风呼啦呼啦地刮着。

"干啥还没抬出来?"韩老六敲着窗户大声地叫唤。

在下屋里,郭全海伏在他爹的身上,给他揉胸口,他爹睁开眼睛说:

"我不济事了。"郭振堂还想说别的话,可是气接不上来。

"走开!"李青山喝叫,把小郭扯开,同老张把一扇门板搁在炕头上。

"大叔干啥呀?"郭全海问,眼睛里噙着泪水。

"你上炕去,托起他肩膀。"李青山不理郭全海,吩咐老张,两个人把老郭头搁到门板上,就往外抬。郭全海跟着跑,一边哭着。

"大叔,一到外边就冻死呐,求求你别抬出去,大叔。"

"你求六爷去。"李青山说,那口气像飘在脸上的雪似的冰冷。

他们把门板搁到大门外,雪落着,风刮着,不大一会,郭振堂就冻僵了。

"爹呀,"郭全海哭唤,摸着他爹的胸口,热泪掉在雪地上,把雪滴成两小坑。"你死得好苦,你把我撇下,叫我咋办呀?"

劳金们从下屋里,马圈里,一个一个走出来,站在僵了的老郭头的旁边。他们不吱声,有的用袖子擦自己的眼睛,有的去劝郭全

海:"别哭了,别哭了!"也说不出别的话来。韩老六在上屋的窗户跟前吼叫着:

"把他撵出去,别叫他在这哭哭啼啼的!"

郭全海止住哭,趴在干雪上,给大伙磕了一个头。劳金们凑了一点钱,买了一个破旧的大柜,当作棺材,把郭振堂装殓了,抬到北门外,搁在冰雪盖满了的坟地里。这是伪满"康德"四年间的事。

郭全海的爹被韩老六整死的这年,才过正月节,他给撵出韩家大院去。往后这些年,他到外屯捡碗碴子,摘山葡萄叶子,卖零工夫,扛半拉子活,度着半饥半饱的生活。伪满"康德"十年,郭全海早扛大活了,他的肩膀长得宽宽的,挺能下力,老也不待着。韩老六来拉拢他了。

"郭全海真不错,起小我就看出来了,人看起小,马看蹄走。"韩老六笑嘻嘻地说。韩老六的脾气是,要人的时候笑嘻嘻,待到不用你了,把脸一抹,把眼一横,就不认人了。他的笑,他的老脾气,郭全海全是明白的,而且他还记得爹的死,可是,打算在唐抓子那里吃劳金,没有谈成,人要吃饭,不能待着。韩老六趁这机会叫他去:

"你来我这儿,小郭,熟人好说话。我家劳金多,活轻。你要多少,给你多少。"

"我要六百。"郭全海想他定不会答应。

"六百就六百,"韩老六突然大方地说道,"我姓韩的是能吃亏的。"

"一膀掀?"郭全海追问一句。

"再说吧。"韩老六不直接拒绝,狡猾地说。

就这么的,郭全海又在韩老六的家里吃劳金了。他不敢想起他的爹,不敢到他爹住的东头那间下屋去,甚至不敢站在他爹咽气的大门外。鸡不叫,他就下地,天黑才回来。这么的,起五更,爬半夜,风里雨里,车前马后,他劳累一年。到年,还没拿到一个钱,韩老六宰了一个大肥猪,把半边猪肉配给劳金们。他给郭全海五斤。

"你拿去吧,新年大月包两顿饺子吃吃。你看这肉,膘不大离吧?"韩老六说,"这比街里的强,到街里去约,还兴约到老母猪肉哩。"

郭全海一想,黄皮子给小鸡子拜年,他还能安啥好肠子吗?他不要。

"你不要,就是看不起人。"韩老六说,一脸不高兴。

"好吧,就提了吧。"郭全海心想,把肉提到他的朋友老白家,包了两顿饺子吃。

第二年,郭全海还在老韩家吃劳金,他不甘愿,可是穷人能随自己心愿吗?不能的,嘴巴不能啃黄土包子,他的布衫子破的丝挂丝,缕挂缕的了,想制件新的。一天到上屋去,找韩老六要头年的劳金钱,韩老六横着眼瞅他一眼说:

"你还要啥劳金钱?"

"头年给你干一整年活,冲风冒雨,起早贪黑的。"郭全海说,气急眼了。

"你不是吃了肉吗,你还有啥钱?"

郭全海听了这话,一声不吱,就往外屋里奔,去拿菜刀。李管院正在门口,拦住他说:

"你往哪跑,你这红胡子。"在伪满,说人是红胡子就能叫人丢命的。韩老六早迈进里屋,借了日本宪兵队长森田的一支南洋快,喀吧喀吧的,上好顶门子,赶出来,用枪指着郭全海胸口,喝叫道:

"你敢动,你妈的那巴子! 兔崽子!"

"马鹿!"留一撮撮小胡子的森田,也踱出来,站在一边,瞪着眼睛,帮着韩老六斥骂郭全海。两手攥空拳,郭全海站在门边,气得嘴里冒青烟,半晌不动弹。

"还不走,等着挨揍吗?"李青山站在一边,这样说。就这么的,郭全海给韩老六扛一年零两月的大活,到头吃了五斤肉。

第二天一早,村公所的宫股长叫郭全海往密山去当劳工,"八·一五"才回。

说到这里,郭全海对小王说道:

"韩老六跟我们家是父子两代的血海深仇。"

"那天开会,你咋不敢斗?"小王问。

"韩老六的家里人,磕头的,五亲六眷,三老四少,都在场里吹胡子,瞪眼睛,大伙谁还敢说话?我个人说说顶啥用?光鼓槌子打不响。"

"你先联络人嘛,"小王说,"找那心眼儿实、不会里挑外撅的人,找那跟韩老六结仇结怨的,你多联络些人,抱成团体,就会有力量。"

"要说心眼对劲,头一个就数南头老白家。"郭全海说,想起了他的朋友。

"走,走,上他家去。"小王催着他说,早从炕头跳下地,拖着郭全海的胳膊,去找白玉山。

住在屯子南头的白玉山,自己有一坰岗地,或者,用他自己的话来说:"一坰兔子也不拉屎的黄土包子地。"他在伪满时,交了出荷粮,家里不剩啥,缺吃又缺穿。白玉山却从不犯愁,从不着忙。他是一个心眼挺好、脾气随和、但是有些懒懒散散、黏黏糊糊、老睡不足的汉子。铲地的时候,天一下雨,人家都着忙,怕地侍弄不上,收成不好。白玉山却说:"下吧,下吧,下潦雨也好,正好睡一觉。"

"你想睡,不下雨也行,你是当家的,谁能管你?"有人说。老白翘一翘下巴,指指他的屋里的。因为自己有个偷懒爱睡的小毛病,白玉山有点害怕他媳妇。因为他媳妇又勤俭,又能干,炕上剪子,地下镰刀,都是利落手。铲地收秋,差不离的男子照她还差呢。就因为这样,就因为自己有缺点,又找不出娘们的岔子,第一回干仗,他干输了。第二回,第三回,往后好多回,白玉山心怯,总干不过她,久后成了习惯了。有一天,大伙闲唠嗑,一个狗蹦子说道:

"我说,咱们谁怕娘们呐?"

另一个人说:

"别不吱声装好了,谁怕谁应声。"

白玉山蹲在炕梢,正用废报纸卷烟卷,一声不吱。

"老白家，你不怕吧？大伙说，老白哥怕不怕娘们？"狗蹦子点他的名了。

"你别哗门吊嘴的，"白玉山从炕上跳下来说道，"我怕谁？我谁也不怕。"

正在这时候，白大嫂子一手提着掏火耙，找他来了。

"你在这儿呀，叫我好找，你倒自在，缸里没水，柈子没劈，你倒轻轻巧巧来串门子来了。"

白玉山嘴里嘀咕着，脚往外迈了。屋里的人，都哗哗地大笑起来。

白玉山搬到元茂屯来的那年，伪满"康德"五年，原是一个勤快的小伙子。他在元茂屯东面的草甸子里，开五垧大荒。那年雨水匀，年成好，一垧收十石苞米，他发家了，娶了媳妇。第二年，韩家的马放在他苞米地里，祸害一大片庄稼，为这事，他跟韩家管院子的李青山干一仗。姓李的跑到韩老六跟前，添醋添油告一状。韩老六火了，骑了他的那匹大青儿马，一阵风似的，跑到老白家，怒气冲冲，下马冲进他外屋，一阵大棒子，把他家的锅碗瓢盆，水缸酱缸，全打得稀碎。完了，一声不吱，迈出门外来，跨上青马一阵风似的往回跑了。老白跑到村公所告状，村上不理。又跑到县上，他上了呈子。韩老六听到这事，躺在大烟灯旁冷笑道：

"他去告我？正好，我躺在炕上跟他打官司，不用多费几张毛头纸，看他有多大家当。"

县官断案，白玉山输了，罪名是诬告好人，关在县大狱。白大嫂子卖了四垧地，把人赎回来。这四垧好地都落在韩老六手里，白家剩下一垧石头砬子地。白玉山从县大狱出来，从此就懒了。他说："不多不少，够吃就行。"见天，总是太阳一竿子高了，他还在炕上。他常盼下雨，好歇一天。在晴天，他仰着脸说道："你看这天，一点点云影子也没有，老龙都给晒死了。"

在地里，他歇晌挺长。有一回，白大嫂子给他去送晌午饭，发现他睡在高粱地的垄沟里，又有一回，天落黑了，他没有回来。白大嫂子提着掏火耙,挨家挨户找,没有找着。问铲地的,问放猪的,问赶车的,都说没有见。白大嫂子有些着忙了,把掏火耙撂了,她请屯邻帮她找,她担心他碰到黑瞎子,又怕他掉在黄泥河子里,心里好焦。赶到月牙挂到他们小草房的屋角时,老赵家来告诉她,他在河沿的野蒿里睡着,正打鼾哩。白嫂子赶去,把他接回,她又气又喜,哭笑不得。那一夜,她也没有跟他算这一笔账。

白玉山就是这么一个使人哭笑不得的黏黏糊糊的小伙子。他屋里的,瘦骨棱棱的,一天愁到黑。愁米、愁柴又愁盐。遇到不该犯愁的事,她也皱着两撇黑得像黑老鸹的羽毛似的漂亮的眉毛。白玉山呢,可完全两样,他从来不愁,从来没把吃穿的事摆在他心上。"不多不少,够吃就行,"这是他常说的话。实在呢,他家常常不够吃。媳妇总跟他干仗,两口子真是针尖对麦芒:

"跟你算是倒霉一辈子。"

"跟别人你也不能富,你命里招穷。"

"你是个懒鬼,怨不得你穷一辈子。"

"你勤快,该发家了?你的小鸡子呢?不是瘟死了?你的壳郎呢?"这最后一句一出口,白玉山就觉得不应该说了,提起壳郎,白大嫂子的眼泪,往外一涌,一对一双往下掉。她买一只小猪羔子,寻思到年喂成肥猪再卖掉,拿钱去置两件衣裳。她天天抱着小子扣子,一点一点儿整菜,和着糠皮,喂了那些天,费尽了力。到七月,小猪崽子长成壳郎了。一天,它钻进了韩老六的后园里,掀倒一棵洋粉莲,韩老六看见,顺手提一棵洋炮,瞄准要打猪。碰巧白大嫂子抱着扣子找来了。她扳住洋炮,苦苦哀求,请他担待这一回。

"担待?担待你们的事情可多呐,要我不打猪也行,你赔我的洋粉莲。"说着,韩老六用洋炮把子一掀,把她掀倒,三岁的小扣子的头碰在一块尖石头上面,右边太阳穴扎一个大坑,鲜血往外涌。白大嫂子抱起孩子慌忙走到灶坑边,抓一把灰塞在扣子头上的血坑里,她抱紧孩子坐在地上,哭泣起来。正在这时,只听得当的一声,韩老六追到外面,用洋炮把壳郎打死了。

不到半拉月,白玉山的小子,三岁的小扣子,因流血太多,疮口溃烂,终于死了。掀倒韩家园一棵洋粉莲,白玉山家给整死了一个孩子和一只壳郎。左邻右舍都去看他们,孩子装在棺材里,白大嫂子哭得昏过去,又醒转来。老太太们劝慰她:"大嫂子,你得爱惜自己的身板,你们年纪轻轻的,还怕没有?"

这些话,跟别的好多话,都不能够去掉一个失去孩子的母亲的心痛,她成天哭着。人们看见他家屋角的烟筒三天没冒烟。整整三天,女的在炕头哭泣,男的在炕梢发愣。从不犯愁的白玉山也瘦一些了。

在旧社会,在"满洲国",穷人的悲苦,真是说不尽,而且是各式各样的。

一个月的悲伤的日子过去了,屯里的穷人,为了自己的不幸,渐渐忘了他俩的悲辛。但在他们自己,这伤疤还是照样疼。穷人养娇子,结实的小扣子,是他们的珍珠。每到半夜,她哭醒来,怨他没去打官司,为孩子报仇。

"打官司?"白玉山不以为然地说,"你忘了上回?又要我蹲县大狱去吗?"

这事他们不提起来,有日子了,悲伤也渐渐轻淡。今儿老白在气头上,一不留心,又提起壳郎,叫她想起一连串的痛心的旧事,想起她的小扣子,她又哭泣了。白玉山后悔来不及。他也不自在,便提一柄斧子,走到院子里,去劈明子。他劈下够烧三个半月的一大堆明子,累得浑身都是汗,心里才舒坦一些。他用破青布衫子的衣襟,揩去了头上的汗水,走进东屋。他媳妇还在炕上抽动着身躯,伤心痛哭哩。

"老白在家吗?"窗户外面有人招呼他。

"在呀,老郭吗?"白玉山答应,并且迎出去。看见郭全海引来一个工作队同志,他连忙让路,"到屋吧,同志。"

他们走进屋,白大嫂子已经坐起来,脸对着窗户,正在抹眼泪。眼快的郭全海早瞅到了,他说:

"大嫂子你不自在,又跟大哥斗争了吗?"郭全海使唤工作队带来的新字眼。

"你狗追耗子,管啥闲事?"白玉山笑着说,让他们到炕上坐。他拿出一笸箩自种的黄烟,和几张废纸,卷了一支烟递给小王。白大嫂子忙下炕,从躺箱上取来一些新摘的李子,搁在炕桌上,又从炕琴底下取出一件破烂布衫子,低着头连补起来。

郭全海、白玉山和小王唠一会闲嗑,就扯到正题,小王说:"咱穷哥们得抱个团体,斗争大肚子,就是韩老六,你敢来吗? 你抹得开吗?"

"咋抹不开呢?"白玉山说。他媳妇瞅他一眼,白玉山又说:"你别跟我瞪眼歪脖的,娘们能管爷们的事吗?"

白大嫂子这时心里轻巧一些了,对郭全海说:

"看他能干的,天天太阳一竿子高了,还躺在炕上。自己的地都侍候不好,还抱团体呢,别指望他了。"

"大嫂子你别小看他。"郭全海说。

"白大哥,韩大棒子该斗不该斗?"小王问。

"你问问娘们。"白玉山说,背靠炕沿,抽着烟卷。

听说韩大棒子这名字,白大嫂子抬起头来说:

"咋不崩了他! 要崩了他,可给我小扣子报仇了。"

"小扣子是谁?"小王问。

白大嫂子说,小扣子是她的小子,于是,又把小扣子惨死的事,一五一十含泪告诉了小王。

"咱们要斗他,你能对着众人跟他说理吗?"小王问。

白大嫂子擦擦眼睛,没有吭气,半晌才说:

"那可没干过,怕说不好。"

"你两口子不是常干仗的吗?"郭全海笑着说。

"那可不一样。"白大嫂子说。

"你说不出,叫老白替你说。"郭全海插嘴,"好吧,就这么的吧。"

小王和郭全海，从白玉山家里告辞出来，回到李家的下屋，两个人又唠到鸡叫。

十

元茂屯的庄稼人，在赵玉林家里成立了农工联合会。三十来个贫而又苦的小户，无地与少地的庄稼人和耍手艺的，是基本会员。大伙推举赵玉林当主任兼组织委员。郭全海当副主任兼分地委员。白玉山是武装委员兼锄奸委员。刘德山是生产委员。会员都编成小组，赶大车的老孙头孙永福和老田头田万顺，都是小组长。农会决定：小组长和基本会员再去联络人，去找那些劳而又苦，对心眼的穷哥们，分别介绍加入农工会，编进各小组。三天以后，都联络好些的人。年轻人联络一些年轻人。老头子联络一些老头子。赶大车的老孙头的那个小组，五个新会员，都是赶车的。

"鲤鱼找鲤鱼，鲫鱼找鲫鱼，一点也不假。"萧队长笑着说。老孙头来到工作队时，萧队长问他：

"老孙头，你尽找些赶车的，要你当会长，咱们农工会不是成了赶车会吗？"

"你不是说，要对心眼的吗？我就是跟穷赶车的对心眼。"老孙头说。

萧队长跟农会的委员开了个小会，把这情形研究了一下，改编了小组，换掉一些不相当的小组长。

郭全海和白玉山兼任小组长。这两个年轻的、精干的庄稼人，好像是两把明子，到处点火，把整个元茂屯都点起来了。

郭全海二十四岁，比白玉山小四岁，样子却比胖胖的白玉山显得老一些。自从他当选了农会副主任以后，小王搬回学校里。小王临走时告他："还得多多联络人。"他又找到了杨福元，人们都叫他杨老疙疸。这个人在韩老六家里干过半年打头的。现在是在做小买卖，倒腾破烂。他的年纪不算大，可是有两个大毛病，胆小怕事，好占便宜。

"八路军能待得长吗?"有一回杨老疙疸私下问小郭。

"谁说待不长?"郭全海反问。

"没有谁说,我顺便问问。"杨老疙疸不敢讲出这是韩长脖的话。

"老杨哥,咱们穷哥们翻身,要靠自己。赵主任告诉咱们说:'土帮土成墙,穷帮穷成王。'咱们团体抱得紧,啥也不怕呀。八路军待长待不长,一样都不怕。"

"那是呀。"杨老疙疸嘴里答应着,心里还是打不定主意。

"你也去联络几个人吧。"郭全海对杨老疙疸说完这句话,就走了。近几天来,他都是脚不沾地,身不沾家的。他忙着对各种各样的人解释这样,说明那样。有不懂的,去问小王,或问萧队长。他向大家说明一些道理:天下两家人,穷人和富人,穷人要翻身,得打垮地主。这些话,如今都是挺普通的道理,但他说来,特别受听,穷哥们都信服他。

屯子里各种各样的人用各种各样的态度接待郭全海。

"大兄弟,"小户亲热地招呼他,问道,"你说八路军不走,咱屯子里的工作队也不走吗?"

"不走。"郭全海挺有把握地回答。

"吃劳金的当令,这才真算翻身哩,郭家兄弟,咱们拥护你。"吃劳金的都说。

"一人为大伙,大伙为一人。"郭全海用他从小王嘴里学来的这话,来回答他们,他快乐地笑笑。他得到了贫农和雇农的热烈的拥护,他也碰到了溜须、嫉妒、讽刺和恐吓。

"郭主任真行,我看比赵主任还有能耐。"溜须的人都叫他主任,"上我家去串串门子吧。"

"人家当主任了,还看得起咱们民户,咱们搬梯子也够不上了。"嫉妒的人说。

"这才是拉拉蛄穿大衫,硬称土绅士。"粮户讽刺他。

"别看他那熊样子,'中央军'来了,管保他穿兔子鞋跑,也不赶趟。"藏在屯子里的干过"维持会"的坏根们背地里说。

郭全海的眼睛睁得亮亮的,他明白这一切的言语是什么人说的。他是这个屯子里的老户,他们爷俩在这屯子里住了两辈子,屯子里人谁好谁赖,他都摸底。谁是咋样发家的,谁是咋样穷下的,他都清楚。他把这些情况,告诉了萧队长。他也从萧队长那里,小王和刘胜那里,得了好多新知识,学了不少新字眼。因为他说话中听,工作队的王同志又和他一起住过,如今又当上农会的副主任,人们常常来找他。李家院子里,在下雨天,人来人往,川流不息。穿着露肉的衣服的老娘们,有的还抱着小孩,也都三三五五地来到李家的下屋,说是"找郭家兄弟,听听新闻。"

天一晴,人们都下地铲草,郭全海扛一把锄头,戴上草帽,也准备下地,才迈出大门,在柴火堆的旁边,碰着韩长脖,他扯扯郭全海的破衫子。郭全海问道;

"干啥?"

"这疙疸有人,咱们到南园去唠唠。"韩长脖悄声地说。

"你有话就在这疙疸说吧,我着忙下地哩。"郭全海说。

韩长脖神神鬼鬼悄声悄气说:

"今儿早晨六爷说,你为大伙办公事,挺辛苦的,也没个钱使。出去工作,回来赶不上饭,也不能吃啥,尽饿着还行? 叫我捎这点钱给你零花,这不过是六爷的一点小意思。"他说着,把一卷票子塞在郭全海手里,扭转身要走。郭全海把他叫住,把那卷票子往他长脖子上一扔。风正刮着,钱票随风飘起来。

"谁要你这个臭钱,"他举起锄头,韩长脖吓得脸灰白,双手捧着头,缩着他的长脖子,转身就走。韩长脖溜走以后,卖呆的人们都笑着,喝彩和拍手。一个老头跷起大拇指夸奖郭全海:

"对,对,这才带劲。"

另外一个人说:

"咋不揍他?"

小孩们跑到道旁水濠里,柳树林子里去找那被风刮散的票子。

第二天,屯里又起谣言了:

"郭全海要给八路拔女兵。"

"要姑娘,也要年轻好媳妇。"

"要这些个妇道干啥呀?"

"谁知道?说是开到关里去,搁到配给店,谁要配给谁。"

"怪道郭全海老问,你家有几口人?够吃不够吃?娘们多大岁数呐?原来是黄皮子给小鸡子拜年。"

谣言起来以后的第二天,原先十分热闹的李家院子的下屋,冷冷落落的,没有人来了。就是下雨天,人们不下地,也不到这串门了。郭全海到人家串门,也都不欢迎他。人们老远看见他走来,就躲进门里。有的人家还放出话来,说是小孩出天花,不能见外人。也有人家把窗户关严,用布蒙上,在窗户前的房檐下,挂上一块红布条,放出风来,说是他家儿媳坐月子,忌生人。郭全海一个人没精打采的,晃晃悠悠的,走到工作队,坐在门边地板上,背靠在墙上,低着头,不吱声。

"怎么的,你?"萧队长来问他,小王也走过来,站在他跟前。

郭全海说:

"我不能在这疙疸干了,说啥也不干,要参加,往外参加去。"

萧队长望着小王问:

"到底是咋的?"

"谁知道呢?"小王说,心里也烦恼。

郭全海说:

"大伙都躲开我。"

萧队长吃了一惊:

"你说什么?"

"都不上我那儿去了,我去串门子,也都躲开我。"

萧祥皱起眉头,寻思一会,又细细地询问群众躲开他的前前后后的情形。他断定有坏人捣鬼,对郭全海说:

"你去跟赵主任合计,找你们挺对心眼的唠唠,再把情况告诉我。"说完，他又安慰郭全海，鼓励他说，"随便干啥，都不能一下就能干好的。不是一锹就挖出个井来，得慢慢地挖，不能心急。"

郭全海又鼓起勇气去找赵玉林。老赵也正苦恼着，因为人们也躲开他。他两听信萧队长的话，又到一些相识的人家串门，从他们嘴里，明白了人们躲避他们的原因。

"你们别听反动派胡扯八溜，血口喷人。"郭全海说。

老田头应和着说：

"对，人家几千里地到咱关外来，为咱老百姓翻身，谁不知道是抱的好心。要为娘们，哈尔滨娘们老鼻子，还能摊上咱这靠山屯子吗？"

"你看萧队长人品多高。"赵玉林这话还没说完，老孙头就接着说道：

"对呀，萧队长，王同志，刘同志，都是百里挑一的人品，还能要你们娘们？小王同志是咱们关外人。那天接他来，我说：'咱们关东州有你，算有光彩。'你说小王同志他说啥？他说：'咱们关外有老孙头你，才是光荣呢，又会赶车，在革命路线上又能往前迈。'萧队长和咱们也算有交情。谁不知道工作队是搭我赶的车子来的，走在半道，萧队长说：'老孙头，你赞不赞成翻身？'我说：'咋不赞成？谁还乐意老趴在地上？'萧队长笑起来说：'有咱们老孙头赞成，革命就有力量了。'我说：'不瞒萧队长，老孙头我走南闯北，就是凭这胆量大。'"

"分劈牲口给你，都不敢要，这会你还卖嘴哩。"赵玉林含笑顶他这一句，大伙都哈哈大笑。

"那是，那是，"老孙头支支吾吾说，"你别打岔，我说萧队长为人挺好，老孙我就是好跟好人打交道，昨儿我还跟萧队长说：'队长多咱上县里去溜达溜达，叫我套车吧，管保窝不住，还不颠。'"

大伙说说笑笑，热热乎乎，对赵、郭他俩，又信服了。谣言像烟筒口上的烟云似的，才吐出来，又飘散了。屯子里的男男女女，老老少少，又到赵玉林的草屋里跟郭全海的下屋里来走动，唠嗑，打听新闻。

郭全海的东家李振江，瞅他随了工作队，又当上了农会副主任，人都来找他，叫他副主任，心里大不愿意，嘴上却不说。有一天下晚，他悄悄地溜进韩家大院里，把这人来人往，来找郭全海的情形，通通告诉韩老六。

"他在你家，那不正好吗？你去打听打听，瞅他们尽嘀咕些啥？回头告诉我。"

李振江回来，嘴里含着一根短烟袋，脸上笑嘻嘻的，朝着西边下屋，慢慢走过去。下屋的窗户门都取下来了，屋里的人老远瞅他走过来，都不吱声了。李振江啥也听不见，窝火了，心里发狠道：

"等着瞧吧。"

有一天，郭全海到工作队去合计事情，天黑才回。李家门关了，再也叫不开。星光底下，他摸到障子外头的水濠边，跳过水濠，轻巧地翻过那一道柳树障子，脚才着地，一只原先用铁链锁着的大黄牙狗，从正屋的房檐下奔来，把他光脚脖子猛撕了一口，皮开肉裂，热血直淌。

郭全海被李家的狗咬了脚脖子的第二天，正在外屋吃早饭，小丫蛋打碎一个碗，李振江屋里的把筷子一撂，从炕桌那边伸过右手打她一巴掌。小姑娘哇哇地哭叫起来，那女人骂道：

"揍死你这小杂种，你再哭！成天活也不干，白吃白喝，咱们小门小户，翻土拉块的人家，能养活起你吗？见天吃得饱饱的，喝得足足的，去串门子，倒好不自在！"

郭全海听见话里有刺，把筷子放下，但还是按下心头的火，从容地说道：

"李大嫂子，别指鸡骂狗，倒是谁白吃白喝？你骂谁，嘴里得清楚一点。"

"谁认便骂谁。"女人怒气冲冲地大声叫唤道。听到了她的叫唤，和丫蛋的哭闹，邻居们都跑来卖呆，他们挤在外屋里，有些小孩还扒在外面窗台上，从窗纸的破洞里往里面瞅着。郭全海站了起来,气得嘴唇皮发抖。可是他用他那遭惯了罪的人所特具的坚强的意志,压抑了心里的冲天的怒火,他用上排的牙齿紧紧地咬着下面的嘴唇,停了半晌,才说:

"我怎么是白吃白喝? 倒要问清楚。一年有三百来天,牲口似的往死里给你们干活,才撂下犁杖,又拿起锄头,才挂起锄头,又是放秋垄,拿大草,割麦子,堆垛子,夹障子,脱坯,扒炕,漫墙。往后又是收秋,又是拉大木,回到屋里,剥麻,铡草,挑水,拉磨,垫圈,劈栅子,整楂子,一年到头,有哪几天,活离了手的? 你们家里租种的二十来垧地,哪一垧,哪一垄,没有掉下郭全海我这苦命人的汗珠子? 还要说我是白吃白喝,你摸摸胸口,看你良心歪到哪边去了?"

"呵哟哟,左邻右舍听听他这嘴,才当上两天主任,咱们民户就该给你上供,朝你磕头哩,是不是? 你这死鬼,"女人说到这儿,一头撞在从里屋出来的李振江的怀里,扯着他的衣领摇晃着,"你待在一边,一声不吱,看着气死我呀,花钱雇这么个人到家来整我,你安的是啥肠子,你说!"

这时候,有人拉着郭全海,把他往外推,并且说道:

"你别跟老娘们一般见识,干你的去吧。"

郭全海迈步往大门外走去。李振江赶了出来,知道他是要往工作队去。

"全海,你上哪儿去?"李振江在背后一边追赶,一边唤道。郭全海没有吱声,也没有回头。

"你上工作队,可不能提起这件事。家里事,家里了,回头叫你大嫂子给你赔不是。"

郭全海憋着一肚子的气,走到工作队。他要把这一肚子心事,告诉萧队长,告诉小王,他们会安慰他,替他出主意,叫他搬出来,另外找个地方住。

萧队长接着他,谈了一会,开口问他道:

"北来是个什么人?"

"胡子头。"郭全海说,心里奇怪萧队长为啥冷丁问他这句话。

"你见过吗？"

"没有。"郭全海觉得话里有音，便说，"萧队长，我不懂你的意思。"

"正要找你去，给你这玩意儿看看。"萧队长笑着从衣兜里掏出一个小纸条，上面歪歪扭扭写着一行字，郭全海一字不识，萧队长念给他听：

"郭全海是大青山胡子北来的插签儿的。"

下面没有署名。

"萧队长，请你调查……"

萧队长说：

"早调查好了。"

郭全海说：

"萧队长你要信这个条子，把我送笆篱子吧。"

郭全海心里正没有好气，又加上这个天上飞来的委屈，他眼泪一喷，鼻子一酸，连忙低下头。

"要我相信这个条子，早关你笆篱子了，不用你说。"萧队长凑近来一点，亲切而温和地笑着说道。于是，他告诉他，三天以前，他就从这课堂里的一个窗台上，发现这一张纸条。他认识，字体是上次请客的帖子的同一个手笔。事情就明明白白的了。

"你好好地干吧，地主反动派想尽心思陷害你，该你报仇的时候了。"萧队长安慰而又鼓励地说道。

郭全海没有说多话，也没有提起李家娘们跟他干仗的事情。他辞别萧队长，走出学校门。刚下过雨，道上尽是泥。他不走道沿，在水里泥里，一直蹚去。

"要不遇到萧队长，给反动支派早整完了。"郭全海一边走着，一边寻思，更恨地主反动派，斗争的决心更坚定。"我碎身八块也要跟共产党走。和反动派一直干到底。"他心里想着，不知不觉，顺着平常走惯的公路，到了李家的门前。他不愿意进去，回头往南走，来到他的朋友白玉山院里，他问道：

"大哥在屋吗?"

白大嫂子正在外屋锅台上刷碗,皱着她的漂亮的漆黑的眉毛,脸搭拉着,挺不乐和的样子。她听到有人在院里问话,抬起眼睛来,看见郭全海,才回答说:

"不在。"

"上哪儿去了?"

"谁知道呢?谁管得着他?"

郭全海看见又是不投机,连忙走了。他在屯子中心的公路上溜达,正没去处,迎面来了一个人,热乎乎地跟他打招呼:

"到我家去,正要找你合计一宗事,我说……怎么的,你?"那人瞅住他的犯愁的脸,心里奇怪,连忙问他。

郭全海说:

"我还没处住呢!李振江娘们把我撵出来了。"

"上我家去住。"那人说。

"到你家吃啥?"

"还有一斗多楂子,吃完再说。有我们吃的,反正饿不了你。"

这个人是赵玉林。他把郭全海邀去,在他里屋住。下晚,萧队长也寻过来了。看他没铺没盖,上身只有那件千补万衲的"花坎肩"。萧队长回去,叫老万送来一件半新不旧的白衬衫,一条日本黄呢子毯子。老万说:

"萧队长叫问问你们,知不知道白玉山上哪儿去了?"

郭全海说:"不知道。"

白玉山到底上哪去了呢?

十一

白玉山自从做了农会的武装委员以后,真是挺忙。见天,天不亮就出门去,半夜才回家。原先他是个懒汉,老是黏黏糊糊的,啥也不着忙。他老是说:"忙啥?歇歇再说,明儿狗咬不了日头呀。"现在可完全两样,他成天脚不沾地,身不沾家,心里老惦记着事情。

80

明白他从前脾气的熟人,存心跟他闹着玩:"歇歇吧,白大哥,忙啥?明儿狗咬不了日头呀。"白玉山正正经经回答道:"不行,得赶快,要不就不赶趟了。"

白玉山这样一改变,可把他屋里的乐坏了。她有三只小鸡子下蛋。当家的回来太晚,赶不上饭,她给他煮鸡子儿吃。白天吃饭,菜里还搁上点豆油。她把苞米磨成面,摊煎饼给他吃。还上豆腐坊约过一斤干豆腐,给他做菜。这是往年下地收秋也盼望不到的好饭菜。下晚,白玉山要是没有回来,白大嫂子不是坐在外屋里,就是坐在炕头上,一直等到他回家。两口子的感情比新婚还好。她跟邻居们唠嗑,说是从打工作队来这屯子里,天也晴了,人也好了,赖的变好,懒的变勤了。"这真是老天爷睁开了龙眼,派个将星萧队长来搭救咱们呐。"

一天,白玉山出门去了,白大嫂子提个篮子上南园子摘豆角。摘满一篮嫩豆角,她心机一动,寻思工作队长这么好,该送些去给他尝一个新鲜。回到里屋,在镜子面前用梳子拢了拢头发,换了一件只有四五个补丁的蓝布小衫子,她提了这篮子豆角,里边还装了十个鸡蛋,往工作队走,半道遇见韩长脖。他站在道沿,笑嘻嘻地,恭敬而且亲热地问道:

"上哪儿去,大嫂子?"

韩长脖名声不好,是个屯溜子,这点白嫂子知道。白玉山也对她说过,这人心眼坏。可是娘们生来脸皮薄,一看见人们的笑脸,一听见人们说上几句亲热话,就容易迷糊。她老老实实地答道:

"上工作队去。人家工作队来到咱们这屯子里,人生地不熟。我送点豆角子去给他们吃个新鲜。还有自己小鸡下的几个鸡子儿。人家是为咱们来的。可不能叫他们遭罪,菜也吃不上。"

"谁说他们是为咱们来的?"韩长脖问。

"咱当家的说的。"

"那也是不假。"韩长脖说,他打听了他们两口子的感情,近来比往常好些,从来不顶嘴。他退后一步,放松一把,可是又怕放得

太松,跑得太远,他朝四外瞅了一眼,看见道上两头没人影,才悄声儿说:

"大嫂子,你听说那话了吗?"

"啥话?"

"你还不知道?"韩长脖故作惊讶,而且再不往下说。

"啥话? 你说,你说。"白大嫂子急得紧催他。

"听说萧队长看到白大哥……唉,还是不说吧,回头你该怪我了。"韩长脖故意吞吞吐吐说,转身要走。"你说吧,不能怪你,要不说呀,有事你可得沾包。"白大嫂子说。

"我说,我说,萧队长看到白大哥肯往头里钻,人又年轻,挺看重他。白大哥说:'就是我屋里的那个封建脑瓜子,可邪乎了!'你听听萧队长说啥:'那没关系,你好好干,离这不远有个好姑娘,我给你保媒。'"

"给谁保媒?"白嫂子气得头昏了,迷迷糊糊地问道。

"给白大哥。"

"哦?"白大嫂子皱着眉头,她上火了,"我问你,是哪屯的姑娘?"

"这我可不能告你。"韩长脖见她信以为真,就更显出神神鬼鬼的样子。听到这儿,白大嫂子气得粗脖红脸的,转身往回走。韩长脖故意拦住她。

"大嫂子干啥往回走? 你的鸡子儿豆角不是要给工作队长送去吗? 你要不去,给我,我给你捎去。"

"送给他吃,不如扔到黄泥河子里,你快走你的。"她把韩长脖推开,提着篮子,一面往回走,一面咕咕噜噜骂着工作队,咒着白玉山。

半夜里,白玉山从小学校回来,遇上大雨,浇得一身湿。到家一看,屋里灯灭了,人也睡了。他把门推开,漆黑的外屋冷冷清清的,不像平常似的灶坑有火,锅里热了东西。他走进东屋,划根洋火,点起豆油灯,脱下湿衣,晾在炕头上,光着身子又走到外屋。马勺子挂在炉子旁边,锅里空空的,碗架里面啥啥也没有。他把碗架子存心啪地一关,想惊醒她来,让她做点什么吃,可是她没有起来。

"我说,你鸡子儿搁在哪儿?"白玉山平平静静问,近来他俩过得好,长远不顶嘴,白玉山肚子饿得慌,也没有生气。

"还要吃鸡子儿?"白大嫂子爬起来说道,"你混天撩日的,在外头干的好事,只当我不知道吗?"

"你快起来,做点东西吃,吃完好睡,明日一早还有事。"白玉山一面说,一面屋里屋外到处翻。一下子,他找着了一篮子豆角,里边还有十来个鸡子儿,他提起篮子,往外屋走。

白大嫂子跳下地来,跑去抢篮子,不让他提走。

"这鸡子儿不能给你吃。"白大嫂子说。

"我就要吃。"白玉山火了。

两口子你一句,我一句,干起仗来。两个人争抢篮子,把鸡子儿都摔在地下,蛋黄蛋白,溅到身上和地上。夜深人静,声音听得远,不大一会,惊动好多邻居都挤到老白家外屋,有的光卖呆,有的来劝解。

"好了,好了,别吵吵,两口子顶嘴也伤和气呀!"上年纪的人劝道。

"好了,谁少说一句,不就得了呗。"白玉山的亲戚说。

"得了,别吵了,各人少说一句,两口子有啥过不去的呢?"好心的人说。

"天上打雷雷对雷,夫妻干仗锤对锤,来吧。"趁热闹的人说。

"大伙说说理,看看有没有这个道理? 他把家里活都推到我一人身上,自己混天撩日的,成天在外串门子,谁家的老爷们不干活,光让老娘们去干? 他一回家,就说要去工作哪,宣传哪,又说要打倒大肚子,为小扣子报仇哪,都是胡扯。还不是中了邪魔,想吃新鲜了。也不照照镜子,谁家姑娘还要你这拉拉蛄?"

"你尽放些啥屁?"白玉山这才知道他背了黑锅,气得火星子直冒,奔到白大嫂子面前,"哪儿有这种娘们,深更半夜,放开嗓门吵，"他刚举起拳头，白大嫂子就扑到他的身上，"你打你打，你打死我吧。"一面说，一面大哭起来，边哭边数落，"我的小扣子，你娘命好苦呀，你咋撂下我走了？"事情越闹越大，这时来了一个大个子，他光着脊梁，走上来，把白玉山拉出院子去对他说："到我家里去唠唠，你别跟老娘们一般见识嘛，干起仗来，叫外人笑话，不是丢了咱们穷伙计的脸吗？"

这大个子也是白玉山的一个挺对心眼儿的朋友，他姓李，名叫李常有。这名字是他自己起的。他啥也没有，起名李常有，说是"气气财神爷"。自从起了李常有这名字，灶坑常常不点火，烟筒常常不冒烟，身上常常穿不上衣裳，十冬腊月常常盖不上被子，一句话：常常没有，越发穷了。他是铁匠，年纪约摸三十岁，要了十四年手艺，至今还是跑腿子。因为他的个子大，人们又叫他李大个子。人家问他："李大个子，你混半辈子，怎么连个娘们也没混上呢？"

李大个子说：

"连大糙子也混不到嘴，还有娘们来陪我遭罪？"

伪满"康德"十一年，收秋后，下霜了。伪村公所劳工股的宫股长摊他的劳工。他满口答应："行，行，替官家出力，还有不乐意的吗？"

宫股长说；

"你倒爽快，不说二话。"叫他回去收拾收拾，明儿再走。

当天下晚，李大个子在家里，一宿没有睡，只听见他的打铁场里丁零当啷响一宿。第二天，太阳一竿子高，他家的门还叫不开。大个子蹽了。铁砧、风箱、锤子、锅碗盆瓢，啥啥都窖在地下。屋里空空荡荡的，光剩一双破靰鞡，一个破碗架。

李大个子带一柄斧头，一把锄头，溜出南门，连夜跑了二十里，躲在一家人家的高粱码子的下边，脚露在外边，蒙了白白一层霜，像小雪似的，冻得直哆嗦。

往后，他到了南岭子，提着斧头，整了些木头，割了些洋草，又脱了些土坯，就在一座松木林子里，搭起一个小窝棚。白日，怕人来抓,躲在密密稠稠的树林子里,他瞅见人,人瞅不见他。下晚,回到小窝棚里避风雨。有一夜,他躺在木板子床上,听见有什么东西在他耳边啾啾地叫着,他用手一探,触着一段冰凉冰凉的长圆的东西,把他心都吓凉了。那家伙扭出窝棚去,钻进草里了,没有伤害他。那是一条大长虫。

秋天的山里,吃的不缺,果木上的野果子:山梨、山葡萄、山丁子、山里红、榛子和蘑菇,都能塞肚子。有时候,还能跑到几里外去捡人家漏下的土豆和苞米。冬天药野鸡,整沙鸡。运气好,整到一只狍子,皮子能铺盖,肉能吃半拉月。春天,地里有各种各样的野菜。他对对付付过了快一年,当了快到一年的黑户,还开了一些荒地,种了苞米和土豆。"八·一五"以后,他才搬回元茂屯。

成立农会的时候,白玉山找他,跟他谈一宿。他说:"让我寻思寻思。"他又寻思了整整的一宿。第三天一早,他来找白玉山说道:

"老弟,不是我不乐意参加。我是不乐意随河打淌。我要在自己的脑瓜子里转一转,自己的心思得从自己的脑瓜子里钻出来,这才对劲。"

"如今你脑瓜子里钻出来的是啥心思呢?"白玉山笑着问他。

"我现在寻思,就是有人用刀子拉我的脖子,也要跟共产党跟到底。"

李常有成了农会的正式会员,并且当了小组长。

这天下晚,他把白玉山劝到自己的家里,问他两口子干仗的原因,白玉山道:

"说不上。"

李大个子笑起来说:

"看你这人,还是那样稀里糊涂的,跟屋里人干一下晚的仗,还不明白是为啥?看,天头发白,快亮天了,咱们来做点什么塞塞肚子,回头我去劝劝大嫂子,叫她消消气。"

说到这儿,李常有放低声音说:"兄弟,穷帮穷,富帮富,你如今是农会委员,是咱们穷哥们的头行人,快别吵吵,叫那些不在会的人瞅着笑话。来吧,你去园子里摘点黄瓜豆角,我来烧火做饭。"

吃罢早饭,白玉山在李常有家里待着。大个子急急忙忙赶到白玉山的院子里。白大嫂子正端着一瓢泔水倒在当院猪槽里,她在喂猪。她又喂了一只白花小壳郎。看见李大个子迈进院子,她装着没有看见似的低下头来,拿一块木片去搅动那掺了西蔓谷的泔水。早晨的黄灿灿的太阳,透过院子东边一排柳树的茂盛的枝叶,照着她微微有些蓬乱的黑黑的疙疸鬏儿上的银首饰,闪闪地发亮。

"大嫂子!"李大个子走到她跟前,叫她一声。她仰起脸来,看他一眼,又低下头去。她的漂亮的漆黑的眉毛还是皱着在一起,她的气还没有消尽。

"这壳郎的骨架子好大,到年准能杀二百来斤。"李大个子先唠唠闲嗑。

"嗯哪。"白大嫂子淡淡地随便地答应,并不抬头。她还在生白玉山的气,捎带也不满意大个子。在她看来,李大个子不该管闲事,把白玉山拉走,没有给她出出气。搅完猪食,她噘着嘴,拿着瓢,转身就往屋里走。李大个子跟在她背后,想要劝解,又不知道从哪儿说起。走进东屋,看见炕席上晾着一件青布小衫子,想起白玉山正光着脊梁。他灵机一动,撒了一个谎:

"老白下晚挨了浇,又没穿衣,想是冻着了,脑瓜子痛得邪乎。"

"痛死他,痛死他!"白大嫂子坐到炕头上,拿起针线活,这样地说。李大个子坐在对面北炕上,想不出法子,他用唾沫粘着烟卷,寻思还是先唠些家常。他东一句,西一句,尽谈一些过日子的事情。忽然,他说:

"前年秋天,你不是也有一个壳郎吗?到年杀了多少斤?"他故意问。

"还到年哩。"白大嫂子说,"才到秋,叫韩老六搁洋炮打死了。"说到这,她记起了她的一连串的不幸,她的眼睛潮湿了。由于壳郎,她又想起她的小扣子。深深知道他们的家庭底细的大个子,趁着这机会说:

"你看我倒忘了,你的小扣子不是那年死的吗?"

"可不是,叫韩老六给整死的。"白大嫂子火了,狠狠地骂道:"那个老王八,该摊个炸子儿。"

李大个子看见她的火气已经转换了方向,就跟她说起韩老六的种种的可恶,又说农工会的人,就是要叫大伙起来,打倒韩老六的,"也是替你小扣子报仇呀,大嫂子。"

"这我明白。"白大嫂子说,"我可不知道,见天下晚他去串门子,尽干些啥?"

"白天人家要下地,老白也有活,只好到下晚出去。"

白大嫂子低下头来,这回不是生气,而是不大好意思。听了韩长脖的一句话,无缘无故闹起来,自己也觉得对不住当家的,捎带也对不起这个和事的大个子。

"谁跟你嚼舌头,说老白在外干啥的?"李大个子问。

白大嫂子说起这事的经过。李大个子说:

"谁叫你信那种人的话呢?"

"他不也是穷人吗?"白大嫂子明明知道上当了,还是说了这一句来给自己掩饰。

"你是外屯才搬来的吗?你还不明白他那个埋汰底子?"李大个子说。

"我寻思,人一穷下来,总该有点穷人的骨气。"白大嫂子说。

"他不是人,说的话也不是人话。白大哥的人品你还能犯疑?他一心一意为大伙,你不帮他,倒拖他后腿……"

"不用提了,都怨那该死的长脖子。他脑瓜还痛吗?"

"他是谁?你说老白?你不叨咕他,他脑瓜子就不痛了。"李常有说,笑着抬起身子来,"我就去叫他回来。"他迈步出门。

"你别忙走,请把这衫子给他捎去。"

李大个子走了以后,白大嫂子对着镜子,拢拢头发,慌忙走到东院老于家,借十二个鸡蛋。老白回来,两口子见面,都不提起干仗的事情。往后,她煮了两只蛋给他吃。这一天,老白铲了一天地,赶落黑才回。放下晚饭的筷子,他要往工作队去。白大嫂子又到南园子里摘了一篮子嫩豆角黄瓜,里面还放着十个借来的鸡蛋,叫老白捎去,送给萧队长。根据工作队规矩,萧队长婉言拒绝了。

下晚,白玉山回得早点儿,月牙从窗口照射进来,因为太热,也因为爱惜衣裳,白玉山脱了他的青布小衫子。他敞着怀,露着一个大胸脯,躺在炕梢。他们这才唠起干仗的事。

"看你那一股醋劲,也不'调查研究'的。"白玉山说,从工作队里学了些个新话,"调查研究"也是里头的一个。

十二

八月初头,小麦黄了。看不到边儿的绿色的庄稼地,有了好些黄灿灿的小块,这是麦地。屯落东边的泡子里,菱角开着小小的金黄的花朵,星星点点的,漂在水面上,夹在确青的蒲草的中间,老远看去,这些小小的花朵,连成了黄乎乎的一片。远远的南岭,像云烟似的,贴在蓝色的天边。燕子啾啾地叫着,在天空里飞来飞去,寻找吃的东西,完了又停在房檐下,用嘴壳刷洗它们的毛羽。雨水挺多,园子里种下的瓜菜,从来不浇水。天空没有完全干净的时候,总有一片或两片雪白的或是乌黑的浮云。在白天,太阳照射着,热毛子马熬得气呼呼,狗吐出舌头。可是,到下晚,大风刮起来,高粱和苞米的叶子沙拉拉地发响。西北悬天起了乌黑的云朵,不大一会,瓢泼大雨到来了,夹着炸雷和闪电。因为三天两头地下雨,道上黑泥总是不干的,出门的人们都是光着脚丫子,顺着道沿走。

离开二次斗争会,有些日子了。赵玉林、郭全海、白玉山和李常有,黑白不停地在屯子里活动,已经团结了一帮子人。农会由三十多个人,扩大成为六十多个了。刘德山在下雨天不下地的时候,也去跟小户唠唠。他常常上工作队里去,把他做的事,联络的人,告诉萧队长。李常有笑他,说他是到萧队长跟前去卖功,不是实心眼地为工作。有一天,刘德山从工作队出来,在公路上走,韩长脖正迎面走来，他来不及躲开，就用笑脸迎上去。韩长脖冷笑两声问他道：

"做了官了。生产委员算几品？"

"老弟，是时候赶的，推也推不掉，你还不明白？"刘德山赔笑。

"听说又开斗争大会，该斗谁了？"韩长脖趁势追问他一句。

"说不上，咱生产委员专门管生产。"刘德山说。他也是痛恨韩家的，虽说不敢撕破脸，去得罪他们，也不愿跟长脖子说实在话。他早知道，又要斗争韩老六，但是他不说，支吾几句躲开了。

萧队长跟老田头谈过好多回，了解了他的三间房的故事，鼓动他跟韩老六斗争。

"怕是整不下。"老实巴交的老田头说道。

"你不要往后撤就行，大伙准给你撑腰。"赵玉林说。

"好吧。"老田头说，还是挺勉强。

萧队长召集工作队跟积极分子开了个小会，这个会议比较地秘密。大伙决定：以老田头的姑娘的事件为中心，来斗韩老六。大伙同意事先把韩老六扣押。这回没有押在工作队，关在一个小土屋子里，窗户上面安了铁丝网，工作队派两个战士，拿着大枪，白玉山派两个农会的会员，拿着扎枪，轮流看差。

第二天，早饭以后，由农会的各个小组分别通知南头和北头的小户，到学校开会。赵玉林背着钢枪，亲自担任着警戒。他站在学校的门口挡住韩家的人和袒护韩家的人，不让进会场。白玉山扛着扎枪，在会场里巡查。郭全海从课堂里搬出一张桌子来，放在操场的中间，老孙头说："这是咱们老百姓的'龙书案'。"

男子和女人，三个一伙，五个一群，哩哩啦啦地来了，站成一圈，围着"龙书案"，有的交头接耳地谈着，有的抬眼望着小学校的门口。在小学校的一根柱子上，一面墙上，贴了好些白纸条了，上写"打倒韩凤岐""穷人要翻身""向地主讨还血债""分土地，分房子，倒租粮""清算恶霸地主韩凤岐"。

自卫队把韩老六押进来时，刘胜领头叫口号："打倒恶霸地主韩老六！"当韩老六站到"龙书案"前时，人们纷纷地议论：

"这回该着，蹲笆篱子呐。"

"绑起来了。"

"这回不能留吧？"

"那要看他干啥不干啥的了。"

也有些人，跟韩家既不沾亲挂拐，也没有磕头拜把，单是因为自己也有地，也沾着些伪满的边，害怕斗争完了韩老六，要轮到他们头上。另外一种人，知道韩老六的儿子韩世元蹽到"中央军"那边去了，怕他再回来。还有一些人，心里寻思着，韩老六是该斗争的，但何必自己张嘴抬手呢？"出头的橼子先烂"，"慢慢看势头"。这三种人，都不说话。

有一种人，是韩老六的腿子，只当人们不知道，在会场上，反倒挺积极，说话时，嗓门也挺大。

郭全海主持会场。小王和刘胜都站在桌子旁边。萧队长和平常一样，在人们稀少的地方，走来走去，照看着会场上一切进行的情形。

韩老六站在桌子旁边，头低到胸前。他的脸色比上一次显得灰白一些。光腚的小孩们挤到前面来瞅那绑他的绳子。有一个胆大一点的孩子，站到他跟前说道：

"韩六爷，咋不带大棒子了？"

郭全海走到桌子的面前，起始两手不知放在哪，撑在腰上，又放下来，一会儿又抄在胸前。今天有一千来人，他的脸上有一点儿发烧。他的眼前，只看见黑乎乎的一大片，都是人的脸。他好像听到有人在笑他，这个局面，把他今儿准备一个早晨的演说稿，全部吓飞了，最后，他说：

"屯邻们，开会了。"

他停顿了一下。下面的句子，他都忘了，会场没有一个人说话，没有一个人走动，静悄悄地等他再开口。他只好临时编他的演说：

"大伙都摸底，我是个吃劳金的，起小放猪放马，扛活倒月的，不会说话,只会干活。反正咱们农会抱的宗旨是民主,大伙都能说话的。今天斗争韩老六。他是咱们大伙的仇人,都该说话。有啥说啥:有冤的伸冤,有仇的报仇,不用害怕。我就说到这疙疸。"

韩老六把头抬起来,今儿这一大群人里,没有他的家里人和亲戚朋友。杜善人,唐抓子也都没有在,他比上两次都慌张一些。往后,他瞅到韩长脖跟李振江躲在人群里,都不敢抬头,不敢走动和说话。他想,今儿只能软,不能硬。啥条件都满口答应,保住这身子再说。他走到桌子一边对郭全海说:

"郭主任,我有几句话,先说一说好吧?"

"不许他说!"人群里一个愤怒的声音说,这是李大个子。

又一个声音说:

"听他说说也好。"

第三个声音说:

"八路军讲民主,还能不让人说话?"说完,躲在人背后。

头一回主持大会的郭全海竟答应他道:

"你说你说。"

韩凤岐开口说:

"我韩老六是个坏蛋,是个封建脑瓜子。皆因起小死了娘,我爹娶了个后娘,我后娘三天两头地揍我……"

有人骂他:

"你别胡嘞嘞。"

又有人叫道:

"不准他瞎说。"

"我是说……"韩老六还是说下去,郭全海上前制止他,但制止不住,又不知道不准他说话,是不是能打。韩老六钻着这空子,又往下说:

"我后娘叫我在家不得安生,我蹽到外屯,走了歪道,十一岁就学会看牌。"

"你逛过道儿吗?"头两回救过韩老六的驾的白胡子问他。

韩老六立刻低着头说道：

"逛过，我有罪，有罪。"

这时候，斗争的情绪，又往下降。有人说："你看他尽说自己的不济，他定能知过必改。"也有人说："人家就是地多嘛，叫他献了地，别的就不用问了。"人们向四外移动，虽说还没有走的，可是已经松劲。郭全海着了忙，不管一切，自己指着韩老六的鼻尖，涨红着脸，大声对他说：

"别扯那些，你先说说拉大排队，办维持会的事。"

"我拉过大排，办过维持会，那是不假。"韩老六满脸挂笑，瞅着郭全海，他把他对郭全海的仇恨深深地埋在他的心里，不露在脸上，"那是为的保护地面，维持秩序。"

郭全海忙说：

"我问你：你叫大伙捐钱买二十六支钢枪，你是寻思给谁看家呀？"

韩老六平静地，假装笑脸说：

"给大家伙看家呀。"

郭全海脸上涨得红乎乎叫道：

"你把大排放在你的炮楼里，胡子来这屯子，你请他们在你院里吃饺子，喂牲口，这叫做保护地面？"

"郭主任，这个你可屈死我了，大伙调查调查，看有没有这事？"韩老六一边笑，一边说，心里却有点着慌。

这时候，人群里面，起了骚扰。李大个子挽起俩袖子，露出一双粗大的胳膊，推开众人。他拉着一个头发斑白的老头子，往前面挤去，高声嚷道：

"老郭！老郭！老田头有话要说。"

说着，他们已经挤到"龙书案"跟前。老田头取下他的破草帽，眼睛里混合着畏惧和仇恨的神情，瞅着韩老六。由于气愤，身子直哆嗦，他的太阳晒黑的、有垄沟似的皱纹的前额上，冒出好多细小的汗珠。

"同志,郭主任,我有话要说,有仇要报。"老田头的眼睛望着刘胜、小王和郭全海。

老田头往下说道:

"请同志做主……"

小王插嘴说:

"说给大伙听听,大伙做主。"

老田头向大伙转过身子来,然后又扭向韩老六说:

"'康德'九年,我乍来这屯,租你五垧地,一家三口,租你间半房,又漏又破,一下雨,屋里就是水洼子,你还催我:'我房子不够,你快搬。'我说:'六爷叫我搬到哪儿去呀?'你骂道:'你爱上哪儿上哪儿,我管你屁事。''六爷,我想自己立个窝,就是没地基。'你做好人了,说得怪好听:'那倒不犯难,我这马圈旁边有一号地基,你瞅着相当,就在那上面盖房,不要你的租子。盖好三两间房子,你们一家子也有个落脚的地方。多咱不愿意住了,再说吧。'我领了你这话,回去跟我老伴说:'真是天照应,碰上这么个好东家。'那年冬天,我顶风冒雪,赶着我一条老牛拉一挂破车,到山里拉一冬木头。那年雪大,那个冷呀,把人冻得鼻酸头疼,两脚就像两块冰,有一回拉一车松木下山来,走到一个石头砬子上,那上面盖了一层冰,牲口脚一滑,连牛带车,哗啦啦滚到山沟沟里了,西北风呼啦呼啦地刮着,那个罪呀,可真是够呛。十来多个赶车的劳金来帮我,才把车扶起,老牛角也跌折了一只。"

人群里有人说道:

"老田头说短一点。"

"那是谁?"郭全海问,"老田头,不要管,你说你的。"

"那时候,你家老五是山林组合长,要给日本子送木头,我辛辛苦苦拉一冬天的木头,却叫他号去给日本子了。我那老伴气得哭一宿。第二年,又拉一冬木头,还割了洋草,脱了土坯,买了钉子,盖房子的啥玩意儿都准备好了。到第三年挂锄时候,盖好三间小草房,就差没盘炕,没安门窗了,我一家三口搬进东屋,当天你叫李青山把你三匹马、一匹骡子牵进我西屋，你来对我说：'牲口有病，不能住敞棚，借你房子搁一搁。'"

"三年盖个屋，做你的牲口圈了。我老伴哭着，跪下来磕头哀求你，哀求你儿子，说这房子新盖起，牲口住下，就再不能住人，请你积点德，别叫牲口住。你儿子用脚踢我那老伴，张口骂道：'看这老家伙，你忘了这地基是谁的吗？ 再哭，把你撵出去。'"

老田头说到这儿，停了一停，用他的干干巴巴的手指头，抹一抹眼睛，又说：

"三年立个窝，做了你韩家的马圈，牲口在屋里拉屎尿尿，臭气出不去，三间房都臭气扑鼻，招蝇子，也招蚊子，到下晚，蚊子像打锣似的叫，我家三个人咬得遍身红肿，没有一块好肉。把我新屋当个牲口圈，我只好认命，这也罢了。你还要祸害咱们丫头。一天你来看你那黄骟马，看见我们的丫头裙子，你就凑过来说疯话。我们丫头那时才十六，你四十三了。你叫她跟你，她不愿意，你把她拉到草垛子里，剥他的衣裳，她咬你一口，你窝火了，临走你说：'你等着瞧吧。'不大一会，你气冲冲地，带领三个人来了，张口就要拆房子，要地基，要不就要人来抵，四个人走进屋，不由分说，把丫头架走……"

说到这儿，老田头痛哭起来。人堆里有人叫唤："打倒大地主！""打倒地主恶霸韩老六！"人们都凑上前来。老田头接着说道：

"四个人把她架到后沿，用靰鞡草绳子绑在黄烟架子上，连绑三道。她叫唤，你们拿手绢塞到她嘴里，剥了她的衣裳，使柳条子抽她的光身子，抽得那血呵，像小河一道一道的，顺着身子流。往后，往后……"老田头说到这儿，他更大声地哭了。人们往前边挤去，纷纷叫打。有人从老远的什么地方投来一块小砖头，落到韩老六脚边。韩老六的脸都吓白了，腿脚抖动着，波棱盖直碰波棱盖。

有人呼唤着：

"剥掉他的衣裳！"

又有些人叫唤：

"打死他!"

正在这时候,有一个人挤到韩老六跟前,打韩老六一耳刮子,把鼻血打出来。下边有几个人叫道:

"打得好,再打。"

可是大多数的人,特别是妇女,一看见血,心就软了,都不吱声。打韩老六的是谁呢? 韩老六睁眼瞅着,是李振江。他心里有数,可还是低下头,让鼻血一滴一滴地掉在地下,叫大伙看见。大伙看见打韩老六的是李振江,起始是发愣,往后明白了,但不知道怎么办。老田头看见是李振江打韩老六,他起初奇怪,往后就退后了一点,郭全海还是叫老田头说:

"你说吧,老田头。"

"我的话完了,没啥说的了。"老实胆小,而又想不清楚这是怎么一回事的老田头退到了桌子的后边。白胡子迈步上来。李振江也挤上来占了老田头的位置,用手指指韩老六说:

"田万顺跟你算了账。我也种你地,咱们也该算一算细账。我打你一撇子,你服不服?"

"我服,我服。"韩老六说。人群中有说打得好的,也有说李振江带劲的,也有帮李振江骂韩老六的。可是大部分的人,连老田头在内,都不吱声,慢慢地,一个一个地,都走开了。李振江又说:

"你当村长的那年,日本子要碗碴子,你跟咱们民户要,我说我们家里没有摔破碗,没有碗碴子,你叫我们到外头去捡,不捡就罚钱,这事有没有?"

"有,老李哥。"韩老六说。他脸上的颜色变好了,说话也流利了。"我是一个大坏蛋,我的不济的事可真不老少,皆因我是一个'满洲国'的旧脑瓜子,爱动压力派。如今民主政府行的是宽大政策,我要求你们姑息姑息,担待担待,留着我这条小命,我要是不知过必改,不替农会办事,不跟萧队长和农会的各位委员,往革命的道上迈进一步,我摊一颗炸子。"

"你别扯那么老远了。你自己说,你做这么多坏事,该怎的?

你愿打,愿罚,愿分呢,还是愿蹲笆篱子?"李振江问。

"那还能由我?"韩老六说,极力忍住心里的快乐,"大伙儿说,该怎么的就怎么的吧,斗我三回了,说起来,我真是心屈命不屈,反正做错了,就得领呗。"

白胡子说:

"罚他十万。"

李振江说:

"把他留的二十坰地也拿出来。"

人们七嘴八舌说开了:有人说,把他撵出大院;也有人说,把他送到县里蹲大狱;又有人说,罚了分了,就不必押人。有些在发表不同的议论,也有的人一声不吱,在后沿松松散散地走动,而且想找机会,溜出会场去。刘德山打头走出去,走到学校大门口,赵玉林问他上哪儿去,他说:"昨儿下晚来了个亲戚,喝多了一点,脑瓜子有点发涨,得回去躺躺。"在他后面,又走了一些,多数是说闹病,少数是说有事情。

老孙头没有走,也没有说话。他蹲在后面一个墙角下。萧队长走来问他:

"你咋不说话?"

老孙头站起来说:

"大伙都说过了呗。"

"依你说,李振江打韩老六,安的是啥心眼儿?"

老孙头狡猾地笑着说:

"斗争恶霸,不打还行?"

"这是真打吗?"

"那哪能知道? 他们一东一伙,都是看透《三国志》的人。要我说,那一耳刮子,也是周瑜打黄盖,一个愿打,一个愿挨的。"

萧队长走到前边,跟工作队的人合计了一下,又叫郭全海、白玉山、赵玉林几个人一起,商量了一会。郭全海走到桌子的旁边,对大伙说:

"会就开到这疙疸。今儿天气好，大伙还着忙割小麦，拿大草，韩老六该怎么处置，大伙提意见。"

好多人同时唤道：

"押起来。"

有人说：

"叫他家里人把十万罚款送来，多咱交钱，多咱交保，短一个不行。"

郭全海又问：

"大伙的意见呢？"

有好些人回答：

"对，多咱交钱，多咱交保，就这么的吧。"都想早一些结束，快一点回家。

郭全海又道：

"老田头，你意见咋样？"

老田头低下头来，不吱一声，好半天，他才说话：

"我没意见，就这么的吧。"

十三

大会散了以后，韩老六押回笆篱子。不到晌午，李青山送来十万元罚款，杜善人、唐抓子送上一张保单，韩老六交了保了。

大伙回到家里，连积极分子也都懒懒散散的，干啥也不带劲。人们怀了一颗旧的疑心来开会，又抱了一个新的疑心回家了。回到家里，有的下地，有的放马，有的套车，有的铡草，有的侍弄园子地，有的到河里打鱼。为了生活的困难，为一点小事，他们摔东西，打牲口，跟老娘们干仗，有的干脆躺在炕梢，一声不吱，也不动弹，全都混天撩日地打发着日子。生活的海里起过小小的波浪，如今似乎又平静下去，一切跟平常一样，一切似乎都还是照旧。

老孙头孙永福却没有回去。出门时，他跟他的老伴说过，说这一回可真要把大汉奸治下。会开得这样，他不愿回去，怕老伴顶他。他跑到工作队里，萧队长正在主持一个总结经验教训的会议，老孙头不管这些，喘吁吁地跑到萧队长跟前，说道：

"萧队长，我不干这积极分子了，这小官儿可不是人当的，尽憋气。"

萧队长说：

"积极分子不是官，是老百姓当中敢作敢为的头行人。你要不干，不做这好人，不用来辞，不来就行了。"

"不是不来，我一开头，就随队长，还能半道妥协吗？我是想：咱们是孔夫子搬家，净是书，心里真有点点干啥的。"

萧队长安慰他几句，叫他回去还是跟知心人唠嗑，跟老百姓聊天，说大地主好几千年树立起来的威势，不是一半天就能垮下的，不能心急。

刘胜心里不好受，但他不吱声，坐在窗户跟前的桌子上，在看小说。

小王觉得韩老六早该杀掉。他对萧队长说：

"你去问问赵玉林，看他主不主张整掉他。"

萧队长说：

"你不能单看几个先进的积极分子。发动群众，越广泛越好，打江山不怕人多。老百姓说：'人多出韩信。'"

小王对于不杀韩老六，心里还是不服气，却又没有再说啥。

萧队长也怪不好受。因为他瞅着群众往回走的时候，都懒懒散散。他也和群众一样，感到不舒服。可是他不说。这是因为他是一个踏实的实际工作者。好多年来，对于实际的问题，他都是用全力来设法解决，不愿意用闲话，用空想来耽误时间，浪费精力。而且，他心里感到，谁都想从他嘴上寻找安慰和办法，而不是来听他的唉声叹气。他打发老孙头走后，继续总结这几天的经验。临了，他说：

"往后斗争会越加厉害，我们一面要多加小心，一面要加紧工作。张班长，你叫警卫班多加小心，老刘你暂时把书本放下，快去看看李振江他们尽干些什么。小王你不要老是咕噜咕噜的，去看看赵玉林他们。我到老田头家里走走,他的话准没说完,好吧,就这么的,各干各的去。"

散会以后,萧队长就起身走了,万健跟着他。

老田头在院子里铡草,老远看见萧队长来了,连忙站起来,赶到门口迎接他。萧队长拉着他的手,一同走进屋。这屋还有七成新,西屋发出叫人恶心的马粪马尿的气味。萧队长和老万走到西屋的门口去看看。自从工作队到来,韩老六把骒马牵回去了。西屋成了马圈,墙被牲口磨掉了上面的泥块,露出了里头的草辫子。门框被牲口啃了好些个豁牙,地上堆了厚厚的一层马粪,蝇子一群一群地飞着。这屋要住人,得重新盖过。老田头带着萧队长离开西屋,走到东屋,炕上坐着一个五十来岁的老婆子,两眼瞎了,鬓发白了,穿着一件千补万衲的蓝布大衫子。她在摸索着劈花麻,老田头告诉她:

"萧队长来了。"

"啊啊,萧队长。"她用眼睛尽力瞅着发出声音的地方,好像她能看见似的。她慌忙用自己的衣袖摸着揩擦炕沿和炕席。

"炕上坐,同志,你们真是老百姓的大恩人呀,你们一来,韩家就把牲口牵走了。"

说到这里,她凑近萧队长坐着的地方,悄声地说:"那人是个阎王爷,你们这可把他治下了!"瞎老婆子爬到炕梢,在炕琴上摸到一个烟笸箩。老田头到灶坑里点起一根麻秆,给萧队长点烟。萧祥一面抽烟,一面唠着,由韩老六唠到了她姑娘身上,老田头慌忙使眼色,叫萧队长不要往下讲。老婆子早哭起来了,说:

"提起我那姑娘她死得屈呀,同志。"这老太太话没落音,眼角上早涌出浑浊的泪水。青筋突出的枯干的手微微地颤动。老田头骂道:

"看你,萧队长来瞧瞧我们,你又哭天抹泪的。"

"唉,"老田太太用手背擦她的眼睛,"我那丫头呀,真是个苦命孩子。萧队长,要你们早来就好了。"

"咱们走吧,到外头溜达溜达。她一哭,就没有个头。"

老田头一面说,一面陪萧队长出来。走出院子,他叹口气说:

"哭三年了,眼睛都哭瞎了。"

"哭瞎的吗?"萧队长问。

"可不是?老娘们总想不开,死就死了呗,又是个丫头。"他光顾说话,没有瞅着道,一脚踩到泥泞里,把鞋都陷了进去。他拔出鞋来,走近萧队长,悄声儿说,好像怕人听见似的:"也难怪我那老伴老是想不开,忧忧愁愁没个头,小崽伤了,留一个姑娘也好。"

"你姑娘怎么死的?"

老田头说:

"走,咱们先到北门外走走。"

他们才走出北门,老万把枪上好顶门子。老田头道:

"不用怕,这近旁拉胡子是没了,都蹽到大青顶子去了。去看看我们那裙子的坟茔,就在北门外。"

北门外,太阳从西边斜照在黄泥河子水面上,水波映出晃眼的光芒。河的两边,长着确青的蒲草。菱角花开了。燕子从水面掠过。长脖老等从河沿飞起,向高空翔去,转一个圈又转回来,停在河沿。河的北面是宽广的田野。一穗二穗早熟的苞米冒出红缨了。向日葵黄灿灿的大花盘转向西方。河的这面,是荒草甸子。在野蒿的密丛里,有一个小小的长满青草的坟堆,这是老田头的姑娘裙子的坟茔。三个人坐在浅浅的野稗上,老田头又说起他裙子的故事。韩老六把她绑在黄烟架子上,剥了衣裳,打得皮开肉裂,要她供认她许配的新姑爷是通抗日联军的。她死也不说。

"你们的姑爷是不是通抗日联军呢?"萧队长问。

老田头朝四外望望,才低声地说:

"是呀,通是不假。裙子也知道,可是她咬定牙根不说,怕害了他。"

"你姑爷叫什么名字?你不要怕,咱们现在的民主联军,跟抗日联军是一样的。"萧队长说。

"他叫张殿元。我那姑娘死也不肯说,他们打了她半宿,才放开来,她吐血了。因为受惊,伤重,不到半拉月,她就死了。"

"张殿元呢?"萧队长关怀地问。

"当时我姑娘叫我连夜赶去告诉他,叫他快跑,他跑到关里去了。往后一直没音信。"

三个人都站了起来。萧队长恭恭敬敬地默默地站了一会,重新看了看青草蓬松的坟茔,然后一面往回走,一面对老田头说道:

"这真是个好姑娘! 你该给她报仇呀,不用怕。"

"不怕。"老田头说着,他们进了北门。萧祥回到工作队的时候,家家屋角的烟筒里,冒出了烧晚饭的青烟。小王和赵玉林他们正在等着他。

下晌小王走到赵玉林家里,白玉山、郭全海、李常有和杨老疙疸通通在那儿。他们坐在炕桌子旁,赵玉林抽着烟。白玉山、郭全海跟李常有正在谈论今儿大会的情形。看见小王来,他们都抬起身子,让他上炕坐。

"你们谈你们的,我坐在这儿。"小王坐在炕沿上。

"今儿会上有腿子。"郭全海说。

"你说是谁?"李大个子问。

"那还看不出?"郭全海说。

"你说的是李振江吧?"李大个子问。

"嗯哪,他那一耳光,救了韩老六。"

"还有那白胡子,他是谁?"

"是韩老六的磕头的,北头老胡家。"

"小王同志,你看怎么整法?"李大个子皱着眉毛问,"大伙总还不齐心。"

"咱们上工作队去,大伙开一个小会,好不好?"小王的这个提议,他们都同意,就都到了工作队。萧队长和他们合计到夜深,最后告诉他们主要的三点:一是扩大农会,多找贫雇农,分别的开秘密小会,随便唠嗑,鼓动大伙斗争韩老六。二是监视坏蛋腿子的活

动。三是组织自卫队。又把农会委员调整了一下,选举了李大个子做锄奸委员,白玉山专任武装委员,取消兼职。撤消了刘德山的生产委员,暂且不补,现在还顾不上组织生产的事情。

白玉山说:

"大伙选我作武装,说要组织自卫队,人是有的,就是没有家伙。"

萧队长说:

"工作队警卫班能借一支套筒枪。你们自己再想法。"

赵玉林提议把韩老六交来的那十万罚款,交给李大个子去买铁,叫他连夜打扎枪头子。李大个子说:"今儿下晚回去就动手。"散会时,大圆月亮正挂在榆树的梢头。他们在月亮地里,各自回去。当天下晚,李大个子的火炉生起了通红的烈火,火星四冒,铁锤叮叮当当直响到鸡叫。那天以后,白天在背阴地里,在地头垄尾,在园子里,在黄泥河子的河沿,常常有三五个农民,小声唠嗑。下晚,屯子的南头跟北头,从好些个小草房的敞着的窗口看去,也看见有三三五五的人们在闲扯,有生人去,就停止说话。这是元茂屯的农会积极分子所领导的半秘密的唠嗑会。也就是基本群众的小会。在这些小小的适应初起的庄稼人的生活方式的会议上,穷人尽情吐苦水,诉冤屈,说道理,打通心,团结紧,酝酿着对韩老六的斗争。

领导和组织这些小会的农会积极分子每天向萧队长和赵主任汇报。萧队长日夜研究这一些材料,把里面的经验总结起来,并使交流于全屯。

这些小会里面的情形,韩老六都不知道。萧队长叫刘胜去看李振江的那天下晚,刘胜闯到韩老六摆香堂的公所院子里,从玻璃窗户里看见屋里点着灯,韩长脖正在跟李振江说话,姓胡的白胡子也在。看见有人来,三个人都笑嘻嘻的,慌忙赶出来招呼。刘胜和他们敷衍了几句,就赶紧回来,把这情形告诉萧队长。大伙研究这件事情。李大个子说出这样一段话:

"韩老六办维持会时,这屯子里的'满洲国'的'协和会'的会址,立起了国民党党部,韩长脖跟李振江常常往那儿走动。"

"白胡子呢?"

"白胡子没有,他在'家理',韩老六摆迎风香堂时,他去了。他叫胡大爷。"

"要好好提防他们。"萧队长说。

李大个子派人监视这三个人。白胡子、韩长脖和李振江都不容易活动了。韩老六失去了胳膊和耳目。他的站脚的地方的地皮裂开了,他和他的房子四角的炮楼快要崩垮了。他比任何时候都烦躁一些,下晚睡不着,抽着烟卷,在院子里走来走去,有时一直到亮天。

十四

八月末尾,铲趟才完,正是东北农村挂锄的时候。三天两头下着雨。农民在屋里院外,干些零活,整些副业:抹墙扒炕,采山丁子,割靰鞡草,修苞米楼子,准备秋收。农民不太忙,正好组织斗争。但因时局不稳定,坏根散布了一些谣言,人心又有一些摇晃,连唠嗑会也不能经常开了。

工作队接到了县委的通知:"坚持工作,迅速分地。"工作队整天彻夜地开会,布置眼前紧急的工作。萧队长因为一个半月的劳累,脸又瘦又黄,胡须也长了,但精神健旺。他在工作队会议上说:

"分吧。分地,分房,分牲口,把韩老六、唐抓子、杜善发的地和牲口,全部没收。趁早分掉。多多给老百姓一些好处。越快越好。"

"青苗呢?"刘胜问他。

"青苗随地走。地给谁家,青苗归谁家。"萧队长说。

分地委员会开会的时候,大伙根据土地数量和人口数目,决定一人分半晌。有马户分远地,无马户分近地。分地委员会分五个小组在全屯工作。

郭全海领导的小组分得认真，大伙都到了地里，插了橛子。开头，好多人都不愿意整橛子。

"整那干啥？都是本屯的人，谁不知道哪块地在哪？"一个老头子说，实际呢，他对分地没有多大的兴趣。

"得插橛子，要不插橛子，分青苗时怕会打唧唧。"郭全海坚持着说。他和他的那个组，打地，评等级，品好赖，劈青苗，东跑西颠，整整地忙了五天。一个吃劳金的老初不敢要地，郭全海撂下其他工作，跟他唠一宿，最后，老初才说：

"说实话，地是想要的，地是命根子，还能不要？就是怕……"

"怕啥？"郭全海紧追了一句。

"我老初从不说虚话，我怕工作队待不长远，'中央军'来抹脖子。"

"你不用怕，工作队决不会走。要走了，你来找我吧。"郭全海响亮地说。

"找你，你不怕吗？"老初笑着问。

"你找我，我找别的穷人，一个找一个，一个顶一个，咱们团结得紧紧的，把农会办得像铁桶似的，还怕啥？赵主任说：'穷帮穷成王'，咱们穷人就是关外的王，'中央军'他敢来，来一个捉他一个，来两个抓他一对。萧队长说：'关里八路军就是这样打垮日本子的。'"一席话，说得老初服了一半，还有不服的一半，郭全海也了解出来了。他针对着他的心理说："八路军如今可多呀。"

"有多少？"老初慌忙问。

"听说：'咱们毛主席给关里关外，派来两百多万兵。'"

老初听到这儿说：

"我信郭主任的话，我要地，我家六口人，你劈我三垧好地。"

"地准劈给你，可是没有好地了。"郭全海嘴里这样说，但他还是劈了三垧近地给老初。总结分地经验时，萧队长说："郭副主任把分地工作跟宣传教育结合在一起，这是他成功的原因。"

杨老疙疸领导那个小组的劈地情形，完全不一样。他那一组的人都带了橛子来到杨老疙疸寄居的煎饼铺子的西屋，唠一回闲嗑，杨老疙疸开口道：

"工作队放地给大伙，一人半垧，谁要啥地，都说吧。"

没有一个人吱声。

"咋不说话？谁把你的牙拔了？"杨老疙疸站起来，气呼呼地说。说罢，他把嘴噘着。

半响，一个老头站起来说道：

"工作队配给咱们地，又不叫咱们花钱，谁还去挑。配啥算啥，都没意见。"

"谁要背后有意见呢？"杨老疙疸再问一句。

"管保都没有意见，地也不用去看，橛子也不用插了。"

"老疙疸你分了就是，省咱们点工。"

"行，大伙信服我，就这么办。有马户，分远地。"杨老疙疸说。

"说啥都行。"

"青苗随地转，不许打唧唧。"

"那哪能打唧唧？一个屯子里的人，啥不好商量？"

"就这么的，妥了。散会吧，回去还能干点零星活。"杨老疙疸说。

"对了，杨委员才是明白人。"

三十来个人，都走散了。他们带来的三十多根杨木和榆木橛子都留在煎饼铺子里，做了柴火。当天下晚，杨老疙疸请了煎饼铺子里的掌柜的张富英，点起一盏洋油灯，二人喊喊喳喳地合计，张富英提笔写半宿。第二天一早，杨老疙疸跑到工作队，把一张写在白报纸上的名单，交给萧队长。他说：

"地分完了。谁劈了啥地，都写在上面。"

"好快。"萧队长说，看了看杨老疙疸的分头，又仔细地看着名单，他皱起两撇眉毛说道：

"你这是给我报账，哪像劈地？这单子是你自己写的吗？"

"跟煎饼铺里掌柜的张富英两人参考着写的。"杨老疙疸说。

"你识字吗？"萧队长问。

"识半拉字。"杨老疙疸说。

萧队长又看了看名单，从那上面挑出一条来："张景祥，四口人，在早无地，无马，劈得粮户老韩家南门外平川地二垧。"

"去叫张景祥来。"萧队长对杨老疙疸说。

"对。"杨老疙疸应声走了。在半道，他一边走一边想："这回完蛋了，出了事了。"却不敢不去叫张景祥。见了张景祥，他说：

"小兄弟，到萧队长跟前，可要好好谢谢工作队给咱们放地，别说没插橛子呀。"

"老杨哥放心，一定谢谢工作队。"年轻的张景祥说着，跑去见了萧队长。他行一个礼，真照老杨的话说了，因为老杨是他老屯邻，又是分地委员，他信服他。

"谢谢工作队长放地，咱家里祖祖辈辈没有一垄地。这回可好了，有二垧地了。"

"你地好不好？"

"没比，九条垄一垧的好地，又平又近，在早没马的小户，租也租不到手，慢说放呢。"

"你地在哪儿？离屯子多远？"萧队长问。

"不远逗，动身就到。"张景祥说。

"到底在哪儿呢？是谁家的地？"萧队长又追问一句。

"在北门外黄泥河子河沿，是老杜家的地。"

萧队长使劲忍住笑，从衣兜里拿出一张白报纸条子，高声念道：

"张景祥，劈得粮户老韩家南门外平川地二垧。"

屋里的人都哗哗地大笑起来，张景祥心里慌了，但一看到萧队长也笑，并不怪他，他放心了，连忙说道：

"这不能怨我，都是老杨哥干的。他说：'张家兄弟，到萧队长面前，可要好好谢谢工作队长给咱们放地，别说没插橛子呀。'老杨哥，老杨哥。"他叫唤着。

"他早不在了。"老万回答他。

106

"好老杨哥,你要脱靴走干道,也没关系,萧队长,你处理我吧,罚我啥罪我都领。"

"你回去吧,没有你的事。你们这一组的地得重新分过。老万你去把这情形告诉赵主任,叫他自己经管经管这个组。"萧队长说完,把单子放下,问一个刚进来的花白头发的老头子说道:

"你老人家有啥事?"

"都说工作队快要走了,我来瞧瞧队长的。"老头子说。

"你听谁说的?"

"屯子里人都说。"

"老大爷,你告诉大伙,工作队不会走,八路军也不会蹽。工作队要把这屯子的反动派整垮了再走,大伙安心吧。"老头子走了。这时候,赵玉林来了,他对萧队长说:

"杨老疙疸的那组没插橛子,是假分地。农会开了会,不叫他当分地委员,他哭了。他说他知过必改,这事咋整?"

萧队长问:

"大伙意见怎么样?"

大伙说:

"老杨也是个庄稼底子,饶他这一回,看他往后能不能改过。"

"就这么的吧,你要教育教育他。你自己哩? 要地没有?"萧队长问。

"我? 我不要,人家还敢要?"

萧队长笑着问他:

"不怕'中央军'来拉你的脖子?"

"还不知道谁拉谁的脖子呢!"赵玉林把枪把在地板上轻轻顿一下,"有这玩意儿,慢说他'种殃军',他洋爸爸美国鬼子来,也叫他有来无回。"

萧队长问:

"你还有事吗?"

赵玉林说:

"没有。"

"咱们到外头溜达溜达，"萧队长说，"老万你留在家里吧。"

他们走出学校门，在道旁的树底下走着，太阳透过榆树的密密层层的叶子，把阳光的圆影照射在地上。夏末秋初的南风刮来了新的麦子的香气和蒿草的气息。北满的夏末秋初是漂亮的季节，这是全年最好的日子。天气不凉，也不顶热，地里还有些青色，人也不太忙。赵玉林肩上挂着枪，跟萧队长肩并肩地慢慢走。一会他走近道旁，钻进矮树丛子里，摘了几颗深红颜色的小野果，嗑一颗在嘴，他说：

"山里红，割地的时候正好吃。"

萧队长也吃了一颗，这玩意儿微微有点酸。他一面走，一面听赵玉林闲唠：

"山葡萄比这还酸呢，在伪满，那玩意儿也得交出荷。"

一群白鹅和灰鹅在道旁水濠边待着，看见他们来，伸着脖子，嘎嘎地叫嚷，大摇大摆的，并不惊走，一片湿漉漉的青柳叶，沾在一只雄鹅的通红的嘴壳上，它甩也甩不掉它。井台上有人在饮马。那饮马的人招呼老赵说："出来溜达呀，赵主任？"一面说，一面转动井上的辘轳把。赵玉林笑着点头回答他：

"嗯哪。"

他们往前走，家雀在柳树梢上，脚爪踏得柔软的枝条轻微地摇摆，白杨树后的青空里，飘起了晌午饭的灰色的烟云。屯子的各处，雄鸡在叫。一挂三马车，嘎啦嘎啦地朝他们驶来，车上装满了老稗草和西蔓谷，还有几个装得鼓鼓的麻袋。

"尝尝青苞米。"车上戴草帽的青年庄稼人喝住了马，向他俩招呼，他解开麻袋，拿出十来多穗青苞米，送给他们。趁着车停时，车后跟着的马驹子，连忙赶上来，把嘴伸到老骒马的肚子下面，用嘴巴使劲顶奶。

他们往前走，车道两旁，家家的园子里好多黄灿灿的向日葵，夹杂在绿色的豆角架子的中间，他俩走进一家人家的园子里，并排坐在柴火堆子上。赵玉林卷着烟卷。在这里,萧队长最初跟他说起了入党的事情,谈了好半天。

赵玉林回去以后,一夜没有合上眼,心里说不出的快乐。他感觉他是共产党员了。他在炕上翻来覆去睡不着,他屋里的醒来问道:

"你寻思啥呀?老睡不着?"

他不吱声,第二天,天还没有亮,星星满天,露水满地的时候,赵玉林跳下地来,背起钢枪,上工作队去了。就在这一个早晨,赵玉林写了入党申请书。不久,他又填了表。赵玉林,一个穷困的庄稼人,成了中国共产党的光荣的候补党员了。候补期是三个月,在"介绍人的意见"一栏里,萧祥写着下边三句话:

贫农成分,诚实干练,为工农解放事业抱有牺牲一切的决心。

郭全海、李常有和白玉山也都先后分别填了入党表。

十五

时局稳定了。人民军队遵照毛主席的战略,把蒋匪的美械军队打得大败了,打得他们在东北抬不起头来。胜利的消息传到了乡村,群众运动轰开了。

谣言消散了,地主恶霸跟他们的狗腿子们的脑瓜子又缩进了他们的阴暗狭窄的甲壳里,顶多只能用他们贼溜溜的眼睛,在背地里仇视穷哥们的活动,想用中伤、谣言、挑拨、黑枪、暗箭来陷害这些人们。工作队和农工会,黑天白日,川流不息地有人来看望。唠嗑会也都恢复了。斗争韩老六时,悄悄溜号的刘德山也从山边的小窝棚里,回到家来了。老孙赶着老杜家的大车,常对人们说:"工作队长是我接来的。"

杨老疙疸也积极起来了,把地分好,又去领导一个唠嗑会。萧队长、小王和刘胜,经常出席唠嗑会,给人们报告时事,用启发方式说明穷人翻身的道理,用故事形式说起毛主席、共产党、八路军和抗日联军的历史和功绩。刘胜教给他们好些个新歌,人们唱着毛主席,唱着八路军,唱着《白毛女》,唱着《没有共产党就没有新中国》。大伙说:"这下思想化开了,心里就像开两扇窗户似的,亮堂堂的了。"

赵、郭、李、白也照样地忙着。

有一天半夜,大白月亮没有落,郭全海和李常有从唠嗑会出来,从韩家大院的门口经过。院里似乎有灯光,他们好奇地站住,在墙外待着。不大一会,院子里有脚步声音,接着有人在说话。

"小猪倌这家伙是一个祸根。"分明是韩老六的声音。

"是呀,得赶快把他送走。"另一个人说,是韩长脖子的声音。

"这会不方便。"韩老六又说,"姓杨的那面你去张罗,得机灵一点。"两个人喊喊喳喳谈了一会,一点也听不清楚。

"就这么的吧,"最后,韩老六说,"你要不能来,叫你小嘎来好了。"大门上的小门响动了,郭全海和李常有赶紧闪进树荫里,转入岔道。走在半道,郭全海说:

"小猪倌不是吴家富吗?"

"可不是? 他娘给韩老六霸占,往后又给卖到双城的窑子里,这事你忘了?"李大个子说。

"又是一笔债,咱们倒忘了。回头找他来参加唠嗑会。"

郭全海说:"他们说的姓杨的是谁,杨老疙疸吗?"

他俩心里有事,都不回家,先到工作队。白玉山和赵玉林也在。李大个子把所见所闻,详细告诉萧队长。萧队长问:

"你们说老杨的人品咋样?"

李大个子说:"人是个穷人,卖过破烂,就是好贪些小利。"

萧队长又问:

"他跟韩家有什么来往吗?"

李大个子说:

"那倒还没有。"

郭全海添了一句:

"韩老六还打过他一棒子。"

赵玉林说：

"日本鬼子要亚麻,韩老六亲自提着大棒子,上各家去催,谁不拔亚麻,睡早了,就得挨他揍。"

白玉山说：

"挨过他揍的可老了。"

"你怕不只挨一回。"郭全海笑着说,记起了他以前的好睡的毛病。

"嗯哪,有两三回。"知道郭全海在取笑他以前好睡的毛病,把他挨揍的回数少说了一些。

郭全海说：

"听大嫂子说,顶少有七八回。"

"听她瞎扯!"白玉山说。

人们在闲唠的时候,萧队长在想杨老疙疸的问题,想了好久,才说：

"杨老疙疸是庄稼底子,觉悟不高,应该教育,大伙选了他当分地委员,现在又要随便撤消他,怕不太好,你们多跟他谈谈,往后再说。"

当晚都散了。

杨老疙疸好贪小利的性格,还是没有改。遇事他又好"独裁",不跟赵玉林和郭全海合计。他识半拉字,赵、郭不识字,他瞧不起他们,常说：

"小郭那小子,算啥玩意儿呀?"

他当了分地委员以后,屯子里的一些坏根都溜他的须,请他吃馅饼、饺子,叫他办点事,他满口答应。

"老杨哥,我有一件事,你能办吗?"

杨老疙疸说：

"大小事我都能办,大事办小,小事办了。"

"老杨哥,我有一件事,求你上工作队说说。"

"行，萧队长听我的话。"但他不大去找萧队长，因为他怕他。

有一天下晚，他从唠嗑会回到煎饼铺。掌柜的告诉他说，韩长脖的小孩来找他，要他到他们家里走走。杨老疙疸知道韩长脖是个什么人，但是他寻思，不去一下，抹不开情面。到了那里，韩长脖说："六爷请你去吃饭。"杨老疙疸想：去呢，犯了农会的章程，不去吧，又抹不开。他左思右想，琢磨了一阵，还是去了。

听到狗咬，身穿夹衣，满脸笑容的韩老六迎出外屋，请杨老疙疸上东屋。顶棚上挂着一盏大吊灯，屋里通亮，宽大的炕上铺着凉席。炕梢的炕琴上摞着好几床被子，有深红团花绸面的，有水红小花绸面的，还有三镶被。覆被毡子上，绣着五彩松鹤和梅花，也绣着"松鹤延年""梅开五福"的字样。南炕的对面是描着金凤的红漆躺箱，是高大的玻璃柜，还有一面大穿衣镜，这一切都擦得亮亮堂堂的。

韩老六请老杨坐。老杨不敢坐炕沿，他直着腰，坐在一条朱漆凳子上。韩老六从炕桌上拿起一盒烟卷来，请老杨吸烟。

在唠嗑会上，杨老疙疸随帮唱影，也说了一些韩老六的罪恶，那时也真有点怀恨他，现在都忘了。他看到早先威威势势的韩老六，现在和他平起平坐了，觉得这也就够了。坏人也能变好的。韩老六开口，竟不叫杨老疙疸，叫他主任了：

"杨主任，今个打了个狍子……"

杨老疙疸忙说：

"我不是主任，六爷别这样叫我。"

"哦，你还不是主任？"韩老六故作惊讶地说，又叹一口气，"我寻思你准是主任了，你哪一点不比他们强！"说到这儿，他不往下说，高声地冲伙房叫唤，"菜好了没有？"

大司务进来，把炕桌摆在南炕上，又一起一起地把酱碟、醋瓶、酒樽、勺子和筷子，安放在炕桌上，又搬来四个冷菜的瓷盘。

"请吧，没啥好菜，酒得多喝一樽。好在杨主任不是外人。请吧。"

韩老六邀杨老疙疸入席，举起酒樽，故意再叫一声主任。两个人坐在炕桌边，一面喝着，一面唠嗑。大司务一碗一碗把菜送上来，空碗空碟收拾去。过了一会又送上一盘子馅饼，还有蘑菇、鹅蛋、鲫瓜子和狍子肉。韩老六殷勤地劝酒，嚷得热乎乎，三二樽高粱，就把杨老疙疸灌得手脚飘飘，不知铁锹有几个齿了。

"要我是工作队长，早叫你当上主任了，小郭那小子，比你可差金子银子的成色呀，你俩都是这门楼里出去的，我还不知道？"

杨老疙疸不吱声，把头低下来，又喝了一樽。韩老六不再说下去，只是劝他喝酒和吃菜。

"尝尝这狍子肉，"韩老六用筷子点点盛狍子肉的瓷盘子说，"我知道主任口重，叫他们多放了点盐。贞儿，"他对里屋叫唤，"你出来一下。"

通里屋的门上的白布门帘掀开了，韩老六的姑娘韩爱贞走了出来。她穿一件轻飘飘的白地红花绸衫子，白净绸裤子。领扣没有扣，露出那紧紧地裹着她的胖胖的身子的红里衣，更显得漂亮。她瞟杨老疙疸一眼，就坐在炕沿，提起酒壶来斟酒。从她的衣袖里，头发上，冒出一股香气来，冲着杨老疙疸的鼻子。他的两手不知放在哪。他慌慌张张地，端起酒樽来，酒洒出来，洒在炕桌上、凉席上和他的衣襟上。

"老杨哥，多喝一樽，我到西屋有一点小事，就来。"韩老六说着，起身往西屋去了。

韩老六的大老婆子迎着韩老六大声地说：

"看你把贞儿糟蹋成啥样？"

"别吱声，你知道啥？"

在东屋，韩爱贞又给老杨斟樽酒。杨老疙疸不敢看她脸。眼睛光在她手上转动，她的手胖，两手背都有五个梅花坑。

"杨主任，再喝一樽，这酒是我爹喝的好酒。"

"老杨你在这呀，叫我好找！"玻璃窗户的外面，出现一个人的脸。这是杨老疙疸领导的唠嗑会里的张景祥。他站在屋里透射出去的灯光里,望着里面,正看见韩爱贞敬老杨的酒,把他气坏了,就在外面放开嗓门说:"你倒挺自在,在喝酒哩。喝吧,喝吧,我去告诉他们去。"说着,他从窗户跟前走开了。

杨老疙疸放下酒樽,跳下地来,往外跑去。他又急又气,赶上张景祥,跟他干仗了。

杨老疙疸怒气冲冲问:

"谁说我在这?"

"大伙都来了,等你开会,左等不来,右等不来,有人叫我上煎饼铺去找。我到那里,掌柜的说,你上韩长脖家去了。又找到那,韩长脖说,你上这来了。你好快乐,还唯我呢,回头告诉大伙,说你跟韩老六姑娘喝酒干啥的。"张景祥一边走,一边说。

老杨和软地说:

"好兄弟,别说吧,我个人去抠个人的根,我这回错了。"

张景祥看他认了错,又是农会的委员,没有再提这件事,也没有告诉大伙。杨老疙疸当天下晚说他自己脑瓜痛,不能开会,叫大伙散了。也在那一天下晚,他上工作队,说在"满洲国",张景祥在外屯给日本子扛活,心眼向着日本子,是个汉奸,"农工会能要这样会员吗?"末尾,他问。

萧队长说:

"这事得调查一下。"

第二天,老杨又说:

"'八·一五'日本子跑时,张景祥去捡洋捞,捡了一棵九九枪,插起来了。"

这事情,谁也不敢说有,不能说无,大伙只好同意杨老疙疸的意见,暂时停止张景祥的农会的会籍。

韩老六二次请杨老疙疸赴席,是在头回请客以后三天的一个下晚。

韩老六陪他喝酒,闲唠,一直到半夜。杨老疙疸酒上了脸,眼睛老是望着里屋门,韩老六知道他的心事,只是不吱声。

"六爷,都睡了么?"杨老疙疸问。

"谁?"韩老六存心装不懂。

杨老疙疸也说假话:

"太太。"

一个装糊涂,一个说假话,彼此都明白,彼此都不笑。

"她么? 身板不好,怕也睡了。"韩老六的话里捎带一个"也"字。

杨老疙疸起身告辞。

"杨主任,别忙走,还有点事。"韩老六说着,走进里屋,一会走出来,对杨老疙疸说:

"头回杨主任在这,贞儿看见你穿的小衫裤子都破了,不像样子,她想给你做一套新衣,给你量一量尺寸。她说:'翻身,翻身,翻了一身破衫裤,这像啥话?'她又说:'赵玉林、郭全海那一帮子人都是些啥玩意儿呀? 杨主任他也跟他们混在一堆,珍珠掺着绿豆卖,一样价钱也抱屈,慢说还压在他们底下。要我是,哼……'我骂她:'你说的是一派小孩子话。'"

杨老疙疸还是不吱声。

韩老六邀他:

"到里屋坐吧。"

杨老疙疸跟着韩老六,掀开白布门帘子,走进里屋。大吊灯下,他头一眼看见的,不是摆在炕桌上的酒菜,不是屋里的五光十色的家具,不是挂在糊着花纸的墙壁上的字画,不是遮盖玻璃窗户的粉红绸子的窗帘,不是炕上的围屏,不是门上的仰脸①,而是坐在炕桌子边的一个人。在灯光里,她穿着一件蝉翼一般单薄的白绸衫,下面穿一条青绸裤子。杨老疙疸正在那里出神,韩老六含笑邀他炕上坐,自己又借故走了。

韩爱贞敬了杨老疙疸一樽酒,自己也喝着。酒过三巡,韩爱贞

_____

① 斜挂在门楣上的大镜子。

醉了,连声叫道:

"哎呀,可热死我了。"

说着,她扭身伸手到窗台,拿起一柄折扇,递给老杨;自己绕过炕桌来,坐到老杨的身旁,要求他道:

"给我扇扇。"

杨老疙疸慌里慌张打开扇子,给她扇风,用力过猛,哗啦一下把扇骨折断了两根,韩爱贞哈哈大笑,手撑着腰,叫道:"哎呀,妈呀,笑死我了。"老杨冷丁地丢了扇子,用一个猛然的、粗鲁的动作,去靠近她。她轻巧地闪开,停住笑,脸搭拉下来:

"干啥? 你疯了,还是咋的?"

杨老疙疸不顾她叫唤,拉住她胳膊。她尖声叫道:

"妈呀,快救命,杀人了。"

她一面叫唤,一面号啕大哭了。这时候,哗啦一声,门给冲开了,首先冲进来的是韩老六的大老婆子和小老婆子。

大老婆子问:

"怎么了?"

小老婆子嚷:

"什么事?"

杨老疙疸慌忙放开手,韩爱贞仰脸摔倒了。她的肥厚的脊梁压着炕桌的一头。炕桌压翻了。桌子上的盆盆碗碗、杯杯碟碟、汤汤水水、酒壶酒樽、清酱大酱、辣酱面酱、葱丝姜丝、饺子面片、醋熘白菜、糖醋鲫鱼、红烧狍肉,稀里哗啦的,全打翻了,流满一炕,泼满一地,两个人的脸上、手上、腿上和衣上,都沾满了菜汤酒醋、大酱辣酱,真是又咸又热,又甜又酸,又香又辣,味儿是十分复杂的。韩老六的两个老婆子也分沾了一些。

这时候,里屋外屋,黑鸦鸦地,站满了人。韩家大院的男男女女,老老少少,都进来了。在稀里哗啦的骚扰中,韩爱贞爬了起来,翻身下地,扑到她娘的怀里,撒娇撒赖地哭唤,但没有眼泪,她没有来得及穿鞋,两只光脚丫子在地板上擂鼓似的尽蹬着。

"妈呀!"她叫了一声,又哭起来。

杨老疙疸跳下炕来,愣住了一会,转身往外跑,门口堵住了,他逃不出去。

"往哪儿跑?"韩老六的大老婆子把她姑娘扶到小老婆子怀里,自己扑到杨老疙疸身上,扯他的头发,抓他的脸庞,撕他的衣裳。她一面撕扯,一面骂道:

"你把人家的姑娘糟蹋了! 你深更半夜,闯进人家,强奸人家的黄花幼女,你长着个人样子,肚子里安的是狗下水。她才十九岁,一朵花才开,叫你糟蹋得嫁不出去了。"她替她姑娘瞒了五岁。

"你这摊枪子死的。"

"啊啊,喔喔,妈呀。"在撕和扑和骂的纷乱当中,韩爱贞干哭着,叫着她娘。

"你这挨刀的。"小老婆子也骂着。

三个女人正在闹得不可开交的时候,门里门外,人们纷纷地闪向两旁。韩老六来了,后面跟着李青山。他女儿立即扑到他身上,缠着他叫:"爹呀!"她又哭起来。

"你这摊枪子死的。"大老婆子唤着,用右手指头戳着杨老疙疸的左脸。

小老婆子叫着,用左手指头戳着杨老疙疸的右脸,骂道:

"你这挨刀的。"

"呵呵,喔喔,爹呀,我的脸往哪儿搁呀?"韩爱贞抽抽搭搭地哭着,却没有眼泪。

韩老六故作惊讶地唤一声:"哦!"好像愣住了似的。

四个人就像胡琴、笛子、喇叭、箫似的,吹吹打打,配合得绝妙。闹了一会,韩老六才慢慢地向杨老疙疸说道:

"我把你当人,请你到家来吃饭,你人面兽心,强奸民女。你犯了国法,知道吗?"说到这儿,他把眼睛一横,叫道:"李青山!"

"有。"李青山答应着,从他背后转出来。

"把他绑起来,送到工作队,工作队不收,往街里送,街里不收,往县里送。这还了得,翻了天了。"韩老六说罢,到外屋去了。

李青山和大司务两人,七手八脚地,用麻绳把杨老疙疸捆绑起来,把他从人堆里推到外屋。韩老六端端正正地坐在南炕的炕沿,这就是他两次陪杨老疙疸喝酒的那一铺南炕,现在杨老疙疸站在炕沿边受审:

"你个人说,强奸民女,该怎么处理?"韩老六举起他在伪满用惯了的大棒子,在杨老疙疸的眼前晃一晃。

杨老疙疸不吱声。

李青山在背后催他:

"说呀,谁把你嘴锁住了?"

"是我错了。"杨老疙疸说,"我喝多了一点。"说到这儿,韩老六打断他的话,对他家里人说道:

"你们都去睡,"他又对他的两个老婆子说道,"你们也走。"然后,他对韩爱贞说:"你也去歇歇,天不早了,不必伤心,爹给你出气。好,你先走吧。"

人都出去了,韩老六对李青山说:

"去拿纸笔,把他自己说的话,全记下来。"

李青山从里屋拿出纸笔墨砚。他磨好墨。韩老六伏在炕桌上写着。

"写好了,念给他听。"韩老六一边说一边写,写好后念道:

"我杨福元,半夜闯进民户韩凤岐家中,遇见民女韩爱贞,实行威迫强奸,女方不愿,我即将其压迫在炕上亲嘴,是实。"

杨老疙疸辩解道:

"我没有亲嘴,没有……"

"你敢说没有?"韩大棒子说,他抢起棒子,杨老疙疸就不否认了。

韩老六又问:

"你愿文了呢,还是武了?"

杨老疙疸反问道:

"文了咋办？武了咋样？"

"要文了，在这文书上捺个手印。"

杨老疙疸说：

"文了。"他在纸上按了一个手印。韩老六叠起这张纸，揣进衣兜里，对李青山说：

"放开他，好。你们睡去。"李青山和大司务走了。韩家大院的屋里院外，都静悄悄的，光听见人的鼾息和马嚼草料的声音，此外是一两声鹅叫。

韩老六抽着烟卷，慢慢地说：

"咱们是一条船上的人了。"说着，他停了一下，看看杨老疙疸的脸色，"听到风声了吗？"

杨老疙疸说：

"没听见啥。"

"哈尔滨的八路军，一车一车往东开，说是到国境去呀，我早说过'长不了的，'如今应了我的话了吧？'中央军'头八月节不来，过节准来。"

杨老疙疸说：

"'中央军'怕不能来了。"

"谁说的？你别听他们胡说。我们少的来信说……"韩老六明知蒋介石败了，只好这么说一句。

杨老疙疸问：

"来信说啥？"

韩老六威胁道：

"来信说：'谁要分了咱们房子地，就要谁的脑瓜子。'"韩老六又看他一眼，看着杨老疙疸腿脚有一些哆嗦。他又添上一句："你不必怕，咱们一东一伙，这么些年头，还能不照顾？往后别跟工作队胡混，别看他们那个熊样子，我看他姓萧的算是手里捧着个刺猬，撂也撂不下，扔也扔不掉。他斗我，看他能斗下，这不是斗了三茬了？再来三茬，我姓韩的日子也比你们过得强，不信，你瞧吧。"

听见鸡叫了，韩老六又改变态度，凑近一些，悄声地说："你帮我作一些个事，将来我可帮你的忙。他们这些天，下晚尽开会，谁谁都说一些什么，你都告诉我，你有啥困难，上我这儿来。待一些天，贞儿给你做一套新衣，要青大布的吗？我这有现成的布料。我家贞儿不是长养在家里当姑娘的，总得许人，现在她不乐意你，往后慢慢说开她的脑瓜子，就能妥了。"

"六爷这么照顾我，"杨老疙疸说，想起了韩老六的女儿的胖手，"往后叫我爬高山，过大河，我都乐意。"

韩老六说："好吧，你先回去，快亮天了。往后有事，你跟韩长脖说说就行。"

十六

用威迫、利诱、酸甜苦辣的种种办法，韩老六收了卖破烂、留分头的杨老疙疸做他的腿子，想通过他，来打听农会跟工作队内部的消息。但是他没有成功，杨老疙疸二进韩家大院去，跟韩老六的姑娘喝酒和干仗，韩老六一口一个主任的事，农会也都知道了。农会开了一个会，撤消了杨老疙疸的分地委员，会员也不要他当了。在这同时，农会查明了张景祥确实没有枪，是杨老疙疸造谣诬陷，大伙同意恢复张景祥的会籍，并叫他去领导杨老疙疸所领导的唠嗑会。

工作队同意农会的决定，但又认为张景祥看见杨老疙疸头回上韩家大院去喝酒，不向农会汇报的这点，应该批评。

大伙纷纷议论着杨老疙疸。赵玉林说："吃里扒外的家伙，光是从农会开除，真便宜他了。"郭全海说："瞅着他都叫人恶心。"李常有说："真是没骨气的埋汰货。"白玉山说："倒腾破烂，倒腾起破鞋来了。"大伙都笑了。

老孙头在半道遇见杨老疙疸时，就满脸带笑地说道："杨主任上哪儿去呀？"一转过身，老孙头就指指杨老疙疸的背，悄悄地说："瞅瞅那腿子主任。"

两面光刘德山也说：

"老杨真是，想喝日本子森田大郎的洗脚水，要我真不干。"

杨老疙疸在元茂屯站不住脚，蹽到外屯收买猫皮去了。人们不久忘了他，就像他死了似的。

韩老六十分苦恼。白胡子、韩长脖和李振江早不顶事。费尽心机收买的杨老疙疸，又完蛋了。屯子里老是开会，这些小会都讨论些啥呢？还在算计他吗？他不摸底。下晚他老睡不着，常常起来，靠着窗户，瞅着空空荡荡的大院套，听着牲口嚼草的声音。

"中央军"是过不来的了。他翻来覆去，寻思这件事，第二次叫家里人把细软埋藏了一些。到下晚，韩家大院的围墙脚下，柴火堆边，常常发出镐头碰击石头的声响。

韩家的马，蹄子上包了棉花和破布，驮着东西，由李青山和别的人赶到外屯去。但是这事也被农会发觉了。往后，白玉山派了两个自卫队，拿着新打的扎枪，白天和下晚，在韩家大院的周围放流动哨。韩老六家的马匹和浮物，再也不能倒腾出去了。

韩老六想，家里的事，农会咋能知道呢？他想不透。他不明白，农会已经成了广大的群众性的团体，他和他的腿子都给群众监视了。

他家里的猪倌吴家富，只有十三岁。不久以前，郭全海和李常有听到韩长脖和韩老六悄悄谈起过这个小猪倌。一天，吴家富手里拿着一条比他长一倍的鞭子，赶着一群猪，从南门外回来，迎头碰到郭全海，两个就谈唠起来，郭全海要他下晚参加唠嗑会。

当天下晚，韩家大院的人都睡了的时候，吴家富悄悄从炕上起来，走出下屋，打开大门上的那一扇小门，到郭全海的小组上去参加唠嗑会去了。在会上，小猪倌倒着苦水，说起大伙也都知道的他的家史。他爹死后，娘被韩老六霸占，不到一年，被卖到双城的一家窑子。他呢，给韩老六放了四年大猪，还是走不出韩家的大门。头年他要走，韩老六对他说道："你不能走，你爹的棺材钱还没还清哩。父债子还，再放五年猪，不大离了。"

说到这儿，小猪倌两眼掉泪，摇晃郭全海的胳膊说：

"郭大哥，救救我……"

郭全海说：

"放心吧，往后大伙不能再看你受苦了。"

从此，小猪倌天天下晚溜出来开会。杨老疙疸到韩家喝酒，韩家埋藏和倒腾浮物，小猪倌都瞅在眼里，下晚报告了大伙。自从参加唠嗑会，小猪倌的瘦脸上也露出了笑容。

在韩家四年，小猪倌是从不知道快乐的。因为生活苦，十三岁看去好像十岁的样子，瘦得不成孩子样了。白天他一个人放二十个大猪，还有好些猪羔子。下晚回来，吃冷饭剩菜，天天如此，年年一样。他和别的劳金住在西下屋。那是一间放草料的杂屋，隔壁是猪圈，粪的臭气，尿的臊气，实在难闻，又招蚊子，常常咬得通夜睡不着。十冬腊月没盖的，冻得整宿直哆嗦，韩家的人除了骂他，就没有人跟他说过话，李青山也常常揍他。他到唠嗑会里倒苦水，一边说，一边哭，引得好些小孩妇女，也陪他掉泪。

屯子里兴起唠嗑会的十来多天以后一天的下晚，半夜过后，韩老六心里不安，睡不着觉，爬了起来，到院子里走动。三星晌午了，远处有狗咬，接着又有好多脚步声。韩家的狗也咬起来，有人走近了。韩老六赶紧站在西下屋的房檐下，望着门口，大门上的那扇小门开开了，进来一个人，回身把小门插上。星光底下，清清楚楚地看见这是猪倌吴家富。韩老六从房檐下跳出，一把抓住小猪倌的胳膊，叫唤道：

"李青山，李青山，有贼了！"

李青山从东下屋出来，手里提一根棒子。他们把小猪倌拉到东屋里，韩老六坐在炕上，气喘吁吁地问道：

"你上哪儿去了？"

"你管不着。"吴家富脱口说出，自己也奇怪完全不怕了。

"哦，你也抖起来了。"李青山说。这个平常揍他的揍也不敢吱声的小猪倌，现在，在韩老六跟前，竟敢牙硬嘴强地说管不着他了。

他抡起棒子来骂道："六爷管不着你,这棒子可能管你!"说着,棒子就落下来,打在低头躲闪的小猪倌的脊梁上。

"先别打,"韩老六使劲忍住心里的火气,叫道,"叫他说,他们开会尽唠些啥嗑?说了就没事。"

小猪倌仰起脸来说:

"我不说,打死也不说!"

韩老六气得脸红脖粗地嚷道:

"好哇,你翻身翻到我跟前来了。我教你翻身。李青山,剥下他衣裳,我去拿马鞭子来。"

吴家富被按在地上的时候,尖声高叫道:

"救命呀,韩老六杀人了。"

李青山慌忙拿起炕桌上的一块抹布,塞在他嘴里。正是将近亮天的时候,屋里院外,静悄悄的,小猪倌的喊声,从窗户透过院墙,传到了自卫队的两个流动哨兵的耳朵里。他们中间的一个吹起口溜子,在公路上,一边跑,一边叫嚷:"韩家大院杀人呐。"另一个径向韩家大院的大门口奔来。

小猪倌吴家富趴在地板上,衣裳剥掉了。韩老六用脚踩着他,心里寻思:"鞋湿了,蹬吧。"他抡起马鞭子来说:

"咱们一不做,二不休,揍死你也不怕啥。"

马鞭子抽在吴家富的脊梁上、光腔上,拉出一条一条的血沟。李青山也用木棒子在他头上、身上和脚上乱打,血花飞溅在韩老六的白绸裤子上。不大一会,吴家富没有声息了,昏迷过去了,韩老六咬着牙说道:

"李青山,快到马圈挖个坑,他翻身,叫他翻个脸挨地,永世爬不起。"

李青山跑到院子里去了。外边有人在捶门,越捶越紧,人声也越来越多,越来越近了。狗在当院咬。东边院墙上,有人爬上来了。李青山冲上屋叫道:

"六爷,快跑!"自己就一溜烟往后院跑去,又忙回头,从东边屋角拖过一张梯子来,架在后墙上。他爬上墙头,连跌带滚,跳进院墙外面水濠里,又忙爬起来,穿过榆树丛子,钻进一家菜园子里,踏着瓜蔓和豆苗,从柳树障子的空隙里,跑往韩长脖家里去了。

整个屯子,都轰动了。啼明鸡叫着。东南天上露出了一片火烧似的红云。大伙从草屋里,从公路上,从园子里,从柴火堆后面,从麦垛子旁边,从四面八方,朝着韩家大院奔来。他们有的拿着镐头,有的提着斧子,有的抢起掏火棒,有的空着手出来,在人家的柴火堆子上,临时抽出根榆木棒子,椴树条子,提在手里。光脊梁的男子,光腔的小嘎,光脚丫子的老娘们,穿着露肉的大布衫子的老太太,从各个角落,各条道上,呼啦呼啦地涌到公路上,汇成一股汹涌的人群的巨流,太阳从背后照去,照映着一些灰黑色的破毡帽,和剃得溜光的头顶,好像是大河里的汹涌的波浪似的往前边涌去。

跑在头里的,是赵玉林和白玉山。他们带领新成立的自卫队,手里拿着新打的扎枪。大伙冲到韩家大门口,黑色大门擂不开,就都跑到大院东边的墙外。他们仰望着二丈来高的砖墙,没有法子爬上去。赵玉林把手里的钢枪递给白玉山,跟一个自卫队员,到跟前人家去找梯子去了。

不大一会,他们从一家院里扛来一根大松木,靠在墙头上。赵玉林从松木上爬上墙头,飞身跳进院子里,四只大狗咬着冲他奔过来。他背靠着墙,蹲在地上,顺手拾起一块尖石头,看准一只甩出去,打在狗的脑瓜上。它痛得汪汪地叫着跑开了。其余三只也都不敢再上前。赵玉林从墙头跳下来时,腿脚碰伤了。他一跛一跛地跑到大门口,抽开门杠,敞开大门。外边的人,连萧队长、小王、刘胜的警卫班在内,潮水似的闯进大院来。

赵玉林从白玉山手里,收回大枪,上好刺刀。他端着枪,朝上屋冲去,后面跟着郭全海、白玉山和自卫队。雪亮的刺刀和扎枪的红缨,在早晨的太阳光里,闪着晃眼的光亮。白玉山带着自卫队,把韩老六的上屋团团围住了。赵玉林和郭全海冲进东屋的外屋,炕沿背阴处的地上躺着一个人,差点把他们绊倒。这是猪倌吴家富。赵玉林蹲下身子,用手去扶他,触到了鲜红的热乎乎的血,使他吃一惊。从小猪倌的背上、腔上流出的鲜血,淌在地上。他连忙伸手摸摸他的胸口说道:"还活着,来,来,把他先扶到炕上,老白,快去绑担架。"

郭全海和赵玉林,把小猪倌抬上南炕,两人的手都沾满了血。红血变乌了。屋外的人纷纷跑进来,一看这情形,都愣住了。萧队长挤到人堆里,叫喊道:

"快抓凶手去,别叫他跑了。"

一句话提醒了赵玉林和郭全海,他们连忙挤出去,带领几个自卫队,冲进里屋,韩家娘们跟小孩,都坐在炕上,有的站在玻璃柜子的旁边。男女大小,都用愤恨的眼睛瞅着他们走进来。

"韩老六呢?"赵玉林问。

"不在屋。"韩老六的大老婆子简短地回答。

"带了绑人绳子吗?"赵玉林忙问。

"没有。"自卫队回答。

"快找去,把他们一个个都捆起来。"赵玉林说完,同郭全海搜索里屋一切能够藏人的角落,打开躺箱、柜子和灯匣子。躺箱里装满布匹衣裳,他们也无心细看,急着要找人。角角落落找遍了,看不见韩老六的影子。

"你待在这儿。"赵玉林告诉郭全海,"叫她们说,韩老六上哪儿去了?不说只管揍,整出事来我承当。我上西屋去找去。"说完他走了。

自卫队找来了绳子,郭全海上去拴韩老六的枣核似的大婆子。她干哭着说:"郭家兄弟,姑息姑息咱们吧。"

郭全海说:

"这会子你会装了!"

随即,他叫一个自卫队上前,帮他绑好大枣核,又来绑那小婆子,这女人冷丁地昏迷过去,倒在地板上,韩家大小都叫嚷起来:

"哎呀,出了人命了。"

　　韩爱贞也哭起来,但没有眼泪。自卫队一时都慌了手脚,郭全海也着了忙了。这时候,老孙头来了,看了这情形,骂道:"你装蒜!还不起来? 揍你,揍死你,少一个坏蛋,来,大伙都闪开,棒子抡上了。"

　　老孙头手里的榆木棒子,其实还没有举起,小老婆子慌忙睁开眼睛,站立起来,跪着告饶道:

　　"别揍呀,我起来了。"

　　"快说,耍的啥花招?"老孙头问。

　　"闹病呀,有啥花招呢?"大老婆子说。

　　"真是闹病,是妇道病。"韩爱贞代替她说道。

　　"揍死你。"老孙头这回真的抡起棒子,大叫一声。

　　"哎呀,哎呀,快别打我,我说,我说,大叔。"小老婆子说。

　　她一面叫唤,一面用手遮住头。

　　"谁是你大叔? 做你大叔该倒霉了,快说。"老孙头一面催她,一面把棒子扔了。

　　"我吃了点麻药,吃多了一点。"小老婆子说。

　　"一下就猜透你了,我老孙今年平五十,过年五十一,走南闯北的,你当我还猜不透你们坏蛋的花招?"老孙头哈哈大笑说。

　　"韩老六上哪儿去了? 快说。"郭全海问道。

　　"那我真是说不上。"小老婆子故意装作可怜地说道。

　　外屋里,人越来越多。萧队长打发小王去找药去了,还没有回来。小猪倌伏在炕席上,他的身上被鞭子抽得红一条紫一条,脊梁上,脸颊上,好像是被人用刀子横拉竖割了似的,找不出一块好肉。血还在流。老田头来了,挤到前面,看了这冒血的伤口,他掉泪了。他想起了自己的屈死的姑娘。她也是叫韩老六这样整死的。现在躺在眼前的,好像是他自己的骨肉一样。他脱下破布衫子,拿去盖着小猪倌的淌血的身子。

　　萧队长说:"别着忙,老田头,给大伙瞅瞅。"

　　小王拿来药膏和药布,两个人动手给他细心地包扎。这时候,赵玉林气呼呼地挤进来，告诉萧队长：

"跑了，韩老六跑了。"

"跑了？"萧队长跳了起来，起始有一些吃惊，一会镇定了。他说："跑不远的，快分头找去。"他走到当院，把自卫队和警卫班和农会的人们，分成五组，分头到东下屋、西下屋、碾房、粉房、豆腐房、杂屋、马圈、猪圈、柴火堆子里、苞米架子里，到处去搜寻。仔仔细细搜了一遍，仅仅在西边屋角上发现一架梯子，搭在墙头上。大伙断定，韩老六是从这儿逃走的。萧队长慌忙跑出大门去，赶到西边的院墙外边。水壕旁边黑泥里，有两种鞋子的脚印，一种是胶底皮鞋的印子，一种是布底鞋子的印子。到了水壕的东边，皮鞋往北，布鞋奔南。萧队长站住，想了一下，就邀着赵玉林，跟他往北头走去，他一面走，一面回头吩咐万健道：

"老万，快到院子里牵三匹马来。"转脸又问赵玉林：

"老赵，你能骑光背马吗？"

"能骑。"赵玉林说。

"那好，老万，不用备鞍子，快去快来。"萧队长对老万说完这一句，又对后边白玉山说道：

"你带一些人，往南边追去，叫郭全海带一些人，出东门，李常有带一些人，出西门，都骑马去，务必追回，不能跑远。叫警卫班的人分头跟你们去，说是我的命令。"讲到这儿，他从衣兜里掏出一个小本子，撕下一张纸，用铅笔匆匆忙忙写下几个字：

> 张班长：派战士跟郭、白、李分头出东、南、西门，追捕
> 逃犯韩凤岐。你自己带战士两名，配合自卫队员张景祥
> 等人，留在本屯，警戒和搜索。萧祥，即日。

写完，萧队长笑着向赵玉林说：

"走吧，走吧，老赵，今儿要试试你的枪法了，你练过枪吗？"

"练过，打二十七环。"赵玉林一边走，一边说。

"那行，找到他，他要再跑，你就开枪。"萧队长一面说，一面回头看见老万骑一匹马，还牵着两匹，跑出来了，忙对他叫道：

"快跑,快跑,老万,踩死蚂蚁不要你偿命啊。"

在车道上,老万脚跟叩着马肚,催着马,旋风似的奔跑着。道旁鹅群吓得嘎嘎乱叫,张着它们的巨大的雪白的翅膀,扑扑地飞走。猪羊吓得直往菜园的障子里钻。马的蹄子好像没沾地似的,起起落落,往前飞跑。但是萧队长还在叫着:"快跑,快跑。"

老万赶上了他们,萧队长和赵玉林翻身上了马,手扯着鬃毛,三匹马,一匹跟一匹,都飞奔起来。萧队长头也不回地喊道:

"老万,掏出匣枪,注意道上的脚印,顺着脚印走。"

他们一直跑出了北门,跑到黄泥河子的河沿上,在半干半湿的道路上,在车辙的旁边,一路都清楚地看见那胶底鞋子的印子。过了小桥,鞋印拐个弯,就看不见了。

"没有脚印了。"萧队长说。

"河沿风大,道刮干了,脚印不显。"赵玉林一面说,一面看着河沿的小道。

萧队长抬眼瞅着黄泥河子跟河的两岸。太阳燥热。柳树有些发黄了。河边的蒲草有的焦黄了,有的还是确青的。苞米的红缨一半干巴了。高粱穗子变成了深红。到老秋了。萧队长寻思:"要是藏在地里呢? 倒是要提防。"

"老赵,老万,多加小心,留心地里。"

他们顺着河沿跑,前边不远,分两股道,一股往北,通往延寿一个大屯落,那里也有工作队。一股往西,顺着河沿。韩老六是往哪里逃的呢? 看不见脚印,使得他们没有主意了。萧队长勒住马匹,寻思一小会。他想:"韩老六是决不会奔往那个也有工作队的屯子里去的。"他们腿脚一夹,催着马,一直顺着河沿跑。人马的倒影,在清澄的河水里,疾速地漂走。前面河沿上,有个木架子,挂着一副网,一个人衔着烟袋,正在架子的跳板上扳网。那人看见他们跑过来,笑着问道:

"赵主任,上哪儿去呀?"

赵玉林一看,这是农会的会员老初,就跳下马来,连忙问道:

"呃,老初,你看见韩老六没有?"

"没有看见呀。"老初一面答应着,一面从容地招手,"你来看看,赵主任,今儿捕了一条大狗鱼。"

赵玉林把马交老万牵着,走上跳板,老初在他耳边悄声地说道:"快上鱼窝棚去,在洋草底下。"

赵玉林跳下跳板,手提着枪,一溜烟似的奔进离岸不远的一个小小的洋草盖的鱼窝棚。他弯着腰跑进去,用枪尖挑开地下的洋草。一个秃鬓角的大脑瓜,从淡黄色的潮湿的洋草里露出来了。这脑瓜还尽力往洋草里钻。赵玉林一看到这个几乎跑了的元茂屯的老百姓的大仇家,火就冒上心头了。他用枪托朝他胳膊上就是一下,骂道:

"你妈的,还蹽呢,看你飞上天。"

萧队长和老万都弓着腰,走进鱼窝棚。

在角落里,人们找到老初一根草绳子,把韩老六绑上个五花大绑,把他横搭在老万骑的那匹青骒马背上,慢慢地都往回走了。

老初说:

"我也得走。"他从浸在水里的大篓里,取出他的鱼,收起他的网,放在担子里。他挑在肩上,赶上他们了。

"你看这狗鱼大不大呀?"老初笑着说,"可要加小心,狗鱼最会咬人的。你们看看,这是啥玩意儿?"他说着,从衣兜里掏出一块袁头银币,给萧队长和赵玉林看。他一面走一面还说:"韩老六满头大汗地跑来,要求藏在窝棚里,给我这一块银洋,叫我不告诉别人。"

萧队长笑着问他道:

"那你为啥告诉我们呢?"

老初说:

"农会会员还能窝藏地主恶霸吗?他往河沿跑,真是该着。"

赵玉林说:

"往哪边跑,也跑不了。"

正说着话,前面来了一群人。扎枪的缨子,红成一片。他们浩浩荡荡地奔来,前头两个人是小王和刘胜。他们担心萧队长碰到了胡子,特来接应的。老百姓自动地拿着武器跟他们来了。

看见抓着韩老六,人们都围上来了,有人抡起棒子来要打,有人举起扎枪来要扎。赵玉林说:

"别着忙,回去过他的大堂,叫全屯子人来报仇解恨。"

但是暴怒的群众,挡也挡不住,人们包围着,马不能前进。

赵玉林跟萧队长和小王跟刘胜,合计一小会,大伙的意见还是回去整,赵玉林翻身骑在一匹沙栗儿马上,大声叫道:

"大伙闪开路,回去开大会,这儿人还没到齐,韩老六是元茂屯大伙的仇人,得叫全屯子的人来斗他,咱们要解恨,别人要报仇,咱们要剥他的皮,别人要割他的肉,还是回去开大会的好。"

人堆里有一个问道:

"再跑了咋办?"

赵玉林说:

"再跑? 看他跑得了!"

群众这才闪开路,让那驮着韩老六的青骡马再往前面走,人堆里常常有人伸出棒子来,偷偷地揍韩老六几下。

郭全海、白玉山和李常有带领去的人马,太阳快落了才回。他们都垂头丧气,因为没有找到韩老六。听说韩老六已经抓回来,都乐坏了。大伙跑到操场上,一下拥上去,动手要揍他,一面骂道:

"叫人好找,揍死你这老王八操的。"

萧队长拦住大伙,叫他们不要动手。

人们又把韩老六押起来了。白日和下晚,押着韩老六的笆篱子四围,有二十来个人自动地放哨。

萧队长回小学校以后,第一句话是问小猪倌怎么样了? 小王说:

"送到县里的医院去了。"

萧队长同意农会的意见,把韩家的人都画地为牢,同时把院里屋里所有的牲口浮物,都叫自卫队看守起来,箱箱柜柜都贴上农会的封条。往后,小猪倌说出了韩老六埋藏财物的地点。围墙脚下和柴火堆边的地窖,都挖出来了。运往外屯的浮物也找到了线索。

在事情的顺畅的进行中,只有一个漏洞:白胡子、韩长脖和李青山钻空子跑了。不几天,人们发现:韩老六的顽固帮凶,"家理"头子姓胡的白胡子,跑到松花江南去了。韩长脖和李青山双双上了大青顶子。

十七

韩老六跑了又被抓回的消息,震动了全屯。半个月以来,经过各组唠嗑会的酝酿,人们化开了脑瓜,消除了顾虑,提起了斗争的勇气。不断增加的积极分子们,像明子一样,到处去点火。由于这样,韩老六鞭打小猪倌,不过是他的千百宗罪恶里头的小小的一宗,却把群众的报仇的大火,燃点起来了。

报仇的火焰燃烧起来了,烧得冲天似的高,烧毁几千年来阻碍中国进步的封建,新的社会将从这火里产生,农民们成年溜辈的冤屈,是这场大火的柴火。

韩老六被抓回来的当天下晚,工作队和农会召集了积极分子会议。会议是在赵玉林的园子里的葫芦架子跟前举行的。漂白漂白的小朵葫芦花,星星点点的,在架子上的绿叶丛子里,在下晌的火热的太阳光里,显得挺漂亮。萧队长用启发的方式,叫积极分子们用他们自己脑瓜子里钻出来的新主意,来布置斗争。

大伙你一句、我一句地唠起来了。有时候,好几个人,甚至于好几堆人争着说话,嗡嗡地嚷成一片。

主持会议的赵玉林叫道:"别一起吵,别一起吵呀,一个说完,一个再说。"

"韩老六得绑结实点,"白玉山说,"一松绑,老百姓寻思又是干啥了。"

赵玉林对老孙头说:

"这回你说吧。"

老孙头说：

"把韩老六家的那些卖大炕的臭娘们，也绑起来，叫妇道去斗她们，分两起斗。"

"不行，分两起斗，人都分散了，就乱套了。"张景祥反对老孙头的话，"大伙先斗韩老六，砍倒大树，还怕枝叶不死？"

"老白，多派几个哨，可不是闹着玩的。"郭全海说，"斗起来不能叫乱套，叫那些受了韩老六冤屈的，一个个上来，说道理，算细账，吐苦水，在韩老六跟前，让开一条道，好叫说理的人一个个上来。"

李大个子说：

"说理简单些，不要唠起来又没个头。韩老六的事，半拉月也讲不完的。"

白玉山说：

"大个子，你个人的工作，可得带点劲，不能再让狗腿子进来。"

老初说：

"大个子，明儿会上再有狗腿子，当场捆起来，你一个人捆不了，大伙来帮你。"

停了一会，白玉山问道：

"兴打不兴打？"

赵玉林反问一句：

"韩大棒子没打过你吗？"

"咋没有呢？"白玉山辩解。

"那你不能跟他学学吗？"赵玉林笑着说道。

白玉山冲着大伙说：

"明儿大伙一人带一根大棒子，用大棒子来审韩大棒子，这叫一报还一报。"

赵玉林跟萧队长合计一下，就宣布道：

"咱们这会，开到这疙疸，明儿开公审大会，大伙早点吃饭，早些到会,不要拉后。"

张景祥问道:

"干啥要到明儿呢,今个不行吗?"

"今儿回去,再开唠嗑会,大伙再好好酝酿酝酿,明儿一定得把韩老六斗倒。萧队长还有啥话说?"赵玉林说完,回头去问萧队长。

萧队长说:

"大伙意见都挺好,今儿回去,再寻思寻思:要不要选个主席团? 别的我没啥意见。"

会议散了。人们回去,着忙举行唠嗑会,这些基本群众的小会,有的赶到落黑就完了。人们都去整棒子。有的直开到半夜。经过酝酿,有了组织,有了骨头,有了准备和布置,穷哥们都不害怕了。转变最大的是老孙头,他也领导一个唠嗑会,不再说他不干积极分子了。他也不单联络上年纪的赶车的,也联络年轻的穷哥们。他还是从前那样的多话,今儿的唠嗑会上,他就说了一篇包含很多新名词的演说。下边就是他的话的片断:

"咱们都是积极分子。积极分子就是勇敢分子,遇事都得往前钻,不能往后撤。要不还能带领上千的老百姓往前迈? 大伙说,这话对不对?"

大伙齐声回答他:

"对!"

老孙头又说:

"咱们走的是不是革命路线? 要是革命路线,眼瞅革命快要成功了,咱们还前怕狼后怕虎的,这叫什么思想呢?"

在他的影响下面,他那一组人,准备在四斗韩老六时,都上前说话。

第二天,是八月末尾的一个明朗的晴天,天空是清水一般地澄清。风把地面刮干了。风把田野刮成了斑斓的颜色。风把高粱穗子刮黄了。荞麦的红梗上,开着小小的漂白的花朵,像一层小雪,像一片白霜,落在深红色的秆子上。苞米棒子的红缨都干巴了,只有这里,那里,一疙疸一疙疸没有成熟的"大瞎"的缨子,还是通红的。稠密的大豆的叶子,老远看去,一片焦黄。屯子里,家家户户的窗户跟前,房檐底下,挂着一串一串的红辣椒,一嘟噜一嘟噜的山秆子,一挂一挂的红茹嗷,一穗一穗煮熟了留到冬天吃的嫩苞米秆子。人们的房檐下,也跟大原野里一样,十分漂亮。

大伙怀着欢蹦乱跳的心情,迎接果实成熟的季节的到来,等待收秋,等待斗垮穷人的仇敌韩老六。

天一蒙蒙亮,大伙带着棒子,三五成群,走向韩家大院去。天大亮的时候,韩家大院里真是里三层,外三层,挤得满满的。院墙上爬上好些的人,门楼屋脊上,苞米架子上,上层窗台上,下屋房顶上,都站着好多的人。

妇女小孩都用秧歌调唱起他们新编的歌来。

> 千年恨,万年仇,
> 共产党来了才出头。
> 韩老六,韩老六,
> 老百姓要割你的肉。

起始是小孩妇女唱,往后年轻的人们跟着唱,不大一会,唱的人更多,连老孙头也唱起来了。院外锣鼓声响了,老初打着大鼓,还有好几个唱唱的人打着钹,敲着锣。

"来了,来了。"人们嚷着,眼朝门外望,脚往外边移,但是走不动。

韩老六被四个自卫队员押着,一直走来。从笆篱子一直到韩家大院,自卫队五步一岗,十步一哨,韩家大院的四个炮楼子的枪眼里,都有人瞭望。这种威势,使最镇定的韩老六也不免心惊肉跳。光腚的小孩们,跟在韩老六后边跑,有几个抢先跑到韩家大院,给大家报信:

"来了,来了。"

白玉山的肩上倒挂一支套筒枪,在道上巡查。他告诉炮楼上瞭望的人们要注意屯子外边庄稼地里的动静,躐了的韩长脖和李青山,备不住会去搬韩老七那帮胡子来救援的。

白玉山近来因为工作忙,操心多,原是胖乎乎的身板消瘦了好些,他的黏黏糊糊的脾气,也改好了,老是黑白不着家。昨夜他回去,已经快亮天,上炕躺下,白大嫂子醒来了,揉揉眼睛问他道:

"饽饽在锅里,吃不吃?"

"不吃了。明儿公审韩老六,你也去参加。"白玉山说完,闭上眼睛。

"老娘们去干啥呀?"白大嫂子说。

"你不要给小扣子报仇吗?"白玉山说,不久就打起鼾来了。

"开大会我可不敢,说了头句接不上二句的。"白大嫂子说。

白玉山早已睡熟了。白大嫂子又伤心地想起小扣子。日头一出,她叫醒白玉山,到会场去了。随后,她自己也去了,她想去看看热闹也好。来到会场,瞅见一帮妇女都站在院墙底下,赵玉林的屋里的和老田头的瞎老婆子都在。白大嫂子就和她们唠扯起来。韩老六一到院子当间的"龙书案"跟前,四方八面,人声就喧嚷起来。赵玉林吹吹口溜子,叫道:

"别吵吵呀,不许开小会,大伙都站好。咱们今儿斗争地主汉奸韩凤岐,今儿是咱穷人报仇说话的时候。现在一个一个上来跟他说理,跟他算账。"

从西边的人堆里,走出一个年轻人,一手拿扎枪,一手拿棒子,跑到韩老六跟前,瞪大眼睛狠狠看韩老六一眼,又转向大伙,他是张景祥,他说:

"韩老六是我的生死仇人,'康德'十一年,我在他家吃劳金,到年去要钱,他不给,还抓我去当劳工,我跑了,就拴我妈蹲大狱,我妈死在风眼里。今天我要给我妈报仇,揍他可以的不的?"

"可以。"

"揍死他!"

从四方八面,角角落落,喊声像春天打雷似的轰轰地响。大家都举起手里的大枪和大棒子,人们潮水似的往前边直涌,自卫队横

着扎枪去挡,也挡不住。韩老六看到这情形,在张景祥的棒子才抡起的时候,就倒在地下。赵玉林瞅得真切,叫唤道:

"装什么蒜呀,棒子没挨着身,就往下倒。"

无数的棒子举起来,像树林子似的。人们乱套了。有的棒子竟落在旁边的人的头上和身上。老孙头的破旧的灰色毡帽也给打飞了,落在人家脚底下。他弯下腰伸手去拾,胳膊上又挨一棒子。

一个老太太腿上也挨一棒子,她也不叫唤。大伙痛恨韩老六,错挨了痛恨韩老六的人的棒子,谁也不埋怨。赵玉林说:

"拉他起来,再跟他说理。"

韩老六的秃鬓角才从地上抬起来,一个穿一件千补万衲的蓝布大衫的中年妇女,走到韩老六跟前。她举起棒子说:

"你,你杀了我的儿子。"

榆木棒子落在韩老六的肩膀上,待要再打,她的手没有力量了。她撂下棒子,扑到韩老六身上,用牙齿去咬他的肩膀和胳膊,她不知道用什么法子才解恨。她一提起她的儿子,就掉眼泪。好些妇女,特别是上了年纪的老婆子都陪她掉眼泪,她们认识她是北门里的张寡妇。"康德"九年,她给她的独子张清元娶了媳妇,才一个月,韩老六看见新媳妇长得漂亮,天天过来串门子。张清元气急眼了,有一天,拿把菜刀要跟他豁出命来干。韩老六跑了,出门时他说:"好小子,等着瞧。"当天下晚,张清元摊了劳工。到延寿,韩老六派人给日本子说好,把他用绑靰鞡的麻绳勒死了。这以后,韩老六霸占了张清元媳妇,玩够以后又把她卖了。

张寡妇悲哀而且上火了,叫唤道:

"还我的儿子!"

张寡妇奔上前去,男男女女都挤了上去。妇女都问韩老六要儿子,要丈夫。男的问他要父亲,要兄弟。痛哭声,叫打声,混成一片。小王用手背擦着眼睛。萧队长一回又一回地对刘胜说道:

"记下来,又是一条人命。"

这样一个挨一个地诉苦。到晚边,刘胜在他的小本子上统计,连郭全海的被冻死的老爹,赵玉林的被饿死的小丫,白玉山的被摔死的小扣子,老田头的被打死的裙子,都计算在内,韩老六亲手整死的人命,共十七条。全屯被韩老六和他儿子韩世元强奸、霸占、玩够了又扔掉或卖掉的妇女,有四十三名。这个统计宣布以后,挡也挡不住的暴怒的群众,高举着棒子,纷纷往前挤。乱棒子纷纷落下来。

"打死他!""打死他!"分不清是谁的呼唤。

"不能留呀!"又一个暴怒的声音。

"杀人偿命呀!"

"非把他横拉竖割,不能解恨呀。"老田太太颤颤巍巍说。

白大嫂子扶着老田太太,想挤进去,也去打他一棒子,但没有成功,她俩反倒被人撞倒了。白大嫂子赶紧爬起来,把老田太太扶走。

工作队叫人继续诉说韩老六的罪恶。韩老六这恶霸、汉奸、兼封建地主,明杀的人现在查出的有十七个,被他暗暗整死的人,还不知多少。他家派官工,家家都摊到。他家租粮重,租他地种的人家,除了李振江这样的腿子,到年,没有不是落个倾家荡产的,赔上人工、马料、籽种,还得把马押给他,去抵租粮。他家雇劳金,从来不给钱。有人在他家里吃一年劳金,到年提三五斤肉回去,这还是好的。不合他的心眼的,他告诉住在他家的日本宪兵队长森田大郎,摊上劳工,能回来的人没有几个。他家大门外的井,是大伙挖的,但除了肯给他卖工夫的人家,谁也不能去挑水。他家的菜园,要是有谁家的猪钻进去,掀坏了他一草一苗,放猪的人家,不是蹲笆篱子,就是送县大狱。而他家的一千来垧地,除了一百多垧是他祖先占的开荒户的地以外,其余都是他自己抢来占来剥削得来的。但是,这些诉苦,老百姓都不听了。他们说:"不听咱们也知道:好事找不到他,坏事离不了他。"人们大声地喊道:"不整死他,今儿大伙都不散,都不回去吃饭。"

萧队长跑去打电话,问县委的意见。在这当中,刘胜又给大伙说了一条材料：

韩凤岐，伪满"康德"五年在小山子，杀死了抗日联军九个干部。"八·一五"以后，他当了国民党"中央先遣军"胡子北来部的参谋长，又是国民党元茂区的书记长和维持会长，拉起大排抵抗八路军，又打死了人民军队的一个战士。

"又是十条人命。"老田头说，"好家伙，通起二十七条人命。"

"消灭'中央'胡子，打倒蒋介石匪帮！"小王扬起右胳膊，叫着口号。院里院外，一千多人都跟他叫唤。

萧队长回来，站在"龙书案"跟前，告诉大伙说，县委同意大伙的意见："杀人的偿命。"

"拥护民主政府！"人堆里，一个叫做花永喜的山东跑腿子这样地叫唤，"拥护共产党工作队。"千百个声音跟着他叫唤，掌声像雷似的响动。

赵玉林和白玉山挂着钢枪，推着韩老六，走在前头，往东门走去。后面是郭全海和李常有，再后面是一千多个人。男男女女，叫着口号，唱着歌，打着锣鼓，吹着喇叭。白大嫂子扶着双目失明的老田太太。瞎老婆子一面颠颠簸簸靠着白大嫂子走，一面说道：

"我哭了三年，盼了三年了，也有今天呀，裙子，共产党毛主席做主，今儿算是给你报仇了。"

十八

砍倒了韩家这棵大树以后，屯子里出现了大批的积极分子。农会扩大了。人们纷纷去找工作队，请求入农会。萧队长告诉他们去找赵主任。人们问道：

"找他能行吗？"

萧队长说：

"咋不行呢？"

赵玉林家里从早到黑不断人，老赵忙得饭都顾不上吃了。

"老赵，我加入行吗？"花永喜问。

"去找两个介绍人吧。"赵玉林说。

"赵主任提拔提拔,给我也写上个名。"煎饼铺的掌柜的张富英对赵主任说。

"你也来参加来了?"赵主任看看他的脸说道。

"赵主任,我早就对革命有印象了。"张富英满脸带笑说。

"要不你就和杨老疙疸合计假分地了吗?"赵玉林顶上他一句。看见赵主任冷冷的脸色,张富英只好没趣地往外走,可是他又回转身来说:

"赵主任,我知过必改。日后能不能参加?"

"日后?那要看你干啥不干啥的了。"赵玉林看也没看他一眼,说完这话,办理别的一宗事去了。张富英回到家里以后,对他伙计说:

"哼!赵玉林可是掌上了印,那劲头比'满洲国'的警察还邪乎!"嘴里这样说,心里还是暗暗打主意,设法找人介绍入农会。

刘德山也找赵主任来了。赵玉林取笑他说:

"你也要加入?不怕韩老六抹脖子了?"

"主任挺好说玩话,谁还去怕死人呢?"刘德山含笑着说。

"要入农会,风里雨里,站岗出差,怕不怕辛苦呀?"

"站岗?我们家少的能站。"

"你呢?"

"我起小长了大骨节,腿脚不好使。再说,也到岁数了。"刘德山说,解说他的不能站岗的原因。

"那你干啥要入农会呢?"赵玉林问。

刘德山回答不出来,支支吾吾,赶紧走了。

佃富农李振江托人来说,他有八匹马,愿意"自动"献出四匹来,托人送上农会,并且请求准许他入会。

"叫他入会,决不能行。"赵玉林坚决地说,"他的马,也不要'自动',该斗该分,要问大伙。告诉他,如今大伙说了算,不是姓赵的我说了算。"

那人回去,把这话告诉李振江。李家从此更恨赵玉林和农工会。他一家七口,见天三顿饭,尽吃好的。处理韩老六的当天下晚,月亮还没有上来,星星被云雾遮了,院里漆黑,屋里也吹灭了灯。李振江带着他儿子,拿一块麻布,一条靰鞡草绳子,走到猪圈边,放出一只白色大肥猪,李振江上去,用麻布袋子蒙住猪的嘴,不让它叫唤,他的大儿子用绳子套住四只脚,把猪放翻,爷俩抬进西下屋。李振江叫他小姑娘在大门外放哨。他屋里的和儿媳妇,二儿子和三儿子都来到下屋,七手八脚的,点起豆油灯,用麻布袋子把窗户蒙住,拿起钦刀,没有一点点声音,不留一星星血迹地把一口猪杀了。当夜煮了一大锅,全家大小拼命吃,吃到后来,胀得小姑娘的肚子像倭瓜似的。肉吃多了,十分口渴,大家半夜里起来,一瓢一瓢地咕嘟咕嘟喝凉水。第二天,男女大小都闹肚子了,一天一宿,女的尽往屋角跑,男的都往后园奔。

他们一家子,从此也都变懒了。太阳一竿子高了,李振江还躺在炕上。他们不给马喂料,下晚也不起来添草。八匹肥马都瘦成骨架,一只小马驹没有奶吃,竟瘦死了。

赵玉林黑白不着家,照顾不到家里的事了。有一天下晚,他回来早些,他屋里的说:

"柴火没有了。"

第二天,赵玉林叫郭全海去办会上的事情,天蒙蒙亮,他走出北门,走过黄泥河子桥,在荒甸子里,砍了一整天梢条,码在河沿上。他把镰刀夹在胳膊下,走了回来。一路盘算,第二天再腾出半天的时间,借一挂大车,把柴火拉回。走在半道,碰到李振江的大儿子。

"打柴火去了,老叔?"李家大儿子问道,脸上挂着笑。

"嗯哪,好些天没有烧的了,老是东借西凑,屋里的早嘀嘀咕咕的了。"赵玉林一边走,一边说,漫不经意地就走回来了。当天下晚,半夜刮风,有人嚷道:

"北门失火了。"

赵玉林慌忙爬起来,挎上钢枪,往北门跑去。北门外面已经站一大堆人，漆黑的夜里，远远的，火焰冲天，照得黄泥河子里的流水，闪闪地发亮。萧队长怕是胡子放的火，连忙叫张班长带领半班人骑着马飞跑去看。赵玉林和郭全海也跟着去了。河沿上不见一个人影子，点起来的是赵玉林割下的梢条，风助火势，不大一会，一码柴火全都烧光了。赵玉林因为太忙，没有法子再去整柴火。赵大嫂子可是经历了不少的困难。

工作队也忙。几天以来，川流不息有人来找萧队长，大小粮户都来了，献地献房，说是脑瓜化开了。来得顶早的，要算外号叫做杜善人的杜善发。

"萧队长，"杜善人说，"我早有这心，想找您了。"萧队长瞅着这位胖乎乎的红脸关公似的人的脸。因为胖，一对眼睛挤得好像两条线。

"我明白，"细眼睛恭恭敬敬坐在萧队长对面一条板凳上，这样说，"共产党是惜老怜贫的，我姓杜的情愿把几垧毛地，献给农会，这不过是明明我的心，请队长介绍介绍。"

"你找赵主任郭主任去办。"萧队长说。

"他俩不识字，能办吗？"杜善人带着轻蔑口气说。

"咋不能办？识文断字，能说会唠的'满洲国'脑瓜子，农工会还不要他呢。"

杜善人的脸红了，因为他识字，而且是十足的"满洲国"派头。他连忙哈腰，赔笑说道：

"对，对，我就去找他们去。"

杜善人从工作队出来，朝韩家大院走。他不到赵玉林家去，心里寻思："赵玉林那家伙邪乎，不好说话。"他到韩家大院去找郭全海，他想："郭全海年轻，备不住好商量一些。"他早听到郭全海、白玉山跟李常有都在韩家大院分东西。他走在道上，瞅见那些穿得破破烂烂、千补万衲的男男女女，正向韩家大院走去。

人们三三五五，谈谈笑笑，没有注意到道沿低头走着的杜善发。他走到大院，看见农会的人都在分东西。屋里院外，人来人往，匆匆忙忙。有人在分劈东西,有人在挑选杂物,有的围作一堆,帮人"参考",议论着从没见过的布匹的质料。

杜善人走了进去,注意每个分东西和拿东西的人。往后走到郭全海跟前,他说:

"郭主任,借借光,有一件事,工作队长叫我来找你。"

"啥事?"郭全海抬起眼来,见是杜善人,想起了韩老六的家小,是他接去住在他家的,问道:

"你又来干啥?"

杜善人吞吞吐吐地说:

"我来献地的。"

"我们这儿不办这事。"郭全海说,还是在清理衣裳。杜善人脸上挂着笑,慢慢走开了。他心里想:"农会的人都邪乎,瞧吧,看你们能抖擞几天?"他连忙回去,和他老婆子合计,藏起来的东西,埋得是不是妥当?在没有星光,没有月亮的下晚,他把浮物运到外屯去,寄放在穷苦的远亲和穷苦的三老四少的家里。他又想到,寄在人家的马匹和窖在地下的粮食,是不是会给人发觉?他把农会头批干部的名字写在白纸上,再从箱子里拿出地照来,分成两起,用油纸层层叠叠地包好,一起埋在南园里的一棵小李子树下,树干上剥了一块皮,作为记号,一起收藏在家里炕席的下边。

白天,见了农会的干部,杜善人总是带笑哈腰,说他要献地,他说:"我冲日头说,我这完全是出于一片诚心。"

有天下晚,豆油灯下,他还向郭全海表示要参加农会的心思。他说:

"献了地,我一心一意加入农工会,和穷哥们一起,往革命的路线上迈。"

在韩家大院,郭全海、白玉山和李大个子带领二十来个农会小组长和积极分子,日日夜夜地工作,已经三天了。分东西是按三等九级来摊配。赤贫是一等一级,中农是三等三级。从韩老六的地窖里起出的二百六十石粮食:苞米、高粱、粳米和小麦;外加三百块豆饼,都分给缺吃缺料的人家。取出的粮食有些发霉了,有些苞米沤烂了。张景祥看到这情形,想起了今年春上,他家里缺吃,跟韩老六借粮,韩老六说:

"自己还不够吃呢。"

现在,张景祥抓一把霉烂的苞米,搁鼻子底下嗅一嗅,完了对大伙说道:

"看地主这心有多狠,宁可叫粮食霉掉烂掉,也不借给穷人吃。"

到第三天,分劈杂物、衣裳和牲口。男男女女、老老少少都来了,都说说笑笑,像过年过节一样。

衣裳被子和家常用具,花花绿绿,五光十色,堆一院子,真像哈尔滨的极乐寺里五月庙会的小市,工作队的萧队长、小王和刘胜也来看热闹。他们一进门,就看见一大堆人围着老孙头,热热闹闹地不知在说些什么。

"老孙头,又在说黑瞎子吗?"萧队长问。

"啊,队长来了。我们在'参考'这块貂皮呢。都说这貂皮是咱们关外的一宝,我说不如靰鞡草。靰鞡草人人能整,人人能用,貂皮能有几个穿得起呀?你来看,这就是貂皮。"老孙头说着,把手里的貂皮递给萧队长看:"这有啥好?我看和狗皮猫皮差不究竟。庄稼人穿上去拉套子,到山里拉木头,嘎吱嘎吱,一天就破了。"

"要是分给你,你要不要?"萧队长问。

"分给我?要还是要,我拿去卖给城里人,买一匹马回来。"老孙头说着,陪萧队长观光这些看不尽的衣裳,和奇奇怪怪的应有尽有的东西。

"看看这衣裳有多少件?"老孙头自己发问,又自己答道,"韩老六全家三十多口人,一人一天换三套,三年也换不完呀!看这件小狐皮袄子,小嘎也穿狐皮呀。这件小羊羔子皮,准是西洋货。"

"西口货。"后边一个人笑着,改正老孙头的话。

"这是啥料子?"萧队长绕过皮衣堆,走到布匹堆跟前,拿起一

板黑色呢质的衣料,问老孙头。老孙头眯着眼睛,看了老半天,反问道:

"你猜呢?"

"识不透。"后面一个年轻人说。

"这是华达呢。"另一个人说。

"这叫哗啦呢,"老孙头说,"穿着上山赶套子,碰到树杈,哗啦一声撕破了,不叫哗啦呢叫啥?"

他们一边走,一边谈,从一堆一堆、一列一列的衣裳杂物中间走过去。

"这是啥?"萧队长提起一件蓝呢面子、青呢镶边的帐篷似的东西,问老孙头。

"这是车围,"老孙头说,"围在车上的,财主家都有四季的车围。这蓝呢子的,是秋天用的,冬天是青色的,还带棉絮。风里雪里,小轿车围得严严的,一点不透风,在半道也像在家似的。"

好些人都围了拢来,争看这结实的蓝呢子车围。

"这是翠蓝哈达呢,清朝的东西。"老孙头说。

"这家伙多硬实。"一个戴草帽的说。

"这才是正装货呐。"一个戴着帽边搭拉下来的毡帽的人说。

"做裤面多好。"一个光头说。

"做啥都行,不知谁摊到。"戴草帽的说。

分劈衣物的人还在往这车围上添些零碎的东西,老孙头说:

"不要往这上放了。这家伙硬实,不用再添,添到别的堆上去。看那一堆,光一件娘们穿的花绸衫子,庄稼人要那干啥?庄稼人就是要穿个结实。花花绿绿的绸衫子啥的,瞅着好看,一穿就破。快添一件大布衫子上去,都得分得匀匀的。打垮大地主,都出了力呗。"

他们走到了鞋子堆的旁边。

"咱们走进鞋铺子里来了。"老孙头瞅着鞋堆说。三百多双靴子和鞋子,堆在一起,有男鞋、女鞋、皮鞋、胶皮鞋、太阳牌的长统胶皮靴、皮里子的长统大毡靴;大鞋铺里也还没有这样多现货。

"怨我成年光着脚丫子呢,鞋子原来都给大地主窖起来了。"老孙头说,"这鞋子咋分?"

管鞋子的老初说:

"谁要,谁来领,一双双作价,不是论堆。"

"衣裳不是配得一堆堆的吗?"老孙头问。

"衣裳是谁家都要,一家一堆,鞋子啥的,也有要的,也有不要的,谁要谁来领。"

"那咋算呀?"老孙头问。

"比如你是一等一级,该劈五万,衣裳布匹一堆作价作四万,你还能领一万元的东西,领鞋子,领线,领锅碗瓢盆,领铧,领锄,缺啥领啥。"老初说。

"这是谁兴的主意?"老孙头问。

"郭主任。"老初说。

"他脑瓜子真灵。领马行吗?"老孙头问老初。

"咋不行呢? 领马就不能领衣。"

"走吧,咱们找郭主任去。"老孙头说着,邀着萧队长、小王和刘胜,走到郭全海跟前。郭全海、白玉山和李大个子三天没有回家,三宿没有合眼了。赵玉林办完了农会的组织上的事情,也来帮着分东西。他们黑天白日都忙着,带领三四十个新积极分子,品等级,配衣布,标价钱,忙得没有头。但是他们都欢天喜地,像办喜事的人家的当家人似的。看见老孙头过来,大伙又笑闹起来。

"老孙头,你要领啥?"郭全海迎面问他。

"配啥算啥呗。"老孙头满脸笑着,嘴里这么说,眼睛却骨骨碌碌地老瞅着马圈。

"给你这两个洋枕,老两口子一人睡一个,软软乎乎的。"郭全海从乱布堆里翻出一对绣花漂白洋布枕头来,伸给老孙头。这赶车的接在手里,眯着一只眼,瞅着上面的绣花,他说:"有红花,有月亮,还有松木。呵,瞅瞅,这儿,还有字哩。刘同志你识文断字,帮我念念。"说着,他把枕头伸到刘胜的眼前。

"祝君快乐。"刘胜念着一个枕头上的朱红丝线绣的四个字。

"哈哈。"老孙头大笑起来。"这倒是一句应景的话,光腔的人家劈了衣裳,缺吃的人家分了粮食,还不快乐?不用你祝,也都快乐了。再念念这一句是啥?"

"花好月圆。"刘胜念着。

"听不准。"老孙头说,眯一眯左眼。

"花好是一对花才开,月圆是一轮月亮挂天头,分给你正好。"刘胜解释完了,笑着添一句。

老孙头说:

"一对花才开,送给我?我老孙头今年平五十,老伴四十九,说是一对花才开,这花算是啥花呀?老花眼镜的花吧?"

周围的人都哈哈大笑,连萧队长也笑弯了腰。小王笑得连忙擦泪水。刘胜笑得连连晃脑瓜,差点把眼镜子晃落。赵玉林笑得嘴里尽骂着:"看你这个老家伙。"郭全海笑得捧着小肚子,连声说道:"这可把人乐坏了。"李大个子一边笑,一边拍拍郭全海的肩膀头说:

"祝君快乐,祝君快乐。"

老孙头早就不笑了,他是这样:人家笑,他就不笑,人家越笑,他越装鬼脸,眯眼睛,逗得人越笑。

"这俩洋枕,我决不能要。"他说。

"那你要啥?"郭全海止住笑问他。

"我要那四条腿子的家伙。"老孙头说,眯着眼睛又瞅瞅马圈里的嚼草料的马匹。

"这事好办,没有比这再好办的了。四条腿子的有的是,给你这炕桌,你数数腿子,直直溜溜的腿子,整整四条,一条也不缺。"郭全海说。

"我要这炕桌干啥?我要那四条腿子的吃草嚼料的,我赶了半辈子外加半辈子的大车了,还没养活过牲口。"老孙头说。

"你要牲口吗?"郭全海不闹着玩了,认真地说,"咱们回头合计合计,再告诉你。"

到下晚,衣裳分完了。三大缸豆油、一大缸荤油,三百多斤咸盐,也都分完了。三百多户精穷的小人家,都得到了东西,三十六匹马和骡子,分给了一百四十四户无马的小户,四户分一匹,一家一条腿。老孙头分了一匹黄骡马的一条腿。韩家大院的上屋给农会做办公室。郭全海没有房子住,搬到了农会的里屋。老田头的三间草房被韩老六的牲口整坏了,就把韩家大院的东头的三间下屋赔给他。在这同时,又查出了韩老六五十垧黑地,分给缺地的人家。韩老六家的八只白鹅和二十只大猪都没有分劈。白鹅谁也不愿意要。

"有钱莫买长脖子货。"老孙头说。

"不要钱,送你。"郭全海说。

"送我也不要,那玩意儿吃的不老少,缺吃小户哪能喂得起?"老孙头说。

二十只大猪不好分,有人提议都杀了,办一顿酒席,全屯小户都来欢天喜地吃顿翻身饭。赵玉林反对,说:

"咱们翻身要翻个长远,大吃二喝,也不是咱们穷伙计的宗旨。猪搁在农会,到时候卖了,再去买马,现在咱们小户一户一条腿,到年备不住能多分一条,过年一家能分一匹囫囵个儿马,那不好吗?"

"同意你这个意见。"郭全海首先响应说。

"我也同意。"老孙头说。

"大家同意,就这么的吧。"赵玉林这样一说,有些想要吃猪肉的人不好意思吱声了。

事情办完了,郭全海当夜就搬进了韩家大院。老田头第二天才搬。

全屯三百来户小户都分到了东西。缺穿的,分到了衣裳。缺铺缺盖的,分到了被褥。缺吃的,背回了粮食。几辈子没有养活牲口的人家,有了一条马大腿了。成年溜辈菜里连油珠子也没见过的人家,现在,马勺子里吱呀吱呀的,用豆油煎着干粮,外屋喷出油香了。

家家户户,老老少少,都欢天喜地。有好些个人,白天乐得咽不下饭,下晚喜得睡不着觉。

"这才叫翻身。"老大娘都说。

"这才算民主。"老头们也说。

"伸了冤,报了仇,又吃干粮了。"中年人说。

"过好日子,可不能忘本,喝水不能忘了掘井人。"干部们说。

"嗯哪,共产党,民主联军是咱们的大恩人。"积极分子说,"咱们不能忘情忘义呐。"

屯子里是一片新鲜的气象,革命的气象。人们快快乐乐的,不知咋办好。张景祥分到一双太阳牌的长统胶皮靴,满心欢喜。他回想起来,伪满"康德"十二年,韩老六在一个下雨天,就是穿着这双胶皮靴,为了他在韩家井里担了一挑水,用靴尖狠狠地踢他三脚。如今,这靴子穿到他的脚上了,他快活,他高兴,嘴里不住地唱着关里的歌曲。天不下雨,他也穿着胶皮靴,在公路上溜溜达达,不走干道,尽挑泥洼子去踩,泥水飞在旁边一个人身上,他用袖子去替人揩泥。他的近邻,跑腿子的花永喜,分了一件妇女穿的皮大氅。他的左邻右舍去贺喜,大伙围着看大氅,七嘴八舌都议论起来。

"正装西口货。"贺喜的人们中的一个说。

"这可赶趟了。"贺喜的人当中的另一个人又说。

"那可不?"张景祥说,"你看,多好,多热乎,雪落不到身上,就化了。"

"可惜是妇道穿的。"

"娶一个呗。"一个人向花永喜提议。

"找一个搭伙的也行。"一个姓吴的提议,他老伴是搭伙来的,还带来一个能扛半拉子活的小子,他自己觉得是占了相应①,别人

---

① 便宜。

都笑他,他想找花永喜做一个同伴。

"拉帮套也好。"有人有心说笑话。

"找你娘们行不行?"老花也还他一句。

唠到半夜都散了。劝老花娶亲的话,大伙是闹着玩的,回去都忘了。老花自己却在炕上,翻来覆去,半宿没合眼,他寻思自己岁数也不太小了,快到四十岁,翻身也翻了过来。没有屋里的,总不能安家。但要娶媳妇,钱从哪来?他前思后想,左盘右算,准备把大氅卖掉,卖出一笔钱。钱有着落了,可是人呢?这屯子里年轻姑娘没有相当的。想来想去,他想起了斗争韩老六的张寡妇,岁数相当:三十六七,人品也还不大离。"好吧,就这么的吧。"好像只要他乐意,对方毫不成问题,准能嫁给他似的。当天下晚,三星晌午时,他昏昏迷迷地睡了。一会儿,天蒙蒙亮,他翻身起来,不吃早饭,就往张寡妇家跑去,才到大门口,他冷丁想起:"要她问我来干啥的呢?"他脸上发烧,心里乱跳,藏头缩尾,想退回去,张寡妇早瞅见他了。

"花大哥,到屋吧。"张寡妇把头伸到敞开的窗口,招呼他进去,并且问他,"吃了吗?"

"吃过了。"老花撒谎了。

"你家的饭真早,这大早晨,上哪儿去呀?"张寡妇一面缝被子,一面问他,瞅着他笑笑。

"我想上农会去,跟赵主任合计点事情。"花大哥又说假话了。

"你们真忙。"张寡妇说,抬头看了他一眼。

"嗯哪,这两天忙一点,赵主任老问我意见,我说,你办了就是……"他说到这儿,觉得说不下去了。因为没有话说,脸又发烧了。

"你家炕扒了没有?"半晌,他脑子里钻出这么一句话。

"没有呀,没人扒呗。"张寡妇说,一面低头缝被子。

"我给你扒。"老花好像得了救星似的连忙担负这差使。

"好,那真是好,正叫不到工夫匠,多咱能来?"

"多咱来都行。"花永喜说完,辞了出来,欢天喜地往回去。赶到扒炕那天,他俩已经谈到为了冬天节省烧柈子,两个烟筒不如并成一个烟筒的问题了。张寡妇的被子,也是分的。这是一床新的三镶被,漂白洋布的被里,红绸子的被面,当间镶着一道青绸子,张寡妇怕盖埋汰了,外面用一块旧布包着。那天老花看见她缝的,就是这被子。老花给她扒完炕,两个烟筒并成一个烟筒,以便节省柈子的时候,张寡妇把这分到的三镶被的包在外边的破布拆下了,露出了深红绸子的被面。但这是后话。

老花跟张寡妇相好的消息,不久传遍了全屯。首先知道这事的,是住在张寡妇的西屋的老初家,老初把这消息悄悄告诉他的好朋友,并且嘱咐他:"你可不能告诉别人呀。"那位好朋友又悄悄地告诉自己的一个好朋友,也嘱咐他:"你可不能告诉别人呀。"但是他又告诉别的一个人。就这么的,一个传十个,十个传一百,全屯男女通通知道了,但是最后传开这个消息的人,还是嘱咐听他这个消息的好朋友说:

"你可不能告诉别人呀。"

这件新鲜事,老初是怎么发现的呢? 一天下晚,他起来喂马,听见东屋还有男人的声音,不大一会,老花走出来,事情明明白白了。这个老初,也是穷户,打鱼的季节,住在黄泥河子河沿上的鱼窝棚里头,捞点鱼虾,平常也种地,从来没有养活过牲口。这次他和另外三家分了一匹小沙栗儿马,六岁口,正好干活的岁数。四家合计:把马养在老初家。马牵回家的那天,老初两口子喜得一宿没有合上眼。老初问娘们:

"没睡着吗?"

"你呢?"娘们反问他,"听,听,不嚼草了,备不住草又吃完了,快去添。"

老初起来,披上一条麻布袋,娘们也跟着起来,用一条麻袋,裹住她的胸前一对大哑哑。两口子黑间都舍不得穿那分得的新衣裳。他俩点起明子,走到马槽边。真没有草了,老初添了一筐铡碎的还是确青的稗草，老娘们又走到西屋，盛了一瓢稗子倒进马槽里。两口子站在马圈边，瞅着马嚼草。

"这马原先是老顾家的。"老初说，"'康德'十一年，老顾租了韩老六家五垧地，庄稼潦了，租粮一颗不能少，老顾把马赔进去。这回分马，赵主任说是要把这儿马还他，'物归原主'，他不要。"

"咋不要？"娘们问他。

"人家迷信：好马不吃回头草。"老初说。

"看你这二乎，人家不要的，你们捡回来。真是寿星老的脑袋，宝贝疙疸。"

"你才二乎哩，人家迷信好马不吃回头草，我怕啥呢？这马哪儿去找？口又小，活又好，你瞅这四条腿子直直溜溜的，像板凳子一样，可有劲呐。"

"四条腿子，你也只有一条，你乐啥？"娘们嘴里这么说，心里还是挺快乐，两口子的感情都比平日好一些。他俩睡在炕头上，听见马嚼草料的声音，老初娘们好像听见了音乐一样地入神，常常摇醒老初来，她说：

"你听，你听，嚼得匀匀的。"

屯子里还有睡不着觉的老两口，就是老田头夫妇。他俩搬进韩家大院东下屋，又分了韩老六的一垧半黑地，地在北门外他们姑娘的坟茔的附近。插橛子的那一天下晌，瞎老婆子定要看看自己的地去，老田头扶着她，走出北门，走到黄泥河子河沿的他们的地里，老田头停住。

"这就到了？"瞎老婆子问。

"嗯哪。"老田头回答她。她蹲下来，用手去摸摸垅台，又摸摸苞米棵子，抓一把有沙土的黑土在手里搓着，搓得松松散散的，又慢慢地让土从手指缝里落下。她的脸上露出笑容，这是他们的地了，这是祖祖辈辈没有的事情，早能这样，她的裙子也不会死了。

"今年这庄稼归谁？"瞎老婆子问。

"青苗随地转。"老田头回答。

这时候，日头偏西了，风刮着高粱和苞米棵子，刮得沙啦啦地发响。高粱的穗头，由淡黄变成深红，秫秸也带红斑了。苞米棵子也有些焦黄。天快黑了，她还坐在地头上，不想动身。

"回去吧，快落黑了。"老田头催她。

"你先回去吧，我还要到裙子坟茔地里去看看，那时咱们要有地，就不会受韩家的气，裙子也不会伤了。"老田太太说着，举起衣袖擦眼睛。

"快走，快走，西北起了乌云。早看东南，晚看西北。快下大雨。要不快走，得挨浇了。"老田头骗她回去，因为怕她又上裙子的坟茔，哭得没有头。

两口子慢慢往回走。才进北门，碰到老孙头赶着一挂车，正从东头往西走。

"老田头，上哪儿去来？"老孙头笑着招呼老两口。

"到地里去来。"老田头回答。

"快上来，坐坐咱们的车。"他忙停下车来，让老田头两口子上车，于是一面赶着马飞跑，一面说：

"看那黄骠马，跑得好不好？"

"不大离，"老田头说，"几岁口了？"

"八岁口，我分一条腿。李大个子也分一条腿。我说：'你是打铁的，不下庄稼地，要一条马腿干啥？全屯的马掌归你钉，还忙不过来，哪能顾上喂马呢？你把那条腿子让给我，好吧？你是委员，该起模范呗。'李大个子说：'你这老家伙，你要你就拿去得了呗。'我告诉他：'你真是好委员，我拥护你到底，回头我的马掌一定归你钉，不找别家。'老田头，咱有两条马腿了。瞅这家伙，跑得多好，蹄子好像不沾地似的。远看一张皮，近看四个蹄，这话不假。"

"你上哪儿去？"老田头问。

"上北大院，如今不叫韩家大院，叫北大院了。"老孙头说，"郭主任分粮，忘了给他自己留一份，如今缺吃的，我给他送点小楂子去，吁吁。"老孙头赶着牲口，绕过泥洼，走上平道，又回过头来，对老田头说："你听说吗,小猪倌伤养好了,回来了,公家大夫给他涂了金疮药。咱八路军的大夫,可真是赛过华佗,小猪倌揍得那样,也整好了。"

"那小嘎,没爹没娘的,住在哪儿呀?"老田头瞎婆子连忙问。老孙头又唠起来了:"郭主任说:'跟我一起住。'赵主任不赞成他:'那哪能呢?你一个跑腿子的,还能领上个小嘎?烧水烧饭,连连补补多不便。我领去,有我吃的,管保也饿不着他。'吁吁。"老孙头忙把马喝住。到了原来的韩家,现在农会的黑大门楼的门口,老孙头跳下车子,把车上的一麻袋楂子背到小郭住着的西上屋。他出来时,老田头的老伴瞎老婆子托他捎一篮子土豆送给小猪倌。小猪倌被韩老六差一点打死,引起瞎老婆子想到她姑娘。对于地主恶霸的冤仇,使得他们觉得彼此像亲人。她的关心小猪倌,就像关心她自己的小孩一样。老孙头把土豆子放在车上,赶着车子,一溜烟往赵玉林家跑去,半道碰到白玉山。老白左眼角上现出一块通红的伤疤。

"咋的?挂彩了?"老孙头慌忙喝住马问他。

"还不是落后分子整的。"白玉山站在车前,从根到梢说起白大嫂子跟他干仗的事情。白玉山分一垧近地,有人背后嘀嘀咕咕了:

"翻身翻个半拉架,光干部翻身。"

李大个子听到了这话,连忙告诉白玉山,老白随即把自己分到的近地,跟一个老跑腿子掉换一块远地,背后没人嘀咕了。他寻思这事处理得妥当,下晚回去,欢欢喜喜告诉他媳妇。白大嫂子正在给他做鞋底,听到这话,扬起她的漂亮的漆黑的眉毛,骂开来了:

"看你这二乎吧唧稀里糊涂的家伙,拿一块到手的肥肉,去换人家手里的骨头,跟你倒半辈子的霉,还得受半辈子的罪。"

"干部该做模范呗。"白玉山说。

"模范不模范,总得吃饱饭。你换上一垧兔子不拉屎的石头砬子地,那么老远,又没分马,看你咋整?"

"饿不着你的,放心吧。"白玉山说,有点上火了。

"我到农会去把原先那地要回来。"白大嫂子真要从炕上下地，白玉山一把拖着她胳膊，不让她走，两人扭做一堆了，白玉山的左边眼角上挨了一鞋底。看见他眼角出血，白大嫂子愣住了。她有一些害怕，也有些后悔，但又不肯低头去给他擦血，她坐在炕沿，不吱声了。老白没还手，就出来了，走到门口，才骂一句："落后分子。"

把这事情根根梢梢告诉老孙头以后，这老赶车的一面晃动鞭子，赶着大车走，一面笑着说：

"老娘们嘛，脑瓜子哪能一下就化开来了？ 还得提拔提拔她，往后，别跟她吵吵，别叫资本家笑话咱们穷伙计。"老孙头从工作队和农工会学了好些个新话，"提拔"和"资本家"，都是。当时他嘴里这么说着，心里却想："要我分一坰近地，也不肯换呀。"

不知不觉，车已来到了赵玉林家里。老孙头把土豆子篮子提进去，说明是老田太太送给小猪倌的。赵家三口跟小猪倌正吃下晌饭。

"来，吃点吧。"赵玉林的屋里的说，"锁住去拿碗筷来。"

"吃过了。"老孙头说，"锁住你不用去拿了。"老孙头看那炕桌上摆了一碟子大酱，几片生白菜，两个生的青辣椒。饭是糙子粥。

"当主任的人，元茂屯是你说了算，还喝着稀的，咋不整点馍馍、饼子啥的吃吃呀？"老孙头说，眼瞅着炕桌。

"听到啥反应？"赵玉林没有理会老孙头关于吃喝的话，问着一连串的问题，"老百姓满意不满意？ 劈的衣服都能对付过冬吧？"

"啥也没问题。老百姓只有一点不满意，说赵主任自己分得少。他们都问：'赵主任不是穷棒子底子吗？ 咋能不分东西呢？'我说：在'满洲国'，咱们哥俩是一样，都是马勺子吊起来当锣打，穷得丁零当啷响。那时候，赵主任也不叫赵主任，叫赵——哈的，说出来砢碜。现下咱们穷人'光复'了，赵主任当令，为大伙办公，为大伙是该屈己待人的，可是啥也不要，叫锁住跟锁住他妈还是穷得丁零当啷响，也不像话，回头别叫资本家看笑话，说咱们这四百人家的大屯子，连一个农会主任也养活不起。"老孙头说得屋里的人都笑了。

"你这老家伙，没看见咱们一家子都穿上了吗？"赵玉林说着，一面拿起一片白菜叶子伸到碟子里头蘸大酱。老孙头再唠了一会闲嗑，告辞出来，赶车走了。

锁住和锁住的娘，都穿了一件半新不旧的白洋布衫子。赵玉林把自己列在三等三级里，分了一些破旧的东西，他屋里的看着人家背回一板一板的新布，拿回一包一包的新衣，着忙了。下晚，她软和地对赵玉林道：

"人家说：咱们算一等一级，该多分一点，光分这几件破旧衣裳，咋过冬呀？"

"能对付穿上，不露肉就行。'满洲国'光腚，也能过呀。"赵玉林回答她。锁住他妈，是一个温和驯顺的娘们，多少年来，她一声不吱，跟赵玉林受尽百般的苦楚。在"满洲国"，常常光着腚下地，这是全屯知道的事情。因为恋着他，她心甘情愿，毫无怨言。如今他当上主任，人家说，锁住他妈出头了。主任是啥？她不摸底，光知道赵玉林当上主任以后，天天起五更，爬半夜，忙的净是会上的事情，家事倒顾不上了。水没工夫挑，梢条也没工夫整，头回整一天，搁在河沿，坏根给烧了。她的日子还是过得不轻巧，但是她也心甘情愿，毫无怨言。她恋着精明强干而又心眼诚实的老赵，他是她的天，她的命，她的一切，她的生活里的主宰。赵玉林说："不露肉就行。"她也想："不露肉就行，要多干啥？"可是今儿赵玉林因为农会事情办得挺顺利，心里很舒坦，而且觉得他的女人真是一个金子不换的娘们，他怕她心眼不乐，抚慰她道：

"你别着忙，老百姓都有了，咱们就会有的。"

他又觉得近来自己太不顾及家里事情了，头回整的梢条被人点火烧掉以后，没有再去割，天天东借西凑，叫她犯难。他决心第二天再去割梢条，借一挂车，割完往家里拉，免得再出啥岔子。

155

十九

打过柴火以后的第二天清早,赵玉林牵着三匹马,到井台去饮。刘德山迎面跑来,气喘吁吁对他说:

"你还饮马哩!"

"咋的?"

"起胡子了。韩老六兄弟韩老七带一百多人,尽炮手,到了三甲屯。胡子都白盔白甲,说是给韩老六戴孝,要给他报仇。你倒挺自在,还饮马哩,屯里人都乱营了。"刘德山说完,就匆匆走了。赵玉林听到这话,慌忙翻身骑上一匹儿马子,牵着那两匹,一溜烟地跑回家里,拴好马匹,拿起钢枪,跑到工作队。萧队长正在一面摇动电话机,一面吩咐张班长,立即派两个能干的战士,到那通三甲的大道上去侦察。

"来得正好,"萧队长把耳机子放在耳边,一面招呼赵玉林,"快到屯子里去,叫大伙都不要惊慌,不许乱动。咱们屯子里不乱,来一千个胡子也攻打不下。电话咋不通?"萧队长说着,放下耳机,又摇机子。

赵玉林从工作队出来,从屯子的南头跑到北头,西头走到东头。他瞅见好些人家在套车,好些人抱着行李卷,在公路上乱跑。

"大伙不要乱跑,别怕,胡子打不过来的,怕啥?萧队长打电话上县里去了,八路军马溜开来了。"他一面走,一面叫唤,人们看见赵主任不光是不跑,还来安民心,便都安下心来了,有的回去了。

"你们回去,快快拿起扎枪,洋炮,跟工作队去打胡子。"赵玉林叫着。

电话打不通,萧队长把耳机子使劲摔在桌子上,说道:"电话线被切断了。"他从桌边站起来,皱着眉头,在屋里来回地走着。他小声地自言自语道:"只有这么办。"往后又大声叫道:

"张班长,快借一匹马,上县里去,叫他们快派兵来,来回一百里,要在八个钟头里,赶到三甲的附近。"

他从衣兜里掏出小本子，撕下一页，从刘胜上衣兜里抽出一支自来水钢笔，用连笔字写道：

县委，十万火急，三甲起了胡子，约五十来个，枪马俱全，即派一连人增援。此致布礼。萧祥。九月三日。

张班长拿着信走了。人们三三五五都到工作队来了，有的来打听消息，有的来询问主意。白玉山走了进来，在门边坐下，枪抱在怀里。

"起了胡子，你知道吗？"萧队长问他。

"早准备好了。"白玉山回答。

"准备好啥？"萧队长问他。

"水来土掩，匪来枪挡。咱们把钢枪、扎枪、洋炮跟老母猪炮，都准备好了。"

"要是挡不住呢？"

"跑呗。"

"跑不了呢？"

"跟他豁上。他长一对眼睛，我长两只，谁还怕谁呀？"白玉山说着，站起来了。

"对，对，你带领自卫队的一半，留在屯子里。再给你们一支大枪，副队长是张景祥吧？这枪给他。这屯子好守，有土墙，有三营在这筑好的工事，把老母猪炮搁在南门外的水濠这一边，你拿一支大枪做掩护。东西北门都关上，派人拿洋炮把守。张景祥带两个人到屯子里巡查。万一要撤，退到韩家大院去，叫老百姓都蹲在院里、屋里。带枪的人都到炮楼上守望。这么的，别说三五天，一个月也管保能守。记着：万一要退守韩家大院，人人得带一星期粮食。"

"萧队长你呢？"白玉山问，"你撤走吗？"

"萧队长，你要撤走，我给你赶车。"胆小的老孙头连忙说道，"这屯子交给老白家得了。"大伙笑着。萧队长没有顾上回答老孙头的话，放低声音，忙对李大个子说：

"你加点小心，留心是不是有坏人活动。好好瞅着粮户和他们的腿子，还有那些不愿献出'海底'的'家理'头子，都给他们画地为牢。他们要动，开枪打死不偿命。"

白玉山、李常有和张景祥以及其他留在屯子里的人们，都布置去了。萧队长自己把匣枪别在前面，迈出学校门，大踏步地往南门走去。他的背后是老万、小王和刘胜，他们的匣枪，有的提在手里，有的别在腰上。再后面是警卫班，子弹上了膛，刺刀插在枪尖上。擦得雪亮的刺刀，在黄灿灿的太阳里，一闪一闪晃眼睛。警卫班后面，赵玉林和郭全海带领一大帮子人。这些人的手里，拿着各式各样的武器：洋炮、扎枪、斧子、锄头和棒子。有一个人背着一面红绸子旗子，上面写着："元茂屯农工联合会。"这是分果实时，赵玉林留下的一块红绸子，他叫他屋里的用白布缝了上面八个字。萧队长回头看见这旗子，连忙叫道：

"旗子留在家里，不要跟去。"

旗子留下，插在南门旁边的土围子上头。通红的柔软的旗子，在东南风里不停地飘动。常常露出漂白的洋布制成的大字："元茂屯农工联合会"。

萧队长带领大伙出了南门，走过水濠上面的木桥，人们三五个一排，顺着公路走。道旁是高粱和苞米棵子，人走进去，露不出头来。萧队长派两个战士提着大枪，从道旁的庄稼地里，搜索前进。

"快走，"萧队长挥动胳膊，向后面的人招呼，"咱们要赶到那两个小山跟前，去抢一个高地。"

萧队长的话还没落音，"当当"两下，前面枪响了。往后，时稀时密，或慢或紧的，各种步枪都响起来了。萧队长侧着耳朵听一会，说道：

"还远，离这有一里多地。那一声是三八，这一声是连珠。"

有些从没参加过战斗的人，吓得趴在庄稼地里了。萧队长招呼他们道：

"别怕，别怕，都跟我来。"

"啪"的一枪,从近边苞米地里,打了出来,子弹声音嘶嘶的,低而且沉。

"赶快散开来。"萧队长叫道,"卧倒。"他光顾指挥人家卧倒,自己却站在道旁,一颗子弹从他右手背上擦过去,擦破一块皮。

"挂花了?"小王、刘胜同时跑上来问他,小王忙从自己衬衣上,撕下一块布条,给他裹伤。

"要紧不要紧?"赵玉林和郭全海也赶上来问道。

"不要紧,飘花。"萧队长忙说,"你们快卧倒,快快。"还不及说完,一颗子弹正射击在赵玉林的枪托上,瞅着萧队长挂了彩,自己枪上又中了一弹,老赵上火了,他也不卧倒,端着枪,直着腰杆,嘴里不停地怒骂,一面开枪,一面朝敌人放枪的方向跑过去。后面的人瞅着他奔上一块比较高的苞米地,两手一摊,仰脸倒下了。倒在地上,他的右手还紧紧地握住大枪,他的脊梁压倒了两棵苞米,脖子坎在垄台上,草帽脱落了,头耷拉下来。他才分到手的一件半新不旧的青布对襟小褂子的衣襟上浸满了通红的血。

"打在哪儿?"萧队长跑来,蹲在他面前。他的右手包扎了,用布条挂在胸口,他只能用左手扶起赵玉林耷拉的头,搁在垄台上,又忙叫老万检查他的伤口,替他包扎,要是伤重,立即送县。萧队长说完,自己站起来,用左手掏出匣枪来,朝南放了一梭子,趁着对方枪声暂时咽住的时候,他带领着警卫班,猛冲过去了。郭全海上来,屈着右腿,跪在赵玉林跟前。

"赵主任!"郭全海叫着,望着他的变了颜色的脸面,他喉咙里好像塞住了什么,一时说不出话来。赵玉林睁开他的眼睛,瞅着郭全海跪在他跟前,他说:

"快去撵胡子,不用管我,拿我的枪去。"才说完,又无力地把眼睛闭上。

枪声越来越紧密,子弹带着喔喔嘶嘶的声音,横雨似的落在他们的前后左右,弹着点打起的泥土,喷在赵玉林的头上、脸上和身上。老万说:

"你们都走吧,留一人帮我就行。"

郭全海眼窝噙着泪水,叫老初留下帮助老万,自己抚一抚赵玉林的胳膊,捡起他的枪,正要走时,老万叫住他道:

"老郭,子弹。"郭全海从赵玉林上身,脱下子弹带,褪了颜色的草绿色的子弹带子上,一块一块,一点一点的,染着赵玉林的血。

郭全海撵上大伙,跟萧队长猛冲上去了。元茂屯上千的老百姓,呼啦呼啦地,也冲上去了。听到人的呼叫声、苞米棵子的响动声去得远了的时候,赵玉林才松开咬紧的牙关,大声哼起来:

"哎哟。"

老万解开他的布衫的扣子。一颗炸子,从他肚子右边打进去,沾着血的肠子,从酒樽大的伤口,可怕地淌了出来。

"我不行了。"赵玉林痛得满头大汗,说。

"你会好的。"老万眼窝里噙着泪水,一面用手堵住正在流淌出来的肠子,把它塞进去。他打发老初回去整车子,盘算尽快把他送到县城医院去。

"我不行了,你们快去撵胡子,甭管我了。"

"你能治好的,咱们送你上医院。"

枪声少些了。胡子的威势给压下去了。萧队长占领了一个岗地。他们已经能够看见密密的苞米和高粱棵子里的胡子,疏疏落落的,伏在洼地的垄沟里。

双方对敌着,枪声或稠或稀的,有时候了。萧队长叫自卫队寻找些石头砖块,在岗地上垒起一个小小的"城堡",又叫人用锄头,用扎枪头子挖出一条一条的小小的壕沟,叫大伙伏在壕沟里准备进行持久的战斗。

胡子冲锋了,呼叫一大阵,人才露出头。他们刚冲到岗地的脚下,萧队长一声号令,大枪小枪对准前头七八个人射击,有两个人打翻了,抛了大枪,仰天躺在地头上。其余的就都退走了。

歇了一会,胡子举行第二次冲锋。这一回,他们改变了战法,不是一大帮子人呼啦呼啦地从正面直线冲过来,而是从那密密稠稠的青稞子丛里，一个一个，哩哩啦啦地，从左翼迂回地前进。眼瞅接近萧队长的"城堡"了。

"老弟，你歇一歇吧。"花永喜对他旁边一个右手挂了彩的年轻战士说。花永喜把手里的洋炮撂下，跑到前面一块石头边，捡起胡子扔下的一棵九九枪，从打死了的胡子的身上解下子弹带。正在这时，胡子一颗子弹把他草帽打飞了。他光着脑瓜子，卧倒在地上，把枪搁在一块石头上，眯着左眼，又回过头去，朝着大伙摆手，小声地叫道：

"别着忙，别着忙。"他又细眯着左眼，右脸挨近枪，却不扣枪机。这时候，胡子趁着这边没动静，凶猛地推进，有些还直着腰杆。眼瞅扑上土岗了，老花还是不打枪。

"王八犊子，咋不打枪，你是奸细吗？"负了伤的小战士不顾伤痛，用左手扳动枪机，枪不响：没有子弹了。抬头看见花永喜还不放枪，他急了，奔扑过来，一面骂，一面要用枪托来打他。

"别着忙呗，瞅我这一枪！"老花把枪机一扣，打中一个跑在头里的胡子的脑瓜子。再一枪，又整倒一个。打第三枪的时候，头里的几个胡子慌慌张张撤走了，后面一大群胡子起始动摇观望，终于也都撤走了。

"你贵姓？"小战士上来问老花，用左手抓住他的右手。

"他姓花，外号叫花炮。"后面有人代替花永喜回答，"咱们快喝他的喜酒了。"

"你听他瞎扯。"花炮提着枪，带笑否认快吃喜酒的事情。

萧队长叫大伙检查大枪子弹。小战士不剩一颗，其他的人都剩不多了，有的只剩二三颗，有的还有十来颗。萧队长吩咐把所有子弹全收集拢来，六五口径的，集中在郭全海手里，他拿了赵玉林的那支三八枪。七九口径的，集中在花炮手里，他捡了胡子一棵九九枪。花炮伏在头里，瞄准胡子的方向。其余的人都上好刺刀，准备在子弹完了，救兵不到的时候，跟胡子肉搏。萧队长布置了这边以后，忙叫郭全海过来，他俩小声唠一会。郭全海提着大枪，跟一个警卫班战士老金,从垄沟里,爬到右边高粱地,就不见了。

不大一会,在老远的前头,在胡子的左翼,发生了枪声。胡子乱套了。他们的长短枪,齐向枪声发生的方向,当当地射击。那边,是县里援兵的来路,也是容易切断胡子归路的地方。胡子怕自己的归路被切断,又怕县上援兵来,用最大部分的火力,对付那边。只用稀疏的几枪,牵制这面。

"他们的主力转移了。"萧队长笑着说,侧卧在地上,放下枪来,从衣兜里掏出一张纸,又掏出一个小小鹿皮袋,里头盛满了黄烟,他一面卷着烟卷,一面跟老花唠嗑。

"凭着这些子弹,能支持到黑吗?"萧队长问。

"咋不能呢?"花永喜说。

"枪法怎么学来的?"

"起小打围,使惯了洋炮,要是子弹足,这一帮胡子全都能收拾。"花永喜说着,又瞄准对面,却不扣火。

"花大哥冬天打狍子,一枪能整俩。"后面有人说。

"狍子容易整,就是鹿难整,那玩意儿机灵,跑得又快,一听到脚步声音,早蹽了,枪子儿也撵它不上。"

"黑瞎子也不容易打吧?"萧队长一面抽烟卷,一面问他。

"说不容易也不难,得摸到它的脾气。一枪整不翻它,得赶快躲到一边去,它会照那发枪的方向直扑过去,你要站在原地方,就完蛋了,打黑瞎子要用智力,也要胆大,那玩意儿黑乎乎的,瞅着也吓人,慢说打它。"

快到黄昏,胡子的枪又向这边射击了。他们似乎发觉那边是牵制。这回打得猛,子弹像下雨似的,喔喔嘶嘶的,十分热闹。有一颗子弹,把萧队长的军帽打穿了,并且剃去了他一溜头发,出血却不多。花炮只是不答理,胡子中间的一个,才从高粱地里伸出头来,老花一枪打中了,回头跟萧队长说:

"胡子要冲锋了。"

"给他一个反冲锋,来呀,大伙跟我来。"萧队长朝后面招呼,立即和花炮一起，一个纵步，蹦出"城堡"，往下冲去。

"杀呀，"老花叫唤着，"不要怕，革命不能怕死呀，打死韩老七，大伙都安逸。"他一面呼唤，一面开枪，萧队长也放了一梭子子弹，胡子队里，又有两个人倒下。后面的人都冲下岗地，那些手里只有扎枪的，从打死的胡子的身边，捡起了大枪，又从他们身上解下子弹带。在这次反冲锋当中，他们捡了四棵大枪，好多弹药。花炮不用节省子弹了，他不停地射击着。他不照着胡子的脑瓜子打，他知道脑瓜子面积小，不容易打中。他瞄准胡子的身体打，身子面积大，容易中弹。他在追击当中，十枪顶少也有五枪打中的。

"韩长脖！"有一个人叫唤着，他发现打死的胡子尸体当中有韩长脖，快乐地叫唤起来。韩长脖的逃走，在元茂屯的小户的心上添了一块石头，如今这块石头移下了。元茂屯的老百姓的仇人，又少一个了。后面的人们都围拢来看，纷纷地议论，忘了这儿是枪弹稠密的阵地。

"该着。"

"这算是恶贯满盈了。"

"死了，脖子更长了。"

"你皱着眉毛干啥？不乐意？咱们是不能叫你乐意的，要你乐意，元茂屯的老百姓，都该死光了。快跑，快跑，还能撵上韩老六，在阴司地府，还能当上他的好腿子。"有人竟在韩长脖的尸首跟前，长篇大论讲谈起来了，好像他还能够听见似的。

这时候，胡子的后阵大乱了。稠密的步枪声里，夹杂了机关枪的声音。萧队长细听，听出有一挺轻机枪和一挺重机枪。

"胡子没有机枪，准是咱们的援兵到了，冲呀，老乡们，同志们，杀呀！"小王兴奋地蹦跳起来，他冒着弹雨，端起匣子，不停地射击。

"冲呀！"刘胜也用匣子枪射击。他冒汗了，汗气蒙住了他的眼镜，他把匣枪夹在右腋下，左手去擦眼镜上的水蒸气，完了他又一面叫唤："冲呀！"一面也冲上去了。萧队长和花永喜一样，眼睛打红了，他不管人家，人家也不要他指挥了。大伙有个同样的心思，同样的目的:全部干净消灭地主胡子们。这个同样的心意和目的,使得元茂屯的剿匪军民死也不怕了。

正当人们横冲直撞,唤杀连天的时候,在老远的地方,在深红色的高粱穗子的下边,在确青的苞米棵子的中间,露出了佩着民主联军的臂章的草绿色的军装。其中一个提着匣枪在岗地上摆手,向这边呼唤:

"同志们,老乡们,不要打枪了,不要浪费子弹了,咱们早把胡子团团围住了,咱们要捉活的,不要死的呀。"

"能捉活的吗?"老花放开嗓门问。

"能捉,管保能捉,咱们民主联军打胡子,都兴捉活的,这几个一个不能跑。跑了一个,你们找我。"提着匣枪的穿草绿色军装的人说。

元茂屯的军民的枪声停下了。残匪被逼进一个小泥洼子里,一个一个的,双手把枪举在头顶上,跪在泥水里,哀求饶命。唤捉活的那人带领一群人,从高粱地里跑出来。元茂屯的老百姓把手里的扎枪抱在怀里,鼓起掌来了。有一个人登上高处,用手遮着照射在眼睛上的太阳的红光,望着那些穿草绿色的军装的人们,叫道:

"呵唷,怕有上千呀。"

"哪有上千呢?顶多一连人,你说上千了。"另一个人反驳他的话。

胡子都下了枪,都用靰鞡草绳子给绑起来了。他们从大青顶子下来是五十一个,活捉三十七,其余大概都死了。指挥队伍包围胡子的,是县上驻军马连长,他生得身材粗壮,长方的脸蛋,浓黑的眉毛。萧队长上去跟他握手。他俩原来是熟人,招呼以后,就随便唠了。马连长说:

"晌午得到信,张班长说,先到元茂屯,怕胡子早已打进去了,我说不一定,咱们先赶到三甲,再往北兜剿,也不为迟,这回我猜中了吧?我知道你定能顶住。"

萧队长笑着问道:

"这些家伙押到咱们屯子里去吗?"

"不,咱们带到县里去,还要送几个给一面坡,让他们也看看活胡子。"

"韩老七得留下,给这边老百姓解恨。其余的,你们带走吧。谁去把韩老七挑出来,咱们带上。"萧队长这话还没说完,早就有好些个人到胡子群里去清查韩老七去了,他们一个一个地清查,最后有人大声地叫唤:

"韩老七没了,韩老七蹽了。"

"蹽了?"好些的人同声惊问。

"这才是,唉,跑了一条大鱼,捞了一网虾。"花永喜说。

"这叫放虎归山,给元茂屯留下个祸根。"一个戴草帽的人说道。言语之间,隐隐含着责怪马连长的意思。

"说是要捉活的,我寻思,能抓活的吗? 不能吧? 地面这么宽,人家一钻进庄稼棵子里,千军万马也找他不到呀。"

"嗯哪,韩老七可狡猾哩,两条腿的数野鸡,四条腿的数狐狸,除开狐狸和野鸡,就数他了。"第三个人说。

"这家伙邪乎,"花永喜插嘴,"五月胡子打进元茂屯,他挎着他的那棵大镜面,后面跟两个,背着大枪,拿着棒子,白天放哨,下晚挨家挨户扎古丁,翻箱倒柜,啥啥都拿,把娘们的衣裳裤子都剥了,娘们光着腔,坐在炕头,羞得抬不起头来,韩老七还嬉皮笑脸叫她们站起来,给他瞅瞅。"

"真是,谁家没遭他的害? 光是牵走的牲口,就有百十来匹呀。"戴草帽的人说。

"还点了三十来间房。"第二个人添上说。

"老顾家的儿媳妇抢走了,后来才寻回来的。"第三个人说。

"他们打的啥番号?"萧队长问。

"'中央先遣军'第三军第几团,记不清楚了。"花永喜说。

"真是,这家伙要是抓着了,老百姓把他横拉竖割,也不解恨呀。"戴草帽的人说,他的一匹黄骒马,也被胡子抢走了。

这时候,马连长十分不安,但是他又想,他是紧紧密密地包围住了的,哪能跑掉呢? 他冷丁想起,兴许打死了。

"这胡子头兴许打死了吧?"他对萧队长说,"我去问问那些家伙,你们去尸首里找一找看。"他走去拷问胡子们。他们有的说逃跑了,有的说打死了,也有的吓得直哆嗦,不敢吱声。萧队长打发花永喜和戴草帽的人带领一些人去找尸首。高粱地里,苞米地里,草甸子的蒿草里,这儿那儿,躺着十来多个胡子的尸首,枪和子弹都被拿走了。在这些胡子的尸首中,找到了韩长脖,也找到了李青山。就是不见韩老七。

"在这儿! 找着了!"老花在叫唤。

"老花,在哪儿呀?"三四个人同声地问。

"这儿。"在一大片高粱的红穗子尽头的榛子树丛里,树枝和树叶沙沙啦啦地响动,老花的声音是从那儿发出的。人们都欢天喜地朝那边奔来,猛然,"当"的一声,榛子树丛里响了一枪,老花开火了。

"老花,干啥还打枪? 没有死吗?"戴草帽子的跑在头里,慌忙问他。

"死了,"老花说,还是待在榛子树丛里,"我怕他跑了,添了一枪。"

"死了,咋能跑呢?"一个人说,后面的人哈哈大笑,都钻进了榛子树丛子,看见韩老七仰天躺在蒿草丛里,手脚摊开。大伙才放下心来,又来取笑老花的"死了,怕他跑了"的那话了。

"活着还跑不掉,死了还会飞?"一个人说。

"死了还会跑,那不是土行孙了?"又一个说。

"我恨得不行,就怕他死得不透。"老花又加了一条添枪的理由。

人越来越多,把榛子矮树践倒了一片。经过一场恶战以后,又听到匪首通通击毙了,大伙抱着打了胜仗以后的轻松快乐的心情,有的去找山丁子,有的嚼着山里红,还有好多人跑到苞米地里折甜秆,这是苞米瞎了的棵子,水多,又甜,像甘蔗似的。但大部分的人都围在韩老七的尸体跟前,都要亲眼瞅瞅这条坏根是不是真给掘出来了。

"你就是韩七爷吗?"有人笑问他,"他还扎不扎古丁?"

"问他还剥不剥老娘们的裤子?"

"还抢马不抢?"

"还点房子不点呀?"

"整死好多人啊,光是头五月节那趟,就整了三天,害得人家破人亡。"

"快去撵你六哥去,他走不远遐,还没过奈河桥哩。"有一个人轻松地说着。

人们慢慢地走出榛子树丛子,走出高粱地,瞅见萧队长和马连长坐在地头野稗草上头,抽着烟卷,正在唠嗑。他们和连上的文书正在清查这一次胜仗的胜利品:三十六棵大枪,一支南洋快,一棵大镜面。这匣枪是韩老七使的,归了马连长。元茂屯的自卫队留下十二棵大枪,保护地面,其余都归马连长带走。

老花和元茂屯的别的人们,都觉得马连长为他们累了,而且在韩老七的尸首没有找着时,大伙差一点要怪上他了,这会大伙都觉得对他不住。

"马连长,请到咱们屯里待两天。"有一个人上前说。

"马同志,带领连上同志都上咱们那儿去,没啥好吃的,青苞米有的是。"

"不,谢谢大伙,我们今儿还要赶回县,从这到县近,只有三十多里地,不上元茂了,谢谢大伙的好意。"

"那哪能呢?给咱们打败了胡子,连水也不喝一口,就走?不行!不行!"一个上岁数的人拖住马连长的胳膊。

"他要不上元茂,就是瞧不起咱们屯里老百姓。"又一个人说。

所有的人,把民主联军的战士团团围住了,有的拖住马连长,有的去拖着文书,有的拉着战士,往元茂走。闹到后来,经过萧队长、小王和刘胜分头解释，说明军队有军队的任务，不能为了答应大伙的邀请，耽误了要紧的军务。

这么一说，大伙才放开了手，并且让开一条路。

"咱们拔点青苞米，打点山丁子、榛子啥的，送给他们，大伙说，行不行呀？"老花提高嗓子问。

"同意。"几百个声音回答。

"这地是谁的？"老花问。

"管他谁的，往后赔他就是。"一个声音说。

大家动手了。有的劈苞米，有的到小树丛子里去摘山丁子、山梨子、山里红和榛子。不大一会，劈了三百多穗青苞米，和好多的山果子。马连长和他的连队已经走远了，他们追上去，把这些东西塞在他们的怀里。

工作队和农工会，留下二十个人掩埋胡子的尸体，就和其余的老百姓往回走了。日头要落了，西南的天上，云彩像烈火似的通红。车道上，在确青的苞米叶子和深红的高粱穗子的中间，雪亮的扎枪头子在斜照着的太阳里闪着光亮。大伙唠着嗑，谈起了新得的大枪，打掉的胡子以及其他的事情。后面有一个人唱着：

没有共产党就没有新中国。

萧队长走在头里，回过头来，在人堆里，没有看见郭全海和警卫班老金。

"你们看见郭全海他们吗？"萧队长问。

"没有呀，"花永喜回答，他也向后边问道，"郭主任在吗？萧队长叫他。"

后边的人都说没有看见郭全海。大伙着忙了。赵主任挂了花，这回郭主任又不在了，都愣住了，站在半道，不知咋办。萧队长忙问：

"谁去找他去？"

"我去。"小王回答。

"我也去。"刘胜答应。

"我也去。"花永喜说。

三个人带五个战士，转身又往三甲走。他们跑到跟胡子对阵的地方，天已渐渐黑下来，车道上，阴影加多了。地头地尾，人们在掩埋尸体。小王叫大伙分散在车道两边，仔细寻找，他自己走到郭全海去牵制敌人的方向，在一片稗子地里，他忽然听见干枯的稗子秆子嘁嘁喳喳地响动，他连忙抽出匣枪，喝问道：

"有人吗？"

"有呀，是王同志吗？"这分明是跟郭全海一同出来的老金的声音。小王跑进了稗子地里，一面大声地呼唤：

"找着了，在这儿呀，快过来，快。"

大伙都跑过来了。他们发现郭全海和警卫班的老金，都挂了彩。郭全海的胸脯和大腿各中一弹，老金左腿中一弹。都是腿上挂了彩，不能走道。两个人正在往近边的水洼子里爬去。他们离水洼子还有半里来地呢，都渴得嘴里冒青烟，见了小王，也不问胡子打完没有，就同声叫道：

"水，水！"

小王知道挂了彩的人，口里挺渴，但又最忌喝凉水，而且这附近的水，又都是臭水。他坚决不给他们打水。但是他们都忍受不住了。郭全海软和地要求：

"王同志！积点德吧，我只喝一口。"

老金却暴烈地骂开来了：

"王同志，你是革命同志吗？你不给咱们水喝，安的是啥心？咱们是反革命吗？"

小王宁可挨骂，也不给水。他认为这水喝了，一定是对他们不好的，他婉言解释，但他们不听。正在这时，大道上就有一挂车，喀啦喀啦赶来了。

"找着了吗？"是白玉山的声音。

大家把伤员扶上车子，拔了好多的稗子，给他们垫得软软乎乎的，车子向元茂屯赶去。赶到南门的时候，元茂屯的男男女女，老老少少，正在围着工作队询问、欢呼、歌唱、跳着秧歌，小嘎们唱着"二月里来刮春风"，女人们唱着《兄妹开荒》。张景祥带着几个好乐的人，打起锣鼓，在唱二人转。老孙头走到工作队跟前，当着大伙说：

"我早料到，胡子非败不可，扎古丁的棒子手，还能打过咱们萧队长？"

"老远听见枪响，吓得尽冒汗的，是谁呀？"白玉山笑着顶他。

"那是我身板不力，"老孙头说，"老了呀，老弟，要是在你这样青枝绿叶的年纪，别说这五十个胡子，就是五百，五千，也挡得住。"

电话线也修好了，萧队长把今儿打胡子的结果，一一报告了县委，得到了县委书记口头的奖励。县委在电话里又告诉他，送来的彩号赵玉林，正送往医院，不过肠子出来了，流血又太多，要等大夫瞧过了，才能知道有没有危险。萧队长说：

"还有两个彩号，今儿下晚就要送到县里去，希望县里医院好好给他们医治。"

萧队长放了电话机，就要白玉山派两棵大枪，整一挂大车，护送郭全海和老金马上到县里去养伤。

二十

第二天，屯子里还像过年过节一样的热闹。大田还没有开镰，人们都待在家里打杂：抹墙扒炕，修补屋顶，打鱼摸虾。分了马的，忙着编笼头，整马槽。这都是些随时可以撒手的零活。屯子的北头，锣鼓又响了，喇叭吹着《将军令》，光脊梁的小嘎，噙烟袋的妇女，都跑去闲看。往后，干零活的人们也都出来卖呆了。

在小学校的操场里，大伙围成个大圈，张景祥扭着秧歌步，嘴里唱着。看见人多了，他停下歌舞，说道：

"各位屯邻，各位同志，砍倒大树，打败胡子，咱们农工联合会铁桶似的了。大伙都说：'闹个秧歌玩。'该唱啥呀？"

"唱《卖线》。"老孙头说，他站在人堆后面的一挂大车上，手里拿着长鞭。他赶着车子原是要出南门去割稗子的,打学校过身,听见唱唱的,就改变计划,把车赶进来,先听听再说。张景祥扯起嘶哑的嗓门,一手摇着呱嗒板,唱着《卖线》,唱到阮宝同的妹子骂燕青这句:

> 你妈生你大河沿,养活你这么个二不隆冬傻相公。

他用手指着高高站在车子上的老孙头,大伙哗啦哗啦笑开了。出来看热闹的萧队长、小王和刘胜,这时也都瞅着老孙头笑。

"瞅这小子,养活他这么大,会唱唱了,倒骂起他亲爹来了。"老孙头说着,自己也止不住笑了。

"《卖线》太长,来个短的。"人群里有一个人提议。

"唱个《摔西瓜》。"又有人说。

张景祥手里摇动呱嗒板,唱着《摔西瓜》:

> 姐儿房中绣绒花,忽然想起哥哥他,瞧他没有什么拿,上街买瓶擦官粉,离了河的螃蟹外了河的虾,怀抱着大西瓜,哎呀,哎呀。天上下雨地下滑,赤裸裸地闹个仰八叉,撒了呦那官粉,却了花,哎呀,蹦了一对螃蟹跑了一对虾,摔坏大西瓜,哎呀,哎呀。今年发下来年狠,买对甲鱼瞧瞧他,无福的小冤家。

大伙有的笑着拍手,有的叫唤起来:

"不要旧秧歌,来个新的,大伙同意不同意?"

"同意,唱个新的。"有人响应。

"好吧。"张景祥停止唱唱,眼睛瞅着人堆里的刘胜,说道:

"我唱一个八路军的歌。"

人们都鼓掌。听厌旧秧歌的小嘎们,散在人堆外边空地里,有的玩着木做的匣枪,有的在说着顺口溜:"地南头,地北头,小牤子下个小乳牛。"听见鼓掌的声音,他们都跑过来,从人群的腿脚的中间钻进去。张景祥唱道:

> 二月里来刮春风,湖南上来个毛泽东,毛泽东那势力重,他坐上飞机,在呀么在空中,后带百万兵。

喇叭吹着《将军令》。张景祥的歌才完,老孙头就说:

"咱们请刘同志给我们唱《白毛女》,大伙说好不好呀?"

"好。"前后左右,都附和这话,有人去推刘胜了。刘胜也不太推辞,往前迈一步,开始唱着《白毛女》里的一段:

北风那个吹,雪花那个飘……

才唱到这,人堆外面,有人在走动,有一个人怀疑地说道:

"你瞎扯!"

另一个人又说:

"那哪能呢?"

"骗你干啥?"头一个人说,"不大一会,就能知道了,棺材过杨家店了。"

人们都无心听唱,纷纷上来打听这消息,而且一传十,十传百的,一下传遍整个的操场,锣鼓声和喇叭声也都咽住了,刘胜早已不唱歌,挤到人堆的外头,忙问小王道:

"怎么回事?"

"说是赵玉林,"小王哽咽着,差一点说不出下面这两个字:"完了。"

"哦!"刘胜惊讶地唤了一声,眼泪涌上,没有再说别的话。

不知谁领头,大伙都向西门走去了,那里是往县里的方向。才到西门,在确青的苞米棵子和深红的高粱穗头的中间,八个人抬着一口白木棺材回来了。大伙迎上去,又含悲忍泪地随着棺材,慢慢地走进屯子,走过横贯屯子的公路,走到小学校的操场里。灵枢停在操场的当间。有人在棺材前头突出的底板上,点起一碗豆油灯。再前面一点,两张炕桌叠起来,作为供桌,上面供着一碟西红柿和一碟沙果,旁边搁着一大叠黄纸。人们一堆一堆的,围着棺材站立着,都摘下草帽毡帽,或是折下一些柳枝榆叶,垫在地面上,坐下来了。有些人默不吱声,有些人在悄声说话:

"赵大嫂子还不知道呢。"

"老孙头去告诉她去了。"

"那不是她来了吗?"

赵大嫂子走进学校的大门,身子摇晃着。她的背后跟着两个妇女:一是张寡妇,一是白大嫂子。两人扶住她,怕她晃倒。她的焦黄的瘦脸发黑了,但是没有哭。想不到的悲哀的袭击使她麻木了,她的背后还跟着俩小孩,一是小猪倌,一是锁住,他们一出现,大伙都不知不觉地站起来了。

赵大嫂子才走到灵前,就扑倒在地上,放声大哭了。小猪倌和小锁住也都跪下哭泣着。所有在场的人,有的想着赵玉林的死,是为了大伙,有的念着他的心眼好,也有的人,看了他一家三口,在"满洲国"受尽苦难,穿不上,吃不上的,苦了半辈子,才翻过身来,又为大伙牺牲了,都掉着眼泪。

"我的天呀! 你一个人去了。"赵大嫂子痛哭地叫道。

"爹呀,你醒醒吧!"小锁住一面哭,一面叫爹。

萧队长用全力压制自己的悲哀,他走来走去,想起了赵玉林的勇敢,也想起他入党的时候的情形,他的心涌起一阵阵的酸楚,他的眼睛湿润了,不敢抬起来瞅人。他走到一棵榆树底下坐下来,用手指来挖泥土,几下挖出一个小坑来。这个无意识的动作,好像是解救了他一样,他恢复了意志力,又站起来,走到吹鼓手旁边,平常他是不太注意音乐的,这时候,他好像觉得只有吹唱,只有这喇叭,才能减少自己的悲感,才能解除悲哀的压力,使人能够重新生活和斗争。

"咋不吹呀? 吹吧,老大哥。"萧队长温和地请求吹鼓手。

两个吹鼓手吹起《雁落沙滩》的调子,锣鼓也响了。哀乐对于萧队长,对于所有的在场的悲痛的人,都好像好一些似的。

萧队长忍住伤痛,召集小王和刘胜,在白杨树荫下,开了一个支干会,讨论了追认赵玉林同志为中共正式党员的问题,大伙同意他转正。萧队长随即走进工作队的办公室,跟县委通了电话,县委批准了赵玉林转正。

萧队长回到操场时,赵大嫂子正在悲伤地痛哭:

"我的天呀,你可把我坑死了,你撇下我,一个人去了,叫我咋办呀?"她不停地哭诉,好像没有听见喇叭和锣鼓似的。白大嫂子和张寡妇跪在她旁边,替她扣好她在悲痛中不知不觉解开的旧青布衫子,并且劝慰她:

"别哭了,别哭了吧。"她们再也说不出别的话来,因为劝人家不哭的她俩自己也在掉泪哩。

人们烧着纸。冥纸的黑灰在小风里飘起,绕着棺材。人们都围成个半圆站着,喇叭和锣鼓都停了。刘胜主持追悼的仪式,在场的人,连小孩在内,都静穆地、恭敬地行了三鞠躬礼。

行礼完了,老孙头迈步到灵前,对几个站在旁边的人说:

"来来,大伙把棺材盖磨开,叫赵大嫂子再瞅瞅大哥。"

几个小伙子帮着老孙头把棺材盖磨开,赵大嫂子傍着棺材站起来。老孙头忙说:

"眼睛擦干,别把眼泪掉在里面。"

"影子也不能照在棺材里呀。"老田头说。他也上来了。

"这对身板不好。"老孙头添了一句。

但是赵大嫂子没有留心他们的劝告,没有擦眼睛,也没有留心日头照出的身影是不是落在棺材里。她扒在棺材边上,瞅着棺材里的赵玉林的有连鬓胡子的苍白的面容,又痛哭起来,眼泪像断线的珍珠似的连连地掉下。

老孙头怕她眼泪掉在棺材里,和其他两个小伙子一起,连忙把棺材盖磨正,赵大嫂子悲哭着:

"你好命苦啊,我的天,你苦一辈子,才穿上衣裳,如今又走了。"

大伙一个一个到灵前讲演,赞颂死者的功劳。人们又讨论纪念他的种种办法。老孙头也站起来说:

"老赵哥真是咱们老百姓的好干部,他跑在头里,起五更,爬半夜,尽忙着会上的事情。他为穷人,赤胆忠心,尽往前钻,自己是遭罪在前,享福在后,他真是咱们的好主任。"

老孙头说到这儿，白玉山叫道：

"学习赵主任，为人民尽忠！"

大伙也跟着他叫口号。口号声停息以后，老孙头又说：

"你比如说，头回分东西，赵大哥是一等一级的穷户，说啥也不要一等一级的东西，拿了三等三级的东西，三件小布衫，三条旧裤子，他对大嫂子说：'不露肉就行了。'"老孙头说到这里，赵大嫂子又哭了。老孙头扭转头去对她说："大嫂子你别哭了，你哭得我心一乱，一着忙，把话都忘了。"他又转脸对着大伙说："如今他死了，他死是为大伙，咱们该补助他，大伙说，帮助死的呢，还是帮助活的呀？"

"活的。"四方八面都叫唤着。

"赵主任为大家伙牺牲了，他的革命成功了。"张景祥从人群里站起来说道："他家挺为难，咱们帮补他们，没有吃的不叫饿着，没有穿的不叫冻着。大伙同意不同意？"在场的一千多人都叫着"同意"。

"要是同意，各组推举个代表，合计合计，看怎么帮助。"

大伙正在合计补助赵家的时候，在旁边一棵白杨树下边，小王、刘胜和其他一些年轻的人们正在围着老万和老初，听他们谈起赵玉林咽气前后的情形。一颗炸子从他肚子右边打进去，肠子流出来。他们给他把肠子塞进肚子里去。他痛得咬着牙根，还要人快去撵胡子。

送到医院，还没进门，他的嘴里涌出血沫来，车停在门口，老万走上去，拿着他手。

"不行了。"他说。问他还有什么话，他摇摇头，停了一会，才又慢慢说：

"没有啥话。死就死了。干革命还能怕死吗？"才说出这话，就咽气了。县里送他一口白棺材，一套新衣裳。

这时候，在灵前，在人们围起来的半圆圈子里，白玉山正在说什么，小王和刘胜都走过来听。白玉山眼圈红了，他说得挺少，才起

头,又收梢了,他说:

"咱们都是干庄稼活的,咱们个个都明白,庄稼是一籽下地,万籽归仓。赵主任被蒋介石国民党整死了,咱们穷伙计们都要起来,拥护农工联合会,加入农工联合会,大伙都一路心思,打垮地主,扫灭蒋匪,打倒蒋介石。为赵主任报仇!"

人们都跟着他叫口号。李大个子敞开衣襟,迈到棺材跟前说:

"赵主任是地主富农的对头,坏蛋最恨他,大伙都知道,前些日子,他整的柴火也给地主腿子烧光了。他是国民党胡子打死的,咱们要给他报仇,要挖尽坏根,要消灭胡子。"

大伙喊口号的时候,萧队长沉重地迈到大伙的跟前,这个意志力坚强的人极力控制自己的悼念战友的悲伤,慢慢地说道:

"赵玉林同志是咱元茂屯的好头行人,咱们要学习他大公无私、勇敢牺牲的精神,他为大伙打胡子,光荣牺牲了。为了纪念他,没入农会的小户,赶紧入农会。为了纪念他,咱们要加强革命的组织,要把咱们的联合会办得像铁桶似的,谁都打不翻。还要通知大家一宗事,赵玉林同志,是中国共产党的候补党员,还有两个月的候补期。现在他为人民牺牲了。刚才,中共元茂屯工作队支委会开了一个会,决定追认赵玉林同志为中国共产党的正式党员。这个决定,得到中共珠河县委会的批准,我代表党,现在在这儿公开宣布。"

一阵打雷似的掌声以后,喇叭吹着庆祝的《将军令》。张景祥领着另外三个人,打着锣鼓。不知道是谁,早把农会的红绸旗子支起来,在翠蓝的天空底下,在白杨和榆树的翠绿的叶子里,红色旗子迎风飘展着。小孩和妇女们都唱着《没有共产党就没有新中国》的歌曲。白玉山带领花永喜和自卫队的三个队员,端起打胡子的时候缴来的五棵崭新的九九式钢枪,冲着南方的天空,放射一排枪。正坐在地上跟人们唠嗑的老孙头吓得蹦跳起来,咕咕噜噜地骂道:

"放礼炮,咋不早说一声呀?我当是胡子又来打街了。"

除开韩家和韩家的亲戚朋友和腿子,全屯的男女老少,都去送

176

殡了。喇叭吹起《天鹅》调，红绸旗子在头里飘动，人们都高叫口号："学习赵玉林，为老百姓尽忠。""我们要消灭蒋介石匪帮，为赵玉林报仇。"灵柩出北门，到了黄泥河子旁边的草甸子里，李大个子带领好多年轻小伙子，拿着铁锹和洋镐，在老田头的姑娘田裙子的坟茔的附近，掘一个深深的土坑，棺材抬进土坑了。赵大嫂子又扑到灵前，一面烧纸一面哭诉，嗓门已经哭哑了。大伙用铁锹掀着湿土，夹着确青的草叶，去掩埋那白色的棺材。不大一会，新坟垒起了。在满眼通红的下晌的太阳里，在高粱的深红的穗头上，在静静地流着的黄泥河子流水边，喇叭吹着《哭长城》，锣鼓敲打着。哀乐淹没了大伙的哀哭。

这以后几天，代理农会主任白玉山接受了百十来户小户加入农会的要求。好多的人去找萧队长，坚决要求参加中国共产党，应了白玉山这话：

"一籽下地，万籽归仓。"

二十一

郭全海和老金治好枪伤，从县里回来以后不几天，萧队长接到县委会的电话，要他上县里开会，总结这个时期的群众运动。在电话里，县委要他留干部，留工作。看这情形，似乎他要调动了。他连夜跟郭全海、白玉山和李常有开会，合计这个屯子的往后的部署。工作队开了一个小会，决定刘胜留这儿。

决定要走的头天的下晚，萧队长走到农会。郭全海腿脚还没有全好，躺在炕上。萧队长坐在炕沿，抽着烟卷，跟他唠嗑。

"刘胜同志留在这，张班长也留下了，你们有事多开会。"萧队长说。

"我怕整不好。"郭全海说。

"别怕。遇事多找小户来合计，人多出韩信。"

"往后农会干啥呢？"郭全海问。

萧队长皱着眉头，寻思一会，就问道：

"姓杜的怎样？他家里有多少地？"

"你是说杜善发吧，本屯他有八十来垧地，外屯说不上。"郭全海说。

"大伙要不要斗他？"萧队长问。

"斗他怕是不齐心。他外号叫杜善人，顶会糊弄穷人呐。有人还不知道他坏在哪儿呢。"郭全海说。

"封建大地主都是靠剥削起家，还有不坏的？"萧队长问。

"我明白地主都坏，"郭全海说，"可是大伙脑瓜子还没化开。"

"叫大伙跟他算算细账嘛。"萧队长说，"我问你，他家雇几个劳金？"

"往年十来多个。"

"一个劳金能种多少地？"

"约摸五垧。"

"能打多少粮？"

"好年成，五垧能打四十石。"

"好年成，劳金能拿回三十石粮吗？"萧队长问。

"那哪能呢？顶多能拿七八石。"郭全海回答。

"那就是了。你看地主一年赚你们多少？你就这么算细账，挖糊涂，叫大伙明白，地主没一个不喝咱们穷人的血。斗争地主，是要回咱们自己的东西。道理在咱们这面。今儿不能详细说。你记住一句：破封建，斗地主，只管放手，整出啥事，有我撑腰。好吧，今儿就说到这疙疸。我们走了，你有事可常去找刘同志。明儿农会能给派个车吗？我就走了，你别下来，别下来。往后再来看你们。"

郭全海恋恋不舍，虽然没下炕，却从玻璃窗户瞅着院子里，一直看到萧队长走进老田头下屋，他才回头再躺下。

不大一会，萧队长从老田头家里辞别出来，又去看了赵大嫂子、白玉山和李常有。他回到小学校里的时候，三星已经响午了，别人早睡了。他叫醒刘胜，跟他小声地谈着，直到鸡叫。

"老赵屋里的，愁得不行，多多照顾她一些。记着明年得帮助

178

锁住上学。"萧队长说着,自己也蒙眬睡了。

"锁住? 你是说,老赵的小嘎?"刘胜不困,又细问他,而且想再谈一会。

"嗯哪,锁住。"萧队长困了,只迷糊地回答这一句,又合上眼了。五十来天,他很少能够整整睡一宿,他瘦了。三十才出一点头,他的稠密的黑头发里,已经有些银丝了。

第二天清早,太阳挺好,露水也大,这是一个特别清新的初秋的清早。工作队的人因为工作的胜利,感到自己也跟清早一样的清新。小王说:"要走的人是挺快乐的,老在一个屯子里待着,待腻烦了。"刘胜说:"留下的人是挺快乐的,在一个屯子里待熟了,总不想离开。"各人说着各人的岗位是最好的岗位。

一挂四马拉的四轱辘车赶进了操场。马都膘肥腿直的。车子一停下,牲口嘶叫着,伸着脖子,前蹄挖着地上的沙土。老孙头拿着大鞭,满脸带笑,跳下车来。

"又是你赶车呀,你这老家伙。"小王一面搬行李上车,一面招呼老孙头。

"不是我,还能是谁? 元茂屯还能找出第二个赶好车的人送工作队?"老孙头的皱纹很多的脸上还是带着笑。

"快上车。"萧队长催促警卫班的战士们,"快走,老孙头,回头老百姓又来送行了。"

车子往西门跑去。屯子里的老百姓还是赶来了。从各个小屋里,各条道上,男男女女,都出来了。他们都赶出西门,把他们送给萧队长的青苞米、山丁子、山里红和黄茹嗽尽往车上塞。

"你们再搁,马拉不动了。"老孙头说,连忙挥动大鞭子,赶着马飞跑。萧队长回头望着元茂屯的西门外,黑鸦鸦的一大群人还停在那儿,瞅着他们的越走越快的大车。

车子走下了一个斜坡,在平道上走着。东方的天上,火红的云彩正在泛开和扩大,时时掉换着颜色。地里,苞米、高粱熟透了。榆树、柳树的叶子也有些发黄。

"不几天就要下霜了。"老孙头说，"经了霜，庄稼不长了，就得抢收。三春不赶一秋忙，道理在这。"

"要不抢收呢？"萧队长问。

"不抢收，等天凉了，早晨结冰，那时下地，才不好受呀。"

车子走到一个干巴巴的泥洼子里。

"在这儿，韩家的车子，把泥浆溅在你的脸上身上，还记得吗？"萧队长问老孙头。

"忘不了。"老孙头说。"那会韩老六多威势呀，老百姓谁敢吱声？元茂屯一带，他一个人说了算，他要你死，你就得死呀。这下才算晴天了，萧队长，你不来，咱们元茂屯的老百姓，哪能有今日？"

"看这老家伙，又溜须了。"小王笑着说。

"不是溜须，"老孙头辩解着说，"这是实话。"

"是老百姓用自己的力量整的。"萧队长说，"光咱们顶个啥用？"

"萧队长，我先问你，如今是不是民主的世界？是不是咱们老百姓说了算？"老孙头狡猾地笑笑。

"是呀，谁说不是？"萧队长说。

"要是老百姓说了算，咱们老百姓都说：萧队长有功，你就有功了。上头要不信，咱们去说，如今不是老百姓说了算吗？元茂屯的老百姓说萧队长有功，你咋不信？上头一定会信咱们的话，会奖励你的。萧队长，你要得了奖，可不能忘了老孙头我呀。"

"快赶吧。"萧队长带笑催他，"晌午得赶到县里。"

"行，管保能赶到。"

老孙头说着，甩动鞭子，车子在公路上呼啦啦地飞奔，四匹肥马踢起的道上的灰土，像是一条灰色大尾巴，拖在车子的后边。不到晌午，前面显出黑乎乎的一片房屋和树木，那就是县城。

一九四七年十月于哈尔滨

第二部

一

"完了，我就说到这疙疸。萧队长要是信不着，请您自己调查调查。"

"你完了？我还是刚开头呢。别走，别走。我问你，元茂屯的地主真的斗垮了？地都分好了？"

"地是头年萧队长您自己在这儿分的。地主呢，可真是倒了。"

这个和萧队长说话的人是元茂屯的新的农会主任张富英。说他是新的，也不算太新。他干好几个月了。不过他和萧队长见面，这是头一回。八仙桌前，豆油灯下，萧队长仔仔细细上上下下打量他。他穿一套青呢裤袄，扎一双青呢绑腿；站在豆油灯光照不着的地方的两只脚，好像是穿的一双日本军用皮鞋，不是靰鞡；火狐皮帽的耳扇往两边翘起，露出半截耳丫子。沿脑盖子上，汗珠一股劲地往外窜。他取下帽子，露出溜光的分头。一径瞅着他的萧队长，冷丁好像记起什么来似的，笑着问他道：

"你不是煎饼铺的掌柜的吗？"

"嗯哪。"张富英连忙答应，哈一哈腰。

"头年杨老疙疸假分地的单子，你代他写的，是不是？"

张富英支支吾吾地回答：

"那可不能怨我，杨老疙疸叫写，不敢不写呀。"

萧队长从容地笑着说道：

"你就是张富英？张主任就是你呀？早就闻你大名了，真是闻名不如见面。"

他停一下又问：

"煎饼铺的生意好不好？"

"煎饼铺子早歇了。头年分了地，就下地了。我寻思七十二行，庄稼为强，还是地里活实在。"

萧队长耳听他说话，眼瞅他的青呢子裤袄，心想顶他："你这是庄稼人打扮？"这话没有说出口，就打发他走了。

张富英迈出农会上屋的门，走到院子里，松了一口气。皮鞋踏在干雪上，嘎嚓嘎嚓地，从院子里一路响到大门外的公路上。萧队长叫他走以后，打个呵欠。警卫员老万正在把他的铺盖卷打开，摊在南炕炕毡上。萧队长问道：

"你瞅他像个庄稼人不像？"

老万晃着脑瓜说：

"那是什么庄稼人？咱没见过。"

"都躺下了吗？"

"嗯哪，听他们打呼噜的那股劲，真像一辈子没睡过觉似的。"

萧队长听听西屋的鼾声，呼噜呼噜的。他这回带来的这班新工作队员，都是从各区各屯挑选的青年干部。萧队长本来还要找他们谈谈，看他们睡了，也就作罢，回头又对老万说：

"你也睡吧。"

人都睡了。窗户外头，北风呼呼地刮着，刮得窗户门嘎啦啦山响。风声里，屯子里的狗紧一阵松一阵地咬着，还夹着远处一两声瘆人的狼嗥。萧队长坐在八仙桌子边，把豆油灯捻往外拨一下，亮大一点，抽出金星笔来记日记：

> 元茂屯是开辟工作中的一个工作较比还好的屯落。一年多来，干部调走过多，领导因此减弱。领导的强弱往往决定工作的好坏。开辟工作和砍挖运动像一阵风似的刮过去了，群众的阶级觉悟没有真正普遍地提高，屯子里存在着回生的情况。农会主任张富英的人品、成分和来历，还得详细地深入地了解。他是怎么钻进农会，当上主任的呢？还有郭全海的问题……

还要写下去，却累得不行了。脑盖上有点发烧。他知道是脑子太累的征候。白天县委开一整天会，赶落黑前，他带领新的工作队，坐着大车，冲风冒雪赶了五十里。才下车，就找张富英谈了话。现在，他掏出怀表来一瞅，十二点过了。他脱了靰鞡，解开棉袄，正要上炕，右手碰着衣兜里的文件，他掏出来放到桌子上，这是《中国土地法大纲》。躺下时他想："非把这张富英的面目搞清楚不行。"想着想着，也就睡熟了。

这是一九四七年的十月末尾，一个刮风的下晚的事情。十月中，省里正开县委书记联席会议的时候，《东北日报》发表了中共中央颁布的《中国土地法大纲》，他们仔仔细细讨论了，研究了。回到县里，萧祥又召集一个扩大的区委书记联席会议，传达了县委书记联席会议的报告和决议，商议了好多事情。他们根据《中国土地法大纲》，决定在本县各区展开一个新的群众运动，彻底消灭农村里的封建势力。全县分成二十个点，三百多个干部编为二十个队。就在十月末尾的这个刮风的日子里，落黑以前，二十个队，分乘一百多辆大车，从县城的四门出发。可街的马蹄声，车轱辘的铁皮子碰着道上的石头的声响，外加男男女女的快乐的歌声，足足乱一点来钟，才平静下来。

萧队长仔细地调查了元茂屯的情况以后，决计自己带领一个队，到元茂屯来做重点试验。

原来的县委书记调往南满后，萧队长升任县委书记。城区的老百姓都管他叫萧政委，元茂屯的老百姓还是叫他萧队长。现在，他在农会里屋南炕的炕头上也呼呼地睡了。我们搁下他不管，去看看张富英回家以后的情形吧。

张富英迈出农会，回到家来，心里分外发愁。萧祥他又来了，这人是有一两下子的。他寻思：明儿一早得换上破旧的穿戴，但又往回想：来不及了。他原是住在农会里的，萧队长他们一来，他就把行李搬到分给他的新屋里。这是南门里的坐北朝南的三间房，东屋租给一个老跑腿子侯长腿住着，如今他把他撵到西屋，自己住在侯长腿生着火炉、烧着炕的暖暖和和的屋里，侯长腿睡的是秋天没扒的烧不热的凉炕。

脱下他的日本军用黄皮鞋，张富英灭了油灯，躺在炕上，翻来覆去，老也睡不着。他睁大眼睛，瞅着窗户，窗户玻璃挂满白霜了，给外头的星光照得亮亮的。他越想越埋怨民兵：

"这帮窝囊废，也不送个信，把人坑死了。"

张富英当上农会主任后，尽干一些不能见人的事，怕区里和县上来人，花钱雇五个民兵，给他站岗，瞭哨，看门，查夜，捎带着做饭，一人一月两万五。平日，西门外通县城的公路，有民兵瞭哨，瞅着县上区里有人来，民兵就溜回报信。昨儿下晚，刮着老北风，民兵溜号回家了。萧队长的车子开进了屯子，张富英还蒙在鼓里。想起那时狼狼狈狈的样子，他怨一通民兵，又怨自己，他昏昏沉沉，迷迷瞪瞪睁着眼睛说：

"这事怎整呀？"

张富英，外号张二坏，原先家有二十来垧地，爹妈去世后，他又喝大酒，又逛道儿，家当都踢蹬光了。完了他找三老四少，五亲六眷，拉扯些饥荒，开个煎饼铺。仗着他能说会唠，能写会算，结交的又都是一些打鱼摸虾的人物，在屯子里倒也自成一派。头年劈地的时候，杜善人找上他的门，送他五万块钱，两棒子烧酒，请他帮忙。他满口答应，往后就和杨老疙疸泡在一块堆，合计假分地。后来叫萧队长识破。从打那回起，张二坏对萧队长又是怕，又是恨，又奈何不得。到煮夹生饭的时候，萧队长走了，张富英慢慢儿露脸，关了煎饼铺，参加斗争会。他能打能骂，敢作敢为。屯子里就有人说："张二坏如今也不算坏了。"往后因为他斗争积极，当了主任，人们也就不提他先前的事了。东门老崔家，是个二地主，跟他家有仇，砍挖运动时，他斗老崔家，立了一功。他从他家起出两个金镏子，六个包拢，里头尽衣裳。有两个包拢是他爬上烟筒，从烟筒口里提溜出来的。跳下地时，他的胳膊上、脸庞上和衣裳上，尽是黑煤烟。这以后，大伙选他当了小组长，白玉山调党校学习，他补他的缺，当上武装委员。区委书记刘胜调南满，新的区长兼区委书记张忠，正用全力注意区里几个靠山的夹生屯子，不常到元茂屯来。张富英正积极，就当上农会的副主任。这样一来，他呼朋唤友，把他一班三老四少、打鱼摸虾的老朋友们，都提拔做小组长了。大伙勾搭连环地,跟张富英站在一块堆,拧成一根绳,反对郭全海。

李大个子出担架以后,农会主任郭全海的帮手,又少一个。郭全海干活是好手,但人老实,跟人翻了脸,到急眼的时候,光红脸粗脖,说不出有分量的话来。好老百姓有的给蒙在鼓里,有的明白郭全海有理,张富英心歪,可是,看到向着张富英的人多,也不敢随便多嘴。屯里党员少,组织生活不健全,像花永喜这样的党员,又光忙着自己地里的活。张富英提拔的小组长一看到郭全海生气,就吵吵嚷嚷:"看他脸红脖子粗的,吓唬谁呀?""他动压力派呐?""这不是'满洲国'了,谁还怕谁?"有一回,老孙头喝了一棒子烧酒,壮了一壮胆子,到农会里来说了两句向着郭主任的话。这帮子人一齐冲他七嘴八舌,连吓带骂:"用你废话? 你算是啥玩意呀?""老混蛋,你吃的河水,倒管得宽,这是你说话的地方? 也不脱下鞋底,照照模样。""他再胡嘞嘞,就开会斗他。"老孙头害怕挨斗,就说:"对,对,咱说了不算,当风刮走了。"说完,迈出农会,又去赶车喝酒,见人也不说翻身的事了,光唠着黑瞎子,把下边这话,常挂在嘴上:"黑瞎子这玩意,黑咕隆咚的,尽一个心眼。"

郭全海在农会里,光一个鼓槌打不响,心里越着急,越好上火,他跟一个小组长干了一仗。下晚,张富英召集农会小组长开会,大伙叽叽哇哇地都数郭全海的不是。有的竟说:"这号主任,不如不要。"

有人不客气地提出:

"拥护张主任,请郭主任脱袍退位。"

有人更不客气地说:

"叫他回家抱孩子。"

有人笑着说:

"他还没娶媳妇,哪来的孩子?"

有人气势汹汹说:

"谁管他这呀,叫他快搬出农会得了。"

有人假惺惺劝他:

"郭主任,你回家歇歇也好。"

这事闹到了区里,张忠正在清理旁的几个大屯子,闹不清楚他们的首尾,又不调查,简单地答复他们:

"老百姓说了算,你们回去问问老百姓。"

张富英和他的小组长在屯子里联络一帮人,有一些是张富英的亲友,有一些是顺竿爬的,只当这天下就是张富英的了。还有李振江的侄儿李桂荣,新从外头跑回来,暗中帮助张富英,替他联络不少人。布排好了,赶到屯里开大会那天,张富英一呼百应,轻轻巧巧地把个郭全海撵出了农会。往后会里尽是张富英那一大号子人了。

老田头背地里悄悄跟老孙头说道:

"这才是一朝天子一朝臣。"

老孙头叹口气说:

"唉,别提了,官家的事,咱们还能管得着? 咱们老百姓,反正是谁当皇上,给谁纳粮呗。"

郭全海到区上找张忠谈了一次,没有结果。回到屯子里,他只得从农会搬回分给他的西里门的破马架,正逢下雨,屋顶上漏,可炕没有一块干地方。天一放晴,郭全海就借一挂小车,一把镰刀,整一天洋草,再一天工夫,把屋顶补好。他又扒炕,抹墙,掏掉烟筒里的黑烟,三五天工夫,把一个破马架子,修成一个新房子。乍一回来,连锅也没有,他到老孙头家去借锅。这老赶车的知道他啥也没有,忙到一些对心眼的人家一说,锅碗瓢盆,啥都送来了。原来是空荡荡的马架里,一眨眼工夫,啥也不缺了。赵玉林媳妇赵大嫂子,送来一领炕席,小猪倌吴家富拿来一块三角形的玻璃,替他用报纸糊在窗户上。人们都上他家来串门,还叫他主任。这事被张富英雇用的一个民兵听见了,就吓唬着说:

"谁再叫他主任,叫谁去蹲笆篱子。"

人们明的不叫了,背地里,还是叫着。郭全海见天去卖零工夫,吃穿不用愁,小日子倒过得舒坦。下晚,他躺下来,点起他留做纪念的赵玉林生前使唤的小蓝玉嘴烟袋，透过窗户上的三角玻璃片，瞅着窗外的星光，想起他在农会时，累不行了，就伏在桌子上打盹，哪能这样躺在炕席上，舒舒坦坦，抽一锅烟呀？"无事一身轻，也好。"他寻思着，合上眼皮，就睡着了。往后，郭全海没有再到区上去反映。

郭全海一下台，张富英就当上了主任。他走马上任，头一桩事是花钱雇五个亲信的民兵，给他瞭哨。又叫人推举他的磕头兄弟唐士元做元茂屯的屯长。这人是唐抓子没出五服的本家，伪满的国兵下士。李振江的侄儿李桂荣当了农会的文书。萧队长在这屯子的时候，这人不在。他在"满洲国"干过防空员，职务是监视天空，看有没有苏联的飞机。"八·一五"后，他老也没在屯子里待过，成年在外，东跑西颠，也不知干啥。萧队长走后，他回到本屯，参加斗争会，敢打敢骂，一下就当了积极分子。张、唐、李三人，拧成一股绳，掌握会上的大权。斗争地方，三人领头，和他们对心眼的小组长跟上，后尾哩哩啦啦跟上一些老百姓。富农和中农，也整乱套了。富农李振江，光斗了政治，没有接收他的多余的财产。中农刘德山的牲口倒给牵走了。斗了以后，人散就算完，也不分果实。张富英、李桂荣和唐士元三人，都住在农会上，叫民兵在大门外放哨，三个人在里头喝酒，唱戏，开戏匣子，嗑葵瓜子。他们把斗争果实都卖了，卖出的钱，在公路边开个合作社，尽贩娘们的袜子、香水和香皂。他们也给老百姓放过两回钱，头一回，一人五十元，第二回是一百元。老百姓说："不顶两个工夫钱。"

李桂荣个子不大，长挂脸，心眼多，平日不出头露面，招出事来就往张富英身上一推。他知道张富英和东门里的老杨家女人，十分相好。这女人外号小糜子，是元茂屯的有名人物。张富英当上农会主任，她常到农会里走动，嘻嘻哈哈，半夜不走。元茂屯成立妇女会，李桂荣要讨张富英的好，叫人推小糜子当妇女会的会长。妇女会在农会的东屋。农会大门外，挂一块"元茂屯妇女会"的木牌子，比"元茂屯农会"的木牌子，还长一尺。屯子里好样的人家，看到小糜子当了妇女会长,都不让自己的媳妇姑娘再上农会来。赵大嫂子和白大嫂子,也都不来了。小糜子却联络了十来多个人,"鲤鱼找鲤鱼,鲫鱼找鲫鱼",她找的尽是她那一号子人。

小糜子带领这十来多个人,到各家串门,说要"改变妇女旧习惯",强迫人家剪头发,有不愿意剪的,她们从衣兜子里掏出剪子来,伸到头顶或脑后硬铰。这些在旗的妇女,盘在头顶的疙瘩鬏儿给铰了,气得直哭。妇女会又下命令:全屯中年以下的妇女,都得穿白鞋。底儿薄的贫农家妇女,夏秋两季,都是光着脚丫子,命令一下,说要穿白鞋,都没白布,又没工夫做鞋帮,也有逼得淌眼掉泪的。

今年铲地时,全屯男女都下到地里,铲地薅草。张富英跟小糜子像地主查边似的,在地头地脑,转了几转,就走进榛子树丛里去了。好久才出来。

小糜子跟张富英胡闹的风声刮到了她掌柜的耳朵里。他跑到农会来吵嚷,给李桂荣揪住,一股劲打了二里地,旁人都看不下去。

李桂荣在农会的房门口,贴一张字条,上面写着:"闲人免进",要是还有人进来,李桂荣就说:"丢了东西找你",这么一来,人们除了起路条,都不上农会。

李桂荣在农会上屋的门框上,又贴上一张字条,上面写着:"主任训话处"。十天半月,强迫老百姓集合到农会的院子里,听张主任"训话"。有一回,老孙头也给拖去了。张富英"训"完问道:

"我说的话,都听懂没有?"

大家伙怕找麻烦,耽误下地,随口答应道:

"听懂了。"

张富英走到老孙头跟前,问道:

"你知道我说的啥?"

老孙头仰起脸来说:

"谁知道你说的啥呀?"

大家都哗哗地大笑起来,张富英气得瞪眼粗脖的,使劲往老孙头身上踢一皮鞋。

萧队长这回又回来了。张富英一宿没有合上眼。第二天,小鸡子才叫,他翻身下炕,跑去找人。他说:

"工作队来,要吃要烧,得大家伙供给,可不敢叫他们在这儿待长。大伙加小心,不能乱说,招出是非,不是好玩的。咱们农会平日就是有些不是,一个屯子里人,有话好说。屯不露是好屯,家不露是好家。他们要问啥,啥也别说呀。"

张富英串完门子,回家来时,经过公路,只见屯子里的男女从四面八方,三三五五,说说笑笑,往农会走去。张富英的心蹦跳着,两脚飘飘了。天正下着清雪,雪落在他的脑盖子上,随即化成水,像汗珠子似的,顺着他的发烧的脸庞,一径往下淌。

二

屯子里人听说萧队长来了,早起纷纷都上农会来。东方才放亮,看人还不真,农会的院子里,黑鸦鸦的一大片,尽是来看萧队长的人。老孙头和一个精壮小伙子走到前头,迈进里屋,这小伙子是参军去了的张景祥的兄弟张景瑞。他才十八岁,个儿长得高,力气大,干活一个顶个半人。他家是军属,却不要屯子里老百姓优待,自己把地侍弄得好好的,今年的苞米数他家最好,粒儿鼓鼓的,棒子一尺左右长。他戴一顶狗皮帽,打头迈进里屋来。萧队长还躺在炕上。张景瑞笑着说道:

"还没起来呀?可真是睡过站了。"

张景瑞一面说,一面走近炕沿,要去叫醒萧队长。老孙头慌忙阻挡他说道:

"别忙,叫他再躺一会。黎明的觉,半道的妻,羊肉饼子清炖鸡。"

"什么妻呀鸡的?"萧队长翻身起来,一面说,一面把棉袄披上,腿脚还是笼在被子里。这时候,人越来越多,里屋外屋,炕沿地下,挤得满满当当的。萧队长穿好棉袄,转过身来穿他那条延安带来的毛裤的时候，他抬眼望望，都是熟人，不用和谁特别打招呼。他坐在炕沿，两脚蹬在凳上穿靰鞡，冲老孙头笑道：

"你这老家伙，还没有死？"

"要是我死了，我老伴早哭到你那儿去了。"老孙头说，还是那样地笑眯着左眼。

萧队长一面绑靰鞡绕子，一面跟老孙头闲唠。赵大嫂子也站在头里，她笑笑说：

"一听到萧队长来，咱们小猪倌心都亮了半截了。"

男男女女都七嘴八舌地说出他们的惦记和盼念：

"吃青的时候，就盼你来呀。"

"盼星星，盼月亮，也盼不来你。咱们寻思，萧队长才进了城，就忘了咱们元茂屯的老百姓了。"

萧队长笑着说道：

"那哪能呢？多咱也忘不了呀。"

靰鞡穿好了，他从角落里提溜出一个脸盆正要上外屋舀水，在门口碰到白大嫂子。她站在门槛上，倚着左边的门框，疙疸鬏儿剪掉了，像黑老鸹的羽毛似的两撇漆黑的眉毛的下边，一双乌溜溜的眼睛瞅着萧队长，露出想要问啥的样子，萧队长却先张口了：

"大嫂子你好，白大哥调双城公安局工作去了。他老惦念你呀。"

白大嫂子噘着嘴巴子说道：

"他才不会呢，他老是一迈出门，就把人忘了。"

萧队长笑着，正要往下说，听见院子里车轱辘响动，他随着众人，走到外屋的敞开的门口，往外望去，老田头赶一挂铁轱辘大车，拉一车木桦子来了。他喝住马，往正屋走来，把手里鞭子搁在房檐下，跟萧队长招呼，一面进屋，一面说道：

"怕你乍一来，缺桦子烧，给你拉一车来。你先烧着，烧完再去拉。咱们这靠山屯子，没啥好玩意，桦子有的是。"

屋里出来好几十个人，拥到车旁，动手卸桦子。他们把这干榆木杆子码在房檐下,像一列墙似的。雪下着,一会在杆子上盖上菲薄一层鹅的绒毛似的白花花的雪。

人们就用老田头送来的干杆子,生起火墙来。屋里暖暖和和的。人们都不走,也忘了吃饭。火墙旁的桌子边,炕沿上,到处坐着人。他们有的在试穿萧队长的大氅,有的在摆弄他的手枪。老孙头也挤在里头,瞅着萧队长的漆黑崭新的枪牌撸子,发表评论道:

"撸子这玩意也是按天书造的。"

张景瑞接口说道:

"你还是这迷信脑瓜,有啥天书?还不都是人琢磨出来的。"

"你说没天书?我问问你,诸葛借风,是不是从天书上学来?"老孙头坐在八仙桌子的旁边,歪着头说道,"还有薛丁山的媳妇樊梨花,能移山倒海,可不也是找着了天书?"

张景瑞说他不过,不再答理他,低下头来翻看桌上的书报,翻到《中国土地法大纲》。萧祥从旁边插嘴,指着《中国土地法大纲》笑着说道:

"这比天书还灵验,这叫地书,是毛主席批下来的平分土地的书,凭着这书,大伙日子管保都能过得好。"接着萧队长和他们解说《中国土地法大纲》,并且声明:

"咱们这一回,坚决按照土地法来做,彻底把封建打垮。封建斗彻底,翻身就能翻好。你们翻身都翻好了吗?"

听他这一问,大伙都稀里哗啦地吵嚷着,有的诉苦,有的光笑,有的尽骂。谁说了啥,也分不清楚,闹了一会,靠在火墙边的老田头说道:

"咱们屯子闹翻身,翻肥了流氓。早先,咱们穷人扛把锄头,给地主拉套,如今换棵扎枪,给流氓拉套。"

老孙头插嘴:

"咱们算是打个兔子喂鹰了。"

张景瑞也说:

"翻身,头年翻了一身棉裤袄,上山打柴火,早挂破了。今年下雪了,连咱们军属的棉裤袄,也不知在哪? 地主是长袍短褂,跟早先一样。"

萧队长问:

"他们还吃租子吗?"

老田头说:"可不吃咋的! 他们献几垧坏地,留大片好地。还是租出去,自己是锹镐不动,锄镰不入手。"

白大嫂子也挤上来说道:

"你说的还是他们留的地呢。要是萧队长还不来呀,分劈了的房子地,他们也要往回收。"

"可不是咋的!"这回答话的,是双目失明的老田太太。听说萧队长来了,她拄一根拐杖,摸进农会。这会子她说:"八月前,韩老六的小点子①江秀英来这大院,站在当院,威威势势叫我们老头好好给她看院子,别弄埋汰了。又说:她家屋顶上,开朵红花,大门外,榆树开白花。世道又兴变,他们还能往回搬。"

张景瑞说道:

"听她瞎造模! 哪有屋顶开红花,榆树开白花的道理?"

"榆树开白花,我没见着,"老孙头说,"屋顶开红花,倒是亲眼瞅着了,通红通红,像洋粉莲似的。也真是怪事。光绪二十年,老唐家屋顶,也开过红花。"

萧队长寻思一会,解释道:

"也并不怪,风把花籽刮上草屋顶,长出苗来,到时候,就开花了。"

萧祥说到这,望着瞎老太太,问道:"你怎么搬出去了,老田太太?"

老孙头代她回答道:

"撵大院了。"

"谁敢撵他们?"

---

① 指小老婆。

"屯子里说了算的人。"

萧队长不往下问,他知道他们说的是谁了。他问杜善人唐抓子如今在哪里? 他们的地都分完了没有? 回答不一样,有说分利索了的,也有说没有分完的。老田头坐在炕沿上,跷起右脚,在破靰鞡头上敲一敲他的烟袋锅子,叹一口气说道:

"唉,咱们这位主任一上台,屯子就变了样了。他是心向着地主,背冲着穷哥。斗地主他不上劲,罚个百儿八十的,就挡了灾。斗小闷头,他就起劲。刘德山是中农,本人出担架去了,家里给踢蹬光了。"

萧队长问道:

"你们这位张主任,算是什么农?"

"什么农也不是,是个二八月庄稼人。"

"他连二八月庄稼人也够不上。"

萧队长说:

"那你们为啥选他呢?"

老田头说:

"斗争东门老崔家,他立了点功。"

萧队长问:

"立了啥功?"

"起出两个金镏子,六个包拢。"

"你这么说,开初他还是个积极分子,往后怎么坏了呢?"

大伙回答这问题,是各式各样的,有的说:他开首露一两手,是糊弄大伙的;有的说:李桂荣把他引上了歪道;也有的说:他家原来是一个破落地主,这人原来就坏,他的外号叫张二坏。老孙头半晌没张嘴,这会子他说:

"我早知道他不是一个好玩意,不早对你们说过:决不能选他当小组长,你们不听我的话。"

张景瑞问他:

"你多咱说他不是好玩意? 他赏你一皮鞋,你也没敢吱声呀。"

张富英的那一皮鞋脚,老孙头认为是可耻的事,他不愿提起,还瞒着他的老伴,张景瑞如今说出来,这不是有心刁难他是啥? 对于这种有意的刁难,老孙头照例是不给回答的,他还是接着他前面的话说道:

"都说,他改了,不逛道儿了,能做咱们头行了,我说:'不行,改不了的。你们要不信,走着瞧吧。'老言古语没错提:'兔子多咱也驾不了辕'。"

张景瑞说:

"啥老言古语? 尽你自己瞎编的。"

"说他是兔子,是我瞎编? 依我说:他不光是兔子,还是耗子呢。"

萧祥笑着,插进来问他:

"你说他是耗子,窟窿在哪?"

老孙头见问,眯着左眼说:

"咱们屯子里人,各干各的,都不一个心,这不算窟窿?"

萧队长点头,据他了解,也正是这样。他望着人堆里问道:

"郭全海呢?"

老孙头接嘴:

"你还记得他? 他可倒霉了,给人撵出了农会,卖零工夫去了。"

老田头说:

"昨儿上山帮人拉套子去了。"

又唠了一会,吃头晌饭的时候早过了,人们都回家吃饭。萧队长来了,有人撑腰,往后也不怕张富英、李桂荣再折磨人了,人们心都敞亮了。

三

吃完头晌饭,萧队长召集工作队员们在农会西屋开一个小会。

这回萧队长带的工作队,除老万外,都是新人。老解放区干部多半都调往南满作开辟工作，小王、刘胜也都调走了。这十六个年轻人，都是这一年多土地改革当中各区各屯涌现出来的新积极分子。五股中有四股不识字，或才学字，可是他们都积极能干，勇敢负责。在一年多的土地改革运动中，他们掌握了阶级斗争的本领。从质量上来说，这个工作队是并不弱的。在县里，他们开了五天会，萧队长和其他两个县委干部从头到尾参加了。实际上，那就是讨论和学习《中国土地法大纲》的一个短期训练班。今天的会是讨论工作的方式和对老百姓的态度，萧队长也参加了，并且讲了话。讲完话以后，他叫他们自己讨论，他先退会。他要到屯子里的熟人家里去串串门子，去了解他们的生活和心情，也想从他们嘴上真切地了解屯子里的情形。他回到东屋，喝一口水，再走出来，听到西屋他们在讨论。一个声音问："恨铁不成钢，算不算包办代替呀？"许多声音说："咋不算呢？"他没细听，就走出院子，迈出大门，顺着公路走。清雪还飘着，天又起了风，他把跳猫皮帽的耳扇放下，紧紧扣住。他想先到烈属赵大嫂子家里去瞧瞧。他记得她住南门里，就往南走。半道问人，才知道她早搬到北门，就又折回往北走。赵大嫂子住在一家大院子里，和另外一家姓李的寡妇伙住在东屋。她住北炕，李家住南炕。他迈进门，锁住就从炕上跳下来，抱住萧队长的腿脚欢叫道：

"大叔，大叔。"

一面叫着，一面吊住萧队长的胳膊，把自己的身子悬空吊起来，两个乌黑的光脚丫子蹬在萧队长的腿上和身上，一股劲地往上爬。赵大嫂子忙喝道：

"锁住，我看你是少揍了。把叔叔裤祆都蹬埋汰了。还不快下来，看我揍你了。"

锁住并没有下来。他知道他妈舍不得打他。他紧紧地缠住萧队长的脖子。赵大嫂子也真没有揍他。萧队长搂住锁住，亲亲他脸蛋，把他放在炕头上，自己就坐在炕沿。赵大嫂子正在用秫秸皮子编炕席，这是她们的副业生产。

萧队长特意来瞧瞧,她感到欢喜,好像是见到亲人似的,忙下地来,跟南炕借了个烟袋,借些黄烟,又用麻秆到外屋灶坑对了个火,给萧队长抽烟。萧祥点起烟来,一面抽着,一面唠家常,看到她的炕琴上的破被子,他动问道:

"大嫂子,有啥困难吗?"

赵大嫂子说:

"有啥困难呀?在'满洲国',穷得锅盖直往锅上粘,也过来了。这会子还有啥困难?有点小困难,小嘎短一点零花,编这席子,倒腾点儿,也能解决了。"

"他们帮助你们吗?"

"你说谁?"赵大嫂子一面编席子,一面问,"你说农会?他们都不管我们。"

"过年过节,也不来慰劳?"

赵大嫂子笑一笑,只是不说。她总是想起赵玉林的屈己待人的脾性,遇事宁肯自己吃点亏,不叫亏了人。在人背后,也不轻易说人家坏话,南炕李寡妇却忍不住,代她诉说了。

"慰劳?都把东西慰劳妇女会长小糜子去了。他们早忘了慰劳烈属军属这回事。"

"有人挑水吗?"

李寡妇又代她回答:

"郭主任要在屯子里,见天来帮大嫂子挑水、劈柴。郭主任要是走了,咱们两家抬水喝,十冬腊月,没有帽子,出外抬水,别的还好,就这耳丫子冻得够呛。"

萧队长问道:

"小猪倌不是还在这儿吗,咋不叫他去挑水?"

南炕李寡妇笑着又代她回说:

"这都是大嫂子诚心忠厚,老念着人家是没爹没妈没人心疼的孩子,粗活都不叫他干,怕他累了。还送他上小学校念书。萧队长你还没有看到大嫂子这份好心呀,这真是遍天下少有。自己亲生孩子锁住还是光脚丫子呢,小猪倌早穿上鞋了。"

赵大嫂子低头不吱声。她在编炕席。萧队长望着她的头顶,她的头发有些焦黄了,这是营养不够的生活的标记,但是她有劳动人民的好性格,纵令自己也在困难里,也还是照顾别人,体贴别人,宁肯自己心疼的独生孩子光着脚丫子,先做鞋子给那寄养在她家的穷孩子穿上。这炕席,还有围粮食囤子的苫子,都是元茂屯的穷妇女,打街里兜揽回来的活计。张富英和小糜子没有来领导她们、组织她们。这屯子的妇女的副业生产,带自发的性质。

萧队长没有久坐,他怕坐久了、唠多了,一不小心,提到赵玉林,引起她伤感。他辞了出来。在大门外,遇到一个小学生,夹着书包,满脸含笑跑进来。他穿一件青斜纹布的对襟棉袄,一条直贡呢棉裤,萧队长跟他打招呼,眼睛瞅着他脚上,他穿一双青绒鞋面的棉鞋,又结实又好看。这是猪倌吴家富。

萧队长瞅着小猪倌的棉鞋,想起锁住蹬在他身上的一双小小的乌黑的光脚丫子,心里想着:"百里挑一的妇女,屈己待人,跟赵玉林同志一模一样。"他问小猪倌:"念的啥书? 老师好不好?"临了又鼓励几句,才走出来。小猪倌跑了回去,在萧队长背后,风把赵家嚷嚷的声音,刮了过来,那里头有锁住的欢叫大嚷的声音。

萧队长拐一个弯,往东走去。他要去瞧瞧白玉山媳妇。白玉山托他捎回的家信,早晨人多,乱乱嘈嘈,忘了给她。他记得他们住在东门里,就往东门走。

白大嫂子也在编炕席。她是细活的能手。往年,要是卖给大肚子的席子,她顶多使出六分本领来编织。这一批席子和苫子,打听到是公家收买,她使出十分本领来编织。席子和苫子编得结实又光趟。从打白玉山成了公家人以后,白大嫂子对官差都分外卖力,公家定做的什么,落到她手,她做得分外精致。为什么呢? 为了那是八路的,她掌柜的不也是八路军吗?

在屯子里,一家子有人出门在外,家里人就常记挂着。白大嫂子也是这样子。她编炕席的时候,也在寻思。妇女低头干细活,是不能不想自己外头的人的。白大嫂子却是这样子的妇女，心里想得发痛了，嘴头上也不承应。要是有人问她道：

"白大嫂子，记不记挂你家掌柜的呀？"

她就仰起脸来说：

"记挂他干啥？我才不呢。"

但是一面编席，一面寻思：可知他的工作多不多，忙不忙呀？衣裳挂破了，有人给他连补吗？谁给他补衣？是老大娘呢，还是年轻的媳妇，漂亮的姑娘？白大嫂子寻思到这儿，心里一阵酸溜溜的劲。她粗暴地编着席子，使劲揣一根秫秸皮子，右手中指刮破了，血流出来，滴到编好半拉的炕席上。她扔下活，到炕琴上找一块白布条子，把中指扎好。血浸出来，染红了包扎的白布。她还是低头编席，可是悄声地用粗话骂开来了：

"这瘟死的，也不捎个信，迈出大门，就把人忘了。"

正在这时候，院子里狗咬。萧队长来了。她扔下手里的秫秸皮子，跳下地来，到外屋迎接。萧队长推开关得溜严的外屋的门，一阵寒风跟着刮进来，白大嫂子给吹得打了个寒战，说道：

"萧队长来了。哎呀，好冷，快进屋吧。"

雪下着，风越刮越大。过了晌午，天越发冷了。屋里院外的气温，差一个季节。院外是冬天，屋里是秋天。萧队长冻屈的手指，现在也能伸开来，接白大嫂子递过来的烟袋。两人闲唠着。萧队长问起屯子里的情形，白大嫂子转弯抹角地问双城的情况，双城离这儿多远？捎信得几天才到？所有这些，她都仔仔细细问，就是不提白玉山的名。萧队长笑道：

"白大哥捎信来了。"

他从衣兜里取出信来交给她。她不识字，请他念道：

淑英妻如见：我在呼兰党训班毕业后，调双城公安局工作。身板挺好。前些日子闹眼睛，公家大夫给扎古好了。再过两个月，旧历年前，兴许能请假回来瞧瞧你。家里打完场了吗？公粮都交上没有？你要在家好好儿生产。斗争别落后。千万别跟人干仗,遇事好好商量,别耍态度,为要。此致革命的敬礼。

白玉山字。

一九四七年十月初九日。

白大嫂子把信接过来。她知道这信是别人帮他写的,可都是他自己的意思。她把信压在炕琴上的麻花被底下。萧队长起身走后,她怕把信藏在那里不妥当,又取出来,收在灯匣子里,又怕不妥,临了藏在躺箱里,这才安下心,坐在炕上重新编席子。

萧队长离开白家,正往回走,半道遇见花永喜,这是头年打胡子的花炮。他正在井台上饮牛。时令才初冬,井水才倒进水槽,就结冰碴了。牛在冰碴里饮水。因为是熟人,萧队长老远地跟他招呼。老花也招手,但不像从前亲热。两人站在井台上的辘轳旁,闲唠一会,花永喜说:

"这儿风大,走,上我家去。"

两人肩并肩走着。老花牵着黑乳牛,慢慢地走。萧队长跟他唠这扯那,不知咋的,谈起了牲口,萧队长记得头年分牲口,花永喜是分的一腿马。问起他来,才知道不久张寡妇拿出她的小份子钱来,买了一个圐圙马。萧队长问他:

"你怎么又换个乳牛?马不是跑起来快当,翻地拉车,都挺好吗?"

花炮说:

"牛好,省喂,下黑也不用起来侍候,我这是乳牛,一年就能下个崽,一个变俩,死了还有一张皮。"萧队长知道农民养活牛,不养活马,总是由于怕出官车,老花说出的这些理由,只是能说出口来的表面的理由。他笑着问道:

"你不养活马,是不乐意出官车吧?"

"那哪能呢?"老花光说了这句,也没说多的。

老花打算远,学会耍尖头,都是为了张寡妇。从打跟张寡妇搭伙以后,他不迈步了。张寡妇叫他干啥,他就干啥,张寡妇不叫他干的,谁也不能叫他干。屯子里人都知道:他们家里是张寡妇说了算。砍挖运动时,张寡妇就叫他不再往前站。凡事得先想家里。为了这个,两口子还干过一仗。着急的时候,张寡妇脸红脖粗地吵道:

"你再上农会,我带上我的东西走,咱们就算拉倒。"

老花坐炕沿,半晌不吱声。他是四十开外的人了,要说不老,也不年轻了。跑腿子过了多半辈子,下地干活,家里连个做饭的帮手也没有,贪黑回来,累不行了,还得做饭。自己不做,就吃不上。他想起这一些苦楚,低着头,不敢违犯张寡妇,怕她走了。从这以后,他一切都听屋里的,他不干民兵队长,也不再上农会了。张寡妇说:"家里有马,要出官车,不如换个牛。"老花第二天就把马牵去跟李振江换了这个黑乳牛。遇到屯子里派官车,老花就说:"我养活的是牛,走得慢。又不能跟马搁在一起套车,牛套马,累死俩。"他摆脱了好几次官车。张寡妇常常和李振江媳妇在一块唠嗑。张富英跟李桂荣上台,把郭全海挤走,老花明明知道是冤屈,是极不应该的,但也没出头说啥。

现在,萧队长走进院子里,张寡妇正在喂猪。见着萧队长,点一点头,也不叫进屋,老花倒不好意思,请萧队长到屋。看见这势头,萧队长也不进屋,略站一会,就出来了。离开花家的榆树障子时,萧队长对着送他出来的花永喜说道:

"老花,不能忘本啊。"

老花还是答应那句话:

"那哪能呢?"

萧队长回到农会,坐在八仙桌子边,从文件包里掏出一卷"入党表",里头有花永喜的一张。上面写着:"介绍人萧祥",候补期是六个月,已经过了,还没有转正。看着这表,他想起头年花永喜打胡子的劲头。那时候,介绍他入党是没有错的。现在他连官车也不乐意出了。这是蜕化。在党的小组会上,讨论老花的转党问题时,他要提出延长他的候补期的意见。但又想着,开辟工作时,老花是有功劳的，如今光是不迈步，兴许是张寡妇扯腿，不能全怪他。还得多多收集他的材料，并把这问题请示上级。

四

整顿思想作风的小会开完以后，工作队员分配到外屯工作。他们十五个都是二十上下的年轻人，干啥都有劲。他们不吃晌，也不坐车，各人背个小小铺盖卷，冲风冒雪，奔赴四外的屯子。

萧队长带着老万，留在元茂屯。他日夜盼郭全海回来，亲自到那小马架跟前去转过两趟，两回都是门上吊把锁，人还没有回。萧队长告诉郭家的紧邻，叫郭主任回来就上农会去找新的工作队。萧祥回到农会里屋，这儿又是满满堂堂一屋子的人。张景瑞把门上的"闲人免进"的红纸条子撕下了。老孙头学样，连忙走到外屋的门边，恨恨地把"主任训话处"的徽子撕下，把它扯碎，扔在院子里。他说："姓张的这狗腿子主任，我们扔定了。"

人们的劲头又来了，又好像头年。萧队长找着一百二十多个贫雇农男女，愿意重打锣鼓另开戏。他出席他们的大会和小会，跟他们讲解《中国土地法大纲》，教会他们算剥削细账。他一面调查，一面学习，同时又把外区外县的经验转告给他们。这样的，农会上人来人往，一连闹了一星期。一天，头年帮萧队长抓韩老六的老初在会上叫道：

"现在是急眼的时候，不是唠嗑的时候，说干就干，别再耽误了。"

大伙都随声应和：

"对，对，咱们就动手，先去清查合作社。"

老孙头也说：

"先抓张富英这王八犊子。"

张景瑞笑着说道：

"吃那一皮鞋，要算账了。"

萧队长站在炕沿上叫唤道：

"别吵吵。干是要干的,可别性急。干啥都得有头行,有骨干,依我说:要彻底打垮封建、翻身翻透,咱们贫雇农还得紧紧地抱住团体,还要坚决地团结中农。咱们成立一个贫雇农团好不好?"

像打雷似的,大伙答应"好呀"。正在这时候,站在外屋的人叫道:

"郭主任回来了。"

炕上地下,所有的人都掉转头去往外望。郭全海出现在外屋的门口。他头上戴一顶挂破了的跳猫皮帽,瘦削的脸蛋,叫冷风吹得通红。脚似乎是踩在门槛上,他比人们高出一个头。他笑着,越过人们的头顶,瞅着萧队长。萧队长招呼他道:

"快进来吧。"

老孙头弯起胳膊肘子,推开大伙,一面叫唤道:

"闪开,闪开一条道,叫郭主任进来。"

人们闪开道。萧队长这才看清他全身,他的一套半新的青斜纹布裤袄,上山拉套子,给树杈挂破好几十处了,处处露出白棉花。他的身子,老远看去,好像满肩满身满胸满背遍开着白花花的花朵似的。萧队长笑说:

"郭全海,你这棉袄,才漂亮呢。"

郭全海说:

"在庄稼院,这叫开花棉袄。"

站在炕沿边的白大嫂子说:

"郭全海,今儿下晚你脱下来,我给你连补,我那儿还有些青布。"

郭全海含笑瞅着她说:

"不行,熬一宿也补不起来。"

站在白大嫂子身后的一个扎两条辫子的姑娘笑着说道:

"我去帮白大嫂子,咱俩管保一宿能补好。"

郭全海瞅她一眼,认识这是小老杜家的还没上头的童养媳,名叫刘桂兰。他没吱声。炕沿边的人闪开道,几个声音对郭全海说道：

"上炕暖和暖和吧，郭主任。"

郭全海上炕，在人堆的背后，他和萧队长肩并肩坐着，脊梁靠在窗户旁边墙壁上，两个人细细地唠着。

贫雇农大会还是在进行。他们明了誓，决心彻底斗封建。大伙推举了主席团，推举郭全海做贫雇农团长。

三更左右，大会散了，人都走了。萧队长叫老万把郭全海脱下的破棉裤袄拿到白大嫂子家，请她们连补。白大嫂子和刘桂兰两人，盘腿坐在点着一盏豆油灯的炕桌子旁边，补着裤袄，唠着家常，直到小鸡叫。

正在两个妇女给他缝补衣裳的时候，郭全海光着身子躺在萧队长匀给他的一条黄色军用毯子里，跟萧队长唠着。这个年轻庄稼人，最了解屯子里的情况，记性又好，心又不偏。八仙桌上的豆油灯里的灯油快干了，灯捻发出哔哔剥剥的响声，萧队长起来添了一盏油，把灯捻拨亮一点，回头又躺下，头搁在炕沿，脸冲着小郭，问道：

"你看这屯子的坏根斗得怎么样？"

"根还没有抠出，根还有须呢。"

"杜善人、唐抓子都斗垮了吗？"

"斗没少斗，离垮还远。"

"砍挖运动时，外屯外县起出好多枪来，你们这屯子呢？"

"韩老六的枪，外屯起出了不少，本屯没起出一棵。"

"韩家还能有枪吗？"

"能算出来。韩老六拉大排的时候，连捡洋捞，带收买，有三十六棵钢枪，一棵匣枪。他兄弟韩老七上大青顶子，带走二十来棵，韩长脖、李青山上山，又带走几棵，韩老六的大镜面匣子也给带走了，加上外屯起出的几棵，我看韩家插的枪，没露面的，有也不多了。"

"唐抓子有吗？"

"他是抱元宝跳井,舍命不舍财的老财阀,不能养活枪。他胆儿又小,瞅着明晃晃的刺刀,还哆嗦呢……"

"杜善人呢?"

"'满洲国'乍一成立,杜善人当过这屯子的自卫团长,兴许插过枪,听老人说:杜善人在老'中华民国'藏过洋炮,也有钢枪,可一直没露面。"

萧队长笑着,对于这连根带梢、清清楚楚的说法,他最喜欢。他寻思一会又说:

"元茂屯不能没有枪。枪起不尽,地主威风垮不了。不过,这玩意还没露头,现在要起也起不出来。要是起不出,群众要松劲。先别提这个,先干群众能摸着看着、马到成功的事,斗经济,挖财宝。"说到这儿,萧队长想起他听到的工作队员的讨论,就说:"恨铁不成钢,是不行的。"

郭全海说:

"那还用说!"

萧队长又问:

"张富英这人怎样?"

"是个破落地主。他当今,尽找三老四少,能说会唠的那帮人。他们说了算。有几句嗑的,都能上农会。李桂荣这人也是个坏蛋,溜须捧胜,干啥自己不出头,老百姓光知道张富英坏,不知道这家伙也是一样。张富英坏在外头,李桂荣坏在心里。张富英相好的破鞋烂袜,天天上农会,李桂荣相好的是半开门子,从不上农会。屯子里有的老百姓还说:'李文书这点还好,不逛破鞋。'"

萧队长问道:

"李桂荣和谁相好?"

"韩老六的小点子。"

"这人头年我没有见过。"

"谁?李桂荣?头年他不在屯子里,今年才回来。"

"打哪儿回来?"

"谁知道呢？有人说他从南岭子胡子北来队回来，又有人说，打长春回来。"

听到这话，萧队长抬起半截身子来，用左胳膊撑着，问道：

"谁说的？"

"东门里老王太太说，李桂荣上她家串门，自己说的。"

萧队长连忙起来，披着大氅，又添上点灯油，坐在八仙桌子边，从棉袄兜里取出日记本，用金星笔记下郭全海的后头几句话。萧队长记性原也不坏，但遇到当紧的事，就用笔记下，心记不如墨记，他信服老百姓的这一句老话。写完他又上炕来，好像提醒郭全海似的说道：

"你说这屯子里有没有卧底的坏根？"

萧队长挑灯写字的时候，郭全海因为太困，闭上眼皮，迷迷糊糊了，没有听准他的话，反问一句：

"你说啥呀？"

"这屯子有没有暗胡子？"

这回他听准了，警觉地睁开眼皮说：

"怕也不能没有吧？"

他的困劲过去了，睁开眼睛，听着萧队长讲述关里日特和国特打黑枪、放毒药、挑拨造谣的故事。临了，萧队长问道：

"这屯子还有谣言吗？"

"说'中央军'到了哪儿这种谣言是没有了。可头几天，屯子里老爷子老太太都说：'韩老六家的屋顶上开红花，院子里榆树开白花，世道又兴变。'这话远近传遍了。"

"谁传出来的？"

"听说是韩老六的小点子。"

"她不是李桂荣的相好吗？"

"可不是咋的！"

"信这谣言的人多不多？"

"连老孙头也信了。"

"这个我知道，我是说，除开上年纪的人，年轻人也有信的吗？有？这事得好好调查一下。我早听说，李大个子上前方，出担架以后，元茂屯就没有锄奸委员，那还能行？咱们一面斗地主，一面还得整特务。地主是明的，特务这玩意儿是暗的，可不好整。"

"可不是咋的！明枪好挡，暗箭难防。"

"咱们整特务，也得靠群众，你把群众发动好，群众的阶级觉悟普遍提高了，暗胡子就钻不了空子。不过话又说回来，你看这屯子里，谁能代替李大个子的职务？"

郭全海寻思一会，说道：

"张景祥兄弟，张景瑞，我看能行。"

"赶明儿引他来谈谈。"

这时候，小鸡子叫了。灯油又尽，萧队长没有再添油，灯捻哔哔剥剥响一阵，就熄灭了。挂着白霜的窗户玻璃，由灰暗慢慢变得溜明，窗外房檐下，家雀子嘈嘈地叫了。萧队长刚闭上眼皮，又睁开来，他又想起一件要紧的事，忙问郭全海：

"睡着了吗？"

"没有呢。"

"明儿一早，把五个民兵的钢枪都收回来。你挑几个年轻的人当民兵，老初能当队长吗？"

"叫他试试看。"

两个人都没再吱声，一会发出了鼾声。天放亮时，老万上白大嫂子那儿拿回了补好的衣裳，他们还没有醒来。

雪停风住，天放晴了。日头慢慢照到窗户玻璃上。老万坐在农会西屋南炕上，在明亮的窗台边，一面用红绸子擦着匣枪，一面低声哼歌子。一个长挂脸的小个子男子在外屋的门外探头探脑。老万问是谁，长挂脸赔笑进来回答道：

"我要见见萧队长，我叫李桂荣。"

老万仔细打量他。他穿一套破裤袄，戴一顶套头帽子。老万问他：

"你是头茬农会的李文书吗？萧队长还没有起来。"

李桂荣退出，老万也没有送他，仍旧低头哼他的歌子，仔细擦匣枪的零件。一会老孙头来了，老万笑着招呼他：

"上炕，上炕暖和暖和。"

老孙头上炕，盘腿坐在炕桌子旁边，笑着说道：

"李桂荣来干啥的？"

老万逗乐子，随口编一句：

"他来告你的。"

老孙头笑眯左眼说：

"他来告我老孙头？我才不怕呢，我又没有溜张富英的须。张富英办农会，他当文书。张富英跟小糜子相好，他穿针引线。他当我不知道。老孙头我走南闯北，啥事不明白？他们当令，尽找些头头脑脑，杜善人、唐抓子，也能上农会，穷人说话不好使，你反正是人越老实，越吃不开。张富英腰里别个小腰别，穿双大皮鞋，走道挎嚓挎嚓的，活像个'满洲国'警察。"

"张富英打过你吗？"

老孙头认为叫人打过，是丢人的事，他不承认，说：

"他敢。"

老万知道这件事，笑着顶他道：

"他们说，他踢过你一皮鞋脚。"

老孙头忙说：

"你听他们瞎造谣，谁敢踢我？要是叫他踢过，我早坦白了。这又不丢人，坦白了倒是光荣。"

老孙头把坦白光荣这些新字眼，乱用一通，说得老万笑起来，把东屋萧队长笑醒了。

"谁呀？你们笑啥？"

老万回答道：

"老孙头来了。"

"请他过来。"

老孙头过来,坐在八仙桌子旁。瞅着炕上,萧队长和郭全海都起来了。郭全海穿好衣裳,饭也没吃,出去收缴头苴农会的民兵的枪去了。萧队长一面穿衣洗脸,一面跟老孙头闲唠:

"日子过得好不好?"

"你反正是干的捞不着,稀的有得喝。"

"还是给人家赶车?"

"不赶车咋整?人待得住,嘴待不住呀。"

萧队长想知道屯子里人对头年分地的印象,满不满意。

"老孙头你两口子分的地好不好?"

"挺好,种啥长啥。"

说得拿着脸盆舀水进来的老万又笑起来。老孙头自己不笑,他心里老记挂告状的事,又凑近炕沿说道:

"他们来说我什么?我正要告发他们。他们尽糊弄官家,头年萧队长走后,区上来人调查夹生饭,要找老百姓。张富英说,都下地了,屯子里光剩老爷子老大娘。区上的人说:'找他们来也行。'张富英找俩老人来,老太太耳朵有点背,老爷子眼睛有点看不清。区上的人问:'你们这屯有夹生饭没有?'老太太没有听准,回答道:'我们这儿都吃小米子,没有大糙子饭。'区上的人又问:'你们这儿有破鞋吗?'老太太这回听准了,叹了一口气,又回答道:'哎呀,咱们几辈子尽穿破鞋,哪能穿好鞋?'区上的人又好笑又窝火,骂道:'扯淡。'老爷子忙说:'她耳朵有点背。同志,有啥问题,你问我吧。'这时候,张富英进去拉区里的人到西屋,那儿炕桌上,摆好了酒菜,张富英、李桂荣,外加唐屯长,陪着区上的人吃着喝着,把酒盅都捏扁了。他还要来告我呢,他自己有啥好样,尽糊弄人。"

这时候,老田头来邀萧队长去吃早饭,顺便邀老孙头作陪。吃的是面条。老孙头一面吃,一面笑着说:

"这顿面条,请得应景。送行的饺子接风的面。"

老田头说:

"卖㭎子整了点白面。我老伴说:咱们要请萧队长。他这一来，大伙心里有仰仗，坏蛋都十指露缝了。"

五

晌午，开完贫雇农大会，人们从农会里涌出，一路向东，去搜查张富英的合作社，一路奔西，去抓张富英本人。

向东的一路，拥进"合作社"，把货架子都翻腾了。那上面摆着好些妇女用的化妆品：香皂、香水和口红，老孙头拿一颗口红，伸到鼻子底下闻一闻，说道：

"庄稼院整这些干啥？"

老初说：

"快拿回去，给你老伴嘴上擦一擦。"

老孙头光顾说他的：

"不卖笼头，不贩绳套，光整这些小玩意，这叫啥合作社呀？"

人群里有一个人说：

"这叫破鞋合作社。"

大伙就在合作社开起会来。屋里院外，一片声音叫嚷道：

"咱们要跟他们算算细账。"

郭全海坐在柜台上，嘴里噙着小蓝玉嘴烟袋，没有说话，留心着别人说话。合作社里一片嘈杂，老初的大嗓门压倒所有的声音，他说：

"这算什么合作社？这些家伙，布袋里买猫，尽抓咱们老百姓的迷糊。"

几个声音同时说：

"咱们要跟他们算账。"

"亏咱们的，叫他们包赔。"

有个老太太，挨近柜台，拿起一束香，就往怀里揣，老初看见，粗声叫道：

"别动，不准乱拿。大伙动手，把这些玩意都搬进柜里。"

"谁带了封条？把箱箱柜柜都封起来。"

人们七手八脚把货物都收拾停当。封条贴上了。老孙头站在酒篓旁边，揭开盖子，使提篓往外舀酒，笑眯左眼说："我尝尝这酒，看掺水没掺？"说着，把酒倒在一个青花大碗里，喝了一口，又尝一口，喝完一碗，又倒一碗，喝得两眼通红，酒里掺水没掺，他没有提了。

这时候，萧队长走到柜台边跟郭全海合计，推举几个清算委员，找一个会归除的人，去和张富英算账。也正在这时候，张景瑞带领新成立的民兵队的几个民兵，把张富英、李桂荣和唐士元三人五花大绑，押着进来。老孙头喝得多了，推开众人，挤到张富英跟前，也不吱声，提起他的靰鞡，就要踢他。郭全海忙说：

"不准打，萧队长说过不兴打人。"

"地主坏根，也不兴打吗？"

萧队长在一旁回答：

"都不打。"

接着，萧队长和大家伙解释咱们的宽大政策，说除开首恶，无论是谁，过去做了坏事，说出来不打。他又叫人把绑张富英三人的绳子都松了，叫他们回去，洗心革面，坦白完了，好好务庄稼。人堆里有人说道：

"太宽大了。"

"便宜他们了。"

妇女中有两个人悄悄地议论：

"张富英这小子，不会跑吧？"

"他敢。"

"得画地为牢，要不价，跟头年韩长脖似的，蹽大青顶子，也是麻烦。"

萧队长听到这话，瞅着站在一边的张景瑞笑笑，意思好像说："你听听，得加小心啊，这是你的事。"张景瑞也笑一笑，没有吱声。萧队长对张富英说：

"你们好好地坦白，把做过的坏事，都说出来，给老百姓赔礼。"

张富英黑丧着脸说：

"我干过啥呢？大伙选我当主任，我一个粗步也不敢迈呀，老是小小心心，照规矩办事。"

老孙头冲着他脸说：

"谁推你当主任的？你们几个狐朋狗友，耗子爬秤钩，自己称自己。你们三几个朋友，喝大酒，吃白面饼，吃得油淌淌，放个屁，把裤子都油了，这使的是谁的钱呀？"

妇女队里出来一个十六七岁的双辫子姑娘，就是小老杜家的童养媳刘桂兰。她脸颊通红，说话挺快，指着张富英问道：

"对军属烈属，你们啥也不拥护，光有光，没有荣，你们这是哪来的章程？"

张富英脸庞煞白，没有回答，老初挤上来，举起拳头在他鼻子底下晃一晃，扯起大嗓门说道：

"七月前，咱们都在地里铲地，你和小糜子跑到榛子树丛里，半天不出来。"他笑着又说："你们在那儿干啥？"

人堆里发出笑声和骂声，有叫绑起来的，也有叫打的。萧队长忙出来拦阻，叫大伙放他们回去，好好反省。他扭头又对张富英说道：

"好吧，你们回去，回头好好儿坦白，把自己的臭根都抠出来，跟老百姓告饶。"萧队长瞅着李桂荣正低着头，装出可怜的模样。

"你也得坦白。"

李桂荣连连哈腰，满脸堆笑回答道：

"对，对，那还用说？萧队长您多咱有工夫，咱个人要找您唠唠。"

"往后再说吧。"

"就这么的吧，咱们往回走了。"

李桂荣退着往外走，皮鞋脚踩在老孙头的草鞋脚上，老孙头大嚷起来。李桂荣连忙赔罪：

"对不起，对不起，老大爷。"

老孙头推他一把说：

"滚出去，你犯了事，还踩我一脚。快滚，这里不准你站了，这合作社这回归咱们老百姓了。"

张富英、李桂荣和唐士元三人才走出门，萧队长在张景瑞耳边小声地说了一句：

"你多注意李桂荣。"

大伙推举郭全海、老孙头和老初做清算委员，清理"合作社"和张富英的假农会的财产。他们聘请屯子里的栽花先生做文书，他能写字，又会归除。

六

妇女也参加了贫雇农大会。小糜子整起来的"破鞋"妇女会，无形解散了。小糜子不敢再出头露脸，成天待在家里，劈柴、锄草、补衣裳、做棉鞋，装得老实巴交的，又把她的真正老实巴交的掌柜的糊弄住了。这实心人逢人便说，他屋里的转变了。

农会的西屋，里外屋的隔壁打通了，里外并一屋。贫雇农见天到这儿集会，大伙商量一些事。萧队长跟他们讲了几回话，给他们详细讲解对中农的政策。见天，屯子里贫雇农男女，除开回家去吃饭，总在这儿，炕上坐得满满堂堂的，屋子当间，用干桦子笼起一堆火。横梁上吊一个大豆油灯，到下晚，四个灯捻点起来，屋子里面，亮亮堂堂。人们坐在火旁边，抽烟、咳嗽和争吵。黄烟气味，灌满一屋。开会开到第五天，老初耐不住，使劲叫道：

"不用再唠啦，大地主还有啥好种？咱们庄稼院的人，都是说一不二的。说干就干吧。"

人们纷纷应和他。主席团合计一下，决定下晚就动手，向封建发动总攻，妇女、儿童也都来参加。

"中农不参加？"有人问道。

大家伙嗡嗡地议论起来。郭全海站在炕上，大声叫道：

"大伙别吵吵，听我一句话，中农叫'自愿'，咱们不强迫。"

怕走漏消息，郭全海说马溜动手。老初的大嗓子叫道：

"报告团长，跟前有坏蛋听声，好抓不好抓？"

郭全海说：

"有真凭实据的能抓。"

老初跟张景瑞推开人们，挤到外屋灯光照不到的角落里，抓住一个人。这人穿一身千补万衲的裤袄，腰里扎根草绳子，这是杜善人姑表，地主张忠财。老初大手提溜着他棉袄的领子，像提溜小鸡子似的提到亮处，一面骂道：

"你混进来听声，王八兔崽子。"

发觉了地主听声，人都窝火了。到这步田地，地主还敢混进农会来，大伙围上去，指手画脚，叽叽嘈嘈，推的推，问的问：

"听咱们的会，想对付咱们？"

"你想翻把？"

"谁叫你来的？"

"他自己就是地主。"

"大地主没一个好货。"

"我看他短揍！"

"他不吱声，装迷糊。"

人们越发上火了。萧队长说过，不能打人。大伙手都痒痒的，真想揍他，可又不能揍，萧队长站在炕上，灯光下面，两眼睁得溜圆，不叫人抬手，人们急得叫口号：

"翻身要翻透，一个地主也不漏。"

"翻身要翻好，封建都斗倒。"

"彻底打垮封建势力。"

"斗经济，斗政治，起枪支。"

南炕和北炕，替换着叫，这边才落音，那边又轰起。外头房檐下的小家雀，叫屋里的雷轰似的声音惊动了，飞出窝来，把那挂在房檐上的冰溜子撞断一根，落在窗台上，像玻璃碴子似的发出丁当一声响。郭全海听到，对大伙说：

"听,外头还有人。"

一听到这话,站在外屋的人们就都往外拥。人们跑出去,院里院外、屋前屋后,仔细搜一遍,不见人影子,才慢慢地都转回屋里,接着开会。萧队长笑着说道:

"警惕性是提高了,这没有害处。"

人们把这混进农会来听声的地主张忠财撵出了农会。

郭全海跟张景瑞、老初、老孙头一块堆,在八仙桌子边,编联小组。他们合计全团积极分子编成二十个小组,作为骨干,带动全屯,清查和接收地主的底产。编完小组以后,窗外小鸡子叫过三遍,日头冒花了。

白大嫂子和刘桂兰从农会东屋的大红躺箱里,起出一面红绸子旗子。这是头年农会的旗子。张富英上台以后,扔在躺箱里,没有用过。白大嫂子用一根小木棒子做旗杆,叫人挂在农会上屋房檐上。干雪盖着屋顶、地面、草垛和苞米楼子,四外是白蒙蒙的一片。红绸旗子高高挂在房檐上,远远地瞧着,好像是这晃眼的银花世界里的一个晃动的火苗。

大会散了。编了小组的人们顾不上吃饭,领着人们奔向指定他们接收的地主的大院。各组的人们向四外走去,靰鞡踏在干雪上,嘎嚓嘎嚓的,响遍全屯。

郭全海和老初合计,叫他派民兵拿着钢枪和扎枪,到全屯警戒。郭全海自己带领一组人,去清查和接收杜善人财产。他这一组有二十个人,里头有两位妇女,一个小孩。小孩就是猪倌吴家富。他穿着赵大嫂子给他做的新棉鞋,手里拿个铁探子,在郭全海的后头走着。两个妇女,一个是白大嫂子,一个就是刘桂兰。她的男人才十岁,她十七了,个儿长得高高的,脸蛋泛红,好像一个熟透的苹果。她是贫农刘义林的姑娘,妈早死了。刘义林拉下小老杜家的饥荒,临死以前还不起,死逼无奈,就把自己心疼的独生的姑娘送给了杜家。张富英当令,包庇地主,小老杜家仗着杜善人的腰眼子,杜善人靠张富英维持,又都威威势势,胡作非为了。没上头的童养媳,下晚是跟男人隔开来睡的。她跟婆婆睡北炕，她的男人，那个十岁娃娃跟她公公睡南炕。一天下晚，刘桂兰的婆婆叫醒她来，要她给公公捶腰，刘桂兰不肯，婆婆不吱声。第二天，杜婆子说刘桂兰偷鸡子儿吃了，她气得直哭，跑到妇女会哭诉。小糜子偏袒小老杜家，骂了她一顿，把她撵出来。就在这当天下晚，外头下着雨，屋里灭了灯，炕上黑漆寥光的，伸手不见掌。有个什么人爬到她炕上，把她惊醒。她叫唤起来。睡在南炕的她的男人，那个十岁的小嘎，从梦中惊醒，不知道是怎么一回事，可炕地摸，他爹不见了，吓得他跳到地下，迷迷瞪瞪，只当是来了胡子，或是哪里失火了。他光着两个脚丫子，跑到桌子边上摸火柴。他妈也跳下地来，跑到她儿子跟前，打他一撇子。他扑倒在南炕的炕沿上，呜呜地哭了。刘桂兰趁着这空子，光着脚丫子，逃到院子里去了。

雨下着，院里湿漉漉的。她顶雨站在院子的当间，脚踩着地面，泞泥盖没脚骨拐。她听见屯外野地里的一声声瘆人的狼嗥，又冷又怕，心里直哆嗦。她寻思着："往哪儿去呀？"爹妈死了，早没有家了，妇女会是小糜子当令，她无处投奔。她爬上苞米楼子，伏在苞米堆子上，幽幽凄凄地哭一个整宿。雨哗哗地落着，她的哭声没有人听见。

天麻花亮，她从苞米楼子上跳下，光着脚丫子，跑出大门。跑不远遐，碰到白大嫂子在井台上打水。看见她两眼红肿，两脚光着，白大嫂子吃惊地问道：

"刘桂兰，你怎么的呐？"

刘桂兰光顾着哭，说不出话来。白大嫂子挑着水筲子，邀她往她家里去歇歇。回到家里，白大嫂子给她换掉湿衣裳，洗净泥巴脚，叫她上炕。她一面烧火做饭，一面跟她唠着嗑。刘桂兰把苦水都倒出来，说到伤心处，哭得没有头。白大嫂子说：

"别哭了，往后就待在我家。看谁敢来整你？"

从那以后，刘桂兰躲在白家。白大嫂子叫她做些针线活，整天不出门，免得叫她婆家的人看见。过了一个月，小老杜家打听出来了，想要人，自己又不敢来要。他们知道，白大嫂子是不好招惹的。小老杜家告到妇女会。小糜子派人来劝白大嫂子，把人交出来。白大嫂子说：

“你叫小糜子来，咱们评评理。”

小糜子害怕白大嫂子把自己不能见人的事，也给捅出来，不敢上门。小老杜家又告到张富英那儿。张富英放出一个话，说要派民兵来抓。白大嫂子听到这话，站在公路上，扬起她的黑老鸹的羽毛似的黑眉毛，大声吵嚷道：

“刘桂兰是我收留了，谁敢来抓，叫他来，咱跟他豁上。你们山高皇帝远，干的好事，只当我姓白的不知道？”

张富英气急眼了，真要来抓人。李桂荣估量白家是干属，怕把事情闹大了，区上县里派人来调查，惹火烧身，反倒不美。他劝张富英：

“咱们不要管这些闲事，白家屋里的是个惹不起的母夜叉，你还不知道？”

小老杜家又到杜善人跟前诉说。杜善人架着眼镜，正在看报纸。他是常常悄悄找些《东北日报》来看的，从那上面研究我们的政策，估量战争的形势。这会正看着人民解放军冬季攻势胜利的消息，蒋匪一师一师被咱们歼灭。小老杜家来求他帮忙抢回刘桂兰，杜善人叹一口气说：

“唉，往后瞧瞧再说吧。”

刘桂兰就仗着这位“母夜叉”护住，待在白家。她的男人，那十岁小嘎，来哭过两次，要她回去。他的身子又瘦又小，又干瘪；说话嘟嘟哝哝，听不清楚。刘桂兰跟他站在一块堆，要看他，得低下头来。

过门的时候，屯子里人都说不行。老孙头也说：“这媳妇过不长，终究要干啥。”刘桂兰身板壮实，胳膊溜圆，干活没有一个妇女撵上她，炕上的剪子，地下的镰刀，都是利落手。薅草拔苗，扬场推碾，顶上一个男子汉。这会看着这个十岁的小嘎，她的挂名男人，站在她的跟前掉眼泪，她的心软了。但是一想起她公公的胡子巴碴的臭嘴巴子，她觉着恶心，不想回去。她打发他走了。就这么的，她待在白大嫂子家里。萧队长回来以后，白大嫂子带领她参加了贫雇农大会。现在，她们编入郭全海小组，上杜善人家去。

老孙头也在郭全海小组。他赶一张二马爬犁，跟在大伙的后面，准备把没收的谷物和家具拉到农会去。

杜家大门，关得溜严。老孙头喝住马匹，跑到门口，用马鞭子杆敲着门扇。里头一个女人的声音问：

"谁呀？"

"走亲戚的来了，快开门吧。"老孙头笑笑，装个假嗓子回答，歪着脖子悄声对郭全海说道：

"这是杜善人媳妇。"

老孙头在杜善人家吃过劳金，知道他家有两条大狗。听见里头门闩响，他退下来，站在大伙的背后，他害怕狗。门开了，两只牙狗从一个中年女人的身后，叫着跳出来，一只奔向郭全海，一只绕到人们的背后，冲老孙头扑来，老孙头脸吓得煞白，一面甩鞭子，一面瞪着眼珠子，威胁地叫道：

"你敢来，你敢来！"

狗不睬他的威胁，还是扑过来。老孙头胆怯地往后退两步，狗逼近两步，老孙头大胆地朝前进两步，狗又退两步。正在进不得，跑不了，下不来台的时候，他情急智生，往地下一蹲，装出捡石头的模样，狗远远地跑到小猪倌跟前，去和他打交道去了。老孙头直起腰来，用手背擦擦沿脑盖子上的汗珠子，脸上还没有转红，嘴上嘀咕着：

"我知道你是不敢来的。"

狗冷丁地扑到小猪倌的腿上，咬了一口，棉裤扯个小窟窿，腿脚挂破一块皮，流出血来了。大伙直冒火，提着扎枪，木棒，捡些石头，撵着两只狗。狗汪汪地叫着，可院子乱跑，但跑不出去，大门后门，上下屋的门，都关上了，没有逃路。二十个人，围一个小圈，终于把两只牙狗堵在一个角落里，用麻绳套住了脖子。这时候，老孙头叫唤的声音最高。

"打死它，别叫它跑了。"

小猪倌也说：

"打死地主狗，咱们儿童团查夜，再也不怕了。"

大家一致同意把两只狗吊死。男子们七手八脚，把狗吊在马圈的吊马桩子上。拴在马圈子里的三匹马都吃惊了，不敢吃草料，仰着头，想挣脱笼头。狗的腿脚在空中乱踹，汪汪地号叫，声音越变越小，一会儿连小声音也没有了，舌头吐出来。白大嫂子和刘桂兰两人都低着头，先到上屋里去了。老孙头到马槽跟前，望着两只狗的鼓鼓的眼睛，问道：

"还咬不咬？都不吱声了？你这黑家伙，'康德'十二年腊月前叫你咬破脚脖子，三天三宿，下不来炕。如今呢？你要还能咬，算你有本事。"

郭全海打完了狗，去上屋的灶坑，对了一个火。这时候，他嘴上叼着蓝玉嘴烟袋，站在房檐下，冲马圈叫唤：

"谁剥，肉归谁，皮归农会。"

小鸡子都圈起来了，拍着翅膀。马嚼着草料。院子里再没有别的响动。白大嫂子和刘桂兰叫杜家的女人小孩待在东屋里屋的炕上，不叫往外走。女人们盘着腿，坐在炕头上，瞪眼瞅着进进出出的人们，但当人们瞅着她们时，她们低下头，或是装出笑脸来。这时候，卖呆的人越来越多了，黑鸦鸦地满屋子的人。杜善人的小孙子看见人多，吓得哭了，杜善人的瘦得像猴儿似的女人抱起他来说：

"别哭了，哭顶啥？哭了脑瓜子痛。"

这时候，小猪倌在外屋叫道：

"闪开，快闪开道，咱们财神爷来了。"

大家回过头去看杜善人。他穿一件补丁摞补丁的旧青布棉袍，戴一顶猪肝色的破毡帽，上身鼓鼓囊囊的。猪倌吴家富揭开他的破棉袍,里头露出一件青绸子面的狐皮袄子来。他低着头,猪肝色的破毡帽压在他的浓黑眉毛上。小猪倌把手里的扎枪在杜善人的眼前晃一晃,催道:

"快说,你把好玩意都搁在哪儿?"

杜善人抬起头来,他的脸庞还是那样胖,眼睛挤成两条缝。但是两边鬓角有些白头发,他皮笑肉不笑地说:

"咱家啥也没有了。"

这时候,老孙头挤到杜善人跟前,指着他鼻子说道:

"你本县外县,本屯外屯,有千来垧好地,一年收的租子也能打个金菩萨。你家的金子一点也没露面,就说没有了?"

"没有,确实没有了,我要是有,早拿出来了。我把东西拿出来,献给基本群众,这不光荣吗?我留下金子顶啥用?在这八路国家,民主的眼睛都瞅着我,留下啥也使不出来呀。"

杜善人说着,哭丧着脸,一对细眼睛里噙着两颗亮闪闪的泪瓣。妇女都给打动了,她们眼睛落在杜善人的亮闪闪的泪瓣上和鬓角上的花白头发上。她们不想往下问,腿脚往外移动了。这时候,郭全海来了,看见杜善人装作可怜相,有一些人,特别是妇女,给他糊弄了,正在走散。他慌忙把他噙在嘴边的小蓝玉嘴烟袋取下,别在裤腰带子上,跳上炕沿,大声说道:

"大地主的话,可别信了。他这会子装孙子,哭天抹泪,在早,他们整得咱们穷人眼泪流成河。我爹死那天,天刮暴烟雪,还没咽气,韩老六就叫抬出去。那时候杜善人也在,他从旁边插嘴:'快抬出去,搁屋里咽气,秽气都留在家里,家口好闹病。'他们就把我爹抬出去,活活冻死在大门外头。"

刘桂兰起先瞅着郭全海,听到这儿,她眼睛里现出了泪花,忙用手背去擦干。白大嫂子瞪杜善人一眼,轻轻地骂道:"你们那会子邪乎,这会子倒装孙子了。"老田头接过话来说:"老郭头给抬在门外,活活冻死的,那是不假。要不抬出去,还兴活着。咱们得替郭主任报仇。"

219

郭全海又说：

"倒不光是替我一家报仇，大地主跟谁都结了冤仇，他们转个磨磨，就想折磨你。"

站在门边的老孙头也插嘴说道：

"大地主是咱们大伙的仇人，'康德'十二年，我在杜家吃劳金，上山拉套，成天成宿干，有一天下晚，回来刚睡觉，杜善人闯进来叫道：'起来，起来，你看你这个睡，这个懒劲，还不快去饮马去，牲口干坏了。'"

白大嫂子接口道：

"我听老白说，"白大嫂子学着公家人，不叫掌柜的，管她男人叫老白，"这老杜家装个菩萨面，心眼跟韩老六家一般坏。老白去贷钱，杜善人说：'没有，没有，别说五分利，八分利也不能借给你。'走到灶屋，他二儿媳像破鞋招野男人似的招呼道：'白玉山，白玉山，给我搂搂柴火，我贷钱给你。'贷她的小份子钱，要六分利，不使不行，十冬腊月，老北风刮得呀，把心都冷透，棉衣也没有穿上身，不使地主钱，把人冻僵了。"

这时候，男男女女都记起从前，想到往日，有的诉苦，有的咒骂，有的要动手打了。

"大地主的罪恶，不用提了。"

"大地主没有一个好玩意。"

"萧队长说，外屯地主藏东西，搁不着的地方，都搁了。"

有人挤到杜善人跟前，把他的猪肝色的毡帽取下来，戴在自己的头上。杜善人的秃头冒出汗珠子，人多势众，他害怕了。郭全海说道：

"杜善人，不用怕，咱们不打你也不唔的，不过你的好玩意搁在哪儿，得痛快说出来。"

一个民兵说：

"大地主都是贱皮子，非得往出打不解。"

郭全海慌忙跳下地来，挤到杜善人跟前，用胳膊拦住民兵举起

的巴掌,说道:

"打是不能打,共产党的政策是不打人的。杜善人,你可是也要自动,快说! 金子搁哪儿?"

萧队长早就来了,站在门口,从人们的肩和肩的缝里,观察杜善人的大脸。他注意到进行的一切。他看到有一些人被杜善人的一滴泪水糊弄了,仗着郭全海的一席话,又提起了大伙的冤屈和仇恨。他也看到大伙上火了,要揍杜善人,郭全海掌握住了。他想这组不会出岔子,站了一会,放心地挤出屋子,上别的小组去察看去了。

屋里,杜善人听郭全海说,不叫打他,只当是向着他了,连忙亲亲热热叫声"郭主任"。

老孙头说:

"他不是主任,是咱们贫雇农团长。"

杜善人随即改变称呼,但说的也还是那些老话:

"郭团长,我的家当,箱箱柜柜,都在这儿,确实没有啥了。我要是有啥,都拿出来,这不光荣吗?"

郭全海在靰鞡头上敲敲烟袋锅子,笑笑说:

"一千来垧地,就没有啥了,你糊弄谁?"

杜善人抬眼说道:

"不是献过两回吗?"

老孙头接口道:

"你献过啥? 头回拿出三副皮笼头,一个破马。不抠,你还不肯往外拿。二回张富英当令,他向着你,叫你拿出两床尿骚被,就挡了灾。你们家的金子元宝,都没露面。你有啥,咱们都摸底,你寻思民主眼睛干啥的?"

郭全海慢慢地说:

"你要不说呀,哼,咱们打是不打,抓你蹲笆篱子,还是能行的。"

群众听到这句话,都托了底,都敢说话了。老孙头说:

"把他绑起来,送笆篱子关几天再说。"

民兵从自己的裤腰带上,解下捕绳,儿童团长小猪倌推着杜善人的肥胖的脊梁:

"这老家伙真坏,你不说,快滚进笆篱子去吧。"

这时候,南炕上杜家的女人和小嘎都哭起来,吵嚷和哭喊,闹成一片。杜善人脸上冒油汗,手联手,放在小腹边,冲南炕说:

"你们别哭了,你们一哭,我心就慌。"

小猪倌推着他走,一面说道:

"快走,别啰嗦了,你欠咱们穷人八辈子血债。这会子装啥?"

民兵说:

"'满洲国'大地主,杀人不见血,咱们干活流的汗,有几缸呐。那时候,你心不慌,这会子,嚷心慌了。"

老孙头插嘴:

"'满洲国',在你家里吃劳金,鸡叫为明,点灯为黑,地里回来,还得铡草、喂马,还得给你儿媳挑水搂柴火,还得给你娘们端灰倒尿盆,累躺倒了,讨一口米汤,也捞不着,你们还骂:'他害病是他活该。'这会子你心慌,也是你活该。"

小猪倌着急地说:

"叫他快滚。"

杜善人抬手擦擦眉毛上的汗,慌慌乱乱说:

"你们别推我,我说,我说呀。"

郭全海挥手叫大伙别动,民兵齐声说:

"大伙消停点,听他说吧。"

里里外外,人们都不吱声了,屋子里没有一丁点儿声响,光听见窗户外头,小家雀子叽叽喳喳地叫着。杜善人喘一口气,眼睛往外瞅瞅,往南炕走,人们闪开道,他迈到南炕跟前,坐在炕沿上,缓过气来以后,慢条斯理地说道:

"叫我说啥呢?真是啥也没有了。"

这一下,群众心里的火苗再也压不住,男女纷纷往前拥,小猪倌推杜善人道：

"起来，不准你坐。"

大伙推着挤着，又把杜善人拥到门边。老孙头说：

"我的拳头捏出水来了。"

民兵晃一晃手里的钢枪，叫道：

"大肚子没一宗好货，非得揍不解。"

南炕上，杜善人娘们哇地又哭起来，她小孙子也哭。

郭全海这回也冒火了，冲南炕说：

"又没有揍他，你们哭啥？"

老孙头说道：

"哭也得把欠咱们的还清。"

民兵说：

"他这是糊弄人的，别中他的计。"

杜善人两手抬到胸前拱一拱：

"屯邻们，不看鱼情看水情，不看金面看佛面。"他说着，眼睛望望朱红柜子上的那一尊铜佛。这佛像有二尺来高，金光闪闪，满脸堆笑，双手合十，瞅着人间。老孙头一经提醒，瞅瞅那笑脸，他上火了。他记起了伪满"康德"十二年，在杜家吃劳金，赶大车。一个骒马在马圈里下个马驹子。正是四九天，又刮暴烟雪，老北风呼呼地叫着，小马驹子还来不及抱进屋里，就冻死了。杜善人把老孙头叫进里屋，逼他跪在铜佛跟前说：

"整死小牲口，得罪了佛爷，你说该怎么的吧？"

老孙头跪了一气道：

"你说该怎么的，就怎么的吧。"

"你自己说！"

"给佛爷买一炷香，叩一个头。"

"那你跪着吧。"

又跪了一气，快吃头晌饭，杜善人又踱过来，背抄着手，低下头来问：

223

"怎么样？"

老孙头波棱盖都跪麻木了，说道：

"说啥都依你。"

"一言为定，你在这上打一个手印。"

老孙头在杜善人递过来的一个薄本子上，使右手拇指按上一个手印，那上头写明，老孙头害死马驹，得罪神佛，为给佛爷披红，扣除三个月的劳金钱。

老孙头记起这些事，气得抡起一根榆木棒子，往铜佛的脑盖上，狠狠地就是一下。旁的人学样，七手八脚，把这尊摆在朱红漆柜上的金光闪闪的铜佛，叮叮当当，揍得歪歪扁扁，不成菩萨样儿了。

"大肚子的神神鬼鬼，尽是糊弄咱们老庄的。"老孙头作一个结论。

大伙正在围攻铜佛的时候，郭全海招呼几个积极分子到外屋的角落里悄声地合计一会。回到屋里，他对大伙说："消停点，别再打了。杜善人老也不坦白，咱们怎么办？"

老孙头打完佛爷，得意地眯着左眼说：

"大肚子的脑瓜子都是干榆木疙疸，干榆湿柳，搁斧子也劈不开的，送走他算了。"

民兵说：

"先揍一顿，再带走。"

郭全海在吵嚷中，走到灶坑边，点起小烟袋，回来就说：

"揍是不能揍，咱们跟他算一算细账，小猪倌快去叫栽花先生来。"

小猪倌提着小扎枪，使劲往外挤。才刚走到院子里，听见郭全海在里屋叫道：

"叫他带算盘子来。"

小猪倌去了不一会，带了戴眼镜的黑瘦的栽花先生来。郭全海说：

"来，大伙闪开，先客让后客，咱们跟财神爷算算剥削账。"

这时候，一个积极分子说：

"杜善人，痛快说出来，金子搁在哪？要不回头算起来，欠咱们多少，要你还，一个不能少。"

"我没有呀，算也没有，不算也没有。"

栽花先生把眼镜架在鼻梁上，把算盘子伸到杜善人跟前，手拨拉着算盘子，拨得劈里啪啦响。郭全海说道：

"撇开你收下的租子不说，光算你剥削咱们扛活的钱。本屯外屯里青外冒烟的①还在外，你一年起码雇三十个扛活的。一个扛活的能种五垧地。大伙说能不能种？"

好多声音回答说：

"能种。"

老孙头添一句道：

"有马能种上。"

郭全海又说：

"一个扛活的，连吃喝，带拿劳金钱，花你一垧地出息。马工花一垧地出息。"

老孙头说：

"要不了那么多。"

"就多算点，大租花销，算一垧地出息，共是三垧，你净赚二垧，黑大叔，你算算吧。"郭全海管栽花先生叫黑大叔，因为他脸和手脚都是漆黑的。这位黑大叔戴着眼镜子，一面用指头拨动算盘珠子，一面报告大伙说：

"一垧地出五石粮，他一年从一个扛活的身上剥削十石粮食，年雇三十个劳金，三得三，他一年剥削咱们三百石粮食。"

郭全海又说：

"他在我们屯子当了三十年地主，每年雇三十个扛活的，有多无少。黑大叔，你算算，这些年来，他一总欠咱们多少？在早，咱们

---

① 在地主家帮青，回自己家吃饭的雇农，叫里青外冒烟。

穷人向他贷钱,他要咱们五分利、六分利,咱们不向他要那么多,只要三分利。黑大叔,你都算算,连息带本,共是多少?"

屋子里没有人吱声。栽花先生拨动着算盘珠子,这是老算盘,拨动起来,毕毕剥剥地响着。杜善人也是会归除的人,这一细算,他心才着慌。他的脸上灰一阵,白一阵,汗珠滴滴答答往下掉。栽花先生说:

"三十年,不算利息,光血本,他欠穷人九千石粮食。"

大伙听到这数字,一窝蜂似的吵嚷起来了。都冲着南炕和杜善人挤来。杜善人的老伴抱着小孙子说道:

"别哭,小崽子,奶奶在这儿。"

杜善人被人推挤着,待在地当中,一声不吱。大伙吵嚷着说:

"说呀,你成哑巴了?"

"你瞅他,像捆秫秸似的。"

"叫他还粮,不带利息,先还九千石,咱们正缺粮。"

"欠账还钱,这是你们自己定的律条儿。"

"在'满洲国',大财阀心眼多狠。扛一年活,到年跟前,回到家里,啥啥也没有,连炕席也没有一领,米还没有的淘。地主院套,可院子的猪肉香,鸡肉味,几把刀在菜墩上剁饺子馅子,剁得可街都听着。白面饺子白花花地漂满一大锅,都是吃的咱们穷人的呀。可是你去贷点黄米吧,管院子的腿子,连嘀带撵地喝道:'去,去,年跟前,黄米哪有往外匀的呀?'那时候,咱们光知道哭鼻子,怨自己的命苦,再没存想他们倒欠咱们的血账。"

男女老少,你一言,我一语,把屋子里闹得热烘烘,也听不出来哪一句话是谁说出来的。郭全海扯大嗓门叫唤道:

"大伙消停点,消停点。咱们挖地主财宝是要咱们的血汗账,是财宝还家。咱们穷人的劳动力造出了房子、粮食,外加金子、银子,都得要回来。"

屋里屋外,四方八面,男男女女的声音,混合在一块,像雷轰似的答应着:

"对,都得要回来。"

郭全海用他的叫哑了的嗓门冲栽花先生说道:

"你算一算,他的家当够不够还咱们的账?"

"不用算,差老鼻子呐。"

郭全海对大伙说道:

"杜善人的家当不够还咱们,这房子也是咱们的呐。自己的房子,咱们能清查一下,别乱套,加小心,别摔坏镜子,这都是咱们自己的了,别忙动手,咱们先说怎么处理他?"

有一个人说:

"叫他去见韩老六。"

郭全海连连晃脑袋:

"那不行,他不是恶霸地主。"

又有人说:

"叫他净身出户,行不行?"

"叫他先挪到下屋。"

民兵催着杜善人和他家眷搬到下屋去。旁的男女都动手清查。有的贴封条,有的落账,有的翻腾着东西。箱箱柜柜都给掀开。花纸天棚给扎枪头子捅几个窟窿,有人站在朱红漆柜上,头伸进天棚顶上,尘土都抖落下来。炕席炕毡,也都翻个过儿,尽是一些破破烂烂,扔半道也没人捡的东西,摔满一地和一炕。郭全海说:

"叫杜善人过来,大伙再好好问他。白大嫂子你跟'她'一起,到西屋去问娘们。"

白大嫂子临走,冲郭全海低声逗笑说:

"你说的'她'是谁呀?"

经这一问,郭全海满脸发烧,好像做了见不得人的事似的。他没有答话,连忙挤进人堆里,找着小猪倌,跟他一块堆,拿着铁探子,到角角落落,屋里屋外,去搜查去了。白大嫂子拉拉刘桂兰的手,跟她逗乐了,笑说道:"来来,郭团长的'她',咱们快上西屋去。"说得刘桂兰也满脸通红。

杜善人来到东屋，人们围住他，民兵说道：

"快把金子拿出来。"

老孙头说：

"我在你家吃过劳金，你有没有，我们都知道。你不拿出来，就没有头。"

杜善人说：

"我箱箱柜柜，都叫你们翻腾了，还有啥呢？"

老孙头挤到他跟前：

"黄闪闪的玩意，白花花的玩意，快说，都搁在哪儿？"

"哪有那些玩意呀？你瞅这破烂，"杜善人用手指指破棉絮，破衣裳，说道："这像是有金子的人家？家有黄金，外有戥子呀。"

老孙头接过嘴来说：

"你娘们平日戴的金镏子，你二儿媳过门戴的金钳子，你小儿媳的一副四两重的金镯子，还有你老伴的金屁股簪儿、金牌子、金表、金砖，趁早献出来，要不价，咱们没有头。"

说得这样清楚，杜善人低下头来，但一转念，又抬眼说道：

"都踢蹬光了，'康德'十年起，'满洲国'花销一年一年沉，咱家败下来了，一年到头，除开家口的吃粮，家里就像大水漫过的二荒地似的。"

民兵冒火了，说道：

"听他胡扯，大地主都是花舌子，带他走得了。"

大伙也都愤慨起来，挤着推着，杜善人一边走，一边回过头来说：

"你听我说呀。"

老孙头瞪他一眼说：

"听你说，这一帮人又不是你孙子，老孙头我今年五十一，过年五十二，还听你说呢。"

说得大伙都笑着。西屋，白大嫂子跟刘桂兰领着妇女追问杜家的娘们，也没问出啥。

这时候，郭全海走进东屋，招呼杜善人：

"你来，跟我来吧。"

郭全海带着杜善人，里屋外屋到处转。小组的人和卖呆的人跟在后边。郭全海支使杜善人干这干那，叫他把箱子搬到院子里去，又叫搬灯匣子，还叫他挪动这个，挪动那个，杜善人搬得满头油汗，胖脸涨得通红的。郭全海手里拿着铁探子笑道：

"你欠咱们粮，不把财宝往外拿，叫你还工。早先咱们尽叫你支使，如今你也尝尝这个味儿吧。"

郭全海嘴里这样说，眼睛瞅着杜善人的手脚和脸庞、动作和神情。不叫他舍财，光要他搬搬箱柜，杜善人心里乐了，累得一头汗，也使劲干。可是，叫他上外屋去挪泔水缸时，他脸上露出为难的样子说道：

"埋汰呀，臭乎乎的玩意，挪它干啥？"

郭全海催他：

"快，叫你干啥，你得干啥。"

杜善人搂搂胳膊，装模作样，却不使劲，缸推不动，郭全海知道有蹊跷。他和两个民兵把泔水缸抬开，露出缸底泔水浇湿的一块颜色较新的泥土，郭全海用靰鞡头拨拨那土。土冻结了，拨拉不动。杜善人苦笑着说：

"别费劲呀，这地方还能有啥？"

郭全海回过头来瞅瞅他的脸。那胖大脸庞正由红转白。郭全海笑笑问道：

"真没啥了？"

杜善人笑着，觉得这关要过了，说道：

"我要有啥，不献出来，天打五雷轰。"

这时候，民兵使根木棒子往泔水缸里搅动一下，浑臭的水里，糁子饭屑翻腾着。木棒碰到了什么，丁当响一下。他挽起袖子，往缸里去捞，捞出一个铜洗脸盆来。大伙把缸往外抬，泔水泼在院子里，再没倒出啥。杜善人乐懵了头，满脸春风地笑道：

"你们不信,咱们家里真像大水漫过的二荒地似的。这铜盆咱也不要了,献给农会。"

郭全海站在一边,两撇眉毛打着结。他转来转去,又走到灶屋里放泔水缸的那块地方,用铁探子使劲戳着,土冻硬了,戳不下去。他到下屋找来一把铁锹,使劲刨开缸底那块土。刨一尺深,铁锹碰到了一块洋铁片子,发出清脆的丁当的声响,老孙头是人堆里头一个挤过来的人。他大声嚷道:

"找到金子了。"

人们都挤拥过来。看管杜家的人们也扔下他们,跑过来了。人们左三层,右三层,围住郭全海,瞧着他挥动铁锹,土疙疸和冰渣子蹦跳起来,打着人们的脸庞和手背,也都不觉痛。

刨开三尺见方、一尺多深的一个坑,民兵跳下去,揭开洋铁片子,底下是木头板子,再把木板子揭开,露出一个黑鸦鸦的大窟窿,凉飕飕的一股风从里往外刮。小猪倌点着一根明子,伸到窟窿边,叫风刮灭了。他添一把明子点着,这才照着里头满满堂堂的,尽是箱子和麻袋。老孙头跳了下去,在下面叫道:"箱子老鼻子呐,再来一个人。"声音嗡嗡地响着,像在水缸里似的。一个民兵跳下去,两个人起出木箱和麻袋三十来件。在地面上,打开来看,一丈一丈的绸子,一包一包的缎子,还有哔叽、大绒、华达呢、貉子皮、狐狸皮、水獭帽,都成箱成袋。

另外还有一千来尺的士林布。老孙头和那民兵小伙子,沾一身土,爬出窟窿。老孙头拿块麻布片拍拍身上的尘土说道:

"尽好玩意。"他扭转头去,看见杜善人,就问:

"你这是大水漫过的二荒地呀?"

杜善人一声不吱。他走到东屋,坐在南炕沿,两手蒙着脸。他的老伴拄根木棒,跌跌撞撞地走到外屋,一面哭鼻子,一面叫唤道:

"这算啥?也得给人留下一点呀。"

老孙头说:

"拿出九千石粮来,咱们啥啥也不动你的。"

郭全海忙说：

"老孙头，别泡蘑菇了，快套爬犁，一张不够使，吆喝两家中农，套两张。"

别的小组也起出了包拢。从晌午大歪到掌灯时候，横贯屯子的漫着冰雪的公路上，来来往往，尽是两马和三马爬犁，拉着箱箱柜柜、包拢麻袋、酱缸水缸、苞米谷子。还有大块的猪肉，那是从地主的窗户下、井台边、马圈后的冰块雪堆里挖出来的。地主家家都把肥猪和壳郎杀了，煺了毛，切成大块，埋在雪堆里，准备过年包一两个月的冻饺子。

老孙头的爬犁拉着木箱子跟麻布袋，上头横放着那只吊死的黑牙狗。东西堆得多，人不能坐上。他在爬犁的近边，大步流星地走着，响着鞭子，"喔喔，驾驾"地吆喝着牲口。半道，有人问包拢是哪家起出来的？他笑眯左眼回答道：

"从大水漫过的二荒地里起出来的。"

人家不懂，他也不解释，又添上说：

"大地主心眼坏透了，花招可老了。要不叫郭团长跟咱老孙头使个巧计，大伙都白搭工夫，啥也起不出。如今眼瞅革命成功了，得给大伙干个样看看，粗粉细粉得给人露两手才行。喔喔，驾驾。"他甩动鞭子，赶着牲口。

七

在杜善人家发现地窖的新闻，传遍了全屯。其他各组跟着学样，都背着铁锹铁铲，到屋里院外，把地土翻起。下晚，老初那一组在唐抓子家的后园的雪堆下，也挖出个地窖，起出二十多个箱笼。各组妇女，起先都没有劲头，大伙瞅着地主的穷相，只当真的没啥了。待到起出这两个地窖，她们又窝火又乐，都动起手来，从天黑起，扒开火墙，爬上天棚，脸庞和鼻尖，尽是黑灰。院子里的寒风呜呜地刮着。她们手执松明，跑到外头，钻进猪圈和马圈，用铲子掀着猪粪和马粪，也不嫌埋汰。小鸡叫三遍，她们回去睡，老也睡不着,困劲都跑了。全屯的大地主的院套里,松明灯火的光亮,连夜通宵闪耀着。

发动大搜检的第二天,日头冒花时,老万告诉郭全海,说是萧队长接到七甲工作队的来信,他们从地主娘们的脚上,起出一副金镏子。刁娘们把金镏子套在小脚趾头上。老万临了说:

"政委要我告诉你,搜搜妇道们身上。"老万管萧队长叫政委。

郭全海笑着招呼白大嫂子道:

"你过来,有个好差使。"

白大嫂子笑着招呼刘桂兰,叫她也过去,可是她不来,白大嫂子拉着她的手说道:

"来,害什么臊呀?"

老万站一边瞅着,不知这是怎么一回事,问道:

"她是咋的?"

郭全海移开噙在嘴里的烟袋说:

"没啥,白大嫂子逗乐子。"

老万没有往下问,就挤出去通知别的小组去了。屋里郭全海说道:

"有一件事,咱们是不能干的,得你们动手。"说着,就把萧队长的通知告诉了她们。白大嫂子冲大伙叫道:

"老爷们都上外屋去,光妇女留着。"

刘桂兰早挤到外屋,把杜善人家的妇女都带进来,杜善人的小孙子也跟进来了。男人和小嘎都到外屋里去了,炕上地下,光留着白大嫂子和刘桂兰,外加一些卖呆的娘们。白大嫂子说:

"自己说吧,金子搁在哪?"

杜善人的女人坐在炕沿上说道:

"哪有金子呢?家有黄金,外有戥子,像我们这庄稼院的人,哪里来的金子呀?"

刘桂兰接口说道:

"你没有金砖金条,也有金镏子。"

"哪有那玩意？"

白大嫂子扭过头去，瞅着杜家那位瘦成麻秆似的低着头的二儿媳，含笑说道：

"你说吧，你婆婆的金子搁在哪？她的金子都是留给她小儿子的，你也捞不着，干脆说出来，免得沾包。"瘦麻秆子连连摇头说：

"她没有呀，叫我说啥呢？咱们家有钱都置了地，底根儿没有过金子。"

白大嫂子又回转头来，冲着杜善人的小儿媳，叫她说出她婆婆的金子来。这个妇女，才十九岁，胖得溜圆，长一副白瓜瓢脸庞。这时候，她笑着说道：

"她金子搁在哪儿，咱哪能知道？"

她婆婆瞪她一眼，瘦麻秆子也冲她做出威胁的气色，白瓜瓢脸慌忙改口道：

"她没有金子，咱们家底根儿没有过金子。每年余富的钱，都置了地。"

这和她妯娌说的一样，只是句子倒了一下。白大嫂子和刘桂兰和别的妇女都笑起来，外屋老孙头问道：

"笑啥呀？抠出啥来了？"

白大嫂子笑着说：

"可不能告诉你。"完了又对杜老婆子说："要是不说，咱们动手了。刘桂兰，叫她们把鞋子脱下，上炕。"

杜家娘们都脱下棉鞋，爬上南炕。小孙子一个人剩在地下，哭叫起来，杜老婆子说：

"上来，别哭，哭了脑瓜痛。"

鞋子和脚上都搜遍了，不见金子的影子。白大嫂子跟刘桂兰到一个角落里合计一小会。刘桂兰过来，冲着瘦麻秆子说：

"把衣裳脱下。"

瘦麻秆子装作没听准似的，问道：

"你说啥呀？"

"衣裳,快脱下。"

瘦麻秆子笑笑,却不脱衣,说道:

"你看你,还没上头,还是姑娘家,叫人脱衣裳,你能抹得开?"

"别啰嗦了,刁娘们,快脱罢。"

白大嫂子也说:

"自家不脱,咱们动手了。"说着,白大嫂子当真带领几个妇女上炕来解瘦麻秆子的衣裳。她慌得瘦脸煞煞白,用双手护住裤腰带,一面叫道:

"别解我的裤子呀,我身上来了。"

外屋,小猪倌仰脸问老孙头说:

"啥叫身上来了呀?"

"一月一趟。"老孙头说了这一句,不再往下说。

小猪倌笑着问道:

"一月一趟啥? 一月赶一趟车进城?"

车老板子骂起来:

"扯你鸡巴蛋,滚开!"

里屋,刘桂兰脚跟跺得地板响,催那女人说:

"快脱罢,别啰嗦了。"

这时候,杜善人女人光脚丫子跳下地,扑通跪在地板上,冲着刘桂兰磕头:

"姑娘,积德饶了她,她身上来了,叫她脱衣裳,冲犯了佛爷,家口闹病呀。"

白大嫂子说:

"上炕不脱鞋,必是袜子破。不脱衣裳,就有毛病。"说着,她和刘桂兰二人亲自动手,抄她下身。裤腰带扎得绷紧,解不开来。瘦麻秆子哭着,老婆子叫着:

"没有啥呀,姑娘,嫂子,别叫冲犯神明呀。"

刘桂兰说:

"八路军不信这一套,啥神神鬼鬼,都是没有的。"

她们解开了那女人的下衣,解开那并没有来啥的,没有一点血污的骑马带子,豆油灯光里,两个黄灿灿的玩意丁东掉到地板上。刘桂兰欢天喜地,撒开那女人,也不管她穿好了衣裳没有,手拿着镏子叫道:

"大伙瞧瞧,这是啥呀?"

女人躲到漆黑的角落里,穿好裤子。门开了,人们拥进来,围住刘桂兰,老孙头问:

"打哪儿起出来的?"

刘桂兰没有回答,白大嫂子笑着说:

"你问那干啥?反正是抠出了金子就得了。"

老孙头抢过镏子来,伸得很远,笑眯左眼说:

"这不像金子,是黄铜吧。金子是甜的,黄铜是苦的,让我搁舌子尝尝。"说完,他把金子搁到嘴边去。刘桂兰一面叫唤道:

"哎呀,快别搁嘴上。"一面从人堆里扑了过去,从老孙头的手里夺下金镏子,"把人吓坏了。埋汰呀,你都不知道?"

老孙头给弄迷糊了:

"金子有啥埋汰呢?"

白大嫂子连忙接口说:

"金子搁在大肚子家里,就是埋汰。"

听到从杜家女人身上起出了金子,全屯男女黑天白日地搜找。有些地主把金镯子扔在灶坑里;有的坏蛋把金镏子套在秫秸障子的秫秸秆子上;有的老财把金钳子胶在窗户玻璃上的白霜里;有的娘们把金镏子缝在裤裆里,嵌在鞋底中,套在脚趾上。这一切都白费心机,都瞒不了群众这尊千眼佛的眼。金子越起越多了。五天以内,光元茂屯一个屯子,起出了三斤多金子。金镯子和金镏子都用线串好,一嘟噜一嘟噜地放在农会一个躺箱里,用锁锁住。

两马爬犁还不停不歇拉来粮食、豆饼、布匹、衣裳和农具。宽敞的韩家大院堆得满满当当的。东下屋做了衣库,堆着成千件衣裳、成万尺布匹。西下屋做了粮仓,装不完的粮食,堆在院心用芡子围三个大囤，囤尖跟房檐一般高，金光闪闪的小米和苞米上面，蒙一层白花花的干雪。有些地主，地窖里起出的粮食，因为窖起来的年代久，都沤成了石头似的大大小小的疙瘩。

萧队长在农会里屋，接待着刚从哈尔滨来的《东北日报》记者。他陪他看了起出的浮物，替郭全海他们照了一个像。回到里屋，两个人唠着，萧队长告诉记者：

"起出来的金子，老百姓要卖了买马，打下生产的底子。咱们同意这个意见，土地改革的目的就是发展生产嘛。"

第二天，《东北日报》的记者走了以后，萧队长也决定离开元茂屯。这屯子的群众这回是在广泛的基础上发动起来了。郭全海变得更老练，不会出什么岔子。萧祥想带着老万，往三甲去。那是一个靠山的夹生屯子。郭全海和其他一些积极分子，伴送出南门。临别时，萧队长叮咛郭全海：

"你还是得搬进农会，多加小心，提防坏根烧果实。"说完，他坐上爬犁，在风雪里，一点钟奔跑二十里，驰往三甲。

八

依照萧队长的话，郭全海搬回了农会，住在萧队长住过的，原先他也住过的东屋的里屋。

元茂屯的男男女女，黑价白日地忙着，七八宿不睡，也不觉累。第八天下晚，原是在老初那组的老田头跑到农会里来告诉郭全海：

"旧中华民国，杜善人在苇子河山里当过把头，挣不少元宝。"

郭全海说：

"我也知道他能有。要他自己说，可真不容易。"

老田头说：

"找他大小子问问。他是杜善人头一房媳妇生的，后娘嫌乎他，起小折磨他。到长大了，他对外人说：'咱死也不死在家里。'如今他在东门里，另立灶火门，你找他唠唠，兴许能露出点头。"

郭全海听了这话，又打听杜家大小子好喝烧酒。他上合作社，从酒篓里舀两棒子酒，又买一斤豆腐，自己动手炒一个豆腐，还炒一碟豆子，完了把那家伙叫来，请他喝酒。在农会的里屋，两个人边喝边唠。郭全海喝得很少，噙着烟袋，盘腿坐在炕桌边，瞅他喝完一樽，又倒一樽。喝得多，话也多了。两棒子酒完了，郭全海又去舀一棒子来。这事叫儿童团听到，告诉妇女会的刘桂兰和白大嫂子。白大嫂子说："由他去，咱们犯不着去管他们爷们的闲事。"刘桂兰却说："这可了不得！萧队长才走不几天，他又腐化了，走，咱们找他说理去。"

刘桂兰从杜家大院跑到农会来，后尾跟着十来多个和她一样年纪的姑娘，此外还有小猪倌带领的七八个放猪放马的小嘎，他们呼啦呼啦地拥进农会的里屋。刘桂兰领头，跑到炕沿边。杜大小子吓一跳。他有些醉意，人们跑进了院子，也没听见，人们冷丁拥进屋，儿童团手里都执着扎枪，只当是来抓他的来了。他心里哆嗦，端在手里的一樽白干，都洒在炕桌上和炕席上。刘桂兰脸颊绯红地说道：

"郭团长，咱们请你上那屋去，有话问问你。"

郭全海看见他们的样子和气色，早猜着九分。他笑一笑，跳下地来，跟着他们到西屋。刘桂兰气得胸脯一起一落，站在郭全海跟前，仰起脸来，噘着嘴巴子，半晌说不出话来。小猪倌站在她身后，脸上也不大好看。还是刘桂兰首先开口：

"郭团长，你们这算啥？大伙起早贪黑，抱着辛苦斗封建，你好不自在，跟大地主的浑小子喝酒。你学张富英的样，半道妥协哪？"

郭全海笑着，小声地跟刘桂兰唠了一会。她这才明白，气也消了，点一点头，跟小猪倌合计一下，就说：

"走，咱们别管爷们的闲事，反正他自己要负责任。"

说完就带领儿童和妇女走了。

杜大小子的脸吓得煞白，躲在里屋，不敢出来。郭全海回来，还是陪着他喝酒，也不知道他又喝了几樽。那小子喝得多了，就哭鼻子，这是他的老毛病。他捏着酒樽哭诉他的后娘压迫他，支使他干这干那,叫他喝稀的,穿破的。他说:"'满洲国'垮台的那年冬天,我没鞋子穿,外头下大雪,她叫我出去喂猪,小脚趾头也叫冻掉了。我那小兄弟舒舒坦坦躺在炕头上,还没醒来,我进屋去切豆饼喂马,老母猪出来骂我:'你安的啥心? 他刚睡着,非把他吵醒,消停点不行?'我媳妇死了,他们不给我续弦。我早料着,那份家当没有我的份。使劲斗吧,把他们斗得溜干二净,我也不心痛。"

这时候,郭全海插嘴问道:

"你后娘有小份子钱吗?"

"那还能少? 咱们家的干货都是她的小份子钱。"

郭全海又故意问道:

"她这份钱,日后打算给谁呀?"

"还不是给我兄弟。"

郭全海嚼着烟袋,从容地又追问一句:

"你真没有份吗?"

"咱还能有份?"

郭全海凑近他身边,小声问他道:

"你可知道你们家的金银搁哪儿?"

"你说啥呀?"杜大小子端着的酒樽里的酒直往外淌。郭全海说:

"金子银子搁哪儿?"

"金子可不知道。"

郭全海紧接着问道:

"银子呢?"

"听老母猪说过:'去到地里山丁子树下去瞅瞅,别叫野猪啥的给扒开来了。'"

"哪儿的山丁子树?"

"那可不知道。"

看他喝完第三棒子酒,郭全海打发他走了。他吆喝小组上的人,到农会开了一个小组会。小组派定郭全海和老孙头,去问杜善人。又派白大嫂子和刘桂兰去问杜家的女人。杜善人还是那些话："你们看我还有啥呢？再也没有了，啥都拿出来了。"问得急眼的时候，杜善人明誓："我要再有啥不往外拿，天打五雷轰。"

老孙头笑着说道：

"不说也不行呀。人家早替你说了。你大小子上郭团长那儿坦白了。"

低着头的杜善人听到这儿，冷丁吃一惊，抬头纹上，漫着汗珠子。过一会儿，他又平静了。郭全海跟老孙头说一阵小话，老孙头就说：

"山丁子树下埋的啥？只当咱们不知道？"

杜善人睁着细长的眼睛。但还是反问一句：

"你说啥？"

老孙头笑眯左眼说：

"我说山丁子树下，你埋的啥？"

杜善人瞅一瞅老孙头，完了又瞅一瞅郭全海，看他们到底知道不知道。郭全海笑笑说道：

"带我们去起，还能明明你的心。要不趁早说，咱们起出来，你过就大了。好吧，老孙头，他要是不说，咱们也不必勉强，你带他走，叫他大小子来吧。"

杜善人走到门边，又回转头来问道：

"他瞎编些啥？"

老孙头反问：

"谁？"

杜善人说：

"我那傻儿巴唧的小子。"

老孙头眯着左眼说：

"他说呀……咳……"才说这一句，看到郭全海冲他使眼色，连忙改口，影影绰绰地说道：

"他么？可也没说啥。只说：在山丁子树……"

老孙头话没说完，郭全海故意让杜善人觉察似的对老孙头使了一个眼色，并且连忙插嘴说：

"啥也没说。"

老孙头会意，也笑眯左眼说道：

"嗯哪，真没说，你放宽心。"

这么一来，杜善人倒不宽心了。郭全海的眼色，车老板子的影影绰绰，吞吞吐吐的言语，山丁子树，叫他懵头了。他迟疑一会，走到门边，又停顿了。脚往门边迈两步。又说：

"好，咱们去吧。今儿咱累不行了。明儿去。"

郭全海怕他再变卦，连忙说道：

"要去今儿去。"

杜善人退了回来，坐在炕沿，脑瓜耷拉着，慢慢儿说道：

"实在累不行，走不动了，明儿去吧。"

老孙头接嘴：

"走不动好办。咱去套爬犁。"

老孙头去不一小会，赶着一张三马爬犁进院子。坐在爬犁上，他冲上屋窗户叫唤道：

"财神爷，请上爬犁。"

杜善人走了出来，勉强地坐上爬犁。郭全海和民兵拿着铁锹和铁铲，听杜善人指点，往南门奔去。天刮暴烟雪，干雪籽籽打着人的脸和手。风刮得鼻子酸痛。出了南门，是一马平川。雪越下越紧，铺天盖地，一片茫茫。车道、道沟和庄稼地里，都盖着一层厚厚的雪被，分不清楚哪是道路，哪是沟洼。马跑得快，腿脚陷进积雪填满的沟里，爬犁往左右倾斜，上面的人，都跌撞下来，但也不要紧，爬犁腿短，裱板离地面不高，雪又松软，摔不坏人。跌下的人，翻身起来，纵身坐上，又往前进了。

离屯五里，他们赶到地头一个杂树丛子边，杜善人跳下爬犁，四处搜找，找到一棵剥了一溜皮的小山丁子树，灰心丧气指一指道：

"这儿，往下挖吧。"

他说完,就退回几步,坐在爬犁裱板上,两手捧着耷拉着的脑瓜,一声不吱。

民兵用铁铲刨开冻雪。郭全海使着铁锹,刨着冻得像石头似的地土。铁锹碰在冻土上,发出丁当的清脆的响声。郭全海的胳膊软了,民兵接过铁锹来,使劲往下刨。雪下着,下白了人们的帽子和肩膀。从黑土里,挖出一个灰白的疙疸。老孙头叫道:

"元宝出世了。"

接着,又挖出四个。人们抢着看。年轻一辈人,都没看见过元宝。这是一个古代酒樽似的铁灰疙疸。两边有两个耳丫子。里外都粗糙,布满了小坑。人们谈论着。

"这家伙,扔半道也没人要呀。"

"这不是跟老铅一样?"

老孙头拿着一个,内行地用手指弹弹它的耳丫子说:

"你听听,老铅还能发这个声音?这是五十二两的。早先,在清朝,这玩意咱见得多了,可尽是人家财阀的。"

九

农会西屋,窗户门关得溜严。地上笼起一堆火,灌一屋子烟。人们咳嗽着,眼睛叫烟呛出了泪瓣。正在举行贫雇农大会,老孙头舞舞爪爪地唠着挖元宝的事。小猪倌跑进屋里来,到郭全海跟前小声地说了一句话。郭全海说:

"你再去听听。"

小猪倌走了以后,他又打发白大嫂子和刘桂兰出去打听到底是怎么一回事。

白大嫂子和刘桂兰来到杜善人家里的东屋的外屋,那里早有好些人卖呆,杜家两个儿媳正在吵嚷着。白大嫂子和刘桂兰站在小猪倌身后,只见瘦成麻秆似的二儿媳盘腿坐在南炕上,嘴上叼个大烟袋,脸涨得通红,也不避生人,移开烟袋吐口唾沫说:

"嘴里不干不净,倒是骂谁呀?"

胖乎乎的小儿媳,敞开青布袍子的衣襟,露出一个大咂咂,塞在哭着的孩子的嘴里。这时候,她把话接过来说:

"咋?我骂孩子碍着你事了?"

瘦麻秆在炕沿敲落着烟锅里的烟灰,重新装上一锅烟,一面说道:

"指鸡骂狗就不行。"

胖疙疸跳起来,把她噙着奶头的孩子又吓得哭了,她也不管,吵叫道:

"就是骂你,又怎么的?操她妈的,你成皇上了?骑马带子都露出来给千人瞅,万人看,也不害臊,也不识羞的。"

原来胖疙疸使小份子钱,置了一个金镏子,寄放在瘦麻秆那儿,就是从她身上抄出来的那副金镏子中间的一个。这几天来,胖疙疸老怪瘦麻秆不加小心,给露出来,怀恨在心,找碴儿吵闹。瘦麻秆心里也气得像火似的烧着。两人你一句,我一句,各不放松,两不相让。瘦麻秆说:

"你操谁的妈?"在炕沿敲着烟锅。

胖疙疸不顾孩子的哭唤,骂道:

"我操你的妈。"

瘦的走近来,烟袋杆子支在地面上,数落着:

"你凭什么操我妈?你搅家不良,成天在家,不骂天,就怨地。头年我在月子里,你两口子干仗,吓得我经血不止。"

胖的迈进一步,走近她妯娌跟前,左胳膊夹着哭喊的孩子,右手指指对方的鼻子,问道:

"倒是谁搅家不良?气得老爷子都给你磕头。男人一天当玩意似的哄着你,守娘娘庙似的守着你。"

"老爷子磕头为的你,为的你把我吓病了。我坐月子,你吵吵嚷嚷。"

"我吵吵嚷嚷,也没吵到你里屋。你病是自己作下的,黑更半夜,是谁叫唤的?月子里作下病,怪人家。"

瘦麻秆脸蛋红了,还是接过话来道:

"怪你就怪你,你们干仗,吓得我经血不止,还叫我五天头就下地做饭。"

胖的对这不回答,又回到老问题上来:

"是谁逼得老爷子给她磕头呀?"

瘦的还是那样的回答:

"老爷子磕头为的你。"

胖的说:

"为的你。"

瘦的气急眼了,就说:

"为的你,为的头年腊月前,你不叫扒外屋的炕!"

胖的也气了,忘了旁边有卖呆的人,说道:

"扒了没有? 扒了没有?"

白大嫂子听到这儿,觉得里面好像有文章,对刘桂兰使一个眼色,两个人挤了出来,迈出院子,一面走着,一面猜测。白大嫂子说:

"咱们去告诉郭团长,多邀几个人合计合计,人多出韩信。"

两人奔农会去了。这里还在吵嚷着。卖呆的人也有光看着的,也有劝解的,也有议论的。议论和劝解的人们说:

"这妯娌俩,可真是针尖对麦芒了。"

"有一个让着点,也吵不起来。"

"一个巴掌拍不响。"

"这俩娘们真邪乎。"

"别吵吵呀。"

"有事上农会妇女会去谈嘛。"

"地主娘们还进妇女会?"

两妯娌还是吵嚷着,从晌午吵到天黑。而在这时候,贫雇农团在开小组会。听了白大嫂子的报告以后,郭全海的眉毛打着结,嘴上叼着小蓝玉嘴烟袋,他寻思半晌,才说:

"腊月里扒炕,哪有这事呀?"

刘桂兰插嘴道:

"他小儿媳说:'扒了没有?扒了没有?'看样子,好像是扒了。"

郭全海又问:

"腊月里干啥扒炕呢?"

白大嫂子说:

"怪就怪在这。"

人们唠着,郭全海寻思一阵说:

"我寻思那个炕里有着啥玩意,咱们去瞧瞧。"

老孙头说:

"早瞧过了。"

郭全海又问:

"扒开来看过没有?"

老孙头说:

"那倒没有。"

"走,我们去扒去。先叫他们一家搬到西下屋去住。"

郭全海带领人们,拿着铁锹、铲子和铁探子,往杜家走去。到得那里,干仗的人收场了,卖呆的人回家了。妯娌俩一个在里屋,一个在外屋,一个躺下了,一个正在摆动摇车子。郭全海要胖疙疸带着孩子,搬着东西到西下屋去住。他跳上她住过的南炕,使着铁探子,仔仔细细敲着每一块青砖。敲到炕琴旁边的一块,发出的声音有点不一样。他扔下铁探子,拿起铁铲,掀开那块砖,露出一个小洋铁盒子。这时候,大伙都跳上炕来,围着郭全海,铁盒子打开,里头装的是一副金钳子,一个金牌子,一个金屁股簪子。盒里放着一个油纸包,打开来看,有一卷伪满的地照,还有两张纸密密麻麻写着字。

郭全海叫小猪倌去请栽花先生来。这位黑长条子又带着算盘来了,他又以为要算细账。才迈进门,郭全海招呼他道:

"黑大叔,快上炕来看看这单子,看上头尽写些啥?"栽花先生把老花眼镜架在鼻梁上，拿起郭全海给他的一张焦黄的纸，念道：

　　民国三十五年夏历八月初八。红胡子萧祥带队逼咱
交出祖产五十垧。分予李常有、初福林（老初）、田万顺、
张景祥、孙永福（赶大车的）……

念到这儿，大伙都像堵在上流的水，冲开了闸口似的，哗哗地叫嚷起来，叫得最响的是老孙头：

"这是翻把账。操他妈的，把我的名也写上了，好大的胆子。"

郭全海气得脸红脖子粗，说不出话来。老田头说：

"他还管咱们穷人的救命恩人叫红胡子呢。"

老孙头说：

"这是汉奸话。'康德'二年，杜善人当自卫团长，跟日本子上山去撵抗日队，他管那叫红胡子。头年萧队长来，我一打听，才知道那是打日本子最带劲的赵尚志。"

这时候，老初也来了，老孙头忙告诉他：

"你的名也写上这翻把账了。"

老初的大嗓门子叫道：

"咱们去抓起他来，揍死他也不当啥。"

郭全海忙问：

"这家伙上哪儿去了？"

"他装蒜，上山拉柴火去了。"

这时候，郭全海心里平静一些，脸不红了，从从容容地说：

"咱们不抓他，可也不能由他自由自在往外跑。宽大也不能这样。他心还没死。"

老孙头接过话来：

"对，在早，周文王三分天下有其二，坏蛋们犯了国法，也画地为牢。"

所有的人都应和老孙头的话：

"对，对，咱们也得叫大地主都画地为牢。"

说完这话，有人急着往外走，郭全海叫道：

"别忙走，这儿还有一张条子，黑大叔，瞅这上头写的啥？"

栽花先生念道：

"元茂屯农会干部（共产党官儿）赵玉林、郭全海、李常有、白玉山、张景祥……"栽花先生往下念。元茂屯的小组长的名，都记在上头。底下是分他东西的人的名字。谁分劈他一石元豆，一斗高粱，一棒子豆油，一个笓篱，他都记上了。谁家分了他的什么马，是骒马，还是儿马；什么毛色，几岁口，也都明明白白写上了。老娘们听到这儿，都叹口气，三三五五地议论道：

"看看地主这个心！"

"他平日笑不离脸，可真是笑里藏刀。"

"他心眼像个马蜂窝，转个磨磨，就想糟践人。"

"他记下这账，要等'中央军'来拉咱们脖子。"

"'中央军'撵得远远的了，长春也围困住了，他还能来？"

栽花先生念完名单，老孙头走到他跟前，压低声音问：

"干部里头，有咱的名没有？"

"没有。你分他一腿马，倒是记上了，一个黄骝马的一条腿，对不对呀？"

老孙头挺直腰眼说：

"对，咱不赖账。干部里头，咋没我名？萧队长是咱用胶皮轱辘车接来的，他一来，咱就干了。"

栽花先生摘下眼镜子，笑着说道：

"对，他拉下你了，给你添上。"

郭全海把张景瑞拉到一边，叫他带着杜善人的旧地照和翻把账，套爬犁送给三甲萧队长，并且问往后咋办。张景瑞去不一会，带着萧队长的回信回来了。信上写着，开贫雇中农大会，宣布翻把账，看大伙说啥。不许打人，也不必绑人。干部要掌握这点。他们埋起翻把账，不定还插了枪，得追他的枪。

贫雇中农的大会开到夜深。大伙的愤怒又像头年斗争韩老六那样。老初提议：把杜家撵出大院，叫他住在一个马架里，尝尝穷

246

滋味。"看他再翻把不翻？"

张景瑞叫道：

"旁的地主也得撵大院。"

郭全海站起来，问大伙道：

"赞不赞成？"

都鼓起掌来，有人往外挤，就要去撵地主大院。郭全海说道：

"别忙走。地主造翻把账，不定还插了枪，杜善人当过山林里把头，跟苇子河胡子有过来往，还当过自卫团团长，打过抗日联军，你们想，他插枪没有？"

好几个声音回答：

"一定有枪。"

"那还能少？"

"要不价，他家修四座炮楼子干啥？"

郭全海又问：

"大伙说，他有枪不往外拿，怎么办哪？"

声音像雷轰似的接二连三地爆发：

"揍他。"

"悠他。"

"挖掉他两个细长眼睛，叫他留下枪也瞄不准。"

郭全海笑着摇摇头，吧一口黄烟说：

"只能文斗，不能武斗。武斗违反毛主席的政策，先调查清楚，杜善人到底能不能有枪？"

老孙头插嘴：

"有是准能有。光复那年，'中央'胡子刘作非刚来不久，杜善人二小子还跟韩老六的大小子回家来过呢。咱亲自听见杜家响过一枪。"

郭全海忙说：

"这就露出点头了。咱们一面调查，一面开大会追根。"

十

元茂屯百分之八十的人们参加了斗争。大伙动手抠政治。从打杜善人的翻把账起出来以后,人们知道地主心不垮,还是想反鞭。仇恨的心,又勾起来了。他们都说:"要保江山,要抠枪。""地主舍命舍财不舍枪。枪不抠尽,太平日子也过不消停。"黑天白日,大会小会,屯子里又卷起了暴风骤雨,向封建猛攻。

发现杜家翻把账的第三天下晚,农会西屋吊在横梁上的大豆油灯的五个灯苗不停地摇晃。照着炕上地下,黑鸦鸦的人堆。杜善人还没有来。人们吵吵嚷嚷议论着。老初的大嗓门子叫道:

"抠不出拉倒,送他到县大狱去,咱们也省心。"

郭全海没有吱声。他寻思一会,又跟几个积极分子低声合计了一会,往后叫白大嫂子跟刘桂兰去找杜家的小儿子媳妇,劝她坦白。郭全海正说到这儿,身后有人叫:"来了,来了。"窗户外边,有灯光闪动,两个民兵带着杜善人挤进人堆里。杜善人脸庞煞白。胖大的身体摇晃着,差点站不住。头两天他又说出了三个地窖,想要叫人不抠他的枪,但是人们就是要抠枪,别的啥也不稀罕。屋里灯火,在人气和黄烟的烟雾里,忽明忽暗。有的人骂杜善人道:

"面善心不善的老家伙。笑不离脸,心里揣把刀。"

"你干过多少黑心事呀?"

"修桥补道,尽摊人家官工,你这叫借香敬佛,借野猪还愿。"

郭全海也慢条斯理地说道:

"要是他把匣子拿出来,陈年旧账管保都一笔勾销。"

杜善人听到这话,抬起眼睛,冲人堆斜扫一眼,想要说啥,却又收住,又顺下了眼睛。郭全海压低嗓门在老孙头耳边说一阵小话,叫他去劝劝。老孙头挤到前边,他想,还是先尊他一声:

"咱们菩萨心肠的善人。"

杜善人又抬起眼睛,瞅着在他家里吃过劳金的这个笑眯左眼的大车老板子,却没有答话。老孙头不慌不忙地接着说道:

"你听我说：咱们一东一伙，也有些年，你有什么，咱也摸底。你在旧'中华民国'，就养活过枪。光复那年，还摆弄过匣子。痛快都说了，放你出去，干正经活。"

"我没有呀，叫我说啥？"

老孙头说道：

"说来说去，还是这句话。你说没有，家修四个炮楼子，搁啥来把守？"

杜善人见钉得紧，又看见众人都冲他瞪眼，沉思一会，松了一句：

"我养活过一棵洋炮，再没有啥了。"

张景瑞紧追一句：

"洋炮呢？"

"早交官家了。"

老孙头说：

"哪个官家？"

"旧中华民国。"

"你他妈这旧脑瓜子。只有咱们八路哥才配称官家，你还不知道？"

张景瑞连忙打断老孙头的话，怕他把话引开了。杜善人却早抓住这点，他点头说：

"是呀，我是个旧脑瓜子。我是个'夹生饭'。往后我知过必改。这回献出了金子，下定决心，跟农会走，站稳无产阶级立场，为人民服务。"

大伙都笑骂他口是心非。张景瑞忙说：

"别笑。老杜家，你要是真心改过，咱们也欢迎，可是得把大枪交出来。"

杜善人说：

"庄稼院哪有那玩意呢？"

老初插嘴：

"不说大枪,说匣子也行。"

"匣子更没有。"

老初挤过来:

"你二小子把二八匣子插在靴鞡里,可屯都知道,你敢说没有?"

"确实没有。我要是有,天打五雷轰。"

老初脸红脖粗地叫道:

"没有,拉出去。"

张景瑞摆弄着大枪,枪栓当的一声响,杜善人吃了一惊,脸又变色了。老初又说:

"咱们调查确实,他有大枪匣枪,插起来是要翻把。他不讲咋办?"

"绑起来。"

"送他去蹲笆篱子。"

小猪倌动手就推,杜善人叫道:

"哎呀,妈呀,你们别吓我,我有气喘病。哎呀,不行,我眼花了,妈呀。"

他往地下倒。人们扶着他,不让他倒下。有人拿水瓢舀半瓢水他喝。他才站起来,直着腰眼,两眼往上翻。小猪倌说道:

"这么大岁数,还叫妈呢。"

张景瑞气冲冲地用枪顿得地板响,骂道:

"装什么蒜呀?再不说,把他往外拉。"

蹲在炕上一直没有吱声的郭全海,这时候噙着小烟袋,和气地劝杜善人道:

"你得说呀,说了没事,不说没有头。"

杜善人哭丧着脸道:

"叫我说啥呢?金子元宝都拿出来了。"

张景瑞接着问道:

"枪插在哪?再有金子元宝咱们也不要,光要枪。"

杜善人挨近炕沿，坐了下来，要碗水喝了，这才脊梁靠着墙，慢条斯理说起枪的事：

"头年五月，我那二小子跟韩老六的大小子韩世元打哈尔滨回来。韩世元带一棵匣枪是不假。放在靰鞡里，也是不假。他们坐一个车回来，韩世元还带一个窑子娘们，不敢回家，怕媳妇找他干仗，藏在我们家的西下屋。他和那个破鞋常唧唧。有天下晌，听见下屋枪响好几声，把我小孙子吓得够呛。咱们当他要打死那娘们。往后，他又到南门外搁枪打野鸡，叫大青顶子的胡子头北来知道了，半夜里来把他绑去，他连枪带人，随了北来队胡子。"

张景瑞打断他的话：

"胡说。"

老初也说：

"你别胡嘞嘞哪。"

老孙头望着郭全海说道：

"看他编得可圆全了，自己推得干干净净。"

杜善人仰起胖脸来道：

"我说的句句是实话。你们再详细调查，韩世元娘们还在，你们去问问。我说的话，要有一句不实在，搁枪崩我，也不叫屈。"

老孙头笑眯左眼说道：

"早调查好了。在你家吃三年劳金，你家的事，根根梢梢，咱都知道。你那二小子啥活不干，就好摆弄枪。韩大小子有枪，你二小子也有，你当老孙头我不知道。"

张景瑞瞪眼瞅着杜善人说道：

"你小子随了'中央'胡子第三军，跟韩世元一块堆，打哈尔滨拉回一大车东西，连车带东西都是抢的。那时候，谁敢走车呀？他要没拿枪，能把东西拉回家？"

杜善人忙说：

"韩世元有枪，东西也是韩世元的。"

张景瑞驳他：

"别把过都推到死人身上。多会韩世元到你家西下屋住过？你儿子在西下屋冲灶坑里试枪,隔壁邻居谁没听见？谁不知道?"

老孙头插嘴说:

"你当咱们不知道你这根呀?"

老初挽挽袖子,露出黑不溜秋的胳膊,使大嗓门叫唤:

"他不说拉倒,拉他走。"

杜善人不走,也不吱声,站在地当心,像一个拴马桩子。小猪倌从老初的胳膊下面,钻出个头来,仰脸对杜善人说:

"我说你这大坏蛋,把枪留着是给谁预备的呀？你造一本翻把账,又插下枪,想反鞭,你不想活了?"

杜善人还是抵赖着:

"确实没有枪,……妈呀……你们冤屈好人。"

小猪倌笑道:

"看你有没有出息？这么大的人,孙子都有了,还叫'妈呀'。"

郭全海上白大嫂子那一组去了一趟,又回来了。他背对着杜善人,压低嗓门跟近旁几个人唠着。杜善人不叫唤了,侧耳听着。郭全海转过身子来说道:

"干榆木脑瓜,死也不说,你小儿子媳妇早替你说了。"

杜善人听到这话,胖身子哆嗦一下,一会又镇定下来。还是说那句老话:

"确实没有呀,庄稼院哪有那玩意?"

郭全海叫把他送走。两个民兵从人堆里挤出,一个逮着杜善人的领子,一个拿出捕绳来动手要绑。郭全海说:

"绑啥？他还能跑掉?"

杜善人没有上绑,从屋里出来,老孙头跟到门外,冲那送差的民兵叫道:

"加小心呀,别叫他走近那棵榆树。"

一个民兵说:

"用你废话,咱们干啥的?"

月光底下,老孙头担心杜善人寻短撞树,小心望着三人走过那棵榆树,见没有事,才转回屋里。院子里新下的雪上,留着三个人的清楚的杂乱的脚窝。

十一

追问杜善人的枪的会散了,郭全海往妇女组走去。月亮照着雪地,四外通明。郭全海放下帽子的耳扇,两手笼在棉袄袖筒里,往杜家大院走去。杜善人家都撵大院了,妇女们在杜家大院的上屋,围着杜善人的小儿子媳妇,追问她家插起的枪支。

郭全海迈进杜家上屋的东屋。屋里冒出一股热气,把眼都蒙住了。他停一会,才往里挤。妇女们团团围住一个人,那是杜家小儿媳。她站在当间,胖脸上一对小眼,骨碌碌地往四外转动。有的妇女盘着腿,坐在炕上。有的叼个二三尺长的烟袋。有的坐在炕沿奶孩子。一个快坐月子的女人挺个大肚子,一个人占个半人的空当。老田太太坐在灯匣子旁边一条凳子上,一面用心地听着,一面捻麻线。赵大嫂子站在老田太太的旁边,两手扶着锁住的肩膀。白大嫂子和刘桂兰都站在胖疙疸跟前,正在追问。郭全海进来,刘桂兰早瞧见了,只是装作没有看见的样子。白大嫂子挤过来告诉他说:

"好说歹说也不行,还是那句话:她不知道。"

郭全海吧嗒吧嗒抽着小烟袋,走到胖疙疸跟前说道:

"都说你知道,要不早说,赶到咱们起出来,事就大了。"

胖疙疸听到郭全海说这话,觉着分量就不同,偷眼瞅瞅郭全海的脸色,就透出点口风道:

"要是说了,大伙上那儿起不出啥来咋办?"

郭全海移开烟袋道:

"只要说真话,起不出也不怪你。"他怕她动摇,又添上道:"你要不说,就得沾包,民主政府也有笆篱子,能关你的。闹到那步田地,后悔也来不及了。"

胖女人慢慢腾腾又问道:

"要是说出来，公公要揍我咋办？"

老初可嗓门叫道：

"他敢揍你！"

白大嫂子扬起她的黑眉毛说道：

"咱们妇女小组准给你撑腰，他按倒你一根汗毛，叫他跪着给你扶起来。"

老孙头眯住左眼说：

"咱们大嫂子真能。"

胖女人瞅着白大嫂子又问道：

"我要说出那玩意来了，能参加妇女会不能？"

白大嫂子说道：

"立下了功劳，大伙谁不欢迎你？ 不在妇女会，也一样光荣。"

胖女子叹了一口气，停一小会道：

"好吧，我说。"

她就说起她家二掌柜的把两棵大盖交给五甲她娘家兄弟，叫他插起来。二掌柜的跟她娘家兄弟拜过把，又都在家理。那时候，她正在娘家，枪是亲眼看见过，两棵崭新的九九大盖。插在哪里，可不知道。郭全海听到这儿，连忙挤了出来，叫老孙头马溜套爬犁；又要白大嫂子、刘桂兰和小猪倌加派妇女和儿童，封锁四门，不让一个人出去；又叫张景瑞住在农会看果实；安排停当，他和两个民兵带着杜家小儿媳，连夜上五甲。临走，郭全海叫把杜家小儿媳的孩子交给赵大嫂子，免得带去在路上冻着。

星星照着雪地，十分明亮。雪填平了道上的沟洼，爬犁在雪上飞走，赶上小汽车。在三匹马的清脆杂乱的蹄声里，郭全海跟胖疙疸唠着，转弯抹角，又扯上匣枪。胖疙疸说：

"有是能有。咱可不知道搁在哪儿？ 咱过门才三个年头，孩子他爹也不说这些。"

郭全海问她那天为啥跟她二嫂子干仗？ 提起这件事，她就上火。从她二嫂子娘家骂起，一直骂到二掌柜。爬犁跑了五里地，她

骂了五里,临了,郭全海插嘴问道:

"你二嫂子能知道匣枪不能?"

胖子听到这儿,心想:"她妈的,我为啥要替她瞒着?"就大声地对郭全海说道:

"她咋不知道?二掌柜干的事,还能瞒着她?"

说到这儿,早到了五甲。爬犁停在胖子娘家的门口,这屋门窗都关得溜严。他们叫开门,点起灯来,胖子的兄弟起来了,他们让他穿好了衣裳。他姐姐跟他小声说了几句话,这小子就爽快地说道:

"你们跟我来。"

郭全海叫老孙头留在屯子里,陪着杜家小儿媳,自己和两个民兵跟这小子奔出屯子,往松林走去。日头冒花了,东方的天头通红一片。闪闪金光映在雪地上,晃人眼睛。走了三里,到一个慢坡,在一棵倒下的大松木下面,那小子用脚拨拨地上的松雪,在冻着的雪堆里露出一块黄油布。民兵上去,抓着黄油布豁劲往外拖,拖出一包东西来,解开来一看,两棵新的九九枪,见了太阳了。枪栓上涂着鸡油,枪筒却锈成焦黄。那小子又引着民兵,在离松木不远的填满积雪的一个窟窿里,起出了五十一排子弹。

爬犁拉着人和枪,往回赶时,郭全海跟杜家娘们闲唠着,有时又扯上匣子。两个民兵唱着:"没有共产党就没有新中国。"爬犁赶上了公路,老孙头扬起鞭子说:"插起枪,想反鞭,这一下看他再反!"

他们回来,屯子里正煮头晌饭。铺着雪的家家的屋顶,飘着灰白色的柴烟,没有刮风,白烟升起来,好像冻结在冷风里的白色的柱子似的,不晃也不动。爬犁拉进农会的院子,张景瑞还躺在炕上,听到人马声,他慌忙从炕上跳下,跑到院子里,帮忙卸下枪。人们都来到农会的里屋,围着看枪。郭全海叫老孙头和跟去的两个民兵回家去睡觉。他自己不困,招呼杜家小儿媳说道:

"你过来,咱们上你家里去。"

杜家胖儿媳跟郭全海走着,她边走边问:

"郭团长,你看我还能找对象不能? 我们掌柜的两年没有音信了。"

郭全海没有吱声。看到这位年轻庄稼人一本正经的,也不看她,也不唔的,她也老老实实,不敢说啥了。到了杜家,找到她的二嫂子,她劝到晌午,瘦麻秆子没吐露一句。这时候,白大嫂子和刘桂兰来了。郭全海叫胖女人去睡,要白大嫂子、刘桂兰来劝。不到一个钟头,瘦麻秆子坦白了,说出了匣枪的所在。那是藏在杜家大院的柴火垛子的下边。农会动员二三百人,把柴火搬开,果然找到一棵二八匣子,啥都齐全,光缺撞针和枪子。白大嫂子对瘦麻秆子说道:

"快把撞针和枪子也说出来,你的功就圆全了。"

"这个我真不知道,得问公公他自己。"

郭全海带领一些积极分子,去问杜善人,不到半日,也问出来了。撞针和枪子装在一个灌满桐油的玻璃棒子里,埋在北门外的黄土岗子上。老初使铁锹挖出,棒子砸破了,桐油往外淌。二十五颗枪子和一个撞针,随着桐油,淌了出来。

大枪、匣枪和枪子,分埋在四处,顺顺溜溜地,都抠出来了。

引着人们起出匣枪的撞针以后,杜善人坐在黄土岗子的雪堆上,四肢无力,帽檐压在眉毛上,不好意思去瞅人。往回走时,人们乐乐呵呵的,杜善人一声不吱,人们问他话,他也不回答。快进北门了,他才用哭溜溜的嗓门,自言自话说一句:

"我这个心呀,像一盆糨子似的,想不成事了。"

才进屯子,东头一匹黄马奔过来,张景瑞翻鞍下马,气喘吁吁地冲郭全海叫道:

"来扫堂子的来了。"

郭全海冷丁吃一惊,慌忙问道:

"哪个屯子的? 在哪里呀?"

"民信屯的,进了农会的院子。"

郭全海撇下起枪的人们,往农会跑去。他早听说过扫堂子的事,是外屯的贫雇农来扫荡本屯的封建。他想,这是不行的。他们爷俩在元茂屯住了两辈子,杜家有枪,还不太清楚,要不是他儿媳告发,还起不出来。本屯的人对本屯的情况还是这么不彻底,外屯的人更不用提了。要来扫堂子,准会整乱套。他赶到农会,民信屯的三十多张爬犁,都停在门外,二百多个男女,打着一面红绸子旗子,敲着锣鼓,都进了农会的院子。郭全海一面打发一个民兵到三甲去问萧队长,一面含笑招呼民信屯的人们道:

"到屋吧,外头好冷,快到屋暖和暖和。"

人们都拥进农会的上屋。元茂屯的贫雇农也都赶来看热闹。民信屯的贫雇农团长找着郭全海说道:

"听说你们屯子唐家大地主还没有斗垮。咱们屯子有他一块天鹅下蛋地。他也剥削过咱们。咱们是来扫堂子的。早听说过,贵屯革命印象深,请不要包庇本屯的地主。"末尾一句话,说得郭全海脸一沉,心里老大不乐意,好久说不出话来。这是他的老毛病,冷丁受了气,或是着忙了,都说不出话来。站在一边的老初立起眼眉说:

"谁包庇地主?"

这时候,民信屯的贫雇农团的陈团长身后,转出一个长条子,取下他的套头帽子,脑盖直冒气,抢着说道:

"谁放着唐抓子不斗?"

郭全海的气消了一些,从容说道:

"唐抓子也正在斗呀。"

长条子还是叫道:

"放着大地主不斗,这不是要私情,包庇坏根吗?"

张景瑞把从五甲起出的大盖,横举起来,在长条子跟前晃了一下道:

"包庇坏根,还能起出这玩意来吗?"

老孙头起初看见一下来这许多张爬犁,民信屯的人都挎着大枪和扎枪,口口声声说是来扫堂子的,吓了一跳。扫堂子这话的意思,他是明白的,跳大神的扫清家宅的孤魂野鬼,叫扫堂子。他寻思民信屯的人敢来扫堂子,不定咱们屯子干错了事了,官家不乐意,叫他们来的。他站在人们的身后,不敢朝前站。这时候,他瞅瞅大伙,见谁也不怕。张景瑞也能顶几句。他胆大了,慌忙挤上去,从张景瑞身后探出头来,冲民信屯的贫雇农团的陈团长嚷道:

"亏你还当团长呢,啥好名不能叫?叫扫堂子。杜善人的老佛爷也给咱们砸歪了头了,你们还使大神的话。依我说,你们屯子比咱们慢一小步。"

这时候,郭全海怕两下顶嘴,把事闹大,走去拉着陈团长的手,挤出人堆,走到外屋。他蹲到灶坑边上,取下别在腰里的烟袋,装一锅子烟,在灶坑里对上火,给陈团长抽着。两个人就唠起嗑来。在县上开积极分子会议时,他俩见过面,彼此认识,因此郭全海一开头就扯到本题:

"你们来斗咱屯的地主,帮咱们翻身,咱们是挺欢迎的,就怕你们不彻底,整乱套了。"

陈团长说:

"咱们两个屯子开个会,一块堆合计一下好不好?"

郭全海说道:

"咋不好呢?"

这时候,窗外院子里,红旗飘动,锣鼓喧天。民信屯的人,把他们的红旗,挂在房檐上。元茂屯也学他们样,取出红旗来,插在院里粮食囤尖上。民信屯的人,敲打着锣鼓,元茂屯也敲打锣鼓,还添上喇叭。元茂屯的妇女陪着民信屯的妇女,到西屋生起一堆火,她们烤着手脚,烘着衣裳。脸庞都热得通红。民信屯的妇女低低嘀咕了一会,就齐声叫道:

"欢迎元茂屯的姊妹们唱歌。"

刘桂兰满脸通红的,站在炕上,指挥大伙,唱了一个"蒋介石越打越泄劲,咱们越打越刚强"。唱完,正要回敬民信屯,拍手打掌请她们也唱一个歌,郭全海嚷着开会,就都上东屋里来了。

郭全海站在炕上，正在说话：

"民信屯的贫雇农来咱们屯子，帮咱们翻身，欢迎不欢迎？"

几百个声音回答：

"欢迎！"

郭全海又问：

"欢迎咋办呀？"

好大一会，没有人吱声。老孙头的嘶哑的声音从一个角落里透了出来：

"咱们也上他们屯子扫堂子去，帮他们翻身。"

大伙都笑了，连民信屯的人也笑得闭不上嘴。郭全海笑着说道：

"这倒不用了。民信屯比咱们先迈一步。他们是来斗唐抓子的。我寻思唐家斗过两茬，底产有也不多了。这大冷天里，他们来回跑一趟，实在辛苦，咱们得匀出点啥，送他们带走，唐抓子在他们屯里也有一块地。大伙说说，匀啥给他们？"

老初说：

"唐家有两丈桦子，匀给他们吧。"

民信屯的长条子说道：

"你们把金银、粮食、衣裳都起去了，只剩下点桦子，这不是刨了瓢子，剩下皮给咱？"

两个屯子又吵起来了。男对男，女对女地吵嚷着。民信屯的妇女欢叫道：

"欢迎元茂屯，不包庇地主。"

白大嫂子上火了，从炕上蹦下地来叫嚷道：

"谁包庇了？起出枪来，还算包庇？"

民信屯妇女接口道：

"欢迎元茂屯，帮助咱们挖唐抓子底产。"

白大嫂子还要回答，郭全海使眼色叫她不要再说啥，自己站在炕沿上，一面摆手，一面叫道：

"都别吵吵,咱们穷人都是一家人,有事好商量,不能吵吵,叫大肚子笑话。这天下都是咱们的。咱们元茂屯少要点果实,也没关系。你们牲口缺草料,唐抓子的院子里的两个谷草垛,外加二三百块豆饼,都是给咱们农会留下的,你们先拿去。"

这时候,民信屯的贫雇农团长也站起来说道:

"民信屯的人听着,元茂屯的穷哥兄弟们待我们像一家子似的,还要匀果实给咱,这果实是他们农会留下做生产用的,咱们能不能要呀?"

民信屯的人雷轰似的分好几起回答:

"不能要!"

"决不能要!"

"人家的果实归人家,咱们坚决不能要!"

这么一来,原来是彼此相争的两个屯子,逐渐变得彼此相让了。两个屯子的积极分子集合在一块,合计了一会,结果,元茂屯的人逼着民信屯收下一垛谷草,一百块豆饼,补足他们冬季的牲口草料。临了,郭全海站在炕沿上宣布:

"才刚打发人去问萧队长,萧队长回信说:唐抓子的底产还是归咱们来整。信上又说:'扫堂子是呼兰的经验。这办法对呼兰长岭区兴许还合适,咱们这儿行不通。可是,来扫堂子的民信屯的人,也是好意,两下不能起冲突,元茂屯的人要好生备饭,招待客人。'咱们早准备下饭了,没啥好吃的,大糙子大酱管够。老阳儿快落了,请吧。"

吃罢饭以后,民信屯的人搁爬犁拉着豆饼和谷草,人们踏着雪,往回走了。元茂屯的人打着锣鼓,唱着歌,送到西门外。四九天气,刮着烟雹,冷风飕飕的,一股劲地往袖筒里、衣领里直灌。眼都冻得睁不开。两脚就像两块冰。人们的胡须上挂着银霜,变成白毛了。

十二

民信屯来扫堂子以后，元茂屯的人又在唐抓子的屋里院外，起出好些东西来。从别的地主们的院套里、马圈里、鸡窝里、障子下，以及一切想象不到的地方，起出各种各样的财物、粮食和衣布。有些地主，明知他们的日子不会再来了，却敌视穷人，宁可把财富扔在地下，沤坏，霉掉，烂完，也不交出来。他们失败了，财宝枪支先后露面了。地主们的心，都像杜善人说的："像一盆糨子似的了。"

富农李振江，老百姓管他叫"地主尾巴"。这一年来，他使尽计策，掩盖着自己的面目，在院子里喂猪，在上屋里养鸡，装作勤恳、诚实和可怜的模样。儿童团瞭哨，却发现他悄悄地跟地主们来往，把打听到的屯子里的情形，告诉现在已经不好活动的他的侄儿李桂荣。

这回工作队到来以后，李振江的八匹马，六匹拴到了贫雇农的槽头。对这事情，他是分外怀恨的。但他好像藏在窟窿里的长虫似的，一时伏着不动，等待钻出的时期。划阶级，定成分以后，他又到处转。屯子里斗错了中农，他喜在心尖，寻思中农都会来靠近他了。

富裕中农胡殿文，划成小富农，割了尾巴。胡家四匹马，农会征收了两匹。这么一来，谣言又像黑老鸹似的飞遍全屯。有的说："中农是过年的猪，早晚得杀。"有的说："如今的政策是杀了肥猪杀壳郎。"这些谣言起来以后，全屯的中农都来农会，自动要求封底产，有的说："把我家也封上吧。"有的说："反正都得分，趁早把我家封上。"还有的跑到老初家里，要求他道："老初，我家还有一条麻花被，你们登记上吧。"人们谣传着，有两匹马的，要匀出一匹，有两条被子的，要匀出一条。开贫雇农大会，中农都不叫参加，他们疑心更盛了。中农娘们走到隔壁邻居去对火，站在灶屋里，就唠开了。

"眼瞅地主斗垮了，榨干了，光剩下咱们了。"

"嗯哪，眼瞅轮到咱们头上了。"

　　有的中农，干活懒洋洋，太阳晒着腚，还不起来。下晚不侍候牲口，马都饿得光剩一张皮，都趴窝了。

　　有的中农，原先是省吃俭用的，现在也都肥吃肥喝了。"吃吧，吃上一点，才不吃亏。"他们起初把肥猪杀了，顿顿吃着大片肉，往后，壳郎也宰了。他们说："咱给谁喂呀？"

　　有的中农，也学地主样：装穷。他们把那稍微好点的东西：被子、棉袄、甚至于炕毡和炕席，都窖起来。十冬腊月天，土坯炕上，不铺炕席，也不盖被子，孩子们冻得通宵雀叫唤，老娘们也都闹病了。

　　李振江娘们，原先不敢出头露脸的，这会子也出来串门。她走到中农的家里，装作对火、借碗，起初光是唉声叹气，啥也不说，往后，她假装惊讶地说道："哎哟，这大冷天，你们被子都不盖？"经她一点，中农意见更多了。

　　萧队长从三甲来信，要农会反映中农的情况。郭全海找着妇女小组和儿童团，问到上面这一些情形，自己骑上马，跑到三甲，报告萧队长。他在那里参加了一个党的活动分子会，萧队长分析了情况，并且告诉同志们，团结中农，是今后的重要的工作。各个屯子，要派军人家属和积极分子，了解中农，倾听他们的意见，防止坏根拆散贫雇农和中农之间的亲密的团结。

　　回到屯子里，郭全海布置了这个工作。

　　旧历年关，眼瞅临近了。屯子里还是像烧开的水似的翻滚。各个小组算细账，斗经济的屋子里，灯火通明，黄烟缭绕。天天下晚，熬到深夜，熬到鸡叫。

　　中农刘德山跟李大个子出担架去了。刘家女人是一个勤俭老实的娘们，干活顶个男子汉。早先，她也参加了妇女小组，往后，耳朵里灌进些谣言，她有点犯疑，不敢迈步了。屯子里斗了伪满牌长、富裕中农胡殿文以后，她越发毛了，再不敢到农会里去。

　　这以后，李振江娘们常来串门。李家女人叼个大烟袋，一来就上炕，一只腿盘着，一只腿蹬在炕沿。她们唠着嗑。李家女人一张嘴，就叹气：

"唉，如今的世事，谁也不知道明天又该怎样了。"

刘德山的女人平静地说道：

"反正我不怕，狗剩子他爹上前方去了，咱们也算参加了。"

李振江娘们冷笑道：

"你那算啥？还是要斗，你瞅，如今在农会里掌权当令的，有中农吗？"

刘德山女人点一点头道：

"嗯哪，没有中农。"

李振江女人凑拢去说道：

"他们开会干啥的，都瞒得丝风不透，咱们底厚一点的人家，啥也不摸底。"

刘家女人说：

"嗯哪，早先开会还有人来吆喝一声，如今也没有人来叫了。"

"开当紧的会，不叫咱们，派车派饭，都有咱们的一份。"

"嗯哪。"

李家娘们看见刘大娘听信她的话，就进一步编造：

"派车派饭还不算啥，前屯还抓中农去蹲笆篱子呢。"

刘德山女人的娘家是在前屯，也是中农，听到李家女人这句话，猛吃一惊。可是不一会，她清醒一点，就不相信了，她娘家的兄弟，昨天还来过，没有说起这件事。

她问道：

"谁蹲笆篱子了？"

老李家女人胡乱编说道：

"老施家。"

老刘家女人抬头瞅着她说道：

"老施家？咱们屯子里没有姓施的呀。"

老刘家女人过门二十来年了，还是管娘家的屯子叫"咱们屯子"。李振江女人露了马脚，慌忙说道：

"没有老施家？那我记错了。反正这个政府的政策，咱们摸不清。"

刘德山女人同意她末尾的话，点一点头。李振江女人影影绰绰地又说了些小话，就叼着烟袋，一跛一跛地走了。在她身后，在老刘家的脸上和心上，留下一个阴阴凄凄的暗影。她寻思着，胡殿文的家底，也不过跟她家一样，就是多一个牲口，可是也斗了，不定老李家的女人的言语，有一些道理。她思前想后，一宿没睡好。第二天，吃完头晌饭，她牵着她家一个老骒马，外带一个马驹子，来到农会。为着不叫斗，不丢脸，她献出两马。农会却不收，老初说："你先放着吧。"一听这话，她脸色变了。她还记得早些日子，地主假献地，农会也是这么回绝的："你先放着吧。"这就是说，往后再来收拾你。把马牵回来，她又想起李振江娘们的话来：

"如今的世事，谁也不知道明天又该怎样了。"

三星高了，刘大娘躺在炕上，翻来覆去，老也睡不着。正在这时候，有人叫门，细听是一个女人的声音，她寻思着："这会还有谁来呢？"她想起从前她随着大伙斗争地主时，也是叫一个女人，去叫地主的门的。她慌慌张张，不知咋办好。敲门的声音越来越紧急。她翻身起来，才披上棉袄，门外又叫了："刘大娘咋不开门呀？是我呢！"这个声音很熟悉，很温和，她接口答道：

"是你吗，赵大嫂子？"

她三步并作两步，走去打开插着的柴门。她的心都敞亮了，赵玉林媳妇是一个老实厚道的妇女，平常和她谈得投缘。她把她引到上屋，拍掉衣上鞋上的干雪，叫她上炕。赵大嫂子盘腿坐在炕头上，跟狗剩子逗一会乐子，两个女人就唠着家常。赵大嫂子问：

"你们掌柜的上前方去几个月了？"

听到问这话，刘大娘松一口气，拿出烟笸箩和旱烟袋，一面把黄烟捏碎，往烟锅里装，一面从从容容回答道：

"三个多月了。说只去四个月的，这会子该回来了。"

赵大嫂子看她递过烟袋来，笑着说道：

"你抽你抽。刘大爷这回功劳可不小。"

刘大娘听到这话，心有底了。她噙着烟袋，心里暗想："没有过，就不错，说啥功劳呢？"嘴上却说：

"都是应该的，打国民党胡子，抱一点辛苦没啥。"

赵大嫂子看一会鞋样，评论一会针线活，完了笑着问刘大娘道：

"这几天老没见你上农会。抠地主的政治，你咋不去呀？"

刘大娘喷一口烟，叹一口气道：

"我寻思如今贫雇农当令，咱们是中农，成分占不好。"

赵大嫂子连忙说道：

"中农成分还不好？这话谁说的？"

刘大娘本想告诉她："这话是李振江娘们说的。"但一转念，怕说出来，对不起李家，话到舌尖，就改口道：

"没有谁说。自打定成分，划阶级，咱们中农没往前深入，贫雇农当令，你们说了算，你们是正经主子。"

赵大嫂子笑着打断她的话：

"啥主子不主子的？你这还是旧脑瓜。"

刘德山媳妇说道：

"凭你说啥，咱们成分占得不太好，腰眼不壮实，不敢往前探，抠谁呀，放谁呀，咱也不摸底，不敢多嘴，不敢插言。"

赵大嫂子接口说：

"你太多心了，毛主席不早说过'言者无罪'，你不知道？"

刘大娘在炕沿敲掉烟锅里的烟灰，重新装上一锅子烟叶，点上抽着，眼也不抬地说道：

"屯子里的事，都是你们贫雇农说了算，妇女会里，也是你们贫雇农妇女打么①，咱们中农算是老几呀？"

赵大嫂子听到这儿，连忙接过话来说：

"分出你我，这不是一家人说两家人的话了？贫雇中农是一

---

① 吃得开。

家,多咱是一样,哪里也一般。咱们跟毛主席那儿,早安上电报。萧队长今儿还捎信来说:毛主席打关里拍个电报来,说要坚决地团结中农,不许侵犯。"

刘德山女人听到这儿,移开嘴里噙着的烟袋,抬起眼睛来问道:

"这话确实吗?"

赵大嫂子笑着说道:

"谁糊弄你不成?"

刘大娘又问一句:

"毛主席确实提到咱们中农么?"

赵大嫂子说:

"萧队长还能糊弄咱们么?哈尔滨还把毛主席的电报登上报了。"

刘家女人轻巧地笑了,吧嗒吧嗒抽一阵子烟,又道:

"我说呢,毛主席不会拉下咱们的。咱们中农黑灯瞎火地混几个朝代,也总是受人家欺侮。在'满洲国',地主把花销尽往小户头上摊。咱们掌柜的,也恨地主,就是人老实,胆子小,开头不敢往前站。"

两人越唠越投缘,越谈越对心眼儿。刘大娘起身从躺箱里取出一盘爆米花,一盆葵瓜子,放在炕桌上,又去烧壶水,泡上糊米茶,实心实意款待着客人。赵大嫂子一面嗑瓜子,一面说道:

"差点忘了:萧队长捎个信来,叫你有啥困难,都只管说,不要外道。萧队长还说:贫雇农是骨头,中农是肉。咱们是骨肉至亲,说话可不用抹弯,有啥困难,都只管说。"

刘大娘笑着说:

"可也没有啥困难,"寻思一会又说道,"咱家官车派得多一点,往后劈了马的人家都得匀一匀才好。"

赵大嫂子答应把她这话转告郭团长。两个人又唠了一会家常嗑,刘大娘从炕上下来,对赵大嫂子说道:

"你坐一会,我出去一趟。"

说着，她走出去，推开外屋门，站在房檐下，朝四外一望，院子里白花花的一片，没有人影，也没有声响。她回到里屋，盘腿坐在炕头上，低声地，把李振江娘们常来串门子，说些啥话，根根梢梢，都说出来了。赵大嫂子叫她往后再听到什么，马溜去告诉农会，又说：

"郭主任明儿后晌召集贫雇中农开个团结会，合计解散贫雇农团，恢复农工会，中农和佃中农，也能参加。你一定去。会上还要合计分猪肉，劈麦子呢。郭主任说：眼瞅到年了，把斗出的猪肉，小麦，还有小鸡子，先放给大伙，包几顿饺子，过一个好年。"

说罢，她起身告辞，刘大娘要给她点上玻璃灯笼，她说：

"不用，不用，这大雪地里，明明亮亮的，要灯笼干啥？"

刘大娘的心随了这个好心肠的温和的女人了。她一径送客到门外，瞅着赵大嫂子隐没在下得正紧的棉花桃雪里，身影全看不见了，她才插上门，欢欢喜喜地回屋里睡觉。

十三

屯子里开了一个贫雇中农的团结大会，取消了贫雇农团，恢复了农工会。农工会七个委员里有两个中农，郭全海当选做主任。农会宣布停止挖财宝，准备过新年，猪肉和麦子都分劈完了。贫雇农一人十斤猪肉，五升麦子。中农一人三斤猪肉，一升麦子。这种分法，中农也没有意见；因为中农家家杀了猪，自己有麦子。而且家口多，分的多；家比家，中农分的和贫雇农差不了多少，而贫雇农连明年的麦种也还没有呢。

分完猪肉和麦子，白大嫂子和刘桂兰从农会出来，想回家去。在风雪里，她俩一面走着，一面合计慰劳军属的事，刘桂兰首先开口道：

"这回慰劳，得兴一个新办法，像八月节似的，家家都是十斤猪肉，十斤白面，也不大好。也有不要猪肉，想要布的。这回咱们果实有的是，拿出一些来做慰劳品，调查军属需要，谁家缺啥，就慰劳啥,比如说:赵大嫂子的锁住,棉鞋还没有穿上,咱们就送她鞋子,这样又好看,军属都乐意。"

"你这意见好,明儿咱们在会上提提。我倒忘了,明儿过小年,现在你去看看赵大嫂子,新年大月,叫她散散心,不要待在家里想过去的人了。我先回家去烧炕。"

刘桂兰和白大嫂子分手,到赵家去了。刚一迈进门,从昏黄的豆油灯光里,她看见赵大嫂子眼圈儿红了。锁住跳起来,扯着刘桂兰的衣角,叫她上炕。刘桂兰上去盘腿坐在炕头上,谈起屯子里的一些奇闻和小事,谁家的壳郎给张三①叼走,谁家的母鸡好下哑巴蛋,她也说起老孙头常常唠着的山神爷②和黑瞎子干仗的故事,说得锁住哈哈大笑着。疼爱儿子的赵大嫂子也笑起来了,屋子里变得乐乐呵呵的。锁住从炕琴上拿来把剪刀,几张颜色纸,放在炕桌上,拖着刘桂兰的手,要她剪窗花。她用蓝纸剪只鸭子,再用绿纸剪只壳郎,又用红纸剪朵牡丹花。锁住叫他妈打点糨子,把牡丹花贴在中间窗户的当间,左边贴鸭子,右边粘壳郎。正在这时候,猪倌吴家富从外头回来,一面拍去身上的雪花,一面赏玩窗户上头新贴的窗花,说道:

"这叫鸭子跟壳郎,同看牡丹花。"

说得屋子里人都笑了。刘桂兰要走,锁住拖着她嚷道:

"姐姐给我再剪一个小猪倌。小壳郎没有小猪倌,要给张三叼走呢。"

刘桂兰指着吴家富笑道:

"这不就是小猪倌?"

锁住抓着她的手,还是不放,说道:"不行,他太大了。"

刘桂兰甩开手走了。走到院心,又回头冲窗户叫道:

"锁住小兄弟,别着忙,往后再来给你剪,别哭鼻子呀。"

---

① 指狼。

② 指老虎。

十四

白大嫂子冒着风雪,回到家里;推开门扇,屋里黑漆寥光的。她还没有来得及点灯,扑通一响,炕上跳下一个什么来。她吓一大跳,回转身子,往外就跑,那人撵出来叫道:

"淑英,是我呀。"

听到这个熟识的声音,白大嫂子才停步,但也还没有说话,她的心扑通扑通地跳着。那人靠近她身子,紧紧搂着她。她笑着骂道:

"这瘟死的,把我吓得呀。我当是什么坏人呢。"

她握着他肥厚的大手。他摸抚她的暖和的,柔软的,心房还在起起落落、扑通扑通跳着的胸脯。院子里正飘着落地无声的雪花。屯子里有妇女的歌声。他俩偎抱着,不知过了多大一阵子,白大嫂子才挣脱身子来问道:

"多咱回来的?"

那人说道:

"等你坐得裤裆快要磨破了。你又是上哪儿串门子去了?这咱才回来。"

白大嫂子笑着说:

"你说得好,还有工夫串门子。"

她说着,回到屋里去点火去了。

这人就是白玉山。他要在年前回来的事,早在头回信上提到过,但还是给白大嫂子一种意外的惊喜。不管怎样泼辣撒野的女子,在自己的出门很久的男人的跟前,也要显出一股温存的。可是,白大嫂子的温存,并没有维持多久。她吹着麻秆,点起灯来,瞅着笑嘻嘻的身板壮实的白玉山,扬起她的漂亮的,像老鸹的毛羽似的漆黑的眉毛,噘着嘴巴埋怨道:

"一迈出门,就把人忘了,整整一年,才捎一回信。"

"人家不工作,光写信的?你还是那么落后?"

这句话刺伤她的心了。她想吵起来,又寻思他才刚回来,和他干仗,有点不像话。她闷不吱声,点着麻秆,上外屋去烧炕去了。领回的猪肉还搁在桌子上,没有煮,也没有剁馅。这几天来,她忙得邪乎,顾不上干家里的活了。说她落后,可真是有一点冤屈。自打白玉山做了公家人以后,白大嫂子见到公家人,就觉顺眼和亲切。对待农会的事,也像一个当家人对待自己家里的事一样。张富英和李桂荣当令,贪污果实,在农会里喝大酒,搞破鞋,闹得不成话。白大嫂子带领几个胆子大些的妇女,到农会去闹过一回。她站在农会的当院,骂张富英道:"你是做老包似的清官呀,还是做浑官? 你们把破鞋烂袜引进农会,农会给整哗啦了。你们成天喝大酒,看小牌,只当老百姓都眼瞎了?"骂到这儿,李桂荣招呼两个雇用的民兵把她撵走,在她身后,骂她是疯子。从那以后,她就再没上农会。刘桂兰被她公公欺侮和压迫,她打抱不平,把她接到家里住。往后工作队来了,她们两人参加挖财宝,查坏根,黑白不着家,她成了元茂屯的妇女组的头行人。如今白玉山回来,却说她落后。她赌着气,索性不把真情告诉他,看他又怎样?

白玉山把小豆油灯搁在炕桌上,拿出本子和钢笔,在写什么。他学会了写字,又花几个月津贴,买了一支旧钢笔,见天总要写一点什么。

白大嫂子端着火盆走进来,看见白玉山伏在炕桌上写字。他穿着青布棉制服,胳膊粗壮,写得挺慢,瞅着他那正经的精致的办事人的模样,她气也消了,坐在炕沿,笑着问道:

"饿不饿? 要不要吃点啥呀?"

白玉山一面还是在写着,一面晃晃脑袋说:

"不吃啥了。你参加妇女组没有?"还是低着头,没有看她。

白大嫂子想逗他,随口答应道:

"没有呀,参加那干啥?"

听到这话,白玉山把笔一放,脸一沉,横她一眼道:

"参加那干啥? 这道理还不明白?"

白大嫂子调皮地笑道:

"不明白呀,你又整年不着家,谁跟我说这些道理?"

"你不知道去找找人家?"

"我去找人,回头又说我串门子了。"

白玉山叹一口气说道:

"你真不怕把人气炸了,双城县里的公家妇女,哪个不能干?都能说会唠,又会做工作,你这个脑瓜,要是跟我上双城去呀,要不把人的脸都丢到裤裆里去,才算怪呢。你这落后分子,叫我咋办?"

听他称赞双城的妇女,白大嫂子有些醋意,收了笑容说:

"我是落后分子,你爱咋的咋的,你去找那能说会唠,会做工作的人去。"

看见她无缘无故吃醋了,白玉山笑着说道:

"你不参加妇女组,怎么能整垮封建? 咱们都要克服散漫性,抱紧团体,单枪匹马顶啥用? 你也检讨检讨吧,不检讨,不会进步的。"

"克服散漫性",这是初次听到的新话,白大嫂子寻思着,到公安局工作,到底还是好。看他出口就跟先前两样了。她还想试试他肚子里的才学,看他能不能比上萧队长,越发搬出一些落后的话来逗他:

"抱团体,又能顶啥用? 穷人多咱也是穷。富人多咱苦不了。穷富由天定,这话真不假。你看人家肩不担担,手不提篮,一年到头,吃香喝辣。穷人起早贪黑,手不离活,成年溜辈,短吃少穿,你说这不是命是啥?"

白玉山笑道:

"你倒成了算命先生了。"他不正面回答她的话,显出挺有学问的样子,先问她一句:

"你懂剥削这两字不懂?"

白大嫂子笑着说:

"不懂。"

其实这两个字,她早听熟了。他们算过杜善人的剥削账,栽花先生把算盘子伸到杜善人跟前,她是记得清清楚楚的。她说"不懂"是逗着他玩的。说了假话,她忍不住笑。白玉山却正正经经,用他在党训班里得来的学问,解释给她听:

"剥削,就是地主坏蛋剥夺你的劳动的果实,像剥皮似的。"

这下,白大嫂子可真有点迷糊了。剥皮她是懂得的。"满洲国"腿子,向老百姓家要猫皮,不交不行,她还亲手剥过一只猫的皮,鲜血淋漓,她的两手直哆嗦,头也懵了。可是啥叫"剥夺你的劳动的果实"呢?白玉山知道她不懂,紧接着就说:

"比方说:你收一石苞米,地主啥活不干,干要你三四斗租粮,这租粮是你劳动的果实,是你起早贪黑,大汗珠子摔八瓣,苦挣出来的。"

白大嫂子说:

"地可是他们的呀。"

"你没学过土地还家吗?"

白大嫂子笑着说:

"没学过,我又没有住过党训班。"

"土地也是穷人开荒斩草,开辟出来的,地主细皮白肉的,干占着土地。咱们分地,是土地还家,就是这道理。还有,光有土地也不成,你家没有劳动力,不能翻地,下种,薅草,拔苗,纵有万垧好地,管保你收不到半颗高粱。"

白大嫂子点着头,薅草,拔苗,她太懂得了。

白玉山又说:

"房子,粮食,衣裳都是劳力造出来的。啥命呀唔的,都是地主编来糊弄劳动哥们的胡说。"

白大嫂子听得入神了,又提出一个她还搞不清楚的问题:

"没有命,也没有神么?我看不见起。要是天上没有风部、雨部,没有布云童子,还能刮风下雨吗?要是天上没有雷公、电母,还能打雷撒闪吗?"

白玉山哈哈大笑,他正学了这一课,忙说:

"云和雨都是地上的水汽，跑上天去的。打雷撒闪，都是电气，跟小丰满的水磨电是一个样子，小丰满这个电母，也是咱们劳动哥们造的哩。"

正说到这儿，刘桂兰像一阵风似的闯了进来。白玉山是认识她的，只是她原先那两个垂到肩上的辫子不见了。在灯亮里，她的漆黑的短短的头发像一层厚密的细软的黑丝缨络似的遮着脖子。她穿一件灰布棉袍子，脚上穿的是垫着狍子皮的芦苇编织的草鞋。她才从外头跑进来，两颊通红，轻巧地快活地笑着。她对白玉山点一点头说：

"你们笑得欢，隔老远就听见了。多咱回来的，白大哥？"

白玉山笑着回答道：

"才刚不久。快上炕来暖和暖和，看冻着了。"

刘桂兰并不上炕，挨近炕沿说：

"大嫂子可惦念你呀，昨儿下晚，她还嘀咕着：'说要回来，又不回来，也不捎个信，一出门就把人忘了。'"她又对白大嫂子笑着说：

"大嫂子，这下盼到了。"回头又冲白玉山说道："大哥不知道，大嫂子可真能干哪，她是咱们妇女组的头行人。整地主，挖金子，起枪支，都站在头里，有机谋，又胆大，车老板子说：'老孙头我今年五十一，明年五十二，走南闯北，也没见过这么能干的娘们。'赵大嫂子说：'她可是咱们军属的光荣，女中的豪杰。'连郭主任也称赞她：'真能顶上一个男子汉。'"

她还没说完，白大嫂子笑骂道：

"死丫蛋子，看你成花舌子了。"说着，要起身拧她，刘桂兰连忙讨饶道：

"好嫂子，别拧我吧，我问问你，搁啥来接大哥的风呀？送行的饺子接风的面，吃面没有？"

白玉山也笑着说：

"还吃面呢，快骂死我了。"

刘桂兰抢着说道：

"她骂你是假,爱你是真呀。"

"看我揍你。"白大嫂子骂着,却忍不住笑,起身要攘她,却又站住了。刘桂兰又像一阵风似的,飞到院子里去了。雪下着,刘桂兰又跑回窗户底下,隔着挂满白霜的玻璃说:

"大嫂子,可别乐懵了,我走了。"

白大嫂子在屋里头问道:

"上哪儿去呀?"

"上赵大嫂子家里去睡去。"

刘桂兰走不多远,白玉山攘出门来,把她的被子送给她。她夹着她的一条精薄的麻花被子,冒着雪走了。脚步声音听不见以后,除了风声,四外再也没有声响,屋里灭了灯。几分钟以后,白玉山发出了舒坦匀细的鼾息。

第二天早晨,白大嫂子先起来,上农会工作,郭全海含笑冲她说:

"快回去吧,这儿今天没有你的事,我知道你心在家里。"

白大嫂子笑眯眯地骂:

"你胡扯。"但是两脚早就往外移,一会儿就迈到院子里去了。郭全海在屋里嚷道:

"叫白大哥到农会来玩,别老在家守着,把朋友都忘了。"

白大嫂子回到家里的时候,白玉山睡得正甜。她挽起袖子,搂柴点火,烧水煮肉。她的头发也铰了。青布棉袍子上罩一件蓝布大褂,干净利索,标致好看。参加妇女会之后,她性情变了,她的像老鸹的毛羽似的漆黑的眉毛不再打结了,她不再发愁,光是惦记白玉山。现在白玉山回来了,她的性格就越发开朗。她一面听听里屋白玉山的鼾声,一面切肉,一面低声唱着秧歌调。

白玉山起来,穿好衣裳,洗完脸,就上农会找郭全海唠嗑,到吃饭时才回。吃过头晌饭,屯子里的干部,从郭全海起,直到张景瑞、老孙头,都来瞧他。白家的门口,人来人往,川流不息。两口子间的关系,也和早先不同了。在早,白大嫂子瞧不起自己的掌柜,她较他能干，比他机灵。他黏黏糊糊，老是好睡。现在呢，他精明多了。下晚睡觉，他还是不容易醒来，白天却不像早先似的好睡。他还常常告诉白大嫂子，叫她"提高警惕性，反动派心里是有咱们的"。他跟人说话，都有条有理，屯子里的人们也都佩服他。客人走后，白玉山从他带回来的一个半新半旧的皮挎包里，拿出一张毛主席的像和两张年画。这是他在火车上买的，一张年画是《民主联军大反攻》，一张就是《分果实》。白玉山打了点糨子，把年画贴到炕头的墙上；又到灶屋，把那被灶烟熏黑的灶王爷神像，还有那红纸熏成了黑纸的"一家之主"的横批和"红火通三界，青烟透九霄"的对联，一齐撕下，扔进灶坑里。他又到里屋，从躺箱上头的墙壁上，把"白氏门中三代宗亲之位"，也撕下来，在那原地方，贴上毛主席的像。他和白大嫂子说：

"咱们翻身都靠毛主席，毛主席是咱们的神明，咱们的亲人。要不是共产党毛主席定下大计，你把'一家之主''三代宗亲'，'清晨三叩首，早晚一炉香'，供上一百年，也捞不着翻身。"临了，白玉山说道："咱们要提高文化，打垮脑瓜子里的封建。"

往后，白大嫂子对屯子里的妇女也宣传这些，叫人们上街去买年画，买毛主席像，扔掉灶王爷。临了，她也总是说：

"咱们要提高文化，打垮脑瓜子里的封建。"

妇女小组，改成识字班，并请裁花先生做文化教员。但这是后话。

十五

刘桂兰待在赵家，白日照常去工作，下晚回到家里来，做针线活，或者给锁住剪一些窗花。日子过得乐乐和和的，转眼就到了年底。

腊月二十九，刘桂兰从识字班回来，正在帮赵大嫂子包过年饺子，她婆婆来要她回家。杜老婆子坐在里屋通外屋的门槛上，嘴里叼个旱烟袋，冲刘桂兰说道：

"你还是回去。过年不回去还行？"她说着，两眼瞅着赵大嫂子的脸色。

刘桂兰干干脆脆回绝道：

"我不回去。"

杜老婆子抽一口烟，笑着开口道：

"到年不回家，街坊亲戚瞅着也不像话。革命也不能不要家呀，回去过了年，赶到初五，再出来工作。好孩子，你最听话的。赵大嫂子，帮我劝劝吧。"

赵大嫂子没吱声。刘桂兰心想："这会子糖嘴蜜舌，也迟了。"她又想起了那尿炕的十岁的男人，还有一双贼眼老盯着她的公公，铲地时她婆婆使锄头砍她，小姑子用言语伤她。走出来的那天下晚，下着瓢泼雨，她跑到院子里，听见狼叫，爬上苞米楼子，又气又冷又伤心，痛哭一宿，这些事，到死也忘不了啊。想到这儿，她晃晃脑袋：

"不行，我死也不回去了。"

杜老婆子听她说得这么坚决，收了笑容，用烟袋锅子在门槛上砸着，竖起眼眉说：

"回去不回去，能由你吗？你是我家三媒六证，花钱娶来的。我是你婆婆，多咱也能管着你。要不价，不是没有王法了？"

刘桂兰放下正在包着的一个饺子，转脸问道：

"谁没有王法？"

赵大嫂子也说：

"老大娘，这话往哪说？刘桂兰是妇女识字班的副班长，斗争积极，大公无私，你敢说她没王法？她没有地主的王法，倒是不假。"

锁住在炕上玩着哗啷棒。听到杜老婆子跟他妈妈吵嘴了，他扔下小棒，跳下地来，从身后推着她骂道：

"滚蛋，你这老母猪。"

杜老婆子一动也不动，声音倒软和了一些，吧口烟说道：

276

"她是我家的人,逢年过节,总得叫她回去呗。"

赵大嫂子带着笑,又有分量地说道:

"逼她出来,这会子又叫她回去,你这不是存心糟践她?"

刘桂兰又低着头,一面重新包饺子,一面说道:

"过年我上街里去参加,不算你杜家的人了。"

杜老婆子冷笑一声道:

"你参加也唬不了人。我家献了地,也算参加了。"

刘桂兰抬起头来说:

"你也算参加?在'满洲国',你们打么,光复以后,你还和大地主一条藤,说的干的,只当人们不知道?咱们农工会、妇女会还没挖你臭根呢。也算参加!"

"我们干了什么,说了啥呀?倒要问问。"杜老婆子只当这童养媳一向胆子小,不敢说啥。气势汹汹地逼着她说。刘桂兰常常听萧队长说,光斗大地主,小地主和小经营地主先不去管他。小老杜家是小经营地主,她就没有提材料。这会子杜老婆子装好人,反倒来逼她,她气不忿,就翻她的老根:

"十月前儿,你还说过:'你们抖擞吧,等"中央军"来,割你们的脑袋。'"

杜老婆子急得嘴巴皮子直哆嗦,她知道,"中央军"是盼不来了,慌忙说道:

"你瞎造模。"

这时候,来了不少卖呆的,老初、老孙头也闻风来了。刘桂兰胆子更壮,又说:

"言出如箭,赖也迟了。那天你蹲在灶坑边对火,说了这句话,你忘了,咱可忘不了。"

杜老婆子望大伙一眼说:

"屯邻们,谁不知道我杜家的心早随八路了?"

刘桂兰紧紧顶她:

"你嘴随八路,心盼胡子。那天你还骂农会的干部:'这些牤牛卵子,叫他们多搭拉几天吧,"中央"来了,有账算的。'"

老孙头听到这话,说道:

"可了不得,骂得这么毒! 这老家伙是想反鞭了。"

老初也暴跳起来,大嗓门可劲地叫道:

"把她捆起来,这老反动派!"

刘桂兰接着说道:

"在早我寻思,不管怎样,也在她家待一场,他们对不住我的地方,算拉倒,我没有工夫去算这个旧账,如今她倒招我来了。你们瞅瞅,"说着,她解开棉袍上的两个纽扣,露出左肩,那上边有一条酱红色的伤疤。她接着说:"'康德'十二年,她嫌我薅草太慢,举起锄头,没头没脑,就是一下,瞅瞅这儿,当时血流一身,回家躺炕上,七天起不来。"她扣好衣裳,又说:"也不请大夫,痛得我呀,眼泪直往炕席上掉,她还骂呢:'躺着装啥呀? 地里正忙着,你躺下偷懒,白供你小米子吃了。还叫痛呢,这种料子,死也不当啥。'在她眼里,穷人就是这样不抵钱。"

刘桂兰停顿一下,老孙头忙着插嘴道:

"这会子叫她看看,谁不抵钱?"

刘桂兰接口说道:

"工作队到来不久,我参加了唠嗑会,她知道了,就不许我吃饭,还要剥我衣裳,皮笑肉不笑,冲我说道:'打么了,工作队都看上你了,咋不穿队上,吃队上,住队上的去?'她嫌乎我,要撵我出来,怕我看见她和杜善人的娘们通鼻子。"

这时候,大伙要动手捆杜老婆子,赶巧郭全海来了,叫别动手,先听刘桂兰说完。刘桂兰看见他来,脸蛋红了,但还是说道:

"往后,我参加了妇女会,她母女俩,一见到我,冷嘲热骂,总要说两句,老的说:'做啥工作呀? 都是上农工会去配鸳鸯的。'少的说:'人家是干部了,可别说,看人家报告你。'有一天下晚,全屯开大会,我闹头疼,早回来睡了,也没点灯,里屋漆黑。不大一会,听院子里细碎步子响,母女俩也回来了,她一迈进门,不知我躺在炕上，骂开来了：'小媳妇，这时候，她翻了身，乐懵了，叫她翻吧，等着瞅，有她不翻那天的。'她姑娘眼尖，看出炕上躺个人，料定是我，慌忙打断她的话：'妈你干啥？'推她妈一把，给她个信号，她忙改口道：'我骂你哪，还敢骂人家？'"

郭全海听到这儿，从人堆里挤到杜老婆子跟前，问道：

"你说：'有她不翻那天的。'是啥意思？"

杜老婆子张眼一瞅，黑鸦鸦的，满屋子人，团团围住她。人多势众，她心怯了，死不承认说过这句话。她站起来，转脸冲刘桂兰说道："不回去拉倒，我走了。"说着就往门边挤。郭全海拦住她，回头冲张景瑞做个眼势说：

"带她上识字班去，叫妇女追她的根，这老家伙不简单。"

在识字班，白大嫂子和刘桂兰带领几百个妇女围住杜老婆子，左三层，右三层，把她吓坏了。大伙你一句，我一句，抠她政治，问她要枪，追得她急眼的时候，老婆子翻一翻眼珠子说道：

"枪是没有，我一个老婆子，插枪干啥呢？"

听话里有音，几个声音催促她：

"你有啥？快说！"

"我有。"她说着，干咳一声，又停一下。

十来个妇女同时问：

"有啥？"

杜老婆子说：

"杜善人有副金镏子寄放我这。"

几十个声音同时问她道：

"搁在哪儿？快说。"

杜老婆子低声跟白大嫂子咬一会耳朵。白大嫂子大声嚷道：

"男人都出去一会。"

里屋光剩下妇女，白大嫂子动手搜她的身上，在她裤裆的缝里，起出一副金镏子，老孙头先走进来，挤去争看金镏子，他点点头：

"是杜善人的，我看见她小儿媳戴着过门的。搁在哪儿？"

白大嫂子说：

"你问干啥？还不是那些说不出来的地方。"

赵大嫂子搁身子遮着正在系裤带子的杜老婆子，冲大伙说：

"他们都是这样的，搁不着的地方，都搁了。"转身又对杜老婆子说："你回去吧，小老杜家的，咱们不扣你，也不绑你，可是也得改好你那旧脑瓜子，安分过日子，别给大地主们当枪使。"

十六

小老杜家是小经营地主，起先群众并没有动他，对屯子里的情况了如指掌的郭全海也料他们没啥了。从杜老婆子的裤裆里起出杜善人家寄放的金子，又引起了人们的气愤和怀疑。积极分子们两次三番地合计，一致认为大地主的亲故腿子还没有清查，人们又卷入了清查腿子的运动。快灭的柴火，又烧起来了。群众的斗争的火焰，延烧到替大地主寄放东西和散播谣言的腿子们：亲戚、本家、在家理的、磕头拜把的人家。封建老屋的横梁大柱早垮了，到如今，支撑这房子的椽子、墙壁和门窗也都在崩析。

过年时节，也在开会。抠政治，斗经济，黑白不停。全屯分六个大组，同时进行着。六处地方的灯火都通宵不灭，六盏双捻的大油灯嗞嗞地响着。管灯油的是个老跑腿子，名叫侯长寿，外号侯长腿。在旧社会，他穷怕了。他往来照顾这六盏油灯，常常嘀咕着："六双灯捻像六对老龙，吃油像吃水似的。"或者叹气说："又一棒子了，这夜老长的，又得添了。"

武器是没有起出什么来了。金子银子和衣裳布匹陆续还起出些来，但都是星星点点，破破烂烂，不值一提的玩意，通宵熬夜，人们困极了。有些人，才说完话，一躺炕上就着了。有的干脆溜号了。有三个组，光剩儿童团的小嘎们，还在豁劲地追问。侯长腿说："灯油太费，咱们是穷人，点不起呀。"老孙头说："这叫干炸，不叫挖财宝。"郭全海看到了这些情形，听到了这些言语，马上派人骑马往三甲，报告萧队长。

萧队长也正在寻思。旁的村屯也汇报了这同样的情形,起不出啥了,还是抠着。真像老孙头说的,这叫"干炸"。萧队长反复寻思这句话。他记起了,不知谁说的:一个全面领导者,要留心一切的事。尽可能的注意一切的人说的话,即使是一个不重要的人的不重要的话,有时也很对。"干炸"也是这样子。他知道这个车老板子,平日有点贫嘴,说出话来,引人发笑。记起他的黑瞎子的故事,萧队长面带笑容,小声对自己说道:"那些都是胡扯八溜,可是'干炸'这话,倒有点意思。现在,领导上是要注意拐弯了。现实的运动,往往是曲折复杂的,而人们常常想得直线和单纯,闹主观主义,总是在这些地方。"

依照平常的习惯,萧队长碰到新的疑难的问题,总是拿出他从毛主席的文章里体味出来的得力的武器:抱着虚心学习的态度,向社会、向群众、向他领导的人们作细致的调查。他随即动手写个报告给省委,又写一封信,把新情况告诉县委其他的两位同志。信和报告写好了,他派老万骑他那个白骒马送到县里去。他又叫三甲农会派五个民兵,分途通知元茂区的区村干部,明儿到三甲开会。

第二天,吃过早起饭,元茂区的区村干部们从方圆几十里地,先后来到了,有的坐车,有的骑马,有的走路。萧队长叫老孙头也参加这会。

会场在三甲一个中农的家里。人还没来齐的时候,萧队长到屯子里去转,跟人们闲唠,问他们的意见。他们有的说:还是要抠,还有财宝;有的却说:有也不多了,老这么下去是白搭工夫,倒不如去织炕席,整柴火,编粪筐,准备生产。

开会的时候,人们谈唠着、争辩着。意见是各种各样的,大体不外这两类:有的主张抠下去,有的说应该停止。老孙头也舞舞爪爪地讲着,他的意见,也有些对的,但大部分不过是一些引人发笑的故事。

萧队长坐在炕桌边,用金星笔细心记录着一切人的有用的意见。临了,他放下钢笔来问大伙道:

"我插一句嘴:咱们斗封建是为了啥呀?"

有的回答:"为了报仇解恨。"有的说是:"为了整垮地主。"萧队长又往下问道:

"打垮地主是为了啥呢?"

有的回答:"为了铲除剥削。"有的说是:"为了分地。"也有的说:"为了睡暖炕,吃饱饭,过个捏贴日子,逢年过节,能吃上饺子。"说得好些人笑了。萧队长笑道:

"也说得对。咱们闹革命是为大家伙都过好日子。可是,怎样才能办到呢?"

南北炕都烧得烫人,屋子当间还生一盆火。屋里太热,老初站起来,用袖子揩揩眼眉,敞开破羊皮袄说道:

"劈了房子地,有了牲口,有了犁杖耱耙,咱们啥也不用愁了。"

"你说得比喝水还容易,啥也不愁了!没有籽种怎么办?"说这话的是张景瑞。老孙头把话接过来说道:

"还有车。打下粮食,摆在地里,没有车,看你搁啥往回拉?"

老初也反驳:

"照你这么说:车也算上,碾盘也得算上呀。"

车老板子说:

"车子第一当紧。"

老初说:

"碾盘第一当紧。"

老孙头说:

"没有车,你的牲口顶啥用?"

老初说:

"没有碾盘,你的牲口有屁用!"

萧队长站起来,用拳头敲着桌子,叫大伙都不要吵嚷,然后说道:

"没有碾盘,没有车子,都是不行的。生产工具一样不能缺。现在,生产工具和土地,都由不劳动的地主手里,转到了劳动人民的手里,这就是翻身。翻身以后,就要发动大生产。可是咱们这区,还缺牲口,要是拿抠出的金子、银子,去换回骡马,牲口就不会缺了。"

蹲在炕上嗑着烟袋的郭全海插嘴道:

"咱们元茂屯,再买进五六十头牲口,基本群众一户能摊上一头。"

萧队长接着说道:

"有了牲口,拉车、碾米、翻地都不为难了。咱们要赶紧分浮分地,准备春耕,要不价,雪一化,就不赶趟了。节气是不等人的。地主兴许还有点东西,只要他们反不了鞭,不去管他也行了。"

郭全海移开烟袋说:

"也没啥好玩意了。"

萧队长问道:

"大伙说,咱们该咋办?"

正说到这儿,县里通信员来了。从衣兜里掏出省委的指示信,萧队长叫郭全海主持开会,自己拆开信来看。省委指示信的大意是:平分土地运动,打击面太宽,必须迅速缩小打击面,纠正对中农的侵犯。果实要尽快劈完,赶春耕以前,地要分好,以备发动大生产。省委还说:《东北日报》上的《高潮与领导》,县区级干部要仔仔细细讨论和研究。

萧队长写了回信,问通信员碰到老万没有。通信员说:

"没有碰到,我从元茂来的,他大约是从五甲走的。"

萧队长没有再说什么话,打发通信员走了。会议继续进行着。萧队长和大伙一块,核算参加斗争的人数,占全屯的人数的百分之八十。另外的百分之二十是打击面吗?中央的文件上说:地主富农只占全屯人口百分之八,超过了百分之十二,算来算去,有百分之六是斗错的中农,现在正在纠偏。那么,另外的百分之六是些什么人呢?郭全海从旁说道:

"还有百事不问的人。比方说:咱元茂屯的老王太太,从来没有到过会。"

萧队长紧跟着问道：

"这老王太太是个怎么样的人呢？"

郭全海说：

"也是穷人，她大小子连媳妇也娶不上。"

老孙头问道：

"东头老王家？早先确实穷，一家五口，一年到头，够头不够脚，老爷子死了，棺材板都备办不起，卷在炕席里抬出去的。她小儿子倒娶了个媳妇。"

萧队长问：

"她小儿子是个什么人？"

老孙头说：

"靰鞡匠。他媳妇说：'他有门手艺，跟他总不会受穷。'他哥哥二十七八了，谁家也不乐意把姑娘给他。"

萧队长瞅着郭全海问道：

"他们家里干过黑心事吗？"

郭全海晃晃脑袋说：

"老实巴交一家人，啥也没干过，就是落后。跟韩老六家有一点亲戚，韩家瞧不起她，她又瞧不起旁的穷人。"

老孙头插进来说道：

"她是穷人长富心。"

萧队长眼睛瞅着大伙说：

"各屯都有这一号人吗？"

几个声音回答道：

"哪能没有呢？"

"有的是呀。"

"不多，也不能少。"

萧队长在大伙七嘴八舌嚷着的时候，寻思一会，就站起来说：

"会就完了，大家回去，要继续纠正侵犯中农的偏向。还要想方设法,发动落后。要使参加运动的人数,占全屯人数百分之九十二,除开还不投降,还没改造的大地主,要把所有的人都团结在农会和农会的周围。发动落后的人们参加斗争和生产也是件大事。明儿我回元茂屯去试摸一下,看怎么办。"

老孙头笑眯左眼说:

"对,萧队长回咱屯子好,咱们农会,又宽绰,又暖和,不像这儿窝窝憋憋的。坐我爬犁去,两袋烟工夫,管保就到。"

老初打断他的话:

"别啰嗦了。萧队长,二流大挂的家伙,咱们要不要?"

萧队长回答:

"要,要了慢慢改造他。"

散会以后,人们都走了。萧队长带着铺盖卷,坐老孙头的爬犁回到元茂屯,住在农会郭全海的房间里。他俩连夜合计发动落后的事情,造了一张落后分子的名单。可是怎么着手呢?躺在炕上,萧队长还在想这事,老也睡不着。他挑大灯亮,躺着翻看头天的《东北日报》,冷丁从第二版读到拉林的通讯,叙述他们发动落后的经验和办法,他连忙起来,叫醒郭全海,两个参照拉林的办法,酌量本屯的情况,想出了一些法子,打算明儿就着手。

十七

太阳照着窗户的上半截。窗外,柳树间的家雀在软软的枝条上蹦跳和叫唤。萧队长从炕上爬起,披好衣裳,一面洗脸,一面和郭全海合计布置两个座谈会:一个是老爷子和老太太的会,会场在农会的里屋。一个是二混子的会,地点在农会的东下屋。老人的会,叫老孙头两口子和老田头两口子作陪。二混子们由郭全海和张景瑞招待。今儿停止开旁的会议,农会的其他的干部去清理果实:人分等级,物作价钱,成件的玩意都一件件贴上徽子,标明价值。

吃过头晌饭,开会的人都来了,上年纪的人走不动,农会派几张爬犁,来回接送他们。

全屯的屯溜子都来到农会的东下屋。彼此一看，来的尽是这一号子人，都忍不住笑了。他们住在一个屯子里，谁干过啥，彼此都心照。桌子上摆着一堆葵瓜子，一个烟笸箩，一叠卷烟的废纸。二流子们有的嗑瓜子，有的卷烟抽。一个名叫李毛驴的二流子站起来，歪歪脖子问郭全海道：

"郭主任，请咱们来贵干？"

郭全海说道：

"新年大月，找你们来见见面，唠唠家常。你们对农会有啥意见，都只管提提。"

李毛驴做个鬼脸，用半嘶的嗓门说道：

"没啥意见，都挺好的。"

二混子们有的挤眉弄眼，有的东倒西歪，有的把那吸在嘴里的烟喷出蓝圈圈。李毛驴脊梁贴在炕头墙壁上，一声不吱，闭上眼皮在养神。郭全海为了引他们说话，又开口问道：

"开全屯大会，你们为啥不来呀？"

旁的人都不吱声，李毛驴睁开眼皮，嬉皮笑脸说：

"咱成分不好，说啥也不当。"

张景瑞问道：

"你算啥成分？"

李毛驴笑道：

"大地主呗。"

郭全海说：

"人家都把成分往下降，地主装富农，富农装中农，你倒往上升，这安的啥心？"

李毛驴自己也忍不住笑，说道：

"你反正是这样，在早穷人倒霉，咱是穷人，如今地主垮了，咱又是地主。论分量，我较比你们轻，我要锻炼一下，再来开会。先走行不行？"郭全海留他不走，他又舞舞爪爪说些别的鸡毛蒜皮的事，光引人发笑，不说正经话。萧队长进来，他还只顾说着。萧祥悄悄地问道："他是谁？"郭全海低声地告诉他：

"李毛驴。"

"怎么叫这个怪名。"

"这是外号，他本名叫李发。'康德'五年，他从关里牵两头毛驴，娘们抱个五岁的小嘎，骑在一个毛驴上，另一个毛驴驮着马勺子、碗架子、笊篱子，喊哩喀喳，来到这屯。租了杜家五垧地。咱们这儿，毛驴是极少的，大家稀罕他牵俩毛驴，给他起下这外号。租种两年地，两个毛驴都贴了，光剩下个外号，小嘎又闹窝子病死去，娘们走道了。往后，他不种地，是活不干，靠风吃饭。逛道儿，喝大酒，看小牌，跳二神，都有他的份，农会成立，大伙说不能要他，他也不来。"

萧队长说：

"往后你约他来谈谈。"

萧队长走到屋子的当间，大伙都敛声屏气，李毛驴也停止唠嗑。萧队长说道：

"新年大月，找大伙来谈谈，彼此见见面，认识认识。咱们都是庄稼底子，都姓穷，不姓富，你们没有姓富的吧？就是干过一星半点不该干的事，也是在地主社会里死逼无奈，不能怪大伙。"

脊梁贴在炕头墙上的一个要大钱的屯溜子点点头说道：

"嗯哪。在早这屯子的风情可坏啦。下雨天，大地主带头要钱，不要不行，不顺他的意，饭碗也摔了。"

萧队长接着说道：

"比如说：李——"他说个"李"字，差点带出"毛驴"两字来。他停顿一下，才说："李发。"李毛驴听到萧队长叫他的名字，给愣住了。多少年来，屯子里人没有叫过他本名，光叫他外号。这回他很吃惊，也很感动。吃惊的是萧队长连他名字也知道，感动的是这八路军官长不叫他外号，叫他本名，把他当个普通人看待。娘们走道以后，好些年来，他自轻自贱，成了习惯，破罐子破摔，不想学好了。没存想还有人提他的名字，他用心地听萧队长往下说道：

"李发乍来这屯子，可不也是一个好样庄稼人？租地主的地种，临了，两个毛驴都赔进去了，小孩也闹病死了，娘们养活不起，不久走道了。乍来那时候，他耍钱吗？"李毛驴顺下眼睛。他想起他的毛驴、孩子和娘们，他想起娘们走道以后的头一个下晚的阴阴凄凄的情景。他想起来，有一年，青黄不接的时候，饿得慌了，到人家地里劈一穗苞米，被人家抓住，打得皮破血流，昏倒在地上。他想起往后的日子，人待得住，嘴待不住，结交一帮二混子，放局子，跳二神，正经活不干。人家瞧不起他，他不在乎，因为自己首先就瞧不起自己。这回萧队长却叫到他的名，也不轻贱他，这却使他不知咋办好。萧队长还在说着，态度很温和。

"早先不好的事，都是地主逼咱们干的，不能怪咱们，如今害人的坏根抠尽了，再不学好，再不朝前站，那就要怪自己了，到了人民当权的时代，大伙都应该改造，分了地，就得好好生产，做个好样的人。你们多唠一会，我去看看老爷子跟老太太他们。"

萧队长从屯溜子的座谈会上走出来，参加老人会。他坐在门外，屋里人都没有看见他。他听见老孙头正在说道：

"穷棒子闹翻身，是八仙过海，各显其能。老爷子，别说你岁数大了，太公八十遇文王。咱们五十上下的人，也算年纪大？上年纪的人，见识广，主意多。不瞒老哥说，萧队长有事还问咱。这回上三甲开会，咱说，有了牲口，就数车子最当紧，老初偏说，碾盘顶要紧，临了，萧队长还是说老孙头我说的对呢，老初算啥呀？咱过的桥比他走的道还多……"

老田头见他扯远了，打断他的话，改换话题道：

"没有共产党，咱们不能有今天，咱算是领共产党毛主席的情。在座的人，哪一位没有得到共产党的好处呢？"

一个银白头发的老太太移开嘴里的烟袋，连忙接过话来说：

"谁不领共产党毛主席的情？早些年，总是锅盖长在锅沿上。这下穷人算是还阳了，比先强一百套了，咱们都得挺起胸膛来。"

一个老头子顶她：

"你干啥不挺起胸膛？光叫人挺起胸膛,头年你二小子哭着要参军,你还扯腿呢。"

白头发老太太说道:

"你胡扯,我扯什么腿？我还叫他不用惦念家,要好好地干,对地主恶霸,不用客气,咱们把他得罪了,他心有咱们,咱们也得加小心,脚不沾地地干。"

老头子笑道:

"光说得好听!"

萧队长怕老头子把老太太顶得难堪,连忙站起来,拿话岔开:

"大伙静一静,听我说两句。农会今儿请大伙来开交心会,问问大伙的意见。地主垮了,咱们也不受人支使了。翻身以后,工作还多着。老年人也有老年人的事干,咱们成立一个老年团,团结一心,跟着共产党,跟着农会走。谁再落后,谁再不许少的来参加,大伙开会批评他。赞成不赞成？"

到会的老人都叫:"赞成。"大伙不嗑瓜子了,三三五五,交头接耳,合计成立老年团。萧队长记起郭全海说的老王太太来,他问老孙头:

"老王太太来没有？"

车老板子张眼望一望人堆,便说:

"她没有来。那是一根老榆木疙疸,挪不动的。"

会开完了,人都散了,萧队长邀郭全海同去看老王太太。他们迈进王家的东屋,看见这老太太穿一件补丁摞补丁的青布棉袍子,盘腿坐在南炕炕头上,戴副老花眼镜,正在补衣裳。瞅他们进来,她冷冷地招呼一声:

"队长来了,请上炕吧。"

她仍旧坐着,补她那件蓝布大褂子。萧队长和郭全海坐在炕沿。郭全海找话跟老太太唠着。萧队长看她炕上,炕席破几个窟窿,炕桌短半截腿子,炕琴上叠着两床麻花被,又破又黑,精薄精薄的,看来岁数不小了。一个二十七八岁的粗黑眉毛的男子歪在炕头,这大约就是她的娶不到媳妇的大小子。他闭上眼睛,装睡着了。北炕铺着一领新炕席。炕梢一对朱漆描花玻璃柜,里头高高码着两床三镶被,两个大枕头,一色崭新。郭全海一面掏出别在裤腰上的小蓝玉嘴烟袋,装一锅子烟,一面问老王太太:

"你儿媳妇呢?"

老太太连眼也不抬地说:

"谁知道上哪儿去了?"

正说着,一个二十来岁的女人推门进来了。她穿一件半新不旧的青布棉袍子,一对银耳环子在漆黑的鬓发边晃动。她噘着嘴巴,不跟人招呼。老王太太瞪她一眼,嘴里嘀咕道:

"出去老也不回来,猪都饿坏了。"

年轻女人一面退到外屋来,一面顶嘴道:

"你们在家干啥的?"

老王太太听到这句话,沿脑盖子上,一根青筋绽出来,扔下针线活,跳到地下,暴躁地骂道:

"你倒要来管我了?这真是翻了天了。"

新媳妇脱下半新棉袍,准备烧火煮猪食,一面又道:

"翻了天,就翻了天咋的?"

老王太太嘴巴皮子哆嗦着说道:

"萧队长你听,她这还算不算人?"

婆媳两个针尖对麦芒,吵闹不休。歪在炕上的大儿子起来劝他妈道:

"妈你干啥?你让着点,由她说去,反正在一起也待不长了。"

萧队长和郭全海也劝了一会,退了出来。在院子里,遇见西下屋的军属老卢家,笑着邀他们到屋里坐坐。老卢家对火装烟,就小声地一五一十,把老王太太暴躁的缘由,根根梢梢,告诉了他们。

原来老王太太的做靴鞋匠的老儿子,凭着耍手艺,积攒了一点私蓄,娶了一个小富农姑娘。兄弟娶亲了,哥哥还是跑腿子。老王太太成天惦念这件事。大小子是老实巴交的庄稼汉,干活是好手,人却有点点倔巴。又没有积蓄，年年说亲，年年不成。赶到今年平分土地时，富农老李家怕斗，着忙跟穷人结亲，愿把姑娘许配老王家，彩礼也下了。近来纠偏，富农知道对待他们和对待地主不同，老李家托底，再不害怕了，对这门亲事，就有了悔意。男家送去一床哔叽被，女家不要，非得麻花被不解。哔叽被比麻花被好，这明明是跟老王太太为难，知道她拿不出麻花被子，找碴子，想赖掉亲事。他们来时，老王太太心里正懊糟，对客人冷淡，跟儿媳吵嘴，都是因为心里不痛快。

萧队长和郭全海一面往回走，一面合计。两人同意从果实中先垫一床麻花被子给老王太太，做出价来，记在账上。待到分劈果实时，从她应得的一份里扣除。

民兵把麻花被子送到老王太太家里时，她乐懵了，笑得闭不上嘴，逢人便说："还是农会亲，还是翻身好。"

老王太太请媒婆把被子送到亲家，自己冒着风雪，上农会去找萧队长，萧队长正在跟李毛驴唠嗑。只听到李毛驴的半嘶的嗓门说道：

"叫我个人编炕席还行，要我编联小组，当二流子的头行人，那哪行呢？那不是要我的命吗？"

萧队长说：

"怎么不能行？"

李毛驴说：

"咱成分不好，名誉也次。"

萧队长带笑说道：

"日后只要决心务正，成分能变，名誉也能好。你还有啥话？"萧队长瞅他好像还有话说似的，这样问他。李毛驴四外看一眼，压低嗓门说：

"我要坦白一桩事：唐抓子有五个包拢寄放在我家，他说：'你家穷得丁当响，他们不会动你的。这会子你帮我一手，也能留一个后路。'昨儿萧队长的话，句句打中我心坎，我寻思自己也是穷人，再不坦白,太对不起共产党和民主政府,太对不起你了。"

萧队长拍拍他肩膀说道:

"说出来就好,你一坦白,就表明你跟农会真是一个心眼了。"

郭全海在一旁笑着问道:

"你也是庄稼底子,干啥替地主藏东西呀?"

李毛驴笑道:

"我不藏东西,你们煮啥夹生饭?"

这话引得萧队长也笑起来,说道:

"对,你有道理。包拢多咱送来都行。生产小组赶快编联好。你先回去吧。"打发李毛驴走了,萧队长回头问老王太太:"你有什么事,老太太!李家又耍赖?"

老王太太晃一晃脑袋,扯着萧队长的衣角,要他出来。萧队长跟她到外屋,老婆子踮起脚尖,嘴巴子伸到他耳边,低声谈一会,起先她说的话,连在里屋的郭全海也都听不准,往后声音稍大点,她说:"咱们有点瓜葛亲,早先脑瓜子没开,抹不开嘴。他打头年起,就藏在那儿……"

萧队长眼望着窗户,怕窗外有人,连忙打断她的话说道:

"就这么的吧。"

老王太太走了。萧队长回到里屋,把她的话,一五一十告诉郭全海,完了小声跟他合计道:

"案子牵连本屯的人,非抓回来不行,得叫两个干练的人去,你自己去走一趟。还得找一个帮手。张景瑞不行,他要是走了,屯子里的治安工作就没有人了。老初太粗心,又不会打枪。你说谁去好?"

郭全海低头沉思一会说:

"白玉山还没有走,邀他去一趟行不行? 他又是做这工作的。"

萧队长点头:

"他能去最好。他是请假回家过年的,要看他自愿。你去叫他来,咱们合计合计吧,事不能耽搁,怕万一走漏消息。"

掌灯时分，萧队长跟郭、白二人商量一会，又忙一阵，两个人束带停当，办好通行证和介绍信，又支了路费。萧队长写了一封信，叫他们上县里公安局去取公文，他又说："公安局能派人同去最好。"

两人挎着屯子里新起出来的两棵九九式大枪，套一张爬犁，连夜赶到县里，再搭火车上吉林榆树去抓差去了。

十八

郭全海和白玉山出发以后，屯子里着手分果实和分土地的准备。根据工作早迈一步的县区的经验，准备工作的重要的一环，是站队比号。站好了队，排好了号，分果实分土地就公平合理，也不麻烦。

会议黑白进行着。比号的第三天下晚，人越来越多。有的来站队比号；有的来呐喊助威；还有那自问比不上的也来趁热闹。老王太太和李毛驴也都来了。

农会的西屋的两间房，间壁打通了，地当心笼起两堆火，烧着松木干桦子，火苗旺盛，一股松节油的香味飘满屋子的内外。里男外女，南北四盘炕，坐得满满当当的，后来的人连脚都插不进去。有的人站在地下。梁上吊的两盏豆油灯，被松柴的火烟冲得不停地摇晃。人们抽着烟卷，嗑着瓜子。妇女们笑声不绝，老孙头的话也不少。满屋子香烟缭绕，灯火通明，像办喜事似的；比起挖财宝的大会来，又是一番不同的景象。

比号的人像立擂的好汉，一个挨一个地跳起来，自己报上名，谈历史，定成分。萧队长坐在门边一条板凳上，人们的肩背，像一堵墙似的堵在他跟前，他看不到出来比号的人的脸面，光听到声音：

"我叫初福林。我们家三辈子都是吃劳金的，谁能跟我比？"

靠西墙的一张八仙桌子边，团团坐着主席团的人，老初说完，主席团一个人问道：

"大伙看看他能评上一等不能？"

里屋南炕一个年轻人说道：

"老初是个正经八百的庄稼人，秋季还打鱼，往年还打过一条狗鱼。"听他说到这，大伙都笑着，知道他说的狗鱼，是指韩老六。那人接着说："老初算是个有出息的庄稼人，立了功劳，能评上一等。"

北炕一个上年纪的人摸着花白胡子说：

"他老人我也见过，也是个好样的庄稼人，种一辈子地。"

主席团又问：

"没有毛病吗？"

几个声音说：

"没有。"

话没落音，里屋一个中年男人坐在灯光照不到的北炕的炕梢，躲在人背后说道：

"我挑他点毛病。"

许多人嚷道：

"站出来说，听不准。"

那人抹不开，不愿意出来，推脱说道：

"算了，我不说了，反正毛病也不大。"

主席团说：

"那可不行，你就在那儿说吧。"

那人就说：

"老初起小放猪，劈过人家地里的苞米。"

老初红着脸，起身说道：

"那是不假，那时我是劈过地主的苞米。起早下草甸子放猪，地主又不给吃晌，劈过一二穗苞米烧吃是真的，那会子岁数小，也不知道不好。"

北炕的花白胡子嘴上叼着烟袋说：

"那不算毛病，地主成年溜辈剥削穷棒子，劈他一穗两穗苞米，也不算亏他。八九岁的小猪倌、小牛倌，晌午饿了，谁不到地头地脑,顺手劈两穗苞米烧吃?"

一个民兵小伙子站在原地说:

"嗯哪,这不算啥,我也干过。拿地主的,再多一点也是应该的,这叫捞本。只是,穷哥们的东西,咱们民主国家的东西别动就是了。我倒要挑老初个小毛病。那年,你当老唐家的打头的,大伙铲完一根垄,在地头歇气,照老规矩,能抽一袋烟。远远瞅着老唐家提个棒子来查边来了,你可嗓门叫道:'快抽,快抽,老爷儿快落了,咱们还得赶出半根垄。'见地主来了,催大伙赶工,你这算什么思想? 是不是溜须? 算不算毛病?"

主席团问老初:

"有这事没有?"

老初脸红到耳根,脑盖冒热气,走到地当心,敞开衣襟,诚诚实实说:

"咱记不清了,反正也能有。那时我思想不好,脑瓜不开,也不像如今,有共产党来教导我。"

听了老初的话,大伙议论开来了。有的说:"这不算毛病,在旧社会,谁还能得罪地主?"又有的说:"那也犯不着溜须呀。"再有的说:"这也不算是溜须。"还有人说:"给谁干活要分清,给地主扛活,偷懒也行。给咱们自己下地,给咱们八路国家干活,可一点懒也不能偷,一样的事,两样的看法。看对什么人。"

后沿萧队长周围,人们也都叽叽喳喳议论着,说话的人都是背对萧队长,也不知道是些什么人。

"这一站队,干过黑心事的,可后悔不及。"

"咱们这民主国家兴的办法好,集体查根,比老包还清。"

"民主眼睛是尊千眼佛,是好是赖,瞒不过大伙,你不看见,他瞭见,他看不着,还有旁的人。"

"比得好,针鼻大的事,都给挑出来了。"

"赶上拔状元了。"

"你当这是闹着玩? 这是祖辈千程的大事。"

老初站在地当心,没有人来比。半袋烟工夫,外屋的妇女里头,赵大嫂子慢慢走出来,还没开口,里屋一个声音说:

"赵玉林媳妇,这才真是第一呀。"人们怀想赵玉林,他为大伙打胡子,把命搭上了。他媳妇带领锁住,也不改嫁。她明过誓,决心要把赵玉林的遗孤养大成人。这妇女正派老实,又肯帮人忙,寡妇人家,还收养着父母双亡的猪倌吴家富。白大嫂子坐在外屋南炕上,这时候说道:

"百里挑一的人品,推她第一。"

主席团接受了大伙的意见,把赵玉林媳妇排做头名。老初排第二。老初没说啥,退了下来,坐在炕沿上。老孙头这时从炕上蹦下,站在地当心,抖抖青布旧棉袍子的大襟,那上头粘着好些瓜子壳。他还没开口,老初笑问道:

"你也来较量较量?"

大伙都笑着,有人逗乐子:

"车老板子,讲个黑瞎子故事。"

"头年分马,还不敢要,这会子来抢探花了?"

"车、船、店、脚、牙,无罪也该杀,还抢探花呢。"

老孙头笑眯左眼,不理人家闹着玩的话,从从容容说:

"都寻思寻思,漏下谁了? 我提一个人,姓郭,名全海。在早当过咱们副主任,往后升团长,再后升主任,如今去抓差去了,他该能比上你了吧,初福林?"

老初听说,自愿退位道:

"不用提了,他是咱们屯里头把手,别人我不让,单让郭主任。"

里屋外屋几个声音说:

"同意郭主任第二,老初第三。"

这时候,里屋北炕上,跳下一个小猴巴崽子,发育不全,看去好像八九岁的孩子样,这是十四岁的猪倌吴家富。他笑吟吟地说:

"我叫吴家富。三辈子扛活,八岁在老韩家放猪。赶到十三岁,韩老六用鞭子抽我,大伙瞅瞅这儿的伤口。"他要解衣裳,大伙忙说：

"不用瞅了，都知道。"

人们记起小猪倌被韩老六打得鲜血直淌的背脊，都恨韩老六，同情小猪倌，有一个人叫道：

"排他第三号。"

另外的人说：

"行。"

第三个人补充：

"这小家雀崽子，人没有说辞。"

人堆里又乱哄哄地吵嚷起来了。主席团的人用烟袋锅子敲桌子，可劲叫道：

"静一静，别吵吵，小猪倌排第三号，老初挪到第四号。谁还有意见？"

话没落音，白大嫂子从外屋的南炕上跳下，脸冲妇女们说道：

"姑姑婶娘，姐姐妹妹们，"

一个叼着烟袋的男人岔断她的话取笑她道：

"哟，瞅她妇女的立场多稳，光招呼娘们，咱们男人就不拥护她。"

另一个人说：

"咱们男子汉可别那样小气。"

第三个人说：

"别吱声，听她说啥？"

白大嫂子接着说：

"咱们掌柜的，早先在呼兰受训，如今调双城工作，这回回来，又去抓差。'满洲国'他是个懒蛋，靠风吃饭。打工作队来，他变好了，人也不懒了。"

一个男人声音打断她的话说：

"老头卖瓜，自报自夸。"

白大嫂子扬起她的像老鸹的毛羽似的漆黑的眉毛说：

"怎么是自报自夸？你混蛋！"

那人调皮地笑道：

"说老头呀，不是说你老娘们。"

主席挥手道：

"静一静，听她说完。"

白大嫂子接着又说道：

"我们掌柜的，头年当武装，往后当治安，整天整宿忙工作，家也扔了。"

主席团说：

"白大哥的工作好，都没二话吧？大伙评评大嫂子人品。"

妇女堆里冒出一些声音说：

"都挺好的。"

"人也能干。"

"粗活细活，都不大离。"

男人堆里有人说道：

"就是嘴不让人，心眼儿倒没啥不好。"

又有人提议：

"白大嫂子是贫农。得先雇后贫。"

主席团临时合计一会，就宣布说：

"贫雇农是一家，不分先后，都按自己的工作和对革命的认识，挨着排下去。白大嫂子算第四号行不行？没有人反对？就这么的，她第四，老初再挪动一下，排到第五。"

老初旁边一个人笑他：

"又比下去了。还得挪。"

这时候，老田头站起身来说：

"咱们还漏下一个。这人带领担架队上前方去了，这会子正在爬冰卧雪抬彩号。咱们得给他排号。他叫李常有，外号李大个子，提起李铁匠炉来，谁不闻名？头年斗争韩老六，他连日连夜给自卫队打扎枪头子，他成分最好，人品也没比。"

298

没等老田头说完，男女堆里几个声音抢着说：

"拥护他排第五号。"

"老初挪下去，排第六号。"

坐在萧队长旁边的一个中年人，把烟袋杆子戳在地上支着手说道：

"我提议老田头该排第六，他姑娘叫田裙子，在'满洲国'，宁死也不招出她女婿，真有穷人的骨气，她算是对革命有功，大伙拥护不拥护她爹？"

里里外外爆发一阵打雷似的鼓掌，全场同意田裙子的爹老田头，排在第六号。老初排了第七，这才站稳，没有往下挪。大伙又把老孙头评议一会，同意萧队长的话："这老板子，没有功劳，也有苦劳。"排他第八。坐在他的旁边的老初忍着笑跟他道贺：

"恭喜你谷雨搬家。"

老孙头冷丁一下没有领会这意思，规规矩矩回答道：

"谷雨怕不能搬吧，房子没分好。"

老初笑起来，大伙也都笑。老孙头想起这是俏皮嗑，连忙改口：

"你才谷雨搬家呢，咱爱多咱搬，就多咱搬。"

刘桂兰问白大嫂子：

"谷雨搬家啥意思？"

白大嫂子说：

"骂人的话，大河里王八才谷雨搬家。"

开会的时候，在人们的空隙挤来钻去的赵锁住，这会子正站在刘桂兰跟前，听到王八两个字，他发问道：

"姐姐，王八在哪？"

刘桂兰笑着指指坐在里屋炕沿上的老孙头，小锁住蹦着跑过去，抱着老孙头的腿脚道：

"老爷子，你是王八，咋不到黄泥河子去，在这儿干啥？"周围的人都笑了，笑声像水浪，一浪推一浪，推遍全屋。有的人笑锁住的这句孩子话，有的人笑这个笑声，有的人不知道笑啥，心里痛快，也就跟着人笑了。

满屋子灯火通明，柴烟缭绕，松节油的香气飘满屋子的内外。人们都笑谈不绝，只有坐在萧队长一条板凳上的一个长条子男子，从不发言，也不发笑。

会议进行着。萧队长跟这个长条子家长里短地唠着，才知道他叫侯长寿，外号侯长腿，腿长个子大，下地干活，顶个半人。早先地主都乐意雇他。今年四十六岁了，扛二十六年大活。论成分，他算没比，会上却没有人提他，他也不敢出头露脸去比号。萧队长问他：

"你怎么的？怎么不较量较量？"

侯长腿没有回答。萧队长疑惑不定，到比号的第四天的会上，人们回答了萧队长这天下晚的这个疑问。

十九

比号第四天的大会，讨论三个特别的人物：一个是李毛驴，一个是老王太太，再一个是侯长腿。三人都是穷人，但各人有各人的问题。李毛驴和老王太太的事，前头提起过，怎么排号，争论还多，萧队长答应往后再商量，会上停止讨论了。而侯长腿的问题，又引起了大伙的争吵。

站队比号，终于比到侯长腿。按成分，按历史，他该是站在前头的。但有人提出了他娶唐抓子的侄媳李兰英的事，人们意见就多了。斗争杜善人的时候，地主们的家属，害怕火焰烧到自己的头上，各谋出路。唐抓子的侄媳李兰英，丈夫早死了。她在一个黑夜，抱个铺盖卷，往侯长腿的马架里来了。侯长腿四十六岁，她才三十，她想这是马到成功的。没存想差点挨揍。侯长腿对地主痛恨，对唐家有仇。在唐家卖工夫的那些年份，唐家男人的铁青的脸色，娘们嫌乎的神情，他忘不了。有一年，他闹眼睛，工钱花没了。到年回家，米还没有淘。他上唐家去借米，唐抓子瞪着眼珠子说道："黄米哪有往外匀的呢？"一个娘们的口音在里屋嚷道："撵他走得了!"这些话,他都还记得。这会子,老唐家垮了,这妇女投奔他来了。他一上火,抬手想搂她。看见她站在门边的那可怜的样子,他心软了,手放下来,挥手叫道:"你来干啥?早先正眼也不瞅咱们,现下倒找上门来了,还不快滚,看我搂你!"李兰英只得走了,忘了带走铺盖卷,和她的镜子、梳子、手绢,和女人用的一些七零八碎的玩意。这些小玩意,放在一个碰也没有碰过一下女人的四十六岁的跑腿子的炕上,引得他整宿没有睡,鸡叫三遍,窗户露明,侯长腿骂起来了:"操她小妈的,送上门来了,什么玩意?"

第二天下晚,从农会回来,他点起灯,又看见那娘们的铺盖卷、镜子和梳子,脑瓜子里钻出个思想:"听说她娘家兄弟也是个老庄。"才想到这,另外一个思想就骂他自己:"你他妈的,想那干啥?"一会儿,头一个思想又出来了:"兴许她会再来,把被子拿走。"而她没有来。

第三天下晚,从农会回来,半道上他寻思着,要是她把铺盖卷拿走了,就好了。到屋他点起灯来,一眼看见那床麻花被没有拿走,旁边似乎还有一个人躺在炕上。他倒不惊讶,但是跺着脚,粗声粗气地骂道:

"又来干啥?杂种操的。"

李兰英翻身起来,盘着腿脚,坐在炕头,笑眯眯地瞅他一眼道:

"来拿被子的。"

"干吗还不走?"

李兰英笑道:

"我留下来,帮你烧火煮饭,你下地回来,也有热饭吃,不行吗?"

侯长腿还是骂道:

"扯淡,别啰嗦了,快滚吧。"越骂嗓门越小了。

李兰英带笑接过话来说:

"地主娘们也是不一心,有好有赖,有的帮地主,有的向穷人。我娘家也是庄稼底子,我兄弟还吃过劳金呢,那年爹拉下唐家饥荒还不起，把我送上唐家做押头的呀。"

侯长腿顶她：

"瞎编啥呀？谁不知道你娘家是个小富农，还是姓富？"

女人连忙娇媚地笑道：

"姓富？到了你家，不就姓穷了？"

"别啰嗦了，还是走吧，天不早了。"

李兰英听侯长腿语气温和些了，就笑着说道：

"我不走了，我怕。"

"怕啥？"

"怕张三呀。"

"外头月亮照得明明亮亮的，你怕啥？"

李兰英露出可怜的讨好的样子笑着撒赖说：

"反正我是不走的了，你爱怎么的，就怎么的。你要不让我睡炕上，我躺地下好不好？"

侯长腿听到这，好大一会没有再说话，心里冷丁觉得这女人也是怪可怜的了，宁可躺地下，撵也撵不走，这么大冷天，地下乍凉乍凉的，怎么能躺呢？一种同情心，冲淡他对地主家里人的仇恨之心了。他心软了。偷眼瞅瞅她的半新不旧的青布棉袍子和她的挂笑的脸面，他寻思道："好男不跟妇女斗，伸手不打笑脸人。"随即叹口气，语气随和地说道：

"唉，你这么撒赖，可叫我咋办？"

娘们马溜嘻嘻地笑着接口，说道：

"有啥不好办的呢？炕这么大，你躺炕头，咱躺炕梢，咱们井水不犯河水，天一放亮就走了，不碍你事。"

赶到天亮，她没有走。往后一径没有走。消息一下传遍全屯了。全屯的劳动男女，都骂开来了，连中农也骂。有人提议不许侯长腿再到农会来，有人说他比杨老疙疸还坏十倍。比号大会第四天，提到他的名，全场轰动，到后来不是比号，而是整他了。人们七嘴八舌地骂他，追他，连主席团也压制不住。说话的人，同时好几个，分不清哪一句话是谁说出来的。

"侯长腿，你姓穷，还是姓富？"

侯长腿来不及吱声，身后又飞来一句：

"你是不是穷人长了个富心？"

侯长腿来不及答话，左边一个说：

"你向地主投降了？"

侯长腿还没有听清，右边又轰起来了：

"你穷不起了？"

张景瑞走到他跟前，说道：

"谁是敌人，谁是自己，咋如今还认不清呀？两口子挺近乎的，有啥话不对她说？咱们开会还能叫你参加？家有个地主娘们，你是不是成了敌人？"

老初的大嗓门说道：

"你往家抱狼，久后生个孩子，也是狼种。"

老孙头也挤到跟前，眯住左眼道：

"多少年你等了，这两天就熬不住了？你算是给她拐带走了。"

侯长腿见是老孙头，就不怕他，忙分辩道：

"她找到我门上来的，怎么说是她拐带了我呢？"

老孙头笑着说道：

"她上你家，能和你一条心？久后生个孩子，算是贫雇农呀，还算是地主？他长大要斗地主，他妈不让怎么办？"

张景瑞却说：

"那还用挂心？等到他孩子长大，地主早没了。"

老孙头说：

"没有地主，也没有美蒋反动派不成？"

老初说：

"美蒋反动派也不会有了。"

老孙头晃一晃脑瓜：

"也还是不行。总归不一心，你要吃酸，她要吃辣，你嫌炕热，她嫌炕凉,你要赶车,她要摆船,怎么也闹不一块堆。怎么能行呢?要我宁死也不要。"

张景瑞说道;

"说啥风凉话?我看你要没老伴,娶得比他还快呢。"

老初又把话转到侯长腿身上:

"老侯你要有出息,快把李兰英撵走,要不价,就按地主办。"

侯长腿两手放到胸口上说道:

"穷哥兄弟们,李兰英是她自己到我家来的,她在我家,烧火,煮饭,铡草,喂猪,顶个半拉子,我就收留了她。"

老初打断他的话:

"先别说这些,你倒是撵不撵吧?"

萧队长站起来说道:

"让他说完,老侯,你说你的吧。"

老侯又说:

"我今年四十六岁。"

老孙头插嘴:

"你还算年轻,我今年五十一,过年五十二,干活赶车还是个顶个。"

萧队长说:

"别打岔,让老侯说。"

老侯叹口气,抬起头来说:

"我老侯扛二十六年大活,腰都累折了,也没混上个媳妇。爹妈在世的时候,年年给我说媳妇,年年说不成。扛大活连吃连穿都捞不上,谁家姑娘乐意跟我遭罪呀?打二十起说亲,到今年,二十六年了,还是跑腿子。记得有一回,保媒的说妥一门亲,姑娘家姓张,是个贫农,他爹对保媒的说:'那小子行,黑脖溜粗的,长个好个子,还长个好心,活也好,轻重拿得起,家穷一点,我姑娘跟他也不能受罪。你叫他爹送两个布来,咱们小门对小户,也不计较他彩礼。'爹乐得蹦高,着忙去张罗钱买布,上杜善人家说情贷钱,说来说去都不行,杜善人脸上挂着笑,接待我的爹,说道:'对不起,屯邻家好事,理应帮忙,正赶巧,这几年艰难,年成不好,花销又多,如今别说两个布的钱,一尺布的钱,也拿不出。'我爹说:'您家拿出两个布的钱,不过是牛去一毛,仓去一粟呀,却是成全咱们小子一辈子的好事了。'怎么说,杜善人也是不借,那门亲事就这样黄了。女家老人也说得有理,不收你彩礼,姑娘衣裳总得做一身,不能露着肉来拜天地呀。兄弟姐妹们,在旧社会,穷人娶媳妇,那真是空中的雁,水底的鱼,捞不着的呀,穷人的姑娘也不能许配穷人。"侯长腿说到这儿,停了一下。用手背擦擦眼窝。跟着,妇女组里,好像也有人哭泣。那是刘桂兰。她想起她爹也是拉下杜家的饥荒,拿她作押头,送给杜家作童养媳的。听到侯长腿的话,她同情他,又可怜自己,她忍不住,哭出声来了。坐在她边上的赵大嫂子也拿袖子擦擦自己的眼窝。侯长腿又说:

"别哭,姐妹们,听我说完,老跑腿子那个罪呀,说也说不清,衣裳破了没人补,雪一化,就光脚丫子!"

一个跑腿子的应声说道:

"跑腿子一个人,下地回来,累得直不起腰来,还得烧火,要不,饭是凉的,炕是凉的,连心都凉透。"

侯长腿接着说道:

"我打定主意,当绝户头了。我死以后,没人给爹妈扫坟、上供,也不能怨我。"

张景瑞插嘴:

"你这才是封建呢,死都死了,上供不上供,还不都一样?"

侯长腿又说道:

"到如今翻了身,彩礼也备办得起了。可是你瞅瞅,鬓角长了白毛了。"他取下狗皮帽子,在灯光下,露出他的花白的短头发。他看着大家,又戴上帽子,往下说道:

"说要娶个媳妇吧,娶什么人家的呢? 穷人家口少,姑娘就不多。就是那些姑娘乐意跟我,我这面也不能要呀,我下晚睡下,后面布土了，还能娶个穷人的十五六岁小姑娘，叫她半辈子守寡？连自己心也不忍。"

老孙头说：

"你也想得太远了。"

侯长腿又说：

"一句话归总，我也不想要媳妇了。那天下晚，这娘们上我家来，撒赖不走，宁可睡地下。叫我咋办？我想用鞭子抽她，又往回想，好男不跟妇女斗，伸手不打笑脸人，就由她了。"

他低下头来，屋子里静静地没人吱声。他又说道：

"今儿下晚听大伙一说，我又想起来，咱们正在跟大地主算账，我娶个地主娘们，真也对不起大伙，可是，生米做成了熟饭，叫我咋办？"

还是没有人吱声，连咳嗽的也没有了。侯长腿接着说道：

"撵她走吧，她病倒了。成天躺炕上，心里想吐。隔壁的嫂子说，怕有身孕了。大伙说吧：叫我咋办？"

还是没有人说话。萧队长走去和主席团低声合计一小会，立起身来，像要说话。人们都围拢来，妇女们都往前挤，盯着萧队长，都要看他怎么说。萧队长瞅着侯长腿说道：

"到这步田地，就算了吧，也不必撵了。"

妇女们都松一口气，有的笑了。男人堆里议论开了，有的说"行"，也有的说："太便宜她了，一下成了贫雇农。"张景瑞说："咱们穷哥们，就是心肠软。反正也不怕，料定他们也反不了鞭了。"老孙头笑眯左眼说："八路哥，就是个宽大。"萧队长又往下说道：

"咱们对投降的敌人都是宽大的。"他又转脸叮咛侯长腿："可也得加小心啊，不该她知道的事，可别叫她知道。"

张景瑞添补着说：

"你要有出息，别把咱们会上的话告她。"

侯长腿连忙点头：

"那还用提？要那样，还能算个人？"

萧队长接着说道：

"日后还得留心她思想，看她到底是向着穷人呢，还是向着地主？别光听她嘴上说。得看她爱不爱干活，老实不老实？两口子天天一块堆，挺近乎的，啥也瞒不了。劳动能改造世界，也能改造人。你可告诉她：劳动五年，大伙也不再把她当地主娘们看待了。可得加小心，不要叫她把你拐带走，你得引她往前走才对。"

大伙同意萧队长和主席团的提议，侯长腿不必撵走李兰英，争取改造她，叫她劳动。分地分浮，侯长腿按他排的号数办，他排上一百二十号。李兰英能得到地，浮物没有份。

会后，侯长腿邀萧队长上他家串门，萧祥也正要去瞧瞧他新媳妇，就跟他去了。到他小马架跟前，远远看见一个穿青布旧棉袍子的妇女，挽着袖子在门口喂猪。侯长腿用嘴巴子指一指说道：

"那就是她。"

李兰英抬头瞅萧队长一眼，仍旧低着头喂猪。萧队长迈进屋里，看见炕上放着一件正在连补的破棉袄，屋子里收拾得干干净净，两床被子叠在炕梢，窗户上还贴着红纸窗花。萧队长坐在炕沿，李兰英进来拿火柴，从眼角偷瞅萧队长，她胆怯，心虚，赶到看见萧队长满脸笑容，才放松一些。萧队长看她出去要点火，忙道：

"不要烧水，我就走了。"说罢，起身要走，又跟侯长腿说道：

"过了灯节，上粪还早，你们要整点副业才好。她能干啥呀？"

女人站在外屋，用心听着，却没有吱声，侯长腿代她说道：

"她能编草帽，赶到雪一化，下甸子去割点苇子，就能动手。"

两人一面往外走，一面唠着家常，谈着生产，萧祥说：

"只要她干活，就是好的。可是也得提防她，等风暴过后，她兴许又不乐意劳动，不愿意跟你。地主家的人，都是白吃白喝，游手好闲惯了的。"

侯长腿说道：

"她敢！要不听话，揍她狗日的，再不听话，撵她滚蛋。"

萧队长笑道：

"揍是不能揍,看样子也还老实。跟她多说理。"萧队长临了又笑道:"安家立业了,日子过好了,可是不能忘本啊。"

侯长腿慌忙说道:

"那哪能呢？我从心里领共产党的情,要是没有共产党毛主席的这土地改革呀,扛活扛到棺材边,也挣不到一根垄,半间房,还能说媳妇？萧队长放心,咱不是老花,决不忘本。"

听到侯长腿提起老花来,萧队长寻思,还得去看一看他。他离开侯家,往花家走去。

二十

天头灰灰暗暗的,比平日冷些。没有下雪,白杨树枝上,柳树丛子上,秫秸障子上,都挂满白霜,像披挂着的银须似的,晃着人眼睛。这是下"树挂"。

萧队长从侯长腿马架里出来,到花家去了。老花住的是一座小小巧巧的围着柳树障子的院子。萧祥推开柴门,两只白鹅惊飞着跑开,雄鹅伸着长脖子,一面叫着,一面迈方步,老爷似的不慌不忙地走开,看样子,你要撵它,它要迎战似的。院子里的雪都铲净了,露出干净的地面。屋角通别家院子的走道,垛着高达房檐的柈子。马圈里拴着一个黄骟马,胖得溜圆,正在嚼草。院心放着一张大爬犁。上屋房檐下,摆个猪食槽,一个老母猪和五个小壳郎,在争吃猪食。一只秃尾巴雄鸡,飞上草垛子,啼叫一声,又飞下来,带领着一小群母鸡,咕咕啾啾的,在草垛子边沿的积雪里、泥土里、干草里,用爪子扒拉,寻找着食物。

萧队长进屋的时候,张寡妇站在锅台的旁边,盖着锅盖的锅里,冒出白烟似的热气,灌满一屋子。张寡妇待理不理地,跟萧队长淡淡地打一个招呼,没有再说啥,拿起水瓢舀水去了。老花迎出来,请客人上炕。张寡妇前夫的小子,一个十来多岁的小猴巴崽子坐在炕上梳猪毛。老花比早先更没有话说,光笑着,吧嗒吧嗒地抽烟。这回平分土地,老花一天也没有参加。人家在开会,他赶一张爬犁上大青顶子去拉木头、打柴火,回屯就待在家里。他怕人们邀他去参加大会,回来又得跟张寡妇干仗。有一回,张景瑞看见他在公路上遛马,问他咋不参加会,他叹一口气说道:

"唉,换换肩也好,革命大事,还能凭几个人包办?"

说完,他抱愧似的笑笑,牵着他那胖得溜圆的黄骒马走了。

过年分猪肉小麦的时候,大伙念他打胡子有功,还是按贫雇农的例,给他一份。老花不去领。他说:"无功受禄,领回吃着也不香。反正咱们的白面,也够吃的了。"张寡妇却说:"分内的东西,还不去领? 就你才这样二乎。"说着,提溜个簸箕,上农会去领果实去了。

花永喜是不迈步了。但跟张寡妇还是有区别。他寻思着:"我的是我的,人家的还是人家的。"张寡妇却是这样:"我的是我的,人家的也有我的份。"

花永喜怕张寡妇,干啥都依她,成了她的尾巴了。郭全海说:"老花真是心眼小,守着个破娘娘庙,窝窝囊囊的,不像个男子汉。"

花永喜的张寡妇和侯长腿的李兰英是不相同的。侯长腿媳妇,胆小心怯,跟着他走,从早到晚,扔下粗活干细活,遇事也不敢多嘴。老侯家里,男的说了算。花永喜娘们,胆大心尖,强嘴硬牙,老花说不过她,干仗总是吃败仗。没有活干,她也叫老花待在屋里,不跟人来往。外头闹翻天,他们也不睬。老花小心听媳妇支使,在他们家里,女的说了算。

起先,老花也并不是服服帖帖地听媳妇支使。煮夹生饭的时候,花永喜见天上农会,家里的事都扔下了。张寡妇煮饭,没有干柈子,现整的湿柈子冒烟不好烧。赶下晚花永喜回来,张寡妇就跟他吵了:

"你倒是要家,还是要农会? 要农会,就叫农会养活你家口,要不咱们就分开。嫁汉嫁汉,穿衣吃饭,你不干活,光串门子,叫我招野汉子养活你不成?"

话说得难听。老花骂了她几句。这娘们拍手打掌,哭天抹泪的,牵着孩子,就往外走。老花拦住她,跟她赔小心,道不是,好话说得嘴唇都磨破,张寡妇才回心转意,不提走了。打这回起,张寡妇占了上风,凡事老花都得让着点。赶到下晚,娘们又用软手段,体贴他,笼络他,跟他轻言软语地说道:

"谁家过日子,没有一点活干的呀?把家扔下,叫咱娘俩要饭去,你也不忍吧?孔圣人也得顾家呀。"

花永喜一听,也说得有理。往后就常待在家里干活,不大上农会去了。张富英那茬干部把郭全海整下台来,花永喜明知冤屈,也不出头说句话。

男女积极分子吵吵嚷嚷地议论花永喜和张寡妇的事:

"为一头带犊子的老乳牛,忘了大伙,也误了自己。"

"他好事不做,坏事不沾,就是不迈步。"

"守着娘娘庙,天塌也不管。"

萧队长不笑他,也不骂他,跟他耐心地谈唠,说明他有责任去管管屯子里的事。提起他打胡子的功劳,引他想起光荣的往日。这一席话,打动了他,他也不顾张寡妇站在门边瞪眼睛,寻思一会,跟萧队长说道:

"回头我上农会来,再找你唠唠。"

萧队长走了。他从头到尾,没有提起老花转正的事。他对人的原则是"党内紧,党外松"。他欢迎老花回到工作岗位上来,但他要恢复组织生活,还得有进一步的事实的表现,并经过小组讨论。他又寻思等老花再来农会时,要多跟他谈一谈。

二十一

萧队长从老花家回到农会,坐在八仙桌子边,抽出金星笔来写信给县委组织部长:

> ……千闻不如一见,又去看了花永喜,了解好多情
> 况。干部家里人扯腿,是个普遍问题,三甲也有……

正写到这儿,冷丁一阵风似的闯进一个人,跑到他跟前。这是

刘桂兰。萧队长收好日记本,笑着招呼她:

"乐得那样,有什么喜事?"

刘桂兰才从外头跑进来,脸冻得通红,也许是臊得通红,好大一会,才沉住气说:

"有宗事得请求你。"

萧队长问道:

"什么事呀?"

刘桂兰脑袋一晃,把那披到左脸上的一小绺头发,甩到后头去,这才说道:

"咱们识字班有个人叫我来打听打听:她要打八刀①能行不能行?"

刘桂兰抹不开说是她自己的事,假托一个人,但她脸更红了,连忙避开萧队长的眼睛,低头坐在炕沿上。她穿一双芦苇织成的草鞋,青布旧棉袍子上有几个补丁。漆黑的头发上除开一个小巧的黑夹子以外,什么装饰也没有,她浑身的特点是屯里待嫁的姑娘的身上特有的简单和干净。萧队长早猜着她是来打听她自己的事的。没有等萧队长回答,她又笑着问:

"倒是行不行呀?"

萧队长说:

"看谁打八刀,谁跟谁打八刀。"萧队长说到这儿,笑着打趣说:"童养媳是不准打八刀的。"

刘桂兰跳下地来说:

"怎么的,你们欺侮童养媳?"

萧队长带笑说道:

"吃婆家饭长大,还说啥呢?"

刘桂兰不知不觉,说起自己来:

"谁也没有白吃他们饭。打十一岁起就给他们家干活,屋里屋

---

① 指离婚。

311

外,啥活都来。那小嘎今年才十一。老家伙是个畜生。婆婆是个马蜂窝,谁也惹不起。有一天她那黄骟马的尾巴给人剪去一小绺,这也没啥,她闹翻天了,站在当院,吵骂一顿饭工夫:'是那个断子绝孙的,哪个死爹死妈的,铰了我的马尾,叫他五个指头个个长疔疮,叫他糊枪头子,叫他不得好死。'骂得好毒。从那回以后,左右邻居,谁也不敢上她家。这样的家,我能待吗? 要说对待儿媳呀,哪儿也没有这么恶毒的婆婆。"

刘桂兰说到这儿,记起她在杜家的五年,遭多少罪啊。五年没有吃一顿热饭,没有穿件囫囵个衣裳,她想起她婆婆揍她一锄头的事,想要告诉萧队长,寻思他准知道,到底没有提,只是噘着嘴巴说:

"妈没有死,我回家就哭,妈也哭着对我说:'孩子,也是你的命,心屈命不屈,还是忍着吧。'我忍五年了,如今你又说,打八刀不行。翻身也不能翻掉这条苦命,我只有死了,反正咱们这号人,多死几个,也不当啥。"说着,泪珠子滚下来了,她擦擦眼窝,跳起身来往外跑。萧队长赶上,把她叫回,跟她说道:

"闹着玩的,你就当真了。民主政府下面,只要男女随便哪面有充足的道理,离婚都是自由的。你找栽花先生写个申请书,给区长捎去。区长找你婆家和你当面去谈判,道理要在你这面,事就成了。"

刘桂兰笑了。萧队长又问:

"相中谁了?"

"可不能告你。"

萧队长吓她:

"你要不说呀,事可难办了。"

刘桂兰忙说:

"我说出来,你可别告人。"

"那还用提?"

刘桂兰脸颊绯红了,半晌,才吞吞吐吐地说道:

"咱们是量女配夫。咱不识字,也得找个不识字的人。"

萧队长笑道:

"老孙头一个大字也不识,你相中他了?"

刘桂兰起身要跑,萧队长忙说:

"别忙走。问你正经话,你相中的姑爷工作好不好?成分好不好?人品怎么样?要是都行,给你找个保媒的,一说就妥。要是不行,趁早打消好。"

刘桂兰连耳根都红了,眼睛瞅着别处说:

"是个扛大活的,工作要不好,大伙还能拥护他?人品呢,"刘桂兰笑着不肯往下说,停了一会,才又说道,"谁知道人怎么说他?反正配我是够了,咱们俩谁也不膈应谁就得了。"

萧队长笑着羞她:

"'咱们俩',那一面是谁?媒婆还没有,就称'咱们俩'了?"

羞得脖子通红的刘桂兰说道:

"萧队长今儿咋的哪?喝多了吧?"

萧队长今儿事都办完了,宗宗样样,都称心如意,从心里感到欢喜,还想逗她:

"老实告你,你相中的人,早有对象了。"

刘桂兰这下急眼了,转身忙问道:

"谁?你说他相中谁了?"

"你先说,'他'是谁,兴许我搞错人了。"

"你先说他相中谁了?"

萧队长说道:

"谁知道你的'他'是谁?"

正说到这儿,电话铃响了,萧队长走到电话机子边,拿起耳机。刘桂兰不走,等着要问明这桩事。她看着萧队长嘴巴冲受话筒问道:

"谁?郭全海他们来了电话?"

刘桂兰听到这名字,脸上一热,走近电话,用心听着。萧队长听

着县里的电话,吃惊地说:

"不准他们去抓人?往后不准农会到城里抓人,怕整乱套?听不清楚,你大点声。还是听不清,你把机子摇摇。对,听清楚了。由公安机关按照法令统一处理,这当然是对的啰。又听不清了,再摇一摇,对。你打电话告诉公安处,咱们要的这个人,是这儿一个大特务,这儿有个案子,得把他找回,才能破案。还有,老百姓要不亲眼看见他落网,总不放心。这么的吧,叫他们派人协同郭全海,用他们名义依法逮捕,押到我们这儿来审问追根,完了咱们不处理,送回他们,行不行?你打电话告诉陈处长,说这是我们的意思。别忙挂,"萧队长说到这儿,笑着添说,"郭全海回到县里,叫他快回来,有好事等着他呀,你问什么事?大喜事。"

萧队长挂上电话,对刘桂兰笑着。这个圆脸庞姑娘紧跟着追那老问题:

"他相中谁了?"

萧队长坐在八仙桌子边,从从容容说:

"他相中一个圆脸姑娘,元茂屯有名的没上头的童养媳,姓刘名桂兰。"

"刘桂兰,刘桂兰。"白大嫂子在院子里可嗓子叫唤。刘桂兰脸红到脖根,趁这机会,逃跑出去。白大嫂子说:"你在这儿呀,叫我可屯找遍了。人家等咱们开会,你还消消停停,待在这儿。"

萧队长朝窗外说道:

"她在谈她终身大事呀。"

白大嫂子走进门来笑道:

"谈她跟郭主任的事吗?萧队长你给她保媒?"

萧队长笑道:

"这是老孙头的活,大嫂子,你看他俩合适不合适?"

"可不正合适?龙配凤,还不好?办事那天,咱们要敲锣打鼓,大闹一场。咱们快去吧,人家等着呢。"

白大嫂子拉着刘桂兰的手,往门外跑去。门外一群从地主家里没收的白鹅,吓得展开白煞煞的大翅膀,边跑边飞地逃开,还嘎嘎地叫着。在鹅叫声里,从远处传来青年男女的轻松的、快活的笑声。

<h1 style="text-align:center">二十二</h1>

　　咱们离开元茂屯,往外头走走,看看郭全海和白玉山他们的公事,办得怎样了。

　　发动落后的时候,凭老王太太的告发,萧队长知道韩老六的哥哥,哈东五县特务韩老五,藏在榆树县一个靠山屯子里。他派郭全海去抓,请假回家过年的白玉山也跟着去了。到了省里,赶巧上头禁止农民"远征"别县,和进城抓人。由于案子的特殊,在电话里和信件里再三讨论,最后由省里介绍到榆树,再由公安处派遣三个公安员,协助他俩。这样的,往来耽搁了些日子,郭全海一路担心,怕走漏消息,怕韩老五跑了,完不成任务,又惦念屯子里的事:等级评好没有呢? 坏根放火烧了果实怎么办? 他一着急,饭也吃不下,觉也睡不好。白玉山却不慌不忙,不急不慢,睡得挺好,吃得也不少。

　　到榆树县取了介绍信,他们连夜出发,爬犁也不套,五个人步行。三星晌午,赶到离县三十里的一个靠山屯子里。郭全海叫白玉山去跟农会联络,他带领公安员一径奔向他们预先打听清楚的韩老五的房子。郭全海知道韩老五是个炮手,两手能同时开两棵匣子。他要大家伙都作战斗的准备,大枪都安好刺刀,上好顶门子。郭全海又摸摸自己的衣兜,他准备的火柴、松明,硬硬的都在。韩家三间草房是在一个慢山坡边上,独立独站,坐北朝南,北面靠山。房后,爬过一个光秃的山坡,就是一座稠密的杂树林子。屋前是一片平川地,离开别家,最少的也有五六十步远。要是有人往他家里走,他站在门口,老远能望见。他们四个人跑到一个草垛子后面,在星光下,望着韩家,用手指点着,低声合计着怎样接近那房子。屋顶、草垛和场院上的石磙,都盖一层雪,白花花的。四外静悄悄,没有一个人影。郭全海叫一个公安员抄左边去堵韩家的后门,他跟两个公安员往前门奔去,才从草垛背后转出来,韩家的狗和邻近的狗,冷丁都叫起来了。郭全海担心韩老五被狗叫声搅醒,起来抵抗或逃跑,压低嗓门着急地说道:

"跟我来,动作要快。"

他一人当先,冲到韩家的门口。这是一扇柳条编造的柴门,关得严严实实的。狗狂叫着,上屋有响动,有人起来了。郭全海急眼了,忙用枪柄和枪尖在柳条门上拨开个窟窿。三个人钻进去,到了院子里,郭全海对两个公安员说道:

"你们留外头,我进去。要是他开枪,只牺牲我一个。"说罢,他纵身蹦到上屋的门外,一脚踢开门。屋里漆黑,才从星光照亮的有雪的院子里,进到灶屋,眼睛啥也看不见。里屋嘎嘎地响着,准有人起来。郭全海抢到里屋的门口,再一脚把门踢开,端着的枪尖指着南炕,在窗户玻璃透进的微光里,炕上好像有好几个人,坐起来了。郭全海摆弄下枪栓,猛喝道:

"不许动,谁也不许动。"

郭全海左胳膊夹着枪,右手往衣兜里掏出火柴和明子,正要擦火柴,点明子,但一转念,觉得不妥。郭全海的胆子大,往年又打过胡子,临阵不慌张,还能想事。他寻思要是手里点着明子,那不正好做了韩老五的射击的靶子,暗处打明处,是最方便的了。可是不点火不行。屋里黑漆寥光的,怎么找人呢?他用枪尖逼着炕上一个黑影子,豁劲喝道:

"快点灯!"

炕上一个娘们声音说:

"没有火柴。"

郭全海把自己的火柴扔给她。那妇女划着火柴,爬到炕头,点起灯匣子上的豆油灯。屋子照亮了。南炕坐着俩妇女,一老一少,还有一个小子和一个七八岁的姑娘。他们脊梁靠着窗台边,并排坐着,腿脚伸在被子里。他们不慌张,不吃惊,也没有人哭,好像早就料到这事会发生似的。那小姑娘瞪眼瞅着郭全海。南炕没有韩老五。炕北堆放着苞米。郭全海奔到躺箱跟前，揭开盖子，被子、衣裳和棉花，塞得满满的，藏不住人。角角落落，箱箱柜柜里都找遍了，他冲窗外叫唤道：

"韩老五跑了！"

三个公安员一齐跑进来，同声问道：

"跑了吗？"

正慌乱间，天棚上嘎嘎地响动，郭全海抬眼一望，天棚上戳个大窟窿，吊下个光脚丫子。他用大枪对准这窟窿，扳动枪栓，喝叫道：

"快滚下来。"

这时候，白玉山和这屯子里的农会主任，带领二三十个民兵，绕屋前屋后包围起来了。听到屋里人说："找着了。"白玉山先跑进来，他瞅着从天棚上慢慢下到躺箱上的男子，大头粗脖，两个鬓角都秃了，跟韩老六一样。他穿一套沾满烟尘的白衫裤，冻得直哆嗦。这人就是韩老五。他听见狗咬，才从睡梦里惊醒。他混进农会，当上文书，屯子里的朋友又不少，只当不会有事了，两棵匣子，都插起来，门前准备抵抗的壕沟，灌满了雪，也没有打扫，寻思混过长长的冬季，赶到树叶发芽的时候再说吧。但树叶子还没有发芽，衣裳鞋袜，还没有来得及穿上，他就落网了。郭全海用枪指着他，白玉山从腰上解下根捕绳，笑吟吟地说：

"对不起，得委屈你一下。"

韩老五一面穿裤袄，一面也笑着说道：

"没啥，绑吧。"

他伸出胳膊，让白玉山套上绳子，坐在炕上的他的七岁的姑娘爬起身来，跑去拖住白玉山的手，用牙乱咬，使手乱撕。白玉山一推，把她推翻在炕上，她也不哭，再要上来，叫她妈妈喝住了。白玉山手背叫她咬一口，破了一块皮，他用嘴巴舔着伤口说道：

"这么小，也成强盗了。"

郭全海跟本屯的张主任招呼，给他赔礼：

"对不起，怕他蹽了，没有先上农会来。"

张主任忙说：

"没啥。"说着，脸上有点点抱愧，他们屯子里藏下这么条坏根，还混进农会，当上文书，太不体面。他一面陪着他们往外走，一面说道："早觉他可疑，来历也不明，忙着别的事，没有来得及查根，这回你们干得好，给我们也除了大害。到农会暖和暖和，我去吩咐套爬犁。"

郭全海怕生意外，连忙说道：

"不用，不用。"

张主任执意要去套爬犁，带领屯里民兵都走了。郭全海寻思"满洲国"这么一个大密探，藏在这儿一年多，没有发觉，一定有爪牙。大股胡子消灭了，零星散匪，就能都尽了？他想了一下，就催白玉山带领两个公安员押着韩老五先走，他跟一个公安员在后头走着，不时回头，瞅瞅身后。爬犁滑木在干雪上滑走的声响，夹着马蹄声，从他们身后，从老远的地方，越响越近了。郭全海冲后头端起枪来，响亮地喝道：

"谁？站住！"

爬犁上回答：

"靠山屯农会来的。"

郭全海说：

"不管是谁，站住，过来一个人。"

爬犁停在离开他们二十来步的地方，一个披老羊皮袄的中年人跑过来说道：

"咱们主任说：你们辛苦了，叫我套爬犁送你们上县。"

星光底下，郭全海上下仔细打量他一番，又见爬犁上没有别的人，这才放心叫白玉山转来，都上了爬犁。三个大马拉着七个人，在滑润的冻雪上，轻巧地往榆树飞奔。赶爬犁的说：

"这家伙来历不清，没根没叶的。他说家在佳木斯，姓李名柏山。有一回，他小嘎跟人家打仗，明誓说：'我姓韩的要是说了半句谎话，天打五雷轰。'我家小小子问他，你姓韩吗？那小子慌忙改口：'我妈姓韩。'那时候，大伙忙着斗地主，没人理会这桩事。这回可好，咱屯里人也高兴，卧底胡子逮住了，祸根拔了。"赶爬犁的转脸瞅着韩老五笑道：

"到底是姓李呢，还是姓韩呀？"

东方天头开始露青色，稍后又转成灰白，再以后，又化作绯红。太阳冒花了。道旁屯落里，雄鸡起起落落地啼叫。清早的寒风，刮得哔剥响，人们冷得直哆嗦。

爬犁直送到榆树。省里三个公安员都往回走了。郭全海办好手续，没有停留，就和白玉山，押着大特务，搭上了当天东去的火车。

他们回到县里也没有停留，雇上爬犁，急急忙忙赶回元茂屯。

二十三

载着郭全海他们的爬犁才到元茂屯的西门外，消息早传遍全屯。人们都迎了出来，堵塞着公路，围住韩老五。治安委员张景瑞忙道：

"闪开道，叫他走，往后看他的日子有的是。"

小猪倌钻到前头，仔细瞅瞅韩老五的脸庞，说道：

"跟韩老六一样，也是豆豆眼，秃鬓角。"

老孙头笑眯左眼，挤到韩老五跟前，故意吃惊地问道：

"这不是咱们五爷吗？大驾怎么回来的？搭的太君的汽车呢，还是骑的大洋马？"

韩老五张眼一望，黑鸦鸦的一堆人，望不到边。他的心蹦跳着，脸像窗户纸一样的灰白。但他还是强装笑脸，假装轻巧地回答老孙头的话：

"他们没撵上雪貂，抓个跳猫回来了。"

韩老五关进了农会近旁一个空屋里，人们还不散，都站在当院，围住白玉山和郭全海，问长问短，打听事件的经过。听到人家农会套爬犁相送，老孙头说：

"看人家多好!"

张景瑞接口说道:

"要不,咋叫天下工农是一家呀?"

郭全海插进来说道:

"往后咱们也得学学样,帮助外屯。"

闲唠一会,人们才散去。张景瑞和小猪倌合计,在韩老五住的房子周围,白日儿童团加派哨岗,下晚归民兵负责。郭全海和白玉山回到农会,萧队长正在和积极分子们计算这回查出来的地富的黑马和买回的新马,捎带合计分劈的办法,他叫郭、白二人先歇歇,分浮分马,不用他们管。郭全海留在农会,找个机会小声问萧祥:

"县委胥秘书说,你去电话,叫我'别在县里耽误,赶紧回来,家有好事等着我'。倒是什么事呀?"

萧队长笑着说道:

"大喜事,你先睡睡吧,回头告诉你。"

"要不告诉我,就睡不着。"

"要是告诉你了,怕你连睡也不想睡了。你先歪歪吧。老初,咱们来干咱们的,你说,先补窟窿好,就这么的吧。先调查一下,哪些人家,算是窟窿。"

老初说:

"你比方说:小猪倌还没有被子,就是个窟窿。"

郭全海躺在炕上,听了一会,就睡着了,他有两宿没有合上眼。这回抓差,操心大了,他黑瘦了一些。他歪在炕头,没有盖被子,就发出了微小的鼾息。刘桂兰走来,瞅他那样地躺着,怕他着凉,在人们都围着桌子,合计分劈果实的时候,她把炕沿上谁的一条红被子摊开,轻轻盖在他身上。

白玉山回到家里,白大嫂子欢欢喜喜接着他。舀水给他洗脸。她坐在炕桌边上,一面纳鞋底,一面唠家常,先不问他出外的情形,忙着告诉他:"刘桂兰相中了郭全海,捎信给区长,跟小老杜家那尿炕掌柜的,打八刀了。"

320

白玉山脱掉棉袄和布衫，露出铜色的结实肥厚的胸脯，趁着洗脸的水还热，擦一擦身子。听到他屋里的说到尿炕掌柜的，他笑起来说道：

"咋叫尿炕掌柜的？"

"才十一岁，见天下晚都尿炕，可不是尿炕掌柜的？"

白玉山又问：

"区长批准吗？"

"那还不批准？她跟郭主任倒是一对。工作都积极。人品呢，也都能配上。刘桂兰是称心如意的，如今就等郭主任，看他怎么样。你说吧，他能看上她不能？"

白玉山没有回答她这话，他擦完胸背，又洗脖子和胳膊，穿好衣裳，完了又从他的旧皮挎包里，掏出公安局发给他的牙刷和牙膏，一面刷牙，一面问道：

"谁保媒呀？"

"萧队长叫老孙头保媒，老孙头说：'红媒得俩媒人。'"

白玉山在漱口盂子里洗着牙刷，一面问道：

"刘桂兰也算红媒？算白媒吧？"

白大嫂子说：

"她到老杜家还没上头呀，咋算白媒？"

白玉山点点头说：

"另一个媒人是谁？"

"老初。可咱们得合计合计，送啥礼好？"

"你说吧？"

"依我说，咱们去买点啥，不要送钱。也别用果实，果实都从地主家来的，送礼不新鲜。"

"好呀，我去买张画送他，《分果实》那张画不错，《人民军队大反攻》那张也好。"

白大嫂子笑起来说道：

"哎哟，把人腰都笑折了。人家办事，你送《人民军队大反攻》。"

"不反攻,事也办不成。一切为前线,不为前线,'二满洲'整不垮台,还有你穷棒子娶媳妇的份?"

白大嫂子笑着说:

"对,你说的有理,就这么的,也得再买点啥送他呀。"

"到时候瞧吧,饭好没有?"

"我给你留了一些冻饺子,我去煮去。你先歪一歪。"

白玉山歪在炕头,一会睡着了,发出匀称的鼾息。白大嫂子正在外屋里点火,听见鼾声,忙走进来,从炕琴上搬下一床三镶被,轻轻盖在他身上。

农会里屋,人越来越多。大伙围着萧队长,吵吵嚷嚷,合计着分果实的事。老初的嗓门最大,老孙头的声音最高。郭全海才睡不一会,给吵醒来了。他坐起来,用手指背揉揉眼窝。跳下地来,站在人背后,老是留心着他的刘桂兰瞅着他醒来,也不避人,忙跑过来,用手指一指西屋,低声说道:

"上那屋去睡吧,那屋静点。"

郭全海晃晃脑瓜,说他不想再睡了。他挤到八仙桌子边,参加他们的讨论,听到老初的大嗓门说道:

"就这样办,先消灭赤贫:先补窟窿。不论谁,缺啥补啥。"

刘德山媳妇打断他的话问道:

"中农也一样?"

老初说道:

"贫雇农跟底儿薄的中农都一样补,缺粮补粮,缺衣裳补衣裳。今年分果实,不比往年,今年果实多,手放宽些,也不当啥,先填平,再拉齐套,有反对的没有?"

没有人吱声,老孙头反问一句:

"你说缺啥补啥,咱缺的玩意,可老鼻子哪。往年光分一腿马,连车带绳套,还有笼头、铜圈、嚼子、套包,啥啥都没有,都能补上吗?"

老初回答道：

"车可补不起，通起只有十来挂大车，你一人分一挂，那还能行？别的都能补。"

张景瑞问老孙头道：

"套包你自己还不能整？亏你赶这么些年车。"

"谁说不能整？有现存的，就不必整呗。"

老初又说：

"都别吵吵，昨儿下晚咱们小组合计的，烈属军属，不管缺不缺，都上升一等，比方，赵大嫂子原是一等，如今上升一等，算作特等。正派的赤贫小户，都算一等。"

老孙头忙问：

"李毛驴能算几等？"

老初说：

"他赤贫是不假，能算正派吗？叫他自己说说。李毛驴来了没有？"

站在角落里的李毛驴说道：

"咱论分量，较比大伙都轻，听大家伙，排到几等算几等。"

老孙头说：

"李毛驴干的事儿都坦白了，排他三等吧。"

老田头也应和着说：

"嗯哪，排他三等。"

这时候，老初又问道：

"老王太太算几等？"

老田头说：

"老王太太立下大功了，该排一等。"

老初说道：

"平常她会也不到，啥也不积极。"

老田头说：

"这回功劳可不小，要不是她，放着韩老五在外，抓不回来，都不省心。"

后沿几个声音同时回答道：

"算她一等吧。"

老初又问：

"家口多的怎么办？"

大伙不吱声。家口多的雇农是没有的，雇农还是跑腿子的多。家口多的贫农，也还能有。有人提出，家口多的上升一等，比如一等户，家口有四个人到六个人，是本等，七人以上的，上升一等。这事有一番争执，到后来，还是依照萧队长的意见，家口多的上升一等。跑腿子的都按本等分两份，准备他们娶媳妇。

老初又说：

"咱们那一组还合计过，赤贫户缺吃短穿，多分粮食和衣裳，还得分劈硬实的牲口，底儿厚的户，多分漂亮一点的衣裳，不太结实也不要紧。"

老孙头说：

"咱们那一组也赞成这个意见，还补充一点，缺马的老板子，得先挑牲口。"

大伙都笑着，张景瑞笑道：

"多咱也漏不下老孙头你的。"

老初说道：

"别吵了，咱们就动手分吧，果实都摆在小学校的操场里，咱们就走，上那儿去。"

大家往外走。院子里的干雪上，一片脚步声，小嘎们早跑到前头去了，老太太们还在院子里慢腾腾地一跛一跛地走着。萧队长坐在八仙桌子边的炕沿上，叫郭全海别走。郭全海取出别在腰上的烟袋，装一锅子烟，跑到外屋灶坑里对着了火，返回盘腿坐在炕头上，问萧队长道：

"有啥好事等着我呀？"

萧队长笑着，一种温和的，希望人家走运的好心的微笑，挂在瘦削的脸上，这是郭全海在早没有留心的。一年多来，他们算是混熟了。可是一向在斗争中，工作中，一向都忙着，没有工夫唠家常，谈心事。郭全海把萧队长当做一个圣贤，当做一个一切都为工农大伙，不顾个人利害的好汉，不论对自己，对别人，他都不会有私心，他个人的要求和希望，从来不说。这回萧队长的笑，就有些不同，像是有些体己话要唠唠似的。他又惊奇，又欢喜，抽一口烟，瞅着萧队长，等他的回答。萧队长心里，早就留意郭全海，认为他是这个区里的好干部。他想培养他做区委书记，他寻思他是一个成分好，年纪轻，精明强干，胆大心细的干部，又是最早一批发展的党员，党内锻炼也有一些了，再加一点文化知识，和更多的斗争经验，他能成为一个好区委书记。

现在，他想叫郭全海安家立业，娶个好媳妇，让他日子过得好一点，工作更安心。他没有回答郭全海的话，先笑着问道：

"想不想安家，比方说，娶个媳妇？"

郭全海脸庞绯红，没有吱声，烟袋抽得吧嗒吧嗒响。萧队长凑近他一点，声音也压低一点说：

"人品能配上，也是熟人，干活做工作，都是头把手。"

郭全海早猜着了，还是不吱声，吧嗒吧嗒抽着烟。萧队长问道：

"没有意见吧？老孙头跟老初保媒。"

郭全海脸上发烧，心房蹦跳。移开噙着的烟袋，声音里有一点颤动地说：

"就是怕人家说话。"

"怕人说啥？娶媳妇又不是不正当的事。"

"人家说，看他农会办的，给自己办事去了。"

"别多心吧，谁也不会说话的。好吧，就这么的，咱们瞧瞧他们分东西去吧。"

他们走进小学校的操场里，看见屯子里的人围一个大圆圈，当中一堆一堆地摆着各种各样的衣裳、被子、布匹、鞋帽，都堆起人一般高，比往年果实，丰富十倍。栽花先生手里拿着石板和名单，叫头一名,烈士家属赵玉林媳妇。赵大嫂子从人们身后挤出来。大伙闪开道,她慢慢腾腾地走了出来。场子上几千只眼睛落到她身上。她穿一件青皮棉袍,外罩一件蓝布大褂,脚上还穿着白鞋。人们小声地发出各种各样的议论:

"瞅她,还挂孝呢。"

"瘦了一些。"

"这种媳妇,才算媳妇,要照如今的妇女呀,哼,别说守一年,男人眼没闭,她早瞧上旁人了。"

"这也是赵大哥积福修来的。正锅配好灶,歪锅配凿灶。"

"要不,月下老人干啥的?玉皇大帝不早撤他的差了?"

"都别吱声,瞅她挑啥。"

赵大嫂子走到无数小山似的衣堆的当间,寻思自己缺一条被子,锁住缺衣裳鞋帽,先挑一条半新不旧的麻花被。老初从旁边叫道:

"那条不好,你再挑。"

赵大嫂子回答道:

"行,尽挑好的,刨了瓢子,剩下皮给人,不是心眼不好使了吗?"

小猪倌也为她着急,老远叫道:

"大婶婶,挑好点的呗!人家都让你先挑,你不挑好的,太不领情了。"

赵大嫂子说:

"行,有盖的就行。"

说着,她又去挑一顶狗皮帽子,一双棉鞋,一套七成新的小孩穿的棉裤袄。老初在旁边又叫起来:

"大嫂子,那帽子不好,瞅你脚边那一顶好,我来替你挑。"

他跳进去,替她挑选,旁边一个人叫道:

"让她自己挑,不准别人挑。"

老初冲他瞪着眼珠子,说道:

"她是烈属,帮她挑挑还不行?"

老初走进衣裳鞋帽堆,给赵玉林媳妇挑了一件小嘎穿的貉绒皮大氅,一顶火狐皮帽子,一双结实青皮小棉鞋,都是九成新。他又走到被子堆边,翻来掏去,挑出一条全新的温软的哔叽被子,给她抱出来,到小学校的课堂里去登记。半道有人笑着说:

"老初眼真尖,尽挑好玩意。"

老初瞪着大眼说:

"我尖,是为我自己?"

这时候,栽花先生叫郭主任挑衣。郭全海站在萧队长旁边,不肯去挑,腼腆地说道:

"配啥算啥。"

老孙头说:

"你抹不开,我给你挑。"

他走进衣堆,给他挑一件羊皮袍子,一条三镶被,外加一个枣红团花缎子大幔子。张景瑞指指幔子问:

"挑这干啥?"

老孙头笑眯左眼说:

"这玩意就用得上了。他用完,还能给你用。"

第三名是小猪倌。他钻出娘胎以来,从来没有置过被子。早先在韩家放猪,十冬腊月天,雪堵着窗户,冰溜子像透亮的水晶小柱子,一排排地挂在房檐上,望着心底也凉了。下晚,老北风刮着,屋里寒气透骨髓,他没有被子,钻在草包里,冻得浑身直哆嗦,牙齿打战,泪珠扑扑往下掉,掉在谷草秆子上,破炕席子上,不敢哭出声,要是哭醒东家来,事闹大了,连草包也钻不成了。他走到被子的小山的旁边,想起早先那些苦日子,眼泪又想滚下来,但不是冷,而是一阵想起旧的生活的酸楚,加上一阵对于新的生活的感激。这么许许多多的被子,都是穷人的了,几百条被子都随他挑选,这不是小事。五光十色的被子,把他两眼晃花了。红绸子、绿缎子的被子,他决计不要,"那玩意光好看,不抗盖,一个冬天就坏了"。他在结

327

实的被子中挑着，拿起这一条，觉得那条好，挑着那一条，眼睛又瞅着另外的一条。挑来挑去，没有完全中意的，觉得这条好，那条也不错。三条照第二条，又强一色。待要拿起第三条，第四条闪闪地发亮，在招引着他。他走来走去，两手还是空空的，旁边的人说道：

"挑花眼了。"

"老初，替他挑吧。"

"尽包办还行？"

"由他挑吧，大伙别催他。"

"天不早了，帮他挑挑吧，叫他挑，得挑到杏树开花，毛谷子开花。"

老初跑进去，替他挑一条又大又结实的麻花大被子，小猪倌笑笑，也觉得这条是最好的了。

天不早了，有人提议，一回多叫几个人，分头挑选。刘桂兰挑了出嫁用的一件大红撒花的棉袄，又挑两个大红描花玻璃柜，老孙头过来，笑着对刘桂兰说道：

"嫁奁挑好了。"

刘桂兰羞红着脸，假装不懂说：

"你说啥呀？"

老孙头笑笑：

"你还装聋卖傻哩，谁给你们保媒？还不谢媒人呢？"这时候，围拢许多人，老孙头的嘴又多起来："还是翻身好，要在旧社会，你们这号大姑娘，门也不能出，还挑嫁奁，相姑爷呢，啥也凭爹妈，凭媒婆。媒婆真是包办代替的老祖宗，可真是把人坑害死了，小喇叭一吹，说是媳妇进门了，天哪，谁知道是个什么，是不是哑巴，聋子？罗锅，鸡胸？是不是跛子，瞎子呢？胸口揣个小兔子，蹦蹦地跳着，脑瓜子尽胡思乱想，两眼迷迷瞪瞪的。小喇叭又吹起来，拜天地了。咱到天地桌边，偷眼瞅瞅，哈哈，运气还不坏，端端正正，有红似白的，像朵洋粉莲。"

周围的人都大笑起来，老孙太太挤在人堆里，皱起抬头纹骂道：

"看你疯了,这老不死的。"

赶到下晚,老孙头欢天喜地回到家里来,发现房檐下,搁副红漆大棺材,顶端还雕个斗大的"寿"字。他寻思:"这算啥呀?"三步迈进门,冲老婆子嚷道:

"领那玩意干啥呀?"

老孙太太说:

"土埋半截了,要不趁早准备好,指望你呀,一领破炕席一卷,扔野地里喂狼。"

当夜,老孙头没话。第二天,天才麻花亮,老孙头起来,提溜着斧子,到院子里,房檐下,砰砰啪啪的,使劲劈棺材。老孙太太慌忙赶出来,棺材头早已劈开了。这一场吵呀,可真是非同小可,惊动左右邻居,都来劝解,也劝不开,农会干部也来劝半天。结论还是老孙头做的,他说:

"叫她挑个大氅,她领个这玩意回来,老孙头我今年才五十一岁,过年长一岁,也不过五十二岁,眼瞅革命成功了,农会根基也稳了,人活一百岁,不能算老,要这干啥呀? 也好罢,桦子也挺贵,劈开作桦子,拣那成材的,做两条凳子,农会工作队来串门子,也有坐的了。"

二十四

第二天一早,白玉山到农会来起了路条,回双城去了。

屯子里事,分两头进行。萧队长带领张景瑞在一间小屋里审讯韩老五。郭全海和老初带领积极分子们,忙着分牲口。他们把那在早一腿一腿地分给小户的马匹,都收回来,加上金子元宝换的马,再加抄出的黑马,整个场子里,有二百七八十匹骒马,还有二三十头牛,外加五条小毛驴。牲口都标出等次,人都按着排号的次序,重新分配,他们计算了,全屯没马的小户,都能摊上一个囫囵个儿顶用的牲口。

是个数九天里的好天气,没有刮风,也不太冷。人们三三五五,都往小学校的操场走。他们穿着新领的棉袍、大氅、新的棉裤袄。新的靰鞡在雪地上咔嚓咔嚓地响着。小学校的操场里，太阳光照得黄闪闪的，可院的牛马欢蹦乱跳，嘶鸣，吼叫，闹成一片。人们看着牲口的牙齿、毛色和腿脚，议论着，品评着，逗着乐子。

"分了地，不分马，也是干瞪眼。"

"没有马，累死一只虎，也翻不来一块地呀。"

"挖的金子买成马，这主意谁出的？"

"还不是大伙。"

"这主意真好。"

"今年一户劈一个牲口，不比往年，四家分一个，要是四家不对心眼儿，你管他不管，你喂高粱，他喂稗草，你要拉车，他要磨磨，可别扭哪。"

老孙头走到一个青骟马的跟前说：

"这马岁数也不太小了，跟我差不一点儿。"说着，他扳开马嘴说：

"你看，口都没有了。"

小猪倌仰脸问道：

"咋叫口都没有了？"

老孙头一看是小猪倌问，先问他道：

"放猪的，你今年多大？"

小猪倌说：

"十四岁，问那干啥？"

老孙头摆谱说：

"我十四岁那年，早放马了。你还是放猪。你来，我教你，马老了，牙齿一抹平，没有窟窿，这叫没有口。口小的马，你来瞅瞅。"他带着小猪倌走到一个兔灰儿马子跟前，用手扳开它的嘴说道：

"看到吧，大牙齿上一个一个大窟窿，岁数大。草料吃多了，牙上窟窿磨没了，这叫没有口，听懂没有？"

小猪倌站在人少的地方，一面准备跑，一面调皮地说：

"你吃的草料也不少了,看看你牙齿还有没有口?"

老孙头扑过来抓他,他早溜走了。老孙头也不追他,叹一口气,对人说道:

"咱十四岁放马,哪像这猴儿崽子,口大口小也不懂?骂人倒会,不懂牲口,还算什么庄稼人?"

院子当间摆一张长方桌子,郭全海用小烟袋锅子敲着桌子说:

"别吵吵,分马了。小户一家能摊一个顶用的牲口,领马领牛,听各人的便。人分等,排号,牛马分等,不排号。记住自己的等级、号数,听到叫号就去挑。一等牛马拴在院子西头老榆树底下。"

人们拥上来,围住桌子,好几个人叫道:

"不用你说,都知道了。动手分吧,眼瞅晌午了。"

郭全海爬到桌子上,踩得桌子嘎啦啦地响。他高声叫道:

"别着忙,还得说两句。咱们分了衣裳,又分牛马,倒是谁整的呀?"

无数声音说:

"共产党领导的。"

郭全海添着说:

"牲口牵回去,见天拉车,拉磨,种地,打柴火,要想想牲口是从哪来的;分了东西就忘本,那可不行。"

许多声音回答道:

"那哪能呢?咱们可不是花炮。"

郭全海说:

"现在分吧。"说罢,跳下地来,栽花先生提着石板,叫第一号。第一号是赵大嫂子。她站在人身后,摆手说不要。老初忙走过来问她:

"大嫂子,你咋不要?"

赵大嫂子右手拉着锁住,左手摇摇说:

"咱家没有男劳力,白搭牲口,省下给人力足的人家好。"

老初说:

"我说你真傻,要一个好呀,拉磨,打柴,不用求人了。"

赵大嫂子说:

"小猪倌要另立灶火门,咱娘俩能烧多少柴,拉多少磨?还是不要好。"

老孙头站在旁边寻思着:要是赵家分了马,他插车插犋,不用找别家,别家嘎咕,赵大嫂子好说话。他怂恿她道:

"还是要一个好呀,你要没人喂,寄放我家,咱两家伙喂。你们烈属还不要,谁还配要?"

赵大嫂子说啥也不要。栽花先生叫第二名,这是郭全海。老孙头慌忙跑去,附在他耳边说道:

"拴在老榆树左边的那个青骒马,口小,肚子里还有个崽子,开春就下崽,一个变两个。快去牵了。"

郭全海笑道:

"开春马下崽子了,地怎么种?"

"一个月就歇过来了,耽误不了。"

郭全海对自己的事从来总是随随便便的,常常觉得这个好,那个也不赖。老孙头要他牵上青骒马,他就牵出来,拴在小学校的窗台旁的一根柱子上,回来再看别人分。

叫到老初的名字的时候,他早站在牛群的旁边,他底根想要个牤子,寻思着牤子劲大,下晚省喂,不喂料也行,不像骒马,不喂豆饼和高粱,就得掉膘。他今年粮食不够,又寻思着,使牛翻地,就是不快当,过年再说吧。他牵着一个毛色像黑缎子似的黑牤牛,往回走了。一个小伙子叫道:

"老初,要牛不要马,是不是怕出官车呀?"

老初回过头来说:

"去你的吧,谁怕出官车?摊到我的官车,不能牛工还马工,换人家马去?"

老田头走到老孙头跟前,问道:

"你要哪个马?"

老孙头说：

"还没定弦。"

其实，他早打定了主意，相中了拴在老榆树底下的右眼像玻璃似的栗色小儿马。听到叫他名，他大步流星地迈过去，把它牵上。张景瑞叫道：

"瞅老孙头挑个瞎马。"

老孙头翻身骑在儿马的光背上。小马从来没有骑过人，在场子里乱蹦乱跑，老孙头揪着它的剪得齐齐整整的鬃毛，一面回答道：

"这马眼瞎？我看你才眼瞎呢。这叫玉石眼，是最好的马，屯子里的头号货色，多咱也不能瞎呀。"

小猪倌叫道：

"老爷子加小心，别光顾说话，看掉下来屁股摔两瓣。"

老孙头说：

"没啥，老孙头我赶二十九年大车，还怕这小马崽子，哪一号烈马我没有骑过？多咱看见我老孙头摔过跤呀？"

刚说到这儿，小儿马子狂蹦乱跳，越跳越高，越蹦越有劲。两个后腿一股劲地往后踢，把地上的雪，踢得老高。老孙头不再说话，两只手豁劲揪着鬃毛，吓得脸像窗户纸似的煞白，马绕着场子奔跑，几十个人也堵它不住，到底把老孙头扔下地来。它冲出人群，跑出学校，往屯子的公路一溜烟似的跑走了。郭全海慌忙从柱子上解下青骒马，翻身骑上，撵玉石眼去了。这儿，老孙头摔倒在地上，半晌起不来，周围的人笑声不绝。趁着老孙头躺在地上叫哎哟，不能回嘴的机会，调皮的人们围上来，七嘴八舌打趣道：

"怎么下来了？地上比马上舒坦？"

"没啥，这不算摔跤，多咱看见咱们老孙头摔过跤呀？"

"这屯子还是数老孙头能干，又会赶车，又会骑马，摔跤也摔得漂亮。啪嗒一响，掉下地来，又响亮，又干脆。"

老孙头手脚朝天，屁股摔痛了。他哼着，没有工夫回答人们的玩话。几个人跑去，扶起他来，替他拍掉沾在衣上的干雪，问他哪块摔痛了？老孙头站立起来，嘴里嘀咕着：

"这小家伙，回头非揍它不解。哎哟，这儿，给我揉揉。这小家伙……哎哟，你再揉揉。"

郭全海把老孙头的玉石眼追了回来，人马都气喘吁吁。老孙头起来，跑到柴火垛子边，抽根棒子，撵上儿马，一手牵着它的嚼子，一手狠狠抡起木棒子，棒子抡到半空，却扔在地上，他舍不得打。

继续着分马。各家都分了可心牲口。白大嫂子，张景瑞的后娘，都分着相中的硬实马。老田头夫妇，牵一个膘肥腿壮的沙栗儿马，十分满意。李大个子不在家，刘德山媳妇代他挑了一个灰不溜的白骟马，拴到她的马圈里。

李毛驴转变以后，勤勤恳恳，大伙把他名也排上了。叫号叫到他的时候，他不要马，也不要牛，栽花先生问他道：

"倒是要啥哩？"

李毛驴说：

"我要我原来的那两个毛驴。"

"那你牵上吧。"

李毛驴牵着自己的毛驴，慢慢地走回家去，后面一群人跟着，议论着：

"这真是物还原主。"

"早先李毛驴光剩个名，如今又真有毛驴了。"

李毛驴没有吱声。他又悲又喜，杜善人牵去的他的毛驴又回来了，这使他欢喜，但因这毛驴，他想起了夭折的孩子，走道的媳妇，心里涌出了悲楚。后尾一个人好像知道他心事似的，跟他说道：

"李毛驴，牲口牵回来，这下可有盼头哪，好好干一年，续一房媳妇，不又安上家了吗？"

三百来户，都欢天喜地。只有老王太太不乐意。她跟她俩小子，没有挑到好牲口。牵了一个热毛子马。这号马，十冬腊月天，一身毛褪得溜干二净，冷得直哆嗦，出不去门。夏天倒长毛，蹚地热乎乎地直流汗。老王太太牵着热毛子马，脑瓜搭拉着，见人就叹命不好。老孙头说：

"那怕啥？你破上半斗小米，入在井里泡上，包喂好了。"

老田头也说：

"过年杀猪，灌上两碗热血就行。"

老王太太说：

"还要等到过年啦。"

郭全海看着老王太太灰溜溜的样子，走拢来问道：

"怎么的哪，这马不好？"

"热毛子马。"

郭全海随即对她说：

"我跟你换换，瞅瞅拴在窗台边的那个青骒马，中意不中意？"

老王太太瞅那马一眼，摇摇头说：

"肚子里有崽子，这样大冷天，下下来也难待候，开春还不能干活。"

郭全海招呼着一些积极分子，到草垛子跟前，阳光底下，合计老王太太的事。郭全海蹲在地上，用烟袋锅子划着地上的松雪，对大伙说道：

"萧队长说过：先进的要带动落后的，咱们算先迈一步，老王太太落后一点点，咱们得带着她走。新近她又立了功，要不是她，韩老五还抓不回来呢。要不抠出这个大祸根，咱们分了牲口，也别想过安稳日子。"

老孙头点头说道：

"嗯哪，怕他报仇。"

郭全海又说：

"如今她分个热毛子马不高兴，我那青骒马跟她串换，她又不中意，大伙说咋办？"

老孙头跟着说道：

"大伙说咋办？"

老初说：

"她要牛，我把黑牤子给她。"

白大嫂子想起白玉山叮咛她的话，凡事都要做模范，就说：

"咱领一个青骒子，她要是想要，咱也乐意换。"

张景瑞继母想起张景祥参军了，张景瑞是治安委员，自私落后，就叫他们瞧不起，这回也说：

"咱们领的兔灰儿马换给她。"

老田头跑到场子的西头，在人堆里找着他老伴，老两口子合计了一会，他走回来说：

"我那沙栗儿马换给她。"

老孙头看老田头也愿意掉换，也慷慨地说：

"我那玻璃眼倒也乐意换给她。"但是实在舍不得他的小儿马，又慌忙添说："就怕儿马性子烈，她管不住。"

老初顶他一句说：

"那倒不用你操心，她两个儿子还管不住一个儿马子？"

郭全海站起来说道：

"好吧，咱们都把马牵到这儿来，听凭她挑选。"

郭全海说罢，邀老王太太到草垛子跟前，答应跟她掉换的各家的牲口也都牵来了。老王太太嘴上说着："就这么的吧，不用换了，把坏的换给你们，不好。"眼睛却骨骨碌碌地瞅这个，望那个。郭全海把自己的青骒马牵到她跟前，大大方方地说道：

"这马硬实，口又青，肚子里还带个崽子，开春就是一变俩，你牵上吧。"

老王太太看看青骒马的搭拉着的耳丫子，摇一摇头走开了。老孙头的心怦怦地跳着，脸上却笑着说道：

"老初的大黑牤子好，下晚不用喂草料，黑更半夜不用爬起来。黑骡子也好。就是马淘气，还费草料，一个马一天得五斤豆饼，五斤高粱，十五斤谷草，马喂不起呀，老王太太。"

老王太太看了看老初的牤牛，又掉转头来瞅了瞅白大嫂子的骒子，都摇一摇头，转身往老孙头的玉石眼儿马走来了。老孙头神色

慌张,却又笑着说:

"看上了我这破马?我这真是个破马,性子又烈。"

老初笑着又顶他道:

"他才刚还说:他这马'是玉石眼,是最好的马,屯子里的头号货色'。这会子说是破马了。"

老王太太走近去,用手摸摸那油光闪闪的栗色的脊梁,老孙头在一旁嚷道:

"别摸它呀,这家伙不太老实,小心它踢你。我才挑上它,叫它摔一跤。样子也不好看,玻璃眼睛,乍一看去,像瞎了似的。"老孙头不说"玉石眼",说是"玻璃眼"。跟着还说了这马好多的坏处,好处一句也不提。临了他还说:"这马到哪里都是个扔货,要不是不用掏钱,我才不要呢。"

不知道是听信了他的话呢,还是自己看不上眼,老王太太从玉石眼走开,老孙头翻身骑上他这"玻璃眼",双手紧紧揪着鬃毛,一面赶它跑,一面说道:"你不要吧,我骑走了。"说罢,头也不回地跑了。老王太太朝着老田头的沙栗儿马走去。这个马膘肥腿壮,口不大不小,老王太太就说要这个。老田头笑着说道:

"你牵上吧。"

大伙都散了。老田头牵着热毛子马回到家里。拴好马,进到屋里,老田太太心里不痛快,一声不吱。老田头知道她心事,走到她跟前说道:

"不用发愁,翻地拉车,还不一样使?"

老田太太说:

"咱们的沙栗马膘多厚,劲多大。这马算啥呀?真是到哪里也是个扔货。"

"能治好的,破上半斗小米子,搁巴斗里,入在井里泡上,咱们粮食有多的,破上点粮给它吃就行。"

老田太太坐在炕沿说:

"到手的肥肉跟人换骨头,我总是心里不甘。再说,咱们光景还不如人呢。"

老田头说：

"你是牺牲不起呀，还是咋的？你忘了咱们的裙子？她宁死也不说出姑爷的事？亏你是她的亲娘，也不学学样，连个儿马也牺牲不起，这马又不是不能治好的。"

"是呀，能治好的。"这是窗户外头一个男子声音说的话，老两口子吃了一惊。老田太太忙问道：

"谁呀？"

"我，听不出吗？"

"是郭主任吗？还不快进来，外头多冷。"

郭全海进屋，一面笑着，一面说道：

"我的青骒马牵来了。你们不乐意要热毛子马，换给我吧。"老田太太的心转过弯来了。笑着说道：

"不用换了。咱们也能治，还是把你的马牵回去吧。各人都有马，这就好了，不像往年，没有马，可憋屈呀，连地也租种不上。"

彼此又推让一会，田家到底也不要郭全海的马，临了，郭全海说道：

"这么的吧，青骒马开春下了崽，马驹子归你。"

二十五

分完牲口，郭全海上萧队长那儿，报告经过，完了就待在那儿，看着萧队长、张景瑞，和县里来的两个公安局的人员审问韩老五。

审讯三宿，没有结果。萧队长严格遵照省委的通知，和政府的法令，不打不骂，不用刑法。会耍死狗是韩老五这一号人的天生的本领，他要么嬉皮笑脸，要么哭天抹泪，目的只有一个：不说真话。旁人常捏住拳头，心里冒火，但萧队长总是从容地说：

"慢慢地来，叫他慢慢地想。他一个月不说，整他一个月，一年不说，问他一年。他迟说一天，对他自己不好，坦白也得赶时候，太迟就不行。"他又对郭全海说道："你们先去开重分土地的会，再迟就不赶趟了,省里通知,赶送粪以前,得把土地调整好。"

郭全海走了。这边,连日连夜讯问韩老五。老王太太虽说告了他,但她不敢来当面对质,抹不开情面。萧队长正在寻思晓以利害的方法,警卫员老万来说:

"担架队回来了。"

正说着,院子里一个汉子的粗重的声音问道:

"萧队长在这儿吗?"

这是铁匠李大个子李常有的声音,屋里的人才回答说"在呀",高大的李大个子早迈进来了。他的左肩倒挂着缴获的崭新的美式冲锋枪,走到门口,他习惯地低一低头,怕上门框碰着他的脑瓜。跟他进来的中农刘德山笑道:

"上门框老高,碰不着的,弯腰干啥?"

萧队长起身迎接着他们,握着他们的手,瞅着他们两人的脸面和脖子都是漆黑漆黑的。两人都穿着美制军衣,挂着个军用水壶,乍一看去,都不像庄稼汉子。萧队长招呼他们到另外一个屋里;请他们上炕,笑着说道:

"你们辛苦了。"

刘德山皱起抬头纹,笑着说道:

"没啥,你们在后方还不是一样辛苦。"

老万找到一个长烟袋,装上黄烟,到灶坑里对着火,进来递给李大个子。他正在把冲锋枪从肩膀上取下,小心地轻轻地安放在炕上,说道:

"不用,不用,这儿有烟袋。"说着,他从军装的左边衣兜里取出一个短短的锅子很大的洋烟袋,一面往烟袋锅子里装烟,一面说道:

"这是李司令员送给我做念想的,也是胜利品。"

萧队长带笑说道:

"我看你浑身都是胜利品。怎么样?都回来了吧?"

李大个子叼着洋烟袋问道:

"你说谁？担架队员？咱们屯子五副担架，四十个人都回来了。在前方，咱们还节省两回菜金，买鸡子慰劳彩号。"

萧队长转脸瞅着刘德山，含笑问他道：

"怎么样？老刘？"

刘德山还来不及回答，李大个子说：

"刘德山这下可立了功哪，敌人还没有打退，炮火还没有停，他就上火线去抢运彩号，胆子可大。"

刘德山说：

"也不算啥。前方八路军弟兄，不都是庄稼底子？他们也不怕。"

萧队长寻思，这人原先胆子小，干啥也是脚踩两边船，斗争韩老六，畏首畏尾，不敢往前探。这回从前方回来，才一进来，就看到气色不同，乐得不停地笑着，萧队长说：

"看见'中央军'了吗？"

刘德山笑着说：

"看见了，一个个像落汤鸡似的。"

萧队长笑着逗乐子：

"还怕不怕他们过来拉你脖子呀？"

刘德山没有吱声。他寻思着，这是不必回答的问题。他笑着说：

"不抗打呀，家伙什儿好，也不顶事，抵不住咱们战士的天下无双的勇猛，一打，就哗啦了。"

接着，刘德山滔滔地谈起前方战士的英勇的故事，谈起轻伤不肯下火线的那些彩号，听的人都感动了。萧队长说：

"你们这回可是受到教育了。"

刘德山点头答道：

"嗯哪，我算是受了锻炼了。"

李大个子插嘴说：

"听听他自己使一个木棒子缴两棵枪的事吧。"

这时候,屯子里的人都来看李大个子来了。他们站在地下,听刘德山说在四平附近,一个下晚,光有星星,没有月亮,五步以外,人也看不准。敌人败了,败兵往四外逃跑,他手执一根木棒子,站在一个屯子的道口,对面两个黑影子漂游过来,刘德山端起木棒子,像举枪瞄准似的,学着咱们战士的口气,高声喝叫道:

"干什么的,站住。"

黑影子都站住了,冷丁往地下缩短了半截似的,一人一根棒子高高横在头顶上。原来是蒋匪两个兵,两棵美国冲锋式,双手高举在头上,远远望去,影子好像缩短半截似的,是因为他们猛听一声喝,吓破胆了,跪在地上。刘德山三步并两步跑上,收了两棵枪,叫他们起来往前走。

李大个子补充说:

"咱们还背回一棵。"

大伙围拢来看枪,欢笑着,有的还摆弄着枪栓。萧队长说道:

"你们回去歇歇吧。下晚开个会,欢迎你们,叫屯子里人都听听你们的故事。"

他们辞出来。刘德山回到家里,他女人正在舀泔水,煮猪食,看见他回来,慌忙放下瓢,在一个瓦盆子里洗着手。她还没有跟他唠嗑,先叫她的在西屋闹着要吃饺子的小子:

"狗剩子,你瞅,谁回来了?"

刘德山才迈进东屋,七岁的狗剩子跑了过来,抱住他的右腿叫道:

"爹。"还没有说别的话,刘德山抱起他来,放在南炕,自己也坐在炕头,抽着烟袋。狗剩子骑在他腿上,用手去摸抚他的缴获的美国军装的扣子。絮絮叨叨告诉他,家里过年,吃半拉月饺子,他妈说他不听话,打过他一回。刘德山女人乐得头懵了,里屋外屋,到处走着,不知先干什么好。一会叫他歪歪,一会问他吃了没有。刘德山移开噙着的烟袋说道:

"在县里吃了,刘县长摆酒接风,还讲了话。"

狗剩子岔进来说：

"刘县长头年到咱们屯子里来过。"

刘大娘唤道：

"狗剩子你别打岔，听爹说话。县长说啥呀？"

"县长说：你们这回立了功，前方的军队，后方的老百姓都忘不了你们，回去要好好儿带头生产。"

"见过萧队长了吗？"

"才从那儿来，今儿下晚开大会，他叫我讲前方的故事，你也去听听。"

刘大娘忙了一阵，终于用一块布擦干了手，坐在炕沿上，两口子唠着家常。她告诉他："农会纠偏了，划错的中农，都划了回来。斗出的果实也退回来了。咱们献出的两个马都牵回来了。萧队长还说：贫雇中农是一家，贫雇农是骨头，中农是肉，贫雇中农是骨肉至亲。"刘德山噙着烟袋，听他屋里的唠着。听到这儿，他说："前方也闹这问题，李司令员说：贫雇农和中农成分的战士，一样打仗，一样勇敢，贫雇中农，要团结一心，才能打垮反动派。"

刘德山屋里的又告诉他，萧队长、郭主任和赵大嫂子，都来看过她，叫她不用惦记。他们都想得圆全，怕家里人惦念出门人。她又告诉他，郭主任叫他们都别信谣言，不会掐尖的。谁收得多，归谁家，不会归大堆。刘大娘说到这儿，称心如意地说道："咱们打的粮，交了大租子，都拉回自己仓里了。土豆子下了地窖，归啥大堆呀？还不都是反动分子胡造谣。"她又凑到刘德山耳边，低声地说："你看见韩老五么？"刘德山点一点头，衔着烟袋，没有吱声。刘大娘嗓门越发压低地说："他该不会乱咬吧？光复那年，他到过咱们家，还想邀你磕头拜把呢。就怕他咬咱们一口。"

刘德山一面在炕沿砸烟袋锅子，一面岔断她的话："怕啥？立得正，不怕影儿歪。没做亏心事，不怕鬼叫门。萧队长他们也都知道我老刘家就是个胆小怕事，往年斗争韩老六，我躲进茅楼，这事不体面，是个臭根子。除开这事，这姓刘的啥黑心事也没有干过，萧队长心里亮堂堂,还能不调查,听信韩老五的话?"

刘大娘乐得眼睛眯细了,笑着说道:"你这一说,咱心尖都亮了。瞅你困了,快歪一歪,才晌午打歪,开会还早呢。过年的冻饺子还留着一些,狗剩子见天吵闹着要吃,我寻思你快回来了,得给你留点。这两天麻尾雀老叫,我寻思快了,倒也没存想有这么快。狗剩子,快下来吧,叫爹躺一躺,快去搂柴火。"

刘德山从炕琴上取下个枕头,和衣歪在炕头上。刘大娘在外屋烧火,烟灌进里屋,呛着眼睛。刘德山没有睡着,翻身起来,拿着烟袋往外走。刘大娘问他:

"不歇一歇,又往哪去呀?"

刘德山一面推开门,一面回答:

"去瞧瞧牲口。"

但他没有先去看牲口,先看看大门边的苞米楼子,里头满满装着黄闪闪的苞米。完了他又走到屋后菜园的地头,看着他在家里码的柴火垛子,五个月当中,三垛烧去两垛半。他抽一口烟想:"过几天还得打几车柴火。"跑回院子里,看见谷草垛子,三股吃去一股了。他抬眼瞅瞅马圈,惊叫起来:

"怎么多出个马来了?"

刘大娘在屋里说道:

"那灰不溜的白骟马是李大个子的。咱寻思他跟你一块出门,家没有人,帮他领回,代他养着。"

刘德山点一点头,回到屋里,在摆着水缸的角落里找出块豆饼,用切豆饼的刀子切下一小半,再切成细块,泡在桶里,准备下晚喂牲口。泡好豆饼,他又到屋后看地窖,回来的时候,手里拿个烂土豆,对刘大娘说:"土豆子坏了一半,下窖不小心,烂的没捡掉。秋天雨水多,土豆子好烂,回头得起出晒晒。"

刘德山屋前屋后地转着,把家当都拾掇得妥妥帖帖的。他是一个种地的能手,庄稼活样样都行,人又勤恳,又精明,屯子里人都说:"老刘真算一把手。"他就是有点私心。他种的苞米,粒儿鼓鼓的，棒子有一尺多长，人们问他："一样的地，一样的工夫，出的庄稼总赶不上你的，是啥道理？"他不回答，总是支支吾吾走开了。头年他听到坏根传播的风声，说要斗中农，李振江娘们来说："可了不得，谁冒尖，就得斗谁呀，三个马的匀两个，两个马的匀一个。收了庄稼归大堆。"完了还说："别说你那两个破马，人还不知道怎样呢？"他吓坏了。碰巧屯里出担架，他慌忙报名。他到前方去，不是真积极，而是去躲躲屯里风浪的。到了前方，看到国民党反动派的败局已定，自己心里先去了一层顾虑，前方的指战员们都对他亲热，凡事又信得着他，李大个子也对他很好。在战场上抢救彩号时，他受了很好的锻炼。后来，他自己使根木棒抓着了两个俘虏，人们越发敬重他，几桩事凑在一块，脚踩两边船的刘德山这一回来，跟先前完全两样了。他女人受赵大嫂子的影响，也变了一些，两个人完全站在农会一条船上了。

刘德山回到里屋，歇了一袋烟工夫，刘大娘摆好炕桌，酸菜粉条煮猪肉，炒豆腐皮子，还有饺子，都搬上来了。按照他们家里的光景，这个接风的席面，赶上过年吃浇裹。饺子是过年时节剩下来的冻饺子，这两样菜是她这两天来老是听见麻尾雀在叫，猜着他准要回来，替他准备的。

下晚开大会，担架队员都说了话。萧队长吩咐把韩老五带来，叫他听听。听到刘德山讲话的时候，张景瑞瞅着韩老五的脸上红一阵白一阵，一会低头，一会叹气。刘德山说到蒋匪不抗打，兵败如山倒的时候，韩老五站了起来，往外屋走。张景瑞要叫住他，萧队长使个眼色小声说："由他去吧。"张景瑞还不放心，跟他出去了。韩老五在院子里走来走去，走了一会，又停下来，用皮鞋尖掏着雪块和土块，低头沉思着。只听他低声说道："垮了，塌了，完了。"刘德山是他要在这屯子里拉拢的对象，如今他说："蒋匪不抗打。"他走到下屋跟前，坐在门槛上，胳膊肘顶着波棱盖，支着头在想。张景瑞装着要小便，跑到大门外，看见小猪倌在门外放哨，他走过去低声地说：

"你知道谁在院子里吗？"

小猪倌提着扎枪回答说：

"知道，跑不了，你放心吧。"

韩老五坐了一会，又走一会，临了进屋，找着萧队长说道：

"我有事找你谈谈。"

萧队长说：

"好吧。"

萧队长立起身来，跟他挤出了人堆，走到农会的西屋。大会散了，人都回去了，他们还在谈。灯油点尽了，老万添到第三回，他们还在谈。小鸡子叫了，天头由灰暗转成灰白，又变得通红，老万醒来，听到韩老五的收尾的话："插枪的地点也说了，人也都说出来了，再没有了，我所知道的，就是这些人。'八·一五'光复那年，我受'先遣军'的指令，到这屯来过，下晚在我兄弟家里待一宿，暗中联络好些家，都写上了。也到过刘德山家里。这人两面都怕。第二回叫人去找他，他不敢见面，上外屯去了。这都是实情，一句虚话也没有。我是做下对不起乡亲的事了，能宽大我，一定洗心革面，报答恩典，要有二心，天打五雷轰。"

萧队长打发韩老五走了，但还不睡。他叫张景瑞立即带人去逮捕韩老五供出来的本屯的特务，又叫两个公安员带了韩老五的供词，和他供出的暗胡子的名单，连夜上县，交给公安局办理；外县特务的名单，和他供出的插枪的地点，由县委写成"绝密"件，派专人送往省里，转达公安处。

二十六

第二天，萧队长又讯问了一天。下晚，农会正在举行丈地会议。大吊灯下，萧队长出现了。他开怀地笑着，大伙看得出，他是从心里往外涌出了欢喜。他跳到炕上说道：

"同志们，乡亲们，咱们斗垮了地主，封建威风算是扫地了。可是地主是明的，美蒋反动派还派了些特务，这玩意是暗的。暗胡子不追干净,终久是害。前不几天,咱们抓回一个人,大伙都知道:就是韩老六的亲哥韩老五。审讯三宿,他没有说啥。这回担架队回来,他听到带回的前方胜利的消息,感到蒋匪是垮了,塌了,完了。他坦白了。"

一阵雷声似的鼓掌,有一袋烟工夫,还没有停止。待到掌声停息后,萧队长又说:

"他坦白他原先是日本特务,'八·一五'后又变成了国民党特务。他说他听到李常有、刘德山讲前方的情形,讲国民党军队不抗打,注定很快要垮台,觉到没有指望了,这才决心坦白的。'八·一五'以后,他到这个屯子里来过,利用亲友邻居,三老四少,磕头兄弟,进行活动,建立点线。"

萧队长又说下去:

"他坦白了本屯的坏根,他说,头茬农会主任张富英是……"说到这儿,他停顿一下,咳嗽一声,屋里起了骚扰了,有的快意,有的着忙,和张富英打过交道的,在他煎饼铺里有过交易的,和他相好的小糜子有过来往的,都吃惊着急。一个妇女问:

"他是啥呀?"

萧队长笑着说道:

"他是煎饼铺的老板子。"

听到这话,会场爆发一阵轻松的笑声,紧张的气氛,缓和得多了。但性急的人还是问道:

"倒是啥呀?"

"是不是坏根?"

萧队长说:

"他是半拉国民党,国民党特务的外围,国特的腿子,他身后还站着一个人。"

几个声音同时问:

"谁呀?"

萧队长说道:

"李振江的侄儿李桂荣,是真正的特务,他的上级就是韩老五。"

没等萧队长说完,老孙头慌忙从炕上跳下地来,一面往外挤,一面说道:

"快去把他抓起来,狗日的原来是个卧底的胡子,谁敢跟我去?"

张景瑞笑着说道:

"还等你说呢。"

郭全海也带笑说道:

"等你这会子去抓,李桂荣早蹽大青顶子了。"

一阵叫好声和鼓掌声以后,萧队长满脸笑容地说道:

"毛主席在《目前形势和我们的任务》里说:'现在……人民解放军的后方也巩固得多了。'这正是咱们这儿的情况。毛主席的军队在前方打了大胜仗,李常有、刘德山他们亲眼看到了。"

坐在炕沿的刘德山移开噙着的烟袋,点点头说道:

"嗯哪,胜仗不小,俘虏兵铺天盖地,搁火车拉呀。"

萧队长接着说道:

"'中央军'插翅也飞不过来了,除非起义,投降,或是做俘虏,他们别想过来了。"

刘德山抽一口烟,点一点头说:

"嗯哪,做俘虏,还能过来,咱们还能收容他。"

萧队长又说:

"在后方,卧底胡子也抠出来了。明敌人,暗胡子,都收拾得不大离了。往后咱们干啥呢?"全会场男女齐声答应道:

"生产。"

萧队长应道:

"嗯哪,生产。"

妇女里头,有人笑了,坐在她们旁边的老孙头问道:

"笑啥?"

一个妇女说：

"笑萧队长也学会咱们口音了。"

老孙头说：

"那有啥稀罕？吃这边的水，口音就变。"

萧队长接着说道：

"你们正开调整土地的会，这回要好好地分。这回分了不重分。地分好了，政府就要发地照。咱们庄稼院，地是根本。这回谁也不让谁，男女大小，都要劈到可心地，韩老五、李桂荣和半拉国民党不用你们操心了。咱们打发他们到县里去。现在分地吧。我提议咱们成立一个评议委员会。土地可不比衣裳，地分不好，是要影响生产的。"说完，萧队长走到外边，打发张景瑞带着介绍信，带五个民兵，押送韩老五、李桂荣和张富英上县。

萧队长打发他们走后，他又回来，坐在角落里，听大伙评地。人们三五成堆地议论。郭全海叫道：

"大伙别吵吵，先推评议。"

老头队里一个人说道：

"我推老孙头。"

刘德山媳妇说：

"我推白大嫂子。"

老初从板凳上跳起来说道：

"分地大事，尽推些老头妇女当评议还行？"

刘德山媳妇说：

"别看白大嫂子是个妇女，可比你爷们能干。早先她年年给地主薅草，哪一块地，她不熟悉？"

老孙头站起身来，用手指掸掸衣上的尘土说道：

"白大嫂子行，咱可不行。"

众人说道：

"别客气。"

老孙头不睬他们的话，光顾说道：

"咱推一个人,这人大伙都认识,咱们屯子里的头把手,是咱们的头行人,要不是他,韩老五还抓不住呢。"

小猪倌在炕上叫道:

"不用你说了,郭主任,咱们都拥护。"

往后,又有人提到李大个子和老初。李大个子又提到刘德山,引起大伙的议论。

老初说:

"他是中农,怎么能行呢?"

李大个子说:

"他可是跟咱们一个心眼。这回上前方,看到咱们军队,他心就变了。咱们这屯子里的地,数他顶熟悉,哪块是涝地;哪块地旱涝保收;哪块地好年成打多少粮;哪块地在哪一年涨过大水,钓过大鱼,他都清楚。"

大家又碰到个难题,到底能不能请中农来做评议? 许多眼睛瞅着萧队长。萧队长起来说道:

"要问中农愿不愿意把自己的地打烂重分。"

刘德山说:

"可以。"

老初问道:

"光说'可以',倒是乐不乐意呢?"

刘德山半晌不吱声。萧队长知道他不大乐意,就说:

"这事慢慢再说吧。"

会议进行着,讨论往年分地的情形。萧队长随便挑个地主问大伙:

"你们说,唐抓子的地都献出来了吗?"

刘德山对地主的地最熟悉,他反问一句:

"唐抓子献了多少地?"

郭全海回答:

"九十六坰。"

刘德山摇头：

"他不止这些。"刘德山说着，又在心里默算一下子，说道，"他有一百二十来垧地。"

萧队长听到这儿，插进来说：

"照你说，他隐瞒地了？"

刘德山说：

"嗯哪，准有黑地。"

萧队长跟大伙提出了黑地的问题，给大伙讨论。妇女组里，刘桂兰站起来说：

"怨不得头年我给唐抓子薅草，一根垄老半天也薅不完。"

萧队长吃惊地问道：

"头年他还叫工夫薅草？"

刘桂兰说：

"可不是咋的？一根垄那么老长，一垧地那么老大，三天薅不完，要是没有隐瞒不报的黑地，我就不信。"

白大嫂子也说，她给杜善人薅草，也是一样。给地主们打过短工，薅过草的妇女们都起来证明地主除开留的地，还有黑地，自己种不完，还是叫工夫，还是剥削人。检讨起来，往年因为地情不明，干部没经验，分地真是二五眼。

往年没收韩家的地以后，各家地主，都献地了，但都献远地，献坏地，少献地。给自己留的是好地、近地，而且留得多。加上隐瞒不报的黑地，地主依然是地主，还是暗暗把地租出去，吃租子，或是零碎叫工夫，剥削着劳金。

贫雇农里头，除了自己不敢要地的人家，其他各户分到的地，又坏、又远、又少、又分散。老田头分一垧地，劈做两块。一块是黄土包子地，在西门外；一块是好地，在北门外的黄泥河子的北边，送粪拉庄稼，得蹚水过河。老孙头往年不说不敢要地，实际不敢要，随便人家分块地，又不好好地侍弄，打的粮食不够吃。这时候，萧队长问他：

"你地好不好？"

老孙头回答：

"咋不好呢？种啥长啥。"

老初也起来说道：

"我家的地顶近的一块，也在五里外，铲趟不上，不长庄稼，净长苣荬菜。"

听到这些话，萧队长和郭全海合计，叫大伙多开几次会，多提意见。今年形势好，家家想要地，分地比分浮还要热闹。个个说话，家家争地。分地的办法，大伙一致公议，两头打乱重分，依照《中国土地法大纲》，地主的地全部没收，不留地，再按照他应得的数，分他一份。中农原则上不动。在这点上，起了争论，有的说中农地不动，就不好分。顶好中农也打乱，再分给他地，不叫他吃亏，他原来是百年不用粪的地，还是给他这样的地，只是地方变动，好叫大伙打乱重分，分得匀匀的。萧队长瞅瞅刘德山，瞅他耷拉着脑袋，一声不吱，老初扯起大嗓门问道：

"老刘你怎么样？打乱行不行？"

萧队长却补充着说：

"老刘你有困难，不愿意，也只管说。"

刘德山慢条斯理地说道：

"萧队长要不叫说，我也不说。我家那块月牙地，是我老人成年溜辈摔汗珠子，苦挣下来的，侍弄多年，地性摸熟了。地南头还连着一块坟茔地，我大爷、爹、妈，都埋在那儿，跟自己地连着在一块，清明扫个墓，上个坟唔的，也比较方便。"

还没有听他说完，老初气得满脸通红地叫道：

"你是什么封建脑瓜子？地换地，有进无出，你还不换，滚你的蛋！"

刘德山瞅着萧队长、郭全海都在，胆子大些，不怕老初，反驳道：

"我也是农会会员，你能叫我滚？"

老初气得红脸粗脖地跳了起来：

"你是什么农？才刚划回来，就抖起来了。才出一回担架，就摆谱了：'我也是农会会员。'往年躲在茅楼里的是谁呀？"

刘德山听到老初揭他的底，慌忙笑着说道：

"往年斗争韩老六，我躲在茅楼里头是不假，那是我的大臭根。如今我算往前迈步了。萧队长又说，贫雇中农是骨肉至亲，我才敢说话。大伙要不叫说，我就不说，要不让我参加这个会，我就走。"

老初拦住他说道：

"不用你走，我走。"

大伙叽叽嘈嘈议论着，有的同情老刘，有的支持老初。吵吵嚷嚷，谁说的话也听不准。郭全海连忙站起来说道：

"都不能走，大伙别吵了，听萧队长说话。"

老孙头也站起来说道：

"谁要再吱声，谁就是坏蛋的亲戚，王八的本家，韩老六的小舅子。"

人们冷丁不吱声。但不是听了老孙头的话，而是看到人堆里冒出个头来，那是萧队长。他站在板凳上说道：

"同志们，朋友们，听我说一句，咱们共产党的政策，毛主席的方针，是坚决地团结中农。中农和贫雇农是骨肉至亲。咱们一起打江山，一块坐江山，一道走上新民主主义社会。老刘的地，不乐意打乱，咱们就不动他的。这屯子的地，刘德山没有一块不熟。他又会归除，咱们欢迎他参加打地。"说到这儿，萧队长自己首先鼓掌，屋子里四方八面都鼓起掌来。萧队长又说："今儿会开到这疙疸。"关于老初，萧队长一句没有说，但老初还是不乐意，噘着嘴巴子。会后，萧队长留着他不走，跟他谈政策，直谈到三星晌午。

第二天，天气还是冷，下着桃花雪。打地的人分成四组，每一个组，有两个抻绳子的，一个约尺杆的，一个找边界的，一个记账的，还有一个是会归除打算盘的人。寒风呼呼地刮着。人们脚踩着湿雪，脚片子都冻木了，手冷得伸不出袖筒。人们不怕冷，还是跟着看丈地。每一个组后尾，都跟一大帮子人。老田头和老孙头的劲头比年轻人还足。老田头说：

"丈地是大事，一点不能错。大伙瞧着，谁也不能行私弊。这回平分地，不比往年，这回是给咱们安家业，扎富根的。往年由人家丈地，杨老疙疸、张富英，不跟咱们一个心，分地都是二五眼，也怨咱们自己，分到哪算哪。这回可得好好地瞧着。"

人们用铁绳子约地的时候，大风把铁绳刮歪，老孙头在一旁叫道：

"加小心呀，别叫绳抻歪歪了，一歪就差两根垄。"

五天工夫，地打完了。再五天工夫，地分好了。比往年慎重。人分等，地不分等。个人要，互相比，大伙评。个人要，就重，比方南门外韩老六家那块百年不用粪的平川地，要的有三家，三家争不清，就比一比：比生活，比历史，比根底，比功劳。这么一比，就分出上下，解决问题。但也有弊病。疵毛的家伙，叽叽嘈嘈，争个不休。问题难解决。大伙正比得热热烘烘，郭全海低着头，在抽烟。老孙头一向认定他是郭全海的心腹朋友，怕他吃亏，替他着忙，走到他身边，低声地说：

"郭主任你要哪块地，得说呀，张口三分利，你要不说，分上坏地，怎么娶媳妇，养小子？"

郭全海没有吱声。他的念头，和老孙头的想法是不相同的。他寻思他负责这屯子工作，把这屯子工作搞好了，人人分了可心地，个人还愁啥？大伙都好，他也会好。他是共产党员，萧队长对他说过，共产党员就得多想人家的事，少打自己的算盘，他觉得有理。他一向就是这样：自己的事，他马马虎虎，全屯的事，他就想着是他个人的事一样。老孙头却想的不同，他想着：南门外的那块抹斜地，百年不用粪，他寻思他自己是要不到手的，老初这汉子和张景瑞那小子，都不会让他。他寻思着这一块地，与其落在不知谁的手，宁可叫郭全海领着。郭全海是他对心眼的朋友，又随和，又大方，他帮他争到这块好地，往后上他地里劈穗青苞米，还能不让？寻思到这，他跳上炕沿，大声叫道：

"别吵了,听郭主任要地。"

大伙听到郭主任要地,一下都不吱声了。老头队的人说:

"先尽他要,咱们比苦、比功劳,谁家也比不过他。"

郭全海嗑着小蓝玉嘴烟袋,没有吱声,老孙头忙代他说:

"他要南门外韩老六家那块抹斜地。"

郭全海坐着不动弹,说道:

"别听他瞎说,你们先分。"

人们说啥也要把这块抹斜地分一垧给郭全海。郭全海回想起来,他在韩家吃劳金,在这块地上甩的汗珠也不少,这一垧地,侍弄得好,黄闪闪的苞米,能打十石,交完大租子,两个人吃穿不完。他知道这是大伙的好意,平常人一人半垧,他是跑腿子,分一垧是准备他娶媳妇的,他接受了大伙的好意,要了这块地。为了报答大伙的好意,他要尽心竭力给大伙干活,努力把工作做好。

大伙分了可心地。老田头笑嘻嘻地说:"这下可有盼头哪。"老孙头宣布,他家分的一垧地,要种三亩稗子,稗子出草,供牲口吃,牲口养得肥肥壮壮的,冬季进山拉套子,不能误事。李大个子的铁匠炉子连日连夜生着通红的烈火,他正忙着给人修犁杖,打锄头,准备来年大生产。

屯子里的人都下地里插橛子去了。桃花雪瓣静静地飘落在地面上、屋顶上和窗户上。农会院子里,没一点声音,萧队长一个人在家,轻松快乐,因为他觉得办完了一件大事。他坐在八仙桌子边,习惯地掏出金星笔和小本子,快乐地但是庄严地写道:

> 彻底消灭封建势力,就是彻底消除几千年来阻碍我国生产发展的地主经济。地主打垮了,农民家家分了可心地。土地问题初步解决了,扎下了我们经济发展的根子。翻身农民在共产党的领导之下,会向前迈进,不会再落后。记得斯大林同志说过:落后者便要挨打。一百年来的我们的历史,是一部挨打的历史。一百年来,我们的先驱者流血牺牲渴望达到的目的,就是使我们不再挨打

的目的,如今在以毛主席为首的中共中央的英明领导下,
快要达到了。

写到这儿,萧队长的两眼潮润了,眼角吊着两颗泪瓣。萧祥是
个硬汉子。他出门在外,听到妈病重,因为没有钱抓药而死去的信
息,也没有掉泪。这回却淌眼泪了。但这眼泪,不是悲伤,而是我
们这一代的有着为人民服务的大志的群众政治家的欢喜和感激的
标记。

二十七

三月二十一日,桃花雪停了。分完地以后,萧队长和郭全海、李
常有诸人把经验总结了一下,萧队长和老万,一个人骑一匹马,连
夜回县去开扩大的区书联席会,准备出席四月省委召开的县书联
席会议的材料。

家家的地里,都插了橛子。妇女识字班领导妇女编筐子,选籽
种,做完一些农忙时节不能做的针线活。男子们淘粪送粪,调理牲
口,修整农具,打下一年烧的柴火和桦子。屯子里的粪堆变小了,
消失了,而每家的院子里都添了漆黑的小山似的柴火垛,和焦黄的
围墙似的桦子墙。

三月的化冻的日子里,天气暖和了。桃花雪也叫埋汰雪,雪花
飞落到地面上,随即融化了,黑土浸湿了,化成了泥浆。道路不再
像封冻时期的干燥和干净。人们传说和探听着松花江开江的情形。
老孙头赶车上县卖桦子,回来对大伙说道:

"今年江是文开,不是武开。武开要起大冰排,文开朝底下化。
今年化冰早,年头不会坏。"

劳动的人们都欢欢喜喜,走道哼着小曲,办事的人家,一个星期
总有一二起,屯子里常常听见呜呜的喇叭声。

郭全海搬进了分给他的新屋里。这是杜善人租给人住的,三间
小房,带个小院,小巧干净。西屋是老田头住着,老田头嫌乎农会
下屋太大了,冬天烧火费桦子,自愿搬到这小屋。东屋就是郭全海

的新房,农会为了他办事,特为分劈给他的。屯子里到处谈唠着郭、刘的喜事,在李大个子的屋子的房檐下,聚着一堆人,正在抽烟晒太阳,谈唠着屯子里的事,也谈起郭全海的喜事:

"是龙配凤呀。"

"男女两家,都没老人,小日子利利索索的。"

"听说是老孙头保媒。"

"你瞅不是那老家伙来了。"

老孙头来到人们的跟前,大伙围拢来,问这问那。上年纪的人们问道:

"还用不用开锁猪呀?"

老孙头说:

"用啥开锁猪?咱们郭主任不信这一套,西墙连锁神柜也没有安。"看到人们爱听他的话,他话就多了,"都要经过这一遭的。三十年前,我办事那天,老岳母非得要开锁猪不解。穷家哪有肥猪呀?光有小壳郎,就送个小壳郎过去,外加二升黄米,一升黄豆,一棒子烧酒。老岳母瞅着送来个小猪,就骂保媒的:'说是双猪双酒,送来就是这么个玩意。你这媒是怎么保的?你算啥玩意?吃啥长大的?你妈生下你来光糊弄人的?'保媒的叫她这一骂,夹着尾巴就跑了,下马席也没吃成。老岳母回头瞅瞅那小猪实在太小,就换上她猪圈里的一个大肥猪,牵进里屋,叫它冲西墙站住,叫我老伴冲西墙跪下,叩了三个头。傧相把酒往猪耳丫子上浇去。他们说:酒浇上去,要是猪耳朵动动,两口子就都命好,要是光晃脑瓜,不动耳朵,那就不好。他们把酒浇着猪耳朵,那肥猪说也奇怪,动一动耳朵,又晃一晃脑瓜。两样都来了一下。"

李大个子插嘴道:

"那你两口子的命,不是又好又不好?"

老孙头回答:

"可不是咋的?赶二十九年大车,穷二十八年,到头看见共产党,才交鸿运。我这命可不是起先不好?现在呢,分了房子地,外加车马,外加衣裳,还当过评议,可也不坏了。"

李大个子笑着说:

"对,你那开锁猪算是聪明到家,早就算出你的命来了。听,小喇叭响了,咱们快去帮郭主任的忙去。"

老孙头说:

"你们先去,咱还得去换换衣裳。"

人们都往郭家走。走事的人来不少了。小院子里,拥挤不通。农会和妇女会的积极分子,郭、刘两家的远亲和近邻,都来道贺。老田头忙着在屋角的墙根前烧水,到屋里拿烟,沏茶,帮郭全海张罗外屯的男客。来一个客,他笑着迎接:

"快进屋吧。"

他笑着,好像自己的小子办事,进进出出,脚不沾地。两个吹鼓手在大门外,摆一张桌子,两个人坐在那儿,一个吹着小喇叭,一个吹海笛。三个大师傅忙成一团,灶屋的白濛濛的热气,从窗户上和门上的窟窿,一股一股往外冒,冒上房檐,把那挂在房檐上的冰溜子,也融化了。门楣上贴着一个红纸剪的大"囍"字,两旁一副对联,用端端正正的字迹,一边写着"琴瑟友之",一边写着"钟鼓乐之",这是栽花先生的手笔。

吃过下晌饭,接新娘的大车载着两个媒人和接亲娘子出发了,吹鼓手也跟着去了。郭主任的小院子里,没有音乐,显得很寂静。天落黑时,新娘从白大嫂子家里动身了。她端端正正地坐在三马拉的胶皮轱辘车当中,上身穿着红棉袄,下边是青缎子棉裤,脚上穿着新的红缎子绣花鞋子,头上戴朵红绒花。后头跟着一辆车,坐着两个吹鼓手、四个老爷子和两个媒人。马的笼头上和车老板子的大鞭上,都挂着红布条子。

车子进到郭全海的新家的时候,天色渐渐暗下来,日头卡山了。新娘的车停在大门外。小嘎们都围拢去,妇女和男子也跟着上来,他们瞅着头戴红绒花,身穿红棉袄的刘桂兰,好像从来不认识似的。刘桂兰低着头,脸庞红了。这红棉袄是分的果实,原来太肥,刘桂兰花一夜工夫，改得十分合身，妇女们议论着她的容貌和打扮：

"长眉大眼睛，瓜子脸儿。"

"还搽胭脂呢。"

"哪是胭脂？是红棉袄照的。"

"哪里，她臊红脸了。"

"人是衣裳，马是鞍，一点不假，这人品配上这衣裳，要算是咱们屯里的头一朵花了。"

刘桂兰听着妇女们闲唠和取笑，只是低着头，一声不吱。她穿的红缎子绣花单鞋，两脚冻木了。她伸直腿脚，想要下车，张景瑞笑着阻止她，闹着玩地说：

"别忙，快了，得憋一憋性哪。"

老孙太太叫一个妇女端杯水来，要刘桂兰喝。刘桂兰晃一晃脑袋瓜，老孙太太说：

"得喝呀，这是糖水，喝了嘴甜。"

刘桂兰红着脸说：

"要嘴甜干啥？"

老孙太太说：

"姑娘可别使性，这是老规矩，哪个新娘也得喝。"

端糖水的妇女把碗伸到刘桂兰嘴边，她只得呷了一口。她现在的心里，又是欢喜，又是迷糊，手脚飘飘，像做梦似的，听人摆布。两只脚冷得一直麻木到波棱盖上来了，她盼着这一切都快些完结，好让她下车，上灶屋去烤烤腿脚。这时候，又一个妇女端一盆水来，叫她洗手，老孙太太在一旁说道：

"洗一洗手，省得打碗。"

刘桂兰两手在盆子的温水里浸了一浸，又用那妇女递给她的毛巾把手擦干了。她伸开冻得要命的腿脚，正要下车，第三个妇女端一盆火来，通红一盆木炭火，不停地爆裂着细小的火花。刘桂兰寻思，这盆火来得正好，两只脚都快冻折了，烤烤正好。可是，端火的妇女却要她烤手。

老孙太太在一旁劝说：

"烤一烤好呀，来个客热热乎乎的。"

刘桂兰只得伸手烤一烤，就要下来，老孙太太说：

"别沾地呀，踩在芙子上。"

原来从大门外停着新娘大车的地方，经过院子当间的天地桌，一直到新娘房的炕沿边的地面上，都铺着炕席和芙子。刘桂兰下车，在炕席和芙子上才迈上几步，冷丁听到人叫唤：

"郭主任来了。"

刘桂兰听了，眼睛闪亮着，一种热热乎乎的感觉，涌上她的心。她偷眼瞅他。这位连眉毛她都熟悉的郭全海，现在完全变成一个她不认识的人了。他穿一件崭新的青直贡呢棉袍，戴一顶铁灰色呢帽，这都是老孙头替他借来，叫他穿戴的。青棉袍子上交叉披着红色绸带和绿色绸带，脸庞直红到耳根。小嘎们叫道：

"新郎比新娘害臊，看他脸红的。"

接亲娘子把新娘和新郎引到天地桌跟前，吹鼓手吹着海笛，奏着喇叭。三张炕桌摆起的天地桌上，点着两支红蜡烛。闪亮的烛光在下晚的冷风里摇晃。五个红花瓷碗盛着五样菜：猪肝、猪心、白菜、粉条，还有鲜鱼，摆成梅花形，每一碗菜上，都插一朵大红花。一个盛满高粱的斗上插着一支香，还插着一杆摘去了秤砣的秤。新郎和新娘，冲大门外站在天地桌跟前，妇女们里三层外三层地站在桌子的四围。她们的眼睛老瞅着新娘，有时也看看新郎，她们肩挨着肩，手拉着手，评头论脚，叽叽嘈嘈地小声地吵嚷个不休：

"瞅她鞋上的花。"

"瞅那红棉袄，样子多好看，多合身。"

"这红袄是杜善人小儿媳妇的，原先太肥，她自己改的。"

"手艺巧着呢。"

"还用你说？她是咱们屯子里的细活的能手。"

"她剪窗花也是头把手。"

刘桂兰听人当面议论她,只是低着头,没有吱声。要是在平常,她就得改正她们的话:"咱剪窗花还赶不上白大嫂子手巧。"妇女还是谈唠着:

"听老人说,拜天地都得穿红,要不,得愁一辈子。"

"可不是?我过门那年,做不起红袄,借他大地主的,好容易才借到手呀,那时候,穷人处处都为难。"

"这时候,穷人样样都好办。老王太太大小子那门亲事,亲家指定要麻花被子,老王太太愁的呀,下晚合不上眼皮,眼瞅要黄了,农会垫上条被子,如今这儿媳可不娶到家来了?"

这时候,有人说:天头太冷,还是快拜天地吧。又有人反对:子时没有到。第三个人说:等到子时,新娘脚要冻掉了。老孙头也说:"早拜天地,早生贵子。"吹鼓手吹打起来,仪式开始了。

拜完天地,郭全海靠左,刘桂兰靠右,两人迷迷瞪瞪地,踏着芡子,朝上屋走去。一群年轻媳妇跑在先头,站在门口,等着新郎新娘的到来。她们笑闹着,议论着:

"看她左脚先迈门呢,还是右脚?"

"这有什么讲究?"

"右脚先迈,先养姑娘,左脚先迈,先养小子。"

新娘新郎走到门口时,老孙太太赶上来叫道:

"新娘子,别踩滴水檐呀,踩着了,婆家不发。"

不知是因为冷呢,还是咋的,刘桂兰脑瓜都懵了。没有听到老孙太太的叫唤,就迈进门了,站在门边的年轻媳妇和姑娘们都叫起来:

"左脚,左脚先迈进去的,先养小子。"

他们昏昏迷迷来到了洞房。老孙太太忙把一个高粱袋子铺在炕沿边地上,叫道:

"让新郎上炕。"她指着高粱袋子添着说,"踩踩这个,步步升高。"挂在炕前的枣红花缎子幔子放了下来。新郎新娘盘腿坐在炕头上。一个青年媳妇在给新娘子梳头。炕上还坐着三对抱孩子的媳妇，她们不说话，也不笑。刘桂兰坐在炕上，脚才慢慢不冷了。她低着头，想起老孙太太的这些规矩，忍不住笑着，郭全海和她，都不信这些，可是老孙太太说：

"不行礼，那不成了搭伙一样了？"

行了礼，拜了天地，还要干啥呢？刘桂兰想："由他们去吧。"她迷迷糊糊，听人摆布。

洞房是赵大嫂子给他们布置起来的。天棚上挂着一个大吊灯，八仙桌上点着一对高大的红蜡烛。桌上的鲁壶、茶碗，都盖着红纸剪的纸花。西墙，原是贴三代宗亲的地方，现在贴着毛主席和朱总司令的肖像。炕梢墙上贴两张红纸，上书"和谐到老，革命到底"八个大字，右边一行小字："郭全海刘桂兰新婚志喜"，左边落的款是："萧祥敬赠"。

里里外外，人们挤得满满当当的。老吹鼓手来唱完喜歌以后，执事的妇女端着两樽酒，一樽给新郎，一樽给新娘，叫喝一口，交换着酒樽又叫喝一口。吹鼓手吹着进酒的海笛。小嘎们都挤上前来，他们仰着脸庞，瞅着他们喝完交杯酒，还是不散。老初挤过来张罗什么，小嘎们净往他的身边挤，老初叫道：

"小嘎都回家睡去，三星晌午了。"

老孙头也站在门口，说道：

"这些小崽子，将来你们都有这天的。这会子忙啥？"

孩子们笑着，只是不走。郭全海下炕张罗客人们吃饭。西屋是女客房，老田太太和赵大嫂子作陪客。老田太太说：

"这会子真省事了。早先那规矩才是大呢。穷人别想娶媳妇。还没过门，就要八口猪。又是过节猪，又是过年猪，还有开锁猪。讲究的，得双猪双酒，彩礼衣裳还不算。穷人往哪去整这些财礼？"

赵大嫂子也应和着说道：

"这会子这些都免了，真好。"

老孙太太不同意她们的意见：

"规矩还是有点好。要不价，不是成了搭伙一样了？"

赵大嫂子说：

"翻身以后的大规矩是对相对中，不比咱们那时候，见也没见过：碰得巧就好，碰不巧，两口子不对心眼，一辈子的事。"

老孙太太也同意这话：

"对相对中好，省心，先把姑爷的脾性模样，都打听好了，免得往后闹别扭，保媒的也省事。"

年老的年轻的妇女都唠起来：

"这会子，没过门，还能见到，还能在一块工作。"

"没有看见的，也能打听得明明白白。"

"咱们做姑娘的时候，谁要是打听姑爷，可不要把人笑死。"

"不打听，要是嫁个跛子呢，要是嫁个不成材的，不劳动的呢？"

"只好认命呗。"

"在早，妇女也是旧脑瓜，嫁汉嫁汉，穿衣吃饭，婆家能供她衣食，就千依百顺，打骂都由人。如今，谁试一试压迫屋里的看吧，妇女会就找上门来斗你了。"

"在早还有童养媳……"

这话没说完，老孙太太做个眼势，叫说这话的人放低声音，自己又低声地说道：

"咱们这位，可不也是童养媳？"

年轻妇女们交头接耳，低低地递着小话：

"你说，她这算是红媒呢，还是白媒？"

"还没上头，算红媒。"

"要不价，咱们郭主任还能要她？他连碰也没有碰过妇女呀。"

男客房是隔壁张家的西屋。满屋客人坐在那儿嗑雪末籽，唠家常嗑。新娘迈进门，保媒职务就完了，两个媒人，老孙头和老初都坐在那儿。老孙头舞舞爪爪地又在唠着他的开锁猪：

"穷赶车的，上哪去整双猪双酒？我把一个养不肥的小壳郎送去，爱要不要。老岳母吵骂一通，也只好换上自己的肥猪，那肥猪倒是很乖巧，叫它站在锁神柜跟前，把酒浇它的耳朵，它又动耳朵，又晃脑瓜。打那时候起，我就知道，我这个命呀，又好又不好。"

老初插嘴问道：

"往年你不是常说：你命里招穷，外财不富命穷人？"

老孙头忙说：

"往年是往年，今年是今年，你当年年都一样？小家雀子年年待一个窝里？早先要双猪，没有双猪，也得送一个，没有肥猪，也得送个小壳郎。如今刘桂兰啥也不要，还带半垧地过门。这会子，啥都变了，命也变了，人也变了。"

老田头点点头笑道：

"嗯哪，这都是翻身的好处。穷人都娶上媳妇，光叫那些不劳动的坏种，去当绝户头。"

老孙头笑眯左眼说：

"我要是没有老伴，也能娶上一个带地的娘们。"

老初笑着说：

"快叫老孙太太来，听听他这话。"

男客屋里正说说笑笑，喇叭和海笛又吹响了。男男女女都拥挤出来，瞅着新人分大小，认亲友，吃子孙饺子。屋里院外，乱马人哗地，直闹到小鸡子叫第三遍，东方冒红花。

二十八

半个月后，萧队长带着警卫员老万，带着一个紧急的任务，为了取得一个典型的经验，又来到了元茂屯。到农会见了农会主任兼党的支部书记郭全海，就笑嘻嘻地说道：

"成了家了，恭喜恭喜，我来迟了。"完了又逗着乐子：

"怎么样？小刘也不出门了？做了新娘子，有了爱人，就不工作了？"

郭全海脸庞红红地说道：

"那哪能呢？她领着妇女，在编草帽。头年这屯子涝不少地，今年春耕前，人吃马喂都不够，得发动妇女，整点副业，到外屯外县去捯换点粮草。"

萧队长打断他的话:

"你先别谈这个,粮草好整,政府还能放一点。有一件重要的事,咱们得合计合计。咱们全县,特别是咱们这个区,这个屯子,宗宗样样工作都还不大离。往年打胡子,头年起枪挖财宝,都是有名的。扫堂子也没出岔子。侵犯过中农,这是一个错误,北满都犯了这个错误,咱们纠偏也还不算慢。就有一桩事,咱们落后了,你猜是啥?"

郭全海掏出别在腰里的赵玉林的蓝玉嘴烟袋,塞满一烟锅子黄烟,上外屋去,蹲在灶坑边,扒开热灰去对火。他早猜到他们屯子落后的是啥,但是他不马上说,点着烟袋,待了一会,才回来说道:

"参军的少了。"

萧队长笑道:

"猜对了。那么,依你说咋办?"

"这回要多少?"

"我先问你,这屯子有多少军属?"

"三十九家。"

"也不算少,不过现在是大兵团作战,要的兵员多。这回要是还能扩到这么多,就能赶上人家了。人家呼兰长岭区,扫堂子是出了岔子,参军倒好,长岭一个区,一个星期里,有一千多个年轻人报名参军,挑了又挑,挑出一个营,就叫长岭后备营,多么光彩。"

郭全海坐在炕沿,耷拉着脑袋,一声不吱,烟袋抽得吧嗒吧嗒响。萧队长凑近他一些问道:

"有啥困难吗?"

郭全海说道:

"困难不能少,"说着,他抽一口烟又说,"可也不要紧。分了房子地,还有牲口,家扔不开了。"

萧队长说:

"有困难,就得克服。你先去找人来开个小会,完了再开个大会。呼兰的经验是开家庭会议，妻劝夫，父劝子，兄弟劝哥哥，都有效力。"

郭全海起身去找人。走到门口，他又回身转来说：

"张景瑞、白大嫂子、赵大嫂子都提出了入党的要求。"

萧队长问道：

"你们小组讨论过吗？他们对党的认识怎么样？"

"讨论过，白玉山回来过年，跟白大嫂子谈到参加组织的事，跟她解释了共产党是干啥的。"

萧队长说：

"她现在的认识呢？"

"她说，共产党是为全国老百姓都翻身，为了大家将来都过美满的日子，不是火烧眉毛，光顾眼前。她认定了这个宗旨，决心加入共产党，革命到底。"

"张景瑞他们的认识呢？"

"张景瑞认为没有共产党，就没有新中国，没有共产党，就没有元茂屯农民的翻身。不加入共产党，单枪匹马，啥也干不成，加入了共产党，永远跟着毛主席走，啥也不怕。赵大嫂子说：'我们掌柜的是共产党员，我要不跟他学习，不怕苦，不怕死，一心一意为人民，就对不起他。'"

萧队长说：

"回头我找他们一个个谈谈。"

郭全海又说：

"还有一个也提出了要求。"

萧队长早猜到了八九分，却故意笑问：

"谁呀？"

"刘桂兰。"

萧队长笑着点头。他知道中国农村的特点，一家出了一个革命的，那一家子，就多少染红，甚至于全家革命。而刘桂兰的确也是一个在早最苦，现在是明朗健全、积极肯干的青年妇女。他没有再

问,就说道:

"办完参军,我们跟着要整党建党,这几个人我都要一个一个找他们详细谈谈。你先去吆喝李大个子他们来,开个小组会,布置一下,再召集积极分子会议。"

积极分子的会开过以后,屯子里掀起了参军的运动。大会、小会和家庭会议,黑天白日地进行。过了三天,报名参军的,还只有三个,一个是共产党员、才出担架回来的李大个子,一个是要求入党的张景瑞,还有一个是老初。老初是快四十的人,送去一定验回来。张景瑞呢,家有一个参军了,他后娘到农会来找萧队长,说是张景瑞爸爸年纪大,又有病,家里没有劳动力,请求把他留下来。萧队长原想叫元茂屯成为一个参军模范的屯子,来推动全区全县的这个工作。可是现在呢,看样子是要失败了。这一天,天上有云,日头有时冒出来,有时又缩进云堆。屯子里外,风不再是呜呜叫着的刺骨的寒风,刮在脸上也不感觉冷。萧队长出南门溜达,融了雪的漆黑的地里,露出了星星点点的绿色。春天出来最早的荠荠菜和猫耳朵菜,冒出叶芽了。地里有一群小嘎,在挖野菜,锁住也在内。萧队长叫锁住过来,他抱他起来问道:

"你在干啥?"

"妈说,挖点荠荠菜做馅儿饼吃。"

萧队长放下他来,赶巧太阳隐没在云里,小锁住唱道:

　　　　太阳出来毒毒的,上山给你磕头的。

他说:"这么一唱,太阳就会钻出来。"可是,唱了半晌,太阳还是没有冒出头,萧队长笑着说道:

"锁住,你这法儿不灵了。"

锁住笑着跑走了。萧队长走回屯子,在公路上溜达。公路上,上粪的车子来来往往,打柴火的大车从山里回来,车上的漆黑的柴火堆得高高的。融了雪的焦黄的洋草屋顶上,飘起了淡白色的炊烟。南门里的一家小院里,一个年轻小伙子,穿着皮袍,在马槽边,使根棒子,在拌马草和马料,马喂得大腿溜圆,深黄色的毛皮,油光闪闪。那小子望着马嚼草，入了神了，没有看见萧队长，萧队长也不惊动他。另外一家院子里，靠东下屋，有一个穿着红袄，剪短的头发上扎着大红绒绳的新媳妇，正在劈桦子。萧队长也没有进去。他又走了几家，青年男女有的正在编炕席，有的铡草，有的遛马，有的喂猪。生活都乐乐和和，和和平平，忘了战争了。

下晚，萧队长又找农会的干部合计，看怎么办？他们召开一个大会，军属讲了话。临了，郭全海也讲了话，他说：

"这天下是咱们贫雇中农的天下，还得叫咱们贫雇中农保。蒋介石还没有打垮，咱们就脱袍退位，光顾个人眼前的生活，要是反动派再杀过来，咱们怎么办？"

大伙不吱声，白大嫂子跳起来说道：

"我要不是妇女，早报上名了，一个男子汉，待在家里，窝窝憋憋的还行？"

一个年轻人说：

"都去参军，把地都扔了？"

白大嫂子说：

"你们去参军，咱们来生产，管保一根垄也不叫扔。"

老田太太也说：

"咱们上年纪的，还能喂猪养鸡，整副业生产，帮补过日子。"

小猪倌也起身说道：

"咱们半拉子，也组织起来，薅草拔苗，挑水打柴，两个就顶一个男劳力。"

郭全海坐在角落里，低头抽烟，没有再吱声。大会散了以后，又有五个人，来报名参军，除掉一个长大骨节的，其余四个，都是年轻结实的小伙子。但是预定的目标是四十个人，如今哩哩啦啦的，还只有六七个人报名，相差还太远。萧队长又召集了一个积极分子会，研究参军的热潮还没有到来的原因。萧队长叫各人多想些办法，明天再开大会。

当天半夜，刘桂兰上农会来找郭全海。萧队长从炕上爬起，划

着火柴,点起油灯。在灯光里,瞅着刘桂兰的红棉袄说道:

"他早走了。没有回家? 是不是到李大个子家去了? 你去找找看,别着急,不会丢掉的。"

刘桂兰一面往李大个子家里走,一面张望着道旁的小屋,家家的窗户门都关得溜严,院里黑漆寥光的,没有人影,没有声音。到李家铁匠炉门口,门窗关了,也没有声音。刘桂兰高声问道:

"大个子,见着郭全海没有?"

问了几声,大个子才醒转来回答:

"没有呀,是小刘吗? 怎么的,丢了人了?"

刘桂兰脑瓜急懵了,但也没有法,只得先往家里走,看他回去了没有。

郭全海开完积极分子会以后,走到老王太太家,参加他们的家庭会议。这家子有兄弟俩,他寻思,兴许能动员一个人参军。老王太太开首没吱声,郭全海催她劝劝她儿子,她就说道:

"二小子是靰鞡匠,脚长大骨节,去也验不上。大小子呢,跟主任一样,才刚办事。"老王太太说到这儿,偷偷瞅瞅郭全海,看见他脸红,又添着说:

"唉,年轻的人,主任也不是不明白,好容易娶门媳妇。咱也难开口。"

老王太太絮絮叨叨地,还说了一些,不知道是真心话呢,还是讽刺话?

郭全海从她家出来,没有回家,也没上农会。他信步往小学校走去。小学校的教员早睡了,课堂里没有灯光,空荡荡的,没有一点点声音。他坐在小学生的书桌上,手里搬弄着赵玉林的遗物,小小的蓝玉嘴烟袋。从老王太太的言语和眼色里,他知道了这回参军不容易动员的道理:都恋着家了。而他自己又不能起模范作用。他想起了赵玉林为大伙,把命豁上了。老赵也有媳妇,还有小嘎呢。他寻思着,这几天来,他说话没劲。自己恋着家,光叫人家去,人家嘴头上不说,心里准不服。想到这儿,好像是刘桂兰笑着进来了。

"你来干啥？""你不能去啊，咱们在一起才二十天。"说着，她哭了。把头伏在他波棱盖上，他心又软下来了。冷丁地哗啦一声响，一只花猫从天棚上跳在一张书桌上，把桌上一个墨水瓶打翻，掉在地上砸碎了。他睁开眼睛，心里清醒了，眼前没有刘桂兰，他还是坐在小学校的空荡荡的课堂里，他掏出赵玉林的小烟袋，放到嘴里。小蓝玉嘴子触着他嘴巴，他瞪着眼睛说道：

"忘了你是共产党员了？家也不能舍，才娶了亲，就忘了本了？你不去参军，恋着家，叫刘桂兰拖住，完了跟着花炮走，叫人扔掉你。"

他抬手摸摸滚烫的脸庞，从桌上跳下，再没有想啥，就往农会走。刘桂兰才走，萧队长还没有吹灯，他叫他进来，笑着说道：

"怎么的？你们两口子，那个去了，这个又来，倒是怎么一回事？你没有回家，上哪儿去了？"

郭全海没有回答萧队长的这一连串的问题，坐在炕沿，嘴里叼着没有装烟的烟袋。萧队长知道他有话要说，就等着他，半晌，郭全海才道：

"政委，我参军去。"

萧队长从炕上跳下，有一点感到意外地说道：

"你？"

郭全海移开烟袋，平静地回答：

"嗯哪。"

萧队长又说：

"这屯子的工作咋办？"

郭全海站了起来说：

"你另挑人，李大个子，或张景瑞都行。"说罢，他就往外走。萧队长叫着：

"别忙，别忙，还有一句话。"

但郭全海走出了院子。萧队长跑到门口连声叫唤道：

"郭全海，郭全海。"

脚步声远了,没有人回答。萧队长回到里屋,好半天也没有躺下。他寻思着:郭全海是他培养两年的这个区里的头等干部,他历史清白,勇敢精明,机灵正派。他是想要把他培养成为区委书记的。现在他要参军了,他舍不得放他。但一转念,他想起了郭全海的果决的勇武的神色,回头又责怪自己:把好干部留在自己工作的地区,使这儿的工作做得漂亮些,不顾及全体,忘了战争,这是什么思想呢?他取笑自己:

"我变得跟屯子里的落后娘们一样了。火烧眉毛,光顾眼前。本位主义,实际上是个人主义的扩大。这和一个光看见炕上的剪刀,再远一点,啥也看不见的落后的老娘们,相差多少呢?"他躺下来,闭上眼皮,半睡半醒地断续地想着:"他是对的,谁呀?郭全海。为了全中国的解放,咱们工农阶级得把最有出息的子弟送进军队去。咱们的党得把最优秀的党员派往前方。他结婚才二十来天,刘桂兰不会哭吗?他做得对。郭全海他完全正确。可是他怎么跟刘桂兰说呀?"不大一会,细小的鼾声打断了他的思路。

二十九

郭全海回来的时候,刘桂兰也才刚回来。她坐在炕上,正在发愁。灯匣子上的小豆油灯还没有熄灭,她解开红袄的纽扣,露出胸脯鼓鼓的白粗布衫子,正要躺下,还没有躺下。听到院子里的脚步声,她转身冲窗外问道:"谁呀?"郭全海早就推门进来了。瞅着刘桂兰正在发愣,他说:

"你还没有睡?"

刘桂兰没有回答他的话,反问他道:

"叫人好找,倒是上哪儿去了?"说着,怕他冷,忙把炕头的火盆移到他身边。郭全海拨开火盆里的热灰,点起烟袋,他抽着烟,瞅着刘桂兰的脸上欢喜的气色,先不提参军的事,他手扶着小烟袋问她:

"马喂过没有?"

刘桂兰笑着回答道："忘了喂了。"郭全海噙着小烟袋，起身往外走。他要去喂马，刘桂兰说道：

"暖和暖和再去嘛。这死人真是，牲口就是他的命。"

郭全海确实爱马。他从不用鞭子抽马。对这怀着身孕的青骒马他分外爱惜。他再困难也喂它点豆饼，不管怎么冷的天，半夜也要起来喂它一遍草。他说："不得夜草马不肥。"马干活回来，浑身出汗，他就要牵着它遛遛，先不叫喝水，免得患水病。马圈里打扫得溜干二净，还搭着棚子，挡住雨雪。凭着他这么细心地侍候，马胖得溜圆，干起活来，气势虎虎的。如今要走了，他要再去喂一回夜草，摸摸它那剪得齐齐整整的鬃毛。一迈出门，张望着马圈，星光底下，牲口不见了，他慌忙走近马槽边一瞅，马趴蛋了。一个漆黑的小玩意在它后腿跟前蠕动着。他欢叫道：

"你来，你来，快出来看呀，马下崽子了。"

刘桂兰正在火盆里给郭全海烧土豆子，听到这话，撇下土豆，跳下地来，光脚丫子跑出来，边跑边说：

"别糊弄我，小崽子在哪？"

星光下面，郭全海瞅着她的光脚丫子踩在湿地上，骂道：

"你找死了，这么冷，光脚丫子跑出来？快去穿鞋子。"

刘桂兰说：

"不用你管。小马崽子在哪儿？这老家伙，不声不响，就下下来了。"

小马驹子躺在它妈妈的后腿的旁边，乱踢蹄子，挣扎要起来，可是老也起不来。它浑身是黏黏的水浆，冻得直哆嗦。郭全海跑进灶屋拿出个破麻袋，蹲在旁边，擦干它身子，完了把麻布袋盖在它身上，用手掐断它的脐带，抱它起来，用棉袍的大襟小心地兜着，就往屋里走。刘桂兰也跟着进去。躺在地上的青骒马嘶叫着，想要起来，却起不来。夫妇俩抱着小崽子，放在炕上。小家伙四只腿子乱打乱踢，挣扎着站了起来，身子打晃，终于又摔倒在炕上。刘桂兰哈哈大笑，西屋老田头也给闹醒了。老头子披着棉袄，走过东屋，

看着小马驹子说:

"哟,这样好事,一声不吱就下了,我来瞅瞅,是个儿马子。"

刘桂兰忍不住笑着说道:

"嗯哪,要不他赶巧出去,这样大冷天,小家伙早冻坏了。"

老田头用手摸一摸炕席,随即说道:

"太凉,快去烧烧炕。唉,你们年轻人,仗着身板好,炕也不烧。"说着,揭开炕席,下头炕着苞米,摸摸还有一点热气,忙把小崽子扶到苞米上,叫它炕干身上的湿气。刘桂兰点着松明,跑到外屋,抓一把柴火塞在灶坑里,点了起来,完了又塞进几块干桦子。灶火通红,照着刘桂兰的红红的圆脸和她沿脑盖子上的几根乱发,和她胸脯绷得紧紧的新白布衫子。她伸手理一理乱发,站起身来,走进里屋。老田太太眼睛看不见,起来趁一会热闹,又回西屋去睡了。郭全海蹲在炕头,用破麻布袋子仔仔细细揩擦马驹的湿漉漉的小身体。老田头坐在炕沿,眼睛盯着马崽子,不紧不慢,絮絮叨叨地说起这新生的小玩意的家史:"它妈是老王家卖给杜善人家的,它爹是杜善人的那个兔灰儿马。它妈年轻的时候,是这屯子里的有名的好马。翻地拉车,赶上最棒的骟马,我瞅瞅小家伙的蹄子。"老田头用手拖住一个胡乱踢着的蹄子,看看说道:"又尖又小,干活准快当。赶到两岁半,个子长得大,就能夹障子,三岁拉套子,赶到五岁,拉它一刀,就能给你干十来多年。"

郭全海搁麻布片子擦净小马的蹄子,一面说道:

"我这马崽子早答应送你。"

老田头说:

"我可不能要。"

郭全海说:

"我是说话算话的,说出的话,不能往回收。"

"说啥也不能要呀。"

"往后再说吧,刘桂兰,你记着,咱们这小家伙断了奶,就拴到老田头马圈里去。"刘桂兰笑着答应。老田头唠一会闲嗑走了。剩下两口子，一面揩擦着小马崽，一面唠着家常嗑。刘桂兰说：

"正赶上送粪，它坐月子了。你看这咋办？"

郭全海说：

"跟人换换工嘛，叫它多歇几天。这会子小户谁家没有马？在早，大财阀家的牲口多，马下了崽子，歇一个来月，比人坐月子还要娇贵。小户人家的马，下了崽子，才十来多天，就得干活，大的没养好，小的没奶吃。我们只顾说话，忘了它妈了，你快去添点高粱，再整点豆饼，叫它吃着好下奶。"

刘桂兰出去一阵，回来的时候，郭全海正在梳理小马的黄闪闪的茸毛，用手握住它的整整齐齐的小嘴巴子。刘桂兰上炕，还是不困。她东扯西唠，说明年一定要拴一挂小车，上山拉套，不用求人。她说老母猪也快下崽子，又说今年要把后园侍弄得好好的，多种些瓜菜，多栽些葱。她含笑问他："头回你说爱吃地瓜，我问老田头要了些籽种，给你种一点，如今有了地，咱们爱吃啥，就种点啥，不像早先……"

郭全海没有吱声，光顾抽烟袋。刘桂兰搂着马驹子，摇晃着，顺着它的茸毛，摸着它的脊梁，冷丁她说道：

"我还忘了告诉你。"

这话才说完，她又顿住，脸庞连耳根都涨得通红。郭全海看着她的气色，听着她的言语，叼着烟袋子问道：

"你怎么的哪？"

刘桂兰半吞半吐地说道：

"我……身上不来了。不知是有病呢，还是咋的？早该来了，过了十天期，往常一天也不差的。"

她脸上绯红，心里却有一种道不出口的欢喜，紧紧搂着马崽子，把自己的脸蛋贴在马崽子的长长的小脸上。郭全海没有吱声，她却像开了话匣子似的，不停地闲唠：

"老孙头说：今年松花江是文开，冰往底下化，年景不会坏。庄稼上得快,种啥都能有七八成年成。早先,没马哈马地①,种不起小麦,今年咱们跟老田头伙种二三亩,到年也能包半拉月饺子。"

郭全海还是不吱声。刘桂兰轻轻打一打朝她咂儿上乱蹦乱踢的马崽子的腿子,又说:

"杨树枝枝上都长上了小红疙疸,有些还冒了花苞。小枝梢梢上都冒嫩绿叶芽了。小猪倌说:'山上雪化了,花开了,槟榔花、鞑子香花、驴蹄子花、猫耳朵花,还有火红的、鹅黄的、雪白的山芍药花,满山遍野的,都开开了,星星点点,五颜六色,又香又好看。'小猪倌还送你一根木头,说是狗奶子木。"她说着,伸手从炕席底下,掏出一根二尺来长的焦黄的树根,"这是狗奶子木头,能治病,能去火,小猪倌还说:'用这木头磨做筷子,菜里放了毒药,筷子伸进去,就冒烟。'他说你斗争坚决,反动派心里有你,不定放毒药药你,得加点小心,送你这个磨筷子。"

郭全海笑起来说道:

"哪有这事?狗奶子木熬药能去火,那倒听说过,哪能试出毒药来?别信他孩子话了。"

刘桂兰还唠了一些山里和地里的闲嗑,郭全海想要说话,但是又不说,刘桂兰忙问:

"你是咋的哪?"

郭全海寻思,总得告诉她的,就简捷地说:

"我要参军去。"

刘桂兰心里一惊,抱在怀里的小马驹子放松了,她问道:

"你说啥呀?"

"我要报名参军去。"

刘桂兰凑近他问道:

"你骗我是咋的?"

"骗你干啥?我跟萧队长说了。"

---

① 翻地。

"他能答应你？"

"怎么不答应？"

"农会的工作能扔下？"

"大伙另外推人呗。"

刘桂兰知道这是真的了。过门以来，半天不见郭全海，她就好像丧魂失魄似的。如今他要走了，去参军了，她嘴上说：

"好，那你去吧。"心里却酸一阵，两个胳膊软绵绵，抱着的小马崽子，从她怀里滚下来，摔倒在炕上，蹄子乱踹，想爬起来。它连跌带晃地站起来一会，又摔倒了。头正搁在刘桂兰的盘着的腿脚上，一滴冷冷的水珠掉在它的晃动着的长耳丫子上，接着又一滴。它不知道这水珠是啥，不知道这是妇女的别离的眼泪。

郭全海把小烟袋别在腰里，过来替刘桂兰脱下棉袄，扶她躺下，他也解衣躺下来，脑瓜搁在炕沿上，低声说道：

"别哭，你一哭，我心就乱了。参军的人有的是，打垮蒋匪，我就回来的。萧队长说：'蒋匪快垮了。'"

刘桂兰还是哭泣着。郭全海往年打胡子的那股劲头又涌上来了。他心一横，骂起来了：

"你哭啥，要扯腿吗？要当落后分子吗？"

刘桂兰用手背擦干眼泪，说道：

"我不哭，我不哭了。"

但是不听话的眼泪还是像断线的珍珠似的，配对成双地往炕席上掉。她接着哭溜溜地说道：

"我也知道，你去是对的，不用跟我说道理。我就是个舍不得。咱们在一块堆的日子太浅了。"

郭全海打断她的话说道：

"往后在一块堆的日子多着呢。"

刘桂兰手擦着眼窝又说：

"我要是男人，跟你去多好。"

"在家生产也当紧。咱们合计一下，家里还有啥活要干的，明儿开大会,我就报名了。"

刘桂兰脑瓜靠紧他胸脯,黑发抵住他的下巴颏。她低声地说:

"家里事倒不用惦记,咱们宗宗样样都有了。你这一去,不知有几年?"

"快了。蒋介石跟他的美国爸爸,都不抗打。一两年后,打垮蒋匪,就能回家。我准挣个功臣匾回来。"

"衣裳铺盖,啥也没有收拾好呀,还得几天吧?"

"那不用你操心,啥也不用带。这一报名,三两天就走。你怎么的,又淌眼泪?妇女都不结实。别哭了,听小鸡子叫了,咱们再躺一会,就得起来了。忘了告诉你,你的请求,我跟萧队长说了,你还得自己去请求。"

"啥呀?"因为别离,刘桂兰一时懵住了,记不起来。

"你要入党的请求。"

刘桂兰抬起头来。她知道郭全海是共产党员,她自己早想参加党。郭全海干的事,她都想干。她想她入了党,懂事更多,和郭全海更挨得近了。她连忙问道:

"萧队长说啥?够不够条件?"

郭全海瞅着她泪眼婆娑的脸庞说道:

"条件倒是够,可是不能哭,你要再哭,就不够资格,哪儿也没有哭天抹泪的共产党员呀。"

"我不哭了,我再不哭了。"

三十

全屯的参军大会,在小学校的操场里举行。红旗飘动着。郭全海参军的消息宣布以后,会场上引起了参军的狂潮。当场有三十多个年轻小伙子争上来报名。老王太太才办事的大小子,也报名了。他说:"跟着咱们郭主任爬高山,过大河,上哪去都行。到关里也行。"小猪倌吴家富也报上名了。老孙头把胡髭一抹说:"老孙头我今年五十一,也还是能干,太公八十遇文王,屯子里的小蒋介石算是整垮了。咱们去打大蒋介石，把他整垮，大伙都过安生日子了。"刘德山也要报名，他说："咱是中农，这江山咱们也有份，咱也要去，咱们家有农会照顾，不用惦记。"刘德山带头，有七个年轻的中农先后报了名。李大个子在会上不声不响，开完了会，回到家里，把铁匠炉和全部家当都收拾好了，整一挂小车，拉到西门外他表姊家里。他表姊见他把家当拉来，惊讶地问道：

"你这是干啥？"

李大个子一面搬东西，一面说道：

"咱去参军，打垮蒋介石，回来再打铁，铁匠炉寄放你家。"

说完就走，跑到农会，找着萧队长说：

"我早报名了，得让我去。"

萧队长睁眼瞅着他说道：

"你一定要去？都去了，这屯子交谁来管？"

"人有的是。我非去不行。人家上前方，当上英雄了。我待在屯子里，窝窝憋憋的，算个啥呀？带担架队上前方，要不是领队，早不回来了。"

萧队长说：

"你这个想法，不是共产党员的思想，前方后方，不是一样？一样得安心的工作。不行，老一点的党员得留下一两个。郭全海要去，你就不能去。"

农会各小组，来了个竞赛。有的说上前方痛快，有的看着郭主任也去，非跟去不行。有的是家人、朋友和农会小组组员的督促和动员。三天三宿，父母劝儿子，女人劝丈夫，兄弟劝哥哥，都用郭主任来做例子，郭全海成了参军的旗子。第四天清早，郭全海和参军的其他党员，骑着马上区委会去，要了党的关系信，回元茂屯时，已经是晌午，萧队长正在农会的上屋，检查参军的人的名单。他点点人数，一共一百二十八名。其中有一个，名叫杜景玉，萧队长皱着眉尖，好像记起啥来了。他问站在一旁的郭全海道：

"这人名字好像看到过。"

郭全海说：

"这是杜善人的侄儿，在伪满当过两年国兵，'八·一五'后，从长春回来。"

萧队长道：

"把这个人留下。"

郭全海问：

"怎么的？地富成分不行吗？"

萧队长说：

"地富成分也行，当二年国兵也不要紧。问题是他从长春回来，怎么去的，怎么回来的，要搞清楚。我们不能叫一个来历不清的人混进我们的军队里去。"

萧队长瞅着名单，又把李毛驴、老孙头、老初、小猪倌等等的名字都抹了。张景瑞的哥哥张景祥早参军了，他家里要求把他留下来，萧队长也把他名字涂掉。一百二十八个人里头，他挑来挑去，通共挑了四十一个人，这四十一个人都是成分占得好，岁数是十八岁到二十八岁的结实小伙子。

农会的灶屋，三个大师傅，剁菜，炖猪肉，切咸菜，安排明儿欢送参军的酒席。西门的木头门框上，民兵用山里拉回的松枝，扎着彩牌楼。小学校的课堂里，点着两盏豆油灯，白大嫂子、赵大嫂子和刘桂兰领着十来多个妇女，用红色的油光纸，扎着大红花。

三星晌午，刘桂兰才回到家里。她给郭全海煮好的四个鸡子，他没有吃。他们又唠了一宿，到天亮时，郭全海先起来穿戴，对刘桂兰说：

"今儿不要再哭了，知道吗？"

刘桂兰擦干眼窝说：

"知道。"

郭全海走进灶屋，挑起水筲，上外面的井台上，挑回一担水，放下水筲嘱咐刘桂兰："下晚多挑两挑水，灶坑边上，别堆乱柴火，小心火烛。"往后又到马圈边，给青骒马添一些谷草，加一点豆饼；又回屋里找到一把铁梳子,梳着马毛。他嘴嚼烟袋,屋前屋后,都细看一遍。柴够一年烧的了。谷草少一点,他叫刘桂兰在种大田前,多编点草帽,交农会去外屯换些谷草。他又吩咐了一些家常,民兵来请他赴席,他就走了。

这是阳历四月里的一个清早,冰雪都化了。屯子里外,只有沟沟洼洼,背阴洼地里,星星点点的,还有一点白色的雪点子。道旁的顺水濠里,浑绿的水,哗哗地流淌。一群一群的鹅鸭在濠里游走、寻食和鸣叫。大地解冻了。南风吹刮着,就是在清早,风刮在脸上,也不刺骨了。柳树和榆木的枝上冒出红的小疙疸,长着嫩绿的叶芽,远远一望,好像一片贴在蓝玉的天上的杂色的烟云。小家雀子在枝头上啼噪和蹦跳。家家的洋草屋顶上,升起白色透明的炊烟。家家的院子里,柴火垛赶上房檐似的高。房前屋后,在没有篱墙,没有障子的地方,都堆起一列列的桦子,整整齐齐的,像是木砌的一垛一垛的高墙。

牲口都添喂豆饼和高粱。犁杖、耱耙和锄头都摆在院里,人们准备春耕了。

太阳透过东边的柳梢,屯子里的各种乐器都响了。首先是锣鼓和喇叭,跟着是小学生的洋鼓和军号。民兵、儿童团、小学生、老年团、农会和妇女会都在公路上,排成了队伍,农会的红绸子旗子,在空中飘荡。三挂四马拉的四轱辘大车,越过人群,往西门奔去,为首一挂车上赶车的是老孙头,他的大鞭上吊个红布条子。大车赶出西门外,停在公路上等着。

喇叭吹着《将军令》,军号和鼓乐一齐伴奏着,欢送着从农会里宴罢出来,往西门走着的四十一个人。队伍跟随着他们,到了西门,都停下来。以郭全海为首的四十一个参军的青年,冲南面一字儿排列在西门外的公路旁。锣鼓停了,海笛奏细乐。妇女会的正副会长白大嫂子和刘桂兰从行列里出来,手里拿着许多红色的花朵。刘桂兰走到郭全海跟前,喇叭吹着《将军令》。男女老少的眼睛都望着他俩,眼光里含着惊奇和敬意。老孙头老伴低声地跟旁边的老

王太太说：

"才二十来天，一个月还差几天。"

老王太太说：

"还不是为咱们大伙。我那大小子也非去不行。"

她们声音低，没有人听到。人们都望着刘桂兰把一朵带小铁丝的红花往郭全海的胸脯上簪着，郭全海起首不望她，往后，眼睛不由自主地落在她的泪水汪汪的眼睛上。他小声说道：

"收拾了蒋匪，我就回来的，不用惦念我。快擦干眼窝！"

刘桂兰哽咽着，没有吱声。她的眼泪和郭全海的小声的话语，只有贴近他们站着的老田头看到了和听到了。这老头子也用冒着青筋的枯干的右手，擦擦自己的眼窝。这时候，刘桂兰的手颤了，手里拿着的红花掉下一朵，一阵风把它刮走了。刘桂兰慌忙拿起另外一朵花，簪在郭全海的棉袄前胸的扣眼里，从他跟前走开了。被风刮走的红花，停在第一挂大车的跟前，老孙头见着，忙跳下地，把花捡起来，插在自己棉袄的扣眼里，旁边小猪倌笑着说道：

"看老孙头也戴光荣花了。"

老孙头笑眯左眼说：

"参军的光荣，咱送参军，也沾点光。这回咱也报了名。萧队长叫咱留下，说在后方赶车也重要。要不是他叫留下，咱也走了。有出息的人，谁乐意待在家里，守着老婆子，成天听她絮絮叨叨的。"

这话给他老伴听到了，回敬他一句：

"你才絮絮叨叨呢，你要去，人家也不能要你。"

这时候，音乐都停了，军属代表老王太太在说话。她的话，句句是对她大小子说的：

"你只管放心，不用惦念家。房子地有了，牲口也分到手了。啥啥都齐全了，你新媳妇有家里照顾，不用挂心，咱们翻身了，南边的穷人还没有翻身，光咱们好了，忘了人还掉在火坑里，那是不行，你去好好地干吧，孩子。"

郭全海听到这儿，走出来说：

"老王太太的话是对咱们大伙说的，咱们到了连队，都得好好干，争取立功，一人立功，全屯光荣。"

接着，李大个子走过来，站在四十一个人的跟前。他出过担架，上过前方，习惯了敬礼，举起手来说：

"我代表农工会向大伙敬礼。你们放心去，后方有咱们，大肚子管保反不了鞭了。你们上前方，多打胜仗，多抓俘虏；咱们在后方，多打粮食，多交公粮；咱们把公粮晒得干，扬得净，叫你们吃了，打仗更有劲，早日消灭蒋介石匪帮，回家过太平日子。"

临了是萧队长说话，他简简单单说了几句，鼓乐声停后，他说：

"你们是东北劳动人民优秀的子弟，你们是元茂屯的工农代表，咱们的先烈赵玉林同志的屯邻，希望你们出去好好地干，今儿戴着光荣花出去，不久扛着光荣匾回来。凭着共产党的领导强，毛主席的谋略好，蒋匪快要垮台了，全国快要解放了。那时候，你们得胜还乡，"说到这儿，他抬手指指眼前一望无边的漆黑的平川，接着又说："那时候，在这一大片土地上，咱们大伙来生产，开始用马来种地，往后就用拖拉机。"

送行的和参军的都大鼓掌，萧队长临末说道：

"好吧！请你们上车，祝你们都成为英雄，得胜回乡。"

喇叭奏着《将军令》，军号吹着得胜号。参军的人都上车子了。小学生唱着《没有共产党就没有新中国》。在鼓乐声和歌唱声里，车子开动了。老孙头"喔喔，驾驾"地吆喝着牲口，十二匹膘肥腿壮的大马，放开步子往前奔跑了。到了车子看去好像一些乌黑的小点子，在地平线上往西蠕动的时候，送行的人才往回走。萧队长和李大个子并肩走上横贯屯子的公路，两人小声谈着屯里往后的工作。萧队长说道：

"回头吆喝张景瑞、白大嫂子、赵大嫂子和刘桂兰上农会里来，咱们合计合计往后怎么办，咱们要开始整党和建党，建立支部，工作队都得取消了，日后屯子里的工作都靠支部来坚持开展。"走进

农会院子里,萧队长又添一句说:

"还有,老花的问题,咱们回头也研究一下。"

下晚,老孙头趁着月亮,赶着空车,打县上回来的时候,捎回郭全海一个口信:叫刘桂兰不要惦记,安心工作。还说:小马驹子断奶以后,不要忘了送给老田头。

全书完。一九四八年十二月二日于哈尔滨

1945—1949年

东北解放区文学大系

长篇小说卷②

本卷主编◎蓝　天

总主编◎丛　坤

黑龙江大学出版社

《1945—1949 年东北解放区文学大系》

长篇小说卷②

◇马　加

滹沱河流域

一

一九三九年初夏,正是滹沱河流域金针花开的时候。

许庭坚骑着一匹白鼻梁的红色走马,游游逛逛地离开了县政府,拐过太行山根,绕过拦河坝旁边的搐口,沿着滹沱河的渠埂跑了一阵。

滹沱河涨到半河槽水,从上游漂下来羊粪球,草根,黑枣树叶子,浸在泥混水里,混得像一锅破饺子汤。波浪撞在拦河坝的石头上,激荡着,吼叫着,引导入了大渠,如同一条泥打滚的黄蟒向着滩地奔去。马乍拐上了渠埂,发惊地竖起了耳朵,耸动着金色的柔毛,对着流水打着响鼻,许庭坚使劲地勒住嚼子,踏紧了镫,抽着鞭子。马甩开了四只蹄子,穿过渠埂上一排排的白杨树,向着一马平川的东庄滩跑去。

这里是三千多亩的大滩地,开阔,遥远,坦平,滩地上一顺水的麦子望不到头,绿茸茸的,有一股麦汁的清香味打着鼻子。

傍晌的太阳热烘烘的,晒在许庭坚的脑皮上,仿佛了火罐子一样。他想吹吹风,把一顶八成新的礼帽推到后脑勺去,解开哔叽袷袍的纽扣,用手帕擦一擦肥头大耳上的汗珠。暖风柔和地吹着麦田,他露着金牙微笑着,唱起"四月南风大麦黄"来了。

正是播谷鸟叫的时令,大渠里的流水畅顺地淌着,经过平木的分水口,淌过五六条小渠,灌到土埂堆成的田畦里。已经过了头场水,淤泥沉淀到麦根上,玉茭槎的麦子长得快呀!露了芒,灌了浆,扯齐了穗子。有小麦,大白灵麦子,小白灵麦子,掺杂着铃铛麦和黄灰,稠得插不进手去。风从太行山头兜下来,麦浪跳动了,如同树叶子上一只蠕动的绿节节虫,前覆后仰地摇摆不已。淹没了平滩上的界线,土埂上的金针花放着姣黄黄的光辉。

他是东庄滩的大地主,做过滩头,典地的顾主和欠息留地的债权人。

他还记得祖父穿羊皮袄赶驮子的情形,父亲是一个白手起家的人,一天几趟跑到日工市和集上,抢着短工的手巾,同牙纪交头接耳地打着暗号。没有几年的光景,置得家大业大。当他接手的时候,他已经是一个有五百亩老滩的滩头了。那时候,父亲和妻子前后去世,姐姐出嫁到王家,哥哥做了审判官,年青的弟弟考入农业专科学校,他娶了姨太太,做了儿子的父亲了。管家料理家务,看院的打更,雇工养种地,另外还有丫头和老妈子侍奉他。他随心所欲地到太行山上打野雉,找朋友谈心下棋,在官场的宴会上饮酒作乐。他是一个精明强干的人,不吃亏,不让人,会看风使舵,打得一手如意算盘:每年秋分以前,把滩地租出去,等着佃户播种下宿麦,到年关打不上租子,他把滩地收回来自己养种。他放臭虫利和出门利,要地契做抵押,欠了利息,他收留了人家的土地。在青黄不接的时候,高价往外抬粮,遇到生古年头,用瘪玉茭子去换小户人家的滩地,向佃户讨小租,不给长工"犒劳"吃。村长是他的狗腿子,公房的头役和他私通作弊,一有摊派,却泼到穷花户的身上,如同大鱼吃小鱼一样,花户被他吃光了,抬粮食的人没有粮食吃,养种地的人没有地种,值地借钱把钱化光了,当出了地,只好给他做长工了。当他一帆风顺的时候,置了一千亩滩地,一百亩挑竿水地,一百亩梯田,招庄头,收佃户,雇长工,没有谁知道他的家业有多少,每年的地租子,大约可收到一千三百石麦子。他是怎样贪心无厌呀! 开了一片滩,又开了一片滩,修拦河坝,垒顶岩,拉挂,做畦,调渠,好像泛滥的滹沱河也帮助他吞并土地。

抗战以来,晋察冀边区建立抗日政权,把公房改做水利委员会,他辞去了滩头,给他当狗腿子的旧村长陆发也撤换掉了。政府给人民减了租,放农业贷款,救济灾民,优待抗属,人民有了生路,不再向他抬粮和借印子钱了。他负担着占全村百分之五十的公粮,村款,粮银,买救国公债,雇工工资,水利化销。他不得不辞掉了看院的,打发丫头回家去,减少三个长工,他走着下坡路,光景一天不如一天。

离清水沟一箭远的地方,一片苇塘遮住了麦田,青泥菜挺着叶子,有一群水鸭子在池塘里捞鱼吃,翅膀打着苇草,刷刷地响着。

"走下坡路⋯⋯"他自言自语地说,狠狠地抽了一下马屁股,马急得跳起来,跨过了清水沟埂,绕过苇塘,一畦一畦的滩地从他的眼帘里飞闪过去。他也就想起了滩地上发生的一些纠纷。他记得:在一千亩的滩地当中,有二百亩被原主赎回去,卖掉了五十亩,剩下的七百五十亩都减了租子。他准备当出五十亩清水沟沿上滩地,投资到贸易局去。他觉得负担太重了,在合理负担的统计表上,不是写得清清楚楚么!"凡私人向公共事业投资,不计总值,只计收入。"政府奖励私人投资,也许对于他是一种生机。

他是前一天到县政府司法科,探望他的哥哥许治民——现任司法科的审判官,谈了一下减租在法律上的根据。然后出席贸易局股东代表会议,青年的实业科长兼贸易局长沈明,一个学生出身的人,报告当前的贸易政策,统制对外贸易,运销土产,刺激消费,奖励生产,推行边币,打击伪钞,扩大私人资金建立自力更生的工商业。事情不是一明二白的么,抗战以来,大商人逃到城里去,关了店铺,货物转运不灵,正是贸易局挣钱的时候。他动了心,要更多地到贸易局去投资,他准备当出一部分滩地,做为资本。

他赶到了拉沙坝的前面,两脚离了镫,翻鞍下了马,什么念头都打消了。

宽渠里的流水湍急的，挤过拉沙坝的闸口，野马似的奔到河滩上去。吐着白沫，寒森森地吼叫着，卷没了无数条的细流，向着遥远的太行山头滚去。

在拉沙坝上，站着一个皮包骨的老头子，卷着裤角，手里拿着一只铁钩，拉着闸板。

"坝头张青，头场水么？"许庭坚隔渠问着，紧紧地牵住马嚼子。

"泥混水呀！"

"上游下了大雨么？"

"……"

张青急得满头大汗，弯下腰，使劲地勾着铁钩，拉起来长方块的木头闸板，抖擞着山羊胡微笑着，当他再去拉闸板的时候，一双蓝帮布鞋已经溅湿了。

"不碍事么？"

许庭坚望着宽渠里的泥混水，耽心闸板撤得不好，崩了渠埂，现在正是麦子要浇水的时候。

"不碍事，我打包票！"老头子斩钉截铁地回答说。

"有你巡渠我闭上眼睛也放心了。"

"我若晚来半个时辰撤闸板，泥汤淤平了渠，水利委员会要损失几千元的工程。"

张青是一个热心肠，四亲无靠，光身汉的老头子，他懂得滹沱河的水性，像懂得自己的脾气一样地清楚。当许庭坚还没有做滩头的时候，他已经做了坝头，巡渠派水少不了他，开滩垒顶岩也都请他出主意，又省工，又牢靠。他有一股牛性子，好打抱不平，看不惯头役大手大脚地化公房的钱，喝了几杯烧酒，立刻同头役吵起来。今年，公房改成水利委员会，旧有的滩头、头役、地防都去了职，他是水利委员会的委员之一，照旧做着坝头的职务，加了工资，他对于渠埂爱护更加热心了，下雨的时候，他整夜不睡觉，戴着一顶破草帽，在渠埂上走来走去。他明白，滩地上三千多亩庄稼，完全在他的身上。

过了抽一袋烟工夫，张青从白石灰窝棚里走出来，穿一件露胳肘的小褂，提着铁钩，走到许庭坚的跟前来，摸了一下马身上鳖黑色的柔毛。

"它趴奔子么？出了透身汗呵！"

"我叫它小跑到这里来。"

许庭坚摘下了马笼头，牵住嚼子，把马拉到草地上去喂青草，马撒野地曳着缰绳，嘴唇喷着白沫，咬着嚼子咯咯地响。许庭坚扯起了缰绳，骂着：

"装吧！装不饱你的草包肚子。"

"它是六岁口么？"张青问了一句。

"正当年的五岁口呢。"

"真好牙口！"

"伙计夜里去添草，摸摸槽子，它把谷草根都吃光了。"

"人无外财不富，马无夜草不肥。"张青感触地说着谚语。

"坝头，你说的不是么？财富是滹沱河给我们的。河水浇麦子，浇稻子，它不是胜过山西米粮川么？"

张青望着黑枣树下的滹沱河，说道："滹沱河是一只羊。"

"你怎么知道它是一只羊？"

"滹沱河是一只羊，它的下游叫滏阳河，磁河是一只猪，它的下游叫潴龙河。"

"哈哈，你讲下去吧！这故事是从那里来的。"

张青望着远处一堆乱苍山，若有所思的样子。"那是几千年前的事了，五台山上生着一只猪和一只羊，白天晒太阳，夜里吃露水草，天热了就跑到河里去洗澡。有一天，它们私下打赌：看谁先浮到东海，谁就成龙。猪能浮水，先游到东海，成了龙，后来老百姓把磁河的下游叫潴龙河。羊不能浮水，在水里喘不上气，露着角，咩咩地叫着，浮到太行山下，就淹死了。

"羊死得冤枉啦！"许庭坚慨叹说。

"实在冤枉啦，羊虽然软弱，它也要报复呵！天天用角去翻滹沱河底,泥土翻起来,帮助穷庄稼主浇滩地,穷庄稼主才有饭吃。"

"水利,水利,滩地浇水才有利。"

张青打比喻说:"滩地是肉,泥水是血脉,人身上若没有血脉,还能够活下去么? 穷庄稼主争夺滩地,滹沱河是六十年花甲子一翻身呀!"

滹沱河在拉沙坝下面响着,张青摇一摇铁钩,向着拉沙坝走去,他自言自语地说:

"滹沱河是六十年花甲子一翻身呀!"

许庭坚把马拉到渠埝上,勒住嚼子,引镫上了马,越过滩地,他已经望见东庄自家的四包头院落,在槐树丛中露出青色的砖墙,像一座小城,墙上锯齿狼牙似的垛口罗列着,有一种森然的气概。他打着马,燕飞似的向着东庄跑去。

（原作者注:在冀西滹沱河流域,水利工程建筑浩大,老百姓自己创造一些办法,名词也是老百姓自己创造的。拦河坝,用方块石头在河中建成坝,引水入渠浇滩地。顶岩,在渠埝下用石头垒成的石头堆,防止洪水冲渠埝。拉沙坝,用木板建成的水闸,撤闸板可以放洪水,防止淤泥淤渠。搐口,大渠的放水口。平木,滩地上分配水量的一种建筑,用石块砌成的水道。公房,管理滩地的一种半政权机构。滩头,管理滩地行政之事。头役,摊派化销的。地防,解决滩地纠纷的。）

二

许庭坚走进自家的花门楼,到了宽敞的四包头院子,吆喝了一声,把马交给领人的陈迷瞪牵走,通过内宅,向着葡萄架后面的书房走去。

他拉开了书房的弹簧门,掀开软帘,当他的一只脚触到地的时候,立刻发生一种亲切之感。石灰粉和油漆味打着他的鼻子,钟摆在滴答地响着,他喜欢看墙壁上古香古色的轴画,柜台上一对朱砂古瓶,刺绣的信札,黄色的书橱,紫檀桌上的笔筒,笔筒里插着一把苍蝇拍子,任何一件小东西,都对于他发生了感情。他已经一天多不在家了,看不出有什么变化,玻璃窗外的百叶窗照旧地半掩着,翻开的《随园诗话》记起最后一次阅读的情形,围棋盘上的黑白子保持着犬牙交错的局面。只有紫檀桌上扔得乱七八糟的鸡毛信和报卷,送信的人在灰尘的桌面上触了一个大手印。

他拉一拉靠椅上的红垫子,坐在上面,开始拆阅紫檀桌上的信件,一封是贸易局召开股东代表大会的通知书,因为交通站的辗转周折耽误了时间,一封是专员公署难民子弟学校寄来的聘书,请他做该校的名誉董事。他记录下了要点,把它们插到信札里。随后,他打开了《抗敌报》念着上面的大标题:“英法苏继续进行谈判,希特勒宣布废止德波互不侵犯协定,南昌附近激战,边区减租减息单行条例,县成立武装动员委员会……”最后的两项,和他有着切身的关系,他准备逐字地研究一下,刚刚看到第四版旧五号铅字的头一行,他感到口渴了,大声地叫起来:

“张妈,倒茶水来!”

他把脖子伸到百叶窗外去,阶前的芍药花红得像一盆火,厢房的走廊搭着葡萄架子,娇嫩的绿叶子在风里微微地颤抖着。张妈住的厢房关了门,屋檐下有一群银灰色的鸽子在栩栩地飞着。

大概听到许庭坚的声音,管家陆发从姨太太的房子里溜出来,走到了书房。管家陆发长了一副尖嘴巴子,水蛇腰,小白脸嵌着一对三角眼睛,他的小聪明很容易看得出来。他能见甚人说甚话,当面说得天花乱坠,却暗地里捣鬼。过去他是许家的狗腿子,当过村长,因为贪污村款,被村里的老百姓撵跑,他逃到了许家,当了管家。

“你有事情么,”许庭坚先开口了,“有人来过么?”

“是,老爷,好多人来过了。”

管家点头应酬着,伸一伸细长脖,活像有一兜蛆虫急得要从他的肚皮里钻出来。

"有工会主任,刘二窝;王姑奶奶儿子王富,庄头,区公所也有人来催公粮。"

"怎么,张区长摆大架子,派区丁到我这个门口来催公粮。"许庭坚拍着桌子叫着,因为他把区公所误听做区丁,他在冒火了。

"不是区丁,"管家解释说,"是那个当过小学教员,外号叫木头人的民政助理员。"

"你没有对他说,今年下打佃,粮食一时收不进来?"

管家回答说:"我对他说过了。"

"你没有对他说:农会闹减租,我的手头不充裕么!"

"我对他说过了。"

"你没有对他说,等到麦秋么?"

"老爷,我说得牙干口臭,用嘴能说的话我都说过了。"管家苦笑着,咂一咂嘴唇,"我让他等到麦秋,我对他说:'转眼就是麦秋,不是芒种见麦槎么!'"

"他怎么回答的?"

"他说八团收复了洪洋店,开了过来,等着公粮吃。"管家弯一弯腰。

"他应该睁开眼睛看一看,我花门楼能够欠他区公所一粒公粮么,何必扯到八团的身上?"

"是,老爷,他不该拿八团当要公粮的幌子。"管家点了点头,似乎替民政助理员承认错误一样。

"哈哈,我就知道木头人是不能通融的。"许庭坚露出金牙微笑着,对着门角的蓝色痰盂吐一口痰,他觉得把木头人吐到痰盂里。当他想起了公粮,又发了脾气:"他知道催公粮,他知道公粮分配不公平么?"

"公粮分配不公平,完全在村评议会身上。"管家顺水推舟地答应着,又把错误推到村评议会的身上。

"那不是一明二白的么?农会把持村评议会,只要他们高兴一举手,叫我出多少公粮,我就得出多少公粮,这就叫做民主。"

许庭坚想起了村评议会的情形,有村长,有农会主任,还有一群穿着破羊皮袄,抽着旱烟,看见粮食都要眼睛红的庄稼主,为了分摊全村三百二十石公粮,脸红脖子粗地争吵着。讨论的结果:他被分摊一百六十石麦子。他生气踢开了房门,离开了会场,直到现在,他还欠下五石旧公粮。

管家低声下气地告诉他家里发生的事情:给姨太太买药,长工浆上了稻子,领人的陈迷瞪要求增加工资,佃户们来打佃,村合理负担增加一笔妇女自卫队的补助费,等等。当许庭坚抽烟卷微笑的时候,他也跟着笑起来:

"事情还要请老爷指点。"

"当地的钱拿到手么?"许庭坚敲着烟灰,烟灰向烟灰碟里徐徐地降落着。

"别处的都拿到手了。只有刘二窝……"管家吞吐地说。

"你说半截话,谁明白是什么意思?"

管家清一清嗓子说:"老爷,当给刘二窝的清水沟沿上滩地有岔子。"

"有岔子,他嫌价钱高么?"

"不是,老爷,王姑奶奶佃种的清水沟沿上滩地,不肯放手。刘二窝要自己养种,岔子就在这里。刘二窝是一个小门小户的,祖上三辈没有典买过地,自从打鬼子以来,负担少,才抬起头来了。"

在许庭坚出席贸易局会议之前,他吩咐管家当出五十亩滩地,准备到贸易局投资。其中的三亩,就是他胞姊王老太太佃种的清水沟沿上滩地,他想不到在这三亩地上出岔子,使他为难起来。

"老爷,你知道,我不是在洗脸盆子里扎猛子——不知道深浅的人。"管家赔小心说,"我碍着亲戚面子,农会主任也和我说……"

"亲戚是亲戚,何必把农会主任扯进来。"

恰好这个时候,村农会主任孙国亮走进来了,四十多岁的年纪,粗腰板,粗腿肚子,有一只发亮的酒糟鼻子,像一枚在酒缸里浸透的醉枣,谁见了都觉得可爱。他的为人很实在,不要滑头,说话像钉子一样,说一句是一句,为了农会的事情,三天两头跑到许家来。和他一道进来的:有一个短矮精悍的庄头和一个佃户。佃户瞪着灰色的眼珠子,抓着头皮上冒脓的黄皮疮,在地上擦着泥鞋。

庄头绕过孙国亮的前面,推了佃户一把:"你哀告哀告庄主吧,他会恩典的。"

许庭坚撩起了涩眼皮,看见几只绿头苍蝇飞到屋子里,绕着佃户头上的黄皮疮飞来飞去,撞着窗子,撞着蜘蛛网,灰尘落到紫檀桌面上,好像有意要和屋子的主人开玩笑一样。

许庭坚恶心地吐一口痰,说:"呵呵!太不讲卫生,你把苍蝇都带进来了。"

管家扭一扭鼻子,附和主人的口吻说:"脏呵,它的肚子里有一兜蛆呵!"

"传染病都是苍蝇带来的。"

"我们的太太,现在还病着呢!"

管家从笔筒里抽出苍蝇拍子,赶着佃户头上的绿头苍蝇。绿头苍蝇在屋子里嗡嗡地飞个不休。佃户害怕地抚着脑袋,黑脖子上淌下汗珠来:

"庄主……恩典……"

"他是干什么的?"许庭坚指着佃户问庄头说。

"庄主,你忘了羊山佃户李二脓包么?"庄头向前近了一步,笑嘻嘻地说,"他头上顶的,脚底下踩的,一草一木都是庄主的。不管年景好坏,打下打不下,一五一十地交租子。剩下一把玉茭子,养活一大堆孩子,吃糠咽菜,没有钱治病,连窗户纸都买不起,靠着抬粮借贷活命。今年,庄主给他减了小租,立刻活起来了,又是下打佃,又不纳合理负担,清明买进一口壳囊子,喂到上秋,不又是一泡钱么?我说:'这全是庄主的恩典,你向庄主哀求去吧!'"

孙国亮没有和李二脓包打过交道,开过会。他知道他住在荒山沟里,看不到人,听不到消息,减租的事,却被庄头当小租瞒过了。他觉得应该把这件事情揭穿,问了佃户一声:

"你没有二五减租么？"

许庭坚红了脸，转问庄头说："你给他免了小租么？"

"我免了小租，老爷。"庄头抢嘴说，"今年山里下一场雹子，枣子也挂得不好。"

"你的枣子，还不够挂老爷牙隙的呢？"管家俏皮地逗着嘴。

"柴草也免了么？"

"也免了，老爷，现在要二五减租……"

许庭坚生气地摔着礼帽，骂庄头说："我对你说过什么？你又领他来给我找麻烦。"

"庄主……我要二五减租……"李二脓包大胆地说。

"二五减租，你的耳朵倒长。"许庭坚对着庄头使一个眼色，又向进来的三个人摆一摆手说，"你们先到门房里等一下，我们回头再谈，等一下……"

进来的三个人，又都照样地退了出去。

许庭坚打开了百叶窗子，让阳光射到屋里来，敲一敲胸脯，吐了一口闷气。他又打开《抗敌报》，把它放在膝盖上，看着减租减息单行条例，出了神。

管家先开了腔："人心没有知足的，免了小租，柴草，又要二五减租。"

"还能说什么呢，现在成了他们的天下。"

管家明白"他们"是指哪些人，因为主人有怏怏不乐之色，他也不再吭声了。

"关键完全在农会的身上。"管家把话拉到农会的身上，"老爷，你想想，李二脓包是一个老实人，一扁担压不出一个屁来，没有农会在他脖子后边吹风，他敢向老爷吭声么！若是往常年，早把他送给警察押起来。"

"旧皇历看不得了，往常年，孙国亮给我们做长工，现在倒反对我了。"

"世界上都是一些忘恩负义的人，狼心狗肺的人。"管家挤挤三角眼睛，顺嘴说下去，"农会天天对着花门楼喊喊喳喳，还不是为了那个么！"

"我心里明白。"许庭坚点了点头，顺手叠起了《抗敌报》。

"老爷，事情不是一明二白的么？"管家从椅子上跳起来，看一看主人的脸色说，"在抗战以前，一亩滩地能佃十二元，小麦一元一斗，大米一元七，小米一元一，顶好的洋布九分钱一尺，一亩滩地的佃钱能买一石二斗小麦。现在小麦涨到两元四角一斗，去了二五减租，十二元的佃钱剩下九元，九元买三斗多小麦。七百五十亩滩地的佃钱，只能买二百八九十石小麦。去年一百六十石公粮，粮银，村合理负担，水利化销，还能剩下什么呢？"

"剩下十个手指头。"许庭坚半开玩笑地打趣说。

"老爷，十个空手指头也是为着别人瞎忙呵！"管家溜一下三角眼睛，又接着说下去，"在抗战以前，只要你手脚勤快，自己养种水浇滩地，一年收一季麦子，一季稻子，去了化销，一亩滩地准有一百多元的剩头。你若抬粮，遇到小麦价钱高，夏天借一斗，上秋就要还一斗五。你若放借贷，不是又妥当又省事么？三年本利还家。借出一千元，打一满就是三百元。穷庄稼主拿地契做抵押，还不上债，就要欠息留地。现在的情形大不相同了，政府规定欠息留地：利息超过本钱两倍，无条件地收回地，利息超过本钱一倍，停利还本，不管你是养种地，放借贷，抬粮，用人们常说的一句话，就是'吃不开'。像李二脓包那样的笨蛋，又不纳合理负担，又减租，几年光景就发财了。"

柜台上钟摆的滴答声可以听到，许庭坚手指缝夹着烟卷，烟灰落满了一烟灰碟。他困倦地打着呵欠，试探地问着管家。

"你说到贸易局投资上算么？"

"我早就对别人说：我们老爷跑贸易局，一分精神一分财。"

管家笑嘻嘻地摇着手腕，当他的三角眼睛和许庭坚的眼睛碰在一起的时候，一切都明白了。

"我早就赞成投资，地是绊脚石，看风使舵，眼皮要灵活一点。"

许庭坚顾虑地对管家说："你不知道地价便宜么？过去一亩地当百元，现在只能当五十元了。"

"老爷，你想想，把地当出去，放到贸易局里吃红利，遇到好年景就把地抽回来，那不是比纳公粮强得多么！"

许庭坚微笑地点着头，从靠椅上站起来，对着外面的葡萄架吸一口空气。

"老爷，依我的主意，把地当出去吧！孙国亮来的时候，和他交涉好，趁着收复洪洋店，集市热闹起来，一把牙刷已经卖到二角二分了。"

三

孙国亮不耐烦地在门房里等了一会，蹓跶到四包头的院心里来，绕过一趟花墙，经过客厅前边的走廊，天井，配房，走到外跨院宽敞的场院里。在那里，他碰到了光着头红眼边的陈迷瞪。陈迷瞪遛着马，马解开了肚带，汗湿透了膘滚溜圆的肚子，鼻孔喘气，耍欢地乱蹦着蹄子。

陈迷瞪是村工会的组织干事，给花门楼做了八年长工，去年升做领人的。他刚从滩地拔草回来，等着吃晌午饭，牵着马沿着稻草场遛来遛去。马肚子上叮了一群黄色大牛牤，它甩着尾巴，抽着牛牤嗡嗡地叫。

孙国亮见景生情地问陈迷瞪说："胖子——许庭坚——出门了么？"

"你看马身上的汗吧！"

"到自力造纸工厂去么？"

"不是自力造纸工厂，是县贸易局，胖子牛屄可大啦！"

太阳狠毒，马圈里的尿骚气全蒸发出来，沿着场院飘荡着。陈迷瞪摸一摸秃脑袋，生气地踢了马一脚。

"东家没有给买草帽么？"孙国亮问。

"胖子答应下来，给长工每人一顶草帽，一条手巾，后来他听工会要增加工资,他要死狗了。"

"要死狗。"孙国亮嗤着酒糟鼻子笑起来。

"孙国亮,你可不知道,他对待自己很大方,对待我们雇工,把一个小钱看成碾盘大。"

话没有说完,陈迷瞪看见马倒在沙土地上打滚,四只蹄子朝天,脊背挨着地皮,搔痒般地翻来翻去,跳起身来,轻松地抖搂着身上的灰土,灰土飞过了高遥遥的稻草垛。陈迷瞪堵住鼻子,拉着缰绳走过一排泥垒的仓子。它要欢地跳跃不已。

"你又亮骚了。"陈迷瞪骂着,向着牛牤嗡嗡乱叫的马圈跑去。

"青年人火力足呵!"孙国亮羡慕地说。

孙国亮记得像陈迷瞪一样年青的时候,火力可旺盛呵!自己养种两亩滩地,整天不停脚地去浇水,施泥,浆稻子,拔草,拔秧,插秧,分秧,到了麦秋割麦子,到了秋天割稻子,冬天建拦河坝的时候抬石头。他是一个无忧无虑的小伙子,不赌钱,不喝酒,凭着一把傻气力养活母亲和老婆。后来,滹沱河给他带来了一场灾难,大水推光了滩地上的秧棵,家里揭不开锅,官家又逼着完银子。到了走投无路的时候,他咬咬牙,把二亩滩地当给花门楼许家。农民失去了土地,好像脚没有根一样。他记得那饥荒的年日,妈妈哭瞎了眼睛。老婆穿着一条烂裤子打榆树叶子吃。他给许庭坚做了长工,在太阳下锄地,站在水里插秧,冬天在烟雪里推碾子,酒糟鼻子冻得像大辣椒。夜里,戴着星星给牲口添草,小北风吹满了马棚。他不晓得是谷草叶子响,还是自己的牙齿打哆嗦。

他受过苦!懂得受苦人的难处,对于受苦的人也格外关心,他对于农会的事情比自己家里的事情都热心,每天还没有撂下碗筷,就被一群人缠住了身子。他帮助他们减租,给抽地的人换契约,催促自卫队给抗属代耕。他为了王老太太家里佃种的清水沟沿上滩地,特意跑到花门楼来,同许庭坚打交道,讲道理,也许会吵架拌嘴,不管怎样,他不愿意见世界上没有饭吃的人,没有地养种的庄稼主。他是村支干之一,开会的时候,不说一句废话,工作上也很少出娄子。他看到穷人翻身的时候,总是高高兴兴地说:"庄稼主应该出口大气了。"

许庭坚的儿子许克己站在过道上,拿着一把网球拍子打毡球,戴着一顶瓜皮小帽,在墙根底下跑来跑去,瞪了孙国亮一眼。孙国亮没有理睬他,走进了书房。

书房里鸦雀无声,黄色的书橱淡得像秋天的树叶子。许庭坚出神地躺在靠椅上,粗骨节的手指夹着《抗战报》沉思着什么。孙国亮踏上了地皮,轻轻地咳嗽着。许庭坚转过头来,不自然地对他笑了一下。

"许先生,我是为着清水沟沿上滩地来的。"孙国亮直截了当地说。

"你为什么这样大火气?有话慢慢说,先抽一根烟卷吧!"

"我的嘴唇破了,不想抽。"孙国亮摆着手。

"你不是讲统一战线么,烟酒不分家呢?"许庭坚恶意地讽刺说。

孙国亮勉强接过了烟卷,把它夹在耳上,又想起了滩地的事情。

"许先生,你知道,王家听管家说收回滩地,简直闹翻天了。王老太太披散着头发,焦春妮一把鼻涕一把眼泪地哭丧着脸,牛锁子哆嗦成一堆毛团,王富正要到地里去浆稻子,气得摔了耙子。"

"怎么回事呀?现在我还蒙在鼓里。"许庭坚装蒙登地说。

"你们把清水沟沿上滩地当给刘二窝了。"

"谁说的?"

"管家口口声声说。"

"王家不是没有滩地养种了么?"

"到了秋天,王家只有喝西北风了。"

许庭坚装模做样地摔着礼帽,吐一口痰,眉毛像猪鬃刷子竖了起来。

"管家真瞎了眼睛,不看亲戚面子,把农会也得罪了。"

孙国亮站稳了脚说:"不是什么面子不面子,肚皮不答应呀!"

许庭坚翻老根说:"你知道,那年滹沱河涨水,王家揭不开锅,把清水沟沿上滩地卖给我,我好心好意地给他们佃种,有七八年光景了,有钱就打佃,没钱就记账。"

"这情形是谁都明白的。"

"他们打佃的时候,挨在后头,减租的时候,跑在前头。"

"这情形也是实在的,吃亏的人不是别人。"

"如果是别人,我就不生气了! 我在当地的时候,他们连一点亲戚面子也没有了。"许庭坚涨红了脸,喘一口气,挥着哔叽袍的袖子,"现在我倒了霉,他们也来扯我的大腿,这不是墙倒众人推么!"

"滩地当初是王家的,死契贴条卖给你们,讲好卖马不离槽。"孙国亮补充说。

"滩地是我用白花花的银子买来的,做了地契,官凭印,地凭契。"

"你把减租减息办法抛在脖子后头么? 政府也颁布……"孙国亮沉住气想,他已经把原来的条例忘记了,地主收地或者把地当出,要照顾佃户的生活。站在农会的关系上,他不愿意自己的会员没有生活过。

"你以为我害怕政府么! 你到政府去控告我去吧! 倒也省事。"

许庭坚一张口就冒火了,滚圆的脂肪质的身体震动了一下,两脚踏着椅子腿站起来,椅子腿松了卯,像老鼠一样吱吱地叫起来。

弹簧门开了,小脚的张妈端着一只瓷壶走进来,罩了一件油污的围巾,左襟烧了一个窟窿,衣裳袖子脏得像抹布。她蹑手蹑脚地走到痰盂的跟前,看了主人一眼,皱皱眉毛。

"张妈,你聋了么,我叫了半天,你不答应。"许庭坚怒气冲冲地踢着桌子。

"我侍奉太太熬药呢!"

张妈忠厚地咬着嘴唇,用围巾擦鬓角上的汗珠,伸手去摸柜台抽屉里的白瓷茶杯。添了一句说:

"是一副生阳活血汤，太太说见效验呢！"

"废话，不见效验，谁化钱吃药干什么！"

张妈觉得很扫兴，脸像用扫帚扫了一样。她放下了乳白的江西瓷杯，提着鸭嘴壶倒水，淡黄色的茶水溅到一本线装书页上。她赶快用袖子去擦，书页上染了一块黑迹。她吃惊地伸出舌头来。

"你还擦，你的袖子没有小孩的尿布干净。"

"老爷……"张妈求饶地苦笑着。

"滚吧！快快地滚蛋，你干了什么事呀！"

"老爷，我不是故意的。"张妈小心赔不是。

"滚吧！全是你们这些人跟我捣乱。"

孙国亮听得不入耳，离开了椅子，走到柜台的前面，望着柜台上一对朱砂古瓶，钟摆在滴答地响着。屋子里的摆设他都看不顺眼，朱砂古瓶和座钟，他觉得不如一把镰刀和一只尿罐子有用处。他胡思乱想一阵，突然听见许庭坚踢桌子的声音，吵吵骂骂，张妈赔着笑脸哀告着。他被那不顺耳的话所打动，暗暗地想道："他在骂我，发我的脾气，我明白。"他明白地主说的"全是你们这些人跟我捣乱"是什么意思，地主无理地骂着张妈，好像打了他的耳光子。他想要帮助张妈骂两句，他想起了他是来打交道，不是来打架的。于是消了气。"我要耐心地说服他，使他明白抗日的大道理。"他的思路被弹簧门打断了。张妈离开了屋子，在柜台上给他留一杯茶水。

孙国亮用手紧了紧腰带子，心里仿佛有了主意，劝地主向佃户让步，打比喻说：

"许先生，你拔一根汗毛，也比穷人腰粗。"

"农会主任，你可别这么开玩笑，你知道，熊大窟窿也粗呵！"

孙国亮为了说服地主，举出守财奴冯老窝脓做例子。许庭坚立刻明白他的意思，报以微笑。

"孙国亮，你倒聪明啦！"

"为了打鬼子，聪明人也应该变成傻子呵！"

许庭坚喝了一口茶水。

"你知道，冯老窝脓是一个聪明人。"孙国亮看了许庭坚一眼，又接着说，"冯老窝脓小气得要命，从来没有打发过花子，逼人要钱逼到棺材里去。谁的牲口勒他的一只玉茭叶子，心疼了半天。他怕八路军捐他的公粮，把粮食偷偷地运到洪洋店去。瞧吧！归根落底怎样，鬼子烧了他的二百多石麦子，一所清堂瓦舍的房子，也烧得片瓦无根。"

许庭坚皱着眉毛，茶杯里映着两道黑影。

"道理不是摆在眼前么，"孙国亮转过头来说，"果真鬼子来了，王老太太他们怕什么呢！灶王爷贴在腿肚子上，人走家搬。你想想，鬼子糟蹋的是哪一个，你的房子能够搬走么！地能够搬走么！大家生活改善了，一条心肠打鬼子，比什么主义都强。"

"哪个人对于国家不热心呢？"许庭坚顾全自己的面子，津津自得地吹起来了，"卢沟桥事变以来，地方混乱，我不是赞成成立县政府么！八路军在平型关打了胜仗，我捐了三百多石小麦，买了两千块救国公债，给你们农会减租。你去问问刘政委吧！八团里有我十二支枪。"

那时候，许庭坚为了巩固自己的地位，为了面子，不得已给佃户减了租，捐了枪和粮食，在八路军刘政委的团结方针下，他乘机和上层拉拢，打着开明士绅的牌子，他的兄弟前后参加政府工作，对于乡下的穷庄稼主，却是一毛不拔。

"你减了租子，王富抗日可热心啦！"孙国亮说，"他帮助八路军打房子，抬担架，送鸡毛信。"

许庭坚挤挤眼睛，开朗地吃吃大笑起来。

"大家全抗日，刘二窝为什么不顾全大局呢？他既然典了滩地，就应该给王家佃种，这样，也少了农会多少口舌。"

"刘二窝辛辛苦苦地典了地，自己留着养种。"孙国亮老实说。

"那么，你们农会怎样主张呢？"

孙国亮提出自己的办法："叫王家照旧佃种清水沟沿上滩地，你把另外的滩地当给刘二窝，这样倒也省事。"

"省事倒也省事,我就知道换汤不换药,你们农会真沾!"

孙国亮喝了一口茶,觉得胃口消化了。

<h2 style="text-align:center">四</h2>

抗战那年的秋天,大约是白露拨枣的前后。

早晨,孙国亮正在吃谷面窝窝,村长陆发拉他去修国防工事,带着铁锹,同七八十个长工排着队,过了滹沱河,才知道杨爱源的军队已经撤退了。县长就在鸡叫的时候逃过了河,不知道下落,满地上抛着纸烟盒子,破碎的军衣,肩章和子弹。人们都摸不着头脑,好像一群离开窝的小鸡一样,乱飞乱叫一阵。

"队伍撤退了!"

"鬼子占领县城了!"

人们乱七八糟地从滩地上横踏过来,踏倒了稻穗,用铁锹挖地里的蔓菁吃,蔓菁是冯老窝脓种的。他是村里有名的守财奴,家里地窖里埋着元宝,却穿了一身破鱼□布衣裳,上面打着补丁,没有念过书,记长工和借贷的账,用麻楷灰在墙上画黑道。他看见了大家拔蔓菁吃,涨大了水肿脸,挤着烂眼边,骂着大家:"穷命鬼,县长刚刚走开,你们都没有王法了。"孙国亮落在后面,一边打火镰抽旱烟,一边向领人的陈迷瞪搭讪着。

"迷瞪,你听到你们东家有什么风声么?"

陈迷瞪揉一揉眼圈说:"是墙没有不透风的。"

"那么,你该知道一清二楚了。"

陈迷瞪用粗手指头摸着铁锹刃,眯眯地笑着,不吱声。

"你讲吧!胖子到县长那里去,大家有眼睛都看得见的。"

"孙二哥,我不瞒你说:前天胖子到县长那里打牌,回来收拾东西,姨太太忙得一夜没有合眼。"

陈迷瞪是一个心直口快的人,好放大炮。他在花门楼做了八年营生,大大小小的事情,差不多都经过他的手。他帮助许家埋首饰和衣裳,藏地契,囤上粮食,捆绑行李……

"靠得住么?"孙国亮摸摸酒糟鼻子,叮问了一句。

"孙二哥,这是千真万确的。"陈迷瞪认为孙国亮够交情,讲了实话,"只要有风吹草动,许家就要坐火车逃走。"

拾蔓菁的冯老窝脓赶上来,插进他们的谈话:

"你们大惊小怪什么,鬼子来了,我们做老百姓的,谁当皇上给谁纳粮。"

"你看鬼子好,就认他做干爸爸吧!"陈迷瞪开着玩笑。

冯老窝脓死心眼地说:"完了银子不怕官呵!"

孙国亮挖苦他说:"你怕什么,你的肚子吃得像蛤蟆一样地发白了。我们穷庄稼主,个个皮干肉瘦,就是从身上抽下两条筋,也是难受的。"

修国防工事的人们回到了东庄,谣言像瘟疫一样地传开了。

没有几天光景,东庄完全变了样子。鸡叫三遍之后,烟囱没有冒烟的。小黄稻子撒在场院里,家雀落在稻穗上啄粮食。没有到阴历十月初一,长工下了工,围着羊圈"磨牙齿",从轧顶岩一直扯到日本小鬼。小学生夹着书包回了家。卷着裤腿的把头张青在街上闲荡。到了黑天,花门楼的大门关得紧紧的,看院的拿着枪站在炮楼上。

亡国的灾难落到每一个中国人的头上,正是天塌大家死的时候。

那一年,孙国亮佃种冯老窝脓一亩滩地,去了两石王斗麦租,剩下几斗玉茭子不够过冬,秋天没有打短工,欠下抬粮的陈债,生活毫无着落。瞎眼的妈妈病在炕上,三天不动饮食,吐了一地痰。他的老婆用鸡蛋换一把红糖,给婆婆冲水喝。儿子小扣在外边放羊。一间草棚搭在山脚处,房顶露着星星,墙根生着麦芽,一到夜里,锅台上的蛐蛐嚯嚯地叫起来,调子很苍凉。孙国亮每天晚上都出去,带着旱烟袋,到了王富的家里。王富告诉他一些消息:县里成立了动委员,农会,有些村庄也跟着成立农会,实行合理负担,减租减息。他听了很高兴,直到三星傍晌的时候才回家。

县长离境的第三天,日本飞机到滹沱河南岸扔炸弹。城里的商铺关了门,学徒和老板逃到乡下来。早晨,杨爱源军队的逃兵闯到冯老窝脓的家里来,把冯老窝脓打得鼻口流血,抢走了一匹骡子,和五百现洋。花门楼的看院的放了两枪。人们都站不住脚了。许家的伙计匆忙地挑着行李,准备逃到滹沱河南岸去。

傍晌时分,八路军的宣传队第一次到东庄来,是三个穿着草鞋样子朴素的军人,皮带上插着手枪,提着浆糊和粉笔刷子,在砖墙上写着抗日标语,贴捷报。人们又以为逃兵抢东西来了,青年小伙子牵牲口跑出去,老头子在家里看守东西。吓得冯老窝脓藏到地窖里去。只有孙国亮和几个穷人凑到前面去,观望宣传队的动静。

“老总,你们是哪一部分的?”

“我们是刘政委领导的宣传队。”一个瘦子用湖南腔说。

“什么刘政委?”

“老乡,你们不知道刘政委的工作团么?”

“不知道。”

“那么,你们知道八路军么?”

“八路军是打日本的,还是抢老百姓的?”

“你们来看吧! 八路军在平型关打了胜仗,我们来贴捷报,你们把逃跑的老乡招呼回来,大家齐心打日本,有钱的出钱,有力的出力。”

捷报真灵验,看的人把消息传出去以后,逃出的老乡纷纷地回到家里来。王富在晚饭以前就跑回来,刘二窝把牲口赶进牲口圈去,冯老窝脓从地窖里钻出来。许庭坚也回了家,丢掉了一副首饰,姨太太的蓝缎子旗袍沾上了泥水,不住嘴地骂着张妈。

宣传队住在陈迷瞪的家里,很规矩,不打老百姓,不骂老百姓,不拿老百姓的东西。有一次,孙国亮走到陈迷瞪的家里,看见一个同志帮陈迷瞪担水,一个在打扫院子。孙国亮逢人便说:“八路军可好呢,打着灯笼,也找不到这样好的队伍。”接着,八路军的一个骑兵连从山西过来,驻在滹沱河边,离东庄有八里地。骑兵在街上拉着缰绳遛马,锄草,饮牲口,烧洗脚水,在村口放哨。对老百姓和和气气。夜里同城里的敌人接了火。当骑兵穿过东庄的时候,人们看见了连长的身上披了一件日本大衣。

宣传队对老百姓讲着抗日的道理,村长陆发给他们敛粮。

陆发是一个游手好闲的人,喝酒,抽洋烟,勾搭女人,推牌九,没有一件坏事情找不到他的。他曾经到口外当过布贩子,到山西逛过破鞋,回到村子里,许家扶养他做狗腿子,一天三趟两趟跑花门楼,弯着水蛇腰,三角眼睛眯眯地笑着。一遇到村款,却泼在穷花户的身上。

陆发敛粮来的时候,孙国亮的妈妈正闹着病;咳嗽吐痰,昏昏沉沉地躺在破布袋片子上,汤水不入口三天了。孙国亮愁眉苦脸地叹着气,低着头,好像同谁生了气一样,不爱理人。

"嘿!我来敛粮,你不高兴么?"

陆发装腔地呵斥着,绷紧了小白脸,把布袋摔在破板凳上。

孙国亮慢吞吞地转过了身子,放下烟袋,翻开半截口袋,抓了一把红色玉茭子,给村长看。

"全是瘪二不秋玉茭子。"

陆发调皮地挤着三角眼睛说:"秃子出家,将就材料,就把它算做马料吧!"

"做马料,村长,你让我们扎上脖子过光景么!"

"我是给人家支应公差的,公事公办。"

"办公差,不是要把哑巴逼出话来。"

孙国亮气得涨红了脸,两只手打哆嗦,从黑暗的墙角里打了两个旋,摸着一把生锈的镰刀,又转回来,看见陆发的三角眼睛,就发了火。

"八路军不是说得好么,有钱的出钱,有力的出力,前天拨了我的工,照公理,应该到花门楼去敛粮。他们囤了十几年的麦子,沤了,生了芽,长蛾子,喂耗子的也比我打的粮食多。"

陆发被问得前言不答后语,变了脸,拍着桌子吵起来:

"你敢和我顶嘴,反对村公所么?"

孙国亮也发了火,壮大胆子叫着:"你不要拿村公所来吓唬我,让大家查账,看看摊派公平不公平。"

"你胡说!"

瞎老太太听见儿子和村长吵架,吓得哆嗦起来,在破布袋子上打一个滚,哀求着。

"修好的,村长,老天爷还饿不死瞎家雀呢!"

孙国亮走到街上来,人们团团地围住白粉皮墙,吵嚷着,争论着,叫骂着,为着敛粮的事情闹翻天了。有红眼圈的陈迷瞪,孙国亮的哥哥孙国明,辞掉看院活计的周小拴,小肥户子刘二窝,织布出身的张三保,冯老窝脓的儿子虎头,特意出来探听风声。王富蹲在洋姜秧子里,脸色气得发青,他已经向村长苦苦地哀求了半天,一肚子委屈,却讲不出道理来,把头张青刚刚喝了三杯酒,盖上了脸,山羊胡竖得像一把刷子,替大家打抱不平说:

"我没有养种地,不是花户,粮款泼不到我的身上。可是呵!我不能昧着良心说话,大家都知道陆发是怎样一个人,雷公打豆腐,挑着软的欺负。"

孙国亮本来气得鼓鼓的,听了把头张青的话,也开腔了。

"老早些,给官家完银子,缴粮款,全是庄稼主出。现在,到了打鬼子的年代,八路军说得好:'有粮的出粮,有力的出力。'我们拨了工,为啥不到花门楼去敛粮?"

"那还用说,他们一个鼻孔出气。"周小拴知道他们的底细,说了实话。

出粮的花户们都聚拢来了,乱吵乱嚷一阵,瞪着眼珠子。抡着拳头,七嘴八舌地嚷起来了。

"王八蛋,溜沟子的!"

"压得我们不敢出口大气!"

"叫警察绑我们的,就是那个狗腿子!"

"把狗腿子拉出来!"

"他抽洋烟,喝酒,全是我们花户的钱!"

"我们查村公所的账看!"

吵叫得更凶了,听不到滹沱河的流水声,也听不到村头牛犊子在哞哞地叫。谁家的一只小马驹子从街上跑过来,灰土蒙住了人们的眼睛,人群像一堆蓬草棵子,在风里左右摇摆着。没有插上嘴的人,都溜过了。王富生了半天气,等着别人讲完话,才跳到碌碡上,颤抖地说:

"人得找生路,活人不能叫尿憋死。看吧!夹沟和塞上的老百姓都起来了,成立了农会。县上来人帮助他们实行合理负担,粮食由大户出,地租也减了。"

"什么农会!"陈迷瞪莫名其妙地吵起来。

刘二窝听着大户出粮,心眼也活了:"我们看看再说。"

长长白胡子,拔头顶,固守成规的,家里养种六十亩滩地的富户张三保的五叔,出来教训大家说:

"西洋景。一看就穿了。老百姓化了钱,十回有九回总是上当的。"

"谁知道农会,就出来做见证吧!"人们一条声地要求说。

土埂上的洋姜秧子被踏倒了,鸽子在天上飞着,猪圈里的肮脏气味随风扬出来,打着鼻子。

孙国亮翘起脚跟,沉住气,望着大家说:"八路军的三个老总叫我们成立农会,不是实在的么!县上也成立了。咱们庄稼主吃哑巴亏,怨自己脑筋不开通,不抱团。农会叫大家抱一个团。不怕地主欺负,就是日本小鬼子来了,我们一个人撒一泼尿,也把他淹死。"

"哈哈!孙国亮话里有根。"周小拴猜度说。

"对呀!叫我们抱一个团,三个臭皮匠,抵个诸葛亮。"

"狗腿子再也不敢吃我们的冤枉了。"是张三保公鸭嗓的声音。

"我们说干就干,打铁趁热。"陈迷瞪放了一炮。

把头张青摸一摸山羊胡,迟疑起来了:"我们找一个头吧,蛇无头不行。"

"孙国亮……"有几个人同时想到了孙国亮。

"我不可沾!"孙国亮推辞说。

"你是我们的砍大树的,你在前边走,我们跟在后边拾干柴。"

大家都不懂得举手,商量了一下,却把孙国亮推举出来了。

"我们打狗腿子算账去!"把头张青提醒说,大家立刻同意了。

"走吧! 走吧!"

正在这个时候,冯老窝脓从墙头上露出水肿脸来,举起他的胳膊,向着下面的人群大吵大骂。

"你们想成立穷人党么! 同官家做对。等县长回来的时候,看看谁倒霉头。"

张三保的五叔是辛辛苦苦立下家业的,家里存着几十石粮食,害怕分粮吃大户,听到冯老窝脓的叫骂,摸摸白胡子,走回家去了。小肥户子刘二窝也在人堆里溜边了,想跟在张三保五叔的后边回家去,大家骂了他一顿,他停住脚了。

"大家要抱一个团呀!"孙国亮说,"摊派是大家的事情。"

"溜沟子的,给他一顿劈柴棒子。"

陈迷瞪对着墙头抛石头,冯老窝脓缩回了脖子,把头张青去敲关紧的大门,刘二窝走到人堆里来了。

周小拴责备刘二窝说:"脚踏两只船不行呀!"

孙国亮怕大家分散精神,号召大家说:

"我们先到村公所查账去吧! 回头再收拾冯老窝脓!"

人们吆喝一声,跟在孙国亮的后边,边吵边闹着,像一窝蜂似的闯向村公所去了。

村公所的烟囱在冒着烟,门缝里看到灶口的火星子。

陈迷瞪拿着一根棍子,抢在前面,三步并两步闯到屋子里。刘二窝想发洋财,跟在陈迷瞪的后边,刚刚走到窗户附近,看见窗纸在呼扇呼扇地动着,仿佛有人在吹风一样,扭着脖子转回来。这时候孙国亮从后边赶来了,还有周小拴,张三保,孙国明,把头张青抖搂着山羊胡,王富从地上拾起一把土块,挺着细高条大个子乱吵乱嚷，一个戴毡帽的老汉蹓跶到院子里来，摸不着头脑，站不稳脚了。

"我叫陈迷瞪没答应，一定是狗腿子把他收拾了。"

刘二窝大惊小怪地叫喊着。仿佛一瓢凉水泼在大家的头上，凉了半截子。有一堆人站在牲口圈附近，踏着地上的谷草叶子，唧唧喳喳地商量着，推推拉拉的，谁也不敢走上前去。把头张青从人堆里跳出来，骂了他们一句：

"你们都是草包么！跟在别人后头，顺水推船！"

孙国亮向着大家摆手说："我们人多势众，怕他狗腿子干什么！"

"孙国亮，你去不得！"有谁在喊着。

孙国亮走进了村公所，陆发已经不在了：原来虎头走漏了风声，逃到花门楼去了。屋子地上堆满了花生皮，梨皮，半截洋烟头在冒着烟。锅里烙好了油饼，陈迷瞪趴在锅台上，一只手抓着油饼，一只手抱着白色的瓶子，不知道里面装的是香油，还是烧酒，已经喝得迷迷糊糊的了。来不及用嘴说话，对着孙国亮指着锅里剩下的油饼。

孙国亮对他笑了笑，走到里屋去收拾起桌子上的账本，打开半扇窗子，对着外边的人招手说：

"大家都进来吧！狗腿子已经跑了。"

刘二窝跑到屋子里，同陈迷瞪抢起油饼来，周小栓也从后边伸出一只大手，三个人在锅台上乱叫乱抢，踏灭了灶坑口的火星子，踏扁了一只洗脸盆子，锅台上的盘子也给抢打了。陈迷瞪把瓶子摔在地上，刘二窝给撞倒了。王富仿佛发了酒疯一样，砸坏了一只刷牙杯，又去砸桌子上的算盘。把头张青从行李卷里抖出五包香烟，乐得龇着牙，把香烟抛给大家："抽吧！抽吧！反正是用大家的钱买的。"洋烟圈缭乱地在人们的头上滚着，翻飞着，落着。刘二窝从灶坑口爬起来，扒着别人的肩头子来抢香烟，他又被撞倒了。孙国明站在梁柱子底下，亲切地叫着把头的名字，手和胳膊乱摆一阵。老汉抢掉了毡帽子，站在外边的张三保急得抓破了窗棂子。

第二天,东庄的老百姓都聚拢到白粉皮墙附近,拿着土枪,粪叉,铁锹,木棍,推耙,举行了一次示威。喊口号,在宣传队的帮助下,农会成立起来了。县农会派人来指导,执行了合理负担和减租减息的政策。当时有周小拴等十二个人参加了八路军。

五

陆发到花门楼有一年半多的时间了,开始,他给他们打杂,管账,跑腿学舌,后来当了管家。他惯于拍拍打打,献殷勤,出坏主意,取得主人的喜欢。背地里同姨太太吊膀子,许家的上上下下全都知道,只瞒着许庭坚一个人。

那是许庭坚从贸易局回到家里的第二天。

陆发从集上打了一个圈子。跨进内宅,他已经望见寝室里一瓶芍药花,姨太太穿了一件粉红色的花旗袍,用梳子梳着她的长头发,从玻璃窗子露出半个鸭蛋脸来。她看见他了,有意无意地笑着。他匆忙地跳上了台阶,拉着门栓。忽然,听到许庭坚破口大骂起来。

"坏蛋,他拆我的台么!"

陆发听得松了门栓,跳下了台阶,躲到花墙后边的一片竹林子里。凉风吹过来,竹叶子在习习地响着,有些瘆人。他蹲下身子,看到荫湿的地方长了一片绿苔。一只蝎虎在砖墙上爬着,向他歪着小脑袋,又跑到墙缝里去了。在厢房的走廊下,张妈撅着屁股熬药,药壶底燃烧着湿树枝,吱吱地响着,鲜红的火舌随着树枝爆炸着,鼓动着火舌,焕发着融融的光圈,有一股苦涩味从药壶里喷出来。他扶着耳壳偷听着,寝室里的吵骂声低哑了,原来陈迷瞪为了抗战勤务同东家吵了架,许庭坚发了脾气。陈迷瞪解释说:

"我们没有拆你的台,大家全是给东家做活计,血一把汗一把地务庄稼。"

"可是,你们上了识字班呵!"

"大家认几个字,谁也不愿意当一辈子睁眼瞎子。"

"你还抢嘴，我亲眼看见你们放下锄头，给八路军伤兵抬担架。"

"抬担架，东家，我们抗日不是犯法的。"

"无理取闹，咳！……"许庭坚咳嗽了一下，"你们把什么活计都耽误了。"

"耽误了活计，我们晚上补了工，你不讲理。"

"我化钱雇长工，不是叫你们抬担架的。"

"让我们到工会讲讲道理看……"

陈迷瞪同许庭坚一边拌嘴，一边拉拉扯扯，走到外跨院去了。

陆发憋住了半天气，贼眉鼠眼地探出头来，看见陈迷瞪和许庭坚走远了，他才敢从竹林子里钻出来，溜进了寝室。

寝室里有一股花露水的气味，桐油框的穿衣镜和梳妆台上的玻璃瓶子放着光。当地上摆着一张矮腿桌子，旁边有几张玲珑的凳子。姨太太懒洋洋地躺在藤床上，枕着绣花鸳鸯的鹅绒枕头，铺着红绫子被，弯着胳膊，穿着绿丝线袜子的细腿摆动着，好像闲得发痒一样。

"老爷可走了。"陆发的心在怦怦地跳着，一边打扫身上的灰土，一边不耐烦地说，"陈迷瞪真啰嗦，我在竹林子里蹲了半天。"

姨太太用手腕挪一挪绣花的鸳鸯枕头，看见陆发的小白脸，撇着红嘴唇微笑着。

"是你么？陆发。"

"是我，他们可啰嗦完了。"

陆发大胆地向前走了一步，他的三角眼睛已经给姨太太的花旗袍迷惑住了。

"狗咬狗，一嘴毛，"姨太太骂着说，"整天地不得清闲，一吃过早饭，就三一群两一伙地吵起来：抗日呀，减租呀，抽地呀，简直把我的耳朵都吵聋了。"

"老爷是一个置钱的人。"陆发说了一句姨太太不喜欢听的话。

"你不要说了吧！我跟着老家伙过一辈子，可倒霉透了！"

"那么,你换一个年青的不好么?"陆发嬉皮笑脸地说,死盯盯地望着姨太太。

"甚样年青的呢?"姨太太答了腔,也把眼神瞟过来了。

"像我这样……"

陆发凑到姨太太的跟前,伸手去摸她的脸蛋。脸蛋一红,一股胭脂的气味刺着鼻子。正在这个时候,他们听到张妈轻轻的咳嗽声。姨太太推了他一把,坐起身来,说道:

"你动手动脚的,叫张妈看见成什么样子?"

"她看见怕什么,狗拿耗子——多管闲事。"

陆发坐在一只凳子上,听见张妈的脚步声走远了。

姨太太看着他的眼睛说:"你在山西的时候,也缠过女人么?"

"我看见女人,好像苍蝇落在蜂蜜上一样,想离也离不开了。"

"你说吧,你在山西认识什么样的女人,她是你朋友的太太么?"

"你猜对了,我的朋友参加公道团,当过区长,是五台山的人,'会说五台话,就把洋刀挂'。他走西口去了。家里剩下一个小脚的女人,她会做莜面,捏猫耳朵给我吃,她的手又细又白。"

"你是一个坏人,看女人的手干什么! 你学会什么小调么,唱一个给我听。"

陆发清一清嗓子,唱着:

山西省

三种宝

山药蛋

破皮袄

嫖客进门狗不咬

许庭坚提着手杖走回来,两腮的肌肉搐动着,撅着短胡子,似乎怒气还未平息的样子。陆发看见许庭坚没有表露出一点怀疑,心才落地了。一边掩盖着自己不安的情绪,一边弯着水蛇腰向他献殷勤说:"老爷,我从集上回来,到处找你找不到,真把我急死了!"

"你说吧,集上怎样?"许庭坚放下了手杖,倒在一张凳子上,喘着气。

陆发用指甲弹着帽子上的灰土,表示刚刚从集上回来一样。

"老爷,新镇集炸了市,鬼子可穷疯了,到处抢老百姓的边币。"

"你到济生堂去请马医生!"许庭坚看见姨太太的脸颊上有些发烧,知道犯了老毛病,截住问了一句。

陆发沉住气,不慌不忙地说:"马医生不在家。集市搬到山里来,一到山里,边币就吃得开,河北票跌到六角钱,鬼子化八角,大家全把河北票推出去。贸易局有专人收买山货,花椒和猪鬃都涨了行市……"他讲得得意了,笑了笑。"老爷,我听到这个消息,比接到马医生都有价值。"

"你怎么知道行市?"许庭坚搭讪着,也发生兴趣了。

"老爷,俗语说得好,走过三家,强如问行家。"

"行家不行家的,我叫你买生发油,你忘在脖子后边么?"

姨太太躲在桌子的后面,背着丈夫,向着陆发睄了一眼。

"太太,你别怪我忘性大,我走遍了集市,压根没有看到生发油是什么。"

"我不信这样大的边区,连一瓶生发油都买不到。"

姨太太准备到外边去看药壶,又听到陆发答腔了。

"太太,我说的是真情实话,边区禁止卖生发油,这是贸易局订的好章程。巡查员在税卡子上放哨,不叫鬼子的生发油和兰花皂进口。"

姨太太逗嘴说:"亏得你说是好章程,大家都不洗胰子,还要脸么!"

"谁说不要脸! 我们今天打鬼子,是一件体面的事。"陆发也开心地笑了。

"那么,胰子是从天上掉下来的? 还是土里生出来的?"

"胰子也不会从天上掉下来,也不会从土里生出来。我们边区工人的手一动颤,胰子就出来了。老爷,你说对么? 边区兴华造胰工厂的出品,并不比鬼子的货差。"

陆发为了献殷勤,把脸转过去对许庭坚讲话。

"老爷,你能说不是好章程么!往常年,鬼子用胰子骗了中国老百姓的粮食、花椒、猪鬃、羊毛……胰子洗光了,老百姓饿着肚子。现在有了贸易局合作社,胰子是自己造的,剩下的花椒、猪鬃去换鬼子的钱。"

"钱……"许庭坚停下了。

姨太太吐了一口痰,骂道:"钱呵,钱,你看到钱,把我都不放在心上了。"

管家觉得站在屋子里没有趣,退了出去。张妈告诉姨太太药已经熬好了。手里拿着一根劈柴,脸被炉火熏得红扑扑的。许庭坚看见姨太太愁眉苦脸的样子,问她说:

"你还发烧么?"他摸着她的圆滑的胳膊。

"发烧,脸上常常出虚汗呢!"姨太太从兜里取出手帕来,用戴金戒指的手在微红的脸颊上擦了一下,装出一副可怜的样子。

"出虚汗是什么现象呢?"他自言自语地说。

"现象么,马医生说我亏血,除非吃人参补一补,女人最怕的是亏血。"

许庭坚想到买人参,皱一皱眉毛。

姨太太看出丈夫有为难的神色,抱怨地噘着嘴说:"别人向你闹减租,你倒在我身上打算盘了。"

"庸医用苦水子骗人。"

"以后,我再也不吃苦水子了,我死了,你好娶漂亮的。"

姨太太撒娇地摇了一下颈子,伸出焦黄的手背给丈夫看,手背上的筋络像蚯蚓一样脉脉地跳动着。

张妈知道老爷的家景近来有些不好,想到了一个偏方,对他说:"是专治女人这种病的,百发百中。死人的头发焙阴阳瓦,冲红糖水喝。"

"济生堂的坐堂医生,都不顶事,偏死人的头发治好病,这是笑话。"许庭坚笑了。

"偏方能投病缘呢！老爷，信不信由你。"

外边有人打门环的声音，铿铿地响着。许庭坚摆着手，赶走张妈说：

"你这个没深没浅的贱货，哪里有话，你哪里插嘴。去吧！到外边看看是谁来了。"

<h2 style="text-align:center">六</h2>

来的人是王老太太。她是许庭坚的胞姐，村里有名的虐待儿媳的婆婆，外号叫做母老虎。她出嫁的时候，王家原也是像许家门当户对的财主，家里有二百多亩滩地。公公是一个五谷不分的秀才。丈夫是一个二把刀，站过几天栏柜，便做起投机的生意来，收买山货，后来这生意给天津的买办商人抢了去，赔了本，卖了滩地，从此家业便衰落了。丈夫死后，她领着两个儿子过穷光景，佃种许家的滩地。亲戚两家并不和睦，她也很少到娘家来。她更不愿意看姨太太的白眼，怕她沾光，姨太太常常俏皮地说："王姑奶奶腿脚真勤快呀！她又来了。俗语说得好：嫁出的女，泼出的水。"

王老太太的脸是瓜子形的，额角上打着拔火罐的印子，秃头顶，一绺灰白色的头发仿佛用浆糊贴上去的，下巴像一柄铁锥。她吃过早饭就离开了家，因为儿媳焦春妮参加妇女自卫队检阅大会，生气地吵了架。她领着孙子出来散散心，顺便探听一下滩地的消息。

寝室里光堂堂的，天棚和粉皮墙白净净的，一张黄油的八仙桌子亮得透明，床幔的纱带系着一只气球。乍一进来，王老太太的眼睛发花了，两只穿套裤的寒腿绊着，走也走不动。

姨太太笑嘻嘻地迎了上来，一手挽住王老太太的胳膊，一手拉住小孩子的胳膊，翘着红嘴唇说：

"姐姐，我昨夜剔了灯花，就知道你要来呢！"

许庭坚从凳子上直起了腰，扯了一下小孩子的帽子耳扇说："牛锁子也来了，你看，你戴的老虎帽子，我简直认不出来了。"

"牛锁子,你忘了给你舅爷舅奶行礼么?"王老太太提醒孙子说。

牛锁子抽出了小手,扒下老虎帽子,慌慌张张地弯了两次腰,他的方向不是朝着许庭坚,也不是朝着姨太太,恰恰是对着两个人之间的那只气球。许庭坚看见小孩子的可笑动作,忍不住地笑起来。小孩子的奶奶也跟着笑。

姨太太摇摆着细长的大腿,靠近了王老太太的肩膀说:"姐姐,你常常出来散心吧! 我住在家里,像瘪憋在闷葫芦里似的。"

王老太太弯折了腰,走过地桌的边沿,一屁股坐在床上,屋子里的芍药花香和强烈的反光,使她感到不舒服,咳嗽起来。

"王姑奶奶一定走累了! 歇歇脚吧!"张妈见景生情地说。

"姐姐,你一定辛苦了。"姨太太轻描淡写地陪衬了一句。

"不是辛苦,是命苦。"

王老太太继续咳嗽着,嘴唇喷着吐沫,腰弯得像罗锅一样的弯。姨太太把干净的红绫子被撩到床里去。牛锁子像一只蚱蜢扎到奶奶的怀里,贴到膝盖上,用他的小手玩弄着老虎帽子的耳扇。

张妈端来了一碗汤药,放在八仙桌上。姨太太嗅着汤药的苦辣味,皱着眉毛。

王老太太问姨太太说:"你的病根断了么?"

姨太太叹了一口气:"我嫁到这个门口,就成了一个药包子。"

"娇女泪多,娇媳妇病多。"许庭坚开玩笑说。

姨太太又皱了一下眉毛,端起了药碗,先舐了几口白糖,喝了半口药,吐着吐沫,把药碗摔在桌子上。

"喝苦水子,真是活受罪呵!"

"有钱吃药,也是一种口福呢。"王老太太想起牛锁子死去的娘,伤心地说,"我的大媳妇得了伤寒病,到了死的时候,没有钱买药吃……"

王老太太的话触到了姨太太的心尖,诉起苦来:"你以为我们有钱买药么,这年景可不沾了。一天有十八个人来减租子,地也当不出去。"

"怎么当不出去，佃户来求情么？"王老太太明白姨太太的话里有话，问了一句。

"求求情又好办了，她自己不露头，鼓动农会来找我们麻烦，掇疯狗咬傻子。"

王老太太红透了耳根，装做不知道的样子："还有这样的人么？"

"怎么没有，动不动就找农会，连亲戚也抓破脸了。"

许庭坚觉得不便插嘴，索性从地桌前面站起来，戴上礼帽，顺手抄起了黑手杖。看着他的白发的姐姐，回过头来又吩咐姨太太说：

"留姐姐在家里吃午饭，我到水利委员会去一趟就回来。"

"张妈，你听到么，留姑奶奶在家里吃午饭。"

姨太太把丈夫吩咐的话，又照样地吩咐了张妈。当她的白眼珠溜到王老太太打补丁的套裤上，又添了一句。

"张妈，你不要忘了炒一盘黄花。"

"太太，厨房里剩下的肉怎样办呢？"张妈没有主意地问着。

"我以为用不着问呢，"姨太太难为情地骂着张妈，"笨蛋，你的脑子里没有一点脑筋么？"

许庭坚走出去，张妈和牛锁子也跟着走出去。到了院子，牛锁子喊着张妈给他摘葡萄吃。屋子里冷清清的，太阳从外边射进来，八仙桌上的药碗变成绛紫色。一只家雀从玻璃窗前飞过去，影子像一条线，玻璃窗前的芍药花挺挺的。王老太太躺在一床俄国毡子上，一句话也不讲，本来她想提一提滩地的事情，却被姨太太的咸言辣语堵住了嘴。姨太太为了对待客人不太冷淡，把妇救会当做引子，扯了起来。

"姐姐，听说参加妇救会，就可以自由了。"

"自由，它是什么意思？"

王老太太咕噜着，脸皮上的青筋骤然跳起来，似乎有什么不干净的东西触到她的身上。

"姐姐，你知道，小媳妇心眼可活啦，一参加妇救会，就想和丈夫离婚。"

"罪孽呵！任拆一座庙，不拆一桩婚。"王老太太皱皱眉毛。

"姐姐，你的媳妇在家么？"

"她们妇女自卫队开会去了。"

王老太太想起了儿媳参加妇救会，参加妇女自卫队，开会和她吵架等等不愉快的事情，心里凉了。

"开会的时候，男人和女人挤在一堆，眉来眼去的，该多么不正派呀！"姨太太俏皮地抛着红嘴唇，好像别的女人都不正派似的。

"我和她吵了一架呵！"王老太太又想起了同儿媳吵架的事情。

"吵吧！姐姐，你不管教，出了笑话是你家的。"

"她和我讲平等啦！"王老太太说。

"什么人都讲平等了，"姨太太冷笑着说，"你知道周小拴吧，自从参加八路军以后，对别人叫起同志来了。说不定将来对他爸爸也叫同志。"

"对爸爸叫同志，简直没个大小。"

牛锁子和许克己在院子里玩了一会，跑到屋里来，老虎帽子扯到脖子上，一边用袖子揩着鼻涕，一边高高兴兴地撞到奶奶的怀里。王老太太将住了他的耳朵，冷不防打了一个巴掌。

"揩呵！不知道干净的鼻涕鬼。"

牛锁子挤挤眼泪瓣，没有哭出来，抬头看见纱带上的气球，跑到许克己的跟前，摆着小手。

"叔叔，我要气球。"

"牛锁子，你来拿吧！"

许克己把气球从纱带上取下来，逗着牛锁子玩。牛锁子跳了两次都没有抓到气球。于是抱着许克己的胳膊向上爬，累得流了鼻涕，许克己害怕鼻涕抹到他的呢子制服上，把气球递给牛锁子。

王老太太望着孙子说："你这个瘦猴，多咱才能长大？"

"小孩子有出息，二十三，还有一蹿。"

姨太太摸一摸牛锁子的头顶,问他说:

"你们儿童团查路条么?"

"查……"牛锁子贪玩气球,忘了说"路条"两个字。

"好聪明的孩子,是你抓住那个菜贩子么?"

有一次,牛锁子在街上站岗,碰见一个挑菜担子的小贩,小贩没有带路条,拿出边币哄他。他知道小贩是一个坏人,报告了自卫队,逮住了卖菜的小贩,原来菜贩子是一个化装的汉奸。

话又转到焦春妮的身上了。王老太太说儿媳参加妇救会是一件丢脸的事,她更害怕儿媳去当女兵。姨太太在旁边冷笑,不住嘴加油添醋地说:

"姐姐,方才我和你说什么呢,女人不正派,叫人家把大牙都笑话掉了。"

七

妇女自卫队分队长吹过哨子,散了队,一面奖旗顺着黑黑的头发飘过去。

焦春妮从队里走出来,抛着大脚板走到自家的门口,摸一摸背上的背包和腰间的剪子,立刻看见了黄土抹的房子,老榆树梁头,黑窗棂子和那像老太婆牙齿一样的椽子。她熟悉家里一切的情况:一块砖,一块瓦,一只鸡笼子。她嗅出脚下的玉茭叶子有一股腐腥的气味,她知道那是被猪嘴刚刚叨过的。她已经把检阅大会的情形忘在脖子后边了,又回到老套的家庭生活里,心里凉了半截子。她自言自语地说:"外甥打灯笼——照舅。"

一条小花狗跳过了短墙的缺口,摇头摆尾地向着焦春妮的跟前跑来,仿佛表示欢迎她的样子,牛锁子在小花狗的后边追赶着,小手摇着一把木头刀,喊着焦春妮说:"婶婶,你帮助我逮住小花狗,不要叫它跑了。"

小花狗向焦春妮跳跃着,舐着她的手背,用尾巴打着她的衣裳襟。她知道它饿了。"我离开家半天,没有人喂它米汤,它是怎样认得人呀！”她轻轻地摸抚着它脖颈上的细毛，仿佛摸着自己的小孩一样。

牛锁子捋住小花狗的耳朵，冷不防地骑到它的身上，推着它的脖子向前走。小花狗顽皮地摆着头，张着嘴，嘴里的水滴到牛锁子的裤角上。

“牛锁子，你下来，听婶婶的话，骑狗烂裤裆。”

“婶婶，我骑马打东洋鬼子去！”牛锁子又一次摆着木头刀。

焦春妮咧着厚嘴唇笑了笑。

“奶奶回来么？”

“奶奶刚从舅爷家回来。”

“在那里吃过饭么？”

“婶婶，我们在舅爷家吃的两米干饭，还有一盘黄花、猪肉、粉条，粉条像鼻涕似的。”牛锁子摸一摸鼻子，鼻涕不知不觉地淌下来了。

焦春妮给牛锁子擦了一下鼻涕，问她说：“奶奶高兴么？”

“奶奶噘着嘴，生了气。”

“她为什么生了气？”

“奶奶不愿意你开会去……”

她听了牛锁子的话，心腔里仿佛坠下了一块冰冷的石头，说不出一种沉重的感觉。她想再问些什么，牛锁子已经追着小花狗跑到大街上去。狗蹄子踏着玉茭叶子沙沙地响着，灰土冒了烟。

她拉开了破房门子，跨过了门槛，立刻看见了堆在炕角的粮食口袋、簸箩、洋油桶、破水壶，旧板柜上放着一只破纺车、破棉被，锅台上放着一只葫芦瓢，葫芦瓢里的米糁子给小鸡啄洒了，白花花地扬在盖帘上。她一边收拾洒了的米糁子，一边抱怨地嘟哝着。

“咳！农会给退的租子，都糟蹋了。”

房子里鸦雀无声，她的婆婆和丈夫王富都在家里。

王富是一个安分守己的庄稼主。今年春天，改选了村政权，取消了闾长和保甲，由村代表选他做村公所的经济委员。他的头上包着一条羊肚子手巾，拿一支蓝色的铅笔记账，没有到滩地上去，大概和陆发吵架不顺心吧！坐在柜台旁边的墙角里，细高挑的个子要碰到窗棂子上的蜘蛛网。王老太太坐在炕上的一块草垫子上，衔着一根长杆旱烟袋，没有抽完一袋烟，就在窗棂子上敲着，黑色的烟袋油子淋满了窗纸。她从娘家回来，一肚子闷气正没处泄，看见儿媳背背包的鬼样子，心里就冒了火。

焦春妮走到了北炕梢，解下了背包和剪子，丢在板柜上，跨过了洋油桶，悄悄地走到丈夫的跟前。王富看见老婆的红脸蛋，就知道她们妇女自卫队得了旗子。

"你们得第一哩！"

"我们东庄妇女得一面奖旗，可沾呵！"焦春妮高兴地比画着粗手指头，好像看到了奖旗一样。

"是一面红底黄边的旗子，西庄里的妇女自卫队可气坏啦。"

"她们唱歌不沾么？"王富接着问，上午在村公所的时候，清清楚楚地听到河滩的会场上有唱歌的声音。

王老太太听到他们谈得起劲，心里越发恼火，把脸扭到墙里面去了。

焦春妮回答丈夫说："她们唱歌像小牛叫似的，政治问答也答得不坏。"

"到底为什么呢？"

"她们少带了一把剪子，没有抢到旗子。"

太阳压山了，窗子暗起来，王富的雀盲眼看不清记账，把铅笔掖到耳朵缺子上，催促他老婆说：

"快做菜饭去吧！"

"我知道做菜饭。"

焦春妮对着丈夫点了点头，卷起袖子，伸出毛毛虫似的粗骨节手指，在灯台上摸索着，有一个空火柴盒子，又找过了簸箩和柜盖。她想起早晨煮饭以后火柴叫婆婆收起了。

"娘，给我一根洋火。"

"我没有洋火，你向你们分队长要去吧！"王老太太刁难地说。

"分队长叫我们得了旗子。"

"你吃旗子去吧！"

王老太太气得鼓鼓的，老脸皮仿佛秋天枯干的核桃叶子一样，没有血色和光泽。她一听到了分队长，就像碰到了冤家对头。

焦春妮的嗓子哑了，脸蛋发红，腿肚子哆嗦起来，一碗冷水泼到她的头上，她不晓得怎样回答才好，也不知道把手脚放在什么地方，心不落体地纳闷儿着："倒霉呀！这回又惹了娄子。"自从她参加妇救会和妇女自卫队以来，吵架拌嘴已经是第五次了。

"早晨我叫你做什么呢？袜底子没有纳，我的裤子没有洗，你听见分队长吹哨子，放下碗筷就跑出去……"王老太太教训儿媳说，"我当婆婆的，不如短头发的分队长么？国有国法，家有家法。"

"我们也有妇女信条呵！开会要到。"焦春妮只好答了腔。

"我化钱讨媳妇，不是为了开会的。"

"又开会，又叫我做针线，这算平等么？"

"呵呵！你又和我讲起平等来了。"

王老太太想起和姨太太的谈话，使她暴躁起来，敲着窗子，她的脸上的黑皱纹像小蛇的尾巴。

"我已经土埋半截了，等我死了，你再讲平等。"

王富是一个腼腆的汉子，每当老婆和娘吵架的时候，只好站在一旁，他觉得和娘站在一道也不好，和老婆站在一道也不好，他不能帮助娘去欺负可怜的老婆，他也不能责备娘胡搅蛮缠，这时候，他只好不吭声，不插嘴，不敢出口大气，暗暗地埋怨着："没有开晴的天，我早就知道这样，简直穷极生风啦！"他无形中被卷进风波的漩涡之中了。当着娘用一种刺耳的、枯涩的，像破锣的嗓子辱骂的时候，他的心立刻突突地跳起来，仿佛什么人用锥子刺了他的心，他的呼吸快屏息了。

过了一会儿，王老太太又开腔教训儿媳说：

"王家的家风都叫你给丢光了！一个当媳妇的，应该坐有坐样,站有站样,大门不出,二门不迈,你看着你吧!"

"我……"焦春妮想说自己是土生土长的孩子,没有说出口来。

"你没有吃过肥猪肉,还没有见过肥猪走么!"

焦春妮憋住气,脸蛋烧得红红的,好像挨了巴掌一样,简直是哑巴吃黄连——有苦说不出。王老太太恶狠狠地咬着牙根,紧紧地逼着说:

"哪有正派的女人去开会。"

"妇救会叫大家去开会,谁愿意留在家里当乌龟。"焦春妮难过地解释说,差不多流出眼泪来。

"你给我住嘴,我知道有妇救会给你撑腰。"

门外有男人急促的脚步声,踏着玉茭叶子沙啦沙啦地响着,大概听到屋里有人拌嘴,走到墙拐角便停下了。

"王富,有两个八路军同志在村公所等你。"

王富听到那男人的公鸭嗓,立刻知道是张三保。每次八路军同志来到村公所,都是王富和经济主任替他们找房子、粮食、花料和干草,派饭,铡草,直忙到深更半夜才回家。现在,他感到踌躇,欠一欠屁股,望着窗外的张三保说:

"经济主任没有在村公所么?"

"他到军贷所送粮食去了。"

"同志骑头口来的么?"

"他们没有带头口,全背着枪。"

"张三保,你问过他们带粮票么?"

"你真小气,八路军没有白吃老百姓的。"外边的张三保催促说,"王富,你快去看看吧!人家走了一天,怪辛苦的。"

"带了粮票,你派冯老窝脓的饭好了。"

王富想到了花门楼收滩地,想到家里吵架的情形,满肚子不舒服。

"冯老窝脓城里的亲戚来了,大吃大喝,不愿意留同志吃饭。"

"冯老窝脓真是顽固分子。"

王富下了地,穿上一双布鞋,不顺心地把房门踢了一脚,走了出去。

焦春妮躲在北炕的拐角里,角落里乌漆黑黑地罩着暗影,一本妇女识字课本放在木匣子里,字的笔画已经看不清了,一只袜底子引上了针线,剪了敞开口,她心里说:"就是为着这个缘故,她和我发脾气,她管天管地,连开会也来管了。"婆婆的脾气她知道得很清楚,干涉她开会,禁止她唱歌,偶尔同男人讲一句话,婆婆也会大骂她一顿。她在家里处处觉得别扭,好像让她的大脚板去穿一双不合脚的小花鞋一样。

牛锁子从门缝里溜进来,挤着小眼睛,看见婶婶呆头呆脑的样子,问她说:

"婶婶,你为什么不说话呢?"

焦春妮难过地瞧着牛锁子皮球一般的小脸蛋,没有讲一句话。

"好婶婶,你教我唱歌吧!"牛锁子纠缠着婶婶,去扯她的大腿。

焦春妮紧紧地捏住小孩子的手,望着他的小杏仁眼睛,她觉得小孩子是怎样亲切和可爱呀!她知道不能在婆婆的面前教他唱歌,心里非常难过,似乎有什么对不起小孩子的地方。她把小孩子的手捏得更紧了,暗暗地对他说:"你知道奶奶生气么? 我不能教你唱歌……"

"婶婶,你唱一个歌给奶奶听。"牛锁子不放松地要求着。

"唱歌,扭秧歌……咳! 这世界把我的孩子都教坏了!"

王老太太气得浑身发抖,不由分说,举起烟袋锅子在小孩子的脑袋上刨了一下。牛锁子挤挤眼泪瓣,钻到焦春妮的怀里。焦春妮的两眼冒着火星子。肉皮上起了鸡皮疙瘩,好像烟袋锅子刨在她的头上一样。她心疼地揉一揉小孩的脑袋,替小孩辩护说:

"小孩子活蹦乱跳的,唱唱歌,怕什么?"

"我怕你给我丢脸。"

王老太太歪七斜八地扑到地上来,拖着鞋,一把揪住焦春妮的头发,高声高气地骂着。焦春妮抚着眼睛,抖擞着身子,脖子上一条条的青筋火热地跳起来，深一脚浅一脚地向后退，逼到炕沿的附近，她的一只大脚把葫芦踏碎了。王老太太推了她一把，她像一团毛球在地上滚了起来。

"滚吧！不要再给我丢脸！"

牛锁子吓哭了，他死不放松地抱着奶奶的胳膊，拉扯着，扭动着，他想把奶奶的手从婶婶的头发上拉开。奶奶一直没有松手，他一直抱住奶奶的胳膊打圈子。

"婶婶……"

"牛锁子，松手，让你婶婶死了吧！"焦春妮从王老太太的屁股底下喘出一口气。

"你活是我家人，死是我家鬼！"

焦春妮被王老太太扯到墙角、门槛、簸箩的边缘，她的笨重的大腿沿着狭窄的屋地摆来摆去。纽扣撕掉了。衣裳领子斩了线。她的头皮像烫了烙铁火辣辣的。在昏迷不醒中，她听见婆婆的辱骂声，牛锁子的哭啼声，洋油桶撞得咕咚的声音。她倒在地上了，鬓角淌出了血。

八

已经是夜深人静的时候了，焦春妮躺在土炕的席头上，摸一把炕上的谷草叶子，翻一个身，望着破窗纸外面的天空，直到北斗七星升到屋檐的时候，她还睁着眼睛。她倒栽着身子，避开受伤的鬓角，戴过多年耳环的耳垂压在枕头上。拉一拉旧棉袄，囫囵个地躺下了。过了一会儿，屋子渐渐地暗下来，散出一股臭脚泥的气味，屋顶黏在蜘蛛网上，更蒙蒙胧胧的了。她记不清头朝着什么方向，是朝南？朝北？朝着牛锁子？还是朝着灯台的地方？她也记不清小便回来是否闩上了门，她也想不起把鞋脱在什么地方。

人们通常有一种坏毛病，假如一开头躺在炕上睡不着，以后就很难睡得着了。现在，焦春妮正尝到了这种苦头，尽管她的眼睛发涩，胳膊酸酸的，身子没有一点劲，脑子叮咛自己不要胡思乱想什么，蒙上了头，眼睛闭得紧紧的，手脚一动也不动。过了一会儿，她的脑子比先前更清醒——眼睛闭上一会又睁开，一只跳蚤从土炕窜到她的裤角里，皮跳肉战了，再翻一个身，她不知不觉地听到婆婆打鼾的声音，邻家工匠弹棉花的声音，滹沱河的流水声，夹杂着风吹芦草的喳喳声，一并地卷进她的耳朵里。她的脑子为着几种不同的声音混乱起来，吵叫起来，像小孩子用手扭马蹄表的轮子一样。她知道睡不着了，她越睡不着，那些声音越听得格外清楚，她的脑子也就格外为着那些声音混乱起来。

长流不息的滹沱河水是怎样的醒人呵！时而远，时而近，时而高，时而低，时而中断，好像一个庄稼主摇着风车，糠秕和米粒不断地从风车的扇板里滚出来。她侧着耳朵听，滹沱河的流水声渐渐真切，她爱滹沱河，她的心被带到滹沱河滩的会场上了。她记得有两千多个妇女自卫队员在河滩上排着队，跑步，唱歌，认字，答政治问答。从麦子地吹过来一股清风，吹到她的红脸蛋上，仿佛春天融化的冰盘，一挨着太阳，就软软地松开了。她一边跨着大脚板，一边望着飘扬在黑色头发上的奖旗，微笑，她忘记方才分队长问她什么了，她瞅着旗子含糊地答应着。

"旗子上绣一只小马驹，更好看了。"

分队长鼓励她说："我们好好加油干，明年还要得旗子！"

一面红底黄边的旗子，上面贴着"妇女先锋"四个大字，三角形的花边从黑簌簌的头发上飘过来，又从黑簌簌的头发上飘过去。焦春妮看得呆了，问分队长说：

"明年还开大会么？"

分队长反问她说："你愿意开大会么？"

她回答说："开会的时候，我简直不愿意回家了。"

想起了家，她的浑身打着冷战，鬓角疼痛，她立刻想起撞在洋油桶的事情来了。

黑森森的，伸手不见掌的夜呵！

她睁开两只疲涩的眼睛，什么也看不见了，河滩，旗子，分队长……方才她记起的一切情景,现在好像离开她很远的样子。屋子里乌漆墨黑的一片,檐角遮住了昏暗的月影,豆腐块的窗格子显得更幽淡了。土墙被烟袋油子涂得刷刷黑。婆婆躺在南炕头上,不大通气的鼻孔呼呼地打鼾,像猫打呼的声音一样,震荡着零落的窗纸。她的胆子虚了。当她像牛锁子一样大的时候,妈妈讲猫的故事给她听:"孩子,你怕老鼠偷吃你的东西么,把邻家的猫拴在柜腿上,猫睡觉打起呼来,老鼠不敢从洞里出来。"她害怕听婆婆打鼾的声音,正如一只小老鼠听到猫打呼的声音一样。就在那一瞬间,她回想起许许多多不顺心的事情。

她记得还是童养媳的时候,婆婆吩咐她到井沿去打水,拉碌碡,背布袋,她也曾代替驴子去推碾子。在家里喂猪,养鸡,掏豆角,剪羊毛……在腊月数九三冬天气,北风烟雪满天地飞,她露着脚跟到山坡上去拾柴。

每次鸡叫二遍,窗子刚发白,别人都没有睁开眼睛,她独个从被窝里爬出来,披上空心小袄,嘚嘚瑟瑟地到灶头点火煮饭。到晚上,等到别人全都躺下之后,她才敢偷偷地解下围巾去睡觉。她穿着别人穿破了的衣裳,吃着别人剩下的饭。她端起了饭碗,看一看婆婆的眉眼高低,婆婆用白眼珠子瞪了一眼,她也只好半饱不饱地把碗筷停下了。她做计线活计,手脚稍微慢一点,婆婆便指鸡骂狗地吵起来。在婆婆的眼睛里,她是一个没有出息、没有规矩、没有丝毫用处的人。因为她娘家穷没有陪送嫁装,她就永远被婆婆看不上眼。正因这样,婆婆对她摆起臭架子来,挑包残,哼哼哈哈,满身都是毛病。婆婆吃饭的时候,她站在地上侍候盛饭,婆婆抽烟的时候,她殷勤地装烟讨火,不管她怎样赔小心,都不能不使她婆婆发脾气。婆婆嫌她的嗓子粗,嫌她腿上的毛多,特别是嫌她的脚大。她记得有一次,婆婆歪着鼻子,当着一个半生不熟的客人挖苦她说:"你看,我们媳妇的脚好像两只小船,水路旱路都方便哩!"婆婆的话她记得特别牢靠,好像生了锈的钉子钉在木头上,拔也拔不掉。她走到大街上,不管别人有意无意地用眼睛扫着地皮,她疑心别人偷看她的脚，脸蛋很自然地红起来。和娘儿们并排地站在一起，她总觉得自己比什么人都丑陋，穿得褴褛，态度呆板，实际上，因为自己的手头穷，买不起布，她的不能盖脚面的破衣裳，倒比别人矮了一点。

她把头埋在被窝里，继续断断地思量着："哑巴吃黄连，有苦说不出。"谁能够知道她的苦处呢？她向妈妈诉苦，妈妈每回看见她寒碜的样子，总是伤心地说："苦命的孩子，妈妈把你送到火坑里去啦！"她想起妈妈的话哭起来，妈妈的话是怎样使她难过呀；她觉得不应该埋怨妈妈，妈妈为了她受着委屈，妈妈不是比她更可怜更难过么！

爸爸死了之后，妈妈看着破窗户门守寡，晚上在菜油灯下纺线，油灯熬干了，眼睛熬红了，右手摇着纺车嗡嗡地叫着。在白天，她领着弟弟到野地去采薇菜，猪毛菜，苦菜，爬到树干上去撸榆树钱，扯破了裤子。提着筐回了家，妈妈一边用巴掌打她，一边心疼地把糠窝窝塞在她的嘴里。她吃得心里不舒服，一嘴饭，一嘴眼泪。妈妈怕她受委屈，告诉她说："孩子，你知道债主和我们怄气么！少费一尺布，少费你妈妈多少心血呵！"她记得债主是一个满脸大麻子的老头子，个子很矮，两个大板牙露在嘴唇外边。爸爸害病借了他五十元臭虫利，进棺材的那天已经涨到一百多元了，三天两头跑到她的家里来讨债，翻箱倒柜地找东西，把一个供神的锡蜡台拿走了，到后来，老头子在她身上打了主意，做了媒人，把她卖给王家做童养媳。她的小小的心没有开窍，不晓得童养媳是什么，压根没有看见婆婆和丈夫。她心里明白：她舍不得离开妈妈，到什么陌生地方去，她觉得跟妈妈吃糠窝窝也是好的。那是秋天的时候，焦黄的核桃叶子落满了地，大碗花谢了，马兰结了棒，蛐蛐在星星草根下曜曜地叫着。妈妈紧紧地拉着她的手，跟在老头子的后边，走过星星草旁边的一条抄道，到了爸爸的坟上。有一群小白羊在坟头上吃草。她曳开妈妈的手，喜欢地捉住一只小白羊的角，小白羊咩咩地叫着，她拉着它到了妈妈的跟前。

"妈妈,咱们家里为什么没有小白羊呢?"

妈妈望一望她的天真的小脸蛋,又望一望爸爸坟头上一堆荒草,红了眼睛,想了半天,想告诉她,她爸爸是被债主逼死的,买不起小白羊,话和眼泪一齐涌出来,瞧一瞧满脸大麻子的老头子,又咽到肚里去了。

天快黑了,放羊的孩子从坟头上捉了一只螳螂,赶着羊回家去。老头子为了要赶路,催促她快走,哄着她说:"快走吧! 到你婆婆家里就有小白羊了,还买麻糖给你吃呢!"

"我不去,我叫妈妈给我买麻糖。"

老头子露出大板牙笑起来:"跟你穷妈妈有什么意思,有奶便是娘。"

小白羊向着山根走远了,放羊的孩子一边唱着山歌,一边抽着鞭子。地上冒了烟。她追着小白羊跑了几步,妈妈把她拉了回来。她感觉到妈妈的手比平常更要温暖,更要亲热。停了一会儿,妈妈松开了她的手,眼泪汪汪地说:

"孩子,去吧! 妈妈不能留你了,嫁鸡跟鸡飞,嫁狗跟狗走。"

房后芦草喳喳地响着,阴风吹进窗子来。她蒙蒙眬眬地睁开了眼睛,看不见妈妈,老头子,放羊的孩子,星星草,爸爸坟头上的小白羊……一切情景都模糊了,眼眶里还含着眼泪,枕头已经湿了。那是怎样一幕沉痛的回忆呵! 她在空虚的屋子里摸索的时候,四周空洞洞的,充满了鼻息和泥土气味。她摸一摸丈夫身边的谷草叶子,叹了口气。抚着冰冷冷的心窝思量着。他就是我从前做梦也没想到的丈夫,那时节,我还是一个不懂事的孩子,什么也不知道,糊糊涂涂地跟他过起光景来了,好像从集上买来的两口小猪,拴在一个槽子上吃食,慢慢地熟起来。

鸡叫了。窗户朦朦胧胧地浸印着一片亚麻色。一个赶驮子的人吆喝着牲口,走上了滹沱河的渠埝,牲口脖子上的铜铃在叮叮地响着。

声音清脆地敲着她的脑门,在黎明之前,她的脑子格外清醒了,眼泪滚进谷草叶子里,一页伤心的历史抛在脑子的后边去。夜里的打鼾声消逝了,弓弦声和流水声也消逝了,风息了,只有滹沱河边的铜铃声越来越近,越来越清楚,似乎在招呼她快快起来一样,她记得今天是妇救会开会的日子。

九

那是一个假阴天,天上浮着薄薄的云彩,太阳半天没有露脸,太行山上冒着青烟。王富到清水沟沿上滩地去,看见麦子已经灌浆了,高高兴兴地回到家里来,准备拿秸子去浆稻子。正在这个时候,陆发跑到他的门口,一边挤着三角眼睛,一边告诉他花门楼把清水沟沿上滩地当出去了。王富当时冒了火,把秸子摔在地上。

"陆发,当地也应该看个时辰,现在青黄不接,叫我怎么办?"

"老爹吩咐下来的,一就是一,二就是二。"

陆发的口气很硬,插着腰同王富讲话,晃着小脑袋,他的水蛇腰好像有人在后面撑着似的。

"滩地……"王富想说出滩地是经他的手修整出来的,修水口,培土埂,岔了一口气,没有说出来。

"地已经做了死契。"陆发龇着牙笑着。

"老规矩,卖马不离槽。"王富擦一擦手上的泥土,回答说。

"旧皇历看不得了,你忘了到花门楼去退租子么?一还一报。"

王富压了一肚子闷火,吵了几句,弄得昏头昏脑的,手腕扶着墙根,对着陆发瞪大了灰眼珠子,冒着火星。这时候,焦春妮正在院子里洗衣裳,听到丈夫的声音,提着半湿的褂子跑出来,看见陆发的样子,一时摸不着头脑。王老太太披散着几根白头发溜到门口,指着陆发的脊骨骂起来。

"滚吧!坏小子,我在许家当姑娘的时候,你还在吃屎呢!"

陆发笑嘻嘻地说:"王姑奶奶,俗语说得好,亲戚不动财,动财两不来。依我看,还是另打主意吧!那一块黄土不养人。"他弓着水蛇腰,顺着一阵街风溜走了。

妈妈和儿子商量着,但是谈得很不对头。

"找农会去吧! 孙国亮会给我们做主的。"王富自从参加农会以后,碰到芝麻粒大的事情,也想找农会去解决。

王老太太一心想着亲戚关系,反对儿子说:"等我到花门楼走一趟,你舅舅不会不睁开眼睛的。"

王富扯下了头上的羊肚子手巾,拍一拍衣裳上的灰土,待理不理地说:

"娘,不要指望了吧!"

"我看你舅舅会睁开眼睛的。"王老太太弯着腰,仿佛做梦一样地咕噜着。

"也许他睁开一只眼睛,闭着一只眼睛。"

停了一会,王老太太摇着葫芦一样的秃脑袋,感慨地说:"也是人家命里的造化。想当初,我爷爷赶着一头驴子到了东庄,房无一间,地无一垄,后来到了你舅舅的手里,置得家大业大。"

儿子撅起了鼻子,不服气地说:"偏他有造化?"

"不是造化是什么,你也不是两个肩头扛着一个嘴么? 为什么人家吃香的,喝辣的,我们连棒子窝窝都吃不上嘴呀!"

"因为我们没有吃过别人的冤枉租子,高价抬粮食,放臭虫利,害得别人家破人亡。"

"小富子,"王老太太叫着二儿子的小名,申斥他说:"你看你说的什么话呀! 狗嘴里掏不出来象牙来。"

"娘,我说的真情实话,哪个狼不吃野食的?"

"住嘴,你这个牲口,一跨进农会的门槛,六亲都不认了。"

王富有一股牛性子的脾气,不爱沾许家的光,不叫许家怜恤,除了每年一次到许家去拜年,很少跨进许家的门槛。他宁可自己抱着碾杆碾米,也不去借花门楼的牲口,缺少粮食,跑到别的小户人家去借。他们卖给许家的二亩滩地,又佃给他种,按着卖马不离槽的老规矩。每年秋分,他播下宿麦,冬天围着羊圈磨牙齿,进了惊蛰,跟着长工们合伙挖渠,添埂,抬石头,清明以后,庄稼活显得格外忙碌了。他在家里务庄稼，他哥哥王贵在外村做营生。两个人供不上全家的吃穿；牛锁子身上的衣裳像蜂子窝一样，焦春妮露着脚跟，王老太太几次为了要买一只拔火罐子同儿子吵着架。他打下了麦子，不是缴了地租子，就是缴了摊派，打下大米换小米吃，吃棒子窝窝，吃菜饭，碰到圭古年头，他们采杨树须吃。前年的秋天，他参加了农会，像是冬天藏在土壳里的蝼蛄，在下雨之后翻出身来了。那时节，他从花门楼退回来三布袋的粮食租子，取消了摊派，边区政府又给他放了五十元农业贷款，他买了一把粘子，一把锄头，后来又做了村公所的经济委员，他不知道为什么和花门楼的亲戚关系，越来越疏远了。

陆发和他吵架以后，他到了农会，把实情一五一十地告诉了孙国亮，孙国亮皱一皱眉毛，吃惊地抖着嗓子说：

"又出了娄子……"

"不是娄子，简直是找岔子。"

"让他找岔子吧！只要农会抱一个团，什么岔子也不怕。"

孙国亮转了一个身，把手插在腰带子里，想了一下，扬着红色的酒糟鼻子哈哈大笑起来，笑得打了饱嗝。

"只要我们抱一个团呀！大家一条心，黄土变成金。"

王富鼓起了眼泡，差不多流出眼泪来了！"我永远忘不了农会的好处。人不能忘本，水不能忘源。"

那些天，王富白天吃不下饭去，夜里睡不着觉，早晨起来，没有擦眼屎，敞着怀就跑出去，直到三星斜西才回家。有时候低着头抽旱烟，有时候蹲在墙根的阴凉下，用火柴杆剔牙齿，一句话也不说，他的心里悬了一只水泡，不落体地晃荡着。在村公所里，他生闷气，同治安员吵着架，眼睛瞪得算盘珠子一般大，用刀子割纸割破了手，把粮票错当做路条。一句话，他什么心思都没有了，一个佃户没有滩地种，好像脚上没有长根一样。

孙国亮从花门楼出来之后，急忙地到村公所来，把王富从板凳上拉下来，走到外边去。迎着太阳光，孙国亮看见王富面黄肌瘦的，腮帮子上的肉全塌下来，好像刚刚打过摆子一样，人变了样子。

“王富，滩地浇过水几天了？”

“七天哩，太阳早把地皮晒干了。”王富没有劲地说。他感觉到脸上干巴巴的，正像滩地被太阳晒干似的。

孙国亮说：“到了立夏，是浆稻子的时候呢？”

“那和我有什么关系呢？”王富摇一摇头。

孙国亮的脸上皱纹像绷瓷一样地裂开了，笑了，露了口气。

“胖子答应了呢？”

“他答应什么呢？孙二哥，他答应了什么呢？”

王富直起了腰，扯掉头上的一块脏布手巾，紧紧地叮问孙国亮，他以为自己的耳朵出了毛病。

“我好说歹说，胖子总算把滩地留给你们了。”孙国亮松了一口气，如同从肩上卸下来一副重担子。

“呵！把滩地留给我们了，孙二哥，把滩地……”

王富不住嘴地重复着，说了一遍又一遍，看着孙国亮红红的酒糟鼻子，眼泪几乎从眼眶里淌出来，头发梢冒着热气，心里像着火的样子，摆着鸭子步走来走去。

“一天云彩散了！”

“走吧！我帮助你把稻子浆上。”孙国亮说。

过了半袋烟工夫，王富取来了半布袋小红芒稻子，孙国亮给他扛着耠子，他们到滩地上浆稻子去了。

他们踏着拔地蔓子，迎着小南风跨过了披山埂，穿过一挂滩地，走到一片苇塘的前面了，苇塘里的水深得望不到底，上面漂着青泥菜的嫩叶，一只黑脊背的鲶鱼摆着须子游来游去，苇子林里藏着两只黄鹂，咯叽咯叽快活地叫着，尖声音透过苇子林，王富听得很入耳，折了一只苇子叶，在池塘边待了一会儿，走远了，他的耳朵里还有黄鹂咯叽咯叽吵的声音。

经过孙国亮自己麦子地的时候，把耠子放在土埂上，用手梢搓一搓麦子，齐簌簌的小白灵麦子在他的手背上跳动着，麦芒闪着金星。他掐了一只麦穗,剥去了皮,放在嘴里咬一咬麦粒子,他的厚嘴唇深深地笑了。

"我在家里开几天会,麦子长得像风吹似的。"

"今年又是一个好麦秋!"王富望着麦子,他的黑眼珠子亮起来了。

"只要庄稼主有饭吃就行了。"孙国亮擤擤鼻子,心里抖了一下,仿佛伤风刚刚好了一样。

"有地就有饭吃。"

孙国亮吐了一口闷气,沉重地说:"自从那年我把滩地当给花门楼,就开始倒霉了,娘瞎了眼睛,孩子闹病,我的腿肚子生了疮,老婆小产,化钱买猪,猪遭了瘟,种白菜,白菜生虫子,家里没有二亩滩地,心里总是没有底,干什么也不沾。我当了十年长工,幸亏没有把我的脊骨压断,到现在还能够挺起腰来。八路军来了,我出了一口气,把滩地赎回来,别人当出的滩地也赎回来了。"

"庄稼主应该有地种。"

"王富,趁着现在地价便宜,你也弄个二亩滩地吧!将来有了孩子,给孩子留个家业,省得长大的时候挨饿。"

王富说出自己心里的话:"只要八路军不走,再过两年看吧!"

"地是没有主的。"

王富拍一拍自己的胸脯,得意地露出大马牙来,举出两个手指头给孙国亮看,很自信地说:

"孙二哥,你瞧吧!再过两年光景。"

孙国亮点了点头:"一方水土一方人,穷庄稼主就是要在土地上生根呀!"到了清水沟沿上滩地,两个人把麦子放在麦垄上,装上了稻子。孙国亮扶着耧子的把。王富把绳子套在膀子上,拉着耧子,一边唱着小调,一边向着前边走去,稻子洒在翻开的土壤上。

太阳热得像一盆火,晒得王富浑身冒油。他扯开小褂的纽扣,露着半个结实的牛腱膀子,走尽一条麦子垄的时候,他还听到苇子林里的黄鹂在咯叽咯叽地叫着。

十

焦春妮走进村妇救会的院心,立刻听见李全英咯咯快活的笑声,小孩的哭声,村妇救会主任杜月华尖嗓子的说话声,混合着唱歌声和吵叫声,弄得屋子里嗡嗡地响,好像蜂房一样,从窗格子里传出来,她心里想:"她们都到齐了,等我一个人开会,真糟糕!"她担心自己来晚了,开始感到不安起来:"万一杜主任问我怎么办呢?我能告诉她么?"她害怕杜主任知道昨天晚上发生的事情,她不晓得为什么害怕别人知道,她也怕别人看出一点痕迹来。她抖一抖褶纹的衣襟,揉一揉肿眼泡,把一绺头发扯到鬓角上去。

娘儿们在房子里挤得满满的,有的盘腿坐在炕上,有的靠着窗子念课本,有的坐在板凳上闲扯乱谈,烟草味和小孩的尿臊气熏着嗓子。焦春妮一跨进门槛,就被那种空气弄得昏头昏脑,打着喷嚏,走过杜主任前面的桌子,左歪右斜地挤过小组长王芸的膝盖,正想找板凳坐下,抗属李全英拿着一只鞋底走过来,一边扯着焦春妮的膀子,一边笑嘻嘻地对大家说:

"你们看,叫焦春妮来评判评判吧!她的心眼才公平啦!"

焦春妮心里不舒服,一屁股坐在后边的板凳上,低着头,一直没有开腔。雀斑脸的牛银子媳妇从地上直起腰来,放下手里的识字课本,对着李全英说:

"焦春妮和你有交情,一定偏向你!"

"一碗水平端着,有什么偏向!"

李全英翘起了薄嘴唇,摆着嫩白的小手,鞋底子上的麻绳子在地上拂来拂去,她穿着敞口的蓝细布裤子,一件箍身的紫色小袄,小袄上钉着对称的蝴蝶纽襻,随着筋肉的滑动飘舞着,仿佛从乳峰上飞下来的一样。

"叫杜主任说句公道话吧!看看究竟纳得稀密?"

牛银子媳妇希望杜主任说句公道话,抢着李全英手里的鞋底子。李全英扭着牛银子媳妇的手腕,拨弄着胳膊,两只紫袄袖子像翅膀一样地扇了起来,另外两个小媳妇也帮助她们抢鞋底子。没有参加进去的便站在旁边看热闹,拍着手喝彩助兴。

"牛银子媳妇加油!"

"李全英可有劲啦,不怪人家丈夫当八路军,打日本呱呱叫。"

焦春妮渐渐明白是怎回事了,原来李全英纳了一只鞋底子,为了显显自己的活计,拿出来给大家看。有的说纳得密,有的说纳得稀,两下都不服气地争执起来。对于这件事,焦春妮感不到丝毫的兴趣,反而有些厌烦。她和李全英是同一天参加妇救会的,李全英的丈夫周小拴参加了八路军,谁都另眼看待她,在家里有婆婆给待孩子,在外边也吃得开。她呢?她又把昨天晚上的事情想起来,她一想起来就心疼,想擦眼泪,躲开杜主任和小组长的眼睛,听着屋子里吵得耳朵聋,头脑昏昏的了。

吵闹停止了。牛银子媳妇从地上爬起来,拍去了小蓝袄上的灰土,提起了鞋子,蹲在破炕席头上喘气。李全英也被弄得筋疲力尽,龇着小芝麻牙笑,白净的脖子有两条青筋跳起来。为了调停争执,翠花把孙二婶婶拉过来评判。

"你说吧!孙二婶。"两下的人都这么说。

"我说什么呢?"孙二婶婶张开嘴,大家看见她掉了两个门牙。

"你说吧!这是鞋底子。"翠花把鞋底子塞在孙二婶婶的手里,娘儿们等得急了,叫起来。

孙二婶婶是孙国亮的老婆,为人忠厚和蔼,心眼儿公道,不但针线活计好,看事情也面面周到,大家都恭敬她,叫她孙二婶婶惯了。她会养猪,她养的壳囊子都肥头大耳的,又不拉稀,又不遭瘟,喂到一百天就出槽了;她会养鸡,她养的大母鸡都是油光水滑的,该下蛋的时候就下蛋,该抱窝的时候就抱窝,大母鸡领着小鸡满院子飞。她熬了一对红眼圈,风吹的时候淌眼泪,看不清鞋底子的针眼,她尽管用黑手指头在鞋底子上摸来摸去。

"你说吧!孙二婶婶,鞋底子纳得稀密?"

"管她稀密,反正是给自己的男人穿的。"孙二婶婶不得罪人地说。

"瞎说,是给八路军做的,你问问杜主任吧!"

李全英从孙二婶婶的手里抢过了鞋底子,抿着嘴笑着,用她一对儿聪明的眼睛溜着杜主任。

"你的男人当八路军,你才给八路军做鞋子。"翠花挖苦说。

"人家好心好意地拥护八路军,你偏口口声声男人男人的,你要想男人,就叫杜主任给你找一个漂亮的吧!"

翠花的小脸蛋羞得红红的,像是出水的小萝卜。伸出尖指头,拧了一把李全英的大腿。

"住手,翠花,你再拧我,我用锥子扎你!"

李全英从鞋底子上抽出一根又细又尖的锥子,对着翠花鲜嫩的小手晃了一下,在鞋底子上扎了一个眼,引过大针,拉着麻绳慢慢地纳起来。

在村妇救会里,焦春妮,李全英,牛银子媳妇,几个青年的小媳妇像亲姊妹打得一团火热。只有翠花和她们疏远一些。翠花在花门楼做了八年丫头,养了一个私生子,名誉不大好,翠花刚参加妇救会的时候,大家全不理她,不愿意和她讲话,有谁和她坐在一条板凳上,也都觉得自己丢脸。翠花很要强,识字识得多,开会来得早,唱歌嗓子清楚,大家不但不小看她,反而觉得她有些可怜了,渐渐地打进青年媳妇的一伙里,大家常常胡扯乱谈,她们都知道谁做了几双鞋子,谁在哪天站岗放哨,谁的婆婆脾气好,谁的婆婆脾气坏,都摸得一清二楚。她们抢鞋底子抢得很开心,忘了注意焦春妮为什么低着头不讲话。

快开会的时候,小组长王芸站起来清查人数,看见李全英同翠花叽咕着什么,她把套在脖子上的牛角哨子拿了起来,吹了一下。屋子里立刻鸦雀无声了。杜月华挺起了细长的身子,清着嗓子,准备传达区妇救会的意见,在村妇救会上号召成立纺线小组,调查纺车……她还没有开口,忽然墙角里一个婴孩哇哇地哭起来。

焦春妮心里想:"小孩子哭得多么可怜呀!"

"陈迷瞪媳妇,你的小孩怎么哭起来!"坐在前排的人问着。

"他上火啦!"

矮个子的陈迷瞪媳妇怀抱着婴儿,离开凳子,扭动着小脚尖转向大家,她的衣裳襟角飘出来小孩子的尿骚气味、土腥味和奶的气味。

"他上火啦! 浑身热得烫手。昨天我从娘家回来,狗娃他爹在工会开会,没有接我们去,路上风吹受了凉,他上火啦!"

没有足岁的婴孩哇哇地哭个不止,大家都不能安静下来,杜月华告诉小孩的娘说:

"哭得醒人,你把他哄一哄。"

陈迷瞪媳妇撅着屁股,扯开了包在婴孩头上的蓝花褓子,看见婴孩黑豆粒的小眼睛,她觉得那小眼睛是怎样的可爱呀! 她把奶头塞进婴孩的嘴里,婴孩本能地吸吮着奶汁,小黑眼睛溜了溜,仿佛尝到了一种快乐,立刻住声了。

"现在开会了!"

杜月华站起来宣布开会,大家都睁大眼睛望着她讲话。

"今天要大家来讨论讨论,区里成立一个土布合作社,区妇救会要我们纺线,改善生活,提高妇女……咱们妇女一向没有提高,从娘的肚子里生下来就是多余的东西。我的大姐生下来碰到壬古年景,我爸爸把她扔在滹沱河里淹死。我的二姐到了九岁就做了童养媳。我的三姐嫁给一个豆腐房掌柜的,豆腐房的婆婆心可一点不软啦! 抽一根灰烟袋摆臭架子,整天挑媳妇的眼,伸手就打,开口就骂,受丈夫的气,受小姑子的气,连猫狗的气也得忍受。像老妈子累了一年到头,一尺布也不给买,还没鞋子穿,这算平等么?"

"不平等!"大家一条声地说。

"要得到平等,只有靠我们自己挣钱过光景,我们女人不也有十个手指头么? 比男人的一个也不少。"

一个长六个手指的女人从炕上站了起来,她说她比男人多一个手指头,大家都得意地笑起来,一脸正经的杜主任也跟着笑起来。

"男人用手种地,咱们妇女可以用手纺线,区里成立了土布合作社,一方面为了抗日,一方面为了生活。纺线利钱可大啦!一天能纺五六两,一斤就有一元五角工钱,自己有了钱,愿意买土布也好,给小孩买麻糖吃也好。咱们村里成立三个纺线小组,有纺车的举起手来吧!"

同一时间,高高低低地举起七只手来,有黑的,白的,黄的,胖的,鸡爪形的,六个手指的,只有焦春妮毛毛虫一样的手指头举了半截又放下来,杜月华在远处看见了这种情形。

"焦春妮,你为什么又把手放下来?"

"我的纺车轴棍坏了,弦线也断了!"焦春妮心里沉重地说。

"轴棍坏了,找木匠修一下,用钉子钉了。"

"找木匠么?"焦春妮没有劲地说,她知道婆婆不答应她找木匠的,挨了婆婆的打,她觉得比断了纺车的轴棍都难受。

"不要啰嗦了吧!把坏纺车都修理出来。"王芸叫着,好像在操场上喊口令一样。

孙二婶婶听了王芸的口气,红了脸,不自然地说:"纺线是一种好营生,我的舅母纺了一辈线,买了一匹骡子。后来鬼子的洋纱到中国来,洪洋店有十几个布店,全卖鬼子的花洋布,又便宜,又好看,女人一看就迷上了,从那以后,人们都把纺车叶子拆坏烧火了。"

"烧了火多可惜。"李全英插嘴说。

"不烧火怎么办,纺来纺去,连浇油的钱都纺不出来。"孙二婶婶想起过去的事情,红眼圈气得冒火,跺着脚说,"洋鬼子把中国老百姓害苦了。"

娘儿们交头接耳地议论着,商量着,听了孙二婶婶的教训,连方才举手的七个人都不想参加纺线小组了。

杜月华离开了桌子,走到孙二婶婶的跟前,给大家解释说:"自从我们和鬼子打仗以来,鬼子不再把洋布卖给我们了,布店也关门了。我们若不自己动手纺线,再过两年,大家都要光着屁股过光景呀!"

"那还了得!"牛银子媳妇吃惊地伸一伸舌头。

"你们有脑筋的,就发表发表吧!"王芸鼓吹大家讲话。

到了发言的时候,大家都不吭声了,脸望着脸,鼻子对着鼻子,谁也不愿意第一个起来讲话,你推着我,我推着你,终于把李全英推起来。当她翘起脚从地上站起来的时候,不知为什么心里突突地跳起来,鹅蛋脸红红的,嗓子憋住了气,差不多溜到嘴边的第一句话也忘掉了。乘这机会,调皮的牛银子媳妇用手指头梳着她的脊背,吃吃地笑。她不耐烦地扭着颈子,显得慌乱起来。

"叫李全英慢慢地讲吧!不要着慌。"杜月华打气说。

"我也参加纺车……"李全英刚说完第一句,看见大家都笑起来,就知道自己说错了,伸出小舌头改正说,"我参加纺线小组,杜主任说得不错,改善妇女生活,给合作社纺线,自己挣了零花钱,买布给八路军做鞋子。"

李全英坐下。王芸在表格上写上李全英的名字。她溜着眼睛找第二个对象,正好看到陈迷瞪媳妇在地上走来走去,哄着孩子,没有发言,刚才也没有举手。她为了要完成上级的任务,一心要把陈迷瞪媳妇的名字写在表格上。手里拿着铅笔,问她说:

"你呢?"

陈迷瞪媳妇弯下腰去,从地上拾起小孩的尿布片子,王芸的发问对她像耳旁风似的。

"你记个名吧!陈迷瞪媳妇。"

陈迷瞪媳妇拢一拢溜下来的乱头发,这次她听懂了;但是她不愿意参加纺线小组,搪塞地说:"家里没有手脚,孩子又缠住我的身子。"

"有小孩也要参加,这是上级给我们的任务。"王芸用尖嗓子叫着。

"小组长,饶了我吧!"陈迷瞪媳妇哀求着。

"你的脑筋一点也不开通,早晨不下操,会费也不交……"

"会费么，我从家里拿一个鸡蛋，婆婆骂得我狗血喷头。"

"咳！你们一家子人脑筋都不开通！"王芸叹口气，急得跺着脚。

陈迷瞪媳妇是一个挂名的妇救会员，不是参加进来的，而是被拉进来的。妇救会刚成立的时候，王芸是一个积极分子，后来做了妇女自卫队分队长，为了发展村妇救会的组织，到处发展会员，有一次，陈迷瞪媳妇正在推碾子，累得满头大汗。王芸走过去，对陈迷瞪媳妇说："你参加妇救会么？"陈迷瞪媳妇问："参加进去有什么好处？"王芸告诉她说："参加进来就自由了。"陈迷瞪媳妇有意无意地说："有好处，我就进去看一看吧！"自从陈迷瞪媳妇参加进来之后，她觉得自己没有得到好处，反而有些麻烦，她不愿意上识字课，不愿意上早操，不愿意交会费，不愿意开会，就是勉强被拉来开会，也不发言，小组长对她发过几次脾气，她还像过去一模一样。

杜月华知道陈迷瞪媳妇不能参加纺线小组，在她的名字底下画了×记号，拿起了调查表，又问着焦春妮说：

"你的婆婆怎样呢？"

焦春妮蹲在烟熏的墙角下，眼睛望着窗子上的苍蝇，快要打盹了，对于别人的发言，她没有听进去一个字眼，直等到陈迷瞪媳妇埋怨婆婆的时候，她的心才动一下，抬起头来，窗纸上的苍蝇飞了。杜月华正把圆眼睛盯着她，闪着蓝色的波光，挤着睫毛。看情形，已经注意她很长的时间了。

"焦春妮，你为什么不讲话呀？"

焦春妮不能说什么，也不愿意说什么，假如一开口，眼泪会从她的眼泡里滚下来的。

"你为什么不说话呀！"

杜月华跑到焦春妮的跟前，扶起焦春妮的脑袋，一绺头发从她的手指间抹开了，鬓角露出了伤痕，于是大惊小怪地叫起来。

"你怎么受伤的？"

李全英跑过来了，看到那伤痕像小孩的嘴，丢了鞋底子，追问焦春妮说：

"你婆婆打了你吧？"

"我自己撞的……我自己……"

焦春妮隐瞒着实情，直等到被李全英追问不过，才承认是自己撞伤的，但是说出之后，自己又感到非常难过，嘴唇发抖，第二句话都讲不出来了。

大家都被惊动了，一窝蜂似的涌到前面来，牛银子媳妇气鼓了腮，孙二婶婶淌着眼泪，陈迷瞪媳妇叹着气，素来不声不响的翠花也开腔了。

"母老虎真狠心，开一次会，打得她这样。"

"就是为了开会的事情么？"

"不叫开会可不沾！"王芸接着打抱不平说，咬咬牙，她对于干涉开会的母老虎是恨透了的。

"她的心像辣椒籽！"

"一个亲婆婆，却像后老婆一样的心肠。"孙二婶婶接嘴说。

"顽固分子！"

什么人都插嘴了，七嘴八舌头乱吵乱嚷起来。焦春妮却听得很顺耳，很感激她们；但是听了她们的话，感到自己是受委屈了，红眼泡一动，鼻涕一把眼泪一把地淌下来了，握住杜月华的手，紧紧地紧紧地，似乎她把心里的痛苦通通告诉她了。

"焦春妮，你受了婆婆的气啦！"

"她受婆婆的气可多啦！"

李全英出来做见证，鹅蛋脸气得嗷嗷白，好像同自己的婆婆吵了架一样："我敢说，焦春妮是一个百里挑一的好媳妇，受了婆婆的气，一向是吃哑巴亏的。我记得有一次，她在吃饭的时候念识字课本，我亲眼看见母老虎把她的饭碗抢下来。又有一次，她开会回家晚了，母老虎把门关上，不叫她回家睡觉。昨天晚上，我刚刚拐到王家的房后，就听到母老虎死声死气地骂起来，我心里想："这回焦春妮又倒霉了，照这样下去，以后连会也不要开了。""

"不会照样……"杜月华说,"我去劝说她婆婆。"

"劝说母老虎没有一点用处的,那个死脑瓜骨,除了管媳妇,什么也不知道。"李全英表示不同意地摇着头。

"你说怎么办?"杜月华沉住气问着对方。

"怎么办,关她两天禁闭,就知道妇救会不好惹了!"

"我们的妇救会员,不能受人欺负。"王芸理直气壮地说。

"叫她游街吧?"翠花也出了主意。

牛银子媳妇乐得拍着手,有几个小媳妇也同意了,一致地说:

"给母老虎戴顽固帽子,看她丢人不丢人。"

王芸摇一摇剪短的头发,也随和说:"有一天,母老虎碰到我的手里,我一定叫她戴顽固帽子。"

杜月华没有抢话说,心里打了老主意;她知道婆媳不和,家里的光景是不会过得好的。

十一

王老太太夜里做了一个噩梦,梦见一口油漆棺材压在她的胸口上,醒过来还觉得有些气喘,咳嗽着,浑身酸痛,一边指葫芦骂瓢地闹着,一边喊焦春妮给她冲红糖水喝,迎着窗子晒太阳,喃喃地念着:"该是撞着菩萨了。"吃过早饭,她点了三炷香插在菩萨龛前的泥香炉里,跪在地上暗暗地祷告着。一忽儿,她听到院子里的小花狗向什么人汪汪地咬起来,拍一拍套裤上的灰土,站起身子,吩咐着正在扫地的儿媳说:

"你出去看一看,狗咬的什么人。"

焦春妮刚撂下碗筷,揩了桌子和锅台,正在打扫地上的鸡粪和草叶。听了婆婆的呼唤,直起了腰板,夹着一把秃扫帚,外边的小花狗正咬得起劲。

"你出去看一看,回来再扫地。"

焦春妮想了一下,对婆婆说:"一定是找开会的。"

"你不要去开会,你不要去……"

焦春妮向门槛外跨过了一只大脚板，就被婆婆喊了回来，扫帚丢在地上，脸上没有光彩，她扒着门缝向外看，看见年青的杜主任，扭着半吊子脚走来了。

王老太太看见她站在门槛，喊着她："你回来！"

"来人了，看狗……"焦春妮听得狗咬得很急，推了一下门，没有走出去。

"回来，我叫你回来，你就回来！"

杜月华踏上了土台阶，焦春妮替她拉开房门，两个人讲了一句什么，焦春妮咧着厚嘴唇笑了笑，抹过锅台角，跟在杜月华的后边走到里屋来。王老太太看见那情形，心里嘀咕，七上八下地打不定主意："她把她领进来，野猫子进宅，无事不来。"她害怕妇救会主任叫她儿媳妇开会去，离开了家，到什么地方去做不正当的勾当，她不由得不这样想，想起了就恼火，闷了半天气，只好拿儿媳出气说：

"你呆头呆脑地站着，还不去给杜主任装烟。"

焦春妮摸了一根乌木烟袋杆，走到外屋点火去了。

杜月华问着王老太太家里的光景，王老太太想起儿媳的吵嘴，一肚子不舒服，装着耳朵聋，不愿意答腔。后来，杜月华已经揣摩到王老太太的脾气，看到菩萨龛前的香火，谈起了信佛吃斋的事情，王老太太也跟着扯开嘴了。

"王大娘，你吃斋么？"

"我吃观音斋半辈子了。"王老太太带答不理地说。

"人到了年纪，身体不好，也应该开荤了。"

"开荤，我修下什么呀！"王老太太别别扭扭地摇着秃脑袋，好像有谁碰了她的样子，"眼也花了，耳也聋了。"

"王大娘，你的牙口好么？"杜月华亲切地叫着王大娘，仿佛对待自己的婆婆一样。

"吃菜饭，嚼得我牙根酸酸的！"王老太太吐了一口痰，又接着说，"人到了年纪，真活受罪呀！幸亏农会给减了租子，我二儿子背回来几布袋粮食，光景才像样子。"

"农救会,妇救会,全是给老百姓办事的。"杜月华顺便地提到了妇救会。

"救急救不了穷呵!天生的穷命,有什么办法?"

"王大娘,我盼望你能多活几年,看见八路军把鬼子打出去。"

"小鬼子走的时候,我也快见阎王了。"

杜月华拉起衣裳的底襟,更挨近了王老太太的肩膀,说了一句什么,却被外边的公鸡声打断了。王老太太想到穷困的身世,唠叨着。

"我到了年纪,依靠着什么呀!"

"小时候靠父母,老了靠儿女,有儿有女似神仙。"

"有儿有女,倒给我操心呀!"

王老太太叹着气,弯着罗锅腰,脸对着黑窗棂子,回想着前天晚上吵架的事情,心里非常不舒服。杜月华明白那话触到王老太太的心坎,没有再谈下去。

焦春妮装好烟走来了,拿着烟袋,准备递给杜月华,骤然看见了婆婆翻起的眼皮,她不能递给她婆婆,她也明白婆婆不满意她这样做的。

果然王老太太吵起来了,敲着烟袋锅子,火星在炕沿儿滚着,滚到炕席上。

"你没有见识么!杜主任是客人。"

"我的嘴唇破了,不能抽烟。"杜月华劝解说,把王老太太递过来的烟袋,又递了过去。

"这是一过礼节呀!家里外头人都分不清。"

一只金色的公鸡飞到墙头上来,去啄房檐上系着的一只谷穗,墙头上的灰土扑到屋里来。王老太太站起来去哄公鸡,回到炕上的时候,焦春妮端着一只黑瓦盆,准备到外边去洗衣服,亲切地瞅了杜月华一眼,好像在说:"你们谈吧!我在这里不方便呢。"砰的一声关上了门。

王老太太对杜月华渐渐地放心了,她没有喊她的儿媳去开会、唱歌、上操和她所不喜欢的一切事情。她觉得杜月华是一个正派人，孝敬公婆，没有和丈夫闹离婚，处事大方，对人和蔼，是一个心地正直的妇道人家。她和她谈家常话，她已经忘掉她是村妇救会主任，她也没有想到她是为什么来的。

"王大娘，你媳妇的手脚该多勤快呀！"杜月华提到焦春妮，做话的引子。

王老太太瞅着儿媳说："她笨手笨脚的，粗人做不了细活。"

"你可不要这么说，王大娘，"杜月华替焦春妮辩护说，"你媳妇活计可沾啦，做针线，推碾子，割麦子，又不贪吃懒做，又不多嘴多舌。"

"有什么好夸奖的，活像一只笨猪，一锥子扎不出血来，可把我急死了。"王老太太把脸靠向杜月华的肩头，"我倒喜欢你这样乖巧伶俐，懂得待人接物，能写能算。"

"小媳妇可有出息啦，多认字，到妇救会开会，脑筋就开通了。"

听到妇救会的字眼，王老太太摇摇头，好像光脚在草地上走路，碰到蛇，或者踏在蒺藜上，她表现出危惧的神情。

"王大娘，你不愿意你媳妇开会么？"

王老太太不吭一声，好像瘪了气的猪水泡一样，靠着墙根，用一根火柴杆剔牙齿。

"王大娘，你不愿意么？"

王老太太勉强答了腔，声音像蚊子一样细："我愿意……"

"你愿意，怎么和她吵架？"

"我吵架错了么？我当老人的错了么？"

王老太太打着哆嗦，浑身的筋肉跳起来，压在心底的火气，爆发起来。杜月华害怕王老太太发起脾气，劝慰她说：

"王大娘你不要生气，谁家婆媳没有吵架拌嘴呢，日头和月亮那还碰头呢！"

王老太太又不吭声了。

"王大娘，只要你在儿女跟前少生点气，家里也就平安了。"

"我不想平安么，天下无不是的父母。"

屋子里沉寂了。窗外，焦春妮的搓衣服声可以听到，手掌和木板子，在水盆里激荡着，大概焦春妮放不下心，偷着听屋里人谈话，挨近了窗子，后来把衣服也放下了。杜月华怕把王老太太弄僵了，更加仇恨她的儿媳，对于村妇救会的工作也不方便，她想到这里，只好把话又拉回来。

"王大娘，你明白这个道理，婆媳不和，家里光景不会过得好的。"

"天下无不是的父母！"王老太太一口咬住这句话，觉得自己满身都是道理。

"照你这样说，当儿媳的就应该……"

没等杜月华讲完，王老太太又抢嘴说：

"金銮殿上的狗尿苔，长到地方啦！不管什么世界，我总是她的婆婆，她是我的媳妇。"

"话要从两方面来说，人家也是父母身上肉长的，嫁到你家当媳妇，就不当人看待。凭什么侍奉你，装烟讨火，烧水煮饭……"

"多年的山沟熬成河，多年的媳妇熬成婆婆。"

"当媳妇的不容易呵！"

"我当媳妇的时候可苦啦！"王老太太想到自己的婆婆，脸上有一片阴影，"在数九寒天，我给婆婆端尿盆子，她还嫌我侍奉不到家，用鞋底子打我的腿，我的寒腿到现在还留着老病根。"

"自己受过的罪，不应该再叫儿媳吃苦头了。"

"他到外边去开会，我不放心呢？"王老太太想到开会上面来了。

"开会，是讲抗日的道理。"

"咱们村里没有闹鬼子，抗什么日？"

"王大娘，你说的不对，鬼子占了县城，说来就来了。"

"来就来了吧！咱们穷老百姓怕什么，谁当皇上给准纳粮。"

"鬼子可不同咱们中国人。他们的心可坏透啦，见房子就烧，见粮食就抢,糟蹋女人,用刺刀割女人的奶头,你梦想给他当顺民是不行的。"

王老太太吃了一惊,看见杜月华的细长眉毛流露出不安的神情,她也感到那种不安,摇一摇秃脑袋,转过脸去向着对方。

"鬼子也向咱们的人一样么,也有鼻子和耳朵么?"

"鬼子和中国人长得一模一样,矮子,脚很短,心眼比辣椒籽都辣,他们是海里的一个小国,没有粮食吃,跑到中国来发洋财,你知道平汉路的爱护村吧!离这里只有六十里,老百姓打下粮食他们就抢,不让他们抢就杀人,在北京城,一个日本女人闹了祸害。"

"北京城可美啦,听说皇宫都是用玻璃瓦盖的,牛锁子爷爷念了一辈子书,想到北京去赶考,戴红蓝顶子。"王老太太知道把话扯远了,又拉回来,问杜月华说,"日本女人怎么闹祸害的?"

"这故事是县妇救会于秀同志告诉我的,"杜月华清了一清嗓子,说道,"在北京城的一条背胡同里,住着一家小贩和一个日本女人,小贩有一个老婆,一个孩子。孩子顶可爱的,四方小脸蛋儿,常常跑到街坊家去玩,有一天,小孩不见了。"

"她们没有到亲戚家去打听么?"王老太太关心地问着。

"打听过亲戚,问过警察,没有一点下落。"

"爸爸和妈妈是怎样的伤心呀!"

"她们自然伤心啦,哭了一天一夜,饭也没心思吃,后来,一个邻居的老头子给出主意说:'你们到火车站上去等着吧!偷小孩子的一定从火车上运走。'夫妻两个商量好了,天天到火车站去等。一连等了两天,毫无下落。到了第三天下午,他们碰巧遇到住在胡同里的日本女人,穿着木头板鞋,背上背着一个四方脸的孩子,夫妻两个一看,认得那是自己的小孩,高兴得掉了眼泪,妈妈抱住小孩的腿,爸爸抱住小孩儿的腰,最可恨,那个日本女人死也不肯放松,她说是她的孩子。街上的中国老百姓,看见非常生气。"

王老太太咬着牙根说:"我也生气啦,日本女人可没有王法。"

"两下都说是自己的孩子,纠缠不开。"杜月华喘口气说,"老百姓越来越多,警察也赶来了,出了主意说:谁把小孩儿叫答应了,就是谁的。"

"一定是中国女人的,没有小孩儿不认得妈妈的。"王老太太松了一口气。

"事情不是那样容易呀! 妈妈叫了一声,两声……小孩儿一直没有答应,爸爸也张着大嘴叫,旁边看热闹的人,都替小贩打抱不平,恨那个日本女人,盼望把小孩儿叫答应了,小孩儿一直闭着眼睛。"

"小孩儿睡着了么?"

"不是睡着了,原来日本女人背着的是一个死孩子。"

"怎么,一个死孩子!"王老太太吃惊地叫起来,几乎从炕沿儿上掉在地上。

"一个死孩子!"

杜月华讲到死孩子的时候,她的浑身禁不住地哆嗦起来,声音凄惨地说:

"把孩子打开看,在孩子的肚皮上缝了一道缝,挖去了心肝、肠子,装上了一肚子吗啡,到这时候,大家才明白日本女人是贩卖吗啡的。"

"天呵! 日本女人该多么可恨呵!"王老太太蒙住眼睛,仿佛看到日本女人站在她的面前似的,小孩儿身上的血淋到她的身上。

杜月华搂着王老太太的肩膀,摇了一下:"王大娘,日本人到处害人。"

"你说的对呀! 过去我就听说鬼子挖掉小孩儿的心肝,去给火车浇油。"

王老太太想起自己的孙子来了,不知道牛锁子跑到什么地方去了,站到窗棂子附近,发急地喊了几声。

"牛锁子,回家来。"

在大街的尽头,牛锁子同一群儿童团员唱着大刀进行曲,清脆地,响亮地,一阵阵随着街上的风飘过来,当王老太太听到"大刀向鬼子的头上砍去"的时候,不由得流出眼泪来。

"小孩子也知道抗日啦!"

"把鬼子打出去,大人小孩儿才能平安。"

杜月华离开的时候,王老太太对她说:"杜主任,你说打鬼子,我的心开缝了。"

十二

许庭坚买好了股票,离开贸易局的门口,听到看守所里的犯人唱着歌,赶到县政府的司法科,正是下午两点钟。司法科正在开庭,穿着黑制服的执达员对着许庭坚摆手,叫他在走廊下等一会儿,告诉他说:"科长正在问案子,快审判完了。"他听到他哥哥许治民追问犯人的口供,嗓子拉得长长的,尖厉,沉重,使人听了有些战抖。犯人用一种低弱的语气恳求着,执达员悄悄地把门关上,声音沉寂了。他悠闲地顺着砖台阶踱着脚步,望着房檐下雕刻的花纹,一朵朵云彩沿着房檐的一角飘过来,遮住了太阳,滹沱河两岸的山麓罩着了阴影。他担心天会下雨,把衣服淋湿了,他从怀里取出股票来,看一看号码,小心地把它放进包裹。

……

按着老规矩,每次开庭之后,许治民立刻抓住了烟斗,抽一口烟,喝一口茶水,躺在靠椅上养养神,不和书记员交谈,也不急于查阅笔录,解开青裣袍的纽扣,让窗外清爽的风吹着他的硕大秃光的脑袋,心平气和地躺几分钟,仿佛和方才的案子完全无关的样子。

许庭坚走到他哥哥的跟前,一双牛皮底鞋在砖地嚓嚓地响着。

"哦——我刚退过庭,你就来了。"许治民睁开松倦的眼皮,看见他弟弟肥头大耳的神采了。

"我从贸易局出来,到了这里。"

……

"我想起来了,我想……"许庭坚翻一翻眼珠子,又说下去,"去年动员公粮的时候,他到东庄来找冯老窝脓,夹着一条布袋,头发没有长得现在这样长。"

"现在他犯了法。"

"他犯了什么法呢?"

原来李三祥是汉奸嫌疑犯。有一天,他在场院用叉子挑草捆,绊坏了一根军用电线,邻家的一个小孩儿看到了这情形,报告给村治安员,这小孩儿便成了案子的原告人,案子开始告到公安局里,后来又转到县政府的司法科。许治民查阅公安局送来的犯人转呈表,追问着案情,这是第二次开庭了,原告人没有到案,陪审人也没有出庭,证物也没带来,一些可疑的证据尚待调查。他不能随便地来下判断,这案子值得研究在什么地方呢? 他认为:首先要判断出犯人的动机,是有意破坏军用电线呢? 还是无意把电线绊断了呢? 问题的分歧点就产生在这里。原告人说用叉子把电线绊断的;被告人说用草网把电线绊断的。要判断原告人提供的证据是否可靠,不能不涉及到他们家庭之间的关系——仇怨或者有经济上的利害冲突,尤其应该注意到原告人的年龄问题,一个未成年的儿童,在法律上所负的责任,不能与成年人同样看待的,如果儿童是出于爱国心,那又当别论了。许治民为着这个案子焦灼着,一直不敢下判断,有时候翻一翻军事委员会汉奸自首条例,翻一翻晋察冀边区汉奸自首单行条例,没有了主意,把案子压了下来。

许庭坚想起冯老窝脓寒碜的样子,背着粪筐和小孩拾粪,不愿意给抗属代耕,出公粮的时候隐瞒着粮食,减租的时候收买佃户不减租,同村干部吵得脸红脖子粗,他想起一连串发生的纠纷,叹了口气。

"冯老窝脓的光景,真过得窝脓呵!"

"近来,他怎样了?"许治民漠不经心地说,叼着烟斗。

"自从减租那天起,他把八路军恨透骨了!"

"八路军没有制定那一条法律。"

"二五减租,明明是写在纸上的。"

"减租减息是根据中华民国土地法,民法债权物权编规定的。"

许治民熟练地回答说,他背诵法律,正像喝开水一样地顺口。

"我说是边区实行二五减租。"许庭坚改正说。

"在边区减租减息单行条例规定:二五减租以后,地租不可超过耕地正产物收获总额千分之三百七十五,条例和土地法的原则是一致的。"

"永佃权在法律上也有明文规定么?"许庭坚想起和孙国亮争吵的事情,他觉得非打听清楚不可。

"怎么没有,"许治民顺口答应着,脑子里立刻浮出法律的条文来了,"在六法全书第四章第八百四十六条,永佃权人,积欠地租达二年之总额者,除另有习惯外,土地所有者得撤佃。"

"欠了二年地租,才能撤佃。"许庭坚挨着佃户数了一遍,没有一个欠下二年地租的。

"还要加上一条,除另有习惯外。"许治民怕他弟弟把法律弄错了,只好又重说一遍。

"卖马的离槽,也算是一种习惯么?"

"当然是,是……"许治民点着头,又接着说下去,"我处理许多土地案子,都是国民政府规定的。在我们边区,今天执行的有'当卖在外租佃土地办法'。有'边区减租减息单行条例'。这些法律都是替农民说话的。"

许庭坚没有研究过法律,听了他哥哥的话,觉得自己在四面八方都打了败仗,关于减租和永佃权,不但是出于佃户本身的要求,农会的领导,就是在法律上已经写好了的,他清楚地记得他哥哥的话:"这些法律都是替农民说话的。"他又不能犯法,很明显地,给他过去典买土地的幻想碰了一个钉子。现在,他觉得向工商业投资买股票是对的了,他把买股票的事情告诉了他哥哥。

"这不是好主意么,当机立断。"

许治民点了点头。

许庭坚发牢骚地对他哥哥说:"在今天,谁家地多,那谁就倒了霉。"

许治民拉长了声调说:"在今天——政府并没有取消土地所有权。"

"政府鼓励投资是实在的,管家看得很准,他不是很有眼光么?"

"有眼光,彻头彻尾市侩的眼光!"

"管家是能干的。"

"你用了一个市侩的人,我看见他就头痛。"

许治民一向是瞧不起管家的,他讨厌他的庸俗、市侩、狡猾和那投机取巧的行为。他也听了管家和姨太太的闲话,当他弟弟提到管家的时候,立刻动起火来,用烟斗敲着桌子,半天不讲话。许庭坚深知道他哥哥的怪脾气,不想谈下去,把眼睛望着窗外。他看见踮脚的管狱员从窗子前边走过来,踏在台阶的石子上,肩膀一上一下地摆动着,没有多久,管狱员走到屋子里来了。

管狱员来向许治民做报告,因为一个调皮的民事犯,不遵守看守所的规矩,打了一个碗。

许治民问管狱员说:"是旧管? 还是新收?"

"县政府给押签已经一个多月了……"管狱员捏捏手指头说道,"科长,你忘了那个偷公粮的药面犯么! 身子像一把麻秸,心眼可坏透啦! 偷别人的东西,给他发手巾,他换旱烟抽,早晨上操的时候装病,教他唱歌,他说嗓子痛,没到放毛的时候,他要小便……"

"应该饿死的脑袋,简直糟蹋一份囚粮。"

许治民动火了,用烟斗敲着桌子,仿佛在问犯人的口供一样。许庭坚转过头去,找书记员去聊天。书记员等开庭很着急,打开记录簿子,研墨把砚台里的水都研光了。

管狱员沉住气,向许治民提意见说:"科长,要感化他们呀!"

"怕是感化不了。"

"怎么感化不了,人都是有良心的! 现在国家危亡的时候,他们不能给国家出力,反而给国家找麻烦。科长,你知道,自从他们上了政治课,许多人都悔过了,自动要求做工,他们到了造纸工厂之后,工作可起劲啦!"

"政治课有用处,就多上几课吧!"

"找哪一个科长呢?"

"找沈科长好了。"

"沈科长刚刚从商业联盟开会回来,在寝室里订计划。"

"那么去找教育科长吧!"

"教育科长到乡下去了。"

"你去找找科员看。"

管狱员向许治民点了点头,踮着脚走出去。许治民刚想喝口水润嗓子,执达员已经把案件的关系人带到走廊下,等候着审问,一个因为债务被剥夺土地的农民同债权人吵起来,隔着窗子,可以听到那粗声粗气的口调:"在过去,老百姓不敢到衙门口来,屈死不告状,饿死不做贼,你说欠息留地就欠息留地吧!现在是老百姓的政府了,得让老百姓讲讲道理。"许治民明白到了开庭的时候,敲一敲烟斗从容不迫地从靠椅上站了起来。许庭坚也不再和书记员聊天儿了,走到他哥哥的跟前,问了一句:

"你要开庭么?"

"就开庭。"许治民回答说。

"我想到造纸工厂去,看看维明。"

"你到我寝室里等一等,我退过庭就去找你,我们谈一谈家里的事情。"

"你的寝室里有人么?"

"方才管狱员告诉我,实业科长在家里。"

"不碍事么?"

"不碍事,上次贸易局开股东代表大会,你不是认识他么?"

许庭坚挺起了腰板,抖一抖青缎裤子上的灰土,慌慌张张地走向寝室里去。

十三

　　许治民和实业科长沈明住在一个屋子里。沈明是一个诚恳、热情、执拗、勇敢,生活在幻想里的青年人。他爱好自由,过着长期的流亡生活,行为是放荡不羁的,缺乏纪律性,不理头发,穿军装不扣风纪扣,在别人开会的时候他写诗歌。他来到边区原没有打算做一个实业科长,而是为着追求光明而来的,工作很不安心,一心想到延安去学习。时间久了,他的缺点在工作的实践中克服了一些,眼睛还能往下看,习惯了吃苦,只是和许治民的脾气合不来。

　　是一个礼拜天,两个人都起得很早。太阳从窗子外边进来,脸盆架上的绿油瓷盆放着光,一张带抽屉的黄油桌子明亮的,屋子的轮廓显得单调而且清晰。许治民洗过了脸,叼着烟斗,沉静地阅读五五宪草。沈明穿起轻便的蓝色制服,扣上纽扣,一边用玻璃杯子漱口刷牙,一边翻弄着桌子上的油印材料,从里面戗出一张各区开滩统计表,一张奖励贸易合作事业暂行条例,看了看,黑色的字迹潮湿的,一股强烈的油墨味呛着鼻子。

　　"你翻什么呢?"

　　许治民皱着眉毛问着,他的浓重的眉毛像两只毛毛虫,灼了沈明一眼,又把眼光转到一本精装的六法全书。

　　"我想起你弟弟。"沈明放下了油印材料,又注意刷牙了。

　　"你觉得他怎样!"

　　"他是一个精明人,很有能力。"沈明吐一口白牙粉沫说,"能力应该用到正当方面,希望他多投一些资吧。"

　　"他走的时候说了些什么呢?"

　　"他等了你半天,你没有退庭,他就走了。"

　　"那时候几点钟?"

　　沈明正在用牙刷刷牙,不便讲话,只好伸出五个手指头比画了一下。

　　"昨天,案子把我缠住了。"许治民甩一甩烟斗,摇晃着硕大秃光的脑袋，似乎在摆脱什么累赘的东西一样。

沈明猜想说："是婚姻的案子么？"

"不，是一件土地案子。"

"事情很复杂么？"

"案子不能说不复杂，哈哈！"许治民笑起来，"事情是这样发生的，在抗战前，债务人刘永福向债权人王老七质地借钱，本来是一种债务关系，因为刘永福光景过得不好，欠下了利息，王老七没收了刘永福的土地，变成了土地关系。根据边区的'欠息留地换约办法'和'晋察冀边区减租减息单行条例'的附则四五六款，认为债务关系没收土地是不合理的，把地契换成借贷契约，又把土地关系转成债务关系。"

"在法律上早有明文规定的。"

"虽然早已有明文规定，但是老百姓并不懂得什么叫做法律。"许治民侃侃而谈，如同在教育别人一样。"边区的减租减息条例已经实行很久了，国民政府的民法和土地法，在抗战前就宣布了，为什么老百姓不知道？为什么老百姓不能取得法律上的权利呢！一句话，老百姓没有法律的常识，结果，法律是法律，老百姓是老百姓，这是中国最大的缺点。"

沈明觉得许治民的话不对头，跳起来，反对他说："如果县政府和村公所在封建地主把持下，老百姓根据土地法提起诉讼，能不能给他减租？"

许治民被问得愣住了，涨红了脸，嗫嚅地说："你以为封建地主政权是障碍么？"

"是障碍，它是人民的障碍，也是中国进步的障碍。"沈明一针见血地说，几乎是气愤地，"村公所被地主狗腿子把持着，他让老百姓减租么？执行合理负担么？发展生产么？发动群众抗战么？一切都谈不到。一方面是没有地种的农民饿着肚子，一方面是有土地的地主不从事生产，从佃户的身上搜刮下来地租，送他的儿子到外国去留洋。抗战以来，边区的老百姓把这个社会秩序改变了。为什么展开清查斗争和减租以后,农民的情绪提高了,参加军队抗日,选举自己的村代表和村长,抬担架,在中国另一个地区就不能够?"

许治民是一个主观很强的人,看问题抓取片面,处理案子则强调证据,态度是顽强固执的。他从来不肯在青年人面前认输,哪怕明知道自己的意见是错的,也要坚持到底。

"如果不是人民文化程度低,为什么没有获得法律上的民主?"

"你的法律上的民主,是什么定义?"

许治民不假思索地回答说:"我是说法律的发言权,也就是行使诉讼权。根据司法科的统计,现在老百姓打官司的,并不比抗战以前多,这是事实。"

"为什么老百姓不愿意打官司呢? 因为司法界还有一套官僚主义作风,一套官样文章。"沈明批评得痛快淋漓,他的情绪有些激动,看到许治民骄傲的神情,摇一摇头。"老百姓受了冤枉,本来想打官司,往往因为怕麻烦,怕化钱,没有到衙门口,就吓跑了。什么审判费,声请费,执行费,抄录费,缮状费,挂号费,送传费,诉讼费……我说不清了,简直费我的脑筋。"

"送传费和诉讼费已经取消,其余的手续费……"许治民说到这里,没有下文了。

"为什么不全停征呢?"

"什么都取消,政府机关还成了什么样子?"

许治民被激恼了。当他激恼了的时候,他的黑森森的大脑袋气得发青,思路停滞。手脚也呆板了。他每次提出问题来,却被沈明引用实证驳倒了。这样,他只好避开正面的争论,把问题的中心引到枝节上去,于是又在枝节上发生了新的争论。

"照你说,把一切手续费都取消,行使诉讼权会不会更好一些?"

"会好一些,但也不一定,"沈明思索了一下,肯定地回答说,"在乡下有调解委员会,老百姓发生了纠纷,有的到村调解委员会去解决,有的找区长谈一谈。"

"区长解决是错的,行政不能代替司法。"

"呵呵！这就是你的司法独立的观点！"

辩证成了僵局,两个人都沉默起来了。许治民不声不响地摸着烟斗,皱着眉毛,失神地望着五五宪草。沈明轻快地在地上踱着脚步,两手插在裤兜里,望着窗外的阳光,他的绛紫色的嘴唇浮着浅浅的微笑。

虽然沈明和许治民都是出身知识分子,他们是合不来的,从思想到生活习惯都有很大的差别,他们谁也不佩服谁,谁也瞧不起谁,谁也都看到了对方的缺点和毛病,争论对于他们像小孩子打架一样的容易,有一次,他们为着犯罪的问题争论到半夜。许治民认为罪犯缺乏一种道德观念,破坏社会秩序,必须给以法律的制裁。沈明认为犯罪是产生于社会制度,制裁人是一种消极的办法。积极的办法则是改革社会制度。许治民是一个墨守成规的人,机械地执行法令,背诵条文,他的人活像一部机器,凡是法律不允许做的事情,他连想都不敢想。沈明是一个热情的人,浑身上下充满了自由的血液,在会议室规规矩矩坐五分钟,就感觉到不舒服。许治民喜好抽烟,沈明把烟草看成是生活上最大的敌人。许治民习惯在深夜里读书,沈明的神经是敏感的,看见灯火就失眠,为了点灯的缘故,他们往往吵了起来。

过了一会,许治民拿出五五宪草给沈明看,为了说明法律本身是进步的,只是由于人民的愚昧与无知。

"你来看看呀！"

沈明走上前去,那是五五宪草第六章的第一二二条,上面写着:"国家对于国民生产事业,及对外贸易,应奖励指导保护之。"

"实业科长,你了解它么？"

"我了解,它是写在纸上的。"

"什么,难道你怀疑么？"许治民惊愕地叫起来,又看了一下五五宪草。

"我要看事实,有事实,我就不怀疑。"

"有什么事实？请你举出来！"

"请你看大后方吧：农民没有地种，官僚资本像块大石头压在中小企业的身上，走投无路，工厂倒闭，停工，裁员，农民穷困……这不是事实么！就拿民族工业来说，他们受层层捐税的剥削，政府不给贷款，哪里有什么奖励保护，这不是事实么？如果说还存在这种法律，这种法律只能是写在纸上的。"

许治民闷了一口气，打了反攻："边区的法律怎样呢？"

沈明说："我们的政策法令不是一句空话，只要它对于抗战有利益，对老百姓有好处，我们就要去做。比如：奖励贸易合作事业暂行条例吧！合作社搞得有成绩的，政府借给它四厘贷款，免去捐税百分之二十至五十。对于一些资本家，只要他们不违背政府法令，改善工人生活，我们是保护他们的财产的，我们也欢迎地主来投资。我们开滩，开渠，开荒。我们有一所铁矿，一所煤矿，一所造纸工厂，两处水磨。肥皂工厂也开工了。我们有浩大的水利工程建筑，我们有一千五百辆织布机，我们有二十九个土布合作社……"

许治民不耐烦地摇着头，等着沈明喘气的时候，他截住打了岔说："你不要向我夸耀吧！一个县有二十九个土布合作社。你问问别人看，在抗战前，单就洪洋店一个地方，就有十二家布店。"

沈明冷静地问着："布店里卖什么布？"

"全是好洋布。"

"这就得了，他们全是做买办的生意。"

许治民仰着下巴，听着沈明说下去。

"敌人把中国农村当做推销商品的市场，大批地走私，用不等价交换，运走了大批的生产原料。敌人的洋布是从哪里来的呢？是从我们中国老百姓的手里来的。据我知道：在抗战前，我们冀中区，每年输入日本的棉花，约值四万万元。等于每一个中国人，有一元的血汗流到日本军阀财阀的荷包里。敌人用棉花制造火药，反过来屠杀中国的老百姓，中国半殖民地社会就是这样形成的。"

"中国沦了半殖民地，是由于治外法权。"

"要点不在这里……不在……"

沈明的脸木胀胀的,在地上走了一圈,用手掌敲着桌子。许治民了解沈明所指的是关税自主和发展工业方面,于是改了口风说:

"你不要误解我的意思,我也是赞成消灭敌人在中国的经济势力,发展工业。"

沈明显得兴奋了,两只大眼睛放着光:"我们建立新的民主国家,必须发展工业,这是毫无疑义的。但是,我们今天处在敌后抗战的环境下,在个体分散小农经济的条件下,在乡村。我们八路军打游击,要穿衣裳,要宣传,敌人在经济上封锁我们,不卖给我们布匹和纸张。我们建立自己的织布工厂和造纸工厂,成立合作社,自己动手生产,减少洋布和纸张入口,渐渐地走到自给自足。只有我们统制对外贸易,禁止非必需品的入口,输出土产,我们边币的比值才能提高,金融才能巩固,根据地才能坚持。"

"照你说,我们坚持根据地……"

许治民提出新的问题,却被沈明打断了话。

"我们坚持根据地,首先给农民减租减息,使他们积极参战施行民主政治。如果我们在经济上想不出办法,我们也不会战胜敌人的。"

一个小勤务员来招呼他们吃饭,争论只好停止了。沈明离开了座位,理了理油印材料。许治民搔搔秃光的脑袋,两手合上了五五宪草,问小勤务员说:

"打过钟么?"

"打过钟半天了,县长已经去开精神动员大会呢!"

小勤务员咧着嘴唇笑着,跑到门外边去。

十四

沈明走进了会场,立刻看见了悬挂在房檐上的国旗,砖墙上贴着红绿色的标语,中间罗列着伟人像,另外是国民公约,抗日救国十大纲领,抗日建国纲领。阳光明朗的,干燥的石灰粉气散在空中,整个会场充满了紧张的空气。长方形的天井里摆着木桌子、板凳,桌子下被人的大腿插满了。坐在主席位上有三个人,戴着近视眼镜的任县长,县委书记,八团代表刘政委,他们全是扩军委员会的常委,常常在一起交换意见。那时候,任县长已经致过开会词,接着是县委书记的报告,他老练地做着手势,冲散了一缕缕青色的烟丝,高亢的喉音湮没了打喷嚏和轻微的咳嗽声。刘政委沉着地想着问题,用他带着伤疤的右手写着什么,观察会议的发展,准备最后一次带总结性的讲话。

另外出席会议的有:一脸书呆子气的财政科长,活泼的民政科长,教育科长夜里从乡下开教员联席会议回来,头发乱得像一堆蓬草,睫毛凝着眼屎,仿佛到现在还没有睡醒的样子。县政府的秘书是一个会待人接物的青年,年老的公安局长是一个沉默寡言的人。孙大炮的鹰鼻子是最突出的,驳壳枪的皮带箍在他的宽肩膀上,他是中央军退伍的排长,现在是县游击大队长。许维新的鸡蛋壳脑袋又明又亮,精明强干,是一个主张科学救国的实业家,他从自力造纸工厂来报告工作,临时列席会议旁听。在桌子的左一排,坐在第一张凳子上的是东庄五区的张区长,他有一副蜡黄的脸色,小眼睛,在工作上放不开手,没有□把的毛病,不打埋伏,也不浪费一分的开支。其次是小学教员出身的第四区区长田兴民,执行政府法令是积极的,作风有些机械。二区区长和三区区长交头接耳地谈着什么。六区区长王大胖子腆着大肚皮,向着两旁的人拍拍打打,扯皮,开玩笑,仿佛永远不知道愁的样子。第一区的游击区长坐在末端,他是长工出身的人,头上包惯了白手巾,当他来到县上的前一个钟头,还背着粪筐子,光着脚,到平汉路爱护村去布置工作。在桌子的右一排是县群众团体:工会主任刘黑子做过井陉煤矿的工人,办事认真,性情耿直,看到不顺眼的事情就要吵架。农会主任老高是一个见面就熟的人,善于团结群众,脸上有一撇小胡子,含着烟袋,同青救会的小伙子开着玩笑。县妇救会出席的是青妇部长于秀,端正、大方、温柔、聪明,她的突起的胸脯和白色的面颊都显得健康,像春天的太阳一样的健康。

沈明感到会场的印象是怎样的庞杂呀!各式各样的衣裳,各种颜色的标语,各种型的脸,油桌的反光,白石灰的线条,摇摆的旗子,画像隐没在青色的烟丝里,游移和跳动。然而,就在他走进会场最初一秒钟,他望到于秀摆着淡黄色的头发,望了他一眼,他觉得她是怎样的纯洁和健康呵!他想再看她一眼。正在这个当儿,许治民的沉重而有节奏的脚步声从后边赶上来,越走越近。他避开了人们的视线,把目光转到任县长身边的空凳子上,低着头走过左一排凳子。太阳晒得人发昏,游击区长头上的白手巾发出土汗气味。

这时候,县委书记讲完了国际国内大局,分析当前的边区形势,他是地方出身的干部,有斗争经验,善于掌握政策,对于坚持敌后游击战争是有信心的。

"在我们边区,庄稼主减了租,选举自己的村长,没有饭吃的人都有饭吃了,敌人不敢过滹沱河,论功行赏,应该给八路军……"

掌声不住点地响了起来,震荡着房瓦和窗纸,撞在砖墙上的回音嗡嗡地响了很久。因为提到八路军,大家把眼睛集中到刘政委的身上,自从他领导工作团,组织动委会,成立八团,领导部队作战起,全县没有一个人不知道他的,也没有一个人不尊敬他的。

过了一会,县委书记概括了边区的形势说:

"去年冬天,我们军民一条心,粉碎了敌人的扫荡,敌人是非常恼火的。敌人火上加油,烧老百姓的房子,杀人……我们边区的老百姓参加八路军,保卫家乡,不让敌人烧一间房子,不让敌人抢走一粒麦子……"

东配房里的电话机当当地响了起来,院子里一时鸦雀无声。砖墙上的窗子突然敞开了,电话员伸出扁脑袋来,拨开了旗子,对着下面叫了一声:"刘政委,八团有电话找你。"刘政委从容地站了起来,和任县长说了一句什么,摸一摸扎在皮带上的二号手枪,走出了角门。县委书记就此结束了他的报告,任县长宣布休息十分钟。

会议刚一结束,人们便立刻离开了凳子,喝水、抽烟、散布,三三两两地漫谈起来,在桌子的拐角处,工会主任同县委书记谈着雇工参军问题,问题涉及到优抗工作,民政科长也插进来发言。于秀常到五区检查工作,和张区长搞得很熟,帮助他寻找扩军的对象,一边交谈,一边漫步走上了石头台阶。任县长是大学毕业的学生,参加政权工作不到两年,现在已经变成公务上最忙的人,出席会议,做报告,计划工作,批阅文件,盖章,写指示信,巡视工作,几乎连看报和大小便的时间都找不到。他刚离开了主席座位,就有一个敌占区的老乡来请愿,老乡跑得满头大汗,形色张皇,抓住任县长的袖子不放,因为敌人强迫老乡的儿子去当伪军。他一边想着对策,一边点头安慰老乡。沈明一心想着造纸工厂的情形,他摆一摆手,招呼许维新到他的跟前来。

"沈科长,我来了。"

"你来得很好,我正想找你谈谈。"

沈明快活地微笑着,偕许维新走上了石头台阶。他们碰到了于秀和张区长,转回身子,沈明想起了许维新用火碱煮稻草的方法。

"造纸工厂怎样,你试验的代替品成功么?"

"侥幸成功,火碱和氢氧化钠是一样有效用的。"许维新快活地笑了,摇着鸡蛋壳的脑袋,"石灰和白碱也可以替代氢氧化钠。"

"只要成色好就行了。"

"你看吧,沈科长,这是新出的货色。"

许维新从怀里取出一张纸样子,粪黄的颜色,很厚实,质很软,样子很朴素。沈明透着太阳光看了一眼,满意地问许维新说:

"你告诉我,这次煮稻草,用了多少火碱?"

"十斤稻草,要用一百斤水,一斤火碱,顶多也不过一斤四两火碱。"

"那是为什么?"

"为什么,这要看稻草的强度呀!盖上锅盖,烧六个钟头,火候就到了。"

"我们要自力更生,以后再也不买敌人的纸张。"沈明快活地笑了。

许治民傲然坐在僻静的角落里,不和谁交谈,也不发议论,心里仿佛有些不舒服。猛然看到他弟弟许维新眉飞色舞的神情,凑趣问了一句:

"你告诉我,你是怎样把稻草煮成纸的?"

"很简单。"

许治民把他弟弟拉到他的身边,坐在凳子上。沈明离开他们,转脸去看石阶上的于秀和张区长。许治民不放松地问着他弟弟。

"你说吧! 怎样把稻草煮成纸的。"

"说起来,这事情也很简单呀!"许维新想起了试验造纸的成功,得意地比手画脚地说,"原来,有一个投机取巧的商人,他收买旧棉花,用氢氧化钠煮了一遍,变成白色,当新棉花卖出去,挣了钱。我揣摩这个道理,氢氧化钠一定有侵蚀力,我试验煮稻草造纸,成功了。"

"商人启发了你。"

"人类是有脑筋的呵! 为什么瓦特看见了水壶,发明了蒸汽机?"

"脑筋么?"许治民摸了一下头上的白头发,叹了口气,"应该爱惜自己的脑筋,我不让它浪费在水蒸气上面,也不让它浪费在氢氧化钠上面。"

"你是一个研究法律的,自然,对于别的事情都枯燥无味。"

"不是无味,而是不必要。"许治民严肃地回答说,"没有你们的造纸厂,我们司法科照旧有着大批的卷宗,一本本的案簿。"

"你知道,因为我们购买敌人的纸张,国家权利外溢呀!"

在休息的当中,大家都感到疲倦,农会主任老高要于秀慰劳一个歌子,于秀摆着淡黄色的头发,跑到桌角那里死也不肯唱。吵了半天,以致把教育科长吵醒了,揉一揉眼睛,一群苍蝇从眼睛上飞起来。几个区长准备响应上级的号召,计划扩军的数字,寻找对象,写挑战书,预备发言,交换着经验,会场上议论纷纷。

81

"我们刚刚搞合作社,工作的中心又转到扩军上面了。"

王大胖子挺起肚皮,摇摇摆摆地走到大家的前面来,很有把握地说:"只要宣传好,完成任务是不成问题的。"

"王大胖子,你不要吹牛屄!"

刘黑子心直口快地顶了王大胖子一句,惹得许维新和孙大炮哈哈大笑起来。因为刘黑子到过王大胖子的区上,看见自卫队很不整齐,甚至有一个队长没有拿红缨枪。

第二区区长耸耸肩,根据自己的经验说:"老百姓减了租子,对八路军可拥护啦!"

"拥护八路军,不一定自己愿意当八路军。"张区长凑了一句。

"怎么见得?"公安局长望着张区长。

田兴民抢嘴说:"农民有一种保守的习惯,熟土难离。"

"老婆不拖尾巴,小伙子……"农会老高打着喷嚏,他的下半截话给打掉了。

"只要抗属有人代耕,问题就解决一半了。"民政科长很关心抗属,从桌角跑过来插言。

张区长也想谈谈抗属的问题。那时候,任县长把请愿的老乡送出门口,游击区长向那老乡摆了摆手,走进人堆里。于是,人们又把谈话的中心转到游击区长的身上。县秘书的家住在游击区,他首先发表意见:

"鬼子抓壮丁,扩军可好扩啦。"

"鬼子人少,没有皇协军帮凶,早就完蛋了。"孙大炮时常到游击区去打游击,好像十分了解敌人的情况,吹起牛来,拍着大腿,"鬼子过去吃牛肉罐头,大米,慰问袋一个月两三个。现在鬼子没有罐头吃了,常常抢老百姓的东西,慰问袋半年也接不到一个。"

县委书记和大家打在一伙,接着说:"正是这样,我们今天才扩大八路军,组织自卫队,不要瞧不起种地的庄稼主,拿起枪杆子都能顶事。"

"你们知道周家口吧,"游击区长听了县委书记的话,想起了一件事情，"那里的自卫队青抗先去割电线，破坏铁路，打一颗手榴弹，鬼子就不敢离开王八窝子。"

"鬼子胆子可小啦，像豆粒似的。"

"他们全是一群娃娃兵，他们到中国来才学会打靶。"游击区长说，说得嘴角吐着白沫。"鬼子三天两头儿换防，换来换去，还是原来几个娃娃兵。"

"怎么知道呢？"几个人一齐问着游击区长。

"怎么不知道呢，鬼子常常到爱护村去抓小鸡，老百姓都认熟了。有一个日本矮子，一只眼，他抓了一个老百姓的小鸡，换了两次防以后，他又来抓那个老百姓的小鸡。他以为中国人认不得日本人呢？两只眼睛总比一只眼睛看得准些。"

这是一个笑话，大家都忍不住地要笑起来，财政科长咧一咧嘴唇，许维新咳嗽着，孙大炮捺着自己的肚皮，几乎岔了气，当他们看到游击区长颤动下巴的时候，知道这笑话还有下文。

"老百姓说什么？"

"老百姓俏皮地对鬼子说：太君，你抓小鸡不方便，你瞄准可方便啦，再用不着闭那只眼睛。"

这一次大家都哄堂地大笑起来，连素日绷着脸的许治民，也都笑得合不上大牙。这时候，刘政委接过电话从角门走出来，看见大家的笑脸，他的瓜子脸也闪着一团红光，心里想着团部来的电话："团部明天转移。"他对自己说："过滹沱河也好，对于领导扩军更方便一些。"他移动着有伤疤的右手腕，走向主席团去，大家知道会议又要开始，纷纷地散开了。

主席团讨论着扩军的数目，任县长做了一番调查，拟定动员七百五十名新兵，各区分配的数目不等，从九十名到一百六十名，抄了一张数目表给县委书记看，县委书记斟酌着，沉思着，没有决定下来。任县长把数目表拿给刘政委看，望着刘政委的眼睛，他担心拟定的数目太低了。刘政委看了一下，很自然地说："要老百姓自愿地参加八路军，我们不是拉夫，顶好不要妨碍他们的生产，不要加重老百姓的负担。"任县长听了刘政委最后一句话的时候,面孔立刻明朗起来了,站起身来,取出发言提纲,扶一扶近视眼镜,用流利的北方话分析扩军的有利条件。

"扩军的有利条件是什么呢?由于八路军打了无数胜仗,威信提高了,老百姓认为当八路军是光荣的。纠正了'好人不当兵'的观点。八团克服了洪洋店,不是有许多老百姓送慰劳品么!相反的,在游击区,敌人抓壮丁当炮灰,我们要抓住这两个不同的实际例子来教育大家。只有参加八路军,才能保住家,保住自己。其次,我们执行了减租政策,老百姓的生活改善了,用不着想家了,抗属有人代耕,给优待粮食,一切困难问题都能解决。在扩军工作上,过去我们有一些经验,今年,我们更要把过去的经验丰富起来,建立各级扩军委员会,加强优抗工作,各群众团体从组织上来保证,我们要全体动员起来,造成群众性的自发运动……"

为了警示大家,县委书记插了一句:"千万不要捉大头呵!"

听的人精神都很集中。沈明睁大了奕奕的眼睛。于秀皱着长长的眉毛,思索着。张区长忙着做笔记,准备回到区上开干部会传达。许治民已经放下了红木头烟斗,听两句,眼睛望着头顶上飘动的旗子上去了。农会老高在地上蹓跶着,拍着青救会小伙子的肩膀。因为青救会小伙子不注意听县长的话,搓一搓脚,挽一挽胳膊上的袖子,似乎等着任县长的报告一结束,就要跳起来向大家挑战。

任县长不仅指出扩军中的有利条件,同时又估计一些困难。

"同志们!我们不要忘记了,边区是处在敌人的包围当中的,敌人时时想进攻我们,破坏我们,顽固分子也会给我们造谣,我们要有精神上的准备。"

任县长是一个精细的人,在工作上充满了热情,头脑也很冷静,当他报告的时候,却不断地思索着各种问题,他担心工作抓得不紧,布置不周密,说服解释不够。他也担心执行工作的干部没有信心,没有掌握方针,没有群众观点,单纯为了完成表面的数目,以致发生种种不良的倾向。他又详细地报告了工作的方式和方法、宣传要点，号召创造模范区，创造模范村，宣布了各区扩军的数目。

"第一区一百六十名，第二区一百四十名，第三区一百五十名，第四区一百一十名，第五区一百名，第六区九十名，数目可以作为参考，希望各区同志根据自己的力量，展开讨论。"

人们开始酝酿着，区与区之间，群众团体与群众团体之间，人与人之间互相交谈着，鼓励、刺激、讽刺，用各种方式和口吻弄得嗡嗡地响起来。张区长站在王大胖子的后头，挤着小眼睛，用指甲抓着脑袋，焦灼地踱着脚步，在远处，于秀看到张区长迟疑的样子，跑到了他的前面。

"张区长，你承担下来么？"

"于同志，我不知道怎么承担才好！"

张区长没有主意地颤动着嘴唇，指甲尽管抓着头皮，心里放不下，当他看见了于秀生机勃勃的样子，才慢慢地安静下来。

"张区长，一百名不算多呀！"于秀打气说。

"我也知道不算多，但是！我们是巩固区，后方勤务多，滩地浆稻子，再有……"张区长转了一下小眼睛说，"你们妇救会有把握么？"

于秀理一理领子上的头发，扬起光润的额角，计算着可能动员的几个对象。她已经想到第六个人，当她想到第七个人王富的时候，不免迟疑起来了。

"王老太太有两个儿子。"

张区长说："两个出一个，不算困难。"

"成分也是好的，佃农，抗日热心。"于秀添了一句，她又想到另外一方面，"可是，王老太太的顽固是出名的呀！"

六区区长王大胖子已经站起来挑战，尖头顶被太阳晒得冒油，嘴里流着口水。他卷起袖子，露出碗口粗的汗毛胳膊，对着游击区长头上的白手巾点了一下：

"为了响应县长的号召，我王大胖子保证全部完成。另外，我提出三个条件,向一区挑战。一、我保证抗属都有饭吃。二、不捉大头。三、没有一个开小差的。"

人们看到白手巾在头上飘来飘去,立刻知道游击区长出来讲话了,闪开路子,游击区长用两只手扶着凳子,他觉得嗓子有些发干:

"我答应王大胖子,我不叫敌人抓去一个壮丁,除了那一百六十名外,我再加上二十名新兵。"

"咬咬牙,我也加上二十名新兵。"王大胖子不服气地又跳起来,拍一下胸脯,他的碗口粗的胳膊举得像旗杆似的。任县长的近视眼在远处都能看见了,笑了笑。

"王大胖子嘴巴子没毛,说话不牢。"游击区长挑逗说,摸一摸头上的白手巾。

"谁卖嘴的叫他背乌龟!"

县委书记鼓励大家说:"好的模范,我们在扩军五日刊上表扬。"

有一个区长用尖嗓子念着挑战书,挑战的条件有四项。一、数量超过。二、质量好。三、时间提早完成。四、保证政治动员。他的挑战书越来举得越高,嗓子越来越尖。在飘荡的旗子下面,在乱哄哄的人群下,在狂叫和喧哗夹杂的声浪下,辨不出他的面孔和声调来。他是谁呢?沈明跑到桌子的侧面,从许治民的身后扒开一条缝,才认出念挑战书的是第四区区长田兴民。

经过三个区长的挑战和应战,张区长有些着慌了。直到现在,他还没有把县长分配的数目想好,他觉得可寻找的对象是那么少,应战的条件没有具体化,发言没有准备好,但是,他觉得一定非像别人那样做一番不可,挑战和应战。他又把笔记本翻出来,写上几个名字,总是凑不上规定的数目,他期待地望着于秀的眼睛。

"你给我找好几个对象?"

王大胖子跨过一张板凳,摇晃着粗粗的牛腱膀子,自鸣得意向张区长开玩笑说:

"老张,模范区怎么挨在后头呀!"

"咱可不沾。"张区长平淡地说。

"你们中心区怎么不沾？干部多，领导也强。"

在这个时间，二区区长和三区区长同时站起来挑战，抢着宣布自己的数目和竞赛条件，混乱地摇着胳膊，声音吵成了一团，脸红脖子粗地鼓起了劲。旁边的人给他们鼓掌喝彩。会场的空气立刻显得紧张起来，坐在对面的刘黑子忍不住要起来应战，农会老高瞪着大眼睛，青救会的小伙子急得摩拳擦掌。几个科长跳到凳子上看热闹。于秀一方面帮助张区长应战，一方面准备县妇救会的挑战。孙大炮翘起了脚跟。许维新的鸡蛋壳脑袋在人堆里晃来晃去。县秘书各处走动着。过了一会儿，县长使会场的秩序平静下来，两个区长才把自己的话讲完了。

"老张，该你出彩了。"王大胖子在后面催促说。

张区长翘起了细腿，腿肚子像抽筋似的抖起来。他讨厌王大胖子的啰嗦，他也看不惯王大胖子的铺张作风，好表现自己。别人的表现给了他精神上一种打击，虽然他在工作上是有信心的，当他站起来讲话的时候，他不晓得为什么嗓子有些哑了：

"……数目，我不能肯定……任务我要坚决完成……"

张区长停了一下，清一清嗓子，他看到扎着白手巾的游击区长坐在凳子上，田兴民轻松地喝着茶水，王大胖子同任县长谈着话，谈得嘴角吐着白沫，似乎在夸耀他的工作。张区长看到那情形有些激动，他觉得自己的工作并不比王大胖子差，冒了一句：

"咱不会吹牛，到时候再看吧！"

大家都忍不住地笑起来，张区长觉得自己的面子很难堪，不知道怎样处置自己好。刘政委把他从困苦的情况下解救出来，并且用一种持重的口气对大家说：

"不会吹牛是好的，工作应该老老实实。"

在群众团体当中，第一个响应号召的是工会主任刘黑子。第二个是青妇部长于秀，她背靠着椅子，挺起饱满的胸脯，沉静地望着刘黑子的粗脖子，带着一种信心起来应战。不畏缩，不忸怩，不强词夺理,她的轻盈而有条理的声调打在人们的心坎上,博得全体的喝彩。坐在对面的六个区长鞠着腰,公安局长快活地展开老黄脸皮,用袖子擦着眼睛。许维新闪着光秃的脑袋,露出毛主席的画像;沈明看到毛主席的画像,如同毛主席的仁慈而智慧的眼睛看到了他,他从内心感到一种安慰。他回过头去看于秀;于秀正在从容地发言,她的细嗓子夹杂在吵杂的声音当中,有几个字眼讲得特别清楚:

"……我们妇救会员都要做模范,把自己的丈夫送去当兵……"

"好!"孙大炮踏在凳子上,瞪着一双眼睛叫好。

为了寻于秀开心,农会老高没头没尾地插了一句:

"呵呀! 站在院子里说话,不怕风刮了你的舌头,拖丈夫尾巴的,不是你们妇女么?"

于秀红了脸,兴头给打断了,看到老高的调皮话煽起大家一阵狂笑,她打了反攻:

"一些老顽固,都出在你们农会里面。"

老高在桌子上刨刨烟袋锅子,站起来应战说:

"我老高保证农会不出一个老顽固,不叫老婆拖尾巴,也不阻挡儿子当兵……"

"老高真沾!"有谁在人背后喊了一下。

旁边的人在加火添油地叫着口号,仿佛把挑战的人弄得发疯一样。

"青救会,该青救会出来啦!"

青救会的小伙子已经忍耐半天了,坐也坐不下,站也站不稳,心像着火的样子,听到四旁的人给老高叫着口号,头发梢冒着汗气,他的耳朵嗡嗡地响,仿佛所有会场的人都在拥护老高一样。他听到老高说"不阻挡儿子当兵"那句话,他觉得青年人挨了一下耳光子。他踢开了一张凳子,举起他的胳膊来,卷一卷袖子,比画了一下:

"青救会要动员这样的,年轻力壮胳膊粗的小伙子,不要一个老头……"

"青年人打先锋。"

王大胖子得意地叫着,笑着,讲着他和青抗先的光荣故事。青年的沈明和教育科长也走过来了,脸上挂着愉快的光辉。青救会的小伙子扯开了脖领的纽扣,汗水浸透了他的小褂,他抬起了尖嘴巴子,话又讲开了,仿佛向鬼子打机关枪一样:

"看吧!我们青救会要拉出几个青抗先来,排着队参加八路军……"

该轮到刘政委讲话了,大家的眼睛都射到他的身上,他从容地站起来,用他带着伤疤的右手摆了一下,刚刚讲了"同志们"三个字,掌声像雨点似的落满了会场。

十五

这是一个红火的日子。

吃过了晌饭,长着连鬓胡子的村长孙国明刚刚打发了担架队,给冯老窝脲打了一张路条子;抽一袋水烟,整理一下桌子上的公文,屁股还没有挨上凳子,八团的管理员又来了。

管理员是一个见面就熟的人,中等身材,长了一脸麻子,半新的绿军装沾了一块油污,没有扣风纪扣。他放下了挎包,自己找茶碗倒水喝,望着角落里戳着的红缨枪,一杆秤,一面斗,一面铜锣,堆满地的红黄色的玉茭粒子,仿佛对于这种环境很熟悉的样子,一开始和村长接头,就打成一片了。

一阵小南风刮到屋子里来,贴在墙上的"晋察冀减租减息单行条例"簌簌地响着,梁头上的灰条儿摆动着,村长听到管理员操本地口音,猜着说:

"同志,你是咱们八团的么?"

"不错,刘政委领导的老八团。"管理员的麻子脸一耸动,开了花地笑起来,"村长,我们来麻烦你。"

村长顺口说:"没有什么,八路军和老百姓是一家人。"

管理员把一只手搭在村长的肩头上,拍了一下,仿佛对待自己多年不见的老朋友,村长眉开眼笑地点着头,满口答应。

"同志,你要派饭么?还是要粮食?"

"先找三千五百斤公粮。"管理员摸一摸挎包,从里面掏出一大把三联的粮票,没有点数,放在村长前边的桌子上。

"同志,你不要开玩笑,你有多大的肚皮,能吃这样多的粮食?"

"不是开玩笑,我们八团全来了,我到这里号房子。"

"同志,原来你是打前站的。"

过了一会儿,管理员到街上去号房子,村长找经济主任收公粮,王富到大街上敲起锣来了。

"当当……"

"八路军来了,大家烧开水啦!"

"什么事呀!"

听到八团的消息,李全英匆匆忙忙地从家里跑出来,忘了扎裤角,衣裳的褶迹没有抖开,张开的两片红嘴唇并不在一起了。陈迷瞪准备到滩地上去浇水,一听到锣响,站在街头愣住了。孙国亮扛着一布袋粮食,走进村公所的门口,张青从渠埝上巡渠回来,大说大笑地走进了人堆。张三保的歪嘴巴子笑嘻嘻的。刘二窝把牛牵回家去,准备给队伍铡草和挑水。锣声响过了街头巷尾,家家的烟囱都冒起青烟来了。

"八路军来了。"大人小孩都在喊着。

大街上乱哄哄的。农民合作社的窗子敞开口。卖麻糖的小贩也走出来。孙二婶婶提着一篮子鸡蛋,到处打听八路军的消息。挑水的小伙子,抱柴的娘儿们,牛锁子背着木头刀在大街上乱吵乱嚷,墙头上的母鸡在咯咯地叫着,好像谁家办喜事的样子,显得紧张和匆忙,半闲散的人到河边看热闹去了。

"走吧! 王富。"有谁在背后约会他说。

王富随着大溜的人群走到河边去了。

有一部分队伍已经过了滹沱河,成群地聚拢在河滩上,躲在黑枣树和柿子树下乘凉,打绑腿,擦枪支,绑草鞋,等着命令出发,利用空闲的时间，一个文化教员给战士读报纸听。团直属队和一个营正在过河。殿后的队伍拉长了距离，行列蜿蜒地从麦田的抄道上伸展开来，枪尖，军帽，旗子，歪把子机枪，徐徐地航行过了绿茸茸的麦浪，交错地摆动着。几个零星掉队的落在后边了，营长传着口令："往后传，跟上来。"河岸上有一个小司号员吹着集合号。

河水又落下去了，两岸留下了一片沙滩。河槽是朗阔的，米汤样的水浪吹得很急，像一堆折起的破麻布片子，绕着顶岩石块的棱角打漩涡。指战员全体蹚着水过河，一开始，河身已经给占满了，仿佛棋子星散地洒在棋盘上一样。战士们解下了绑腿，卷着裤角，背着背包和干粮袋，手拉着手，肩头上竖起的枪尖成了一片黑树林子。挂在卫生处和供给处当中有几副伙夫担子。架线班、迫击炮连、机枪排、政治处、参谋处、骑兵通信班的几匹杂色马在嘶嘶地叫着，水在响着，水淹没了小司号员的大腿，小司号员在吵嚷着。一个服侍病号的老乡牵着毛驴。毛驴经过宣传队小鬼的时候，小鬼喊着"老乡加油！"唱着歌，战士们围绕着国旗在流动着，炮弹箱在流动着。

刘政委骑着一匹黄色的走马，身上挎着一只图囊，他在行军当中观察着战士的情绪，检查行军纪律。一个战士扯着马尾巴跟着他过河。他在远处，望着老乡牵着那条毛驴，打马向前浮了几步，水深起来，一个浪花打过来，战士松了马尾巴，刘政委偏到左流去了。浪花在马的腿根上飘打着，马扭着脖子往前浮，水更深了。穿着日本黄呢大衣的郭团长喊了一声，放开了他的小红马，跟着刘政委的后边赶来了。刘政委听到后面有人叫喊，叫马摆过了头，抽着鞭子，从浪花的顶尖上抽起一串水连珠，滴溜溜地转着，有的淋到郭团长的脸上，有的滚到水里去了，两匹马距离一丈远的地方，错了过去，刘政委的黄马向右偏去，郭团长的小红马偏到左流去了。

王富在岸上很着急，他看到小红马已经浮到河心里去了，水没了马肚带，郭团长勒住嚼子，小红马的头浮在水浪上，快要沉下去的样子。王富对着郭团长摆了摆手，叫着。

"靠右,那里水深。"

"团长,那里水深!"团旗下一个战士也接着喊,声音顺水传过去。

"靠右边!"王富喊第二次,急得跺着脚,要跳下水去。

"老乡,右边么?"

郭团长答话了,对着王富的大个子扬着鞭子,仰起来红红的四方脸,套在他脖子上的望远镜放着光,挺起了腰板,两脚紧紧地踏着镫,勒住嚼子让马浮水,仿佛满不在乎的样子。当他上岸的时候,马褡子已经湿了。水顺着马腿不停地淌下来,看热闹的老乡立刻把郭团长围住。

"真好胆量!"

是一个大晴天。太阳烤得发昏。王富解开了腰间的宽布带子,搭在肩头上,游游逛逛地踏着河滩上的沙砾,望一望战士红红的脸,走过一排排的行列。他感到很亲切,兴奋,愉快和新鲜,好像一个小孩到了庙会上,看见什么东西都是好的;崭新的大盖枪,歪把子机枪,炮弹箱,无线电收音机,子弹带,手榴弹,绿色的迫击炮,红毛的日本牛皮包,还有一个二尺多长的铁筒子,那是一门小炮么?他不知道它叫什么名字,他很喜欢它,甚至他想用手摸一下。正在这个时候,一只毛驴在他的身边叫起来,牵着驴的老乡挂了一脸谷糠,一个高鼻梁的战士同老乡讲着什么。那不是东庄的周小拴么?他亲热地喊了一下。

"周小拴!"

"王富。"周小拴暂时地离开了老乡,抬起他的高鼻梁,用手掌在王富的肩头上拍了一下,欢喜地笑起来,他的红红的脸蛋上显出两个酒窝。

"周小拴你到了八路军,发了胖,也结实起来了。"

"你说我胖了么?"周小拴露着白牙笑起来,摸一摸紧紧的脸蛋,自己也觉得胖了,却不住嘴地说,"我胖了。一个人到了八路军,等于土包子开了洋荤。"

王富的记性很好，虽然周小拴和他分手一年半的时间了，他还记得周小拴做看院的寒碜样子，穿着一条露膝盖的裤子，抱着肩胛，没有色泽的黄脸皮像半风干的白菜叶子。现在，周小拴却长得那么茁实而且丰满，粗眉毛，大眼睛，高鼻梁亮得发光，浑身上下穿了一身草绿色的新军装，扣着风纪扣，绑腿打得紧紧的，军装的兜上插着一把牙刷、一支铅笔和一本日记册，身上背着子弹带和大盖枪。和过去比较起来，简直变成两个人的样子。

一时，王富对周小拴讲不出什么话来，他对他感到亲切、钦佩，同时又有些怯生生的样子，待了半晌他摸了一把那崭新的军装。

"这衣裳是新发的么？"

周小拴笑嘻嘻地点着头，反问了一句："家里光景怎样呢？都有吃喝么？"

"方才我还看见你的老婆，吃优待粮食，脸蛋吃得红红的，她参加妇救会了。"

"老孙还当农会主任么？他好么？"

"他很好，把地抽回来了，前几天，他还帮助我到清水沟沿上滩地浆稻子呢！"

"陈迷瞪有饭吃了么？"

"他也不坏，他的老婆生了一个小孩儿。"

"你哥哥还在外边做长工么？"周小拴看见家乡的人很亲热，什么事情他都想知道，他打听一次又一次，最后问到王富的身上了。"你参加了自卫队么？刚才你站在什么地方呢？"

"我站在河滩上，看着队伍过河。周小拴，你们团长的胆子可大啦！"

"他雪山草地都过来了，还怕什么呢？"

周小拴是最近从政治战士升了班长，对于班里的战士关系搞得很好。行军的时候，有一个战士打了摆子，病倒了，他动员了老乡的一条毛驴给战士骑，老乡跟着他过了滹沱河，他一边同王富谈着家常话，一边照顾着打摆子的病号。有一会儿，他和王富谈得很起劲,把病号忘掉了,直等到毛驴叫起来,刘政委用他的湖南腔喊卫生员的时候,他才回过头来。

骑在毛驴上的病号东倒西歪地摆着身子,脸色煞白,抖着牙齿,翻开了涩眼皮,感激地对着旁边的刘政委点头。

"不要紧,一会儿就好。"

队伍通通过河了,只有一个挑担子的伙夫在河边洗脚。刘政委打发特务员去找卫生员,用他带着伤疤的右手接过特务员手里的缰绳,拉进了一步,他的黄马和旁边的毛驴打起架来,带着一脸谷糠的老乡拉开了毛驴。

"老乡,你没有洗脸么?"刘政委好奇地问了一句。

老乡用他的黑手指头摸了一下脸上的谷糠,咧着嘴唇笑着说:"我在家里推碾子,同志打摆子了,周班长叫我送来,我就跟着来了。"

刘政委生了气,他的瓜子脸拉得长长的,瞪了周小拴一眼。

"随便乱搞,你不是到村公所找来的牲口?"

周小拴解释说:"刘政委,村公所离路口很远,我就近把老乡牲口动员来了。"

"简直要不得,要不得!"刘政委摇一摇头,"照你说,成立村公所是干什么的?"

周小拴明白不经过行政手续去动员老乡的牲口,是错了,侵犯了群众利益,刘政委给他的批评是应该的,他不再解释什么了。

"见鬼,你们的政治课怎么上的……群众纪律,你们的指导员,也是乱弹琴。"

老乡看到刘政委责备周班长,替他说情:"不关周班长的事,是我拥护的!"

刘政委把自己的黄马让给病号骑,打发老乡回家去。周小拴招呼着病号,后边跟着王富。前进号吹起来了,他们跟着队伍的行列出发。

队伍向着东庄宿营地展开了,整齐、严肃、愉快,排着长长的行列。团旗打着头,骑兵通信班跑在前面,参谋处、政治处、卫生处、供给处和运输队混杂在队伍的中间。背包、子弹带、枪尖、草绿色的军装明晃晃地在太阳下闪着,滹沱河的沙滩上冒了烟,长长的行列钻到麦田里去了。在流动的水渠旁边,不时地扬起了轻快的脚步声、驮子声、口令声、吹哨子换肩的声音,伙夫担子撞得叮当地响着,黄马和小红马恋着群,在两个地方嘶嘶地叫着。

王富跟在周小拴的后边,他看着病号骑的黄马撒欢儿地摇着尾巴,仿佛他在家里打麦子赶场一样。他忘记自己是一个没有穿军装的老百姓,他也没有感觉到和别人有什么不同的地方,一个调皮的司号员笑脸对他说:"老乡,你也参加八路军么?"他没有说什么,对着司号员笑了笑,他觉得参加八路军没有什么不好的地方。正在这个时候,周小拴转过背去向司号员说了一句什么,他看到周小拴的背包上挂了一块木头牌子,上面写着一个黑字,他觉得很新鲜。

"周小拴,你的身上挂了牌子呀!"

周小拴张着嘴笑了笑,好像已经忘掉刘政委批评他那件事情。哨子在麦子地里响,村子露在大槐树的前面,快到了宿营地,心里又畅快起来了。

"王富,你看我们八路军该多么好?一边走路,一边认字。"

"那是什么字呢?"

"你不认得'炮'字么?"

"你们队伍上有一门小炮?"

"是绿色的迫击炮么?"

"不是绿色的,是黑色的,有胳膊粗。"王富想起在河滩上看到的那个铁筒子,用胳膊比画了一下。

"那是掷弹筒,不是小炮,我第一次打仗的时候,也闹了一个笑话。"

周小拴笑着说,正一正帽花,拍着王富的肩臂,告诉他那件有趣的故事。

"东庄农会刚成立,孙国亮动员我参加八路军。那时候,我是一个新兵，不会打手榴弹，脑子里也没有文化，考识字，我吃了一个鸡蛋。一句话：擀面杖吹火——一窍不通。第一次我跟连长去打埋伏，我们打坏了鬼子三辆汽车，消灭了十五六个鬼子。我爬到汽车上，东西满腾腾的，这一下子可开了洋荤啦！我的肩膀上背着大盖枪，胳膊上抱着日本衣裳和毯子，挎包里塞满了日本罐头、日本香烟、日本糖。除了我这个人之外，什么都是日本的。我爬下汽车的时候，看到汽车轮子下有一个大气管子，手里没有空的地方拿，我踹了它一脚。我找到了连长，我高兴地对他说：'报告连长，这一回我可抗日了，你看吧！我把什么东西都拿回来了，只剩一个大气管子。'连长听了我的话笑起来，给了我一拳头：'娘卖屄的，你真是土包子，快把它拿来吧！那是鬼子的掷弹筒。'"

周小拴讲完了，他的红脸皮一松，不知不觉地哈哈大笑起来，听故事的王富也跟着大笑。

"再碰上一次，我就认得了。"

行军的行列又向前展开了，漫长的、蜿蜒的、整齐的，踏着拍子，草绿色的军装在起伏的麦浪里波荡着，消逝在灰尘暴土之中了。在空旷的田野里，时时响起了沙沙的脚步声、口令、哨子，炮弹箱在驮鞍上咯吱咯吱地响着，伙夫担子在叮当地响着，马在嘶嘶地叫着，一切交错的声音都随着队伍的行列跳动着，紧跟着脚步，越来越近，越来越紧张……

快走到东庄了，他们看到家家的烟囱冒着青烟，大槐树梢上落着几只鹊雀，白土墙上的黑标语掠着眼睛。在村口识字牌的地方，有一只红缨枪像挑起的高粱穗子。先到的一批队伍坐在土岗上休息，围着开水桶冲炒面吃。村里的人也都跑出来，有山羊胡的张青、陈迷瞪、村长孙国明、刘二窝、张区长，李全英的鹅蛋脸闪在妇女自卫队队长王芸肩头的后面，孙国亮的酒糟鼻子显得又红又亮，牛锁子背着木头刀在人群里跑着，喊着：

"八路军来了！八路军来了！"

十六

团部搬到了花门楼的外跨院,立刻有生气了。

自从看院的走掉以后,外跨院的一排瓦房便空下来,门上了锁,窗子被雨淋得七零八落,燕子粪滴满了梁头,砖地上的灰土有铜钱厚,上面盖着谷草叶子、蒜皮、子弹壳、碗碴、纸烟盒和看院的抛掉的烂袜片子。阶前长了一片猪毛草、扫帚草、蒿草,刚长下来的蚂蚱抱着星星草的嫩叶。一条蜕掉的花纹蛇皮,留在蚂蚁洞的旁边。槐树的阴凉儿罩在地上,冷森森的,仿佛从来没有人走过的样子。团部搬来以后,进行一次大扫除;管理员、马夫、司号员、特务员、译电员、参谋、刘政委和郭团长也都亲自动手,不到一天工夫,把屋里外打扫得干干净净。装好了电话机,架起了无线电的木头杆子。团部办公室的墙上挂好了地图、图囊、勃朗宁手枪、望远镜,以及从敌人缴获来的指挥刀。政治处布置好了救亡室,里面有沙盘、棋子、图表和那为着战士问答的点将台。马夫在屋檐铡草,马棚里的马望着马夫叫着。开会和汇报的人在房前走来走去,电话机在叮当地响着。司号员吹着清新的五音号。过了一天,篮球架子在院子里竖起来,哨子也响起来了。

那是进行大扫除以后的第二天。郭团长收到分区司令部的一道休整部队的通知,他告诉参谋处发下去,又亲自到营上参加会议。回来的时候,院子里已经有人在打篮球:有大红脸的黄参谋长,矮个子留日学生的敌工股长,活泼调皮的青年干事,特务员把身上的驳壳枪扔在院心,抢球抢得满身是汗。郭团长看见了红牛皮的篮球,手就痒起来。解开了皮带,脱掉细布军服,露出了白衬衫,走上操场,刚刚跑了两圈,他就把特务员撞倒了。

那一天,许庭坚从姨太太的寝室里出来很晚,到了书房,还是困呆呆的样子,伏在靠椅上,用鹅翎扇拂去了紫檀桌上的灰尘,从书橱里找出一本《绝妙好词》,翻了几页,他喜欢高观国的一首《风入松》:

卷帘日日恨春阴，寒食新晴，马蹄只向南山去，长桥爱、花柳多情。红外风娇日暖，翠边水秀山明。

杜郎歌酒过平生，到处蓬瀛。醉魂不入重城晚，秾欢寄、桃叶桃根。绣被嫩寒清晓，莺啼唤起春醒。

他低低地吟诵着，体会着寄生者的闲散逸情，每个字眼对于他都是那么亲切、和谐，简直引起他的共感呢！他过了半生的荒唐生活，那么后半生呢？他不能想象那渺茫的前途。天上掠过一片阴云，小南风兜上了百叶窗子，葡萄叶子扫起一阵波浪，壁上的古轴画也在摆动起来。他疲涩地搭着眼皮，景物使他模糊起来了。方才他所记忆的烟云花草，在他的脑子里变成了五光十色的胰子泡，形成星花，接着又破灭了。过了一会儿，他恍惚听到一群佃户在院子里吵嚷着，叫骂着，铁锹和推耙敲得怪响，谁的粗嗓子在人堆里喊着："退租子，不要叫他跑了！"孙国亮的酒糟鼻子露出了花墙。后边跟着一群乱哄哄的庄稼主：有扎羊肚子手巾的，戴毡帽的，短头发的，披着羊皮袄的，一股脑儿地闯到月亮门里来。他很慌张，想躲到什么地方去。大叫一声，正在这个时候，他清醒过来了。他的心还在噗噗地跳着，嘴里的涎水把书页湿了一片。他揉一揉眼皮，看见衣服袖子压成了褶子，短打扮的管家站在桌子跟前。

"什么人吵得这么凶！"

陆发依靠在紫檀桌沿上，用一种讽刺调子说："老爷，你想想，除了团部还有什么人？"

"认真是团部么？"

许庭坚嘴里说的是"团部"，心里却怀疑是退租子的庄稼主，喝了一口水，头脑才清楚了。

"老爷，自从团部搬来之后，按电话呀，打篮球呀，简直闹得六神不安。"

许庭坚打呵欠说："吵得多么醒人呵！"

"老爷，你看看，他们埋篮球架子，动了工，把风水都给破坏了。"

他觉得心里很不耐烦,摇着鹅翎扇走出了内宅,站在月亮门里,望着踏得光光的球场子。郭团长穿着一件白衬衫,卷着袖子,红色四方脸像一块火砖,摇着手,脚跟随着篮球跑来跑去,跑到篮球筐子下面。特务员正在那里打篮球,郭团长转了两旋,把球抢了去。特务员跟在郭团长后边嘴里嚷着什么。

许庭坚不喜欢打篮球,也看不出一点儿味道来,心里想道:"嘿!团长抢小鬼的球,没有一点派头。"哨子响了,球滚到场子的外边来了。他擦一擦涩眼皮,看到球滚过的地方放着一支盒子炮,盒子炮的把子上拴了一条软皮穗子,木头壳上烙着一个王字。他记得:那盒子炮是他当初从一个姓王的破落财主买来的,化了一百五十元现洋,使用了九年,后来被八团动员去了。此刻,他看见盒子炮心里有些不舒服,仿佛那软皮穗子触到了他的心头一样。他跨过了月亮门,向着盒子炮的跟前走去,正在这个时候,迎面走过来刘政委。

"刘政委,久违!久违!"

他赶忙向刘政委打招呼,露出金牙大笑起来,仿佛碰到了自己的老朋友一样。

"动委会结束以后,你就住在乡下么?"刘政委说,眼睛盯着对方的缎子大褂和缎子鞋,他想起了在另外乡下碰到的绅士。

"乡下是我的老家,昨天我到庄子上去,听说贵军来了,有失招待。"

刘政委记得抗战初期动委会的情形:许庭坚到处拉拢逢迎,一只手搭着他的肩膀,捐给八路军枪支,出公粮,一只手扯住农民的大腿,搪塞减租,不愿意别人抽地,玩弄着上拉下打的两面手法。他对待他不即不离,不听一面之词,不做私人的应酬,在工作上不放弃团结的态度。

许庭坚记得的是另一种情形:刘政委开始创造动委会的时候,仅仅带着几个打赤脚穿草鞋的宣传员,服装也不整齐,几条破枪。刘政委的皮带上挂着一把二号手枪,脖子上挂着一顶布罩的宽檐儿草帽，大口吃辣椒，把"减租"说成"赶猪"。处处和他谈不来。一句话，他瞧不起打着湖南腔的"老长征"，他也瞧不起"老长征"所带领的小小游击队。如果有谁说游击队能够打胜仗，他愿意拿自己的脑袋同那人去打赌。现在他不能不换另一种腔调说：

"刘政委，八路军可沾啦，越打游击越多！"

刘政委说："只要我们和老百姓在一起，我们就会搞出点名堂来。"

许庭坚摇一摇鹅翎扇，张着下巴哈哈大笑起来。

"客气！客气！贵军才得人心啦！"

刘政委点点头，带着一种自信的调子说："到什么地方，我们都和老百姓的关系搞得很好，也许这是我们的长处。"

"刘政委，我不是当着你面讲奉承话，你们比那些打骂老百姓的军队好一百倍。为什么杨爱源的队伍没有过滹沱河就垮掉了？你们来了几个宣传员，老百姓都参加了八路军。"

"有老百姓的地方，都有我们的八路军。"

"八路军像一群家雀，到处满天飞。"

院子里扎着一条绳子，上面晾着油布、马褡子、绿色的绑带。屋里的军用地图从窗角边露出来。刘政委遥望着地图上粗黑的线条，那里是山脉、河流、村落，他想起了那里曾经宿过营，那里曾经打过麻雀战，还有什么念头，一并给尖锐的哨子声打断了。他没有注意到许庭坚怎样瞧着地上的盒子炮，以及最后跨进月亮门的时候，用鹅翎扇掩盖着脸上的暗影。

刘政委回到团部的办公室里，七连的冯指导员正伏在桌子上看军区政治部出版的《抗敌三日刊》，在《部队生活》栏里：有一篇反映七连的稿子。冯指导员看得很起劲，掀掀帽檐儿，满脸的黑疙瘩也都发着紫光。

刘政委见面就问："你们连队上情绪好么？"

"战士的情绪很好，政治委员。"

冯指导员坐在椅子上，望了刘政委一眼，又望一望《抗敌三日刊》，他觉得他们连队上的工作不能算坏的。

"你们和老百姓的关系搞得怎样？"

冯指导员清一清嗓子，报告了驻防以后连队上的生活情形：开生活检讨会，上政治课，上文化课，在大扫除的那天，战士帮助老乡打扫院子，修路，借打饭的盆子，连擦枪支和整理内务也顺便提一下。刘政委注意地倾听着，用一支铅笔做简短的记录，直到冯指导员讲完之后，他还拿着铅笔，好像等待着什么似的。

"这些我全知道，你们的教导员给我汇报过了。"

听刘政委的口气，冯指导员明白还有什么遗漏的地方，翻着眼珠子，想着。

刘政委提醒他说："你们有违背群众的纪律的地方么？"

冯指导员用手抓一下露在帽檐儿外的头发，脸蛋涨红红的，仿佛有什么东西打了它一样。

刘政委接着问他："你知道周小拴牵老百姓的牲口么？"

"他是动员来的。"

"动员，什么都是动员！你知道老乡正在推碾子，人家高兴不高兴！"

"给病号骑的……"冯指导员小声说，他的下半句话给外头的哨子声打断了。

"同志，我们是革命的队伍呵！"刘政委郑重其事地说，"我们要处处为老百姓着想，不要以为我们有了病号，就可以牵老百姓的牲口。"

冯指导员没有讲下去，皱着眉头。刘政委看到对方接受了批评，态度也和蔼起来了。

"毛主席在《论持久战》里告诉我们说：'军队须和民众打成一片，使军队在民众眼睛中看成是自己的军队。'毛主席说的不是真理么？我们八路军能够打胜仗，一天一天地扩大，就是和民众打成一片。"

隔壁的电话机当当地响起来，他们的谈话停止了，通讯参谋拿起了耳机子,重复电话里的语气:"九江,噢！找二〇一讲话。"又摇了一次铃,喊着郭团长来接电话。过了一会儿,刘政委翻了一下桌子上的材料和通知,他指示冯指导员把连队上的青年工作活跃起来,把文化娱乐工作搞起来,他关心着战士们的健康。

"政治委员,我们起得早呢！"

"要得,做一个革命军人,头脑和身体都要健康。"

那一天,刘政委起身很早,刚吹起床号,他已走到村外的操场去了。

太阳还没有钻出山嘴,启明星已经从太行峰顶上陨落了。漫长的滹沱河的边沿上,一丛柿子树遮住了半面河槽,水面和浮起的白色烟丝凝结在一起。司号班在河滩上找号音,嘟嘟地响着,临近的操场上,一片跑步声透过玉茭林子。

"连队上操呢？"当刘政委迈上操场上前一条滩畔的时候,这样地想着,践踏着滩畔斜径上的蒿草、苦荬菜,一串一串的水珠挂在黄花瓣上,掺和着早晨泥土的清香味,刺着他的鼻子。他敲一敲胸脯,觉得肺叶舒展起来。操场上有一大群战士在那里跑步,列着三个纵队,摆动着胳膊,脚步跟着哨子音轻动着;领头的是挂着红带子的直星排长,绕过了天桥,和刺枪架子,渐渐地变成了三个圆圈。没有跑步的文书和小鬼在盘杠子、骑木马、打盘车。在操场的左角,一群练习抛手榴弹的战士大吵:"花机关,躲开,四十米达。"手榴弹抛到线外边去了。从哨岗回来的冯指导员手里提着一只马灯,走上了操场,对着刘政委发出亲切的微笑:

"政治委员,你起得早呢！"

太阳还没有钻出山嘴呢！河边清脆的号音在乳白色的薄雾里震荡着。

十七

东庄风平浪静的,太阳爬在大槐树梢上。街头上飘荡着一股膻腥的羊骚气。自从扩军工作布置到乡下来,人们的手脚都忙乱开了。仿佛燕子掠过水皮的时候,投下了一个水漂儿。

张区长从县里回来之后,就着手布置各村的扩军工作,开会开到鸡叫头遍。他的两只小眼睛熬成了红圈,嗓子哑了,公文袋上落满了烟灰,他对于工作总是提心吊胆的,害怕不能完成任务;由于和王大胖子应了战,更增加了他的不安。两天以后,县青妇部长于秀到区上来,刘政委也派一个民运干事来帮助工作,大家商议了一下,召集全区的村级干部开会做一番传达和动员,为了布置会场,助理员跑到村公所去借东西。

那一天,王富在家里怄了气,由于焦春妮在鸡窝里捡了一只鸡蛋,准备交妇救会的会费。王老太太正在窗台下晒寒腿,看见空鸡窝,追得一只花色草鸡满院乱飞乱叫。王富听见娘的唠叨,心比麻头子还乱,扬起了晒爆皮的脚背,走出了大门,扭过脖望一望焦春妮,那厚实的脸蛋像鸡冠子一样红。

王富到了村公所,助理员抽了村长孙国明的一袋水烟,急得跺着脚。

"快一点! 快一点!"

"我们的经济委员来了。"

孙国明抖搂着连鬓胡子,指着走进来的王富对助理员说,助理员点了点头。

"经济委员请你帮忙找几张凳子,板凳⋯⋯"

"干啥用呢?"王富打听道。

"开动员会。"

"开动员会!"

"张区长动员小伙子参加八路军。"

"动员八路军呵!"

王富笑了,大马牙露在绛紫色嘴唇的外边,提起了精神,过了两袋烟工夫,他把桌子和板凳统统送到会场上,累得他浑身滚着汗珠,肚子里咕噜咕噜地响着,一直地没有停脚。那天的天气非常好,打着手车印子的道上没有扬起一丝灰尘。太阳清朗地照着白石灰的屋顶上,亮晶而且新鲜,鸽子在半空嘤嘤地飞着。不知道这个世界变了呢,还是他的心情特别好,他忘掉了家里有什么不痛快的事情,满心的舒服,又惬意又顺气,脸上没有一丝忧愁,一个扎着红牛皮带的战士,两脚踏在石畔上,腰里挂着手榴弹袋,向着过路的老乡讲抗日的道理。团政治处门前的土墙上,涂着白粉字的大标语,街头的识字牌上写了一行字:"好男儿参加八路军。"宣传队在远处敲着锣鼓,夹杂着人们的欢笑声,还有一些新奇的景象,都在这个非常的日子带到街上来了。

"人们是怎样高兴呢?"王富自言自语地说。拍着屁股上的灰土,踏在路上牛蹄壳的土棱上,慢慢地拉长了脚步。锣鼓声顶着街风一阵阵地飘过来,又顺着街风溜走了,他觉得今天的情形有些不同,心情慌慌的,不能平静下来,白粉字的标语和识字牌晃到他的脑子里来,战士扎的红牛皮带的鲜明色彩,会场上乱纷纷的情形晃来晃去,他记得方才是怎样把桌子搬到会场上,同张区长打了一下招呼,踏着手车印的大道走开了。

在大树的鹊雀窝底下,人们谈着参军的事情,谈得非常起劲,有拔秧回来的长工,白胡子老头子,嚼舌的娘儿们,小孩子挤在墙角里围得风丝不透。大家扯开了头,连吃饭都忘掉脖子后边了。陈迷瞪扛活扛到八路军来了以后才增加工资,鼓吹大家参军,冯老窝脓因为过去的减租增资,已经满肚子不舒服,他更害怕他雇的长工参军。他们两个人说得很不对头,涨红了脸,吵了一顿。正好王富走到大家的跟前,人们要从他的嘴里打听一些消息,让开了一条缝。

"王富,歇歇脚吧!"

"会场布置好了么?"陈迷瞪歪着脖子问着,在仇粗朗的声调里还带着一股火气。

王富站在一个老头子的背后,拉一拉衣裳领子,喘一口气,告诉大家在会场上听到的消息。

"张区长也动了手!"

"真是好区长!"有谁插了一句。

"好区长,你别看他个子小,不会摆架子,对老百姓的事情可热心啦!"一个拿烟袋的庄稼主说,在鞋底子上敲了敲,吐一口痰,"张区长做事情没错,他叫大家成立合作社,我们买东西可方便啦!他叫大家成立自卫队、儿童团,大人小孩盘查汉奸,这回又号召参加八路军,小伙子不到队伍上去,连自己的老婆都保不住。"

人们纷纷地议论开了:

"八路军打游击百战百胜。"

"参加八路军,走遍天下都吃得开。"

"周小拴的家里,可受优待啦!"

冯老窝脓沉下了水肿脸,木胀胀地发烧,听了大家乱七八糟的叫喊,仿佛打了他的耳光子一样。当吵叫停止的时候,他翻着厚嘴唇嘟囔了一句:

"好人不当兵,好铁不打钉!"

"你说什么,冯老窝脓?"陈迷瞪指着冯老窝脓的鼻梁问。

冯老窝脓斜一斜红眼睛,瞅着陈迷瞪的竖眉毛,眼珠上的血丝全浮出来,不管别人的反对,他拧着脖子说歪道理:

"当兵的还有好人养的?你们知道前年秋天,抢走我的骡子和现洋是哪一个?打得我鼻口流血,我一辈子也忘不了那些孽种。"

"冯老窝脓,你怎么老糊涂了?那是阎老西的队伍,这是咱们的八路军,你连谷子和莠子都分不出来。"

冯老窝脓说:"天下老鸦一边黑。"

一个小伙子骂了一句:"你真信口开河,胡说八道。"

冯老窝脓的肿脸皮显得苍白了,摆着手说:"小伙子可不沾啦!"

"他又不是二百五,长十个手指头干什么的?"

人群里掀起了一阵哄笑,轻佻的叫喊,一个女人的细嗓子咯咯地笑了很久。在人们的责骂与压抑下面,冯老窝脓不敢出口大气,缩着南瓜头,耳根子通红,用他拉牛缰绳的粗手扯下了头上的脏手巾。从一个老头子的身后溜走了。陈迷瞪向着他招手,不放松地叫着：

"老窝脓，你回来，跑了和尚跑不了寺（事）。"

人们又掀起了一阵哄笑。

经过片刻的沉静，抗属李全英从人堆里走出来，剪短的头发在白净的衣裳领子上甩了甩，闪动着稀朗的眉毛，鹅蛋脸现出了一阵红又出现了一阵紫。有一两块像是用指甲草染上去的。她听到冯老窝脓讲八路军的坏话，她鼓起小嘴唇做见证说：

"八路军不打人不骂人。"

一个白头发的老太婆也把她的话引出来了："八路军才和气啦，我们的上屋住着咱们八团的王排长，他常常到我家里对火，问我说：'老太太你的儿子呢？'我告诉他说：'我的儿子在青抗先，打游击去了。家里剩下我一个掉牙的老太婆，和一条稀屎小草驴，也没人锄草。'以后驴槽子里的干草就满满的了。有一次我正碰到王排长揣筛子给草驴添草，我扯住他的袖子说：'同志，我不敢麻烦你，等我儿子回来再说吧！'王排长对我笑了笑：'老太太，这怕什么，我和你儿子不是一样吗！'"

老太婆抽搐着干嘴唇用袖子抹了一把眼泪。人们听了老太婆的话，从心里发出一种声音："真是好样的。"

街上一个卖麻糖的小贩也插嘴说："八路军是仁义的军队，没有白吃老百姓的东西。"

"八路军还会念书识字呢！"李全英添了一句。

张三保的五叔撇开了嘴巴上的胡子，对着李全英眯眯地笑着：

"你的男人到了八团出息起来了。"

李全英听到有人夸奖她的丈夫，乐得龇着小芝麻牙，接嘴说："可不是呢！孩子他爹没有到八路军的时候，连自己的名字都认不下来，现在他能够给家里写信了。"

张三保的五叔俏皮地对她说："他给你写信，讲什么好听的话呢！"

大家在尽情地欢笑，吵嚷，扯皮逗笑话……

王富擦一擦脖子上的汗泥，摇着宽肩膀，向着石墙的拐角趔趄地走开了。在路上，他不断地回想着李全英的鹅蛋脸，和那露出红嘴唇的小芝麻牙，俏丽而活泼的影子在他的脑子里晃荡着，简直是忘不掉呢！他记得周小拴刚参加八路军的时候，李全英哭肿了脸，扯着男人的袖子不放松，后来为了打听八团的消息，穿了敞襟的小紫袄去问从河对岸过来的侦察员。后来又怎样参加妇救会，唱歌，做鞋子代表抗属在一个大会上讲话，大家给她鼓掌。他觉得李全英能够惹人喜欢，敢出头，完全是她男人参加八路军的缘故。他也想起他的老婆焦春妮为什么不被人瞧得起，为什么在家里受窝囊气，没有吃，没有穿，熬着穷苦的日子。他拿自己的老婆和李全英来比较，他觉得他的老婆受了委屈，他也觉得有什么对不起自己老婆的地方。

"八路军还念书识字呢！"王富一边摆着鸭子步，一边想起李全英讲的话来了，"不错，周小拴到了八团以后，认了很多字，会写信，那天在河滩上，周小拴的背上不是背着一块写黑字的牌子吗！"他想起了周小拴给他讲的掷弹筒的笑话，他没有笑起来。他恍惚地跟着长列的队伍在行军，旗子飘舞着，马在咴儿咴儿地叫着，随着大队人马走进绿茸茸的麦子地里去了。突然，街头上卷起了一阵风，烟屑和土粒敲打着他的脑门，浸透了一阵森凉的感觉。那河滩上的行军情景，已经从他记忆中飞闪过去了。现在，他明白自己孤伶伶地在街上走着，从会场上送家具回来，在大树的鹊雀窝底下停了一会儿，走回家去。他觉得两脚是怎样的沉重，而且疲倦呵！他望一望地上踏的浅浅的脚窝子。走了两步，立刻给沙土埋住了。心里有些悚然，仿佛他丢掉了什么东西。

转过石墙的拐角，他不再想什么了。听到前面的会场喊着口号："好男儿参加八路军！"接着是千百人热烈地狂呼，拍手，形成一种波动。仿佛当他在山岗上锄地的时候，听到一派熟悉的声音在呼唤着。心灵上唤起一种新的情感。他挺起了胸脯，向着声音传来的方向走去，甩开了脚步，沿着手车印的道上摆来摆去。

十八

三星挂在树梢上的时候，王富走到孙国亮的家里。

屋子里的土墙刷刷黑，烟熏的窗棂子被蜘蛛网拉得满满的，房椽上挂着一串红辣椒，一盏菜油灯放在矮腿的木桌上，摇曳着浅青色的火花，被窗缝吹进来的风摇得不住转动。屋子里残缺的轮廓也随着不住转动。夜的风在窗外嗖嗖地吹着，掠过草垛，时而听到稻草叶吱吱地作响。孙国亮的娘昏昏地躺在炕上，屈着膝盖，一副伛偻的身影映在板柜上。孙国亮打着摆子，浑身发抖，半个肩臂滚在一张破羊皮上，像是贴膏药一样的不舒服。孙二婶婶靠在狭窄的角落里纺线，一只手摇着纺车把子，一只手抽着线，她的红眼圈对着菜油灯闪着光。纺车的嗡嗡声在屋子里徐徐波动着。

"屋子该多冷清清呵！"王富向门槛跨过了一只大腿，不由得抽了一口冷气，摇着肩头，腿踢在破门板上跄跄着。仿佛当他走进马棚里，冷气吹袭着他的毛孔，一只蛾子绕着窗台飞来飞去，它的翅膀挨近了灯芯，火花突然亮了一阵，就在那一刹那，王富看到孙国亮的脸皮是怎样的惨白啊！鼻孔粗粗地喘着气，手背压着胸脯，他悄悄地走到炕沿的前面，抓住孙国亮的手背，摇了一下：

"孙二哥！"

"是你，王富。"

孙国亮掠过了涩眼皮，看到王富怔忡的样子，脸上闪着一团红光。

"你打村公所来的吗，这样慌慌张张的？"

王富溜着黑色的眼珠子，点了点头。

"那里情形怎样呢？"

"大家都传说开了。"

"传说开了。"

孙国亮重复了一句，咧着嘴，他知道人们把扩军的事情扯开了。自从区上开传达会以后，孙国亮就着手在东庄布置工作，开支部

108

会,推动农会开动员会,等待大家酝酿成熟,开始寻找对象和组织报名。想起了扩军,孙国亮立刻提起了精神,从破羊皮上爬了起来,搔一搔头,两眼泻着奕奕的闪光。

"孙二哥,你的身子不大好啊!"

王富紧紧地握着孙国亮冰凉的手心,他知道他生病了,一屁股坐在破席头上,盯着孙国亮的眼睛。

孙二婶婶从黑暗的角落里仰起头来,疲乏地打着呵欠,松开了纺车把子,屋子里立刻静悄悄的了。她用手指头揉一揉红眼圈,告诉王富说:

"你孙二哥出去开会,在路上碰到雨,淋得像落汤鸡似的,回到家里就打了摆子。"

王富咂一咂嘴唇说道:"给大家办事情,风里来雨里去,可累啦!"

"你看他浑身打哆嗦,开会可上瘾啦!"

"是前天区上开会么?"

孙国亮刚刚躺在羊皮上,抽了一口旱烟,听到王富谈起区上开会,又从破羊皮上爬了起来。

"开会的时候,张区长……"

"你不冷吗?"王富把脱落的破羊皮掩在孙国亮的腰上。

"我不冷,现在身子发烧呢!"孙国亮热得欠一欠屁股,又接着说,"去年冬天鬼子来扫荡,我们到山沟里去坚壁粮食,北风烟雪,冻裂了我的脚跟。后来,我们碰到八团的一个伤号。我们到一个庄子上拢火烤手,啃着玉米窝,你记得么?鬼子在那天退过了滹沱河,半夜三更,我们抬着担架回了家。"

提起过去,王富兴致勃勃地说:"我们跟着老八团进村,鬼子的放火队刚跑出村口,背山有人打冷枪,夜里黑乎乎的,伸手不见掌,一点儿也不觉得害怕。"

"不害怕,还不是有八路军给你仗胆子。"

"咱们什么都仗着八路军。"

"没有八路军，咱们穷庄稼主能够到这步天地？"

房后的草叶在吱吱地叫着，一阵凉风从屋檐上吹进来，木椽上的红辣椒摇动起来。屋顶上坠下来一条灰尘，落在一根光刷刷的锄头把子上。孙国亮瞧着锄头把子，叹了口气。

"我的爷爷是一个睁眼瞎子，不会看对子，不会打算盘，活了一辈子，两手没有离开过锄头。他和债主算账，心里就糊涂起来。我爹是一个手脚勤快的人，忙到秋天，完不了银子，见到警察下乡，腿肚子就哆嗦起来。牛皮圈牵在别人的手里，敢吭声么！爹爹死后，狗腿子欺负到我的头上来，出地租子，出摊派，只剩下我这把老骨头，和他们讲平等么！叫我当农会主任么！做梦也没有想到雨点会落到我的身上。"孙国亮抖擞着嗓子，眼睛有些潮湿，用手搓一下发烧的胸脯，又接着说，"咱边区政府由老百姓来做主啊！前天区上开完会，张区长拉着我的手对我说：'孙国亮，咱们边区扩军，大家加一把油吧！你知道，六区王大胖子向咱们挑了战，可不能丢脸。'"

王富一声不响地坐在炕席头上，紧靠着孙国亮的肩膀，倾听着他的亲切的申诉，一句一句地打在他的心坎上。每当孙国亮喘一口气，他也感到脉脉相通啊！他的心情起伏不定，有时候安静地耸着耳朵，有时候流动地扬起眉毛，有时候兴奋地咧着嘴唇，他的神经显得不安地跳动着，眼前飞着金星。

孙国亮的态度显得更温和了，嗓子放低了："你知道，八路军没有来以前，咱们庄稼主怎样过光景！八路军来了之后，咱们又是怎样？"

"我知道……"王富抖着嗓子说，"我知道，我心里全知道……"

"八路军和老百姓，水帮鱼，鱼帮水。"

"孙二哥，我记得宣传队的同志怎样到东庄来，贴捷报，鼓动大家成立农会，免去了摊派，退了租子。我也记得你三趟两趟跑花门楼，退租子，留下清水沟沿上的滩地，你又帮助我浆上了稻子。"

"咱们全是自家人，没有说项。"

"不,孙二哥。"王富低头想着什么。

"咱们区上扩军,大家加一把油吧!"孙国亮对王富说出张区长对他说的话,"这两天,我在村上说服了三个小伙子,农会还要动员三个……"讲到这里,他不由看了一下王富的眼睛,停了下来。

王富也禁不住回看了孙国亮一眼,耸动着眉毛,心底像坠下一块沉重的东西,叮着问道:"另外三个人,你想找谁呢?"

"谁抗日坚决,我就找谁。动员八路军,不像买胡萝卜,有一个凑一个数。"

"这样说,你一定想好了。"

"想是想好了,想……"孙国亮轻轻地喘一口气,又慢慢地说,"你愿意去么?我怕你离不开家。"

那一瞬间,王富的神经突然震动了一下,又是冲动,又是悚然,混合着连自己也不知道的陌生情感,随着时间的延长,他逐渐地恢复了平静,意志逐渐地澄清,心也落体了。一种新奇的东西吸引了他。恍惚当他上山去割荆子的时候,无意中闯到麦子地,自己问自己要不要割麦子,不免迟疑起来了。

屋子里鸦雀无声,墙角露出的灯光在梁头上闪着。老太婆的沉重的打鼾声停止了,只有一只甲虫在墙壁上爬着。孙国亮对着淡淡的灯光打着呵欠,想抽一袋旱烟解乏,刚打一下火镰,一片火星子立刻落在破羊皮上。孙二婶婶摇纺车摇得胳膊酸了,住了手,把一个鸡蛋大的线穗子从锭子上抽了下来,放在篮子里。她看到王富迟疑的神情,从旁边逗笑地插了一句:

"五尺多高的小伙儿,还离不开家。"

王富红了脸,转过头来对着孙二婶婶,不好意思说:"在自卫队里还不是常常打游击?一出门就是两三天。"

"人都是穷家难舍。"孙二婶婶一边收拾弦线,一边开心地对王富说,"我不是对你说宽心话,在咱们边区,还不是屋里搬家,八团就是咱们四分区土生土长的子弟兵。"

孙国亮看见王富的心活动了,加上一句:"周小拴到了八团,还不是可以请假回家？"

"李全英的脑筋可开通啦！"王富想起了李全英在大街上讲话的情形。

"你媳妇也开通啊！昨天妇救会开会，她还讲了话。"孙二婶婶露了口气，她却没有说出在开会的时候，焦春妮答应替自己的丈夫报名。

王富是乐意参加八路军的，但是害怕老婆在家里受气，使他放心不下。他的心思一直埋在肚子里，这次经孙二婶婶一提，重新浮到他的脑子里来了。他低下了头，望着地上纺车映出的影子，沉思起来。

孙国亮用手心拍着王富的肩膀，体贴地说："我看你有困难，不好开口。"

"家里光景……"

"家里光景用不着你操心。"没等王富说完，孙国亮就接了嘴，"这担子放在我的身上。我家有饭吃，你家也有饭吃。"

"我怕滩地上的麦子没人收割。"

"这担子也放在我的身上，秋分种宿麦要组织代耕队啦！"

孙国亮痛痛快快地应承着，没有迟疑和难为之色，迎着菜油灯的亮光，洋溢着信心和愉快的光彩。

"你给大家打鬼子。大家要伸出十个手指头来拥护你的。"

"孙二哥，我愿意听你的话。"

王富离开了破席头，猛然地跳到地上来，一阵阵火热热的刺激力透过了他的周身，稳不住神，搓着冒汗的头发梢，准备拔开腿走出屋子。

孙国亮披上了破羊皮，下了地，摸着黑路送王富走到门口，那时候星星已经满天了，星星闪在疏落的草地上，幽暗极了。树的枝条搭在屋檐上。塌落的石头墙上浮起一片银光。孙国亮一边悄悄地迈着脚步，一边嘱咐王富说：

"你回家里商量商量，说妥了再到大会上去报名。"

十九

"我指望他有出息,给我争口气。"焦春妮一边整理衣服一边想着。自从她在村妇救会上答应替自己的丈夫报名,回到家里以后,就着手整理零碎的东西,打开了板柜门,东抓一把,西抓一把,不是乱麻头子,就是破布条。到最后,她把一件蓝布小褂从柜底翻出来了。那小褂是她丈夫五年前打场时候做的,已经磨出了洞,掉了扣子,上面散发着汗腥味、脑油味和一股从滩地上带来的烂土泥味。她想给丈夫收拾出来,怕穿到队伍显得寒碜。她想做一件新的,手头又没有零花钱,左思右想,心里打不定主意。

焦春妮一向是沉闷的,把话放在肚子里,没有敞敞亮亮地讲过什么,心房像是没有打开的窗子。虽然扩军的消息在村子里闹得热火朝天,在家里,她没有对婆婆露出一点口气,也不提起关于扩军的任何事情。不知为什么,她的心和她婆婆的心总是隔了一层薄膜,一脉不通。有一次,有人问她是不是抗属,当她看见婆婆瞪着眼睛,她也就封住了嘴,如同扎紧的瓶口一样。她对待自己的丈夫,平常很少闲扯什么,夜里也不喜欢在枕头边嘀嘀咕咕。关于参军的事情,她不晓得怎样把话引出来才好。

"你把小褂翻出来干什么呢?"

她没有忘记那天丈夫追问她的情形,丈夫是刚刚从房门外边走进来,手里拿着一把锄头,卷着裤角。泥水的污点,溅到裤角的线缝上,看见她痴呆呆摆弄着小褂,显得莫名其妙的样子。

"啊,我从柜里掏出来,给你缝缝补补,不晓得合身不合身。"她回答着,手梢随着柜门的摆动震了一下。

"缝缝补补……"

丈夫瞧着裤角上的污泥点,挤挤眼睛,仿佛想起了另外什么事情。

"瞎费事,我穿上还是弄脏了。"

"穿一件脏衣裳,你不怕人家笑话么?"

"怕谁笑话？我又不出去串门子。"

"谁晓得谁在什么时候离开家？"

王富想起了花门楼，摇了摇头："三里地赶个嘴，不如在家喝凉水。"

"好地方呢！"

"我不明白你是说什么地方？"

她打圆图语说："在咱们边区，好地方可多啦！"

"这还用你说？简直是啰嗦。"

她看到丈夫好像没有了解她的意思，嘴唇刚一抽动，又把下半截话压在肚里了。

沿着焦春妮不幸的生活的路子，像是从蜗牛壳里爬出来一样，经历了委屈和磨难，没有像有钱人家娇养过，没有穿过花衣裳，没有吃过麻糖，就是过年的时候，她的被风吹裂了的嘴唇也没有沾上油水。出嫁以后，一向少吃缺穿的，脸上涂着黑灰，心里结着愁疙瘩，在梦里常常伤心地哭起来。她唯一指望的就是她的丈夫，她盼望她丈夫能够从穷困的泥坑里爬出来，出了头，给她争口气，她也就心满意足了。

当村妇救会布置扩军的那几天，她一直地想着那件事情，手里做不下活，嘴里吃不下饭，心里慌慌的，放不进一点杂乱的事情，除了扩军以来带给她像弓弦一样紧张的情绪，什么也没有感受到。即便在深夜里，她也把全部心思投入热情的幻想里。她记得在村妇救会上，她是怎样激动地答应给她丈夫报名，脸蛋涨红了，嗓子哑得讲不出话来，娘儿们热情的叫喊和紧迫的呼吸使她透不过气来。在人群的骚动中，她听到杜月华拉着尖嗓子夸奖她："你们别看焦春妮是一个老实人，人家替丈夫报了名，心眼可开通啦！你们都要跟她学。"娘儿们大声地呐喊着，发疯似的鼓起掌来。她也记得另外一幅情景，那是一片没有人烟的广漠河滩，泥沿上印着水鸟的爪迹。沙砾埋没着野草，黄澄澄的水浪波及两岸的山麓。她跨过一片砂碛，面对着远处一丛冷森森黑枣树林子。她感受到自己孤孤单单,又看一下那枣树林子,越发感受到自己是孤孤单单的了。她想起丈夫来,她觉得不能离开她的丈夫,否则,便会发生什么危险。"我怎么总想着这些事情呢?"她悄悄地对自己说,"我有什么不放心的呢?"她打了一下喷嚏。从嘴角里喷出来的吐沫星子滚到肮脏的炕沿上,她的停滞的思路也随着滑脱开了,从房檐吹进来的风丝在耳边嘤嘤地叫,吹着她热烘烘的脸蛋,浑身的毛孔都吹拂着清爽的凉风,她不知道高兴呢,还是过分的清醒,仰着脸望着窗棂子上扯破的纸条,呆了半天。

"让丈夫参加八路军呢?还是不让去呢?"她不晓得思索有几百遍了。这两种思想像是两条牛皮带拉扯着她的两条大腿,一条往一边拉。有两条路子摆在她的前面:她一想到村妇救会开会的情形,血液立刻冲到她的脑梢,脸蛋烧得红红的,仿佛在冬天里喝了热烧酒。但是,当她想到丈夫和她闷在家里同婆婆怄气的情形,就感到灰心丧气。胸口凉了半截子。不知为什么,那种死气沉沉的老套家庭生活,给她一种厌烦的感觉。她怎能让自己在灶头白过一辈子呢?仿佛灰尘落在土坑里。现在,她好容易盼到头的日子,丈夫参加军队受人夸奖,她的脸上也有了光彩。几年以后,丈夫穿着草绿色的军装回到村子里,扎着宽皮带,打着绑腿,帽花和驳壳枪都会变成人们的谈话材料。"看啊!他就是焦春妮的男人,现在可沾啦!给家乡人打鬼子,现在当了排长。"那时候,她会怎样高兴呢?她想着,一直地想下去……

王福到孙国亮家里去的那个晚上,焦春妮整整地思索了半夜:"他有什么事情呢?怎么还不回来呢?星星不是出全了么?"她的涩眼皮几次张开又闭上,困倦地打着呵欠,挺着精神剪了一张鞋样,压在枕头底下,残败的灯花片片地落下来,落在席子上。房后野风刮着草叶的喊喊声。一条狗在村头汪汪地叫着。仿佛什么人沿着墙根从远处走回家来。之后,她打了盹,记忆模糊起来了,她忘记了什么时候把剪子收到簸箩里,叠起了鞋样。丈夫穿着衣裳囫囵个儿地睡在她的身边,吹了灯。

第二天早饭后，焦春妮匆匆忙忙地收拾起碗筷，解下被米汤弄脏了的围巾。她等待着丈夫开口，她满心想着丈夫准会和她商量一番，可是，事情正和她料想的相反，王富一屁股扎在炕沿上就没有出声。嘴唇哑着烟袋，扒着嘴，吐吐沫，在烂鞋底子上擦着烟灰，溜黑的脸上还是那么坦然与平静。她看到丈夫这种神情就生了气，她把洋火盒碰掉在她丈夫的衣裳襟上，故意地推了他一把。

"你挺挺腰板，像一块石头似的，推也推不动。"

"你在这里抓什么？"

王富耸一耸肩膀，把烟袋从嘴里拔出来，对着顶梁柱子敲了敲，在火星乱冒的当儿，他看出他老婆的脸上迸出一团异样的火光。

她说："你吃过饭，也不走动走动。"

"走到哪里去？"

"你走到哪里，你自己知道。"她想到丈夫夜里隐瞒她到孙国亮的家里去，心里很不痛快。

"你知道什么呢？"

"你在外边干什么，你自己全知道。"

王富没有想到被老婆逼问得这么突然，以致连思索都来不及。脸蛋窘得通红，眼色不安地闪烁着淡白的光。谴责和抱怨像是两把锥子刺到他的心尖上。"呵呀！事情该有多么糟糕。"他觉得不应该隐瞒他的老婆，现在他老婆知道了，他也不愿意承认他的隐瞒的不应该，话像难讲出的样子，封住了口。

"我问你！"焦春妮噘起了厚嘴唇，不自然地溜了丈夫一眼，"夜里你到农会主任的家里去了么？"

"谁告诉你的？"

"你以为没有人告诉我，我就不知道？"

王富不晓得说什么才好，用指甲抓着脑皮，呆了半天。

"村中扩军……你到孙二婶婶的家跑了几趟……大家风言风语。"

焦春妮讲完了话，觉得自己受了委屈，眼泪不自觉地簌簌地淌下来,脸蛋垂到丈夫的肩膀上,哽咽起来了。

"你心里有话不和我说……"

"我说什么呢?孙二哥待咱们天高地厚,人有心,树有根。"

王富丢下了旱烟袋,扯开腰里的宽布带子,一边给他老婆擦眼泪一边感动地说:"这窝囊气也受够了。"

焦春妮微微地扬起脸来,一绺头发从她的鬓角处闪开了,看见丈夫出神的样子,不由得添了一句。

"人往高处走,水向低处流。"

"人要有出息呵!"

"我像李全英一样就好了!"她从啜泣声调里咽了一口气。

在同一时间,王富想起了周小拴来了,他准备告诉他的老婆,他像周小拴一样参加八路军。他的思想一接触到这里,同时,另一种思想从他的脑子里涌现出来,告诉他说:"你离开了家,你的老婆叫谁照管呢?"他不能想这个,打着囫囵语了。

"李全英的家里手脚多。"

焦春妮没有听懂丈夫的意思,粗声粗气地叫起来:"谁也没有扯住你的腿。"

"不是那样,"王富只好照实说了,"我怕没有人照管你。"

焦春妮生气地噘起了厚嘴唇,抽出拳头来,在她丈夫的胸脯上打了两下,然后,弯折了酸软软的膝盖,倒在炕上,用手蒙住眼睛呜呜地哭起来。

听到微微的哭声,王富觉得心情很沉重。说不出一种烦乱和沉重的情感。"我不应该使她难过,使她伤心。"他的视线迎着灰条和窗子上迷离的光,头昏脑涨,低着头,两脚无力地在潮湿的地皮上践踏着。那一瞬间,他觉得有谁用锄头把子打了他一下,脸皮木胀胀的,肩膀上一阵火热热的刺痛。他忍受着内心的苦处,走向前去拉她的手。

"春妮,你看你的手没有一点血脉,怎能提起柳壳篓?"

"谁稀罕叫你担水!"

"推碾子就不沾了。"

"家里的事情,全用不着你操心。"

"到麦秋割麦子……"

"全用不着你操心!"

焦春妮拼命地摇着头,执拗而且顽强,一种强烈的反抗力量震荡着她的周身。王富听了他老婆的口气,仿佛肩头上卸下去一百八十斤的重担子,晃着两手,对着沉闷的屋子粗粗地抽了口气:

"你把小褂收拾出来吧! 我明天就去……"

"明天,干么是明天?"

焦春妮已经从土炕爬起身来了,用手梢拢起了散乱的头发,眼泪滚进谷草子里边去了。她的脸上浮着一朵浅浅的笑纹,眼角上留着被方才泪水浸成的红丝线。她一方面满心欢喜,一方面又有些不好受,事情又是怎样的曲折和突然呵! 不知怎的,她的嘴唇上的曲纹又微微地抽动了一下,重复着说:

"就是明天么?"

"孙二哥叫我明天回话。"

"你告诉我,你答应他了么? 你…………"

王富还没有告诉他的老婆,王老太太已经从门口外边走进来了,踢开了地上的柴火和烧火棍,嗷着鼻子,不住嘴地大骂起来:

"呵呀! 孙国亮戳咕你们,拆得我们家里七零八散。"

王富和他的老婆吃惊地瞪着大眼珠子,不敢讲一句话。

二十

"你们全是一些屎包,怎么不参加八路军?"

这两天,陈迷瞪常常对着村里的小伙子发火,瞪着大眼珠子,粗声粗气地叫着,打着别人的耳光子,骂着。大街上,到处波动着参军的声浪。尘土迷漫着,旗子飘扬着,蝴蝶似的传单落在脚窝上,落在牛蹄印上。人们把秸子从肩头上取下来,换上了红缨枪,扬着大脚趾头,经过乱纷纷的人堆,人们正谈得起劲。

"听说孙国亮又说服了一个。"

"谁呢?"

"哈哈,这可不能说。"一个歪嘴子露出大板牙打哈哈。

"孙国亮可沾呢,说得人家口服心服。"

"到底是谁?"

歪嘴子对着王老太太的破院子指画了一下。

"全是一些嘴巴子没毛的小伙子,讲话不牢靠。"

"看吧!母老虎这回又该出洋相啦!"

一个过路的庄稼主,放下了肩头上的稻草,撸撸袖子,插进来说:"你们想想,这年景不参加队伍怎么办? 鬼子来了,一家大小,泥菩萨过河,自身难保。"

"工会说服几个呢?"

"妇救会有什么动静呢?"

消息的传播如同四月里脱枝的榆树钱,飘荡在哪里,就在哪里生根。

陈迷瞪是一个马虎的人,平常听到什么消息,像一阵耳旁风似的溜走了。可是,在今天,这消息却牢牢在他的心里生了根,简直拔不掉呢! 自从区上把扩军工作布置到东庄,农会向工会挑了战。后来他听说孙国亮说服了几个对象,他的心里有一股火,烧得他耳干口臭,烂眼边,一连几天太阳穴上都贴着狗皮膏药。

"小伙子真厾包,蹲在家里,早晚喂了鬼子的洋狗。到咱们八团去吧! 本乡本土,熟人多,路也摸得清。"

陈迷瞪常常对村里的小伙子讲这一套。尽管他磨破了嘴唇,流干了口水,可是,小伙子的屁股一动也没动,看风色,打不定主意。有时候,他拉扯自卫队的膀子,不管人家愿意不愿意,死摞劲儿地要人家到扩军小组去报名。他也到冯老窝脓的家里找一些长工谈话。像李丑旦、小五、刘兴那些长工们,家里有一堆孩子,少吃缺穿,一年讲了营生,一年落得干干净净。今年,工会为了增加工人的工资,以同工同值的标准都做了六十元身价钱。同地主立了合同,双方画了押。现在,冯老窝脓却把合同当成了话柄,对陈迷瞪说:"合同是你们工会立的,黑字写在白纸上,再说,滩地正要浇水,到秋上收成不好,谁替我出那份公粮?"

天蒙蒙亮,陈迷瞪在大街上吹起了醒人的哨子,挨门逐户地喊着:"自卫队上操啦!"不到一袋烟工夫,把大家从被窝里哄起来,有的打着呵欠,有的敞着怀,有的擦眼屎,还有没扎腰带子的,一个尖头的小伙子站在道旁说着怪话:"又不是到城里去赶集,鸡叫二遍,就起身了。"早晨,滹沱河畔的雾气有些凉丝丝的,上操的人们都在缩手缩脚,站排不整齐,报数喊得没劲,跑步也是稀稀拉拉的,跑了没有多久,拉在后边的人便掉队了。

"跟上,谁也不准掉队。"陈迷瞪伸着粗脖子嚷着。

"迷瞪,你要我们活活累死吗?"歇在顶岩下的人不高兴地回答说。

"你参加八路军,就不叫你跑步。"

"你来瘪兵!"

"对啦!"陈迷瞪龇着牙坦白地笑起来,"你不参加八路军,叫你天天跑步。"

练习爬山的时候冯老窝脓的儿子虎头藏到玉茭地里,佯装拉屎的样子,鞠着腰,玉茭叶子挡住了半个脸,头上的羊肚子手巾从叶梢上露了出来。陈迷瞪站在土埂上看得清清楚楚,大踏步赶了过来。虎头觉得事情有些不妙,一只手虚掩着裤子,一只手捺着腰板,打着喷嚏。

"尿包,没有到火线上,就先藏起来。"

陈迷瞪闪开两腿,跳到混水渠埂上。渠埂上长满了金针花,车轱辘菜伸出肥苗的叶子。草棵儿底下的青蛙打着鸣。

"虎头,你直起腰来。"

"我肚子疼,要在这里解手。"虎头弯着腰,屈着眉毛。

"你直起腰来,不要装蒜!"

"你叫唤什么? 我也不想开小差。"

"谁晓得你开小差不开小差？跟我走。"

陈迷瞪更不答腔，伸手将住虎头的衣裳领子，提了起来，拉着走。虎头的软腰像扁担一样弯，耍着胳膊，一路上大吵大嚷：

"你管天管地，你还管拉屎放屁。"

"快走，你不下操就不沾。"

"你叫我走干什么？"虎头嬉皮笑脸地说，有心和对方扯皮。

"你抗日不抗日？"

"抗日不抗日，那随我的便。"

"你吃的河水管得宽。"

"你参加八路军，就得在自卫队下操。"

"什么我也不在，什么我也不参加，完了银子不怕官。"

陈迷瞪冒火了，瞪着眼珠子，把虎头捺在地上，着实地打了一顿拳头。当虎头爬起身来的时候，自卫队已经散队回家了。

之后，谣言像瘟疫一般传染开了，有些人中了谣言的毒，又把毒汁传染给别人。

"养儿怕当兵。"

王老太太逢人便说。她用这种方法把动员她儿子的人封住了口。有谁到她家里去动员她的儿子，她绝不肯透露一言半语，如果那人故意问长问短，管保她用棍子把那人赶出去。村子里扩军以来，她日夜提防着有谁找她的儿子。扒着门缝瞧着街上开会，偷听小两口儿的谈话。她越是到了年纪，对儿子越是难舍难分。要不是为了生活的缘故，她愿意永远把儿子放在她的眼皮底下。

"儿不离娘瓜不离秧！"王老太太一边摇着尖下巴，一边自言自语地说，"咳！我把他拉扯大了，小家雀出飞，我还指望什么呢？"她打着喷嚏，一些不痛快的情感随着鼻涕和眼泪倾泻下来。她为了抚养儿子长大成人，不知道操过多少次心，拌过多少次嘴，流过多少次眼泪和发脾气。小的时候，她害怕儿子到外边打架，长大的时候，她害怕儿子不务营生，到了现在，她又害怕儿子去参加八路军，化费几十年的心血，落得一场空。

大街上敲起一阵锣鼓，小孩子嚷嚷着，草鸡咯咯地叫着，一片吵杂的声音闹翻了天。王老太太听到街上有了动静，心里没有底，叼着一根旱烟袋，蹓跶到街口上来了。大街上的太阳懒洋洋的。人的脸皮熏成荍麦秸色，一只白脑门的母猪拱着墙根。团部的马夫在空场上遛着马，一群小孩子跟在马屁股后边乱抛石头。在空场的拐角处，老成而从容的孙国亮从远处走来，一边甩着粗腿肚子，一边打着呵欠，望着王老太太门口半塌落的土墙，呆了半天。

"小拴子，你探头探脑地望什么呢？"王老太太看到那情形，心里就不高兴。

"你的儿子没在家？"

"他在家不在家，和你有什么关系？"

王老太太听到问她的儿子，脸色煞白，嘴唇上叠起的皱纹比镰刀砍的印子还要深。

孙国亮看到王老太太的不舒服神情，皱皱眉毛，忍住了气。

"小拴子！"王老太太指着孙国亮的鼻子问着，"你三趟两趟来找我儿子干什么？"

"给你们减租……"孙国亮顺口答应着。

"减租不减租，我不能领谢你的好处。早先，我的儿子没有参加农会，我们家里没有饿死一口。古语说得好，'老天爷饿不死瞎家雀'。趁着现在大家两便吧！白布没有倒在染靛缸里，都干干净净。"

"你说什么？"孙国亮一时摸不着头脑，用袖子摩着酒糟鼻子。

"你们骗我的儿子去打中央军。"

"谁造的谣言？"孙国亮冒火了。

"谁谁！你挑我儿子当兵，这不是真的吗？"

"我们动员他去打日本。"

"你说！我儿子去打日本干什么？"

王老太太像得了羊痫风一样发作起来，瞪着眼睛，吐沫从嘴巴子上淌下来，两手狠狠地扯住了孙国亮的膀子，从大门口扯到路旁，又从路旁扯到当街，曳着鸡皮脖子大吵大嚷：

"我养儿是给我养老送终的，不是给你们当兵的。"

孙国亮给王老太太弄得窘住了，不知怎样对待她才好，恼也恼不得，打也打不得，只好忍住性子，咽口气，用一种艰涩的调子劝解说：

"你别生气，不要听别人胡说八道。"

"谁胡说八道！"王老太太刚松开了一只手，另一只手又抓住孙国亮的腰带子。

"我不是说你……"

孙国亮粗粗地喘了一口气，低下了麻胀胀的头。他看见衣裳的纽扣给扯掉了，布褂开了大襟，发酸的大腿沿着三角尖的石棱上转来转去。他向她一次又一次地说明，解释，恳求。王老太太的耳朵连一个字眼也没有听进去。咬着秃牙根，浑身的青筋像皮鞭哨子跳起来，越生气，浑身越发抖，嗓子越显得干燥：

"你哄我儿子参加农会，现在又哄他参加八路军，有了一差两错，我要找你算账。"

"我们没有哄过人，全是自愿的。"孙国亮反对说。

"谁是自愿的？我压根没有答应我儿子去当兵。"

"你去问问你儿子。"

"我问他干什么？我不叫他去，他就不能去。"

正在这个当儿，王芸和李全英一前一后地走到前边来。王芸挺着利索的小个儿，短打扮，脖颈上挂着一只牛角哨子，踏着步，像是下操的神气。李全英穿着一件干净的蓝布小褂，浆白裤子，脸上的酒窝颤动着，笑得合不上大牙，手里拿着两条手巾和一双布鞋，全用麻绳捆得整整齐齐，上面贴着一张红纸条："欢送王富上前线杀鬼子。"

"王大娘，我们来送点儿东西。"

王老太太放开了孙国亮的腰带子，伸手去接东西。大概因为她的手腕发酸的缘故，几次摸弄着手巾上的红纸条子，嚓嚓地响着。

她的心里有些糊涂，直到现在，还不明白纸条上写的什么东西。

“这是什么呀？”

“一点儿小意思，鞋子和手巾。”李全英翘起红嘴唇说。

王老太太揉一揉枯眼皮，解开了麻绳，抽出了一只蓝布帮鞋，用手指头量量鞋口，又用手指头敲敲鞋底子，看看针眼：

“这鞋底子可纳得密实啊！”

“密实。”李全英笑呵呵地应承着。

“真密实，够你们小媳妇穿半辈子。”

“到八路军上，爬山越岭打游击，穿到半年就算好了。”

王老太太听到“八路军”几个字，抖了一下嘴唇，松皮脸绷了起来：

“谁到八路军去？”

“就是你的儿子。”王芸心直口快地说，“我们妇救会来送慰劳品来了。”

“呵！你们不要脸，来勾引我的儿子当兵。”

方才，她和孙国亮所挑拨起的一场口舌，已经使她忍受不住胸里的闷火，现在又被妇救会泼上了一瓢冷水，等于火上加油。她立刻变了脸，两手撕断了麻绳，扯碎了红纸条，把鞋子和手巾抛到稀泥坑里破口大骂：

“拿开！小狐狸精，谁稀罕你们的东西？”

王芸捺不住性子，噘着嘴唇吵起来：“你这母老虎，我们把东西送给你儿子，你抛掉它干什么！”

“我要抛掉它，我的儿子就是我的。”

另一场战斗又开始了，王老太太比先前更要愤怒与激恼，颤抖着没有血色的手梢，对着王芸浑身上下撕扯和扭打，不管鼻子、耳朵、脖子、头发，抓一把又揪一把。王芸提着脚跟，沿着墙角下的肮脏小道退下来，管不了踏在脚上的猪粪和稀泥，一边抵抗一边吵嚷着：

“母老虎行凶啦，大家快出来，给她戴顽固帽子。”

王芸又被提到当街上，扭了一阵，她的脖子给王老太太的指甲划出了血，火热热的刺痛电流似的通过了她的周身，眼前飞进着一片金星，她想要报复，不管三七二十一地吹起哨子来。

人们惊惶地跑到大街上。孙国亮坐在树根下喘着气。

二十一

哨子声消逝了，街头上搅起了一阵蒙蒙的灰土，树梢摇摇晃晃，风波沿着滹沱河广漠的平滩吹过来，正是晌午饮牛的时候，太阳射在白石灰墙上皮塌塌的，张三保刚刚撂下了饭碗，匆匆忙忙地赶到街上来，一边用袖子擦着歪嘴巴子上沾的饭粒，一边吵嚷着："又出了什么娄子？你们这样大惊小怪。"孙国明到村里扩军小组开会回来，听了一件不痛快的消息，摇着连鬓胡子唉声叹气。出来凑热闹的有快腿牛银子媳妇，背着撅枪的区丁，冒失的陈迷瞪和另外的一些人。

大街上人来人往⋯⋯⋯⋯

"大家全来啦，你们看母老虎，上回她打了儿媳，破坏妇救会，这回又来破坏八路军。"

王芸已经把牛角哨子套在脖子上，气昂昂地讲给大家听，摆着手梢，比画着稀泥坑里的布鞋和地上粉碎的红纸条子。她的两只琉璃球的眼睛盯在王老太太的身上，像是用钉子钉住了一样。人多势众，特别是牛银子媳妇的到来，给她撑了腰，她脸上长了光彩，讲话也特别有劲：

"别人笑话我们妇女拖尾巴，她才是一只老狐狸尾巴。"

王老太太听着王芸的叫骂，又看到大家噘鼻子瞪眼睛的神情，气鼓鼓的。她挪动着发僵的寒腿，躲到墙阴里，扭转着铁筋脖子，还是不服气地骂着：

"小骚娘儿们，你们伤害天理，来欺负我老太婆。"

"你是老顽固，谁不知道你欺负你的儿媳妇？"

王老太太咬着牙根说："那可管不着，井水不犯河水。"

"怎么管不着？柳壳篓也有掉在井里的时候。"

王芸和王老太太吵嘴的当儿，牛银子媳妇已经从李全英那里打听到全部消息，气恼得横着眉毛，一心要给王老太太戴顽固帽子。区丁站在孙国亮的背后看热闹，龇着牙哈哈笑。张青打定了主意，等待适当的机会出来做见证。孙国明从人堆里慌慌张张地走出来，拉下了苍白的脸皮，告诉大家一个坏消息：

"虎头逃到城里去，咱村小伙子的心眼儿也活动了。"

"真的么？"

"怎么不真？早晨，我从滩地回来，"张三保说，"看见虎头出了村子，肩头上背着一条粗布袋，头也不回，慌慌张张地走向城里去。"

"他们的长工李丑旦、刘兴呢？"陈迷瞪赶急地问。

一个穿鱼白布的自卫队员擂了陈迷瞪一拳头："全出了娄子！"

"出了娄子么？"陈迷瞪的眼角冒着火星子。

那个自卫队员抱怨地骂道："迷瞪，你还有脸问长问短，还不是你瘪兵瘪上了火，下操的时候打虎头两拳头。"

"啊！你说什么，打了他两拳头……"陈迷瞪不服气地跳起来，瞪着眼珠子讲道，"我要知道他逃走，还要狠狠地打他两拳头。"

"你把人打跑了，还跟我扯皮。"

"跑了和尚，跑不了寺（事）。"

"你们不要吵嘴，听我讲完。"

孙国明把两个吵嘴的人分开，回过头来说："小伙子像喝迷魂汤似的，睡了一觉，现在都变卦啦！昨天还是口口声声对我说：'村长，不管你给不给优待粮食，我们都愿意参加八路军。'张区长说得好，'打鬼子是光荣的'，你现在再去问他，他连一个屁也放不出来。"

牛银子媳妇噘着嘴说："扩军刚有了眉目，却叫母老虎闹了这场乱子。"

王芸和王老太太打对照的时候，又歹声歹气地吵起来，王芸扯开了小白布衫，拢一拢搭在眼皮上的头发，踮着脚，张牙舞爪地迎到前面来。王老太太狼狈地摇着秃头，咳嗽着，眼皮下还有两条曲折的黑线，越来越深，像紫茄子上的刀口。

"大家赞成给母老虎戴高帽子么？"

"赞成！"有人在墙角下应和着。

立刻，黑压压的人群里掀起了一阵波动，咒骂，叫喊，男人的粗嗓子的吵嚷和女人的尖叫声，像是一片杂乐波荡在大街上。在纷乱当中，王老太太吓得脸色煞白，搋着罗锅腰，躲到肮脏的猪圈后边。王芸摇着细胳膊，又把王老太太拉了出来：

"你不要躲干净，一只老鼠坏了一锅汤。"

孙国亮慢慢地从树根下站起来，吹了一阵凉风，不再晕头晕脑了。当王老太太和王芸吵架的时候，他听得清清楚楚，后来又听到村长讲出坏的消息，陈迷瞪的咒骂。村里的小伙子听到那谣言动摇了，扩军发生了阻碍。他觉得这关键不在王老太太的身上，而是站在王老太太脖子后边吹风的人。

"大家要沉住气啊。"孙国亮望着大家，又用手指着没有血色的王老太太说，"她一时糊涂，上了谣言的当。脑筋转不过弯来，人们动员她的儿子当兵，她就红了眼睛。我们不要打她，不骂她，不斗争她，让她自己摸摸良心想想吧，究竟谁帮助她，谁害了她。"他的嗓子提高了，心里豁然开了一扇窗子，没有掺杂着激动的情感。"我们不难为她，她也是我们穷人，她的儿子又是抗日的积极分子。"

"我们不难为她，"孙国明也接嘴说，"不看鱼情看水情。"

王芸已经把王老太太的衣角放开了，走到孙国亮和孙国明的跟前，板起了面孔，正经地对他们说：

"你们兄弟真会做人情，斗争顽固，也不是我一个人的事情。"

王芸咽了一口气，红了小脸蛋，单独地转向孙国亮："方才，母老虎和哪个在大街上吵吵闹闹？你现在一退六二五，落得干干净净。"

孙国亮不慌不忙地说:"她听信了谣言。"

"你怎么知道的?"

"方才她讲出来的,"孙国亮指着王老太太说,"你说呀,是谁告诉你的! 说别人骗你儿子去打中央军。"

大家的眼睛转到王老太太的身上,像是几十只亮晶晶的探照灯在黑沉沉的夜里搜索一只怪物。王老太太搭下了眼皮,盯着干手皮涂着的黑烟袋油子,心里暗暗地祷告着菩萨。

"快说,谁对你造的谣言?"

"没有谁,是我自己想出来的。"王老太太知道事情有些不妙,咬紧牙根,不透一点口气。

"胡扯,你怎么会想出来的?"

"你讲,到底是谁造的谣言?"

"不要给别人当替死鬼。"

王老太太对于追问她的人们故意拖延着时间,翻白眼皮,别别扭扭地摇着头:"我讲什么? 我讲的全是假的。"

"你看,她又说谎了。"

人们被弄得又是气恼,又是好笑,又是骚动和叫喊,好像什么人用竹竿子捅了马蜂窝,立刻嗡嗡地叫起来了。有两个小脚的女人去扯王老太太的胳膊,使劲地往人堆里拉。这时候,张青,摇着山羊胡从后边赶了上来,拦住两个小脚女人的去路:"听我讲讲底细,事情自然有个水落石出。"灰土从脚跟下荡动了,王老太太的黄头发梢随着灰土的蔓延荡来荡去,像是墙头上的枯草。

"说吧,张青,话不说不透,砂锅不打不漏。"

几个小伙子把张青拥到硫柱上。人们看到张青的半截小褂露了窟窿,胸口突出根根的肋条,斜着红沙眼,满脸喷着酒气。

"我是刀子嘴,豆腐心,有口没有心。"

"你说到底是谁呀?"一个穿短裤子的小伙子着急地跳起脚来。

"是谁,听我慢慢说……"张青打着喷嚏,流出了鼻涕和吐沫,用手巾擦了下巴,又接着说,"昨天摸黑的时候,我出来泼水,走到草垛跟前,冯老窝脓在那里,躬着腰,附在王老太太的耳垂小声嘀咕什么。"

"你听到他讲什么?"心急的人问着。

"他说什么,我没有听清楚,他用食指和拇指比画了一个八字,用鼻子哼哼地笑了一声。接着,王老太太摇着秃头,生气地回答说:'那个,我,我可不能答应……'"

还没有讲完,孙国亮已经压不住心里的火气,两颊发烧,脚跟失去重心地摇抖起来,接连不断地说:"不怪她不答应,不怪她不答应……"

张三保抽了一口气:"一天云彩散了,露了青天。"

"母老虎,我们偏要叫你儿子当兵,看你答应不答应。"王芸报复地说。

张青从硫柱上跳下来,合上了小褂的衣襟,心平气和地说:"天地良心,我若说半句谎话,叫我烂舌根子。"

"谁造的谣言,这不是一明二白吗?"村长有见识地说,"在平常,冯老窝脓就反对出公粮,不给抗属代耕,隐瞒减租,懒得上操和送鸡毛信。"

"他逼租子可紧啦!"一个佃户讲话了。

"偷使水的不是他吗?"把头张青最恨这件事。

"他故意把他儿子放跑了!"一个自卫队员说。

"跑了,你们放哨的人全睡觉了么?"张三保埋怨说。

牛银子媳妇低低地念叨:"救了落水狗,回头咬一口。"

"我打了他一拳头,你们口口声声说我瘟兵。"陈迷瞪回想着以往的情形,不舒服地瞪着一只眼睛,忿忿地教训什么人说,"好呀!现在出了娄子,谁挑这副担子?"

孙国亮从人堆里走出来,平息大家的纠纷:"现在不是拌嘴的时候,大家出个主意吧!"

消息传遍了半条街。鹊雀在树梢上喳喳地叫着,草鸡到处乱哄哄地飞,藏在草窝里的老母猪也给惊动起来了。街上集合着光着脚的长工们、长胡子老汉、流鼻涕的小孩儿、木匠、船手,挑着红缨枪的自卫队员从远处赶来,三三两两地扯着队,朱红的穗子在人头上嗖嗖地舞动。

"村里跑了人啦!"

"小兔子跑上坡,老兔子还在窝里。"

"把冯老窝脓拉出来,大家赞成么?"

张青还没有讲完,有四五个小伙子哄叫起来,十来只突出青筋的拳头在红缨枪底下摇晃。

"赞成!"

"不赞成的是汉奸!"

"叫他游街!"

"给他戴顽固帽子。"

一个中等身材塌鼻子的小伙子,穿了一件钉着铜纽扣的布衫,慢慢从人缝里露出了头,提出他的主张:"把他交给区公所处理吧!"

"叫他游街!"原先提议的人们坚持着。

"游逛!游街!咱们庄稼主说了算数!"孙国亮的酒糟鼻子抽动了一下,挥着手背,望着身旁的自卫队员说,"小伙子,打起锣来吧!"

那时候,冯老窝脓正准备到井边去饮牛,一只手拉着牛缰绳,一只手提着柳壳篓,拐过了猪圈的短墙。自卫队挑着红缨枪赶过来了。他看出事情有些不妙,提一提牛鼻圈,准备扶过身子向家里走。陈迷瞪已经拦住了去路,劈头地吆喝了一声,狠狠地打了他一巴掌。他丢下了牛缰绳和柳壳篓,揉着酸鼻子,两眼冒着金星,另外几个自卫队员搂着他的腰板,咒骂着,拉着他腰里的疙疸布带子向前走。

路旁有人用尖嗓子叫:"他造谣言,打他的嘴巴子!"

冯老窝脓觉得头重脚轻,脑袋昏昏的,耳朵充满了叫喊声、牛吼的声音、凌乱的脚步声,大街上瘆人而颤动的铜锣声也出现了。他觉得很吃惊,睁开肿眼泡瞭一瞭,街旁压得满满的黑人头,像是出洞的蚂蚁在蠕动着。小孩子滚在灰土堆里,红缨枪的穗子在女人的头发上摇着。迎着飞荡起来的迷蒙的尘土,纷杂而且慌乱。雨点似的叫喊阵阵地扑到人群里来。"顽固!打!打!冯老……"当冯老窝脓的水肿脸刚刚露头的时候,拳头和土块也随着飞了过来,大把的沙子掺和着女人的吐沫。

"饶我吧!我一时心眼儿糊涂,说错了话。"冯老窝脓无力地哀求着。

"你讨租子的时候,一点儿也不糊涂。"

"你的儿子跑到城里去干什么?"

"他串亲戚家。"

"不说实话,打打!"

"乡亲们,住手,我的身上没有长摇钱树,也打不下金豆子来。"

冯老窝脓望望这张脸,又望望那张脸,似乎都对他生气的样子,他觉得每个人都和他有了仇恨,故意和他找茬儿。他记得有一次,张三保凭空向他借钱,他没有答应,从此,就得罪了人。有一次,他和陈迷瞪在一块儿,点火药崩山,一块小石头砸伤了陈迷瞪的脚,那件事永远使对方怀恨在心。他夜里到滩地里偷使过水,把头张青扯着他的膀子,一直吵到水利委员会。至于刘二窝、牛银子媳妇、王芸、李全英,他觉得他们全是和他过意不去。他怀疑每一个看热闹的人,区丁为什么背着撅枪呢?最后他看到站在前边怒气冲冲的孙国亮,心里全凉透了。

"农会主任,什么事情我得罪你们了?"

"你干了好事情,到现在你自己还装混蛋。"

孙国亮颤抖着嘴唇,脸变成青紫色,一股火热的刺激力通过了他的周身,他看到冯老窝脓缩头缩脑的样子,比没有看到的时候还要生气。

"你装混蛋,你干什么,你心里明白……啊!我们农会开了多少次会,做了多少工作,费了多少口舌,都被你一片谣言搞垮了。"

"农会主任，我错了，农会主任，我错了……"冯老窝脓求饶地喃喃着。把头从裤裆里仰出来，望着大家，"乡亲邻居们！高高手算了吧！舌头没有碰不到牙的时候。"

一个佃户接嘴说："你做庄主的时候，谁沾你的光？地里剩下一根草棍，你也把它收拾到家里去。"

一个白胡子的老汉走上前边来，用拐棍指点着冯老窝脓的鼻子："你记得那年我们的猪嚼了你的一棵麦穗，你罚了我们一石麦子。那一年，我们大人小孩儿吃谷杆和粗糠过了一冬，现在你落在我的手里，我也罚你一石麦子。"

"把麦子折成钱，给我们缝子弹袋。"一个自卫队员说。

"叫他游街！"张青不同意地喊着。

"游街！让大家开开眼睛。"

"我赞成罚他麦子。"

人们七岔八岔地乱嚷嚷着，不晓得哪条道好。

"乡亲们！让我想一想，一石麦子可不算少！"冯老窝脓想选择一下。游街呢，还是认可罚一石麦子，他觉得一石麦子的数目确实不少，买布能买几匹，换大洋可以换成一堆。他总觉得对于这些东西有些舍不得。他还记得父亲在临终的时候告诉他一句话："孩子，要记着，哪管有人把吐沫吐到你的脸上，丢人不算破财。"他的头发浸出了汗水，脑袋膨胀得像一只大皮球，混乱得如同被一堆现洋塞满了一样。他抖摇着肩臂，两条腿像板凳似的被什么人拉来拉去，一个头上扎白手巾的小伙子使劲地推着他的脊背：

"快说，你走哪条道！"

"乡亲们，你们行行善，不要罚我的麦子吧！"

冯老窝脓刚刚把话讲完，一顶三尺多高的纸糊唱子落在他的头上，正面画了一只大乌龟，旁边涂着像蝌蚪似的黑线条，配合着不规则的红绿的斑点。这时候，人们已经把一件女人穿的花衣服披在他的身上，像一大蝴蝶随着风扬起来。两旁看的人们哈哈大笑，拿着红缨枪的自卫队员跟着屁股催促：

"快说！快说！"

"我说，只要你不罚我麦子就行。"

"你说，你是什么？"

"你们说我是顽固分子……"冯老窝脓低下了头，嗓子沙沙地响。

"要你自己说，你到底是不是顽固分子！"拿红缨枪的自卫队员追问着，跟在后边一点儿也不放松。

"是就是吧！我是……顽固分子……我对王老太太造谣言，不叫她儿子当兵。"冯老窝脓勉强地说，"我说完了，不要叫我耽误回家饮牛。"

"顽固分子游街啦！"

大人小孩儿一条声地吵嚷起来了，绕着高帽子转着，简直比看西洋景还要拥挤。放羊的小孩子跑掉了鞋，娘儿们扯掉了纽襻，自卫队员不得不拿着红缨枪纠察秩序。紧凑的锣声催促着人们的脚步，荡荡地漫着街筒子涌走。

"我是顽固分子……"冯老窝脓经过一家门口，又停下来对大家说，"我造谣言……破坏八路军……"

"当当！"

"看顽固分子游街啦！"

人潮吞没了一切，只有纸糊的大帽子在黑点儿的人头上浮动着。

二十二

自从冯老窝脓游街以后，村里的谣言绝根了，人们再不乱嚷嚷了，被煽动的长工又重新坚定起来，随时准备报名参军。当村里扩军工作发生偏向的一天，参加扩军小组的民运干事把情况汇报给刘政委。刘政委给了指示，在扩军小组上进行一次讨论，批评了陈迷瞪，工作又恢复了从前活跃的情形，组织动员，说服新的对象，募集慰劳品，村公所里半夜点着灯，烟灰和谈笑声像雾一般浮动着，闹了一条街。唯独王老太太的家里是冷冷清清的。

进了夏天，鸡叫没有多久，太阳就露头了。光线射在被雨朽成麻灰色的窗棂子上，灼炽着，屋子里立刻充满了熏人的气焰。这时候，王老太太已经睁开眼睛，抽袋烟，听着房檐下的家雀唧唧喳喳地噪着，接着苍蝇在屋子里嗡嗡地飞起来，她打着呵欠，觉得特别烦闷。

傍晌的时分，王富把两畦稀的稻田插上了秧，完了活，在清水沟里洗了脚，当他回家的时候，身上带着烂泥和烂草的气味，鞋缝里塞着两棵稗叶子，布帮上溅上了泥点。他向老婆讨一把猪鬃刷子。焦春妮会意地点了点头，摸到炕梢去，拉开了板柜门，把刷子从里面掏出来，递给她的丈夫：

"稻田长得好吗？"

"差不离，像野蒜似的。"

"几寸长？"

"有二寸多长，"王富用一只粗手指头比画了一下，"长得可快啦！浆稻子没有多久呢！"

"长到半尺长，就到割麦子的时候。"

焦春妮翻着厚嘴唇，声调显得凝涩而且沉静，仿佛内心的感情被什么窒息住一样。她望着丈夫的脸，又插上一句：

"今年麦秋，一定收成不坏。"

"没有错，放淤浇水全得时，麦子很早就灌了浆，麦穗子肥得像泥鳅鱼似的。"

"快上手收割了。"

"过了小满，转眼就到芒种。"

王富和她老婆谈论着滩地上的事情，从插秧谈起，一直谈到割麦子。对于村里扩军的事情，连一个字也没有提到。但是从王老太太的方面看来，单单是为了她的缘故而装出来的。她心里想："前几天，小两口儿还不是背着我嘀嘀咕咕，商量参加八路军，到农会串门子，偏巧村里开过斗争会，就把那件事情忘掉了。"她想起斗争会上一些可怕的情景,短头发的王芸扭扯着她的衣角,吹着牛角哨子,气势汹汹地对别人说:"她才是一只老狐狸尾巴。"那是多么可怕,多么难为情,又是多么难听的一个字眼呀!她的浑身肌肉搐动着,牙齿打哆嗦,仿佛当她回骂王芸的时候发生那股恨劲儿。她不让儿子当兵,本来是一件平常的事情,可是受了冯老窝脓的戳咕,上了火,在大街上吵吵闹闹,惹得妇救会的人出来斗争她,实在太寒碜了。现在,她看出儿子有意地和她亲近,儿媳妇给她装烟讨火不离身,好像使她感觉到和以前没有什么不同的地方。她看到这种情形心里越发难过,越猜疑,怨恨自己一时糊涂,那无凭借的谣言害得她四面八方都不够人。她对于儿子参军的事情不闻不问,既不表示愿意,也不表示反对,只有待在家里抽烟解闷。

天气闷热,成群的苍蝇绕着她的眼屎飞来飞去。她摇着一把旧蒲扇,呛了一口凉风,呕吐了一地黄水,一股伤食的腐腥味漫着狭小的屋子,满屋子都是气味。儿子从外屋跑过来给她捶背,媳妇忙着给她端漱口水。她把手掌放在肚子上,揉擦了半天。

"咳咳!肚子郁闷呵!"王老太太的脸色灰白,心神憔悴地说,"心里结了一个硬疙疸,一个疙疸……"

"娘,你要到外面吹吹风么!"儿子说。

"不不!我不想去。"

王老太太摇了一次头,伸出她那皮包骨的手节,把水碗推给站在地上的媳妇,对着窗户的破洞向外望了望。太阳要偏西了,门口的稻草垛染成鸡蛋黄色,一群家雀在草垛尖上乱噪着。她看到那草垛,仿佛看到冯老窝脓对她龇着牙讲话的姿势,头皮上闪动着的皱纹像是风丝吹摆的黑草叶子……她越想下去,心里越觉得不舒服。

"来……"她呼唤儿子和媳妇,"使劲捶,心里结了一个硬疙疸……"

"娘,你受凉么?"媳妇说。

"我的胃口不消化,做孽呵!我吃了不该吃的东西。"

"娘,你躺一会儿就好了。"

"趁早死了吧！再活下去，连儿女都跟着受罪。"

"娘，你不要说那些……"

"我说的全是害人的谣言……"

"娘，不要说……"

王老太太坠下了昏昏沉沉的脑袋，扒着炕沿，伸着细脖子准备着吐痰。待了一会儿，握着儿子发热的手心，不由得伤心地哭起来了。

过了一会儿，她不知不觉地陷入于昏迷的状态，说梦话，咬牙，当她睁开眼睛的时候，儿子和媳妇已经离开了身边。头上放着一条湿布手巾和一瓢凉水。窗子半开着，一只黄色土蜂子从外边飞进来，绕着墙壁嗡嗡地叫着。太阳仿佛射透了房顶，燥得熏人，屋檐下的家雀不再吵叫了，正在这个时候，她听到大街上有一群小孩子起了哄，骂着架，一个大点儿的孩子欺负另一个小孩子，另外一个小孩子的声调抽噎着，低弱而哽咽地哀求着：

"那个，不能怨我。"

"不怨你，事情偏偏出在你的家里？"一群小孩子乱嚷嚷。

"我在家里，什么也不知道。"

"你奶奶造谣，你知道不知道？"

"不知道……"

小孩子被追问得很急，哭了起来。王老太太在窗户根听到了哭声，已经分辨出是牛锁子来了。她的心突然跳了一下，她觉得牛锁子哭得十分可怜，受了什么人的委屈。

"你说！你说！"

"我说什么？我什么也不知道。"

"小顽固，你说不说？"

"我不知道……"牛锁子不停地啼哭着。

"小顽固，你和你奶奶一个鼻孔出气。"

王老太太掩上了窗户，扭过头来，暗自思量着："我干了什么呀？连小孩子都跟着受气，若是你埋怨你奶奶，就埋怨她吧！"她难过地打起喷嚏来,鼻涕眼泪全流出来,心里结的疙疸动起来了。

门外有一阵脚步声,踏在台阶的玉茭叶子上,发出嚓啦嚓啦的声音。她以为牛锁子跑回家来了,房门拉开的时候,她看见走进来的不是一个小孩子,而是一个高鼻梁壮实的军人。

她看到了那军人,慢声慢语地说:"周小拴么?"

"王大娘,家里只剩下你一个人。"

周小拴穿着一身草绿色的军装,打着绑腿,脚步放在地上嚓嚓的。明亮的眼睛向着狭窄的屋子里搜索着,仿佛想找什么人一样。

"周小拴,你干什么来了?"

"我来看看。"

"你来看什么……"王老太太的口气里隐藏着什么东西,没有说出来。

"我们的班上打饭,看看你们有没有饭碗。"

"你来借饭碗,等我儿子回来再给你找。"

周小拴带领的一班战士,住在她们旁边一间草房子里,地上铺着稻草,泥皮墙上钉着一排挂枪的木桩子。早晨听着号音出操,晚上听着号音睡觉,吃饭和上课都守规矩,不大声嚷嚷,洗脚水不泼在门口,除了每天打饭借盆子之外,再没有什么麻烦人的地方。天长日久,全班的战士和王老太太一家子搞得分外亲热。值日的勤务帮助他们打扫院子。周小拴替王富挑水。牛锁子向队伍上要子弹壳玩。王老太太吃着队伍剩下的饭菜。就是他们的小花狗也喝队伍上的米汤。周小拴在他们的家里来来往往,什么事情都知道,什么话都说,只是不敢触动王老太太的猴脾气。

风刮乱了草垛,掠过房檐,一张用破木板钉成的门板吹得嗒嗒山响。王老太太盘腿坐在炕上,皱着稀朗的眉毛,等儿子等得不耐烦了:

"又到什么地方去了?"

"你说他到什么地方去了?"周小拴故意问。

"什么地方,还不是老地方?"

周小拴不敢再问下去，他明白再问下去就要惹对方发火。王老太太压不下去烦闷的情感，不住嘴地咕哝着：

"我放心不下……放心不下呀！"

"王大娘，"周小拴把话接下去说，"当娘的，没有不挂心自己的儿女的。"

"你娘会比我好些。"

"好什么，一样，完全一样。"周小拴拉了一张凳子，靠着王老太太的身旁坐下，"我离开家到队伍上的时候，我娘成天吃不下饭去，打听我的消息，流眼泪。这次，我回来，她满心欢天喜地，也放心了。养了儿子，好像非把他放在自己的眼皮底下不成。"

"你的话说到我心上啦！"

王老太太望着周小拴的黑眼珠，会意地微笑着。那时间，她觉得像对自己的儿子微笑一样。每一个当母亲的都疼爱自己的儿子，她为了疼爱自己的儿子，却弄得满街丢脸。

"你知道吧！他们要给我戴高帽子，骂我顽固，王芸……还有牛银子媳妇。"

"我不知道，"周小拴摇着头，把话岔过去，"事情过去就算了，人到了年纪，一时想不开。"

"人老骨头硬，想不开，这是实在的呀！"王老太太一边流鼻涕，一边唠叨着，"我总是不放心，不放心呀！"

"有什么不放心的呢？"周小拴想到部队上的愉快情形，圆圆的脸蛋上，闪烁着红的光彩，"到队伍，比家里还要放心。"

"怎么说呢？"王老太太搭讪着。

"在队伍上，干什么事情都是按部就班的，到时候吃饭，到时候上课，到时候出操。打游击的时候，碰到机会好，就可以吃敌人的罐头。天大的事情，也用不着你操心，连长和指导员像自己家里人一样，可红火啦！"

"生了病怎么办呢？"

"生了病有卫生员，吃药扎针，全不用化钱。"

"别的都好说,剪头发一定不方便。"

"剪头发有理发员,给你刮脸,连胰子都不用带。"

王老太太说:"不管你说什么,在外头总是闷郁,常常想家。"

"想家干什么?那里不愁吃,不愁穿,大家在一块唱歌子。宣传队还常常给我们演戏看。"

"真的么?"王老太太阴沉的脸上放出了光亮,拍打着周小拴的肩头。

"真的。"周小拴点着头。

"咳!我早知道这样,就放心了。"

在扩军大会的一天,为了动员王富参加报名,周小拴亲自来到王老太太的跟前,好说歹说,她总算勉强答应了。

二十三

筹备已久的扩军大会,终于在六月中的一个晚上举行了。

太阳快压山的时候,驻在东庄的队伍已经吹起了集合号,团直属队和各营的战士都在集合,周小拴带领的一班人也起了身。在灰土迷漫的大街上,准备去开会的人们乱跑乱叫。性急的陈迷瞪扬着粗脖颈子叫喊,挨门逐户地催促自卫队站排集合。这一天,儿童团也显得挺高兴的样子,老早就靠着街头的识字牌排好队,检查人数,只有牛锁子跑回家取木头刀去了,剩下的儿童唱着歌。村子里就数娘儿们来得最晚:一来是爱打扮,二来是被家里的事情扯住了腿。牛银子媳妇在家里喂小猪,李全英招呼焦春妮还没有回来,妇女自卫队长王芸已经等得不耐烦了,摇着奖旗,一次一次地吹着牛角哨子。

这一天,王老太太的一家子都过得很遂心,没有吵架拌嘴,没有横生枝节或者出什么岔子,事情仿佛在每个人的心里安排得妥妥当当。吃过早饭,周小拴来到家里串门子,滔滔不断地讲军队上生活怎么好。王富跟着问长问短,打听军队上的规矩。王老太太支着下巴听着,有时候插上问一句:"周小拴,你还想家么?"周小拴摇摇头笑着说："你用八台轿去接我，我也不回来了。"过了一会儿，李全英又把上次慰劳的鞋子和手巾送来，王老太太没有把东西丢在外边，孙国亮给她家背了半袋粮食。到了晚上，王老太太被张区长请吃饭回来的时候，她才催促焦春妮说："还不赶快给你男人收拾收拾，张区长瞧得起咱们，不能再待在家里丢脸了。"焦春妮丢下手里的针线活计，手忙脚乱地给她丈夫去拿鞋子，缝补裤子，钉纽扣，打扫灰土。王富已经来不及剃头和洗衣裳了。他扎一扎腰带子，把妇女慰劳的白羊肚子手巾缠在头上，街口上已经吹起了牛角哨子，自卫队准备向会场出发了。

大会的会场设在滹沱河的广滩上，对着洪洋店的村落，隐约地可以望见砖房子里透出的灯光，会场的彩门是用柏树枝搭成的，两旁饰着花边和红绫带子。一幅"参加子弟兵"的大红字标语悬在门顶上，红绿杂色的灯影在彩门两旁不住地摇晃。主席台的两边搭着席棚，分设着来宾席和抗属席。筹备大会的委员已经陆续地到齐了：八团的刘政委，县政府的任县长，县工会主任老高，县妇救会于秀。区级干部在来宾席和抗属席里跑来跑去，进行招待和谈话。特别是抗属席里最热闹，人也最拥挤，有带胡子的老头子，穿着新衣裳的娘儿们，跳上跳下的小孩子，烟灰和灯亮迷漫着快活的脸，咯咯的笑声和剥花生皮声一直没有停止过。王老太太带着牛锁子来得最晚，挤在席棚拐角的地方，她的秃头头发绺上系着一朵红花，远远地望去，像是秋天里晒红的鸡冠子花一样。

王富跟着陈迷瞪到来的时候，各村的自卫队几乎把会场挤满了。望不到头的广场涌动着黑压压的人头，红缨枪像高粱障子插得严严的，数不清的旗子，背膀和粗壮的胳膊。人群，左三层右三层地把门口挤得风丝不透。王富一边跟着队伍往里挤，一边热得喘着气。他在路口上碰到了几个熟人，向他摆手招呼。还有几个半生不熟的人死盯着他，欣赏他头上扎的白羊肚子手巾么？大概别人觉得那白羊肚子手巾和他身上的脏衣服很不相称，有些奇怪。他是今天第一次扎上了白羊肚子手巾，自己觉得又高兴又腼腆，当别人看见那白羊肚子手巾的时候,他自己觉得和往天不同了。他的脚步在狭窄的队伍中间跟跄,脸皮有些发烧起来。广场上全是五区和六区的自卫队,年青的小伙子戴着草帽,背上背着背包,打绑腿,红缨穗子像是八月里晒红的高粱。风抑扬着,有一列青抗先在浮动的人流里唱着歌:"……母亲叫儿打东洋,妻子送郎上战场……"歌声的尾巴还没有落地,迎对面的儿童团接着喊起来:"好不好?妙不妙?再来一个要不要?"妇女自卫队和儿童团吵嚷了一顿,歌声不知不觉地停下了。王富走到东庄妇女自卫队的前面,发现了隐在奖旗后面的焦春妮的红通脸,他想到她是听了那唱歌激红了脸。

"她为什么不到抗属席去呢?她不放心我么?"王富心里纳闷着,他猜想她有什么不放心的地方,一阵风吹动了那奖旗,他还想看一看那红通脸的时候,一个抬水桶的把他撞了一下。他回头来,陈迷瞪已经喊着口令让大家坐下,自卫队解下了背包,坐在沙地上。主席台前滚着红的旗子和黑人头,歌声和掌声不断地扫着会场,显然,大会已经进行到紧张阶段,五区和六区的自卫队都为着挑战付出全部的力量,正当张区长在抗属面前碰杯劝酒的时候,王大胖子已经溜出了抗属席棚,到了六区自卫队跟前,拉扯着青年的小伙子去参军。迎对面的五区小伙子起了哄。

"我们向六区挑战敢不敢?"

"敢!"人们一条声地叫着。

"说了算数不能虎头蛇尾。"

"不叫王大胖子压倒!"

靠着左一排的自卫队和青抗先全站起来了,面对着六区的人,抢着拳头,不能抑制地喊着口号。主席台上有人吹着哨子,让大家安静。自卫队慢慢地坐下,停止了吵叫,站在队头前面的陈迷瞪还是摇着胳膊向着大家:

"你们保证不保证?"

"保证。"二三十个人一齐说,王富也随着大家说了。孙国亮从场子外圈走进来,搭着王富和牛丑旦的肩头说:

"这是露脸的事,咱们可不能变卦呵!"

牛丑旦翘起大拇手指头,使劲地在自己的胸脯上拍了一下。王富,感激地望着孙国亮发红的酒糟鼻子,点了点头,眼角迸着火花,想要嘱咐孙国亮一些什么。这时候,主席台下已经响起了爆豆似的掌声,虽然会议已经进行了几项,底下的人们却乱吵吵,弄得什么也听不到。后来任县长扶着近视眼镜走出来讲话的时候,大家才平静一些。

红亮亮的火把在半空里挑起来了,照得主席台上的情景格外显明:台上排列着几张桌子,桌子上放着记录本子和新战士报名的册子。凳子上坐着主席团的人,于秀掏着一大把光荣花。任县长的手离开了近视眼镜,向着下面的人们做了一个手势:

"咱们老乡不要受鬼子的气,只有参加八路军……"

任县长刚一号召,性急的王大胖子已经开始活动起来,走到东,走到西,怂恿六区青年小伙子说:

"快到台上去报名。"

一个挑头的黑大个子说:"报名的出来,跟我走。"

"好男儿参加八路军!"一队妇女拍着手喊叫。

"快快出来!"越喊越快。

"快快出来!"越喊越快。

"五区加油!"

六区的青年纷纷地涌出了会场。五区的青年也跟着骚动起来了,王庄和刘村的自卫队长都跳出来喊口号,陈迷瞪也跟着弯着腰叫喊:"出来报名!"这个当儿,张区长从抗属里走过来,大家全提起了精神,疯狂地叫嚣着。

"青抗先参加子弟兵!"

呐喊欢呼,拍掌和激动的讲话弄得王富昏头涨脑,耳朵里被一种新奇的声音震得嗡嗡乱叫:"参加八路军呀!参加八路军呀!"他拍一拍屁股上的尘土,随着牛丑旦一伙子人站起来。接着,又有三四个小伙子从青抗先里站起来。儿童团热情地鼓着掌。妇女自卫队向着起来的人们摇着奖旗。迎着火把亮的地方,他看见焦春妮向着这边摇手。他望见她了,心里激动了一下,摇着宽肩膀,随着成串的人流向主席台走去。

"参加子弟兵是光荣的!"夹道的人们欢呼着。

主席台上挤满了报名的新战士和招待新战士的人,民运干事忙着记录名字,于秀忙着给戴光荣花,刘政委把每一个报过名的介绍给台底下的群众。王富跨上主席台的时候,正靠着一个白胡子的老头子,在他的后面不断地涌出来走上前报名的人。

轮到白胡子老头子讲话了,王富才看见老头子带着一个十八九岁的儿子,那青年人穿了一身蓝的新衣服,剃光了头,两只琉璃球的眼睛盯着那老头子,好像舍不得他父亲的样子。老头子的态度却很坚决,把那青年拉到台子前边,用手指点着给底下的人们看:

"我只有这一个儿子!"

台底下的人们很受感动,听了老头子讲了头一句话,便热情地鼓起掌来。站在旁边的任县长也跟着大家鼓掌。王富不觉得听得呆了,心里暗中佩服那老头子。"人家才是模范!"

老头子咳嗽了一次,用手堵着颤动的嘴唇,抹了一把吐沫,又回头教训儿子说:

"你爸爸老了,不中用……你去参加八路军,不把日本鬼子打走,不许你回家见你爸爸……"

刘政委把王富拉过来给大家介绍的时候,台底下给老头子的鼓掌声没有断流儿。王富听到那声音,心里像揣着一只小兔子怦怦地跳着,高兴呢?害怕呢?还是迷惑不安呢?连他自己也不知道。待了一会儿,当他看到脑前戴了一朵红花的时候,他明白自己到台上来干什么了。"我是自愿参加的。"他仅仅说了这么一句,还没等及大家给他鼓掌。他向台下弯一弯腰,径自退下来了。

东北书店 1947 年 8 月初版

江山村十日

前　记

江山村是松花江南岸的一个村子,在佳木斯正东五里地,原名高家村。平分土地时才改成江山村。

那是去年冬天,党中央颁布了《中国土地法大纲》,各处开展平分土地运动。十二月间,我从佳木斯到这村子里,突击了十天工作,过了新年之后,我又有机会到江山村去工作,前后共有两个月之久。虽然过去我曾两次下乡去做群众工作,生活时间较长,但是,却没有像这一次给我的印象是强烈的,体会到的情感是饱满的,接触的生活是新鲜的。我努力保持着那强烈的印象,充实着那饱满的情感,记忆着那新鲜的生活。我嘱咐自己,不要像过去那两次下乡工作,什么也没有写出来。我稀罕这个村子,这村子在平分土地当中,出现了新的面貌,也出现了一群新的人物,工人和贫雇农。新的人物流露出新的喜悦情感,我被他们喜悦的情感所鼓舞,我和他们相处的日子是快活的,是健康的,给予我创作上最大的勇气。在一个贫雇农的大会上,我慷慨地把这个创作任务答应下来。

这个故事是写江山村平分土地斗争开头十天的生活,那翻天覆地的十天呵!日子过得比上了钩的鱼弦还要紧张,大江沿刮着烟泡,炸弹壳嗡嗡地响着。会场敞着门,工人和贫雇农一齐动手,划阶级,成立贫雇农大会,研究情况,抓地主,起浮产,过堂,开斗争会,分浮产,组织生产小组,丈量土地,建立支部,支援前线,这不是人民发扬了创造性与组织性么!他们以主人的身份走进了这个世界。他们来了,给这个世界添置新的财富,他们带来了自己的气派,智慧和天才。

这村子里的工作也有着它的缺点和错误,根据最近邓守桂和常俊岩来信的统计:全村有一五八户。被斗争五户,被征收四户。被打击户口占全村百分之六。全村有六三五口人,被斗争五户共五十口人,被征收四家共三十三口人,被打击人数占全村百分之十三。在政策上,发生的偏差在什么地方呢? 首先,划阶级有些粗枝大叶的地方,检查工作不周密,助长了个别积极分子"左"的作风,侵犯了中农利益。

开始,我写初稿,仅根据真人真事,几乎没经过什么剪裁。到了二月末梢,完成了草稿。我拿到江山村去,在贫雇农大会上给大家诵读,他们热情地讨论,无论语言,生活,故事以及人物性格的描写,都提出了具体的意见,譬如讨论到哪个人应该怎样写的时候,大家都争着发言,讲完了还问他本人是不是同意,仿佛做鉴定一样。这是一种朴素的集体创作,有了它,才打下了后来的写作基础。

三月初,我来到哈尔滨,参加了文工会议。会后,我进行改写这部小说的初稿。在改写时,我碰到两个新的问题。一个是语言问题,我觉得旧的字眼对于新的人物已经显得没有力量了。它写不出他们新鲜的面貌,讲不出他们心里的高兴的话,表达不出他们朴素的感情。我愿意抛弃多年来摸索到的"技巧",向老百姓学一点知识。另起炉灶,自然是一个半拉子,手不应心,用老百姓的话写出来,自己看了看,总觉得不成个样子,平平淡淡,简直像一杯白开水,它没有红茶和咖啡那样浓,我们的老百姓,现在还吃不起红茶和咖啡,就请他们先喝一杯白开水吧! 白开水比起凉水来,已经加了火候。其次,写作上的经验主义也使我兜了不少的圈子。没有实际工作经验的时候,自己觉得自己作品空洞,有了一点经验,却过分地爱惜它,仿佛新开辟的土地上,长出了一片绿苗,因为偏爱着庄稼,连草都舍不得砍,走来走去,找不出自己创作的道路,对自己的工作也开始疑惑了,准备抛弃它。我想起江山村的老百姓来了,我不是答应他们么！我觉得有什么对不起他们的地方，我又冷静下来了，改写了第二遍。

五月间，我又到了江山村，我觉得那里的老百姓更聪明了，更可爱了，也更亲热了，见了面就问："你回来了，我们前天还打听你呢！你给我们写的书印出来么！"我很感激他们，我不能辜负他们。他们翻身了，希望能看到描写他们自己的东西。哪管我的技术再恶劣，我也要歌颂他们。这一次，我把我的希望降低了，只要他们能够听得懂，觉得还有点意思，那么，我的功夫就算没有白搭。

这本书，我前后改写了四遍，到了最后一次脱稿，差不多是一年的光景了。故事，结构，都有极大的更动，书的名字也改了，人物从五十多个删掉剩二十个，一些不顺眼的字，多余的情节，都毫无吝惜地把它删改掉，那心情真像庄稼人铲地的样子，砍掉一棵大草，又砍掉一棵大草。护苗的不是好庄稼人，伤了小苗免不了要心疼，特别是割爱一个熟悉的人物，总是不忍下手。我也有一种幼稚的想法，有一天他们见了面会问我的，"你为什么不把我写进去？"我要写的，是江山村许多工人和贫雇农当中几个代表人物。我要写的，是这些代表人物的翻身愉快情形。他们为什么要翻身，他们翻身以后的远景又怎样呢？我的笔拙劣，我没有把我要表达的主题说得那么真切，娓娓动听。它的模子是江山村的，照葫芦画瓢，有些加枝添叶的地方，比原来的模样，自然走了些样子。

这部小说的完成，多亏宋之的、黄铸夫、申玮、周立波、舒群等同志给我提供许多宝贵的意见，为了阅读这本书，花费了他们很多时间。最后，刘芝明同志在百忙中又为它看了一遍，在政策思想上和艺术创作上，又给我提出一些新的意见，使我有机会能够做最后一次的改写和补充。我感谢上面一些同志对我的帮助。我更感谢江山村的老百姓，没有他们的帮助和鼓励，这本书是不能和读者见面的。

东北已经全部解放，全国的胜利就在眼前。金成的愿望也快实现了。老百姓坐下了江山，这江山是长远的。我们为着人民的事业而欢呼吧！在这里，引用邓守桂在本书末一章讲的两句话做为结束。

种地不用马——用火犁

点灯不用油——用电灯

我们向着这个远景前进吧！

一九四八年十一月二十四日于哈尔滨

一

快要进了腊月天气，松花江沿上刮起烟泡啦！大道上，一张爬犁坐着两个人。一个是从佳木斯来的沈洪，半道搭脚坐上爬犁的，穿着一件半新不旧的军用大衣，戴着黄兔皮的帽子，脸冻得发紫，眼睛老是瞅着前边。另一个是赶车的老板子金永生，四十开外的年纪，长挂脸，尖下颚，豆角眼睛，一路上不停地抽打着黑鬃的海骝马，赶着爬犁，不知不觉地过了大烟囱。天气冷，人着急，马也跑得欢，一展眼，前面就是一个村子。

沈洪打听老板子说："什么村子？"

"高家村。"

"老名字么？"

"不！同志，老名字叫一棵松啦！国家改朝换代，村子也改了名字。"

金永生闭上嘴，拉拉毡帽的耳扇，想起方才讲的话，好像有什么使他回味的地方，挤挤豆角眼睛。眼前已经刮起了烟泡，昏天暗地一阵风。草棵低了头，地裂了口子，人骨头都是凉的。江沿上的苞米秸子呜呜地山叫，吓破雀的胆子。过了一会，烟泡像一阵旋风刮过去了，零星的豆叶被打扫得溜干二净。只有大江里的冰排鼓起破肚子，迎着太阳光，显得溜明崭亮。

过了一块炉灰渣子地，爬犁拐了弯，抹过小铧尖地，海骝马又扬足子跑起来，四只蹄子不沾地，像草上飞似的，仰着头，甩着尾巴，展展扬扬的。金永生扬起鞭子，抖擞着吹得零碎的破皮褂子，大概胳膊扎煞的缘故吧！腰里的麻绳子松了扣,四处漏风。

棉花桃雪像一群白蝴蝶,迎着马头直耍欢。前边的矮趴趴的村子给遮住了,时而影绰绰地露出来,那是鱼脊的草房顶么？胖胖的谷草垛么？半空里架起的苞米楼子么？东一块的,西一块的,仿佛大雪瓮子里衬着豹花点。凭眼力,足有两截子地。

松花江沿上有一排拉手平地,一眼望不到头,好大的片量呵！垄台漫平,留着一排排的高粱茬子,像木梳齿子。马蹄壳里露着黑油板,真可心眼子。地边是一溜荒草甸子,那疏疏的白尖草呵！星星草呵！猪毛草呵！还有被镰刀削得光着头的蒿挺子,都被大烟泡扫得零零散散,嘤嘤地鸣叫着。

多少年前,这里就是当年的北大荒呵！

金永生记得清清楚楚,他父亲是这里开荒占草的老户,这排拉手平地就是经他父亲的手开起来的,披星星,戴月亮,一滴血一滴汗地,把一片树木狼林的北大荒开成了良田。石头瓦块上建筑了村落。传到他这一辈子,连一根垄头子也都踢蹬光了呵！他保存着的,是当时流行的一首民歌。

> 北大荒
> 不犯愁
> 种地不用马
> 点灯不用油

这首歌是美的,比皮鞭梢子声还清快,比马蹄子踏雪声还柔和,如同风舌吹着电线响,嘤嘤着。

沈洪听到最后一句,心里有一种沉重的情感,皱皱眉毛,问着老板子说：

"为什么点灯不用油呢？"

"同志,那时候老百姓没有油,夜里点着松枝子照亮。"

"那时候老百姓真苦呵！"

金永生皱皱抬头纹,那深深的纹溜比刀口子还深,那是庄稼人受苦的记号。过了多半辈子,经过风吹雨打,太阳晒得褪了一层皮,受苦的纹溜越来越深了。想起北大荒来好伤心呵!

"什么叫做种地不用马呢?"沈洪又问了老板子第二句。

"那时候种地没有马,人当牲口使唤。"金永生耷拉下了脑袋,溜着雪压的地边子,喃喃地说:"我父亲一镐头一镐头刨的,开了北大荒呵!"

两个人都没有吱声,望望天,天上的雪花下得更大了,落满了爬犁板子,大衣襟和洋草也净是雪。马尾巴当成了一把扫帚,一边扫雪,一边扬着碎苞米秸子,一起一落。

沈洪躲过了风口,一边抖落着大衣,一边问老板子说:"老乡,你劈到地么?"

金永生用鞭梢子往大烟囱一指,那里正扬着雪沙子。

"同志,你看,就是那炉灰渣子地。一个人一亩五。"

"这是工作同志给你们分的么?"

"裴工作经手给我们……"金永生想说一句什么,瞧见沈洪用黑黑的眼睛盯着他,又把话转了弯:"现在又来了一个何工作,人可和气啦! 同志,你看你的什么东西掉出来了。"

沈洪一回头,看见两个本子掉到爬犁上,串到洋草缝里,他想起方才抖落大衣,不加小心,掉到外边来了。一本是《中国土地法大纲》,一本是记载张政委传达中央土地会议的报告,开会的时间过了半个月,原来的词句已经记不清了。当时给他的印象是:中国革命走上了新的高潮,共产党领导广大的农民,掀起了反封建的风暴。这个风暴,比松花江沿上的烟泡还要凶猛! 还要壮烈! 他想起金永生的父亲曾经在这里辛劳地开过荒,流过汗,而他的儿子还是苦着脸过着老板子的生活,这一切不合理的制度,将要被革命的风暴扫得干干净净。

沈洪把本子塞到兜里,抖落了雪花,想起那个何工作来了。

"是那个胖子何彩亭么?"

金永生抽了一下海骝马,任着它顺着漫雪的大路跑去,闪着豆角眼睛,瞅着沈洪那种沉思的神情。

"同志,你认识他么？你也到我们的村子工作么？"

沈洪知道叫人家看露了,转过来那冻得发紫的脸,笑了笑。金永生顺手横过鞭子,回过头来也笑了笑,笑得又自然,又有些发生。

"和同志走了两截多地,还不知道同志贵姓？"

"我姓沈。"

"沈同志,你做什么工作？"

"我做老百姓的工作。"

金永生又笑了,咧开嘴唇,露出了有黏苞米粒子一样大小的门牙,发着光。

"真的,老乡,我做老百姓的工作。"沈洪再三地说,看见老乡笑了,他也笑了,笑了之后,又正经地仰起脸来,从容地瞅了老板子一眼,仿佛告诉对方说:他没有拿老百姓的工作开玩笑,这是高兴。

"你们村子里的工作怎样？"

"同志,可也不大离。"

金永生打囫囵语,疼疼鼻子,耍鞭子去赶海骝马,爬犁拐着弯跑开了。天气更冷了,雪下得更厚了。无边无沿的大雪盖着旷野,直晃眼睛,有几根狼尾巴草梢从地边伸露出来,碰在爬犁的木撑上,荡来荡去。

离村子近了,从那白蒙蒙的雪片当中露出了鱼脊的草房顶,胖胖的谷草垛和那半空里架起的苞米楼子,轮廓和颜色都显得更清楚,不再模糊了。这时候,海骝马已经跑得累了,摆着脑门,鼻子喘着气,一路上曳得爬犁上的板子散了花,洋草撒了一地。

沈洪稀罕这匹马,夸奖地说:"这马不善呢！"

"同志,你说对啦！这牲口干什么都不报落套。它到前方拉大车才回来。"金永生摇一摇毡帽头,拉下了长挂脸,两只眼睛曲曲地闪着光,半哑着嗓子说:"还要用它接亲啦！"

沈洪向爬犁当间乘了乘,随便打听说:"是你儿子娶媳妇么？"

"同志,以后你就知道了。"

金永生抽着海骝马,把爬犁赶进了村子。村子里有一百多户人家,四趟街,坐北朝南,一色的草房。顺街竖着电线杆子,上面挂着一只空炸弹壳,黑不粗溜的,活像一只吊死鬼,仿佛好久没有人动弹它一下。在一家木板障子跟前,一个水肿脸的庄稼人用扫帚扫着雪,听了海鲞马咴咴的叫唤,丢下扫帚从当院子跑出来,忽然看见爬犁上坐着沈洪,猫着腰,踮着脚跑回当院子去。这时候,金永生已经赶爬犁到了木板障子的跟前,放下鞭子,从爬犁上跳下来,对着那个猫腰跑的庄稼人大声叫喊:

"陈二踹子!陈二踹子!你出来。"

沈洪也跳下了爬犁,打听老板子说:"他就叫陈二踹子么?"

"同志,你慢慢地都熟悉了。"金永生点着头说:"这牲口就是他的。真是怕吃又怕烫,胆子又小。"

"我们慢慢就熟悉了!"

沈洪对金永生微笑地点着头,打听一下工作队住的地方,踏着满街的大雪,向着后趟街走开了。

二

工作队住的屋子不大讲究:窗户纸挂着厚厚的霜,土墙上光刷刷的,地上放着一只腌菜缸,靠着北墙根砌着一面火墙,没有抽屉的桌子,一捆轮带,生锈的剥刀和一些零碎东西。何彩亭到这里已经十天了,破炕席上的行李卷是他带来的,还有一件黄布的大衣,厚纸的笔记本子。白天他常不在家,跑到老百姓家里去发现积极分子,把东西撂在屋里就是半天,快到吃晚饭的时候才回来,火墙里升上劈柴,炉口坐上水壶,一边调查材料,一边闲唠嗑。

沈洪来到的时候,何彩亭正和两个积极分子唠嗑呢!那两个积极分子,一个是跑腿子李大嘴,好吃零嘴,好喋咕,吵起架来,他的大嘴岔压住了牛犊子的嗓门,架吵完了,也不记别人的仇。这样人,别人就给他起了这样的外号。他是秋季攻势以后从前方赶大车回来,整天游游荡荡的,东门进去,西门出来,一来二去,工作队住的地方就成了他的家,有点自来熟,碰上何彩亭吃饭,他就跟着吃饭,碰见何彩亭和人家唠嗑,他就跟着唠嗑。另一个是金永生的儿子金成,在家地种过庄稼,又做了两年多的电气工人,八一五后才回到家里来,死了媳妇,张大嫂曾经把他的表妹给他提过媒,他的舅母嫌贫爱富,却把他表妹许给本村财主高福彬的儿子,现在正张罗着过财礼。小伙子可没死心啦! 天天饭也懒得吃,水也懒得喝,带着两只撑撑的耳朵跑到这里来:表面上到工作队这里学歌子,看看报,听听无线电匣子;心上尽往西屋使劲,因为西屋住着他的舅母和表妹。他有时候顺着门缝溜一溜豆角眼睛,有时候耷拉脑袋思量着,粗脖颈子一棒子打不回头,一条道跑到黑。

何彩亭坐在炕里一张长桌子上,拿着一支红漆的木头杆钢笔,一边和两个积极分子唠嗑,一边写材料,写乏了就倒在行李卷上躺一躺。金成站在炕沿跟前,瞧着材料本子写得歪歪斜斜的字体,不安地闪着扫帚眉毛。李大嘴穿着一件青呢子大氅,上面贴着糖,活像膏药幌子,摇着头上的狗皮帽子,拉着嗓门喊叫:

"何同志,你看谁来了!"

沈洪带着浑身的雪花从外边走进来了。

"沈同志,你怎么来的?"何彩亭从炕上站起来,放下了红漆的木头杆钢笔,高兴地叫着。

"我是半道坐老乡的爬犁来的。"

沈洪摘下了黄兔皮的帽子,打去了上面的雪,又敲去了长筒毡靴上的冰块。当他看见火墙炉口冒着火花,壶嘴喷着热气,才觉得身子暖和起来了。

李大嘴看见沈洪空身一个人,自来熟说:"同志,你没有带铺盖么?"

沈洪微微地笑着,点着头说:"我在关里打过游击。"

"打游击,同志,那不是走到哪里,吃到哪里么?"李大嘴龇着牙乐,撩起青呢子外套的衣襟,拍了一下大腿:"可好啦! 小鸡子不带笼头——散逛。"

"我把家底子带来了。"

沈洪转了半个身,从大衣兜里掏出《中国土地法大纲》,递给了何彩亭。

"这就是家底子,你看过么?"

"我看过一遍。"

"非得多看几遍不行!"

在市委训练班的时候,沈洪曾经给何彩亭上过课,以后就熟悉了。现在,沈洪的意外的到来,使何彩亭分外显得兴奋,关心地询问着一路上情形。沈洪叙述着是怎样半道搭脚坐上爬犁的,和那个老板子唠着嗑。

"那老板子是我父亲啊!"金成对着沈洪说,咧着芝麻牙笑了笑。"他到佳木斯卖柴火去,套着陈二端子的海骝马。"

沈洪对着金成打量了一番,他看见他也长着像老板子一样的豆角眼睛,脖颈子粗,脸蛋发圆,眉毛重,比他父亲显得机灵,也显得有火力。他想起了老板子在路上说着"接亲"的话,他正为着小伙子高兴哩!

"陈二端子死抠一个,怎么把海骝马借给你父亲卖柴火?"李大嘴对着金成说:"那人家奸头奸脑,小门小户的借他牲口伐一台米,答应一句,比拉屎都费劲。"

"他的马不是随你到前方出大车么?"金成心不在焉地说了一句。

李大嘴摆着手,不耐烦地叫着:"别说了! 我到前方赶一次大车,使唤了他的马,陈二端子跟在屁股后边嘀嘀咕咕,可小店啦!"

"李大嘴,你讲一讲:你不是在前方当了一回指导员么?"

何彩亭站在板柜的前边,仰着脸,望着李大嘴的狗皮帽子上钉着一枚红五角星,想起了一段故事,不知不觉地笑起来。金成从火墙的旁边匆匆地跑过来,扯住李大嘴的青呢大氅的袖子,让他把那段故事讲出来。李大嘴撩一撩青呢大氅的衣襟,露出了一件粗黄布的军衣,用手翻翻兜,给沈洪显摆说:

"同志,你看,这是吊兜的干部服,我当一回指导员也不假。"

"李大嘴,你把你的光荣历史说一说吧!"何彩亭说了,又笑起来了。

李大嘴放下了青呢大氅的底襟,盖住了那件吊兜的粗黄布军衣,不慌不忙地说:

"今年秋天,我到前方赶大车,套着陈二端子一匹海鳖马,高福彬的一匹小兔花马……"

"你讲下去吧! 套不套高福彬的小兔花马有什么关系!"金成打岔说,仿佛对于高福彬和他的小兔花马有些不耐烦的样子。

"我讲下去,你们听之!"李大嘴摇摇大饼子脸,又说下去:"八月十四上前线出发,十六走平岗,十七住孤榆树,听说打开原。我们跟着独立一师屁股后边跑,大车拧成绳,抽着牲口,往上送炮弹,大家都乐蒙了。炮响不一会,国民党的俘虏就下来了。黑压压的一大片,听说还有一个师长呢! 真是松蛋包!"

"你亲眼看见俘虏?"金成又叮问了一句。

"我李大嘴不是吹牛皮,还管过俘虏呢! 三连蔡指导员说我是老解放区来的,心里托底。他脱给我这件吊兜的干部服。"李大嘴又翻了一下粗黄布的吊兜衣裳,张着嘴乐。"连里有一个通讯员,看我穿这衣裳,一时马虎眼了,给我敬一个礼说:'报告指导员!'哈哈! 我这个指导员,就当了那一回。"

"红五角星也是那回给你的么?"何彩亭又添上了一句。

大家全笑了,李大嘴也跟着笑,耳根子有些发烧。

外边正落着大雪,从房檐子往下落,好像家雀扑地的影子。屋子里暖和和的,壶嘴喷着热气,炉口的火花不时地钻出来,熏得红砖的火墙成为锅巴的煳黑色。过道门敞开了,站在对面屋可以望见西屋的墙上挂着一张菩萨像,一张纸烟盒的画片,一张木头框的镜子,一个鹅蛋脸的姑娘从门框里闪露出来,扁扁的身材,细细的胳膊,薄嘴唇,双眼皮,还有一对圆圆机灵的眼睛,从门框里瞥见了站在地上的金成。不知道是害臊呢? 还是故意躲避呢? 晃了一晃那扁扁的身材向门旁躲了过去。西屋的墙上照旧地露出了菩萨像和木头框镜子,门口浮荡着水壶喷出来的热气,这时候,一个戴火车头帽子的男人从外边走进来。

"这位是沈同志么? 辛苦,大大地辛苦。"戴火车头帽子的男人站在门框跟前,仰着枣红脸,不住地向着沈洪点头哈腰。

"刁金贵,你干什么来了?"何彩亭冰冷冷地问着那个戴火车头帽子的男人,坐在轮带对面的一张板凳上,一动也不动。

"何同志,高先生准备一桌饭,……一点小意思……"刁金贵单独地和何彩亭说,笑嘻嘻的。枣红脸咧得像胡萝卜坑,哈着腰,脑袋上的火车头帽子快要碰到门。

"你去吧!"何彩亭把脸拉了下来,往地上吐一口痰,再没有往下吱声。

刁金贵没趣地走开了。沈洪望一望何彩亭冰冷冷的脸,觉得这里面一定有什么原因,问他说:

"刁金贵是干什么的?"

"以后我再告诉你。"

何彩亭说完以后,急忙地从板凳上站起来,准备到桌子上去拿材料本子,经过门框的时候,又看见了西屋那个鹅蛋脸的姑娘。这时候,李大嘴也好奇地从火墙附近跑过来,指着那个鹅蛋脸的姑娘对何彩亭说:

"何同志,你看,就是她,名字叫周兰,还念过二年书呢!"

"快过财礼么?"

"老高家已经看妥了日子,就是这几天。"李大嘴故意地拍着金成的肩头,张着嘴大笑。"人家看妥了日子,你怎么想呢?"

金成向后退了一步,脸红脖子粗地说:"看日子不看日子,你对我说干什么,狗拿耗子——多管闲事。"

"我是替你想。"李大嘴又对金成笑了:"趁着两位同志都在这里,你不斗争斗争么?"

金成听见李大嘴最后说的一句话,望望两位工作同志,闪闪豆角眼睛,心里突然跳了一下。"那能够行么?"仿佛一只蛾子从灯火前边飞过去,他又望一望那炉口的火光,想起那希望,脸蛋却被烧得红起来了。

李大嘴和何彩亭正谈得起劲。

"她不愿意。"

"女婿小么?"

"何同志,你算猜对了。她女婿今年才十五岁,个头有鸡架高。"屋里没有鸡架,李大嘴比一比火炉子上的茶壶。"就有这么高,长一对蛤蟆眼睛,红鼻尖,吃粮不管事,夜里尿炕。何同志,你说坑人不坑人。"

何彩亭淡淡地说:"她妈愿意。"

"姜太公钓鱼,愿者上钩。别人都是狗拿耗子——多管闲事。"李大嘴抖擞着狗皮帽子,又哈哈地笑起来了。

金成皱皱眉毛,那眉毛像麦穗子起了一层灰疸,有一片淡黑的颜色。

三

老周家一共六口人,儿子在外边耍手艺。掌柜的是一个瘫巴,常年不下地。另外,就是周老太太和她的女儿周兰,周老太太是灶王爷的横批——一家之主。

周老太太为什么能当家做主呢?提起来话可长了。在伪满的时候,生活困苦,连穷亲戚也断了来往。就拿她们和金永生来说吧!两家是姑舅亲,住在对面街,大门望着大门,油盐粮米,一点串换也没有,好像两个山坡上结的核桃,八竿子也打不着。对于财主高福彬这门干亲,那就走得勤了,来来往往,连大门都关不上。周老太太的娘家是一个大粮户,仗着她娘家那傍风认了老高家的干亲,周老太太就高骑驴,把她的大姑娘嫁给一个警察腿子,二姑娘嫁给一个翻译。她仗着门子硬,手眼宽,脑瓜活,捯登经济,贩卖大烟,就这样把她们一家子的生活囫囵下来。

现在,该轮到她的三姑娘周兰出门了:为了这件事,惹得一家子争争吵吵,界壁邻居鸡犬不安,全村人的眼睛都盯着她,看她把女儿嫁给谁。一家女,百家求。开头给她们提媒的,正是她们的两家亲戚,金永生的儿子和高福彬的儿子,后来,还有几家小户也露了口气。周老太太有她的老主意:小门小户的,她看不上眼,穷庄稼人,她相不中,又不愿意给亲戚家填房。最后剩下一条道,许给高福彬的儿子。老高家原来就是干亲,亲上加亲,人趁家值,拔一根汗毛也比穷人腰粗。周老太太的心眼可乐透了,下半辈子也不愁了。虽说老高家经过一次小斗争,船破有底,底破有帮,帮破还有三千六百个钉子。

　　周兰十八岁了,一朵花刚开,大事小情,什么也没有经验过,从小念过二年书,能描花样子,长大了学针线,会缝补衣裳,以后下了地,能薅苗拔草,和青年妇女在一块堆,说说笑笑,天塌下来都不管。她有一个对心事的朋友,叫张素珍,是她姑姑两姨嫂子的小姑子,大方,敢说话,针线活计利索,她们年岁相仿,脾气也相投,好像一个蔓子上结的两个甜瓜。前些日子,村子里成立妇女识字班,她们俩每天晚上都去认字,膀靠膀地坐在板凳上,望着高个子金成在黑板上画粉笔道,打着拍子唱歌,高兴的时候就展开豆角眼睛笑一笑。周兰暗暗地说:“那真像我姑爷的眼睛呵!”那眼睛的光投射在她的脸上,使她感到亲切和温暖,仿佛海绵体吸收水分一样。她第二次望着黑板上遥长的人影的时候,已经向窗纸上移动过去了,透明得像窗花剪纸,映在白霜和黑窗棂子上,凌乱得看不清了。这时候,从她的心里升起一线希望,如同一个小孩子牵着弦放风筝,不着天不着地地飘在空中。正在她高兴的时候,忽然觉得风筝的弦断了,她的心从半空中悠悠荡荡地跌下来,摔在地上。她清醒过来了,睁了睁眼睛,她才看见站在她的前面是一个十五岁的小孩子,个头有鸡架高,长着两只招风耳朵,一对蛤蟆眼睛,鼻涕把脸蛋抹一个大蝴蝶,这个人就是高福彬的儿子。

　　快过财礼的前几天,周老太太乐得什么似的,不梳头脸上就发光,不吃饭就饱了肚子。一早晨扒开了眼,就想起了给女儿怎样打扮,穿什么样的衣裳,戴什么首饰,用什么东西,从头到脚都想了个遍。她的女儿一名二声给了财主人家,打兑得适适致致,让孩子高兴,也是她的体面呵!

那天,张大嫂和张素珍嫂子小姑子来串门,听说老高家快要过财礼,特意跑来打听信。张大嫂和周老太太面对面唠嗑,叼着长烟袋杆子,黑脸皮,小眼睛,荞麦皮色的脸上打着火罐印子,抽半袋烟才吱一声。

"三姑娘快过财礼么? 我当大嫂的,张着嘴等着喝喜酒呢!"

周老太太知道张大嫂说的是假话:"你过去还不是给金成提过媒么?"一颗沉重的心往下一坠,仿佛一只柳罐掉到井里去,扑通一声,就沉底了。在表面上,她也只好装着笑一笑。

"界壁邻居等着喝喜酒,总算一件喜幸事。我把她拉扯大了,没有把她填到火炕子里去就行啦!"

"老高家大财主,娶媳妇还能屈得着么!"

"我也不图老高家三大两小,嫁汉嫁汉,还不是为着穿衣吃饭么!"周老太太又笑了。

张大嫂是一个体稳嘴稳的人,听了周老太太的一片花舌子,含着槟榔吐不出水来,光顾抽烟,好半天,才哼哈答一句:

"你的眼光不错。"

"我没有眼光,我的孩子连裤子都穿不上。"

张大嫂听出周老太太的话里有话,通红着脸,噎得半天讲不出一句话。当媒人,落不是,那不是自己找的么!

周老太太怕张大嫂过意不去,挤挤干眼皮,用话开脱张大嫂说:

"咱们孩子大了。"

"女大当嫁,家雀大了要出飞。"张大嫂打圆圈语说,点点头,又抽起烟来了。

"张大嫂,你真是一个明白人,孩子大了,操心操不起。"

这时候,周兰和张素珍坐在北炕梢板柜的前边,对着挂霜的窗棂子,守着火盆唠嗑。她们斜对面的西墙上挂着一张菩萨像,头顶上拉着蜘蛛网,罩着雨水腐朽的窗户台和火盆里的小灰,黑漆燎光的。周兰坐在北炕梢的黑影子里,不是把眼光注视着挂霜的窗棂子,也不是注视火盆里的火花,而是呆呆地盯着她妈的老白脸,一点一滴,什么她都知道得清清楚楚。

"你听,你妈说的什么!"张素珍冷丁地用胳膊触了周兰一下,瞅着火盆里的火星子,闪着眼睛。

周兰摇抖了一下耸动的肩膀,微微地打着冷战,想着她妈对张大嫂说的那句话:"孩子大了,操心操不起!"她不知道妈妈为什么事情替她操心,到识字班认几个字,那不是她的心愿么?她不是像小孩子一样要把那风筝放起来么!现在,风筝弦断了,她跌到地上来,妈妈还用那半截风筝弦来捆绑她的手脚,简直是一条裹脚布子。

"你妈操心你用功呢!"张素珍听得半懂不懂,张着大嘴丫子微微地一笑,抹了半个身子,膝盖挡住了半个火盆沿,看不见火星子的亮光。

"张素珍,你不懂得。"周兰摇着头。

"不认得字的人,才不懂得呢!"

"认得字又能当了什么!"周兰说的是气话,薄脸皮又红起来了,薄得同指甲草,迎着太阳都能透了亮。

"张素珍,你不要说了吧!"

"怎么,周兰,你妈不让你上识字班么?"

提到识字班,周兰的心里凉了半截子。想起了黑板上的粉笔道和窗纸上的人影,都使她觉得难过,沁下头去,不知不觉地微微地哭起来了。

这一哭,张大嫂急急忙忙地跑过来,抛开长烟袋杆子,扯着周兰的胳膊,一边摸着她的头发,一边给她擦眼泪说:

"周兰,你哭什么,你不让你张大嫂喝喜酒么?"

四

沈洪到老金家去串门,刚好金永生推完谷子,拿着一把扫帚从碾道走出来,浑身上下都是谷糠,半截破皮褂子上,薄棉裤上,靰鞡上,粗骨节手指和眉毛上,全落了一层豹花点。沈洪看他有些眼生,已经不像在大江沿赶爬犁那个人的样子。

沈洪经过空碾房的时候,问他说:"你抱碾杆推碾子?"

"海鳖马给陈二踹子卸去了。"金永生一边用扫帚打扫谷糠,一边向沈洪点着头:"同志,你怎么知道我住在这里?"

"你儿子说的。"

"他成天长在工作队那里……"金永生弯着豆角眼睛笑着,提起儿子和工作队的关系,自己也就分外对沈洪感到亲切。"你看,他还不回家,我趁着眼擦黑以前,好赖把谷子推出来。"

黄澄澄的太阳在西南山边上晃,离地皮有一竿子多高。

"今天真冷!"沈洪想起江沿刮烟炮的情形,浑身打战。

"同志,今年大雪以后,这算十个头天气。"

两个人脚跟脚地走,踩着当院子的雪,咯吱咯吱地响。刮了一阵小北风;那是从松花江沿上刮过来的,夹着雪沙子,飘打在苞米楼子和猪圈的棚梢上,干谷草叶子迎着风口山叫。小猪冻得哼哼着。金永生的破皮褂子一阵阵地掀起来,大窟窿小眼子直灌风。

沈洪皱着眉毛,在破皮褂子上摸了一把说:"这衣裳不抗风吧?"

"同志,这比'满洲国'披麻袋强得多了。"

他们进了屋子。屋顶的破纸棚像马蜂子窝,墙上挂着霜,小缸里冻着冰碴。当地上摊着踩扁的豆秸、鸡粪和烂土豆子,有一股辣腥的气味打着鼻子。北墙角摆了一堆零碎,看也看不清楚,最显眼的,就是浮头一簸箕苞米㽏子。金永生的老婆不在家,只有他的梳辫子的小姑娘领着另外的四个孩子,坐在南炕的散花席子上,个头一个比一个高,岁数也挨肩,守着火盆坐了一圈,烧苞米花吃。最小的一个小嘎还光着腚眼子，手里拿着一根谷草，身上扎着兜兜，红舌头飘在肚脐上。

他们面对面地唠起嗑来：沈洪诚恳地向人家请教，没有一点架子。金永生是正经的庄稼从业，土命人心实，碰到对心事人，有话就往外说。

"同志，你问江沿那块地么？那是经我父亲的手开起来的。"金永生讲起老早年开荒占草，有些心酸："那时候，北大荒是一片野草甸子，树木狼林，草棵子里蚊子遮满天，棒打獐子瓢舀鱼，野鸡飞到饭锅里。大块片量地甩手无边，开地没有洋犁，也没有马力，人当牲口使唤，我父亲不消停地砍树林子，打草，放荒火，拿镐头开荒，从太阳出来到太阳落。晚上点松枝子照亮。不知过了多少年月，镐头刨卷刃了，手掌磨出膙皮了，一滴血一滴汗地开了七垧荒，刨土块立了门户，可真不容易呀！后来，三姓旗务司派人到这里丈放荒地，高福彬父亲领了一张照，划四至，把我们的地圈进去，讲的是分开，一劈就叫他们劈去了四垧地，我们剩下三垧地。到了民国五年，张作霖派人到这里放官荒，硬说大尾巴照不好使唤，我父亲怕官项，连文书都不认得，人家一讹，又叫官荒裹去了一垧。到了'满洲国'，日本关东军占菜地，死逼无奈，又叫日本子没收一垧。最后，只剩下一垧地，我父亲咽气的时候说：'地是庄稼人的命根子，好赖也不能出手。'在'满洲国'那些年，我拉饥荒，纳出荷粮，摊官工，给人家当老板子，遭灾受罪，怎样我也不让那垧地出手……"

沈洪问金永生说："你给谁当老板子？"

"我给高福彬赶小车子，鸡叫为亮天，擦擦眼屎，提着裤子到外边套车，外边还有星星呢！冬走十里不亮，夏走十里不黑，这是庄稼人的熟语。"

南炕有两个小孩抢苞米花吃，吵着架。金永生想起过去的另一段事情，叹了口气。"同志，那年头，简直是马尾串豆腐，提不起来了。我要借一斗苞米碴子，到高福彬家里去踢门槛子。高福彬陪着王警尉抽大烟，旁边撂着洋刀，躺在黄土炕上，瞅着烟灯，过了半天瘾，才撩撩眼皮问我一声。"

"'老板子，你干什么来了？'"

"我说：'我们大人小孩快扎脖了，借一斗苞米咂子，燎燎锅底。'高福彬挪挪大烟灯，喷了一口烟，侧棱着身子，又撩撩眼皮，带答不理地捋着小胡子：'老板子，脱下鞋底子，照照你的后脑勺。'"

"话实在难听，我简直咽不下去。心里嘀咕着：这老家伙说话真生古。应该狠狠打他两脖拐，解解恨。又一想：闹翻脸了，不当老板子不要紧，说不定找我什么岔子。刀把拿在人家手里，小胳膊拧不过大腿。我忍了又忍，起火压火三四次，没法子，人穷了志气短，心不服嘴也服。"

"'高老先生，不看鱼情看水情，咱们界壁邻居，开荒的老户呵！'"

"高福彬翻脸不认得人，越说越难听：'老骡子老马，我恨它不给我拉庄稼。'"

"'你们财主，借是人情，不借是本分，说哑巴畜生干什么？'"

"'我说畜生说错了么？龙是龙，凤是凤，蛤蟆老鼠会盗洞。哑巴畜生，天生的哑巴畜生。你说话就带一股骚气！'"

"我真气火了！"金永生瞪着眼睛说："'我当你的老板子，犯不上挨你的骂。'"

"'我骂你怎的，你不想干么？'"

"'我不干就不干，庄稼人拿身子当地种，到哪里都能找一碗饭吃！'"

"'你不干就趁早吧！我花钱，哪里也雇得着人。'"

金永生讲到吃紧的时候，摇摇头就停下了。南炕有两个小孩因为抢苞米花打起架来，光着脚，扣着手，连吵带打，像一堆蓬草棵子从炕里滚到麻袋上，又从麻袋上滚到炕沿。踢翻了火盆，苞米花撒在破席子上，小灰和火星子扬了一炕，灰尘爆土地冒起烟来。这样一折腾，把光腚的小嘎吓哭了。梳辫子的小姑娘坐在旁边卖呆，一边扑弄着火星子，一边喊金永生说："爸爸，你看！两个馋嘴巴子打起来了。"

七八岁小孩讨狗人嫌,动不动就打架。金永生已经看得腻了,直起了腰板,踩着豆秸和鸡粪,对着冷清清的西屋喊了一声:

"张大嫂,你把你的孩子领回家去。"

张大嫂来了,头上挽着小疙疸髻,黑脸皮,小眼睛,走起路来稳稳沉沉的,肩头上放一碗水都不会洒。她是金永生的两姨嫂子,两家住对面屋。她的大儿子参加了东北解放军,掌柜的在外边干活,家里剩下一个小姑子和她的四个孩子。四个孩子天天到老金家聚堆,一打架,她就把孩子领回家去。她成天忙得脚不沾地:做饭、挑水、喂猪、喂鸡、带孩子、搂荏子、打柴火、伐米、扫地,屋里外的事情没有一样少下她的。一碰到小孩打架,她是怎样上火呀!抱起光腔的小嘎,扯着打架小孩的耳朵,那个小孩一边拨弄脑袋,一边偷着吃苞米花。梳辫子的小姑娘在后边逗着嘴:

"馋嘴巴子!馋嘴巴子!"

"你你……你才是馋嘴巴子!"

打架的小孩回了嘴,往小姑娘的脸上吐了一口痰,从她妈的手心里曳出了耳朵,转头就跑。张大嫂想截住那个调皮的小孩,连小孩子的影子都一溜烟跑掉了。张大嫂只好在门槛前边站住脚。金永生从小缸边绕过来,问着她说:

"你离开屋么?"

张大嫂说:"我到老周家串门去啦!"

"怎么样?"金永生打听着,踏着地上的豆秸绕圈子。

"那是明睁眼露的,你的侄女不遂心……"张大嫂抹搭着小眼睛,思思量量地说:"你的大舅嫂心眼可奸啦!拿着酸楂糕当成甜饽饽,认准一条道跑到黑。"

"人家家业大……"

"依我说,"张大嫂瞅瞅金永生的豆角眼睛,认真地摇着小疙疸髻说:"过日子是过的一个人,拿你们金成比那个小鸡巴崽子,哪样不比他强。"

金永生敲打着半截破皮褂子，望着马蜂子窝一样的破纸棚，在地上踏着豆秸绕圈子，叹了口气。

"人家想上天啦！"

"她不碰到南墙上，不会回头的。"

张大嫂说了这么一句，就悄悄地走开了。屋子里一时鸦雀无声，冻冰碴的小缸静静地放在当地上，屋顶上的灰条也不摆动一下。偶然，房门子被风刮开了，才听得见猪圈棚梢的草叶子在噌噌地响着。屋子里好半天没人讲话，梳辫子的小姑娘呆呆地守着火盆烤手，望着她的爸爸。沈洪好奇地走到小姑娘的跟前，找话问她说：

"你叫什么名字？"

小姑娘看见生人一拧头，大概有些害臊吧！把头发辫拉到脖子上，挡住了沈洪注视的眼光。

金永生催促那小姑娘说："小芸，你怎么不吱声呢？"

"哈哈，你叫小芸，我可知道了。"

沈洪对着小姑娘笑一笑，又转向金永生那里，捡起方才断了的话：

"从那次吵架以后，你辞退了老板子。"

"同志，我就知道坏啦！得罪了山神爷，养活不了小肥猪。"金永生的嗓子有些发干，咽口吐沫，又接下去说："到了日本子败类来那年夏天，上边要官车，高福彬当屯长，在村子里插车，他出一匹黄骟马。一派工，派到我的头上，明知道他找邪火，有话说不出，去就去吧！傻子睡凉炕，凭着时气撞。我们一出佳木斯，就有人哄嚷老毛子进街啦！日本仓库点着火，满天烟，到处乱打枪，人越着急，车越拉不动！载又重：大米、饼干、子弹、马料，车厢子装得满满腾腾的，一到水洼子，车就卡污，高福彬的黄骟马爬了蛋，不拉套，越打越假。日本鬼子生急眼，用刀背子往我腰上砍，枪嘴堵住我的胸口：'你的良心坏了坏了的，死的没关系！'我心里直扑腾，谁知道他哪下子勾火，给我放上。到了依兰县界，老毛子飞机来了，在天上扔炸弹,专炸穿黄衣裳的。炸得日本鬼子缺胳膊烂腿,能够装两大车。晚上进了店,日本鬼子发给我们老板子一身黄军衣,逼着穿上。他们倒换上了中国老百姓的衣裳。我一想:日本鬼子没安好心眼子,越败类,心眼越生古。几个人在一堆铡草,偷偷地合计着:'已经到了这步天地,扔下车马跑吧!咱们受了十四年的气,不能再跟日本鬼子倒霉。'晚上有月亮地,我们悄悄地溜到房后,土墙外边高粱叶子确青,十字路口上,站着一个日本哨兵。有胆子小的,舍不得车马的,缩手缩脚不敢动。我们几个胆大的,跳过了土墙,钻进高粱地,日本鬼子在后边打枪,吓得我心里扑通扑通乱跳,头发楂子竖起来,丢了鞋,呼哧气喘的,好歹算逃回家来了。"

金永生一口气讲完,喘着气,回想着死里逃生的情形,好像得了一场伤寒病,手脚无力,经历危险以后,自己觉得已经是另外一个人了。

"逃回来算是好的。"沈洪点点头,用这话来安慰他。

"穷人还有好呀!"金永生挤挤抬头纹,那纹溜像刀砍的口子。"我跑回家来,高福彬一百个不答应,叫我赔他的黄骗马。死逼无奈,我把江沿那垧地硬掐脖颈给了他。同志,那是我最后的一条命根子。"

这时候,戴火车头帽子的刁金贵找金永生去开小组会,两个人唠完嗑,沈洪随着他走开了。

五

沈洪跟着金永生走进一间黑屋子,高房架,大窗户,搭着南北两铺到头的土炕,当地上放着一只大木箱子。木箱子西头拢着一堆火,灌了可屋子烟,火堆旁边摞着劈柴,上面横七竖八地坐了一些人,有的烤火,有的闲唠嗑,有的撅着屁股抽烟。烟火把他们呛得咳嗽着,打着嚏喷,火苗跳动着,青色的浮烟在人们的脸上画着圈子,飘忽不定。

小组会还没有开头呢!人影子凌乱得成了坟头的荒草。

沈洪坐在木箱子东边的炕沿上，木箱子和梁木垂下的暗影遮住了他的身子，再加上头顶上一层浓烟，简直看不清楚呢，他偏过头去，从木箱子和顶梁柱之间望着地上的火苗，火苗一闪一闪的，人们的面孔从稀薄的烟灰中显露出来。这时候，他看出一个是大饼子脸的李大嘴，一个是枣红脸的刁金贵。还有一个是水肿脸的庄稼人，他坐着爬犁进村子的时候，在木板障子跟前打扫雪的不是他么！金永生蹲在他的旁边，叉着裤裆，抽着烟，等待开会显得不耐烦的样子。

沈洪拉了一下大衣，向炕沿里边蹭一蹭，聚精会神地瞧着小组会的人们在闲唠嗑，他心里想："他们都是一些什么成分呢？这个小组织是怎样产生的呢？他们的目的又是什么呢？真有些神秘，我要看看他们到底干些什么。"他坐在那里没有吱声，他们也没有向他打招呼，中间隔了一层浓烟，模模糊糊的。

待了一会，刁金贵直起了腰板，摘下了火车头的帽子，敞开了绿豆青色的大氅，火光把他的脸烤得红红的，撩着活眼皮，向着旁边的人们瞅了一眼，挑头地说：

"咱们穷人指望翻身，就要组织组织，大家异口同音，说换谁就换谁……"

一个宽脸的庄稼人晃着粗轱辘墩个子，抄着两手，轧鞔头踏着火，顺口答应着：

"咱们庄稼人，不是指望春种秋收么！"

金永生在木头桦子上敲一下烟袋锅子，点着头说："庄稼人除了翻土块，还有什么浓水？"

那个宽脸的庄稼人欠欠腰，又插了一句："翻土块，小人家没有牛力。"

"种地无牛力，到老白侍弄地。这句古语不是真的么！"

金永生分了几亩地，插不上镖，打春起就没有上过犁杖，拿着锄头培培，庄家长得二五眼，自己养不起牲口，可真憋老气啦！

李大嘴听着听着，甩甩大氅的袖子，气昂昂地骂起来了，瞪着眼睛就吵。

"我不也是没插上锄么！他当村长的，管鸡巴毛闲事，我到前方赶一回大车，他优待我个什么！"

刁金贵挤着眼睛，得意地向李大嘴笑笑。"咱们小组会，不就是为了争这一口气么！"

"刁会长，你领我们争这一口气，我豁出来，破罐子破摔。"

"陈二踹子，你不发表发表，想等现成的么！"刁金贵欠欠屁股，喊着旁边缩头缩脑的陈二踹子。

陈二踹子是村子里小肥户子，不雇劳金，有车有马，怕吃又怕烫，是一个风吹两面倒的人，东风硬随东风，西风硬随西风，村子里有个大事小情，恨不得把脑袋削个尖往里钻。他参加开会是幌子，想听听风声，四外屯子经过一茬一茬的斗争，是不是对中农也要揢尖，他的心里没有底，二意忽忽的。

黑烟影里一个戴长毛皮帽子的人喊着："我也是春天没插上锄，秋天落一个乌鸦大晒蛋。"

"外屯牛锄编成小组，穷人不雇老套子。"金永生卷起了毡帽，豆角眼睛瞧着地上的火光。他想起出官车丢了那匹爬蛋的黄骟马，赔了高福彬一垧地，他的家底越来越溜干二净，简直是乌鸦大晒蛋呢！

"我赶了一趟大车，他当村长的，把我晾在一边。"

李大嘴骂骂吱吱的，向火堆里吐了一口痰，火花噼啪乱跳，他的狗皮帽子上的红五角星闪着亮光，又在浓烟里消灭了。

黑屋子空洞洞的，霜雪盖得溜严，房檐的家雀窝里露着家雀的尾巴。风在榆树梢上吹着哨子，街口上行人的踩雪声，马叫唤的声音，杂乱地传到这屋子里来，使这空洞洞的屋添进了一种新的情调。

"各位，我听说有这个话……"

一忽间，刁金贵的绿豆青色的大氅从黑影里闪出来，顶着火车头的帽子，枣红脸热熏熏的，摆弄着修得齐籁籁的手指，试探地说：

167

"村长邓守桂到区上报了一功！说是咱们村子的插犋都组织好啦！小户也跟着一样纳公粮。"

"真是'满洲国'的脑瓜子，拿野猪还愿！"

李大嘴气得跺着脚，踢着劈柴楂子，火星子在他的青呢子大氅上滚着。坐在旁边几个烤火的庄稼人也沉不住气，没有追问底细，大嗓门嚷嚷着：

"这小子一肚子坏水！"

"咱们一齐心，叫村长掉蛋算了。"

刁金贵开心地哈哈大笑起来，用手拨弄着劈柴，一边敲打，一边鼓动地说："大家说吧！让他掉蛋不让他掉蛋，话不说不透，沙锅不打不漏。"

"打铁趁热，趁着工作在这里。"

沈洪正在聚精会神听小组会的人唠嗑，忽然听到有人提起"工作"两个字，睁睁眼睛，心里微微地悸动着。他不知道是指着何彩亭呢？还是指着他呢？他们看见他了呢？还是没有看见他呢？他觉得听小组会的人唠嗑是很有意思的，他也看出了一些问题，但是，他不愿意过早地下结论，他还需要了解更多的材料。

小组会的人扯得更热闹了，不管火花熏了眼睛，烟呛了鼻子，还是可屋子嚷嚷着，无论扯到天南海北，归根到底一句话：换掉村长邓守桂。李大嘴张着鲇鱼大嘴乐，扬着胳膊，他的大氅底襟把火苗刮得呼啦呼啦地打晃，陈二端子也跟着大家插着嘴，龇着牙笑笑，在炕沿根底下端着瘸脚脖子。在人们当中，只有金永生低着头抽烟，凝着眼神，那融融的光圈把他迷住了，不吱一声。

"金永生，你干啥不吱声？"刁金贵看到别人都齐心了，他喊着金永生："你不是没有插上犋么？自己用镐头开荒，伐米的时候，还得自己抱碾杆推碾子！"

另一个哑嗓子的在黑黑角落里说话："金老板子，真是老实巴交的，到江沿去打柴火，求人拉一趟，还叫有车有马的人家劈去一半。"

"方才我不是说过么！种地无牛力,到老白侍弄地。"金永生对着枣红脸的刁金贵,一句不改地说,听那种口气,就知道他有他的老主意。

"那是邓守桂没组织好,你赞成不赞成换他?"

金永生皱皱眉毛,望着劈柴燃烧的火苗,打了一个迟。刁金贵又对他说:

"你的脑筋好像没有开,前怕虎,后怕狼。"

"我什么也不怕!"金水生逼得急眼了,刨着烟袋锅子,没深没浅地冒了一句:"人家扣了我的江沿地,我怕什么呢,哑巴也要逼出话来。"

刁金贵赶紧抓住金永生的皮褂袖子,把话转了弯。

"你可不能错怪人家,人家不是献出金沙子和轮带么！任会长又给咱们分了一茬地,咱们村子人多。这叫做僧多粥少。"

房门叫风雪给刮开了,吹着木箱子上的破纸片子,刺刺地响着,火苗蹿高,浓烟在屋顶上盘旋着。刁金贵站起来去关门,经过木箱子,看见沈洪仰着头坐在木箱子的暗影里,赶忙哈着腰,一边拍巴掌,一边虚头巴脑地说:

"沈同志来了,咱们欢迎沈同志。"

巴掌稀稀拉拉地响着,像是给牲口吃的炒豆子,在锅里爆了几下,就听不见了。有几个面生生的庄稼人从地上站起来,瞅了沈洪一眼,又坐在火堆跟前的劈柴桦子上。金永生和李大嘴也没有讲什么,只是向着见过面的沈洪点着头。刁金贵是所有人当中最能巴结的一个人,没有谁给引见,自己介绍自己说:

"敝人是小组会的会长,请沈同志指点指点!"

沈洪对于刁金贵的印象是坏透了。他还记得他刚到工作队住的地方,这个戴火车头帽子的就替地主请他吃饭。他没有理他,躲过他那滑溜溜的眼光,转向另外几个缩手缩脚的庄稼人,温和地对他们说:

"大家随便唠吧！"

屋子里一时鸦雀无声,火苗跳得高高的。

六

"小组会是怎么组织的?"

"这话提起来可长了,听我慢慢讲。"

吃过早饭,沈洪问着何彩亭关于小组会的情形。何彩亭打开笔记本子,一边翻材料,一边慢声细语地往下说。

"这村子头一茬工作是裴同志开辟的。"

"怎样一个干部?"

"一个新干部,去年四平撤退以后,他到这个屯子分地,农会的任会长领着他到地里钉橛子。可是,老百姓都不敢要地。"

"老百姓不敢要地,一定有他的道理。"

"老百姓怕'中央军'过来割脑袋,怕胡子抢。"

"你直截了当说吧!这和小组会有什么关系?"

沈洪是一个性急的人,三句话听不出头绪来,就有些着急。何彩亭始终是稳稳当当地坐在凳子上,头也不抬,眼也不睁,一页一页地翻着材料本子。

"高福彬的姑舅妹夫是'中央军'的团长,任会长和高福彬的妹夫又是拜把子弟兄,和谢文东还有联手,这关系可就大啦!"

"高福彬和任会长也一定是好朋友。"沈洪推测地说,好像是下结论。

"沈同志,那就不用说了!"何彩亭点头笑一笑,从凳子上站起来,似乎刚刚解开了乱糟糟的绳扣,松了一口气。

沈洪说:"老百姓不敢要地,这就完全明白了。"

"老百姓以为共产党待不长,哈尔滨佳木斯保不住。'中央军'一定过来,胡子兴了秧。老高家门子硬,仗着'中央'那傍风,谁不怕沾包?经过半年天气,东北民主联军三下江南,打了胜仗。贺司令抓住了谢文东。任会长犯了事,押到江北鹤立县的笆篱子里。老百姓这才喘了一口气,换换脑筋。加上外屯子煮夹生饭,老百姓看见自个的地二五眼，起了反应。"

"我插一句，"沈洪打断了何彩亭的话，为了要了解全部细节，他不得不插一句，"这村子不是钉过橛子么！"

"你听我说：原来任会长是黄鼠狼子给小鸡拜年，没安好心眼子。分的净是炉灰渣子地，不长庄稼。"

"你说下去吧！起反应的是什么样的老百姓呢？"

"我听说是一个老板子，他仿佛和高福彬有什么仇口……"

"有什么仇口么？你讲一讲。"

沈洪看见何彩亭答不出话来，摇着头，眼睛呆呆地盯着材料本子，他知道他还了解不大清楚，又问了一句别的：

"仇口是怎么发生的呢？"

"好像是因为出官车……"何彩亭不敢肯定地说，摇一摇头，又想了半天。"又是怎么因为地的事情，那土地的纠葛，可是有年限了！"

"是因为地的事情。"沈洪微微地点着头。

"你说得对，沈同志，庄稼人都想要地，开头有十几个人，在江通柳树条子里秘密开会，合计斗争高福彬，这个组织，他们自己起名字叫小组会。"

"领头的呢？"

"领头的是一个从老毛子国回来的工人，名字叫邓守桂。"

沈洪大叫着："奇怪，小组会的会长不是刁金贵么？昨天晚上，他自个还对我说……"

"沈同志，你不要着急，那是后来的小组会。"何彩亭又把声音放低了，点着头，他的温和的眼光注视着沈洪的脸上骇异的表情，慢慢地解释往下说："刁金贵是第二茬小组会的会长。"

"可是，第二茬小组会的会长，却是反对第一茬小组会的会长。"

何彩亭又说："第一茬小组会的会长邓守桂，现在已经做村长了。"

"他当村长我是知道的。"沈洪固执地说:"可是,第二茬小组会的会长反对第一茬小组会的会长,这事情我是知道的。这事情也是千真万确的。"

沈洪已经坠入到五里云雾中了,渺然得不知所措。他还记得昨天夜里小组会的情形:刁金贵要反对的不正是村长邓守桂么!这个村长,曾经做过第一茬小组会的会长,领导农民向地主高福彬做过斗争,现在有些人又出来反对他,那是为什么呢?这一切细情他都是不了解的,现在也不可能了解。这情形,正如何彩亭不了解那个老板子是什么人一样。

"直到现在,我还不知道那个老板子的名字。"

"反正有这样一个人就得了,为什么偏要知道他的名字?"沈洪沉住气说,口气也很轻松。

"不!沈同志,我看他是一个积极分子对象!"

"积极分子的事情,以后再谈吧!"沈洪从容地说,"第一茬小组会后来怎样呢?斗争胜利了么?"

何彩亭迟迟地说:"后来,这个小组会垮台了!"

"小组会为什么垮台了呢?第二茬小组会为什么组织起来呢?那个刁金贵是个什么成分呢?"

何彩亭翻了一下材料本子,继续往下说:"刁金贵是山东黄县人,在营口做过买卖,抽大烟,耍大钱,跳大神。"

"这样一个乌七八糟的人,"沈洪提提嗓子,把"乌七八糟"的几个字说得特别高,那种非常不满意的声调震着耳朵,"他为什么反对工人邓守桂,你不知道么?"

"我不知道!"

何彩亭呆呆地翻着材料本子,望着沈洪的眼睛,想了半天,根据自己所了解的提供说:

"他当村长,没有积极帮助小户插犋。"

"这都是一些枝节问题。一定还有另外的原因,你知道么?"

"我不知道!"

　　何彩亭又不吱声了,低下头在思索什么。沈洪看到对方的态度不自然,才发觉自己的方式不大好。事情的本身使他过于激动,自己又不能控制着那种情感,简直不够冷静呢!

　　"秋天砍挖以后,"何彩亭为了缓和自己的情绪,又补充说,"高福彬在小组会上献出一盒金沙子,一捆轮带。你看,那不是戳在地上的轮带!"

　　戳在地上的轮带蒙了一层灰,胶皮道子像红胶泥土,落了油污和水印,埋汰得成了掌鞋的鞋底子。

　　沈洪看见了轮带,又想起了金沙子。"金沙子呢?"

　　"金沙子……"何彩亭吞吞吐吐,又想说,又不想说:"裴同志拿到政府去了。"

　　"真是乱弹琴,拿到政府干什么? 把它拿回来,交给老百姓处理。你还有材料么?"

　　"没有了,沈同志,我再调查十天,什么事情都能打听出来。"

　　沈洪笑着说:"不用忙,将来老百姓会告诉我们的。"

　　"现在呢?"

　　"现在召集群众大会,向贫雇农交底子,划阶级,成立贫雇农大会,发动斗争。"

　　何彩亭听了沈洪的话,翻着眼睛打奔,好久才说出口来:"沈同志,现在,咱们只有两个积极分子,发动斗争,是不是有些急性病?"

　　沈洪听到"急性病"的几个字,笑起来了,笑了之后,他又平心静气望着何彩亭疑虑的眼睛,他希望他能够自己打消那种疑虑。

　　何彩亭望望沈洪脸上的愉快表情,他想他是明白一些了,但是,又不十分明白,提出了疑问:

　　"沈同志,你忘了咱们在训练班讨论的,一个屯子做了三四个月工作,一检查,还是一锅夹生饭。"

　　"那是过去的情形。"

　　"现在呢?"

　　"现在的情形和过去的情形,当然不一样。我们共产党有了一

173

个土地法大纲。"沈洪说到土地法大纲的时候,很有自信地笑了。

大街上的炸弹壳敲响了,咚咚的,沿着冷静静的雪地传来,声音有些瘆人。

沈洪对何彩亭说:"走吧! 咱们去开大会吧!"

七

在群众大会上,沈洪讲了土地法大纲,划阶级,宣布解散小组会,另外成立贫雇农大会,交了底子,从主席座位上走下来。可屋子的老百姓立刻嗡嗡起来:唠嗑的、交头接耳的、吐口气、打喷嚏,如同开了饭锅咕嘟咕嘟地响着。人们浮动着,高高低低的皮帽子像墙头上的星星草,风一吹,草一摇摆。他觉得有什么不放心的地方,站起身来,又添上了一句:

"把底子交给你们,贫雇农当家,成么?"

"成! 有山靠山,无山独挡!"

声音很粗,发黏,吃苞米碴子的嗓子,撞在黑溜溜的炉筒子上,瓮声瓮气地响了半天。

屋子里的人挤楂楂的,男人和女人都站在当地上,炕上,门槛子上,连外屋的锅台上也都插严了脚。在许多人当中,只有李大嘴的狗皮帽子最显眼,靠着炉子,那红五角星还放着光呢! 刁金贵和陈二踹子坐在北炕沿上,他们膀靠膀,低着头唠嗑,枣红脸的深红和水肿脸的浮白形成了不调和的色素。金永生坐在南窗户台的跟前,敞着半截破皮裤子,肿眼泡,仿佛夜里赶车瞅红灯笼的神情。他的儿子金成也来了,高高的个子压过了别人一头,仰起脑袋,闪着豆角眼睛,老是瞧着站在斜对面周兰的那个鹅蛋脸,一边瞧,一边深思着:"她也来参加么? 她来干什么呢?"一股浓烟从他的眼前飘过去了,浸透了他的眉毛,再瞧那鹅蛋脸的时候,浸透了浓烟的线麻皮色掩盖在张大嫂的小疙疸后边,有些看不清了。

"现在划阶级,大家推一个主席吧!"

大家三推两推,把李大嘴推出来了,因为他的嗓门高,胆子壮,初生的牛犊子不怕虎，敢说敢干，又和工作队接近，大家都看中了他。他穿着青呢子大氅上了台，毛毛愣愣地摘下了帽子，听见底下有人给他拍巴掌，更弄得蒙头转向了，抬起头望望沈洪，沈洪正和老百姓并排坐在最后的一张凳子上，离得远，也够不上讲话。有山靠山，无山就独挡吧！他叫大家出来划阶级，喊哑了嗓子，没有一个人吱声的。

"秫米干饭，闷起来了！"

一闷起来，屋子里的空气就显得特别沉静，不时地出现了咳嗽声、吐痰声、噘噘话、敲烟袋锅子，连小孩子的打嚏喷都听得清清楚楚。人们大眼瞪小眼地望着，谁也不愿意挑头，虽然土地法大纲已经讲过了，交了底子，大家心里的扣还没有解开。"那是真的呢？还是假的呢？"又过了一袋烟的工夫，地当心有人起了哄，连推带挤，把一个穿劳工服的小伙子挤到桌子跟前。他含着小烟袋，摸着劳工服上的木头扣子，小矮个，人却聪明洒脱，一对荞麦棱子眼睛溜溜明。

李大嘴看见有人出来，心里有了主意，扬扬脖，嗓门也提高了。"吴万申，你先挑头吧！这是大小尽赶的。"

吴万申拔出了小烟袋，问李大嘴说："我说啥？"

"查阶级，从小到大。"

"李大嘴，我从小就和你在一块做庄稼，你不知道么？"

"我知道，工作同志还知道么？"

吴万申没有再推脱，向前走了一步，不慌不忙地说："我八岁给高福彬放猪，第二年放牛，穿着破鱼白裤子，露着腚眼子，光着脚，草甸子上的蒺藜扎着脚跟，秋天过河蹚水，上了冰碴，骨节叫水拔酥了，牛拉一泡屎，两脚赶忙插进去暖一暖。……"

炕边上一个挂拐棍的老头子，抖擞着白胡子说："这孩子冻得多可怜。"

"我当三年半拉子，一赌气，就不干了。"吴万申轻轻地晃着头说："以后，我跟我父亲学木匠，拉大锯，半半拉拉的一年多，做活供不上嘴,又去给高福彬扛活,什么庄稼活我都干过,从十四岁到二十八岁,落个浑身打浑身,二十九岁出国兵漏子,老毛子大炮响,我才糊弄一间大马架子,捡了两床被,一套劳工服。"

吴万申摸摸身上打补丁的劳工服,想起过去的穷日子,胸口里好像堵住了一口气,只好停下了。李大嘴晃着大饼子脸,趁空问着大家:

"大家说:吴万申是个什么农?"

金成的记性好,他想起了沈洪关于划阶级讲的话,顺嘴就说:"他给地主扛活,受人剥削,是雇农。"

刁金贵摇着火车头帽子,牛头不对马嘴地插一句:"吴万申扛活不假,又做过木匠,是工农。"

"沈同志没有提倡过工农,有雇农、贫农、中农……"金成直直腰,看见沈洪坐在后排的凳子上发笑,心里有底,说话仿佛也有了根。"让大家说:吴万申是不是雇农?"

大家一口咬定说:"是雇农,连一点假也不掺。"

李大嘴问大家:"他参加贫雇农行么?"

"行!"喊的人三停有两停,屋子里嗡嗡山响。

何彩亭把吴万申的成分写在本子上,是雇农。

有好半天,屋子里又鸦雀无声了。炉口喷着火花,人嘴吐着冷哈气,烟灰浮在黑压压的人头上打着圈子。

烟灰散开了,映在北墙上的一张鹅蛋脸又出现了,有些滞白,额角放着光。金成一边望着她,一边想着她:"她参加贫雇农大会可好了!她不也是贫雇农么!"他觉得贫雇农大会是一条绳子!只有这条绳子才能把他俩拴在一起。他为着这件事情担着心,不安地皱着眉毛,不时地口问心说:"那能够行么?"

李大嘴的大嗓门吵吵一阵,会议又开始进行了。

这时候,从密楂楂人的堆里伸出一只小脑袋,黑脸蛋像是和灶王爷做了嘴,东望望,西望望,不知道是打悚呢?还是不好吱声?待了半天,一扁担压不出一个屁来。

李大嘴看见那个小脑袋,就逗起乐子:"孙老蔫,人家不是替你拉帮套么?你怎么不把身板直起来?真是黑瞎子叫门,熊到家啦!"

露着小脑袋的孙老蔫红脸了,红得像山梨红,红脸皮带着几粒小黑楂子,更不吱声了。李大嘴等得有些着急,走下台来,拍拍孙老蔫的后脑勺子,对大家说:

"这是山猫扣柳罐斗子,不露脸的兔子。"

大家都笑起来,老头子、小伙子、姑娘、小媳妇、老太太,一齐格格大笑。老实的孙老蔫也龇着牙笑。他觉得大家不是有意寒碜他,他也不记大家的仇。

"孙老蔫体稳,嘴稳,就是他的屋里的和人家拉帮套。"金永生在一旁说,有深有浅,他不愿意拿别人打哈哈。

"拉帮套也是'满洲国'逼的,那时候,孙老蔫连橡子面都吃不上溜,三天揭不开锅,他跑到他叔伯丈人高福彬家里,吃了一顿冷豆腐渣,叫人家用棒子赶出来,老娘们饿迷糊了,和人家好话说了九千六,才拉上了帮套。"

说话的是一个漂亮小伙,可巧张着一个歪嘴子,他的嘴像松花江里的七星鱼,别人给他起外号也叫七星鱼。

"我成想:一个槽子拴不住两头叫驴呢!"吴万申闪动着荞麦棱子眼睛,瞅瞅孙老蔫的寒碜样子,语声也温和了。"大家说,共产党不是叫穷人翻身么!驴粪蛋还有翻梢的时候。"

吴万申用话这一点,老娘们和老头子也都想开了,七嘴八舌地嚷起来。

"说吧!孙老蔫,你的鼻子底下不是长着一个嘴么?"

李大嘴看见孙老蔫皱着眼眉打悚,心里有些着急,他是心急等不得豆腐烂,在一旁抢了嘴:

"我替他说吧!孙老蔫八岁给高福彬放猪,九岁放马,十岁放牛。有一回,孙老蔫把一只大乳牛放到山坡上,牛贪青,揽榆树叶子吃,勒了一个口子。他把牛赶回家去,正赶上高福彬老婆打酱耙，打出酱沫子喂牛。高福彬老婆看见牛舌头勒了一个口子，发了脾气：'牛倌，你怎么把牛舌头割了半拉？'孙老蔫吓毛了，浑身直哆嗦，不敢吱声。高福彬老婆以为他真割了牛舌头，不管脑袋屁股，抢着酱耙就打，打得他嘴啃地，浑身成了酱糊糊，高福彬的老婆，还是孙老蔫的叔伯丈母娘呢……"

没有讲完，李大嘴就咧着大嘴岔笑起来了，底下的人也跟着笑，可屋子都是一片哈哈的声音。这时候，不知道是谁从人堆里拱起羊皮帽子，提高嗓子说：

"李大嘴，你讲完吧！高福彬老婆怎么当了孙老蔫的叔伯丈母娘？"

"那时候，"李大嘴打扫一下嗓子，又拉开了话匣子，"在高福彬家里住着他的叔伯侄女，是一个带户房，缺心眼，高福彬老婆给她气受，管她叫傻丫头。孙老蔫在她家里做活，高福彬老婆管他叫傻小子，一来二往，傻丫头就嫁给了傻小子。"

李大嘴讲完了。吴万申耸耸肩膀说："孙老蔫的傻，生生是叫高福彬的老婆打的……"

"孙老蔫，你敢斗争高福彬么？"金成问着孙老蔫说，孙老蔫没有吱声，他却瞧了一眼周兰。周兰知道金成是有意地瞧了她一眼，脸泛红了。

金永生补充他儿子的话道："孙老蔫是事不贪，树叶掉都怕砸脑袋。"

"是这样么？"

"我怕沾包！"孙老蔫点点头。

大家知道孙老蔫老实，没有展开讨论，就通过了。

头三脚难踢，已经有两个人参了加，陈二踹子顺着大溜来了。他跨下炕沿，光着脚，一件灰棉袄挡住了刁金贵的半拉枣红脸，忸忸怩怩，半天才张开了口。

"大家给我讨论讨论，我是什么农呢？"

大家都知道陈二踹子是浑水摸鱼，心里都像明镜似的，可是，谁也不愿意得罪人。刁金贵却出来替他打掩护说：

"我知道他从小淘气，骑老母猪，掉到车辙沟里，摔坏了脚脖子，成了踹子。"

"刁金贵，你怎么不提他骑马呢？"

李大嘴搔搔脖子，大嗓门顶了刁金贵一句。不知怎的，他看见陈二踹子奸头奸脑的神情，就有些不顺眼。自从李大嘴赶陈二踹子的海鬃马去一趟前方，两个人闹了别扭，打着吵子。

"你有车有马，还来讨论什么？"

陈二踹子不让份，脸红脖子粗和李大嘴争着理："我的马，是我用肥草细料喂的……"

李大嘴也来气了，叫着："你喂的，你就不借给大家使唤？"

"你想共我的产……"

陈二踹子的水肿脸又红了，踮着脚在地上乱转。他和李大嘴隔着一层毛茸茸的皮帽子，你一句我一句地抬杠子，一直抓破了脸。

"你去吧！陈二踹子，说来说去，你还不是一个中农么！"

金成看出了门道，把话说开了，不紧不慢地对陈二踹子摆摆手："这是贫雇农大会，你还没有想么！趁早，一退六二五，省得脱裤子放屁，费二遍事。"

"中农不是朋友么？"陈二踹子黏着牙，不愿意离开。

"贫雇农是当家子哥们，比你还近一层。"金成说了，不晓得说得对不对，扭过脖子望望沈洪，沈洪觉得方才把团结中农讲清楚了，用不着再解释。

陈二踹子知道待下去没有意思了，猫着腰，踮着脚，撅着屁股，摇摇摆摆地经过男人和女人膝盖的跟前，送着呵气和眼光，格格的笑声也跟着发出来。

"真是瘸子屁股——斜门。"

陈二踹子走出门口的时候，周兰向着门口处瞟了一眼，她瞟见了金成的大眼睛和撑撑的耳朵，心里嘀咕着："他干么把陈二踹子赶走呢？"陈二踹子赶走了，使她吃了一惊，那事情好像和她有点什么关系,究竟和她有什么关系呢? 连她自己也讲不出来。总之,屋子里的沉重空气使她感到不舒服,透不过一口气来,她越是看着大家,越是觉得自己透不过气来。

李大嘴走到桌子跟前,得意地摇着狗皮帽子,耸着肩膀,两只溜明的大眼睛向着妇女堆里扫来扫去,缠在女人头上的是小疙疸髻和长头发辫子、钳子、别头簪,埋在厚领子里边是一张鹅蛋脸。

"周兰,你怎么也来了?"

周兰听了李大嘴的话,仿佛泼了一头冷水,心里凉了半截子。她有些沉不住气呢! 低下了头,一片红晕盖上了脸,眼睛里飞着金星,脚跟也有些站不稳了。她紧紧地挽着张素珍的胳膊,死拖着不放,自己连一点主意也没有了,向人堆里挤呢? 还是走出去呢? 来的时候跟着妇女的大溜,像一只蚂蚱顺着门口飞进来的。现在,门口已经给一些小伙子的胳膊腿挡住了,金成的一只粗胳膊抱住门框,两腿踩在门槛子上,结实的身板把门口堵得溜严,她能从那里过去么? 心里着急,两脚动不得地方。

李大嘴又把他那狗皮帽子探出来了,敲着桌子,逞能地提起嗓子:

"谁和地主沾边挂拐,谁不明白么?"

"怎么不明白,没有亏心事,不怕鬼叫门。"

冷言冷语掺和着吐沫星子,进了一屋子。

周兰的脑袋糊涂得像一盆糨子,她想起陈二踹子浑水摸鱼被赶走的情形,就知道够寒碜了! 妈妈把她许给了老高家,她不是吃了那个亏么? 她妈妈的主意她能说什么呢? 她信口乱说:

"我妈没有来!"

"你妈是封建脑瓜筋,向着大地主……"

男人和女人都伸嘴了,一条声地嚷嚷起来。外边刮着风,风把炉筒子抽得呼呼地山响。屋里边叫唤声震着耳根子,有人往窗户纸上吐痰,敲烟袋,喊主席,乱七八糟地叫唤。

"大肚皮的人,进不了贫雇农的门槛。"

"年青青的,何苦来……"一个老太太轻轻地咳嗽着。

"人家是姜太公钓鱼,愿者上钩。"李大嘴打扫着干嗓子哈哈地笑起来了。

周兰沁着脑袋,头发梢盖住眼睛,什么也看不见,什么也不想看,坐也不敢坐,走也不敢走,出口大气都觉得不好受。李大嘴讲的话是多么难听呢!又是多么讨厌呀!她紧紧地挽着张素珍的胳膊,脖子和脸都是热烘烘的。

"大家高高手,把她从火坑子里拉出来……"

在门口那里,一个轻嗓子热诚地向大家恳求说,在寒冷的空气里打着颤。那是金成对沈洪提意见呢?还是另外什么人闲唠嗑呢?她没有听得十分清楚,突然一条长胳膊搭在她的脖子上,绕了半个圈,浑身打了一个拘挛。她转过身子,看见张大嫂的手心贴到她的脸上。

"你们逼着这孩子打八刀么?卖房子卖地,还要容个时辰!"她仰起了鹅蛋脸,拉住张大嫂的手心,握得紧紧的,心里一阵难受,差不多快要哭出来了。

八

冷风一吹,周兰的脑门凉飕飕的。她记得离开了会场,走到大街上来。大街上灰条条的,天头像一张寡妇脸,太阳快压山了,淡淡的青光抹在木板障子上。上面落着家雀,下面堆着雪。散会的人们迈着脚步,从雪堆里踏过去,穿过横街,迎着风口,向着最后的一趟街走去。

在周兰的前面,走着张素珍和张大嫂,还有一个穿紫棉袍的小媳妇,她们并着肩膀,不慌不忙地迈着脚步,斜对面是高个子金成。他戴着皮帽子,露着黑头发楂,两只撑撑的耳垂露在外边,身子不颠,肩膀不晃,当街的风雪仿佛没有沾到他的身上,直直溜溜的。街筒子的风可硬啦!电线嘤嘤地叫着,谷草吹散了花,碾房扬着谷糠,掺和着粪屑、草叶,以及从松花江沿上卷来的雪沙子,卷成一个圆圈晃荡着,晃荡得周兰的眼睛迷迷糊糊。

她离得他们很远,她怕看见他们,故意躲躲闪闪的,好像有什么见不起人的地方,有什么见不起人的地方呢? 连她自己也不知道。她记得小的时候在大街上玩,老高家的牙狗咬了她的脚。后来长大了,给老高家薅苗拔草,累得浑身都是汗泥,她走到水边去洗手,险些掉到水坑子里。现在想起来还不舒服呢! 她就是她,一个受不得委屈的孩子,不是大肚皮的人。为什么李大嘴说那些不好听的话呢? 大家跟着嚷。要不是张大嫂替她解了围,一定会弄得更寒碜,下不来台。那时候,她能说什么呢? 她能说不愿意么? 她能说是她妈的主意么? 什么她也说不出来,她觉得她受了委屈,受了委屈就想哭。那天,不是当着张大嫂面前哭一场么? 她只能做大人眼皮底下的孩子,做不了人家的媳妇。这时候,她望见那个小媳妇穿着紫棉袍飘过来了,卷着衣襟,花花哨哨的,打着眼睛。她喜欢紫的颜色,淡淡的小花,她自己穿起来也会打动别人的眼睛。前两天,妈妈提到了老高家的财礼,她猜想里面也有一件紫色的衣裳,一想到紫衣裳,高福彬儿子的影子也跟着来了,小矮个,红鼻尖,蛤蟆眼睛,她从小就怕蛤蟆,也恨蛤蟆。有一次,她到地里去挖菜,一只癞蛤蟆跳到她的脚背上。她吓哭了,她想用小菜刀砍死它,蛤蟆跳到水坑子里去了。不是水坑子,摆在她的前面是火坑子,金成不是说过"把她从火坑子里救出来"么? 她睁大眼睛,看见有一条条的手向她伸来,粗骨节手,黑爪子,女人的细手梢,有一只粗苗的手背向着她的眼前伸出来,那是金成的手。她不知不觉地停下了,擦擦眼睛,这时才发现站在横七竖八的树枝子前边,险些撞到上面。冷风一吹,她的脑门清醒过来了。金成不见了,穿着紫棉袍的小媳妇也不见了。只有张素珍和张大嫂在雪地上走着。

大街上灰条条的,天头也是灰条条的,烟囱冒烟啦! 那青丝样的线条飘过了家雀窝,飘过苞米楼子,飘过房檐和马棚的顶梢,在半空里绕着弯,更显得灰条条的了。张大嫂和张素珍拐过木板障子,跨过小雪堆,两个人一边走,一边唠嗑。

"真不错,妇女也参加了贫雇农大会。"

"这是共产党提高妇女。"

"周兰参加进来该多好!"

"怨她自己!"

"我说怨她妈,嫌贫爱富,错打定盘星。"

风从北江沿刮过来,凉森森的,吹着周兰的脑门子,衣裳大襟,扁扁的身材也给风刮得晃晃悠悠的。她走得很急,慌慌张张地迈着脚步,想挨近她们,听听她们到底唠的什么嗑,她赶上两步,有时候听到两个字眼,有时候含糊不清,刚吐出几个轻的舌音,又像一阵耳旁风给刮走了。她顶着风往前走,散着头发,扁扁的身材给风吹得晃晃悠悠的。

"她妈真糊涂……"

"我看:金成那小伙子可不错。"

"她妈说:姑舅做婆,到老不合。"

"那是假话,人家见钱眼开,图钱啦!"

"老高家那人家……"

"这是一辈子勾当。"

冷风一吹,她的脑门凉飕飕的,心里打了一个寒战,又向前走开了。

九

工作队领导划阶级的消息,很快地就传到高福彬的耳朵里,在他的古坛子一样的平静生活里,凭空抛进来一块石头,炸成一片片的碎碴子。

冬天风雪来临的时候,老高家的日子却过得消消停停的,溜上了窗户缝,准备好过冬的吃喝,升起火炉子,正张罗过财礼娶媳妇的时候,工作队像一阵大烟泡刮到这村子里来了。满街风吹草动,大树梢摇晃着。高福彬呢?他是村子里有头有脸的人物,八大家里头一家,家大业大,在村子里是说一不二的。在伪满当过屯长、保长、自卫团长，交结朋友，联络官项，上警察署像走平道似的，由于他的胳膊长，心眼子辣，大吞大搂，钱向他家里归堆，地向他家里并排，他一跺脚，小人家的房子地乱晃。现在，他感觉到自己的房产地业也临到那颠覆的危险了。能挺就咬着牙挺过去吧！不能挺，就躲在房檐底下避避风吧！等烟泡过去了，他再张罗给儿子过财礼娶媳妇。可是，他的梳着牛粪盘头的老婆摆头不干，和他吵着架。

"娶媳妇是一辈子勾当，看好了日子，怎能耽误得！"

"我看，你是把孩子耽误了！"高福彬摇着头，放下了文明棍，站在火炉子跟前，仰着凹口脸，不安地闪动着稀稀的眉毛。

"要依你的道，才把孩子耽误了！"

高福彬老婆有她独特的见解，给儿子订媳妇是由她出的主意，过财礼和娶媳妇也就由她一手包办代替。儿子小不懂事，整天和人家小孩打架，跑雪堆子里糟蹋鞋，嘴唇上的鼻涕都擦不干净，娶媳妇不娶媳妇，好像和他没有关系。高福彬老婆呢？坐在暖和和的炕头上当老太太，饭来张口，衣来伸手，摸摸剪子都觉得手腕子疼，正要媳妇给她装烟讨火呢！倒漱口水，捶腰捶背，等着当婆婆摆谱呢！村子里的人都知道：不是给她儿子娶媳妇，是给高福彬老婆娶媳妇。张罗办事情，已经一名二声地传出去了，打了金钳子，做了衣裳，装了酒，单等着到日子过财礼，现在要停下来避避风，那不是像在大江里停下船一样地困难么！

"这茬工作可不轻！"

村子里来了新的工作同志。高福彬老头子不住嘴地唠叨着，凹口脸确青，眼镜架在塌鼻梁上，远远地望去，像两个窟窿眼，夜里睡不着觉，望着玻璃窗子瞅到天亮，一边披着水獭领子黑呢子大氅，一边躺在炕毡上咳嗽着。

"够呛……够呛……"

"你瞪着眼睛等着吧！"高福彬老婆站在炕梢嘟哝着，手腕子扶着柜盖，把她的白瓜瓢脸埋在绣花枕头里，扭着鼻子，嘬着猴腚子嘴唇："咳！你看你，小鸡子临死，还要扒拉扒拉膀呢！"

"什么？你说什么？"

高福彬听见他老婆讲了那句泄气的话，又咳嗽了一声，连喉管都给那喘息震动起来。他摘下去狐狸皮的帽子，翻翻涩眼皮，他望见早晨的阳光从玻璃窗子射进来了，照在炉筒子上，形成了一道圆圆的光圈，灰尘和烟丝卷在那光圈里浮动着，升起来又沉落，落到潮湿的炕沿底下，就不见了。刚好，他的老婆从炕梢的白褥单上爬起来，一只胳膊伸进青棉袄里，扭过了白瓜瓢脸。

"你不会找几个街面的人，给咱们说合说合么？"

"你真胡说，共产党不讲人情，连六亲都不顾。"

老头子想起刁金贵请工作队吃饭碰的钉子。

"那么？"

"看来只有一条道，那就是斗争。"

"没有过门的媳妇，也能斗争去么？"

高福彬老婆不大相信这个，晃着牛粪盘头，张着赖瓜瓢嘴，笑了。

小鸡子不撒尿，必定有个道。老高家也有老高家的道眼子。

老高家这个大家，从表面上是看不漏的，屋顶上糊着亮堂的板棚，两只五十度的电灯悬在那里，万字炕上摆着并排的油漆柜，猪皮箱子，炕琴，穿衣镜把柜台上的锡蜡台照得溜明崭亮，座钟挂表叮当山响。当地上火炉子还烤脸呢！炕上铺着炕毡和白褥单子，谁跑到屋子里来，从大面上看不出有什么露相，也不会觉得屋子里少了什么东西。可是，一些值钱的细软家当，他们像耗子盗洞一样把东西盗走了，只剩下一包过礼的衣裳，撂在家里。

那一天，刁金贵陪着高福彬闲喝酒，桌子上摆着四盘菜，大碗的猪肉粉汤，两个人面对面地唠着嗑，划着拳，小烧酒壶捏得溜扁。老头子心事重，三杯酒盖上了脸，白脸皮透着红刺，仿佛起的鸡皮疙瘩。刁金贵陪着老头子解心烦，说说笑笑，放下了酒杯，端起了白饭碗，在油光光的桌面子上虚晃着筷子。

"大叔，我不喝了！"

"金贵,你怎么见外?"高福彬挤挤眼睛,欠欠腰,火酒烧着了心,腮帮子上的胡子跟舌头卷了起来。

"你再陪你大叔喝一杯吧!"高福彬老婆在一旁劝酒,只动嘴,不动筷子。

"谢谢大婶,我快醉了,等我们大兄弟娶媳妇的时候,再喝也不晚。"

刁金贵转过了他的枣红脸,对高福彬老婆谄媚地一笑,甜嘴蜜舌的,把"大婶"叫得那么好听。

"刁金贵,我们娶媳妇的时候,你来吧!"

高福彬老婆稳稳地迈着方步,越过八仙桌,望见穿衣镜里露出一张白瓜瓢脸,显得那么庄重、沉着、绷得可神气啦!想起当婆婆来,心里一团高兴,忍不住地笑了。

"你来吧! 刁金贵,我的媳妇一定给你装烟,哈哈,你可不要忘了带装烟钱。"

"你净做梦!"老头子撅着小胡子骂他的老婆。

"你不做梦,你就坐在家里等着斗争吧!"

纸糊的棚板白刷刷的,如同一只大蘑菇顶,盖住了炕席的斜条花和地砖的狗咬纹。电灯泡悬在半空中,玻璃窗子明堂堂的,被格上叠着缎子被和绣花枕头。屋子里却显得死呆呆的,没有呼吸,如同死人脸上蒙着的白毛头纸。

炉子里的火球在滚着,滚进通红的炉筒里去,又熄灭了。

"这两天风声很紧!"刁金贵吃了一口菜,把他的嘴凑到高福彬耳朵边,悄悄地说:"工作领着划阶级,大叔,你听说吧?"

"听说了,像我这人家……"

刁金贵耳疾眼快,看见老头子皱着眉毛打了一个奔,他接着话说:

"你老这人家,还说什么,连中等户陈二踹子都划出去了!"

"他们把陈二踹子划出去,我们把他划回来……"高福彬龇着金牙一笑。

"好！大叔，这是一条妙计。"

"你给陈二端子的耳朵吹吹风，就说连中等户一齐斗争，让他把牲口拉出去，这叫做打草惊蛇！"

"大叔，你老高见！"刁金贵佩服得五体投地，给高福彬倒了一杯酒。

老头子的脖颈又有些冒汗了，从热炕头上欠欠屁股，顺手脱去了黑呢大氅，摘下了狐狸皮的帽子，薄薄的脑皮闪着光。他想起陈二端子，那个和他有借贷关系的中等户，他要牵着他顺着一条道走到黑。

"你告诉陈二端子，他抬我的一石粮食，不要给利息了。"

"大叔，你老这样做，他会感激得给你磕头。"

"你告诉陈二端子说：为后有个缺东少西，让他到我这里来拿。"

"真的，大叔，他会感激得给你磕头。"

刁金贵是老高家跑腿学舌的人，给地主溜须捧盛，里挑外撅，听听声，跑跑道，一心一意给人家当狗腿子。这个小组会的会长，就是按高福彬的主意代替他在村子里出头露面的！老头子出道，他在小组会上放大炮，这一幕双簧瞒过了多少人的眼睛。现在小组会给取消了，讲起来还不舒服哩！

"怎不早点使劲，把邓守桂推掉，失策！"

老头子抚着腮帮子上密密的胡子咳嗽着，喷着满口的酒气，有些醉醺醺的了。刁金贵知道老头子酒后发脾气，摔东西，翻过脸来不认得人。他小心翼翼地陪着唠嗑，一说两笑，慢声细语地给老头子解释听。

"你老知道，不是我不使劲，小组会的人不齐心！"

"不齐心？谁不齐心？"老头子又生气了，用乌木筷子敲着饭桌子，吓得猫狗都不敢喘气。

刁金贵平心静气地说："你说是谁，还不是给你们赶过车的金老板子？"

"他讲什么？"

"他还提江沿那垧地呢！"

老头子气炸了，往窗户上吐一口痰，一不小心，却吐到刁金贵的脸上。

"有工作给他仗腰眼子，硬了翅膀。"

刁金贵放下筷子，一边擦脸上的痰，一边加油添醋地说："还有他的儿子金成，常到工作那里溜溜达达，向西屋吊膀子，癞蛤蟆想吃天鹅肉。"

"小兔崽子！ 他敢……"

这时候，孙老蔫顺着风推着门走进来，靰鞡上踩着雪，衣裳襟上带着草叶，短粗腿迈过门槛子，小黑脑袋在门帘子里影忽着。他看见两个人正在吃饭，桌上的猪肉粉汤还冒着热气呢！ 迈了两步，走到火炉子的跟前。

刁金贵看见孙老蔫走进屋子里，暗暗地吃了一惊，抹过桌角，斜对面向老头子使了一个眼色。老头子知道村子里划阶级，孙老蔫划上了贫雇农，讽刺着说：

"呵！ 贫雇农来了。"

孙老蔫是一个腼腆的人，听了别人两句闲话，脸蛋红起来了，自己又怕得罪人，又想躲清静。

"不是我自愿参加的，是李大嘴硬把我拉上的！"

高福彬老婆向炉子盖上吐了一口吐沫，嘴里不干不净地说着风凉话："老蔫，你当了贫雇农，连边也不敢沾了。咱们不是有点沾边挂拐的亲戚么？"

"沾边的亲戚，就要跟着沾包！"

高福彬老婆说得半真半假，望着刁金贵的火车头帽子只是笑。她打开柜门，从里面掏出一件扁扁的黄皮包袱，不知不觉地塞到孙老蔫的手里，摆摆牛粪盘头，又是半真半假地对他说："老蔫，你不怕沾包，就帮助我把这个包袱藏起来。"孙老蔫歪着脖子发愣呢！ 正不知道她的葫芦里卖的是什么药，手腕子一软，黄包袱从他的手心滚到炕上。高福彬老婆扯着那个黄包袱,向着炕沿上一抢,摇着牛粪盘头哈哈大笑起来。

"我就知道你怕沾边呀! 亲戚一场,连四路旁人都不跟。"

孙老蔫挤着眼睛,受了高福彬老婆一阵奚落,心里正难受呢! 给他家藏东西,怕叫人知道沾上包,拒绝了吧,又是睁着眼睛得罪了人。寻思了半天,他觉得还是不贪事为妙。

"不是我不……叫人知道怎么办呢?"

"你滚蛋吧! 他们知道你蹬上我的门口,共了你的产。"

老头子张口大骂起来,露着金牙可凶啦! 吹胡子瞪眼睛,把饭碗蹾在桌子沿上,啪啪地响着。屋子里别的人大气不敢出,大眼瞪着小眼瞧着。刁金贵为了缓和空气,拉一拉孙老蔫的袖子说:

"你看你这个人,真是猪八戒照镜子,里外都不够人。"

"哈哈! 你真怕沾边?"高福彬老婆拧着牛粪盘头笑了,拱拱肩膀,坐在孙老蔫对面的八仙桌子上,吊吊眼梢子,把话转了弯。"老蔫,你真吓怕了,那是老边的东西,他回家了,把东西寄存在这里。"

刁金贵故意地接着问:"是给你们扛活的那个老边么?"

"不是他是谁,村子里还有几个老边?"高福彬老婆对刁金贵挤挤眼睛,轻松地说:"老实的庄稼人,打了半辈子的光棍,想说个媳妇,先置下两件衣裳。"

刁金贵转过脸对孙老蔫说:"孙老蔫,你就替老边经管经管吧! 放在大婶这里,有些不方便呢!"

"真是老边的东西?"孙老蔫摸摸黄包袱,半信半疑地问着。

"你看你这个胆小鬼,又怕沾包!"

"不是,"孙老蔫抱歉地说,"我问实在。"

"孙老蔫,你挟去吧! 实实在在是老边的东西。凭良心,你不要打开人家的包袱乱看。"

十

沈洪来了三天之后,村子里已经划好了阶级,成立了贫雇农大会,产生了贫雇农委员会。到了第四天头上,贫雇农委员会召开一次会议,研究土地法大纲,分析村子里的阶级情况,准备发动斗争。

吃过早饭,几个农会委员接二连三地到来了,主任吴万申是一个洒脱的人,干活不藏奸,开会不迟到,现在一百八十斤的重担子放在他的身上,劲头更大啦!细高挑财政委员常俊岩和短粗胖组织委员邓守桂一道走进来的,特别是邓守桂当选组织委员,大家拍着巴掌欢迎。他在苏联做过钟表匠和鞋匠,"八一五"才回家,做过红军的翻译,领导过小组会,当过村长,经验多,见识广,办事认真,大家都信得着。张大嫂是副主任,张素珍是宣传委员,这一对嫂子小姑子,一紧一慢,像是两股麻绳拧成的掌鞋绳子。

生产委员和武装委员没有来。吴万申央求旁边的金成说:

"金成,你再跑一次腿,把武装委员李大嘴找来,大家等着他开会呢!"

金成正和张大嫂在炕沿边上唠嗑,唠得眉眼都笑着,不爱动地方,有些不耐烦地说:

"主任,我不是对你说过么!李大嘴背着一支九九枪,跳过老孙家的木板障子。"

"跳过木板障子干什么,真着急,大家等他开会。"

"主任,谁知道他干什么,他还向我摆手,不要叫我跟着他。"

"这个人真奇怪,愣头愣脑的,毛病一定出在他的身上。"

吴万申在炕沿上敲着小烟袋,对着火,抽了一袋烟。他扫着荞麦棱子眼睛,望见刀条子脸的常俊岩拿着一本《中国土地法大纲》,他要求他说:

"你再把土地法大纲给我念念!"

"你听吧!这是土地法大纲第八条:乡村农会接收地主的牲畜、农具、粮食及其他财产,并征收富农……"

常俊岩念了半截,回过头来,问问坐在炕里头的沈洪说:

"这个农会,是指着贫雇农大会么?"

"是呵!以后的农会,还要吸收中农参加。"

沈洪稳稳地坐在炕里的行李卷上，肩膀靠着窗户台，腿蹬着板柜，手里拿着一册材料本子，那材料本子是何彩亭临走时候给他留下的，他翻弄着，研究着，思索着所存在的问题。他根据它来分析村子里的阶级情况。他认为：村子里八大家之中，有三家属于地主成分，两家是恶霸富农，这五家需要斗争，并没收他们的家产。有三家是属于普通富农成分，只需要征收他们多余的一部分财产就行了。对于中农呢？要采取团结的方针，反对掐尖，也要分给他们一部分果实。这个政策能不能执行？首先需要干部打通思想，认识一致，才能避免行动上的混乱和分歧。又要斗争，又要政策，他看着这个大弯子怎么在干部的脑子里转过来。

张大嫂抹搭小眼睛，问着常俊岩说："土地法大纲上没有写着小猪么？"

"张大嫂，你还问什么，连大骡子大马都是咱们的。"

"金钳子呢？"张素珍望着张大嫂耳垂上挂的铜钳子，有些半信半疑。

"咱们贫雇农打么！要什么，就有什么。"

"快过礼的媳妇，那也能……"

张大嫂插了这么一句，正说到金成的心上啦！小伙子涨红了脸，眉毛一扎一扎的，黑眼珠向西屋里溜，他溜见周兰从西屋炕沿上露出半个身子，蓝棉袍盖住浅绿色的棉裤，一条腿盘在炕席上，一条腿搭在炕沿底下。不管他是有意地还是无意地到这里来，人们都拿他开玩笑。

常俊岩合上了土地法大纲，捺住金成的肩膀，向着西屋推了一下。

"金成，你不会积极么！你斗争出来是你的。"

张大嫂看金成的撑撑的耳朵，只是笑。金成转到火墙跟前去了，脸蛋烤得红扑扑的。在那里他独自寻思着：为什么人家那样来看他呢？又为什么人家和他开玩笑呢？虽然开玩笑不是恶意的，他听了总是生气。但是，他又能对他们说什么好呢？

屋子里有些发燥,火墙里的火苗向上钻,晾在竿子上的干豆角炸裂着。屋角里浮动着黑烟,灰尘和冷哈气。农会委员在商量着事,女人的尖嗓子笑着。

"金成,你敢斗争高福彬么?"

"我敢,我怎么不敢呢?"金成赌气地对大家说,翻着豆角眼睛,头皮上条条的青筋蹦起来。"那个坏老头子欺负我的爸爸,霸去了我们的江沿地。"

吴万申问着沈洪说:"这就是封建的剥削么?"

西屋里娘俩吵着架,周老太太的黏痰嗓子打嘟噜。

"我不让你去开会,你偏偏……"

"妈,别人家的老娘们都去开脑筋。"

"开什么脑筋?"

"开脑筋就自由了。"

"我看不上自由!"

一个什么发脆的东西当啷地响了一声,摔在火盆上,那只穿绿棉裤子的细腿缩到炕里去,火盆冒了一股烟,半个身子也不见了。足有半袋烟工夫,东西屋都静得鸦雀无声。张素珍坐在炕沿上,听得一清二楚,悄悄地对金成说:

"你听,周兰她妈,不让她自由。"

黄镜脸的邓守桂咧咧嘴说了一句笑话:"不让她和贫雇农自由,让她和地主自由。"

大家都逗笑了。金成也跟别人张着嘴笑,但是,他觉得邓守桂说的笑话使他不舒服,左想右想:"让她和地主自由",这句笑话深深地扎了他的心。大概邓守桂看见自己说的笑话成功了,还想说句什么笑话,却被张大嫂拦挡住了。

"邓守桂,你不要打岔,听听她们娘俩吵什么。"

于是,大家又听下去:

"我把你拉扯大了,你跟我讲自由……"周老太太吐了一口痰,歹声歹气地说。

"妈妈……那个自由……"细嗓子说。

"自由能够当饭吃？还是能够当衣裳穿？在'满洲国'的时候，你是吃'自由'养活大的，还是靠亲戚拉帮大的？"

屋子里的烟火很闷燥，那细嗓子给沉重的烟屑压下去了，留下一股低音，在风口门房子的旁边嘶嘶着，半天透不过一口气来。那个老黏痰嗓子越叫越凶：

"就凭咱们这人家，脑皮薄，红嘴白牙答应媒人的。说了不算数。我看！染缸房倒不出白布来。"

大家听得有八九成了，每个人心里都窝火，彼此望了一下，很自然地议论开了。

张大嫂说："她妈是死脑瓜骨，擀面杖吹火，一窍不通。"

常俊岩拍拍胯骨说："叫她蹲两天笆篱子，老脑筋就开了。"

钟表匠邓守桂闪闪眼睛，又说了一句笑话："她的老脑上锈了，应该擦油泥了。"

大家又笑起来了。张素珍乐得张着大嘴丫子。张大嫂的脸像一块绷瓷碟子。主任吴万申和财政委员常俊岩也在格格地笑。只有金成呆呆地站在门框跟前，仰着瓜子脸，盯盯地瞅着门上的玻璃。吴万申看出他有什么心事，抓了他的肩头一把。

"嘿！你把眼睛都看直了。"

金成扭过脸来，不自然地解释说："吴万申，你不要闹，有狗腿子在外屋听声。"

"你不要撒溜子。"

"我不是撒溜子，你爱信不信。"

"我不信，你给我找出来看看！"

金成打开了房门，一个小黑脑袋从灶王爷板底下钻出来，穿着破棉袄，透亮的棉裤搭着地，摆着鸭子步，走到炕沿跟前。大家才看出这个人就是孙老蔫。

张大嫂抖落大衫上的猪食点子，闪闪眉毛，对孙老蔫说：

"你把我吓了一跳，当是狗腿子。"

孙老鹤看见屋里的人坐了一炕，每个人都大惊小怪地盯着他。他的浑身直哆嗦，心里有些发毛，再三地辩白说：

"我不是狗腿子！"

"孙老鹤，你不要嘴硬，你不是狗腿子，给地主藏东西。"

这时候，李大嘴背着九九枪赶到屋里来了，一路上呼哧气喘的，狗皮帽子扣在后脑勺子上，那密楂楂的头发还冒着热气呢！手里提着一只黄包袱，吵进门来。

"我叫你藏藏掖掖的，家雀躲在窝里，还露个尾巴呢！"

大家都跑过来，围着李大嘴的眼前，盯着那件黄皮包袱，似乎发生了什么意外的事情，一时摸不着头脑，互相打听着。

"怎么回事呀？"

"怎么回事，你们看，这个老实人……"李大嘴急得嗓子发干了，抢着黄包袱打了孙老鹤一晃悠，跺着脚骂："这个叫人家拉帮套的，给地主藏包袱。"

孙老鹤吓得鼠匿了，躲到门后的空地上，揉着脑袋，用袖子擦着眼泪瓣，瞧着黄包袱喃喃地说：

"那是老边的东西……"

"你还敢嘴硬！孙老鹤，是不是你从高福彬的角门里挟出来？"

李大嘴转了半个身，狠狠地把黄包袱摔到炕上。张素珍跑过来伸了手，三扯两扯，从黄包袱里扯出一件女人穿的花达呢棉袍，窄袖口，短开襟，矮领子，溜光崭新的，好一件体面的装新衣裳呀！她掠了一个，送到她嫂子的眼皮底下，稀罕地叫了起来：

"嫂子，你看，这衣裳还没有上身呢！"

"呵！这不是老高家给周兰过礼的衣裳么？"

张大嫂的眼力好，一瞭着边，就看出门道来了。这时候，大家又跟过来看那件溜光的衣裳，在那簇簇的人堆里，也挤进来孙老鹤的一个小黑脑袋，他越看越霎着眼睛，皱着眉毛，心里扑通扑通地跳着："真是过礼的衣裳呀。"他知道他做错了事，他觉得对不起大家，但是，他的死心眼子却拐不过那个弯来。

“高福彬不是说老边的东西么?”

“高福彬比狐狸都精,他是骗你,不是老边!哈哈!你还拿棒槌当针(真)呢!”

“你这个树叶掉都怕砸脑袋的人,这回可沾了老包!”

孙老蔫慢慢地省过腔来了。

人们一边哈哈地笑着,一边嗡嗡地吵着,李大嘴的嗓门像喇叭似的没有住声,在当地上溜着脚,青呢子大氅靠着火墙忽悠忽悠乱转,拉下大饼子脸,扣问孙老蔫的口供。

“你说吧!孙老蔫,还有谁到高福彬的家里去?”

孙老蔫打了一个奔,慢吞吞地说:“你们不叫我沾包?”

“老蔫,你说吧!一定不叫你沾包!”

孙老蔫一咬牙,终于说出来了:“刁金贵……”

“刁金贵在那里干什么?”

“他在那里吃猪肉粉汤!”

“这个家伙真混蛋,吃里爬外。”

“老蔫,你把起根落脚都说出来吧。”

孙老蔫稳稳心,打扫一下嗓子,于是,把他在老高家看到的事情都说出来了。

十一

在贫雇农大会上,主席吴万申宣布刁金贵向大家坦白。刁金贵穿着青大氅,趟绒的马裤,抽着洋烟,大摇大摆地从老娘们堆里走了出去,挤过横七竖八的板凳,看见吴万申瞪着眼睛站在桌子跟前,他赶忙摘下了火车头的帽子,虚头巴脑地哈哈腰,转过头来向着大家,又哈哈腰。

“各位父老兄弟姊妹,敝人自担任小组会会长以来,跑上跑下的,没有功劳,也还有苦劳,万一得罪哪一位,给我提倡提倡,好让我开开脑筋。”

足有半袋烟工夫,屋子里没有一个人吱声的。本来,在没有开会之先,贫雇农委员会布置好孙老鸢伸头讲话。孙老鸢也勉强答应了。到了会场上,刁金贵花舌子两片嘴,说得天花乱坠。孙老鸢知道不是他的对手,说得驴唇不对马嘴,反倒得罪了人,思前想后,缩着脖匿起来了。金成拢着孙老鸢的肩头,孙老鸢故意装着不知道,眼也不睁,头也不抬,守着火炉子烤上火。邓守桂和常俊岩在后边嘀咕着,絮絮叨叨的如同打着板子,有人走进来又走出去,啪哒啪哒的脚步声不停地从外屋里传来。狗皮帽子扇着冷风,炉筒子冒着烟,要吃奶的小嘎哇哇地哭起来。

吴万申在台上等得不耐烦了,几次地给孙老鸢递眼色,生气地敲着桌子。

"真是徐庶进曹营,一言不发。"

刁金贵当是自己坦白完了,戴上火车头的帽子,哈了一次腰,披披大氅,伸出麻秸腿就往外走。正在这个紧急的时候,邓守桂在他的脖子后边喊了一声。

"刁金贵,我听说有这个嗑,你在高福彬家吃过猪肉粉条子。"

刁金贵高兴了半截,邓守桂当腰插了一杠子,那兴头给打掉了,停下了脚步,曲曲眉毛,向着大家发言。

"各位想想,我这个小组会长不大不小的干部,也是个穷人头,吃地主的饷,那不是自己打自己的嘴巴子么!"

吴万申立着荞麦棱子眼睛,截住他的话:"你自己身上没有病,人家能给你贴膏药?"

刁金贵故做镇静,装蒜地说:"主任,我领教一句:耳听为虚,眼见为实。贼咬一口,入骨三分。"

花舌子倒打一把,大家都气炸了!一片嗡嗡声沿着两扇窗户传过来,女人吐痰,炉筒子叫劈柴桦子烧得呼呼地响,一切都混乱了。屋子里有人喊着邓守桂的名字:

"邓守桂,你把那个人递出来。"

邓守桂挺起了小矮个,脸色气得煞白,顺嘴就说:"我递出来就递出来,大家问问孙老鸢吧!"

不出头的孙老蔫正在炉边烤火，低着头，缩着肩，忽然听见有人提名道姓，知道自己猫不住了，咳嗽两声，从炉筒子后边露出小脑袋。他望见大家围着枣红脸的刁金贵吵吵着，又是伸胳膊，又是瞪眼睛。他的心里扑通扑通乱跳，半天张不开嘴。

"孙老蔫，你的嘴叫人贴上封条么？"

大家越逼他，孙老蔫越不敢伸头讲，鼻孔粗粗喘着气，脖子上淌着汗，两只眼睛呆呆地望着地，恨不得地上有缝他也要钻进去。大家可屋子嗡嗡起来，把他弄得昏头昏脑，他知道实在挨不过去了，才半吞半吐地说：

"我到高福彬那里串门子……"

"老蔫，你是给人家藏包袱！"

李大嘴当面抢了一句白。孙老蔫歪歪眼睛，瞧瞧李大嘴背的九九枪和一排子弹带，吓得更不敢吱声了。可屋子人的眼睛从刁金贵的身上转到孙老蔫的身上。吴万申在台上也急火了，一方面摆手叫大家安静，一方面沉着气引着孙老蔫往下说：

"谁也不要打岔，让孙老蔫往下说吧！"

孙老蔫望望吴万申的脸，又慢慢地往下说："我串门去……我说错了，我到老高家去啦！刁金贵坐在桌子旁边……桌子上摆着猪肉粉汤……"

金成听得孙老蔫说不出胡萝卜大葱来，生气地用拳头敲着门，大声地问：

"你说了半天，拉汤拔水的，比拉屎都费劲，到底刁金贵吃没吃猪肉粉条子，说个痛快。"

刁金贵红了脸，火炉子烤得他喘不过气来，他伸出脖子来，隔着黑压压的人头和一层层的狗皮帽子，可屋子都给挤满了，在门口处，他望见刀条子脸的常俊岩给孙老蔫拱嘴，心里觉警，知道再也匿不住了，顺着孙老蔫讲的话往上爬：

"桌子上放着猪肉粉条子……八成我吃了。"

"你吃没有吃？不要打囫囵语。"

男的和女的都动了嘴,抠着根,问着底,漫着灰尘的屋子一条声地吵吵起来。站在北炕上的张大嫂拉下了脸,伸出一只胳膊,指着刁金贵的鼻子问道:

"你净装糊涂,猪肉吃到你肚子里了? 还是吃到狗肚子里了?"

"我吃了,一定是我吃了。"刁金贵连忙点头哈腰,输了嘴,认了错。"这是我的一步错处。"

"吃人嘴短……"

原先在小组会的李大嘴挑起了头,伸着胳膊,挺着腰,比比画画的,指着那顶火车头帽子乱骂:

"狗腿子! 你和地主合计什么事?"

屋子里如同水龙拧开了头,大家一股脑地吵叫起来,尖舌头和粗嗓子,狂乱得像一阵暴雨点子。

"狗腿子! 狗腿子!"

"你组织小组会,是什么心眼子?"

开会以后,金永生就站在南炕的一伙人堆里,跷着脚,闪着豆角眼睛,盯盯地望着刁金贵的枣红脸,小伙子在他的耳根子边喊着,挤着他的半截破皮裤子,他什么也不管,他想要知道的,就是刁金贵为什么吃高福彬的猪肉粉条子。他是记下一口仇,为了从高福彬手里要回那垧江沿地,才一心朴实地参加了小组会,跟着刁金贵跑来跑去,鞋底子都磨光了。到了今天,他才知道自己的希望落了空,他是怎样对于参加小组会感到伤心呀!

屋子里混乱了,大家一条声地喊着:"叫狗腿子坦白!"

吴万申摸摸劳工服上的木头扣子,靠着墙根走了一遭,从容地向大家说:

"刁金贵不坦白怎么办?"

"叫他蹲笆篱子!"

吴万申又重复了一遍:"刁金贵,你听见没有,你不坦白,大家叫你蹲笆篱子。"

刁金贵的脑袋涨得像一个血红的猪吹泡,脖子比炉筒子还红,胳膊腿成了木头棒子，放在什么地方都是硬邦邦的。他憋了半天气，大家站在他的前面如同一面推不倒的墙，左三层右三层地包围，老鹞鹰照上了兔子。他的头耷拉下来了，叹了一口气。

"我刁金贵是老母猪上夹道，进退两难。"

金永生好憋屈，跟着小组会跑了一溜十三遭，原来是狗腿子刁金贵使的圈套。他越看刁金贵那种滑头滑脑的神情，越是生气。他从炕上跳下来，扎扎腰里的麻绳，壮壮胆子，质问刁金贵说：

"在小组会上，我提起我的那坰江沿地，你替高福彬遮口，说什么不能错怪人，僧多粥少……"

"我说僧多粥少，那不是穷人应该翻身么？"刁金贵的嘴唇是两层皮，怎说怎有理。

"说话要凭良心……"金永生气得浑身发抖，向前走了一步，把烟袋锅子在炉盖上刨了一下，火星子乱冒："这不是，小组会的李大嘴也在这里：你是鼓吹穷人翻身？你还是鼓吹让村长邓守桂掉蛋？"

一个戴红五角星的狗皮帽子鼓涌着，李大嘴耸耸肩膀，从人堆里跳出来，质问刁金贵说道：

"'咱们一齐心，叫村长掉蛋完了。'刁金贵，这句话是不是从你的嘴里说出来的？"

邓守桂晃着小个子，不紧不慢地说："刁金贵，你推我下台，是什么心眼子？"

这句话问得刁金贵闭口无言，耷拉下脑袋，脸上红一阵，紫一阵，青一阵，撅着圆轳辘墩子的屁股，半天不敢吱声。

"你说，你推邓守桂下台，是什么心眼子？"

李大嘴又等了一会，看见刁金贵闭着嘴不吱声，上了火，伸手就给刁金贵一巴掌，打掉了火车头的帽子，像一团乱毛球在脚底下乱滚。他背着九九枪跳到炕上去。屋子里的人哄的一声笑起来，拍着手，击着拳头。妇女也骚动了。剪发的张素珍向着李大嘴这边吹风。

"不说就打。"

"谁叫他馋了！打他的嘴巴子！"

"你吃人家的猪肉粉条子，香香嘴，臭臭屁股。"

"打这个狗腿子！"

刁金贵一时听不出个数来，几个人还是几十个人向着他大声叫喊着，人们跺着脚，擂着桌子，伴和着炉筒子呼啦呼啦的响声，如同一片爆炸声炸聋了他的耳朵。他觉得躲不过去了，才慢慢地往外说：

"高福彬叫我组织小组会，联络一些穷户，推掉邓守桂。"

"我有什么毛病，你要推掉我？"邓守桂听得有些不舒服，伸着头问了一声。

"村长……组织委员……你大大的好人。"刁金贵满脸淌着汗，连连地向着邓守桂哈腰说："村里插稧……这都是高福彬想的道眼子……联络穷户……把你推下台……"

大家都听得不耐烦了，催促地说："推邓守桂下台，这话像倒粪似的，翻过来，倒过去，已经说了多少遍了。"

"我说……我说……"刁金贵接着喘口气说，又向大家哈了一次腰："诸位原谅。推掉邓守桂……叫我掌村长的印，联络小组会打保……到江北去保任云峰……"

"勾串胡子……"到这时候，大家全明白了。

"外边勾串胡子，投奔高福彬的在'中央军'当团长的姑舅妹夫，替谢文东报仇……"刁金贵吐了一口痰，慢吞吞地说："里边联合八大家，里勾外连……收拾穷棒子……"

金永生听了这事情的底里根由，脑袋一阵昏昏的，仿佛泼了一瓢冷水，浑身打着冷战，又是气恼，又是灰心丧气。他的柔脾气也变得暴躁起来，指着刁金贵的鼻子喊着：

"刁金贵呀！你这是人干的事么？联络我们去保胡子，你把我们卖了，我们还找不到大门。"

李大嘴翻翻大眼珠子，当场就骂起来："刁金贵，我×你奶奶！

你拿我当枪使唤。"

金成站在门口的地方说:"地主给你多少好处,你替他拉帮套!"

"打倒狗腿子!"

"打倒吃里爬外的!"

男人和女人一齐动了嘴,大声地叫着、嚷着、吵着、骂着,有人在地当心喊起口号来了,声音越来越高,越来越雄壮,撞在窗格子上唰唰地山响。人们更激动了,嘴里喷的呵气和吐沫星子压得刁金贵抬不起头来。

十二

"大家静一静,不要乱套。"

正当大家乱得没有头绪的时候,主席吴万申从台子上挺着腰板站起来,一边挥着小烟袋,一边拉长声向大家说:

"咱们贫雇农要不要翻身?"

"要翻身!"大家伙异口同音地答应着。

"咱们怎样翻身呢? 大家想想。"吴万申停了一下,叫大家的脑筋转转弯。"刁金贵是一个穷狗腿子,家里连一个鸡窝也不趁,在外边打混混,装了一肚子坏水,靠着他的两片嘴吃饭,啃他的脑袋生硬,啃他的屁股恶臭!"

李大嘴挤挤眼睛,从旁添上了一句:"他是茅屎栏子里的石头,又臭又硬。"

吴万申引路说:"大家想想,刁金贵肚子里的坏水,是不是从高福彬那里来的?"

"阎王爷不传圣旨,小鬼怎敢拿勾魂牌?"张大嫂用这一句话,就把事情讲通了。

"高福彬老兔崽子,净是他出的坏道……"

金永生说得脖腔子疼,嗓子里堵着一块黏痰,吐也吐不出来,他觉得很难过,想起和高福彬一节一节的事情,翻着豆角眼睛,气愤地说：

"他呀！巧使唤我当老板子，派我的官车，扣我的江沿地，我参加了小组会，他也在后边牵绳……"

"爸爸，他是狼心狗肺的东西……"金成想讲一句给他爸爸宽心的话，自己也正在火头上，骂了一句，瞪瞪眼珠子，再没有往下说。

常俊岩说："孙老蔫那样老实人，给高福彬藏包袱，还背了黑锅。"

"我也背了黑锅。"刁金贵抓空子冒了一句。

孙老蔫坐在后排的凳子上，正为着方才的事情后悔呢，现在刁金贵又把他拉在一块。他觉得不把实底讲出来，又要吃哑巴亏，他鼓了鼓劲，仗着胆子露出头来。

"刁金贵，那包袱是你劝我藏起来的。"

"孙老蔫，天地良心……"

"狗腿子，不要你吱声！"

大家帮助孙老蔫七舌头八嘴地吵着，才把刁金贵压服下去了，那狗腿子翻翻眼睛，把沉沉的铅灌脑袋耷拉下来了。孙老蔫喘了口气，瞧着刁金贵的枣红脸扣着火车头的帽子，龇着牙笑了一下，又坐在后排的凳子上。吴万申走出来摇摇小烟袋。台底下的人们叫喊起来：

"高福彬要投奔中央胡子，收拾咱们穷棒子，穷棒子今天掌了权，可不能饶他！"

"打倒这个坏蛋！"

"把他肚子里的坏水挖出来。"

"他装了一肚子金水。能打金钟一棒，不打破锣十锤。"李大嘴竖着脖子叫唤着，他的大嗓门像大马勺噗啦噗啦山响，震着耳根子。

张素珍拉着她嫂子的破衣裳大襟，抠着手指头，悄悄地问她说：

"嫂子，高福彬不是献出一盒金沙子么？"

"那是苍蝇尥足子,小踢蹬。"

"分他的家底子!"

一个长挂脸的庄稼人跑出来,问着吴万申说:"许我要劳金钱么?"

"主任,我的江沿地……"

"叫他破家还债,大家都有份。"

人们像喷泉似的吵起来,可屋子都是乱马营花的,炉子里的劈柴在爆炸,烟灰漫着簇簇的脑袋滚来滚去。暖和气顺着房檐子流,这杂乱声音的交响,把冰雪堵得溜严的冷屋子给震开了。

大家都是怎样地气愤和吵嚷呀!吴万申在台子上摇着小烟袋,已经眼花缭乱了。他望见了金永生的煞白长挂脸,生气的孙老蔫的黑脸,邓守桂的黄镜子脸,刁金贵的枣红脸压在炉筒子底下,显得热辣辣的。在那窗户框当间,狗皮帽子的细毛迎着风口吹拂,吹拂着戴在李大嘴头上闪光的一颗五角星。这些人,都把高福彬的坏事抖搂出来了。他觉得很高兴,结了一句说:

"我们把坏根找出来了。"

"蝎子的尾巴马蜂子针,最毒不过是高福彬的心!"炕里头,一个缺牙子的老太太喃喃念着这个歌。

吴万申晃着小烟袋,仿佛给大家指出一条路。

"扣人家劳金钱,霸占人家地,勾串胡子,利用小组会的不就是高福彬么?"

"主任明鉴,高福彬利用小组会,纯粹借刀杀人!"刁金贵顺水推舟地说,对着吴万申哈哈腰。

"狗腿子!你蹲在那里匿着吧!"

大家在底下嗡嗡了一阵,终于这样提出来了!

"我们收拾大肚皮去!"

"赞成!赞成!"

"快下手,省得夜长梦多。"

一声招呼:李大嘴急得从炕上跳到地上来了。撞倒了凳子,扑了一地灰,那支九九枪碰了孙老蔫的肩膀。紧接着,金成和基干队的小伙子也扎着胳膊波动起来。北炕上的妇女用褥子包着孩子,扎裤脚、抽烟、唠嗑,一阵乱哄哄的。吴万申对着大家摆着手,扯长声说:

"不要乱套,对谁有意见,一个一个提。"

"主任,我有一个对象,"常俊岩向着主席台摆着手,没等主席让他发言,就抢着说,"我提出高福彬妹夫刘万成,他在'满洲国'当过车头,'粮谷组合'职员,当过屯长,家里雇劳金种地,坑人可不浅。"

"我也有一个条件。"李大嘴背着九九枪从孙老蔫的背后摇摇摆摆地走出来,散着青大氅,脑瓜三晃,一边走,一边说:"在'满洲国',我串工棚子,成了一个黑人。我为了领一个'国民手帐',请刘万成吃饺子,炒四盘菜,小烧酒壶,大吃二喝一顿。归根到底,他还要抓我'浮浪',逼着我到江北去打洋草。我不图獐狍野鹿,还图细狗还家呢! 他吃我的饺子,给我一个一个吐出来。"

张素珍在她嫂子背后龇牙笑着:"李大嘴真好吃。"

"那么齐麻袋……"

一个小伙子没有把意见提完,当地上就有一伙人鼓涌出来,拍着巴掌叫喊:

"不用说了,叫他们妹夫大舅画一路价钱!"

妇女们也提出了两个对象:一个是当过保长的刘庆,一个是当过警务处外勤的孙振学,他们全是靠着吃租子、雇劳金、勒大脖子起家的。有一个人提出来,就有一百个人答应。

邓守桂从大梁底下站起来了,揉揉鼻子,望望主席台又转向大家,不紧不慢地说:

"大家把老康家忘在脖子后边么?他家又是财主,又是牌长,又是警察。谁不知道康三阎王的邪乎?康三阎王真不善,南北二屯打个遍。"

金成凑上一句说:"邓守桂,你还忘掉一句:老康家是坟圈子狗,一出去是一窝子。"

邓守桂后悔地说:"早三个月下手,康三阎王也不能穿兔子鞋跑了。"

"跑了和尚跑不了寺(事)。"

"咱们村子里有八大家,还剩下三大家。"一个哑嗓子在人堆里沙沙地响着。

"那三家是富农,"邓守桂说,"就拿陈二踹子的分家另住哥哥陈大巴掌来说吧!剥削劳金。"

李大嘴插嘴说:"我在那里吃劳金,可真累得够呛。"

"他们不是恶霸!"

"那么,叫这三家,抽肥补瘦,大家说:给他们留下六停怎样?"

"常俊岩,你是说咱们抽四停么?"

"同意!同意!"

"恶霸的家当全没收,大家同意么?"

"同意!同意!"

大家嗡的一声,把胳膊齐簌簌地举起来了,密楂马连的如同高粱林子。吴万申在台上看得真真切切,来不及查人数,大家已经通过了。他还没有下台,李大嘴已经背着枪慌慌张张地跑到外屋去,吹起牛角哨子,叫喊着:

"基干队集合,准备抓地主,带着绳子、扎枪……"

十三

贫雇农全体出动了,村子里乱马人花的。炸弹壳敲响了,吹着哨子,嘈吵声和鞋底子踩雪的声音,沿着开阔的街筒子波动开来。大风暴摇着井沿的大树,呼啸着,夹杂着雪沙子和败叶,一阵阵地向着透珑的苞米楼子上吹打着。大街上,人们聚堆又分散了,东一群西一伙地奔跑着,大皮帽子呼扇呼扇的,风吹着扎枪的红缨子。

李大嘴带着一伙人,大摇大摆地走过一趟大街,绕过板障子,一直地对着高福彬的院子里走去。他回头去,看见常俊岩跟着金永生踩着雪走来，金成撒了后，肩头上扛着一根扎枪，扎枪上的红穗子顺着板障子飘刮着，一只金红花的大公鸡给吓毛了，咯咯叫了一声，飞到邻家的苞米楼子上，大耳朵的老母猪钻向夹道去，有一条白牙狗从狗窝里跑出来，晃着尾巴，向着院子里的一堆人汪汪地咬着。这边金成耍着扎枪头子，那边李大嘴比画着九九枪，还有抛砖头的，大家连打带轰，把狗轰跑了。

高福彬不在家，他的噘嘴老婆坐在黄炕毡上，盘着腿，叼着大烟袋，迎面放着一只穿衣镜，照着她身上的青棉袍，脑袋上的牛粪盘头压着一支银簪，还有一张白瓜瓢脸，看起来没有一点血色。他的儿子骑在一只绣花枕头上，正扒着玻璃往外看，溜着蛤蟆眼睛，瞧见这伙人乱七八糟地闯到上屋来。

李大嘴踢开了房门，掀开了门帘子，愣头愣脑地闯到高福彬老婆跟前的时候，才停下了脚。后边的人像一阵风似的跟着刮了进来，满地踩得都是雪。

“高福彬到什么地方去了？”

高福彬老婆看见横七竖八来了一堆人，从黄炕毡上爬起来，心里着了慌。

“你们干什么来了？”

“高福彬到什么地方去了？”

金永生不耐烦地问着，站到炕沿跟前，他望见墙上挂着水獭领子黑大氅，就知道那家伙没有走远。李大嘴和常俊岩围到火炉子跟前，烤着手，点着火抽烟，着急地跺着脚。

“快说！老鸡巴头子到什么地方去了？”

高福彬老婆明白：野猫子进宅，无事不来。她冷冷地说：“我知道他到什么地方去了？你们也没有花钱雇我看着他。”

不一会，金成押着高福彬从外边走进来，后边跟着基干队，挑着扎枪头子，牵着绳子，靰鞡脚在地上磨得嚓嚓地响着，一个基干队员咧着嘴笑。

“这家伙躲到茅屎栏子里去了。”

高福彬推推扣在他眼皮上的狐狸皮帽子,斜着眼看了一下那个基干队员,又看了一下当地上一个个冻红的脸,九九枪和扎枪头子,满肚子不舒服。他是叫他们从茅屎栏子里拉出来的,缩着腰,青缎子棉裤还没有提上呢!他觉得有一种无可奈何的情形,露着大金牙笑笑。

"你们管天管地,还管拉屎放屁。"

"这老家伙还邪乎。"金永生挤挤豆角眼睛,望见高福彬龇牙瞪眼的神情,还觉得有些瘆人呢!他想起过去给高福彬当老板子的情形!光着脚,披着麻袋,轻手轻脚地走进屋子,掀开门帘子,立刻看见老头子戴着那副眼镜,黑眼珠正盯着他披的麻袋呢!吓得他浑身直哆嗦,不敢吱声,如果那老头子龇着大金牙笑一笑,他觉得站在地上的两只脚都没有根了。现在,他不是参加贫雇农大会么!过去的影子从他的眼前一飘就过去了。他觉得他应该挺起腰板来,吐了一口气。

"我们贫雇农打么!什么都管得着。"

"好说……贫雇农……"高福彬用他的大烟嗓子说,斜着眼溜了一下金永生,有些装腔做势。"贫雇农,你们带来公事么?"

高福彬是有名的花舌子,经他这一句,金永生有些上言不答下语了。他儿子金成也瞪着眼睛愣住了。基干队拿着扎枪头子站在地上,没有命令,也不敢下手。李大嘴看见那情形有些不妙,代替他们吱了一声:

"你要公事么?我的嘴就是公事。"

"你的嘴那样好使唤?"高福彬知道李大嘴的大嘴岔是有名的,忍不住龇着金牙笑了。

"我的嘴不好使唤,还有拳头。"

李大嘴有些生气,摇摇狗皮帽子,伸手就是一拳头。高福彬闪过他的凹口脸,一边提着裤子,一边向八仙桌底下躲藏。基干队已经准备好了绳扣,套在高福彬的胳膊上,牵着就走。

"上炕翻呀!大眼瞪小眼干什么?"

金永生听见李大嘴在脖子后边吹风,赶紧跳到炕上去,趴踩着泥雪的靰鞡脚,炕上的黄炕毡和白褥单沾上了泥点子。跨过高福彬老婆的背后,向炕梢走去,打开油漆的柜门去掏包袱。这时候,他的儿子从八仙桌子跳到柜盖上,翻了猪皮箱子,倒了梳头匣子,抛下绣花枕头,扔下了被,不一会工夫把屋子里的东西翻得乱七八糟。常俊岩随身带着账本子,一边检查东西,一边落账。被格子拉下来,被子、毯子、枕头、棉花套子,接二连三地摔到炕上。李大嘴看花了眼睛,张着鲇鱼大嘴乐着,瞧着屋子里座钟挂表的各种摆设,不晓得从哪一头下手,在地上转磨磨,他对着穿衣镜旁边的白布口袋,插了一枪嘴子,那白布口袋里的大米淌出来,有一摞花瓷碗也跟着滚下来,撞在铁炉子上,打得粉碎。李大嘴在那里趴踏着两只大脚,碎碗碴咯咯山响,沾了满脚的大米粒子。

金永生有些心疼呢,对李大嘴说:"小心点,不要糟蹋天物!"

"咱们不是要打倒地主么? 破罐子破摔。"

"这不是咱们的东西么?"

"怎么是你们的东西!"高福彬老婆突然从炕上爬起来,瞪了老板子金永生一眼,下巴颏抖着。

"我们来没收家产来了!"金成代替他爸爸说,瞅着高福彬老婆和她的儿子,气得鼓鼓的。

"你们来抢我们的东西,让我们饿死么?"高福彬老婆鼓鼓着白瓜瓢脸,流着鼻涕眼泪,大吵大叫。

金永生记得在"满洲国"当老板子的时候,家里大人小孩挨着饿,三天揭不开锅,他来借一斗苞米喳子,那时候,高福彬正躺在他脚踩的这铺炕上,陪着王警尉抽大烟,看见他穿着麻袋走进来,挪挪大烟灯,吐一口痰,带答不理抿着小胡子说:"老板子,脱下鞋底子,照照你的后脑勺。"他愤愤地走出去,对着高福彬躺着的地方诅咒着:"你让我们饿死么?"他已经饿了很长的时间了,现在没收地主的家产,变成自己的东西,应该仔细一下。他哈下腰去,打开了柜门,什么破烂都打扫出来,生锈的菜刀、小孩帽子、算盘、账本、绳子、旧衣裳、布条，还有一只猪吹泡糊的酒瓶子，里面装着酒，直晃荡。他把它递给李大嘴，李大嘴拔开瓶塞子，咕嘟地喝了一口。

"哈哈，我算喝到你们老高家的喜酒啦！"

金永生一回头，看见李大嘴和高福彬儿子抢着那酒瓶子，一个是大个子，一个是小矮个，一个是大眼梢子，一个是小蛤蟆眼睛。两个撕拉了一会，李大嘴一扬手，把高福彬儿子抢了一个仰八叉，伸着腿，脑袋撞在八仙桌子上，直翻小蛤蟆眼睛。他的儿子看得出高兴，几乎笑出声来。高福彬老婆心疼着儿子，嚜着嘴大骂：

"你这个穷小子，八辈子没喝着酒，把你馋蒙了。"

李大嘴还了口："你这个嚜嘴娘们，馋蒙了也不给你喝。"

"你妈、你奶奶才是嚜嘴娘们。"

"好男不和女斗，好鸡不和狗斗。"

李大嘴觉得和老娘们拌嘴没有意思，转过身子，把那只猪吹泡糊的酒瓶子摔在八仙桌上，摸摸身上的九九枪，推推头上的狗皮帽子，脑皮上已经出了汗珠。屋子里生着痛热的火炉子，他觉得有些不舒服呢！他跑过去看一下常俊岩写的账，帮助金永生装麻袋，东抓一把，西抓一把，都是一些鸡零狗碎，他一边装，一边骂着：

"都是一些破屎烂屑，嘿！嚜嘴娘们，你们把好东西藏到什么地方去了？"

"我们叫你们穷棒子共了一茬产，还有什么好东西？"高福彬老婆耍着贫嘴子，不说正经的。

"你不把好东西拿出来，晚上过你的堂。"

"李大嘴，你也不是官项，敢私设公堂。"

李大嘴有些生气了，扔下了麻袋，直起了腰，拍拍金永生的肩头，大声说：

"老金大哥，你赶快到下屋去，把他们的东西都拿出来，粮食上上封条，牲口牵出来套车拉东西。"

金永生走到外边去。常俊岩代替他装麻袋子。李大嘴跑到北炕上去掏东西。金成已经从柜盖跳到板棚上去，捻着了电灯，挂在板棚柱子的一个钉子上。灯光被横七竖八的家具遮挡着，有些影忽忽的，小伙子在灰尘暴土里乱抓一把，往地下扔下了七八件衣裳，最后，一件水绿色的大和绉从板棚上抛下来，经过高福彬老婆的牛粪盘头，落在麻袋上。抖开了衣裳襟，炉子的火光照得它绿茸茸的，像一汪水。高福彬老婆蹓到地上来，东望望，西望望，当着常俊岩低着头落账的时候，她拿起大和绉就往怀里揣。

常俊岩抬起头来，看见老娘们正把大和绉往怀里揣，他拉住绿色的衣角，不高兴地问着她：

"你干什么？"

她的白瓜瓢脸不红也不紫，仰起牛粪盘头，对常俊岩苦穷说："给我们留件衣裳压压脚吧！你能看见我们冻死么？"

金成在板棚上答了腔："活该，你们享福享够了！"

"金成，你青年人一朵花刚开，也不想做点德。"

"我爸爸给你们当老板子，在三九天，穿着麻袋赶车，那时候，你们怎不想做点德呢？"

"你爸爸是一个穷命，谁不让他置下房业地业，支使别人当老板子？"

"你们扣了我们的江沿地，我们才受了穷。"

两家仇口可深啦！住在前后街，谁也不来往，头碰头，真成了冤家路窄了。今天，金成跟着大伙来没收老高家的家产，这才算出了一口气，他爸爸过去受老高家的欺负，他也数叨出来了。只有一件事他没有讲出来：那就是高福彬的儿子订了周兰，踢黄了他的亲事。关于这件事情，不知道在他的脑子里绕了几千道弯，他都不愿意说出来。他也明白高福彬老婆知道他在想这件事情。同样的，她也不愿意说出来，心里系个扣，那个仇疙疸简直解不开啦！

高福彬老婆站在儿子的背后，一哈腰，从地上拾起一件驼绒里小棉袄。她看见常俊岩瞪着眼珠子，立刻低下头，做出一副可怜的样子恳求说：

"常俊岩，给我留一件小袄吧！"

"常俊岩,不给她!"

金成抢着说,仰一仰头,电灯直晃眼睛,那件驼绒里小棉袄的花纹乱射,地上摔碎的白碗碴也发着光,熊熊的炉火在跳。灯光一闪,高福彬老婆的白瓜瓢脸可瘆人啦! 他看她那副装模做样的神情,比他想到那件不痛快的事还觉得讨厌。

"在'满洲国',你们以为是铁打的江山,吃不完,穿不完,也想到有今天么?"

"今天算求着你们了!"

金成一口咬定地说:"你求着也不给你,连一根线头也不给你。"

高福彬老婆碰了两回钉子,心里来了火,抬起牛粪盘头,气愤愤地望着金成脚踩的板棚说:

"你把房子也抬去吧!"

金成回答得很干脆:"用不着抬,过两天,我们就搬过来住。"

"呵! 你看你抖的,穷人乍富,伸腰腆肚。"

当院子的白牙狗汪汪地咬着,接着是一片踏雪的脚步声,杂乱的,交错的,沿着下屋的雪地上喳喳地响着。大概那伙人转向马棚去,有人牵着马嚼子,小兔花马在咴咴地叫着。金永生用他的干嗓子和一个什么人唠嗑,慢慢地吵嚷起来了。

"呵! 他骑马跑了!"

"把他追回来!"

"李大嘴! 你快出来。"

李大嘴听见外边一片吵嚷,就知道有什么事情发生了,扔下了手里刚翻出来的东西,跳下炕去,背着一只九九枪,急急忙忙地跑到外边去。他看见邓守桂牵着马缰绳,金永生正在给才牵出圈的小兔花马戴嚼子。木板障子根围了一伙人,齐簇簇地探着脑袋,望着从村子东头跑出一匹蜜色的马,穿过横垄子地,向着遥远的大江沿跑去。大家正为着这事情着急呢! 吵吵不休。

"跑了!"

"把他追回来。"

"邓守桂,你让李大嘴去吧!"

金永生已经给小兔花马戴上了嚼子。邓守桂掐着马鬃,蹿了一蹿,没有跳上马背。李大嘴顺手抢过了邓守桂手里的嚼子,跳到马上,用缰绳抽一下马的屁股,小兔花马撒开腿就跑开了。

十四

李大嘴骑上了小兔花马,勒勒嚼口,出了村子。

是一个假阴天,天空带着萝卜青色,云彩片子薄得像一张豆腐皮,飘忽地,游离地,贴在那青色的天边子上,一条一挂的,仿佛用麻秸灰涂成的花大脸。北风吹得急,大道上扬着青雪花,没有根的扎蓬棵子遥地滚着,浑身都是一层米糁子。

出了村北的大壕,就是一马平川的大片量地。李大嘴仰起头,看见遥远的地边子上跑着一匹蜜色的马,顶着东北风,骑马人的蓝棉袄飘着大襟,马尾巴拉成了平线。他看见了那个目标,心里又是喜欢,又是发慌,能够追上它吗?他急忙地用缰绳打着马的屁股,撒开嚼子,让小兔花马放圆地顺着雪道追去。小兔花马一阵阵地跑起来了,踢起的雪块扬到脸上来。他的两腿紧紧地夹着马肚子,胳膊挎着枪,屁股颠起来,狗皮帽子耳扇给风雪吹打翻着个,一会遮住了眼睛,一会又露开了,前边那匹蜜色的马像一个大黑点,跃进着,在他的眼睛里晃来晃去。

"见影就跑不了!"李大嘴盯着眼前的那匹马,仿佛老鹞鹰照见了兔子,不知不觉地笑了。他打着马,甩着缰绳,恨不得一时把那马追上,心里真是着急呢!方才到老高家起浮产,和高福彬老婆拌了一场嘴,惹了一肚子火,现在又碰到这码事情,不是火上浇油么!不管好歹,他是不能让那匹马跑掉的。他挺起腰板来,顿顿嚼子,小兔花马脚不沾地甩开四只蹄子,穿过一块谷茬地,越过抄道,小兔花马闯进深雪的草棵子里,土岗、水沟、脱坯坑子,上面全盖上了雪,马蹄子踏上去打着前失,蹬着后腿,马尾巴打着荒草叶子喊喊的。李大嘴紧紧拉住嚼子，提着枪带，把胸脯伏在马背上。好容易离开深雪的草棵子，上了抄道，走进一片苞米秸子，什么也看不见。小兔花马已经跑得累了，鼻孔喘着气，摆着头，扬着脖子勒着苞米秸子吃。这时候，李大嘴也觉得有些冷了，胯骨给马肚子磨得生疼，枪带把他的胳膊拖得酸酸的，沉甸甸的狗皮帽子压得脖腔子痛。将将跑了一里多地，他的大氅袖子给缰绳磨破了，扯掉了扣子，回头望一望，马蹄踏过的雪地深一块浅一块的一溜印子。

他扯起嚼子，把小兔花马的脖子撼了半截弯，快出了苞米地，冷丁地，有两只野鸡从里面飞出来，咕噜咕噜地叫了几声，拖着长尾巴飞到江北去了。小兔花马受惊地炸了眼睛，往旁闪了一步，几乎把李大嘴从马身上跌下来，幸而他把嚼子扯得紧，摇晃一下狗皮帽子，又和小兔花马保持一种平衡的姿势。他重新打着马，穿出苞米地，那个穿蓝衣裳跑马的人已经渺渺的了。

那个跑马的人爬上了一个斜坡，马头向下躬着，搭下的马尾巴扫着旁边的一道雪岭，骑马人的蓝大襟在风里刮着，他的前面又是一片苞米秸子。

李大嘴有些发慌了，如果那匹马钻进苞米秸子，就看不见影了。于是，他赶紧勒住了马，顺手把九九枪端起来，拉开大栓，把子弹推上枪膛，瞄准雪岭旁边那块苞米秸子，勾了火，砰然的就是一枪，子弹壳抖落到马屁股上，把小兔花马吓了一哆嗦，他赶紧地推上子弹放第二枪。那个跑马的人立刻停下了，下了马，站在雪岭斜坡上，对着李大嘴摆着手，一派微弱的呼声顺风传过来：

"嗨……不放枪……"

"你站住，我就不放抢！"

李大嘴一边喊着，一边打着马过去了。

走到雪岭的跟前，李大嘴才看出那个跑马的人是陈二踹子，陈二踹子的水肿脸冻得紫吊吊的，手指像胡萝卜条，牵着他的那匹海骝马，想走又不敢走。两个人瞪了一下眼睛，就全明白了。

"陈二踹子，你干什么去？"

"我到我舅舅家去串门子。"

陈二踹子的嗓子沙沙的,吐了一口黏痰,在雪岭上打磨磨,海骝马也跟着他的脚步踩了一溜坑。他的蓝棉袄大襟裹在膝盖上,迈不开步。

"你真会挑时辰,我们起浮产,你就把马牵出来。"

陈二踹子知道自己说得驴唇不对马嘴,曲曲眉毛,心里恐虚,不敢再吱声了。李大嘴凑到前边来,在马身上哈哈腰,抢过陈二踹子手里的缰绳,海骝马好像明白那意思,摆摆头,跟着小兔花马走下了雪岭的斜坡。就在这个时候,他看见陈二踹子鼓起了眼泡,黑眼珠死盯盯地瞅着海黛马,仿佛十分舍不得的样子,一步也不放松,踮着脚,跟着海骝马走下来。

李大嘴问他:"陈二踹子,你有什么话说没有?"

陈二踹子皱皱眉毛,后悔地说:"我要信别人的话,早点把马藏起来就好了。"

李大嘴笑一笑。"我早点下手,也就省事了。"

"你们早晨开会商量好的么?"陈二踹子试探地询问着,眼梢子对着李大嘴一斜一斜的。

李大嘴只顾拉着缰绳,仿佛对于陈二踹子的话没有听清楚,摇摇狗皮帽子,大嗓门独个骂起来:"小组会,都是扯鸡巴蛋,没有牲口插犋,把村子里的马牵过来,不就得了?"

"我拿出来和你们插犋不行么?"陈二踹子心疼自己的马,苦苦地哀求着。

"你溜须也晚了,谁听你放马后炮?"

李大嘴不理陈二踹子的茬,拉着海骝马的缰绳,两匹马一靠拢,小兔花就尥起足子,扬得满处都是雪沙子。海骝马瞧着雪沙子有些打悚,一边躲,一边咳咳地叫着。李大嘴第二次拉紧缰绳的时候,两匹马就在雪地上咬起架来。李大嘴拉也拉不住,放也放不开,陈二踹子抄着手在后边卖呆,不肯上前帮忙。等到李大嘴累得浑身是汗,扯不开缰绳的时候,他才说:

“李大嘴，你让我替你骑回去吧！”

“你不往你舅舅家跑了？”李大嘴笑了，听口气，有一半是答应了。

“我不跑了，我再跑，你用枪打我。”

“陈二踹子，这是你自己说的，你再逃跑，我一枪送你回姥姥家去，哈哈！”李大嘴笑脸吓唬人，这是他的奸心眼，他答应他了。“你骑上吧！到了村子，这海骝马就不是你的了。”

陈二踹子骑上了海骝马，李大嘴也把他的小兔花马磨过来。两个人离开了雪岭，照着原路往村子里走。李大嘴的心里落了体，已经不像来的时候那样匆忙和紧张了，把缰绳绕在马脖子上，松了嚼子，让小兔花马游游逛逛地在雪地上走着。大道上不扬青雪花了，天上的薄云彩给风吹开了，露出了青天，扎蓬棵子遥地滚着。

北风吹得急，远远的苞米叶子打到小旗。

陈二踹子是另外一种心情，他无精打采地骑在马背上，瞅着那两只像小瓢一样的马耳朵，黑鬃毛，矮蹄子踏着雪，这牲口是在他的手里使唤出来的！它给他拉过套、伐过米、蹚过地、拉过庄稼、打过场。他给它添草添料、饮水、垫圈，连牲口的脾气他都知道得清清楚楚，黑天白日在一块，熟得像一个近人一样。现在，它要离开他了，心里有些热辣辣的，说不出来是什么滋味。

“马叫你没收了！”陈二踹子叹着气，像小孩子一样数叨着：“我那两垧地，谁给我种呀！”

“你不是不跟小户换工插锄么？”李大嘴说俏皮嗑给对方听：“我到前方出一趟大车，抽掉你的一根牲口毛，你都心疼。”

“我怎么不心疼呢！它是我用肥草细料喂出来的。”

“不管你说什么好听的，现在都晚了！”

进了村口，李大嘴看见一堆一堆的人站在板障子跟前背着风、唠着嗑、卖着呆。金永生赶着一挂大板车迎面走过来，抽着鞭子，车轱辘轧着冰雪和冻硬的牲口粪走过来，车尾巴摇荡着，车厢里的东西挂了尖。在杂乱的衣裳堆里，有一件水绿色的大和绉掠着眼睛，他心里想："这不是斗争果实么?"同时间，有一伙人望见他押着海黧马回来了，赶紧地围了上来，他给陈二踹子递了一个眼色，告诉他说：

"到地方了，你下马吧！不要再装相了。"

十五

就在抓地主的那天晚上，村子里过堂追浮产。男的一下，女的一下。

女的里面是张大嫂领着头，她吃过晚饭，喂好了猪，不慌不忙地到每一家去吆喝开会，人数来了一半，就把高福彬老婆传来过堂。她一边问，一边劝说，一边使心眼把高福彬老婆问得有八成蒙了。姑娘们，小媳妇，半老太太，小孩子，挤挤喳喳地顺着北墙根站了一溜，堵住了门口，还有扒窗户眼看的，像挡了一面墙，挤也挤不动，推也推不开。可屋子像乱马营一般地吵吵着。

"噘嘴骡子！"

"你看，这个老款，到现在还装模做样。"

屋子里的电灯确亮，照得高福彬老婆的瓜瓢脸白刷刷的，如同一张银箔。她瞪着眼睛，噘着嘴，好像谁短她二百钱似的，张大嫂和一群妇女把她围得风丝不透，有的劝说，有的斗着嘴，有的指手画脚嚷着：

"快说，你的掌柜的都坦白出来了！"

张素珍跟着她嫂子的后边，附着耳朵啾啾说："嫂子，那东西老鼻子呢！"

高福彬老婆吃了一惊！张素珍啾啾话是真的呢？还是望风捕影呢？瞅瞅身前身后的人们，有的对她龇牙笑，有的瞪眼睛，有的不搭理她，仿佛大家都和她有几辈子仇似的。最后，她听见门口喀嚓响了一声，原来金成把起出来的风匣劈开了，斧子砍在地上，叉着腰板，掐着皮带走过来。她害怕了，向着张大嫂求情：

"张大嫂，你给我说说情。"

"我给你说情,你得说实话。"

"我说……"高福彬老婆顺口答应着,又想说,又不想说,寻思半天,看见金成对她瞪着眼珠子,才吐了口缝:"在江北有一辆胶皮轱辘车。"

"还有什么?"

"有两条牛,七石小麦。"

"还有没有?"

"没有了,你们再找出来一件东西,割我的脑袋。"

高福彬老婆喘了一口气。大家也伸伸懒腰,跑过去看看起出来的衣裳。剪发的小媳妇扒着桌子,踏着地上的斧子和风匣板子,推来推去。小姑娘挤在胳肢窝里卖呆,头发辫在灯影里隐忽着。金成弯下腰,从劈开的风匣里掏出来衣裳,红毛衣、白卫生衣、阴丹士林布大衫、洋服裤子,一件一件地抖落出来,花红绿绿地晃着眼睛,卖呆的人不住地伸着舌头。

"财主家真有老箱底!"

"这是康三阎王勒老百姓大脖子的。"

"老高家过礼的衣裳也起出来了。"

当着妇女们看着衣裳乱吵乱嚷的时候,周兰也走到这屋里来了。她轻轻地跨着脚步,挤进妇女堆里,迎着电灯的亮光,她立刻看见了金成的粗脖颈子和那两只撑撑的耳朵,她看见他是怎样地熟悉呀!"他干么和妇女在一块呢?"她思索着,脸蛋微微地泛着红晕,心里有些跳。在这乱糟糟的人堆当中,她想要知道些什么,但又不能知道很清楚,就那样不安心地跳起来了。大白天,村子里就像乱马营似的乱了一天,抓得鸡飞狗跳墙,骑马跑的陈二踹子也被逮回来了。黑了天,妇女们又挤进这屋子里来,这是干什么呢?

屋子里可热闹了!亮的灯光和黑的人影交织着,妇女们穿的花花绿绿的衣裳,头发松散开,细白的手梢在红毛衣上摸来摸去,小嗓门咿呀地响……这使她想起妇女识字班的情形,仿佛今天晚上比妇女识字班更要热闹,更要活泼呢!不认字的张大嫂也来了,挽着小疙疸髻，戴着小铜钳子，黑脸蛋照得溜明确亮，简直咧嘴笑呢！活蹦乱跳的小芸，指手画脚的张素珍，小媳妇扯着衣服舍不得放手，边笑边嚷。金成向着桌角躲开空，张开手，把劈裂的风匣扒下一块板子，掷在地上，高兴地哈哈笑起来。

屋子里的妇女是怎样高兴呵！周兰不敢在人面前大声笑，鼓起小脸蛋，却抿着嘴笑了。她往前探了探身子，靠着窗户台卖呆，每一次金成在灯下张开手的时候，那淡淡的影子就投到她的脸上来。晃了一下黑影，灯光又露出来了，她几次地都望见他的撑撑的耳朵。她看见他高兴的时候，她也感到高兴。虽然高福彬老婆蹲在她的旁边，她也看见了：那张刷刷白的瓜瓢脸，打卷的牛粪盘头，蛤蟆眼睛，噘嘴唇子，她从她身旁走过了两遍，她觉得比碰上一只癞母狗还要讨厌。妇女们可稀罕衣裳啦！团团地围着桌子，有的扯着水绿色的大袄，有的用牙咬青坎布丝，有得看卫生衣的成色，量量腰袯，比比袖子。张素珍把那件阴丹士林布大衫穿在身上，伸伸袖口，看看搭在脚面上的衣裳襟。没有捞着穿衣裳的连扯带摸，一个剪发的小媳妇把一幅青闪光缎子抖搂出来，娇得晃眼睛。大家七嘴八舌地说话。

"财主家穿的衣裳，都是溜光水滑的，连肉皮都不沾。"

"你看，一个风匣里，藏了多少衣裳。"

"孙老蔫不是拿出一个黄包袱么？"

那个剪发的小媳妇摇头笑着，撂下那幅青闪光绶子，耸着肩膀，远远地望见了周兰的鹅蛋脸，她指着噘嘴的高福彬老婆俏皮地对她说：

"周兰，你婆婆给你的过礼衣裳呢？"

"她不是我的婆婆。"

"你听见么！周兰说了，你不是她的婆婆。"

那个剪发的小媳妇又把周兰讲的话，照样地对高福彬老婆说了一遍。周兰望一望那个剪发的小媳妇，又望一望瞪着大眼梢子的金成，回想方才讲的那句话，不知不觉地脸红了。

高福彬老婆没有吱声，望了望周兰的沉静的鹅蛋脸，叹了一口气，把牛粪盘头夺拉下来了。

"这个老款，她不吱声，让她把衣裳坦白出来。"

"快快说！你把衣裳藏在什么地方了？"

高福彬老婆怕硬不怕软，大家问她都是白搭，仰起瓜瓢脸，溜溜墙根，皮目煞眼不理那个茬。金成看得来火了，从腰上解下一根皮带，在后边凑火说：

"她是贱皮子！不打不说。"

高福彬老婆转过牛粪盘头，狠狠地瞅了金成一眼。

"人家到了什么时候，六盘子菜——多鱼（余）。"

"你不说，就打你这个贱皮子！"金成咬着牙，和高福彬老婆摽上劲啦！

"我说什么？"

"你说，你把东西藏到什么地方去了？"

"金成，白天不是你去收拾衣裳么？"

"你这个刁娘们，放完鸭子，又放鹅（讹）了。"

小芸怕她哥哥吃亏，跑过去拉张福彬老婆的袖子，那个老娘们一拧胳膊，把小芸抢得发晃，撞在周兰的大腿根上。周兰正生气的时候，旁边的张素珍和那个剪发的小媳妇替她下了手。一个扯膀子，一个拉胳膊，拉拉扯扯好一会。高福彬老婆已经累得气喘了，腰酸了，牛粪盘头给撞歪了；散开了扣子，披头散发的，好像一个装疯卖傻的女大神，就是手里少了一面鼓。围在旁边的妇女们看得笑了。金成拍着巴掌：

"熊啦！好虎架不住一群狼。"

高福彬老婆被弄得头昏眼花，喘着气，咳嗽着，自己觉得实在挨不过去了，才输了嘴。"张大嫂，你再给我说一次情。"

张大嫂稳住架，抽了一口烟，绷着脸对高福彬老婆说："老高大妹子，这不是你自己找麻烦么！"

"我再也不……"

"叫她坦白吧！"

张大嫂递了一个眼色，张素珍和那个剪发的小媳妇全住了手。小芸退到她哥哥的跟前去。旁的妇女也跟着退到后边来，靠着墙，高高低低地站了一排。又是说，又是笑。

"你快说！"

"我说……"高福彬老婆知道周兰站在旁边卖呆，她嫌寒碜，白瓜瓢脸热辣辣的，皱着眉毛，她想了又想，知道不说是挨不过去的，她只好说了："在佳木斯我妹妹家里，有我的一两箱子衣裳。"

张素珍叮着问："你说利索一点，到底是几箱子，一箱子加两箱子，是三箱子。"

"是三箱子衣裳。"

"还有没有？"

"这回可没有了！你们要再找出一点东西，割我的脑袋。"

"你一共长了几个脑袋！"

金成截她的短逗乐子，逗得妇女们格格地全笑起来。有的嘻嘻地笑，有的龇牙笑，有的格格地笑。周兰也抿着嘴笑了，没有出声，浅浅的一道纹溜出现在那鹅蛋脸上，经过金成的眼光一扫，那浅浅的纹溜又消灭了。大家说说笑笑，吴万申从外边走进来，看见屋子里热热闹闹的，问道：

"你们笑什么？"

"我们有好笑的，大家才笑起来。"张大嫂正正经经地绷着脸说，没有笑。她的小眼睛溜到高福彬老婆的脸上，瓜瓢脸白里透青。

"你们动了手？"吴万申看见金成的手里拿着皮带，猜想说。

"没有，我们要动手，已经割了两个脑袋！哈哈……"金成忍不住地又笑起来，拍着肚子，几乎岔了气。

"你们没有动手割！"

"对啦！我们没有割，这年头，大肚皮的脑袋太不值钱，三箱子衣裳就换一个。"

金成又把大家逗笑了。跟着那笑声的波动，大家的眼光齐簌簌地射到高福彬老婆的身上。吴万申暗自点着头，立刻明白了。

张大嫂转过头去问吴万申："你们那里起出什么东西？"

"我们起出刘庆的四麻袋衣裳，一床皮被。"

张素珍吃了一惊，伸伸舌头："真不少，老鼻子啦！"

"耗子拉木锨，大头在后尾。"吴万申笑着说："还有三个金镏子。"

"你骗人！"

吴万申一张手，露出三个黄灿灿的金镏子，可屋子人的眼睛都晃亮啦，一边显摆一边说："我怕你们不相信，我才带来啦！小伙子要和你们妇女比赛呢！"

周兰怕妈妈出来找她，正想回家去。忽然吴万申拿出三个金镏子，晃着满屋子崭亮。她想再多看两眼，又把脚停下了。金成不知为什么却来了兴头，把金镏子放在手里掂着分量，要和吴万申打赌，清亮的嗓门格格地笑个不休。有一个金镏子套在张大嫂的手指头上，那手指头给烧火棍抹着黑灰，还有着猪食点子。大姑娘小媳妇都围着她看，看得眼热，头发楂子都联发啦！在黑惨惨的脖领子后边，一张白瓜瓢脸也偷着挤进来看。

"你看什么，你把金钳子拿出来。"

"你把金钳子藏在什么地方了？"

又问到高福彬老婆的头上了，她死也不肯承认，不吱声，也不动弹。妇女们要金钳子劲大，合计了一下，一齐下了手，张素珍扯胳膊，小芸抱大腿，那个剪发的小媳妇撑腰，还有搂腰和解扣子的。高福彬老婆的青棉袍给扯开了，露着灰毛衣，披着头发，淌着鼻涕，一面和妇女拉拉扯扯，一面大喊大叫：

"我没有金钳子，你们逼死我，也没有金钳子。"

张大嫂点醒她说："你们戴的金钳子，这回过礼的金钳子呢？"

"真讨厌，又提到过礼的事情。"周兰心里嘀咕着，躲到梁底下一块黑影里，没有走出去。她想知道事情的归根落底。

剪发的小媳妇俏皮高福彬老婆说:"你看你这个噘嘴骡子,还想戴金钳子。拣粪戴花——臭美。"

高福彬老婆咬着牙,挺着脖子,王八吃秤砣,铁心了。大家把她团团围住,又生气,又好笑,跟着她身前身后乱嚷。

"抽这个噘嘴骡子,看她吱声不吱声。"

"真是死脑瓜骨,舍命不舍财。"

金成气急眼了,把皮带递给了张素珍。妇女们知道又要动手,重新把高福彬老婆围住,有的掐胳膊,有的拉毛衣,有的撑腰眼子。吴万申怕把事情弄得糟糕,走到张素珍的跟前,悄声告诉她说:

"沈同志方才对我说:不要打人。你吓唬吓唬她,把东西拿出来就得了。"

张素珍点点头,走到高福彬老婆的跟前,对着那白瓜瓢脑门虚晃两皮带,吓得她直雾眼睛。金成在旁边看得着急,大声吵嚷:

"张素珍,你狠狠地抽她皮带!"

背黑里一个妇女说:"叫她蹲笆篱子!"

高福彬老婆的脑皮上的青筋鼓起来,豆粒大的汗珠往地上滚,前面黑压压的一堆人,眼睛黑糊糊的。

张大嫂劝她说:"老高大妹子,你说了吧! 蹲笆篱子,丢人丢不起。"

"我说……什么呢……"她半吞半吐地嘟哝着,摇着头,实在到了死逼无奈的时候,才说出来:"呵……你们拿去吧! 放在炕席底下,那是给我媳妇过礼的金钳子……"

"谁是你的媳妇!"周兰听得不顺耳,从旁插了一句,瞅瞅高福彬老婆,又瞅瞅金成,小脸蛋又红了。

"你说吧!"

大家吵了一顿,又追下去了。

十六

周兰在家里,好像关在闷葫芦里一样,霜雪把窗户门堵得溜严,透不过一口气来,她走到当院子里来了。

当院子的雪地白净净的,两旁是撮雪留下的木锨印,中间是人行道,给庄稼人穿的靰鞡踏得溜滑崭亮。早晨的小榆树枝上落了一层树挂,太阳从树梢上射下来,满树都开了一片白花。外头没有一点风丝,谷草垛上的草梢也不摇动,有几只家雀落在谷草绕子上吵着架,从上滚到下,有人用木棍敲着木板障子,家雀向界壁的房脊飞去了。当院子白净净的,鸦雀无声了。

周兰觉得当院子畅快,那高高的谷草垛,白花花的树挂,木板障子,房檐子,淡青色的天空,她不知道看有多少遍了,她对于院子里每一样东西都觉得亲切,她想到远处一些东西。家雀该有多么好呢!愿意飞到什么地方,就飞到什么地方。她在家里该有多么闷屈呵!会也不能开,门也不能串,昨天晚上偷偷地去看过堂,到现在还是提心吊胆的。她觉得她实在闷屈呵!一边在雪地上散步,一边想着心思。

她迈着穿着浅绿色裤子的两只腿,轻轻地放着脚步,踩在雪地上,瘦瘦的蓝棉袍随着身子有些摇摆。她走到木板障子的跟前了,用手理了理搭在脸上的散发,撩着双眼皮,望着大街上的雪堆和一张爬犁。昨天去看过堂,不是从爬犁和雪堆当中穿过的么!现在想起过堂的情形,连过堂时候的兴致都想起来,她的心里暖和得很呢!可屋子里的妇女都在格格地笑着,她也抿着嘴笑,尤其是金成喜欢逗乐子,她的嘴简直抿不住了呢!可屋子亮堂堂的,她的心里也是亮堂堂的。至于高福彬的老婆呢?她几乎不去想她的,那张没有血色的白瓜瓢脸,披着头发,噘着嘴,她想起来都会恶心的。这心里的话能够对她妈说么?她宁可在肚子里烂掉了,也不愿意说出来。

周兰纳闷:有什么东西横在她们娘俩之间呢?是一垛墙么?是一层窗户纸么?是一块乌玻璃么?有了它,娘俩就不能够通气。近几天来,她不敢正面看着妈妈,一看自己就先红了脸,红了脸,她更不知道对妈妈讲什么才好。那更糟糕了!吃饭的时候,妈妈坐在炕里头,她磨到炕沿上,妈妈坐上边,她跑到里面打横。到了晚上睡觉,她不管睡着睡不着,蒙上眼睛,一脑袋扎在被窝里,故意打两声呼,听听妈妈那里有什么动静。过了半夜,窗子都黑了,她还听到妈妈叹气和刨烟袋锅子的声音。爸爸也醒了,咳嗽吐痰,那黏痰嗓子把土墙上的破纸片子都呛得发响。她寻思起来真伤心,还不是为着她一个人么?她是怎样和妈妈见外呀!一来二去,她觉得说"妈妈"这两个字都有些咬嘴,她不是从妈妈的怀里长大的么?难道是从石头缝里蹦出来的么?

板障子外边有人唤猪的声音,用木棍敲打着。

周兰回屋的时候,张大嫂挂着烧火棍来串门子,穿着破大布衫子,破袜片子,脸上挂着灰,头发也擀了毡,看那神情,比昨天晚上过堂还要自然,沉重而且随便。张大嫂一进屋,周兰觉得心里开了一扇窗户,闷葫芦里露出一点光。她心里想:"张大嫂干什么来呢?头也不梳,脸也不洗,腿脚这样勤快。"她没有讲话,隔着桌子望着她。

"你们看见小猪么?"张大嫂站在地上,面对面地对着周老太太。

"我们一天不出屋。"周老太太回答说。

"眼看小猪钻进板障子,哼了一声,就不见了。"

"怎么把小猪吓毛了?"

"李大嘴到刘庆家里去抓壳郎子,吵二巴喝的,壳郎子一叫唤,把我们的小猪吓毛了。"

"张大嫂,你坐下唠唠,抓财主家的猪干什么?"

张大嫂放下了烧火棍,理理鬓角上的乱头发,坐在周老太太跟前。旁边是周兰和她的瘫巴爸爸,烤着手,抽着烟,瞅着霜雪挂得厚厚的墙壁,唠起家常嗑。周老太太对着张大嫂的小眼睛,打听东,打听西:昨天为什么打枪?大车拉的什么东西?夜里吵吵闹闹干什么?张大嫂告诉她抓地主起浮产的情形,展着眉毛,小脸蛋放着光,找小猪的事情已经忘在脖子后边了。

"我活了多半辈子，头一回见了这样场面。"

周兰的瘫巴爸爸从炕上爬起来，推开枕头，吐了一口痰，打听张大嫂说：

"有多少衣裳呢？"

"红毛衣呀！大和绉呀！可老鼻子啦！"张大嫂说得嘴丫子冒吐沫，用手比画起来："满满腾腾地装了一屋子，插不进手指头去。用大车拉，也要拉一天一夜。"

"这回你们可翻身了！"周老太太平平淡淡地说了一句。

"还起出三十八石粮食，上了封条。"

"你们吃穿都不愁了。"

"还有啦！"张大嫂的嘴像汽水瓶子，越冒越有劲："十四台大车，三十多匹马，七头牛，今年小户种地，再也不犯愁了。"

"这一回是个大翻身。"周老太太哼哈答应着，没有怎样往心里去。

"还有啦！箱子、柜子、牲口槽子、铡刀、锄头、铁锹、板子、牲口套……我抄近说吧！昨天夜里过堂，起出十副金钳子，十个金镏子。那盒金沙子也取回来了。今天早晨，常俊岩骑自行车送到东北银行，卖了四百多万。"

金子打动周老太太的心了，张大嫂的话里话外之间，她听那口缝，老高家给她女儿过礼的金钳子也起出来了。到现在她能说什么呢？她望望女儿煞白的鹅蛋脸，没有吱声。周兰想起昨天晚上过堂的那幅情景，瞅了瞅她妈妈的脸，也没有吱声。周兰的瘫巴爸爸倒是听得发呆了，盯着张大嫂亮亮的眼睛，不住嘴地称赞说：

"金子是值钱的东西！"

张大嫂抹搭一下小眼睛，不慌不忙地说："还有比金子值钱的东西咧！你知道，放在你们东屋那捆轮带，叫佳木斯一家铁工厂买去了，六十四米，给了五百万。刁金贵做的经济。"

"你们彻底翻身了！"周兰的瘫巴爸爸吐了一口痰。

"穷人受了多少罪，吃了多少苦，共产党来了，才算熬出头来了。驴粪蛋还要翻梢呢!"

张大嫂正说得高兴的时候,皱一皱眉毛,把话停下了。仰起了脸,望望被霜雪盖得溜严的屋子,刷刷白的土墙,溜溜黑的灶坑,梁头上风干的白菜叶子,露棉花的麻花被,破香炉,打了嘴的瓷壶,这样摆设是怎样寒碜呵!回想一下起出来的一些花花绿绿的衣裳,她替她们难过呢!

张大嫂替她们叹了口气:"穷人都翻身了,偏偏你们?"

周兰的瘫巴爸爸略微抬起头来,吐一口痰,声音直哆嗦:"我们是找着受穷。"

"你不想受穷,你不会另打主意么?"

周老太太憋不住了,红了脸,歹声歹气地和她掌柜的吵着嘴,越吵越僵。最难心的,是她们的女儿周兰,沉着心,跺着脚,溜着眼睛,爸爸和妈妈吵架,还不是为了她一个人的事情么!她能说什么呢?张大嫂给她们老两口子劝架。

"过去事情一笔勾销,穷不扎根,富不长苗。家雀往亮处飞。"

"人家财主,高山点灯明头大。"周兰的瘫巴爸爸咳嗽着,想起财主高福彬,忿恨地说:"好像我们打着灯笼,也找不到那样好的人家。咳咳!我是一个瘫巴,十八岁给人家打头,披星星,戴月亮。庄稼院什么事情我吃不透?那些财主,我早就吃透了!我的女儿没人保媒,也不能臭到家里。"

周老太太忍住气,再没有和丈夫顶嘴,关于老高家亲事,自从村子里起浮产,听见张大嫂的唠嗑,心里打画魂,嘴头上拐不过弯来。当初红嘴白牙答应媒人的,一名二声地传出去,亲戚邻居等着喝喜酒。现在又变了卦,她怎好说出口呢!可是,人嘴两张皮,怎说怎有理,起初劝她把女儿嫁给老高家的一些人,现在都说她是封建脑瓜筋,溜须大肚皮,连贫雇农大会都不让她参加,可真恼火啦!自己把女儿拉扯大了,又落了一身不是,家里外头都埋怨她,闹得里外都不够人。

张大嫂把话说了九分,她站起身来,捡起烧火棍,在离开屋子之前，又说了那一分：

"你们想想，今天就要斗争老高家，周兰要是过了门，没跟人家享福，却跟人家受了罪。"

"我受了罪，我妈看见才高兴呢！"周兰已经憋了半天了，碰到这个节骨眼，轻轻地说了这么一句，说完脸就红了。

"我做了什么对不起人的事情，包瘫不是都落到我的身上？"

周老太太发了脾气，涨红了脸，不是鼻子不是眼睛地吵着，耳根子像火烧似的，从她女儿那里背过身子，朝着西墙上的菩萨像。周兰知道自己冒失了，后悔地咬着小白牙，一边往后退，一边木胀胀地溜着她妈的脸。张大嫂还没有跨出门槛，只好又给她们劝架。

"你们娘俩消消气，说来说去，人活着还不是为着一个'好'么？"

"我们没有好！"周兰的瘫巴爸爸也跟着呛呛着。

"你说没有好，就……"

"你们寻思寻思，我找到小猪，开过斗争大会，再和你们好好唠扯，人活在世界上，就是为着一个'好'。"

张大嫂提起烧火棍，推开房门，走到外边去。外边正敲着炸弹壳，满街的人都向大会场涌去，斗争会快开始了。

十七

张大嫂把烧火棍送到家，在转到会场的时候，参加开会的贫雇中农都到齐了。

会场里是怎样地显得紧张和匆忙呵！房门敞开口，凉风和冰雪结成块滚到屋里来，烟灰吹动着，红扎枪的穗子盖住人的眼睛。李大嘴站在后排的板凳的一端，摇着狗皮帽子，扒着孙老莺油渍的肩头，咧着鲇鱼大嘴大吵大嚷："你挤什么，这又不是耍狗驼子。"一个穿着撅腚袄的中年农民望着他卖呆。吴万申挤在别人耳朵丫子后边，对着人们的脖颈吹风，晃着小烟袋，煽动着斗争。只有金永生是平静的，闪着豆角眼睛，那平静像大风雨来临之前的一种象征。

金永生看见张大嫂稳稳当当地走进来，就问：

"你的小猪找到了么？"

"我听见敲炸弹壳，就从老周家走出来了。"

张大嫂是一个深沉的人，当她提到老周家的时候，眉毛挤成了一道黑，便把话停下了。金永生却没有理会那个，心里正想着斗争的事情呢！表面上却装得镇静，提猪道狗的，心里却惶惶的，撩起眼皮，像高粱穗子一样簇簇的人头涌来又涌去，头发梢戳破了帽子，还有瞪着眼珠子的，乱嚷一阵："报仇的机会到了！……"

话像一块砖敲到金永生的脑门上，神经一拘挛，头脑已经十分清醒了。烟灰和尘屑从他的眼前飘过去，迎面露出白的窗户，阳光闪烁着。他记起高福彬架在鼻梁上的眼镜闪的光，像马蜂子针，像大麦的芒，那老头子几次对他瞪着眼珠子，支使他赶小车子，出官车，没收了江沿那垧地……他想起来是怎样地心疼呵！浑身都像扎了针一样地跳疼着。他把手腕举起来，等待着斗争会的到来，为了倒出自己的苦水子，他愿意把马蜂子针从脑袋上拿出来，他愿意把大麦芒从手心里拔出来。

金成押着高福彬走进了会场，后边跟着一伙人，牵着绳子的，挑着扎枪的，凑热闹的，掺杂在大溜的人群中间。高福彬的两条麻秸腿摇摇晃晃，尖嘴巴像一个钉子，耳朵薄得成了黄烟叶子。一撮仁丹小胡显得没有一点威风，当着人们举起胳膊喊口号，拳头和吐沫星子碰到那卷起的胡子时候，它才抖擞了一下。大溜的人群把他卷进怒潮的漩涡里了，一阵阵嗡声嗡气地叫着。

"打倒恶霸地主！"

"有冤的报冤！"

"有仇的报仇！"

"贫雇中农团结起来！"

小伙子都精神起来了！拳头在红缨的扎枪头子上耍着欢，横眉竖眼地掠着嗓子。

主席吴万申敲着小烟袋，在主席台上露了面，他的劳工服压在

228

桌角上，摆了两次手，让大家静静，瞅瞅南炕上的小伙子，又瞅瞅北炕上的妇女，简简单单地说：

"现在斗争恶霸高福彬，他在村子里横行霸道，老百姓受他欺负。谁有条件，就把话说在当场吧！"

金永生探探头，鼓起了豆角眼睛，隔着左三层右三层滚动人头，望见了高福彬那张煞白的凹口脸，颧骨突出来，痉着鼻子，失了神的灰白目光对着炉口的死烟，越来越暗淡了。金永生心里想："他逼我出官车，扣我江沿地的时候，这老头子的眼睛该怎么凶呢！吹胡子瞪眼睛的，翻脸不认得人，那鼓肚的眼睛烤得像火镜一般，我连看都不敢看。怎么现在也鼠匿了？"他想来觉得窝一肚子火，那股火气在他的心腔里憋得快要出了头。现在，该着他出来申冤的时候，瞅了瞅高福彬的老窟窿眼，不知不觉地打了一个奔。

金成把高福彬拉到主席台跟前，红扎枪扬了一下，两边的人流向着中间挤过来，左右打旋。孙老蔫的小脑袋从里边露出来，摆摆脚，看见高福彬那撇小仁丹胡子，立刻来了火：

"你怎么不装蒜啦！我给你扛活，你巧使我半辈子。"

"你听，孙老蔫说他叔伯丈人装蒜呢！"

一个尖嗓子的小媳妇嘀咕着，在脖子后边吹着风。孙老蔫的脸皮气得发红了，噘着嘴骂：

"叔伯丈人，鸡巴！他糊弄我给他藏黄包袱，让我沾包！"

"老蔫，你打他的嘴巴子！"

孙老蔫挤挤眼睛，伸出麻秸的胳膊，对着高福彬的凹口脸晃了两次。高福彬两次都闪过去了，翻弄着小窟窿眼睛，腮帮子上的小胡子挑起来，龇着大金牙，好像不服劲似的。孙老蔫的个头小，忙得满身是汗，够也够不着，扎煞着胳膊，黑黑的后脑勺子摇摆不定。

"跪下！跪下！"

金成用扎枪触着老头子的脊背，高福彬就跪下了，大家停止了吵叫。穿着靰鞡的李成林说：

"高福彬，你当屯长，怎么克扣我的配给布，放豆油你掺假……"

高福彬不敢吱声,低下头,像瘪了茄子,斜着窟窿眼,看见大家伙把他围得风丝不透,乱吵吵一阵。

"你抓我的劳工……"

"你领王警尉翻出荷粮,洋刀叮当山响,吓得小孩直哭……"

"打倒地主!"

金永生走上台前的时候,大家又喊过了一次口号,李成林穿着靰鞡走到后边去。他的儿子金成拉着绳子,把高福彬从地上拉起来,光着脑袋,露着大金牙,活像一只受伤的白眼狼。

"高福彬,我有一句话问问你,我老人留下江沿地……"金永生提起那件事,有些心寒,再也说不下去了。

高福彬知道金老板子是一个心慈面软的人,使了软招子:

"金大哥,咱们两家父一辈子一辈地处了多年,界壁邻居,有什么过不去的地方?"

金永生听得不耐烦了,转了一下豆角眼睛,嗓子微微地抖着,生气地说:

"我和你有过不去的地方,我有……有……江沿那垧地……"

"金大哥,不要提了,咱们都是开荒占草的老户。"

"你说,谁是开荒占草的老户?"金永生截住高福彬的话,气得浑身直哆嗦,扎煞着两手,半截破皮裤子晃动,快要奔拉到小老头的胡子上,冤家路窄,越说越生气:"提起北大荒开荒占草,都是我父亲一镐头一镐头刨的,砍倒树林子,搬掉石头瓦块,打草,放荒火,一滴血一滴汗……"

高福彬伸长了脖颈,想讲什么,却龇了一下金牙:"我们是坐在炕头上么……"

"你们就是坐在炕头上成了地主,手不扶犁,脚不沾泥,对着劳金支支嘴,克扣配给,要出荷,陪着警察喝酒才找到你们。"

金永生快要气炸了,抖擞着手梢,鼓鼓的豆角眼睛浮起血丝的红光。大家伙已经涌到前边来,当着金永生问得高福彬哑口无言的

230

时候,随着叫起来:"叫他讲!克扣配给,要出荷,有没有这事!"有的人跷起了脚根,瞪着眼珠子,晃着草尖色的皮帽子,灰尘在房顶上浮动起来。

李大嘴挽起袖子,对着金永生大吵大嚷:

"金大哥,你怎么不打他呢?"

"我打他也不解恨!"金永生伤心地说,嗓子的声调都走了,一边诉说,一边揪着心:"我已经憋屈了好几十年,今天,我要当着大家抖搂出来。你派我出官车,我好险没有把命搭到日本人手里。你逼我赔你黄骟马,占了我的江沿地,我是指地打粮……"

金成狠狠地将着那条绳子,代替他爸爸说:"人家吃香的,喝辣的,我们连苞米喳子都吃不起!"

"苞米喳子,苞米喳子……"金永生打断他儿子的话,绷着脑瓜皮,声调又高起来:"我当一回老板子,到你家去借一斗苞米喳子,你满嘴喷粪,呵!一斗苞米喳子,不够你们财主填耗子窟窿的!"

"叫他讲!"

屋子里的人们一条声地从四面八方喊起来。七喊八喊,把金成小伙子喊起了火,竖着头发楂子,头皮上的青筋跳起来,不由分说捺住高福彬的脑袋,问一声:

"高福彬,你给我们退不退那块江沿地!"

"我退江沿地……"高福彬已经松了,葫芦头的脑袋在金成的手心里摆弄着,挤着抬头纹,压低了大烟嗓子,憋了半天气。

"高福彬,共产党不来的时候,你为什么不给我退地?"金成又叮了一句。

"共产党没有来……我的脑筋没有开……"高福彬说。

"你这个封建脑瓜骨,用铁榔头敲也敲不开。"

金成用拳头比画了一下,吓得高福彬浑身直哆嗦,塌着凹口脸,腮帮子上的小胡子乱抖,大烟嗓子哑了,无可奈何地向金永生哀告说:

"金大哥……江沿那垧地……我给你……"

金永生反对说:"是你给我的么?是共产党土地法大纲给我的!"

"这个老鸡巴头子,不打他不输嘴!"

李大嘴一出了场,愣头愣脑地就给了高福彬一巴掌,有些小伙子叫起好来,拍着巴掌。李大嘴更来劲了,脱去了大氅,摔了狗皮帽子,抢到前面,完全把金永生挤到一边,又一巴掌摞在高福彬的腰眼子上,他看见高福彬咧咧嘴,就更生气。

"你咧嘴,我也要打你,反正我也把你得罪了,一个羊也是赶之,两个羊也是放之!"

"打这个老杂种!"金成在一旁拉绳子,伸不了手,大声骂起来。

屋子里乱套了,人们鼓鼓涌涌地挤到前边来,左右骚动,高高低低的狗皮帽子像星星草似的摆着。小伙子晃着胳膊吵嚷着,抢着绳子,挑起扎枪头子。后边的小媳妇跟着一股脑地涌上来,黑黑的小疙疸髻,洋布的衣裳领子,棉裤和鞋子把地皮插得溜严。小脑袋的孙老鸹挤到门后去了。李大嘴在人堆里耍欢地往上钻,忙得浑身出了汗,扯掉了小衣裳的扣子,粗红的胳膊像大肠翻翻着。在台上的吴万申有些稳不住架了,跷着脚,几次把小烟袋摆起来,大声喊叫:

"咱们不是为了撒气,是为了挖坏根呀!"

邓守桂指着高福彬的脑瓜对大家说:"让他坦白,为什么支使刁金贵成立小组会翻把!"

"让他说,为什么要保任会长?"

"快快坦白!"

吴万申出了头,把头岔过去了。人们也就顺风打旗地问下去,像是庄稼人刨地瓜,越抠根越深了。

李大嘴住了手,退到炉筒子后边去,戴上狗皮帽子望着高福彬太阳穴上的一块青痕,直翻着眼睛。

十八

贫雇农评了一天等级,编了号码,领了扉子。到了晚上,七百多件衣裳也倒动到大街上去了,分成堆,标明价钱,按市价减半,核成四百八十七万。离离拉拉地摆了一趟街,花花绿绿的,直晃眼睛。评判员已经到场了,基干队布置好了岗哨,拿扉子的人们正张罗着站排,一切都停当了,大家单等着排号领果实。

金永生走上大街的时候,大街上的人已经挤满了,领衣裳的,卖呆的,从场子里出来的,一股脑地堵在场子口边,推挤不动。尽管基干队晃着红扎枪,喊哑了嗓子,在杆子外边拦了一道绳子。大溜的人群前浪催后浪地涌过来。主持会场的吴万申翻着肩膀,走一步,嚷一句:"大家闪开空,按等级排成队,先来后到!"金永生站在谷草垛的跟前,半截破皮裤子从人们闪动的肩膀露出来,望着场子里的衣裳。不出头的陈二踹子也来了,踮着脚,在雪地上溜达着,想着心事。

金永生排在第二等的前面,他的前面是李大嘴,因为李大嘴早来一步,抢了一步先,狗皮帽子摇摇晃晃。胳膊扎舞舞的,敞口的青呢子大氅挡得严严实实。两个人身板挨着身板,踏着脚,吵嘈着。

电灯确亮,拴在半空的绳子上,木障子上,挑着小红旗的竹竿子上,远远近近,照得像一朵火龙。

天上扬着青雪花,轻飘飘的,凉湿湿的,从谷草垛扬在临街上。夜里有点哑巴冷,人们的脚冻得像猫咬似的,排成队,拖着比买火车票还长的一个大尾巴。

过了一会,金永生挤到场子口,场子里五光十彩的衣裳也看得清清楚楚,靠着木障子堆了一摞炕毡,一摞毡子,一摞麻花裤子,四摞被,两摞小孩穿的花衣裳,大约有二十多摞。最显眼的是一件青闪光缎子夹袍,水绿色的大袄,鹅蛋青色的紫宫呢,火狐狸搭在柳条花布的衣裳襟上,日本黄大衣……再远一些,他就看不清了。场子的四角都拦着绳子、桩子、木板和那被电灯照得贼亮亮的雪堆子。

在东边木桩子跟前，刚上场子的孙老蔫和常俊岩唠嗑。

"青棉袄多少钱？"

"价钱一万五，你买布也买不来，棉花白搭！"

中农李成林也来了，挤在人堆里，拿着四万元的扉子，向场子里探头探脑的，向金永生打听信：

"我们中农领东西也煞后吗？"

"你忙什么，好饭不怕晚！"

一群妇女站在木障子跟前，替男人出主意，想挑自己心爱的衣裳，眼巴巴地盯着场子。张素珍站在小红旗下面，仰着脸，瞅着成撂的衣裳，指着一件花达呢棉袄对张大嫂说："那不是老高家过礼的衣裳么？"

"老高家真有老箱底。"

张大嫂走到场子口，脑袋上的疙疸髻落了几片雪花，撩着眼皮，稀罕地摸着鹅蛋青色的紫宫呢说：

"这是老中华民国的东西，到了'满洲国'，就不时兴了。"

一个花眼的老太太说："我活了一辈子，也没有像今天这样开了眼睛。"

场子外头的人都来了精神，大声地笑着。

"你看那大氅，人是衣裳马是鞍！"

"这年头，穿暖和就行了！"

"在'满洲国'，谁没有穿过麻袋！"金永生说着他自己，皱皱眉毛，穿在身上的破皮褂子微微地一抖。

"提那时候干什么！"张大嫂说："我们大丫头出门的时候，连被都做不起。"

"三九天到草甸子上打柴火，活活把人冻死！"孙老蔫眯着眼睛说，瞅着场子里的衣裳，又笑起来："我穷了多半辈子，连好布条也没有上过身。"

李大嘴和孙老鸢逗乐子说："老鸢，这回该你装新了！"

在木障子前，有一伙人围着陈二踹子吵吵起来。原来陈二踹子看见别的中农都领了四万元的扉子，心里着了急。

"怎么别的中农都领了扉子，偏我这个中农脑袋贴上贴，号上号，……一个锅里煮不出两样饭来。"

"你要扉子么？"吴万申对着陈二踹子的脸，好像不敢答应似的。

"我要扉子干什么，我要我的海鳖马！"陈二踹子的眼睛瞪着李大嘴，嗓子沙沙的。

"陈二踹子，谁让你向地主溜须！"

李大嘴受不了别人的闲话，翻翻眼珠子，从排头上跳了出来，一直闯到陈二踹子的跟前，扯住陈二踹子的灰棉袄，不撒手。两个人就在场子门上吵了起来。

"你扯我棉袄干什么，八路军里不打人，不骂人。"

"不打好人，坏人一样动手。"

"我哪点坏，请你李大嘴给我举出来。"

李大嘴扯着陈二踹子的领子，抖了一肩头雪花，顺着场子的拐角打抹，地上的雪踏得一块一块的。两旁的人向他们这里围上来。陈二踹子不服气地诉着怨：

"我是不是中农？"

李大嘴回答说："别的中农都不跑，你这个中农跑什么？脚上的泡，是你自己走的！"

吴万申从旁边走过来，从灰棉袄上拉开李大嘴的手，又转过脸去对陈二踹子说：

"我到沈同志那里给你讨论讨论！"

"讨论也不行！贫雇农说了算！"

李大嘴看见陈二踹子的水肿脸有些发白，咬着牙，一直硬到底。

陈二踹子一口咬定了说："高低我是中农。"

"陈二踹子，我不是答应你到沈同志那里讨论么！"

金成正要跨进场子去领日本黄大衣,李大嘴穿着青呢大氅摇摇摆摆走回来,往排头一站,插了一杠子。金成正不乐意呢! 两个人打了吵子。

"你照规矩站!"

"你让给我!"

"谁让你不站排了!"

"我不愿意站排,你管得着?"

"不是有个先来后到么!"

"咱们全是二等。"

二等和二等不一样。李大嘴是一个街流子,平常做活藏奸,下地煞后。有人说:啄木鹳子打前失,全指着它的两片嘴支着呢! 领果实的时候,抢到前头来了。金成觉得不公平呢!

"我这个二等不行乎! 是贫雇农里边的贫雇农!"李大嘴提着大嗓门叫着,自吹自擂:"铜帮铁底,都是实货,你用棒子一敲,叮当山响!"

"我爸爸穿过麻袋,现在还扎着麻绳,大氅没有上过身……"金成的大眼珠子盯着李大嘴的青呢大氅,故意使对方下不来台。

李大嘴涨红了大饼子脸,赌着气说:"咱们把家底子换换好了!"

"换就换,哪个王八蛋拉钩!"

他们三说两说,话走了盘,心里来了火,你一句我一句地嚷嚷起来了。金成是一个急性的人。脖子硬,冻死不下驴,吵上了火,红头涨脸的不认得人。李大嘴是一个不服软的人,刚才和陈二踹子吵了一通,火上加火,耳根子通红,立着眼珠子,青须须的呢子大氅在灯光底下乱晃。场子口附近的人都跑过来凑热闹,围着两个吵嘴的人打转。没有比比家底子更热闹的了,虽然白天已经来了一回,大家还觉得有些不过瘾似的,跷着脚,耸着肩,瞪着眼珠子卖呆。场子口人塞满了,惹得站岗的基干队大嚷大叫,挥着扎枪头子,红穗子拧着青雪花在半空里乱飞。

236

"比呀! 哪个王八蛋拉钩!"小伙子叫着号。

金永生能够吃得亏,让得人,压服他儿子说:"大家都是贫雇农,吃亏占香油算什么? 在'满洲国',咱们怎么过了?"

"都是贫雇农,为什么李大嘴不到后边去?"金成不听他爸爸的话,一条道跑到黑。

李大嘴说:"比吧! 去年我分了二亩地。"

金成也说:"我们也是一个人分了二亩地。"

"我们有一堆烂土豆子。"

"我家有一簸箕苞米咂子,两顶。"

"你们房子呢?"李大嘴清清楚楚记得老金家有房子。

金成闪闪豆角眼睛,轻描淡写地说:"房子算什么,现在斗争大肚皮,谁愿意搬进去,谁就搬进去。"

"金成,你说得好听,自己没有房子,在人家房檐底下蹲一夜,也不答应你。"

"我们捡了木头,节省下来盖房子。"金成有些沉不住气,红了脸,鼻孔喘气,伸着胳膊对李大嘴说:"你呢! 你没有捡洋落么? 把木头当劈柴烧,躺在热炕头上,太阳一竿子多高,还没有起来。"

"你扒我的短干什么?"

两个小伙子都在火头上,谁也不肯让步,好像公鸡斗架一样,越凑合越近,鼻子对着鼻子,脸对着脸,简直是骑虎难下呢! 金永生跑过来阻挡他儿子,不着急不上火地说:

"咱们让一步。"

"让我挑那身日本黄大氅,我就让一步。"

金成插着腰板,站在一块冻冰的猪粪上,远远地望见撂在场子里的日本黄大衣,灯光闪得它黄展展的,袖子根上缝着软软的白毛,真可心眼子。

"我当基干队,夜里站岗穿……"

李大嘴不害臊地说:"我当村里的武装委员,不穿大氅,成什么样子?"

"当武装委员有功么?"

"我到前方去赶大车,怎么没功?"

"到前方去还不容易?"

"金成,我说了就算。你到前方去参军,我就把大氅让给你。"

金成是一个好胜的人,家里无牵无挂,平常就想跟着沈洪去参军,到队伍上去开开脑筋。这次挤到这个劲头上,没有和他爸爸商量,自己就做了主张。

十九

金成到了场子里,穿上那件日本黄大衣,回到场子口站岗去了。剩下金永生留在场子里挑东西,抬着牛皮靰鞡,经过绳子拦成的一条窄道,沿着花花哨哨的衣裳堆走来走去,那黄的格布和蓝的花朵展开在衣堆的鼓岗上,映着电灯光,像一汪水似的抖擞着。薄的雪片落在老板子的睫毛上,那黄的格布和蓝的花从地上反射过来,使得眼睛发花。

评议员常俊岩离开了桌子,放下了算盘,迎了上来。

"金大哥,你想挑件什么样衣裳呢?"

金永生被常俊岩问住了,闪闪睫毛,用手指抹去了额上的雪花,他不晓得挑哪件衣裳好了! 场子里是怎样地新鲜和光堂呀! 东一摞衣裳,西一摞衣裳,从南墙到北障子尽是摞得高高矮矮的衣裳。他从一摞一摞的衣裳走过去,翻两下,看看成色,问问价钱,又放在原来的地方。他捡起一件青坎肩,又捡起一件驼绒里的棉袍,又去拉一件黄卡其布的裤子。他挑花眼了,手腕子疼了,一件衣服也没有相中。

"常俊岩,你替我挑一件好的吧!"

常俊岩递给他一件黑呢子大氅,有八成新,水獭领子,蓝闪光缎子里,钉着黑扣子,又沉又笨,拿起来有些打手。金永生立刻认出是高福彬的大氅,打了一个奔。

"金大哥,你穿上这件大氅赶车,不管外边刮多大的烟泡,也冻不着你。"

金永生笑笑："你看见哪个老板子，穿这样的大氅?"

"现在穷人翻身了，什么不兴穿!"

"穿它赶车，笨手笨脚的，牲口一毛，就翻到车底下去了。"

"人家高福彬，不也是穿在身上么?"

"人家地主，是摆样子给别人看的。"

他们走到东头最末的一摞衣服，停了脚。金永生哈着腰，伸手去翻一件哔叽西服，一件女人穿的粉红色的大氅，大和绉裤子，灰缎子夹袍，红毛衣……翻了个底朝上，还没有挑好一件衣裳。站在绳子外的人等得不耐烦了，可嗓门嚷嚷起来：

"你想挑一夜么?"

常俊岩催促金永生说："你就留下这件西服吧! 一万元，你到佳木斯小市上，两万元你也买不来。"

"咱们庄稼从业，找一件庄稼人穿的衣裳。"

"哈哈，金大哥，你真算找到地方上啦!"

常俊岩哈哈地笑起来，插着腰，肩膀靠着桩子，拴在桩子上的绳子像一条大草蛇在雪地上抖着。领东西的人一大溜涌过来了，摇着扉子，塞在场子口的窄长道上乱吵乱嚷。李大嘴的狗皮帽子在扎枪穗子底下摇晃，叉着大腿，红色的大饼子脸伸到绳子里边来，为了看场子里的衣裳，把眼珠子瞪得有酒杯那样大。

"常俊岩，你把那套西服给我留下，庄稼人有福不会享。"

金永生听得扎耳朵，顶了李大嘴一句："你说什么，李大嘴，你能靠这个穿一辈子么?"

金永生绕了几回场子，翻了十七八件衣裳，好歹总算挑好了，有一件青棉袍，一床麻花褥子，一床红花被，一件蓝布的衣裳料子，一件小大氅。再加上金成穿的那件日本黄大衣，正正是十万元。他把十万元的一张扉子交给常俊岩，把东西裹成一个鼓鼓囊囊的大包袱，扛在肩头上，走出了场子。

他在雪地上走了半趟街，还听到后边有人吵着，风刮着小红旗，摇算盘响,女人的尖嗓子和喳喳的脚步声混成了一片。一个大嗓门的人喊叫"西服!"另外一群老娘们在笑着,热热闹闹的。他知道李大嘴已经进去挑衣裳了,场子里的衣裳实在多,西服,毯子,浆白的汗衫,大氅,日本黄大衣……他儿子不是穿上那件日本黄大衣么!和李大嘴斗争一回,要去前方了,他愿意不愿意呢?他自己也说不上来,既然答应了,也就算了,正如他在场子里挑衣裳一般,当着他把衣裳拿到手的时候,也就满意了。参加军队比挑衣裳的好处还要多,他挑完了衣裳,走出场子来,想想儿子参军这件事,更没有什么不满意的地方。他望望天,天上又扬了青雪花,盖了一层地皮,谷草垛像白蓑衣,房檐发白了。电灯照在木板障子上。小红旗飘动着,还有那红扎枪的穗子,从包袱后边晃了两晃,就不见了。他拐上另一条街,前面黑洞洞的,干树枝子和苞米秸子伸到墙外边去,地上的冰块和猪粪绊着脚。他明白已经离场子很远了,扛着大包袱,急急忙忙地向着回家的路上走去。

天头又黑,他走得又急,半截破皮裤子挡着膝盖,不管路途高低,深一脚浅一脚地往前迈,恨不得一脚迈到家。他不嫌天气冷,道路黑,包袱沉重,就是八天不吃饭,他也不会嫌饿,他的心里仿佛塞了一个大包袱,实实沉沉的,他从场子走出来,就觉得心里实实沉沉的。

他摸到了家,过了外屋地,穿过里屋门口的时候,包袱在两条门框上卡住了,用手推了两下,没有推动,于是他大声喊起来,敲着门框。他的小脚老婆从冰凉的炕席上爬起来,倒穿上鞋,慌慌张张地点上菜油灯,一边点亮,一边拉包袱。没有睡着的小芸也扑到地上来了,帮助她妈妈下了手,叫喊起来:

"爸爸,这东西老鼻子啦!"

东西真不少,麻花褥子和红花被一块地摊在炕上,压住了墙角,把破席花和谷草叶都盖得严严实实,那圆圆的莲子像毛子嗑花,红花像火炭,灯火熏着红鲜鲜的布丝。屋子里好像立刻暖和起来了,地上不冻脚,炕上不拔手,灶坑门口的小灰还闪着火星呢!青棉裤和小大氅铺在炕上，把三条麻袋挤到墙角里去，又小又扁，冷眼一看，好像是堵耗子窟窿的破片子。女人掌着灯，一边摸索着，一边张嘴乐，瞧着金永生发亮的眼睛，却想不起要说什么。

小芸从小缸边跳过来，伏在炕沿上，两只小手拉着红花被角。

"爸爸，这回咱们可不盖麻袋了。"

"不盖麻袋了！"金永生点点头，他觉得小孩的话有些刺心。他记得在"满洲国"的时候，少吃缺穿，小芸躺在凉炕上，盖着麻袋片子，夜风嘤嘤地吹着窗纸，小姑娘的头发丝在微微地动颤着，说着可怕的梦话。那个苦日子，他不知道是怎么混过来的。

"爸爸，当真不盖麻袋么？"

"当真，怎么不当真呢！"

"爸爸，你说的是实话？"

"是实话。"

金永生呆呆地看着小芸的眼珠，在淡薄的灯光下显得沉紫，黑豆粒样的浮青，闪着光。他想："这小孩子该多有心眼呀！我要告诉她实话。"

"以后，咱们再也不盖麻袋了！"

"爸爸，麻袋给谁盖呢？"

"来吧！小芸，你黏什么牙，爸爸给你穿上小大氅。"

金永生哈哈腰，轻轻地拉起小芸的小手，使劲地捏了一把，那小手冻得像胡萝卜条似的，又红又硬，好半天才暖和过来。小芸怔了一会，看见她爸爸给她披上那件小大氅。知道她爸爸心里高兴，她自己也就高兴。用小手摸摸袖子，又摸摸铜扣子。

"爸爸，这不是老高家三丫头穿的小大氅么？"

"傻孩子，你穿上吧！"

小芸放下了铜扣子，用小黑眼睛望着她爸爸："爸爸，老高家三丫头看见，要回去怎么办？"

"她不敢要！"

"爸爸，真的……"

241

"真的,他们是大地主,过去欺负咱们,叫咱盖麻袋,现在,他们叫咱们打倒了,小大氅还了咱们的饥荒,你明白么?"

"爸爸,现在我明白了。"

妈妈离开了灯,从炕梢走到小芸的跟前来,让她女儿伸上袖子,扣上扣,用手指头在小大氅的开襟上比量了一下,也不肥,也不瘦,也不长,也不短,衣裳角搭到膝盖上,袖子垂到炕沿,那排列整齐的四个铜扣子溜明崭亮。小孩子穿上新衣裳,分外显得精神,一会抱住爸爸的胳膊,一会拉住妈妈的手,问长问短。

"妈妈,咱们不是翻身了么?"

妈妈高兴了,问女儿说:"你知道是谁领导咱们翻了身?"

"妈妈,是不是毛主席?"

"对啦! 你说对啦!"

妈妈摸摸女儿穿的那件小大氅,笑了笑。望着金永生的温和豆角眼睛,又想起儿子来了。

"你没给他领件大氅么?"

"他穿上啦,军用大衣……"金永生的长挂眉毛展展的,灯光从脑皮上溜过去,没有留下一点影子。

"他也领了衣裳,得怎样报答这个共产国家?"

"你愿意么?"金永生在考问他的老婆,鼓起眼泡,张着嘴;但是他没有把儿子要上前方那件事讲出来。

"我怎能说不愿意呢?"

这时候,张素珍穿着一件花达呢棉袍走进来了,抖抖闪闪的,可屋子放着灿烂的光辉,使麻花裤子和红花被显得过于素淡,简直是不出色呢! 小芸乐得拍着手,指着那花衣裳对她妈妈说:

"妈妈,你看看,这衣裳该多么好看呀!"

二十

这天晚上,老周家一家子都很精神,唠嗑到了三星傍晌,还没有睡觉。

周老太太没有拉下那张瓜青脸,点着烟,守着火盆,一边和张大嫂唠嗑,一边说说笑笑,连心里的话都抖落出来。周兰更知道好歹,一晚上没有发小孩子脾气,没有说长道短,没有噘嘴,靠着妈妈的肩膀,听着妈妈唠嗑,看不出她和妈妈有什么三心二意的地方。她的瘫巴爸爸今天也很顺气,吐痰不多,咳嗽不重,两手扒着炕沿,挺着腰板坐了半天,连眼睛都发亮啦!

屋子里亮堂堂的,木头炕沿,箱子,黄油子板柜,带抽屉的桌子,都抹得溜干二净。戳在北炕梢的一面平板桌子放着红光,映着火盆里的火炭,融融地散发着淡薄的光圈。屋顶上的电灯晃得确亮,照耀着墙上的玻璃镜子,照耀着窗子上挂的白霜。柜盖上那张菩萨像已经去掉了,西墙上露出新鲜的黄土,还有一股土的冻腥气呢!

一天云彩散了。

周老太太宽了心,耸着眉毛,把她的膝盖撞着张大嫂的膝盖,问长问短:

“你们领了什么样的好衣裳?”

“等一会张素珍来,你就看见了。扛回家去了。”

周老太太往前边凑凑,好奇地打听着:“有多少衣裳,成背成扛的?”

张大嫂瞧瞧周老太太的白脸皮,慢声细语地讲:“我也说不上有多少衣裳,像小粪堆似的,一堆又一堆,摆了一趟街。”

周兰和她妈妈互相看了一看,闷着头,没有讲什么。张大嫂敲敲烟袋,咧着厚嘴唇笑了笑。“连我们的光腚小嘎,也有衣裳穿了。”

张大嫂没来之前,周兰自个溜到大街上,站在街口,瞧着街西头半空的电灯明晃晃的,木板障子上飘着小红旗。在场子跟前层层地围着人群,嘻嘻哈哈地笑着,有人扛着大包小卷的衣裳走出来,木障子上的电灯光一闪,露在包袱外边的蓝衣裳角晃着眼睛。扛包袱的人踏着雪地走过去了,周兰还呆呆地望着那蓝色的衣裳角,闪闪的,她简直抬不起头来了。她是怎样想穿那衣裳呵!

她的瘫巴爸爸伸伸腰，用棉被掩上怀，关心地问张大嫂说："你们小嘎乐么？"

"怎么不乐呢，大人小孩，谁不愿意好呢！"

"你们大人孩子，有吃有穿，好……"

"人活着，还不是为着一个好么！"

周兰听着张大嫂讲究领衣裳出了神，鹅蛋脸烤着火盆，那对黑溜溜的眼睛好像掉在残火的灰堆里，好半天不吱声。直等到张大嫂讲完领衣裳的时候，她才望了她爸爸一眼。

"爸爸，你看人家……"

张大嫂又说："人都是为着好呀！"

这时候，张素珍拉着小芸的手走进外屋门，一前一后，踩在外屋地的苞米秸子上，发出一阵吱咯吱咯的响声。听见那动静，就知道她们的心里特别高兴，连门槛子都快踩塌啦！两个姑娘跳跳跶跶地跨进里屋来了。小芸穿着一件小大氅，戴着套头帽子，撑起衣裳领子，毛烘烘的小头发辫在小大氅的背后那道线上摇摆。张素珍穿着一件花达呢棉袍，裹着茄子紫的棉裤，花花绰绰的，衣裳的大襟搭到电灯光的时候，就把屋子晃亮啦！周兰给晃得直霎着眼睛。周老太太摸着那衣裳，不住嘴地夸奖说：

"这孩子打扮得多漂亮呀！你们是来拜年么？"

"我们来拜年，就是不给你磕头。"张素珍张着大嘴丫子，对着周老太太扭一扭花达呢棉袍，调皮地嘻嘻笑起来。小芸也跟着笑，甩着小头发辫。

人是衣裳马是鞍。平常，张素珍是一个不显眼的丫头，身板不直，个头也不高。可是，她穿了这件花达呢棉袍，精神头旺了，人也年青了，红脸蛋，小白牙，高鼻梁，再加上那弯弯的黑眉毛，简直美到家啦！她随便动颤一下，她的浑身上下就闪出娇嫩的波光。周兰站在张素珍斜对面的炕沿跟前，仰着鹅蛋脸，她的眼睛一直盯着那件花达呢棉袍，没有漏空。

张素珍不是显摆自己的衣裳来啦，找周兰唠嗑来啦！她拉住周兰软软的手腕子，穿过地当心，转向周兰的瘫巴爸爸那里，闪着睫毛，一说一笑，脸蛋上露出一个圆圆的酒坑。

"周大叔……"

"你说吧！这孩子，你笑什么？"周兰的瘫巴爸爸郑重地瞅了张素珍一眼，挺了挺腰板。

"嘻嘻，周大叔，你看这衣裳合适么？"

周老太太也动了心了，从梳头匣子里找出一副白铜腿的花镜，架在鼻梁上，闪着亮，左瞧右瞧，那崭新的花达呢棉袍连褂子都没有码开呢！大开襟，短脖领，上边钉着用丝线绳锁的蝴蝶纽襻。这漂亮的衣裳是谁家的呢？她望望张大嫂，张大嫂没有吱声。周兰的瘫巴爸爸正为着那衣裳喝彩呢！点着头说：

"合适！这衣裳好像给你做的一样。"

张素珍笑孜孜地摇着头："周大叔，你猜错了。不是给我做的。"

周兰用手量量张素珍的花达呢棉袍，袖子、领子、腰寸、大襟，她觉得张素珍穿这件衣裳很合适，她对她说：

"张素珍，这衣裳真像给你做的一样。"

"不是给我做的。"

张素珍又一扭头，看见周兰的脸蛋上显露出幼稚的神情，想要笑，憋了半天，背过脸去，对着小芸挤挤眼睛，不知不觉地笑了。小芸明白她的意思，她的小脸蛋也绷不住了，一边跳，一边吵嚷：

"我要说了。"

"不许你说。"张素珍带着笑脸吓唬小芸。

"我偏要说，看你怎的！"

小芸在前边跑，张素珍在后边追，一直追到张大嫂的跟前，张素珍才捋住小芸的耳朵，两个人滚到炕沿上。

"你要说，我割你的耳朵。"

"你割耳朵，我不说了。"

屋子里充满了格格的笑声，荡在西墙根上，慢慢地静止了。

"她们说什么话呢？"周兰心里有些觉警，瞅着小芸嬉皮笑脸的神情，鹅蛋脸已经绯红了，咬着薄嘴唇，两只小眼睛溜溜地瞧着她妈的青白脸，讲不出话来。周老太太给两个孩子闹得窘了呢！心里正不痛快，恼也恼不得，笑也笑不得。

张大嫂顺嘴说："衣裳都分光了。"

"我算捡了一身洋落，"张素珍俏皮说，"本来……"

周老太太在一旁接嘴："衣裳穿在谁的身上，还不是一样呢！"

"妈妈……妈妈……"

周兰已经完全听明白了，沉着心，小脸蛋红红的，耳根子发烧，眼球凝固在地皮干草叶子上，不敢向那件花达呢棉袍瞧一眼。拘束得难受呢！

周兰的瘫巴爸爸难过地吐了一口痰，咳嗽两声："我说怎样，现在不是分个溜溜光么！"

张大嫂摇着小疙疸髻说："嫁汉嫁汉，穿衣吃饭。"

老两口子自然而然地对了一下眼睛，又望望红头涨脸的周兰，又想说，又不想说，迟迟疑疑地闷了好半天。张大嫂只顾抽着烟，用铜烟袋锅子扒着火盆；火盆烤焦了张大嫂的破袜片子，有一股脚泥的臭味熏着鼻子。头置上的电灯雪亮，照着墙上挂的霜白刷刷的，月亮的淡光已经从窗角抹过了，垂下了屋檐的黑影。大人都已经唠扯得乏了，穿着小大氅的小芸还是显得活蹦乱跳的，跑到周兰的跟前，鼓着小嘴对她说：

"三姐，你和大肚皮打八刀！"

这下子，把大人都逗笑了，提起了精神。张大嫂嫌她多嘴，叱着她：

"你这个小丫头，懂得什么！"

小芸拧着头说："我怎么不懂得，高福彬不是叫咱们穷人斗争了么！张素珍姐姐身上穿的衣裳，就是……"

"不许你说！"

张素珍急忙地跑过来，堵住小芸的嘴。小芸使劲地扭着张素珍的手指头，在地上打旋，小大氅和花达呢棉袍呼啦呼啦地甩开了大襟，像是两把扇子。

周兰看见她们两个人打着玩，脸煞煞白，眼睛直勾勾地瞧着张大嫂手里的烟袋。周老太太明白她女儿的心事，难过得直摇头。

“张大嫂，我听说斗争老高家，就后悔了。”

张大嫂回答说：“自己的梦，自己圆。”

“你说呢？张大嫂。”

“让你们自己说，事情不是明摆着么！”

“还说什么，一刀两断，让我们参加贫雇农大会。”

周老太太终于使劲地说出来了，挤挤抬头纹，清清嗓子，仿佛有一块黑色的黏痰从她的胸腔里吐出来，提一提神，身子立刻轻快了。

二十一

一大清早，陈二踹子就走到拴着牲口的大院套里来了。当院子落了树挂，马圈的茅草上覆盖着一层白霜。站岗的基干队正在屋子里睡觉，红扎枪担在矮矮的房檐子上。满院子摊着乱七八糟的谷草，牲口粪，家雀毛，猪屎掺着苞米粒子，他一边向牲口圈走着，一边揉着眼睛。

可早啦！太阳还没有冒嘴呢！

陈二踹子走到马圈的跟前，牲口都露出头来了，有小兔花马，青骒马，白骟马，灰儿马，黄骡子……在那乱哄哄的马群当中，一眼就看到他的海骝马，黑鬃毛，青脑门，粗嘴巴子上拴着一条冻冰的缰绳。大概它看见熟人了吧！青脑门从石槽子上抬了起来，耸着耳朵，咴咴地叫了一阵。他搭了一把手，自言自语地说：

“这牲口饿抽裆了！”

他向前探探头，看到槽子里光光的，不知道没有添草？还是牲口把谷草根都吃光了？缰绳在槽子上磨着，牲口的鼻子喷起吐沫。川连柱子的后边落了几根黄草叶，撒了一夜马尿，现在已经冻成冰块了。海骝马一边用它的前蹄壳踢着冰，一边耸着耳朵。

"这牲口饿抽裆了！"陈二端子走过槽子左边，看见海骝马坠着瘪肚子，脊背上的毛弄得扎烘烘的。牲口归了大堆，真糟蹋得不成个样子，好像没娘管的孩子一样。人们光顾着斗争，领衣裳，几天以来，草也没有好好喂，水也没有饮……谁也不当成自己的牲口侍弄。他真觉得心疼呢！他不是舍不得海骝马，他舍不得海骝马糟蹋成这个样子。

他到破马架子里找到了吴万申，心里不高兴，水肿脸一阴，不是鼻子不是眼睛的。

"主任，牲口把它卖给汤锅得啦！"

"陈二端子，你说什么！下汤锅……"

吴万申吓了一跳，从墙角地方转了一个身，盯着陈二端子水肿脸上的一种发怨的神情，才明白了。他敲着小烟袋抽烟，从容地笑起来。

"沈同志说妥啦！"

"呵！怎么说妥的？"陈二端子叫着，乐得几乎从地上蹦起来，若不是他的一只手摸着柱子，早就跌到地上了。

"沈同志说妥了。"吴万申瞧着陈二端子笑着："你没有把海骝马拉回家去么？"

"若是你们再分一茬中农，我先拿出来倒省事。"陈二端子有些信不及，打着奔。

"你放心，陈二端子，沈同志说话还不算数么！"

陈二端子再转回牲口圈的时候，恰好李大嘴已经把海骝马从槽子上牵出来，戴上嚼子，撩起了青呢子大氅，正准备引镫上马呢！他看见这情形，心里就来火啦！

"李大嘴，把我的海骝马留下。"

"等我起完浮产，回来再说。"

陈二端子看见李大嘴满不在乎的神情，心里来了一股火，踮着脚，一边要扯马缰绳，一边吵叫：

"沈同志答应了!"

"皇上二大爷答应也不行,现在是贫雇农说了算。"

李大嘴跳上马背去,摇摇缰绳,向着村外走开了。

过了一会,陈二端子走到牲口圈来看看,海骝马还没有回来呢!过了一会,他又来看第二次,第三次……他等得着急了,一个上午他整整地来看了八次。

晌午歪的时候,他又走到这大院套里来了。

大院套里一时鸦雀无声,冻红的太阳射在锥形的谷草垛上,连挑起的黄草梢都显得懒洋洋的。一头大牤子扒着谷草垛吃草,牛角戳进谷草个子,翻了个稀烂。还有一头爬了蛋的乳牛,瞪着酒杯大的眼睛,倒在地上倒嚼。草垛的旁边落了一层家雀,跳跃着,在乱草堆里找粮食粒子吃。

马圈敞着口,露着天,压在棚顶上的干草被风吹得散了花,一半躺在斜坡上,一半落到地上来。棚檐下摆着两趟木头槽子,一顺手的牲口正在那里吃草,打响鼻,曳着缰绳,向着添草的人咳咳地叫着。有一群小孩子围着吃草的牲口卖呆,站在雪地上嚷嚷着,抛砖头,用树枝抽马的尾巴,惹得马乱踢乱蹦。

马圈的斜对角摆着十辆大车,车辕子张张着,牲口套撂在雪地上。靠着南墙根的草栏子突然打开门,金永生猫着腰从里边走出来,端着草筛子,跨过地上的牲口套,慢慢地向着马圈走去,准备给牲口去添草。半道上碰见了邓守桂和孙老蔫,问了一句:

"今天轮到谁的班了?喂牲口这样不尽心。"

正在吃草的大牤子见了生人跑起来,甩着尾巴,把院子里的家雀轰飞了。孙老蔫一边踏着雪地上的谷草秆,一边噘着嘴说:

"那不是李大嘴起浮财了,骑着马,穿着西服大氅,腰里好像别了大扁担,一走三晃。"

一匹大黄瞎马啃着槽帮,咯咯的,把缰绳拉得像钓鱼弦一样直,快要拉断了。小兔花马跑到槽子的外边,伸着后腿撒尿,屁股靠着川连柱子,蹄子没有打掌,踩在冰地上有些发滑。金永生走到马圈的跟前,用筛子向牲口一轰,有七八匹牲口从槽头上轰起来,齐簌簌地竖着耳朵,伸出嘴巴子,似乎懂得有人给它们添草来。那匹小兔花马好像比别的牲口更明白一些,它的嘴唇伸到筛子里去,脖子靠着金永生的胳膊,要欢地咳咳地叫唤起来。

"这牲口是怎样地认得人呀!"

金永生给槽子里添上了草,放下了筛子,摸摸小兔花马的齐嘴巴子,念着歌:

> 远看一张皮
>
> 近看四个蹄
>
> 上去摸一把
>
> 看你嘴巴齐不齐

孙老蔫正在川连柱子跟前卖呆,听见金永生念歌,抽冷子摸了一下邓守桂的嘴巴子,嘻嘻地笑起来。

"嘻嘻,嘴巴子齐呀! 真是好牲口。"

邓守桂更不吃哑巴亏,心眼转了一个弯,对着老实巴交的金永生说:

"金大哥,你当过老板子,坏牲口怎么使唤?"

金永生直着脖子说:"好牲口驾辕,坏牲口拉套。"

"哈哈,叫它拉帮套。"

孙老蔫脸红了,离开了邓守桂,走到槽子的跟前,瞧着一长趟的牲口正在抢草吃,马耳朵像小瓢似的,在毛烘烘的脑袋上不安地耸动着。

小孩子跑到谷草垛的前边,轰着正在吃草的大牤子。金永生和邓守桂走进牲口群里,看看马的毛色,看看马的牙口,唠着嗑。

"小兔花马刚刚七岁口。"

"拉碾子上套都行!"

"你别提推碾子了!"金永生摇摇毡帽的耳扇,小胡子裹着吐沫星子说:"自己没有牲口,伐一台米,都觉得憋屈!"

孙老蔫从牲口槽子抹过身来,穿着一身新领的蓝布厚棉袄,戴着长毛的皮帽子,黑黑的小脑袋盖得溜严,在人堆里摇摇摆摆,好像已经是另外一个人了。他听见他们唠扯着牲口,一边龇牙笑,一边埋怨说:

"穷人的日子,还能提得起来么! 今年老秋,我到江沿打柴火,求大肚皮的车拉一趟,还叫人家劈去一半。"

金永生抽了一口气:"那时节,穷人有一根牲口毛,也是偷人家的。"

"现在咱们好了,自己马,自己骑。"邓守桂挤挤眼睛,摸摸一匹串了槽子小青骒马的脊背,微微地笑着。

他们离开了牲口圈,向着草栏子走去。在半道上,孙老蔫不时地扭回脖子瞧着抢草吃的牲口,咧着厚嘴唇,自言自语地说:

"这就当家做主了,自己的马,愿意骑脖颈就骑脖颈,愿意骑屁股蛋,就骑屁股蛋。"

金永生听见孙老蔫说得驴唇不对马嘴,瞪了一眼睛:"孙老蔫,你真乐蒙了!"

"我不是乐蒙了,我倒是有点犯愁。"孙老蔫打着岔,摇着小脑袋:"你们说吧! 我分了牲口,一个人顾得上哪头,又是铡草,又是拌料,又是饮牲口,骑出汗了要遛马,夜里添一夜草,累得昏头昏脑,白天哪有精神扶犁种地?"

从大门口走进来一个基干队员,在雪地上拄着扎枪头子,一边摇着手,一边插进来说:

"村子里有百十来户贫雇农,究竟把牲口分给谁好呢!"

"编小组插犋不好么!"金永生想到了插犋。

"好章程,人多出韩信。"邓守桂怂恿金永生说:"你说下去吧!"

"我说把贫雇农分成小组,人口拉平等,一个小组领一挂车,配搭三匹牲口,大家供草料,牲口靠常人使唤。把车马做成价,按人分钱,按人入股。种地时候拴犋口,闲的时候拉脚。"

孙老蔫挤挤眉毛,脑瓜不开窍:"编小组人心不齐,牲口多,拉不齐套,木匠多,盖歪房子,一个小组里有一个李大嘴这样的二混子,大家都种不好庄稼。"

金永生从从容容地说:"五个手指头伸出来,还不一边齐呢。"

邓守桂说了一句笑话:"好办,九个和尚夹一个秃子。"

"邓守桂,你看,那不是他来了。"

金永生用手往前一指。李大嘴正牵着海骝马从大门走进来,刚才他到外屯起浮产,押了一场牌九,给人扒去了青呢子大氅,陈二端子跟着屁股要马,闷了一肚子火,回到院子里就吵二巴喝的:

"谁说我是二混子,什么和尚秃子的……"

邓守桂看见孙老蔫不敢出头,把话承担过来:"那是我说的。"

"我出去起浮产去啦!"李大嘴不理邓守桂的话,牵着海骝马走过了谷草垛,大眼珠子瞧着他肩头上的哗叽西服领子,向外翻翻着。

"你起浮产,把海骝马骑得通身是汗。"

"你吃的河水,可管得宽。"

"谁管了你!"

"邓守桂,我说你也管不了我。你是贫雇农,我也是贫雇农!都是一个鸡巴两个卵子,谁也不比谁多一个。"

李大嘴不高兴地扭扭头,甩甩西服袖子,大步流星地向着谷草垛旁边走开了。陈二端子紧紧地跟着李大嘴的屁股后边,为了讨海骝马,一步也不放松,苦苦地哀求着,说着小话:

"我这个残废端子,跟着你转磨磨,连脚脖子都走疼了。"

"土豆子搬家——滚你姥姥家的蛋吧!"

李大嘴正气到火头上,撒开缰绳,海骝马摆一摆头,要欢地向牲口圈跑去,挤到牲口槽子抢草吃,和小兔花马打了起来,两匹马掐着脖子,刨足子,八只蹄子蹦起来,小兔花马把缰绳曳断了,闯出了圈口,海骝马跟在后边,向着小孩子堆跑去。小孩子给马冲散了,有的躲起来,有的吓哭了,小花鞋扔到雪地上。草筐箩给踩翻了,筛子给踩扁了,两匹马拉着缰绳可院子地跑,一边跑,一边咴咴地叫唤。

院子里的人都吓毛了,大惊小怪地叫起来!

"截住海騮马!"

"不叫小兔花跑出院子。"

"小孩子闪开!"

开头,金永生看见小兔花马从雪地上跑过来,捡起地上的扁筛子,扎起破皮裤袖子往前赶。孙老蔫甩着大裤裆也跑过来了。李大嘴的脚步不紧不慢,跟在海騮马的屁股后边。迈着快步的邓守桂,耍着扎枪的基干队员,连一走一颠的陈二踹子也赶过来。大街上开会的人们涌塞过来,堵住了大门口。吴万申抖着劳工服从人堆里挤出来,摇着小烟袋,向着放开蹄子的小兔花马跑去。小兔花马看见明晃晃的铜烟袋,炸了眼睛,炝着足子,经过南墙根的大车,转向谷草垛去。正在嚼草的大牤子给小兔花马轰起来,甩着尾巴,莫明其妙地跟着小兔花马跑。小孩子又重新归了堆,跟在牛尾巴的后边,抛石头,拍巴掌叫着:

"截住! 不要叫小兔花马跑了!"

费了半天劲,大家好歹把小兔花马抓住了,拴在槽子上。海騮马也跑得累了,站在谷草垛的跟前。李大嘴抢上一步,把它的嚼子牵了过来,拉着它往槽子处走。陈二踹子又跟上来了。

吴万申特意从雪地里跑过来,指着摇摇摆摆的陈二踹子对李大嘴说:"你给他,沈同志答应还给他了。"

李大嘴不愿意把嚼子交给陈二踹子,有些别别扭扭的。

"不是贫雇农说了算么?"

"你说……"

"我李大嘴是贫雇农,说了就算。"

"沈同志没有来的时候,你怎么说了不算呢!"

李大嘴知道留不住了,才勉勉强强地把牲口嚼子扔到陈二踹子的手里,不服气地瞪了一下眼睛。陈二踹子拉过了海騮马,心里落体了。对李大嘴一肚子不高兴,才敢说风凉话:

"我拉回家去起浮产去啦!"

李大嘴对着陈二踹子瞪着眼珠子,在海骝马的后边吵吵着:"你不要支毛,中农还要挨一茬斗争。"

"李大嘴,你说这话要受批评的。"

吴万申走到马圈的跟前,围着小兔花马卖呆的金永生转过身来,看见陈二踹子牵着海骝马走出当场子,心里有些舍不得呢!皱皱眉毛,问着吴万申说:

"沈同志知道不知道?"

"他知道。"吴万申点着头:"他说把陈二踹子征收错了。"

二十二

大会开完了。

金永生走到大街上,看见十几挂大车都摆出来了,左一挂右一挂地堵住了街口。人们在雪地上赶着车,抽着鞭子,牲口驾着辕,拉上套,竖着耳朵咳咳地叫着,牛犊子哞哞地叫着街,铁车轱辘,马掌,风刮着草垛上的干草叶子,简直听不出个数来。

大街上可热闹啦!满街筒子都是乱马人花的。

"人欢马乍……"

金永生一边顺嘴说,一边沿着街筒子走,拐弯抹角地,绕过了一挂车,又是一挂车。套在车上的牲口打着响鼻,用它的前蹄壳扒着雪,勒草叶子吃,柔毛在寒风里抖擞起来,不消停地耍着欢。他抹过了木板障子,睁开豆角眼睛,瞅着一对一对的牲口耳朵,心里嘀咕着:"尽分到谁的家里呢?"

"金大哥,你来,咱们小组分的车马在这里!"

他闷着头往前走,冷丁地听见背后有人喊他。他仰起头,卷起毡帽的耳扇,看见李大嘴站在墙的拐角处,一挂大板车挡住了半截身子,露出了大饼子脸和那扎烘烘的狗皮帽子,狗皮帽子上还有红五角星呢!他走过去,看见他们小组领的半新不旧的大板车,套在车上有一匹青儿马,一匹白骒马,还有一匹小兔花马;它的嘴巴子像粗铁锥,圆脊骨上的软毛湿得溜黑,鼻孔喘气,不知道是跑乏了呢？还是恋群呢？不停地摇着它的尾巴，对着马群里哎哎地叫着。

小组里的人都下了手，孙老蔫蹲在车辕子底下，拴着绳套。吴万申把胸脯伏在车辕子上，替他搓麻绳。金成坐车后尾巴上，对着贪嘴的牲口耍着鞭子。李大嘴光顾高兴啦！乐得扎煞着两手。

"金大哥，这就是咱们小组的车马。"

平常，金永生是讨厌李大嘴的，话也懒得听，面也懒得见。今天，他倒觉得李大嘴有几分可亲近的样子。他不是说"这就是咱们小组的车马"么？他听了是怎么顺耳，又是怎么感激呀！车厢子牢靠，小兔花马也苗实，拴好绳套，就可以拉车了。

"李大嘴，核多少钱呢？"

"不多也不少，两个大数。"

他看见李大嘴从西服袖子里伸出两个手指头，知道是二十万元，眨眨豆角眼睛，笑了。

"价钱不贵呢！"

吴万申放下了麻绳，从车辕子上直起了腰板，瞅了金永生一眼，笑着说：

"把小兔花马牵到佳木斯市上，就能叫十二万。"

"十三万我兜之！"李大嘴说。

金永生听见身后有马叫唤的声音，尖脆的，拉着长声，随着飕飕的街风飘过来，又像耳旁风一样地溜走了。他心里想："那不是小兔花马叫唤么？它叫唤什么呢？"他看见小兔花马的奔拉鬃在吹拂着，一会盖着脖子，一会又翻过来。

孙老蔫干活很起劲，一边拴绳套，一边瞅着牲口叨咕着："盼星星，盼月亮，共产党来了，穷人盼出头来了。"

"出头还带挂尖。"李大嘴靠着车尾巴，满意地哈哈大笑起来："这回我依足了。赶明个我上佳木斯去，愿意坐车就坐车，愿意骑马就骑马。"

"养牲口种地，它是给你玩票的么？"

"金大哥，你不要多嘴了，赶车走吧！"

这时候，孙老鸢已经拴好了绳套，跺跺脚上的雪，从车辕子底下走出来。李大嘴像一只活蹦乱跳的兔子，一跨腿，蹦到车厢上来。金永生从他儿子的手里接过了鞭子，抽了一下牲口，赶着大板车走开了。

拧成绳的大板车跑得像一溜烟，前前后后的，一个跟着一个出了街筒子。人们快乐地逗着嘴，风啸着，墙根底下有老牛哞哞的声音。过了街口的电线杆子，邓守桂赶着一挂牛车并排地走过来，套着两头大牤子和一头黄乳牛。隔着车前车后，两个人顺便唠扯起来。

"好膘头的小兔花马。"邓守桂看见小兔花马的滚圆屁股，扬着鞭子对金永生说："方才，和海鬓马掐架的不是它么？"

"不是它，还是别的牲口？它可调皮啦！"

金永生点点头，不轻不重地抽了一下小兔花马的屁股，斜过脸去，瞧见邓守桂赶着那头黄乳牛，说道："牛车才省心呢！"他说的不是心里话，动颤着豆角眼睛，高兴地笑了。

"一点也不省心，全是一些稀屎牛子。"邓守桂报贬自己的牛，像报贬自己的儿子一样。

"你说什么？牛才能发家呢！乳牛下乳牛，三年五个头，哈哈……"

两个人都哈哈地笑了，扬起鞭子，赶着大板车，车轮子轧着冰冻的土地呼隆呼隆走开了。

大板车过了一趟街，穿过粪堆和井沿，赶进一个窄长条的院子里。那就是金永生的家。他的儿子从地主家扛来一只大木槽子，摆在房檐底下。吴万申端来了满筛子的谷草，倒在槽子里。这时候，金永生已经把车抹到当院心，放下了鞭子，卸了牲口套，牵着马缰绳，喊他的屋里的。

"快……快……提一柳罐水来，饮饮牲口。"

车马到了家，老婆孩子乐得一齐下了手。小芸穿着新领的小大氅，扣子还没有扣上呢！听见她爸爸在外边叫唤，忙忙匆匆地从屋里跑出来,小手冻得像胡萝卜条似的,不管牲口老实不老实,跑过来就抢她爸爸手里的缰绳。金永生的屋里的提了一柳罐水,大概走道走慌了,没有送到牲口的跟前,就洒了一裤脚子。金永生嫌他的屋里的不中用,一面抢柳罐,一面埋怨着:"你笨,呵!干什么事情都是笨手笨脚的。"李大嘴还稳当地坐在车厢子上,看见他们两口子打唧咕,只是笑。

"金大哥,你领了牲口,连老婆都不要了!"

"我要侍用它一辈子。"金永生也说了一句笑话,用手摸着小兔花马的耳朵,连眼仁都乐啦!

"金大哥,我看你快和马亲嘴啦!"

吴万申放下了筛子,盯了李大嘴一眼,说道:"不要扯淡吧!到屋里合计合计吧!"

当院子里的人脚跟脚地走到屋子里,有吴万申、金成、孙老蔫、金永生,常俊岩是代表小组领果实回来的,提着两捆没有沾字的票子,硬得像蒙古的茶砖一样,摔在桌子上,啪哒啪哒山响。大家一窝蜂地挤到炕上来,伸着脖子,瞪大了眼睛。

"崭新的,这是刚刚从东北银行拿来的。"

"常俊岩,金首饰卖了多少钱呢?"

"那捆轮带……"

屋子里从来没有这样热闹过,常俊岩蹲在桌子跟前,一边打算盘,一边数着钱。李大嘴和金成滚在红花被上打着玩,嘻嘻哈哈的,吵翻了屋子。金永生却不理会他儿子的吵闹。反正他儿子要到前方去了,欢喜就欢喜吧!他在桌子的一角升起小火盆,眯着眼睛瞧着常俊岩查钱。

"金大哥,你见过么?"

金永生挤挤豆角眼睛,对着常俊岩说:"我给高福彬赶小车子的时候,他俏皮对我说:'老板子,你累一辈子,也挣不了一脚踢不倒的钱。'"

"金大哥,你来踢踢,看你能够踢倒踢不到!"

李大嘴好诙谐,一边扯着金永生的破皮裤子,一边抛下像茶砖那块钱捆子。真让老头子出洋相么!常俊岩摇着算盘哈哈地大笑。

"金大哥,你真想踢两脚给高福彬看看么?"

"你不要扯淡!"

过了抽半袋烟工夫,常俊岩已经把账拢好了,从大会上领了一百零五万,车马做价二十万,劳军八万,扒拉一下算盘子,除刨下剩,还有七十七万,六家按人口均摊,三一三十一……

张大嫂来晚了。因为周老太太到她家去串门子,问长问短,缠住了腿,半天也离不开;当她走到东屋的时候,给她分的一小捆钱撂在桌子上,压在算盘底下。

灯晃亮了窗子。火盆里的火光融融地跳动着。人们来了精神头,唠扯到插犋上边了。

"牲口归我使唤!"老板子金永生自告奋勇地说:"种地的时候,扶犁也是我的。"

"点籽是我的。"吴万申跟着说,摇摇小烟袋站起来。

常俊岩展开了他的刀条子脸,笑眯眯地说:"忙的时候我赶套,闲着我记工。"

孙老蔫是一把好手,哪样庄稼活也不报二五眼,铲蹚都顶硬,割地也落不下。就是有些不爱吱声!他不吱声,大家也明白了。李大嘴呢,他自己说要踏格子。

"还有一个张大哥呢!"金永生望望张大嫂说:"开春种地,他能够回来么?"

"能够回来,怎么回不来呢!"

李大嘴看见张大嫂笑孜孜地抿着嘴,挤挤眼梢子,说了一句笑话:

"张大哥不行在外边拉上帮套!"

"李大嘴,去你的吧!我就知道狗嘴里掏不出象牙来。"

笑话是对张大嫂说的,却把孙老蔫臊得脸红了,下巴插在脖领子里,眼睛盯着火盆,好半天没有吱声。吴万申看他有些下不来台,扯了一下李大嘴的袖子。

"李大嘴,你不要欺负老实人。"

"我才是老实人呢! 张大嫂骂我,我都不吱声。"李大嘴一边卖着乖,一边张嘴乐。

张大嫂又添上一句说:"你是从老实人堆里挑出来的。"

话像野马曳开的缰绳,越扯越远。吴万申觉得太耽误工夫了,提醒大家说:

"谈谈正经的吧! 咱们这副牛犋,看看有什么问题!"

"四匹牲口,才能拉一副大犁。"金永生说:"咱们小组里缺一头牲口。"

金永生想得周到,一说就说到节骨眼上啦! 小组里的人也把话拉回来了。缺一头牲口怎么办呢? 有的说添一头牲口,有的说拆开牛犋,两家分一头。李大嘴想起刚才被陈二端子拉走的海骝马,觉得有些后悔,瞧着吴万申的脸蛋,唠叨着:

"好容易劈了一匹马,又给人家拉回去。"

"那怎么能行?"吴万申不愿意和李大嘴打别扭,笑着脸说。

李大嘴说:"你不给他,他还不是干瞪眼?"

"团结中农,沈同志说是政策。"

"可是,咱们缺了一匹牲口!"

"咱们把陈二端子拉进来插犋不行么?"金永生出了道,十分中肯:"两全其美。"

小组里的人都同意了。当着他们把陈二端子找来商量插犋的时候,陈二端子还有些打悚呢! 他穿着一件淡青色的棉袄,棉裤扎着裤脚,不受使的脚脖子沿着屋地端着,望望火盆里的火星子,桌子上堆的票子、算盘、麻绳、烟灰,和一张张脸上呈现着快乐的神情,使他迷惑起来。他不知道到这里来干什么,他不相信别人对他有什么心,他来了,心里一直不落体。

"咱们合伙插犋?"金永生引开头说,撩撩炕沿上的红花被,让陈二端子坐在那里。

陈二端子看见李大嘴对他瞪着眼珠子，一时摸不着头脑，犯猜疑说：

"你们不是不要中农么？"

李大嘴听得不是滋味，把狗皮帽子从脑袋上一抹，摔在桌子上，当面抢了脸。

"陈二端子，没有你那个鸡子，别人还做不成槽子糕呢？"

"李大嘴，你干什么！"吴万申责备着李大嘴，敲着小烟袋，急得从炕上跳起来："沈同志不是说过多少次么，要团结中农。"

"我们越团结他，他越不知道好歹！"李大嘴气昂昂地说，红了眼睛。"他过去给地主溜须，找地主插犋去吧！"

陈二端子哈着腰，服软地说："我再也不敢给地主溜须了，贫雇农不和我插犋，我的地就要撩荒了。"

吴万申正经地说："贫雇农和中农好像一只凳子有三条腿，少一条也不成。"

大家听到吴万申讲得有道理，都心服了。

二十三

周兰跟着她妈走进了会场，第一眼就看见了俊巴子金成站在地当心，挺着溜直的腰板，扬着手打拍子，头发搭在脑皮上，圆脸蛋笑嘻嘻的。"他笑什么呢？"她想金成一定有什么好笑的事情，她猜不透。角落里有人叫嚷着。金成转过身子去，领着一群基干队向妇女拉歌子，小伙子们兴高采烈地拍着巴掌，可着嗓子叫喊："妇女，快快来！快快……"妇女们更不让份，听见有人拉歌子，张大嫂从炕上站起来，摆着手。张素珍张着大嘴丫子吵叫，反过来向基干队拉歌子，喊着口号："基干队，再来一个吧！"南北炕对喊起来，脆快的巴掌声不断条地响着。

在这乱吵吵的屋子里，周兰有些昏头昏脑了，女人的眉眼、小伙子的粗胳膊，花花绰绰的衣裳从她的眼前展来展去。自从划阶级那天起，她已经有七天不到会场了，会场完全变了样子，人也变了样子,她看什么都是眼生的。

"基干队,金成,金成……"女人的尖嗓子在波动的灰尘里抖颤起来。

金成改变了主意,号召起基干队员,联合起妇女,转了目标,一致向着黄镜子脸的邓守桂进攻:

"欢迎邓守桂唱一个老毛子歌!"

邓守桂搔搔后脑勺,不慌不忙地从中排凳子站起来,面向着大家,唱了一个短短的苏联民歌。

> 布劳西万尼
>
> 窝支克毕别干
>
> 巴野基那老博代
>
> …………

大家听不懂,一致要求邓守桂说:"你给我们讲一讲。"

"我讲一讲,这歌子是老毛子劝二混子的,二混子名叫万尼,星期六开了工钱,拿了九十三个卢布,礼拜天喝酒,花了九十个,剩下三个还了饥荒。"

邓守桂讲完了,挤挤眼睛,不慌不忙地坐在中排凳子上。大家觉得有趣,向他问长问短。不爱吱声的张大嫂也从旁边插了一嘴:

"你在老毛子国也参加贫雇农大会么?"

"老毛子国不好听,"邓守桂打着岔道,"你说苏联国吧!"

"是的,我问你,你在苏联国参加贫雇农大会么?"

"不,张大嫂,我参了沙油子。"

张大嫂听走音了,张着大嘴笑了。"你在那里杀牛子。"

"不是,"邓守桂摇着头,"沙油子是工会,我进了工会。"

"沙油子也斗争大肚皮么?那里的老百姓也翻身了么?"

"人家早就把大肚皮斗倒了,老百姓大翻身。吃的是列巴,喝的是各瓦斯,住的是洋楼。一个人几套西服。"

金永生出来问道:"他们怎样种地呢?"

"他们成立集体农庄,使用火犁,人坐在机器上,一边开机器,一边抽烟。"

"那可真不错,咱们多咱才能赶上苏联呢?"

"扯得太远了,现在开会吧!"吴万申在烟火的人堆里冒出了头,摇摇小烟袋,宣布开会了。

"咱们贫雇农也有万尼,叫他出来坦白坦白!"

会一开头,大家就把李大嘴提出来了,李大嘴有些发毛,东倒西歪地离开了凳子,手指头摸着上身的西服,大眼珠子盯着邓守桂不放松,心里发恨:"他唱老毛子歌,使我受了拐带。"又一想,好汉子赖自己,自己没有毛病,人家能提出来么!一提出来,脸上就热大呼的。

金成看见李大嘴红红的大饼子脸,在一旁俏皮说:"害臊呢!"

"咱们改造这种人,害什么臊?"李大嘴的脸皮有鞋底子厚,讲自己像讲别人一样,瞧瞧大家,挺起腰板来说:"我李大嘴,好像挂在你们的大牙上。好汉做,好汉当,我出来坦白坦白。我有三个毛病:第一,我好吃,我到人家串门子,看见人家吃大片肉,两脚就走不动道。"

李大嘴刚住声,责难像马蜂子从四墙飞过来,嗡嗡的。

"好吃板一点!"

"你这个大嘴岔,吃得油头滑嘴!"

"你是嘴巴子抹石灰,到谁家串门子都白吃。"

讲话的人有白胡子老头子,青年小伙子,挽疙疸髻的媳妇,剪发的姑娘。张大嫂从炕梢上跷起脚跟来,瞪着小眼睛,面对面地损着李大嘴。周兰站在张大嫂的胸坎跟前,撩起眼皮,瞧着李大嘴的头发楂子上冒着热气,心里直转个:"李大嘴真丢人,真丢人死啦!"她想起上一次参加大会的情形,心里直跳着。"李大嘴也要赶出会场么?可怕呀!"她的头脑被炉火烤得膨胀起来,头发楂子上也冒出了热气。

"第二个呢?"邓守桂给李大嘴引头,怕他护短。

"我的第二个毛病好要钱……"

提到这一条,大家的意见最多,满屋子都嗡嗡地吵叫起来。特别是昨天到外屯起浮产,押上牌九,输了大氅。回到大院套里,又放开了陈二端子的海骝马,好险闯出一场乱子,大家埋怨他说:

"叫牲口趴踏一个小孩,你能偿命么?"

李大嘴知道自己的不是,皱皱眉毛,怕大家乱插嘴,赶紧往下说:"我的第三个毛病,不好干活。'满洲国'抓劳工,我蹲工棚子,磨洋工,学滑了。我从小可没有闲着。那时候,陈二端子的哥哥陈大巴掌,他雇一个打头的,外号叫单老疙疸,庄稼活利索,割北江沿的谷子地,第一天就叫我赶癫了。第二天,陈大巴掌亲自下了地,他个头高,巴掌大,一个巴掌一个谷个子。我年青不服气,对他说:'你的巴掌大,我的巴掌小,我要叫你落下,我不使工夫钱。'陈大巴掌张嘴笑了笑。'小伙子,你不要吹牛皮,你把吃奶的劲使出来吧!'从北江沿到南大壕,十二根垄一垧地,一下晌,我把谷个子全拿起来。坐在地头抽袋烟,陈大巴掌撅着屁股赶上来,脖子淌着汗,见了我就服软啦!他说:'从大堆峰到蒙古力,一百多里地,没有不知道我陈大巴掌的,今天我输给你了。'后来,陈大巴掌就不爱干活了。在家里支支嘴,我给他踢门槛子,起早贪黑,早晨顶着星星,晚上戴着月亮,秋天连阴天,站在水洼地里割庄稼,扛口袋,肩头压得生疼,我真叫庄稼活拿酥骨啦!一想起陈大巴掌来,我就恨得咬牙。

吴万申在台上问他:"李大嘴,你是不是恨陈大巴掌?"

"我不恨他,能够收拾他么!"

"你也收拾了他的兄弟陈二端子。"

"他们是哥俩,分家已经很多年了。"

李大嘴的脑袋糊涂得成了一盆糨子,正像起浮产那天,他在老高家灌了两口酒,酒迷心窍,什么也说不上边了。

吴万申生气地盯着他:"你知道不知道陈大巴掌是一个富农,他兄弟陈二端子是中农?"

李大嘴心里稀里糊涂,嘴上还不服人。"我知道,他们哥俩是一个妈养的,谁还记得是中农,还是富农?"

"你不记得就出了毛病。"吴万申瞪了李大嘴一下眼睛。"陈二端子找沈同志要海骝马,哭哭啼啼。没有政策,这都是你武装委员干的勾当。"

金成在一旁插嘴说:"李大嘴抓顺手啦! 有一个,算一个。"

吴万申又叮问李大嘴说:"你知道不知道陈二端子是中农?"

"我知道。"李大嘴答应着,大饼子脸像晒蔫的烟叶耷拉下来了,不敢看人。

"你知道不知道中农是朋友?"

"我知道,我对不起朋友。"李大嘴红头涨脸地说,没有说几句话,嗓子哑了。

"你还当干部呢! 做对不起朋友的事。"

李大嘴承认了错误。批评接二连三地来了。可屋子吵嚷着,连平常不出头的孙老蔫也跟着兴风作浪,在一边插嘴:

"上梁不正底梁歪,当干部的兴这个么?"

"不兴! 换掉他!"

"不叫他当武装委员!"

吴万申接受了群众的意见,才把这事情结束一下。

二十四

李大嘴受了批评,撤了职,当场出了丑,狗皮帽子扣着红红的大饼子脸,猫着腰缩进人堆里去。周兰在旁边看得真真切切,那毛烘烘的狗皮帽子像小兔子打滚一样,立刻就不见了。屋子里的人们哄笑起来。

"真丢人呀!"周兰心里嘀咕着!"参加贫雇农大会真不容易,动不动就批评人。我能够参加上么?"她觉得自己不托底,简直有些打悚呢! 可屋子充满了呛嗓子的烟灰,炉口跳动的火花,以及大家伙吵吵闹闹的混乱情形,使得她不能平静下来。她还记得上一次在这屋子里划阶级的情形,大家伙追根倒梢地问她的口供,她不是像李大嘴一样地出了丑么！她看见了上次她站着的那块地方，黄土炕，黑墙角，迎着挂了白霜的窗子。现在，那黄土炕踏满了大大小小的鞋印子，覆盖着土屑和烟灰。黑墙角里贴着红红绿绿的标语，崭新新地掠着眼睛。窗子上的白霜化得稀薄了，迎着女人穿的粉红色皮领子大氅，花棉袄和红毛衣，比火炉子都烤得暖和呢！张素珍穿着那件显眼的花达呢棉袍，小芸穿着淡黄色的小大氅，两个人一说一唠，挤眉弄眼的，可有精神呢！只有她和她妈穿着早先的衣裳，拘拘束束的，说也不敢说，头也不敢抬，好像傻子一样。倒不是因为她的身上没有穿新衣裳，似乎身上少了一件什么东西。

"屋子里的人是怎样发生呀！"周兰跷起脚尖，顺着炕沿慢慢地走着，仰起了鹅蛋脸，黑压压的脑袋挤楂楂地涌过来，在许多怯生生的面孔当中有一个长挂脸是面善的！那不是她的姑爷金永生么！高鼻梁，小黑胡子，特别是那豆角眼睛显得温和而又可爱。旁边不是站着她的表哥金成么，站在梁头底下，腰板挺得溜直，扬着眉毛，豆角眼睛一闪一闪的，红脸蛋放着光，那模样比在妇女认字班上还精神呢！当她看他的时候，他那黑溜溜的豆角眼睛也向她转过来，狠狠地盯了一眼。那眼神显得又惊奇又喜欢，好像向她说话："你怎么才来呢？你到底来了呵！"她向他点着头，好像告诉他说："我来了，我想来这个地方呢！"

以后，屋子里的人们又唧唧喳喳地叫起来，拍着巴掌，炉火的爆裂和脚步声交错地响着。原来吴万申穿着劳工服又出了场，在台上讲话，有一个木匠和三个打鱼的请求参加贫雇农大会，在通过的时候，大家都把手举起来了。妇女们嚷嚷着，为着他们喝彩。

"参加贫雇农大会！"

"还有人参加报名么？"

吴万申的眼光落到妇女的堆里，那奕奕的眼光简直在周兰的脑皮上闪烁呢！一群剪发的小媳妇骚乱起来，瞧着吴万申在桌子上摇着小烟袋，铜烟袋锅子对着周老太太晃了两下。周老太太是一个心里透亮的人，看那神情，立刻明白了。脸一沉，不慌不忙地对周

兰说:

"你站起来吧!把那个事情,对大家学说学说。"

周兰听妈妈的话站起来,一抬头,看见金成的大眼珠子,溜圆崭亮,像一颗大星星,灼到她的脸上,有一种幽静的光辉浸到她的脸上,躲也躲不开。她不知道是害怕呢?还是有些害臊呢?胸脯上像揣着小兔子跳起来。脸蛋红印印的,手腕子发抖,在大家的眼皮底下坦白,真觉得磨不开。不张嘴,就过不了这一关。正在没有主意的时候,穿着花达呢棉袍的张素珍从旁边走过来,用手指抠她的手心,给她仗胆子,暗地里替她使劲,她一扬头,喘一口气,好歹把话讲出来了:

"我不和……大肚皮的儿子……"

她勉勉强强地说了半截话,看见大大小小的眼睛都盯着她,心里一哆嗦,就含含糊糊地停下了。这时候,盯着她说话的都唧唧喳喳地嚷起来,踢板凳的,敲烟袋锅子的,咳嗽吐痰的,乱嘈嘈的声音同时响起来。李大嘴从鼓涌的人堆露出头来,叉着腰板,张着鲇鱼大嘴,仿佛无事一身轻,专门和别人找岔子:

"你不和大肚皮的儿子干什么,你不和他打离婚么?"

经李大嘴这么一问,惹得大家嘈嘈起来了,火炉盖打开了,烟熏了半屋子,黑糊糊的皮帽子在灰尘里浮动着。闷得透不过气的时候,金成从人溜中露出头来,望着台子,想说一句什么,又被高高低低的嗓子压下去了。一个麻脸的小伙子怪声怪气地笑着:"真是当场出彩!"

碰到这样局面,周兰像一只小鸡发呆起来,苦恼地曲着眉毛,瞧着屋子里挤得满满的人头,抽了一口冷气。她偏过头去,望望妈妈,妈妈的脸皮像白蜡打似的,真怪寒碜的,她觉得她是挺着脖子挨刀。这时候,她看见张素珍给她递眼色,她仗着胆子,说了第二句:

"不是……"

李大嘴故意挑剔着:"你不是反对大肚皮么?"

"我不是那个意思……"

"你的'那个意思',是什么意思?"

她越说不清楚,李大嘴越叮着不放松,好像非问个水落石出不可。旁人为着这种结局,也越发等得着急。她讨厌他,为什么故意难为人家呢?上一次,不也是李大嘴当面出了她的丑么!在大家的眼皮底下,简直寒碜到家啦!她很生气,到这节骨眼时候,她也觉得非说出来不可了。

"我和他打离婚……"

"你和谁?"

"我和大肚皮的儿子打离婚,参加贫雇农大会。"

"你早痛痛快快说一句,不就得了!"

李大嘴听见周兰透了口气,又转过来装好人,高兴得把狗皮帽子推到后脑勺去,拍起巴掌来。

"咱们大家欢迎周兰参加贫雇农!"

巴掌一条声地响起来,小伙子和妇女都骚动起来。张素珍显得特别高兴,举起花达呢棉袍的袖子,大声地喊着口号:"妇女不给大肚皮当奴隶,男女平等,欢迎周兰和大肚皮打离婚……"旁边的小芸也把胳膊一次一次地举起来,小手腕摇摆着,差不多要碰到她的脑袋上。在小伙子人堆里,有一双笑眯眯的豆角眼睛,那不是金成送过来的眼神么!明亮又显得坚定,仿佛在祝贺她的成功一样。她明白大家对她是一份好心,过去都是自己的心量窄小,见不得人。现在,她的心里开了一扇窗子,头脑清明,浑身上下都轻松了。

张大嫂夸奖她说:"你做得对!"

"我……只要大家给我做主!"她的喉咙提得很高,展着眉毛,瞧着金成的明亮又坚定的眼睛,来了一股动,完全把头抬起来了。"我坚决和大肚皮的儿子打离婚!"

"给你做主!"

"你姑爷出来说说吧!"

金永生是一个有求必应的人,一个说,两答应,旁人的事情都能帮忙,现在轮到他的侄女周兰的身上了,他能够站在旁边卖呆么?他站起身子,敲敲烟袋锅子,擦擦豆角眼睛,瞧着他的侄女叹了口气。

"这孩子,早就应该这样! 早就应该这样!"

"姑爷,早先……"周兰瞧着金永生冷静的长挂脸,想起早先的情形,觉得有什么难过的地方,弄弄睫毛,再没有把心里的话讲出来。

"这孩子受了几天委屈。"

周老太太怕她女儿伤心,也表示一番:"我把老脑筋去掉了,菩萨也不供了,和老高家一刀两断。"

这结局,大家都很满意的。妇女们更乐得合不上大牙。为了这件事,张素珍劝她参加贫雇农大会,小芸鼓吹过她打八刀。张大嫂曾经给她提过媒。想起提媒,她的老脸皮开了花,眼仁都乐啦! 她活了多半辈子,成全了多少人,现在,她又出了头,张了嘴。

"现在,我说一句行不行?"

"行! 张大嫂,有话你就说吧!"大家答应着。

张大嫂念着这首歌:

> 干亲不算亲
>
> 姑舅亲才算亲
>
> 打断骨头连着筋

张大嫂念完了,敲敲烟袋锅子,问大家说:"我说的对么?"

大家连说带笑:"对! 对呀!"

邓守桂瞧着张大嫂黑脸皮的皱纹,对她说:"到底是你多吃几年咸盐,见得周到。"

"我见得不周到,能给他们两家保媒么?"张大嫂又把旧话提起来了,抹搭小眼睛,耳垂上的小钳子摇动着,一边想,一边说:"你们两家都在这里,来一个亲上加亲,我再保一次媒,你们让我喝喜酒么?"

张大嫂已经挑明了,大家的眼睛自然而然地落到金成和周兰的

268

身上,却发生了兴趣,憋不住的人就大声喊起来:

"两个人在一个屋子里,好对相对看。"

说也奇怪,就在这个时候,周兰和金成对了一下眼睛,扭过头去,当他俩看见大家盯着他们脸的时候,脸就红了。旁边的人看得清楚,大声地笑起来,高兴地拍着巴掌。

"你俩痛痛快快说一句,不就得了!"

现在,单看他们两个人一句话了。到了节骨眼地方,两个人却装得那么正经,憋了好半天,一句话也没有说。周兰靠着她妈妈的肩膀,挤弄着眉毛,鹅蛋脸涨得像鸡冠子花一样鲜红。腿脚木胀胀的,虽然张素珍推了她几下,她老是站在原来的地方。金成却没有那么腼腆,站在人堆里,仰着脸,竖着撑撑的耳朵,好像在等待什么一样。一个小伙子扯他的胳膊,逗得他想笑又不敢笑,想急眼又不敢急眼,红脸蛋绷得像个大瓷碗,有几道浅浅的纹溜。

"你答应定亲么?"张大嫂问着金成说。

"我答应参军了……"金成口头上没有说出定亲,心里也不反对那件事。

"参军不妨碍定亲。"张大嫂顺口就说,看见金成连头也不摆,豆角眼睛发亮,就知道成功了。于是,她扭过脖子问周兰:

"人家愿意了,你愿意么?"

"我……"

"你愿意么?周兰。"

"张大嫂,你问我妈吧!"

周兰有些羞口,故意往她妈身上推。大家看见她说话的时候红了半拉脸,忸忸怩怩的,就知道是假的。

"你不是说自由么! 自己拿主意。"周老太太不担过,摇摇头,又推到她女儿的身上。

屋子里的人们等得焦急,唧唧喳喳地吵嚷着。张大嫂也觉得有些闷屈,临时给周兰出了主意:

"你不愿意张口,就点点头吧!"

到了非表示态度不可的时候，周兰又一次想起金成的苗实样子，宽脸蛋，浓眉毛，豆角眼睛，那年青的神情在她的脑子里扎下根来了，她觉得她是怎样想他呵！她一想到这里，轻轻地把脑袋耷拉下来了，不管她妈愿意不愿意，不管别人看出来看不出来，她是把脑袋耷拉下来了。就在这时候，屋子里的人大声地叫起来，拍着巴掌，掺杂着哄笑和叫嚣，荡漾在灰尘的空气当中，波动了很久。

"早点点头，不就得了。"

"亲上加亲。"

这结果，大家都觉得非常满意。周老太太参加了贫雇农大会，又碰上了这桩喜事。遂了女儿的心愿，她的老脸皮也开了花啦！金永生乐得讲不出话来，只顾瞅着儿子发笑。张大嫂今天也显得特别高兴，闪动着小眼睛，抿着嘴笑，穿着大布衫子走到周兰的跟前，亲热地拍着她的后脑说：

"你让我喝喜酒啦？"

李大嘴叫人家批评完了，不疼不痒的，摇摇狗皮帽子走出来，逗着周兰说：

"方才，我问了你半天，左也不是，右也不是，原来是这个意思。"

二十五

周兰参加贫雇农的第二天，也就是沈洪来到村子里第十天头上，由于贫雇农大家动了手，大刀阔斧地开辟了一阵，工作快要结束了。十天以来，人们已经发动了斗争，分浮产，组织插犋小组，给前方战士捐了七十四万元的现款（其中包括十二个中农捐的七万元），金成报名参了军，他还联络别的小伙子一块去呢！夜里又选出九个量地委员，分成三个量地小组。今天太阳一冒高，量地小组就到地里去了。

冬天的雪地上白刷刷的，在横垄子地头上，有一张马拉的爬犁飞快地跑着，穿过静静的江沿，向着太阳冒红的村庄跑去。家雀子在榆树梢上吵着，发电厂的烟囱冒起烟来了。

吴万申领着的一个量地小组出了村子，进了地，大家七手八脚地忙着捆大段。金永生排着弓子量地，吴万申数垄头子。孙老蔫和陈二端子拉米达绳子，两个人从地头走到地心，又从地心走到地头，量尺码，认地板，留心庄稼的茬口。小学教员王雨樵画地图，打着算盘。

吴万申踩着雪地的横垄头子，一溜一溜的垄台伸延到荒草的边沿，好大片量的地板呀！他说：

"咱们在这坐堂水地开头吧！"

这片坐堂水地，两头高，地心子洼。夏天，禁不起几场雨水，一下雨，垄沟里就汪了一群蛤蟆，站在村头的大壕上，可以听到蛤蟆咕呱地叫到半夜。秋天庄稼长了粮食穗子，上满了籽粒，家雀成群结队地飞来弹粮食吃。大耳朵的老母猪也跑来祸害秧棵，拉了满地的猪粪。现在，大雪漫了地板，垄台上竖着成趟的高粱茬子，还有拉屎人踏得弯弯斜斜的走道，脚窝上踏着脚窝。

吴万申量了两截地，拉长米达绳子，跨过垄沟，站在地头上，朝着细高挑的王雨樵喊着：

"横打竖克，六千一百九十二平方米。"

王雨樵打着算盘，又核了一下，瞅了吴万申一眼，又回过头瞅瞅金永生说道：

"两千八百八十平方米合一垧地，六千一百九十二平方米，合两垧一亩五分地，你数数对么？"

金永生摇着破皮裤子走到了地当腰，沿着那直溜溜的雪盖的垄台子，移动弓子排地，听见王雨樵打算盘响，点点头。当他穿过抹齿垄的高粱茬子，张口就说：

"这是家门口地，闭着眼睛也摸熟了。"

陈二端子腿脚不灵份，刚刚跨上地垄头子，一个抹斜的高粱茬子戳了他的靰鞡，大腿在那冰冻的土台上震了一下，跨过去那条抹斜高粱茬子，这回他看清楚了。

"这是扣茬高粱,两面留苗。"

金永生又添上一句:"拐子苗,分什么茬口!"

陈二踹子心眼多,怕这块地落到自己的手里,极力报贬说:"地心不渗汤,窝风,长曲麻菜。"

"不铲,不长曲麻菜怎的? 今年分了地,该好好侍弄啦!"

金永生和陈二踹子唠嗑的时候,孙老蔫刚跨过一块小铧尖地,野风吹着他的新棉袄的大襟飘飘乱动,两脚踏在雪地上,拉了一趟高高低低的脚窝,挂着弓子,小黑脸蛋乐得绷瓷似的裂着纹,一边抹身子,一边问金永生说:

"咱们贫雇农分哪一块地?"

"你还问什么,你看哪一块地好,就挑哪一块。"

"真的么?"

"怎么不真,昨天开会,你把那话当成耳旁风了。"

金永生从容地闪动着豆角眼睛,张着嘴笑一笑,心满意足地对着孙老蔫点点头,从心里往外说:"对呀! 看哪块地可心,就挑哪块地。这不是满足贫雇农的要求么?"他乐意挑哪块地呢? 量过了小铧尖地,抹过一排顺垄子,走上江沿地来了。

冷眼一看:江沿地一连域的有五十多晌,坦阔的地皮,漫齐的垄头子,一拉手的平川地呵! 黑土板上盖着积雪,接连着灰白色遥远的天边,接连着白晃晃大江上冰排的尽头,接连着蒙在银色树挂里的村落,一眼望不到头呵!

江沿地上刮着顺垄风,掀起金永生的破皮裤子,煽起毡帽上的耳扇,扎起的眉毛在惨凉的寒气中颤动着,耸着眼泡,他看见他的两只腿又踏上江沿地的垄台上来了,宽垄背,深垄沟,洋草梢搭在车辙的旁边,大雪埋住了矮矮的谷茬子,这不是他出手的那块地么? 他记得:这块地是他父亲用镐刨出来的,砍树林子,放荒火,积年累月地开成了熟地,有多少年代了! 他到这里来送粪,扶犁点籽,铲地,蹚地,割庄稼,拉庄稼,渐渐地把地性摸熟了,知道认什么庄稼,调什么茬口,迎什么节气,处处都随手应心,他的心在这块肥沃的土壤上扎了根,有一天看不见它,就要想它。自从高福彬霸去了这块地,他是怎样觉得灰心丧气呵! 两腿晃晃的,好像是垄台上随风倒的小苗。

现在,金永生又踏上这江沿地的垄头来了,冷风刮着毡帽的耳扇,打着脸皮。他抬着靰鞡脚踏着垄头子走去,一撮一撮的谷草挺,一根一根的白草梢,从雪垄台走到草甸子的边缘,他是怎样地感到亲切呵! 他是怎样感到松快和惬意呵! 仿佛他到外屯子去串门,现在又回到家来了,一回到家,就感觉到了家里的亲热和温暖。他在厚雪的土脊上站了一会,听见江沿的冷风悉悉地吹过来,草棵摇动着,干苞米秸子在嘤嘤鸣着,他的耳朵也在嘤嘤地鸣咽着,听起来又是多么熟悉。那是他父亲用镰刀割谷子的声音么? 刀刃敲着石板的声音么? 打火镰的声音么? 那声音在嘶鸣着,在远处向他召唤。

吴万申看透金永生的心情,悄声地问着他:"你乐意挑这块地么?"

金永生点点头:"我不图獐狍野鹿,还图细狗还家呢!"

吴万申郑重其事地说:"土地还家。"

金永生望着吴万申沉静的脸,拍拍破皮裤子说:"这口气,我已经憋多少年了。"

"现在不是平分土地么?"

"主任,"金永生亲热地称呼吴万申叫主任,"现在平分土地,我才出头露日呵!"

离老远的,可以望见大江里连着天边的冰排,立起来像汉白玉的石碑,趴着像玻璃桌面子,两旁堆着玻璃的碎块,结成一座连绵不断的冰山。江通里立着矮趴趴的渔窝棚,打鱼的老头大概起来了。烟囱冒烟啦! 一缕粗一缕细的烟丝随风乱飘,刮过江沿疏疏的苞米林子,就不见影了。在雪地的草棵子当中,不知是什么人放了一枪,有一群野鸡从渔窝棚顶上飞起来,咯咯叫了几声,带着长尾巴飞向江北沿去。

吴万申走到地当腰，风刮着他的撅腚劳工服，向着江沿草棵里的一个什么人摆手。孙老蔫迈到土埂上，靰鞡头踩进雪堆里，身前身后都是枯荒的洋草，挂着弓子，扬着脖子叫着：

"今年冬天雪大……"

金永生接下句说："明年开春种地，管保土头轻，好下犁。"

"小苗一定不会二五眼。"

"地到了咱们手里，还有二五眼！"

金永生的口气是那么自信，好像平分土地已经到了自己的手里，钉上橛子，领了地照，望着那块牌子笑着，单等着开犁种地，侍弄庄稼了。他想起在斗争大会上出了那口气，分了马，插上帜，儿子订了媳妇，已经心满意足了。

金永生不忘唠叨说："我叫细狗还家啦！"

吴万申晃晃小个子，对着金永生一笑："养儿要亲生，种地要亲耕。"

金永生只顾踩着垄头子，望着地上白白的雪，直等到吴万申提到"养儿要亲生"的时候，他才想起他的儿子来。他想起他儿子以先是怎样闷闷不乐，跑到工作团那里去唠嗑，后来又是怎样参加了斗争，年青好胜，在领衣裳那天晚上报名参军，张大嫂给他保媒定亲，他还是要到前方去。小伙子从来不服软，刚强到底，为着穷人争一口气，他当爸爸的不是也觉得光彩么？他记起早先给人家当老板子，说话听人家喝，吃饭看人家的脸，窝窝囊囊地过了多半辈子。他希望他儿子能够挺着腰板过日子，不受人家欺负，不受人家辱骂，不看人家的白眼，他就心满意足了。现在，正是他儿子到前方出头露面的时候，他有什么舍不得的呢！小组插上了帜，还怕庄稼侍弄不上么？

陈二踹子拉着米达绳子排地的时候，一心朴实地想分一份好地，过小日子，他也有他的打算。

"咱们小组插上帜，地分得挨盘，人马也省工。"

"怎么省工呢？"金永生撩撩眼皮，点点头，仿佛他已经不操儿子那份心了。

陈二端子在垄台上打磨磨，用脚尖画了一个大圈子，这个大圈子，假定是他们小组分到的地，指葫芦画瓢地说："地挨盘就有这个好处，犁杖把我的地蹚完了，日头快落了，磨过犁杖去，能给你蹚两根垄。要是小组的地，一块在家南，一块在家北，犁杖到的时候，天也黑了，又耽误时间又费工。"

"好主意，这样省工。"金永生的脑筋拐过一道弯来了，但是，没有拐过第二道弯来："四个人铲地，两个人蹚地，先铲后蹚，要合手，人和牲口都能倒出空来。"

陈二端子甜嘴蜜舌地说："金大哥，比方说，你的地铲一半，我的地铲一半，一块就蹚了。"

"地挨盘……"金永生打了一个奔，脑子里又划过弯来了。"你是中农，我是贫农，那怎能行。"

陈二端子说："我看能行，贫雇农挑好地，中农挑中等地，这样不算合格么？"

"合格，我们找吴万申合计合计吧！三个臭皮匠，抵个诸葛亮。"

冷丁地，从江沿的深草棵子里走出一个人来，踏过雪坑，跨上了壕边的地头子，露出了黄兔皮帽子和黄色军用大衣，手里掐着一支出壳的短枪，脸蛋冻得通红，长筒靴在雪地上趴踏着。

"这不是沈同志么！"金永生闪闪豆角眼睛，立刻看出来了，往前迈了一步，摆着手："沈同志，刚才是你放了一枪？"

"我打了一枪，野鸡都飞到江北去了。"

沈洪挪了脚窝，把短枪插在裤腰间的皮套里，扣上扣子，站在垄台上和金永生唠嗑。不知道什么时候，吴万申拿着弓走过来了，狼尾草挡住他身上的劳工服，风吹草动，有些影糊糊的。

"野鸡可奸啦！"金永生看见沈洪的黄兔皮帽子耳扇上的白霜，又想起方才沈洪踏着大雪打野鸡的情形，他对他说："我们老百姓用药药野鸡，沈同志，你在这里多待两天，我下药……"

275

"你要请我吃野鸡肉么?"

沈洪高兴地笑了,虽然他不想吃野鸡肉,但是,他对于金永生的热情是很感激的。也是一种莫大的安慰。在别人量地的时候,他好奇地溜达到江沿的草棵子里去,踏着大雪瓮子,打了一回野鸡,荒草甸子上的白尖草没了他的腰,大江里的冰排闪着亮,那心情是怎样地畅快呀!他穿过一排横垄地,踏上了地头的干马兰梢,那里有一条通佳木斯的大车道,雪地上压着爬犁沟、马蹄印……

沈洪一瞭雪地上的爬犁沟,忽然想起来初次来到村子坐爬犁的情形,迎着金永生的脸,问他说道:

"这不是那天咱们坐爬犁的那条道么?"

"沈同志,你的记性真不错。"

"我还记得那天你说什么。"

"我说什么?"

"你说:这江沿地是你父亲开的荒,到了日本倒台子那年,这最后一垧地也出手了。是不是?"

"沈同志,你的记性真不错。"

金永生回答沈洪的时候,激动地曲着眉毛,仿佛有一道黑流从他的眼前飞过去,就不见了。他撩起豆角眼睛,瞧着垄台上一撮一撮的谷茬子,草棵子在风里响着,一道雪沙子从江沿卷起来,刮着,一直刮到他的脚根底下。

沈洪看见金永生高兴的神情,想起了与何彩亭谈话的情形,突然问了一句:

"金永生,你为了这块地参加小组会么?"

"沈同志,你问那个干什么?"

"我想知道事情的经过。"

金永生打了一个奔说:"等晚上我对你说吧!"

"为什么要等到晚上?"

"晚上有闲空,我对你唠扯半夜。"

"好吧!"

沈洪离开了金永生，踩着荒草棵子，长筒靴趴踏在雪地上，带着装上皮套的短枪，深一脚浅一脚地向着江沿走去。一路上，他想着金永生这个庄稼人已经翻身了，今后要好好领导他种地！他又想起了应该在这个村子里建立领导核心，成立支部，新一代的革命种子要在东北的土壤上生根。

他走到地边，看见吴万申正从狼尾巴草棵里探出头来，劳工服上挂着小烟袋，咧着嘴，笑呵呵的。沈洪见了他的面，就想了方才他想的那个问题。

"吴万申，你们小组能够把地量完么？"

"紧赶慢赶，贪点黑吧！"吴万申的口气很实在，不掺杂一点假。

他又问道："老百姓都知道平分土地的好处么？"

"老百姓全入了脑筋，怎么不知道呢？"

"怎么入了脑筋，吴万申，你说说看？"

"老百姓说：'共产党领导得好。'"

"这小伙子可聪明啦！"沈洪笑了笑，伸出长筒靴，从爬犁沟跨上垄台上，亲热地向着吴万申招招手。

"吴万申，你来，我和你谈一谈。"

…………

二十六

冬天的夜冷森森的，墙上挂着白霜，窗外唰唰地刮着雪沙子，仿佛烟泡又刮起来，把这座房子包围得紧紧的。古老的挂钟停了摆。蛐蛐洞里没有一点声音。在黑屋子的炕沿底下，不时露出新升的火苗，跳动得像长虫芯子，抖抖索索地照着亮。几个人就在火亮的地方闲唠嗑。

金永生量地回来以后，给牲口拌上草，把他儿子从哨岗上找来，走进屋子的时候，吴万申也来了。吴万申填了一张表，面对面和沈洪烤火唠嗑。旁边坐着邓守桂。李大嘴倒在一张掉腿的桌子上，支着下巴，张着鲇鱼大嘴，碰到节骨眼的地方，没深没浅地插上一嘴。

人们都很随便，愿意抽烟的就抽烟，愿意唠嗑的就唠嗑，东扯一句，西扯一句，和那天开小组会的情形差不多。地上也拢了一堆火，劈柴烧得爆响，冒着烟，木箱子已经搬走了，木箱子压的土印踩模糊了。人们又把外边的泥雪带到屋里来，和吐沫凝结一块堆，在火亮照不见的地方，结成了土疙瘩。

沈洪在火堆的旁边蹀着脚步，在土疙瘩上蹭着脚，瞧着四周土墙冷森森的样子，使他想起了第一次走到这屋子发生的陌生情感。他问着金永生说：

"你记得那天小组会的情形么？"

"沈同志，我记得。"金永生点着头，头皮上的深深纹溜抽动了一下。仰着脸说："那时候，我们小户一心想插犋，狗腿子刁金贵一掇弄，我们就上了圈套。现在，小组也编起来了，大家合计挨盘分地呢！"

"小组挨盘分地，真是好主意。"吴万申笑着说，小烟袋敲了一下冒烟的劈柴，直起腰来，望着邓守桂的眼睛说："你们的小组也乐意么？"

"大家都乐意。"邓守桂动了一下长睫毛，抿着嘴，哈哈地笑了一声，连他们小组里高兴的神情都带出来。

"十个小组都同意了，真是十全十美。"吴万申乐得弯不下腰去，走到东，走到西。瞅着旁边金成烤得发红的圆脸蛋，替他高兴呢！忍不住地要说：

"真是十全十美，又参了军，又订了媳妇。"

金成出神地烤着火，仰着脸，大颧骨上现出了一片红晕，仿佛贴上去的芍药花瓣。人逢喜事精神爽，小伙子的眼仁都乐啦！望着地上新升的火苗，无忧无挂地对他爸爸说：

"爸爸，咱们家里都齐全了，我离开家。"

"齐全了！不用你挂心了！"金永生顺口答应儿子说，感到样样都满意。他尝到了今天的甜头，却忘不了早先年的苦头，他经历着多少年艰苦的岁月，事情过去了，人也老了，他回味着的是老早年的歌声。

　　北大荒

　　不犯愁

　　种地不用马

　　点灯不用油

　　金永生唱完了，豆角眼睛眯眯地一笑，快活地说道："现在咱们分了马，种地才不犯愁了。"

　　"爸爸，不是说种地不用马么？"金成问着他爸爸。

　　"老百姓使唤火犁种地，就不用马了。等多咱咱们像苏联国一样，这话就应验了。"邓守桂三句话不离苏联国，他在集体农庄吃过面包，亲眼看见使用火犁种地，对大家讲起来有根有本。

　　"点灯不用油呢？"金成又问第二句。

　　邓守桂笑了笑："点电灯，用油干什么！"

　　"村子里安了电灯，咱们家买不起电灯泡。"金永生对他儿子说："你知道，到现在还点菜油灯，黑漆燎光的，你妈纫针就看不见。"

　　"爸爸，等我打蒋介石回来，革命成功了，要咱们共产国家每家发一个电灯泡，行么？沈同志。"

　　金成说完了，望着沈洪愉快而闪光的面孔，就笑起来了。沈洪看见小伙子那种眉飞眼舞的神情，也不知不觉地笑起来。这种笑，也传染给金成的爸爸。老板子给人家支使半辈子，脚不沾地，手不离鞭杆子，到今天才闲下来抽烟袋，烤烤火，歇歇脚，显得自在和轻松呀！

　　沈洪和金永生面对面地烤火，闲唠嗑。

　　"你还记得小组会么？"

　　"沈同志，你提到小组会么？"

　　"你说吧！小组会是怎么发生的。"沈洪手扶着凳子，展展扬扬地站起来，他想起何彩亭叙述小组会发动的情形，在情感上还觉得有什么不满足的地方。小组会当时发动的情形没有人讲起，何彩亭

279

已经回到区里去，何彩亭记载的材料还留在他的身边。

"沈同志，我要说，小组会就是这样发生的。"当沈洪坐在凳子上，金永生才对他说，声音有些颤抖："庄稼人拿地为根本，我的江沿地叫高福彬霸去了，任会长给我分一块炉灰渣子地，兔子都不拉屎。正赶上外屯煮夹生饭，又分房子又分地，我一看，就红眼了。"

"你开了脑筋！"

"脑筋是邓守桂给我开的。"金永生笑着对沈洪说，望了望旁边的邓守桂一眼，接着往下说："邓守桂常常鼓吹我，他说苏联国怎么好，没有大肚皮吃冤枉，日久天长，我也入了脑筋了。那时候，我仗着人多势重，大家合计分地，偷着开会，这就是头一茬小组会。"

人无头不行，当时小组会的头行人是邓守桂，他联络小户，合计斗争高福彬，偷着在江通的深树茅子里开会。任云峰跑到高福彬那里串鼻子，走了风声，高福彬出来骂了街。

李大嘴挺着大个子，故意地把狗皮帽子扣在眼皮上，拿着一根烟袋当文明杖，腆着大肚子，一边走，一边学着高福彬骂街的情形：

"你们这些穷小子，想共我的产么？等中央军来的时候，哼！有一个，算一个。"

"这个老鸡巴头子，净装洋蒜！"金成看得不舒服，用鼻子哼了一声，他听了那话就骂起来："我真想打他一脖子拐！"

"那老鸡巴头子支毛，净是任云峰掇咕的！"邓守桂一针见血地说，揭了老底子。

金永生想起在街上碰见任云峰的情形，一碰头，就脸红脖子粗吵起来："呵！你当会长的，安什么心眼子？我出手了江沿地，你分给我炉灰渣子地。"

沈洪问金永生："你和他吵了架？"

"是呵！沈同志，我和他吵了架。"金永生提起那件事来，气得浑身发抖，绷着脸，咯咯地打着大牙。"沈同志，你想想，任云峰替高福彬说个什么，他说：'你要江沿地，不怕中央军过来沾包！'我红着脸问他：'会长，你不是到地里钉了橛子么？'沈同志，你想不到他说个什么？他说：'那回钉橛子，我是给共产党迎迎典，你们这些穷小子，还拿棒槌当针（真）呢！'"

"邓守桂在当时也来了火，甩甩胳膊，大声说：'走！我们到裴工作那里去打官司。'"

"裴工作怎样处理呢？"沈洪听得出神了，从旁插了一句。

"沈同志，你听下去吧！"邓守桂的脸皮烤得通红，憋着气，一句一句地说："我们去了一大帮人，都是缩头缩脑，庄稼人看见官项，舌头就硬啦！我一提换任云峰，裴工作敲着桌子，把我剋得茄子皮色。他说：'任云峰是我们工作团选上的，你们想换就换，讲民主讲得太过火了。'大家都递不上当票去，更没有露出高福彬的口缝。"

"我提高福彬啦！"李大嘴表功地说，高嗓门一点也不打怵！"裴同志对我翻眼珠子说：'李大嘴，破簸箕，你远点煸着。'"

"他对老百姓翻眼珠子。"沈洪有些生气，又叮了一句。

吴万申毫无顾忌地说："你知道，裴工作说风就是雨，大眼珠子一瞪，谁也不敢吱声。老百姓给他起个外号，叫做'土皇上'。老百姓见到皇上，一个一个都鼠匿了。"

第一茬的小组会就这样地自消自灭了。穷人蔫了，有钱的人欢了。李大嘴顶着狗皮帽子站起来，腆着大肚子，学着高福彬摇摇摆摆得意的神情，拉长声说：

"你们小组会怎么垮台了呢？你们怎么不出来斗争斗争呢？我高福彬是大肚皮，欢迎穷哥们共产，家只趁几口袋木耳钱，苍蝇咂足子，小踢蹬。"

金成气得火上加油，张口就骂："这个老鸡巴头子，我真想打他一脖子拐。"

"后来呢？"沈洪追根倒梢地问。

金永生吐一口痰，接着说："后来，任云峰联络胡子，叫江北鹤立县押在笆篱子里。邓守桂才当了屯长。高福彬不甘心，联络刁金贵，拉上一些小户，组织第二茬小组会，准备推掉邓守桂，保出任云峰。沈同志，你来的那天晚上，不是正合计那个事呢！"

过去的一段事情，如同蒙了一层窗户纸，看也看不透。金永生讲出来，才把那层窗户纸戳破了，露了真相。沈洪觉得大吃一惊，仿佛他想开门的时候，摸到了一把钥匙，找出了关键在什么地方。

"这一段事情，你没有和何同志讲过么？"

金永生实实在在对沈洪说："我没有和他讲过，不是这次平分土地，我烂到肚子里，也不说出来。"

"你这个积极分子，怎么也不说呢？"沈洪离开了火堆，把脸转到金成那里，说了一句笑话。他还记得刚来的时候，何彩亭是把金成当做积极分子的。

金成对沈洪笑笑，说他心里的话："沈同志，你不知道，老百姓就有这个属性，对你不托底的时候，一问三不知，神仙怪不得。你前十天问我，我也说不知道。"

"现在呢？"

"现在还说什么，庄稼人翻身了，封建打倒了，再没有人前怕虎，后怕狼。"金成展开眉梢，从心里往外说："没成想，这回大翻身。"

一时鸦雀无声，地上烧着劈柴，熊熊的火苗从稀薄的烟灰里探着头，散发着融融的光圈。屋子里再没有寒森森的气息了，人们的脸上都是暖和的。有的人在火堆跟前打盹了，有的人抽着烟。吴万申缩着腰烤着火，敲敲小烟袋，一直地想着村子翻身的事情，闪闪眼睛，愉快地望着大家说：

"咱们翻身了，把封建打倒了，村子也应该换一个新的名字。"

"我赞成换新的名字。"金成认真地说，一点也不含糊。"过几天，我到前方队伍上，他们问我：'你从什么村子来的？'我说：'高家村。'他们问：'你们村子翻身没有？'我说：'翻身了，若不介，我能出来参军么？'他们又问：'你们翻身了，怎么还用老封建的名字？'"

"对呀！"邓守桂抬起头来，望着金成被火光烤得红嫩的脸皮，同意地接下去说："咱们把高福彬打倒了，再叫高家村，好像有些别嘴似的。"

金永生从炕沿跟前走过来，直着腰，踩着地上的火星子，顺嘴诌了一句：

"我看叫翻身村还不错。"

这个名字遭到他儿子金成的反对："爸爸，等我从前方回来，把蒋介石打倒了，革命成功了，那才是大翻身呢！"

李大嘴摘下了狗皮帽子，愣头愣脑地冒了一句："咱们叫斗争村吧！"

吴万申给李大嘴碰了一个钉子："你想斗争一辈子么？斗争完了要生产。"

"那么，就叫生产村。"

"不要顺口溜，大家开开脑筋，起一个好名字。"

大家七嘴八舌地凑了半天，提出七八个名字，不是不好听，就是太咬嘴，或者别的村子已经用过了，挑来挑去，都觉得不合适。大家没有办法，要求沈洪替他们起一个名字。沈洪在这件事情上也不愿意包办代替，应该尊重老百姓的意见，他也相信老百姓是有着自己的智慧的。这时候，他想起那天坐爬犁到这村子的时候，金永生说过这村子的古名叫一棵松啦！这村又为什么叫一棵松，他很想知道它的来历。

"金大哥，你对沈同志学说学说吧！"李大嘴接着说，很想金永生唠扯下去。

"一棵松，这名字来历可久啦！早先，这北大荒到处都是树林子，靰鞡草，漂泊的水甸子……"金永生闪动着豆角眼睛，仿佛想起了早先年的荒凉旷野，神经动了一下，又转向他儿子金成那里，继续说："你爷爷搬到这里来的时候，地广人稀，八十里地见不到一处烟火，野鸡满山飞，蚊子遮满天，树随便砍，人参随便挖，地随便开。你爷爷在这里头一茬开荒占草，砍树林子，砍到最后，剩下一棵黄花松树，丢下了斧子，叹口气说：'把这棵松树留下吧！让后来的孩子知道老人在这里开荒占草，辛苦了一场，留个念想。'你爷爷给这地方起个名字，叫一棵松。"

金成望着他爸爸沉静的表情,想起他爸爸讲的故事。北窗户突然唰唰地响了,仿佛烟泡从大江沿卷过来了。房后的草棵都在呼啸着,他低着头,咬着嘴唇对他爸爸说:

"爸爸,后来怎么改了高家村呢?"

"那是高福彬他爹起的名字。"金永生有些怅怅的,脸皮上浮着一片白光。

"爸爸,高福彬他爹怎么起的名字呢?"

"你听我说:那是清朝光绪三十二年,三姓旗务司派佐领全亮到这里丈放荒地,高福彬他爹是一个花舌子,能说会道,溜须捧盛,专门联络官项。佐领全亮一来,他请他到他家里吃饭,他的姑姑梳着小辫,一笑两个酒窝,把着酒壶给左领斟酒,飞了一个眼。佐领乐了,给他们领了一张照。北至大江,南靠南山,都划在他的四至之内。后来,高福彬他爹招户开荒,砍倒了你爷爷留下的那棵松树,改成了高家村。"

金永生讲完了,粗粗地出了一口气,望望大家,又望望自己的儿子,儿子的大宽脸被火苗烤得通红,迎着火亮,显得年青而且朴实,如同一棵没有经过风霜的幼芽,带着天真的稚气。

他们父一辈子一辈黑灯瞎火地混了几个朝代,现在才寻到光亮呵!

家雀往亮处飞呢!

"爸爸,"小伙子叫着他爸爸的时候,心里有些激动,嘴唇发抖,"咱们就是这样过来的?"

"就是这样过来的……"金永生仰起了脸,望着窗子,感情地告诉他儿子说:"高福彬他爹领了荒,你爷爷给他开荒。你爷爷累死了。到了我这一辈,高福彬买了车马,我又给他们当老板子,穷人熬不出头呵!现在传到你这一辈了……"

"爹爹,我一定到前方去,挖掉地主的老根子。"金成生气地在地上跺着脚,咬着牙,大声地发誓说:"我要去……共产党不是领导咱们翻身了么?"

屋子里又悄悄的了，墙上的霜闪着光，角落里充着黑的浓烟。吴万申推开了凳子，跨过了火堆，闪着荞麦棱子眼睛，望着大家。

"大家想想，把村子改成什么名字呢？"

邓守桂扬起头，瞅着金永生沉思的面孔，说道："早先不是叫一棵松么？咱们贴着这个名字起吧！"

"那棵松树已经没有了！"金永生叹口气，坐在炕沿上。

"金大哥，你开门看一看！"李大嘴从沈洪身边走过来，摇着狗皮帽子，舞舞扎扎地扯着金永生的袖子，让他站起来："你开门望望，看一看咱们村子跟前还有什么东西，就用它起名字。"

金永生打开了房门，向着外边望一望，苍黑的夜色却显得那么寂静，房脊和苞米楼子披上一层亚麻色，烟囱是浑黑的，只有松花江沿上闪着北斗星，烟泡已经刮过去了，江沿上的天空却显得那么晴朗，没有云彩，亮晶晶的星星射着白光呢！他呆呆地望了很久，仿佛给了他什么启示似的。他回到屋子里，对大家说：

"我只看见松花江沿上的北斗星。"

吴万申说："咱们就拿松花江起名字吧，它不是贴着一棵松么！"

"有了！有了！"金成小伙子心眼灵通，听到有人提到松花江，他把手往北边一指，"村子北边有松花江，"他又把手往南一指，"南边有南山。正好做江山村。"

"好！江山村！"李大嘴拍着手乐，忍不住地跳着叫好！"好！这村子，今天就是穷人的江山。"

金永生笑着说："咱们贫雇农的江山。"

吴万申想了一下，出来改正说："咱们不是团结中农么，在贫雇农大会里还有工人。我看，就是老百姓的江山。沈同志，你看这个名字好不好？"

沈洪兴奋地从凳子上跳起来，望望大家兴高采烈的情形，他也忍不住赞美说："好，江山村。这个名字起得好。老百姓坐江山，我来以后，整整十天了。"

金永生有着自己的主意,他说:"老百姓坐江山,像松花江一样长,像南山一样远,说不上有几千万年长远呢!"

"老百姓的江山是长远的。"沈洪同意地点着头,又补充了一句:"方才我说的,是老百姓坐江山开头的十天。"

一九四九年四月一日于辽阳

东北书店 1949 年 5 月初版

◇骆宾基

混沌——姜步畏家史

第一部
第一章
一

　　我出生的县城，是靠近俄罗斯海口的中国边境，距离朝鲜的清津港又很近，所以秋冬两季的早晨，海雾永远都是很浓重的，充满了街道，充满了我们住的院落。

　　每天我一睁开眼睛，就跪在窗口上，望着那块现着乳白色烟雾的玻璃，奇怪它为什么在我们吃过饭的时候，会变成透明的，把铺满院子的阳光，窗外的花盆木架，和花红叶绿的鲜美色彩都现出来。

　　那时候，我的眼力仿佛还望不到三五尺以外那样远，在我的记忆里，也从来没有一次。从玻璃窗上望见立在对面的一排木窗刻花纹的茅草房子，和那房子前面的摇晃着身子走路的鹅，睡在墙角落里晒太阳的猪。除非我跟随着母亲到窗外浇花的时候，若是我走得远一点儿，那些鹅就伸长颈子，作势扑我，我才知道院子里还有稀奇古怪的生物，心想走远点看看，可总是给那些长颈鹅围截着，终于两眼望着它们退回来。直到挨近母亲的腿部，我才敢伸脚踢它们,虽然这样胆怯,可是向来在恐惧它们撕扑的当儿,没有招喊过母亲求援的。

二

县城外,有一条水流清净的红旗河。古远的以往,那些土人聚族而居的年代,北岸或许是给正红旗的东北土人盘据着的。现在变成了木行板厂麇集的城郊。河边儿,全是树皮剥光的木排,几乎掩蔽了红旗河的一半水面。有的木排,从这里再顺水下流,运输到图们江去,有的停留在这儿,找到买主,就给搬运到岸上的板厂里去,锯作木板。而且一批木排闪出了空位,不久就有另一批木排填补上。夏季的每天下午,城里的妇女们都聚集在这些木排上洗衣裳。僻静的远处,男人站在木排上洗浴,孩子们蹲在木排上垂钓。岸上锯割方木的高架子上,终天不断响着锯木的嗤嗤声,斧锤击打锯板间木塞的叮咚声和洗衣妇女们手里不停用棒棰挥打湿衣的捶衣声,还有来往海参崴,清津港的帆船上的水手,遇到一阵把布蓬鼓满的有力的风所起的欢叫。所有这些复杂景象和声音,使红旗河在孩子的单纯视感中,成为五光十色的具有诱惑性的乐园了。

可是我第一次跟随着母亲到红旗河去,仿佛没有看见宽阔的水流,以及河南岸的绿野,羊群,只是觉得这里有各种各样的声音。我寻不见那许多声音中最特殊的古怪的,是发自什么地方,尽是顺声寻望。往往望见的不是发那种奇声的景物,可是这景物本身又引起了我的好奇心,等到耳里又响起那种古怪鸣叫时,就又抛弃了眼前的景物,去寻望别的了。我所仰望的锯木架子,是那样高大,如冲云霄,实际上,后来才知道,只是离地一丈四尺高。我奇怪为什么站在那样高的木头上的人,不会坠落下来。我一直望着他,仿佛不一会儿,他就会站不住,跌落下来似的。

那时候,母亲就说:"你不看着道走路,老是仰脸看什么?"

我就抓住母亲的衣襟,觉得母亲也是高大的。我必得伸高手掌,才能抓住她的衣襟。等到走下土崖的工夫,我就抓着母亲的裤腿。

"哪！抓住我的手指头！好好走呀！"

于是我握住母亲的一只手指。这时候，只能看见一根一根顺序躺在脚下的木排。觉得每一根方木和一根方木的距离，都是我的步度跨不过去的，实际上它们用粗藤束在一起，方木和方木之间，至多闪着一两分的空隙而已。不过我望着空隙间的水沟，总是惧怕，尤其是这里的水和家里的不同，这里的水是会动的，而且活动的是那样快，只要大人的脚步从这棵踏在那棵方木上的时候，它们之间的水就会跳跃起来，作着向人攫扑的威吓姿式。

"迈步呀！迈步！对了，再伸腿，这不是走过来了吗？"母亲不住地说。可是我全不入耳，尽管望着我跨过来的方木，觉得容易的有些意外。所以母亲要抱着我向最外那排临着红旗河中流的木筏上走时，我极力挣扎着不让她抱，我是要自己尝试着跨过一根根方木之间的水沟那种胜利而又舒适的感觉的。

"那么，你自己走吧！我可不管你了！"母亲说话时，拾起木排上的洗衣盆，作出不再理我的神气。

我想：——你自己走，你自己就走吧！反正我自己是能一步一步跨过去的，这还不容易。

我低着头，跨上了一根方木，向前面望一望，不意母亲就站在我的眼前，望着我。这时，她笑了，我也觉得非常得意。因为现在不抓母亲的手指，也能够独自迈过一道道水沟了，完全任什么外力也不依靠。

"还笑哪！掉到水里我可不管你呀！"母亲说："听见吗？"

"听见了。"

"那么抓着我的手指头吧！"

我摇摇头，不再向前走。可是母亲的手掌还不缩回去，我就推开它，独自一步一步，从这一株方木，跨到那一株方木上去。母亲是一直走一步，停一停，等待着我。

当我跟随母亲走到最外一排木筏上时，母亲就命令我好好坐在里边,不许动。我望见许多光身的孩子,在阳光闪闪的河流里洗澡,发着畅快的笑声和欢呼。除了这一点印象,在我当时的记忆里,存在着以外,再没有别的了。没有望见宽阔的水流,也没有望见帆船,就是对岸的广阔无际的田野,也仿佛是在我的幼小的眼界之外,远不相瞩。但我也似乎记得,另外还有些妇女,都蹲在木排上捶衣裳。最使我注意的是一个披红围巾的女人,她发现我在望她,手指就向我脸上弹肥皂沫,我依旧望着她,同时把肥皂沫用自己的手背揩净。她就笑起来,两排雪白的牙齿,发着光泽。母亲那时给我脱光了衣服。

我望见母亲也开始洗衣服了,就走过去。

"你过来作什么? 站在那儿不许动。"

"兜兜。"

于是母亲掷给我那条带着银锁链的红肚兜,我也寻找了一个靠水流的地方,想蹲着洗,但是给母亲抱起来,我就踢着两条腿,坚持着不离开我所寻到的合适的地方。

"听话!"母亲说:"坐在我旁边,不许动。我给你洗。"

先前母亲逆着我的心意硬把我抱过来,现在又把我的红肚兜全浸了水。这是我自己要亲手投到水流里去浸湿的,于是我摇晃着身子,拒绝那条给别人浸湿的红肚兜。母亲给我拧干了,并说:"你看看,不是一滴水也没有了吗? 哪! 你自己洗吧!"我还是不满意,觉得既已沾过水,无论拧得怎样干,和原先是不一样了。而且坐在她旁边,处处受她的监视,一点也不自由,就是母亲不说什么,只那不住望我的眼睛,就足使我感到紧紧的束缚了,何况时而她说:"你的胳臂短,沾不到水,坐下吧!"就使我坐下来;时而又说:"还是我跟你浸湿了,你再洗。"终于,我在她不注意的时候,偷偷走开去,并且两手还捧着一块肥皂。

我又回到原来的地方。那里刚空出的一排木筏,有着池子大的一潭水。四周的木排,除了几个光身捉小鱼的孩子,没有什么大人。我用肥皂摩擦着平铺在方木上的红肚兜,就在这完全自由的随心所欲的工夫，不知怎样我的脚踏到涂满洗衣皂的临水方木上，突然一滑，于是觉得眼睛前全是翻起的水底的尘沙、泡沫、圆珠儿。我还想张口呼喊，可是水立刻就灌到喉里去。那时候又有一股冰冷的水流从河底下漂浮上来，我觉得身体一轻，头发就给一只大手抓住，我哭出声来了。

从这以后，母亲再不带我到红旗河去，而且秘密着这故事，从来不对谁说，当我在县立高级小学毕业，下乡避难的那一年，父亲才知道为什么批八字的红帖上批着三岁必有一难关，他是深信着中国那些命运论的传道者的。

三

没有同年岁的小朋友一块儿玩，也没有什么玩具，日子过得那么无趣。

我们住的房子，是新建不久的。房门朝西，南北两间各有两大口玻璃窗。我和母亲住着北间，南间是终日寂无人声，仿佛从前满地都是水果和瓜子皮，香烟蒂巴。现在我过去看看，只有发光的桌、椅、茶几，以及一般商人装置客室的家具。那些家具的式样既陈旧，看起来又笨重，非讲究结实耐用的人，是不会喜欢它们的。

屋子当中，有架俄式的"别列器"，冬季用来烧煤取暖，现在反而给人一种冷寂的感觉。每次走到门口，我就跑开去，仿佛这空无一人的客室，是专门为着捕捉小孩所设立的。像我所见的那些用棍支住的圆大竹筛子，专门为着捕捉小雀而摆设在院心一样。

日常总是陪着母亲坐在炕上。遇到母亲剪裁衣裳的时候，就坐在旁边问这问那。偶尔也要求一块碎布，亲手用剪子剪成更零碎的布条。遇到母亲作面的时候，就恳求一小块面，一直揉搓成各式各样的长条，圆棒，方块……之后，那面块变成乌黑的时候才歇手。

既然不睡，总要作点什么，一个人孤孤零零的作什么玩儿呢！就躺在炕上，把腿向上竖立，使两只脚掌朝天。一会儿两腿再向鼻前用力一挺，仅只使脖颈依靠炕席。不过这只是一瞬间的工夫，我却觉得舒适。后背迅速而自然地，立刻又跌落到炕上，然后两腿再用力朝自己头上一挺…………有时两手抱住大腿后股，不使它落下去，一直向空竖着，两脚有时不借臂力，能够一点一点地使脚尖碰到自己的前额。

"你那是作什么呀！丑态！还不起来好好坐着！起来看看院子里是谁呀！"

我知道没有什么人，有人来，院子里就会先响起鹅的激鸣。就不作声，依旧操练着自己得意的把戏。母亲往往只说一两句："丑！真丑！"就不再逼迫起身了，一边酌量着剪裁下来的布的长短，一边不由自主地哼着妇女们无聊时所惯爱哼的一种没有字音的调子，仿佛眼睛在衡量布块，心里却想着另外的事情，而且不自觉鼻子是在吟咏着——那泄露无聊而寂寞的声音！对于孩子，没有再比这音调的催眠力更大的了。

偶尔，我趁着鹅群不注意的工夫，也会跑到对面那家和我们共用一个前车门的人家去，伏在那座有花格窗的门口边上，露着头向里看。

"进来玩儿吧！"等待梅姐这样召唤的时候，我才慢慢走进去。生怕韩四婶发脾气。

韩四婶是梅姐的母亲。身量比梅姐的父亲还高，整天腰扎着蓝布围裙，脚穿两只男人鞋，在院子里来来去去。不是喂猪，就是唤鹅，再不是挑着两只猪食桶，走出院外买酒糟。她的娘家是正红旗的皇族。丈夫是随旗的汉人，矮个子，光头，脸色黑油油的发光，有着一双黄牛的眼睛。整天两手捧着鼻烟壶，拖着鞋，不结领扣，坐在屋檐底下晒太阳。每次遇见我找梅姐的时候，就截住我，说道："连哥儿，过来，四叔称一称。"放下他的鼻烟壶，两手捧往我的下颏，把我悬空提起来，一连三次，我若是不跑，他还会称的；就是跑开去，他还叫："连哥儿，再来称一次嘛！"所以我几次有心找梅姐玩，就给容易发脾气的韩四婶、扑人家的鹅、捧鼻烟壶的韩四叔，这三种可怕的印象，打消了。

有一天，我望见韩四叔不在院子里，鹅群全聚在猪食桶旁边，抢吃那些淋在桶外的酒糟。只有韩四婶坐在矮脚凳子上，监视着三口吃食儿的猪。手里抓着一根拌料棒子，兼着用作责打独霸食槽的凶猪。心想趁她注意力全集中在那三口猪上的工夫，悄悄走过去，找梅姐。

一只灰翅膀的鹅，口含一条菜叶之类的东西，从猪食桶旁边，退出来。另一只红冠的白鹅，向它追逐着，迅速地跑来。我本该在这时候，尽管向前走的，可是我竟站住，注意它们是不是会看到我。仿佛等它们看不到我，再走，可是又不躲避，还有看不到的？正巧又有一只母鸡抖着翅膀追来了，这是一个非常精明能干的母鸡，为了抢劫灰翅膀鹅的获得物，它抛弃了那些啾啾鸣叫的鸡雏。就在我的脚前，它追上了灰翅鹅，只见它的翅膀一扑，就从鹅的扁嘴里抢去那条菜叶之类的东西，迅捷地逃开去。当时，我倒退了两步，恐怕牵扯到我，谁知道这动作引起白鹅的疑心，它像追啄我鞋上的某种东西那样，伸颈奔来，灰翅鹅本来去追母鸡，听见我的呼叫，也掉头扑来了。实在我是失口而呼的，但我又不挪动，仿佛等待它们撕啄一样，定定望着长颈将要伸到我脚前的鹅，站着。

"跑过来呀！连哥儿……来，到这边来！"

我这才明白应该逃开这围攻，许多鹅已经鸣叫着向这边增援了。当我跑到韩四婶的身边去，我还掉头观望着那些向空鸣叫的鹅，发出惧怕的冷笑。实际上我的心，是在继续猛烈地跳动。望着韩四婶嬉笑的嘴唇，于是我也真的笑起来了。

"坐在我腿上吧！吓着你没有？"

"没有。"

"你妈在家作什么呢？"

"缝衣裳。"

"给谁缝？"

"你看，四婶，那个母猪又咬那个小公猪了。"

我指着那个白嘴巴的黑母猪，韩四婶的棍子却敲到小公猪头上。我望望韩四婶的脸,韩四婶像是安慰我而且赐给我极大光荣和恩惠似的,又敲了一下小公猪的耳朵,仿佛说:"你看,我听你的话,打它了。"小公猪本来给母猪咬得退开猪槽,用后尾抵着母猪的肋骨,神情是静等一会儿,母猪吃得起劲的工夫,再掉转尾巴,和它并头吃。现在歪了歪头,自觉失势似的,摇晃着尾巴走开了。路过猪食桶的时候,它并没有沾惹什么,只不过嘴里不平地哼哼着而已,可是那只俏小而强悍的母鸡,展着翅膀扑来,啄它的鼻子。小公猪完全没有注意母鸡的撕啄,依旧慢步踱着,刚一拐弯,逞强的母鸡就飞跃起来,仿佛受了极大的惊吓,霍霍地高声鸣叫。其实小公猪想走到猪食桶的另一面,一点也没有欺侮它。它飞到猪食桶的桶口上,等到站稳,就又俯着头向桶子里窥望了。当时我很想给它一石子,赶跑它。到处追来扑去,专门抢劫和欺侮别的禽畜,已经骄狂得惹是生非了。可是我只望望韩四婶,见韩四婶忙着向猪槽倒猪食,就没敢告诉她。

那时候,小公猪又急急走来了。母猪一见它,就从猪槽里抽出嘴巴来,作出若是小公猪再近一步就会撕咬它的威胁姿态。我完全忘记韩四婶的易怒的性情,就抓住拌料棍说:"给我!给我!"很怕失去了敲打母猪的机会,趁她刚朝小公猪发出威胁声的当儿,就打了它一棍子。

"打它一下够了!把棍子给我,我来打。"

我就顺从地递给韩四婶,并表示打它一下,已经满足。脑袋倒在韩四婶膝盖上,仰脸笑着取悦她。实际上,我倒很想再打它一棍呢!可是韩四婶不是母亲,只想在韩四婶转背的工夫,再偷偷踢一下它那圆筒形的白嘴巴,可是韩四婶一直守着猪槽,不离眼。

韩四婶说小公猪是吃得很饱的了,还是见了别的猪吃就嘴馋,说着说着就用棍子驱逐它。在这工夫,只见韩四婶一仰脸,她那神情就仿佛摆脱开她当前所要作的事情,一手还抓着猪槽的一端。显然是预备抬起一角,使猪槽里水料集聚在另一角上。这时候就停在那儿,手既没离开,也没有掀猪槽,她的眼睛仿佛望见了她不愿望见的物件，但是又要望出一个底细来似的，望着车门旁走人的边门。那车门平日是关闭着的。

韩四叔走来了，身后跟随着一个酒馆的伙计。

韩四叔手里玩弄着两个"树腰子"，相同两个扁形的鸡蛋。紫红色，反映着阳光，辉芒闪闪地在他手掌里旋转着。韩四叔的日子，多半是在旋转这两个"树腰子"的工夫上消磨的。脸上现着悠闲士绅所有的笑容，这笑容是没有来历的。由于良好的营养和无忧无虑的乐天的天性，那笑容在晴天时候，仿佛说："阳光多么好呀！晒得人真舒服，要打盹呢！"雨天又仿佛说："真是甘霖哪！在暖炕上睡一觉，可真是幸福！"

现在他仿佛知道不说什么，韩四婶的眼光是不会离开他的。那笑容就变作针对她而发的了："还没有喂完呀？"知道遮挡不过去，又说："这不是嘛！大前天到红旗河去溜达，碰见二道河子咱们亲家，还有什么说的，到福兴馆去吧！临走又带去半斤烧肉，就这样欠下几十吊钱……给人家吧！"

"我可没有钱！说的倒好听！给人家吧！谁给我？"说话时，韩四婶那只手抬起猪槽的一角，仿佛所要知道的事情已经知道，就算完事了，可是猪槽里的水料都流到地下了，她还是把那一端高高竖着，并不放平，足见事情还没有完。她的眼睛可确确实实望着猪槽，望着猪槽里的水料向地下淌。她说："终年整月，向家领讨账的，金山银山也叫你吃完了，喝完了。这不是前清咱们皇家一年有二百八十八两皇银发给咱们的时候了，什么还有你吃不完，玩不完的？"

"你又是说我吃说我玩啦！我不是说嘛！大前天到红旗河去溜达，碰见二道河子咱们亲家叫他来家，他又不肯来，还有什么说的！到福兴馆吧！就进去了……"

"我不要听！房子都叫你吃去一半了……"说第一句话时，她用力敲了一下猪槽。这才发现水料快流完了，而且小公猪又在一端站了个位置。

"你就是这样！又房子房子的，不够你住的？这个年头，又是胡子又是独立党的，要那些家产作什么？是不是？孙老三。"韩四叔笑着问那堂倌，也不等孙老三搭茬儿就大声咳嗽两下，然后叫道："德一媳妇！把我的睡椅拿到窗外来，还有鼻烟。"在他每次召唤儿媳之前，照例是大声咳嗽两下，这咳嗽并不是普通平常的，更没有什么用意，而是一种习惯的气派，近乎一呼百诺的贵人，在说"来人哪！"之前或以后，大声咳嗽或大声来两下因饱而噎的声音一样。

把堂倌抛弃在一边，尽管自己躺在睡椅上，瞌着眼，摆出休神养性的姿态。这时唯一活动的东西，就是柔而胖的手里那两个紫光木蛋，旋转着，不停地旋转着。

韩四婶就抱怨自己不留神，把喂猪料都倾倒在地下了。泄愤的又是那小公猪！"你再挤，我再叫你挤！"打的小公猪，老是歪头晃耳朵。

"怎么……去呀！去拿给人家嘛！"

"你叫我拿什么？一在外边吃了，输了，回家就说拿给人家！你叫我拿什么？还有什么你没有吃光？"

"你就是这样，我不是说嘛！大前天到红旗河去溜达，溜达溜达还是罪过吗？就碰见二道河子咱们亲家了。那是你儿子的岳父呀！我倒没有什么关系，你想，碰见就这么白碰见了吗？若是前清咱们皇家当事的时候，还不得摆两桌满汉酒席。如今晚儿，人家知道这个！不来咱们家，怕麻烦！还有什么说的，福兴馆可总得去去吧！就是不吃炖小鸡吧！白酒总不能不喝两盅吧！你说是不是孙老三！娘儿们就不懂这个过场！"

"我不懂什么人情过场。从前一个院子，现也可剩一半了。你那些吃喝的好朋友哪！不给你还饥荒，卖房子，你想还有一半没卖吗？心里不舒服是不是？"

"你又提房子，为什么是娘儿们呢？为什么人家说妇道人家呢？就因为这个？有你住的就行呗！还要什么？房子是人住的呀！

你不能住不了,用眼睛看看它? 你说是不是?"

韩四叔说话时,就直起身子坐着。现在仿佛这问题已经结束,向鼻孔捻了两小撮鼻烟,聚精会神地揉吸进去,说是揉吸,就是手揉着鼻孔,鼻孔同时向里吸,等到依靠习惯的感觉,知道鼻烟完全吸入鼻孔里了,就了结一桩重大心事那样喘口气,仿佛说:"妥妥当当的了,可得倒下来养养神啦!"躺到睡椅上,瞌眼休息。自然那两个紫光闪闪的木蛋,又迅速地旋转起来,越来越快,充分表示出主人玩得是多么熟练,并且一会儿就停住,只是瞬间工夫,又旋转起来,而且这次和上次不同,假若细心,就会看出这次是逆转。

孙老三在他们争论的时候,用完全不听韩四叔音谈,和没有觉得韩四叔的存在的神气,向韩四婶搭讪,而且所搭讪的却与欠账无关。不是说:"你这口小公猪挺肥呀!"就是说:"上次我来,你们那口母猪的奶子还没有贴地;这回我来,倒产了这么些小猪羔子!"韩四叔问他"是不是",他虽然装作没听见;韩四婶若是收拾猪槽,他却给提过猪食桶来,以便韩四婶不用挪腿,就可把猪槽里剩余的渣滓倒回桶子去。

我若是懂得眉眼高低,早该离开了。可是我完全忽略了韩四婶的愤怒,注意在韩四叔那两个发光的紫木蛋子上。很想走过去摸摸,那感觉一定是甜蜜而舒心的,可是怕韩四叔发觉我在这里,要拉住我过称。直到现在他还没有看见我呢!

猪槽给韩四婶拿到墙角去,这里遗留下来许多猪食渣,因为母猪率领着小猪走开去了,那个精明强悍的母鸡就奔跑过来。两只小圆眼睛发着一种光,那光只有在一群聚在新倾倒出来的垃圾堆上的孩子们的眼睛上可以发现的。它首先追逐另一只黑母鸡,直到黑母鸡跑得很远,它才又奔跑回来,尖嘴上还遗留着一片黑绒毛。只见它用爪子把那片黑绒毛刨去,又在地上擦擦嘴,之后,伸长颈子,探视着周围,仿佛知道没有争食者了,就咯咯咯地唤着鸡雏,迈着高昂的阔步,向那有着长方形猪槽痕迹的猪食渣滓边走来。那些鸡雏本来散落在猪食桶旁边的,现在都展着小小翅膀,跳跃着飞扑过来。有一个白毛鸡雏获得了一条鱼骨,叼着跑。别的鸡雏追逐它。它们的母亲,那强悍的有着鲜红冠子的母鸡,竟突然抢劫下来。跑到我跟前,极快地吞食了。我立刻朝它踢了一脚,于是这惹是生非的泼辣母鸡,大声惊鸣。

"谁赶我的鸡啦?"韩四婶从屋里走出来叫道:"呵——是谁?"

我的脸一定是苍白的。

"你做什么——连哥儿,别怕,过来! 过来!"等到我走近韩四叔,他抓住我的手问:"吓着你没有?"眼泪已经跳出我的睫毛,但我没有哭,若无其事地摇摇头。

"拿给他没有?"

"拿什么呀! 拿——"韩四婶大声喊叫起来,立刻又低声自语:"金山也叫你吃光了!"

"你这个人真是,我没说嘛……"

我望见母亲走出来了,就跑过去。我必须说,那时有三只鹅伸长细颈,在我脚后追随着,但我一点也不害怕,甚至连它们故作威吓的叫声也都没有注意。

四

晚上我梦见那只冠子鲜红的母鸡,突然变成韩四婶,走来走去,召唤着它的鸡雏。虽然嘴里是召唤鸡雏,眼睛却尽是东看西望,要找一个对象啄一下似的,闪着毫无缘由的愤怒的目光。四围一点什么禽鸟也没有,只是我一个人在满是结着紫光木蛋的树林里,躲避它。心想抽空摘下几个木蛋,可是总摆脱不开韩四婶的追踪,实际上她又没有看见我。相望着那些密密累累的紫光木蛋,在韩四婶的头上摇摇欲坠,不敢稍微停留一会儿。碰触着她的前额的木蛋,纷纷跌落,我清清楚楚听见木蛋落地的琅琅声,越来,那声音越大……我听见一种耳熟的口音说:"你听听,你爹给你带来什么了——小货郎鼓呀!"

我就摇晃着肩膀,向空踢着两只脚。意识到自己是在作梦,虽然梦可怕,却不愿在甜蜜的睡眠中,有人扰闹我。到底给母亲拉着一只手臂,拖起来了。最先我望见缭绕不清的灯光,揉着睡眼,嘴角露着不甘心给人弄醒的怨屈样子。有人想攀开我那两只揉眼的手,我就越发气恼越发不让他攀开。终于给人攀开了,而且在一种耳熟的声音中,笑起来。那声音说:"不害羞还要哭呢!你看,你看。快看呀!五岁的孩子了,才学着哭呢!"

"是谁呀!你看看?"

我望见两只手分开我两臂的人,是面熟的。若不是现在望见他,我又绝不会想到他的。我立刻说是爸爸。不过我不挪开眼睛地审视他。那肌肉丰满的脸孔,那阔大的下颏,那鹰般的深远,明亮而且发光的眼睛,仿佛是有了一种变化,增加了一点从前我所没见过的东西,这东西把他的全脸神情都改变了,改变成一个慈祥的老人;而且只有这东西是最触目的,那是沿着上唇的浓黑胡须。

"你问你爹,从船厂给连儿带什么来了?"母亲说完又望望父亲的脸孔说:"真是想不到,怎么留起沿口来了。"听声音,就知道这话不止说过一遍的。

在这荒僻的靠近国界的县城,人们避讳着说胡子,改称作沿口;并且在这满洲还没正式开发的年代,吉林省城也袭用着渔猎时代的旧名——船厂。

父亲在母亲提到沿口的时候,用手捻着胡须,姿态是愉快而自得的。

望见母亲打开一样贴着有色彩商标的纸包,我就挣脱开手,从炕上走到炕沿去。扶着母亲的肩膀,站在那儿,实在是还想着困呢;还是没有完全清醒,说不清楚,总之是静静站在那儿,什么也没有想。

"不要动呀!好好坐下来!"

我这才注意到母亲身前,还有许多贴着各种图案的纸包,扁纸盒,突然振作起来。蹲下去,要在这些纸包纸盒里,搜寻出自己的东西。

母亲说:"别动,把纸撕坏就不好包了,我给你打开。"

然而母亲每打开一样,就尽管自己仔细地看,用一般妇女端详布匹花纹的眼色研究着,这时我就拉她的手,想抢过来自己先看。母亲起初总是用手遮拦住我,同时说:"嘻嘻!什么你也要动动。"

到底还是递给我,等我拿到手觉得实在没有什么可看的,母亲就说:"看完了吗?你不是抢着要看吗?怎么这样快就看完了。"又翻弄着那衣料,抱怨色调不中意。

"素气一点不好吗?"

"就是素气一点也不定是黑的,深蓝的……"

"在家里,又不愿出去,穿给谁看吗?"

"穿衣裳必定是给人家看?自己看也舒心!廿多岁不穿鲜明颜色的,还要五六十再穿!"

"好了,那么下一次你自己找布样子,什么色的你中意,就带什么色的。"

"又是下一次,下一次布样又是白带去,还不照着你自己的眼色买。一回来,哪!黑的!哪!深蓝的!哪!又是黑的……"

父亲就仿佛给人揭穿秘密那样笑起来,当时我从那笑里总觉得父亲是常常欺骗母亲的。在他们谈话的时候,我伸手去抽一个布花边的纸盒,母亲的手拦挡着我,继续和父亲说话,知道拦挡不成功,就抓住我一只手,却没有低眼看我。

我抽出一双俄国式小马靴来,于是任什么也不要看了,就像拾了一条鱼骨的小鸡那样,蹲到炕角上,艰难地穿上一只。

"过来,我给你穿。"这是父亲结束了那笑声,对我说的:"过来,我看合适不合适?"

母亲也说:"过来,我看看哪!"

我就走到母亲跟前,坐下来,伸一只脚给她,自己结另一只穿在脚上的靴带。

"要睡觉了,你还穿着它作什么?"

我是无论怎样不脱掉它们,另外,我决定把装着我那套白洋装衣服的纸盒，亲自放一个地方，走下炕去。

母亲说："你向那里放？给我！我给你锁在柜子里！"

父亲说："你就让他自己放吧！"

当时我一声不响，捉摸了一个妥当地方，那是屋子中央的"别列器"——一个砖壁铁门的大煤炉，这煤炉好久以前已经揩拭干净，预备过冬再启用。炉门很阔，炉里也宽敞。防恐母亲会看见，等到回头一望，果真母亲望着，父亲也望着。

"那不成，你们看着人家？"

"那么我们不看？……"父亲又对母亲说："咱们掉过脸去，不看他。"

我悄悄走到桌子旁边去，装作预备向桌帏子底下安放的神气。等我再回头望，果然父亲和母亲又在偷望了。这次和前次不同，是故意地偷望，不是真的观望我怎样安置我的东西，而是专门在偷望并且诚心让我捉住他们偷望的眼睛，藉以取笑。

"这回爸爸闭着眼不望你了。"

"那不成，得回过脸去。"

我一直望着他们的背脊，轻轻打开暖炉的铁门，嘴里说："还没有放好呀！"手就送进扁纸盒，小货郎鼓……手里只留下一个日本制的胶皮立人。悄悄关上门，眼睛望着炕上，嘴里仍旧回答着："还没有放好呀！"轻轻走到桌边去，又停一会儿，才高声说："放好了，你们看吧！那里也没有。"

等到父亲一回头，我就用一个腿跳着，一直跳到炕沿下，又得意，又愉快，我是多么巧妙地安置了我的所有物呀！把住炕沿，我用眼睛望着父亲，等待他问究竟放在什么地方了。

然而父亲却说："放好了吗？那么上炕去困觉吧！脱掉靴子。"

"我不。"

"听话，明天你爹领你到街上去玩，困去吧！"母亲也说，并动手要给我解衣扣，我摆脱开身子，不让她脱。

他们一点也没把安放衣盒的事情看重，仿佛他们有把握地猜知了我所找的位置,我是多么希望他们问我安放的地方呀！实际上他们所猜的桌帏底下,是任什么都没有的。在母亲第二次催我脱掉靴,我就由于失望,而扫兴,而气恼。知道他们既不问我,我也永远不告诉他们,就是明天我也不拿出来,他们要问,我就说："谁叫你们当时不问,仿佛你们知道似的。现在我可不告诉了,你们不是知道吗?"所以一声不响,也就固执着无论怎样,不脱掉靴子。

"不听话,就不用理他。"父亲说。

我想:——不理就不理吧！

读者可以想像到,那时我是怎样悲哀,脸色怎样败丧,嘴巴是怎样弯曲着而且闭得紧紧的,俯着脸,抓着自己的衣扣,手在有力地撕扭衣扣,却又不自知。

听着父亲和母亲谈着一些和我一点无关的日常话,抓着我自己的衣扣,又摸着炕席和我的外衣——它们抛在我的被子脚下……感觉一切索然无味,终于自己爬上炕,坐在窗脚下了。渐渐炕席的面积在我眼前扩展到无边际的大,打起盹来。

给我脱衣服和小马靴的时候,我还知道,并且脱掉马靴,立刻就把脚抽回来,两膝曲到小腹前……而且听见父亲说："卢布又跌价了！"听声音,是熄灯很久,那声音和父亲在有灯光时候所说的语调不同,而又有着无限的隐忧。

第二章

一

这一切我都记得很清楚,仿佛昨天一样。尤其是早晨爬起来,所见到窗外送进来的发红的阳光,这是寒冷的北方那种日长夜短的初夏所有的特殊气候的色彩。屋子里都给这阳光染得发红,明亮。

对面向东开的窗户,有丁香树的花香飘进来。它的枝叶在阳光中仿佛还挂着缕缕的轻雾,许多屋檐雀踏着丁香树的枝叶跳跃,互相追逐而且啾鸣着。前院猪嚎鹅鸣也不绝声,它们是在等候早食,已经饥不可耐了。最触耳的是客室里的谈话声,语句里全夹着"卢布""黄条子""马克""穷党""富党""独立党"等等我所耳熟的字眼,以及挪动椅子声,鞋底在地下移动声。我就伏在炕上,浸在一种舒服而又慵懒的状态中,连手指头也不愿意动。

那时苍蝇刚从长久的眠期复活,我望见一个苍蝇从我耳旁飞过,于是我爬起来四下寻找着,又踪影不见。突然窗玻璃上发出蝇鸣,我这才面向窗跪着去扑它,我又看见窗外的花盆架子前,站着一个老婆子,母亲和她说着什么,老婆子只顾浇花,一面听一面笑。我就欢叫一声,弃下苍蝇跑出去。

我认识她是母亲门上的亲戚,不久还在我们家操作,因为嘴馋常偷吃零食给辞掉。可是她待我很亲,下厨房两手总是洗得很干净,碗橱锅灶又收拾得整洁,这也许是母亲又招回她来的原因,但是后来知道原因并不是在这里。这是第三次了。她来总有一包香蕉糖,也并不全给我,放在炕上我们两个一齐吃。这是背着母亲的。而且她又会讲故事。父亲叫她崔婆,母亲叫她表婶;她称母亲作"连儿他娘",称父亲是:"实榴他大叔。"但背地总叫:"老财东"的。后来我知道实榴是她留在山东的儿子。她的脸像永远是曝日下晒得那么红,皱纹很多,但头发梳得极整齐,衣服和鞋袜全是一点污迹也不见。

这天她穿着襟长垂膝的长褂,一见到我,就丢下洒壶抱起我来:"告诉你姥娘,想我没有想。""想。"实在不见她已经忘记了,现在才想的。可是母亲说:"他能记得就不错了,还知道想!"我就坚声说:"想。"我没有说谎,仿佛确实是曾经想念过她,并且脸压在她的肩上,不知道那是取悦她,而是自己羞口说想字。

"你知道,姥娘可想你?"崔婆转向母亲说:"真的,不知道是来到关东山了;还是年老了,见了连儿总觉亲。在海南家的时候,实榴那个大孩子,长的也挺稀罕人,可是就不想抱抱,就不知道来到关东山就再也抱不到了……"

她说话的时候,我就坠落下两脚,踏到地上,我怕在肩上会压倒她,她的两脚很小,抱着我,两脚不得不前后移动着。我没有兴趣听她的话,只有一个念头,那就是香蕉糖。她还不放开两手,没觉到我的两脚踏在实地上了,仿佛放手我会跌落似的,我就斜肩摆脱开她。

"那是怎么的了?"母亲说。

本来我没不欢喜,只因为她握住我的两臂像捧香一样拘得不舒服,仅想摆脱开她的两手,可是她的注意全倾向自己的谈吐去。给母亲一说,我真的不高兴了,到底脱开她的手。母亲越是说:"这孩子,你姥娘不是亲你吗?"我就越发不让她抓我的肩膀,并且用手推开她的粗大的手掌。我想母亲既这样说,她一定不会再喜欢我了,心里很悲哀,很难受,差不多要流泪了。还记得那时我抓着母亲的裤腿,垂着脸不看她。等我自己回到屋子的时候,越想越难过,我听见崔婆的脚步声,就玩弄着手指,装作不理她,实在我想她一定生我的气了。

"连哥儿你怎么的了,我给你带香蕉糖来啦!"崔婆子大声说,我听出这声音和在母亲跟前不同,完全是从心里发出的喜悦和疼爱。可是我并不抬起眼来。她把糖包送到我眼前,我也不看。

"哪!给你一块大的,张开口……张开口……听话,姥娘喜欢你。"到底我张开口接受了香蕉糖:"你看,我吃块小的!"我看见她也送到嘴里一块,把糖又包起来,要向她口袋里放。

"我看看!"我攀住她的手;她一边打开纸包,一边说:"我给你放着,还有许多呢!"我瞧着有十块那么多彩色的,二十块那么多黄色的。她听见母亲的动静,就说:"我给你放着呀!别看了,还有许多许多。"并不让我的手指碰到糖。

"我也有个口袋,你看看!"我说。但崔婆不注意我的话,还是把糖包装到自己袋里去,并用眼睛暗示我,不要作出吸糖的响声,因为母亲看见我吃糖又要训斥的,怕是牙齿吃坏了。然后大声对母亲说:"给孩子穿什么鞋呢?"

"那不是有双小马靴吗!你的衣裳放在那去啦?"

立刻我想起昨夜放在暖炉里的衣裳，可是忘记了我立的即使母亲怎样追问也不告诉她的志愿，就跑去拿出来，而且叫着："在这里呢！在这里呢！"嘴里的糖险些落入喉里去，我用力吐出来了，眼睛含着噎出的泪。崔婆的脸更红了。母亲没有作声，只望了望我吐出来的糖。

"我给你来穿，过来，来！"崔婆招呼着拉过我去，又对母亲夸着那套反领衣裤的手艺和剪裁的精致。母亲也观察着衣裤，没有提到糖。我还很羞愧，觉得在母亲跟前把糖吐出来，让崔婆丢了脸，就不敢望她。只望着她给我穿马靴的那只大手，她握着我的腿腕，握得很疼。

父亲牵着我的手到街上去。我还记得当时我的眼睛一点照顾道路的余力都没有，全给街上来往的人马车辆占据了。那时，县城的街道是黄土的，尽是些雨天车辙遗留的伤痕。商店都是全部裸露的，晚间就用木板一页一页排编成板墙，当中的两页宽的作为门，留在十点钟以后才关。街道两边是木板作的行人道，下面是流污水的阴沟。排列在两边的有独柱路灯，燕子在装灯的玻璃笼上站着休息，呢喃地叫着。一辆四轮农车走过来了，马项铃铛很响，可是燕子并不吃惊，我想它一定还没听见，就望着它，看马车经过灯柱旁边它会不会飞开。父亲就说："你老是看什么？不看道——还是我抱着吧！"我摆脱开，等我再望时，农车已经走到我身边，那上面铺着干草，展开的棉被上，坐着几个发髻上插着花的乡妇。有一个发髻盘在头顶上，和母亲的完全不同。车后有两条大狗，又壮健又强悍，没有用绳子拴，它们却尾随着不逃开去，舌头伸在嘴外，喘吁着，我想为什么不把它们放到车上呢？

"你看什么呀——这孩子，给你于大叔请安！"我知道请安是要屈屈右膝；同时右手垂地。这是满洲礼，俗名叫"打千"，可是我不愿意在街上"打千"，因为有许多人看着。连那于大叔是什么样的人，我也没有看，只觉得他拧了一下我的腮，拧得很疼，我要哭，可是望见一群绵羊，咩咩叫着，走过来，就又忘记哭了。羊骚和飞腾的黄土把什么都掩蔽了,尽是些羊。有一个黑山羊几次企图跳过羊背。它们走的是那么拥挤,街道两边空着,但它们却向当中挤。羊群走过,又是清爽的展向远处的街道了。有几个披红毯子的韩国女人最触目,她们的头上顶着新买的大瓷盆和大肚水缸,有一个顶着一只竹筐,时时有公鸡的红冠子从那筐沿露出来。我很惊奇她们脖颈的力量,甚至于她们都不用手扶而大缸和瓷盆却不坠落下来。

"听见没有,和你琴姐在一块玩。"父亲说。我们已经来到一座面街商店,门口挂着两块镶铜的漆木招牌。屋里人挺多,有的在两边长柜里边排列着,正像排列在格橱里的大瓷瓶;有的坐在两边长柜之间长条靠椅上。我的眼睛这时只注意到一个人,这是比我大两岁的女孩子。她的额前有剪得很整齐的童发,两只乌黑而且有光波的眼睛望着我。她是那么健美,发现我向她注目,就斜脸望着我肩上微笑,牙齿雪白闪着皎光。我也仰脸斜望,看见一个戴瓜皮帽的中年人,站在那儿抽水烟,这时他望见我们在看他,就说:"琴琴,给你兄弟一块饼干。"我注神他的手指,那手指又白又胖。再望琴琴她把饼干递给我一块,望着我,不说话也不笑。

"拿着嘛!"戴瓜皮帽的中年人向父亲说着完全和我们无关的话,等垂眼发现我依旧不声不响站在那里,就说:"你姐姐给你的,拿着嘛!"又走开去高声说着:"你去看看吧! 老九,你七哥不是眼暗的人,那一片荒山……"他吹着火纸捻:"三年你能收到租粮……"我看见现在谁也不注意了,若是琴琴这时给我饼干,我一定伸手去接,可是琴琴尽管自己吃。我望她用牙齿咬着一线边缘吃,真是一线边缘一线边缘地吃,是那么珍贵,唯恐咬得太大,唯恐吃得太快。我又望望四周,谁也没有注意我是没有得到她的饼干,那饼干还握在她左手里,而且她的白裙子的胸口袋也全是饼干。她的右腿向前踢着,慢慢用鞋尖碰我的肘。她坐着,我站着,现在我也爬上靠椅去(突然因为我想起自己脚上的小马靴,我站在那里她没法看见的)。就扬起脚也碰她的鞋,实在我一点恶意都没有,只不过叫她能看见我的漂亮的小马靴而已,可是她的眼睛却露出受欺的愤怒,把脚缩回去,并且挪挪位置,我望她那不屑理的神气,也就赌气,偏向她身边依靠。

"我家里也有。"她望着我的小马靴说:"我上学堂时候,妈给换。"她又用有尘土的布鞋底抵触我的靴尖。若她脸上不是有着那两只黑的眼睛和说话时的安静,我一定不让她弄脏了我的靴子,可是现在我故装坦然地凭她抵触,唯恐她生气。眼看着靴底给她弄脏了。实在我又是多么难以忍受呀!她坦静地望着我,我看见她眼睛的亮光里有街门招牌那两角铜辉闪闪的缩影和自己的缩影。再没有比这印象记得更清楚的了。她把饼干——那已经是吃去一角的——送到我嘴唇前,我轻微地咬了一点,她微笑着自己也咬了一小点,于是我也笑了。心里可很想大口咬下一块,可是因为她那么珍惜,也就珍惜起来。我们当时完全投在一种融洽而快乐的情景里,我发现谁也没有注意我们,就越发大胆而且自然了。最后,她给我一整块饼干,不递到我的手里,却放在我的口袋里,嘱咐我不要吃。我们又跑到后院去看洛布达。洛布达是一条俄国种的雄狗,毛色光润,秃尾,健壮。

当我们走到后院的时候,洛布达正和小三点在地下滚着嬉戏。小三点是一匹卷毛的雪白的叭儿狗,后来知道那是父亲从海参崴的私人赌场里赢来的,说是当时脖颈还有金钉钉的项圈,是匹俄罗斯某贵族的爱物,而给父亲一个小三点的牌赢到手。琴琴显然是常来,洛布达一见她,就从地上跳起来,抖抖身上的尘土,跑来,用前爪刨她的胸口,琴琴避着它,那瞬间脸色都吓白了。洛布达舐她的手背,饼干从她手上坠落,洛布达就摇摆着尾巴只嗅嗅的工夫,饼干就不见了,它舐着嘴仿佛没有吃似的,又要用后脚站起来,琴琴就叫着:"洛布达,洛布达!"又说:"你看我敢骑它。"两手按着它的脑袋。

"别骑吧!弄脏了裤子。"我远远站在那里,实际是很怕它咬,可是故装镇静,我知道琴琴刚才确也害怕的;不过特意骑它,表示她勇敢而已。我又说:"那谁不敢骑!"意思是不屑碰它。又怕琴琴跌下来,也劝她:"不要骑了,它身上净是土!"

琴琴已经骑上,并得意地向我笑,而且放开两手也不倒。洛布达的秃尾抖摆着,不时要回颈望她,可是几次都不成功,鼻子发出一种不耐重负的呻吟。小三点在它吃饼干的工夫,已经丢弃了一小节草绳,竖着耳朵跑来,用身子来往摩擦着琴琴的腿,以求她的注意,可是她一直不睬它。现在小三点围绕着洛布达跳跃着吠,仿佛替它抱不平而声援。

一个穿着肥大长衫的年轻店伙,从我身后经过时蹲下来,向我笑着。他的瓜皮帽很脏,袖口又长又宽,两手捧起小三点向我肩上放:"抱着它! 抱着它!"我极憎恶他那两只眼睛,又加他打断了我们的兴趣;就躲开他。可是他反而抓住我的手,要把我抱起来,而且不管我的挣扎就抱到厨房去。我望见琴琴的眼睛就越发气恼,揉打着他的头,踢着两脚,几乎要哭了。他放开我,还是笑着。我更加讨厌,看也不看,就跑到琴琴身边,琴琴站在门口守候我呢! 那个年轻店伙还叫着:"这里有肉,给琴琴吃,琴琴来! 老白——猪肝呢!"

"琴琴,咱们不要,走。"

"琴琴叫他走吧! 你进来,我叫老白给你找猪肝。"

"我找去,还有一块蛋糕,那是给谁的呀! 不是给琴琴的吗?"老白说。

我用眼睛恳求她和我一块离开,又用手扯她,可是她依着门口不动,也不看我。我尽自走开,还听见厨师老白叫:"连儿连儿,你看着。"我也不停脚,并不是讨厌厨师,而是气琴琴那种不注意我的神气,心想你自己和他们大人玩吧! 对那年轻店伙更恨了。进了房的有玻璃的单扇门,我就跷脚伏在玻璃上偷窥琴琴是否来找我。只见她回脸望望就走进厨房去,显然她以为我没有看见她。洛布达伸着舌头在门口站着,向廊房探望,也很怅惘似的。我还看见年轻店伙鬼祟地抽着纸烟,向院里望望又消逝了,小三点显然给驱逐出来,跑出厨门口又返身向里望,也探着舌头。最后洛布达放弃了守候的志愿，又戏弄小三点，用爪子打它一下跑开，小三点追逐着它，仍旧用爪子用嘴抢夺先前丢弃的草绳子头来。全卧伏在地下，摆晃着头撕扯它。这时我听见父亲的声音说："几点钟了，好去啦！"就怅惘地走到前屋的临街门市去。

在我经过那个有红木高柜子的账房时候，我看见一个肚子膨胀的人，垂着头叠钞票。他穿着油光的马裤，望见我就喊："是谁呀！连哥儿呀，过来，我看看你脚底下穿着什么呀！看呵！怎么发亮呀？"他并没望着我说，注神地数着钞票，我若过去，他或会真的放下工作，看我的靴子，可是我一声也没响。

<h2 style="text-align:center">二</h2>

我在这只能把记忆中最清楚的一片断一片断连系起来，实在那时还不能够很深刻地观察出大人们给我的印象，甚至于他们的言语举止也很少引起我特别注意的。就是和琴琴初晤所以记得这么详细，也无非因为最后的悲惨结局给我的印象是那么深，因而当时就深刻地追忆到我们之间的关系，深深不忘。

当天，我跟随父亲去一个酒楼参加某种宴会。只记得阳光发黄，渗加着灰黯成分。街道在暮霭里显得阴沉。有一个肩着梯子的人又矮又瘦，提着大铁壶，壶嘴也像梯子那样长，越显得他矮瘦得可怜。每到一根灯柱前，他就搭梯，提着大铁壶上去，点路灯。远处有四轮马车的响声，海潮一样汹涌，澎湃，不单是车马的奔驰，最响的是一片牲口的项铃的音潮。那时县城没有公路，货物全靠拉脚的农车来往延吉运载，而且一次就是四五十辆，所以响声在五里以外就听见了。夜深还能清楚地听出鞭子在空中挥舞时所抽击的空气声。当时我还不知道这是风声是雨声，望着父亲的脸上并不惊奇，自己也就坦然了。父亲手持楸木手杖，走路缓慢，不是原本就那样缓慢，因为现在他牵着我的手，自然步伐也迁就我。父亲的手指肥胖，只三只就给我的小手握满了。父亲时时停住说："你不快点走，又不让抱，我还是领回你去吧！""不！"我就走到前面用力拖他的手指。"那么给我抱着吧!"到底父亲抱到酒楼门口才放下来:"自己上楼吧!"我记着一个挂白裙子的年轻人,望着我笑。他就站在我头上的楼梯转角的小平台上,他的头顶有盏带罩的玻璃悬灯,非常地亮。我是等他下来再向上走,其实楼梯很宽,四人并排走也能容纳得下。

"向上呀!"我看见父亲的手杖在我眼侧,向上指着。那个挂白裙的年轻人就急趋走下来,向我伸手。听见父亲说:"让他自己上吧!"就微笑着侧身一边,用眼睛告诉我"向上走,向上!"我攀登着,觉得很高,幸而我看见头上的梯口露出的移动着的鞋形袜影,一连气攀登上去。这里全是纸烟的烟雾,油香,酒气。起初我的眼前模糊成一片,只听见桌、椅响声、杯盘相触的动静,和一团儿喧噪。一个我并不认识的军官俯腰抱起我来,俯腰时候,向楼栏杆另一边说:"会办来了,会办来了。"抱着我尽自绕过栏杆,我是多么着急呀!又担心父亲失迷了方向,又恐怕父亲找不到我。我的目光越过军官的肩膀,望见父亲在栏杆前和谁交谈。那边临街有一排玻璃窗,玻璃反映着三盏灯光。那灯全悬在高顶,且有串珠作的围罩。全是闪光的,眩眼的,反而看不清楚父亲望见我没有。我连声叫着:"爸爸!我在这里!"

"坐下,坐下。"那个军官把我抱入一间房子,放我在一把空椅上说。我看见他一手扼着白手套。他的眼光锐利,留着小胡髭:"坐下呵——"他又说,也不看我:"我给你找个好玩的东西——呵——"他解除皮带,递给另一个挂白布裙的年轻人。

在他抱我走进的时候,屋子里的人都移动着椅子站起来。我的对面是个穿俄国装的老头子,秃头,精神很饱满。他望着我说:"连儿长这么大了呀!"又向那个军官说:"这才几个月嘛!就跑趟海参崴的工夫,你说,叫我们怎么不老呢!"我的身旁是个穿绛紫缎子马褂的老头儿,下颏的白须使我立刻想起见到的山羊。他很萎缩地坐在那儿,在他脚下有只卷毛狗,项上有银铃,跑起来丁零丁零响。到现在也是这点记得很清楚。当我父亲加入宴席的时候,我就安然地逗弄那卷毛狗玩。本来我的前额正和桌面一样平,低头桌下望是最方便的。

"这是什么呀! 对了,牛。"军官把那香烟盒里的画图指着问我:"这是拉车用的牛。这个呢?"

那时我正用脚蹴那匹小黑狗,它不吠,也不逃,仅是退两步望着我,不久又摇起尾巴来。

"你别踢它。"军官说:"这个呢?"

"挑担子的。"我说。看见小黑狗又朝我的裸膝上扑,就说:"你看,它要咬我。"

"你看这挑担子的为什么挑着两个小孩子呀!"他把手挪开不让我拿:"你说完我给你。"他看见我兴趣不全在那画片上,又说:"这是牛郎,记住——呵——"没向他伸手,就递给我了。我用手拿住,看见小黑狗又退开去。我缩回脚,它又伸长舌头向前凑;于是我立意吓退它,就爬下椅子,作势威胁它,它永远是保持着使我踢不到它的距离,向我望着。它的眼睛仿佛说:"你来! 你来! 你看看能踢着我不能,你看看我们俩是谁机灵!"我向前走一步,它就向后退一步。若是我胆大一点,可以疾速地踢它一脚就跑开的,可是几次试验却不敢。又没东西可以投击它,只有顿脚吓它,就这样我跑到门外,黑的卷毛叭儿狗,也退出门外,见着我俯腰,就突然跑开去。我不想俯腰拾那张纸烟盒的图片会吓走它,非常高兴,我到底是把它驱逐得很远了。我一手握着栏杆,从栏杆空隙间望过去,黑叭狗又在对面那排栏杆后向我注视了。我想找个足以抛打它的东西,突然发现栏杆口的下方很深,望下去像一口井一样,一格格的楼底盘旋而下,清清楚楚的。最底下的人,很矮小,我只望见他的白帽顶。手里仿佛端着大的瓷托盘,我悄悄用靴尖向栏口外踢尘土,又想拾纸烟蒂巴向井底投,可是听见一声喊:"那是作什么! 捉着他,捉着他。"连声音是发自什么地方也没弄清楚,就飞跑进父亲吃酒的房间。我还听见顿脚作追逐的响声,一进来我就背手关住门,读者可以想像到我那时是多么吃惊而畏惧,唯恐给父亲知道我惹的祸。那时候父亲完全是严肃的,根本没有看见我,他向那个军官说:"不成,不成。干了这杯。"军官的后背朝我,因之看不清他是不是也发了怒。我想:父亲一定要和他吵架了。

"过来连儿! 把小黑子也放进来嘛!"穿紫马褂的老头说。我那时才听见小黑狗用爪子刨门而且猖猖地低吠。原来把它关在门外了。若是父亲脸上不那么严肃,我不会听他的话。现在我完全驯顺地走过去。那有山羊须的老头,仿佛对小黑子比我还亲近,向它招手,又投给它猪骨头。

"坐在这好好地吃!"他给我夹了块肉说。我不愿意要他用夹骨头给小黑狗吃的筷子触过的肉,就自己向碗里探,探不着,手又不够长,于是跪在椅子上。

"作什么!"父亲向我注视着,我害怕他那严肃脸上的两道黑眼光,就坐下来,真想哭。我想起母亲再也不会用这样的声音吓我的,眼泪就跳出睫毛,滴到脸颊上,但我没有出声,仍静静地坐在那儿,不过垂头玩弄着筷子。我非常痛恨穿马褂的老头,因为完全是他用给狗夹东西的筷子又夹肉给我的缘故,所以那老头抚摸我头发的时候,我用力摇摆开。

"不用管他——把筷子含在口里作什么?"父亲又说。不用抬眼,就知道他仍然直瞅着我,等到又听见他的声音:"咱们来……来,三拳两胜的!"知道他的眼光是离开我了。可是我仍然不抬眼,我想,永远也不跟随父亲出门了。又想母亲吃饭时,常哄着说:"先喝口汤再吃肉,听话妈喜欢你。"必定那时我才肯喝汤。可是父亲全然不管我,索性自己也任何吃食不动。越想越觉着怨屈,很想哭,若不是军官用手摸我的下颏,用手抬正我的脸,我真会哭出声来,可是我望见他向我挤弄眼睛的当儿,又笑了。他给我夹了块肉丸:"张口,张口,张大一点儿,再张大一点儿。"若不因为父亲不肯喝酒他一定还嫌我的口张得不大。他说:"会办! 这不成,我不许找人代,你输了怎么好意思找人代……公平,要公平。"

"是不能喝了。"父亲无兴趣地说:"你喝了它! 不多嘛! 喝了它!"把酒杯擎在另一个客人眼前。

我就越发觉得父亲欺负人,一点也不讲理,而军官是最好的人。当他要饮酒的时候,我忘记为什么要看看。他就把酒杯送到我嘴前说:"喝一点!"我看见穿紫马褂的作出难堪的怪脸说:"辣呀!"并且摇着头,示意我不要动嘴。我望着他的怪脸,吸吮了一点,确实是辣舌尖的,但是我装作很平静的神气。实在就是辣得无论怎么样,我也决不会露像。还嫌不够使他吃惊,硬装还想再吸吮一口的神气:"我还要!"

"这孩子不得了呀!"军官惊奇地说。我把住他的手,越发要再喝一口了。

不久,我什么声音也听不见了。父亲的脸愈变愈大,逐渐旋转起来,我望见窗户也斜歪着飘舞,所有的灯,桌子,地板,都全斜歪着飘舞,回旋着飘舞,越来越迅速,我觉得身子是横在半空,座椅的四腿不是向下,而是向东,我的头朝西,自然跌落下来⋯⋯

三

我不知道是怎样睡的,也不知道是睡在什么地方。后来觉得不舒服,才发现横躺在父亲怀里,头脚下垂,睁眼就看见星星和深远的天宇。又觉得街风阵阵吹拂着我的脸,很凉爽。又听见谁给父亲喊马车,只从那马蹄拍击街道的韵节和车夫嘴唇发出的尖锐怪响,就知道这是俄罗斯式的有布篷的四轮车。而且从那尖哨的嘹亮,和马蹄起落节拍的清楚,也能辨别出是夜深人寂的时候了。不一会儿什么也听不见了,也感觉不到,又睡过去。

第二次醒来,发现只我一个人躺在暖炕上。炕窗的玻璃乌黑,一角反射着灯光,乌黑处时时有火星向上飘升着,爆炸着。见到红木立柜,才想起这是白天我经过的账房。红木立柜的周围,站着一圈店伙,把灯光全遮住了。他们那一圈儿当中,发着许多盘珠迅速相碰的声音,那个肚子膨胀的老头,一声一声朗诵着:"三百二十吊。""六十三吊五百——钱——。"最后是全体同声所喊的数目。

这是我以后每晚都能听见的，那个账房先生常常口咬着毛笔杆，两手翻弄账簿，是那么熟练，迅速，只要掀起每一簿的半个角，那些纸页就自动地闪落着。若是他也扒弄算盘珠的时候，就把笔杆夹在手指间，可是一点也不妨碍他那熟练的手法，那手在盘珠上的舞动是非常活跃而敏捷的。现在我就站在炕上，翘望他。他不久就看见我了："连哥儿起来啦！好好地玩，等会子你爸爸就回来了。"他仿佛是对算盘说。因为和白天数钞票时一样，说话不看我。那时，店伙们全回头向我望了一眼，他们那困疲的脸色在向我望时全苏醒了，等到账房先生咳嗽一声，每人就又正身，准备拨弄算盘珠子了。本来一腿站着一腿弯曲着休息的，也挺起腰来。穿肥大长衫的年轻店伙，也在他们之间排列着。他向我偷偷笑着，仿佛他见我醒了非常高兴，而且等待了好久似的。

不一会儿我听见炕窗的玻璃，有人轻轻弹指敲着，走过去伏在窗台上向外看，原来是那个年轻店伙什么时候跑到窗外来了，隐约看见他向我招手。我摇摇头。只见他蹲下去，向发光的茶炉里添煤，初时我见到的火星，就是从这茶炉的烟囱上飞腾起来的。他故意把煤块摔得很响，不单是要摔碎它，主要的是让屋里听见他是在院子照料茶炉，并且抽着烟，用纸烟火隔着玻璃抵触我的手，第一次我迅速地避开了，后来才大胆地向那火光摸。我看见他指着窗台的左边，仿佛要我拿给他什么，我发现那里放着一纸袋咖啡糖、橘片糖、常生果，袋后还有两个新鲜的苹果。我完全忘记玻璃外的人了，就坐下来，数点着糖，并按颜色分成若干份，摆在我两腿中间。袋底又找出那张纸烟盒里的小画片。我把挑选出来的装在左边口袋里，另一些装在右边口袋里。左口袋是我自己的，右口袋留给琴琴吃。起初决定两个人一齐吃，我只玩弄着苹果，心想吃一块自己口袋里的咖啡糖吧！又决定不动橘片糖。摸着装我的糖的口袋，不及琴琴那袋糖饱满，而且又一块咖啡也没有，就把琴琴那份糖分出一份装在左手口袋里。至于苹果，我当晚确实没有吃。

第二天每当我的手摸弄口袋里的糖，就想起琴琴来。不久，我自己的那份糖全吃光了，就手吃琴琴那份。先决定留着咖啡糖绝对不吃，渐渐改变主意，只吃纸色不美的。只剩四块的时候，真的保存起来，一连几天没有舍得动。我已经离开母亲好久了，可是一次也没想。白天父亲偶尔携领着到街上去，在店铺的时候，就到后院玩弄小三点，用绳子拴着它拉空的茶箱子，有时也坐在门市的靠椅上看街上来往的行人。几乎天天傍晚看见那个背梯的矮小汉子走过去，照例提着长嘴壶。有一天他在门口阻住我，两手拧着我的腮，大声叫："咱们是乡亲不是？"我就用脚踢他的长嘴壶。父亲说："老姜不是欢喜你嘛！和你玩儿，你也不知道！""那他拧的人家怪痛的。"他就高声笑着："咱们是乡亲呀！"临走提起油壶依旧用力扭我一下，我要追着踢他的油壶，给父亲唤住。后来我每次碰到他，他永远只问一句话："咱们是乡亲不是？"不回答，截拦着不让通过。每次我也照例走过去就回头看他："老姜，老姜，老老姜。"再跑掉。

第二次遇见琴琴，差不多我已经忘记她了，也忘记口袋里还留的四块咖啡糖。我正在院心牵着小三点拉车。听见她喊我，也没有惊呼，只欢叫着："来呀！"她站在账房后门口，不走过来。

"进来呀！"

"你不去看老毛子吗？"

"在那里？"

她不说话，向院后的高空指了指。就要返身跑回去。她的脸红润有辉，乌黑的眼睛注视我的时候，看不出是欢喜是什么，仿佛我身上有某种奇怪可忌的东西。我高叫着："回来，等等我，一块儿去。"不在于看老毛子，只想和她在一块儿，永远在一块儿不分开。连忙把空茶箱的绳子解开，想牵出小三点去。小三点也似乎知道是带它出游，撒着欢，向我前胸跳扑。本来睡着的洛布达立刻抖抖身子向琴琴走去，并且在她脚前匍匐着身子，仿佛不胜慵懒。不知道怎样，我在琴琴眼前，才看见洛布达，几天来，一直是没有见到它似的。

"快点呀——你牵着小三点作什么？"

"牵着它游街。"

"放下它!"琴琴是那么使我吃惊,把拴小三点的绳,从我手中拉脱,而且向后一丢,拉着我的手,向外跑。我满心不愉快,但两腿却跟随她跑出去,而且一点也没落后。

从门市东壁的车门洞进去,是一个广大的院落。那里杂居着高丽人、满洲人、耍手艺的、跑山的老客,他们的妻女现在都倚身门口,三三五五议论着什么。眼睛都向朝北开门(那门口正对车门外街道)的洋草顶房子瞭望。洋草顶房子的玻璃窗上、门口,站着一些胆大的妇女和孩子们,也全背身朝里面探望,有一个穿着标致的学生装的男孩子,正向妇女们腿股间挤,显然是要窜入她们的前面去,可是他连着换了三个地方,总是挤进半个身子就给排斥出来。

"金锁儿!"琴琴喊他:"来,从这边! 到前院去。"金锁儿就跳着跑来。

"那么些老毛子,都像猴子似的……"他喘吁着,两只眼睛闪着兴奋至极的火光,额间鼻子有密密的汗点。琴琴没有停脚,跑得更迅速了。我本来是羡慕他那一套标致的学生装,尤其是那顶漆皮鸭嘴帽,两只打着军用绑腿的小腿肚,和他那双聪明的眼睛,这之间就和琴琴分手了,可是一听见他说得那么兴奋,立刻感染了我,一边跑着一边问他:"在那里呢! 在那里呢!"又把他丢弃在身后了。从洋草房子的西车门洞,跑进琴琴所说的实际是后院的前院。那里相同有着几具窗,相同给妇女们遮蔽了,只望见她们的后背。到底我们挤进去。琴琴自己用头支住大人们的肘膀,又回颈用手拉着金锁儿,我自己是另辟路径。

我的眼前清楚地现出一个有山羊眼睛的俄罗斯孩子来,他正对着门口望。他的头发是黄金色的,脸蛋儿原是白净的,现在看出是几天没洗脸了,手里擎着中国馒头,只吃了一半,显然现在是忘记它了。他周围的男人、女人的眼睛全是琥珀色的。有的铺着毛毯,有的开启皮箱子,向外抛弃各式各色衣物。浓重的牛乳牛肉的混合腥气,从他们身上和那些衣物间发出来。靠近面对门口望的那个黄发孩子,是个身量极大的汉子,黄呢军服,破旧马靴,后脑挂着军帽,帽舌向空掀着。他跪着一只腿,仰脸,口对瓶嘴喝什么。

"他喝的是戈瓦斯吧!"

"是凉水。"

我望见在我肩上的妇女们的嘴唇和眼睛,想多知道一些,可是她们只说这两句,而且说时也彼此不看,仿佛眼睛离开那俄罗斯军官一刹那,就是莫大损失。

俄罗斯军官把酒瓶子递给两膀壮健的中年妇人,用手擦擦嘴,我看见一滴白色浆液挂在他的嘴上,知道他喝的是酸牛奶。他一声不响盘膝坐下来,向门口严肃地望了一下,从那碧蓝的眼神上,可以看出他对我们围观者怀着不安和愤怒。他又望一下邻近的军官,那军官还挂着失去指挥刀的皮带,军服上有两排烙着花纹的美丽铜扣。一手拿着大烟斗,一手脱高腿靴子,嘴角因为那笨重靴子极难脱而歪斜着。他的嘴唇隐避在两绺浓厚的卷翘的胡子间。那卷翘胡子像两个蝴蝶翅膀似的。他的脸色憔悴而不欢。只要他掷下烟斗,空出手来就很容易地脱掉它了,可是他不这样,仿佛一定要一个手脱下去。军帽鸭嘴舌向上掀着的军官,把他靴子上落下的泥土,用手向外扫扫。看见那靴子的泥土继续落,就住手望着他,突然用手把他的靴子推开去,我身后有人哧哧笑了。因为他的伙伴吃惊地望他,仿佛还不明白他推他的意义,而且那只靴子已经脱下来,脚趾在破烂的包脚布里裸露着像红虫子一样蠕动。

"巴厥木!巴厥木!"那个眼光愤恨的高个军官,给笑声激怒,突然站起来。我觉得身后一空虚,也就拔脚飞跑到丈把以外,又转身站住。在我跑的时候,听见身旁金锁高叫着:"老毛子,都拉克!都拉克!"

一个东北女人由于这恐怖的刺激,大声笑起来。一边说:"这些猢狲,打败仗了,还这样凶,这是中国地界了,不是在你们本国,他妈的,还不让人看,非赶走你们不可。"虽然说得这样凶,可是她脸上却兴奋而快活:"小宝!回来——吃饭去啦!"等到看见小宝向玻璃窗里投石头就喊道:"你是作什么呀! 牛种! 没有馒头周济他们,还要欺负……打败了仗的难民,欺负什么?"

金锁儿也在捡石头,琴琴老远说:"你作什么? 放下它!"

"放不放?"她又问。

终于琴琴走过去,从他手里挖出石片来,丢得很远,金锁儿哭起来,并且弯腰作着寻找石子打琴琴的姿式。

"看我不告诉妈去!"琴琴愤愤地疾走开去。临到车门口又站住向我招手:"连儿! 咱们走,叫他在这闹吧!"

"再去看看嘛!"我站在那里不动。

"那么你看吧!"她的手一摔,仿佛抛弃我似的。

我立刻追过去,连声喊着:"琴姐,琴姐!"

我是多么想再看着那群琥珀色眼睛的老毛子呀! 可是怕单独地留下来。只有舍弃了自己的欲望,怏怏不欢地离开前院。

四

前天井这时候有两个手持步枪的高等警察,在烈阳下驱逐着俯脸在窗上探望的人们。

"有什么好看的呀!"年轻的巡长,手持藤鞭在人们头上作着欲敲的姿式:"去! 去!"他的面容憔悴,眼睛可炯炯有光,左右环顾着,非常自得而高傲。我听见琴琴喊我,可是没有寻声望她,因为巡长那时用藤鞭指着一个老太婆说:"去——赶开她。"他是命令那个提枪的警察。巡长自己站在洋草房子的门口,从前围聚在门口的妇女和孩子,现在都站在五尺外观望,可见他是多么可畏的了。

洋草房子的屋檐下,也只有那个老太婆独自一个逗留着,仿佛还不知道她背后的人全走开了。她身穿蓝市布肥裯,腰比背还粗阔,显得两腿又矮又细,面对窗,并用手遮着眼睛向里探望。那个高等警察缓慢地走过去,显然是个平常不愿管闲事的人,用睡沉沉的语调说:"好了,好了……老太太! 看看就好了。"

可是那个老太婆一点也没注意。那个又年轻又憔悴又骄傲又能干的高等警巡长，平握着藤鞭的柄走过去。步调急促有力，眼睛直望着老太婆的脊背，仿佛担心不等他走到，她就及时退开，因而失去敲她的机会；但是走到跟前，见她仍然遮额探望，就顿然站住，而迟疑他是不是该敲她一下。

"真是罪过呀！啧啧！赶出国来了……"她说话时向巡长望了一眼。又恢复原来的样子并喃喃道："饿了多少天了？吃得那样……啧啧！狼吞虎咽的！"

巡长在她身旁站了一会儿，就大声说："老太太……你要不要找人给你抬个凳子来呀！"

老太婆这才发现，只有她一个人，而且别的邻居全站在太阳光下笑她，就顿然畏缩地退开。

我也笑着，并时时向巡长望，仿佛希望他能看见我在笑她。别的妇女们也和我一样时时望着巡长，有一个还扬声说："巡长给你找凳子，怎么不看了呀！"那就是在前院喊小宝的旗下人的娘儿们。她也巴望巡长能看她一眼，可是巡长一直用眼睛送着老太婆，露出高贵人对无可奈何的人观望的脾气，而且他自己也觉着他在众目相视下那种观望神气，是多么优美呢！只见他的脸一扬，突然严肃而且规然起敬，人们全回身望去。两个持枪高等警察，开手推着我们："向后！向后！"

我们向后退着，一寸一寸地退着。看见临街的大车门口，停住一辆两匹俄罗斯马的篷车。一个戴白手套的英俊军官，向车门口走进来。全副武装，指挥刀鞘几乎扫地，每走一步，那闪光的指挥刀尾就和马刺相触啷啷有声。我立刻认识，他就是给我纸烟盒里的卡片画的那个人。他身后跟随着两个护兵，空手，腰间插着匣枪，并挂着子弹盒。两人是雄赳赳的，只是比军官矮一点。

"怎么样？商会预备的馒头够不够？"

"里边刚开始发呢。"高等警巡长并脚站在那里，行过军礼之后说。

"你就带了两个人来吗？"军官说："这那成？你们还得检查一

遍,一粒子弹也不能留!"

他说话的时候,并不停步,一直走进洋房子的向街的门口。

我想告诉琴琴说:"我认识他。"及至回头不见,才知道琴琴早已经离开我了。

当我一个人退出来,经过右手那排朝西的洋草房子,向临街大车门走去的时候,我望见第一座有板壁院子的漆木门里,站着金锁儿,低脸玩弄着手指头,眼睫毛挂着泪滴。我的浓烈的兴致立刻给这印象所毁灭。琴琴站在房门口,她望见我也不作声,尽是用手指挖刻板门。天井当中还有一个箱式的四轮车。

"去! 不要到我们这儿来!"琴琴小声说。

我在院心站住,怯怯地望着她。

"你那是对谁使性子呀!"我听见窗户里说:"等一会儿我再敲你!"

"人家找你,没找到……"我低声说,不是怕她母亲听见,而是悲哀地提不高声音。我立在那儿,默望一会儿,就往回走,很想回家哭一通,琴琴对我是这样冷酷。金锁儿在我走过的时候,用挂泪滴的眼睛望着我,一点表情也没有。

我走出门口,刚想跑回家去(现在大院落那些三三五五的人群,再也引不起我的兴趣了)。就听见琴琴叫着:"连儿! 我们赶车玩呀!"听到她那欢快悦耳声音,我没有跑,缓步走回去,可是感觉到自己的嘴要想露出笑来。一见面,我们真的愉快地笑了,动手整理起箱式的四轮车,但金锁儿不向我们望,尽自赌气,可是听见车轮响,又偷偷瞅,向他招手,又摇头。

"我们没有牲口呀!"琴琴说。

"我把小三点牵来吧!"

"不要小三点,牵洛布达吧!"

我得到命令,立刻飞跑回来。四轮篷车还停在车门洞口,我侧着肩从马颈下躬过,听见车夫说:"我的天,你叫马踢了你呀! 少财东。"我可一点也没怕。

门市的两排靠墙上坐着许多商人，他们兴奋地谈着退却到县城的富党。韩四叔也叠膝坐在那儿，一眼看见我，就用握着两只木蛋的手抓我："向那跑？回来四叔称一称！好几天没见了，看看长了多少？来！"

起初我用手摆脱他，因为一只胳臂给他抓住了。我说："琴琴等着我呢！"

"你知道你妈给你拾了一个小妹妹！"他向膝前拖我。

我用口咬他，实在是作势吓他。他叫起来："连儿……"我就抽身跑开，还听他叫："你向那儿跑，非赔我手指头不可！"

一直跑到厨房，找着小三点，又得找绳子。怕小三点跑开，更得拉着它那额间的长长的卷毛；本来它向我摇尾摆头，并兴奋地用前爪抵触它自己的鼻梁，仿佛驱赶狗蝇似的，可是我一拖它，它反而逆性地呻吟起来，它朝后用力坐着不肯走，尾巴贴地旋扫着，炉角的灰尘全飘扬起来。

"连儿，你那是作什么呀！拴它作什么？"厨师傅老白走出来。他抱着柴，前额皱纹很多，头上还盘有牛尾似的小辫子："你放手，我给你拴！"

"拴结实一点。"

"连儿，明天告诉你爸爸，叫你爸爸买个铁链，就说白师傅说的……"

"嘻！快一点吧！"

"作什么那样急呢——哪！好好牵着它。"

在院心我又截住了洛布达。当一条绳子牵着两条狗，走进账房里，正巧碰见父亲从前门走进来。若是平常日子，父亲遇到我恶作剧的时候，总是皱着眉，老远站在那儿望我，而且眼光还仿佛对我的恶作剧可喜似的。可是今天不同，他的脸色严肃，眼睛发着愤恨的光，立刻举起楸木手杖，那瞬间我斜了斜肩膀，仿佛肩只一斜就能避开头上的手杖。其实他没有打下来，到现在我还想到斜肩而不挪动脚的躲避，是多么愚昧！

"你那是作什么呀!"父亲突然温和起来,叹气:"去照照镜子,看看你的脸,什么样子?"

我在斜肩躲手杖时,就丢开了绳子,现在只得向账房里间的卧室走去,我没有害怕父亲的责罚,只想:琴琴在那等着我呢! 我怎么也得设法溜脱。若不,她是不是从此以后不理我了。

那时候,账房先生进来了,向父亲望着,仿佛等待他叮嘱什么。那昏浊的眼睛,在窥伺父亲的神色中,显着不安和拘束。

父亲望着他脚上穿的什么鞋,不向上看,只望一眼,又叹息一声,坐在靠椅上扬脸,眯上眼,仿佛思索怎样开口说第一句话。我偷偷瞅着他,试想溜出去。我必定要告诉琴琴,所以没有牵出小三点来。那怕只说一句话再跑回来呢! 我是多么着急离开这里呀! 尽管我是怎样鼓励自己——溜出去呀! 趁着他闭眼的工夫! 可是腿不听使唤,站在那里不敢动。

"谁!"父亲突然说。我当时的脸一定吓白了,当我发现账房先生回颈向前门望的时候,才知道不是说我,我已经移到红木柜的前面,很可能俯着身子,借红木柜的遮挡,悄悄溜出去,现在我不得不退回原来的卧室门口了。掀帘进来的是王程远,那个衣袖肥大的年轻店伙,他嚅嚅嗫嗫的,很怕给赶出去那样惶窘地说:"县里请客,打发人来……在门市等哪!"

只见父亲又斜眼望了一下账房先生的布鞋,这次俯脸向地下注视着,不说一句话。账房先生一直等待吩咐地望着他,但在父亲听王程远说话时,两眼就移视父亲的马褂了。王程远说完话向我伸伸舌头! 可以看出他没有受到驱逐而自庆的神气。

"签个知字好啦!"许久,父亲说。又望着王程远走出去,那眉毛紧蹙,账房先生立刻知道了父亲的意思,轻轻去带上帘外的单扇玻璃门。父亲第三次望了一下他的布鞋,仿佛遇见不愉快的东西那样。只一看就掉头又扬脸闭上眼睛。

"这个月咱们柜上,收进了多少卢布?"到底父亲开口了,并不望账房先生。

"我查查账看……"

"不用查账,你说个大概数目就中。"父亲仍然眯眼,手指在椅扶柄上轻轻叩着。

"流水账在这里,财东可以看……"

"嗐!我不是要看账!看账作什么?"父亲的身子端正起来,显然谈话已上轨道了。他望着账房先生说:"我要知道我们通共收进多少卢布?放出去多少金票,现存多少官帖?"

"这不是吗?我在财东手下两年多,财东知道,我是不会说什么话的,可是心是……"他说话时,望着父亲的马褂。

"嗐!你怎么这样愚呢!我还没有说到你呢?我问咱们是通共收入多少卢布?你知道俄罗斯富党打败了,队伍都撤退到咱们这县里来,给杨团长缴了械!你知道卢布已经瞎了,变成废纸了?"

"这我怎么不知道!"账房先生的神色现在舒展了,并抬眼望着父亲。

"那么咱们这个月收进多少呢?"

"我得查查账!"

父亲又皱起眉来,并望了一眼他的布鞋,不说话,眼睛仿佛说:"随你去吧!"但一会儿,又抬头说:"不用查账!你连个概数目也说不出来吗?"

"我怎么能说……都一笔笔记在账上……"他的手还在寻找红木柜上的账簿。

"我说不用查了!听见吗?明天关起板来,再清算吧!我问你,你知道卢布三天前没有行市了吗?"

"知道是知道……"

"知道怎么还收呢!"

"财东不是从船厂打电报来……"

"那是七财东那笔,我也说斟酌情形呀!你怎么的,一点脑力也不会用。人家那个买卖铺不在这半个月向外放?你的耳朵一点闲事不管?你知道我们是败在家贼手里?败在七财东手里?他把全县的卢布都收来兑给咱们,你怎么也不问问? 昨天有电话说是俄国独立党已经在白旗屯子活动了! 富党已经退到中国边界了,你还收进一批卢布! 呵! 你说什么? 你说嘛?"

"没有说什么,财东!"

"怎么有话不说哪? 你说你的!"

"没有说什么……财东! 我是说你电报说七财东……"

"嘻!"父亲完全是吃了一口苦药那样皱着眉:"好了,明天关起板来,歇业清算。听见没有?"

"听见了。"又等待一会儿,望见父亲掉头他望了,就慢慢退出去,但又转回身来。那时,他完全镇静地说:"那么财东给我算账好了……"

父亲不明白这话的意义,望着他。他却不响了,尽是望着父亲的马褂。

"你知道我们亏空多少? 不得赶紧清理账目嘛!"

"我跟财东这两年,虽说没有给财东赚多少吧! 我可是拿出一片赤心来,我……"

"好了——连儿,你又要向那去? 好好睡觉去,外边有独立党,你要是叫他们看到,就给砍头了去!"父亲的后几句话是俯着我耳朵说的,并且把我半推半拉地拖进账房里间的卧室,把那肚部膨胀的账房先生遗留在外间,而且从他身边走过的时候,父亲的表情和走过一把椅子前那样,看也不看。

第三章

一

洛布达当父亲和账房先生问对的时候,我还望见站在门外的走道上,向我望着。它的两眼发着闪烁的光,仿佛等着我的呼唤,才敢进来,向前竖着两耳,颈上还带着我拴它的草绳。当时我是多么懊恼呀! 极想把自己的衣裳完全撕碎才舒服。我不知道为什么这样激恼,却不敢在脸上表示出来。

父亲一点也没有注意我。这时扼着我的右臂，来帮我迈门坎。我就用力摇摆着肩头，推开他的手，并不是表示自己能跨，而是特意违背他的心愿，仿佛这样就气平一些。实在以前我还有偷偷溜走的机会，但是这一点儿智慧，那时的年龄就没有胆力实行，觉着父亲依然没有注意我的违抗，就更激恼了。

父亲先跨进寝室的门，又转过厚而阔的背去，俯着浑圆肩膀来抱我。同时他的眼睛向我身后又望了一下，这种眼色和以前望账房先生脚底的布鞋时一样，露着愤怒和不屑望的神气。我给父亲抱起来，因为我的注意力完全移到账房先生那儿去。只见他的眼睛望着地，站在那儿不动。虽然日常他在父亲跟前把我当小椅子看的神气，使我愤愤不平，可是现在这些积怒全一扫而光了，我觉着他是那样害怕而且恭敬我的父亲，立刻对父亲也畏惧起来。可是不管怎样畏惧，我总是觉着懊恼，时时有那种要撕碎身上的衣裳的感情。我想：小琴和金锁一定是站在门口等我呢！又想：若是早一步离开后院子，那么就不会碰见父亲了，而且碰见父亲若不让他看见我背后那两条狗，也不会注意到我。这样一想，就更激恼，尤其是望见账房门口的洛布达，舐舐嘴唇，仿佛它也感觉出来是没有什么希望了走出去，这更使我心烦。

寝室的壁镜正对门口，悬挂在红木立柜的上方，我就是从那镜面上，望见洛布达走开去的。父亲抱着我经过镜前的那瞬间，我也望见自己的不愉快的面容，曲着嘴，显出要哭的神态。等父亲把我放在暖炕上，我依旧用手背搓着眼睛，实在我很困倦，要想睡觉了，但这时却想着适才在壁镜上反映出来的自己的面影，是那么滑稽，而且不觉笑了。父亲瞪惑地注视了我一下，就给我脱鞋。我因为父亲的注视又不愉快起来，心想，父亲一点也不体贴我，不爱我，只是把我当一件小家具似的摆弄，以后我再不跟着父亲玩儿，并且也不再吃他买给我的东西，虽然这样想，但是父亲扼起我另一条腿解鞋带儿的时候，我没有敢抵拒。

"你在那儿说什么？"父亲停止了给我解鞋带儿的动作，但仍扼住我的脚。他的脸向寝室门口问。门口在悬灯的光辉下发着白色，只见一个戴瓜皮帽的头颅影子渐移到里层门壁上，有山羊须的账房先生在门口出现了。

"我没有说什么，我想请财东给我结账。"说话时，他望着自己的手背，并从袖口上捻着线头儿向地下抛。

我望见父亲预备定止的神态，似乎再要听听他会说什么而驱赶他似的。账房先生站在那儿，等待一会子，仿佛不能不知道他的话在父亲脸上有什么反应，才抬抬眼睛，立刻又望着他的手背说："本来我早就想回海南家……我跟着财东在海外混了半辈子了，这几年身子也不挺脱了，再说家里的第三个也快娶媳子了，头几天，还有信来催我回去。"

"好啦！好啦！你自己算算柜上还该给你多少，你拿去好啦！"父亲向他挥手，表示"不要再说什么了"。

但账房先生还是站在门口不动。我的脚尖抵着父亲的马褂纽扣，实在觉得有点酸疼，可是不敢抽回来，若不是父亲表示不要再听他说什么了，说不定我的脚还在父亲手里悬空地抬着，现在父亲给我脱了鞋，我终于蜷起两腿，可以坐卧自如了。父亲开始给我铺睡褥，这是他第一次注意我的安眠，来亲手给我脱衣脱裤。我完全听凭父亲的摆布，只偷偷观望着账房先生的失神无主的脸子，等到我在县立小学读"呆然"两个字时，我就立刻会想到账房先生这时的神色来。

"你糊涂呀！知道吗？"父亲给我盖上被，说时望着我的肩头，并且把被子拉上给我掩盖，但我知道这是对账房先生说的，又对我小声说："好好地睡觉！"之后，就搓着两手，又仿佛作完一件极辛苦的工作那样抖抖身子，在藤椅上坐下："知道不知道？我说你糊涂呀！"父亲在这时又唤年轻的店友拿水烟袋和火纸捻。账房先生仍然站在门口，望着他自己的手背和袖口。

"你进来！我问你，人家给咱们上了一个大当，你知道不知道——点着嘛！（这是问王程远说的，因为他拿来的火纸捻没有燃。）——咱们这一回要破产了！你知道吗，在海参崴十几年的'心血'都白白在这个小县城抛散了！你知道吗？咱们不得关门歇业和人家的来往账目清算一次吗？我说你几句，你就觉着委屈了！是吗？"父亲的脸色已经是陌生的，又苍白又平静。他吹着火纸捻，手指微微抖着"再没有比你糊涂的了！"吐出一口浓的烟说："你是跟我过了二十来年，你还记得吧！在海参崴咱们才开赌场的那年，总共'抬'出去不到五千卢布！你我吵着要替手，怎么样？输塌了，我不过笑笑！因为咱们都年轻力壮，可是如今，你自己也知道说不挺脱了……"

我起初还能清清楚楚听见父亲的话，末后，我望着他的脸越来越糊涂，有一层烟雾在父亲脸上飘展着，逐渐连话声也越来越远，仿佛是我朝井口里呼喊，所听见的回韵一样的含糊，到底睡着了。

当我第一次醒来，我隐约听见父亲说："我不去就是不去，告诉来人说我不在家好了！"实际说话的声音很高，我在酣梦刚醒，听来隐约而已。我用两肘支着身子，仰起脸，把拳头搁在额下，就清清楚楚望见炕下的父亲了。仿佛有人刚从寝室走出去，父亲沉默着，前额埋在手掌下面，坐在近门的茶几旁边；而账房先生一手擎着眼镜，一手用手绢擦着眼泪和鼻子，向外走。

"不要难过！咱们在屯坡儿还有荒山和草甸子呢！若是从心里要回海南，那么等到年底。"父亲说第一句的时候，账房先生就站下来，父亲的音调，极平静，而且眼光很温善，说话时，望着他那埋在手绢里的脸。

"难过倒不难过…想想跟着财东这些年，从来没有走错脚步，这回…觉着，就是连哥儿我都对不起，还有什么脸在人家跟前说话……"他喃喃着："财东往年运旺的时候，我不走，那有败产的时候就往外扯腿的呢！"

这时候，王程远又进来了，他一出现那瞬间的眼光惶恐不安，望着自己的鞋子说："他不见财东不走，说是县里的客人都到齐了，非等财东去不能入席呢！"

"好了，我这就去！"父亲站起来，抖了抖山东绸的夏日长衫。王程远的脸上露着仿佛顿然卸去很重的负担那样轻快的神情，走到壁镜旁的衣架上去摘帽子，用嘴吹吹，捧在父亲的身旁。我以为父亲不会看见的，因为他正向账房先生说："那么早点儿关板儿，听说这两天不大稳定，高丽独立党要起事！"岂知道他这样说着，眼睛也不望王程远，就把草帽接过去了。王程远脚步移到父亲背后，向我掷来一块东西，我的手伸出枕外，寻到一看，是片烤得可口脆的馒头干儿。又望王程远的工夫，只见他站在父亲面前说："内东家叫我抱回连哥儿去！"

"你说明天我带回去好了。"父亲走出去，脊背向着王程远。

账房先生独人留下来，然而只用红润的眼睛环顾一周，也随后赶出去了，仿佛记起什么事情来，去追父亲询问。

现在只留下我独自一个儿。斜窥壁镜，只见红木立柜的侧影，那侧影映着灯光，闪闪有辉，正面是门口上方的魏体"端方"两字的匾额，还有一部份茶几和藤椅的影子，却没有我的面影，我开始恐怖起来，因为突然记起崔婆曾经讲过的掌故，说是死人的鬼魂不知自己是死了，回到家去照镜子而不见自己的形影，才知道自己是鬼了。而且寝室的房间，突然觉着又大又空，除了灯光下偶尔飞过一只苍蝇，一切都是寂静的。又听见后窗的屋檐底下，夜蚊成群的嗡鸣，越发感觉自己是给遗弃在另一个世界似的。完全忘记我手里还握着一片馒头，想着若是母亲在身边，一定问我为什么睡梦中又醒来，或是作了什么梦，或是被子盖得太厚了。而现在，谁也不管我，把我一个人遗弃在炕上……想着想着，就不由得小声哭泣起来，这时没有了恐怖感觉，只是怨屈得很，而且泪的本身又带给我一种甜蜜感，越哭心里越舒坦，一会儿，就又睡着了。

第二次醒来，发现我是睡在父亲的环抱的肩上，我听见说话的声音，又低又机密，就顿然吃惊，直起身子来，仿佛猎狗在森林中突然听见草丛的抖动而竖直两耳一样。

"你别吵呵！抱住我的脖子——赖忠恕，把流水账交给王程远,"父亲的声音非常小:"若是一有变动,大家最要紧的是镇静。谁也别把消息传出去,实际还离城很远呢!杨团长已经派出三连人截路去了。王程远跟我走吧!"我望见赖忠恕——就是那个账房先生——脸色很紧张,父亲说话时,他还和王程远低语,灯光已经暗淡,不是没有煤油,而是灯芯捻小了。所有的人全是暗影绰绰,而且满地都是碎纸,红木立柜开着,可以清楚地望见里边的板格和方的印章盒,笔筒以及信笺。我完全被这紧张的气息所感染,而且知道是独立党要来了,实际我也不知道独立党来作什么,只觉得害怕;而且独立党和红胡子在我脑子里是同一意义的,不过我只分出独立党是韩国人,红胡子是中国人而已。

父亲提着一个纸灯笼,那上面有红纸剪的大字,刚出门口,就听见远远一排枪声。

二

在这里把我的父亲介绍一下:

父亲的名字叫姜青山,是出生在山东胶州半岛附近的一个属于莱州府管辖的名叫廉家的大村庄。传说十一世代以前,这一家族从四川迁来,最初住在昌邑县境,后来又分出一支,才移到这个村庄繁殖起来。在昌邑县的姜氏家族出现了一个武将统领,大约是道光年代吧!带领着一部份族人去任上——张家口,于是昌邑县的姜氏家族首先有了向关外分植的族人;而廉家庄的姜氏家族的人们,一直是过着除草拔麦的庄稼日子。到父亲这一代,已经是二百多人的大家族,而且每户只有三五亩小麦地的贫苦农家了。

父亲的青年时代,是豪放不羁的。不服从这统治了十一世代的命运,不去摸锄柄,而且又坐不住私塾的板凳,因为读四书是一天直坐在中国式的板凳上,没有出屋散散步的机会的。所以常常逃学,常常躲入秸秫垛的洞里给祖父持着木棍赶出来。末后,父亲终于随心所愿了,挑着担子去莱阳贩水果。这时父亲有了自己的收入,也有了自己的癖好,那就是:女人,赌牌和白酒。不久,父亲渡海去旅顺，两年过去了，回来的父亲，是结实而且高大了，带回来两串铜钱，当夜就给祖父用木棍敲了一顿，不是因为赚的钱太少，也不是因为出外时给祖父留下了一笔赌债，而是因为他出远门儿，却不向祖父说一声，就那么独自作主地不辞而走了；就是母亲——并不是我的生身母，这里所说的母亲是父亲的原配——事前也不知道他一点儿音信。于是父亲第二天鸡叫，又失踪了。这次是去海参崴。

最初是赌场的场主，三年过后，在海参崴一条繁华的街道上开设百货商店，而且领有黄色执照，依照俄罗斯西伯利亚政府的法规，是一个二等商人，有资格出席法厅作陪审官的绅士了。同时，加入袁世凯的海外保皇党的政治集团，可以想见，父亲不再是以前的姜青山了。

当我的生身母亲说到第一次见到父亲的时候，父亲的手中就握着一根雕刻着花纹的乌木手杖，而且走路是非常文雅而轻健，体态壮伟，剪发，戴着大的狐狸皮帽子，紫色绸面的猞猁皮的长袍和对襟的黑呢子马褂。那时父亲是四十二岁的中年人了，自然祖父已经死去，而他带回家来一笔可观的财物。所以到母亲的村庄去暗看她，因为父亲是想另娶一位太太的。

到我年长而母亲也是中年人的时候，常常提这次的偶遇，说是谁又能知道到外庄去走回亲戚的机会，就决定了自己终身命运了呢？那时，母亲是十八岁的少女。

母亲的闺女时代是个要伴中最愉快的人物，而且又自负又能干。从来不见微笑，而笑起来的声音是明朗悦耳的。讲究穿戴，和衣服的款式及色彩。尤其是绣鞋，必定作木底而且鞋口得带一丛海蓝色的丝缨穗。等到妹妹年龄大了，母亲常借着打扮她的机会说："年轻时候，为什么不要美呢！要穿绿穿蓝，等年纪大了要穿也不配啦！"可是母亲不喜欢大红色，而且最后一次我离开她的时候，也并不见她摈弃了年轻时代所欢喜的色彩，她还是穿着绿色且有蓝色花纹的纯丝的长袖旗袍。但是母亲的少妇时代是忧郁的，常常沉思,即使剪着衣服也会不知不觉用鼻子低声吟咏着故乡的小调,不知道是怀恋闺女时代的女友呢?还是怀恋遥远的渤海南岸的温带生活?总之,母亲在我幼年的记忆中,没有后来那种又恢复了的闺女时代的笑声。因为当母亲穿戴着凤冠霞帔走下新娘所乘的八人轿那天,突然发现了父亲的骗局,就是说新郎原来是她曾经看见过的一个年老富翁,而且家里还有一个原配的妻子,于是气愤,苦痛,而且突然病倒。

以后,母亲就失去了明朗的笑声,直到伴随父亲到海外的俄罗斯,和现在居住的东北的荒僻县城,母亲总是无言无息地像我第一章里所描述的那样幽静,除了浇浇窗外的花盆,到红旗河洗洗衣服,一向是深居不出,即使父亲的宾朋的家庭有宴会,也拒而不赴,仿佛对于父亲有着深深的恨,因而牵连到对于父亲的宾朋也嫉视了。但是母亲却从来不在父亲面前表示她的忧郁的,说话总是柔顺而且愉快,虽然我常听见父亲说:"你总像是不大喜欢似的!"以及用猜摸的眼光窥她。"还不是一样?有什么欢喜不欢喜呢!"母亲往往这样回答。

现在父亲是一个黑须翁了。潇洒的风度里潜着严肃,有时这严肃神色扩大掩盖了他的豪爽的性格。每遇到父亲那两道锐利的眼光,我就觉着可怕,即使哇哇哭着,望着他的眼睛也立刻会逐渐地低下来,让眼泪自己任意在腮颊上流滴,哭声只变作嘶喘了。父亲的体态,依然壮健,有着城市的富主所有的丰腴的脂肪;同时父亲也养成了一种不露锋芒的含蓄力,就是偶尔碰见店友们在厨房里偷着煮鸡聚饮,也总是微笑着走开,虽然嘴里或许会说一句:"味道怪香哪!"但心里实在是说:"妈的!年底非把这领头的小子开发了不结!"可是这又往往是难碰见的,因为父亲很少留在店里,夜间偶尔想到各处看一看,但人们一听见手杖触地声就丝迹不露了,所以商店的人,对父亲是畏敬的,这种畏敬又不同于一般,内里含有亲爱的性质。商店的主要营业是茶叶和人参,此外兼着汇兑。所以父亲的交游很广,更因为是商会的会办的关系,日常是没有空闲的时间居家的。

除了城市里还另有一所房产，在屯落共有两处窝棚，一处是坐落离城九十俄里远的俄罗斯边境附近的白顶子山；一处是二十里外的骆驼河子。前一地，完全是荒山僻野，只招留从父亲家乡来关外谋生的乡亲——开垦，由店里供给垦荒开支，无非是借以安置穷苦无告的乡亲，实在，当时父亲从来没想到后日的暮年生活，全依靠这两宗田地的收入。骆驼河子是草原，只要看看名字，就知道河流是多么蜿蜒，现在有韩国农户在那里耕种，经管人是一个名叫古班的东四省籍的地邻。

还记得冬初时候，古班带领着一长串垛满洋草的四轮农车到城里来，他自己骑着一匹俄罗斯种的高马，在最前边，用马棒大声敲车门，其实他很可以从一车门旁的便门走进院里来的。那时，暖炕上就会有火狐狸皮，地下则满是冻硬的野雉，狍子，以及别种过年吃的山味。所以我对古班的印象特别深，假若古班现在还健在的话，我祝他永远是活跃的，永远是在草原气息里过活，而且我也相信他依旧是骑马打围，依旧是用吵架那样的高声说话，就是胡须白了。我相信他依旧是爱把手指插在嘴里打呼哨——这是我幼年非常羡慕他的一种优美的口技，常常自恨不慧，而背地苦痛过——而且一闭眼，我就想到他穿着俄国式短外套，敞胸露出哥萨克的衬衫，并结着红丝腰带。

父亲每次见了他，总是闪露出稀有的豪爽和愉快，一回对杯，就是二两白酒，并且笑声也爽亮了，完全现出另外一种人的神态，仿佛是老年绅士遇见年轻时代同一军伍的伙伴那样，一反平日的飘逸而严厉的风度。

总之：父亲是我敬爱的人。少年时，每次站在一个标致的贵妇人面前，我自己觉得丑陋而且笨拙的时候，就想起父亲的风度，又羡慕，又自惭，而且深知自己不为人所喜，于是潜心攻读，想日后能在社会上立脚，自己只有在学业上下功夫，以致常常是孤独无伴的，独个儿去红旗河游泳，独个儿在学校运动场上徘徊。

三

父亲听见一排枪声，就停住脚步，仿佛犹疑是不是退返参庄，那时，我还望见父亲的商店门口，有一道灯光。灯光中有黑色的人影；至于其他门市，全关闭了，街道上只有两行黑的屋檐行列的阴影。所以看不见门口的人脸，正因为街灯的阴暗，那门口的灯光反映下的人影，格外清楚，我回颈望着父亲的脸色，只见父亲仰着脸，并说："王程远，你看见枪火的光吗？"

"没有？"

"我仿佛看见几道枪光，一闪工夫，就找不到方向了！你看看南天上，是不是像有烟气？"

"在那儿？"王程远在父亲身后问。

"看不见就算了！哪！把灯笼给你——还是我拿着吧！"

我也向天空望着，看见星星稀淡，拥着一轮洁白的月亮，怪不得街道有两道屋檐的行列，原来月亮这样明朗，若是街道两旁没有那两行煤油路灯，我想地下的光色更清楚，一望定是几十丈远。城市上空，且有稀烟缕缕，分不清楚是夜霭，还是云丝，还是人家的炊烟。路过警察岗位，只听说："会办怎么现在才回去！独立党已经到沙河子了！"因为他望见灯笼上的红字，所以没有喊口令，这是王程远走过岗位时向父亲说的。

警察岗位的附近是分作两条斜街的路口，白天是杂市，最多的是，韩国妇女卖酱油卖鸡蛋的，她们是从屯落跟随毂车或柴车来，当晚还得赶回乡下去，所以面色急匆，而购买的人又全是商家厨师，酒馆堂倌之流，只是午间来采买，所以讨价还价都是三言两语就成交的，因之极嘈杂，只要站在父亲参庄的门口，就老远望见这里的繁闹光景了。附近又全是些回教徒开的饭馆，牛肉馆，因为从岗位右手那条短街走出去，就是柴草市，所以乡下来的人，无论是旗族是韩国人，全在这里用餐，即使夜间一直到半夜一点钟，食客依然是出入很繁的。但是现在那条街道极暗而且寂静无息，只有几家饮食馆门外的炉灶，发着红润的火辉，偶尔爆裂出几点火星，声音也是低微的，使人越发感到一种难说的寂息。足证这些饮食店刚刚关门不久，而且正在炉火融融的当儿停灶的。

走过警岗那瞬间，我望见炉火的光辉，想到冬季在母亲的暖炕上，熄灯后所望见的煤炉，也是在四壁上闪着红艳的火辉，和那里一样。而且煤渣爆着火星，在后窗的玻璃上闪耀着，因为煤炉的烟囱是由后窗的上口伸出去的。又想：跟着父亲，是多么受苦，多么无趣，连觉都睡不好！街上的风，虽在夏日还是冷！又觉得父亲对我一点也不慈爱，把我的衣裳胡乱穿上，非常不舒适，还有一个铜纽扣压在我的胸口上，坚硬作痛。父亲的手扼住他的左臂，以致我的身子几乎是俯在他的肩头上。不易回转，而且几次想从他额下抽回手来，给父亲的"把住我的肩呀！别睡呀！听见没有？"的叮嘱，截住了。

父亲且几次回脸，仿佛看看王程远是不是还在身后跟随着，极似防他半途溜脱了似的。现在想来，那时父亲的内心也半虚半惧的。到了胡同口，父亲才开口说话："我们出来的时候，几点钟了？"口气间，呈示着一种"现在可算是到家了！我真担心呢！"的味儿。

王程远背向着父亲用拳敲门，同时招呼着："开开门呀！""喂！开开门呀！"一会儿王程远转过脸来望父亲，他那两只眼光似乎说："一点儿声音也没有呢！"

"你高点儿声喊！"父亲说，并摇着我的肩头说："连儿！连儿！别睡呀！"那时我已俯在父亲肩膀上，睡意很浓了。我想动一动腿，表示我实在还醒着，但是腿重，不受我使唤，只是嘴里喃喃地答应着："没睡！"父亲和王程远问答的声音，在深夜的胡同里是极清楚的，好久，我还听见父亲说："再高点儿声喊！"衙同两旁的邻家院子里，狗吠声极狂。我不知道父亲为什么老是摇动我，不让我睡熟，心里很不舒服。而且必得答应，听不见我的应声，父亲是不停止地摇动我。这时，我很想哭一通，但找不到因由，后来就气愤地说："人家没睡，没睡，没睡呀！"眼泪开始滚下来，而且要哭了，那时就听见便门打开来,崔婆的声音说:"怎么才回来?我们当是独立党进街了,来敲门呢!"又说,第一声呼唤,她们就听见了,院子里的人都没睡,可是韩四婶不许谁作出一点儿响声,更不准走到车门前去向外探望。她说得很急促,脸色惶惶不安,而且迅捷地关上便门门栓,不是由于恐怖,而是要赶上父亲,接续她的谈话。同时,把我从父亲肩上抱过去,明明看见我醒着,却一句话也没向我说,又仿佛她根本没有注意到我。听见院子中心,有许多低声的问询,其间有一种我所熟耳的声音问:"连儿呢?"我从崔婆肩上突然回过身来,望见月辉下的人们中果然有我的母亲,就抑止不住地哭了,我自己也不知道为什么这样难过,仿佛跟随父亲在外边住了半个多月,受了许多磨折和虐待似的。崔婆一直到现在才对我说:"连哥儿在外边想你娘吗?"我没有余情回答她,摆脱开她的手,向母亲扑去。只见母亲臂上抱着一个褓褓中的婴孩,俯下脸来亲吻我的腮颊:"看见娘了,还哭什么?"母亲说话的时候,向我笑着,并用手抚摸着我的额发,仿佛看看我的脸色是不是有些改变似的端详着,说话的声音又似乎感受到我的悲哀而心痛,但仍露着笑的颜色:"你的手绢哪!放在那里了?"我没有应声,因为眼睛的泪水,障碍住我的视觉,我用手背揩着,而且嘴里不自主地发着哽咽的声音,仿佛喉腔有某种东西梗塞着。我的另一手,紧紧抓住母亲的裤腿儿。那时父亲和邻居谈话声很复杂,我独听清楚母亲吟鼻作哄婴孩睡眠的声音,同时用手轻轻拍抚着什么,极像我从前所感受到的。

"快用手绢擦擦脸,你把妹妹惊醒了!"母亲又说。

"太太,你不赶快进屋收拾东西,知道外边儿紧的什么样了,还有闲情哄孩子!"父亲在另一端呼唤,他的手里还擎着灯笼。

当时我想,即使母亲在大火燃烧到四围的当儿,也绝不会抛弃了我。因为我还不知道战争是什么,只知道独立党或红胡子是惯会杀人放火的。感到母亲的心没有给紧张的气氛吸引去,还是在我这一边,就越发觉得母亲爱我的情深,越发觉得安慰,原来在初见母亲时,我仿佛觉得母亲离开我好久,或许会把我忘记。这时也越发觉得父亲疏远。

母亲的左腿开始移动时，还防我猝不及备而跌倒，预先弹动着，并小声说："进屋去！爸爸生气了。""把手拿开，看着道儿！"因为她现在又给怀抱里的婴孩占住两手了，没法照扶我。我的哽咽也平息下来，崔婆望见母亲单独地离开院子中心，也随后赶来，并弯腰来抱我，我用肩抵摆着。因为我想，你既然很久不理我，还是站在父亲那一伙人去吧！更避开眼睛，尽可能不望她，我是宁愿牵着母亲的裤腿儿走回屋里的，又想，现在我若是处在匍俯父亲肩头时，那种瞌睡状态，我也宁肯舍弃入眠的浓兴，而跟母亲走，不给任谁抱着的。

客室里点着灯，仿佛父亲没有进院落里来的时候，这里会聚集着一些邻居谈天，听见有人敲车门才跑到院心去的。因为茶几还摆在睡榻当中，上边儿有三只茶杯，一只的杯盖儿搁在杯旁，从那不盖盖儿的杯口中飘着的热气上看，足证新泡不一会儿，而且靠背椅都移动了位置。还有一个红绿三角布拼合的西瓜式女孩儿睡帽，遗落在椅子脚上。母亲走进来的工夫，父亲已先在，他手里还挑着灯笼，及至母亲说，他才如梦方悟似的展启微笑的有须的嘴唇，说是："我还忘记吹熄了！"话没说完，只见韩四叔走进来了。拖着鞋，没穿袜子，没扎裤脚口，穿着黑缎子长衫，仅结了腋下的纽扣，开着领口，显然是刚从床上起身不久，他一进门就问："怎么样了？离城还远吧！"

"你刚起来呀！四爷！"父亲的脸上骤然扬溢起光辉，仿佛口渴的旅人遇见甘泉那样欢呼着："你们女当家的，打算今晚把我关在门外，让我冻一夜呢！"并把银质烟盒巧妙地在韩四叔胸前展开，意思是请他拿枝烟卷儿抽。又说："我想今晚上安稳地睡一觉吧！就是来到城边儿，天亮以前也不会打进来。"说这话时，父亲的脸色又正常了。

王程远一直是站在父亲背后的，现在走到韩四叔跟前点火，把烧去三分之一的火柴又移到父亲面前。因为父亲还没把烟放入口里,他在抽烟前有一种习惯,就是把烟卷儿在那扁盒上蹾一蹾,王程远的注意完全集中在火柴上,到底在将尽的那瞬间,给父亲点着烟了。我也坦然地松了一口气。等到回身发现母亲已经不在我身边,而且临走又没有召唤我,就觉着心里怨屈。起初,还镇静地喊了两声"妈",末后一边向母亲卧室里走,一边就哭了。过堂很暗,又加门口相对的灯光极强,反而看不清路,几乎跌跤,哭声受到这脚步一失的挫折,更响也更自然而流畅了。

"你哭什么?"母亲用眼光阻住我,我站在卧室门口没敢迈入。母亲又说:"怎么越大越爱哭了!"实在母亲并没生气,不过倒箱翻箧,心绪正在烦乱的当儿自然激恼,且含蓄在心里已经很久,一遇不如意的事就发泄出来。而我也并不是像母亲所说:"越大越爱哭了!"实际上,这次重见母亲,分出父母两人究竟是谁爱我深切,不愿再有一刻一秒的时间离开母亲了;而且时时有一种给母亲躲避开去的恐慌和警惕——和前次一样的使我不知不觉离开她的恐惧和警惕。

"进来! 上床睡觉去,我看你那样子是困了。"

我已停止啜泣,但依然用肩膀抵着门框,不响,也不进去。泪水流滴在颊上,已经微痒而且感到肌肉有点儿痛、有点儿紧缩。还听见客室里韩四婶的声音说:"你不回去帮着收拾东西,老是黏在这儿不动了,谁家有连扣都不结好,就串门子的。"很想过去看看梅姐,可是仍旧靠在门上没有动。最后崔婆来抱我,我的感觉已经麻痹,困极思睡了。

第四章

一

那天早晨醒得特别早,因为父亲和母亲没有熄灯,谈话的声音惊动了我,实在他们已经攀谈了一夜,口气间仿佛不堪困倦而又有满心心事谈吐不完似的。窗外现着破明的灰白气色,给玻璃上的反射的灯光一煊染,觉得屋里格外阴暗。又见父亲的暖炕上,烟气飘散着,仿佛往日客室有许多聚谈的长辈人,抽着烟卷儿所造成的浓烈的烟气。

我是睡在对面的暖炕上,就是伏窗能望见东院墙以及院墙和夹道之间的独株丁香树的那面暖炕。所以匍伏着身子,只能望见母亲的松散在枕上的黑发,和露在被外的内衫肩部。父亲给屋中心的煤炉遮住,望不清楚,只听见父亲说:"什么都是命定的,我这一辈子也算是出了力,出了心血,单看连儿长大成人再说了。世上没有不散的财,无论多大家当总有破落的一天;再说咱们还有两处窝棚,若是连儿长大成人能是个成家立业的手儿,光开发这两处窝棚,也足够他享受一生的了;若不是个过日子的主儿呢! 就是有几百万家财,还不是一样地挥霍光了!"

母亲始终不说一句话。这时鸡叫第三遍,后屋有种响声,是崔婆起身入厨房了。不一会儿王程远来说:"独立党已经逃回俄满边境去了,"又说:"柜上已经不开门了,停业结账呢!"

从这以后,父亲白天不常出去了。但是日子一久,我就想着街市的繁闹,想着洛布达狗和小三点以及小琴、金锁儿,常常巴望父亲能携领着我,出去玩儿。可是父亲一直是不出院子,偶尔出街,也总说:"我不一会儿就回来,你跟去干什么? 在家和你妹妹玩儿吧!"若是不肯留在家,父亲就退回来,表示自己也不去了,露着不欢的脸色,就是投到他身边,他也会用手把我推开去,但我越是给推开,越是要攀上他的两膝坐着,等到母亲说话,才懊丧着脸,白白望着父亲走出去。母亲就会招呼我,到她跟前去看妹妹。妹妹是一个红脸的婴孩,趋前就有股乳腥气,我只觉得她的小的手指和小的脚趾很有趣,实在是并没有什么兴趣的,不过看见母亲是那么喜欢她,自己也就爱摸她的光滑细致的小脸,爱抵触她的腮颊,爱把手指伸到她口里让她咬。母亲是只许我看看,不许用手和她接触的,一遇我这样的动作,就睁大吃惊而且含怒的眼睛,阻止我。我也不以为母亲是偏爱她,因为我知道,母亲的欢喜她,也正如欢喜我一样;而且我每次望着母亲看妹妹时那两道眼光,就也受了感染,仿佛母亲在她小小脸上看见了什么愉快的表情，而我从母亲的眼光里也感觉到了，等我看妹妹在襁褓中的小脸时，就远不如从母亲眼光中所得到的欢欣的深切。但究竟母亲是在她脸上看到了什么，我也不清楚，只是觉得母亲眼光愉快而幸福，我也就切身感到愉快而幸福，并用这愉快而幸福的眼光去看她而已。

不管怎样，不能够跟随父亲到街上去，是常久摆脱不开的烦闷。尤其是我独个儿站在院子里，就越发觉得院子里的一切东西，都是那么平淡无奇，而且使人厌烦，时时想走出车门旁的便门，但望着那个门口，又害怕。自从我有了这个从便门可以进街的知识，我就常常望着它出神。有时凑巧，望见父亲从那便门走进来了，就从炕上跳下去，急急去迎接他，往往又忘记要走到便门口去探望探望了，因为父亲回来总带着一纸袋糖果，其间我最爱的是火柴盒一样大小装潢的彩色糖豆儿，那是白俄将军刘不林西及新开的糖果店的精制品，而且我不是爱吃那种糖，而是喜欢盒里的一种轻铁质的模型，有时是一座带风铃和十字架的教堂，有时是公路汽车。每盒抽出来的都不同，而且这些小巧玲珑的玩物，每盒又只有一个。我已经收存了七个物体不同的模型了。

有一天，父亲给我带回来一本三字经。这年的秋天，就开始跟着父亲读书。父亲白天大半都在客室里下棋，点灯以后，才招呼我过去，不说"连儿到这儿来"，而说："连儿！把书本拿来！"现在想起来，仿佛这声音还是回绕在耳边。不管我和崔婆玩儿得多高兴，一听见这声音，就得立刻走到客室去。父亲坐在壁案前，面窗，背着煤炉。我就面门，坐在睡榻上。灯前立着一个乌木雕刻的帆船，当中竖有桅杆，最上是月牙形的象牙质船帆，借它来遮蔽射目的灯光。父亲每读一个字，必定让我随着念，虽然我还得用手指按字一个个点着，但眼睛是时常望着父亲的有须的嘴唇，所以父亲这时一句日常的口语是："看着字儿呀！望我作什么！"实际上，就是望着字，也是不注意，只在聚神地记忆发音的连续，等到会背两页那么多了，若是单提出孤立的一行，还是一字也不识，但是若提醒我开首的那个字音,我又能连着读下去。有时母亲在旁边听见某一个字,譬如说"远"吧！ 就问:"那一个字是远呀！"父亲就舍弃了我,把母亲问的字指点给她,并且讲解不是面软了的软,是远近的远,我也就问:"那一个是远呀！"父亲的手擎得高,而且不注意我的讯问,我就拉他的袖子,再不注意,就爬到案上去。心里很恼母亲来打扰,可是认字的欲望却蓬勃起来。等父亲望见我,发怒追问时,我就说:"我也不念了！ 你教妈妈去读吧！"

"你看看你自己爬到那上面来了。"

"反正我也不念了。"就又退回睡榻上去。

"真真这孩子……"母亲一遇到既找不出理由说我,又觉着我是赌气,就会这样说,并且向我笑着:"念吧！ 我不插嘴了。"

父亲一直是望着我不作声,等用眼睛逼出我的笑,才说:"你还是以为我愿意教你呀！ 过来,望着字！"现在想来,父亲真的不纯粹是存心教育儿女,因为事业上遭了挫折,无非是借着我的夜课来消磨忧郁而已。

每次夜课完毕,就是说背熟所认识的新字,母亲就拿来亲手作的夜点给我吃。有时是油煎的水饺,有时是煎的荷包蛋。几时背熟字,几时才能吃,所以也有时候背熟书,夜点都冷了而母亲从睡梦中醒来,再起身给我煎第二遍。也正因为课后的夜点,牵引去我对新字的关注,而久久读不熟。总是读着读着,就想今天入睡前吃什么？ 而且注意母亲寝室里的煤炉声音,是不是有煎炒的响声,或有勺子触锅的动静。那么我就猜:是绿豆粥还是煎蛋？ 一边向门外望着,又盼望母亲寝室的门能透露出一点儿动静,又盼望崔婆能从客室门口经过,那瞬间她一定是望望我的,那么我可以用眉眼询问她,若迟迟不见她的影子,就会不由得向父亲问:"爸爸！ 今晚上吃什么？"

"快念吧！ 背不熟什么也不能吃！"

父亲说话,眼睛也不离开三国演义,但我的一举一动,就是在他无声无息读三国演义时,都逃不开他的监视。时时还向壁钟注视一下，只要我不瞌睡，父亲从来不催促我的。仿佛他之所以看三国演义，无非是为了伴着我，等待我背书，因为每次我背书时，父亲就放下三国演义，听着我的背诵，背诵完结，父亲就慵懒地伸伸腰，把书案清理一下，携着我的手走到北间去就寝。仿佛没有一次是我打断他的阅读，又似乎是正巧他完整地看到某一章某一节的结局，当我背书的时候。

二

一天，我卧在炕上还没有起来，就听见母亲说"下霜了"。我本来是贪恋早睡的，听说下霜，越觉得被窝儿温暖，甜蜜，舒服，越不想起身了。又望见母亲穿了长袖的丝棉袍，从门口进来的时候，脸子给风吹得微红，并带进来一种严寒的气息。母亲催我起身的时候，必先给我在暖炕上烤热衣服。在她伸臂去取衣裳的那瞬间，袖口触过我的耳边，我觉着冰凉，遍身一阵寒噤，就大声喊着，不让母亲的衣袖再触到我。

"大惊小怪什么！你又该把妹妹惊醒了！快点儿起来，你看太阳是什么时候了！你爸爸等会子不进来掀你被窝儿才怪！"

我就哼吟着，磨延起身的时间。母亲把炉盖儿打开，炉火极旺，在窗户透射进来的阳光中，从炉口发着婀娜的波圈形的烟影，而这烟影若不是在阳光中，是极不易见的。窗子的六面方格，也清清楚楚反映在屋当中的地上，以致暖炉的兴旺火焰，失去了红烈的光辉。我望着母亲提了我的衣裳，周转着烤，每温热一部份，我就减少了一部份——睡温暖被窝儿的时间，心里就更不舒服。另外，又得观望母亲的神气，是不是还能有推延的余地。

母亲每挪移衣裳的温过的那部份，就用手揉一揉，仿佛在暖火上洗一洗似的，使温热的气息得以润散。我仿佛第一次注意到母亲的健美的姿容，母亲的脸色，恢复了白润，而且细致有光。眼睛明朗，正像母亲偶尔发出的嘹亮的笑声一样。我那时想，所有的孩子，只有我的母亲是和一般母亲不同的，觉得又愉快又骄傲。但一注意到所烤的衣裳只剩一只袖子了，就又不舒服起来。心想母亲既然这样爱我，屋里又有这样好的阳光，煤炉，而且又是降霜的早晨，为什么强逼着我，舍却卧暖被窝儿的最大的幸福呢……现在，只剩袖口了……

"连儿他娘，灯笼花都冻坏了。"崔婆在窗外说："啧啧！ 都萎缩的过倒了日子的财主似的！"

"你真会说话！"母亲端庄地说："受了霜还有不枯的，挪进屋里就得了哪？什么财不财主的！"

母亲是有许多忌讳的，并且信佛，每月初一十五都吃斋。我望见母亲的脸色，巴望她能给崔婆牵扯去对那烤衣服工作的注意，这样，我就可以多耽搁一会儿起身了。母亲也确乎挪移了视线，她望着西窗外的崔婆的影子。但是一手依然是提着衣领，另一只手摸弄着袖口。

"你那是端什么呀！ 我说灯笼和海棠，鸡爪不放在那儿，挪进屋里干什么，愿情是摆在霜底下才有香气嘛！"母亲说完，就突然转过来："起来！ 那么大小了，还三遍两遍地叫！"

我蹙着眉，坐起来。现在又怨恨起崔婆来，若不是母亲对她生气，我想，就是烤温暖了衣服，也可以多耽搁一会儿的。

母亲给我穿衣服，把我的胳臂一拉，仿佛对崔婆的愤怒转移到我的胳臂上，而且也不给我结扣，就离开我了，并且说："自己结上纽扣，到你爸爸那儿吃粥去！"

在母亲不愉快的时候，父亲照例不声不响的。我以为父亲已经到街上去了，岂知父亲真的坐在客室里吃粥呢！ 并小声和我说："快进来，粥都凉了！"

客室的两口玻璃窗的两面窗台，现在全摆满花盆。初看起来，满屋绿辉，壁上的阳光，也仿佛绿澄澄的，再加南窗没有阳光，那反映的浓密的绿色枝丛的影子相射，更觉着是身在郊野一样地畅快。但屋里的气息，是寒冷的，其实暖炉的火焰发着嗡鸣，不过花盆上的霜气生寒而已。

我刚爬上椅子,就听见母亲大声说:"谁叫你搬到客室里! 热气烘烘的,那些冻了一夜的娇种,不该枯也枯了!"

"真是! 这又值得生气的! 你当是咱们还能在这住多久,过年春暖冰化的时候就搬了,还要那些花作什么? 也不能再有闲心弄它们!"父亲说。

"要搬,你们搬好了! 我的花,侍奉几年的了,可不能轻易丢了。"

"不能丢就不丢了! 不能丢的东西多哪! 不是要丢还得丢吗! 这么好的房子都要换主儿了! 到时候,你还能自己留下来念经吗?"

"你当是不留下来怎么的! 我早想好了,就是孩子⋯⋯若是上学堂了,我还不进尼庵呀! 还在你们姜家门儿上过一辈子不成!"

我正面对着西窗,望见母亲说话时,一手摘着花枝上的枯叶,而且用力地向脚下一片一片抛着,仿佛连那些枯叶都可气愤似的。但母亲的脸色,却由于这段话的发泄,稍微有点儿缓和了。

"你爱怎么样,就怎么样,没有人管你!"父亲说。

"我不用谁来管!"母亲又气愤起来。

"连儿,让你妈修行去,咱们两个人就搬到青岛。在那儿盖两间房子一住,你上学,我在海边儿上给你钓鱼,放学回来,咱们把鱼一煎,愿意吃带汤的呢! 就一炖,呵⋯⋯好不好?"

我望见父亲的眼睛,不是以前那么锐利射人了,而是和善的,平静的,就说:"不好!"因为我知道这个时候说"不好",父亲也不会责罚我。果然父亲爽亮地笑了,并大声说:"不好呀! ⋯⋯呵⋯⋯不好呀⋯⋯"

我就更加得意,连声说:"不好! 不好! 我要妈! 不要你!"

那时,母亲走进来说:"怎么不好? 你爸爸喜欢你,跟着他又有鱼又有肉,又有苹果又有糖! 跟着我,作什么?"说着话,就走到窗台去挪花盆,并向崔婆说:"先把这些靠炉子近的搬到后屋去!"神气是根本没有注意我的话,也没有因为父亲的欢笑而气平。父亲那时是一直审视着母亲的眼神,仿佛是等待她回脸一望似的。我也随着父亲向母亲望。

"后屋不冷?冬天还得挪吧!"崔婆说。口吻低柔,正像每次受了母亲的抢白而有的那种低柔。

"冬天再用稻草扎一扎!"母亲同样地低声说,并且搬着一盆月季向门口走,路过父亲背后,仿佛路过煤炉一样,路过煤炉和路过我面前一样。

"妈!"我把筷子移到嘴唇角上,注神地叫了一声。

"作什么?"母亲站下来。

不知道那时究竟是一种什么心理,眼泪突然跳出我的睫毛。

"又要哭,又要哭!妈和你说着玩儿,你也不知道。妈怎么会舍得丢了你!妈亲你,好好吃稀粥。"

眼泪已经流入我的嘴里,我用手背擦着眼睛,而且另一手也放下了筷子。

"你管什么?你就不用管!"父亲说:"有能耐你就让他哭,那才叫人佩服呢!"

但母亲一句话也没说,就把我抱起来,对崔婆道:"先把食桌上的这盆搬过去,等会子我来摆布!"用手给我擦着眼泪:"听见没有?我说你放在那儿就好了,等会我来摆布,先搬食桌上这盆!"

"听见了!我这收拾木头板子……"

母亲抱着我,走到北间去:"哭什么?妈说着玩儿,等你长大了才离开你哪!"接着叹息一声,把我放到暖炕上。

三

冬天,我们就搬到父亲商店去住。在那儿住了一年,只要我闭上眼睛,就想起,不管白天夜晚从来没开启过的前门市,那种黑暗的气色,以及从门板缝儿射入这黑暗屋子里的阳光,一条线,一条线的。可以隐约地看清楚柜台和长条靠椅,还有货架上装茶的瓷坛,另一壁摆人参的玻璃橱,全是铺着秋霜一样的尘土,而且原来遮盖这些家私的红布，都躺在柜子上，地板上，没有人去管。因为父亲一直不到这所黑暗的前门市里来的，只有我和小琴，避着父亲到这儿来和泥作土铜钱玩儿。

我们每人有一块和泥的板子，像艺术家的调色板一样，在这上面调和着泥块。另外用两个有方孔的清朝制钱作模型，把预备好的圆形泥球夹在制钱当中，轻轻一压，泥球自然扁了，然后用线周圈一锯，并且把方孔通穿，那么一个土制钱就制造成了，然后排在那一条条阳光当中去晒干。在这时候，我和小琴是各不作声的，只专心一致地注神着自己手艺。然而听见母亲在院心呼唤我声音的工夫，我们就会停下来。那时，小琴望着我，我望着小琴，互不作声，把注意力全集中到听觉上。若是我这时稍微挪动一下坐位，小琴就会用眼睛制止我。我们都是坐在地板上的，把调泥板摆在两腿当中。我清楚地记得小琴那时常有的故作惊疑的俏皮的眼光，而且那眼光在又幽暗又有一条条阳光展布着的隐影里，给人的印象，格外别致，有趣。

听不见母亲的召唤了，小琴就会伸伸舌头，之后继续我们的手工。

"你作多少了？"她悄悄地问。

我就向她伸出手指作数目。

"你呢？"

她也用手指回答我。

我们胆又小，心又虚，甚至于小三点跑来，我们都不敢留它，作势把它驱逐开去才安心。因为它的项铃，老是丁零丁零地响，我们最怕这秘密工场给母亲借着铃声发现出来。知道我们这秘密工场的，只有崔婆一个人。遇到母亲找我有什么紧要事儿的时候，崔婆就偷偷来通知我，说是："你娘给你裁衣裳呢！"或是："快吃晚饭了，明天再玩儿吧！小琴。"她说话的声音也总是低微的，而且若是我不听话，她就会向小琴劝告："明天再玩儿吧！你娘也找你哪！你不听话，连儿就还要玩儿，可是等会子他又得受责白。"

不管我怎么不愉快,小琴还是毫无留恋地走了。临走常常用距离很远的眼光望我,而且那么望着,站许久,才说:"明天我放学就来! 在门口等着我!"说完,就跳着跑开去,像一个小山羊那样活泼。

她九岁了,只比我大两岁,但我一切是顺从她的,仿佛她比我知道的事情多,而且羡慕她,但崔婆比我更是见多识广的了,我倒不觉着她聪明。

实在崔婆对我很亲爱,有时仿佛比我的母亲还亲近,尤其是母亲责罚我的时候,崔婆总是围护着我,把我掩在她的身后,用她的身子遮挡母亲的视线。但我对崔婆是不如对母亲那样亲,看见母亲不喜欢我的眼色,就悲哀,难过,看见崔婆不愉快的脸色就生气,而且只一瞬间的不平,就又玩儿我所玩儿的了。原因是崔婆的脾气善良,就是一时对我恼,过一会儿就忘了。而母亲的个性强,只要我有一点儿过错,就叮嘱我:"记住呀! 连上一回,这是两回了。"若是积蓄到五六回过错,那么就作一次总的责罚。这是和在和韩四叔同住的那个院子时,最显著的不同了,已经是受责罚年龄了。

就是父亲给我上夜课,也预备了罚跪的香,但自从设置了跪香,我却一次也没有受罚。

在和韩四叔同住的那个大院落时,我听见外屋的动静可以问父亲,背完书吃什么? 但现在不敢问了。虽然母亲的寝室就在内室,而我读书的外间,就有从前的账房。母亲的煎炒夜点的声音,依然很清楚,依然是我夜读当中最大的诱惑。但除了盼望崔婆能暗地告诉我母亲的夜点,我在背书以前,是没法能够知道的,而且就是问崔婆,还得注意父亲的眼神,用书本来遮挡他的视线。

四

这时候,城市给我的印象也不同了,除了俄罗斯人常常出现在街道上以外,本来是没有什么变化的,倒是因为我自己的感觉两样了。从前我所看见的种种景物,全是一个轮廓,譬如四轮的农车吧！我现在不但能分辨出那一匹马，骠干可爱，而且也注意及它们的项铃，和额前配饰的红缨子花球。那是纯粹山东的移农所讲究的。至于韩国人，常常地赶着独牛驾辕的两轮车，男人用围巾裹着头，女人用毯子包着身子，最富裕的农民进城，最多不过骑着一匹矮小的纯是韩国种的马，而马额的鬃毛，结着一两条红布带儿而已。从前我所见到的商店，只是繁闹的，有的玻璃橱上摆着五花十色的绸缎、布匹、狐狸皮、洋伞，有的全部开敞的门市的门口，摆着货床，陈列着机织袜子，日本的胶底黑布鞋……而现在我注意到各个商店的招牌，尤其是商店门口旁的幌子。从两串儿木板涂画的膏药上，我辨别出这家是药铺，从一只木型的丈多长的鞋标上，我也能分别出那家是鞋店。烧锅的门外，照例有一个很高的木竿，在最尖端有着曲尺形的横匾，那下面悬着镀银的大酒瓶，瓶底还飘着红布儿。饭馆子的门前，也有高的木竿，不过那顶上只悬挂一串蒸笼形的罗圈儿幌。城市里的营业中最高的标帜，就是挂在日日新澡塘上空的红布灯笼，夜间就换了真的红玻璃悬灯；而且我不相信壁上的挂钟，每次夜课完毕，我都要到院子中心去仰望那盏红的悬灯，若是望不见，那么一定是过了十二点。除了这个时间的标帜以外，还有礼拜堂的钟声，我那时还是不知道礼拜堂是建筑在城东还是城西，但听见钟声，我就知道这是礼拜六，第二天可以和小琴玩儿一天。

冬季的日子，是这城市里的营业高潮。许多农民从四乡赶来粮食车，许多猎户从深山赶来载满各种兽皮的雪橇。访山的用袖筒藏着人参，吃私饭儿的人，就在皮大氅里运来烟土。

父亲在这时候，精神也焕发了，那正是古班率领粮车进城来的日子。

这年，他穿着俄国式的短外套，火狐绒的皮领，翻在外边，鹿皮马裤，高腿的羊毛毡靴，手里照例拿着一根打马棒。

我正从小琴家里回来，想搬运我的珍贵私产———一铜盒香烟包里的画片。因为小琴也是搜集香烟画片的名手，而且有许多张是城市里无管那家孩子的画片堆里所没有的异品。我是预备和她交换一张的，那是烟台的海景图，而我若是得到这一张，全城市只有我一个人是有全套无缺的香烟卡图了。

这天，我穿着棉袍，因为是去年过年作的，所以质料是拔尖的货色——海蓝色的法古缎，现在底襟只到膝部以下，袒露着韩国绒的卷腿裤，脚下是土布棉鞋。当时，这所车门对街的大院落，一色是白的雪，走道都给人踏得结实而且坚滑了。走起来，必得谨慎地看着路。就听见父亲说："连儿！过来给你古大叔打千儿！"原来，父亲正陪着古班到豆子仓去。豆子仓就是曾经收留过溃退的俄罗斯兵士和家属的那所坐北朝南把院子隔作前后两部份的泥墙房子。我还没有来得及辨别是谁，就给古班两手举起来："连哥儿长这么高了呀！我来看看，别动。"他高声笑着，我的脸正对着他的脸，他那双眼睛像针一样注视着我，仿佛看看我是不是变了，然后说："连哥儿！我给你带好东西了！"就抱起我来，向父亲说："你一个人去吧！"并霍霍地大笑，仿佛摈弃了父亲，在他是一个很得意的玩笑。

"你又是闹什么鬼呀！"我望见父亲瞠惑地站在那里。

"连哥儿！咱们别管他！我给你带来两个稀罕东西——我摸摸你的手哪！这样凉呀！"他大声叫进来："怎么这样凉呀！"尽自撇开父亲走了。

我一直望着他那沿着嘴唇的胡须，黑里带红，用手触触，蓬硬，和一条条钢丝似的。

"来！试试扎脸吧！"古班在我腮上用须刺着，我不由得畅快地叫起来。脸虽然向外挣扎，但心里又巴望他再用胡须刺。

"你打个口哨呀！"我说。

他就把手指插到口里，尖锐的声音立刻响遍了院落。

"古把头呀！我当是老毛子呢！吓了我一跳。"崔婆开门的工夫说。不是因为他的口哨响而是他用马棒敲门的声音，使她吃惊。

"我的马鞍子哪！"古班把我放下来，问话的口气，和一呼百诺的贵人一样，并左右四顾，仿佛有许多仆人侍候着他的神气。

"搬到柴棚去了！"崔婆望着他，也身受感染似的，充满了愉快和幸福，她望他的那种眼睛的神情，仿佛他就要作出使她笑的事情。

"来！连哥儿。"

"连儿又要作什么呀，你古大叔挺累的！不让他歇歇腿！"母亲伏在窗玻璃上说。

"来！不要听你娘的话！"

"连儿又要骑马，是不是！"

"嗳！九嫂，您管克克好了，男孩子的事，您就别管，连哥儿长大了还要挂刀哪——来，连哥儿！"

我听见母亲发出的爽朗的笑声，还说："真真您会说话！"实在母亲确是希望我将来能够带兵打仗，并不是崇拜英雄，而是欢喜那种威仪。

等到古班打开马鞍子旁边的白木箱子，我立刻欢呼起来，高声叫着："兔子，兔子！"

母亲和崔婆也走进来，爆发着欢笑。

"我当是什么东西，您连说一声都不说。我还疑惑着，怎么这白木箱子里古弄古弄地响，还当是酒瓶子什么的倒了。"母亲说："我看看哪！连儿拿开手！"

崔婆也说。她早就想这木箱子里一定有稀罕景儿了，因为她一搬箱子，就觉着两样，又轻，又有东西滚，仿佛她早就知这是两个小兔子似的。

可是谁也没听她的话。那两只小兔子，是白的，毛色光润，不停地动着两只透明的耳朵，一竖一倒，一倒一竖，仿佛时刻在侦听；眼睛鲜红，略有畏缩而疑惧的神气。箱底铺着细软的靰鞡草，然而他们的身子还是微微地发抖。

"妈！它们冷呢！"

"冷！"古班大声地说："我用这件短大氅盖了一路，在雪车上差点儿没把我冻死！"又说："好好养着呀！别让你们洛布达咬死——

我要到外院儿去喂牲口了！"就跺跺羊毛毡靴上挂的雪，走出去。其实门口外就是雪的走道，不知为什么他却把靴上的雪留在屋里。

现在我是完全忘记小琴还在家等候着我呢，全副精神都集中到怎样安置这两只小小生物上来。

第五章

一

午餐的时候人很多，分作两伙儿，一伙儿是韩国和东四省的地户，坐在眼房间的圆桌上，一伙儿是父亲和古班，他们吃着白酒，我和母亲吃着饺子。我们全是坐在暖炕上，围着矮脚桌子。母亲照料着妹妹，时时低着头喂给她饺子肉，我趁着这工夫，就偷偷地给那两只兔子递饺子吃。所说偷偷地就是不回脸看，依然装作吃得挺有味儿的样子，眼睛却在暗地注意着母亲，逐渐把筷子夹的饱肚儿的饺子，挪到桌边儿上，用手接过来，背着手朝脊梁的木箱子里放，虽然我不回脸，可觉出那两只兔子的吃惊的躲避模样，及至抽回手，又听出它们嗅触（食物）的声音。

父亲和古班说得挺热烈，说话声音很高，脸上都现出欣喜淋漓的光辉，他们虽然是和我们坐在一伙儿，却忽略了我们的存在，仿佛只在他们两个人的世界里；而我也自有一个世界在，所以也没有听清楚父亲一句话，只是古班的健康的笑声，时时夺去我对兔子的注意。

我看着古班把整个的咸辣椒，用筷子送到嘴里，像吃鲜菜一样，既不嫌辣，又不怕咸；只见喉骨一蠕动，他的嘴里又什么也没有了。而且他自己根本不注意他是吃什么，醉心听着父亲的话。我望了母亲一眼，不是看看母亲是不是注意到古班这种吞的吃法，而是要给兔子喂饺子，母亲终于从我眼睛的光辉里，窥出这个秘密了。

"连儿那是作什么呀"，母亲低声问。

望见母亲的脸色，并因没有严肃可怕的那种气氛，我就笑起来。

"你给它喂什么呀；喂饺吗？"母亲又用眼睛告诉我："你等着

吧！客人走了再教训你！"

我望望父亲，父亲没有注意我；望望古班，古班也没注意我，又望望母亲，重新遇见母亲那两道说："你等着吧！"的眼光。我的眼光也受了感染，无力地低垂下来，每次预先得到受责的征兆以前，我的脸色就像一朵受霜的花那么枯萎，那么无生气了。

"谁家有喂它饺子的？"

我用牙咬着筷子不说话。

古班忽然注意到我那受责的含怨不语的样子就说："九嫂又怎么的了！"他那掌面又大指纹又粗的手，擎着大酒杯，有些酒滴到膝上，他也没觉到："那有你管的，你有一个克克管着就成嘛！"突然放下酒杯："过来，我给你，你要什么！"

我就把筷子放下，表示不要再吃了！也不是故意和母亲赌气，而是因为古班既然这么说，仿佛我不放下筷子，表示不吃，就丢脸似的。

"你就不要管他，越说他越装腔！"父亲用眼睛望了我一下说，那眼光仿佛不屑注视而且深深了解我的心理似的，仿佛不理我，就会自己吃了，于是我为了表示父亲说得并不对，就离开餐桌，挪到左手去，用背抵着墙。

"你等着吧！你！"母亲低声说。

"我给你打个口哨！听着呀！"古班就把手指插入嘴里，吱吱地叫啸起来。本来我不想笑的，可是望见母亲大笑的样子，也就笑起来。古班的神气，非常骄傲而且自得似的说："来！来九哥，干一杯，祝你百世如意——你知道，人哪！别不知足，再待十年八年，我侄子长大了！你可就享福啦！我劝你搬到屯子去住吧！盖三间红砖房子，洋铁屋顶，玻璃窗，再修个院子，种两畦花。冬天咱们哥儿俩弄个好雪车，套上俄罗斯马，去打围，大哥！你就知道城市是多么乏味了！除了看看戏，有什么好玩儿的？"

"等到我们债清理完了，再说。我是不想到屯子去，倒想把地卖了，回青岛去，在海边儿盖座房子一住，把连儿送到济南去读书，人总不能忘本！"

"我就是不愿听你说这些主意，青岛，北京，济南，船厂，……不是生长英雄的地方：你知道咱们屯子的深山里，是出人参的哪；不要说别的。河水都有人参汁，你要听我的话，管你喝十年咱们屯子的河水，不成仙也能长命百岁。九嫂，你不用笑，我是说真话，连儿若是在那住十年，要入伍不升到团长，我把头割下来，不让你们的手沾血！"古班说话的声音，就是吵架，正像一般深山里那些血气旺的人一样仿佛他那强壮的身体，不容他的声音低，那声音的健康，正是钢铁给锤子敲打得一样的壮实。

我看见他们又沉入醉心的攀谈里，不及注意我了，就又望见母亲那余怒未息的眼光，再看看崔婆——她是刚进来不久的，那时古班正打着口哨，她俯脸笑着，抑止着笑声，仿佛不敢望古班，一望就要破声地失礼大笑那样俯着脸。她没注意我，我也没有注意她。那时，她端上一盘炸牛排，又撤下两个空盘，站在门口，却不退回厨房去，用围裙擦着手，等待着什么。眼睛尖尖的，注视着父亲的筷子，她的脸上照例发着每次宴席所有的欣喜光辉。

"下来玩儿吧！连哥儿！不吃了就下炕，坐在那儿又'积食'了！"现在崔婆望见我正在望她，就走到炕下，从古班的阔大背后，伸过手来。说话的声音极小，显然怕惊扰父亲和古班的吃喝兴致，同时眼睛又望了一下父亲的筷子，看他是不是着筷吃牛排似的。

我就挪到崔婆跟前，让她给我穿鞋。可父亲这时的筷子触到牛排了，但眼睛望着古班说："这个冷了就不好吃了，我们崔婆的拿手菜，尝尝怎么样？"于是崔婆的注意完全给父亲的话牵扯去了，露着担心的微笑，唯恐她的精心制品不合客人的口味似的。我用手扯她的袖口，要她给我穿鞋，鞋是有结带儿的，提在我的手里，可是她把我的手也抓住，提防我扰了她的注意。

"那里有蘸盐！"崔婆离开我向古班说。

"给人家穿鞋呀！"我抱怨地说。

崔婆又向我走来，可依然不望我，两腿是向我这边走，眼睛却望着古班和父亲。

"你不给人穿鞋,怎么的?"我这时气的不是她延迟给我穿鞋,而是我连声召唤了两遍,却得不到她一秒的注视,就叫起来。

崔婆那双乌黑得发亮眼珠儿这才针对着我:"连哥儿别叫,鞋哪!鞋哪!"实际鞋就在我手里,她却又望着父亲了,话虽是对我说的,心实在是没有关注我。她已经站在我跟前,一手在我脚的周近摸索起来了。我把鞋递到她手里,她也不看看,我又把鞋从她手里挣出来,把古班身后的狗皮帽子放入她手里,叫她握着,我预备着高声欢笑,静静等待着她注视。

"崔婆的手艺真不坏哪!"

"什么她都会呀:赶多咱咱们让她炖条大玛哈鱼吃!"父亲说。

"有什么手艺,全靠作料儿。"崔婆就幸福地微笑了,并且望望我,仿佛把幸福也分给我一点儿似的,又说:"这炸牛排是全靠火候儿,要是火候儿不对就不这么脆了,今天柴还不干,火也侍弄得不旺……"

"你不给穿鞋了呀!"我又叫她。

"连儿你好挨打了,是不是!"母亲说:"怎么越有客人,你越吵,那么大了,自己不会穿吗!"

我又低下头来;只见崔婆那只握着狗皮帽子的大手,向炕里一挥,从我手上拿去棉鞋,她一点也不惊异,手里为什么会握着个狗皮帽子,我也不作声。她给我穿棉鞋的工夫,是急促的,显然赶快把我打发走的神气,又低声说:"去找小琴玩儿吧!"

"不!"

"你看你这两只兔子……你怎么给它们饺子吃呀!你看它们光嗅着吃面皮,肉馅儿一点也不动,都抛散了!"

"它们吃甚么呢?"我俯在窗口上问。

"吃豆子!快下炕吧!"崔婆又匆匆走出去,声说厨房里还有肘子和炖鸡。

我又回到对那两只兔子爱抚的心境了,用手抓它们长大的耳朵,它们越是吃惊,越是逃避,我就越想抓,并且有一次抓着那条兔子的耳朵提起它来。

二

两个兔子显然是饿了,只要我默望着不动它们,它们的嘴就咕噜咕噜响着,并用眼睛窥伺着我,那眼睛像红宝石一样射着光,渐渐向前挪移着,去触嗅饺子的肉馅儿。我奇怪它们的嘴唇,为什么分作三瓣呢! 突然想到天井外的大院子那所谷仓里有豆子,就跳下炕来。

只见外间的韩国地户,围着餐桌谈天,眼睛全闪着情绪热烈的光辉,正像一般在酒席半途就饱餍的人一样,等待最末一瓶酒吃完,就着手吃饭了,每个人都是白的薄棉衬衫,有的是苍青色的背心,有的是古铜色背心,褴褛,全挂着补钉。一个叫作金秉湖的韩国农户,腕上还套着短的鞭子,只从这上就能知道他是赶驾一匹牲口的两轮农车的人。袖口露着一圈儿羊毛,不是穿着皮袄,而是套着羊皮袖筒。头上裹着围巾,现在他油布制的烟口袋上卷着纸烟,那烟口袋平铺在他的膝上,藉以让手指间的烟屑不致于落在袋外。他嘴里说着高丽话,就是用舌尖润湿纸烟缝儿的时候,也不用眼睛望他的卷烟,可见他谈得是多么入神。

我从他身后走过去的时候,他迅疾转过捉住我的手说:"少财东,你的学堂的去吗?"本来我是恼着一个韩国地户捉我的手的,可是因为他那红润的笑辉和那别致的中国话,反而觉着有趣,就摇了摇头。那时候,金秉湖就转脸向他的伙伴们笑着说什么,并用眼睛转着我,显然是讲我,而且仿佛因为我认识他,非常骄傲而自得似的。我撤回手走了,他也不挽留。显然只是为了表示他和我很熟。

一出屋,就觉着眼亮而头晕,什么全是白的,墙头是雪,屋顶是雪,院子里也轻柔地铺满雪的绒毡子。原来我们午餐辰光,雪就又落下来了,现在空间还是稀薄的一遍雪花儿,飘飘下坠,一点声息也没有,天空发着灰白的阴沉颜色,仿佛一时不会晴。院心没有风,而且气温也不如雪前那么严寒,仿佛由降雪而温和一点儿,正如暴雨之前有烈风,而一旦落下倾盆大雨,风就平息,只剩一片雨声了一样。

我悄悄打开门,生怕母亲听着动静发觉我的不在。然而门一开,一个又白又大的东西,突然从我身旁一跳,就冲出门外去,使我大吃一惊。一看,原来是洛布达,那匹强壮的俄罗斯种的狗,只见它那臃肿的身子,不住地抖擞,一会儿,背脊和身子全部露出原有的红黑相调的毛绒来;回脸望望我,怕我驱赶它仍旧回进门里的小天井似的,向大院子中心奔跑开去,并发着愉快的吠声,那吠声仿佛说:"闷了我一天,这会子可得称心称意地玩儿玩儿了!"

临出来,我小心召唤着:"姥娘!关门呀!我去拿篮子去!"没听清楚崔婆的应声,就跑出来了:"洛布达!洛布达!"现在我毫无拘束地大声叫唤着,随后追去。

我突然望见洛布达摇摆着尾巴,向一个戴红绒皮帽的女孩子跑去,原来小琴在院中心一座冰岗上,打滑嘶溜儿,她的手牵着金锁儿的手,保持着两个胳臂连接的距离,她穿着小的外面有鼠毛的皮外套,左手提着个羊皮袖筒。金锁儿戴着水獭制的冬帽,长袍,也是短得只能掩盖着膝部,两手有绿毛绳的手套。这时,小琴召唤着"洛布达!"正向我这儿看,不想一个韩国孩子从金锁儿身侧滑来,只见小琴两手朝空伸展着,险些给那韩国孩子冲倒。脸儿吓得一阵红,立定脚,就在那韩国孩子面前站住,愤怒地望着他。起初那韩国孩子是笑着,逐渐也愤怒地盯视着小琴了。

"来!来!要打架了!"金锁儿向我招手。

当那韩国孩子从金锁儿身侧滑过去的时候,我就惊的站下,几乎是停住了,出神地望着小琴,担心她会给冲倒,不知怎样,我却没来及召唤她注意。现在我跑过去,挺着胸脯,从他和小琴之间,插入,并推开小琴。我那眼睛是直望着那韩国孩子的。他穿着有两条长的结带的无领棉袄,肥裆的灯笼裤,全部树胶制的高丽鞋,却戴着一顶中国苦力的狗皮大帽,若不是掀在前额上,一定把他的鼻子和嘴巴都装进去了。

他也用望小琴的那种眼光，望我，仿佛说："看看你能把我怎么样！"

我也用眼光说："你能把我怎么样！"

我仿佛听见金锁儿拍手低声欢叫的声音，似乎庆贺他自己有有趣的玩意儿要看了。那种低小的欢叫声在说："看呀！他们要打架了。"又仿佛听见小琴的怒吓声，从那低微而短促的声音里，可以想像到小琴是用愤恨的眼光瞪着他的。

我望着那韩国孩子。

他也同样望着我。

足有五分钟，我们相持地对立着，彼此望着对方的鼻尖。实在我并没有和他撕打的意思，不过看着小琴受欺侮，就愤恨不平而已，等到听见小琴怒吓金锁儿的短促声音，知道她在愤恨中注意着我怎样代她出气，就更加英勇了，想非着着实实打他一顿不解。不是要在她眼前表示勇敢，而真从心里要代她报复。最后那韩国孩子慢慢挪开眼光，仿佛说："去你的吧！你算什么东西！"就迈开脚步走了，并且故意在我左手打着滑嘶溜儿，表示他对我的蔑视。

"盖含嘎唧！"我用高丽话骂了一句。只是表示我并不怕他而已，等到他用满洲话回骂，而且仍旧打着滑嘶溜儿，我就向他奔去，可气的不是他的回骂，而是那仍旧打滑嘶溜儿的悠然态度，那时还听见小琴说："不要理他！"当那韩国孩子低着头，手伸着两臂，仿佛苍鹰伸展着翅膀滑过来，我就迎上去用肩膀猛力撞过去，那瞬间，他正像小琴被冲时一样，向空摇晃着两臂，只迅急地前俯后仰了两下，到底仰跌，后脑在冰上发出一声响，我想他一定哭了，然而他立刻一声不作俯身跪着，向我两腿抱来，我用手抵着他肩膀，到底也给他掀倒了，两腿向空的坐下去。我听见金锁儿爆发的愉快的笑声，那时我的胯骨一阵麻木，等我站起来，那韩国孩子一边骂着一边走了，一手还抱着后脑。若不是我拉不开脚步，一定追上去，可是我的胯骨疼得像折断了一样，为了表示我并没有摔疼，装着毫无痛楚的面容,并且瞪视着那韩国孩子说:"该,没把你的脑袋摔碎,你不知道厉害!"其实心里,非常愤恨金锁儿,这比愤恨韩国孩子还深切。他的笑声已经刺伤了我。

小琴在我和那韩国孩子撕扭时,高声叫着:"妈!你看密加打人了!妈!"现在却用一种冷静的眼光注视着我,从那眼光里我看出她是要在我脸上辨别出我是否受伤了,并且有湿润的泪滴儿,在她睫毛间旋转了,"你那样望我做什么!我明天非找个皮鞭子揍他不解!"实在我心里是多么感激她深切的注视啊!我同时用手摸着后胯骨的雪层,表示我一点也没伤,可是我的手一点也不敢触到胯骨,只是摸索着棉袍而已,我又偷偷地望着金锁儿,他的脸色绯红,眼光是那么愉快,仿佛抑制住喜欢尽力不笑出声来那样闭住红红的嘴唇。

洛布达起初狂声吠叫着密加周遭奔扑过来的,却不走近来,现在在我眼前旋转着,仿佛知道我在生气而讨我喜欢似的,摇着尾巴,时时向密加走去的方向低吠着。

我们站在坚硬的冰场上不动也不作声,我叫着:"洛布达,洛布达!"就走回来了,忘记我是拿豆子喂那两只兔子了,只是气愤金锁儿的欲笑不笑的聪明姿态。

"下来打滑嘶溜儿呀!"小琴叫道。

"呵!"我没回头正像受了气的孩子一样,虽是对心欢的小朋友,也惭不欲面了。

三

回到我家的墙壁天井发现棉袍的后部裂破一块,就害怕在母亲面前出现了,这害怕的心理比对金锁的气愤,对自己骨头的痛楚而深切,唯恐给母亲窥破受责罚。母亲的脾气越来越大,常常因为我做孽而沉着脸,尤其她那双男性严肃的光,只要我看到,不管玩儿得多高兴,多有趣就会停下来俯脸玩弄着自己的手指头,而父亲的性格却柔和了,对我是做着慈祥的爱抚,正如一个中年的将尽渐入老境的人，而且事业已遭到失败，所有的退休的心境，只想在家庭的乐趣上享受几天幸福的岁月，在子女身上找点儿温暖，虽然有时还是叹息，忧阴，常常坐在靠椅上，用手埋着额思索什么，但一遇见我的欢叫，或妹妹克克的哭声就又解脱了，赶忙离开座位。

母亲很少和父亲说话，偶尔用温和的眼光看他，偶尔又会独坐不语，全不把父亲放在心上，而且这时见父亲又会皱起眉来，母亲日常在厨房和崔婆谈话的，仿佛在那儿谈一小时就能得到一小时的幸福和愉快。

崔婆有着永远说不尽的话题。遇到热天气，就说："咱们海南家快拔麦子了，这晌正鼓着麦粒呢？"从这里说到往日坐在打麦场忙庄稼的愉快日子，晚上围着灯笼在打麦场上作女工的纳凉情景；遇到树木落叶的时候，就说："咱们海南家这时候，正唱野台子戏了。"从这里又说到说鱼皮大鼓的李太白，自然李太白是绰号，两斤米酒就能雇他唱一段目莲僧救母，只要座上有三个人，就能说到鸡叫，通夜不睡，天亮就喝完酒，离流歪斜，背着包袱和鱼皮鼓到关帝庙前去睡觉了。每次我都听得神迷魂荡，并且生出许多美丽的幻想。那渤海南的乡村，给了我神话一样的诱惑和憧憬，虽然我还没有见过乡村，甚至现在连城外的郊野都没见识过。实不知道崔婆和母亲怀恋山东的乡村，实际上是各有一种衷肠；而且也是对她们逝去的闺女时代的向往，她们不知什么是命运——她们现在相信着命运，尤其是母亲拜佛守着斋日的戒规，常常因为崔婆用沾过猪油的铁勺子炒素菜而申斥她的不细心，不虔诚——天真无虑的日子的哀悼，正如一般中国妇女回忆她们的未订婚前的少女时代，所有的甜美感。她们都觉得那时是一生中最幸福的，生命如春草放着芳香的光辉闪闪的时代。尤其是母亲，时时有着一个黑色的影子折磨着她，那就是父亲留在海南的原房妻子，这骄傲遭受重大损伤而又不甘屈辱的灵魂，使她虽是怀恋渤海南岸的温暖气候和习惯的风俗人情，但却有着仇恨似的敌视，常说："宁肯在这荒凉的关外过到白了头发，掉了牙！宁肯把自己的尸骨埋在这荒凉的关外，和狼嚎鹿鸣的声音相共,就是回海南能修仙得道也不去!"

崔婆有时附和着母亲,从那壮健的神色里,可以看出她的坚定;但有时又劝慰母亲:"说是这样说呀!到底是那块黄土上长大的人!"

母亲就说:"让连儿跟着他爸爸回去吧!我呀!领着克克到尼庵上盖两间茅草房,修下一辈子吧!"说这话时,她就向我望望,若是我眼光含怨,就再逼问一句:"怎么?你爸爸不是亲你吗?跟着我作怎么?"直等我的眼泪跳出来,母亲才轻柔地说:"不是说着玩儿吗?妈喜欢你,还不知道!"仿佛我在她说那话的当儿流泪,母亲就得到了最大的幸福和安慰。

崔婆所以和母亲有时抱着同感,自也有份儿悲哀的身世。

她是一个中年丧夫的寡妇。跟前有两个儿子,守着丈夫遗留下来的两亩半祖产。大两岁的哥哥,叫实榴,八岁的兄弟,叫桂儿。实榴雇给富户放牲口,桂儿就送到学屋去读书。虽然她生就一份儿贪嘴的胃口,可是在两个儿子身上,尽力俭省着吃喝,有小麦,就和邻居换两升高粱;有高粱,就和邻居换一百斤地瓜。日子虽说过得艰苦,可是有指望,有目标,那就是说盼望实榴能长大了雇长工,盼望桂儿成人了能作出一份事业,所以供桂儿读书,并不是因为他比哥哥聪明,而是她没有力量供双份束修,若是供实榴,弟弟雇出去;供桂儿呢?哥哥可能在家外找吃喝,另外每年还有一笔足可付束修的八吊铜钱可拿。她选择最后一着棋把所有的力量全消耗在桂儿身上了。自然这也受着亲族们的攻击,他们会当着崔婆的面说:"像咱们这样的人家供什么书!现在你供成了,又能怎么样,既不能考秀才,又不能中举人,如今是民国了,你不想想,雇给外庄放牲口,不管怎样,一年到底不会沾到你自己家一粒粮食呀!"这些终代贫苦的农民,由于因袭的苦难而养成了兽性的吝啬,他们,贪小利,一个铜板看得井口大。所以攻击崔婆,不是妒忌她的桂儿上书房,不是为崔婆的身世而怜悯,而是唯恐她开口问他们借贷,预先就封闭了这座门,越是亲近,攻击得越利害,仿佛是她既抚养不起孩子,为什么还供他读书,咱们可不管,她横竖有办法!

崔婆也确实不屈服,她受的攻击越利害,就越发要使桂儿用功地读下去。然而桂儿自幼是多愁善感的,几次他流着泪声言,不要入书房了,为的是使他母亲能减少一点操劳,他心底这样想,嘴里却说是:"师傅也不给开讲,读到诗经又能怎样?"

"你不能不读下去呀!孩子,你要争气!要给娘争脸。你师傅看着你用功,一定会给你开讲!"实在她不知道作师傅的并不比李太白讲目莲僧救母高明一点儿。她认为坐学馆的师傅是有着渊博的学识,只要桂儿读下去,总有学成功满的一天;可是功满又能怎样呢!她可不管了,仿佛学成功满,桂儿就会有了立业治产的能力,就能置买几十亩小麦地,就能养得起骡子和马车了。她恳求桂儿不要为家累担心:"你光管你的书好了,你为什么老是挂牵家里的事呢!这些都由我来管。"然而桂儿并不因着母亲的能干而松心,他仍旧在夜晚回家就寝的时候,叹气,一个十五岁的孩子,像大人一样地袖着手叹气。崔婆如今说起来,还流泪,说是:"再没有见过那样聪明的孩子,整天忧愁着未来。而且不愿意说话,人家说话也不听,整晚萎缩地坐在黑影里烤着火盆思索什么;而且像大人一样在火盆上洗着手。他最佩服的就是子路穿着破衣服能和有狐裘的人站在一块儿而不耻。"虽然崔婆也不知道这句话的出处,但她深深理解桂儿的心的,知道她之所以忧郁和悲观,是因为家穷,因而只要站在有十亩小麦地的富主的跟前,他就退避开去,实在有十亩地的主儿,站在一个有两亩半祖产的寡妇跟前,说话的声音也太爽朗了,完全贵人一样,连褴褛的衣装都仿佛放着万道金光。

尤其是使崔婆劳心的,就是还得用另一副笑容对待实榴。这是一个十足的农民型青年,又顽强又粗鲁,他已经是富户家的长年的抗活儿了,受不住雇主的因牲口而发的脾气,受不住雇主当着他的面摆冷脸子,于是所有的激怒,从雇主得来的激怒,就全部带回家来,抛到崔婆身上了。抱怨她偏爱桂儿,把自己送给人家当牛使。抱怨母亲对待弟兄不公道,皱着眉,随时要捣毁崔婆那座暖炕似的，但一会儿，看见水缸里没有水，就一声不响挑着担子替母亲挑满缸；在这时候，崔婆是一声也不敢响的，偷偷望着他，任凭他去干。在这点上，可以说崔婆是畏惧他的，唯恐他心不欢，每次听见他那壮健的脚步声，心就跳。但实榴的工资，照常领到手就送给她，那时他的脸色是愉快的，幸福的，说话也不顶撞母亲了，可是一看到桂儿的穿戴比自己整齐，就又阴沉起来。

桂儿也是痛苦的，怜悯他的哥哥，感激他的哥哥，独自一人的时候，就想见到实榴诉诉内心的感激，甚至想握着他的手，在他脚下哭一道，可是一碰见他，反而一句话也说不出来，只想找机会溜走。因之，崔婆每次给他一双新鞋或长衫的时候，桂儿坚持着不穿，因为那是实榴给人起夜喂牲口，起早下庄稼地，受晒，流汗，挨骂，受气，……所得的一点报酬换来的。崔婆又高兴又难过，用温善的声音恳求他穿得好一点，省了在学屋给同窗讥笑；用气愤的语言说："你再不听话，妈就不管了，还不找个主儿再嫁，反正亲戚们不拿着我当人，大儿子给气，二儿子又不听话。"到头，还是母子俩流着眼泪，哭起来。结果，桂儿老老实实听凭母亲的打扮。

桂儿还没有停学，实榴娶亲了。媳妇是雇户的主妇娘家的远亲，邻村金家洼老牛贩的闺女。婚事进行中，实榴口头表示不愿意，又担心崔婆真的推脱了；因为他在金家洼的庙会上见过那个牛贩子的闺女，长得还中意，崔婆从实榴的斜睨的眼色中，窥出来，自己的儿子是怎样担心她说出的话，唯恐有一点儿辞脱的口吻，实在心里苦痛，不是别的，而是他想完全把桂儿肩抬出穷苦的人群之上再给实榴娶亲的心愿，遭受了阻碍，明知一粒谷米同时不能分给两只鸡，可是不肯使实榴失望，不是顾念儿子几年来的辛苦，也不是怕得罪了儿子，倒是因为不忍心让实榴在脸上现出不欢快的颜色来；并且她是多么苛责自己那种偏爱的心思呀！时时在心里责问自己："为什么老是替桂儿的幸福着想呢？实榴也牺牲得足够了！"实在她又是多怜悯实榴，多痛爱实榴。婚事就在崔婆的强为欢颜下，决定了；仿佛即使实榴不愿意，也硬逼他成亲似的。

　　牛贩子闺女一进丈夫门,就从心里对着这贫穷而腐朽的茅草屋脊,对着这没有谷仓也没有小草垛的狭窄天井,对着这破席铺着的土炕,对着褴褛而又好争胜的崔婆,憎恶,憎恶,憎恶。再加这里没有她娘家那每顿都有牛肉,牛筋,牛骨肉,可吃的只有两顿蒸胡萝卜,或山芋,或地瓜的吃食,连起初还满意的丈夫,也憎恶了。一开始崔婆就落了下风,越是向儿媳讨好,越是得不到她的欢心,越是献殷勤,越引起儿媳的厌烦,越是问长问短向她讨两句话,她越是吝啬回答一个字两个字的也不用眼睛看她。同时使崔婆更伤心的,就是依旧得维持桂儿读书的消费,而且还得加倍地宽慰他,因为从实榴娶亲以后,桂儿越发忧郁了,越发恳求母亲不要再读下去了,一心一意要和他哥哥一样下庄稼地,与其内心受苦痛的熬煎——对于母亲的苦痛的挣扎的那种不忍的熬煎——不如死了利落。他背地常这样想的。买纸不说,买墨不说,而崔婆给他值添的时候,每次都想跳井去自尽。又惭愧,又感激,又苦痛,又难过,而崔婆又是一句关于钱的来源不说的。这时候她有了一个隐秘的生活,那就是每天离开村子,跑到五里以外的邻村去乞讨。因为她是婢女出身,除了乞讨,没有什么娘家亲族可求的。乞讨来的,都是蒸熟的胡萝卜,地瓜干儿,山芋,马铃薯,难得一块红面饼子,或是玉蜀黍饽饽。再到另外村子作牲口食物卖掉,就这样过着她的为桂儿生活的日子。

　　那年冬天,崔婆有一次晚上,冒着寒风回到村子,发现桂儿躺在炕上,没去读夜书。不言不语,眼光迟钝,前额烫手。这可把崔婆吓坏了,她是从来不敢惊动儿媳子的,找实榴,实榴给富户菜粮食去了,本村又没有郎中,外村不能赊欠一帖草药,于是崔婆作了终身觉着是耻辱的事,她偷了儿媳房外那缸不满两升的高粱面,连夜赶到外庄去请郎中,而郎中恰巧又给另外村子的急病者用牲口接去了,崔婆提着面口袋又赶到另外的村子。

　　这天晚上风很大,又落雪,崔婆还没有摸到郎中所在的那家患病者的大门,就跌倒了,她是这样的疲乏,雪落了满脸,却觉不出寒冷。一切她都清清楚楚的,听到狗扑着门的吠声,听到那家院落里的低语声,听到身旁那匹等待送郎中回庄的骡子的嘶喘,显然它来时是奔跑得满身大汗。天上,望得见灰暗的云块,渺远的北方,又有一两点寒星。慢慢她的眼睛埋在雪屑下面,什么也看不见了,心里反而如是的平静。想到她作婢女时代的童年,想到她那阴沉寡欢的丈夫,这时她得到一种启示,为什么还在这块寒苦的黄土上过活呢! 为什么不让实榴到关外去寻找财富呢! 她完全忘记桂儿病在家中,等待着她了。

天亮,人们发现她,已经冻得晕迷了,手脚没硬,胸口还温暖。幸而她是倒在屋檐下。等她苏醒,说出她居住的崔家庄和来因,那家有大院落的地主就打发人去送信,回来没有带来一个亲近人,说是她的那个读书的人,谢世了。崔婆心里虽震动了一下,却又很平静。挣扎着走回来,那家地主虽从心里愿意打发牲口送,到底还是给她辞谢了,只派雇工送了一程。

晚上赶到家,实榴媳妇,就在她眼前高声骂着偷盗高粱面的人,那袋高粱面是丢了在那家慈悲的地主的院落里。崔婆不作声,有条有理地装殓桂儿,实在心里又不知死的就是她所钟爱的儿子。所说装殓,就是换上比较体面一些的衣裳,和半新的鞋袜,用破炕席卷起来。

正在几个现在才显出爱的天性的邻农,搜集了刨粪坑的铁锹、鹤嘴锄,和扁担,捆尸绳,预备往外抬葬的工夫,外庄的雇工送来了那袋子高粱面。于是牛贩子闺女咒骂起崔婆来,崔婆可一声不响。实在她也听不清楚她是骂谁,也不知那袋高粱面是什么来历。在送葬的人们的后尾,跟随着,手里还拿着从卷尸席间坠落下来的瓜皮帽,和桂儿读的一本古文观止,那是用来给尸首作枕头的,仿佛桂儿是挪一个睡觉房间似的。她的脸色苍白,急匆匆拾起那个瓜皮帽,唯恐给送葬人丢落似的,紧紧追着,并在膝上拍击着瓜皮帽上的雪屑。每当崔婆说到这里就用手擦把眼泪说:"也不知怎么的……就不知我那是送我桂儿入土……连再看一眼也没有……"说这话的声音是这么低微而颤抖,一不小心就要放声大哭似的。

第二年春天,实在住不下去了;因为实榴夫妻俩因为那口袋高粱面,已经和她变作陌生人。这才到关外来,临走只听见实榴说过这句话:"卖掉那一亩地的钱都交给你了,留下来那一亩半地可是留着给祖茔上的啦!"并祝她路上顺当,过二年回家,仿佛他是那么光明磊落,那么轻易给人原谅而且能容忍,有含蓄,但是在望不见他母亲的影子时,他的眼睛流下两滴珍贵的泪点儿,并叹息了一口气,仿佛说道:"有什么法子,我是那么孝敬她,一点也换不出她的作娘的心。这可不怪我!"这是崔婆后来听见从海南晚来的同村的王程远讲的;那时他也给她送行。

最初,她住在我家,伺候着母亲,那时母亲孕育着我。母亲刚满廿岁;并且时常想念海南姥娘,有个同村的亲族伴着,自然是生活得有兴致的。等到生了我,又发现崔婆贪嘴,就让父亲介绍给杨团长公馆作女佣,现在是第三次回到母亲身边了。但从来不告诉她有了私蓄,并秘密地在金秉湖手上,放着一百金票的高利贷。

四

我走进厨房门口,望见崔婆正局促在暖炕边上吃酒,显然我惊吓了她,她的袖筒掩藏着什么,那只手并躲在桌脚背后。及见了我才露了一个心愧的笑来,原来那是一纸包热牛肉。我也笑起来,跳到她跟前说:"我的棉袍刮坏了,你看看!"

崔婆的脸色是红润有光的,她的眼色闪出一种内心微笑的凝望的光辉,仿佛责我的疏忽和淘气的。许久,她说:"过来我看看哪!"又叹息着说:"快脱下来,我给你缝上,让你娘看见又该挨打了!"

崔婆放弃了她独自一人的午餐,一边给我解纽扣一边说:"还不摘下帽子来,雪水都淌下来啦!"说话的口气,和她握了那给我缝衣服的权威一样,在许多久受卑视的人,一旦自身得机献身点伟大性,往往是这样突然感到骄傲的,自然言语也不同了。我静静观望着那苍老而壮健的两颊,发觉的那座满布河流和沟渠的低突不平的峰峦一样,肌肉满是一条条深而细的皱纹。正如一杯酒滋润着心腑的人,现在有一种愉快的气息,舒展在她眉额之间,不再是冷酷的望人了,和她听到父亲赞美她手制的牛排一样的微笑。

当崔婆缝着棉袍裂口的工夫,她说:"你娘换好衣服没有? 戏院开锣了吧!"

我说不知道。那时我望见一个苍蝇——"怎么下雪天还有苍蝇呢!"

"屋子暖和哪!"崔婆说时,停针,又拿起杯来,我把住她的手,向杯口望了望,我又用眼睛望着她,心想为什么这样辣嘴的东西,她欢喜喝呢,崔婆发现我注神的姿态就又微笑起来,开始并用针挑挑她的黑白掺杂的发鬓,像是把针磨锐似的。

"姥娘:你的头发都白了!"

"老了嘛! 人老还有不白的!"

"我老了呢?"

"你老了也白呀!"

我就愉快地笑了,因为她是这样和蔼可亲地和我谈话。我爬上炕去说:"我写个字给你去认呀!"就用膝爬到窗玻璃前,那上面冻结着一层冰霜的花纹,由于窗外溶化的雪水,由于窗里温暖的热气,只要用手指一划就是一道线,原来那些温暖气息也全都在玻璃窗上结冰了。

崔婆说:"那上面多凉呀! 你还用手去划它!"

"我要写个字,给你认嘛!"

"斗大的字我也不认识!"崔婆低声自语般地喃喃。又用针挑着发鬓突然想起什么似的说:"你刚才是和谁玩儿? 又是和小琴?"

我说:"姥娘,你看看哪! 我写的什么?"又爬到她身边,跪着,用手攀她的肩头。那时我发现她耳环,摇摇晃晃,像是那铁铸的教堂上顶的塔铃一样。

"我问你,你又和小琴玩儿过吗?"

"姥娘,你别动,我看看你的耳朵眼儿? 不疼吗?"我轻轻扯着她那银质的粗重耳环。

"你用力扯,还有不疼的?"

"为什么你把耳朵割个洞儿呢?"

"连儿!你听我说:再别到小琴家去玩儿哪!"她又喝了一口酒,并用手背擦擦嘴唇,轻轻嚼着一块牛肝,同时递到我嘴里一块。

"为什么?"

"她爸爸把咱们害了!你不知道她爸爸是咱们的仇人啦!和外人作扣子给咱们吃亏,如今他们可倒好了,在西大庙兴工盖房子呢。啧啧!什么世道人心哪!那还是和你爸爸是换谱的把兄弟哪!不会有好报应,还能指望老天不给他灾难!早一天,晚一天,……我看他回到海南家怎样有脸见人……"

她说话时低脸缝着手工,仿佛是自语似的还说了些什么,可是我全没有听清楚,因为一阵雷雨之后,照例是日暖风和的幽静可爱的晴天,我现在是这样的快活,见任什么东西都要摸摸,见任何东西都要问问,实在也是由于内心的空虚和无聊,然而却是平静的,雷雨之后的晴天一样平静,日暖花开一样地寂寞而愉快。在崔婆说话的时候,我偷偷去窃取一块牛肝儿,又怕她发现,又高兴地怀着半惊半喜的心,等待她发现而尖叫,而欢呼。

偷第二块牛肝儿的时候,我故意用心碰了她一下,她就向我望,从那眼光中,我觉得就是窃取第一块牛肝儿,她也望见了,目光那么平庸,我立刻觉得索然无趣,安静地望着她缝手工活儿。

当她缝完,右手擎到耳鬓,用牙齿把那长线的最底的缝针处,咬断。又把针插入胸前,用手指在线缝儿上刮着,使它平坦不突。她作得是这样仔细而入神,之后,她仰脸望着我说:"过来,我给你穿上。"

那时候,我觉得耳又痒,胯骨又酸痛,因为在天井那大院落中站立许久,忘记把冬帽的皮遮耳放下来,耳朵受冻,再加厨房暖气一熏,耳朵就发痒,并且当时因为我的兴致蓬勃,完全注意在外界的乐趣上,等到现在孤坐无聊的当儿,自然而然觉着耳又痒胯骨又疼了。我急匆匆地把两手伸入棉袍的袖筒里，也不等崔婆给我结扣儿，就向前屋跑来，还没望见母亲，就叫着："妈！我耳朵痒！"不知为什么，我没有告诉崔婆，虽然她是那么爱我。仿佛她只能缝缝衣服，而母亲是关心着我的肉体的，并且一说知母亲，心里就会安静了，但是我可没有提及胯骨疼，虽然疼得比耳痒得还厉害。

母亲在窗台的立镜前，描眉。身边放着短皮袄，花的长袖，镶有花边，高领子，海虑缎的质料，那羊毛发着纯洁的白光，窗台上发着浓郁的杭粉和香水的气味。母亲刚回脸，我就又匆匆离开门口，那时我听见古班说："克克：它咬你呀！"就忽然想起那两只兔子来。进这间从前作为账房的门时，我仿佛只觉耳痒，一点也没有注意父亲和古班坐在炕上攀谈，从母亲寝室门口退回来，不觉吃惊刚才经过这里，为什么没有看见他们呢！

第一眼，我就看见暖炕一边的白桦木箱，克克正用小手把住箱沿，入神地观望呢！我就抢上前去把她推开，仿佛她多望一秒钟，兔子就受到莫大的损害。想要搬到母亲房间去。起初，克克把着箱沿不放手，等我说着起来！起来！用力攀开她的小而柔的手指，她就望望父亲的侧影，撒开手哭了。我敢说，她若是望不见父亲的影子，也许不会哭的。

"过来！过来！"父亲中止了和古班的攀谈，向克克伸着两只招引的手，克克就两手抚炕地爬向父亲那里去了。

若不是父亲和古班谈得正巧淋漓入迷，一定会追究克克哭泣的原因，可是现在他完全没有注意我。古班也没有移开向父亲注意的视线，那是倾听一件动人故事的人所有的表情。他的脸上失去了愉快的光辉，仿佛给父亲的倾诉所感染而急待父亲继续下去似的。

那时父亲向我望了一眼，我知道父亲是说："大人在这说话，你听什么？"

"那么老七呢？"古班低声问。

"怕和我见面，我在街这走，他在那头，老远地就躲到路边的商家去啦！"

"为什么不在前年和他打官司呢？"

"算了，还打什么官司，不管怎样是一块土上的人！谁叫咱们比他富呀！"

"这叫什么话！"古班突然大声说："我就不佩服你这种人，还叫他在珲春街住下去呀！若是我，不叫他脱了裤子在人面前丢丢脸才怪哪！什么乡亲？什么换谱弟兄？什么一块土生长的人？都叫他穿着衣裳装人了！"说话时，他的气势汹涌，并用那结实拳头敲了一下炕上的矮脚茶几。

"你在这作什么？"父亲说。

"拿那箱子！"实在我是等待机会搬取那装兔子的木箱的，因为父亲的肘压住箱口，我试着挪移而挪移不动。

现在父亲抬起肘来，我搬开箱子，那时我又回脸，欣喜自得地望着克克，只见克克的两只黑亮的眸子尽是注视着木箱，是那么注意，睫毛上还挂着泪滴儿，我仿佛两年来第一次注意到她的存在，而且又是那么幽静而小脸蛋儿又是那么标致，我真想回身把一只白兔子送到她手上，让她用手指摸摸，或是抱抱它贴脸亲亲呢！

五

这天晚上，我跟随母亲去听戏。临走给那两只活泼可爱的兔子放了一把大豆。

我穿着新制的紫红缎子长袍和海蓝色的坎肩。这是预备过新年穿的，并且为了明年也可以穿，作得格外长，袍子的底襟几乎拖地，因为我正是五月间的高粱那种年龄：每天都在往高里生长。因而我现在觉得身手受束，袖子又是那么长，长到遮埋了手背，举止就变得笨拙了，时时得注意袍襟和鞋面，处处得顾忌尘土和污迹，反而失去穿新衣裳的愉快，感到身心受着这种限制的莫大苦楚。

上马车的时候，我不得不站在踏脚铁前边，等古班坐稳后来抱我；而且我也不能坐在马车夫身旁的驾车台上，这是我多么羡慕的位置呀！坐在那上面，可以观望着马前面的土的街道以及迎面的行人和车辆,尤其是想试试自己赶车的欲能。可是现在我只有坐在古班的膝上,只能望着车尾后的宽畅的街道,那全铺满一层雪,那白的雪和雪面上长长的车辙痕迹以及行人板上,交叠的脚印,是那么清楚地展开去。两边商店的茅屋顶,也都埋在柔白的雪层下,其间有点滴的雪屑,闪着晶莹的光辉,路灯的顶端挂着雪,电线杆的阴背,挂着雪,商标,幌子,全挂着雪。这是一辆四轮的篷车,纯粹俄罗斯式,父亲和母亲就坐在我对面,母亲围着完整的火狐狸皮,四条有黑毛的腿作结带,结在她的圆颏下,父亲则竖立起皮大衣上的水獭翻领。我望着母亲不时要笑起来,因为我想,现在谁也听不见街上所有的响音了,我的皮遮耳也全部放下来,只觉得身子突然摇晃一下,马车就在雪道上奔驰开去。

在拥挤的行人群中,马车曾经停了一刻,回头仅能望见车上空的鞭子绕荡不休,原来我的地位是这样低;而对面似乎有长串的货车赶来,隐隐有牲口项铃的行列所组合的声音。这时最触目的是一个红脸,红额,红发,红眼睛的犹太籍的毛子,肩上荷着一把俄式的大斧子,一手拥着行人的脊背,在向路旁商店高声说什么?日常我在那所有冰场的大院落里也常遇见这类人物的,我知道他是问:"老博达,耶石?"或者用中国话说:"干活计的有?"那是指劈木桦子说的。(那时这所城市还没有发现煤矿,冬季的原料,全依靠四山的桦木材,锯的圆木桦子。)古班忽然把我抱到一旁,跳下车去,我望见他走进一家有玻璃窗的洋式商店,忽然我发觉那关闭的而且又活动的门上,有"刘不林斯基"五个贴金的中国字,立刻我联想到那有铁铸的各种物体模型扁小的糖盒,我就召唤着父亲:"你看这是刘不林斯基?"意思是表示我认识那上面的字,可是父亲不说什么。母亲的眼睛也仿佛都禁止我大声说话似的,实在又没听见我是说什么。一个初识字的孩子,当他能借着字发现那是糖果店,这是杂货店,是多么高兴呀!然而没有人理解你,又是多么苦闷呀!假若有个人在现在对我说:"真不错呀!那些字你都能认识了。"我会跳起来拥抱他的,永远把他当作亲爱我的人!

古班抱着两袋糖果跳上车来,我隐隐听见他说:"伊凡,给你个苹果!"就远远朝那犹太人的头上抛去!"你看你喝酒喝的,都尿了裤裆啦!"

那时我身旁有一匹车前套的白马出现,接着是一辆辆继续不断的货车,我的身子不自主地向前一倾,马车又开始走动了。古班用心掠着短大氅把我包裹起来,眼睛却望着伊凡大声叫:"咕食咕食!吓拉硝!"且震震大笑,我注视着他的两只手,捧着的那个纸袋,不知究竟是什么,有没有装有铁的物体模型的扁盒糖,并不是爱吃那种有包的糖果儿,也不是欢喜那内中的小玩物,而是说如果有,就证实那确是"刘不林斯基"糖商店了。我不知为什么对明明认识的字,又存在怀疑。

出北门到京戏院子,还有半里路,这是沿着护城河走的,一边是土城的锯齿,从锯齿城堞抛扬到城外的污雪和垃圾,混浊的发着绿色的河流;一边是右手的商铺行列。那些建筑物的房顶又矮又腐朽,就是木质全新的新建板屋,有的都用柱子支着,仿佛随时可能倒塌。由于屋脊雪的重压,几乎每家商铺的墙壁都歪斜着。然而这里的生意,看来非常兴旺。不管是中国的车具铺,高丽的花酒馆,荞面饸饹店,铁匠户,全都有着拥挤的顾客。手持短的牛鞭子的韩国农民,提着斧子的俄罗斯苦力,有的为了添具农车的套具上的铜环,有的俄罗斯苦力,只是站在中国式的柜台外,喝一杯白酒,啃着一根咸黄瓜作酒肴,干了杯就用手背擦擦嘴走出来。那些高丽花酒馆则一色是席炕盘坐的韩国富农,从灯光明亮的且有窗纱作帏的窗玻璃里,我看见穿着红袄白裙子的妖艳的韩国酒妓,在小鼓伴奏中歌唱着,一切是这样的愉快,热闹,充满蓬勃的生气。这是冬天夜里的最幸福而又最忧郁的人们的消夜区,那些流浪在外国的韩国农民和无国籍的游民斯拉夫族人,用辛劳而获得的一点点十钱或五十钱的日币培养他们的乐园——发泄怀乡感情的解愁地,即使一个养尊处优的中国人从这经过,也会立刻给那异国情调感染,望着他们的醉态狂步,望着他们的笑容欢貌而忧郁起来。可是我在那个年龄,不知道父亲眼睛里为什么会出现怅惘的神气,他是因为街道上飘荡的韩国酒妓的歌声呢? 还是想起了渤海南岸的家乡。

母亲的眼睛也是向前望着,不声不响,借着路灯的暗淡光辉,我同样发现母亲的眼睛虽然望着我,却又根本没有看见我,实际母亲是端庄地坐在车上,像一般知道路人观望自己的妇女,一样地端庄。经过这条繁闹的夜的半边街市,只有古班问询着我,每家高丽酒窟的名字,它们是写在屋檐底下那块白布招幌上的,这间是"平壤宿屋",那家是"朝阳宿屋"。我每说出一个名字,古班就高声惊叫:"这个孩子,可真不得了呀! 全认识。"实在我是把宿字读成百的音,然而却知道那是宿夜的意思,不过不肯在古班面前丢丑,偷偷望望父亲,父亲望着前面的渺远的眼光在笑。我知道父亲是秘而不宣地讥笑古班的无知,但是我也放胆了,原来古班是一个字不识的呀! 我心里叫着,到现在我才知道世界上居然有不认识字的人,而且又是能说能讲的大人。可又担心父亲给揭穿,每当我读一家的招幌的时候,就偷偷望一眼父亲,本来很愉快的心情,给父亲那秘而不宣的笑容弄得又提心吊胆,而兴趣索然了。自然我的读音也毫无生气,仿佛不得不回答古班的询问似的;古班可依然高兴地大声夸赞着我,并说:"明天我给你买刘不林斯基家的扁盒糖,这孩子真不错呀! 全认识! 全认识!"

那时我隐隐听见锣鼓的激烈敲奏的声韵,不是距离远,可是帽耳遮下来听不清楚。就说:"你听……"实际上我是要摆脱他的赞美,因为从父亲刚才的微笑里,我感觉着古班的赞美可羞。我的脸随时要发红,因而神气是端庄的。然而古班却不理解,尽说:"快到了! 快到了!"那是说既是听见锣鼓声,离京戏院子就不远了。车的速度逐渐慢下来,等到停止,我就给古班抱下来,现在又得时时刻刻提防我的新衣裳给什么沾污了。我望见马车是停在一个短的横街路口,那两边摆着全是些香烟,水果,瓜子,花生,芝麻糖的小摊子,每座摊子上都守着个人,而且摊子上挂着盏煤油灯,形成满目光漓的灯市,等到一解开帽遮耳,立刻听见吵杂的人声和震耳的锣鼓音响,原来京戏院子就矗立在那横街的正中,大厦的上空,有着一块用日本汽灯照耀着的牌匾,我当时想,为什么挂得这样高呢? 仿佛那牌匾傲岸地望着横街口外的阴暗的城堞口,而根本不注意在它下面行动的人群。突然听见母亲的声音说:"你不看着路,望什么?"说话声音很低,我立刻惊觉地又注意着自己的袍襟了。但还想能够望见那牌匾上的字,可是仰脸也望不见。

等到一进剧场的楼门,我完全给那片池座位上的有秩序的人的头颅行列所吸引了,上空高而开旷,一色是灰沉沉的烟雾,由于悬灯的光亮,可以清楚地看出烟雾在飘腾,以及缕缕青丝。两厢的楼座,几乎全是装饰艳丽的妇女,我不知怎样迈步,越是躲避椅子,越是踏到别人的脚上去;而且直到楼上我才看见戏台上的穿红着绿的人物,不由奇怪,为什么初进门没有注意到呢! 就在这时,我发现失去了父亲和母亲的影子,连最初携着我的手上楼的古班也不见了。我在那些一格一格的厢楼后的甬道上寻找着。这里只有我一个人,孤零零的,谁也不注意我。那些厢楼座里的人们,又都是背我而坐,而且每格厢楼都有比我高的板壁,只能从门口观望里边的人。

我望见一座厢楼的门口上,贴着写有"姜会办订"的红纸条儿,立刻跑进去,一望,没有人。台布上的杯盘全整整齐齐的,杯口朝下,扣在白瓷盘子上。又立刻向外跑,仿佛只这一会儿工夫,就会错过遇见母亲的机会似的。果然甬道上现出古班和母亲的影子,我老远就叫起来。

"不要高声嚷呀!"母亲走到近前附着我的耳朵说:"这是戏院子,比不得在家里。"就一直走进那座空厢位。我极惊奇,古班不识字,怎么会在头前领路,而且没走错,又因母亲不注意我关于迷失的诉说而不欢。她仿佛根本不知道我曾离开她,又仿佛我的出现在这厢座口上是理所当然似的。只见母亲微笑着向左手的一个贵妇用眼光打招呼,并解开狐狸皮围巾。只有这时,我才觉得母亲是年轻而且愉快的,她那端美的鼻子,机智的眼睛,以及有着短柔鬓发的额角,浑圆的下颏,全有一层美的光辉。

"怎么样?古班!坐下哪!"父亲也走进来了,说话不注意听者,尽是向四围望。脸上同样扬溢着幸福的微笑,仿佛刚才是从在戏院偶遇的友人的座旁,退开,脑子还遗留着某种心爽的印象一样。这时候,进来提着盘茶水壶的茶役,接过去父亲的皮领子和大氅,父亲像交给家里的崔婆一样,眼睛尽是注意着戏台,在这许许多多的印象中,给我最深刻的,是厢口那张红纸条儿,我开始看戏前,第三次回脸看看它,感觉到认识字的另一个世界,这比父亲的二年的识字教育,仿佛是从图画中的牛马到远远望见嘶鸣地站在地上的牛马的境界一样,我第一次得到一种认字人的愉快的启示,而产生了求知欲。

第六章

一

刚坐好不久,古班就说:"为什么你不坐到前边来?"他说话的声音,依旧是响亮的,仿佛是处身在原野之间一样,带着草原的牧人的健康气息,并且回身来抱我。因为我自己爬在厢位后的最高的观剧凳子上坐着,当时非常骄傲自得,仿佛立身云霄似的,俯望着剧台和池座之间的那些稠密的观众,有种居高临下的快感。

那时,剧台上有个尖朝上擎着鞭柄的人,向一个鬓发上扎有绿色巾的女脚色,用手掀着奇长的浓须说什么。我只觉得他那头戴的珠冠,他那绣着花的马褂,他那有飘带的开襟黑裙,和从那黑裙开襟之间时时透露出来的闪着光辉红缎裤子,又美丽,又稀奇;等到听见古班说话的高壮声音,就发现池座上那些人群排列,全仰脸向古班望了。他们是那么惊奇,在观众们全倾心在剧情上而沉静的情景下,居然有人这么嘹亮地说话。我望见母亲望着他的背影笑起来,也就望着他笑了,并观望四围的观众,仿佛要知道他们是不是也看见我给他抱过去,而注意我。古班自己却全然不知道他是被许多人惊奇地注视着,依然说:"你看这里多高呀!"

"你不要那么响地讲话呀!"父亲的肩膀向他的肩膀靠了靠。

"这是在戏院子呀!"母亲也笑着说。

古班就突然领悟似的点点头,他脸上没有现出困惑,却仿佛有些不欢,避开和任何人相触的眼光,就注目在舞台上的人物了。像一个将军的姿态那么高贵威武而庄严地直腰坐着;而且坚定不动。

池座间那些观众,仿佛也放弃了在古班身上发掘什么的兴趣。反映在我眼睛里的,又全是些脱掉冬帽的黑黑头颅、项背,侧斜的耳鬓了。我无意中抬头,突然发现对面也有着一长行厢楼座位,心里就奇怪:为什么进来许久,没有看见呢? 实在初进剧场,眼界全给锣鼓的喧闹声,池座的人身的排列,两边的褴褛的山客,以及舞台上的衣着鲜丽的人物占住了,仿佛到现在视野才有了余地,容纳到正场以外角落。对于舞台上那两个人物,除了他们的衣着和那官员的浓黑长须外,觉得什么趣味也没有,而且老是那么唱着,又单调,又厌烦,于是纵目观望着,但除了池座行列间走动的人,我又是不会注意的。我看见有个挑着灯笼的人,在第三排的正座方桌前,站住,等待他身后那穿闪光马褂的肥硕人物走过来,就放下玻璃灯笼,并吹灭它。那时肥硕的人物,和方桌周围的人点头,并且说着什么,又仰脸向我望望,仿佛是有人告诉他父亲的座位似的,在那工夫,我认出是七伯父刑德亭——小琴的爸爸,我告诉古班,古班也没有听清楚我说什么,只向我手指的地方望望就算是顺从我的心愿而安心了。等我招呼爸爸的时候,古班向我作手势,意思是:"不要响呀! 这是戏院子呀!"

再望下看,发觉一把擦脸巾从空中坠落下来,坠落处有一个矮小的汉子伸手接住了;同时把另一把擦脸巾扭结到一起向空中抛去。那舞台前的空间是多么广旷呀! 充满了在灯光下闪着缕缕青丝的烟雾,再加这一把擦脸巾,更加别致了。只见那把擦脸巾,从高空一直飘落到池座最后排的那个人的手里,又见他斜着身,抛出另外一把。我觉着这一抛一接的手法,比舞台的戏还有味道。原来那矮汉子就是每晚肩着梯子点路灯的老姜。他把热气飘腾的擦脸巾,按着池座,一桌一桌地分散给观客,但观客们没有一人注意他向高空这样抛递,都面对着舞台,不肯轻易放松一点点"鉴赏"的时间。

等到老姜沿顺座列分到最前排的时候,就回身作着威胁的姿态,原来在那角落上有一群县立高等小学的学生站在台脚下,仿佛极害怕老姜而这时忘情似的看着戏,一发觉老姜在身后,就像受惊的小山羊羔那样跳开去,领头的一个手里还抓着皮遮耳的军帽,现在向空招扬着,仿佛是发号令让那些同学追随着他。只见老姜在最末跑掉的那个小学生背后,跺着脚,作出追逐的响声,那小学生,穿着有皮领的短布外套,有皮遮耳的军帽也是提在手里,一边跑,一边还回头望。他从戏台左手又跑到戏台右手的阴暗角落和他的同学们集合了。我奇怪为什么他们里边没有金锁儿呢?那时候,他们的脸色都挺紧张,仿佛是那领头的学生向他们发着什么严重的命令,我只看见他们面向我脚前的头顶,却看不见领头那个人,等我站起来,弯腰向栏厢下方俯望的工夫,父亲就说:"你不安安稳稳地坐着,向下望什么?"

我只好坐直了身子,但还是注视着楼厢下面那些集聚在戏台一角的小学生。我是多么羡慕他们呀!只是他们那热烈的激动的脸神,就足以诱惑我了。

现在他们从我视觉中消失。我用眼睛到处搜索他们。座排间全是安然不动的观客行列,除了老姜还在第一排分着热的擦面巾来往走动外,找不到一点跳动的人影,可以证实是那些小学生的小集团。忽然望见台上出现了红额黑头的花脸,他执着剑和一个戴若干白绣球儿英雄帽的武生,相门。那武生挺英俊,再加头上那顶有闪光镜片的帽子和那上面稠密的白绣球儿的颤动,越发使人觉得英美而高傲了。我这才知道锣鼓早已震耳的响了,可不知什么时候换的场面。我立刻知道那个穿绣花儿的闪光红袍子的脚色是黄天霸,从他那有许多白绣球儿的帽子上和右耳朵上那朵红花球儿,我就认识是我收集的香烟卡图里的人物。那时他和红额花脸之间,各有一队打手穿过去,仿佛是各自围护着他们的主人似的,却又不相望,之后,红额花脸又和黄天霸各自执剑斗打起来。

我听见厢楼后面有跑动声,回头一望,果然是那一些小学生。这次我望得很清楚,他们经过后门口,还互相吵着,最末尾的还是那个穿着有皮领短外套的小学生,他手里提的不只是军帽,还有一双滑冰鞋。

"下,下,袁家宝!下呀!"

"你带着鞭子没有?"

"怕什么?我腰里扎着七节鞭!给他马棒,袁家宝!给他马棒呀!"

我清清楚楚听见他们这样说,就跳下来,向外跑。

"连儿!"母亲突然回过身来低声召唤。

"我不出去呀!"我说。依然跑到厢位门口,把住门,向外望。实在,我知道背后有两道眼光望着我,故意站住,作出不出去的姿态,想等母亲不再注意的时候,往外溜。

甬道上很阴暗,有一排壁窗,窗纸有的破裂了。从那孔洞间吹进的风,呜呜响。那些小学生就背身蹲在一口膝高的窗台上,从方大的底格伸出颈子去。

"袁家宝!下呀!"我看见回脸的那个小学生,广额,深陷的眼睛,若不是鼻尖宽平,很容易给认作俄罗斯孩子,他正是那个扬帽呼集同学的首领。我那时忘记母亲是不是在背后监视着,就走过去了。

袁家宝有一双猢狲的眼睛,睫毛不时地交合,显得挺俏皮,然而他向我作笑的时候,又是那么难看,巴着大口,牙齿全露在唇外,又没有笑的声音,正像猢狲笑时的丑态:"到红旗河去呀!"他说,一边斜着肩膀,作出立刻就转身答应那个首领的召唤而离开的样子。

"作什么?"

"和高丽棒子抢冰场去!"

另外三个高等小学的学生,全回过身来,望着我。

"来吧！"袁家宝又向他们说："他爸爸就是开参庄的——来吧！"

他说着就匆匆跳上窗台，面向我两脚从窗口底格伸出去，仿佛在我眼前表示他的勇敢而骄傲一样。格口只有他的头了，还向我望望，又招了招手。接着是一个身量俊秀的学生，他朝窗口外伸脚的时候，还把冰鞋递给那首领拿着，看来，他是没有袁家宝的胆大，脸还在窗里眼睛却一直俯视着窗外，仿佛注意踏脚的东西。我就跳上窗台，但那个首领还阻碍着我的视线，等到他也爬出去，我才看见窗下有个极高的梯子，而且惊讶这窗户的高度了。雪地上闪动着一团儿黑影，他们是那么自由，那么愉快，那么热烈地高声嚷叫着，笑着。有一个居然作出鬼叫的尖呼了。红旗河是他们的乐园，我想像到在红旗河雪夜中，那冰面是怎样迅捷地闪着滑冰人们的黑影；现在我又望见窗外原来是广阔的雪地，除去右手那排街市的背影外，一色是平坦的雪地。天空散布着几点寒星，无边无际地伸展开去，我第一次望见五里远的披雪的山峰，我第一次发现这城市的边际，又惊讶又愉快，我想那山下的灯光，（又仿佛是从密林中透出来的灯光。）是不是人家呢？听到那个方向传来的狗吠，我又想：他们怎么住在离城这么远的地方，不害怕鬼和胡子呢？于是我突然感到这阴暗甬道，只有我一个人，就恐怖起来，觉得头发直竖；于是慢慢地离开窗台，等到走近母亲的厢座门口，就猛然跳进门里，而且回头望着，仿佛身后会有什么跟踪我似的。

母亲完全没有注意我，父亲正在母亲背后向邻厢那个高贵的夫人抛苹果，一见我，就逝去笑辉说："你看看你的袍子，怎么的了？全是土。"

我扑打着，又望见母亲回脸向我看，她那眼睛由平静而惊疑，而愤怒，那眼光说："回家再说！你等着吧！"

我的心情完全沉重下来，仿佛加重了三十斤。所以父亲向我指示那高贵的夫人让我行礼，我只弯了弯腰，她微笑着向我招手，我也不看。

"去,安安稳稳坐在那儿看戏!"

我就又失神丧趣地爬上厢位的坐椅。

等古班说:"怎么样?还要看下去呀!"我已经要困熟了。他是向父亲说的,我没有听见父亲的回答声,只听见古班的疲倦而又不耐性的叹息,就知道父亲不想离开,于是放心睡了。

二

从海升京戏院回来以后,常久不忘的是:袁家宝那一伙快活而幸福的小学生,另外,就是城市外的广阔雪地和想像中的红旗河滑冰场,于是对于家庭的冬季围着别烈器的温暖而寂静的生活再也不感兴趣了。

古班是第二天坐着两匹马的雪车,离开那所临街有车门的大院落的。还记得他那天晚上一出戏院子门口,就高声喘了口气,仿佛在戏院里边装满了胃口的"闷窒",全在这口喘息里吐泄出来,而且使人感到他若是再在戏院延迟一分钟,肚子就会膨胀得圆圆的,手指一触,就要爆开。那时他说:"真叫人喘不出气来,说话还不行。我不知道你们城里人怎么还会在这种地方觉着快活!"他一点也不知道他在厢位中说话的声音是多高,他一点也不知道他的说话是妨碍别的观众听戏,仿佛一个聋汉在剧场上高声说话而发现别的人嬉笑和惊讶,不知道嬉笑和惊讶的由来一样。

"算了!算了!"他拒绝父亲和母亲的挽留说:"咱是没有福气住城市,第一天就闷,混进苍蝇群里似的。满街净是嗡嗡声。第二天就烦,你们城里的椅子都不结实,得提心吊胆地往下坐;第三天就头痛,我还是赶早回窝棚去吧!明年那块草甸子改成稻田,再来给九哥送粳米吃吧!连哥儿明年夏天到窝棚去吃香瓜呀!我今天讨唤了各式样的瓜种!芝麻粒瓜、脆皮瓜、绵瓜……可多着呢!你们也该带他,下屯去过暑呀!整年圈在城里,一棵蒿草也给圈得娇贵了,受不得风,受不得雨。怨不得老鹰不在城里的树上修窝呢!我想在城里树上的老鹰,就是抱出小鹰来也不会往高里飞了……好啦！好啦！金盖你把豹子皮裹住脚,出城风可大……连哥儿过来,让你大叔亲亲,赶明儿咱们皇上有重登宝殿的那一天,大叔给你保媒,要一个皇族的媳妇。明年你爸爸送你上学堂,好好儿地念书。如今晚儿可不比大清了,得学洋务。"古班两腿跪在雪车上,临走,抖抖辕马缰绳,又偏脸向父亲望望,那意思是"若没有什么事儿,我可就要走了！"母亲说着话,他却又不听,然后他望着那匹俄罗斯辕马的脊梁问:"金盖,收拾好了吗？"

"好啦！"金秉湖在他背后说。

"那么走了呀！"把钢条粗的手指插入嘴里,打了个尖锐呼哨,又迅捷地插入无指手套里(那两只无指手套,是用麻绳连系着,搭着他的后颈吊在胸前)。于是雪车移动,我和母亲站在车门口都向后挪挪脚步,母亲笑着向父亲说:"你叫他给古达他妈带个好,我说他也听不见。"

"古班！记住那北草甸子上的洋草,不要给韩国地户偷着割光了。年前叫金秉湖送到城里来,自己要用哪！"父亲没有传达母亲的话,尽自这样说。

"知道啦！"古班扬声说,连头也不回。

那时雪车跳过车门前的石阶,在冷寂的大街上开始奔驰,并且雪车旁现出洛布达来,它是飞速地追逐着马蹄,并且嗷嗷地狂吠着。我望见金秉湖坐起来,作势威胁它。

"不用叫,它自己就会回来了。"母亲向我说,却又不望我,她用眼睛送着那洛布达和雪车的背影,继续说:"它是恋恋那两匹牲口呢！"小三点那时也伫立在车门口瞭望,当我看它的时候,它就向我摇晃着短小的扫帚尾巴,仿佛是告诉我:"洛布达追去了！你看它跑得多快呀！"一会子凝然观望,一会子又向我摇摆起尾巴来。那时它的项铃就会丁零丁零响。

回来的时候,我故意走在最后,对母亲说,要等洛布达回来再关门,实际上我想抽空到小琴那儿去。两手把住门,不肯关,向外探着头观望,又真的盼望洛布达能及早回来。车门走来一个犹太人,只从肩上那柄长柄斧子,就知道又是给人劈木桦子的那个伊凡,等到我望见他是想向我们家的便门走来时,就要关门,可是他已经及时地伸进腿来,他是穿着笨重的羊毛毡靴。

"老博代,涅都!"我说,并用手推他。

可是他一点也不管,完全不注意我的推拒,向院里喊:"玛哒嫚! 老博代,耶石!"

"老博代,涅都!"

他却仍旧向院里喊:"玛达嫚……"

"谁呀!"我听见崔婆的声音说:"没有,没有,这个问了那个又问,一天人家还烧五车桦子? 连哥儿把门关上。"

我就用脚踢着他的冻坚的羊毛毡靴,连声说:"去! 去!"我气愤他对我的蔑视,就是这样,他依然像伸进脚来那样缩回脚去,我宁愿他用眼睛怒视一下我,却不甘心他那完全不觉我的存在的眼神。

"拔厥目,拔厥目!"我在他身后又用仅仅知道的字眼说。

实际上伊凡是个易于接近的,失去高傲,失去愉快的人物,以后的几次相遇,没有一回现出这天的姿态,不知是因为那时我年长了,还是因为他这天没有得到酒喝。

我当时愤恨地关上门,几乎要找个地方哭一通。

自然我也忘记去找小琴。

我走进屋去觉着分外寂静,父亲坐在靠椅上抽水烟,一边说:"我看旗人里边,就是古班没有把日子过倒。"

母亲说:"看看也仿佛比前两年老了。"说话工夫,还拍着克克,正是母亲平常哄她入睡的辰光才有的那种轻声轻气的神气。

"我倒觉得他更壮了。古语说'知足便是福',一点不假,人就难知足嘛!"话里边表示父亲有许多感触。一眼望到我就说:"你站在这里作什么? 不去温你的功课!"

我退到外间那个立有小的石雕帆船的台子旁,满心不愉快,听见母亲唤道:"连儿,那不是洛布达回来刨门吗? 快去看看。"

我就迅速地跑出去，把洛布达放进来，却一眼也没看，就轻轻地倒掩着门，跑向那宽阔的大院落去了。

拐过板壁，我看见直对车门的那座向街的玻璃门忽的闪开，正是密加。头上戴着有缨顶的绒帽，两手插在裤袋里，神情很愉快，出了门，还面向里高声说着韩国话。回身整整围巾的那会子，他望见我了，似乎稍微一踌躇，就决然地迎着我走过来；同时他的脸色变得庄严而威胁人。

我也迎着向前走。谁都不看谁，仿佛各人望着各人眼睛的前方，实在彼此又觉出彼此的威武。我们绝不会胸脯冲胸脯相对，也不会手臂近手臂那么相让，而是正确的在两人靠近的那瞬间，用肩有力地互抵一下，那是我从街上那些每天早晨在路上相遇的满韩学生开始撕打的时候，所见到的。一见密加，我就准备着用肩撞他一下子，可不知道他也准备着撞我。当时，两个人，都不自主地倒退了两步，我必定得挺起胸脯来，再作第二次抵撞，因为我们还是对着面，没有通过彼此的阻挡关节。他望着我，我回报他同样一对愤怒的眼睛，并且我用眼睛告诉他：——你打吧！你敢！

那时，玻璃门裂开一道缝，有一个韩国妇人伸出挽着发髻的头来说什么，神气是嗔怪密加。密加回头辩解着，那时我的眼睛湿润了，觉得自己受了很大的委屈，而又感激那韩国妇人对我的温善的微笑，可是我没让泪滴儿落下来，还是高傲地站在那儿。密加和我作了个缩缩鼻梁的鬼脸，走掉了，我是多么气愤呀！气愤没有及时地也同样地回报他。

于是我又想起金锁儿使我受伤的笑声来：他准成在家里和小琴玩儿呢？（他们都在家里度寒假）……又觉得小琴在他笑我跌倒时，没有严刻地申斥他，还是和他在一起玩儿，那么我何苦找她呢！她是亲眼看着他弟弟奚落过我的。

就在门口踌躇了一下，又加院门关闭着，终于我又无精打采地回来了。

这次回到家，就想起古班来。实在古班临走的时候，虽然我也站在车门口送行，可是并不知道他是在那一刻就久远地离开我了，因为我那时正想着怎样才能抽身到小琴那儿去。虽然和她仅别一天，在我觉得是很久了，我要告诉她古班送给我的那两只山兔，我要告诉她京戏院子的所见；并且怂恿她和我一块儿到红旗河冰场上去。

现在我才深深感到古班是走了。

古班一走，仿佛把愉快也带去了，留给我们家庭的，只是每餐的野味。这些野味原是贮藏在外院那座作谷仓的茅屋的。我既没有看见冻硬的野狍子，也没有看见野雉和鹿腿。但每次吃火锅儿，崔婆就会告诉我那一个冷盘是兔子肉；那一个肉碟是鹌鹑肉。

我因之长久地记忆着古班，而且古班和冬季的暖锅儿连系到一起：日后只要一见冒着火星的热火锅儿，就想起古班的壮健胸脯，古班的蓬硬的胡须，古班的高昂的话声；日后只要一见古班，就想起冬季火锅儿的餐桌，小的切肉刀，野雉瓜豆炒的小菜，狍子肉，以及海参，海带和冬天的大蟹，窗外的雪，屋里别烈器煤炉的温暖。

三

夜晚，我又恢复了伏在案上读书的生活，但每当我读得久了的时候，脑子就现出前面我所说的憧憬的世界：红旗河的滑冰场和袁家宝那一伙儿高等小学的学生，还有为我所恋念的那两只山兔。于是常常现出面对着煤油座灯冥想的姿态，那时嘴里还会诵着论语上的章句，就会重复着一遍比一遍低终于会没有声息了，连我自己也不知道是什么时候，没有声息的。父亲这时就会用侦查的眼神儿注视着我说："你是想什么呀！失了魂似的！"我自己也吃惊这种失神的状态，而振作精神又高声朗读起来了。许久，我还感到父亲依旧在观望我。一会子，父亲又在看三国演义（我不知道他是看过几遍了，还是这些日子以来仍然是刚看第一本）。我不久就重新冥想起书本以外的世界来。想到那两只白的山兔，我就要望着母亲寝室的有棉絮的门帏，等待开启的机会，藉以看见那只白桦木的箱子。

这白木箱,就搁在寝室门后,门帏只要一开启,我就能够望见那两只在箱子里的山兔,抽冷子我也会跑过去掀开门帏看看它们,在父亲没有回到屋里之前,再及时地退回座位上来。终于父亲发现我内心所怀恋的东西了,以为我所以近来时常对灯痴想,也是那两只山兔作祟。

"你不用散心,我明天就把它们送给人!"父亲说:"怪不得你坐不住椅子,有时失魂似的发呆呢!"

"怎么的了?"母亲在寝室的暖炕上问,我还能听见她缝制衣裳的针线声音。

"把那两个山兔,赶快送人吧! 你儿子守着它们,书也念不下去了。"父亲说。

"送给老韩家吧! 在一块儿住的时候,他们不是养护过家兔吗? 我可没有耐性,崔婆光零星活儿还照顾不过来呢! 又是尿,又是粪的!"母亲自语似的说,全没有想到我是多么亲它们。

"我自己会照料,也用不到姥娘管!"我说。

"放着书不念,你去整天侍弄它们吗?"母亲在寝室里说:"谁家有读书人玩这些山物的! 听话,妈给你买个手表,明年上学堂戴着。"

"什么时候给我买!"我的精神立刻焕发,注神地听着母亲的回答。

"明年上学的时候。"

我是愉快的,不管父亲用怎样的眼光看着我,我还是在椅子下荡着腿,开始读书了。脑子里想像着明年自己的肩上挂着书包,想像着和同学们一块儿去京戏院子,想像着从那丈把高的梯上出入楼厢,想像着去红旗河滑冰场上玩儿……未来是多么幸福呀! 它是那样有力地诱惑我,我巴不得明天就过年。

"妈!"我读了会子书又说:"那么明年你还得给我买双白手套呢!"

"快念吧!"父亲声色俱壮地说。

那天晚上我背的书很流利。当晚父亲的脸色也闪出稀有的愉快光辉，并且给我五钱的日本银币，说是随我自己的意思去处置。

"那么我去买个皮腰带了！"

"哽！"

"不，我要去买咖啡糖了！"

"知道啦！你爱买什么就买什么！"

"我买糖。"我说。望着父亲的神气，知道我真的可以去买咖啡糖了，高兴呀！从心里高兴呀！实在我也不想去买糖，我要贮蓄着它，直到积蓄多了，过年买鞭放。

母亲说："明天谁把那两只山兔给老韩家带去呢？"

父亲没说话，我望着父亲说："我去！"所以这样自抱奋勇的原因，是想趁机邀同小琴到红旗河去玩一趟。

母亲说："你能认识路？"

"那怎么不认识呢！"我自负地说。

第二天，我刚伏在母亲的膝盖儿上，逗弄克克玩儿，忽然望见崔婆站在炕下用眼睛向窗外指，我立刻懂得她的意思，连忙跳下炕去。

果然小琴在板墙外边俯着腰向里望，而且板缝间露着短短的两排红手指，两排手指之间，是一对黑黑的眼睛。

"进来呀！"我打开门说。

她摇了摇头，用那冷静的眼光望着我，好一会子才一个字一个字说："我们要搬家了。"

"搬到什么地方去？"我仍然站在门里，两手把住门。

"搬到西大庙去！很远很远地！"她又说："到我们家去玩儿呀！"我这才跳出去，也没有戴帽子，那时，洛布达已从我跨下窜出来了。现在想来，那匹狼狗是和我一样地寂寞，一有机会就要到院外来散心。

"你看，我有这个！"

"谁给你的？"

"爸爸——我们买咖啡糖去呀！"

"好呵！"小琴的眼睛立刻闪出快乐的光辉，脸色全给这愉快光辉所煊染，而显得生命力勃发的那一股劲儿。

于是我们手携着手儿，横了步子跳着走。我告诉她，到刘不林斯基那家俄国糖庄去买，又说我认识洋门市的那家铺子，并且告诉她，我们看过京戏，这里所说的我们，是我和父亲母亲。全忘记了我昨晚还想贮蓄起这五钱日币的，这时不管有什么珍贵的东西，我都要献出来，因为小琴是这样的快乐，世界上再有什么比小琴这快乐还珍贵呢？还有价值的呢？连洛布达也给我们的快乐所感染，在街上走的时候，它愉快地摇着尾巴，向头前跑，距离远了，就站住，等候我们，时时还走出行人板，在路灯柱子下撒尿。

这天是冬季里难得的好日子。街道两边商店的茅草屋檐，全都滴着水，温和的阳光把屋脊上所有的雪迹都给融化了，水滴儿淋漓地闪着光，行人道下的沟渠有愉快的水流声，低婉地奏着悦耳的曲韵。不知是这大好的天气使我们浸入绝大的快乐里呢？还是因为我们快乐而觉着这阳光和屋檐水滴儿格外美好。这是多么愉快的世界呀！这是多么幸福的心情呀！我所看见的行人，都仿佛微笑着，都仿佛这日子带给了他们至高的幸福。行人道的地板全给人们的鞋子带来的泥泞沾污了，但是这些沾污行人板的泥泞也似乎微笑着，等待而且欢迎人们用脚去践踏。我就在这泥泞上故意滑着脚，一边跳，一边笑起来，一点可笑的因由都没有，但是我却止不住地笑着。小琴也笑着。而且我们笑的声音是异常舒展的，我看着她那欣喜的样子，她那有光辉闪耀的眼睛，都觉得好笑，她望着我，笑得也更加有味儿。最后望见在泥道的街市中心行驶的农车也笑，望见车辕旁走着的韩国车夫也笑，甚至于他的斥叱公牛的"勒勒……"声音，和他那围头的头巾……都可笑。

"勒勒……"我学着他的赶牛声。

小琴笑得流出泪水来了。弯着腰，停下来。喘过一口气，她的脸色逐渐平静下来说："咱们别笑了，乐极生悲的。"

我也大大喘了口气，仿佛藉这一口气，把满身所有的足以发笑的情绪全驱逐出来似的。这以前我自己在我的绝大快乐的世界里，自身外没有一件物体能够映入我的视界，现在我注意着商店的行列，开始寻找刘不林斯基糖店了。只见洛布达，还在头前走，卷着尾巴在一个冻蟹摊的摊脚下撒尿，并且和另一匹壮实的公狗互相嗅着。

"洛布达……嗤！"我作声驱逐它，怕它和那公狗撕咬。

小琴告诉我："到了，到了……这不是刘不林斯基吗？"

我望见那座有方大的玻璃橱的洋式商店了，所说洋式商店，就是说不是中国式的那种把门市全部袒露出来的商店，而是面街有门、有窗、有墙壁，只不过门口上面有横的匾额，窗口布置着这家商店主要的货色而已！有的墙壁上还贴着小幅的广告图。而刘不林斯基的窗橱是展列着山形的水果罐头，那顶峰上散布着棉絮，上端用红丝绳悬着苹果，还有冰藏的亚梨。

窗橱左手有一块长条面包，上面站着一个俄罗斯型的慈祥老翁，肩上，头顶也全是挂着棉絮，仿佛是冬季落雪的情调一样。

"这是圣诞老人！"小琴望着橱窗说。

"圣诞老人是干什么的？"

"管耶稣教堂的老头儿！"

"我们到耶稣教堂去玩儿呀！"我想起每礼拜六晚上的神秘钟声。

"耶稣教堂挺远的，在东城门那边，有那么高的钟楼，那才高呢！"

"那上面有人住吗？"

小琴摇摇头，又指着窗橱说："你说这是用什么法儿作的？"她指的是面包。

"用火烤的！"

"对了！"

"我们买一块面包呀！"

"我看你那是多少钱！"小琴捉住我的伸展开来的手指说："五分钱，只能买一小片儿。"

"你去买呀！"

"你去！"

我突然感到走进刘不林斯基的门里去是多么不易，那幼小心灵是多么畏惧。因为面对着这样一座庄严的大商店，只买五钱日币的东西，又害羞，又怕给里边的人推出来。终于受不住小琴的注视，我心怯地推开门走进去了。推门时我像推自己家里的门一样，不想那门是带钢丝发条的，一推就开，反而使我的心，更虚了，自觉脸子膨胀了。

反映在我眼睛里的，是油光的红色地板，屋中心整洁的别烈器。尺半宽的有图案地毯，从门口伸展到横的有玻璃的栏柜上，柜里分上下两格，展列着各式西洋点心。那背后有一排玻璃货橱，展列着各色罐头以及盒装的食品。左手且有排放水果的长条货柜。上端是贴壁的货架排着装糖的大玻璃瓶。我面对着箱式玻璃柜橱背后站着的一个壮健的俄国人，一句话也说不出来了。只觉满鼻孔是水果加牛乳的混合香气，屋子又是烘人的温暖。

那俄国人，我曾看见过。第一眼，就认出他是给中国军队缴械而收留在我们那所有冰场的大院落的将官。那时候，他曾经给另外一个的军官推拒过——他正在脱靴子，鞋底上的泥屑，全落在另外军官的毡子上，给那军官用手推开的。因为他嘴唇那两撇曲牛角的胡须给我的印象很深刻。现在他手里还握着那个大葫芦烟斗，不同的是穿着秋季的西装，而且头发又是整洁，无疑每天是涂着发膏的。

"你要什么？小兄弟！"他用中国话说。

"列巴！"我的脸通红，怕他看不见我向他显露的那五钱日币而以为我是向他乞讨。我用手指捏着那五钱日币，向他伸着。当我想到应该进前几步以便递到他手里的时候，他——那魁梧而且笔挺的身子，向我走来了。

那时候，一个两臂赤露的俄国妇人从后门的阴暗甬道上走来。臂肉丰满，穿着圆口的没领子的花布衣裙，那花布的颜色复杂而且又美又雅，这里所说衣裙，是因为中国没有一个适当的名称，总之衣裙是连在一起的。颈下佩着发光的胸饰。脸色红润，有一双琥珀色的眼睛，光芒锐利，却不美。尤其是胸前那两个勃起的乳峰，我觉得她一定自己也不胜累赘的。她微笑着，在我眼前蹲下来，注视着我的那瞬间，用她的两手捧着她的下颏，我奇怪她的嘴唇上有一片细软髭胡一类的毛茸。她回脸望着那俄国店主——我想是刘不林斯基本人——说什么。

刘不林斯基正接过我的钱去，听到她的话也笑了，并拍拍我的头发。

"那个！"我指着玻璃橱里的小面包，我想五钱日元只有挑那小的买。

于是女主人和刘不林斯基放声笑了。

"那个六毛的一磅的！"刘不林斯基说："这个——赫拉少——好哇！好哇！"

我的脸更红了，他反而递给我一块方形的大面包。

我默默望着他，他向我笑着，并扶着我的肩，给我打开门，仿佛唯恐我多逗留一会子似的。我向外走，又见肩上伸来五只染豆蔻的手指，在面包纸袋里投入几块纸包的糖棍儿。回头就是那俄国女店主，含着笑望我，那眼睛表示她是怀着好意赠送我的。但我觉得没有化钱，实在可羞。离开门口，我第二次回头望她，她就向我扬着手，仿佛嘱我"放心！好好的走！"

街上却不见了小琴，原来她是避在左手一个中国绸缎店的墙壁角上。不是故意和我闹着玩儿，而是畏怯给刘不林斯基见到她。

我望见她了，她才笑着跑到行人板上走近我："都是什么呀！"

"糖和面包。"我说："我们分开呀！一人两块糖，剩下这块带给我妈！我们先吃糖呢？先吃面包？"

"别在街上吃，老师看见了不让！"

我们就急急向回路走了，一边还呼唤着洛布达，因为它老是落在后边，立住脚在别的大狗前面摆威风。

四

"我先吃一块糖呀！"当我们走到车门洞子的时候，我用一只糖棍儿抵触着嘴唇说。

"别吃！"小琴说。

我是多么温顺地听从她的话呀！立刻把糖又放到口袋里，并且用眼睛望着她，仿佛想要窥探她的脸色是不是由于我的顺从而欣喜。

就这样，我没有注意到前面，因之发现崔婆站在眼前，不觉瞠惑起来了，我望见小琴又现出冷静的眼光，又仿佛站在几里远望我似的，闭着嘴唇，不说话。

"你娘正找你哪！到那去了？那是谁给他买的？"崔婆望见小琴，嘴角就现出微笑。不知是见了小琴就喜欢，还是因为我手里有一纸袋食物。她是以为小琴买的呢！

小琴冷静地望着崔婆，不说话；又望望我，突然跳着跑开去了，有如一个受惊而且心欢的小野鹿。"小琴，面包呀！"我提着纸袋向她启示。

小琴那时候已经跑开两丈远，站住，回头望；瞬间，摇摇头，又跳着跑开了。

"我看看哪！袋里装的是什么？"崔婆说。

我始终不给她看，而且一进便门，就把崔婆抛在身后跑进屋子去了，这也并不是对她抱着反感，而是一般儿童得到珍贵的东西，在母亲没有见到以前，不愿给别人看见的那种心理使然。仿佛别人看见了，再拿到母亲那儿就失去稀罕性似的。

母亲正在暖炕上，绣手工，那是为她自己过年穿的鞋面上精心刺花儿。阳光从玻璃窗透进来，母亲的影子一直反映到炕下的砖地上，而且她也似乎给这大好的冬季阳光渲染得年轻并且愉快了。没进屋,就听见她那低柔的鼻吟了,这声音使人感觉屋里分外的幽静。我一下子就从门外跳到炕下正当她的背后,而且不自主地叫了一声。

"这孩子! 是不是要吓我!"

我就得意地笑起来。母亲低下头,仿佛在这瞬间,她才想起她曾看见我手里拿着什么。又抬脸望望我,说:"买什么来啦!"看清楚是装糖果的纸袋,问话的口气也就不想要我回答,继续着刺绣,一边说:"你爸爸出去了,你不是自己要给老韩家送山兔去吗? 你爸爸可说,他不管呢!"

我就说在那儿? 并且望见装山兔的小口袋,就更觉这是轻而易举的事情了。那时我的心情全注意到糖棍儿和面包上,因为母亲连看都没有看一眼。

"妈! 我在刘不林斯基买的,你看看呀!"

"我不要看!"母亲说:"你自己吃吧!"

"要看!"我坚定地说:"妈! 你看呀!"

"我不要看! 这孩子,我这作事情呢! 你没看见妈忙吗?"

"那么你吃一块吧!"

"吃也不要吃!"

"一定要吃!"我把剥去纸的脆口糖,送到母亲的嘴唇间,母亲还说:"唉! 这孩子!"终于用牙齿咬住了,却依旧刺绣着鞋面,仿佛连吃东西都没有时间,实在又是可以一边嚼糖一边作手工的。

另外把纸袋递给崔婆,让她保存着。于是提起装着山兔的小口袋,临走,还站在炕下坚持着等母亲把糖吃了才肯走。这并不是有意识地想孝敬母亲,而是要看看母亲顺从我的意思吃糖的神气,当时母亲望了我一眼,从那眼光里我觉得母亲是感到被逼的愉快;脸色还装着被逼不过的气恼,而且笑了。

我高兴,骄傲;而且自得,跳到院子,跳出便门口。

"那是怎么走路呀! 让你爸爸碰见不责问你才怪!"我听见母亲在玻璃窗户里说,听声音,就知道她是没有望我,只不过从我落脚的声音中听出我是雀跃着跳动而已。

当我路过有条岔街的街口时，我望见那里摆着完整的狍子，（就是南方人叫作麂的）麋鹿，还有红甲的大冻蟹，鲤鱼……成堆的野雉，它们全是冻得挺结实。这里几乎成了山味海鲜的集中的市场，不再是夏季那些乡下韩国妇女林立着出卖她们土造的酱油市场了。卖主大部份是屯落来的旗户，说话舌音重浊，往往把"曾"读成"僧"，把"自由车"读成"斯由车"，把"花儿"读成"胡儿"。我望着他们那春天雀群似的喧闹情景，险些撞到行人的身上。这条路，我只一年没有走过，行人板有的全朽烂了。

已往我都觉着很远，现在走来，只是离家百十步的距离，就到了可以走车的这条胡同。而且，两旁的板幛子和一方一方的脚门，对我全生疏了。就是从前那所面街的大车门，也重新油漆了，屋檐柱子一色是朱红，门板漆着黑漆，门框也是黑漆，且有朱红色的长线，看来是又高贵，又庄严，并且美。等到从边门走进去，才发现那所大院子，已经分作两个天井，院中心砌了一道有瓦檐的砖墙，大门开时，恰好能容一辆车转弯，左手又是一个有铜环的车门，向右拐，就是给砖墙圈在外边的韩四叔的院落了。这时，一个青年军官，正蹲在门前的阳光下，逗引鹅玩儿，若不是有那些鹅作证，我真要疑惑这是不是韩四叔的院子了；同时我又望见躺椅上有个人，用白毯子裹着晒太阳。我想：一定是韩四叔。

那个青年军官，挂着武装带和短柄小剑，给人一种英俊有为的印象。他一仰脸工夫，望见我了。一会子，他突然站起来说："是连哥儿呀！长这么高了！"我已经走到他跟前，可是我没有理他，因为我从来就不认识他，我心里想：是谁呢！嘴里就喊："韩四叔！韩四叔！"其实我对这陌生人，不自觉地畏怯，而且也不敢望他。

"是谁叫韩四叔呀！呵——"韩四叔望见是我，反而闭起眼睛，故意地说："是谁呀！呵——我怎么听见这声音，就很熟呀！走过来，让我用手摸摸！"

"你早就看见人家了！"

"那儿看见了,我连眼睛也没睁——再向前走走! 我来摸摸试。"韩四叔就在膝前放下那两个紫光闪耀的木蛋:"这耳朵轮子!……"

"爸爸! 人家送东西来了,您还逗着玩儿!"那个青年军官又摸着小袋说:"这是什么呀! 怎么还是活的呢!"

韩四叔也立刻睁开眼睛。

"是一对山兔,妈说,韩四婶儿喜欢,叫我送来……"

"德一他妈! 快来看看呀! 人家给你送东西来了!"韩四叔向空召唤,又俯下脸来说:"别让它们跑出来呀!"又向德一说:"抓耳朵,抓耳朵,你那是抓它什么?"

"我还没抓住呢? 不是抓耳朵抓什么! 我懂呀!"

"抓住没有? 你把口袋提起来,让它们的四脚不落地,不是好抓了吗? 抓住没有?"

"抓住啦!"德一就从口袋提出一只山兔来:"挺漂亮呢?"

"我看看肥不肥!"

"肥,你就想吃了它!"韩四婶儿走出来,用敌视的眼睛,望着他说,之后,转脸向我,却笑了:"连哥儿! 你妈好呀? 你爸爸怎么不常出来串门儿呢?"又问,"上学堂了没有?""认识不认识你大哥?"

"不认识!"

"不认识我?"德一说:"你忘了,我过年抱着你看龙灯去过……"

"他那时几岁,还能记得这些!"韩四婶儿说:"不怪你不认识,在讲武堂三年啦! 没回来。回去告诉你爸爸,就说你德一大哥今年回来过寒假啦! 刚到家,过两天就去看你爸爸! 记住了!"

"快别说这些啦! 妇道人家就是这些讲究,快找个笼子装进它们去,等几天德一丈人来,作酒菜。"

"说得那么好听! 还要养活几天哪!"

"养活什么? 还不有的是。要养活明年春天再叫你亲家找人带。"韩四叔仿佛就这样确定了那两只山兔的命运似的改口说:"连哥儿！过来爷儿俩亲热亲热。我摸摸你的手哪！凉不凉！"

不知是因为我的年龄大了一点呢？还是韩四叔在这一年当中的日子过得不富裕，我觉着韩四叔的口气比从前是消沉了。虽然依旧玩弄着那对紫辉闪耀的木蛋，虽然见了我这样大小的孩子还逗着玩儿，然而他的口气当中，已经失去从前见了我就要"过称"的那种深切的兴趣了。他的颜色也看出消瘦的影子，头发有的灰白了。还是穿着那件古铜色皮袍，还是不扭扣。两脚拖着布鞋，交搭在一起。他说："若是你晚来一两天，作兴碰到梅姐呢！你知道，你梅姐整天念叨你呢！"我这才知道梅姐跟随德一媳妇下屯收租去了。

我们说话的时候，德一在屋里发出兴致勃勃的声音："妈！这是一公一母吧！""怎么看不出来呢？"

"你快放下吧！老是提耳朵，老是提耳朵……"是韩四婶儿的男人腔调。

我很想跑进屋去看看他们怎样处置那两个山兔，但是韩四叔握着我的两只手，我没法得体地摆脱开。我望着韩四叔那一排露出唇外的门牙，突然对那两个山兔的命运关切起来，到现在我才想到他问"肥不肥"的用意，才明白他说作酒菜指的是什么。

当德一再走到院心的时候，我的注意力又给他身上响动的金属声夺移去了，原来不只是短剑声，他的脚下还有马刺，他是穿着高腿马靴的。现在他脸上露着微笑，又骄矜，又高雅，仿佛他自己也觉得胸脯是多么壮健，而微笑的姿容又是多么优美。直到我到达了青年的时期，才深切地体悟到离开学校回到自己家庭度寒假的心情，那心情是悠闲，温暖，于是也常常想起德一给我的第一次的印象来。就是说想起他现在闪在嘴唇上的愉快和骄矜的微笑来；而且也了解这微笑，不单是由于假期的悠闲，不单是由于久别的家庭的温暖，不单是由于重温故乡的风情；而主要的还是由于青年时代对于未来日子的崇高的梦想，正如一般人在度他的青春的时候，却完完全全把幸福寄托在未来的日子上，而且蔑视父母的生活布置，蔑视周遭的人，把自己看作如站在鸡群当中的孤鹤那样的高贵，虽然外表对他们是谦恭的，然而这谦恭只是因为年龄和辈份使然。

当我离开韩四叔的院落时，韩四婶给我驱赶着鹅，并且说："给你妈带好呀！给你爸爸也带个好！就说你四婶儿年前忙，过了大年初一就给你爸爸拜年去。"说着话，还弯腰去拾那落在院心的一株枯枝，她并不是为了保持院子的清洁，而是因为要增多炕下一株柴。这印象到现在还很深刻，韩四婶儿是用怎样的注意力支持着这个将没落的古老家庭呀！但那时只觉得韩四婶儿不诚心，我想，假若韩四婶儿看重她自己所说的话，是没有心去拾那株枯枝的。在这些印象当中，有一个念头始终飘闪在脑子里，就是从那所大院落的变化，从韩四叔对我说话的口气，和韩四婶儿对我的亲切，以及从德一的微笑里，我觉着自己是离开幼年的时代了。并且我有了自己的幻象，那就是明年进县立高等小学，等到长大起来也入讲武堂，作军官。迎接着我的未来的正是少年的初春的黄金色阳光。

完稿于桂林北望楼

第二部
第一章
一

一九二一年中历十二月三日，是我六周岁的生日，离年还有二十七天，一过除夕，我就是七岁的孩子了。

这正是冬季的末尾，天气格外的严寒，就是温暖的厨房，一到天亮，水缸里边都有一层薄冰，食具厨里杯盘之类的瓷器，也都有冰碴儿，那是洗后所遗的一两点水滴儿所冻结的，若是羹匙放在海碗里，那么一定凝结在一起，只要一提羹匙柄，海碗也就离开食具橱，要使它们分开，得特别小心，有时五六个瓷盘连结一起，但一遇到温暖气，立刻就又分解开来。厨房大半夜都是灶火融融的，还这样冷，屋外就更不用说了。

这几天，崔婆睡得都很晚，连夜赶着制年娇锅儿。包冻饺子，拉屉。所以厨房一到晚上，就特别诱惑人。水蒸气充满了空间，满眼都是乳灰色的雾，乳灰色的水气。窗玻璃上永远流滴着雾气所溶化成的水流。在早晨，那些水流就变成浓烈的霜，那些玻璃，像白云石一样，完全给坚霜掩蔽了。厨房门的边缘钉着一圈儿狗皮，为的是遮风，因为北方的冬季，就是门缝一隙儿空，那风吹进来，也会使一天烧三十斤煤的火炉失去热力。所以那些狗皮也都结着霜，正像农民下颏周围的羊皮帽子的遮耳一样，正像沿唇有胡须的车夫一样，热气浓的地方，就结成细小的冰柱。可是现在全溶化成水滴儿了，玻璃上、门缘的遮风的狗皮毛上、水瓮上，只要是阴寒或是冷冽的角落里，全流着水点儿。那些浓的水蒸气就这样消逝一部份，然而锅炉的笼上又有新的水蒸气喷散出来。

我每次进去都觉着是走入了雾的世界。只见一片乳灰色，发黄的那一圈儿是灯光，发红的那一圈儿自然是烧火的灶口了。除了这三种光彩，起初什么也望不清楚。我时常在这时候，听见崔婆用嘴吹气的声音，我就知道她正在察看蒸笼里的豆馅包子，或是发酵馒头。在浓的水蒸气里，她也望不清楚豆馅包子是不是蒸熟，北方厨师在这时唯一的试验方法，就是用手指去按一下，若是面有弹性，那就是熟了。在察看面馒头是不是有弹性的时候，崔婆就连声吹着雾气，同时这呼嘘也仿佛能减轻手指所触的蒸物的热度似的。若是还没熟，她就迅捷地盖上蒸笼喃喃自语着："烧了两抱劈柴桦子了……我看看还等什么时候？"那时她向炉口放进一块劈柴。又会对自己说："再放进一块……还得放进一块去。"她完全醉心在火候上了，这时我若发出声音，她就吃惊她不曾注意到一个人进来。那厨房在以往的日子里，是她独自的世界，从前的厨师傅，早在父亲的商店歇业的时候走掉了，父亲是从来不越厨门一步，母亲也是入晚不进厨房的，现在是冬天的夜晚了，只有我和她平分这雾的世界的温暖。往往我一进去，还没有望清楚崔婆的身影，就听见她说："赶快关门，嗤——这风，城外又得冻伤几个俄国醉鬼。"她一有机会就说几句俄国醉鬼，仿佛俄国醉鬼已经和她结下血仇，其实，只因为那些流亡的白俄们天天来敲院门，麻烦她开关而已。每天她都得跑到院心两趟，洛布达咬得那么厉害，她心里明知道是俄国人，但口里还问："是谁呀？怎么问也听不见作声！"等门一开，那穿戴褴褛的白俄就问："活计的有？"眼睛望望她的手，是不是带着施舍的麦饼，手就用斧子作姿式。"没有，没有，怎么不冻死你们，一天敲八遍门，这个来，那个去……"这样说着，早就关上门跑回厨房来了。只这么一会儿，就冻得她手肿脸红的。对俄国人虽然这么凶，然而听见中国乞儿高声恳求一点布施的声音，那怕外面落着雪，她也会出去施舍一个馒头，但还是说："再别来了呀！我就不愿听这种可怜的叫声！"第二天若是这讨饭的再来，崔婆依旧是出去给他点吃食的，那怕她正忙着烧灶炒菜什么的，也会搁下来，匆匆地从悬在屋梁上的吊筐里，摸索个豆馅包或是半块馒头带出去，而且这吊筐里的食物，永远不断，吃剩的面食，她都代讨饭的保存在这儿，仿佛周济那些乞讨的中国人，在冬天的严寒日子里是她精神上一种很重要的东西似的。

过辞灶节的第二天晚上，我照例跑到厨房去。天还没有完全黑，可是冬天的日子短，四五点钟，说黑就黑了。那时候，水蒸气正在空间散布着，还没有浓到每天夜深那种望不清楚灯光的程度，就听见崔婆说："快关上门，连儿！进来，我问问你。"

我从蒸雾里嗅出一种油香气，就知道锅里正煮着猪杂碎。灶火劈劈剥剥作响，因为那些木柴是潮湿的。

"姥娘！火都烧到灶口外来了。"我就蹲在灶口上说。望见从木柴的裂隙间直泄的潮气，有的冒出白沫，旋转着，嘶嘶发响。

"向里推推，进里屋来呀！我有话问你呢！"

"作什么？"

"我看看你耳朵哪！都冻烂了，痒不痒？进进出出得戴帽子呀！赶快上炕，这里多暖和。上来呀！"

"等会儿那些木头桦子又烧到灶口外来了。"

"不要紧。你上来试试这个鞋底合适不合适，你不要扯我的麻线呀！上来,坐在这里。"

"姥娘,锅里是不是煮着蹄膀?"

"刚煮,还早哪！你爸爸和你妈妈说话不?"

"不。"

"把脚伸直了,我看看大小中不中……我也不知道,你娘的性子怎么还是那么强,你爸爸年纪老了,还有不想海南家的。"她的眼睛望着我的脚,我的脚扭在她的手里几乎触到她的下颏了,还差一两分,我就向前伸,想抵触她的发光的下颏。

"别动呀……连儿,你不想跟爸爸回海南吗?"

"不。"

"怎么不? 海南家好呀！那像这里,整天大风大雪,出不去门口一步。冻死人的天气,姥娘可住够了,姥娘可想回去了。"

"到谁家去呢?"

"到谁家去? 找你实榴大舅呀……还合适,我当足大两三指,这样一穿棉袜就好了……"她这么夹一句又说:"你实榴大舅那个孩子也有了十岁了,个子恐怕比你还高。"她用牙齿咬着鞋底的边缘,为的是布层紧密,锥针眼儿省力。她说话的工夫,用针在头发上擦擦,仿佛要磨锐它似的:"海南家还有大虾好吃……"

那时候我听见向街的车门走道上,跑进来几个孩子的脚步声,还听见金锁儿的声音:"进院子来等我呀！"像听见草丛里的声音的猎狗一样,我立刻跳下炕来。崔婆的呼唤,我也没有时间回应,就跑出后厨门,伏在板幛子上窥伺着金锁儿,若是向前院跑,我就想还不等我开开门,金锁儿一定跑过去了。在这儿,我截着他问:"到那儿去?"

金锁儿光着头,头上飘散着热气。一手提着有皮耳的制帽,回话也不住脚:"到红旗河滑冰去。"说着就跑过去了,我想,他是回家取冰鞋。

"等等我呀！"我高声喊着。我还伏在那儿,若是金锁儿不回声,我虽这么要求,也不会去的。但听见金锁儿头也不回地说:"可得快呀！"我就向前院跑了。

洛布达从大茶箱作的暖窝里，也跳出来。他受了我的感染，精神焕发地跳跃着叫吠而且追随我进了母亲的屋子。虽然我低声威吓它，它还是摇晃尾巴吠叫，不过吠声短促了，威吓确乎发生了一点效力。

母亲正坐在炕上为她自己的新鞋刺绣。各色丝线筐，摊在她的膝盖上。她面向着窗，这时回过脸来小声问："你又要作什么？一动就跑，不会一步一步地走吗？你妹妹刚睡着，又要惊醒她……把别烈器的炉底透透，添几块煤进去。"又回过脸来说："作什么那样忙，不把煤块敲碎了，就那么一大块一大块添上去，不把火压灭了！"

我是怎样地着急呀！一时又找不到敲煤的铲子，就攀着煤块轻轻向地下砸。其实，铲子就在别烈器的炉脚下，母亲说了我还没看见，直到指给我，才把煤块敲碎。而且还得轻轻地把炉门打开，轻轻地用铁铲把碎煤块投进去，这是掩饰自己的心慌，惊醒妹妹倒是小事情。

"崔婆在厨房里作什么？"母亲背着我问。

"给我纳鞋底呢！"这时我已经把炕壁上的三只耳的皮帽子摘下来放在背后，一手用火钳透着炉底，作出安静无事的神气。而洛布达正两眼灼灼地望着我，仿佛我的秘密它都深切了解似的，我用眼睛瞪瞪它，它就摇着尾巴，躲开眼睛向别处望，那意思表明，它是很怕触怒我的。等到走至门口，又回头望望我，看见我仍然向它怒视，就舐舐嘴唇，表示极无聊的神气，到外屋角落里卧伏下去。我是深怕它听见院外的跑声而吠叫，那就会唤起了母亲对我的注意，我想院外快有跑步声出现了，尽想很迅速地溜出去，洛布达也仿佛在注意侦听什么，两只耳朵不时地扇动。我就用眼睛向它怒视，它虽然在我的眼光下蜷伏起头来，尾巴夹在后腿间，可是耳朵仍然不时地竖立，并且状似瞌睡，实际上还偷眼窥伺着我。

"你蹲在那里作什么呢！"母亲忽然说。

"没有什么。"

我责备我自己，早就该溜出去了。为什么老是蹲在那里呢！透完炉底那该是多好的机会呀！可是我还等着什么，现在母亲注意了，我又不好立刻挪动。定定地蹲在炉子旁边，用全力侦听着院外，可有什么脚步动静？就是这时候，我嗅到一种布料燃烧的烟气，原来我的长袍子前襟接触着煤灰，烧了一块。若不是听到金锁儿高声咳嗽——我想这是他故意给我的暗号——我还瞠惑地望着烧了一个小洞的衣襟发呆呢！

现在我的智力立刻恢复了，站起来，悄悄离开了母亲的卧室。果然洛布达是侦伺着我的举止，立刻跳起来，抖索着身子，汪汪吠了两声。

"你又到后院去作什么？"母亲的声音。

"试鞋底！"我不知道怎么这样聪明，我自己都吃惊回答得是这样快，这样理直气壮。

听见克克的哭声，她是给洛布达惊醒了。趁着母亲的注意力集中在哄她重新入睡而鼻吟的工夫，我悄悄开开院门，并威胁着洛布达，禁止它跳出门去，为的是险些它破坏了我的出游，并且朝它下颏踢去，可是它仿佛早有防备，反而伏身从我脚下跳到门外去了。

二

北方的冬天，下雪的前一天，就是没有呼啸尖锐的寒风，空气也是冷到刺骨的；而大雪落下以后，气息又特别的暖和，仿佛它们的工作完毕而休息似的。这和夏日的雨夕之前那种酷热，雨落之后又凉爽的气候，正相反。

这天晚上的天气，很温和，正是雪后的日子。洛布达一窜出门，就望空高吠，表示着它的双倍的愉快。只有从囚牢里走出来的犯人，又遇到风平日暖的日子，才能理解这种双倍的愉快。那时候，我继续叱吓着它，没有踢它而且让它跑出来了非常不甘心，尤其是洛布达不时回顾我的那双眼睛的神气，全不把我的威胁放在心里。

更觉着它那狡黠姿态的可恨。它现在是嗅着墙脚走,望见我将要走近了,就又似一个胸襟磊落的英雄似的,摇着短尾向前跑几步,继续寻求墙脚上某种气息了。我一点也不露声色,心想不使它防备,一遇机会就用力踢它一下,这种心理,不单是由于它违背我的意旨,从我的脚步下逃出门来,主要的是它拿我当孩子欺侮。那回顾的眼睛是说:"你威吓我作什么,悄声点吧! 小主人。我反正也不碍你。"车道两边,从临街车门直延展到我背后的大院落,全是昨天一整天落的雪,经过一夜,就冻坚实了。除了当中一条行人道,印满交错的鞋底痕迹外,一色是高高低低的海波形雪原,就是雪层高岭的岭线,都完美地保持着昨晚上寒风的趋势,只有在这里可以理解"风姿"的真正的意义。两边的板墙全挂着雪块,有的壁板上的雪块,缺了一角,可以看出那是人力震动掉的。至于临街口的车门的茅草檐上,完全垂落着冰柱了,一排利刃般悬挂在上面,我很快地越过这里,怕那冰柱上的寒冷的水滴儿,它正淋漓地滴着呢,虽然太阳已经落下去半小时了,而且白天又不是艳阳天。

洛布达沿着墙脚的雪层上,遗留下花瓣形的脚迹,仿佛洁白纸上印的一排朴素的图案似的的。当我在车门的冰柱下跳跃的工夫,洛布达就吃惊地夹着尾巴窜到街口,不想它是在时时刻刻防备我呢! 停下来刚想回望我,我就跺着脚威胁它,它又跑开了。我的心这才得以舒展,出门时所有的气愤,在那威吓它的一瞬间全消失了。

实在呢,我还担心追赶不到金锁儿。父亲的商店门市口的空地上,围集着许多人,我不知怎么在寻找金锁儿的紧急的时候,会窜入这些人丛里去,从这里可以知道,实际上我不是对于红旗河有特别兴致,不过借机到街上来玩玩而已。我想那时:这里一定出了什么案子。但明明从人腿空隙里窥见是个鱼场。可是仍然窜进去了。不想洛布达也随着我窜进来了。现入我眼睛里的是山堆的日本青鱼,箱装的冻鲤,那些箱子全打开盖子。鱼目血红,而不管是青鱼或是鲤鱼,都包在冰衣里。鱼场主人忙碌着收钱,一边高声报着数目:"又是一圆,伙计! 挑大的串十条!"他是传声给他的助手听的,精神却完全注意在银洋上,用食指挑着,每收入一块就用另一块袁洋敲着,迅捷地投入地摊中心的破竹篮里去。他的助手一边应和着:"知道了——又一个十条。"一边串着鱼。串鱼针是铁条作的,尖端有洞,一尾一尾串着鱼眼。洞里可以套麻绳,把串鱼针一抽,那些鱼就移到麻绳上,可以用手提了。这只是青鱼,至于鲤鱼,他是用麻绳在鲤鱼尾上作扣,倒提在买主手里的。这助手是一个年轻人,头戴旧的商人皮帽,古铜色棉袍的前襟,卷在腰里。他的串鱼手法是那么熟练,两手冻得血红,挂满片片鱼鳞。

鱼场主人是个微胖的中年人,短皮挂,羊皮套裤,上下一色的发光油污,仿佛一个卖猪肉的屠户。他的两手也挂满鱼鳞,冻得又粗又红。可是他一直兴奋地高声唱着,再加袁洋的玲琅声,买主的询问,讨价,还价,形成一片嗡鸣。

当我一进去,他就望见我,迅捷地用手在我嘴唇里抹了一下。这完全出乎我意料,又腥又冷,我吐口唾沫,用手背擦着。他就大声笑起来,仿佛这是欢迎礼似的,我真不知道为什么那些粗鲁的山东人以这样的欢迎式对待他们心爱的小朋友,而且团聚在那里的人,也以此为乐。我又望见金锁儿也站在这里,他的两手按着膝盖,俯着腰,正入神地观望那鱼场主人串鱼的手法。我望见他并不去打招呼,还自庆没有让他看见,否则他一定也望着我大笑。我也摹拟着他的姿态,故意向前趋身,两手按膝,我私心以为这姿式是美的。另外还有些县立小学的学生,他们都戴着我所羡慕的有皮耳的制帽,手里提着冰鞋。不过他们是蹲在那里。他们都入迷地注视着人家串鱼。特别是一个穿旧棉袍的学生,满面痴气,左耳轮上拴着个红线,在那里出神地观望,更显得愚蠢可欺了。他那旧棉袍本来就短,他的两手从袍襟插入裤子里,棉袍就来到膝盖,露出胯骨。那部份的裤子全破了,有一大块新补钉。裤子是蓝色的,补钉是黑色的,又用的白线,这不调和的色彩,显得寒伧而褴褛。我想:这样穷的人怎么也上学堂呢!后来他说过,母亲早亡了,那块大补钉还是他父亲手缝的。他父亲是西城的木匠,他叫小和尚,在学堂叫魏学文。

那时鱼场主人又大声高喊起来："伙计！挑大的呀！"又向买主说："这条又肥又大！我不骗你，伙计把这条串上。"

"不要那条，不要那条，都压坏了。"

"伙计，买主说不要那条——来，咱们换一条。"顺手他就掷过去一尾："那条有两斤重——好，小的咱们不要，换大的，说真话，这条可有十两重吧！你看看，是吧！好生意就好作当着真人我是不说假话的。伙计，串上这条。"他在说话时还夹着："刚从海口运进来，你向石头上敲敲，八八响，还说不新鲜。"这是另外顾客说的。人们都微笑地望着他，仿佛他话里含的欺骗成分：变成可爱的了；而且，又那么有诱惑力，相信一个刚吵过架的人，离开使他愤怒的妻子不久，只要在这里路过，有一两个字眼吹入他耳朵里，也会忘情地回脸望望这鱼主人而不禁对他微笑。

那些青鱼冻得都挺结实，而且冰滑，有一条他刚投到鱼堆上，那裹着冰衣的青鱼，又滑下来。滑到麻袋场子外的土地上。

"呵！"他纳罕地向着青鱼说："你还要滑冰儿玩哪！"第三次掷上去，这次掷的姿式是那么突然，仿佛是投掷一块烫手的炭火，他吹着手指："夫——夫——它还咬呢！"那狡滑的眼睛环顾着鱼摊前蹲踞的小学生们，作出吃惊的神色。我们知道他是骗人，可是那瞬间都为他的作伪所欺，而瞪惑地互相观望，并注视着他那血红的手指，金锁儿最先笑起来，我也就从声地笑，表示自己不受他的欺骗。可是他立刻提起那条咬人青鱼，让我们摸摸，可是谁也不敢动手，我从他那不怀好意的眼睛里窥出，他不是想朝摸探者的袖口里放，就要塞入人家衣领里，冰冰脖子。那是多么怕人的冰凉感觉呀！果然他向我们动起手来，我们都躲避开，临到自己还距离三五寸，就缩着脖子可怕地呼叫。临到别人又兴致勃勃地巴望着。不想魏学文在躲避时，竟跌倒了。因为他的两手是插在裤筒里，跌倒时仿佛失去双臂的人，抖动着想要挣扎起来，口里还应和着我们的笑声，但声音含糊不清，距离啼哭的界限不远了。但他的同伴帮他立起来，他那异样的笑声还继续着，只是气色沮丧，那瞬间仿佛介立在哭笑之间，犹疑不绝。突然他咧开嘴，笑声转变；而且泪水扑索地滴落下来，我奇怪为什么那时他的两手还不从裤筒里抽出来，而且安然用舌头舔着嘴唇，那泪水是沿着嘴角流滴着。而鱼场主人一无感觉地应付他的顾主了。那顾主是个韩国乡绅，戴着高装的黑布风帽；穿着朝鲜白缎子制的棉袍，他身后还跟随着一个短打扮的韩国农民，头上围着包头巾。从腕上吊着的短鞭子看，又是一个车夫。只见洛布达在人丛间向他吠着，摆头摇尾，仿佛是对待父亲的熟友似的，那韩国乡绅向它低声呼唤并招手。正在这时金锁儿高声说什么，他那激动的脸色上有一种特别的气质，我立刻给这激动的脸色所感染。一匹猎狗会在它的伙伴某种竖耳的动作上，唤起对于某种声响的注意的。现在和这种情形一样，我的脑子里现出红旗河的冰场来。金锁儿用眼睛向我示意，我就和他们分头从人丛的大腿间窜出来，在人群外说话就听得清楚，我意识到的，果然是到红旗河去。现在想来，若不是魏学文的啼哭打破了我们那团儿兴致，还不知继续在那鱼场周围守望多久呢？我们简直忘却了那冰场的诱惑了。

谁也没劝说魏学文，而他已经停止啼哭；居然声音很爽快地说："我们跑步去呀！"那时他的眼角还挂着泪滴儿，睫毛还泪洒洒的。

"金锁儿！咱们不要跑！"我说，并不向魏学文望。我心想鱼场主人和他玩儿，他自己不小心，跌倒了，就哭，私心很蔑视他。

"可是我们的冰场要让韩国人先占了。"他注视着我说。声音挺温和，眼光又亲切。本来我的私见要解除了，可是望着他那隐蔽在袍襟底下的两臂，我的反感又增加了一倍。

"为什么你老是望着我呢！"

我很惶惑，就向金锁儿说；"你看，我那儿望过他呢！"

"他望着呢？怎么样？"金锁儿说："你还怕人家望呀！苦瓜精；走！咱们别理他。"

"我不去了。"他说。"不去就不去，谁还请你呀！"金锁儿说。那时天气已经昏暗，冬天的路灯点得特别早，现在显出它们的光辉来。街道上来往行人很多,那么些腕上吊着短柄鞭子的韩国农户,那么些穿牛皮靴短的庄稼人,他们的皮袍全卷在腰里,还有那些戴大耳狗皮帽子的山客。他们有的来自东部的大草原,有的来自北部的森林区,有的来自图们江上游的窝棚。带着木耳、蜂蜜、黄花菜、口蘑、海参,以及各种野味,批发给沿街设摊的摊主,又置买年货带回去,包括香纸,鞭炮之类。不知怎么样,我现在又巴望魏学文能够追上来,穿越这些行人丛中的时候,我时时回顾着。因而四轮的农车来到我身边,才注意到那些马匹的鬃毛上全结着红布条,看来是这样新鲜,有年除夕一天天逼近了的感觉。那些车套上的铜环子、铜纽、铜钉子,那些牲口笼头上的铜扣子、铜圈,以及项铃,全发着光。可以看出这些庄稼人是多么愉快地迎接这新年,更可以知道这是怎么一个丰收的年程。进城来置买衣料首饰的屯落妇女,全坐在车上。若是车上拉着年货,她们就坐在盖货物的干草上,高高的尊严的仿佛进入贵人的露天大礼堂,头上都插着腊制的鲜花,而且衣着也都崭新。不知什么时候,洛布达赶上我们,听见吠声才发现它。它是在行人板下的街道上走的,每遇见跟随着农车走的村狗,它就迎上前去闻嗅,胆大一点的村狗,警戒地停立一会子就走开去,胆小一点的不待它接近就夹着尾巴窜到它的主人车夫的面前去了。更有的从车左躲到车右边去,不管胆量怎样不同,它们都有一个相同点,那就是惶惶不安,步伐又匆急,它们一旦离开熟悉的村落,走入这行人稠密的城市,再加种种的乱杂声音,完全都是陌生的,这一切都使它们的威势减小,而它们的神气却装作匆忙得很,仿佛他们的主人一样,有许多事要办似的。一分钟也不能耽搁。

"洛布达,洛布达!"我听见唤它的声音,那是魏学文,他已在我们对面的行人板上跑着,招呼时,并且向我望了一下,看出我没有恶意,那眼睛仿佛说:"你看,你们家的狗,都和我混熟了。"洛布达果真躲闪着车辆横穿过街道,在他身侧跳跃着,骤然竞赛似的,向前跑去,而且越过他,离开他丈把路,又跳下行人板,去迎阻另一辆农车旁的村狗了。

三

这条西大街是在这荒僻县城的西门城门外,最繁盛的一条街市。那些屯落来的农车多数都在这里停歇,不卸牲口,就在它们项下放开草料口袋,任凭它们站在那儿吃,车主就在附近的年货摊上观看货色,车上留着个穿新衣服的小孩子守望着,有的是打扮得挺新的少妇,这可以想像到她和车夫不是夫妻就是邻居。至于那些屯落的大粮户们的妇女,多半是车一停就下来照顾街两旁的绸缎店或是华洋杂货行去了,和小农家的车辆正相反,车夫一步不挪或是手抚摸着辕马臀部,一臂倚靠着马背,眼睛注视着行人而神色一无所见的,现出在那里痴思呆想的样子,不用说那时他是用一只腿站着的,另一只的膝蜷曲着;或是倒在车上用毯子裹住身子睡觉。他们都多少地喝了点酒,说是抵挡寒气。这一类车辆的牲口,比前一类就肥得多了,极少是牙口老的,多半的毛色光润生辉,可见它们的口料不只是干草,而那车辆的零件也无一不讲究,无一不完美。若是路程远的车辆,天晚才赶进城去的,全在东门外的大店里停歇,自然经过这里也不落脚。现在我们遇见的正是这类农车,而两旁空道上遗留着牲口粪和零散的干草,表示日落以前这里还停过车马,如今早离城一二十里路了。街市越向西越渐阴暗冷寂,由于交易稀少,商店都吝啬它们的灯光,进而行人也就越发冷落了。这是互为因果的,只有一家的门口灯光辉煌的,老远就望见大玻璃里的摆设了,门前的那块街道发白,雪积都失去色泽了。那是日本商店藤井居,窗厨虽有各种小巧的日用品,工艺品,儿童玩具,糖果的排列,主要营业却是酿酒。路过时我望见一个中国店友,在那儿擦当中的玻璃橱。另外还听见一种口哨声。面对着藤井居是一个宽胡同,直通红旗河。在这里我就听见那些在一二十里外奔驰着的车辆和牲口项铃串铃的交奏了,此外是嘶嘶作响的声音,那是发自藤井居的汽灯。又有一种飘渺的喧闹声,这里的冬夜是多么寂静呀:

偶尔还可听见街上的警察步行声,他们是穿着有铁钉的短统皮靴。那夜空扬溢着的愉快的声波逐渐明朗,使我的精神顿加灵敏。

"听!他们……"金锁儿欢呼道,"快……跑步。"

于是我们跑起来。这里的雪又闪光了,我们眼前失去汽油灯的闪光。周围微黑,而西墙上有一边缘月色,东墙是合记油坊的院落,从那马打着响鼻的声音里,可以听出它是刚下工,蹄子敲着石头得得作响。而且唤起一阵狗吠,它们是听见我们的跑步声而隔着板壁追逐,爪子扑动板壁,仿佛要撞破木板来撕咬我们。洛布达突然转回来,鼻子贴着板壁闻嗅,魏学文就呼唤它:"洛布达,洛布达。"仿佛他是洛布达的小主人一样。

我们看见胡同口的尽端,一道横躺在月色下的红旗河了。河上铺着雪毡,对岸有三五株矮松,枝叶上全垂挂着雪块子,向南无尽止地伸展开去的雪原,在月亮下发着银白的光辉。河身越来越广阔,现在我们是跑出胡同口,立刻看见两组短小的黑影子,中间只距离十步远,彼此保持着互不越界相侵的秩序,各自成队地在那儿打滑嘶溜儿,河冰在他们的脚下闪着两道黄色的金光,从南岸到北岸。遥远一些的下游,也有一组小的黑影,不过他们在白的冰面上,是从东到西地顺着河面来往飞闪,围巾都在他们的背后飘抖着,可见有多么迅捷了,他们是些脚踏滑冰鞋的红旗河的骄子。有的远在一里以外滑行。

金锁儿带领着他的同伴,欢呼着跑下岸去了,一到河边,他们就形成一串飞闪过去,那已不是走,而是滑。仿佛有帆的船,驶行在顺风的急流里那种飘然的韵致。洛布达却在河冰的边缘上吠叫着,一会子俯鼻嗅水,一会子沿着河岸跑,仿佛急于要找到有土路的地方走过去,终于没找到,回顾着我发出哀鸣。我向东,它也追到东面迎我,我向西,它又从西边来迎我。又用爪子扑我的膝盖,想要舔舔我的手。很容易看出它这种媚我的姿态,是祈求我把它带过去,至少也是表示怕我把它孤单地撇在岸上。我那时就扬脚踢它,因为它阻挡着我的路,我的注意完全集中在那些飘闪的小黑影上了。又急欲要尝试这宽阔河面上滑冰的滋味；又胆怯地时时担心冰河受不住重负而下陷。自己都顾不过来，那还有余心照料洛布达呢！

"不要紧，快来呀！"我听出是魏学文的声音，而且已经踏脚在冰面上。河冰坚固，满布着冻裂的纹，纹深三五尺，可见河冰的厚度了。走出不远，我也就小步跑着顿然再平展两臂滑过去。一直顺着河流的斜度滑过去，将近一组滑冰者，我才听出发自那些韩国孩子的喧闹。现在想来，这是有趣的儿童心理。红旗河是那样宽，为什么儿时的同伴和韩国孩子却集中在距离很近的冰面上玩，仿佛彼此有着某种吸引力，而实在又是常常斗殴。为什么不上下游分开，一如这里的冰面特别宝贵似的。越是嫉视，越是每夜就近来往，找岔口打架。当时我想躲开那些韩国孩子，从他们背后滑过去，这得绕一个圈儿，很显明地会让那些韩国孩子看出我的规避。就违背自己的意旨，从他们的滑行阵列中打横穿过去，心又胆怯，又不服软，明明知道这将立刻引起撕打。那时我巴望金锁儿能注意我，但他是穿着滑冰鞋向上游迅捷地飘过去了，那神气是从他一离河岸就忘记我了，也忘记他率领来的没有滑冰鞋的同伴，引起他注意的只是下游那些飞闪的黑影，这儿用钉有铁钉子的鞋底滑冰的集团，全失去了意义。只听夜空飘着的洪亮的声音："还有谁呀！"那是金锁儿的声音，他追随着一个围白围巾的影子问。他们前后相距两丈远，都是用一双脚在冰上曲线形飞闪着，一会子向南弯，一会子向北弯。我嘴里连声喊着："金锁儿！"实在他离我半里远，明知听不见，不过为了一半是向那些韩国孩子表示我不止一个人，一半是想唤起那群中国孩子的注意。那时有一个头戴白帽帕的韩国孩子，侧身正当住我的路线，他站在那儿望着我，我却不敢望他，怕眼光相触，更容易促成撕斗。穿过他面前时，我放弃了滑行，匆促地走起来，防备他趁我滑行时给暗亏吃。

"金锁儿！"我巴望魏学文能听见我的招呼。因为我逐渐走近那个戴白毡帕子的了。而且他的同伴们的滑行的阵列，现在散了，并停止了喧笑,顿然哑静,朝一块儿围拢,拥护着那戴白帽子的韩国孩子阻搁我似的,都集立在他背后,他们的眼睛都灼灼发光,带着挑战的神气,仿佛都在说:不许你通过,你要是不改路子,想从我们冰道超过,就揍你。他们的身量都比我高,有的是十五六岁,他们全戴着日本普通小学的制帽,帽徽和漆皮帽舌闪着月光,在他们眼前这个穿长袍戴小商人皮帽的孩子,自然是可欺悔的了。我越走近他们,脚步就越缓慢,在他们面前几乎停下来。我装着等候洛布达的神气,我真不知道怎么会这样自然,实在我要哭。我回头呼唤着:"洛布达,洛布达!"那时洛布达已经在河冰的雪上走着了,还闻嗅什么! 听我一喊,就欢声吠着跑来,我正想去迎接它,实在是借机绕过,而魏学文跑来了,用英勇的气势说:"怕他们怎么的。"我奇怪他的两手怎么还是插在裤筒里。我走过去的步伐缓慢,那姿态是很怕背后着一拳的,而警戒着,经过戴白帽子的韩国小学生面前,觉得围巾擦了一下我的手背,它是垂在他胸前的,还微微抖动着,夜空仿佛有点风。走过来我又回头望了望,他们之间互作声色,声色之间是埋怨他们失去这撕打的机会似的,而且纷纷向魏学文敌视着,不久也就散开,又恢复他们那滑行的队形了。

后来魏学文告诉我:"大老崔没有来,若是他在场,刚才一定打得落花流水的。我已经带来七节鞭了。"还说他就用铁链般的七节鞭做裤腰带。到现在我才知道,为什么他的两手老是插在裤筒里了。又说大老崔是韩国酒商的儿子,最霸道。我也说我们天井后的大院落有个密加,我和他打过三次架。我说这说的意思,并不是向他讨好,实在呢! 私心也真感激他。那种感激就像装作招呼洛布达时那种要笑的程度相等。

谈话时我们俩手拉手滑着,我们都感到未曾有的愉快。我们都沉醉在这友谊里了。他告诉我,再过五年高小就毕业了,他要去考考讲武堂,或是投军,将来出征去讨伐。我非常羡慕他,就说,我明年也要入学了。我惭愧自己说不出志愿,因为我没有这些常识,就是法学院毕业可以做推及官司都不知道。

"我的寒假作业还没做呢,寒假就快完了。"魏学文低头望着脚说,"一过年就要开学了。"他突然抬起头来说,"你看那就是我们的学校。"

我们都停住了,北岸展开一片清楚的城市夜景,我不知道什么时候,月亮来到我们头上了,星空明朗,展在我们眼前的,是远处的城墙,那城墙的垛口,一个个排列着,墙外是块黑乎乎的树林,枝叶间挂着雪,墙里望得见一两根冲霄的旗杆,再远一些就是一个澡堂的红灯了,仿佛悬在半空的气球样。魏学文手指的方向是城东北角落。一片掩盖着白雪的屋顶。那些屋顶的烟囱,黑影倒立,有长有短。隐在这片白屋顶的末端,是几株排立的白杨树尖。是那么渺远,近乎夜的天际了。魏学文说那些白杨树就是县立高等小学的院子,排列在课室外的。若是落雪日子,他们就不到操场去朝会,站在有白杨这个院落的两廊站排,校长就站在两排白杨夹峙的走道上训话。最后我们发觉冰道上已经没有一个人影了,而且我们还没离开红旗河。就听见东城传来的钟声。

洛布达在我们面前跑着,等分手魏学文对我说:"明天我来找你们呀!"

"你在后天井喊我一声就行,可别在前院喊,怕我妈妈听到。"我说。这晚留在我脑子里最深的印象是:"讲武堂""寒假作业""朝会"这些字眼以及立在城东北的白杨的排列及那些韩国孩子集聚的威胁眼光。

四

我伏在后天井的板篱上轻轻招呼一声崔婆就悄悄打开门,低声说:"怎么这么晚才回来,要你娘知道又该受罚了。"

"姥娘我告诉你,"她把耳亲俯在我的嘴巴前我就密密地告诉她到红旗河去了。

"这孩子可了不得……洛布达呢?"

我知道她有吃惊,就连笑带跳地答声"在后边"就跑开了,我是非凡地愉快,还没进后屋听见母亲愉快的声音,从那声音可以知道克克一定醒了,父亲一定还没回来,母亲一个人逗她玩呢！我一跳进去果然母亲自己坐在炕上,克克两只小手分开,各手抱住一个手指,站在那儿学步伐,我不自主地叫了声"妈",仿佛有要紧事儿吐露似的,乃至母亲向我注目,我又不敢说了。母亲的眼睛也仿佛注意到我脸色的兴奋,说到:"又和谁玩去了？"

说话的声音很喜欢,我知道母亲的心情是愉快的,在这个时候就是做错了什么也不会受责罚的,她询问我,只注意我,两手依然很高兴地擎着,那神气是一听我说完就依旧教导克克走路,那时候洛布达跳进来鼻子发出一种低微的哼声,抖摆着尾巴,也仿佛向女主人述说这次愉快的旅行似的。

这是我第一次对母亲没有说出想说的话,要保守自己的秘密,而且我的愉快埋在心里,那时又那么难受啊！小三点在这年冬天,整日卧伏在被窝里,或是蜷缩在厨房的灶口旁取暖,有太阳的天它站立着,两眼迟钝地发呆,走两步,很疲倦的姿式更显示它是衰老了。现在短促地向洛布达吠叫,我就望着洛布达说:"妈！洛布达舐小三点的耳朵呢！怎么小三点不愿和它玩了？"

"小三点老了吗！"母亲说:"下炕来,怎么进屋,帽子也不摘,我看看。"那时母亲把克克放在膝盖上,又叫我靠近去,要察看我耳轮冻伤的部份,说是:"再若是从外面走进来别烤火,"母亲虽是这么说,眼睛却注意望着我的面部,望着我的眼睛,她那目光充满了爱抚,口里还追嘱:"别动我再看看哪！ …… 就是嘴唇薄点……,……"

"妈！小三点怎么没长大就老了？"

"小三点就长那么大！"母亲用双手捧着我的下颏说。

"洛布达呢？"

"洛布达刚四岁。"

"小三点呢？"

"小三点八九岁了,"母亲放开手说,"坐起来抱抱克克给我看。"

我在母亲说话时,就匍伏在炕上了,两手环抱着她膝盖。现在我坐起来,两腿叠在臀后,那时候,突然传来喊门声,我就高声应着说:"来了。"跳下炕去。

回来的是父亲。戴着高装的狐皮围领。进门解开它就呼出一口气。那呼气声是父亲从严寒的外面走进来时,所常听到的,尤其是落雪的日子。

"都十点钟了,你这个公子,还不去睡觉。"父亲第一句话就是向我说。说话时,眼光向我嘲笑地注视。

我望望母亲,意思是母亲能代我说话,然而母亲的脸色,在父亲初进屋那瞬间,就变作冰冷,仿佛暖气给父亲带进的风吹散了,并且不向父亲望,尽是低着头向克克说:"怎么?还想玩。"那口气也就疲倦欲睡了。

我记起来,父亲和母亲为了居留的问题,很久就不交谈了,彼此从早到晚都不打招呼,这天晚上,父亲穿着深蓝色库缎面的猞猁皮袍,脸上带着宴后的微笑。眼光永远是讥嘲的,蔑视一切地笑着。又恢复以往父亲商店兴旺日子似的愉快了。"老妖呢?睡了吗?"在这时候,他往往称呼崔婆作老妖的。母亲明知道是问她,可是故作不知,低着头逗克克玩儿。父亲又嘲笑地用眼睛向我示意,似乎说:"你看看,你娘多么会装模作样呀!"就说:"连儿,把袍子给爸爸挂起来!你那是怎么瞅我呀!不认识吗?"

我把袍子接过来,眼睛还是望着父亲,觉得父亲是喝醉了!他是很少望着我笑的。往日,阴沉,阴沉,除了他日常不离手的水烟袋,任什么都望不见似的。任什么都失去了存在意义似的。可是现在他满脸扬溢着红光,仿佛阴云日久的天空,顿然变成晴空万里的春季似的,太阳放光了,我也就像墙角落的小草,受着这阳光的沐浴。

"你几岁了?"父亲两手拉过我的两手去。

"七岁!"

"七岁了呀! 人家七岁都上学校读书了,你呢?"

"我也要。"

"你要什么? 你要和洛布达作朋友呀! 不是吗? 你要蹲灶口帮着老妖烧火呀! 你也知道要读书吗?"

"知道。"我补充着说:"我高级小学毕了业,就入讲武堂,将来带军队出去征伐!"

"呵呀! 你真不得了呢! 还想带军队呀! 真是了不起,了不起。"父亲说话时向母亲望了三次,仿佛让母亲听听我的志向。实在呢! 父亲想和母亲讲和了,只从他那望母亲的神色上,就可以看出父亲之所以和我谈着玩儿,完全是取悦母亲。可是母亲作出完全没有感觉的神气,既不向父亲看,也不向我望。

"了不起,了不起。"父亲重复着又说一遍,仍然没得到母亲的注视,就结束道:"明年一定送你到学校去,到炕上睡去吧。"然后抽着水烟,开始向母亲说话了:"你若不愿意回海南家,咱们就在这里落户吧! 明年送连儿入学,咱们住在这里也不合适,你知道咱们这几间临街房子卖掉了,以后得租人家的房子住了。"

直到现在母亲才向父亲望了望,仿佛不明白他所说的话一样。

"咱们有万把块钱金票的债呀!"父亲说:"你想明年开春还得一笔大款子开支,我想让金秉湖到黑顶山去经管垦荒,那里离着韩国近,一过图们江就是高丽屯子,多招高丽地户开荒,三年不要租,还得供他们吃粮。这得多大的现款向里填呀! 若是咱们回海南去呢! 把那几百垧荒地一卖,再加骆驼河子那百十垧熟地,回去不也是一个一两千亩地的财主吗? 你想……"

母亲说:"金秉湖傍晚来过!"

"来了吗?"父亲得不到回话又说:"你还小孩子气呢! 你说怎么样吧! 我听听。"

"我是不想回去。你们爷儿愿意怎么的就怎么的,我不管,也不愿意让人家管。"

"不回去怎么样呢? 在这关东住一辈子吗?"

"住一辈子。"

"你呢!公子!"

"我和妈住在一块儿!"

"好吧!"父亲笑着说:"你们娘儿俩住在这儿吧!给你们留下那块荒,你们去经营吧!我可不想操心。我一个人到青岛去住了。就这样,睡去吧!去!你还坐在我旁边作什么,坐在你娘身边去吧!"那时崔婆走进来了,她每晚就寝前,来安置别烈器煤炉的底火,就是说加入大块的煤,再用灰埋培起来,那样就能使炉火的温度保持到黎明。父亲就向她说:"崔婆你呢!"

"我那不是煮猪碎吗!"崔婆的耳朵有点重听,这是半年前的事情,"烧了有两普特木桦子。刚从锅里捞出来。今天晚上若是变天气,还想作肉冻,也不知明年是什么年程,腊月底了反而暖和起来。……老财东又是喝了酒,笑我唠叨啦。"

"年娇锅都预备好了吧!"父亲说。

"都预备好了呀!五蒸笼豆馅包,菜馅包。五六百冻饺,荤的素的都有。前几天买的卷心白菜,九十几斤,冻坏的就有十几斤,本来还想蒸几笼白菜馅包子呢!可倒好,十几斤冻坏了的。海带和木耳也都用水泡上了,可是我没买鲤鱼呢!在咱们前边摆鱼摊子的老方,过小年还不送三尾五尾的。咱没见他那样的人,送礼早就该送了。

"你就是这样,不该管的也管,自己买几条好了吗?"

"真是老财东说的。"崔婆笑着:"我看着这些说大话使小钱的人就生气,要是咱们租给谁,那怕香纸摊呢!除了租银还得送挂小鞭给连儿放呢!这可倒好,租钱不要,连鲤鱼也不送一尾来……"

"你不是弄好炉子了吗?回去歇着吧!累了一天啦。"母亲说。

"茶壶还得熟,若不,实榴他大叔半夜口渴又该招呼了。"当崔婆走出去的时候,向我示意!赶快到厨房来。我摇了摇头,表示爸爸见我下炕,一定追问什么。实际我想睡觉了。可是又奇怪崔婆叫我到厨房作什么呢?还听见崔婆在外间驱逐洛布达的声音。终于耐不住,就偷偷溜下炕来。

原来金秉湖送给崔婆十尾青鱼,一把烟叶,三块韩国年糕。因为他们是有着债主和贷款人的关系,按照中国习惯,逢年过节是少不了礼物的。这晚上崔婆蒸了块韩国年糕,自己吃了一半,留下一半给我。我进屋时,她就说:"趁着热吃,凉了吃就不好了。"并且不许我走开,还得眼望着我吃完,又用手巾把我嘴角和手指的油腻擦净,才舒心地说:"去吧! 乖孩子。"我感觉到那眼光是怎样地望着我,仿佛我离开厨房,她还会定定地望着空间,一如我的背向着她正往外走一样。

第二章

一

年前那几天又严寒起来,母亲寝室的玻璃窗上整天结着一层霜,院外的任什么景色都望不见。这样的天气,我就越发寂寞,坐在炕上不是在玻璃窗上划字玩,就是陪伴克克嬉戏。在玻璃窗上用指甲不管划些什么,立刻就会给一层薄薄的雾所蒙蔽,而且越来越厚,到底还是结为一层霜,因为室外太寒冷了,而室内的煤炉又太暖,就是把玻璃揩干净,一沾温气还是挂霜流的;有时背着母亲用舌尖舔,或是向上呵气,那块地方给热气所溶,化成水流,那块地方结的霜就更厚。

母亲终日忙着针线,大部份是克克过年的穿戴,自然没有工夫陪我玩耍。只有克克睡了的时候,我稍微一挪动,母亲就小声说:"别碰着她,她刚睡。"正如一般忙针线的母亲一样地珍贵孩子的睡眠时间,为的是那一刻的安静,所以我当一个人玩腻了的工夫,就搬出我的香烟卡图的宝库,一张一张地排列在炕上,挑选情调相同的摆在一起,譬如"烟台海景"和"姑苏夜航"配成对,"红拂夜奔"和"莺莺拜月"放在一起。

父亲回来了,带着一个俄国商人,这商人是刘布林斯基的助手,跟着刘布林斯基来过一次。父亲说,房产已经卖给他,今天是来点收家具的,是凡店里的物件,全编号,贴上有俄国字的标记。那俄国人,体格魁梧,又穿着尼古拉制的军装冬大衣,胸前两排铜扣,后背开襟,腰以下很宽阔,这潇洒的装束,俨然是一个英俊的退伍的轻骑兵。他不断地和父亲谈着话,我清楚听见他们是在寝室前的门市部里的走动声,挪动桌椅声。我就匆忙地收拾起香烟卡图,母亲小声说:"不要去!"

"怎么的?"

"不怎么的。你去作什么?"

母亲的神色不安,仿佛我们的家产是给刘布林斯基查抄了似的,时时停下剪刀来。那时崔婆悄悄进来了。从她的脸色上看出这是一件不幸的交易。

"是来点收的吧!"她小声问。

"是呀! 问什么?"母亲仿佛忌讳说这些似的。

"不知道那架燎水壶可也归在内没有?"

母亲不说话,脸色微白,尽自低头裁着克克的花布衣料。我知道崔婆问的是那把红铜的燎水壶,那燎水壶是纯粹俄罗斯式的,高装,圆筒形,三只脚,一个带开关的自来水式壶嘴,顶端是两个壶盖可以装煤倒水,还有一个汽笛,水滚时就呜呜地尖叫。父亲的参庄没歇业时这架燎水壶是日夜不断呜呜着。现在贮藏在天井那间厢屋里了,还有母亲的瓷花盆,从前住韩四婶大院落时,布置客室的贵重家具。崔婆走出去还说:"老财东平常可说,那座铜水壶带到山东去,街坊邻居有个红白丧喜事的时候,用用……那铜页子是多厚呀! 一块洋钱厚。"

等她走出去,我发觉母亲的眼睫毛间有泪光了。

"妈!"

"作什么?"

我就匍匐到母亲的膝上,母亲抚摸着我的头发说:"靠着我作什么? 到那边去玩。去把香烟牌子拿出来,刚才你不是在那摆布吗?"母亲说话的声音是柔和的。我当时不知道母亲的眼睫间为什么有泪，以为我们穷了，会给刘布林斯基赶出来了。可是后来才知道，我们的商店兑出去得到一万二千金票，这笔款就是用来支付开垦黑顶山那些韩国农户的用费的。而且家业一点没有损失，不知道母亲当时有什么感触。那时母亲依旧剪着布，仿佛不知道眼睫毛间挂着泪，等到泪珠儿旋转欲滴了，才用握剪的手背擦去，我听见父亲和刘布林斯基的助手走出去了，就又匆匆地来到窗台前用手指划出一道宽空。向玻璃外望，只见父亲的鼻子皱着，我看出那是由于院子的气息寒冷，神气间却闪耀着一种愉快和兴奋的混合感。

"妈。"我伏在玻璃上说："他们到厢屋堆栈去了……崔婆给他们开锁了。"

母亲不作声。确乎思索什么似的，现着深思的人连外界的存在都忘记的神气。虽然剪布的声音吃吃作响，我相信母亲那瞬间不知道自己在那儿剪布的。

"妈！我们还住在这儿吗？"

"住在这儿。"

"那么爸爸说把房子卖掉了。"

母亲应声："呵！"

我又问："卖掉了我们不搬吗？"

"搬。"

"搬到那儿去？"

"小孩子老是问什么？"母亲说："你不好好温习你的功课，你爸爸办完事，又该责备你背不熟书了。"

"妈：咱们过年回山东去吗？"

母亲望了我一眼说："你跟着你爸爸回去吧！我和克克留在这里。"

"不。"

"怎么不呢！"母亲每当我这样的表示时候，眼睛里就闪着微笑，而且这微笑是那么慈爱。从我的话里母亲得到了最大的安慰。母亲放下手让我过去说是："过来，我问问你，你爸爸让你去呢？"

"我不去。"又让我再说一遍："若是你爸爸走了呢！"

"连儿他娘。"崔婆又悄悄走进来报告秘密似的说："你那些瓷花盆也算在里边了。"

"算在里边就算在里边吧！反正那些花秧子已经早枯死了。"母亲又拿起针线来说："你别跟在他们背后转来转去呀！"

"我没有，我是给他们开门；厨屋里还有些鸡汤，想作鸡冻，那有闲空跟着转呢！"崔婆儿说这话的口气，又恢复往日那种健康人的响亮声音了，"眼看快到大年晚上啦！又得搬家动灶的！"

她是想引母亲说几句话，想知道确实迁动的日期，然而母亲没有作声。

这一天的晚上，父亲和母亲又吵嘴了，这是年前第二次的吵嘴。开始时候，父亲是很愉快的。他告诉母亲，所有的家具连母亲心爱的布置客厅的桌儿什么的全兑出手了。这愉快不只是由于父亲回家乡的愿望，又除去一层障碍，还由于他今天得到机会温习了一次俄国话，正像一个运动健将，别离球场已经日久年深，一旦有机会再显身手，而且觉得自己的技艺并没有生疏的人一样，那愉快是从心的深处奔放出来的。可是母亲并不去听他那愉快的叹息。她以前听见花盆什么的全算在出兑的货底里，有点怀恋性的悲怨，现在却是愤恨。她是深恶父亲那种独行独断而且一点尊重她的意旨的意思都没有的主张的。先前父亲已答应她在这城市里落户，现在连布置客厅的什物都兑出去了，可见他完全是嬉谈，一点久居的意思都没有。

"把那些家私兑出去作什么？"母亲说，眼光作出不了解的神气，可是我看出母亲是气愤的，所以问的口气这样平淡，为的是加重她准备的第二句话的口气。

"作什么？"父亲讽刺地笑着说："你问得倒古怪，不兑出去留着作什么？你还想在这里住一辈子吗？"老实说，我不满意父亲那种讽刺性的笑容的。我是更和母亲接近了，我喜欢母亲反抗。若是别人对我母亲这样的微笑，蔑视母亲的愤怒，我想当时一定向他表示敌意的,从母亲那发光的眼睛中,我知道母亲的气愤扩大了。

母亲说:"我不愿意和你说话了。你欢喜怎么样就怎么样,你欢喜回海南家去,你就把孩子们都带去,那套红木家具可得给我留下。"当父亲进来时,母亲为了听父亲说什么,曾经把裁克克的衣裳的剪刀放下,现在就又拾起来,作出她已经不再在这问题上争执了,这问题已经解决了。

父亲还是微笑地望着母亲,那眼光仿佛说:"什么使你那么气呢?你看我并没有看重你的愤怒,我是愉快的。"当时我觉得父亲对母亲一点也不仁慈,为什么还气母亲呢?母亲是最痛恶这种微笑的。也就埋着眼睛不让着笑容侵入我的视觉里,我是深深地爱着母亲,我不知道怎么捉弄起母亲的手工来。母亲是那么厉声地说:"你乱动什么?睡去!"声音是那么震耳,我不由得全身一颤。仿佛母亲也觉到我的惊恐异常的脸色了,接着说:"老的给我气受,小的也给我气受。"这话的语气带着含泪的成分,又自语似的说:"克克长大了,就是卖给人家当丫头,也不作偏房!"接着,母亲用手绢蒙住了眼睛。我就抓住母亲的手臂,向下拉,让母亲的双手离开眼睛,仿佛就是我的宽慰。我还小声呼唤着"妈!"而且声音也含着泪了。

父亲说:"去拿来你的论语。"

我不知道父亲为什么偏在这时候,让我背书。又说:"你望着我作什么?你听见没有?拿论语去!"

到现在我才知道为什么入县立小学以后,我就不愿意在家里逗留一刻钟了。不只是外面世界的诱惑,不只是有着使我乐而忘返的同学作对手,主要的还是我的家庭里没有温暖气,无论兴致怎样好,一回到家就给败坏了,正像床上有个病人的屋子一样,不管你是怎样的一个不懂事的孩子,只要站在这屋子里,你说话的声音也不得不放低,脚步不得不缓慢,这肃静的气氛是深深地妨碍着心情的舒放,可是一离开这屋子,你就又会小山羊一样跳着跑开了。我那时的心情,就是这样。

因为我的整个脑子又给论语占据去了。临睡前，我还得认熟三页新的课程，我蹲在窗的一角，默诵着，不久就打瞌睡了，这晚上父亲对母亲说过什么，我可没有注意。

第二天，母亲的脸色可是冰冷的，而父亲的面容也不再是嬉笑的了。父亲的计划是遭遇到一个严重的阻碍了。一个有风趣的司机，几次发现他的载重汽车的发动机有毛病了，几次都是吹着口哨，完全有把握的很快地修理起来；再遇见它停止旋动时候，还会说句俏皮话："你是有意和我捣乱呀！"可是当他发现，这次是超乎他的修理能力之外了，他得望着它转圈子，一切变成被动了的时候，他那眉额也就严重地扭结起来，而且激恼了。

父亲就是这样激恼着的，相反母亲倒很平静，可以看出母亲自己的主意是多么坚决。她平静地指挥崔婆把货栈里的家用木器，检点清楚，堆在院中。又命令雇短工先一日搬到外院那个有大院落的洋房子里去，那就是密加隔壁，从前收容过白俄住宿的洋铁顶的房子。在以前又作过谷仓，这房子是和密加的房子相通的，在我们搬过去之后，才知道是分隔开两个小院落了。

父亲在母亲指挥搬动家具的时候，一直站在屋子中心向外望着。我在院心，清清楚楚看见玻璃窗里的父亲的面影，那脸色是肃静的。父亲是望着站在院心的母亲，而母亲几次转身都不向窗里注意，但那是故意的避讳，仿佛母亲实在也望见窗里的那激恼而又严肃的面影了。

崔婆对母亲说话，带着讨好而谨慎的口气。每次母亲对父亲生气的时候，崔婆都是用这样谨慎口气向母亲说话的，而平常她是站在父亲的立场上讲话的，正像一个有机智的仆人，平常听从主人的意旨，而把主妇放在其次的地位，可是遇到主妇自主地作某一件事，而又明知道这是和主人的意见相违背的，虽然站在主人旁边，也不得不谨慎地听从主妇的指使了。崔婆那时候说："今天，天气还好，一个下半晌就搬完了。"又说："若是今晚上那边没人住，还得找把锁，锁门。"她是那么小心地观察着母亲的神色，而又装作她并不知道父亲和母亲吵过嘴,装作她所知道的是这迁动完全出于父亲的意思,母亲仅仅辅助而已。

父亲走出来了,站在母亲的身旁,望着崔婆和短工搬动到院心的家具。好久,才说:"这些灰尘,得用毛巾沾着水擦干净再搬。"那时父亲望一眼母亲,母亲一句话也没说,就走开了。

"你又作弄洛布达作什么?"父亲的眼光和怒气移到我的身上。

"它老是想朝外跑。"我说。

"放开它,让它跑吧!"

我是怎样地颓丧呀!我已经阻截了好几次,才把它赶进大茶箱作的窝里去的,现在是这样轻易地把洛布达放走了,它在院心摇摆着尾巴,向空跳跃了一下,又抖抖身上的草叶,就跑到门口外去了。

崔婆那时在厨房门口洗毛巾,她是准备换一盆水来擦木器的。我望见她回脸向我瞟一眼,意思是让我躲开父亲到她那儿去。然而我望着她,一点也不挪动,我还是颓丧地站在大茶箱旁边。

"你在那儿做什么?撅着嘴……你!"父亲向我奔过来,我突然放纵着哭声向崔婆跑过去了,这是多么不愉快的家庭呀!没有一个人疼爱我!

仿佛父亲和母亲的激恼,完全由于我的多余的存在似的。

二

年除夕就在这不愉快的情形下,降临了。又因为元宵节前得搬到后面那所大院落里的新居去,所以在这宅子里过年除夕,更是人心不宁。只有崔婆一个人忙着布置外间父亲的憩息室,算是有点迎年的气象。这里是接待拜年的客人,亲友的。财神匾额,桌子,茶几,炕桌,全擦过了,油亮的光辉在木器上闪烁着。供桌围了绣金的红呢桌帏,神位上的匾额用红绸子扎着彩球,锡制的蜡台,插着金字红烛,一切是布置得和大庆的吉日似的。

崔婆这天穿上新的灰布罩衣,料子还是硬性的,一走路裤子就发出相磨擦的一种响声。而且这屋子里也只有这种衣料的响声,那是多么沉寂呀！我也换上了那件新的蓝色缎子的长袍,这是一早晨我自己向母亲要的,母亲那时的脸色冰冷。递给我的神气类似说:"你自己去穿！"再加上崔婆那种机警的眼色——她是让我到她跟前去——那么谨慎,生怕触犯了母亲的怒气似的,这一切也都使我颓丧了。父亲的憩息室里所有的家具全是鲜明的,等待着吉辰的姿态,然而这屋子里缺少一样东西,缺少着愉快的面容和笑声。

崔婆在那布置供桌的时候,脸色是平静的,举止里带着警戒性,仿佛父亲是在炕上正睡觉似的,其实呢！父亲坐在炕沿上抽水烟,也确乎装作这屋子里只有他一个人,崔婆的一举一动并没有惊扰他的肃静而又庄严的神气。那时我伏在母亲寝室的门口,从门帏缝中向外望着,我不敢在父亲面前露面。到底父亲也感受到这沉寂气息的不愉快了,尤其是崔婆走动时衣料磨擦声。我想父亲一定不耐听,可是始终也不见他向崔婆看一眼。父亲从壁挂上摘下狐皮围领来,我就回头向母亲望着,想偷偷地说:"爸爸要出去了！"可是母亲并不注意我,她在窗下替克克更衣呢！并且皱着眉,那是由于克克的两条小腿弯曲着,不向椅子上落而引起来的。

"妈！爸爸出去了。"我跳着,跑到母亲身边去欢呼着。

"出去就出去吧！"母亲,说话时并不向我望,她的注意全集中在克克上,她的小手不是撕着母亲的袖子,就是摇摇欲坐地晃动,使母亲极难空出手来给她穿那件新的小裤子:"站直嘛？痛死啦——撕的！"这是母亲说克克撕她的头发。

崔婆确乎也感到轻松,我一走到她跟前,她就愉快地说:"连哥儿你敢不敢放鞭,现在别动,等半夜辞岁的时候再放。"

我忙从她手上夺过来,实际上我也不想放,只想捡出零散的一些失掉药线的小鞭,然而崔婆就恐怖地叫:"连哥儿,连哥儿！"仿佛一沾我手就会毁坏了似的。

"你又在那儿作什么呢？"母亲扬声问,我那时就对崔婆怀着恶感,我想她是故意让母亲听见她的招呼声的,仿佛她不呼唤我,我就作出什么危险的事情来。

崔婆笑着扬声给母亲听："连哥儿和我玩呢！没有闹。"并且悄悄向我招手，拿起一块绿豆糕来。那是供神用的，我也就慢慢向她走过去了。然而不管怎样，不管母亲生我的气，还是我和崔婆发生小的不快的纠纷，还是正在愉快地笑着，若是一听见父亲的脚步声，这些心情就会全部瓦解了，屋子立刻沉静下来，那时候我就悄悄跑进母亲的寝室里去。若是父亲偶尔到母亲寝室里来取什么东西，还装作母亲并不存在的神气，母亲的脸色也立刻就端庄了，仿佛抵抗可能来的侵犯一样。

半夜包辞岁饺子的时候，父亲进来点火煤，母亲的脸色就是这样的。然而父亲那时候，是和善地问："还有多少？好点蜡烛了吧！"手里还提着江浙式的水烟袋。问话的口气，是不择对象的，母亲若是说话就是问母亲，母亲若是不作声，那么又似乎这话是问崔婆的。

"点也好点啦！"到底是崔婆说了："快了……我还得去看看灶火。"

父亲就走出去，我伏在门帏缝上望见，父亲吹着纸煤，点着神位前的金字烛，然后退回炕几旁去，本来点纸煤是为了抽烟的，现在倒把水烟袋放在茶几上了，并且熄灭了纸媒，突然想到今晚是年除夕似的，畅声说："连儿，敬香。"

我立刻也快活了，跪在椅上，去取香。父亲的嘴角又有讽刺性的微笑出现了，说是："你敬神，得先净手呀！怎么一点规矩还不懂。"

房间里的香火气，像在庙殿里似的。这种特殊的气味，极容易使我想到神秘而崇高的上天诸神，不久，在夜寂人静的气氛中，就传来街上的鞭炮声了。谁家首先迎神了。

辞岁的吉辰降临了。父亲的面色更加愉快了，递给我一挂鞭，还说："你可别先放呀！接神时候才放呢！我去换换衣裳。"

"用什么点呢！"我也跟进屋去。

"你不会再点一只香吗？我的衣裳呢！找出来！"父亲望着母

亲说。

"表姊你打开那个立橱,让他自己找去。"母亲向崔婆说。

父亲在那时候就向崔婆讥讽地笑笑,似乎说:"你看我是要和她讲和了,可是她倒身价百倍地说:'让他自己找去',若不是年除夕,我真要问问'他'是指谁呢!"

母亲的眼睛也有喜意,这种欢喜还是埋潜在端庄的脸色下,不过那种端庄神气已经缓和了!"左手那个立橱。"又这样指示崔婆,可见父亲的求和,母亲是接受了。

街上的鞭炮声又一阵响起来。平常日子城市所有的那种喧闹,现在是绝灭了(可以想像城市的居民全休息了,一年终了的休息,所有的人都在年夜准备着敬神)。这鞭炮声就格外来得清楚,可以听出这是二里外的西大街的住宅区那个方向传来的。若不是火药保持着干燥性,爆裂声也就没有这样响亮。又可以想像到外面的天气,是怎样的静,一点风也没有,冬季日子所有的稳静的夜呀,街上偶尔有一个人走路,都可以清清楚楚地听得见匆匆的脚步声。行人是绝少的呀!屋子里也是一色新气象,火炉的光辉失色了,窗台,家神案子各有一排明亮的红烛。父亲站在炕下向母亲问:"穿那件好?狐皮穿不住,那件棉的花丝葛长袍呢!"

"不是在格子底下吗?"母亲说。

我是高兴的,心想父亲和母亲完全和好了,不知为什么,要笑,而且要笑出声来,就用手掌埋着口。我望见崔婆的脸色也红润了,两颊逐渐闪出老年人的愉快的光来,而且望见我,立刻受了我的蛊惑般笑起来了,并且遮掩着说:"你看连儿笑的。"

到底我笑出声来了。那笑声是有股怎样的传染力呀!父亲最先应和着我快乐地笑了,仿佛我揭穿了他们的秘密似的。母亲也受了感染,笑着说:"这孩子,笑什么?"我就更畅快地笑起来,可是不说笑的理由,实在我也不知道为什么那样快活。到现在想起来,还不知道是由于那一种启发,竟笑得那样畅快。

父亲开始改变气氛,说道:"好迎神了吧!"又走到母亲面前去说:"你看这件还合适！不窄一点儿?"父亲的体质是比前一年胖了。这次说话的脸色,就完全失去了仅余的一点矜持气了。

母亲还是保持着端庄,不过口气是温和的,仅仅说:"还好！反正在家里穿！"

在父亲说话时,附近就又传来鞭炮声,这一片喧闹的鞭声之间夹着爆竹升空而爆裂的响声,所以父亲的话声随之高昂,而崔婆所说的就听不清楚。只见母亲抖索身上的望不见的面屑,可以想像到崔婆定是说和辞岁饺子下锅有关的话。我已经第三次催促父亲去迎神了,香火和迎神鞭我完全准备好了,只是还没有把鞭拴到挑竿上;我是要亲手放鞭的,准备接受那爆裂声给我的震撼和快感。第一次招呼父亲时候,他正在那儿和母亲说话,我招呼第二遍才想起要找个挑竿来。这时我让父亲把鞭给我挂在竿子尖上,又听见街口传来的爆竹声,我是多么激动呀！"快一点吧！真是！"我的眉头一定是扭结着,父亲蹲在我脸前吊着鞭,眼睛那么异样地注视着我,又似惊疑,又似喜欢。

"去戴上帽子。"父亲站起来说。

我们是在临街的车门洞口迎神。街上寂静,很远很远的一端仅有一个灯笼的隐约光辉,其次是附近的燃过的鞭炮纸屑所有的灰烬里的火星了。空气是说不出的平静,和缓,全不像是冬天,可是父亲蹲在地上供香的时候,可以看出烟白色的鼻息,这又是只有冬天才有的现象。远处有几声清亮的狗吠声传来,一片肃静的时辰呀！我问着父亲是不是可以放鞭了。我极力装作毫不畏惧的模样点鞭,然而这是极艰难的,若是我握挑竿的手距离鞭太远了,另一只手就不够长,距离近了,又怕鞭向脸上爆。父亲说:"还是我给你点吧！"我说:"不。"到底给我点着了,一股火药气息立刻飘荡起来,我是一直歪着脸,不敢正视的,只听见激烈的爆裂声,一连串地继续着。一切寂静了,我就埋在灰气的烟色里了。那时候,父亲一直望着我,仿佛很有兴趣似的,实际上我又是那么紧张,现在就发出胜利的微笑来。

父亲愉快地说："跪下向空中叩个头吧！"父亲自己却蹲在那儿不移动。三只香是插在街石空隙里的，香前烧了一堆锡箔和纸钱。我叩过头以后，父亲说："接神回家啦！"临走又在灰烬浇奠了三杯酒。

一切是这样的和谐。父亲和母亲在那时候是互相宽恕了，由于这宽恕，年除夕这个大庆的夜晚，就变成双倍的愉快了。父亲和母亲相互地祝福，仿佛接神去的父亲和迎神回家的父亲是两个人，一个是旧的，一个是新的增加了一岁的人了，过去日子中的欢快或是不如意完全清除了，每个人的生命都是重新开始了。

吃辞岁饺子以前，父亲吩咐我先去净手敬香，第一批饺子分作三小碗，作为供神用的。当这一切供奉到神案上去，又焚化了一批冥纸，纸灰闪着火星飞升到屋子的上空，又纷纷飘荡着，落在供果上，落在餐桌上，挂在墙壁上……这完全是神秘的，玄虚的一种景象，我当时是虔诚的，望着那带着火焰飘升在屋子上空的神纸，有的久久在空中旋转着，完全是灰烬了，还在轻柔地飘荡着……怎样一种不可解释的奥秘的快感呀！父亲在神案前的红毡上行叩首礼了。这是拜候三代宗亲的家神，再一次是财神的参拜，而我，在两次叩礼之后，就给父亲拜年了。按照中国北方的习俗，母亲在宅神前只作揖就算尽礼了，然后又接受我的叩礼，母亲说："你又长一岁啦！"她的微笑是含着祝福的意思，并赐给我一块有佳运象征的压岁银洋；"给你姥娘拜年，行个鞠躬礼吧！"崔婆连口说："新禧！新禧！老财东，新禧！"

"大家新禧！大家新禧！"父亲幸福地叹息着，这叹息是表示一切繁琐礼仪完毕之后的宽慰，又有食欲旺发的意义。

在叩神的时候，崔婆是沉静地站在神案旁边的，她已经准备好了年夜饺子，只等叩礼完毕向父亲的进贺了。那时候她的神色焕发，这不只是由于新年的佳夕，主要的还是父亲和母亲和好，她是这样善良而仁慈地望着他们，那眼睛充满了快乐。在这时候，她已经和初来我家的时候不同了，她的天性开始闪光，脸上全不像最初那种隐蔽自己创伤所有的那股冷酷气。现在想来从那时起,她一定也宽恕了实榴和那个侮辱她的屠户的女儿。

年餐有鸡冻,海蜇,猪肚,猪冻。父亲自己喝着酒,母亲和崔婆也开始各饮了一杯。父亲说着希望今年的年成好,又说去年家乡的收成挺不错。这样就很难断言父亲是希望这里的年成好,还是指着海南说的。母亲可从这晚上的风平气静的征兆上,预祝着今年黑顶子和骆驼河子两块地的庄稼丰收。然而谁也没有露出春天是回山东家乡去,还是在这里落户的基本问题的口风。仿佛父母还是各执着己见,而在这大庆的吉夕有意地互不触犯。

当母亲说她的希望的时候,我又望见父亲的嘴角闪出蔑视的笑,不过母亲是有意地避开眼睛的,仿佛那笑容是不洁的。总之,大家吃得很愉快,父亲还用一种喜欢的眼色,注视着我的用餐姿态,我发现父亲那种凝视不移的目光,感到羞涩,这羞涩感和我行叩礼时相同。我的眉就皱起来,实在父亲那种注视方式,是一种可喜的苦恼。第二次我望他时,父亲就向我俏皮地眨了眨眼。我就笑了,心想母亲要是看见那种眨眼法,该多有趣呀,同时觉得父亲是和我这样亲近,父亲是爱我的,而且我也觉得父亲是又年轻又英俊,全不像以前所给我的那种不可近的又庄严又苍老的印象。实在这是我望见父亲最后的一点乐天的天性了。尤其是这晚上胡须修得又整齐又轻淡,更加重那年青的印象。

现在鞭炮声分三处连串地爆响,这阵子我听不清楚崔婆刚开始和母亲的谈话了。只觉得这三处喧闹的声音刚有一处低沉下去,就又出现了一个"迎神"的方向,而且立刻混成一片,分不清楚那原有的两处是不是仍旧继续着,还是退出而又新增加了另外区域的鞭炮。一片汹涌的海涛那样广阔而无休止的爆竹声呀!我望见崔婆已经停止谈话了,母亲的眼睛催促我快些吃,我不知道自己半途竟停住筷子了。鞭炮一直没有间断,响声稀疏的时候听见有鸡啼的声音和突起的几声犬吠,天就要亮了。父亲又吩咐我:"净手,敬香——把案上那排子蜡烛吹熄吧!"

窗玻璃刚放明，这就是元旦的早晨了。我几次打盹，都给母亲怂恿醒了："你不是守岁吗？今天晚上不睡，今年一年就生气勃勃的。"然而我是情愿放弃这个报酬的，就是母亲也有倦怠的睡意了，父亲大声打着呵欠，可见也支持不住了。崔婆现在预备着待客的橘子，冻梨，花生，香蕉糖。

就在这时候，来了第一批贺客。立刻沉闷的气息，又给传染上活跃的色彩了。仿佛一堆将熄的火炭，又增加了正吐着火焰的木柴一样。崔婆去开门时，我就坐起来了。

进来的是超字油坊的财东——于之超十一叔，采木公司的鸿发伯伯，陆协理。鸿发伯伯就是在我年幼跟随父亲参加某次宴会遇到的那个带着小银色卷毛狗的老人。今天他们全穿着新衣服，新剃的头。陆协理的下颏刮得净光，鸿发伯伯的山羊须整齐得下垂着，看来他们的气色是这样新鲜，幸福。于之超十一叔还没走进院子就高声喊"九哥；九嫂；给你们拜年来啦！"进来时，他们三人同声地说："发财，发财，见面发财！"说话时都拱手作揖。

"大家发财，大家发财；"父亲迎着说！"来到就是礼，免了罢！"

"总得给老的叩个头呀。"于十一叔说。

"免了免了！"父亲说："现在是民国了，新派的人都不讲究这些礼道了。"

"可是我们还是旧派的人呀！连哥儿你说是不是？我们是老脑筋呀！你没有进学堂呀！过来给我鞠个敬吧！"

他是一个善交际的富商，所以和我说话，为的是让父亲有余力去和鸿发伯伯周旋。他们相互地说："年除夕的天气真平稳呀！一点风都没有？""今年年景管保是个丰年。"诸如此类的话。而且坐五分钟就走了。他们还有几家亲友要去拜贺呢；临走主客间又是一次阻拦和争执，为的是把压岁银洋递到我的手里。

第二批贺客，是天亮时候来到的。有的穿着西式毛绒大衣，有的戴着眼镜。全是政府机关的人员，他们的举止都有一股文质彬彬的姿态，而且称呼父亲作"会办"，称母亲是"姜太太"。还有不同的就是不说"见面；发财"，而说"恭贺新禧"。他们的脸色同样的新鲜，幸福，只不过掩饰一些，不尽量发泄他们过份的快乐而已。而且说话也竭力作出平淡的样子，可是脸上总有着笑的光辉，仿佛体质内有种强烈的力量，时时要迸发出笑容。

母亲指着那个戴眼镜的说："过来见见关校长。"又向关校长说："什么时候开学呀！我想送他去读书，不知道你们收不收？"

"几岁了？"关校长说："过来，害怕我吗？"他见我摇着头就武断地说："哈哈！一定挺顽皮吧！正月二十四日开始报名，会办的学生怎么不收呢？去读书吧！那里有许多小朋友和你玩。"

父亲始终没有表示一点意见。他是和穿毛绒大衣的贺客说什么。然而当母亲和关校长说话时，他望了一眼母亲，又似乎他是非常注意母亲的意旨所在的。

送客回来，父亲的脸色又庄严了。说是母亲不该在接待室的门口露面，因为那都是些官厅里的人，不是熟交。实际上那种庄严可以想像到是从母亲那不可动摇的久居的决心而来的。母亲也受了感染，重新恢复那种端庄气了，而且彼此不交一语，视线也不相犯。尽力避开见面的机会，父亲在憩息室抽烟，母亲就在寝室里什么也不望地深思着。

早餐时候，又恢复以往的肃静了。餐桌上，只有调羹和碗边相触的声音，这时若是我喝汤的吁声太响，或是喝了热汤大声呵气的时候，父亲就会向我久久望着，那两道黑色眼光是敌视的，我想，若不是元旦，父亲一定会拧着我的耳朵让我离开桌子。而元旦呢；是不许父亲打孩子的一个可爱的佳节呀！

三

元宵节我们是在新居里过的。

这就是把大院落横截为前后两部份那个有洋铁盖的平式宅子，从前收留过由俄罗斯境退出的白军，以后又作为谷仓的宅子。墙壁的外部全刷成云灰色，然而向南的那一面，却只刷了一半，就停工了。这是父亲命令停止的,原来这一切都是母亲吩咐崔婆雇工作的,完全没有经过父亲的同意,就是堆积在南窗下的木板,父亲最初还以为是别人存放的。可见母亲久居的意志是怎样坚决,她在这里要修筑一个新的板墙的院落,把密加的家——那个韩国住户,隔到板壁外去。那时候,这所县城已经有了日本的领事馆,中国房主是没有权力驱逐一个不愿退租的韩国房户的。所以密加家走前门,那门口正朝临街的大车门,而我们进出全走向南的后门,要到前院得穿过居宅西壁的第二进车门。以后,我再来叙述密加的父亲——这个韩国绅士是操着使人怎样憎恶的营业,以及环绕在他四周韩国居民的情况。

　　父亲在没迁居以前,是没有到这所正在粉饰涂刷的空宅子里来过。整天的时间都消耗在元旦以后那一连串庆祝新年的宴会上,有时整夜在外边,那多半是被留在友人为新年款待宾客而设的赌台上了。那是这小县城里怎样狂欢的日子呀!所有的商店,没有不聚赌的,而且不管是地方法院的推事,警察厅的警官,全在这庆祝新岁的假期,借着贺年为由而凑起手来赌牌了,到处是骰子和牌九的声音,到处是欢呼和叫笑。然而父亲是深居简出地过了一年养尊处优的日子了,平日外界已经忘记了他,他们又环绕在商会的新会办的周围了。那新会办就是元旦黎明的第一批贺客里面的于之超。父亲自己正像一个退休的人物,闲居在这城市里,唯一的意义就是盼望家产能全部脱手,携眷回山东的日子能早一天到来。他在商业上的失败,已经使他厌恶这个荒僻的城市了,现在他之所以又投入那些幸福的士绅富商的宴会上,不是牛庄酒,骰子,赌注的诱惑,父亲已经是度过他的黄金日子的年龄了,一个五十四岁的老人了;唯一的原因,是想避开母亲。哪有一个丈夫能在不愉快的家庭里面对着端庄不欢的年轻的太太久坐着的呢;在家庭里,父亲是矜持的,一个主人感受到他的权威将要崩毁,这种矜持是很自然的,时时警戒着他的周遭,怕有一点损伤他的权威的征兆,内心的深处,越是这么战战兢兢地警戒着,外形的姿态,越是庄严,郑重。现在想起来,这些日子我是怎样的敏感地注意着父亲的眼神呀!我那眼光是多么胆怯呀!只要父亲望我一眼,我就知道自己站的位置不当,或是不该背倚着墙,像个逃狱的囚犯那样,就一声不响地退回来。父亲变成可怕的人了。

所以当着迁居的第一天,父亲的脸色正因为正月的阳光而明快的时候——又加上小三点那匹荷兰种的小狗,唤起了父亲壮年时候的愉快。这一点我现在想来父亲富时是确实有着某些幸福的感喟的,因为他蹲在院子里抚摸着它是那么亲切,完全没注意到他是蹲在一个怎样的位置。从他背后向外抬木器的雇工都不得不停下来,无语地相互递着着眼色,等待父亲感觉到自己挡着门口才离开一两步路。

小三点是衰老得可怜呀!眼睛里充满了倦怠,所有的正月的阳光,洛布达的跳跃,嗥叫,和院心的喧闹的搬动家具的气氛,全不能给它任何的反应,它的步伐是迟缓的,现在站在父亲的膝前,垂着头,垂着三角形的大耳朵,垂着尾巴,就是尾巴尖也一点微弱的摇摆力都没有似的。而在父亲抚摸它的前额时,它的眼睛现出湿润的泪光。仿佛主人这种亲切的抚摸已经和它离别六七年了,实际上几年来父亲也确实把它遗弃在注意之外了。又仿佛小三点感觉到自己的衰老而预知这是主人最后的恩惠了,知道不久要和这个久处的家庭长别了。它是在元宵节以后的第三天死的,崔婆发现它的时候,身体已经冻得石头一样坚实了。

"小三点老得这个样子了。连儿把它抱过去吧!"当时父亲感叹地望着它,到底发觉自己蹲的地方碍路了,就起来说:"搬呀! 怎么停下来啦!"

父亲就跟随这伙雇工到后面那个大院落去,路上还问我说:"到新宅子去看看,你妈在那儿忙什么呢!"可见当时父亲确是愉快的。

望见涂作云灰色的墙壁,父亲的脸色就严肃了。他在母亲这一设施上感到威胁,感到他的回故乡的计划遭到抵抗,虽然这抵抗是微弱的,然而这说明了母亲久居的决心。等到穿过第二进车门,望见窗下那些新锯的木板,望见在短梯上涂刷灰水的泥水匠,和刨着木板的两个木工,父亲就厉声地说:"谁让你们来作的? 都停,马上停。听见没有?"父亲环顾着那些吃惊的工匠,又说:"崔婆! 给他们工钱了没有? 该补多少就补多少,不要少给他们——你还说什么? 叫你停,你听见了吗?"

"这是会办太太……"

"你还辩什么? 我说不刷石灰,就不刷了。"父亲又用缓和的口气说:"今天不作了,等两天要粉刷的工夫,再叫你。"

那个泥水匠戴着鸭嘴帽,脸色黑瘦,不过也是为了元旦新剃过头。他还说要把灰水刷过玻璃窗就停手,可是父亲就连这一点也不准。

"这多么难看呀:大节日下,半面窗的墙是灰的,半边是白的。"

"叫你停工,你就停好了。"父亲帮助他把灰水筒子挪开,又把靠窗的长帚放到筒子旁边去:"等过两天再找你们。"像哄骗孩子一样又说:"把你的梯子也挦去! 别忘了什么? 窗下那是谁的衣裳,拿去!"

仿佛驱逐出一些不洁的乞儿,连他们的使用工具都有传染什么病症的可能似的。

从父亲驱赶他们的最初一瞬间,我就望见窗玻璃里的母亲的面影,正像年前母亲指挥搬家具时候,站在玻璃窗里的父亲的面影一样,不过只一刻就隐逝了。

母亲对这件事一直没有反应,仿佛她根本没有感觉到父亲是给她久居的意志一个损伤。仿佛父亲所作的完全是适当的,或者是和她完全无关。崔婆是一句闲嘴也不加入,她是那么自然而本份地挪移着桌椅,和母亲商酌着安放的位置,和母亲的姿态一样,装作漠不相关,只是神色间透露着一种审慎,一种走进有未爆炸的火药的街道,警戒自己的触发一样。

父亲单独在西间,那些零乱的红木家具之间的靠椅上坐了很久。那间房子是有南北两座小的暖炕,作为客室的,正对着母亲的寝室,中间是供神的穿堂,神位后是一小间厨屋。那时候各间的门口,还没有挂门帏,我伏在母亲的寝室门旁,清清楚楚望见客室迎门的壁镜间,反映着父亲的上半部身影。马褂的绸料闪着光,父亲头上的瓜帽的朱红顶子闪着光,只是父亲脸色阴暗,胡须也显得又黑又浓。他的两只肥润的手指交错地扣着,眼睛里埋潜着一种深思的气质。

"你这是作什么?"母亲路过我身旁就拿手指骨节向我头上叩了一下:"去温习你的功课去!"

这是多么使我苦痛的一击呀!我并没有妨碍到谁,我只是在那里暗窥父亲的动静而已,我作了什么坏事情吗?我是这样伤心,我在新年期里就受了母亲的一击。我记得那时候,一声不响,就爬上暖炕,占据一角的位置,埋着眼睛赌气了。这是我不欢时的习惯,我嫉视这个惨淡不欢的家庭,我幻想着将来,终有一天我会抛开它投身到军队里去,就是打败了仗,受了重伤,死在外省也不再回到这个家庭了。我的眼前就现出一个将军的影子来,他戴着白手套,向我说:"你是一个英雄,可是如今你受伤了,还是回家养伤去吧!我派卫队送你回去。"我就哀求着说:"无论怎样,别把我抬回去吧!就是掷到路边上也好。"将军说:"你是一个最勇敢的有功的孩子,我们怎么忍心抛弃你呢!"我就向他哭了,"若是把我送回去,还不如死了好。"将军最后感动了,把我带到他的将军府上去,并且收留下我这个孤儿,我就永远不再回来了。谁又知道十年之后听见父亲患病的消息,我又那么急匆匆地抛开一切,为了早一刻到家,而冒着冬季海浪的风险,乘航行五天五夜的海轮,经朝鲜半岛赶回来呢。

母亲前一两天,就准备着元宵节的贺礼了。这是汉人传统下来的妇女的交际节日,为我们中国北方的妇女所珍贵的一个日子。生长在民国初年的妇女是这样的不幸,那年代她们就是连西欧或者俄罗斯城市妇女那种出头露面的场合都没有,即使是一个在吉林高等师范读书的女生,回来度寒假,也是避讳着经过大街上的道路,走胡同的。谁也不敢违背这城市里的为移民带来的习俗,这是以后我入县立两级小学读书的时候,发生了两个新派的男女教师并着肩在城外散步,受了校长的警告而辞职的事情以后才逐渐了解的。刚刚在这城市住了两天,他们就又回到哈尔滨那个自由的都市里去了,所以我没有得到个见面的机会。从这里就不难知道妇女们是怎样地珍贵这个节日了。而且这个幸福的日子,也扩展到上流的满洲土著的家庭中了。

母亲是到于之超会办的家庭里作嘉宾去的。

于之超是父亲的同乡,一个白手成家的暴发户,经营着一座远近有名的油坊,不只秋季是收购大豆的首户,主要的还是超字油坊——这是他那企业的名字——的豆饼都是运输到大连去的,从那里又分批载到青岛以及南方的大市场上海,而超字油坊的豆油供应着延边四县的全部居民,这只是占超字豆油产量的五分之一,五分之四的豆油是批发到哈尔滨和吉林去的。超字油坊的门市就在父亲出兑的那个参庄的隔壁,房子又陈旧又古老,屋顶的茅草有阴湿的绿苔的斑点。不及父亲出兑的那个参庄门市的完整、健壮。我和母亲路过这里的时候发现几个泥木工正在拆毁这座停业的商店,屋顶的茅草全部清除,若不是还有几根椽子,就全部露天了。那个刘布林斯基的代理人,还是穿着那件标致的军装大衣,站在行人板上指挥着,他只有站在这儿才能望见屋顶的拆工。他的耳朵夹着一只铅笔,望见母亲就有礼貌地微笑示礼,并且搓着两只大手退到板下去,等母亲一走过去,他就又回身退到行人板上向工匠喊说什么了。一个中国泥工的脸上全是灰尘了,我望着他就不由得发笑。母亲说:"哪有大节下就拆房子的!"正因为那房子的主权从前是为父亲所有的,母亲才有这微词。

崔婆说:"外国人是什么吉利也不讲究的!"

超字油坊的门市是关着的,等崔婆敲门,里边就说:"推呀!向里一推就开了了。"屋里的店伙正在赌牌九,赌桌中央悬着煤油灯。

仿佛是夜晚七点钟的情景似的。一发觉进来的是母亲,那些环绕着赌台子的店伙就向后退开,坐在内圈的赌客也都站起来了,向母亲笑着,有个人从里边排开环立的人走出来说:"女财东过年过得好呀!"

"是程远吗?一年没见长得这样高了!你们玩吧!你们玩吧!我是到后院子去看兆祥他娘的。"母亲笑着说:"你过年过得还好吧!你们人多又热闹。没有接到山东来的家信吗?"

"腊月初收到来信,说是海南去年的收成满好呢!"在这以前,王程远就招呼一个年轻的店伙说是:"领路到后院子去。"他是这样干练了,若不是母亲招呼他的名字,我绝对不会认识的。他的整个面部,现出一种将要成熟的鲜明气色,而且黑色的衣帽都是新的,滴尘不染的洁美。瓜皮帽上的红顶,闪着光。他是那么快活地向母亲笑着,说是:"连哥儿也长高了许多!"可是没有向我说话,那时他的手里还握着两只牌九呢!

"一年没见,长得那么大了。"母亲走出后门口还自语似的说。

油坊的院落有一亩地宽广,两边是豆仓的排列,那些仓库全是木料的建筑,屋檐底下有一排鸽巢的圆形小门。实在领路的那个小店伙主要的任务是卫护宾客,不让院子里的四匹狼狗惊吓着我们。开始确实使我害怕的,那些狗又顽强,又壮实,仿佛二百年没有见到过陌生人似的。那小伙计连声呼唤着!"黑鼻子,好好躲着去,""来宝!来宝!咬什么?听话!"直到他用脚踢了一匹黄狗,才见它们的尾巴摇晃起来,表示它们是理解来客所怀的善意了。

我们在院心停了两分钟才又放心地向前走。我看见一个小孩子跑出来了,显然他是听见狗吠声出来探望的。迎面的高玻璃上也出现了一个中年妇人的面影。这是靠近我们那个有洋铁盖住宅的茅草顶的居屋,它的东壁和我们那些大院落的第二进车门相隔一道土墙。

这房子的东壁是油作坊,当中只有通过一辆四轮车的走道。现在是假期,油坊的门前拴着几匹骠致的马匹,它们在这样好的天气，又由于半个月的空间，听见狗吠就在拴马桩附近不安地旋转着了，时而竖耳望着，时而刨蹴着蹄子嘶叫。空气立刻又紧张了。

迎接我们的那个孩子，就是兆祥，穿着绸面的年服，没戴帽子，从那头发上我就看出他是县立小学的学生。他就站在两壁之间的走道口上，一句话也不说。我们走近，他就依靠着土墙——那是多么新的袍子呀——而且低着眼睛挖起壁上的泥土来。

“那不是兆祥吗？见了我也不叫一声‘大娘！’”母亲说话的工夫，于十一婶已经走出板壁的院子来了。这板墙隔开油坊周遭的喧闹，形成独特的另一块小天地。

于十一婶说话的声音是那么高，五里以外都能听得很清楚。她说：“今天什么风呀！把你给吹来了！新年过得好呀！兆祥他九大爷呢！没出去赌钱吗？”她差不多一口气说的，同时还抚着我的头说：“连儿今天得给你十一婶拜个晚年呀！”又向崔婆说：“你老人家越来越年轻力壮了，过了这个年有六十了吧！”

“六十一啦！”崔婆很幸福地说。

“快进屋吧！怎么还带着这许多东西呀！像走亲似的，兆祥快接过去。你看，见了你大娘怎么连个礼也不行，越念书越不懂礼道了。你看你兄弟多么出息。”实在我一直也没有作声，不过不像兆祥那么羞涩地扭着脸，埋着眼睛而已。

后来我才知道兆祥的母亲是满洲人，于之超十一叔在家乡和父亲同样有着一房原配的妻子。而且娶她过门时，母亲作过女傧相。那时候我还没有出生，母亲刚来这个荒僻的山城不久。她比母亲年龄大，原来本是个寡妇，兆祥是和我同年生的，所以母亲的辈份居长，完全是由于父亲的年龄高过于之超。

晚餐过后的攀谈里，母亲说：“我现在想起来，不知道年轻时候怎么那么老实，什么也不知道，完全听人家摆布。若是如今，就是下了轿，我知道还有个原房，就是离娘家五十里路，我也会当天走回去的。试试看，谁敢拦？如今，如今就是八人大轿来接，我也不回海南去了，在那里我没有一个亲人。”说话时，还是充满了愤愤的气势,母亲已逐渐向中年的生命之路上迈进了。

这次攀谈的主要目的,是希望于之超十一叔能给我办理入学手续,开学那天,让兆祥去邀我。这个目的,母亲是达到了。

晚上,还要留母亲斗纸牌,母亲推辞了,因为克克还留在家里。

第三章

一

正月底,我入县立两级小学二年级作插班生了,改了学名叫作姜步畏,这是级任郎一松教师临时给我的命名。

学校的庭院宽广,大门口有条石铺的大路直通正面向南的校务室。窗下有两块标石夹峙的旗杆。而走道两旁分列地立着两排白杨,树尖比旗杆高出五尺开外。看起来较在红旗河遥望的高度超越两倍了;而且挺拔,标直。那时候,树枝还是秃的,在高空给风浪遥撼着的时候,发出一种愉快的音波,仿佛它们是在彼此庆祝,一礼拜之内枯枝就要抽芽了,尤其是我们坐在课室里寂静地听讲的时候,这种声音更显著。第一学期的印象,只有这一点我是记得最深刻。有时白杨树枝间的鹊巢上有一只喜鹊在喳喳地叫,我就不由得面向玻璃窗往外窥望,我是注意天色,猜想是不是该下课了。因为上午教室里还阴冷,一下课,我们就可以跑到操场上去晒太阳。这是在学校里最幸福可贵的一刻时间了。操场是在校务室背面的,是一片足有半亩广的平地,场中心,南北各有两株拴球网的木桩。北端是城墙的一部份。春寒的日子,那片土墙是温暖的,染满黄金色的阳光,我们就在那儿互相拥挤着,谁都想背靠着它,面阳取暖。操场的三分之二是在阴影里,阴影边缘若是有小影蠕动,那么校务室的屋脊上一定有鸽子走动了。

我的稔友当中,金锁儿是最使我钦佩的,同学间也以他的穿戴最完美。他的春季制服显出他的英俊的风度,袖口露出毛内衣的绿边缘。诱惑人的毛织物呀!在那年龄它是最使我羡慕的了。兆祥也穿着春季制服,可是穿在他身上就显得又紧又小,因为那里边还套着短棉袄,我面对着他,时时担心他胸口那排扣子会突然爆开来。而且兆祥也不及金锁儿能干,有生气。最初领我报名的时候,他那么迂缓地老是躲在许多人的背后,说是"等着,他们报完了再进去"。而金锁儿碰见我却欢呼着跑过来,排开许多学生,把我拉进去,是那么迅捷地代我完毕了入学手续。他是那么愉快,又得教师们的欢心。然而今年他是降级了,本来比我高一班,现在可是和我同桌上课了。他是那么幸喜地表示他能和我同级是怎样愉快,我们的感情顿然增加了。后来对兆祥,我又敬重起来。他是用功的,教师们也很爱护他,可是又总不及对金锁儿那么亲切,那么心欢兴浓地谈笑。在学校里,我和兆祥是不常碰面的,因为他是二年级生,可是一出学校,就是我们三个人的世界了。

这正是初春的好天气。城外的北郊,新鲜明目,飘散着醉人的土壤所有的香气。海升京戏院子那座高厦的屋顶玻璃窗,射着眩目的阳光。辽远的黄色田野,现着金色水光。五里外的北方山丛,还有白白的积雪,可是也有金色的水流出现了。星期天傍晚,我们就在这块地方挖小姑菜。这是礼拜六就邀好了的,另外还有魏学文,那个用七节鞭作腰带的木匠的儿子。

我们各人带着一个柳条编的小篮子,一柄锅铲。我是背着母亲在崔婆手里抢来的。她是那么仁慈地低声招呼着,说是要告诉母亲,我可是尽自欢叫着,逃开了。

当我们一走过海升京戏院子的左侧的空地,眼前就现出稠密的坟地来。这是和海升京戏院子背后的坟墓不同的,坟土全作长方形,而且有木制的十字架,和那些坟一样的稠密。我们就全在十步以外立住了。我们也不知道为什么停住了。还记得当时我是审视着金锁儿的神色停下来的。我们差不多全以他的举止为标帜的。那时他的两臂在身后抓着柳条筐,我也那么作了。

他说:"这是些犯罪人的坟。"说话时神经地注意着那些陈旧的十字架。

魏学文问:"是砍头死的吗?"

"这里有无头鬼！快跑呀！"金锁儿就欢呼着跳开去了。我也就不自主地逃开去，只跑了五步路，回头就望见兆祥和魏学文还站在那里，望着我们。兆祥脸上现出不明白我为什么那么跑的神气。魏学文是那么镇静而且不屑注意金锁儿那种故作的玄虚似的，至于兆祥，就是连这么一点反应都没有，完全自然地，一无所感地走来了。我就立刻自惭起来。那是一个无因而胆怯的孩子所有的羞愧，嘴里还装着若无其事地说："快来呀！"就听见金锁儿欢叫着："快来看呀！我找到这么一片呀！"他是指着小姑菜说的。我们的习惯是谁先找到一块小姑菜多的地方，谁就有独占的权利。在这工夫，我才发觉原来他在那些长方形坟墓前停下，是故意愚弄我们。就想和兆祥联合，另外找地方，根本就不到他所占的地方的附近去。

魏学文就说："荆以文什么也不懂，净骗人，那是日俄战争时候，阵亡的俄罗斯兵的墓地！"

"谁说的？"

"于兆祥说的。"他又问兆祥："是吗？"

"那些十字架是基督教的记号。只有俄罗斯人才信基督教，他们死了，坟上就插上这个记号。"于兆祥说："我们快走吧！好地方都叫荆以文占了。"

我又对于兆祥怀着崇敬的友爱了。觉得金锁儿一点学问也没有，而且是个降级生。我听见魏学文在他身后叫："你挖了多少了？"他正向他那面跑。

"从这里到那松树底下都是我的地方！"金锁儿防戒魏学文侵犯他的边界似的。若是他对我说，我一定不理他了，可是魏学文还要望望他的柳条篮子，看看他挖了多少。

金锁儿望见我望他的眼睛异样了，就向我招手："过来呀！"

我就对兆祥说："咱们不去。"正在踌躇工夫，听见老远传来了呼声："姜步畏！"这是从对面那块高地上传来的。我们之间隔着一条车道，这车道是通向北大营的，现在正有一些大兵陆续地向回走着。他们消磨了这一天的假日，是带着满怀的愉快攀谈着，听声，离我站的地方只有二三十步，话声很清楚，可是望不见人，因为我们也是在高地上。那条路是夹在两旁高低之间的低谷，又加路两边的三五丛古老的松林耸立着，先前对面高地上早就有一伙挖小姑菜的，可没有注意到招呼我的是袁家宝。我们在海升大舞台已经有过一次面缘，在校里又是同级生，可是并不怎么接近。

金锁儿突然走到我面前来，脸色激奋，手铲上还挂着湿的泥土。向我说："连儿！不要过去。搭理他们作什么，咱们自己有地界。"他现在是那么亲热地挟着我的臂膀，又向兆祥说："咱们在一块挖，来呀！"我们立刻又亲昵地聚在一起了。

因为袁家宝是满洲旗户的孩子。在学校里，移民子弟和当地学生是分作两派的，然而各不相犯。在校外这种敌视的界限就明显了，他们喊我们："山东棒子"、"暴发户"；我们叫他们："大麻哈"、"破落户"，因为他们大多数是出身于八旗的皇族，他们的高贵的家庭从清末宣统逊位才开始衰败下来。满汉间的相互敌视的风气有着极远的源泉。在大清一统的那些年代，任何一旗皇族子弟，都可以随便侮辱民人的学生，一九一四年，民人子弟才得到报复的机会，就由这延续下来，直到现在还是互加侮蔑的。我很容易接受了金锁儿的命令，完全是盲目的，只知道他们是满洲旗户而已。实际上金锁儿之嫉视他们，完全由于他们对降级生的嘲笑。

魏学文还向袁家宝喊，两手作着传声筒："你们那多不多呀！"

那时候，金锁儿就向他望了一下，眼色中含着摈斥和责骂，仿佛魏学文若继续和他们讲话，就要把他驱赶开去。我也恶意地招呼他的名字："魏学文，你乱喊什么？"我想他自己不赶快挖，为什么老是注意人家挖得多少！却不是嫉视他和袁家宝的打招呼。

不久松林子有画眉的鸣叫声了，声音是那么清楚。附近是怎样寂静。现在陪伴我们的只有左近的坟墓和古老的松林子了。天气突然暗下来，我首先望见西边的一块乌云，逐渐扩展着。松林的风涛呜呜，空气已有潮湿味儿，眼看倾盆大雨就要降临了。我们都跟随金锁儿跑到松林子底下去。金锁儿跑的当儿，畅声高叫着，我也立刻高声欢呼。气息顿然愉快起来。仿佛我们给大雨淋一场，是最幸福的一样。

"我们回不去家了吧！"是魏学文的声音。

"听！"于兆祥说："礼拜堂打钟了，四点了。"

我静静地立在松树背后，突然感觉到天色黑得可怕。我想：坟地里若是突然有个鬼出来……又想这时候若是在家里，有暖炕，有煤油灯，是多么安适呀！

骤然传来巨大的一声爆裂，西方的天陲鸣雷了。接着雷声轰轰然地滚动不休。二次闪电，大雨就倾盆地落了，远近一片猛烈的雨声，这是春天第一次的雨。我们的四周现在全是一片雾气。只在绿色的闪电下，可以看见坟墓，十字架林……

"金锁儿哥！"我小声招呼。

"作什么？"

"你在那儿呢？"

"在这里。"金锁儿也小声说："我们今晚上回不去了。"

"这里一定会有胡子。"于兆祥低声说："去年就在不远，有一个人给胡子砍死了。"

我们立刻拥挤在一起。魏学文用背抵着树，环抱着我，我的胸口前是兆祥。天色完全黑了，金锁儿挤在我们旁边，每一次闪电，我都望见他的眼睛针视着那些墓坟间的十字架出神，而且他的脸色苍白，雨水从他的头发上淋漓地滴流着。

"你别向那边望。"我小声求他。

他突然向我们一扑，我们就尖锐地一声狂呼，那是怎样的一声狂叫呀！等到金锁儿说给脚底下的石头滑了一下，我们就又沉默了。似乎逃脱出一个可怕的关口。这时雨停了，可是我们依然站在那里相互卫护着。我们的眼睛是恐怖地望着黑的雾气，睁得可怕的大，仿佛我们四周随时会跳出一个可怕的人来。真的，不久我们听见一种声音了。

"什么？"

"别响！"

"有鬼！"魏学文说。

就在那时候我们听见袁家宝的喊声了。我们的面前出现了模糊的灯光，一团薄弱的光辉，立刻使我们镇静下来。

"谁？袁家宝呀！"

"姜步畏！"确是袁家宝的声音："他们在这儿呢！"他是对背后的大人说的。

"连哥儿！你们这些孩子，怎么天要下雨了还不赶快往家跑，若不是家宝回去说，你们不得在这淋一夜！我就想你们不会走嘛？这是谁家的孩子？你爹不知道怎样着急呢！"他的声音是曾经熟稔的，可是望不清楚他的脸。

等到街口，我才知道，他就是韩四叔的亲家袁世彬。我是一声不响地离开他了。他说："好好地走呀！别心急。到大街上啦！还怕什么？"

"呵！"我就这么应一声。而且淋得浑身全是水，却不知道是怎么湿的。在松林子里我是一点也没有感觉到我的浑身是全着雨水淋湿了。

二

我也不知道什么时候和兆祥分手的。仿佛我们谁也没想到谁，就各自低着头回家了。

我的手里还提着湿淋淋的制帽，就那么踽踽地迈进门口，我完全把丢在松树下的柳条篮子和手铲忘记了。我的脸色一定是没有血气的，青白的，我的衣服全湿透了呀！每走一步，鞋子就发出唧唧的水声。我听见母亲在父亲休息室里的谈话声，仿佛谈得正热烈，正忘神，而我的出现，就把那热烈的攀谈停止了。若不是母亲正在愉快而兴奋的气流里，我一定要受责问的，可是现在母亲只惊呼着："你快看看你兄弟吧！"这是向坐在炕沿的客人说的。又问我："那是在那儿淋的？快脱下来,让你姥娘给换衣裳吧! 玩迷了,下大雨也不知道躲。"从母亲第一句话里,就听出母亲的惊呼里带着欢喜,我也就笑了。并不说出在北郊那可怕的遭受。

原来客人是我的堂兄,伯父的第二个儿子。他的名字是姜学礼,母亲却叫他的乳名二宝。他刚从山东来,浑身一色乡土气。穿着新的粗布棉袄,腰里结着蓝布腰围子,腰围子上挂着绣花的烟口袋。他的身体健壮,有着一个将军所有的骨骼,面部的前额宽广,眉宇间的气质是豪爽的。他的背后坐着一个矮小的媳妇,坐姿很端肃,然而却很丑恶,一望她的脸,首先就注意到她那黑黑的两个朝天鼻孔。最初我望她的时候,她就向我微笑,仿佛一进门她就望着我,准备好她的微笑似的。可是我不向她笑。

等我换好衣裳,就跑到母亲身前,让她给我结扣子。父亲说："给你二哥二嫂鞠躬。过来,站在这边,我看看你进学堂了,是不是学会行礼啦!"父亲这是第一次表示他对我入学的欢喜。母亲也怂恿我："过去! 到你爸爸那去呀!"可是到底给我推搪了,几次望着父亲想走过去,终于还是伏在母亲的腿上,低着眼睛装作什么也没听见。姜学礼在那时候也停止了话声,向我注视着。

"那么你爹呢?"母亲和姜学礼又恢复对谈了。

姜学礼说："我们当小的,他是老的,我们又能说什么。就这样我爹把娘所剩下的家底,都搬过去了。反正我娘是埋到土里去的人啦! 她又不会再给我们争理。老大家的又会哄,若是我娘手里有两亩体己地,也管保从爹手里哄去了。我们弟兄不分家,日子就过不下去了。还没有分,老大家的就把持着,什么也不能过问。婶子! 你不信问问你侄媳妇,是不是大嫂怂恿大哥要分的?"

她就说："反正我是听见他们两口子说过,早一天各立门灶,早一天过安静日子。"

"你向二婶子说说大嫂在我背后,说过些什么话吧!"

"说什么话? 还不是说,咱们亏着她!"

"是呀!"姜学礼说："你倒是说她怎么说的呀? 一句一句地说

给二婶子听听!"

"反正她说过不中听的话。娘死的那几天,她趁着人多手杂的,就背着人把麦子往莲叶她大舅家里送,她早就存心,娘一死就分家了,你还蒙在鼓里呢!"

"那为什么你早不说?"姜学礼问。

"早说,你还得听吗? 娘病重的时候我不是说过,她惦心着那两口老衣柜呢! 可是你还得听呀! 那天我亲眼看见莲叶在咱娘发晕的时候,去开锁,我向你说,你就是那么一句老话:'不会呀!'"。

姜学礼在这时候就叹息一口气,仿佛说:"当时我真糊涂呀! 如今什么话也不要说了。"低着头,在绣花烟口袋里用短柄烟管装起烟来。在他问老婆的时候,他的脸色是激动的,仿佛气恼她在那样紧要的关节,全说些废话,这时候那种不欢的神色是消解了,从头到尾赞叹起他的老婆来,仿佛自己完全不如她有远见似的。

当姜学礼夫妻问对的时候,母亲一直注意听着的,并且我望见母亲时而向父亲望一下,时而向崔婆望一下。前一种眼神是有审察性的,想知道父亲对这事件的态度,后一种眼神是不屑听的意思。这种不屑听的姿态是同情姜学礼夫妻的,似乎说:"你看看老大的人多坏呀! 这样欺侮他兄弟。"日后,我才知道母亲所以对伯父抱着反感,是由于伯父在母亲婚礼仪程正进行的当儿,曾经主张母亲该拜见父亲的原配妻子的,那就是说应该遵守古训以姜礼叩拜。母亲中年以后说:"幸而那时候姜家庄上还有些懂事的明白人,说是民国不兴来这一套。亏得他主持骗局的大伯子说出口来!"对大房姜学义夫妻,母亲也是敌视的,因为第一次进见母亲的时候,称呼母亲作"小婶儿",当时母亲就指问"这是谁教道你们的……",从这里就可以知道母亲为什么嫉视海南岸的家乡;为什么坚持着在这块满、汉、俄、韩杂居的城市久居了。

父亲一直是不关心姜学礼夫妻当时的对谈的。不知道父亲为什么那样愉快,当他们谈话的声音充满屋子的当儿,父亲就拉着我的手,故意小声说:"你到那儿玩去了?"

"不告诉你。"我也小声说。

"怎么不告诉我呀？"

我就附在父亲的耳朵上，一只腿跪在父亲的膝上说："我到城外乱葬岗子背后那块高地去过。"

父亲现在就向母亲说："好呀！……"

"妈！你不要听。"我急忙说。而且立刻投身在母亲怀里，极力阻扰着母亲的注意。

父亲不管我用怎样不欢的眼睛乞求他，到底向母亲说："你不管管他啦！跑到乱葬岗子去了。"

"哪是乱葬岗子。"我辩白着："爸爸净说谎，人家说是海升戏院子背后的高地上。"

母亲也没有听清楚，母亲当时以为父亲和我作耍呢……她自己正准备继续向姜学礼探问，而且用手推着我说："到一边玩儿去！"我想，母亲那时就是听到，也不会责问我的，她的注意完全集中在姜学礼夫妻的身上了。

"分家以后，莲叶她爷爷在什么地方吃饭呢？"

"轮流着，一家五天。"姜学礼说："我们走的工夫，交代给堂叔家的学仁了。我们分到手那两亩半的洼地，就是押给学仁家的，若不这样，连盘缠也没有呀！押了一百吊大钱，那么，老人的饭食呢！就归他家担负了。"

"海南还太平？"父亲改换了另外的话题。显然他是不愿听下去了。

随着，姜学礼就说起海南岸是怎样的荒乱。每村每庄，不论大小，都成立了红枪会。过几天，北军来了，过几天南军来了。没有一天不过兵的。说到这儿，他就把短柄烟管从口里拿出来了，可见这一话题又是他所气愤的："晚上还得轮班打更。那些军队夜里常常出来割庄稼喂马，麦子刚修穗，还没熟，真叫人心疼呀！若是在咱们庄上住两天，河边的树就得给他们砍倒两三棵。他们军队用不了这些烧柴的，拆两三根大枝子也够了，都是外庄人借着因由来偷着砍的。去年一年，反正咱们庄子上的树木，多了没有，十三四棵大树是偷着砍了。守夜的吧！听到动静，只能老远喊喊，谁敢走过去呀！反正若是外村子人来偷着割庄稼，也有当作军队放任着的，胆小的呢！听见喊声就跑了，心想这是外庄人，追赶上去吧！跑不几步就听见枪声了，谁敢上前呀！外庄子若是有军队过夜呢？咱们庄子上也有人去趁火打劫的，真是鬼怕人，人怕鬼的年月。若是南军在庄子上住就安顿一点，听见动静追上去，十之八九是外村的人偷树。因为南军还规矩，不管动什么都问老百姓一声。二叔那块打麦场角上，不是有块老树根吗？他们问过婶子才刨出来……"

父亲问："那块老树根？"

"就是二叔打麦场西墙角上的那块。"

"怎么？那棵槐树砍了吗？"

"早砍了呀！"

"这是谁的主意？这是从你曾祖父手上传下来，到你爷爷手，就有两三抱粗了。树荫凉遮住一半打麦场，怎么能砍了呢？"

"这是婶子的主意，咱就不知道了。"姜学礼小声说。

"作什么砍的？"

"不知道婶子是等钱用还是宫家疃大舅家盖屋……"

母亲用鼻子哼了一声，说是："整年的收成，就是大把向外扬一个人也扬不完呀！还不让她娘家哄去了。反正她一个人守着那二十亩地过去吧！还管这么一棵树两棵树的作什么！"

父亲就笑着说："二宝，你来的正合你婶子的心。她要在关东安家久住呢？我可是什么也不管，你问问你婶子有什么打算吧！"又向母亲说："说说，你怎么安排你侄子和你侄媳妇吧！我听听你的打算。"

母亲满意地笑了，说："我横竖有地方安排他们，就不用你操心。"

"那么说呀！"

我望见母亲的笑容，心里也就觉得喜欢父亲。又望见崔婆也愉快地微笑着。她是靠门站着的，显出忘神的样子，一动也不动地望着父亲的脸色。

母亲说："那么你说，让他们到骆驼河子去经管那块窝棚地好吗？"

"你的主意，我怎么知道呢？"

"我这不是和你商量吗？"

"我头一回听见你有什么事商量我。"父亲笑着说："崔婆你说是不是？真是有能为，我什么都不知道，连儿就戴上制帽了。还说和我商量呢！"

"和你商量你还得听呀！"母亲避开脸，仿佛避开一种不愿见的东西。

父亲的脸色是幸福的，就是这有讥诮意味的话也是出自善意的。姜学礼用另外一种注神的眼睛望着母亲，虽然望见父亲的笑容也笑笑，可是那种笑的方式，表示他是注重着不同的问题，和他的命运有切身关联的问题。学礼嫂却是完全融化在父亲和母亲的笑容之间了，先前她说话的时候，满脸怀恨的，而且听见她丈夫说到"老大家的"那个名词，怒气就加倍了。除了笑的时候，她的嘴永远是闭着，仿佛她的一生所遇就完全是不如意的迫害。

现在父亲站起来，不胜疲倦地伸着臂膀。同时说："到骆驼河子窝棚去也中，那么金秉湖呢！"口气怠惰思睡的样子。

"让他全家去经管黑子那个窝棚好了。划给他十垧地，给他白种不好吗？"

"也好！"父亲最后说："你们就在这屋睡一夜吧！崔婆给他们安排安排地方。"

这天晚上，我很久不能入睡，想着遗失在乱葬岗子的松树底下的手铲和柳条篮，想着袁家宝，我起初不知道袁世彬就是他的父亲的。所以久久不能入睡的另外原因，是窗外的月亮很白，远处的屋脊上有一个黑猫在轻缓地走着。月下还有一两声蛙鸣，这是春天第一次蛙鸣。而且东间崔婆和学礼夫妻的谈话声，老是无休止地传来,夹着低的叹息和压制着的低低的惊呼,她是入神地听着乡土的一些消息呢!而那低呼是姜学礼重浊的声音,我还听清楚几个字:"怎么?关东山夏天也没有蚊子,真是怪事!……"

三

姜学礼夫妻三天以后到骆驼河子屯落经管父亲的窝棚去了。母亲就雇工重新修理住所,在门窗前面筑立起一个整洁的小院落来。每次我放学回家,都看见父亲在院心里,不是监工,就是用脚把石子收集到一起,招呼崔婆用簸箕倒出去,那是父亲内心充满了舒适而安静的表现。所以另立院落,为的是摈除那位韩国住户招引来的烦扰。

这位韩国邻居的家主名叫朴斗寅,是一个有历史的朝鲜侨民了。日本没有在我们县城设领以前,他是来往图们江两岸严密贩运烟土的私贩子,而且有着朝鲜庆源府大日本外务特派员的头衔,很快地朴斗寅就变成县城所有的汉满富家里所欢迎的外宾了。大清帝国还没有崩毁,朴斗寅就拥有一两万金票的财产了。而且脱掉了韩国乡绅所穿的白色长袍,换了中国绅士的装束;而且从图们江西带来他的姿容姣好的年轻太太和密加。现在朴斗寅是四十岁以外的人了,面容经常闪着有礼貌的笑意,眼睛却是狡黠的,在他笑的时候仿佛说:"你们中国人就要亡了。我们快一样了。"他是以领事馆韩国通事的身份,调解着中韩居民的诉讼和纠纷的,背后依然是秘密经营着烟土生意。所以每天来往找他的韩国人,特别多,又是不走前门,都绕过我们住所的背后,从我们窗外走过去的。每一个经过的人,差不多都向我们窗子里窥探一下,母亲一直担心终有一天会失盗的。

那时候,这座县城里每年春天,就必定有成群结伙的可怜的韩国农民来临,带着他们仅有的铜质的餐具,沙巴力碗和长柄勺、铲饭的海螺、妻子的嫁装柜子……妇女用头顶顶着,男人就用背背着,从朝鲜咸北道,从庆源府,从靠海的清津,像溃退的灾民一样降临了。他们投奔这里的朝鲜民会，不久就来向朴斗寅乞求了，朴斗寅是认识每一个中国地主的，经过他的奔走，成群结队而来的韩国农民，分发到四乡去了。代理父亲经管窝棚的金秉湖，最初就是朴斗寅通事官荐举给父亲的。而且不管那家商店的财东太太，手里有多少私蓄，一到春季，都找朴斗寅向外放。她们都是追随丈夫跑过渤海北岸来求财富的，她们的胃口比她们的丈夫还要旺。她们用十块金票批一石豆子，春天那些从朝鲜咸北境出逃的韩国灾农是抢着借贷的，交秋就得把二十八元金票一石的大豆向债主门口用牛车送了。朴斗寅在这城市是有着怎样的威望呀！读者是不难想像的。珲春的春季，是朴斗寅的黄金的日子。

而且那时候，中国的地方警察署，和日本领事馆的警务课，互相冲突的。中国地方警察捕缉韩国的烟土犯，日本警察就出面干涉。按照领事裁判权，中国逮捕任何一个韩国侨民犯都得转解日本领事馆，而日本领事馆就很快地释放了，于是中国地方警察也找到了报复，庇护着为日本警察所痛恨的韩国独立党。从前在屯落里，到处都有中日警察火并案件发生。在城市里，就变成普通学校学生，和两级学校的学生间的撕打。

原来县城里除去中心大街和西城大街两条街道以外，都是韩国居民区的。他们的经营半多是"下宿屋"和有着艺妓的花酒馆。他们的顾客是私盐贩子，偷税的布匹贩子，青鱼贩子。西城外还有着韩国人麇集的粮食市场。普通学校就是建立在粮食市场的西端的。城东大街有韩国的正式宿店，可以容纳车辆和牲口，因之整条街道有韩国的铁匠炉，就近出售特殊的农具，有胶鞋商店，有朝鲜饸饹餐馆等等，另外就是韩国居民的天主教堂了。每礼拜六，天主教堂的钟声就在这县城的黄昏气息里缓慢地响起来，这是它和城里的非教民的满汉居户唯一的关系。可见这里韩国居民是比较有"教养"的。而这一区域里的男女孩子，每早晨都是去城西普通学校上课的。

中国的两级小学呢？是在市中心大街和城东大街之间的拐角

处,于是住在城市中心的中国学生每天必定和普通学校的韩国学生在大街上遇见两次,互相为着争走行人板而撕打。

因为中心的沙筑街路经常有韩国农车和满洲式的四轮车来往奔驰的,自然也有拉座接客的俄国篷车,尤其是春秋两季,进城的农车特别多;而冬季的日子就是来往延吉珲春之间的长途运货的四轮商车了,此外还有从深山载毛皮,木材而来的两轮马车。所以街道两旁的行人板是有着它的存在的价值的。其实街中就是没有车辆,完全空无一物,而且我们零散地在地板下走着,若是望见迎面有普通学校的韩国学生了,我们就会立刻机警地跳上行人板,准备着走到近前用肩膀相抵了。这里所说的我们,是我和金锁儿,魏学文,于兆祥,还有一些路上会集起来的同学,而金锁儿是每天早晨来约集我和于兆祥的,不是他们到窗外招呼我,就是我伏在墙上呼喊邻院的兆祥。金锁儿一定在那里等着了。金锁儿那时候已经在我们迁居之前搬到西城外的朝鲜居民区的边界上了,和魏学文很近,因之到学校去必定从我们住宅前的街上路过,他俩之所以和我们结伴,不只是心意相投,主要的还是结合的人多,路上碰见韩国学生威势也猛。

若是韩国学生人数超过我们,而且有高级生在内,我们只是在经过他们身边时用肩相撞一下就算了,即使有人反被撞到行人板下,大家也不理会。若是我们全体都给撞下去,而且有魏学文所敌视的大老崔在内,我们就两手插着腰走近他们的面前,用眼睛向他们挑战。我在三年级就完全熟习这一挑战的方式了。而大老崔立刻会排除其他同学,独自走出来,起初总是魏学文先低声向他诋骂的,大老崔就会推开我,完全不注意我的激怒,走近魏学文。到现在我还记得那时的气愤,受蔑视的气愤,我是怎样想就近找块石头和他作战呀!金锁儿往往厉声地阻止我,对魏学文,他反而倒是怂恿着:"打……打……"魏学文那时候会突然跳开去,从腰带里抽出七节鞭挥打起来:"躲开! 躲开!"他会这么呼喊着,本来我想助他撕打的,到这时候也就跑开了。而这时兆祥还是两手叉腰站在行人板上,起初我还讥笑他那愚憨的姿式,大老崔从他身旁跑开,他还是屹立不动,直临到一个末尾的韩国小孩子,于兆祥就会突然追打了。又往往还没有追上就停手了,因为那韩国小学生可怜地哭叫起来。金锁儿可不饶过每一个可能哭叫的韩国低级生。每一次的撕打,陆续地都有满洲同学参加,袁家宝在这场合是手挥着短柄牛鞭子的,可是一结束,谁也不知道袁家宝的牛鞭子藏在什么地方了。他是那么伶俐,俏皮,眨着猁狲式眼睛笑。

每年的两期大考的列榜,我是不重视的,相反我羡慕着魏学文的勇敢,完全是崇敬一个可爱的英雄那样结交着的。一遇到撕打,我就蔑视金锁儿,同时我又常常阻挡魏学文出头了,我想为什么让金锁儿唆弄呢!因之三年级的下半季,我们这一级和普通学校的学生殴打的事件逐渐少了,而且有一个时期,我和金锁儿互不交谈,在那时候,魏学文也不到我家里来约我了。都是于兆祥和他们在墙头上喊我,四个人仍然是一齐去学校的。

四

和普通学校的韩国学生在街上撕打的事情,有一次给学校发觉了。然而不知道肇事的是那个同学。

那时候正要放学,我们都按照着回家的路线排列成两队,一出校门,两队就分东西两路相背走的。值日教师是体育教员,名叫郎荣光,爱用拳头打学生的后颈,然而和我以前完全没有关系的,正如其他的教师和我完全没有关系一样,仿佛我根本不在他们眼睛里存在。我们现在都盼望着郎荣光老师吹叫子,我们已经唱完夕会歌,往时夕会歌一唱完,司仪的高级生就喊"向左转,开步走"的口令。现在司仪的高级生眼睛注意着郎荣光老师的嘴唇,我也移目向郎荣光老师注意了。郎荣光老师的脸色永远似乎不愉快,永远似乎都市里的交通警察那么注意着行驶车辆一样注意着队伍。他穿着夏日的开胸短衫,叫子就悬在胸前,看着他一点也没有拿它的意思,尽是向周围环顾着。嘴唇紧闭,我知道又有人该受责罚了。我们也随着他向左右巡视起来,仿佛犯过的同学在队伍里一定有特别标帜似的。

"今天早晨谁在大街上和普通学校的学生打架,谁就走出来!"郎荣光老师巡视着说,说话的时候背着手,脚跟上下地动着,仿佛很安然自得似的。

同学们相互探索的眼光立刻找到标帜似的,都转向魏学文了。魏学文仿佛还低声和身旁的人讲什么,他是那么忘神,全然不觉得身外的变化。等到他发现同学们的眼光向他瞩视时,立刻就肃静地向郎荣光老师望了。在这以前,他还惊异地向周围的眼光里探索一回。

"自己走出来吧!看什么,就是你。还有谁?"又对魏学文说:"走得近一点!"口气异样的温和,仿佛只有他是疼爱魏学文似的;而魏学文还迟疑一下,似乎必定得遵从他的命令,就向前走了一步,望望郎荣光,又向前走了一步,最后终于走到他面前了。郎荣光问第二遍"还有谁"的时候,魏学文还向后观望,他的眼睛就和我的眼光相触,似乎问:"什么事呀!"当时我所以向他注目,只是避开周围的视线,我已经觉得同学们的眼光现在向我集中了,仿佛那些眼光都向外排拒我似的,我不知道为什么觉得那些眼光是这样有力量,到底我给推出来似的离开队伍。那天晚上我们各人的手心挨了十戒尺,我们谁也没有现出泪光,也没有喊叫。只是每打一戒尺,郎荣光老师说:"手擎得高一点!"而且到了五板就说:"另一只手!"我很平静的,听到他说:"归队",就低着回来了。仿佛受惩戒的不是我,回队时还望见魏学文向我探问的眼睛,似说:"怎么一回事呀?"现在只有这双眼光的印象,记得最深刻了。在这以前,学校里给我的印象,只是庭前的两排白杨,宽大的操场,至于课本和教师反而完全和我漠不相关似的。

然而从这以后,教师们注意到我了。不管是在操场上还是在课室里,只要我的神情一松懈,就听见教师喊:"姜步畏!"譬如:自修时,全级的同学在诵读声里,小声争吵着,喧笑着,教师一进门就喊:"姜步畏!"而且多半我那时确乎没有安静地坐在书案子前面的。譬如我们在操场上,那是课后十分钟的休息时,多么宝贵的幸福的十分钟呵!同学们追逐着,跳着,有时面对着城墙,距离十步,向前跑着,一脚踏上城墙,脚临空站两分钟,而给值日教师碰到的时候就喊"姜步畏!"仿佛只有我,其余的同学全是本份的,有一次于兆祥正向前疾步跑着而我只不过站在十步以外等候着,值日教师还是喊:"姜步畏,又是你!"于兆祥就背着墙站在那儿,明明值日教师望见他的跑动了,却不提。仿佛学校里全部的喧闹声都发自我一身,仿佛全教室里所有的不守秩序的走动,嬉笑,完全是受了我的诱惑或传染。我已经习惯这种喊声了,既没有觉到不平,也没有觉得警惧,似乎喊的不是我,只是:"不要闹"的代名词而已。若是正在嬉笑着,就随着其他同学一样地安静下来。

在我和金锁儿互相不说话的那天,我受了第二次的惩罚。

北方的夏季,白天长,夜晚短,校里照例要放午学的。因为县城里的中国家庭,都吃三餐了。不回家的同学就留在课室里午睡,有的就偷着爬到城墙后去玩。那时候正是午后第一时上课铃摇过不久,金锁儿喘吁着跑进课室里来了。我就问邻座同学"这堂上什么课",以前我在任何一堂课之前两秒钟,都是向金锁儿探听,现在我主要的是避开和金锁儿的眼光相触,因为我仿佛望见他手里拿着香瓜。

"我们到乱葬岗子瓜地去偷了那么些瓜。"金锁儿小声告诉我:"哪!这是你的!"

我就用臂膀遮住脸,同时把他推到我肘旁的两个芝麻粒瓜用肘推开去。我是那么羞愧,又想,他和魏学文爬出城墙去玩,也不约我,我为什么吃他的瓜呢!那天确实我找了他们许久没有找到,我正在气愤着,我的眼睛埋着,装着看书的样子,其实我还不知道有没有拿错书。金锁儿很快地又用手推过来,仿佛那是我的东西而妨碍到他一样,实际上他的眼光也表示出他的摈弃我的歉意了,我第二次用肘推开去。当金锁儿开始摇动我的臂膀时,不知我怎么那样用力地一抵拒，实际我只是摆脱着不收纳那两个香瓜，不想香瓜就从金锁儿手上飞出去，我还听见香瓜滚动的声音，可见课室里是怎样地肃静，就在那时候，我听见一声："姜步畏！又是你！"原来教师在门口出现了。我仍然埋着眼睛，从口音里我知道这是级任马亚明老师。只要是马亚明老师的课，上课铃一摇，课室就立刻会沉寂下来，五分钟之后才听见他的脚步声，而靠窗窥探的人就会低声说："来了！来了！"因为马亚明老师和郎荣光老师同样欢喜用戒尺的。我之所以没有注意，完全是由于和金锁儿纠缠。同学们全都发出幸灾乐祸的哄笑了。这哄笑声表示他们老早以前就预料到马亚明老师会撞见我的不规行动，而且战战兢兢生恐我会预早发觉而戒避开。及至果然事情是按照他们所希望的实现，就愉快地满足地哄笑了，当时我是怎样地气愤这种哄笑呀！现在想起来，他们在那些只知望着课室里的空气讲话的教师的面前也够寂寞无聊了，就是我自己这时遇到别的同学尽自争闹而不知教师已经站在他的身侧，也会随之哄笑的，沉闷空气里，这是唯一的乐趣了。

"去！捡起来！"在同学们哄笑声中，马亚明老师说。

我就从座位上站起来了。我想：为什么让我去捡呢！不管什么都找到我，可是这次不是我的过错。他明明看见是金锁儿扰闹我！

"去呀！捡起来！"我望见马亚明老师在没说话以前，下齿咬着上唇，说完以后上齿咬着下唇，同时揪着我的耳朵，仿佛他是非常地自得："去！去捡起来！"

若不是那恶意的笑容，若不是他揪着我的耳朵强逼，我也许接受他的命令了。然而我那时候想：为什么揪我的耳朵呢！我想：我父亲也没有这样虐待过我，而且马亚明老师还以为这种虐待的本身是非常有趣似的，我望见他眼睛那种恶的笑辉，就推开他的手并且躲开脑袋。

"去不去呵！"马亚明老师用戒尺在我肩上砍着。在他思索课本上难解的课题的时候常用铅笔敲着他的手掌。现在他就用那种姿容，上齿咬着下唇。他砍击得很痛，正中我的肩骨，然而我也像是他在用铅笔敲我似的,一点不露出疼楚的样子。我也不知道那时的忍受力怎么会那样强,然而我更不想去拾那两个瓜了,就是马亚明用利斧威迫我,我也不去。同学们这时更沉寂,我清清楚楚听见马亚明老师的挽袖口的声音。他的举止是很从容的,而且珍贵着这后一秒钟的愉快似的,仿佛早一秒钟责罚,就可惜地减少了一部份愉快。我听到他爽朗地说:"拿那个长戒尺去,这个太宽了。"又听见有人跑出走廊,又听见邻院韩国孩子的快乐的歌声以及金锁儿悄悄拨书页的动静。我的视线完全缩小了,我只望见马亚明老师的握戒尺的手掌和那金光闪烁的戒指。

"伸出手来!"

我不知道为什么轻而易举地去拾香瓜的命令不遵从,伸手挨打反而迅速地接受了。我是那么咬着牙,眼泪不自主地跳出来,在我嘴角上挂着,我却一声不作,到下课,我一直低着头,一动不动。就那么站着,没有听清楚马亚明老师讲的什么,也没有听见铃声。等同学们围拢来,而且课室充满骚动了,我才用手背擦眼泪。我仍然站在那儿,低着头,一声不响。我听见有人说:"你捡起来不是什么事也没有了吗!"又听见有人说:"怪荆以文,那也不是他掷的!"这话立刻触到我的要害,我就颓然坐下放声大哭了。我是这样地伤心,觉着没有一个教师卫护我,我变成最可恶的学生了。我依然望见金锁儿的眼睛,负罪的,胆怯的,站在我身前望着我,那种望的神气像距离三十步以外似的,在我大哭一通之后,就从臂上抬起头来望着空气对他说:"你去吧!我也不生你的气。"那时候摇铃了,同学们都向外跑出去,我听见体育老师的叫子声。我的脸又埋在胳臂上,继续着呜咽,还听见于兆祥在玻璃上敲着招呼:"姜步畏!到操场来呀!"他是四年级生,我想这一课一定是三四年级联合体育。然而我却没有想,若是点名不到,又该受罚了。我是那么坦然而平静地伏在案上。

教室里只有我一个人了。五十三个坐位完全空着。两壁的四口玻璃窗,两口透进阳光,两口埋在阴影里,能够望见窗外的白杨直干和对面高级教室里的墙壁,屋脊荫和阳光各占上下一半。多么静的夏日呀!能够清楚地听见各室里的教师讲话声,仿佛是在幽静的树林里听到的伐树声那么清楚。有阳光的两口窗向西,窗外是一具篱笆两根柱子,全给牵牛花的藤蔓掩盖了。叶蔓稠密,时而飞过一两个翩翩闪舞的蝴蝶。若是天气闷热的时候,打开窗多好呀!我想到,有一次是史国俊教师的课,每次临到他,我们全室就悄然无声,不久就睡意沉沉了。史国俊讲书的声音里,有着一种催眠力,他自己也似乎奄奄一息地要睡过去。课又在下午,夏日的太阳是多么倦人呀!那一次史国俊老师例外地说:"打开窗!"窗子立刻打开来,整个屋子充满了夏天的芳草气息,那是从西窗口吹进来的;东窗就是一阵阵凉风和白杨树梢在空中抖索的快感声。本来沉沉思睡的同学,精神全爽然一新了。我的眼睛也明朗起来,耳朵也敏感了,就听见教室里有蜜蜂的嗡鸣,这比沉闷的教课声是怎样地可爱呀!就是一个苍蝇扑击玻璃的嗡鸣在我的听感上也比那些教师大声的话音美而有价值有意义。我就探索这只宇宙间的渺小的音乐师。同学们也都转动着头探索,他们的眉眼都是生趣盎然的。就听见说:"姜步畏!"我立刻在这一个代名词下安然正坐了。不久又要睡气沉沉的了,我往往在那时就用书本遮住脸;这是书本对我唯有利的价值,我可以自由地打盹。这样想着,我真的要打盹了。

"姜步畏!"我听见一声招呼:"郎老师叫你到操场去!"

我立刻吃惊自己的大胆,竟敢不出操躲在课室里。我的脸色一定是白的。因为来招呼我的人说:"快去吧!别怕,刚点名!"

他是我们三年级级长,名叫周子仪,一个中国的回教徒。在课室里是最有人缘的,又安静又本份,教师们都敬重他,然而和我是一点关系也没有的,我们是正相反的处在两个境界里。我跟着他走进体育场。在低声喧闹的同学们又突然寂静了,他们正排成对立的两队,排头各抱一个球,这是接送竞赛,我从他们那观望陌生人的神气里,知道又要受责了。

"你作什么呢!呵——"郎荣光厉声地说。说话时用戒尺指着我的鼻子。

我说："老师，我忘了……"

"我不要听，伸出手来。我知道你是最顽劣的。爱打架，不用功的。没话说，伸出手来。"他抓住我的手腕子。我的两手就紧紧握住，现在才觉得手掌熟烘烘地作疼，我就说："老师，我再不敢了，饶过我这一次，若是我再犯过，老师再打我，只这一次。"什么样的哀恳的话，我全说得出来，在我哀恳当中，两手已给郎荣光老师分开，他把戒尺只挟在腋下，两手扼得我的腕骨极疼，我用力挣脱着说："老师，饶恕我这一次吧！"

"你说你作什么不上课？呵——你以为我上次打的你不对是不是？"

"他上一课挨打了，马老师罚他站了一点钟！……"不知是谁说，仿佛是魏学文的声音。我是怎样感谢这一援助呀！立刻就有许多人拥护这一声援了，声音喧杂，听不清楚说的是些什么。不过郎荣光老师的脸上现出迟疑的样子，又望着两队的同学问了一遍，等到清楚了，就说："那么站在那边墙角上去，不许你参加游戏！"我就寂寞地站在墙角上去了……

感谢郎荣光老师这次的处罚，当我站在城墙角的时候听见一种强而有力的唧唧声，我是怎样地高兴呀！我是那么小心地侦听着，这是战斗性能弱的蛐蛐所叫不出来的声音，宏亮有力，五分钟之后，我立刻就偷偷地背着郎荣光老师把它捕到了。只有金锁儿向我这边偷着望，那眼神是喜欢的，表示他知道我捉到一个什么东西了。实在呢，他是在和我讨好，而且喜欢中多少带着同情和可怜。

五

暑假期间是我的最幸福的黄金的日子。没有突然而来的招呼"姜步畏"的威吓了，没有可忌疑的脚步声在我正兴致淋漓的欢乐中出现了，没有任何障碍。我欢喜攀着一只脚在院心跳，就攀着一只脚在院心跳；我欢喜躲在门背后战战兢兢地和克克捉迷藏，就躲在门后去,屏着呼吸,心口勃勃地跳着,从门缝里偷窥着克克睁大的眼睛。她已经是四岁的女孩子,那时候她的眼睛会从愉快侦察突然变成恐惧,即时又因为找不到我而哭了。确实我往往在那时候,偷偷蹑手蹑足地溜出去,这是我唯一的到我自由的外界去的时刻了。父亲在休息室里午睡,母亲在寝室里打盹,还有什么比这夏日正午的阳光更能激发一个孩子的生命力呢!而且父亲只要是醒着,就看三国演义,永远是那一部书,我呢!就得和他坐一个炕几上习大字,温习功课,这是多么惨酷的刑罚呀,窗外的阳光又是那么金辉闪闪的,夏日的晴空又是那么蓝,一种北方所特有的纯蓝,柔和的蓝色呀!圣洁的蓝色呀!怎样地诱惑人。我仿佛望见那蓝天下面,红旗河的渤渤水流;我仿佛听见一些游水孩子的欢呼。

院子里晒着衣裳。屋檐下晒着豆制的酱块,酱块板下垂着干芥菜,干茄子,干豆角……一切都在晒阳光呀!洛布达在板壁荫凉里垂着舌头喘吁,母鸡们蜷伏在窗下的湿土里洗浴。崔婆在门口的矮凳上坐着,一秒钟前还捶鞋底,一秒钟后鞋底就要从手里堕落了,她也抵抗不了午日醉人的睡眠呀!

这个时间是我所独有的。整个院子是沉寂的,微风吹过,晒衣架上的衣裳就会发出微细的为衣裳所独有的赞美声,整个城市是沉寂的,偶尔会传来公鸡的午鸣,那是怎样飘渺而幽远的声音呀!克克是不理解的,我的世界是日益广阔了,克克永远是和我距离一段长长的路程。两年以前我的伴侣洛布达,对我已经失去它的吸诱力了,它在春天就脱毛,现在还没有脱净,毛色也似乎失去生命美的光泽,青春的光泽,它已经向暮年迈进了,不再围着我欢快地嗥叫了;不再用前爪扑着我的胸脯表示亲昵了。而我的生命一天天地蓬勃苗壮,像渤海南岸三月间的麦子一样。这里呢!四月才播种,五月的玉蜀黍才有八寸高,现在是六月的入伏天,城北的高粱林子掩没大人的头顶了。屋檐雀的窝里正有嗷嗷待哺的子雏,燕子也正忙着哺育,我们县立初级小学的学生呢!就到红旗河去游水,正午还在城南,傍晚又许在城北出现了。

一出院门，就是我的自由的畅所欲为的世界。隔着墙背，就望见超字油坊的大院落，于兆祥家宅的两具后窗。只要进宝或是黑鼻子突然向我露头处奔逐过来，于兆祥就会悄悄地溜出来，一个小窃似的贴着墙走来。我们打个手势，小声地交换一两句谁也听不清楚的话，在街上会合了。于是我们就找荆以文，路上我跳着，唱着。于兆祥只是走，只是笑，他的身子笨重，仿佛不会跳，慢慢地我就心焦地催促了，和他在一块儿玩，只这一点就不顺心，不合拍。

荆以文的宅子住在日商藤居酿酒厂以西，斜对着日本丸富医院的第二条的向南胡同。胡同口两边，一个是荆以文父亲的吉东采木行，一个是韩国业主的汉京酱油业组合。胡同直通红旗河河沿，两边多半数是韩国住民的茅草宅子，只是居中的荆以文家的住宅是瓦顶，粉壁，而且走门是油漆的。我们离开胡同，就是韩国区的走道了，家家住宅门前，晒着辣椒，一方块红色，一方块红色，占去半边走道。我们经过这里就小心了，谁敢担保不遇见一个有仇隙的普通学校的初级生。望见韩国家宅门口的狗，我们都得警惕着。那些狗都是衰弱的，半生没吃饱过一次似的，细腿，长肋，见了陌生而结实的狗，总是尾巴挟到后腿间，眼光怯怯的，见到我们可是两眼锐利，嗥嗥不休的。可也不想认真地来逼，我们总是一句话不说，各人左右回顾着，走到荆以文的门口才掷下手里的石头。

往时开门的总是石恭道大舅。一个满口胶东口音的善良老头子。嗜酒，又懒惰。一年有八个月是在城外间逛的。不是在梅花大鼓书场的隐避角落里躲着抽烟，就是在海升京戏院的低级座位里打盹。再不就是蹲在红旗河边上看韩国普通学校的高等生钓鱼，直蹲到河边上的人走光才离开。另外四个月就解下厨裙，打扮得像个商店的账房似的下屯去收租了。过年也到我家去拜贺，称我父亲作"姐夫"。

冬天，荆以文迁居以后，从一九二一年开始，荆以文的父亲和我的父亲的敌对状态无形之间缓和了。元旦荆以文被派来给父亲叩头贺喜，我也被派去给荆太仪鞠躬贺喜，母亲始终是坚持着不许我给荆太仪伯父叩头的。我管金锁儿父亲叫"七大爷"，金锁儿管我父亲叫"九叔"，可是老哥儿两个，依旧避不见面。

荆太仪伯父是一个出身农家而不带一点乡土气的老人。完全是生长在城市里似的。他没有受过一点教育，而且主要的财富是两条街道，包括韩国住宅区的全部房产，却膺任县农垦会的会办。终年躺在炕上。因为他患了半部脑充血的病，北方唤作半身不遂的一种症候，访客因之特别多，不管是税务官，地政官，日本领事衙门的通事，以及朴斗寅常常出入的。主要的是由于荆太仪伯父的客室里有三盏烟灯和全副高贵的烟具，随时可以点起来，而且烟土都是纯粹热河产又用草参水煮热的。荆太仪伯父的身子高瘦，面形顽长，有两个大而圆的眼睛，没有光辉的阴沉，若是愉快的时候，满唇像草莽丛间的花朵似的，眼睛可是没有笑意，由阴沉变作坚定了。他的太太比他小十岁，晚娶的原因，是中年才发迹。每次她见了我总是说："走近一点，大娘和你说几句话。"并且握着我的手问："你爹在家作什么？""你娘呢？"又慈爱又温善，是二十世纪初的中国市绅家庭里的典型的主妇，闲着，自己用纸牌消遣或是给孩子们讲讲典故，丈夫的事务从来不过问，关心的是厨务，若是煮豆角，就和石恭道大舅说："煮得时候久一点，多切些肥肉放上。"若是蒸茄子，就嘱咐石恭道大舅："多夹点蒜泥。炸酱是用豆油还是用荤油呀！豆油可不好吃。"三月底就盼望韭菜下市；端午节前就念诵着吃新鲜黄瓜。整个家庭有一种融洽的温暖，只是石恭道大舅对他的妹妹粗声粗气的，老是大声说："知道呀！"又小声嘟哝！"当是就你一个人知道呢！别人都傻。"实在兄妹的感情是好的，一遇年老的哥哥这么顶撞，妹妹就会笑着说："你看你要吃人似的，金锁儿去看看，你大舅的酒瓶子是不是空了？"

夏日的正午，这所宅院同样是静的。睡好觉的甜美时间呀！我们只在板壁外一招呼，荆以文就跑出来了。

"到红旗河呀？"

"好——找魏学文去呀！"

就这样我们连跳带跑的,沿路敲着板壁崩崩响;遇见韩国宅子的狗,吠叫,就跑,静静地卧伏着,就向它投石子。沿胡同像暴风雨一般滚过去,投奔红旗河那个夏日的乐园去了。

胡同口外是块古墓式的高地。说声:"看谁跑得快。"我就先登上高地之巅,十丈的峭壁之下,就是红旗河流水,左右的平崖,数不尽的白色木排,对岸一片绿色的阔野,尽端的远山阵列,矮了一半,因为远山近水之间的高粱林子平地一丈高了。

"我大舅到那山上去过!"金锁儿说:"我们那有一个窝棚。"

"我们那儿也有一个窝棚。多远呀!"

"有一百里地呢! 那边就是靠近俄罗斯的边界了。"于兆祥说。

"是吗?"我问。

"地理课本上讲的,那里还有土字碑……"

"看,一只老鹰。"

"捉小鸡的——快跑吧!"金锁儿最先跑下来了,我们随后追随着,发出尖笑和怪叫。

"咱们打乌鸦去呀!"魏学文说。

我们就停下来,商量一下,到城西去。红旗河没有一点钓饵诱惑我们,就是说没有韩国小孩子游水,也没有中国小孩游水。任什么东西也没有,都午睡了。仿佛这夏日的正午,正是冬天的夜半。只有舒畅的水流声,只有树木偶发的细语,三十分钟听见一声燕子的呢喃,五十分钟听见一声公鸡的午鸣,这又有什么趣味。

树下的阴凉里停着农车,牲口打着盹。车夫就地铺着外衣,露出土外的树根权当枕头,草帽蒙脸遮挡苍蝇,打着鼾,离城只差半里路他就在这避午了。距离这株古老的白桦半里远就是建筑雄伟的佛教寺,到那去得经过韩国普通学校,日本领事馆。

"若是碰见大老崔呢!"我说。

"哎呀! 我忘了带七节鞭!"

"咱们还是回到红旗河去吧! 高地过去三十步路,爬下崖去,不就是种高粱的洼地。"我们又顺从了于兆祥。奔走疲倦了,我们又各自回家。若是在高粱林子里打乌鸦碰不见一个看守人来叫着追捕,这天就觉着又空虚又寂寞。

第四章

一

一九二五年元旦节后第二天,姜学礼夫妻从骆驼河子来给父亲贺年。所以来得这样晚,是因为上一次的元旦节,姜学礼对父亲说:"我想接大兄弟到窝棚去过元宵节,玩几天呢!"父亲顺口说:"再过一年罢。他还小呢!"元旦节那天,父亲就不止一次地叮嘱我:"出去贺完年,叩过头,就赶快回来呀,你大爷和你二哥今天来。"当时我还不知道父亲所说的大爷指的谁。姜学礼夫妻的晚来,曾引起父亲不少的忧虑和不吉的推测,崔婆也热烈地巴望着,不住地审查着父亲的脸色说:"赶情今年忙?"父亲本来推测,或许翻了车,或许半途遇见高丽独立党?然而遇到崔婆也怀疑的时候,就说:"没有什么呀,今天不来,明天会来的。"岂知姜学礼夫妻来的所以晚,完全为了父亲上一次那句话,要接我下屯去住一些日子,给我两天的工夫去给父亲的友辈贺岁。因为姜学礼夫妻,在城里只能住一夜,新年大正月,来往父亲门上恭贺的宾客多,自觉住下来不方便。父亲可是把那口约忘记得干干净净的了。

临街的车门有种农车和马匹奔走的声音,父亲就说:"二宝来了,连儿快去接你大爷去!"我立刻跑出来,在院心就听见牲口嘶鸣,许多铃声的合奏和车夫的吆喝了,声音粗壮可以听见由于鞭子旋舞所带起的尖哨响声,仿佛结实的小鞭炮爆裂声似的,确乎那是姜学礼赶车的特征,一到第二进车门,我就和姜学礼的四轮农车碰面了。

"大兄弟长得这么高了呀!"姜学礼老婆坐在车上高声呼叫着,似乎是要让南院子的人也听见似的。那时候,姜学礼说:"躲开,躲开让车过了车门,你再上来。"我知道一过车门,大车就会停下来,我又能坐多一会儿呢。我是急于要攀上车外椽,在车没停以前坐一会儿的。我之所以听见车声就欢叫着跑出来迎，不是为了姜学礼，完全是想坐坐车，可是我不得不退避开，因为墙壁和车轮之间还有一匹壮实的黄狗。我一躲开，那黄狗就像受惊的老鼠似的跳出车门洞口，经过我腿旁叫了一声，（在狗望见不怀好意的孩子手里有石头，是这样叫的）反而把我吓了一跳。这时农车已经在院门口停下来。前套有三匹马并排着，它们的尾后就是一匹辕马。它们的蹄子不安地移动着，耳朵竖立，眼睛惊慌，不知道它们的主人是不是以为它们停立的位置妥当。完全是些庄稼窝棚的健壮牲口，不过没有油坊那些马匹的毛色光润，而臀部也不圆润，可是有烈性，靠近我的这匹灰色马时时斜耳白眼地作势咬我，我远远站着，刚一近，它就向我又歪颈露齿，我又第二次退回来。我想攀上车去，始终却不敢从它头前通过。那些马匹的颈鬃部修剪得整整齐齐，耳鬓有几许长毛，拴着过年的红布；尾上也有两三条红布。车箱前有新年的对联，我全认识，还记得是："车行千里路，人马保平安"。各匹马套绳上的铜环，都是擦得极洁净，若不是这天没有阳光，那些铜环以及笼头上大小铜圈一定金光眩目。现在它们的鼻息烟似的飘腾着，看得极清楚。每匹牲口颈上，挂着双铃，一个皮套每面都有二十四对小铃的串铃，一个是红缨色围着的杯形的独头小钟，我们本地叫着响铃的。这些不仅是装饰，主要的是震吓旷野的山兽，尤其是冬天走夜路，五里以外的狼群，一听见远处喧然而驰的奔腾声，就会逃向森林，它们的来处了。可见这些铃声威势之大了。这是日后姜学礼告诉我的，当时我还注意不及去探取它们的用途。我唯一的欲望是想绕过马头，到左手去，因为崔婆在那儿可以抱我爬上车去。那时我背后突然又有可怕的声音，原来那匹来自窝棚的大黄狗挺然地站在洛布达身前，昂首让后者闻嗅，同时露着牙齿，那可怕的声音，就发自它的鼻孔，我只好从车后绕过去，心口久久还跳着，因之牵制了我全部的注意，我也没有听清楚姜学礼老婆说的什么，崔婆的眼睛就有泪水了，可是还笑着说："去年年底才接到一封家信，说是孩子想妈妈。"擤了把鼻涕之后又说："我从天和兴汇了两百块大洋——我可没心回去看媳子的颜色。"

那时我还不明白妈妈的确实意义,后来回到渤海南岸父亲的故乡,才知道妈妈就是祖母,我们当地叫作奶奶的。他们两人说话的声音低沉,仿佛父亲站在他们身边防害了他们的自由,父亲这时面色不欢地叹息着说:"我还等着你爹来,我们老弟兄俩喝杯酒呢,还给他留着两尾冻鲤鱼,两对海蟹——进屋吧。暖和暖和再卸牲口,他不来,咱们爷俩的份儿了!"

姜学礼说:"窝棚里有他的吃喝呀。我还给二叔带来十二对野鸡在车上呢。"他的声音宏壮。这天穿着新的黑市布羊皮袍子,前襟扎在腰围里。手里提着短鞭子,像提着钓鱼竿一样。说话面对着父亲的脊背,进院子之后还听见他高声招呼:"婶子,给你拜年来啦!"母亲所以不出来,还以为我的伯父在车上,前一章里我已经说过,母亲和伯父不睦,这时我只是想着父亲所说的话,还不知道伯父究竟是什么样的人。

崔婆和姜学礼老婆还站在院门口,后者的大手抚着车沿木。她打扮一新,手指上还戴着有翠玉的银戒指。那手背有着操作的龟纹,龟纹污黑,肌肉通红。我当时想,我们怎么有这样的亲戚呢。

崔婆突然抚着我的头发向她说:"不是还有这个孩子,我也想辞工回海南了。再过一年连儿毕业了,我也算尽了一份心事。"当她手掌按在我头顶上时,我仰脸望了望她,知道是说我,就靠近她,同时抓住她的手指,向后扯着。觉得她是这么仁慈,这么疼爱我,若是长大了,一定孝敬她。向后扯着的意思是让她进院子,实际上是不欢喜姜学礼老婆那屯落女人的过年打扮,而且那掌肉又厚,指节又粗的手多难看呀。

午餐是非常丰富而热闹,有火锅子,餐桌排满了生切牛肉,羊肉片,鸡肉,绿豆粉,海狸红,海带,吃的时候我们都现着幸福的笑容,大人说些吉利话,脸色浮着新年和佳餐所有的双倍愉快。晚间崔婆和姜学礼老婆在厨屋里,围着炉火谈到更深夜静,这一晚上给我最深刻的印象是炉火渲染得她们的面孔火热,有时崔婆的半个面颊埋在黑影里,有时姜学礼老婆的半个面颊埋在黑影里,然而她们谈的内容我却没有注意,反而注意到父亲休息室里传出来的一句话声:"老的,终究是老的,不管老的待子孙怎么不好,小的可不能慢待了。"

这一晚母亲招呼我两遍我还是坚持着不去睡。神案前我得烧香,院子里又有四匹牲口的嘶鸣,蹄子得答声。是多么热闹而又有趣的一晚呀。只有处在骑兵队的野战营中,要大会战的军士才能体味到这种咻咻的喧闹所带给我的快感。

最后母亲走出来说:"你们谈什么谈得这么入迷,时候不早了呀。二宝媳妇明天还要起早呢!"说话时还笑着,对我就改口气了,温和里含严肃,小声说,"还不去睡,听话,明天,你爹不是说去给你大爷贺年吗。快去睡!"

"我那个大爷?"

"你爸爸的哥哥!"母亲厉声说。

我没有再说什么,因为我怜悯伯父的感情,胜过对他的胆怯,想像中仿佛他是一个衰弱的失去自卫力的老虎一样。

二

本书开首说过,地近俄罗斯的海峡——日俄战后课本作日本海峡,而当地土人还是沿着旧名称呼的——冬季多雾。这天下半夜的浓雾,一直到第二天正午,才逐渐消散。大雾浓时,站在院子里望不清楚自己的胸脯,大半身埋在云烟里似的,可见屋子里的人是怎样消沉,要出去的也不能出去。深夜在候车室里,等五小时之后才能开来的客车就有这种感觉。"大雾之后出太阳",这是居住近海城市所熟知的一句谚语。下午一时,我就坐在四轮农车上出发了。阳历是二月初五。

阳光鲜美的时候,正是大雾之后,又加我是生平第一次坐车,望着街道上移过去的炫目的玻璃窗,望见倒流的一株株路灯柱和电线杆子,而且是置身在三尺以上,同时乐趣洋溢地望着行人。心想，若是这时候，大街上有个县立小学的同窗碰见我，他该是多么羡慕，而我又是多么骄傲呀，只见两边街道的商店全关闭着门窗，门窗都是黑的，贴着红纸对联。街上行人寥寥，到处是爆竹的碎屑，反而觉得这天的街道是从未有过的整洁，新鲜，悦目，寂静，农车的奔驰声也就格外给人一种有旋律的美感。

骆驼河子离城有二十里路程。走到天主教堂的大门，马车就直向东城门奔驰了。那天主教堂唯一的标帜是高矗空中的钟架，钟上有护顶，仿佛是屋脊那样使钟藉避风雪。钟下垂着五丈长的拉绳。大门口的顶空立着黑色十字架，我回脸望着那十字架，立刻想起城北郊那些坟冢。

"大兄弟你望的那是什么？"姜学礼老婆高声说，因为要超压震耳的车驰铃鸣的喧嚣。

"天主教堂。"我说，"就是俄国人的庙。"那时我还不知道它的全部教徒是韩国居民。

"那个？"姜学礼也回过身子来。等知道是天主教堂了，就说："那是高丽的礼拜堂，二道沟里也有这么一个。"这话是他背对着我说的。我想于兆祥说过俄国兵的坟墓上才插十字架，怎么会是韩国人的教堂了，又想，我和一个无知识的庄稼人辨别什么。等到姜学礼老婆问我：什么？我就推说"听不清楚。"实在马奔铃鸣的声音也确实是沸腾的。而且这条街道，我们已经知道是些韩国人的商业区，每家商店的门外都麇集着许多人，他们也为中国人过年的风习所感化而休息起来了，就在街两旁靠墙晒着太阳。街两旁的杂语声，是相当喧闹的。姜学礼老婆发现许多韩国人向她注目了，也就正襟端坐，正像以后我在哈尔滨遇见走过中国街道的欧美少妇一样，不过她们是坐着有篷的俄国马车。

东城外的近郊，又现出中国式的茅草农舍了。这是县城仅有的一部份散居近郊的满洲土著，几户菜农。现在他们的菜圃还是一片荒凉的黄土，有一个健壮的姑娘，坐在矮凳上，靠近门口，多半是晒太阳吧。嘴里含着一根烟管，足有一尺二寸长。却不望我们，只是召唤她的防家狗。那狗颈拴着铁链,链端扣在铁丝上,顺着铁条,那狗可以有三十步的来往路线,现在它到达拴铁丝的柱子尽端下,距离大路还有三步远,迎着农车声狂吠着,仿佛连它不能摆脱铁链的怒气,也全归在过路的车马身上一样。

到了近前,农车随着马匹的脚步缓慢地向前移动了。姜学礼愉快地向我注视一眼,那眼睛似乎说:"跑这一段路跑得怎么样? 写意吧?"

"二哥怎么不跑了?"

"城里的路到底平,车轮子像在冰道上一样——找出我的烟口袋来,我抽口烟。"前一句话是愉快地自语,后一句话是向他老婆说的。又说:"让它们慢慢歇着走。反正不等黑天就到家了。"说话也不望我,装烟时也不望烟口袋,面向着广阔的二月的原野。心里又像是回味着父亲的家庭所给他的愉快一样。

当我爬到他身旁去,他挪挪身子说:"好好坐住呀。别跌到车下去。"农车是长方的盘子形,没有御夫台,姜学礼坐在车盘沿上,两腿垂吊车外,我学着他的姿式坐着,注视着他手里的短柄鞭子,老是想要过来自己试试驾驶的本领,可又不敢说,反而装作坦静无欲的姿态,袖着手,微微踢着脚,鞋尖几乎碰到辕马尾,姜学礼并没有注意我,仍然望着前套的马耳似的,嘴里频频吐着烟,似乎烟气淡都舍弃了,最后的一口烟不见出来,久久才从他鼻孔里吐出。

"崔婆怎么样?"姜学礼问。问时眼睛依然向前望着马耳,听不见他老婆的反应,那时候,姜学礼回过颈子来,她注意了,可是还不清楚。姜学礼又说:"我说崔婆。她怎么样?"

"崔婆?"姜学礼老婆在那以前面色沉寂,现在活泼了。"崔婆年前向家汇去二百块大洋。"

"她还想回海南家吗?"姜学礼又背着老婆,面向马耳讲话了。

"咱可不好说什么! 她还没有受够气? 海南家里有什么好的。咱可遭够罪了!"她说。

"人家那个老婆子有儿子孙子,不回去还葬在关东山?"

"反正她是手头有几个钱了,她儿子媳妇又往回里怂恿她,你当是想她,还不是想她手里积攒下的几个钱。若是咱,回去就回去。不是想人吗。就回去人给他们看,可是别想让我拿出钱来。她可拿不定主意,接到封家信就心软了。早怎么不想呢。十多年又想起娘来啦!"

姜学礼望着马耳朵不禁叹息了,仿佛很佩服老婆的意见高明,自愧不如似的。农车走得很慢,阔野的驿路上又挺寂静,他们的话声不用提高,听得很清楚。

"老婆子那里积下那么些钱呢?"

"咱也没问,还不是放在金秉湖手上向韩国农户批豆子。"姜学礼老婆望着丈夫的宽背说。

"老了没有不想回海南的!"姜学礼说着就跳上车去。

现在农车到了 A 形的中心点了。向东的道路无限地延长下去,并且是追随红旗河上游。那红旗河在比驿路低五尺的洼地之滨,沿顺驿路向西并行的。到这里河身就向南直折,原来我们的农车先前也是和河身并行,不过当中距离着五里远一块庄稼地。农历正月的红旗河还是结着冰,映着阳光晶莹可爱。隔岸的密林,细枝粗干,这是冬天脱光叶子的姿态,赤裸裸的,一片红铜色。三岔路口有个售酒铺子,在三里以外就望见屋檐前高竿挑着的酒幌子了,那是一只无柄的小酒壶,壶底悬着一块尺长的红布,大过酒壶足有四倍。姜学礼高声说:"老柳头儿,从城里给你带回橘子来了!"

那酒铺有一门两窗,窗户全是用纸糊的。屋里不见人影,仿佛在赌纸牌,只听见说:"二东家进来呀!"

我们的农车把姜学礼遗留在背后尽自向南走过去了。远处有一座小山,从西方延绵到我们迎面的地方截止了。两旁全是赤裸裸的地垄,可以看出是种过谷子还是种过玉蜀黍,因为地垄上遗留着一丛丛谷碴,或是独株植物的根部,它们都给霜雪侵蚀得腐朽了。地垄沟阴还有残雪,从前面向远望是一片的黑土垄,从后面向回后,又是一片波形的白雪似的海面。

"还有十里路,走了一半啦!大兄弟到车里来吧,车里暖和。"

我实在想睡了。车盘里铺着干稻草,大张的熊皮。姜学礼老婆又给我盖上又重又厚的棉被。我把父亲的狐狸皮马褂脱了,这件东西又重又笨压得我的两肩有些酸疼。可是将近山脚,空气又突然阴冷了。还得把父亲的马褂盖到被子上。起初还听见山上的树林有雪坠落下来的声音,在冷落的气息里听着幽远飘渺的牲口大铃的铃韵,渐渐睡着了。在惊醒以前,记得我已经醒过一次了。那时候天气近黄昏了,还听见姜学礼老婆高声说:"我怕老板子喝醉了酒呀!若是忘记关猪栏可不得了,他能记住?晚上把那些鸡也给赶进窝里去?"

"还有老头子他们呢!"

"老头子就给你管这些闲事。看看你美的!"

"唉!你放心,狼拖不去呀!"又听见鞭子响,农车奔驰得更快了。还说什么我没听清楚,不知道是由于瞌睡而耳钝呢,还是他们的话声飘散,因为农车是轰轰然地急驶着。

现在我是给马的响鼻和狗吠声惊醒的。马匹一接近所熟悉的村庄,尤其是天黑了,那悠长的嘶鸣足能够传到三十里以外去,而且我们只要想想吧!在村子里守候两天,发现主人或是主人的邻居赶车在这夜晚回来了,是怎样地向着声音来自路上的农车狂吠吧,那些吠声表示着热烈的欢迎,还有故意吓狼助威的意思。头上已经是星斗满布,仰望依稀可见的四围崇山的峻峰边缘,我们的农车似乎是奔驰在深井的底下。而且山韵翕然回响着,作狗吠声,马鸣声,有串铃有大铃⋯⋯

车停在山脚下,我只望见一两点灯火,是这样地黑呀。听见有一个女人说:"二嫂子,你们怎么这么晚才到呀!""那就是城里二叔家的孩子吗。大兄弟,下车,到家啦!"可是望不见说话的人。我就给人抱下车来。

姜学礼高声说:"老关,来卸牲口呀——连儿向后去。老二呢。老二领着兄弟去到西屋看看老头子。"并且给我穿马褂,忙碌之间匆匆地结上那一排铜扣子。

听见说："向这边来，我领着你。"我把手伸出去，在黑影里随着携领者走开去。

我渐渐望见火辉闪耀的一大堆豆垛的一角。原来姜学礼所说的西屋正坐落在农车停处的前面，只距离二十步远。门缝关闭着，可是从门缝间，纸窗户上，都可以看出屋里正燃烧着熊熊的烈火，先前是隔在大豆垛的背后望不见的。

门打开来，就见屋里布满烟气，任什么也看不见。火堆就在地中心的土坑里，用粗大的树木根作燃料，烟气格外地浓烈。我的眼睛不能完全睁开，流出泪水，而且咳嗽不止。

"大爷。城里你侄子给你拜年来了。"携领我的人说："你蹲下来就好了，蹲在这边，你大爷在这边！"

现在我完全看清楚了。那是我在家里曾经碰见过的衰老的老人。他屈膝蹲在我身旁，两只眼睛望着坑火喃喃地说："就没有给我来拜年的。还不知道给谁拜年呢？我也用不到人家给我拜年。"说话时还用长烟管的铜锅，拨着木柴。那块木柴是阻碍住当中的火孔的。也没有向我望。领我进来的汉子，是曹登科，正月里还是过冬的打扮，短的庄稼人棉袄，破的狗皮帽。这时他笑起来了，说是："你的亲侄子呀……"

姜学礼走进来说："你们吃过晚饭了吧！"又向坑里招呼的人说："老关卸牲口去……今早晨雾那么大，又是乱年月。"他说话的声音高爽，可是路过老头子身旁，路过一块石头背后似的，他的眼光望着每一个人，可是那老头子却似乎并不存在。别人都和他打招呼，只有那老头子面火抽烟，完全失去听觉性能似的，当时我以为他一定耳聋。

"到这边来！脱下马褂子吧！在屋子里不用穿了。你看炕上的这些人，你认识吗？"姜学礼把我拉到他身旁，望着我的脸色这么说。

三

现在我们再来认识姜仰山伯父，这是必要的，在本书的第五卷，他和崔婆，将占着同样的重要位置。

我们知道渤海南岸的山东省的那一角，每年春天或是荒年的秋后，就有些捎着一卷薄薄的破烂的行李，携着五六岁的孩子，眼睛沉郁地一天赶八十里旱路而不觉疲乏，驱打着两腿酸疼的孩子，一百遍地说："再赶两步路就到宿店了！"一百遍地威吓："你不走，把你留在这块荒无人烟的山沟里，让狼吃了你。"这一伙人群里的褴褛不堪的妇女，就喊着说："再也抱不动不会迈步的婴孩了。"用柔和的声音要求丈夫抱抱，要求坐在路边上歇一会儿，好探寻一条冷水的小河，喝口水。她们的头发蓬蓬乱乱，满脸尘沙。满脸现着太阳所晒的红铜色，她们疲倦不堪，口渴，脚疼，走两步就在五寸长的萝卜脚上结结鞋带子，喝两口水，就洗起孩子的尿布来。靠近他们这一群，三步远就闻到一股浓烈的酸气了。每有一串长途货车路过，他们的眼睛就露出沉默的光辉，表示疲乏，表示羡慕渴求，正在饥饿的流浪人望见玻璃橱里的面包和香肠似的。而他们的家长必定驱赶他们的妻子儿女，不只是巴望早日投奔到久居海北的亲戚的家里，主要的还是盘缠不多，他们是计算着腰里所余的一点钱，阔气乡绅入城吃一顿午餐的数目——要维持全家两天，要付宿店费，而他们自己又得吃玉蜀黍面饼，还有小孩子，每餐必定得给他买块盐菜，一个铜子作一枚银币用呀！他们和那些每年春天在城里出现的韩国农民，同样的穷，同样的像充军偏僻省份的囚犯那么褴褛，不同的是韩国农民从图们江而来，而他们是渡过渤海，在雄基港登岸高丽半岛的。而且在家乡就变卖了他们的橱具和笨重的锅、碗、瓢、盆。

中国在亚洲的土地是辽阔的，然而中国的中原已经摈弃他们了。在沿海的广东省，福建省那些被摈弃的农民，远离祖居的土地，到南洋，到美洲，别谋生路去了，在渤海南岸的山东省，则抛弃了祖墓和四五代传袭下来的古老家宅，出海，到俄罗斯，到满洲，这完全是有着同一的意义的。中国不能容纳它的人民了么？是的，中国抛弃了他们。那年代中国的握政者，没有余力照顾那些无血可吸的广大的中国人民了。他们的全部精力是集中在赌博上，有直系的军队，有奉系的军队，如他们所说："有南军，有北军。"他们得珍重地押下他们的政治生命的赌注，胜的是吴佩孚呢？张作霖呢？段祺瑞呢？孙传芳呢？还是南方的革命军。就在这块人所共有的土地上，那些雇佣军队的主人，彼此炮轰，枪击，谁屠杀的人多，谁就是这块亚洲土地的主人。一切是欧洲史的十八世纪波拿马时代的重演，和那些种庄稼过日子的人，又完全无关，如姜学礼所说"南军来了，也是要粮草，北军来了，又是要粮草。"一个样，都是头戴军帽，手握着枪的人，都是一样管人民叫"你们老百姓"的人，而老百姓们给他们的总称说是"公家"。"公家要粮税了！""公家要收集喂牲口的草料了！""公家要派伕子了！""公家要征用牲口了！"只要是公家，依靠两三千年的习惯，没法抗拒，错过是变心了，要作乱民。姜仰山的晚年，就处在这样一个情况之下，度着他的痛苦而忧郁的日子，但是这痛苦与忧郁又是和公家完全无关的。原因，那是公家，和老天安排的命运一样不是可怨恨的对象的。拿姜仰山的话来说："南斗星还没有注生，北斗星就先注定了死，人活着呀！都是命定的。"这里我们不该嘲笑只该愤恨。谁又能在他那庄重的口气里听出可讥讽的意味呢！蔑视固所应该，嘲笑就是表示自己的无知。姜仰山本身是不允许人家轻视的，固执，倔强，两句话不对头了，忌恨你一辈子，半句话谈得相投，初交的人就变成了莫逆的朋友。

当父亲的婚日忽视了他的提议，就是说没有让母亲遵守姜礼叩拜他的原配妻子那时候，姜仰山开始他的闭门不和嫡亲兄弟来往的深居的日子了。整个姜家庄的族人，全站在父亲那一面说话——如他以后所说："你爹的身后有成堆的元宝。谁不在太阳下蹲着取暖，没有围着萤火虫烤火的，孩子哪！人就是这样。大爷告诉你吧！"——他的权限只限于他的家庭。当天晚上他就宣布了命令！

"学义和二宝你们弟兄两个记住,若是我看到你们那一个胆敢到你二叔家里去,小心我敲断你们的腿。弟兄分家如路人,我生下来就没有什么兄弟。咱们不是穷吗?老天在上,路人丢块金子也不要去拾,命里没有,你就是拾起来也变了块铜。"又说:"若是路上碰见你们那个新娶过来的婶子,记住,要叫小婶,不许叫二婶子。"又说:"若是前清光绪年间,小老婆死了也不准从大门往外抬,得走后门。听见老人说章举人的亲生娘就是小老婆,出殡的时候,谁让她的棺材走大门呀!敢走大门?全族上的人都拿着镢头铲子站在大门外拦着,这是古人留下的礼道。"他说到这里就不说了,那时候学义问他:"那么怎么出殡呢?"

"怎么?还不是举人伏在他娘的棺材上说:'谁敢拦,把我抬出去!'这才没法挡了。你们当是举人老爷就不得了吗!他可得伏在棺材上,你不,就抬不出大门去。"这是姜学礼以后告诉父亲的。他的年纪还没有到达知道这话的重量的年龄,而是当作闲谈的,也不知道母亲是用怎样的脸色去听这话里的意义,于是母亲和伯父间的坚固的墙壁就在这些上面竖立起来。就是面对面,也仿佛彼此不存在。不管在那里,那道望不见的墙壁始终是跟随地隔离在他们之间。而且由于父亲欢喜姜学礼,用一个四十岁还没有儿子的慈爱心情去爱着侄子。于是姜仰山和姜学礼父子之间也就逐渐破裂了,等到父亲替二侄子办理了婚事!因为姜仰山连为二儿子订亲的钱,都是借的高利债——伯父和二儿子之间的不欢更明显了。

那时候姜仰山手里还有五亩祖产,这是和父亲分折家业之后所得的,以后父亲就抛别家乡外出了。二十年后,姜仰山还是那五亩祖产,可是人口增多了。长子姜学义夫妻生了三个闺女,大的九岁了。这里不说姜仰山不管怎样劳碌,怎样勤谨,怎样把姜学义雇出去当短工,怎样领着姜学礼朝出晚归地插地瓜秧,拔麦子,就是午餐都在田崖上吃,九岁的金婵每天正午挑着饭筐和装热水的泥罐给他们爷儿送饭。他们是那么珍惜着时间,以便润出闲工夫来,到外庄作短工。那样一天可以赚到十二个制钱,因为麦季是那么忙呀。尤其是三口家有八亩麦地的富户,到处需要短工,到处都是男人少妇女多的人家,那些年轻力壮的全到俄罗斯去背包袱卖绸缎和花边去了,全到满洲采伐森林或是入商号作学徒去了,姜仰山是拿定主意不背庄离井远出的,我们知道,他已经说过:"命里没有,就是金子到手也变成铜。"他不相信海外就有不劳力而俯腰就到手的黄金和白银。他常说:"就是遍地金沙子,我也不稀罕。"他还有着另外的理由:"我不能掷了祖茔不管,人要子孙作什么,为的不是坟前有个烟火吗?清明节是为什么传下来的?不是要让后辈子孙不忘祖坟吗?"于是麦季就成了姜仰山一年里的希望所寄托的日子,不只是自己的五亩田,五亩里还有半亩地瓜,半亩高粱,那又有多么富裕的出产,倒是麦季里雇出去,一天有十二个制钱的收入呀。然而就是这样,姜仰山三年所欠的为姜学礼订亲的高利债,还是不能偿清,每年夏季所得只足付清债本的利息,就像割不完的青草一样,不管你怎么铲除,根子不动,一年又有两膝高了。可以想像到他是怎样的痛苦,再加父亲代给姜学礼完婚,这痛苦就更深了;他是没法阻扰父亲的。虽然他一见父亲的面,颜色就突然冷峻了,或是在公众场合遇见,提起他的烟袋荷包退避了,然而父亲依然是微笑着和他打招呼,说:"大哥,大哥,这又何必呢?"

"我不愿见你。别和我说话。"

父亲越是向他微笑,他越是冷峻,但不管他说的是怎么严重:"我的儿子的亲事,就不用旁人管。"他自觉"我的"和"旁人"两个名词用得够苛刻了,然而父亲仍然嘻笑着说:"我管我侄子的事呀,你也别管我呀。"姜仰山是怎样地气愤呀。他连主宰儿子结婚的主权都失去了,回家就严重地对姜学礼说:"若是你真的让你二叔摆布,那么就再别来见我。我不要这种儿子的。"提着烟袋荷包就到他的出嫁的大闺女家里去了,第二天婚礼之前,父亲连派三个族人去找他,他坚决地推拒来接受新妇的叩拜。

"回去对二宝说吧。我不受人家欺压的。"他说。

不用说婚礼在停止的几小时之内,男女双方的亲家和新郎新妇

473

相当混乱的。姜仰山伯母,一个终年患瘫症的妇人,声说:"老头子是发疯了,在这大喜日上和我耍脾气。"她是欢喜这桩婚事的,于是新妇以及女方的亲家,才得到一些安慰,以为真的是老夫妻吵了嘴。然而父亲是明白的,到事后他常说:"我没想到他会那样,若是知道,无论怎样我不会主持这场婚事的。"

姜仰山从闺女家回来,拒绝父亲的负罪的言辞,而且拒绝见新过门的儿媳,声言:"你们的事,以后我不管,就是你把天闹塌了我也不会责备你一句,从今以后你也别认我做父亲,我也认作没有你这么个儿子。"

但是当姜学礼向他说:"二叔有一锭银元宝交给我,说是还从前订亲借的债,让我问问你。"那时候,姜仰山又违背了他"不管"的誓言,他厉声地说:"给他送回去,我们自己的债,不用人家慷慨,我们自己会还的。"

那以后的一二年,父子间虽不和睦,还是共同在一块田里操作。而最大的决裂是从姜学义家里继三个闺女之后生了一个男孩子开始的。姜仰山找到了他的暮年的安慰以及欢乐的源泉。一个新的小生命的生长,完全占有了他。最使姜学礼气愤的是,连麦季雇短工所赚来的零用钱都耗费在带弟身上了。仿佛直到那天,他才知道自己父亲所辛劳而获得的一切,完全为了那个新降生的婴孩。现在是姜学礼和姜学义哥儿两个冲突了,那些琐碎的经过,我们从学礼和他老婆的问答中已经多少知道一些了,他们没想到一年之后,姜仰山携领着长子长媳和三个孙女一个孙子,也被中国的中原土地所摈弃了。他们没想到,姜仰山会典了他们两口所遗留给他的半亩养老地,典了分折家产而得的两间祖屋,典了那块麦场,作为老少七口的盘缠到海北来了。姜仰山就是那一群拿着一个铜圆当一枚银币用的人群中间的一个。一百遍地哄带弟,说是:"离宿店不远了。"一百遍地威吓带弟,说是:"你不快走把你掷下喂狼。"计算着腰里的余钱赶路——一顿阔人午餐的钱呀,当作全家两天的食宿费用。他们的褴褛的衣裳,他们的枯瘦而疲倦的脸色都似乎高声叫着："穷呀。我们是这样的穷呀！老天。"

姜学礼夫妻起初惊讶地欢迎他们："留在这，享几天福。至于大哥，我们可以给他一块地种，暂时就住在西屋磨坊里好了。"

等他们夫妻知道连他们的祖屋打麦场都典给人家，又望见带弟胸前垂着纯银的麒麟锁，他们的脸色立刻冷下来，并且改变了主意：老头子可以留下住，姜学义夫妻俩另外找地方。"山上有的是木材，你们自己盖房子住吧，"姜学礼老婆当时说："打麦场都给兑出去，我们回海南家怎样过呢？"又说："我们的打麦场典出去了，带弟可阔气了。"

姜学礼就申斥她："算了，还说什么。反正是祖宗手里传下来的，有本事我们不会再挣。"

他指给姜学义一块荒地，距离窝棚十里路。本来姜学礼以为父亲偏爱，现在由于妒忌哥儿俩更变成怨家了。姜仰山每隔两天去探望一次心爱的孙子。要搬过去住吧。他们借贷的吃粮只能支持到开春，他又怎么能忍心去住呢。就是去探望带弟他都是在早晚饭之间赶来回，不肯消耗长子家庭一粒米。现在是他倚居姜学礼的篱下了，我们不难理解他蹲在火炕旁那种姿态，是怀着一种怎样的心情的。

四

我在骆驼河子窝棚住到二月二的节日。古俗说这天是龙抬头的日子，新年宰的猪，留着猪头在这一天吃的。往年居家，母亲在院心，用灶灰画上三五个大圈子，说是粮食囤，各圈当中撒把粮食，祈祷这一年的收成好。在这里也是一样，不过姜学礼老婆和母亲画的不同，母亲画的极完整，仓囤的门口正对着自己的门口，而姜学礼老婆画的粮囤到处是漏空，看不出那个是大门。不管作什么她总是粗心，仿佛极忙碌而无暇细心去作，推说："中呀！不过应应卯就是了。"另外就是盐的小菜也不及家里的样数多。家里有虾酱，有母亲手咸蒜茄子，有崔婆炒的鸡丁黄瓜，而窝棚里一天两餐，全是一色猪肉炖海带,再加一点粉条儿,除这一种正式的元旦节日一直延续下来的正菜,就有一样大葱和豆拌酱,这是唯一的小菜了。临睡前姜学礼老婆怕我肚饥,每天一定打两个荷包蛋,煮得蛋黄都结实了,撒了些粗盐粒,全不像崔婆作的一咬就流汁,碟子里总是预备着配味的酱油。我真不想吃这里的荷包蛋,而且心里老是气,撒了那么多的粗盐粒,若是在家里我就赌气推到地下去了,可是在这里,我得勉强付着笑容接过来。并不以为姜学礼老婆待我好,而是对她怀着畏惧。因为白天姜仰山每次进来聚餐的时候,姜学礼老婆的脸色就狰狞得可怕,大声地骂鸡逐狗,说是:"养着你们,什么事也不作。光知道吃,这些懒种。"说是:"到那里偷着吃去,"因为她从城里回来的那天晚上就吵着说过,橱里的猪肉丢了一大碗,临睡前我还听见她小声说。"哼!那老头子。……"就听见姜学礼大声说:"别胡说,不怕人家笑话。"他每天在餐桌上可是不声不响的,错过姜学礼老婆气咻咻地唠叨不止,他才仰脸向她严正地注目,只要她望见丈夫那种严正的脸色,声音就低下去了。

至于姜仰山,和我初见时一样。不管她的声音多么高,总像一个聋汉。而且用餐时,眼睛只注视餐桌,看见一点馒头的面渣,就收到手里,或是用一只手指沾到嘴唇里。外界仿佛是不存在的,餐桌上只有他自己似的。有一次,他破例地对我说一句话:"把你的馒头皮吃了。"我吓得一抖,正像一个独自坐在屋里的愉快人正面镜深思,没听见脚步声,肩头就突然给人拍了一下一样。我的用餐习惯是剥掉馒头皮的——崔婆用它去喂洛布达——现在只有拾起来放到嘴里,那时候,姜学礼夫妻都不向我望,实在我想他们也有些畏惧了,若是他们向我看,一定发现我眼睫毛间挂着泪水,而且我预备突然跑开餐桌到外面的墙上去大哭一回,实在我饱尝虐待了,那老头子从来就不望我一眼……可是姜学礼夫妻既然没有向我注意,不一会儿我就又安静地继续用餐了。偷偷地注意着姜仰山伯父的脸色,若是有一块馍馍渣落在桌上,也学他的样子用手指沾起来送到嘴里。望见姜学礼偷偷笑了,我也就笑起来。就是我们相互作手势,也尽可毫无顾忌,姜仰山伯父是绝对不会望见的。他用餐老是低着眼睛。那晚上姜学礼望着我吃荷包蛋的时候,脸色格外快乐,又一遍问我:"老头子厉害吧。"

我就小声说:"厉害。"

姜学礼望着我吃荷包蛋,仿佛一天中这是使他感到最大快乐的事情。那时他促膝蹲在炕沿上抽着烟,一会儿问我:"吃完了没有。"

"没有。"我说。

一会儿又问我:"我看看碗里还有多少?"

"还有一个!"

"我看看哪?"

他以为我是珍惜着慢慢地享受,实在我是咽不下去,盐粒吐出来,蛋味又淡。不管怎样,我还是愉快的,这愉快完全是姜学礼注视着我那两只幸福的眼光所赐予的,我不是吃荷包蛋,我是饱餐姜学礼的愉快而善良的笑容。姜学礼老婆和我越表示亲昵,我越是畏惧她。她的面目又丑陋,就是不收脸作态,我还是时时担心她突然会和我变脸,一个羊羔在被狼喂乳的时候也不会比我那么担心。我的心性现在已经发展了,时时会不自主地向她讨好,取媚。有一次当她说"老头子"的时候,我也说:"那老头子……"想得她的欢心,姜学礼立刻作出责备我的眼色,望着我半天不说话。后来说:"你怎么也这样叫,那不是你的嫡亲大爷吗。再别这样叫呀。人家笑呀。别跟着你二嫂学,跟她学就学坏了。"

"你好,你好。"姜学礼老婆顶撞着。姜学礼就举起烟管来作着敲她的神气。

"你看你那缺德的样儿。"她笑着又说。

于是夫妻两个人就幸福地作过一场戏似的笑了。善良的丈夫和狡黠的太太总是相处得比两个都是善良的夫妻幸福过百倍似的。

五

我已经说过,窝棚的四围都是崇高的山峰,我住在这里,就像落在一个宽润深井的底下一样。那些山群的岗峦起伏处,还有些积雪,二月天遍山脚都有渤渤流动的渠水。当中的一块平原仅有二十亩那么大小,这就是父亲指定给姜学礼种的地,不收租,作为经管人的报酬。现在都呈显着一种枯黄色。

一出姜学礼的有风致的中国农舍门前的广大的打庄稼宽场,就是一条车道,一到晚上,我就觉着车道是从西方来的,它对面的磨坊是居东,可是白天太阳却从西方出来,原因是我转了方向。农舍门前的三分之一的平原整天见不到阳光,晚上我还是当作宅子朝南。为什么把宅子建筑在阴森的南山背的脚下呢?日后我问过母亲,母亲说:"北山一到夏天化雪,整天价向下流水,屋基不是三两年就给冲坏了吗!"那时候我还没有注意这问题的智力,只觉得夜晚奇寒,每次穿着我的过年棉袍走过场园冻得发抖,不怪二月的夜里姜仰山所居住的磨坊里还是火烟浓烈,他睡的是实心炕,炕当中没有火道,炕口也没有火灶,完全依靠屋中心的火坑,现在一想起来,下半夜他是耐不住寒冷的。在他冻醒了之后,听见山涧里的饥狼的嗥叫,遍山森林所发出的可怕的风涛澎湃声,他一定想到许多,想到海南,想到痛苦的旅途,想到在饥困中挣扎着的他所疼爱的另一个家庭,可以想像到他对周围是怎样憎恨了,阅历已经在他灵魂上开了另外一道大门,他已经不是二十年前的姜仰山了。谁又能相信一个又善良又穷的老人在这个四周荒僻的磨坊里,深夜冻醒,久久地深思的时候,一百个思路当中不会有一个拦路作劫夺的盗匪的念头出现。然而我那时候只知道见了他那个沉郁而严肃的脸色,就觉得害怕,可是一离开餐桌我就又恢复我的自由了。

最快乐的是每天上午跟着老关去放牲口。这正是农闲而春草刚萌芽的时候。姜学礼有四匹马,两个一年的马驹子,我最中意的是老关骑的那匹杏黄色的公马,一见人就刨蹄子喷鼻作响,完全是个大草原上的英雄，可是我又不敢靠近它。最憎恶的是那匹灰色马，老关一走近，它的脊梁就发抖，老关转背，就又歪颈露齿作状威胁我，老关管它叫嫁不出去的老姑娘。他管我骑的土红骟马叫"太监"，这是姜学礼给我选的，并且管照老关不要跑得太快了，恐怕我不会骑，半途跌下来。

老关是个乐天的好心肠的小伙子，我们一走上渐入山峡的高地，就鞭马奔驰了。只听见风声呜呜地吹过耳边，和山韵反应的震荡峡谷的欢呼。实际上这峡谷间的车道离地有二十公尺高，车道底下有深涧，和平原一般平，望下去树木森森，只见一株株都缩小了十倍。当我又仰脸上望的时候，我是怎样地吃惊呀。两侧的山峰，几千年前一定是一体的，给谁用巨大的斧子从当中劈开，才裂了作两半，才有今天这样的深涧和峡道了。我仰望的那瞬间，太监驰近桦木林子的边了，我可怕地睁着恐怖的眼睛，要呼喊又害羞，我怎样躲避那些桦树的低的枝子呢。太监受到我的震动就立刻停下来，我的前额猛地撞了一下。若不是我紧紧抓住马前脊的长鬃毛，说不定就坠马，滚下左手的深涧。然而我没有哭，继续用缰绳鞭策太监，怕落在老关的后面受他奚落。太监跑了几步就慢下来，怎样鞭策也不听使唤。

"别打呀！别打它呀！你这个小傻瓜，听见没有。"听见老关的招呼声。

我这才注意到我们是走上一条斜的山侧险道：越过一块岩石，那小道就直向下垂，我的身子逐渐向前，由马脊背移到马前脊上……我伏着腰全身的力都用在环抱马项的两臂上了。若是我的马只要一低头，我就一秒钟也不能支持，会滑过马头滚下二十公尺深的山脚下去。

老关站在山底下仰脸望着我，面色苍白。但我的牲口来到山下了，他就可恶地大声笑起来："多险呀！一失手你就跌碎骨头了。牲口走下坡路，你得拉紧缰绳，越紧，它的头也越抬得高，你的身子得向后仰。"他是满洲人，说话里有些难听的土语，这里所说的难听，就是绅士们所说的下流。他比我大九岁，然而在我面前老是装作大人似的说："你真是城里的孩子，我们旗人八岁就能一个人看守二三十匹牲口。那一匹性子最野就骑那匹，你连骑过树下把胸脯贴到马背上都不懂。这怎么行呀！下来。小伙计。"

我们来到一块广阔的高地上来，阴寒的山脚附近冰雪依然是酷冬状态，二十丈以外的土地光润，积雪完全融解了。这里有两座土墓，三株枯枝的白杨，越过高地是一道弯曲的河流，远看一片广阔的平原，伸展开一层薄的洋草，那红铜色是亲切而秀美的，我奇怪同一地界，只隔着一块高地，却分作两个季节，这里是初秋，而那里是严冬。阳光温暖，高的枯草枝上有愉快的画眉的鸣叫，等到望见时，就迅捷地飞开去了。到处有悦耳的山鸟的短促鸣叫，到处是金色的阳光，若有一两块黑影在这块广阔的平原上挪动，那么天空一定有一两片轻柔的游云。这条骆驼河子的对岸五里远有一处农家，可以清楚地望见门窗上的红纸年联，这是中国移民住宅的特有标帜。

"那是谁家的？"我问。

"那是你大哥盖的房子。"老关说："快下马吧。你还没骑够呀！"

我就向他笑着，两手环扣着他的脖子让他抱下来，我吃惊他的脖颈是那么有力。他说："我能这么挺半天，不会用手碰碰你的，你信不信，看看谁能彪过谁？你可不行，这么吊一袋烟工夫，你的胳臂就没有力气了。——怎么样。不行了吧！"

我笑着，跳到地上。老关说话时牵过太监去，用马绊套住它的两只前蹄子，就驱赶开去。那马的两只后腿挪近两只前蹄，向前跳着，一跳就是一二尺远。

"为什么把它的笼头解下来呢？"

"有人偷！"

"那么他们也偷马了？"

"马也偷，人也偷。来！我们骑着这匹杏黄马，我领你到一个地方玩去!"他先前用脚踏着那匹马的缰绳,现在就拾起来,把解下来的牲口笼头搭在马项上,又把我抱上马背去,抱时还是让我俯头环扣着他的脖颈,不借他的手力,他是那么得意。

"坐好呀!"他说。

那马哈儿哈儿嘶鸣着,旋转着后尾,又怕老关上来,又怕鞭打似的竖耳仰脖。我紧紧抓住马脊前的鬃毛。到底老关跳上来了:"抱住我的腰呀。"他说。

我们又向回跑过那块高地,现在望见我们穿过的那个山峡口,有座石筑的古老碉堡。

"那是什么呀?"我扬声问。

"那是早年防独立党和胡子的。你好好抱住我呀! 摔下来我可不管。"他高声说。

杏黄马开始斜着向高地下飞奔,我们正愉快尖声欢叫着,突然杏黄马在将近高地右手的小路上停下来,我是面向老关的背,什么也望不见。只听见老关小声说:"下来。老头子回来了。"我松开手,老关就迅捷地跳下去抱我。

"你在这作什么。"姜仰山大爷厉声地说:"回去。"又向老关说,"谁让你领出来的。摔下来呢!"

我说要在这里玩一会儿。

"玩什么? 回去!"他的眼睛像两个火焰一样,并用手推着我的肩膀:"回去,听见吗?"

我想,我自己也会走,推我作什么。我是那么败兴。读者可以想像到那时我的脸是怎样地歪曲着,垂头丧气地走在姜仰山伯父的前边,并用肩膀摆脱开他的手。

半点钟之后,我们到了家。路上我们一句话也没有。

就在这一天晚上,我听见姜仰山伯父一月当中的第三次和我打的招呼,从来我没有过的惊吓,来到我的身上了。当时我是经过磨坊的窗前,想到三十步以外的旷野中的茅屋里去玩的。

那茅屋里住的全是姜学礼岳父庄上的穷亲戚,一些在山林里寻求财富的冒险的流浪汉。他们不是种烟土的就是访人参的，不是砍伐森林的，就是贩私货的，总之这是些山林里的英雄，他们瞧不起那些在土地上天天锄草的正路庄稼人。因之他们一年所获的财富，只在县城里的私家赌场消磨一夜就光了，而且以挥霍为自豪，等到连过冬的衣物都作赌注抵押完了，这才悄悄回到他们所蔑视的以耕种为正业的亲戚所掌管的山沟里来。用他们自己的话来说，就是"猫冬"。那意义和蛹入蛰一样解释，据说在这严冬的季节，蛇是口里含着土深入地层内部去潜伏着过冬的，山熊就躲在树穴里靠着舐它的掌过日子。外界的天地，万物绝迹了。整个冬季的道路都是埋在雪地下，山谷里到处积雪，三个月不见片土。那些"猫冬"的山客，就在旷野上的茅屋里睡觉，下棋并以来年的收入作赌注去押牌九，看纸牌，消磨他们的日子。有的竟在这寂寞的猫冬当中输去来年所计算的收入的两倍。现在每人的命运都安排就了，他们只等着各人所属的山帮消息，准备随时出发了，晚间再也听不见他们的大声疾呼和高亢的喊叫了。现在他们围着松脂油制的木棒灯讲故事，我每次一出现，他们的兴趣就加倍了，他们是那么寂寞，给我用草制蝈蝈笼，给我变戏法，就是用一手扼腕，腕子背后伸出一只手指按住手掌上的棍子，手背朝我。而我奇怪着，为什么那棍子贴在手掌上不落呢。他们就会笑个大半天。

现在我是给姜仰山伯父那一声："连儿！"吓住了。声音是来自我的背后。我的腿像钉在土地上似的。又听见一声："到这儿来！"我的两条腿就不由自主地走向那呼声的来处了。随时要想停下来似的那么慢。当时那低的呼声，使我的心激烈地跳动着，是那么机密的一种声音，不祥的呵！夜色很黑，只有磨坊窗户上所映的一团红辉，表示着屋里的炕火正燃烧着。然而这窗纸上的红辉，损害了星夜所特有的一种幽明，我望不见眼前的任何东西，那团红光已混乱了我的视野，我走到磨坊门口，岂知姜仰山伯父是立在隔壁的半间矮屋门口，那间矮屋整日是关闭着的，中心有一把大的生锈的铁锁。从前除了那把锁本身给我的注意外，我没有注意矮屋的本身。

所以注意那锁,是因为它和我家里往日用的货仓锁一样。

"你二嫂在屋里没有?"黑暗中伸出一只大手扼住我。

"在屋里。"我说。

"你站在这里,别动呀!"姜仰山伯父俯在我肩上小声说:"若是你二嫂那边门响,你就小声咳嗽一下——你还是到门里来站着吧!"

我不知姜仰山伯父是在黑暗的仓屋深处作什么。只是害怕,恐怖,紧张。尤其是那屋子的深暗角落发出来的声音,无一不是极微而使人毛骨悚然的。

终于我小声招呼:"大爷,我怕!"

然而听不见姜仰山伯父的声音。我就退缩开,反而转入屋里的深黑角落里来,我不知道为什么那时不跑开去,一种滚动的声音是那么迅捷地闪过我的脚旁,我不自主地招呼:"大爷,我怕。"

"你招呼什么。那是耗子。有我在这儿怕什么? 到门口去站着。"姜仰山伯父的声音是温柔而可爱的。我立刻被征服了。他说话的时候,用手抱着我的脖子。那里有星光和苍蓝的天空,那里就是门口,我正向前移步,就又发觉一个黑影悄悄跑过去,幸而我听出那是大黄狗的脚步。到现在我才记得它卧伏在磨坊的纸窗下那种竖着耳朵望我的姿态。它的两眼发出绿色的火焰,不一会儿又突然起来,悄悄跑进仓屋里来了。只有它知道姜仰山伯父的秘密似的,它是十分不安,却一声也不吠。

等到姜仰山伯父提着一口袋玉蜀黍出来,我就完全安心了。

"去吧!"姜仰山伯父小声对我说。"把这钥匙挂在你二嫂墙上,可别让她看见呀!"

我想我出现在姜学礼夫妻的寝室门口时候,脸色一定很苍白。我定止在门口前,完全定止地站在那儿,我是浸沉在恐怖当中。黑暗的仓屋,老鼠的迅捷脚步,以及姜仰山伯父的异乎常日的机密呼声,和大黄狗的机警而放光的眼睛,给我的印象是太深刻而且神秘了。这些都是我从前没曾有过的一种可怕的感觉。我的手里还紧紧握着一柄钥匙。我究竟是害怕姜学礼夫妻发觉这次可怕的事件而停止在门口前等待他们注意我的眼色呢？还是觉得已经犯了大的罪恶而不敢进前呢？是很难说清楚的。总之我是定止地站在那儿，完全是一个待审的小囚徒一样。

"大兄弟呀！你怎么不声不响地站在那里呢！"姜学礼老婆立刻看出我的异样的神气了，她的眼睛有种惊异的光辉闪出来："怎么的了。看见什么不干净的？"

"胡说。"姜学礼阻止了她。在她说第一句话的时候，他就抬头望着我。我进来之前，他是促着一膝，蹲在炕上抽烟的。这时，他的那只促立的膝就垂在炕下来，说道："横竖是冻的，我说晚上你给他穿上棉袍，你就是不听——冷不冷？"

我摇摇头，我仿佛不会说话的哑巴一样地走进来。我是多么地笨拙呀：当姜学礼老婆问我手里握住什么东西的时候，我就把手藏在背后，我不知自己的脸色有着某种表情，可是立刻得到姜学礼夫妻的共同反应了。他们是那么吃惊地互相望了望，脸色立刻严重了。

"过来，我看看呀！"姜学礼放下烟袋说。

"我远远地倒退开了一步对着他，不说话。"

姜学礼老婆就跳下炕来，笑着说："到底大兄弟是拿着什么呀！"可是她的眼睛没有笑，是那么吃惊而严重地向我躲在背后那只胳臂下部望着，我立刻把脊梁贴到墙壁上。就是把我的头打碎，我也靠住墙壁不让手臂露出来的，我自己也不知道为什么竟这么坚决地卫护着那个秘密。我准备用肩膀抵抗她。幸而姜学礼给了她一个申斥的眼色，她才垂手不动了。任管他们问什么，我一句话也不说。任管他们变换什么口音，任管他们变换什么问题，我始终沉默着。最后他们彼此相告戒着说："咱们不用理他了。以后再不喜欢他了。让他就站在那里吧。到明天我就送他回去。"

"我要回去！"我立刻哭了。眼泪迷糊了我的眼睛。我是怎样地伤心，我失去他们的欢心了。他们夫妻俩完全像是韩国人似的敌视我，我是受了怎样的欺负呀，强迫着让我献出我所不愿意献出的东西。我两肘贴壁地埋着脸。尽管姜学礼夫妻怎样地说喜欢我，我也不转过身子，而且拖开我一步，我又挣脱了依旧伏着墙壁呜咽。我不知什么时候，姜学礼夫妻从我手里得到那柄仓屋钥匙了。我完全忘记它了。忘记我所卫护的秘密了。

但是我始终没说出交给我的那个人来。尽是悲伤地呜咽着。我听见他们夫妻猜测着，疑心是老关偷粮食，又疑心穷亲戚偷腊肉。但是却绝对没有疑心他们的父亲，实在姜学礼老婆前次面对着姜仰山伯父咒骂偷肉吃的人，无非是故意伤害他，故意使他气愤，心里可是一点也不怀疑他。她从来就不放弃虐待公公的机会，除了这样故意诬陷，她是不容易找到可以满足他俩泄愤的机会呀！而且不如此又怎样在亲戚面前建立损害她的公公威信呢！公公和儿子儿媳间的仇恨，是深深地存在着。

姜学礼老婆擎着灯，去仓屋检点东西了，姜学礼就问我："二哥喜欢你，是不是老关叫你拿的钥匙呀。"

"我要回家去。"这是我那晚上用来回答他们继续不断地问我的一句话。

实在我那时是想念我的母亲了，而且学校也快开学了。从前我完全忘记了的家庭种种又在脑里复活了。母亲的寂静地给我制衣的面容，崔婆吃酒时的红色脸面，洛布达的衰老步态，每次当我外出克克踩着脚要追随我的叫喊声，煤炉的温暖，窗玻璃在夜晚所反映的灯光，是怎样地诱惑着我呀。

第五章

一

中国农历二月二日，龙抬头节日的第二天，我在姜学礼背后抱着他的腰，共骑一匹马，回到城里来了。

洛布达在院门口摇尾欢迎着我，我是怎样迫切地要见母亲的面容呀？跑进院子，离屋门口还有七八步路，我就招呼起来。还依稀地望见玻璃窗上突然现出克克向我欢呼的脸型。她的头发上还结着红绸制的花带结，又听见崔婆说话的声音。这一切都是熟悉的而且又和我的幼小的灵魂距离很远，我只是招呼着母亲。就是听见父亲在他的休息室里高声说："是连儿回来了呀！进来，我看看。"我也只"呵呵"了一声，还是向亲母的寝室门口跑。正在那时，母亲掀开门帏，向外走着，她的脸色同样激动而发着欢喜的光润，并且是匆匆地往外走。现在她站住了，我就扑过去，不知为什么竟哭了。我是那么高兴而且欢心地流着甜蜜的泪呀！

"哭什么！这孩子。"母亲俯着腰说："抬起头来，我看看哪！"

我听见崔婆扬声说："连哥儿可结实了呀！"

"结实了吗？"母亲望着我的眼睛说："我可看不出来。"

在这之间又听见父亲召唤我的声音，而且姜学礼昂然地走进来了。又听见母亲向他说："他还住得惯？怎么这样久才送回来呀？我真担心，学堂都开学冒个把月了。"又听见父亲说："他大爷没进城来呀？"仿佛在匆匆地穿鞋，准备走出来。我那时只望着克克。她已经是五岁的女孩子了，肩膀贴在门口上欢快地望着我，她的手里抱着一个日本制的金发乌眼的洋娃娃，注意到我望它，就向我手上送。她的眼睛似乎说："你抱一会儿，你看，我对你多好呀！"我摇了摇头。

"快擦干眼睛到你爸爸那去，让你爸爸看看，连儿是不是又长高了。"母亲俯在我肩上说。

父亲走出来了。浓须掩没了嘴唇，一边说："我看看哪，连儿是长结实了吗？"显然这是他在屋子里听到的；一边又向崔婆说："去给牲口喂把草呀！"

姜学礼先前是走进父亲的屋子里去，没有三分钟就又随在父亲身后走出来，手里还提着一柄韩国式的短鞭子。现在说："我还到街上去打个转就回来。"

"就要吃午饭了呀！"崔婆说。

"知道呀！"

"你到那去这么急？吃了饭再去还耽误了？"父亲说。他已经走到我跟前了，现在又给姜学礼把注意力牵扯过去了。那时候克克向我招手，我就从母亲掌握中挣脱了手，跟随她走进母亲的寝室里去。可见父亲在我的感情上是占着怎样的位置了。

"妈在这里给你留了一箱子冻梨。"克克望着我说："就在桌子底下，你看！"

我却发现暖炕上一个在襁褓中的婴孩，正像从前克克在我最初的记忆中一样。我惊奇地伏身膝行地跪坐在炕上，也没有脱鞋。

"妈从红旗河边的沙滩上拾来的孩子。"克克告诉我说。

"什么时候拾来的？"

"你走了不几天。还有那么些红鸡蛋，都是人家送来的。"

"我不信。"

"真的。"她提着那个洋娃娃也爬上暖炕来："密加家里昨天拾了一匹小马，还用火给它烤呢！像洛布达那么高，那才小呢！我们去看看呀，在板缝上就能望见。"

我就跳下来。脸上作着欢叫，可是没有发出声来。我们彼此用眼睛警告着，一前一后悄悄地向外走。实在我们是太高兴了，高兴到故意做作着自娱。还没走到门口，我们就迅捷地老鼠似的闪避在门后，因为听见父亲走近门帏了。

"……不会再秤半斤牛肉炒炒吗？"父亲说着走进来，突然改口问："连儿呢？"

"连儿不是刚才进来了吗？"母亲随后走进来又说："崔婆你看见他又跑出去了吗？"

我和克克就欢笑起来，制止不住地欢笑出声来了，而且突然就跳出来，若不是母亲小声说："惊醒了小妹妹！"我们还会大声笑一阵子呢！我止住笑，望见克克用手遮往嘴，缩着颈子。那种忍笑的姿态，又诱惑着我禁不住要笑声爆发了。

父亲也完全给我们这欢快气息所感染而微笑了，说是："过来，我亲一亲。"

我就走过去。父亲在我脸上亲了一下。那胡须是极柔软的。我望见母亲注神地观察着父亲的笑容,极其欢喜似的。

"对爸爸说,你大爷疼你不疼你?"

"疼!"我自己也不知道为什么这么说。

"你没让你大爷进城来玩吗?"

"没有。"

"这孩子!告诉你什么你总记不住,我教你说的什么你都忘了?你看,你站也没有站相,直起腰来。听见没有?"

母亲就说:"快脱下衣裳,换一换。在窝棚里住,他们也不给你换内衣,拿去洗一洗!你看看,衣袖都黑了。一住就是一个月,你也不叫你二哥送你回来,怎么住那么久?"

"还是昨晚上我说要回来,才送我回来的。"我说:"他们还要留我住呢!"

父亲幸福地叹息一声说:"赶快去换衣裳吧!"

我就连跑带跳地去找崔婆。嘴里连声喊着:"姥娘——姥娘!"

崔婆带我到厨屋里去洗浴,从那两口后窗上我可以望见临街的大车门。那时密加提着一个酒瓶向车门走去。我喊着:"密加!"当时望见久别的这个小邻居,就顿然生出一种从未有的亲切感来。仿佛要使他知道我是回来了,及见他回头找寻招呼他的声音那种惊疑神气,才立刻想起我们是彼此仇视的,我就很迅捷地躲开窗户。一分钟之后,我又伏在窗上探望,密加已经走到大车门口,迈下台阶去了。

那时崔婆给我准备好水,并且关上门,坐在矮凳上了,一手拿着毛巾向我说:"快过来,等会子水凉了。"我脱得光光站在浴盆当中。崔婆在给我洗浴的时候,问我:"你二嫂待你大爷好不好?"问话时还夹一句:"你好好地站直了呀!"

"不好。"我突然想起那晚上的恐怖来,我说:"姥娘!我告诉你一件事,你可别对谁说呀!"就俯在崔婆耳朵上小声说:"我亲眼看见我大爷偷粮食呢!"离开她的耳朵又说:"你可别告诉谁呀!"我真不知道为什么当晚那么严重地替他卫护着秘密，而现在又这么轻易地向崔婆泄露了。从这里可以知道崔婆在我小小的心灵里，是有着怎样密切的爱的反应。对她，我是任何秘密都可以吐露的。

"你说这话可不得了呀！"崔婆吃惊地说："你二哥和你二嫂知道不？"

"不知道。"

"可别乱说呀！你知道他们待你大哥不好，你大哥没有粮食吃呀！"

"那么我大爷怎么不向我们要呢？"

"你娘不喜欢你大哥，你不知道你大哥为什么过年不进城来叩头吗？你大爷是个硬汉子，你爹也是个好人，元旦节下还背着你娘给你二哥带去两装子洋面，送给你大哥家过节的。"

"我怎么没有看见呢？"

"铺在大车的干草底下，你怎么会看见了。"

"我爸爸为什么不接他来住呀？我大爷不是爸爸的哥哥吗？"

"你还是小孩子呀，什么也不懂！好好地念书吧，等大了就明白啦！"

克克在门缝里叫道："哥哥！密加家的小马在院子里跳呢！刚才从板壁缝伸过手去还能摸到它的嘴巴，快出来呀！"

"来了。"我高声说。就催促崔婆快些给我擦干身子，没等擦干脚我就要穿衣裳，没等穿好裤子，我就要穿鞋。

"快来呀！"

"来了。"

崔婆喊着说："你自己去看吧！你哥哥还没穿好衣裳就来催魂似的叫；这就要吃饭了呀！"

又喃喃着说："玩一会儿就又吵架了……我没见到，一个小马又有什么好看的……"

没有结胸前那排衣扣，我就跑到院心了。克克回脸欢叫着充满快活地跳着脚。正像一个五岁的孩子从墙缝里窥见稀奇物件那么欢心。望见我走出来，就又蹲下去，她是从最低一页板缝里窥视的。我跑过去，连着换了三个位置，还是望不见小马站立的位置。等我遵从克克的意旨，也蹲下来，准备侧头从膝盖上窥望的时候，克克埋怨地说："都跑进马棚里去了，叫你蹲下，你老是不听。"

我扬声说："我也不喜欢看！"就又跑进屋投到崔婆跟前去。她在我离开时，就叫道："扣也不结就跑了。连哥儿呀！ ……"她招呼到第三声就引起母亲的呼声来。

现在母亲说："你向外跑什么？要吃午饭了。"

本来我还想到院外的西墙跟上去招呼于兆祥的，现在只有等待午餐以后再说了，并且母亲说兆祥已经上学去了，未见得在家。及至午餐过后我招呼了两声，兆祥就应声了。因为这天是礼拜日。我们是那么高声欢叫着，又匆匆地各自向街上跑，在街口我们碰面了。于兆祥穿着新的春季制服，说是学校的老师换了一些："你们四年级的级任是个刚从北平来的，才上课不久。还担任我们高级班的绘画。"

那天我们兴奋地谈着又去找金锁儿，回来时已经晚十点了。在我脑子里老是出现的，是高挺的白杨，宽广的体育场。

二

到学校去的第二天，我是高兴得正像去赴一个盛会。荆以文在我的左边，于兆祥在我的右边，他们完全给我的欢快的脸色所感染了。我们一路谈着；作为四年级的教室，现在是让给我们住了；于兆祥已经升入对面那排挂着高级班次标记的课室里去了。我们谈着白全野级任，荆以文说他是北京大学刚毕业的学生，于兆祥就说他是慈幼院出身的孤儿，又说孤儿就是私孩子。他们在路上争执不休，并且我也在乡居的生活上撒着谎，说是我骑在马上打过一次猎，他们听见这话望我的眼光，是怎样地羡慕呀！我自己也骄傲得仿佛一个将军，私心把他们当作我的卫兵。若是遇见韩国普通学校的学生，我相信他们真的会为了各显勇敢而保卫我呢！

一进校门，一听见前庭那两排白杨的飒飒声，我的胸口就充满了新鲜的春寒的气息。久别了呀！一切都是久别了呀！魏学文第一个跑过来欢迎我，许多同窗都向我露着好奇而欢心的面容，围绕着我，喧闹不休。我又变成了一个顽皮孩子的核心。

一切都是久别了呀！当响亮的课铃声过后，教室里是这么突然地寂静下来。我望见玻璃外篱笆和半块天空，而且又听见白杨树顶传来的喜鹊声，这就是我的学校生活最重要的一部份，孕育着我的童年灵魂的一部份，我是这么亲切地享受着。若是我在乡间曾想念起学校，那么就是想念着，这些同窗们的喧闹和骤然而来的寂静；若是我在屯落曾怀恋过学校，那么就是怀恋着正厅背后的操场，以及操场上的阳光和厅荫……

然而当我一坐下去的时候，我内心里波动的一切又全寂灭了。我想起崔婆说过晚上有一顿韭菜饺子吃。二月里百草都没出土的日子，能吃到暖室养的鲜韭菜，是多么诱惑胃口的美味呀！

当白全野进来时，我正翻阅荆以文新书里面的插图，我们还小声说着话。听见班长蔡南冠的呼声，我才吃惊地随众起立敬礼，我必须说，白全野老师向我注目的眼光使我不安。这是我从来没有受到过的一种眼光。假若他是像马亚明老师那么上齿咬着下唇，我敢说，我是安然的；假若是像郎光荣老师那么严肃地用眼睛威胁我，我也会处之坦然的；就是向我招呼："姜步畏，又是你。"至多我也是和别的同窗一样地笑笑，我已说过，那句话在我听来已经是安静两字的代词。然而白全野老师的眼光是一点恶意也没有，平静地使我感到一阵波动的不安；而且他的面容是那么出乎我意外的柔和，一个喜欢幽静的人所有的面容。日后，我们熟悉了，我也没听见过他一次大笑，而且他从来也不发怒，说话声音始终是低低的，而且每句话都是深入肺腑的，使听的人历久不倦。

这天他穿着黑呢大衣，阔肩型的，那上还有一条腰带子。他的头发没有涂油，却有一种自然而整洁的风韵。脸色苍白，举止文雅。

"你叫什么名字？"这是他问我的第一句话。

我站起来回答着。四年的学校生活，这是教师第一次在教室里注意问我呀！我的胸口怦怦跳着，不知为什么发音那么低，连我自己也听不清楚。以致白全野走到我身前了。当时我还不自主地歪了歪头；这是我的习惯，每次教师走近我，他们的手上都是提着戒尺，而且和问话的声音同时，在我肩上拍一下的。仿佛我的肩膀是个案角，而且那么有力地击一下也不算责罚。

我永远不忘的微笑，在白全野嘴唇上出现了。他的微笑里有说不出的一种优美，而且我从他的眼睛里，发现我自己是得到他的欢心了。我的脑子忽然有电光一闪，我知道这柔和的两道眼光是怎样地珍贵，而且使我完全偶然地生出一种自尊心来。有一种声音，发自我的内心，那就是"我要作个好学生"。同时我觉得课室里所有的眼光，都集中在我身上了。白全野问我："为什么开学这样久了才来？"问我所去的乡下离城多远："是不是有许多森林和野兽？""有。"我说："一到半夜就听见狼嗥声和成群奔跑的麋鹿了。"

我并没有说错了什么，然而整个教室发出一种哄笑。从那哄笑声中，可以听出他们是等待好久而且准备多时了。读者可以知道平日我在同窗们眼中是处在怎样一个顽劣的地位，若是真的在平日我听见这种笑，一点反应也不会有的，然而现在我觉着对我精神上是个大的损害，我不只是听出他们内心对我的蔑视而且意识到白全野老师会给这哄笑所感染而对我换上另一种看法了。

白全野环顾着，他的神色是怀疑的，他不知道这哄笑的原因，还以为有谁在作恶戏。两分钟之后，整个教室又肃然无声了，白全野就说："姜步畏，把书讲一遍，大点声——第十四课。"说话时望着他的教科书，脸上现出的神气是说："刚才是闲谈，现在可正式上课了。"

我自己在晕迷的状态中，我是过分地兴奋了呀！我不知道讲的是些什么，讲完了就准备受申斥地低下头来。

然而我听见白全野老师的低低声音说："讲得不错呀！很

聪明。"

我是怎样地感激呀！他把这个幸福的字句加在我的头上了，而且我真的惊奇起自己的智力来。当时我想，原来我和蔡南冠一样呀！

若是当时白全野老师不是果真以为我是有着可珍的智慧的话，我想，他也不一定这么肯定地说的。他是不知道一句很普通的话，在一个常久被侮蔑的学生的小小灵魂上起着怎样的作用，小学生们是这样珍贵他们所敬仰的教师的言语呀！我相信若是他现在还活在世上，有机会听见我的叙述，他一定很吃惊；而且或许根本忘记他当时确是说了些什么。

不用说，我在全级的地位突然提高了。一下课就有许多平日不相投的同窗围绕我。问我是不是寒假在家里读过那一课。我的内心里也充满了骄傲和自信。

从这以后我的幼小的灵魂和白杨告别了，和玻璃窗外的蓝色的天空告别了，和春暖时候的蜜蜂的嗡鸣，以及篱笆上的茑萝告别了。夏日也就和瞌睡告别了。

尤其是当白全野老师的绘画那一课的时候，我开始用脑子了，十年来第一次真的用脑子了。我回想着种种景致，三次两次地换底稿，调色彩，主要的是在取悦他，只要他说："不错。"我就觉着幸福了，那一天我的生活也就充满了愉快。而且时常找机会到他的寝室里去，从前只有蔡南冠是有这个光荣的，现在我代替了他，而且只要有时间我就跑进白全野的寝室里去了，尤其是星期天，我还有跟随白全野到城郊去写生的机会。我在入学的第一天就和荆以文的过去的友谊告别了，他已不在我的眼中占据着有价值的位置了，我以能插进那些满洲子弟之间的小组交游为荣耀，因为那些满洲子弟，说话带着重浊土音的小学生，多半是优秀生，他们是一向蔑视移民子弟的，虽然他们的穿戴朴素，不及那些榜尾生的衣装华丽。

白全野的寝室兼着书室，一进门口，面前就给四脚画架上的画板阻住了。他的房间，凌乱不堪，洗脸盆在地下，洗脸架上放着大的洗笔筒。两块毛巾,一块是洁白的,一块沾涂着各种颜料,并排挂在墙上,就着挂图底下的两个钉子。然而白全野的衣装,总是整洁的,一丝不染,反之床上的被褥有时并不折叠。然而不管他的床底下是有多少破皮鞋,不管他的墙上挂着在我当时认为怎样可羞的油画——姣美少妇竟赤裸着全身——我依然是尊敬他的。他已经夺得了我的生命,我在他值日的日子,从来走路不跳一步,说话不带着怪叫,我是那么谨慎,小心,处处想讨他的好。然而一回家,我就又得到解放了。

三

随之失败而来的是成功,然而幸福之后,常常摆脱不开悲哀的追迹。

在我得到白全野教师的赏识的第一天,不用说,我把这狂欢带到了我的家庭里去,我的身子是轻得一片树叶那样,不是跳进门口,而是飘进去的。我是那么忙,连母亲的说话也没有听清楚,向崔婆抛过去书包,我就又跳出门口,因为在进院门的时候,我就听见东板壁外有韩国人谈论什么。那是密加的父亲朴斗寅的院落,而且我的敏感的耳朵听出一种小蹄子在地上跳跃的动静。

"没有到那去!"我高声回答着母亲:"就在院子里。"

一分钟之后,我就悄悄走近板壁,为的是怕密加所警觉而故意来阻止我的视线。若是他知道我向他的院落偷窥或许他会从板缝里伸出草棍来刺我,也或许针对着我的眼睛偷偷吐一口唾沫,这是我们之间常有的现象。

我的两手伏地,不如此是找不到一个容我窥望的孔隙的。我的眼前出现了一块草绿色的东西,等我挪移着视线,这才望清楚,原来朴斗寅正背靠板壁站着,我望见的是他脚下的纱袜。他穿着日本式的胶鞋,扎了一副白腿带儿,只在靠近他的脚背处,现出一只小马的腿来。那腿细致而小巧,毛色洁白,又像柔软的鹅绒,我渴望着摸摸,谁见了这么柔美的毛色不想用手去摸摸呢!

"你在这做什么？一个野孩子似的,那是什么下贱相?"父亲站在我面前说。

我不知道为什么,父亲没有揪我的耳朵。父亲的气质完全变了,由于年龄的增高以及整日的悠闲,已经是不易发怒的了,嘴唇上常常有嗜酒而养尊处优的老年人所有的笑容。牛庄酒已经是父亲佐餐的胜品了。父亲的面色也改成红润的,而且身体肥硕,完全是一个健康老人的肥硕,并不显得臃肿惰怠。这是我现在才注意到的,也许去年冬天,父亲的体态已经起着变化了,我整天看见而不觉。许多人都是在久别重逢后才能更清楚地发现亲人体态上久已进行着的某种变化的,而我初见反而没有注意到,却在现在注意到了。我站起来,俯着脸,擦着自己手上的尘土。

"你的手绢呢?"

"姥娘洗去了。"

"哪!把我这块给你,可别丢了呀!"父亲说。

我走过去接的时候,完全意外的父亲不即刻把手绢给我,反而让我伸出手来,他亲自给我揩干净后才交给我。给我擦手的时候说是:"你入学这么迟,老师没有责备你?"

"没有。"我说:"我们学校来了个好老师,从北京来的。"

"什么叫好老师,不读四书五经那里会有好老师。今年毕业了,爸爸给你在山东请个好老师上来,你要欢喜读书,好老师有很多。"

若是说这话的是母亲,我一定替白全野辩护,我一定让爱我的人也敬重我所仰慕的人,然而这是父亲说的,我就没有作声。因为父亲给我的印象也是崇高不可即的,而且一向就嘲笑新派,说是"什么大狗叫小狗叫的,这叫书!"长久了,我也蔑视自己所读的课本了,况且从前我在学校里也是受蔑视的,自然和蔑视课本有着互为因果的作用。可是现在我心里不平,不过只是因为白全野也在父亲的蔑视线内而已。以致父亲重新问我:"给你在山东请个先生来,好不好?"我就说:"好。"实在不过因为父亲刚才没责罚我而取悦他,当时根本没有理解父亲所说那话的意义。

母亲这时也走出来了。

父亲说:"吃完饭再种不好吗?"

母亲说:"趁着有太阳种下去就算了,吃完饭种,还得点着灯烧水!"

这是指着种黄瓜说的,原来姜学礼带来半两瓜种,母亲在窗下搭了个架子,说是不但黄瓜蔓可以爬着伸长,还能早日吃到新鲜菜,而且又遮阴凉:"夏日在瓜棚底下坐坐什么的也舒服。"父亲现在任何家务都不插嘴了,只似讥笑非讥笑地说:"你还要在冬天种麦子呢?"母亲可不管,说是:"反正有很多瓜种,自己也用不了这许多,种上试试,若是冻死了,再等清明节种第二遍。"这是姜学礼昨天还在午餐座上说的话,并且临走他还帮忙和崔婆搭完瓜架子。不想今天我在学校的大半天工夫,母亲寝室的窗下居然刨了丈方那么大的一块土,而且土块都用手捻碎了。

父亲望见母亲和崔婆忙碌的样子又说:"你们是胡忙乱忙呀!还没有打春雷,天气也没有变。你们就种起菜来了,这可不是人的力量能顶横的。"又对我说:"若是你妈当了女皇,我看连天都能翻过来给咱们看看。"

母亲就笑着说:"天可不能,天上有老佛爷;可是三月里叫它长庄稼可不算稀奇,怎么海南家冬天麦苗埋在雪里,还冻不死哪!不是一样地长?"

"怎么会一样。"父亲说:"海南的地气不同呀!谁见过海南的三月,有穿皮袍子的? 在这里你晚上穿着夹衣裳看看?"

崔婆只是沉默着,偶尔也望着父亲笑一笑,不过一点意见都没有。你既看不出来她是赞同父亲,又看不出来她是赞同母亲。现在她才说:"在咱海南家里可是过了谷雨节才种庄稼。"

在这谈话当中,我一直站在父亲身旁。我是巴望着一个机会,再能够伏在板缝上望望密加院子里的小马,并且向克克努嘴,她是伏在窗玻璃上的,我望见她的明朗的眼睛,她立刻懂得我的意思了,面影从玻璃背后消逝,一会儿她现身在门口,又悄悄从母亲背后溜到父亲背后,我用身子掩遮着她。

"在院子里呢?"五分钟后,我听见她在背后向我小声招呼。

不想母亲在那时让我进屋去取水瓢。等我回到院心,克克已经躲在母亲怀里喃喃着:"我饿了,妈……妈……我要吃冻梨。"

"吃梨叫你哥哥去给你拿。"父亲站在院心说:"过去吧!"

"进屋可别惊醒你小妹妹呀!"母亲说。

有梨吃,我们就什么都忘了。屋里只有我们两个人。我把一盆冷水端在桌子底下,向里投着冻梨。克克蹲在盆前观望着,小声说:"有柄的那两个是我的。"把冻梨泡在冷水里之后,只等着梨里的冰向外"表",我们又回到院子里去。不过已经忘记邻院子的小马了。

第二天早晨于兆祥和荆以文来约我上学,当我们走出门口,我突然想起它来,并且悄悄把这消息告诉了他们,又领着他们俩到板壁底页去探望。首先是我望见的,那是一匹纯黑的马驹,毛卷曲着,两只蹄子是白的,伸在马厩门口外来。它的眼光机警,敏捷,活泼,挺立着侦听什么,又随时会跳开去似的担心。荆以文低声催促我让位给他探窥,我就摇手示意,怕它吃惊,我相信它即刻会跳到院心来了,果然它全不听母马的低唤而跳出来,我让位给荆以文并小声嘱咐他不要作响。第三个该轮流到于兆祥了,荆以文却向它发出低声的马鸣,我清楚地听见一阵小鹿似的逃奔声,一切又寂然了。

于兆祥露出抱怨的眼色,还想伏着身子等待,只听见崔婆大声说:"呵呀!你们还没走呀……"

我们就受惊的山羊一样欢笑着跳出院子。这天的天气,温暖如春,只是天空缺少燕子。墙脚下也没有青草。可是气息是柔和的。晚上放学,我的唯一的念头是一到家门口就脱掉制服里的羊毛衣,我自己觉得脸上热烘烘的,不时用手去试验,同窗们的脸色多数都是红润的,现着玫瑰色。确实快到挖小姑菜的日子了。商店里的店员大半都收藏起三耳皮帽，换作瓜皮帽了。

一进大门口，我就向后院跑起来。我所穿过的前天井静悄悄的不见一个人。我是怎样地欢跃呀！当我在第二进车门口发现密加家那匹纯黑色的小马驹子在那儿惊惶地探索某种声音的时候。也许它还找不到声音的来向，也许它的眼力还不及我的跳跃迅捷。它的颈背和前额结着红绸的布条儿，一个上午，我已经忘记了它，现在是出乎我意外地遇见一个最亲切的小友那么向它跳过去。我是曾经渴望着要摸摸它的软柔的蹄毛的，现在我要拥抱它了，那瞬间，它是吃惊了，按理该拔腿飞跑，可是它的四蹄钉在那里似的。只是膝盖弯曲了一下，扭着优美的小颈，作出欲跑不得的姿式。而且同时臀部后陷，我清楚地望见它的腋下肌肉的颤栗，它是过度地惊恐了呀！驯顺地让我把脖子抱住，我进而把它的整个的身子抱到胸前，然而又是那么重大，现在才觉出的重大。到底给我抱起来了。它的两只后腿还拖着地。我自己也不知道自己要作什么，只是用脸贴了贴它的前额。我又放下来，还想把它抱到我家的院子里去。我放得很轻，然而它的四腿蜷伏着，卧在那儿不动了。只是两只玲珑的大眼睛，露着吃惊的光芒，我还蹲在它的头前，轻轻摸着它的柔美的嘴巴。两分钟之后，我才发现它扬着脖颈挣扎着想站起来，是怎样地困难。起初我还帮助它，可是我一动手，它反而稳卧不动了。末后就是扶起它的前半截身子，它的两只后腿还是蹲坐式地固定在原位上。

我立刻恐惧了。仿佛惹了巨大的灾祸。四围依然是静悄悄的，一个人也没有。我望见它鼻孔的不正常的喘吁，还在倾倒中挣扎，就悄悄地逃到自己的院子，书包也没有卸下来，匆匆关了院门，我的心跳得是那么历害，背靠着院门站立了许久，想听听外面的动静。现在我所最担心的是怕有人发现我曾经从它身旁路过了。

"到那去玩过？"母亲在我一进门就问："怎样额上那么些汗也不知道擦擦。"

母亲是到父亲日常睡午觉的客室里去的，我也就跟过去。我还听见有客人说话声,可是没有听出那是朴斗寅的口音,读者可以想像到当时我的脸色为什么苍白起来。

我完全没有听明白朴斗寅对我说些什么,只望见他的笑容。

朴斗寅是给父亲荐议改种稻田的。当时父亲还在兴奋地说什么,没有注意我。然而崔婆偷偷把我召唤出去,说是锅里给我留的年糕,那是朴斗寅家里办喜事送的,说是还给小马挂了彩。

我摇了摇头,就走进母亲的寝室里去,在临北窗的炕上放下了书包,我是随时担心朴斗寅发现小马的挫伤而会忽然招呼我。

克克跳下炕来迎接我,我也不去注意,崔婆问我是不是感冒了,我也不说。我站在那里,什么也漠不关心。只是觉得心口跳。听见父亲说:"旱地也没有见到多少租,改了稻田种粳米也好。"

"旱地是不能改的。不管怎么说,我们每年夏天还能有几天吃到新鲜的苞米棒子;再说,旱地改了水田,你让那些老地户到那里去。若是他们愿意开荒,把荒地改水田,那么就招收他们,反正荒着也是荒着,愿意改什么就改什么。我们也吃不惯粳米。若是你等几天下屯去呢? 就对金秉湖说,去年的租只送下来一点点,我可是今年底预备去一趟,让他给我预备两间房子。"

"好呀!"朴斗寅的声音:"女财东放心,管保我给你传到。实在我们韩国的庄稼人够苦了。整年锄地都须向外批豆子,一到秋天收账的逼上门了呀!"

"可不能这么说。"母亲的声音:"我问你,是地租重要呀? 还是借的债吃紧,得先让人家地东收了租呀;那是在我的地里长的庄稼,外人谁敢说先收账,说得好听,地户不管在谁手里向外批的豆子,我若是不看你朴某人的面子,我谁也不叫他们到我的地户家里去动动粮食。"朴斗寅的声音:"去年我经手放给金秉湖的账,可是没有背着女财东去私下里收呀! 当时我可说明了的,你家宽裕,我……"

"朴盖快别说了吧!"母亲的声音:"你把他们一年所收的粮食,都讨来了。到了春天种地的时候,他们来向地东借吃粮,你可不作声了,单待夏天批豆子,你当我还不知道。"

朴斗寅就响亮地笑了。一个狡黠的人,给人当面把奸谋揭穿之后,是有这种笑的。之后所说:"好了,口信我管保带到。至于改水田的问题,我还是等财东的回信。"又小声说:"财东们不知道,那些人真苦呀!他们刚从我们本国咸北境来,有一些我介绍到龙井村去了,有一些我介绍给荆太仪会办的窝棚里去了。留下来的,都是勤的,顶好,顶规矩的庄稼人。你想,好吃懒作的,我还会介绍给老会办?"

"好了。好了。就这样……再商量吧!"

母亲走进来,自语着说:"还商量?也不知道还有什么商量的,那小鬼……"

我是完完全全放心了,朴斗寅没有提到我一个字。然而我始终觉着我刚才是惹了祸,时时想知道那小马驹是不是我走后就爬起来了,可又不敢出去,怕移祸到自己身上。

四

当天就听见崔婆说朴盖家的小马驹用人抬回去了。我这次保守着自己的秘密,谁也没有漏一点口风。母亲当时还惊奇着问,为什么小马跑到车门口,朴盖家里的人也不知道?邻舍家的不幸,母亲也为之潸然。我装作一点也不关心似的,但是她们每一句话,都是深深地捶击着我,仿佛铁锤捶到铁座上似的,若是我的心灵是金属物,那么一定每一句话都会发出久久反响着的被捶击的回声。虽然她们只是为着发泄谈欲而找来的话题。我是十分虔诚地默祷着它那小小生命的安全。然而又一直躲在屋里,害怕走出门口会听见隔邻的任何关于小马的惊叹,而且又阻止着母亲:"不要老是说话了,人家怪饿的。"实在我怕听在我耳前谈它的任何语句。我相信,只有一个谋杀者面对着谈被害人的情形,才有这种不安的又想避讳的心情的。

第二天放学我才不避嫌疑地伏在壁底的缝里重新向邻院探照,

然而院子里没有什么,只望见一垛干稻草的一角,和马厩门口之间的一条空地,有一只母鸡两三只麻雀在那空虚的走道上站立着,它们的耳朵是敏感的,听见我的呼吸了吗?都仰着小小的头部在空气里侦听什么。我不久听见一种母马刨蹄子的声音,并且发出亲切的低唤:"唅儿……唅儿"声音和我最初听见的一样,然而现在我听来仿佛是悲怆而寂寞。恐怕这是只有我才能感受到的,只有损害了它的爱犊的人才有这种感受。然而我自慰着,也许两三天以后,它会重新健康了。然而是不是已经死了呢?我急切地想知道。又想听见人说:"它完全好了。"

当我在门口听见密加在他的院子里吹口哨的当儿,我是那么迅捷地跑到板壁前,向壁空叫道:"密加!安妮亢盖马力,病大利益索?"我忘记了我们之间过去的仇恨,忘记了我们一向是不相招呼的,我忘记了过去的一切。

密加最初吃惊望着壁板,一手插入裤带里,一手提了一个打鸟的弹弓。终于他确定是我的呼声了。他走近来,而且发现我的眼睛,就迅捷地蹲下来。

"安妮亢盖马力"?密加问:"某斯格?安妮亢盖马力?"我说第三遍,他听懂了。于是说:"死了。"说时耸肩缩颈,闭着眼,伸出舌头,作出死的姿式。他并不怀疑自己的中国语言,不是为了辅助语言而作态,他完全是自娱而娱人地那么作态。

我的小小灵魂上开始负着一块罪恶的黑影了。我自问并没有存心损害它,反之我是那么喜爱它,然而它却因为我的拥抱而卧病而死亡。倘若它是一块石头或是一株小树,我若打碎它折毁它,一点不会难过的,然而那是一个降临世界才三天的小小的宝贵的生命呀!从那以后,我逐渐因忧郁而沉静了。不再是从前的贪玩的姜步畏了,这也说明为什么我在学校里潜心在书本上的另一个原因,而且友谊上逐渐和荆以文辈疏远了。

那天黄昏,我听见密加的召唤声就跑出母亲的寝室。只答应一声,板壁上空就飞过来一个半红的元山苹果。这是密加的馈赠,我们从此开始了友情的来往。直到我们在县立高等小学同学了，中间的期期就没有疏远过。由于这个新获得的友谊，那些天我的精神稍微有所慰藉了，最初我曾经时常给夭亡的小马驹子的幻影折磨过。我的家庭和许多中国的古老家庭的习俗一样的，尊崇着佛教。尤其是母亲，每逢初一、十五必定斋戒，而我自幼所受的崇奉神鬼的熏染，当时在我幼小的灵魂上立刻起着深刻的反应了。我曾经想到小马驹的阴魂在阎罗王前的控告，据中国的轮回说的教宗的意思，畜类也是人脱胎的，由于它前世的不可饶恕的罪孽，并且我自拟着答辞为我自身辩护，我仿佛是在幻界里站立在阎罗王面前，说我是怀着怎么的喜爱才去拥抱它的。那时候，就是母亲发现我注目空中沉思的时候，母亲那几个晚上临睡前，必定擎灯照照我，并说："你想什么？怎么还不睡，明天早晨好早起来上学。"她在担心地几次追问："是不是这几天身上不舒服？"

我始终是保持着这个黑色的秘密，任谁也没有透露。和这同时在我脑子里出现的，又有姜仰山伯伯的幻想。他的神秘性的招呼，深入仓屋黑暗处的阔大的背影，老鼠的迅捷奔逃声，大黄狗的监耳走动的警惕不安的神气……给我的印象是这么地深刻。我时常自问："是不是我走后，他们发现姜仰山伯伯那晚上盗米而打架呢？"

父亲的骆驼河子的窝棚，是怎样可怕又可喜的另一个世界呀！私庆自己幸而住在城市里，又羡慕着屯落的辽阔无际的山野。我是有着自己的许多幻想世界了。

等到那匹黑色小马驹给我的忧郁，淡下去了，我就觉到自家家庭的幸福了。我的父亲对我一天比一天慈爱，而且绝口不提回山东的意思了，只是常常怀念着姜仰山伯父。我的母亲现在是主持家务和地产的中年妇人了，整日可以听见她的爽朗的发自健康体质的笑声。尤其是发现的瓜种，芽没露土就完全冻枯了的时候，她笑得是那么响亮，且自责着："我还当是靠墙根的地，隔墙就是暖炕，那会冻得瓜苗露不出土就死了！"

"你的能耐不是大吗？"父亲就笑着指问："我当是你种的，腊月的种子也能吐芽呢！"

不管怎样，父亲和母亲总是和睦的。这年春天家庭最大的变动，就是崔婆的离开。若不是为了母亲的生产，她在去年秋天就回渤海南岸的故乡了。她那被损害的灵魂，已经由于年龄由于最近几年的温暖的饱食嗜饮的生活完全补养好了。一个年迈的老人，到了这个时候，需要享受，最大的是子孙围绕着喧闹的那种天伦乐趣了。她时常怀念着实榴的初生子喜子。临走的前两天，还走了几家商店，为了给喜子置买一件帽子，作为祖母的赠物，结果没有一个中意的帽子可买，而且她又不知道喜子的头是大是小，又怕戴上不合适，这是她最大的忧虑，到底母亲让她在我所戴过的旧帽子里挑选了一顶，才重新愉快起来。过后，母亲说她当时还想讨双鞋，可是她推脱了。母亲虽治家严谨，可并不看重一双穿旧的鞋子，所以推脱，因为母亲忌讳自己儿子贴身用过的物件，给外人踏在脚底下。

"若是你秋天走，该多好，还容易多找几个伴儿。"母亲在崔婆离家的前夕，又觉得难舍。从前偶尔发现崔婆喝酒的时候，又觉得她早一天离开跟前，早一天省心。可是临到要别，突然又难过了。到底是一块乡土生长的人，而且在母亲忧郁不欢的那些年月，她是从这位自己娘家的亲族身上得到许多珍贵的宽慰的。又说："那时候，小的这个也长大了，会认人了。连儿和克克还会忘了是你侍奉起来的？"

崔婆就说："若是退回两年去，你用鞭子赶我出去，我也不动呀！"她的眼睫间含着泪，为母亲的话所感动了。可是还装作愉快笑容说："连儿是不会忘了我这个孤寡老婆子的。是不是？"接着又幸地叹息着："……如今赶回去，麦季还能帮着他们两口子忙忙庄稼……"用手背擦眼睛的姿式仿佛睫毛间吹进灰尘似的。

"连儿。"母亲说："你姥娘要回去了，你心里舍得她走，不让她留下？"

我就双手叠在下颌下，我是睡在自己的暖炕上的，现在伏着身子了。就说："姥娘不要走了。"实在我的心神恍惚，说话时我想着明天发试题卷子了，又有绘图的课，那是我每星期所最感趣味的一小时。所以说话时口不应心。而且我现在的世界更宽阔了，一天一天觉着崔婆和我距离远了，正像我所舍弃的幼时爱友洛布达一样，若是崔婆三年前要走，或许我会大声哭着不肯舍，就是母亲威胁，也会抱着她两腿不放开。时间是可怕的分散着人们的亲友。

当时崔婆说："姥娘回家等着你哪！等你回海南成亲的时候，我给你主持喜事，那时可别把酒肉仓门的钥匙交给别人呀？"

母亲就愉快地笑了："那还得十年八年的呢！"

"在咱家那有这么晚娶亲的，再待五六年就中了呀！真的，我还给连哥儿保个媒呢！我们庄上举人家的孙女儿不知道有主了没有，比连哥儿八成大三四岁吧！我离家的那年听说就会叫爹了。若是……"

"那还远着呢；我是不打算给他很小就订了的，我也不落孩子的埋怨，那是他一辈子的事情，等他大了自己相吧！反正关外是时兴这样风气，姑娘没过门就能和女婿家来往。"

不久我就睡着了，那晚上仿佛她们俩没有睡，一直静静的，如深夜人们谈天所有的那种不高的声音，思前想后地谈论不休。次日，我起得很早，和崔婆一起出门的，父亲那天也例外地早起了。那时鸡叫才三遍，院子里的一切景物很清楚，然而气息间有种晴日才有的温煦的预兆，黎明的阳光还没有透露丝毫呢！崔婆的随身东西前晚就带到大车店里去了，约好黎明在临街的车门口等车。那是些长途货运的四轮马车，常月来往延吉，珲春之间，当时吉敦铁路还没有延展到图们的计划呢！而且朝鲜庆原府通咸北境钟山的公路也没修竣。来往渤海南北的人们多半搭这种长途货车，去延吉，从营口出海。

母亲送着崔婆，路过临窗的瓜棚还说："表婶，你看看你种的瓜都爬蔓了，眼看要开花啦！你就不想再等些日子吃了瓜再走？"

崔婆说："连儿吃瓜的时候，不忘了我，就是我念佛修的了。"又说："你不用送了,这滋味怪难过的,还不知道货车什么时候走过来呢!"又小声说:"连儿他爹,想家呢! 我看过几年收拾收拾家产回海南家吧! 不管这里怎样享福,到底是海外——我可是生来的穷命,就想那块黄土地呢!"

这天父亲起得很早,却没有出来,只送到院门口,说了声:"若是你在家里儿媳子还给你气受,再上来吧!"仿佛只是为了这句话才起得这么早似的。

五

在车门口,崔婆捧着我的脸说:"姥娘再看看连儿的脸!"她的眼睫毛有泪滴了又笑着向母亲说:"连儿若是回去,他亲姥爷看见不喜欢得什么似的。"

母亲以前是久久沉思着,现在说:"我不愿意听提到他的话,我也没有娘家……若是娘家门上有一个人亲重我,还不会在这块二三月不见一根绿草的关东山过日子呢! 你临走,我还不给他们带点稀罕东西去,可是呀……让他们等着去吧!"

"老的终归是老的。连儿他娘,你就记恨在心里一辈子,他们当初还不是为了这边的门户好……一时糊涂,贪图这边的富贵日子?"

"车来了。"母亲突然扬脸侦听着,街的东端果然有一串长途车轰轰然行驶而来的响声。

那时街道还是寂无行人的,听来格外地震耳。时间越是急促,事情也就越发多了。崔婆突然想起我的衣服,那是前两天洗后晒干,收在炕橱底下的,这时交代给母亲,还说给克克作的袜子也放在那衣裳的一叠里。母亲也突然想起昨夜给崔婆预备的鸡蛋,还在壁橱的盆子里。

当我跑回去找到那些煮熟的鸡蛋时,父亲还在他的客室里问我:"找什么!"我是匆忙的,竟找不到一个适当的东西来装它,到底还是用了父亲送给我的那块白手绢包起来,提到手里了。

崔婆已经坐到装满豆饼的四轮车上,那车的前前后后全是拉货的车辆,因而声音很喧闹。车夫递给她的时候,她正在检点自己的行李,以致我所说的话她也没听见,而把我的手绢带走了。

那时我和母亲站在大门口目送她,那辆货车离开二三十步远了,还望她向母亲扬手,母亲小声说着:"知道了呀!"我也不知道母亲所说的意义,仿佛是意识到,崔婆之扬手完全为了外面天气凉,让母亲早些进院子,不必站在那里目送似的,可是直到最后一辆货车闪过去了,母亲依然站在那里,在那重新寂静下来的气息间,望见了渤海南岸的景象似的,直到我说:"妈都走完了呀! 还看什么?"

母亲才正面说:"你上学去吧!"神色还似乎没有清醒过来,幻想着什么。似乎那些长途货车载走了母亲的魂灵一样。

足足有三四天,父亲和母亲又各自沉思着,不如往日的愉快了。同时,崔婆走后才显出她是怎样地使人怀恋。从前,我放学回来,不管什么,只要向炕上一掷,崔婆就会收藏起来,有条有理的。从来我就不经心自己的东西,用时只问崔婆一声她就会找出来了。她的记忆力是稀有的健康,以致养成我的直到现在还是随手丢随手忘的习惯。而且这年夏天降临,母亲没有能够及时地改装铁纱的门窗,因而厨房里一直有几只苍蝇,没能驱赶干净。母亲唯一的精力,全注意到经营两个窝棚的产业上去了,并且预备着秋收,亲身去屯落视查地亩,顺便着收租。

新群出版社 1947 年 1 月初版

存　目

敬　告

　　《1945—1949 年东北解放区文学大系》为展现东北解放区文学的整体风貌而编辑出版。丛书选取此间最具代表性的作品，以纪录这段波澜壮阔的历史时期内东北解放区所发生的翻天覆地的变化。由于丛书所收录的作品众多，时代不一，加之编辑出版时间有限，至今尚有部分收录作品未能与原作者或继承人取得联系。为保护作者著作权益，我社真诚敬告：凡拥有丛书所选录作品著作权的，请与我们联系，我们将按照国家规定及时付酬。

　　感谢社会各界对我们的理解与支持。

黑龙江大学出版社